本書屬於“天津歷代文集叢刊”第一輯

王又樸集
（上册）

（清）王又樸 著
李會富 整理

天津歷代文集叢刊 閆立飛 羅海燕 主編

SSAP
社會科學文獻出版社
SOCIAL SCIENCES ACADEMIC PRESS (CHINA)

天津文脈傳承工程指導委員會

主　任　靳方華

副主任　鍾會兵　史瑞傑

執行主任　蔡玉勝

成　員　施　琪　張景詩　侯曉韌　李同柏

天津文脈傳承工程編纂委員會

主　任　閆立飛

副主任　任吉東　郭登浩

主任助理　羅海燕

委　員（以姓氏筆畫爲序）

任雲蘭　李國慶　李會富　門　巋　周俊旗

胡　洋　徐　晶　孫玉蓉　張　瑋　張大爲

張永路　張利民　路樹聲　趙沛霖

「天津歷代文集叢刊」編輯委員會

總序

天津社會科學院黨組書記、院長　靳方華

文化是一個國家、一個民族的血脈和紐帶。只有堅持從歷史走向未來，從延續民族文化血脈中開拓前進，才能做好今天的事業。习近平總書記曾在聯合國教科文組織總部的演講中提出：「中國人民在實現中國夢的進程中，將按照時代的新進步，推動中華文明創造性轉化和創新性發展，激活其生命力，把跨越時空、超越國度、富有永恒魅力、具有當代價值的文化精神弘揚起來，讓收藏在博物館裏的文物、陳列在廣闊大地上的遺産、書寫在古籍裏的文字都活起來，讓中華文明同世界各國人民創造的豐富多彩的文明一道，爲人類提供正確的精神指引和强大的精神動力。」如果把中華文化比作一條融匯百川的大河，那麽天津文化就是其中一個不可或缺的支流。大哉天津！居内河外海要衝之地，共五方雜處貨殖之利，歷史肇造久遠，文化底蘊深厚。千百年來，天津人民在這片沃土之上，與時俱進，代代相傳，用自己的智慧和力量，陶鑄出彪炳史册的地域文明，並且還在持續地豐富着令全球矚目的天津精神。

源遠流長的傳統文化、堅實厚重的革命文化、開拓創新的當代文化，共同構成了天津文化的淵源脈絡和完整體系，並由之呈現出文運盛、文脈廣、文緣深、文蘊厚、文氣足的特點。對此，哲學社會科學工作者理應勇於擔當，敢於作爲，充分發揮自身特長和優勢，盡心盡力、盡快盡好地完成兩個重要的時代課題。一是圍繞天津深厚的歷史文化，系統梳理天津歷史文脈，深入挖掘天津文化底蘊，弘揚天津精神，豐富中華文化。二是圍繞天津鮮活的當代實踐，深入解讀天津現象，總結天津經驗，指導天津發展。近年來，黨中央、國務院又先後出臺實施《關於實施中華優秀傳統文化傳承發展工程的意見》和《國家鄉村振興戰略規劃（2018—2022年）》等。正是在這樣的背景下，爲貫徹落實黨中央、國務院與市委市政府的精神和要求，以及達成建設全國一流社科院和國家高端智庫兩面一體的奮鬥目標，天津社會科學院探索實施了天津文脈傳承工程。

開展這一工作，一是要講清楚天津文化的歷史淵源、發展脈絡、基本走向，講清楚天津文化的獨特創造、價值理念、鮮明特色；二是要挖掘天津豐厚的歷史文化資源，推動傳統文化産業發展，提升天津文化品格，增强天津文化認同度，展示天津優秀傳統文化魅力；三是要全方位搜集、搶救、保存、整理天津歷代典籍，建立起完整的天津地方文獻系統，爲文學、歷史、哲學、民俗、旅游、文化等不同學科的天津研究奠定堅實基礎，促進天津政治、經濟和文化的繁榮發展；四是要發揮天津社科院專業優勢，跨學科跨所整合「兩高」科研力量，打造和樹立天津社科院品牌，擴大和加强在全市全國影響力，在新時代新形勢下充分發揮新型智庫作用；五是要加强天津歷史文化研究、城市文化建設、文化資源開發等領域的學術團隊建設，培養一支多領域、跨學科、跨單位、創新性專業研究隊伍，將天津社會科學院打造成爲天津歷史文化研究、開發的全市基地和中心。

傳承和發展歷史文化的血脈，既要有對歷史遺産的把握，又要有對當下情勢的認識，還要有對未來趨勢的展望。實施天津文脈傳承工程，就是要通過全面、系統、深入地研究天津的歷史文化和當代發展，形成一批具有重大學術影響和社會效益的研究成果。與其他的同類工程不同，天津文脈傳承工程具有兩大特點。一是力求深層次的理論與實踐相結合，在工程實施中，强化實踐策論工作，求實踐中的學問、學問中的實踐，同時注重學科理論工作，與主流中的學理、學理中的主流。二是破除基礎研究和應用研究的學科壁壘，在工程實施中，立足傳統的文史哲等基礎研究，對接前沿的經濟、社會、旅游等應用研究，將基礎性的文獻整理、理論性的學術研究、應用性的調研對策，以及多媒介的傳播交流等環節打通和接續起來，形成「一條龍」，實現「活化」。

天津社會科學院天津文脈傳承工程屬於人文社科領域大型學術研究與文化普及項目，主要圍繞天津歷代文集整理、天津歷史人物研究、天津旅游文化資源挖掘、天津優秀傳統文化影視傳播四大板塊，開展「立體化」的整理研究和應用轉化，以期出版一批有品牌效應的叢書並建成可共用的天津文化典籍數字化資源庫，完成多項促進文化旅游深度融合的研究報告，製作系列有影響力的宣傳紀録片。

就其基本框架而言，「天津歷代文集整理」板塊，是從現存的近三千種歷代津人著述中，選取三百種左右社會影響深遠、學術價值較高、旅游資源開發潛力大的稿本、刻本、鈔本，約六千萬字，進行標點、注釋等整理，彙編爲「天津歷代文集叢刊」，並進一步實現天津歷代典籍的全文數字化。

「天津歷史人物研究」板塊，是對有著述留存的衆多天津名人與群體的年譜、生平、思想、業績、貢獻、影響等進行評傳式研究。爲避免當前某些「坐井觀天」和戲説杜撰現象，在經過整理的文獻基礎上，結合史料，從全國性和歷史性的雙重視角，進行學術性的深入研究，努力推出一批兼具文化厚度和精神高度，並在國内外有一定影響力的「天津歷史人物傳記叢書」，講好「天津故事」。

「天津文化資源挖掘與旅游産業開發研究」板塊，是對傳統文化、革命文化、社會主義先進文化資源挖掘與旅游産業發展良性對接、深度融合等情況，展開全面調查和研究，「陣地前移」，直面新問題、新難點、新趨勢，獲取一手資料，完成《天津文化與旅游産業深度融合系列研究報告》，爲各級政府部門及相關單位的文化旅游規劃、政策和措施的制定和實施，提出具有可行性的參考意見、建議和對策等。

「天津優秀傳統文化影視傳播」板塊，是在整理歷代文獻典籍基礎上，結合天津歷史人物研究、旅游文化資源挖掘的成果，圍繞重大歷史故事和重要歷史人物，創作拍攝以天津優秀傳統文化爲題材的系列紀録片，以此多方位地展示天津豐厚的文化底蘊和優秀的傳統文化魅力，提升天津文化影響力。

天津社會科學院把天津文脈傳承工程當作天津文化發展史上的大事來做，但其内容廣、任務重、難度大、時間長、參與人員多，四大板塊全部完成，需要扎實推進，久久爲功。順利完成這一工程，正確的思想、科學的機制、高效的運作尤爲關鍵。這就需要深化馬克思主義特别是习近平新時代中國特色社會主義思想的指導，深化以人民爲中心的理念、實踐第一的導向，努力推動，形成政府、學界、大衆跨學科、跨部門、跨區域的聯動運行格局。

文運同國運相牽，文脈同國脈相連。歷史的河流綿延不絶，文化的力量生生不息。相信，天津文脈傳承工程必將不負使命，打造出天津智庫的新高地，不僅能充分發揮認識歷史、傳承文明、創新理論、資政育人、服務社會、對話世界的作用，而且可以爲推動天津經濟社會更快更好發展和實現中國夢，貢獻出更直接更强大的人文力量。

「天津歷代文集叢刊」序

天津這一地名，給人很多聯想。屈原《離騷》説「朝發軔於天津」，那是天上的銀河。地上的「天津」，也總與河流有關。歷史上的天津，也確實與運河的開通、南北航運的發達密切相關。後來有天津開埠，形成「南有上海，北有天津」的中國經濟大格局，這是經濟的天津。人們説天津有六百多年歷史，是從明朝建天津衛算起。從永樂時在此建衛所，天津就成爲軍事重鎮，「天津衛」在人們心中是一個深刻的記憶，這是軍事的天津。那麽人文的天津呢？在人們的印象中，這似乎很淡薄。人文積澱，天津確實没有豫、魯、苏、浙那麽深厚。但瞭解天津的人應該知道，天津歷史也一樣悠久。天津所轄薊州，就是一個古老且極具文化積澱之地。「教五子，名俱揚」的竇燕山，「半部《論語》治天下」的趙普，都是天津薊州人。發掘梳理後你會發現，天津的人文積累之豐富，是遠超一般人想象的。清人修《天津府志》，説：「隽、鮑騰聲於天漢，賈、高揚烈於有唐。降自元明，懷文被質者，史不絶筆。彬彬乎邦家之光矣。」近代人所著《天津志略》則説：「歷代之文存詩稿，多如恒河沙數。」民國時天津修志局曾徵書，據説所得頗豐。高凌雯對此感慨稱：「志局徵書，得鄉人詩集最夥，强半未刊之稿，曩所未見者也。藉非有此搜羅，幾何不令前人佳什盡就沉没耶？然既得之矣，更一覽而置之，無所表彰，則沉没者異日仍將難免也！」

爲使這些典籍不至「沉没」，搜輯整理前賢著述，展示天津深厚的文化積澱，傳承天津文化血脈，推動地方學術研究、歷史文化資源開發，瞭解天津，建設天津，一直是天津社會科學院學者致力的事業。前輩學者中，較早的卞僧慧一輩曾校點天津最大文學總集《津門詩鈔》，之後趙沛霖一代創辦文獻類刊物《天津文學史料》，門巋等先生又編纂《中華民族優秀傳統彙典》與《中國歷代文獻精粹大典》。今天的天津，已經成爲國内學術重鎮，天津社會科學院又是人才薈萃之地，天津的歷史文獻整理工作必須做得更好。新一代的學者，把做好地方文獻的發掘與整理，全面研究天津歷史文化，藉此爲天津經濟社會之快速發展提供精神動力與智力支持，作爲自己的重要責任。閆立飛、羅海燕等有情懷、有志向的年輕學者，傾注大量心血，投入極大精力，從現存近三千種歷代津人著述中，選取學術價值高、影響深遠之足本、善本和孤本，彙輯、標點、注釋、補佚，編成「天津歷代文集叢刊」，並力求實現全文數字化。其所涉人物及著述，既有梅成棟等文學之士，也有王又樸等經學大家，更有徐世昌等政治名人，内容則涵蓋政治、經濟、軍事、歷史、哲學、文學、語言，及社會、民俗、文物、醫學、農林、科技等。其重要價值，自不待言。

近些年，各地都在整理地方歷史文獻，浙江有「浙江文叢」，江蘇有「江蘇文庫」，湖北有「荆楚文庫」，河南也在啓動「中州文庫」。與這些大工程相比，「天津歷代文集叢刊」規模没那麽大，却自有特色，自有其不可替代的獨特價值。經過整理者長期辛勤的勞動，成果終於結出，叢刊即將出版，這是一件可喜可賀的大事。在祝賀與喜慶之餘，更殷切祈盼政府與學界各方，能予這一工程以更多支持與援助，使歷代津人著述從歷史塵埃中，更快再現於世，並在傳統文化「創造性轉化、創新性發展」中發揮其作用。

是爲序。

查洪德

己亥年冬於天津

（查洪德，教育部「長江學者」，南開大學文學院教授、博士生導師）

「天津歷代文集叢刊」整理説明

本叢書計劃從現存的近三千種歷代津人著述中，選取三百種左右社會影響深遠、學術價值較高、旅游資源開發潛力大的稿本、刻本、鈔本等，加以標點、校注、輯佚等，並分輯出版。

一、以著者爲單位，各自成集。傳世有兩種及以上别集者，均按一種成書，歸於該著者名下。書名統一爲著者姓名加「集」字組成，如《徐世昌集》。

二、尊重底本，基本依據底本順序編排。不同底本，詩文分開者，則由整理者依據文體順序重新編排。

三、選取錯訛最少、收録較全的善本、足本爲底本，以不同源流的他本爲校本。凡改動處，均出校記。

四、底本之古今字、通假字，一般不做改動；異體字、俗體字、簡化字視具體情況或改爲規範的繁體字，或依從底本；筆畫誤刻，或明顯手民誤植者，徑改而不出校記；因避諱的缺筆字，由整理者補足。

五、全書採用繁體竪排，依據《中華人民共和國國家標準 標點符號用法》加以標點。

六、每部書基本包含七項内容，依次爲總序、整理説明、前言、目録、正文、附録、後記。

目録

·上册·

易翼述信

大學原本説略讀法

中庸總説讀法

孟子讀法

王又樸集

·下　冊·

史記七篇讀法

詩禮堂古文

目録

詩禮堂雜咏

目録

詩禮堂雜纂

春秋繁露求雨止雨考定附《土星祠記》并《説》

河工

王介山四書時文

王介山時文十六篇

聖諭廣訓衍

介山自定年譜

實録

硃卷

附録

前言

一

王又樸，初名日柱，後易又樸，字從先，號介山，清代重要的文論家、文學家、經學家、思想家，桐城派的重要代表。他在清代學術史特别是天津學術史上具有重要地位，是清代天津地區重要的學術奠基者，被時人稱爲「天津名宿」〔一〕，被後人尊爲津門古文之首〔二〕、「開天津風氣之先」〔三〕。

又樸家世平凡。其先人世居江南之京口，宅於江中之洲，擅蘆荻利，人稱沙洲王氏。曾祖父於明末因繼外家，冒翟姓，而徙居揚州府儀真縣。至其父時，家遭火灾而赤貧，其父遂業賈以養家，「好賙濟戚友，有厚德」〔四〕。又樸生於康熙二十年（一六八一）十一月二十一日〔五〕。其父以其家已冒翟姓三世，而王氏斬焉，因令又樸歸宗王氏。康熙甲子、乙丑間，又樸四五歲，其父至天津，假宗人資，開設解庫，同時居積米粟油麴各貨。康熙二十五年，又樸六歲，自揚州來居天津，遂爲天津人。明年七歲，就外傅，師山左文在塘。嗣後，屢更塾師。康熙三十六年，十七歲，娶婦劉氏。康熙三十八年，以寄籍參加順天院試，爲學政楊大鶴取中，補衛學生。明年歲試，取爲廩生。是時，以解庫母銀耗盡，其家漸貧。康熙四十一年，參加順天鄉試未中。當時，天津衛人謝穀、孫嘉倖、俞天作、劉卿、于宗瀚輩以文章相矜尚，號稱「五才子」。五人高言危論，目空一世。謝穀、孫嘉倖尤傲睨不可一世。又樸以其二人爲師友，追隨他們，研讀金聖嘆所批《水滸》，後讀《莊子》、《史記》，爲學日進。因見《莊子》近禪，遂學坐禪。「一年後，遂覺心空如水，處一切事無不天高海闊，不似向者之拘泥牽滯」〔六〕，甚至忘友朋、兄弟、父母，幾欲脱然於塵世之外。康熙四十二年，始悟學佛之非，不復事禪。康熙四十三年，原配劉氏卒。康熙四十七年，娶繼室馮氏。康熙五十二年癸巳恩科鄉試，中副車。康熙五十九年，四十歲，赴順天府秋試，中舉人。自此，道心日生，克伐怨欲漸消。

雍正元年，王又樸四十三歲，是秋赴恩科會試，被房師沈近思、座師朱軾取中，得第二十五名，成進士，選翰林院庶吉士。雍正二年冬，未及散館，改授吏部文選司主事。後隨其座師、吏部尚書朱軾赴江浙勘視海塘。雍正三年，改河東鹽運使司運同。雍正五年，督修鹽池池墻、渠堰。依例，河東鹽池修繕工役，要從當地十一州縣征調民夫，分段修築。又樸以爲征調民夫使民力不支，分段修築又使工程質量難以保障，且當時庫銀有大量結餘，故經請示巡鹽御史後，免除當地州縣民役，而改用庫銀招募民夫統一修築。如此，既不擾民，又能保障工程質量。雍正六年，時任河東鹽運使朱一鳳調任兩淮而去，又樸暫署其篆。後新任鹽運使楊夢琰至，與又樸不和，數刁難之。先是謂又樸督修鹽池工巨費輕，恐不固，讓又樸賠償數千金款項。後於雍正七年，誣告又樸挪用庫項纂修《河東鹽法志》，又樸被劾罷官，後經查無罪。雍正八年，轉任鳳翔府通判。雍正十一年，倦於宦遊，以病告歸，冬始得報。雍正十二年，自陝返津。雍正十三年，入同年進士、河南學政張考幕下。乾隆三年，五十八歲，自河南返回天津。乾隆四年，以病愈起復，聖旨讓其回陝繼續任通判。明年，六十歲，到達陝西，署理西安府丞，奉命督修省城。乾隆六年，督修省城竣工，督撫題補漢中府通判〔七〕，留委協理關中書院事。乾隆七年，奉旨召見，年底除夕啓程赴京。

乾隆八年，王又樸蒙同年進士、兩江總督尹繼善奏准，隨其前往江南。是年秋，署兩淮都轉鹽運使司泰州運判事。乾隆十年，補廬州府江防同知，駐該府所屬無爲州江岸。乾隆十一年，負責督開無爲州臨江運河。是年夏竣工後，署池州知府一月，後又被委任署徽州知府。第二年春，始往徽州府任職。乾隆十三年，自徽返廬州府江防同知官署，在無爲州建土星祠。乾隆十四年，六十九歲，以衰老請告致仕。因部檄追繳其在河東運司公用款項，留於無爲州未歸。乾隆十八年，被巡鹽御史普福委任負責修築泰州繂堤，竣工後又着手準備歲修固堤。乾隆十九年，因普福調任長蘆，繼任吉慶無意繂堤歲修，又樸返回天津。乾隆二十年，與天津士商在河東捐舍十二間，建三取書院，教授當地子弟，以興故鄉人文。乾隆二十一年，普福復自長蘆調兩淮，寫信請又樸回揚州，辦理繂堤歲修事。又樸遂於是年秋回揚州。乾隆二十三年，正月開始修堤工程，當年秋竣工。然後返回天津，全心投入「作興故鄉人文」〔八〕的教育事業。直至八十歲，仍念念不忘爲三取書院延師訓課之事，積極爲天津城内問津書院籌資之事而謀劃奔走。乾隆二十六年，八十一歲，撰寫自定年譜，「謝絶一切人事，惟候死耳」〔九〕。又樸或在此後不久卒〔一〇〕。

又樸年輕時修習時文，好爲古文辭，後師從清代文學大家、桐城派創始人方苞，深受其學術思想影響。他自己曾記述師從方苞的歷程説：「至康熙甲申、乙酉以後，余友人孫又深、謝信符傑然奮興，獨違俗競，爲古文辭。雖時藝，亦以古文氣度行其間。余慕而學之。及成進士，見方先生於京邸，持所爲古今文者爲贄。先生曰：『時藝則得矣，然余久不視此。至古文，當觀古之制作者。蓋古人非苟焉而作也，有義焉，非于聖賢精理微言有所闡明則不作，非于世道有所維持關係則不作；有法焉，詳所當詳，略所當略，行乎其所不得不行，止乎其所不得不止，是也。』因説《史記》蕭、曹二世家以爲概。余乃稍稍悟，退而出篋中舊稿，盡焚之……及先生退老金陵，余亦宦遊來吴，時以述職謁省，因請受業，而先生年已八十餘矣。」〔一一〕從雍正元年成進士時在北京拜見方苞，到乾隆間宦遊來吴時赴南京受業於方苞，王又樸學習方苞的過程前後歷時二十餘年，深得其思想精髓，特别是方苞的「義法」説對王又樸産生了重要影響。「義法」説是桐城派的核心文論思想，爲桐城派創始人方苞所創。方苞認爲：「序事之文，義法備於《左》、《史》。」〔一二〕「《春秋》之制義法，自太史公發之，而後之深於文者亦具焉。義即《易》之所謂『言有物』也，法即《易》之所謂『言有序』也。義以爲經而法緯之，然後爲成體之文。」〔一三〕方苞的這一思想，王又樸於最初在北京拜見方苞時便得其傳授。此後王又樸依據「義法」爲文，其文章著作總體貫徹了「義法」原則。從王又樸現存的著作看，不僅其所作的古文體現了其依據「義法」爲文的特點，而且其他著作，如《易翼述信》、《孟子讀法》、《大學原本説略讀法》、《中庸總説讀法》、《史記七篇讀法》等闡釋前代典籍的著作，都貫徹了「義法」思想。這些著作在講解前人典籍時，都既講解了閱讀典籍的「讀法」，又講解了其中所藴含的義理，做到了「義」與「法」的有機結合。王又樸對「義法」思想的貫徹，得到了方苞的高度肯定。王又樸曾於乾隆十二年將自己所作古文與《項羽本紀讀法》一併寄給方苞指正，方苞稱贊這些著作「頗識高筆健，義法直追古人，而《項紀》一通尤發前人未發」〔一四〕。這也表明，王又樸深得桐城派文論之精髓，對桐城派早期思想的傳播發展發揮了重要作用。

王又樸的文學評論又受到金聖嘆的很大影響。早在青年時期，王又樸就喜歡閱讀金聖嘆批點的《水滸》。在師從方苞之後，王又樸依據「義法」寫作文章、講解典籍，但仍推崇金聖嘆，特别是在點評典籍的體例上，喜歡用金聖嘆的批點體例。王又樸在《孟子讀法》、《史記七篇讀法》等著作中對《孟子》、《史記》原文進行了圈點批注，作了許多行間夾批，語勢精練乾脆，分析綿密細緻，體現了金聖嘆批點體例的影響。當時有人對他依傍金聖嘆的體例批點《史記》提出質疑：「子之尊信史公，固已然。所爲《讀法》者，例取之金聖嘆氏，以其説稗官野乘者，而以讀正史，毋乃猥甚？將所爲尊信者何如歟？」王又樸則回應説：「千古細心善讀書人，固未有如金氏者也。且世儒爲前説所錮蔽已久，非詳爲説之，不能破其愚而解其惑，故特用其例。然宋朱子于四子書，皆標讀法于其前，見《大全》中，是其例實不始于金氏也。余師方望溪先生曾約取《左傳》數首，而特著其義法，有非世儒之所知，而語特簡妙。余説雖繁，而意在醒世之瞶瞶者，使能會此意而推之，則無書不可讀，而豈惟《史記》？然則前賢方甚樂乎後人之能知，而又豈以其説稗官野乘者爲嫌也哉？」〔一五〕這就是説，金聖嘆對前代著作的點評與朱熹對四書的注解是一致的，也與方苞以「義法」解釋《左傳》是一致的，都可以破除前人解説的錮蔽。就此而言，金聖嘆是「千古細心善讀書人」，金聖嘆的點評體例也是解釋經典之「義」的便利之「法」。如此一來，王又樸便把金聖嘆的點評體例融入桐城派的「義法」説之中，進而發展了桐城派的「義法」説。

桐城派的「義法」理論本質上是宋明理學發展到清代後在文學領域的運用和展現。總體而言，桐城派尊崇程朱理學，强調義理和踐行。王又樸也尊崇程朱理學，以程朱爲「正學」，但他不墨守程朱。在對儒家經典的解讀方面，他的著作中經常有批評朱子注解之失的内容。對宋明理學中程朱、陸王兩脉的關係，他也有自己的看法。他反對將程朱、陸王對立的做法，主張將兩脉思想相融合，以陸王心學去彌補尊奉程朱者之失，他説：「自陸、王之直求本體，而世之狂者多不務實。自整庵、涇陽、少墟、晚村、稼書之辯斥陸、王，而世之狷者遂不敢言心學。夫孟子之不動心者，蓋養其浩然之氣也。所以善養者，以直養之也。直養也者，即曾子之自反而縮也。自反而縮者，行而無有不得也。其無不自得者，有事於心，而勿忘勿助也。必曰『吾儒本理，異端本心』，遂置求心而勿問，是忘其心所有事也。是舍集義，舍直養、善養，而但曰養氣也。然則氣即勇，養氣即養勇。孟子之學，與黝、舍亦何以異哉？」〔一六〕在他看來，從羅欽順到陸隴其等明清時期程朱理學家以陸王心學爲「異端」的做法是錯誤的，心學是在孟子那裏就倡導的學問，是儒學的正統思想。這樣，王又樸在理學派系的判定方面，便具有和會朱陸的傾向，這是其理學思想的一個突出特點。

二

王又樸一生勤於學術，著述頗豐。《介山自定年譜》、《詩禮堂雜纂》以及光緒《重修天津府志》、民國《天津縣新志》等皆有關於王又樸著述的記載。從現存文獻記載看，王又樸主要有以下著述。

一　《易翼述信》

該書爲王又樸解讀《周易》的著作，共十二卷。卷首有王又樸自序，另有高晋序、陳祖范序各一，方苞信札一通。卷一爲《讀法》，分上下兩篇，通論《周易》的解讀方法；卷二至卷十，爲對六十四卦及《彖》、《象》、《文言》諸傳的解讀；卷十一，爲對《繫辭》、《説卦》、《序卦》、《雜卦》諸傳的解讀；卷十二採輯前人解《易》之言，分上中下三篇，綜論卦象、爻象、時位、應比、主爻、卦變、卦名、卦意、圖象等，題爲《諸儒雜論》。王又樸爲撰寫此書，用力最久。據其自序所云，他在幼稚之時，即對朱熹《周易本義》以孔子之易區別於文王之易存有疑問；到乾隆二年五十七歲時，認識到「孔子之説即文王、周公之説」，更加尊信孔子「十翼」；此後撰寫《易翼述信》一書，「稿凡四易」，到乾隆十五年七十歲時纔竣稿成書。書中博採前代數十家解《易》之説，「獨李光地之言爲最夥」〔一七〕。其解《易》的突出特點是「合變氣以玩象」〔一八〕。《四庫全書》編纂者對此書給予很高評價，並將其編入《四庫全書》。

二　《大學原本説略讀法》

該書爲王又樸解讀《大學》的著作，分上下兩卷，上卷爲《大學原本説略》，下卷爲《大學原本讀法》。王又樸幼年時學習朱熹《大學章句》，後讀王守仁所倡古本《大學》，便對朱熹注本《大學》心有所疑。雍正七年前後，他根據自己的理解，作《大學總説》和《讀法》各一卷。後到陝西任職，得讀毛奇齡《大學證文》，印證了自己的解讀。至乾隆十二年，該書定稿成書。該書捨棄自程朱之後的各家《大學》改本，一尊古本《大學》。由於並不存在與「古本」相對的「今本」，故改稱「原本」。該書與《易翼述信》同爲王又樸得意之作。其《詩禮堂雜纂》下卷曾評定自己的著作説：「余於《易》實用力四十餘年。而《大學原本説略》則自髫年至今始敢論定，然世多不解。至説《史記》七首，人尚知而好之，而尤喜余之《讀孟》。甚矣，知德之希也！」可見，王又樸將該書與《易翼述信》一併看作最能體現自己思想的著作。

三 《中庸總説讀法》

該書爲王又樸解讀《中庸》的著作，分上下兩卷，上卷爲《中庸總説》，下卷爲《中庸讀法》。民國《天津縣新志》稱：「《總説》屬稿於通籍以前，迨再仕關中，猶時有商榷，蓋已竭半生之力矣。《讀法》則於朱子所著九條外，復廣以己見，亦間引他家以證之。」[一九]《中庸讀法》中亦有「歲庚子，爲定《中庸總説》」云云。可知，《中庸總説》成稿應該在康熙五十九年庚子前後。《中庸讀法》還記載了其己酉罷官及庚戌之事，可知《中庸讀法》屬稿於雍正之後。兩卷書稿蓋經王又樸反復思索修訂，體現了他對《中庸》文法、思想的理解。

四 《孟子讀法》

該書簡稱《讀孟》，是王又樸解讀《孟子》的著作，共十五卷。該書是王又樸在乾隆十年任廬州府江防同知、駐守無爲州後，爲無爲士子講解《孟子》的結集，於乾隆十五年由無爲庠生范允袋、朱彤、李堂校録成書。該書對《孟子》各章進行了圈點批注，並於經文後標其義法，指明閱讀《孟子》的方法及其重點文意，然後又順説全章文意，以暢其旨。全書對《孟子》的思想主旨、文章特色進行了深入分析，既闡釋了其章法句法、文理文勢，又指明了其思想指歸，整個解讀細緻深刻，富有思想特色。

五 《史記七篇讀法》

該書是王又樸解讀《史記》中《項羽本紀》、《外戚世家》、《蕭相國世家》、《曹相國世家》、《淮陰侯列傳》、《李將軍列傳》、《魏其武安侯列傳》七篇的著作，共二卷。其中，《項羽本紀讀法》爲王又樸於乾隆二年在河南學政張考幕下任職時所作，其餘六篇作於乾隆十九年。王又樸對《史記》的解讀受到方苞的很大影響。方苞十分重視《史記》，認爲「義法」思想體現於《左傳》和《史記》，尤其是發揚於《史記》。王又樸最初在北京拜見方苞時，方苞就以《蕭》、《曹》二世家爲例向他講授「義法」思想。《史記七篇讀法》便貫徹了「義法」説，分別講解了各篇「義法」。王又樸通過著作《史記七篇讀法》，「舉一以例其餘」〔二〇〕，生動形象地展現了他對《史記》義法的推崇，講解了《史記》的讀法和主旨。

六　《詩禮堂古文》

該書又名《王介山古文》，是王又樸所作古文集，共五卷，其中讀經、讀史、論事各一卷，雜著二卷，卷首有王又樸自序，於乾隆十九年成書。該書在刻印後又續刻雜著一卷。該書所録主要爲王又樸仕宦之後所作之文。部分文章末附有方苞、陳祖范的簡短評語，民國《天津縣新志》認爲「今集中所存大半苞所點定」〔二一〕。文章遵照方苞「義法」説，「有義焉，非于聖賢精理微言有所闡明則不作，非于世道有所維持關係則不作；有法焉，詳所當詳，略所當略，行乎其所不得不行，止乎其所不得不止」〔二二〕，得到方苞的高度肯定。

七　《詩禮堂雜咏》

該書又名《介山古今雜體詩》，是王又樸所作詩集，共七卷。該書收集了王又樸自康熙四十年至乾隆十三年所作之詩，按照寫作時間依次編爲《寒蛩集》、《鼓吹集》、《歌熏集》、《關柝集》、《呻吟集》、《擊壤集上》、《擊壤集中》，反映了王又樸從二十一歲到六十八歲的人生軌迹、心情起伏和思想變化。

八　《詩禮堂雜纂》

該書又名《王介山雜纂》，是王又樸的筆記，分上下兩卷。書中所記，内容繁雜豐富，「經説、史論、語録、格言、故事、小説以及格致、考訂之學，殆無不備」〔二三〕。卷下末尾處曾記乾隆己巳年朱一鳳致仕之事，可知該書成書於乾隆十四年之後。又據《介山自定年譜》，乾隆十五年，王又樸七十歲，因濡人力請其刊刻著作，「遂節次，刻有《易翼述信》、《中庸總説讀法》、《史記七篇讀法》、《孟子讀法》、《董子春秋繁露祈求晴雨一則》，暨余自著古今文、雜纂、詩集等書」。由此可知，《詩禮堂雜纂》最早刻於乾隆十五年前後。

九 《春秋繁露求雨止雨考定》

《春秋繁露求雨止雨考定》一卷，是對《春秋繁露》中《求雨》、《止雨》兩文的考定，由王又樸於乾隆十九年從江宁周桀考定本《春秋繁露》中摘出，並加以簡要評注。王又樸自乾隆五年入關後看到有人以《春秋繁露》的方法求雨、止雨經常應驗，後任職江南，負責江防工事，行此法，亦屢次應驗，於是便刻印此篇，推行此法。該篇後附有《創建土星祠記》、《建土星祠并支水説》二文，記載了王又樸於乾隆十三年依據《春秋繁露》之説在無爲州建造土星祠之事，其所體現的思想理念與《求雨》、《止雨》二文相一致。

十 《河工》

《河工》一卷，又稱《泰州繂堤説略》，在《詩禮堂全集》卷首總目録中題爲「河工」。該卷收録了王又樸爲修築泰州繂堤一事所作的四篇文章，記載了王又樸修築泰州繂堤的主要經歷、工程規模以及爲募集資金、堤工善後事宜所撰寫的公文。

十一 《王介山四書時文》

該書是王又樸的四書時文集，共收録時文六十一篇。王又樸自年青時就勤習科舉時文。雍正元年中進士後，他便將科舉時文編輯成集，求教於朱軾、方苞等名家。朱軾曾爲其時文集作序，序中稱王又樸曾「出其時文百十首」[二四]求教於他。其後，王又樸又以四書時文教授學生。雍正七年，王又樸在離開河東之前，曾刻印所作四書時文留贈河東之士。據該書目録及目録下王又樸所作自注，當時刻印之書共收集四書時文七十七篇，另有四十餘篇未來得及刻印。當時已刻印的七十七篇加上未刻印的四十餘篇，共計百餘篇，這大概就是雍正元年拜見朱軾時所出示的那百十篇時文。已经刻印的七十七篇，圍繞四書中的五十八個題目行文，其中《子華使於齊》一題共有時文十六篇，其餘五十七題有六十一篇。《詩禮堂全集》所收録王又樸四書時文即爲河東所刻七十七篇，並將其分别彙編爲兩部分：除《子華使於齊》十六篇之外的五十七題六十一篇彙編爲《王介山四書時文》；《子華使於齊》十六篇則另行彙編，題爲《王介山時文十六篇》。

十二　《王介山時文十六篇》

該書是王又樸圍繞《子華使於齊》一節所作的十六篇時文，曾於雍正年間與王又樸其他六十一篇時文一併刻於河東。乾隆二十一年，王又樸生徒將其單行刻於天津，卷首有王又樸自序。

十三　《聖諭廣訓衍》

該書是王又樸對《聖諭廣訓》的講解衍説。《聖諭廣訓》是雍正二年朝廷所頒布的對康熙《聖諭十六條》的訓解。王又樸在河東鹽運使司任職運同時，爲向當地黎民百姓宣講《聖諭廣訓》，於雍正四年以方言俚語對《聖諭廣訓》進行了通俗的講解推衍，作成《聖諭廣訓衍》。該書先録《聖諭廣訓》原文，後作《廣訓衍》，按照《聖諭十六條》的順序，逐條講解《聖諭廣訓》。該書曾被多次刻印傳播。光緒二年，時任雲南道監察御史吴鴻恩曾刻印該書，由京師觀善堂校刊，題爲《聖諭廣訓衍説》。該本將各條衍説分别附於相對應的《聖諭廣訓》之後，並於各條後附有《大清律例》相關條文。光緒三十四年，時任廣州將軍景灃主持，時任廣東候補知府李象辰、署理廣東水師提督李準、署理廣東按察使蔣式芬同校，重刻京師觀善堂本，由廣州西湖街甘藝苑樓刊刻。

十四　《介山自定年譜》

該書簡稱《介山年譜》，是王又樸晚年爲自己作的年譜，共一卷。該年譜記述了王又樸的家世淵源及其自康熙二十年出生至乾隆二十五年八十歲的人生經歷。卷首有王又樸於乾隆二十六年所作自叙。

十五　《實録》

此文是王又樸爲其繼室馮氏所作的生平實録，共一篇，全稱《敕封孺人例封恭人王室繼配馮氏實録》。《詩禮堂全集》將該文置於《介山年譜》之後，版心題「實録」二字。馮氏於乾隆二十一年正月去世，該文作於是年。全文記述了馮氏的生平事迹和賢惠品德以及王又樸與馮氏婚合經歷的奇情奇事，展現了王又樸夫婦之間的深厚感情及其對亡妻的懷念。

十六　硃卷

現存王又樸的硃卷有康熙五十九年庚子科順天鄉試硃卷和雍正元年癸卯科恩科會試硃卷，各一卷。前者爲王又樸參加順天鄉試中舉的卷子，共三篇。後者爲其參加會試中式的卷子，共三篇。

除以上著作外，《介山自定年譜》稱：「其《大學原本明辨録》雖已刻，復毁，以時有同學謂與《論語廣義》二書，余説多悖者，尚在修改，未敢即出以示人也。」據此，王又樸尚有《大學原本明辨録》、《論語廣義》二書，今已佚。

三

王又樸的許多著述在其在世時即已刻印行世。此後他的多部著作又經再版。後世將其著作彙編爲《詩禮堂全集》。光緒元年，嚴克寬、李秉璋、楊俊元、姚學源等人在天津輔仁書院對《詩禮堂全集》進行了修版補刻，再次印行。沈兆澐爲之作序，序中簡要介紹了《詩禮堂全集》的版本流衍經歷：「介山先生登雍正癸卯進士，揚歷中外，年八十餘卒，文半付梓。閲六十餘年，樊鑑堂茂才宗澄。捐資重刊全集，以壽世版，庋輔仁書院。又閲六十餘年，被竊不全，楊春農、俊元。姚斛泉學源。兩茂才謀補其闕。春農竟獲所失於書肆中。嚴仁波司馬、克寬。李筱林秉璋。適董院事，爰亟印多部，以廣流傳。筱林詳細校讎，復補刻數十頁，遂成完璧。」該版第一册内封頁題「王介山先生全集」，右上題「方望溪先生鑒定」，左下題「輔仁書院藏板」。在該版所收著作中，《易翼述信》、《大學原本説略讀法》、《中庸總説讀法》、《孟子讀法》、《詩禮堂古文》、《詩禮堂雜咏》、《詩禮堂雜纂》等書内封頁右上皆題「方望溪先生鑒定」，左下皆題「詩禮堂藏板」；《史記七篇讀法》亦題「詩禮堂藏板」；《王介山時文十六篇》則題「金壇王罕皆先生鑒定」。

除刻印全集外，王又樸的部分著作還被後人單獨刻印，或被收録於大型叢書。例如，其《易翼述信》被收録於《四庫全書》，爲直隸總督採進本。《聖諭廣訓衍》則有京師觀善堂本、廣州甘藝苑樓本等多種版本。一九二四年，金鉞輯刻《屏廬叢刻》，收録了王又樸的《詩禮堂雜纂》、《介山自定年譜》等著作。其他大型叢書，如《清代詩文集彙編》（上海古籍出版社二〇一〇年版）、《泰州文獻》（鳳凰出版社二〇一四年版）等，也都收録了王又樸的著作。

本次點校整理，以天津圖書館藏光緒元年輔仁書院補刻本《詩禮堂全集》爲底本，同時參校了國家圖書館、天津圖書館所藏多種版本王又樸文獻。現將有關情況説明如下。

第一，本書依據光緒輔仁書院補刻本《詩禮堂全集》，收録《易翼述信》、《大學原本説略讀法》、《中庸總説讀法》、《孟子讀法》、《史記七篇讀法》、《詩禮堂古文》、《詩禮堂雜咏》、《詩禮堂雜纂》、《春秋繁露求雨止雨考定》、《河工》、《王介山四書時文》、《王介山時文十六篇》、《聖諭廣訓衍》、《介山自定年譜》、《實録》，硃卷十六種著作。這十六種著作的編排順序總體保持了天津圖書館函裝順序，個别種類因函裝順序與底本總目録順序不一致，故在整理時略作順序調整，按照底本總目録的順序進行了編排。另外，爲了完整呈現王又樸人物生平及其存世著述的總體狀況，編者增輯附録三卷。

第二，《易翼述信》各卷，底本唯版心題有卷次，卷端皆無卷次。本次點校整理，據版心卷次在各卷卷端增補卷次。另，底本六十四卦各篇皆無標題，僅在版心題有卦名。爲便於檢索閲讀，今據版心卦名增補各卦標題。

第三，底本多种著作有行間夾批，本次整理將行間夾批移入所批正文之下，並以「行間批」標識之。

第四，底本多部著作使用了多種圈點符號。這些圈點符號的含義，作者在《史記七篇讀法》卷一的「讀法凡例」

中有明確表述：「凡通篇主腦大關目，用雙圓圈，或大圈其字。凡通篇立柱抒寫處，及通篇眼目，用雙尖圈。凡各段中主腦，用圓點。凡文字大結構精采處，用單圓圈。凡文字用意處，用單尖圈。凡文字小波瀾處，用斜點。」本次編校整理，爲便於排版，將原來的雙圓圈改爲雙實綫，雙尖圈改爲空心菱形，單圓圈改爲單實綫，單尖圈改爲單波浪綫，斜點改爲單虚綫。

本書的點校整理得到了天津社會科學院院領導的親切關懷和大力支持，得到了天津社會科學院有關同事的無私幫助。在此謹對關心、幫助本書點校整理工作的各位領導和同事表示衷心感謝。本書的責任編輯——社會科學文獻出版社的杜文婕老師爲本書的出版付出了大量心血，在此並致謝忱。由於編者能力和條件所限，本書定有許多舛錯不足之處，懇乞學界方家批評指正。

【注】

〔一〕高晋：《易翼述信序》，王又樸：《易翼述信》卷首，清光緒元年輔仁書院補刻本。

〔二〕清代郭師泰於道光十八年所作《津門古文所見録序》稱：「津門古文首推王介山前輩。」（郭師泰：《津門古文所見録》卷首，天津圖書館藏清光緒十八年刻本）

〔三〕梅成棟：《津門詩鈔》卷四，天津圖書館藏清道光四年思誠書屋刻本。

〔四〕王守恂：民國《天津縣新志》卷二十一之二《人物二》本傳。

〔五〕按，王又樸《介山自定年譜》有「康熙十九年，歲次辛酉，十一月庚子，二十一日庚午，太夫人夢月墮簾而生余」云云。考康熙辛酉當爲康熙二十年，則年譜「康熙十九年，歲次辛酉」之説有誤。且據年譜所記「丁卯，余七歲」、「庚辰，余二十歲」等文字推斷，又樸生年當爲康熙二十年。

〔六〕王又樸：《介山自定年譜》。

〔七〕按，民國《漢南續修府志》卷九《職官上》載，王又樸於乾隆五年任漢中通判。

〔八〕王又樸：《介山自定年譜》。

〔九〕王又樸：《介山自定年譜・王介山年譜自叙》。

〔一〇〕關於王又樸生平，除《介山自定年譜》外，其他諸如道光《泰州志》、光緒《重修天津府志》、民國《天津縣新志》等地方志本傳記載皆較爲簡略。對於王又樸卒年，因《介山自定年譜》爲王又樸生前自撰，故並無記載，而其他地方志本傳皆未有明確記載。惟沈兆澐《詩禮堂全集序》及民國《天津縣新志》本傳説他「年八十餘卒」。現存《詩禮堂全集》中，年日最晚的著述是作於乾隆二十六年的《王介山年譜自叙》。從該年譜自叙看，王又樸在撰寫《介山自定年譜》時當已自知時日無多。據此推測，又樸或在自撰年譜之後不久即卒。

〔一一〕王又樸：《詩禮堂古文・自序》。

〔一二〕方苞：《古文約選序例》，《方苞集》，上海古籍出版社二〇〇九年版，第六一五頁。

〔一三〕方苞：《又書貨殖傳後》，《方苞集》，上海古籍出版社二〇〇九年版，第五八頁。

〔一四〕《望溪方先生札》，見王又樸《易翼述信》卷首。

〔一五〕王又樸：《史記七篇讀法・後序》。

〔一六〕王又樸：《孟子讀法・公孫丑第二上》。

〔一七〕《四庫全書提要・易翼述信》。

〔一八〕王又樸：《易翼述信》卷五之《坎》。

〔一九〕王守恂：民國《天津縣新志・藝文一》，《中國地方志集成・天津府縣志輯》第三册，上海書店二〇〇四年版，第五二〇頁。

〔二〇〕王又樸：《史記七篇讀法・後序》。

〔二一〕王守恂：民國《天津縣新志・藝文二》，《中國地方志集成・天津府縣志輯》第三册，上海書店二〇〇四年版，第五四八頁。

〔二二〕王又樸：《詩禮堂古文・自序》。

〔二三〕王守恂：民國《天津縣新志・藝文一》，《中國地方志集成・天津府縣志輯》第三册，上海書店二〇〇四年版，第五四〇頁。

〔二四〕《王介山四書時文》卷首。

易翼述信

高晋序

易自一畫開天，卦爻彖象，聖聖相衍。因以窮易之變，妙易之通，而天地自然之易於是顯，人心各具之易於是呈。則《易》之爲書，固四聖人之述乎？天道以羽翼造化，而孔子所作特以「十翼」名，則又翼乎前之三聖。所謂「述而不作，信而好古」，此其最大者也。夫易一而已，而翼之以十，有《彖傳》，有《象傳》，有《繫辭》，有《文言》，有《説卦》，有《序卦》，有《雜卦》，其稱名也繁，其取類也廣，非翼乎其外也。易之外無翼，易之中不可無翼。畫之前未嘗無易，翼之後亦未嘗有加於畫之前也。蓋言易者必言理言數，而理統乎數，理無二，易亦無二。孔子立乎千百世之下，與伏羲、文王、周公三聖人之心，心心相印，遂合伏羲、文王、周公三聖人之易，易易相承。聖心同然之易，即天地自然之易也，易豈有二哉？

漢興以來，言易者無慮數十家，類駁雜不可傳，而朱子《本義》實得其宗。顧其言曰「有天地自然之易，有伏羲之易，有文王、周公之易，有孔子之易」，易一而已，而易其人，即易其易。説者不達朱子之意，而泥於其詞，將謂易各有易，而成千古一大疑案焉。宜介山王君之慨然有感於斯也！

介山，天津名宿。成進士，歷仕中外，所至有聲。往與予宦秦中，見其風塵鞅掌間手不釋卷。生平著述等身，晚更成《易翼述信》一編。嗚呼！醇乎醇矣！韓子曰：「《易》奇而法。」介山之注《易》，不矜奇，不詭法，條分而縷晰，字酌而句斟，或千百言不厭其繁，或一二語已括其要，沉潛往復，融會貫通，述尼山之所述，信尼山之所信，能使十翼中精義微言與三聖人心心相印、易易相承而毫釐不爽。然後知翼易者易也，易自然而有翼，即以翼自然之易。《易》之書得翼始全，易之理合翼自具。孔子之謂集大成，此又其最大者也。蓋介山之於《易》也，學之也邃，十翼，故語之也詳；見之也真，故論之也當；述人所不能述，因以成千古之述；信人所不敢信，因以堅千古之信。十翼，翼《易》者也；《述信》，翼十翼者也。善易者何必不言《易》哉？

我朝尊經右學，經史子集莫不彙有成書，而《御纂周易折衷》至精且粹。是又集孔子之大成，而合四聖人之易爲一易，以合乎造化之自然者。介山此編，雖獻之明廷，供聖天子之藻鑒也可。

乾隆十六年，歲在辛未，夏六月下浣，江南、江寧、安徽等處承宣布政使司布政使，兼管江寧織造、龍江西新關税務，愚弟高晋拜撰。

陳祖范序

五經傳述多可疑。《書》疑後出之古文，然大義無害。《詩》疑朱子之廢《小序》，《禮》疑於異同之聚訟，《春秋》疑四傳互有得失。《易》脱秦火，獨爲完備，以其義藴精微廣大，精微則求而愈有，廣大則無所不通。術家主數，流於星曆灾異；儒家主理，至與《莊》、《老》同稱。唐《正義》屏諸説之紛糾，獨行輔嗣，《易》道一爲清夷。宋有邵數、程理之分。數出京、焦之上，直追太始；理達日用行事，不墮元虚。朱子兼綜兩家，成《本義》，微畸尚邵焉。竊謂《易》解不同，與他經異。他經之説，或全非經義，而害於經。説《易》者雖不同，要皆經中所有，特不宜專主以蔽全經耳。何也？精微則求而愈有，廣大則無所不包也。

然以夫子學《易》寡過之旨準之，則斷乎《程傳》爲長矣。《彖》、《象傳》，君子以六十有四，舉凡天文、地理、物象，一一引歸心身之間，而得其切近融合、受益利用處。學者誠于此求之，羲、文、周、孔真我師也，何必高談先天爲羲畫追祖父，何暇旁求直日、納甲、生克、虚旺之小數哉？吾夫子不雅言《易》，今學士偏喜言《易》，論著之多幾於家田何而人虞鄭，易道其日益昌明乎？若夫謹於立説，不苟同，不立異，不冥搜于文字之前，不纏縛於形象之内，主翼以明經，而不岐後聖於先聖，王介山先生《易翼述信》之作爲足尚矣。先生自言，幼稚讀《易》即致疑，老始信而有述，中間數十年，家居官守、應事接物、舟車傳舍之間，《易》義未嘗一息去懷。蓋其於《易》也，惟務自得，不輕著書，異乎世之苟作以求知者。予維讀經病不能疑，因而不求甚解，蔑由取信；又病鑿空生疑，與輕於自信，與疑而終不底於信，皆爲滅裂於學者也。先生之於《易》，能疑又能信，大略與費氏以《繫辭》、《文言》解説上下經體例相近。費氏無章句，而先生有成書，嘉惠來學多矣。

虞山年同學弟陳祖范拜撰。

望溪方先生札

致來諸古文辭並《項羽本紀讀法》，頗識高筆健，義法直追古人，而《項紀》一通尤發前人未發，賢之用心勤矣。爲之點定，其冗者删之，付伻持去，賢以爲何如？所示讀《易·乾》、《坤》、《屯》、《豐》各卦，粗覽一過，知獨遵《彖》、《象》、《文言》諸傳，闡發透徹，似與諸先儒説《易》爲進。近僕鄉人程廷祚極好學，有所解《易》，徵僕序。僕以平素究《易》未深，未之敢應也。今見此，覺有起予者，留案頭細觀，幸卒成之，當與各所論著并序以問世。世不乏好學深思之士，知必有同然者矣。老生苞白。

此吾師乾隆十二年所致之手札也。然余時方在新安，鹿鹿簿書，未能卒業。及回濡，冬夜洗心，取已定者再一讀之，覺於所行所習又有不然，重爲尋繹，亦或有得。迨告致後，反覆裁削，似此書與年俱進，有終身而難窮焉者矣。自念年齒已邁，世豈有百歲人哉？忽悟「加年學易」之言，必是孔子五十歲時作此一嘆，意欲倍其年歲以已之，所以應世與人之道證之於《易》耳。然則「加」不必作「假」，「五十」即是五十也。夫孔子至聖，於《易》尚要以百年，况余庸愚駑鈍，且以僅僅數年之功力，遂謂能知《易》哉？獨惜閱二載而師歿矣，則一知半解，於誰就正？每撫遺編，淚涔涔下也。又樸再識。

自序

余初讀《周易本義》，於《卦變圖説》後云「有天地自然之易，有伏羲之易，有文王、周公之易，有孔子之易」，又云「不可便以孔子之説爲文王之説」，時方幼稚，即疑之，以爲千聖一心，奈何《易》有岐旨乎？及讀《乾》卦之彖「元亨利貞」，夫子以爲四德者，而朱子則謂「爲乾道大通而至正」，既訓「元」爲「大」，而又謂「利貞」爲戒占者利在正固，以此爲文王之本意，則疑又更甚。夫孔子周人也，去文王數百歲而近，何以其説非文王之説，而朱子遠隔二千餘年，未嘗别得義、文指授，何以反能知其爲文王之本意而特揭而著之也？第所學未充，不能確有定解，遂廢而不敢再讀。

至乾隆丁巳歲，余年已五十七歲，始又取而尋味之，覺卦爻各詞非《彖》、《象傳》實有不能明者。是孔子之説即文王、周公之説，并非孔子自爲一《易》矣。若説《易》而不歸諸孔子，則人各異見，論各異詞，何所折衷而得其是？况孔子贊《易》而世目之爲十翼者，乃謂爲非三聖人之本意。夫既非其本意矣，而又謂爲翼，則所翼者何等也？

今余年且七十，稿凡四易。雖未必其果當，而惟篤信孔子之言實所以發明三聖人之意，而務求其相合者，然究亦未嘗不合也，於是名之曰「易翼述信」云。或曰：「易，變易也，不可爲典要，仁者見之謂之仁，智者見之謂之智。子何其拘也？」然變易之中，實有其不易者存。余亦先求其所以不易者，而後自得其變易者，不亦可乎？

時乾隆十五年七月既望，天津王又樸謹序。

卷一

讀法上

經傳次序仍王本

厚庵李氏曰：「朱子既復經傳次序，今不遵之，而從王弼舊本，何也？曰：朱子之復古經傳也，恐四聖之書之混而爲一也。今之仍舊本也，慮四聖之意之離而爲二也。蓋後世之注經也，文義訓詁而已，而又未必其得。故善讀經者，且涵泳乎經文，使之浹洽，然後參以注解，未失也。若四聖之書，先後如一人之所爲，互發相備，必合之而後識化工之神，則未可以離異觀也。」按此，則以夫子之説謂與文、周無異者，今古有同情矣。按：厚庵李氏，本福建省安溪縣人，後稱安溪李氏即是。

經傳合讀

程朱《傳》、《義》與諸儒説，皆於卦爻辭下自以己意詮解一過，而於《彖》、《象》之傳又爲之訓釋。其同也，是爲複；異也，是不以夫子之説爲即文、周之説也。故卦辭必合《彖》，而一以《彖》解之；爻辭必合《象》，而一以《象》解之。

河圖洛書

《河圖》、《洛書》，疑信紛紛；然天下一切，惟信之于理耳。苟衷之理而是，則其真其僞皆不足辨也。《繫辭大傳》明有「河出圖，洛出書，聖人則之」之言矣。朱子以爲順數逆推，皆有明法，不可得而破除，其信哉！第聖人作《易》，仰觀俯察，遠取近取，事亦夥矣，《圖》、《書》特其一耳。故不列圖，而敘其説于末，以其發明《説卦傳》

之藴，抑亦存朱子之意也。

先後天圖

學者多言此出陳希夷，爲異學所撰造。然《大傳》已有「天地定位」及「帝出乎震」兩條，而卦爻亦多取其義者，但非全卦切要之旨，故亦不列圖，而叙其説如《圖》、《書》。

不泥諸儒之説而恪遵夫子之《彖》、《象傳》

如元亨利貞以爲四德，而必不謂爲大通而利於正。大小謂剛柔，而必不謂爲巨細。《乾》、《坤》之初、上二爻，以及《屯》、《小畜》、《泰》、《否》、《隨》、《蠱》、《臨》、《賁》、《遯》、《睽》、《益》、《夬》、《姤》、《升》、《革》、《豐》、《旅》、《巽》、《小過》、《既濟》等卦爻，余非敢妄逞臆見以求異於朱子也。夫自有《易》以來，諸家之説横見側出，至宋邵子始得象數之真傳，而程子之《傳》專用義理，粹然一出於正。朱子合而一之，不惟補二先生之所未及，而其有功於四聖抑豈淺鮮哉？然朱子之説，異於程子者亦復不少，不惟象占一端而已。即以義理論，舉其大者，如《程傳》於《乾》引舜事來説，朱子以爲犯手，失《易》「潔净精微」之意。《傳》於《坤》之六五，并舉女媧、武后以爲大凶，朱子以爲硬入，説得絮了。《傳》於《遯·彖》謂「小利貞」爲君子小貞其道，又專以乾坤言變卦，而朱子皆直謂其不可通之類。夫朱子師法程子，而《易傳》尤其尊信，謂爲「盛得水住」者，而其所言如此，世不謂之背程也，蓋道理亦求其真是耳。然則余之所説間有異於朱子，而實遵夫子之《傳》以爲説，又豈可謂爲背朱耶？〇又按：夫子于《易》，贊之而已，未嘗自謂説《易》也。所以然者，《易》之理廣大精微，一二字中包涵無窮，欲説之而將何如以説之？竊以爲能讀夫子之所以贊《易》者，亦可以知《易》矣。故於卦爻皆不敢置一辭，而專以《彖》、《象傳》之説，并參之《文言》、《繫辭》、《説卦》等傳，息心静氣，以求與文、周之説，而得其一當。然讀夫子之所以贊《易》者，而亦無庸外求也，仍以夫子之説讀之而已矣。何也？《繫辭》中所言君民、剛柔、遠近等説皆夫子讀《易》之法也，而時、位、應、比諸法則又皆具於夫子《彖》、《象傳》中，故揭而列之，以俾後學皆如是以讀之，而斯可矣。

彖

此正夫子注《易》，凡卦體、卦象、卦德無一不細細訓釋，非如《文言》、《繫辭》等傳之別發餘蘊者可比，而亦有卦辭之所未及者，則必其義蘊所係獨大，然亦僅矣。○安溪李氏曰：「文王名卦繫辭，所以觀象者深矣。故總會其綱以命名，又旁通其義以繫辭。辭之於卦，如幹之連於根也。後之玩辭者，但以卦名之義推説其理，似亦足矣。然當日繫辭之意，既博觀乎卦中所藴以盡其言，則言皆有依據而非虚説。此則周公六爻所因以繫，而爻辭於彖又如枝葉之連於幹也。夫子《彖傳》既以卦義釋名矣，至其釋辭也，不離乎卦名之義，而復推廣卦義以得其據依，一則以盡文王觀象之藴也，一則以起周公爻義之端也。無夫子之傳，則文王之彖既無以見其藴之包涵，周公之爻又無以見其端之從起。然則觀彖辭而思過半者，非上智不能。惟以夫子之《彖傳》爲據，以得乎彖辭之義，則其於六爻也不亦可以推而通乎？」又曰：「卦之名義，乃取象之本。言陽動於下，陷于中，止于上，是矣；若陰入于内，麗于中，説于外，則非也。蓋陽性動，其純者爲健，健者動而不息也；陰性静，其純者爲順，順者静而有常也。陽性既動，則有直上發散之意，必遇陰而聚；陰性既静，則有隱伏凝聚之意，必遇陽而散。然陰遇陽則散矣，陽遇陰而聚，歸于發散直上而後已，此陰陽之情也。陽在下，而陰壓而聚之，其勢必動；陽在中，而陰畜而聚之，其勢必陷；陽在上，而陰承而聚之，其勢必止。此主陽遇陰，故曰陽卦。陰在内，陽必入而散之，是陽入陰，非陰入陽也；陰在中，陽必附而散之，是陽麗于陰，非陰麗于陽也；陰在外，陽必敷而散之，是陰得陽而説物，非陰自爲説也。此主陰遇陽，故曰陰卦。故陽爲陰壓而聚，必動而出者，莫如雷矣；爲陰畜而聚，必和而解者，莫如雨矣；爲陰承而聚，既極而必止者，莫如山矣。陰爲陽入而散之者，莫如風矣；爲陽附而散之者，莫如火矣；爲陽敷而散之者，莫如澤矣。

坎又謂之險者，陽陷于陰，則險甚矣；離又謂之明者，陽麗于陰，則明必生焉。健順雖陰陽之純然，健者得順而聚，順者得健而散，其理無以異也。此八卦之德所以能盡天地萬物之情，而爲凡《易》義類之所根也。」

大象

此則夫子之易也。安溪李氏曰：「卦之名不盡取於象也，然而取於象者多矣。是故夫子之以《象傳》釋卦也，卦象、卦德、爻義蓋兼取焉，而又專立一傳，特揭兩象以明卦意。易者，象也。本天道以言人事，此夫子特揭之旨也。約之，則有三例。有卦名所以取者，如地天爲泰、天地爲否、火地爲晉、地火爲明夷、澤水爲困、水澤爲節、水火爲既濟、火水爲未濟之類是也。其有別取卦名而象意則切者，如一陽統衆所以爲師，而地中有水亦似之；一陽御下所以爲比，而地上有水亦似之；一陽來反所以爲復，而地中有雷亦其時也；一陰始生所以爲姤，而天下有風亦其候也：此類皆是也。其有卦名別取，象意又不甚切，而其理則可通者，如隨之爲隨，剛來下柔也，澤中有雷，陽氣下伏，亦有其象焉；蠱之爲蠱，剛上柔下也，山下有風，陰氣下行，亦有其象焉；四陽居中則爲大過，澤之滅木亦氣盛而大過之象也；四陰居外則爲小過，山上有雷亦氣微而小過之象也：此類皆是也。其言君子之體卦德，亦有三例：有直以卦意言者，如《乾》之自强，《坤》之厚載，《師》之容民畜衆，《比》之建國親侯，《噬嗑》之明罰敕法，《頤》之慎言語、節飲食之類是也；有就卦意而推廣言之者，如《晉》之自昭、《明夷》之用晦、《損》之懲忿窒欲、《益》之遷善改過之類是也；有本卦意而偏指一事言者，如《豫》之作樂、《隨》之宴息、《革》之作曆、《渙》之立廟之類是也。至體卦德而以其道與之相仿者，如天地交泰則萬物生，君子裁成輔相則萬物各遂其生，非偏言開治之時裁成輔相也；天下雷行則萬物育，君子對時育物則萬物各得其性，非偏言雷行之時茂對育物也；雷風至變而有常理，君子之行亦至變而有常度，非偏言變動之時立不易方也；洊雷震肅以作其氣，君子之行亦震肅以厲其心，非偏言震驚之時恐懼修省之類是也。」

爻象

此夫子審爻之時、位、比、應、德、變以及剛柔、貴賤、遠近等象，而得其辭中之義，第以一語點明，辭最謹嚴。其不煩言而解者，蓋爻之義藴已在彖中，夫子固曰觀彖而思過半也，靠定爻辭，并非别論。〇程子曰：「一爻之中常包涵數意，聖人常取其重者而爲之辭。亦有《易》中言之已多，取其未嘗言者。又有且言其時，不及其爻之才者。須先看卦，乃看得辭。」〇朱子曰：「《易》有象辭，有占辭，有象占相渾之辭。」〇安溪李氏曰：「象也者，像也。故或其卦取於物象，而爻當之，則遂以其義之吉凶斷，而爻德猶其次也。如屯所以爲屯者，以其雷在下而未起也。初爲震主當之，故曰盤桓，又以其雲在上而未下也。五爲坎主當之，故曰屯膏。需所以爲需，以其雲上於天也。九五坎主當之，故爲飲食宴樂也。履之六三，説而承乾，本卦之主，然因《彖》言『咥人』，而三適當兑口之缺，有受咥之象，故其傳曰『位不當也』，言其直口之位爲不當也。頤之初九，本有剛德，能自守者也。以其與上共爲頤象，而頤之爲物，其動在下，故曰朵頤而得凶也。咸、艮以人身取象，故咸二雖中正，以直腓位而凶，艮四雖不中正，以直背位而无咎。歸妹之凶，以女少而自歸故也。初九適當娣象，則不嫌於少且自歸矣；六五適當帝女之象，則亦不嫌於自歸矣，故皆得吉也。節取澤與水爲通塞，九二適在澤中，則塞之至也，故雖有剛德而凶也。凡若此類，以爻德比應求之多所不通，惟明於象像之理則得之。又有卦雖取其象，而爻義不應者，則有變例。如《噬嗑》『頤中有物』，則初、上兩爻象頤，噬人者也；九四一爻象物，噬於人者也。然既以用獄爲卦義，則用刑者有位之事，故又變其所取之象以從爻位，四反爲刑獄之主，初、上反爲受刑之人也。」又曰：「有一卦六爻專取一事一物爲象，而或一爻别取者，則其義因以異矣。如《需》諸爻皆取沙泥郊穴之象，而五獨曰『需于酒食』，則以五爲需之主，有需之德，而所需之安也。《蠱》諸爻皆象父母，而上獨曰『不事王侯』，則以上九居卦之上，無復承於父母之象，人未有不事父母者，故曰『不事王侯』也。《咸》諸爻皆取身象，惟四不取者，四直心位，因之以論心之感應，而所該者廣也。《大壯》諸爻取羊者三，其曰壯趾，曰藩決，亦羊象也；惟二不取者，有中德而居下體，不任壯者也。《蹇》諸爻皆取往來爲象，惟二、五不言者，五尊位，二王臣之位，義不避難，無往來者也。《艮》諸爻亦取身象，惟上不取者，九三雖亦艮主，而直心位，然止未極也，至上而後止極，則盡止之道者也。若此之類，皆其權於義者精，故其取於象者審也。或曰：四近君之位，蹇不取四爲王臣，而取二，何也？曰：四近也，二遠也。當蹇之時，爲近臣者與君同心，來連而已；若冒險阻而濟艱難，則遠臣之事也，故曰『同功而異位』。」又曰：「六爻之辭多稱卦名，以起其端例也。然有稱有不稱者，則義亦異矣。如《同人》六爻皆當言同人，然惟三、四不言者，既有伏莽乘墉之象，則非同人也。《豫》六爻皆當言豫，然惟二、五不言者，既有介石之操、貞疾之警，則非豫也。《隨》六爻皆當言隨，然初、二、五、上不言，而惟三、四言之，則以陽倡陰隨，理之正也。初、二、五、上以剛隨柔，雖合時義，而非隨之正；三、四以柔隨剛，雖非時義，而得隨之正也。《蠱》之諸爻言蠱，而惟上不言，蓋蠱者事也，上不事王侯，則無事矣。然事之壞也自人心始，上之志可則，則其事莫高而莫尚焉。《噬嗑》諸爻言噬，惟初、上別取，初、上噬於人者也，不可言噬也。《離》諸爻皆不言離，惟二、三言離，諸爻皆直昏夜及昏明之際，惟二、三直日中與日昃也。《遯》諸爻皆言遯，惟二不言，二應五，不可遯者也。《明夷》諸爻皆言明夷，惟上不言，諸爻皆明而夷者，上則夷人之明而非明夷也。《夬》諸爻惟三、五言夬，一近陰，一應陰，當夬之任者也。《姤》諸爻惟上言姤，去初最遠，言遇者，幸其不遇也。《歸妹》惟二、上不言歸妹，一不歸，一無所歸也。《豐》惟初、五不言豐，一則未至日中，一則有以處乎日中也。《旅》惟五爻不言旅，旅之最貴者，則非旅也。《渙》惟初爻不言渙，渙之初則猶未渙也。《節》惟初、二不言節，過而後節，節之初則無所事節也。《中孚》惟五爻言孚，德既中正，而又化邦之主也。《既》、《未濟》兩卦，惟《未濟》三爻言未濟，他爻之既、未濟皆時之爲也，惟《未濟》之三，時可濟矣，而不濟則才之爲也，故特言未濟以別之也。餘卦餘爻如此類者，皆可以義理推。」○竊按，《繫辭傳》曰：「爻者，言乎變者也。」故玩爻辭，非合所變之卦，則有不可得而明者矣。蓋有本氣，有變氣，必先取本氣之時、位、德、應、承、比、卦主與象定其體，而以變卦之體象與彖辭通其用，然後爻辭之義可識也。此則非細玩《象傳》不能得矣。自程、朱諸儒説《易》皆不合變爻，故於象辭、《象傳》多難通。惟《易小傳》、來《注》、上蔡張氏及西河毛氏始主此義，然來《注》太略，《易小傳》、張氏多鑿，毛氏又取數疏，而有附會者，又太傷巧。此中正須善自體會耳。

文言

此則夫子申乾坤《彖》、《象傳》之意以盡其緼也，與《繫辭大傳》中所論中孚等十六卦之十八爻當是一編。然《乾》之上九既重出其中，而《大有》上九又另叙孤立，於上下無屬。朱子以爲錯簡，信然。

繫辭

此則朱子所謂「通論一經之大體凡例」是也。其雜及各卦之德與各爻之義，而發其餘緼，與《彖》、《象》之專疏辭義者不同。

説卦傳

仲達孔氏曰：「《繫辭》中重三成六之意猶自未明，仰觀俯察、近身遠物之象亦爲未見，故於此更備説重卦之由及八卦所爲之象，謂之説卦焉。」

序卦傳

康伯韓氏曰：「《序卦》之所明，非義之緼也，蓋因卦之次，托象以明義。」朱子曰：「以爲非聖人之精則可，謂非聖人之緼則不可。《序卦》却正是《易》之緼，事事夾雜，都有在裏面。」

雜卦傳

此則夫子自以修己治人之學別爲議論。以此爲孔子之易，非文、周之説，是也；然不可謂非伏羲之易。蓋卦次雖別，而剛柔、盈虛、消息之道則一也。

時

《折中》曰：「消息盈虛之謂時，泰、否、剥、復之類是也。又有指事言者，訟、師、噬嗑、頤之類是也。又有以理言者，履、謙、咸、恒之類是也。又有以象言者，井、鼎之類是也。四者皆謂之時。」○草廬吴氏曰：「時之爲時，莫備於《易》。程子謂之『隨時變易以從道』。夫子傳六十四彖，獨於十二卦發其凡，而贊其時與時義、時用之大。一卦一時，則六十四時不同也。一爻一時，則三百八十四時不同也。始於乾之乾，終于未濟之未濟，則四千九十六時各有所值。引而伸，觸類而長，時之百千萬變無窮，而吾之所以時其時者則一而已。」

位

《折中》曰：「貴賤上下之謂位。王輔嗣謂中四爻有位，而初上兩爻無位，非謂無陰陽之位也，乃謂爵位之位耳。五，君位也。四，近臣之位也。三雖非近，而位亦尊者也。二雖不如三、四之尊，而與五爲正應者也。此四爻皆當時用事，故謂之有位。初、上則但以時之始終論者爲多，若以位論之，則初爲始進而未當事之人，上爲既退而在事外之人也，故謂之無位。然此但言其正例耳。若論變例，則初、上亦有當時用事者，蓋以其爲卦主故也；五亦有時不以君位言者，則又以其卦義所取者臣道，不及於君故也。故朱子云：『常可類求，變非例測。』」按：以位爲爵位之位，説出程子。○魯齋許氏曰：「初位之下，事之始也。以陽居之，才可以有爲矣，或恐其不安於分也；以陰居之，不患其過越矣，或恐其懦弱昏滯，未足以趨時也。大抵柔弱則難濟，剛健則易行。或諸卦柔弱而致凶者，其數居多。若總言之，居初者易貞，居上者難貞。易貞者由其所適之道多，難貞者以其所處之位極，故六十四卦初爻多得免咎，而上每有不可救者。始終之際，其難易之不同蓋如此。」又曰：「二與四皆陰位也。四雖得正，而猶有不中之累，況不得其正乎？二雖不正，而猶有得中之美，況正而得中者乎？四近君之位也，二遠君之位也，其勢又不同。此二之所以多譽，四之所以多懼也。二中位，陰陽處之，皆爲得中。中者，不偏不倚、無過不及之謂。其才若此，故於時義爲易合。時義既合，則吉可斷矣。」又曰：「卦爻六位，惟三爲難處。蓋上下之交，内外之際，非平易安和之所也。」又曰：「四之位近君，多懼之地也。以柔居之，則有順從之美；以剛居之，則有僭逼之嫌。然又須問居五者陰耶陽耶。以陰承陽，則得于君而勢順；以陽承陰，則得于君而勢逆。勢順，則無不可也；勢逆，則尤忌上行，而凶咎必至。以陽承陽，以陰承陰，皆不得于君也。然陽以不正而有才，陰以得正而無才，故其勢不同。有才而不正，則貴於寡欲，故乾之諸四多得免咎；無才而得正，則貴乎有應，故艮之諸四皆以有應爲優，無應爲劣。獨坤之諸四能以柔順處之，雖無應援，亦皆免咎。此又隨時之義也。」按：乾之諸四，當是上卦是乾，如天水訟之類。各卦諸四同。又曰：「五，上卦之中，乃人君之位也。諸爻之德，莫精於此。能首出乎庶物，不問何時，克濟大事。《傳》謂『五多功』者，此也。」又曰：「上，事之終、時之極也。其才之剛柔，内之應否，雖或取義，然終莫及上與終之重也。是故難之將出者，則指其可由之方；事之既成者，則示以可保之道。義之善或不必勸，則直云其吉也；勢之惡或不可解，則但言其凶也。質雖不美，而冀其或改焉，則猶告之；位雖處極，而見其可行焉，則亦諭之。大抵積微而盛，過盛而衰，有不可變者，有不能不變者。《大傳》謂『其上易知』，豈非事之已成乎？」

德

德有三。一根於卦，乾之德健，坤之德順，震之德動，艮之德止，巽之德入，兑之德説，離之德明。惟坎曰陷曰險，不可以心德言，故於重卦之名加一「習」字，與七卦之例别。安溪李氏曰：「人心惟危，故其心德必有所陷，陷則險矣。於是乎，不可聽其心之陷溺，而必更習於險，以出乎險。孟子所謂困心衡慮、動心忍性，皆其事也。如是，則亦爲人心之德，與七卦等矣。」又曰：「健莫如天，順莫如地，動莫如雷，入莫如風，明莫如火，止莫如山，説莫如澤，是皆然矣。曰險莫如水，則有未盡。當曰行險莫如水，斯爲水之德爾。由此言之，卦名不加以『習』字，得乎？」〇一生於爻，剛柔中正是也。剛柔各有善不善。時當用剛，則以剛爲善；時當用柔，則以柔爲善。惟中與正則無不善，而中爲尤善焉。安溪李氏曰：「易之義，莫重於貞。然亦有貞凶者矣，有貞吝、貞厲者矣。其事未必不是也，而逆其時而不知變，且以爲正而固守焉，則凶危之道也。中則義之精而用之妙，凡所謂健、順、動、止、明、説、剛、柔之施，於是取裁焉。先儒所謂『中則無不正』者，此也。或曰：易之卦爻，於貞蓋諄諄焉，其於中行僅數四見而已，何也？正理可識，而中體難明，非深于道者不能知，是故難以察察言也。存其義而没其名，則聖教之精也。自《乾》、《坤》二卦，固皆利於貞矣。然所謂二用者，則中之極而貞之源也。其餘卦之諸爻，居得其正者多矣，而亦鮮以正許之者，惟二與五得其正者，固曰『以中正也』；或不得其正者，亦曰『中以行正也』。是則中道之大，而易教之至也。然則存其義而没其名者，何也？曰：六十四卦三百八十四爻，所繫皆中也。然必曰如是則得其正，則人皆知道義之是守矣。倘必曰如是乃得其中，則有誤於依違兩可、混同無辨者，而不自知其非也。故舜之智，必問察乎善而後執其中；顔子之賢，擇乎中庸而必得其善。正非中，則正之實未至；中非正，則中之名亦易差。聖人所以尊中之道而略其名，精求乎正之實而必廣其教者，此也。」〇一繫於辭，元亨利貞是也。四字，文王繫於《乾》、《坤》二卦，以發各卦之例。夫子《彖傳》、《文言》以爲四德。程子以前諸儒，并未有以爲大通而利於正者。自朱子始不用，而自以己意解之，謂爲文王之本義如是，然無所考據。察其意，蓋主卜筮説《易》，故必取卦爻之辭，分别其何者爲象、何者爲占，以爲四德，則有象無占，故作此解耳。然《易》中之有象無占者亦多，至于有占無象者尤復不少，蓋象即其占也。即朱子亦云：「易有象辭，有占辭，有象占相渾之辭。」不解於此，必斷作元亨爲占，而以利貞爲戒辭，何也？且又誤認《屯》、《隨》等五卦之《彖傳》爲以「大」代「元」，遂決意改《乾》、《坤》之「元」皆爲「大」。又以《師》、《臨》等卦《彖》解「貞」爲「正」，遂決意改各卦言貞之正而固者，皆止以「正」之一字盡之。而各卦之言亨、言利者，又似人事通達順利與吉凶悔吝，皆屬占辭一例。《易》於是乎難通矣。不知各卦之言大，皆謂乾之剛也。其言大亨貞者，言乾之亨貞，亨即兼元，貞即兼利也，如春夏秋冬但言春秋、東西南北但言横竪之類。其止以貞爲正者，單詞也，故《師》之《彖》特爲注明曰貞者正也。不然，卦爻言貞者已歷六卦，何至此而始釋之乎？至于《臨》、《革》、《无妄》，皆無固守義，故止言正，而非各卦各爻之例也。蓋元亨利貞，剛柔皆有此四德。凡卦中爻中言元、言亨、言利、言貞者，必分别剛柔以爲言，斯可以讀《易》矣。近日安溪李氏謂：卦主天道之大，故言元亨；爻主人事之細，故言悔吝。似元亨專爲卦之占辭，此不敢違朱而必爲之辭者也。如但以亨爲人事之通達，而元亨爲人事之極其通達，此與言吉、言大吉何異？而何以《需》、《離》、《咸》、《萃》、《升》、《困》之彖既言亨又言吉，《泰》之彖既言吉又言亨，《小過》言亨又言大吉，《鼎》言元吉又言亨，如是之重見叠出乎？且《臨》與《无妄》既皆以爲大通矣，而又一則以爲有凶，一則以爲有眚，此何以説也？又夫子《繫辭傳》中所謂占辭者，于吉凶曰「失得之象」，于悔吝曰「憂虞之象」，又曰「小疵」，于无咎曰「補過」，又曰「吉凶悔吝生乎動」，又曰「愛惡相攻而吉凶生，遠近相取而悔吝生，情僞相感而利害生」。是吉凶悔吝，言之亦屢屢矣。而元亨既爲大通，爲卦之占辭，乃一語不之及。捨其大而舉其細，何也？

大小

大非洪巨，乾之剛也；小非纖細，坤之柔也。《繫辭》固曰「卦有小大」，剛柔之謂也。凡卦中、爻中及彖、爻傳所言「大人」、「大君」、「大川」、「道大行」、「大悖」、「大光」、「大哉」、「大師」、「大敗」、「大輿」、「大牲」、「大難」、「大烹」、「大首」，《益》初「大作」，《豐·彖傳》「豐大也」、「尚大」，《泰》二傳「以光大」，《坎》五傳「中未大」，以及各《彖傳》所贊「時義大」、「時大」、「説之大」，皆訓洪巨。《需》二、《訟》初之「小有言」，《蠱》三之「小有悔」，《坎》二之「求小得」，《未濟》之彖曰「小狐」，皆訓纖細。外如《屯》之《彖傳》曰「大亨貞」，《隨》、《臨·彖傳》曰「大亨以正」，《大畜·彖傳》曰「大正」，《升》之《彖傳》曰「大亨」，《屯》初傳曰「大得民」，《屯》五爻曰「大貞凶」，《履》與《頤》之上傳曰「大有慶」，《大有・彖傳》曰「大中」，《豫》四爻曰「大有得」，《恒》上傳曰「大无功」，《明夷》之三傳曰「乃得大」〔一〕，《損》上、《益》五、《升》五傳皆曰「大得志」，《震》五傳曰「大无喪」，《既濟》之五傳曰「吉大來」，《家人》之四、《鼎》之上、《萃》之四、《升》之初、《小過》之彖皆曰「大吉」，《遯》之彖〔二〕、《豐》三之傳皆曰「大事」，《泰》之彖曰「大來」，《否》之彖曰「大往」，凡此所言大，皆剛也。又如《屯》之五爻曰「小貞吉」〔三〕，《噬嗑》之三爻曰「小吝」，《睽》與《小過》之彖曰「小事」，《旅》與《巽》之彖曰「小亨」，《既濟》之彖曰「亨小」，《賁》之彖曰「小利有攸往」，《泰》之彖曰「小往」，《否》之彖曰「小來」，凡此所言小，皆柔也。學者當分别觀之。

【校注】

〔一〕「得大」，原作「大得」，據《周易・明夷》九三爻之《象傳》改。

〔二〕按，《遯》卦曰「大事」之句在九三爻之《象傳》。據此，「之彖」當爲「三」之誤。

〔三〕「吉」，原作「凶」，據《周易・屯》九五爻辭改。

應比

《折中》曰：「應者，上下體相對應之爻也。比者，逐位相比連之爻也。《易》中比應之義，惟四與五比、二與五應爲最重，蓋以五爲尊位，四近而承之，二遠而應之也。然近而承者，則貴乎恭順小心，故剛不如柔之善；遠而應者，則貴乎强毅有爲，故柔又不如剛之善。夫子曰：『二與四同功而異位。二多譽，四多懼，近也。柔之爲道，不利遠者，其要无咎，其用柔中也。』夫言柔之道不利遠，可見剛之道不利近矣，又可見柔之道利近、剛之道利遠矣。夫子此條，實全《易》之括例。」又曰：「凡比與應，必一陰一陽，其情乃相求而相得。若以剛應剛，以柔應柔，則謂之無應。以剛比剛，以柔比柔，則亦無相求相得之情矣。」竊按：以剛應剛，以柔應柔，其無應者，全體皆然，又謂之敵應。○《折中》又曰：「《易》中以六四承九五者，凡十六卦，皆吉。《比》曰『外比于賢』，《小畜》曰『有孚惕出』，《觀》曰『利用賓于王』，《坎》曰『納約自牖』，《家人》曰『富家』，《益》曰『中行，告公從』，《井》曰『井甃无咎』，《漸》曰『或得其桷』，《巽》曰『田獲三品』，《渙》曰『渙其群』，《節》曰『安節』，《中孚》曰『月幾望』，皆吉辭也。惟《屯》、《需》與《蹇》則相從于險難之中，故曰『往吉』，曰『出自穴』，曰『來連』，《既濟》則交儆于未亂之際，故曰『終日戒』，亦皆吉辭。以九四承六五亦十六卦，則不能皆吉，而凶者多。如《離》之『焚如，死如，棄如』，《恒》之『田无禽』，《晋》之『鼫鼠』，《鼎》之『覆餗』，《震》之『遂泥』，皆凶爻也。《大有》之『匪彭』，《睽》之『睽孤』，《解》之『解拇』，《歸妹》之『愆期』，《旅》之『心未快』，《小過》之『往厲必戒』，雖非凶爻，而亦不純吉。惟《豫》之四，一陽而上下應；《噬嗑》之四，一陽爲用獄主；《豐》之四，爲動主以應乎明；《大壯》之壯，至四而極；《未濟》之未濟，至四而濟：皆卦主也，故得吉利之辭而免凶咎。以九二應六五者，凡十六卦，皆吉。《蒙》之『子克家』，《師》之『在師中』，《泰》之『得尚于中行』，《大有》之『大車以載』，《蠱》之幹母蠱而得中道，《臨》之咸臨吉而无不利，《恒》之『悔亡』，《大壯》之『貞吉』，《睽》之『遇主于巷』，《解》之『得黄矢』，《損》之『弗損益之』，《升》之『利用禴』，《鼎》之『有實』，皆吉辭也。惟《大畜》之『輿説輹』，則時當止也；《歸妹》利幽貞，則時當守也；《未濟》『曳輪貞吉』，則時當待也：亦非凶辭也。以六二應九五亦十六卦，則不能皆吉，而凶吝者有之。如《否》之『包承』也，《同人》之『于宗』也，《隨》之『係小子，失丈夫』也，《觀》之『窺觀』也，《咸》之『咸其腓』也，皆非吉辭也。《屯》之『屯如邅如』，《遯》之『鞏用黄牛』[二]，《蹇》之『蹇蹇匪躬』，《既濟》之『喪茀勿逐』，則以遭時艱難而顯其貞順之節者也。惟《比》之『自內』也，《无妄》之『利有攸往』也，《家人》『在中饋貞』也，《益》之『永貞』也，《萃》之『引吉无咎』也，《革》之『已日乃孚』〔二〕也，《漸》之『飲食衎衎』也，皆適當上下合德之時，故其辭皆吉。夫子所謂『其要无咎，其用柔中』者，信矣！自二五之外亦有應焉，自四五之外亦有比焉，然其義不如應五承五者之重也。」又曰：「以應言之，四與初猶或取相應之義，三與上則取應義者絶少矣。蓋四，大臣之位也。居大臣之位，則有以人事君之義，故必取在下之賢德以自助，此其所以相應也。上居事外，而下應于當事之人，則失清高之節矣。三居臣位，而越五以應上，則失勿二之心矣。此其所以不相應也。然四之應初而吉者，亦惟以六四應初九耳。蓋初九爲剛德之賢，而六四有善下之美，故如《屯》、《賁》之『求婚媾』也，《頤》之『虎視眈眈』也，《損》之『使遄有喜』也，皆吉也。若九四應初六，則反以下交小人爲累，《大過》之『不橈乎下』、《解》之『解而拇』、《鼎》之『折足』是也。以比言之，惟五與上或取相比之義，餘爻則取比義者亦絶少。蓋五君位也，尊莫尚焉，而能下于上者，則尚其賢也，此其所以有取也。然亦惟六五遇上九，乃取斯義。蓋上九爲高世之賢，而六五爲虚中之主，故如《大有》、《大畜》之六五、上九，孔子則贊之以『尚賢』，《頤》、《鼎》之六五、上九，孔子則贊之以『養賢』，其辭皆最吉。若以九五比上六，則亦反以尊寵小人爲累，如《大過》之『老婦得其士夫』，《咸》之『志末』，《夬》之『莧陸』，《兑》之『孚于剥』，皆是也。獨《隨》之九五下上六，而義有取者，卦義剛來下柔故爾。若初與二，二與三，三與四，則非正應而相比者，或恐陷于朋黨比周之失，故其義不重，此皆例之常也。若其爻爲卦主，則群爻皆以比之應之爲吉凶焉，故五位之爲卦主者不待言矣。如《豫》四爲卦主，則初鳴而三盱；《剥》上爲卦主，則三无咎而五无不利；《復》初爲卦主，則二下仁而四獨復；《夬》上爲卦主，則三壯頄而五莧陸；《姤》初爲卦主，則二包有魚，而四包无魚。此又《易》之大例，不可以尋常比應之例論也。」

【校注】

〔一〕按，《遯》並無「鞏用黃牛」之句。《遯》六二爻辭有「執之用黃牛之革」云云，《革》初九爻辭爲：「鞏用黃牛之革。」

〔二〕按，「已日乃孚」是《革》之卦辭。《革》六二爻辭爲：「已日乃革之，征吉，无咎。」

讀法下

主爻

《折中》曰：「凡所謂卦主者，有成卦之主焉，有主卦之主焉。成卦之主，則卦之所由以成者，無論位之高下、德之善惡，若卦義因之而起，則皆得爲卦主也。主卦之主，必皆德之善而得時得位者爲之，故取於五位者爲多，而他爻亦間取焉。其成卦之主即爲主卦之主者，必其德之善而兼得時位者也。其成卦之主不得爲主卦之主者，必其德與時位參錯而不相當者也。大抵其說皆具於夫子之《彖》，當逐卦分別觀之。若其卦成卦之主即主卦之主，則是一主也。若其卦有成卦之主，又有主卦之主，則兩爻皆爲卦主矣。或其成卦者兼取兩爻，則兩爻又皆爲卦主矣。或其成卦者兼取兩象，則兩象之兩爻又皆爲卦主矣。亦當逐卦分別觀之。」〇「《乾》以九五爲主。蓋乾者天道，而五則天之象也；乾者君道，而五則君之位也；又剛健中正四者具備，得天德之純，故爲卦主也。觀《彖傳》所謂『時乘六龍以御天』、『首出庶物』者，皆主君道而言。《坤》以六二爲主。蓋坤者地道，而二則地之象也；坤者臣道，而二則臣之位也；又柔順中正四者具備，得坤德之純，故爲卦主也。觀彖辭所謂『先迷後得主』、『得朋』、『失朋』者，皆主臣道而言。《屯》以初九、九五爲主。蓋卦惟兩陽：初九在下，侯也，能安民者也；九五在上，能建侯以安民者也。《蒙》以九二、六五爲主。蓋九二有剛中之德，而六五應之。九二在下，師也，能教人者也；六五在上，能尊師以教人者也。《需》以九五爲主。蓋凡事皆當需，而王道尤當以久而成。《彖傳》所謂『位乎天位，以正中也』，指五而言之也。《訟》以九五爲主。蓋諸爻皆訟者也，九五則聽訟者也。《彖傳》所謂『利見大人，尚中正也』，亦指五而言之也。《師》以九二、六五爲主。蓋九二在下，丈人也；六五在上，能用丈人者也。《比》以九五爲主。蓋卦惟一陽居尊位，爲上下所比附者也。《小畜》以六四爲成卦之主，而九五則主卦之主也。蓋六四以一陰畜陽，故《彖傳》曰『柔得位而上下應之』；九五與之合志，以成其畜，故《彖傳》曰『剛中而志行』。《履》以六三爲成卦之主，而九五則主卦之主也。蓋六三以一柔履衆剛之間，多危多懼，卦之所以名『履』也。居尊位，尤當常以危懼存心，故九五之辭曰『貞厲』，而《彖傳》曰『剛中正，履帝位而不疚』。《泰》以九二、六五爲主。蓋泰者，上下交而志同。九二能盡臣道以上交者也，六五能盡君道以下交者也。二爻皆成卦之主，亦皆主卦之主也。《否》以六二、九五爲主。蓋否者，上下不交。六二『否亨』，斂德避難者也；九五『休否』，變否爲泰者也。然則六二成卦之主，而九五則主卦之主也。《同人》以六二、九五爲主。蓋六二以一陰能同衆陽，而九五與之應，故《彖傳》曰『柔得位得中而應乎乾』。《大有》以六五爲主。蓋六五以處中居尊，能有衆陽，故《彖傳》曰『柔得尊位，大中，而上下應之』。《謙》以九三爲主。蓋卦惟一陽得位，而居下體，謙之象也。故其爻辭與卦同，《傳》曰『三多凶』，而惟此爻最吉。《豫》以九四爲主。卦惟一陽，而居上位，卦之所由以爲豫者，故《彖傳》曰『剛應而志行』。《隨》以初九、九五爲主。蓋卦之所以爲隨者，剛能下柔也。初、五兩爻皆剛居柔下，故爲卦主。《蠱》以六五爲主。蓋諸爻皆有事于幹蠱者，至五而功始成，故諸爻皆有戒辭，而五獨曰『用譽』也。《臨》以初九、九二爲主，《彖傳》所謂『剛浸而長』是也。《觀》以九五、上九爲主，《彖傳》所謂『大觀在上』是也。《噬嗑》以六五爲主，《彖傳》所謂『柔得中而上行』是也。《賁》以六二、上九爲主，《彖傳》所謂『柔來而文剛』、『剛上而文柔』是也。《剥》以上九爲主。陰雖剥陽，而陽終不可剥也，故爲卦主。《復》以初九爲主，《彖傳》所謂『剛反』者是也。《无妄》以初九、九五爲主。蓋初九陽動之始，如人誠心之初動也；九五乾德之純，如人至誠之無息也。故《彖傳》曰『剛自外來而爲主于内』，指初也；又曰『剛中而應』，指五也。《大畜》以六五、上九爲主，《彖傳》所謂『剛上而尚賢』者是也。《頤》亦以六五、上九爲主，《彖傳》所謂『養賢以及萬民』者是也。《大過》以九二、九四爲主。蓋九二剛中而不過者也，九四棟而不橈者也。《坎》以二、五二陽爲主，而五尤爲主，水之積滿者行也。《離》以二、五二陰爲主，而二尤爲主，火之方發者明也。《咸》之九四當心位，心者感之君，則四卦主也。然九五當背位，爲咸中之艮、感中之止，是謂動而能静，則五尤卦主也。《恒》者常也，中則常矣。卦惟二、五居中，而六五之柔中，尤不如九二之剛中，則二爲主也。《遯》之爲遯以二陰，則初、二成卦之主也。然處之盡善者惟九五，則九五又主卦之主也，故《彖傳》曰『剛當位而應，與時行也』。《大壯》之爲壯以四陽，而九四當四陽之上，則四卦主也。《晋》以明出地上成卦，六五爲離之主，當中天之位，則五卦主也，故《彖傳》曰『柔進而上行』。《明夷》以日入地中成卦，而上六積土之厚，夷人之明者也，成卦之主也。六二、六五皆秉中順之德，明而見夷者也，主卦之主也，故《彖傳》曰『文王以之』、『箕子以之』。《家人》以九五、六二爲主，故《彖傳》曰『女正位乎内，男正位乎外』。《睽》以六五、九二爲主，故《彖傳》曰『柔進而上行，得中而應乎剛』。《蹇》以九五爲主，故《彖傳》曰『往得中也』。蓋彖辭所謂大人者，即指五也。《解》以九二、六五爲主，故《彖傳》曰『往得衆也』指五也；又曰『乃得中也』，指二也。《損》以損下卦上畫、益上卦上畫爲義，則六三、上九成卦之主也。然損下益上，所益者君也，故六五爲主卦之主。《益》以損上卦下畫、益下卦下畫爲義，則六四、初九成卦之主也。然損上益下者，君施之而臣受之，故九五、六二爲主卦之主。《夬》以一陰極于上爲義，則上六成卦之主也。然五陽決陰，而五居其上，又尊位也，故九五爲主卦之主。《姤》以一陰生于下爲義，則初六成卦之主也。然五陽皆有制陰之責，而惟二、五以剛中之德，一則與之相切近以制之，一則居尊臨其上以制之，故九五、九二爲主卦之主。《萃》以九五爲主，而九四次之。卦惟二陽，而居高位，爲衆陰所萃也。《升》以六五爲主，《彖傳》曰『柔以時升』，六五升之最尊者也。然升者必自下起，其卦以地中生木爲象，則初六者巽體之主，乃木之根也，故初六亦爲成卦之主。《困》以九二、九五爲主。蓋卦以剛掩爲義，謂二、五以剛中之德而皆掩于陰也，故兩爻皆成卦之主，又皆主卦之主。《井》以九五爲主。蓋井以水爲功，而九五坎體之主也；井以養民爲義，而九五養民之君也。《革》以九五爲主。蓋居尊位，則有改革之權；剛中正，則能盡改革之善。故其辭曰『大人虎變』。《鼎》以六五、上九爲主。蓋鼎以養賢爲義，而六五尊尚上九之賢，其象如鼎之鉉耳之相得也。《震》以二陽爲主，然震陽動于下者也，故四不爲主而初爲主。《艮》亦以二陽爲主，然艮陽止於上者也，故三不爲主而上爲主。《漸》以女歸爲義，而諸爻惟六二應五，合乎女歸之象，則六二卦主也。然《漸》又以進爲義，而九五進居高位，有剛中之德，則九五亦卦之主也。《歸妹》以女之自歸爲義，其德不善，故《彖傳》曰『无攸利，柔乘剛也』，是六三、上六成卦之主也。然六五居尊下交，則反變不善而爲善，化凶而爲吉，是六五又主卦之主也。《豐》以六五爲主。蓋其彖辭曰『王假之，勿憂，宜日中』，六五之位，則王之位也。柔而居中，則日中之德也。《旅》亦以六五爲主，故《彖傳》曰『柔得中乎外』，又曰『止而麗乎明』。五居外體，旅于外之象也。處中位，爲離體之主，得中麗明之象也。《巽》雖主于二陰，然陰卦以陰爲主者惟離爲然，以其居中故也。巽之二陰則爲成卦之主，而不得爲主卦之主。主卦之主，九五也。申命行事，非居尊位者不可，故《彖傳》曰『剛巽乎中正而志行』，指五也。《兑》之二陰亦爲成卦之主，而不得爲主卦之主。主卦之主，則二、五也，故《彖傳》曰：『剛中而柔外，説以利貞。』《涣》以九五爲主。蓋收拾天下之散，非居尊不能也。然九二居内以固其本，六四承五以成其功，亦卦義之所重，故《彖傳》曰：『剛來而不窮，柔得位乎外而上同。』《節》亦以九五爲主。蓋立制度以節天下，亦惟居尊有德者能之，故《彖傳》曰：『當位以節，中正以通。』《中孚》之成卦以中虛，則六三、六四成卦之主也。然孚之取義以中實，則九二、九五主卦之主也。至于孚乃化邦，乃居尊者之事，故卦之主在五。《小過》以二、五爲主，以其柔而得中，當過之時而不過也。《既濟》以六二爲主。蓋既濟則初吉而終亂，六二居内體，正初吉之時也，故《彖傳》曰：『初吉，柔得中也。』《未濟》以六五爲主。蓋未濟則始亂而終治，六五居外體，正開治之時也，故《彖傳》曰：『未濟亨，柔得中也。』以上之義，皆可據《彖傳》、爻辭而推得之。大抵《易》者，成大業之書，而成大業者，必歸之有德有位之人，故五之爲卦主者獨多。中間亦有因時義不取五爲主位者，不過數卦而已。自五而外，諸爻之辭有曰『王』者，皆非以其爻當王也，乃對王而爲言耳。如《隨》之上曰『王用亨于西山』，則因其係于五也；《益》之二曰『王用亨于帝』，則因其應于五也；《升》〔一〕之四曰『王用亨于岐山』，則因其承于五也。皆其德與時稱，故王者簡而用之，以答于神明之心也。又上爻有蒙五爻而終其義者，如：《師》之上曰『大君有命』，則因五之出師定亂，而至此則奏成功也；《離》之上曰『王用出征』，則因五之憂勤圖治，而至此則除亂本也。皆蒙五爻之義，而語其成效如此。《易》中五、上兩爻，此類最多，亦非以其爻當王也。」

【校注】

〔一〕「升」，原作「外」，據《四庫》本改。

占辭

吉、凶、悔、吝、无咎五者，是爲占辭。《繫辭傳》曰：「吉凶者，言乎其失得也；悔吝者，言乎其小疵也；无咎者，善補過也。」卦辭無言吝者，而爻則兼之，蓋有悔必有吝也。夫悔者，太過之有咎者也；吝者，不及之有咎者也。凡言悔亡者，有悔而可亡也。无悔者，无可悔也。然則无悔之義，進於悔亡。故《咸》四言悔亡，至五則言无悔；《大壯》四言悔亡，至五則言无悔；《涣》二言悔亡，至三則言无悔；《未濟》四言悔亡，至五則言无悔。以其辭義先後考之，无悔進於悔亡可知矣。雖以《復》初之吉，然无祇於悔與敦復无悔，亦須有先後也。凡《易》中言悔亡、无悔者，以此别之。○按爻辭有曰元吉，或言大吉。《坤》五、《訟》五、《履》上、《泰》五、《復》初、《大畜》四、《離》二、《損》五、《益》初、《益》五、《井》上、《涣》四，皆元吉也。《家人》四、《萃》四、《升》初、《鼎》上，皆大吉也。安溪李氏曰：「《坤》五以中順之德配乾，《離》二亦以中順而合坤德。故《坤》曰『牝馬』，配乾之義也；《離》曰『牝牛』，肖坤之義也。其辭皆曰『黄』，以此也。德至中和而極，故占皆元吉。《履》上則德之成也，《復》初則德之本也，其占亦元吉。此四爻，皆以其德之純言也。餘則凡言元吉者，多指吉之在天下者也；凡言大吉者，多指吉之在一人者也。故均之益也，《家人》四富其家者也，《益》五富天下者也。均之聚也，《萃》四聚其下，而猶恐有樹私之嫌；《涣》四涣其群，則已極乎大公之善也。均之進也，《益》初之義在忘身以酬上，《升》初之義在見允而得升也。均之養也，《井》之義爲養民，則在上而養道成者，是民得養也；《鼎》之義爲養賢，則至上而養道成者，是己得養也。至於《訟》五、《畜》四則有無訟刑措之風焉，《泰》五、《損》五則有虚中受下之美焉。是皆非一人之吉，而天下之吉，此所以不特曰大而曰元也。《彖傳》有喜有慶之義，亦然。」愚按：元吉者，謂從來未有之善，而今始有之也；大吉者，謂爲剛德之得者也。《萃》四、《鼎》上是也。《家人》之四以比九五，《升》之初以比九二，此皆歸功剛德，蓋扶陽抑陰之意也。不然，而如李氏之説，謂爻主人事，以悔吝爲人事之細，則各爻但言悔吝可矣，何以言大吉、元吉而并無一言小吉者耶？惟《睽》之卦辭曰「小事吉」，如以小爲瑣細，則又於所言「卦本天道之大」一語有礙矣。蓋不知「小事吉」爲柔事之吉也。○又按：利原爲和義之德。夫義者，宜也。然彖、爻辭有言利者，有言用者，有言不利者，有言勿用者，意相近而辭則不同。安溪李氏曰：「此占者與卦爻相爲賓主之例。言利不利者，以占者當卦爻，謂如此之德，如此之時位，則其利不利如此也。言用不用者，謂卦爻之德之時如此，占者可用以如此，不可用以如此也。細觀其義，亦須有别。凡言利者，皆其事後之利。如訟非得大人不决，蹇非得大人不濟，需不犯難，同人能得衆心，有可以涉川之理，又需者將以進也，同人者將以濟也，故皆言利，事後之辭也。凡言用者，則即今而可用。如升則遇時之卦，見大人而無憂；謙謙則德之至，涉大川而必濟。故皆言用，當事之詞也。凡言不利者，事無可爲之稱。如《剥》之『小人長』，則其時之不利攸往也；《无妄》之『匪正有眚』，則其德之不利攸往也。故言不利，蓋終無可往之理也。凡言勿用者，暫且勿用之意。如《屯》雖動乎險，然猶未可輕有所往；《遯》雖其勢當去，然亦未可輕有所往。故言勿用，蓋恐其疑於可往，而戒以未可往也。然則利之詞緩於用，不利之詞又急於勿用。通事後而論之，則利者猶在後也，故緩；不利者終無可爲也，故急。即當事而論之，則用者即今可用也，故急；勿用者惟此時勿用而已，故緩。若虚言无不利、无攸利者，亦包當事、事後之辭也。虚言勿用者，亦是且就其時斷之之辭也。《頤》之三既曰『勿用』，又曰『无攸利』，則其辭彌甚矣。『利用禴』、『利用亨祀』、『祭祀』，及『王用亨于西山』、『岐山』，『王用亨于帝』之義，亦然。」○又按：爻辭無「元亨」二字相連者，即曰「利貞」者亦少。其曰「利永貞」者，以永爲貞也；「利居貞」者，以居爲貞也；「利艱貞」者，以艱爲貞也；「利于不息之貞」者，以不息爲貞也；利幽人、武人之貞者，以幽人、武人爲貞也。○李氏又曰：「凡言『貞吉』於辭之後者，即其辭所言之義，而貞固守之，則吉也，『需于酒食』、『鳴謙』、『介于石』之類是也。言『貞吉』於辭之前者，爻有貞吉之義而辭又有他戒也，《咸》四、《壯》四、《升》五、《巽》五、《未濟》四五是也。『悔亡』、『无咎』之義亦然。惟《壯》二直曰『貞吉』，《恒》二直曰『悔亡』，《解》初直曰『无咎』，前後更無他辭，則以爻義已足，示人以觀象之例也。」○又按：安溪李氏之言曰：「先儒説貞凶，有云雖貞亦凶者，有言貞乎此則凶者，有言決定是凶者，是有三例也。説无咎，既爲補過之義，又云自取凶害、无所歸咎，是有兩例也。夫苟二三其例，則是適以眩夫占者，而又何以斷天下之疑乎？故夫貞者，正也，固也。凡言『貞吉』者，兼正固之義，固由正生也。凡言『貞凶』、『貞吝』、『貞厲』者，主乎固之義，蓋自以爲正而固守之也。其設戒亦不純蒙上句，蓋有與上句相反爲義者。如《泰》道之終，『城復于隍』矣。斯時也，『勿用師，自邑告命』，則可矣；如固守其常而力争之，則吝也。《晉》道之極，『晉其角』矣。斯時也，惟自治其私，則雖危而吉，无咎矣；如固守其常，知進而不知退，則吝也。此皆不蒙上句而相反爲義者。如『弟子輿尸，貞凶』、『晉如鼫鼠，貞厲』、『喪其資斧，貞凶』，則蒙上句直説，謂固常如此而不知反，則危且凶也。二者文意不同，然要爲不可固守之占，則無兩例，明矣。《傳》言：『无咎者，善補過也。』則『无咎』非凶辭可知，但以《大過》之上、《節》之三遂謂有變例焉。然《過》上際時窮而有處之之義，《節》三失時義而有改悔之機，是皆可以補過之例求之，不必變也。蓋『過涉滅頂』，時窮而凶矣，然以柔爲説主，不與時争，則无咎之道也。不言其所以无咎者，《解》初六之例也。『不節若』，宜得凶矣。然因不節而遂『嗟若』，亦无咎之道也，《臨》六三之例也。況《節》三《象傳》與《同人》初爻同，則无咎之義亦應同。雖《解》三『又誰咎也』爲非善詞，然此兩爻有『无咎』之文，則《象傳》爲直解『无咎』之義，言人安得而咎我也。《解》三爻無『无咎』之文而曰『貞吝』，則《象傳》爲解『貞吝』之義，言我安得而咎人也。其辭固不相病也，惟其例之一，是以辭之指有難明者，皆以其占戒讀之而可知。故曰：『定之以吉凶，所以斷也。』」○竊按，《繫辭傳》曰：「愛惡相攻而吉凶生，遠近相取而悔吝生，情僞相感而利害生。」夫利爲夫子所罕言者，乃各卦爻多言利不利，而其言害者亦有之，如《大有》之初曰「无交害」，其三《傳》曰「小人害」，《咸》之二《傳》曰「順不害」，其四《傳》曰「未感害」，似利害亦與吉凶一例矣。然安溪李氏之言曰「情僞以爻之德言」，按此則夫利必非世之所謂利，而害亦必非世之所謂害也。《傳》不云乎，「變而通之以盡利」，又曰「屈伸相感而利生」。蓋利者，義也；義者，宜也。利物足以和義，所謂與物無所乖戾者也。利之反對爲害，而害可知矣。故止以吉、凶、悔、吝、无咎五者爲占詞也。

陰陽奇耦君民

安溪李氏曰：「辭之吉凶悔吝生於卦之小大，六十四卦之小大生於八卦之小大，是故知八卦之所以分陰陽者，而《易》之大義可識矣。震、坎、艮多陰而爲陽卦者，陽卦主於奇也；巽、離、兑多陽而爲陰卦者，陰卦主於耦也。蓋奇、陽爲君，耦、陰爲民。一君，則是君之權一，而君爲主。君爲主，則民聽命，所以爲君子之道也。二君，則是君之權分，而民反爲主。民爲主，則君失職，所以爲小人之道也。是故陰陽之始，但有君民主役之分，而未有君子小人善惡之別。惟爲主者不失其主之道，則役效於主而陰亦陽矣，夫然後君子之名立焉。惟爲役者不安其役之義，則主役于役而陽亦陰矣，夫然後小人之名立焉。君子小人之名既立，此人之所以有邪正，世之所以有治亂，而未有已也。三畫之卦取類如此，故六畫之卦取類如之。是夫子所謂『卦有小大，辭有險易』者，而八卦其根也。夫彖者，材也。卦之剛柔雜居，此其所取之材，而以定一卦之吉凶者也。是故聖人推其原於陰陽卦，以明材之所以區而別者，以此。」

初難終易

安溪李氏曰：「惟彖之繫也，原始而要終，故爻之繫也，其於初辭亦必擬而議之，而卒則成其終而已。此初所以難知，而上所以易知也。蓋初、上雖非當時，而實時之所以造端究竟；雖非正位，而實位之所以立本觀成。時之變、位之分，惟聖人爲能審其精焉。至於造端立本者既得，則所以究其竟而觀其成，其則不遠矣。《傳》所謂本末之意，蓋如此。」

中爻之備

安溪李氏曰：「初、上二爻，事外者也。中四爻，事中者也。以時言之，則自始之中，以至終之中，莫非有事之時也。以位言之，則自出潛離隱，以至席尊履貴，莫非有事之位也。如下文所謂多懼、多譽、多凶、多功，皆惟其有事故如此。《易》者吉凶生大業之書，故惟此四爻者於卦之義極相當對。發卦之緼者，必於是而始備也。若初、上兩爻非無時位，然以時言之，則爲事之將然及其已往，以位言之，則爲人之未遇及其已退，往往在於咎譽罪功之外，而於本卦截定之分限蓋有不相當值者。聖人於此，或發其未然之戒與其過中之坊，或示其始進之基與其持盈之道。雖一一根於卦義，而實出於卦之前後旁外以周旋之，故卦有初、上二爻而後時變窮，有中四爻而後時義備。」

觀象過半

安溪李氏曰：「文王既名卦而繫之辭矣，然其繫辭也，必雜取夫卦義。其取夫卦義也，又取諸爻之剛柔、上下、内外、比應、善惡、當否者爲多。故名之所以命也，間用主爻之義，然以兩象二體爲括要之宗者也。辭之所以繫也，兼論二體之德，然以六爻剛柔爲取用之材者也。惟其如是，是以六爻未繫，而其燦然分别者已具於渾然涵蓄之中。周公之繫爻也，蓋本此以爲權度者也。或彖辭所專指之爻，則其意可以發明；或彖辭所未及之爻，則其義可以推廣。文、周一心者也，彖、爻一貫者也。故夫未觀爻辭者，擬議懸度，可以預知其得失之所歸；已讀爻辭者，尋繹覆視，可以確定其吉凶之有故。吁！此智者之事、學易之方也。」

二四遠近

安溪李氏曰：「凡九二應六五者，多吉。蓋居下，則宜有實德，故貴於剛；在上，則宜虚中以下交，故貴於柔也。六四承九五者，多吉。蓋近上，則宜有小心，故貴於柔；君必有剛明之德，然後可以行其道，故貴於剛也。若以陰應陰，以陽應陽，以陰承陰，以陽承陽，則皆無相取之義。其或以時義所當，間有取者，然非正例也。如六二以陰應九五之陽，九四以陽承六五之陰，皆不得爲善矣〔一〕。何則？居下而柔，則有援上之嫌；處近而剛，則有專己之失也。然以六二之雖柔而中也，故爲能以中正自守，其應九五猶多吉義。惟九四承六五，剛而不中，以處逼近之地，則其危厲甚矣。是故『二多譽，四多懼』者，統言之也。又云『柔之爲道，不利遠者』，以見二雖多譽，然惟以剛應柔者多爾，且見四雖多懼，然惟以剛承柔者多爾。若以柔承剛，則無凶害，柔之爲道利近故也；以柔應剛，則不純吉，柔之爲道不利遠故也。然惟二之中也，故剛固有譽，柔亦次之，是以統之以多譽也。惟四之不中也，故剛固可懼，柔亦未嘗忘懼也，是以統之以多懼也。」又曰：「遠多譽而近多懼，何也？曰：夫月遠日則明生，近日則光失，可見遠之多譽而近之多懼也。若以天地言之，則西南之方如月之望，所謂遠也。月受日之光，地受天之施，配而不嫌於敵，盛而不疑於逼，故在《傳》曰：『西南得朋，乃與類行。』言致役于帝以養萬物，則雖朋類衆多，共效陰職，乃分之宜也。東北之方如月之晦朔，所謂近也。日與月合，天與地交，月則匿其明，地則閟其氣，故在《傳》曰：『東北喪朋，乃終有慶。』言告成於陽以爲終，稟承於陽以爲始，終始之際，惟陽之順，無有朋私也。是故遠則貴於剛者，如月之藉日光，地之載天氣，柔其質，剛其用，以君父之靈濟君父之事，則剛者貴矣。近則貴於柔者，如月之終魄於東而載魄於西，地之安守於貞而順承於元，純陰至順，終君父之功，以聽君父之命，則柔者貴矣。蓋不特位之遠近然也。凡受事分職之時，皆西南也，皆遠之屬也。凡歸功稟令之時，皆東北也，皆近之屬也。自《坤》象發其義，而六十四卦視焉。是臣之則也。」

【校注】

〔一〕「矣」，原作「美」，據《四庫》本改。

三五 剛柔

「三多凶，五多功」，亦統言之也。又曰：「其柔危，其剛勝耶？」言三雖多凶，然惟柔處之，則至危；若以剛居之，則或能自强，而凶可免也。然猶疑其辭者，庶幾而不盡然也。此所以爲多凶也。以是而例於五，則多功者，亦惟剛者爲多；若以柔居之，則雖因時而有用柔之善，然功不若九五之多矣。蓋柔不利遠，以中无咎，爲二言之也，而因可以例於四。柔危剛勝，爲三言之也，而因可以例於五。聖人之言，有舉一隅而足者，皆此類也。或曰：三、四皆高位，而四益高。四止多懼，三遂多凶，何也？曰：近而親者，懼而已矣；遠而任者，譽可致焉。不遠不近之間，於情則未孚，於勢則猶阻，於任則已重，於責則已切，於進退則已難，於牽掣則已多，此其所以多凶也。凡《易》之情，莫重乎比應。五位之尊，四比而二應之。三雖近高，而無比應，其爲危也，不亦宜乎？自《乾》卦六爻之辭，而二五之功譽，三四之凶懼，皆發其端矣。六十四卦以是推之。

愛惡遠近情僞

愛惡，以爻之時言也；遠近，以爻之位言也；情僞，以爻之德言也。非時則愛惡不可知，非位則遠近不可見，非德則情僞不可别矣。愛惡之相攻者大，故生吉凶也；遠近之相取者暫，故生悔吝也；情僞之相感尤深，故生利害也。然愛惡情僞之淺深，又因遠近而變。惟近而惡相攻、僞相感者，必致凶犯害。其小者，乃悔且吝耳。若遠而無比應之義者，則雖不以情相愛，而凶害必不甚。故近而不相得者，總例也。其重者，則以相惡相僞爲主，故凶害屬之也；其輕者，則以相近爲主，故悔吝屬之也。以是反觀，則近而相得者，必吉也利也；相得而遠者，亦不免乎悔也吝也：皆可例求矣。此三言者，實觀象玩辭之要。

卦變

《易》中言剛柔、上下、往來者，先儒多以卦變之法推之。然程子專以乾、坤言變卦。朱子則以陰陽之卦一二三四五皆有所自而來，因爲《卦變圖》以次之。近日，西河毛氏又執《未濟·大象》「辨物居方」之言，以爲有合於《繫辭》所云「方以類聚，物以群分」者，而逐卦以求其分聚，謂此卦自某之爻相易，甚且三四卦而分成一卦，既紛煩無當，間有合者，又曲爲之説，而傷乎巧。恐聖人作《易》畫卦之旨，不如是之勞擾也。安溪李氏以爲「卦變之説於先儒無所折衷，不若古注直指卦體、爻畫、虚象之爲愈」，其説當是也。然則在内卦爲來，在外卦爲往，不必牽纏卦變，殊爲直捷了當耳。

分日讀

朱子曰：「且須熟讀正文，莫看注解。」又曰：「看《易》須著四日看一卦。一日看卦辭、《彖》、《象》，兩日看六爻，一日統看，方子細。」竊按：讀書務求有得耳。苟偶有所會於心，雖一日讀一卦，亦不爲簡略；如無所得，或多讀數日，或竟置擱，以俟異日之遇事感觸而得之，皆無不可。至於正文，則卦辭、爻辭也。注解，則夫子《彖傳》、《象傳》也。朱子意，蓋謂世儒之所注解耳。且云「莫看」，亦先且莫看，非竟不看也。即正文與夫子注解處，亦且莫先看，惟宜細玩卦畫。如某卦爲何卦在内，何卦在外，而此内外兩卦何以合成此卦而名爲某，務得其所以名某者；而因以求其義，何者吉，何者凶，其有无悔吝之咎者。皆思而得之於心，然後方讀卦辭。亦先以己意解釋其文義，然後再讀《彖傳》。其讀爻辭、《象傳》也，亦然。有所合耶，是聖人之所先得者，而我亦有同然也。其無所合耶，是聖人平日之以身心體會而得者，而我止以文辭求之也，則必思所以自治焉斯已矣。

以上所論，皆所以示學者讀《易》之法也，然猶有要焉。朱子《警學》詩曰：「讀《易》之法，先正其心。肅容端席，有翼其臨。於卦於爻，如筮斯得。假彼象辭，爲我儀則。」又曰：「非是此心大段虚明寧静，如何見得？」是則讀《易》非主敬不可也，然猶有道焉。朱子曰：「《易》大概欲人恐懼修省。今學《易》，非必待遇事而占，方有所戒。只平居玩味，看他所説道理於自家所處地位合是如何，故云：『居則觀其象而玩其辭，動則觀其變而玩其占。』孔子所謂學《易》，正是平日常常學之。想見聖人之所讀，異乎人之所謂讀。想見聖人胸中洞然於《易》之理，無纖毫蔽，故云『可以無大過』。」又曰：「人須是經歷天下許多事變，讀《易》方知各有一理，精審端正。」然則非實有所以身體乎斯《易》者，亦不可以知《易》也。

卷二

乾

䷀乾下乾上

乾：元，亨，利，貞。

初九，潛龍勿用。

九二，見龍在田，利見大人。

九三，君子終日乾乾，夕惕若，厲无咎。

九四，或躍在淵，无咎。

九五，飛龍在天，利見大人。

上九，亢龍有悔。

用九，見群龍无首，吉。

《彖》曰：大哉乾元，萬物資始，乃統天。雲行雨施，品物流形。大明終始，六位時成。時乘六龍以御天。乾道變化，各正性命，保合太和，乃利貞。首出庶物，萬國咸寧。

《彖傳·本義》方叙天道，忽叙聖人，忽又叙天道，下又補叙聖人，似於文法欠順。竊疑「大明終始」三句與上二節俱以天道言，惟「首出」二句始説到聖人。若曰：昔宓羲氏畫三陽爻，而名之曰乾，因而重之，仍名爲乾。文王繫之以「元亨利貞」四者，皆天德也。乃乾有四德，而元爲之首。大矣哉，乾之元乎！萬物之所資始，而爲亨、爲利、爲貞胥根焉，乃統括乎天德者也。是故雲之行，行此元也；雨之施，施此元也；品物之流形，流形此元也。

是乾之亨，始而亨者矣。夫此始而亨也，始不常始，有終其始者也。其終也，終非竟終，終而即始者也。惟其終始迭運，循環無端，所以不息而爲乾。乾也，此義也。畫卦之聖人，於畫此六陽爻而仍名爲乾之時，已大爲明白指示矣。則此「元亨利貞」之詞，夫豈文王之臆説哉？然即畫卦之聖人，所以畫六陽爻而仍名之曰乾者，亦非聖人師心自用也。蓋七政齊而四時行。日緯乎天，必歷月之十二而一周。其自陽氣方生，以及漸長，至於極盛，則有初，有二，有三，有四，有五，有六。是六爻之位，實各因乎時，自然而成者也。夫陽之在物者莫若龍，六陽即六龍也。惟各因乎其自然之時，則四時乘此六陽以行乎天者，有春即有夏，有春夏即必有秋冬，是其收斂閉藏。天豈別有一六陰之氣，使品物不遂夫流形之機哉？正乾道之變化，所以各正其性命也，所以保合其太和，俾其即終而即始也。此陰所以胎陽，而陽實挾陰以俱行，乃所謂利貞之義也。使非有此利貞，則無以開亨之始，而天生物之機或幾乎息矣，其何以能乾乾耶？是故法天之君子能體乾乾之義，則有以首出庶物，而萬國於以咸寧焉。夫首出即所以資始也，咸寧即雲行雨施而各正保合也。所謂元亨利貞在天者，亦在聖人矣。如此説頗順。蓋春夏屬陽，秋冬屬陰，似乎元亨爲陽德，利貞爲陰德，而六爻皆陽，何以能備四德？故於「大明終始」一節，發明其義，揭出「終始」二字，以見二氣之往來實皆一氣之轉運。此元亨利貞所以繫之於乾乾也。〇品物流形，乃天之氣流行於形生之始，非即有形也。一有形，即坤之資生矣。

附見。六爻，或曰六位，或曰六龍，何也？析其六爻，時有各當，不得纖毫出入，故謂之位。總其六爻，時常變易，不得纖毫膠滯，故謂之龍。蓋位者，一定不可踰之名；龍者，變化不可測之物也。總之生機，既謂之元，又謂之和，何也？元氣即和氣，自其資始謂之元，自其訢合謂之和。總之爲物，或曰萬，或曰品，或曰庶，何也？萬明其數之多，品見其類之異，庶言其生之同，各有攸當也。此余雍正乙巳年在都門所抄，未審何氏所著。今按其義，亦多散見《説統》中，疑爲近時學人纂集前儒雜論而加暢者。凡後所採，皆於上標「附見」字爲識。

《象》曰：天行健，君子以自强不息。潛龍勿用，陽在下也。見龍在田，德施普也。終日乾乾，反復道也。或躍在淵，進无咎也。飛龍在天，大人造也。亢龍有悔，盈不可久也。用九，天德不可爲首也。

《程傳》曰：「理无形也，故假象以顯義。」旨哉言乎！一部《易》，莫非象，莫非理也。朱子《本義》曰：「天，《乾》卦之象也。凡重卦皆取重義，此獨不然者，天一而已。但言『天行』，則見其一日一周，而明日又一周，若重複之象，非至健不能也。」竊按：「行健」二字，亦即是重乾之意矣。又按：《大象》，夫子多另取一義，不與《彖》同。乃此曰「行健」，曰「不息」，仍即《彖傳》「終始」之意。即《坤·象》「厚德」，亦即「安貞」也。蓋天地之道，爲物不貳，故不容別有所爲義矣。

初變姤，遇巽。巽伏，故象潛。巽爲德之制，又曰「巽以行權」，故言龍而戒其勿用也。《傳》曰「陽在下」，「陽」釋「龍」，「下」釋「潛」。既在下，自然勿用，故「勿用」不復釋也。《説統》曰：「只一『在』字，便見是安住時節，勿輕動作，則陽德完固。」

二變同人，遇離明，故兩曰「見」。二地位，《同人》曰「于野」，故此曰「在田」。《説統》曰：「以天下同得之理，感天下同然之心，象日之方升，雖未中天，光已遍被，故其施自普。」按此固以變氣言也。

三變履，遇兑。變氣合二、四互離，故曰「日」。三爲内卦之終，《離》之三亦曰「日昃」，故曰「終日」。離日互在下，故曰「夕」。居下乾之終，即開上乾之始，而二、三、四、五皆互乾，又重剛也，故曰「乾乾」。重剛故厲，而《履》卦辭曰「履虎尾，不咥人」，故「厲，无咎」。《傳》曰「反復道」者，程子以爲「進退動息必以道」，朱子以爲「重複踐行之意」，用六刁氏以爲「指出『道』字，則『終日乾乾』確有可依據」。此三説，皆極有味。蓋此爻變履，履者禮也。朱子以九二之半與九三爲亨。亨，禮之德也。君子嘉會，足以合禮，所謂「先王之道，斯爲美，小大由之」，故有「終日乾乾，夕惕若」之象。雙湖胡氏曰：「初、二爲地，地者，龍之下位。五、上爲天，天者，龍之上位。三、四人位，非龍之所據。《乾》九三一爻，實居六十四卦人道之首，聖人尤致意焉。此諸爻所以不言『乾』而三獨言『乾乾』也。」

四變小畜，遇巽。小畜上往而施未行，巽又進退不果者也，故有或躍或在之象。雲峰胡氏曰：「其位上下之交，其時進退未定之際。躍以『或』言，審於進也。淵以『在』言，安於退也。」竊按：「或」之者，疑之也。徂徠石氏曰：「夫子加『進』字，以斷其疑也。」

五變大有，遇離。離火炎上，又爲雉，故曰「飛」。五天位，故曰「在天」。離明，故曰「見」。二、五有中正之德，故皆曰「大人」。敬仲楊氏曰：「皆尊仰之之謂見，皆蒙其澤之謂利。」雲峰胡氏曰：「二之施，以德言；五之造，兼德與位言。」敬承程氏曰：「語稱天地曰造化，曰大造。造者，天之爲聖之事也。聖人居天位，行天道，所造於天下萬世者大矣，故曰『大人造也』。」仁和沈端恪公説二、五兩爻云：「雖有見龍在田之德，而尤宜見九五之大人，則爲下不倍矣。雖有飛龍在天之德，而尤宜見九二之大人，則居上不驕矣。」按：此義實出《程傳》。朱子據九五《文言》，以爲「只是言天下利見夫大德之君，今人却别作一説，恐非聖人本義」。乃《本義》又仍程説，何也？此間必有訛誤。

上變夬，遇兑。以乾之至健，而猶有柔之決，故曰「亢」。亢亦時之所不能違者也。按：位以五爲中正，過之則盈。「盈不可久」者，「窮則變，變則通」也。詳見《文言》。

「用九」節，説者不一。介甫王氏謂蒙上九而言，雖爲來《注》採用，而理則偏。《程傳》泛論，朱子非之而取歐説，謂爲占得乾卦六爻皆變之辭，援《春秋》蔡墨筮乾之坤爲證。乃用六刁氏疑爲不然。說詳後《文言》。近於都門抄本，又云「爻數用九，而爻位止六，是爲群龍无首之象」，又據《先天圖》乾坤、坎離、艮兑、震巽皆對待成九數爲説，語愈新奇，而旨愈岐出。學者何所執以爲信守乎？竊按：蔡墨既有此筮，則朱子之論爲確。次崖林氏曰：

「乾變之坤，與本是坤者不同。坤變之乾，與本是乾者不同。故乾无首之吉，終不可同於坤牝馬之貞；坤永貞之利，終不可同於乾之元亨。故聖人別著自此至彼之象占。」《折衷》曰：「此亦因乾、坤以爲六十四卦之通例。如自復而姤，則長而防其消可也；自姤而復，則亂而圖其治可也。先儒謂須合本卦變卦而占之者，近是。」又云：「此『不可爲首』，與『不可爲典要』語勢相似，非戒辭也。若言恐用剛之太過，不可爲先，則『天德』二字是至純至粹、無以復加之稱，非若剛柔仁義倚於一偏者之謂。尚恐其用之太過而不可爲先，則非所以爲天德矣。程子嘗曰『動靜無端，陰陽無始』，蓋即『不可爲首』之義。如所謂『不可端倪』、『不可方物』，亦此意也。」又按都門抄本云：「《乾》六爻不言凶，亦不言吉者，純粹中，着不得一『吉』字也。」凝庵唐氏曰：「六龍各極其盛，并不言吉，必至无首，方吉。甚矣，龍德之貴全也！」二説正可互參。

《文言》曰：元者，善之長也。亨者，嘉之會也。利者，義之和也。貞者，事之幹也。君子體仁足以長人，嘉會足以合禮，利物足以和義，貞固足以幹事。君子行此四德者，故曰：「乾，元亨利貞。」

《本義》分疏四德，兼天人而言，字字精確。朱子又云：「屬北方者，便着用兩字。」董氏曰：「北方，天氣之終始，有分別之意，故『北』字篆文兩人相背。至於四端、五臟、四獸屬北方者皆兩。」朱子又云：「伊川說『貞』字，只以爲正，恐未足以盡貞之義。須是說正而固。」又曰：「『正』字也有『固』字意思，但不分明，終是欠缺。」按：朱子諸説「貞」字，原是正、固二義。不知何故，於《乾》之卦辭及諸卦爻之言「貞」者，又止以一「正」字畢之也。○安溪李氏曰：「上言性之德，下言君子所性。」

《本義》曰：「此第一節，申《彖傳》之意。」

初九曰「潛龍勿用」，何謂也？子曰：「龍德而隱者也。不易乎世，不成乎名，遯世无悶，不見是而无悶。樂則行之，憂則違之，確乎其不可拔，潛龍也。」

敬承程氏曰：「『龍德而隱』，惟有龍德，故能隱也。」彦陵張氏曰：「提出『龍德』二字，便見非石隱自甘的了。」又曰：「『不易』、『不成』，有二説。一説：不爲世所變易，曰不易；不以一善成名，曰不成。一説：道可以易世，不易者無必用之心；隱可以成名，不成者無潔身之迹。」受軒貢氏曰：「人在世間，都被世界轉移去。『不易乎世』，這是出風塵的漢子。然纔是特立，便要成名。既『不易乎世』，又『不成乎名』，纔潛得不凡，所以『遯世无悶』。得此，已是没世界的心腸，渾乎道心之微矣。」按此，此其所以爲龍德而隱者也。樂行憂違，先儒多作出處説，既與「潛」字有礙，且講憂違亦牽强。孔氏、吴氏之説即今安溪李氏所謂去其所不願之意，然文意淺〔一〕，且與上四句重複，無味。用六刁氏曰：「二句緊跟上意説。一則曰『无悶』，再則曰『无悶』，不亦樂乎？『樂天知命故不憂。』不憂者，不戚戚於貧賤也。『行』即『人生行樂耳』之『行』，『違』即『天與水違行』之『違』。違與行反，行其樂而違其憂，如孔子之『樂以忘憂』及顔子之『人不堪其憂，回也不改其樂』是也。此其胸中確有自得處，全不以世故動其心，所以爲潛龍也。」按：此説似新而實確，學者詳之。

九二曰「見龍在田，利見大人」，何謂也？子曰：「龍德而正中者也。庸言之信，庸行之謹，閑邪存其誠，善世而不伐，德博而化。《易》曰『見龍在田，利見大人』，君德也。」

《本義》以二「亦」字代「之」字，似未確。蓋此數句，即緊跟龍德正中來。彦陵張氏曰：「人知龍德之變化，而不知龍德所以變化處只在平常日用之間，故聖人指出實地以示人耳。」孩如鄭氏曰：「善蓋一世而不伐，忘乎善矣。聖人以吾之所以謹而信者，庸言庸行而已矣，原無善也。此德之所以爲博也，而人之被其德者亦化焉而不知。聖人未嘗知吾之善爲能有所及於人，人亦安能知其善之出於聖人也？」安溪李氏曰：「在下而曰『見』者，言行之著不可掩也，至誠之感必有動也。中則庸矣，中則無邪矣。」紫溪蘇氏曰：「論聖人之德，則曰龍德；論聖人之學，則曰庸信庸謹。此乾之所以爲易知也。」

九三曰「君子終日乾乾，夕惕若，厲无咎」，何謂也？子曰：「君子進德修業。忠信所以進德也；修辭立其誠，所以居業也。知至至之，可與幾也；知終終之，可與存義也。是故居上位而不驕，在下位而不憂。故乾乾因其時而惕，雖危无咎矣。」

《合訂》曰：「德言進，業言居。進者不留，居者不遷也。進以進其所居，居以居其所進。日知所亡，月無忘其所能也。」按：進德、居業，《本義》分心與事，故來《注》於「知至」句云「念念不差」，「知終」句云「事事皆當」。此即《坤》卦之敬以直內、義以方外，《大學》之明明德、止至善，《中庸》之尊德性、道問學，所謂内外交養，千古作聖功夫不過如此。孩如鄭氏曰：「不曰『所以修業』而曰『所以居業』，蓋修辭立誠即是修了，既修了則有可居矣。猶之屋然，修者方在營構，既成則可居也。」按：此譬甚精。然則「修」字直貫至立誠，非止修其辭而已。黄氏以「修」作「修爲」之「修」，謂如「先行其言」之意。此《本義》所謂「見於事者，無一言之不實也」。「知至至之」、「知終終之」，《程傳》分屬知行。朱子云：「知至，則知其道之所止。至之，乃行矣而驗其所知也。知終，則見其道之極致。終之，乃力行而期至於所歸宿之地也。」是以至之、終之屬行。蓋知、行皆有存、發兩層功夫。故《大學》於知，先定静安以明明德，後即格物而止至善；誠意先慎獨以明明德，後即潤身以止至善也。此二句，朱子之説甚詳細。用六刁氏約其旨曰：「知至是知到下手處，至之便是下手了；知終是知到盡頭處，終之便是盡頭了。看到那裏，就做到那裏，即知以爲行。知甫及之，而仁便能守之也。」《合訂》曰：「幾者，發動之微。善幾之動，原有不容已之勢，迎而導之，擴而充之，猶射者之機，發而即至。」此説「幾」字甚確。又《説統》曰：「至，即真幾微眇處。幾，非親履其域者不可與也。與幾，正見其能至耳。終，即義理安頓處。義，非畢了其事者不可存也。存義，正見其能終耳。」此等語，皆極精可味。刁氏又曰：「從下卦論之，三居上，則君子進德修業於上，豈有驕焉者乎？從上卦論之，三在下，則君子進德修業於下，豈有憂焉者乎？」此説「上」、「下」字有着落。蓋在上在下皆非中，故曰厲也。驕與憂皆可咎，不驕不憂則无咎也。此兑之説也。

九四曰「或躍在淵，无咎」，何謂也？子曰：「上下无常，非爲邪也。進退无恒，非離群也。君子進德修業，欲及時也，故无咎。」

安溪李氏曰：「或躍者，有時而躍，飛潛未定之象也。又變卦遇巽，故曰：上下進退，无常无恒。」《合訂》曰：「『无常』、『无恒』，謂上下進退隨乎時而無期必之意。期於必上，是干進也，邪也。期於必退，是離群也。離群，隱遯避世也。」又曰：「『欲及時』三字詮『躍』字義最切。」孩如鄭氏曰：「此立而能權之事也。時者，權之妙用也。无常无恒，人所難測，曰或曰在，變化之神也。非爲邪，非離群，與時屈伸，君子之時中也。若爲邪，若離群，則小人之無忌憚矣。」按：無忌憚，正與乾乾惕若相對。蓋不戒慎恐懼即無忌憚，非必放僻邪侈無所不爲始爲小人也。

九五曰「飛龍在天，利見大人」，何謂也？子曰：「同聲相應，同氣相求。水流濕，火就燥，雲從龍，風從虎，聖人作而萬物睹。本乎天者親上，本乎地者親下，則各從其類也。」

形容民胞物與道理，淋漓盡致。一篇《西銘》，正好作此注脚。

上九曰「亢龍有悔」，何謂也？子曰：「貴而无位，高而无民，賢人在下位而无輔，是以動而有悔也。」

亢爻，以其居上之上，故曰「貴」，曰「高」。上本无位，又陽居陰，則非同聲同氣，而尊嚴深隱，萬物不得而利見之矣，故曰「无民」。處上之上而下无應，故曰「賢人在下位而无輔」也。以變卦夬論之，其理亦同。詳見第六節。

《本義》曰：「此第二節，申《象傳》之意。」

潛龍勿用，下也。見龍在田，時舍也。終日乾乾，行事也。或躍在淵，自試也。飛龍在天，上治也。亢龍有悔，窮之灾也。乾元用九，天下治也。

龍原能飛而上騰之物。初之巽伏，則下而不可上。二之離明正中，有君德，而時位則止於田，故曰「時舍」，明非不足於飛也。舍乃傳舍，言非其正位，蓋至五方位乎天德也。「上治」當照傳義不説開，以避「天下治也」句爲是。「上治」，「上」字正與初爻「下」字對。雲峰胡氏謂初之下以人言，看來各爻皆專以人事言也，故與前後不同。「用九」而加以「乾元」者，元，首也，以乾之首出，而天德不爲首，則樞始於環中以應無窮，而天下有不治者乎？

《本義》曰：「此第三節，再申前意。」

潛龍勿用，陽氣潛藏。見龍在田，天下文明。終日乾乾，與時偕行。或躍在淵，乾道乃革。飛龍在天，乃位乎天德。亢龍有悔，與時偕極。乾元用九，乃見天則。

林氏曰：「此節上下卦相應。初、四爲始，初潛藏，四乃革矣，革潛爲躍也。二、五爲中，二文明，五乃天德矣。言德，稱其位也。三、上爲終，三與時偕行，上偕極矣。

《本義》曰：「此第四節，又申前意。」

乾元者，始而亨者也。利貞者，性情也。乾始能以美利利天下，不言所利，大矣哉！大哉乾乎！剛健中正，純粹精也。六爻發揮，旁通情也。時乘六龍，以御天也。雲行雨施，天下平也。

《説統》曰：「天道之運，只是一氣。乾元者，天陽一元之氣，亦如人之有元氣也。萬物皆資一元之氣，以爲生生之始。而其生生者，雖析之有元亨利貞，然總之一片生意，而略分其始終而已。故曰『天地之大德曰生』，而元之所以統天也。」胡氏曰：「前言性命，此言性情。言性而不言命，非知性之本；言性而不言情，非知性之用也。」都門抄本曰：「非利貞時始各正，亦非利貞時始見性情。如云元亨時尚未各正，則資始流形即應混成一片。如云雖各而未正，則又東虧西欠，資始流形從何處挪移補凑得來？夫命見於性，性見於情，情見於生，生見於元亨。始亨即其性情。至利貞時節，摧殘滅没，似無復始亨之性情矣。不知槁其外，不槁其中；剥其形，不剥其神。其生機隱隱耀耀〔二〕，始亨之性情猶不能已。而後知始固乾始，亨亦乾始，利貞亦莫非乾始，真統天者矣，故曰『大矣哉』。」

按：此所贊大，大其所利也。《程傳》解「不言所利」謂爲「无所不利，非可指名」，此方與下「大哉乾乎」不混。乃朱子則謂「不言所利」爲貞，諸家遵之，似與《傳》相左。然无所不利即各正其性命，亦非止言利而无「貞」字在內。喬氏以剛健中正分屬元亨利貞，安溪李氏用之。此義實出於《本義》，故下曰「純粹者剛健中正之至極，精者又純粹之至極」二語確甚，勝《程傳》六德之説。參《説統》、孫氏、鄭氏、程氏諸論，曰：此條只是就他氣機運動而爲元亨利貞處，細細想像許多妙處出來。一氣之通復是剛，一氣之通復無間息是健，一氣流行恰當而不過是中，一氣分派職司而不侵是正，而此一氣之剛健中正者略無混雜是純，略無疵纇是粹，而此純粹之極微極妙、不可名狀處是精。贊乾元而總歸之一精，真所謂「上天之載，無聲無臭」之至者也。夫曰精，則不容名言矣。惟聖人以乾卦六爻發揮之，而全乾之精緼旁通而無餘。精即情也，微言之則曰精，顯言之則曰情。情之所向，即是時。聖人默會其變化之妙，時乘六龍以御天之道，一氣舒卷，萬化歸元，雲行雨施，天下自平，此聖人體元之極功也。

《本義》曰：「此第五節，復申首章之意。」

君子以成德爲行，日可見之行也。潛之爲言也，隱而未見，行而未成，是以君子弗用也。

此節初爻與上爻，據諸先儒之論，義皆太淺。於亢之悔，竟説成崇高富貴，挾勢凌人，如後世驕泰之君、跋扈之臣；而於此爻，則但説個無道則隱而已。竊意：乾之六爻，皆取象於龍。龍也者，能大能小，能上能下，出没變化，不可測識之物。當其飛騰而上也，則興雲致雨，而澤及萬物。然飛不止，則亢；而非潛，則亦不能飛。《繫辭大傳》曰：「尺蠖之屈，以求伸也。龍蛇之蟄，以存身也。」是必飛而後爲龍德之至，亦必潛而乃爲龍德之成，《論語》曰「隱居以求其志」是也。其在於人，惟孔子足以當之，故曰：「天下有道，丘不與易。」然則天下無道而不與易，則易乎世矣。非敢爲佞而疾固，如其怵於佞，而德必不可衰，則又成乎名矣。此特麟鳳之不至者也，而曷以稱龍德之隱？此可以知君子之行事。夫德必兼善而後成，君子固以成己而成物者爲行也。知其不可而猶爲之，是又無日而不可見之行也。然則龍非不潛，而實又未嘗潛。如必於潛焉，則隱而已矣，未之能見也；獨行而已矣，德之未成也。此則果哉？而無難者所爲，豈龍德而隱者乎？君子法天者也，是以於此有所不爲焉。《文言》蓋首疏明潛龍之義，此則疏明勿用之義也。學者苟執成見而疑於余説，盍取前後兩段，逐字逐句細細讀之？

君子學以聚之，問以辨之，寬以居之，仁以行之。《易》曰「見龍在田，利見大人」，君德也。

九二龍德在中，前言其已成之德，此則言其德之所以成者也。廣平游氏曰：「乾之道不盡於九二，故有學問之功。坤之道盛於九二，故不習无不利。」安溪李氏曰：「聚則理得於心，辨則理驗於事，寬居以待其熟也，仁行以固其守也。四者亦有元亨利貞之序。」

九三重剛而不中，上不在天，下不在田，故乾乾。因其時而惕，雖危无咎矣。

九四重剛而不中，上不在天，下不在田，中不在人，故「或」之。「或」之者，疑之也，故无咎。

以乾重乾，三、四在重卦之間，故曰重剛。雲峰胡氏曰：「九三、九四當合看。《復》之六四曰『中行』，四居五陰之中也。《益》之三、四皆曰『中行』，三與四居六爻之中也。《乾》之三、四亦居六爻之中，而《文言》以『不中』稱之，非但謂其不中也，謂其重剛而不中爾。蓋下乾之剛以二爲中，三則重剛而過乎中；上乾之剛以五爲中，四則重剛而不及乎中。過則憂，不及則疑。」用六刁氏曰：「因乾乾之時惕而爲乾乾之心，故雖危而无咎也。」安溪李氏曰：「惕者，平日戒懼之心。疑者，臨事謹審之慮。」又曰：「三人之陽也，爲人之正位。」焦氏謂：「四立於頭上，空虛之處也。」《合訂》曰：「三爻之不在天、不在田，實象。四不在田，亦實象。至天人相接之間，上下進退无常。本人也而近於天，謂之在人不可也；近於天而未離乎人，謂之在天不可也。兩在，兩不在，此所謂『或』之也。」

夫大人者，與天地合其德，與日月合其明，與四時合其序，與鬼神合其吉凶，先天而天弗違，後天而奉天時。

天且弗違，而况於人乎？况於鬼神乎？

此學聚問辨之極功，聖作物睹之實事也。安溪李氏曰：「四者亦元亨利貞之德。合德，仁也。合明，禮也。合序，義也。合吉凶，智也。」又曰：「先天弗違者，氣數未至，而念與天通。後天奉時者，風氣既開，而因時有作。」震川歸氏曰：「自聖人言之，皆從其心之欲，初非有所因襲，故曰『先天』。自天而言，則皆其自然之理，而聖人奉之也，故曰『後天』。」語皆有味。

亢之爲言也，知進而不知退，知存而不知亡，知得而不知喪，其唯聖人乎？知進退存亡而不失其正者，其唯聖人乎？

附見。龍何以亢？亢何以仍稱曰龍？動以天故也。伊尹之放大甲，周公之正百官，處非其位，貴有位乎？撫非其民，高有民乎？上下交疑，流言朋興，下有輔乎？於斯時也，慮退於進，慮亡於存，慮喪於得，餒已。如褰裳而去之，將能亢乎？惟二聖與時偕極。必用其極，内無顧慮，而外無所於避讓也，然後能營遷於桐，抗世子法於伯禽。自非聖人全體一天，而誰與領此？周公告召公曰「收罔勖不及」，是其悔也。令非龍而亢，凶咎叢之矣，悔云乎哉？又曰「知進不知退」三語，是但有進而無退，所以謂之亢。處亢時，行亢事，不如是便不謂之正。如伊、周桐宮負扆之時，若有知退一念，天下事不可爲矣。唯聖人極深研幾，精義入神，見得處亢至正之道當如此，所謂旁行不流是也。非成變化而行鬼神，何足語此？故再曰「其唯聖人乎」，以深贊嘆之。《易》之爲書，專示人變易從道、避凶趨吉也。孔子着一「知」字，特開人以學《易》之門也。子鍾崔氏曰：「亢龍與時偕極，聖人之不得已也，何以悔？曰：聖人居易俟命，甚無樂乎處極重之勢也。凡言亢者，必極重而難反，是以悔。悔亦聖人之情乎？曰：聖人未嘗遠於人情也。情有喜怒哀樂，聖人必不擇樂而避哀。事有吉凶悔吝，聖人必不擇吉而避悔。」《説統》曰：「龍有亢乎？六位時乘，亢亦龍之一位也。位在則道在。若慮亢之有悔，而先處於不亢之地，此智士之所爲耳，豈曰龍德？」又曰：「聖人所爲，不失其正者。當進存時，只據理所當爲、時所得爲、分所應爲的事，猛力向前，未嘗先留一着以爲退步。及時至事已，把經天緯地的事業一擔收拾，無一毫留戀，無一毫感慨，如四時之序、成功者退一般。此之謂『進退存亡，不失其正』。」又白雲許氏曰：「堯老舜攝，舜亦以命禹，伊尹復政厥辟，周公復子明辟，君臣之間皆有是道。」合觀諸説，則「亢」非「驕亢」之「亢」，「悔」非「悔過遷善」之「悔」，可知矣。竊謂：過而有咎之謂悔，不及而有咎之謂吝。亢龍之悔，不但伊、周也，即湯、武之慚德，夷、齊之餓死，《小弁》之怨，屈原之沉，凡孝子忠臣，一意過當，既至此際，則不得不出於此，皆亢龍之有悔者也。故曰「與時偕極」，又曰「知進而不知退，知存而不知亡，知得而不知喪」。若如常説，則六龍皆曰時乘，是六爻各有其時，時各有其義，時非聖人不能也，豈有九二之「與時偕行」爲乾乾之君子者，而上九之「與時偕極」乃爲庸惡陋劣之鄙夫哉？且進退、存亡、得喪相因，此必然之理。即留侯、二疏、子陵、君平輩皆知之，不必聖人也，而何以一再推重而極贊之至此？若《象傳》「盈不可久」，自謂上九爻位已盈，盈則難久，即所謂「窮之灾」。蓋窮則必變，此各卦上爻之通義，非謂勢位已盈，如所謂「高明之家，鬼瞰其室」也。

《本義》曰：「此第六節，復申第二、第三、第四節之意。」按：此數節，言有盡而意無窮。夫子之贊乾也，至矣！

【校注】

〔一〕「文」，原作「又」，據《四庫》本改。

〔二〕「耀耀」，《四庫》本作「躍躍」。

坤

☷坤下坤上

坤：元，亨，利，牝馬之貞。君子有攸往，先迷，後得主，利。西南得朋，東北喪朋，安貞吉。○《彖》曰：至哉坤元，萬物資生，乃順承天。坤厚載物，德合无疆，含弘光大，品物咸亨。牝馬地類，行地无疆，柔順，利貞。君子攸行，先迷失道，後順得常。西南得朋，乃與類行。東北喪朋，乃終有慶。安貞之吉，應地无疆。○《象》曰：地勢坤，君子以厚德載物。

卦辭歷來皆以「利牝馬之貞」作一句讀。竊疑《乾》、《坤》二純卦，夫子以天地象之。夫天地之大一也，則此「元亨利貞」四字在此二卦，必遵夫子作四德方是，未有天備四德而地缺其一者也。應於「元」絶句，「亨」絶句，「利」絶句，「牝馬之貞」絶句。乃元亨利三德皆與《乾》同，獨貞謂爲「牝馬之貞」者：以四時觀之，元屬春，亨屬夏，利屬秋，當此之時皆有陽在焉，謂爲坤順乾以爲元、以爲亨、以爲利可也；至於貞，則屬冬，建亥之月，純陰无陽，似乎坤獨有其貞也者，故特下一「牝馬」字。不讀夫子之《大象》所謂「地勢坤」乎？又不讀夫子《彖傳》所云「牝馬地類，行地无疆」乎？夫乾之健，以言其氣也。氣則渾然者爾，故其才其占止此「元亨利貞」四字圓滿具足，此外再著不得一個字。若夫坤，則有形迹可言矣。其元、其亨、其利，昭然在人耳目。至貞之時，則有形者化，有迹者滅，不可得而見也。不得而見，將其勢不已歇乎？乃化者復育，滅者復生。然其所育所生，謂即其所化所滅者不得也，形則已易也。其所育所生，謂非即其所化所滅者亦不得也，氣則猶傳也。形已易，則不得以形言；氣猶傳，而已賦於形，又不得以氣言。是故曰「地勢坤」也。惟其曰「地勢」也，故曰「牝馬之貞」。蓋牝馬隨牡以行，牡之所至，牝亦至之。地之順天以左旋，實相類焉。夫天地之形，如鳥之卵。氣化所運，未有轉其殼内之青而不轉其青内之黄者。天之行既健而不息，而地處天之中，其勢亦不得不行，其行之勢亦不得不與天同其不息。是非地之能行也，有所以行乎地者。所以行者既健，則所行者自无疆矣。然何以不言他物而必取義於馬，且曰「牝馬」者？蓋乾爲馬也。馬之貞，則惟乾爲能貞矣。而牝馬又順乎牡者也。牝馬之貞，則乾貞而坤亦貞矣。是則坤順天以爲元亨利者，而亦順天以爲貞，並未嘗獨有其貞也。然又不可曰「牝馬之元亨利貞」也，故止言「牝馬之貞」而可以例矣。夫夫子於乾曰「行健」，曰「不息」，今於坤亦曰「行地」，曰「无疆」，不幾混而同之乎？蓋乾不能以无坤，坤亦不能以无乾也。乾而无坤，則元亨利貞著於何所？坤而无乾，則元亨利貞憑何主持？然則乾、坤一而二，二而一者矣。夫乾、坤既合爲一，而必分爲二卦者，蓋其德雖同，而其性則異。故以才言，則剛者乾而柔者坤；以情言，則動者乾而静者坤；以定體言，則天爲乾而地爲坤；以人事言，則父乾而母坤，君乾而臣坤，夫乾而妻坤；以治言，則堯、舜乾而禹、湯坤，文王乾而武、周坤也；以學言，則孔、顔乾而曾、孟坤，周與大程乾而伊川、朱子坤也。得於性者異，而德之所成則同矣。○或必以牝馬之行地爲言。試問：牝馬如何能行地无疆？以无疆爲東西南北之寥廓耶？則陵谷川澤，凡牝牡馬皆不能行也。以无疆爲終古如斯，而牝馬生生不已，爲取其能歷久耶？則大地之上，羽毛鱗介之物未有不生生不已者，何以獨取乎牝馬？此其説之必不可通者。世之學人，萬勿昏昏讀過。○《菽園雜記》曰：「牝馬受胎後，牡者近身，則以蹄齧之。」《易》稱「牝馬之貞」者以此，殆所謂從一而終乎？故象曰「安貞吉」也。○乾、坤同有是元亨利貞之德，乃《乾》於四字之外無餘辭，《坤》則曰「利牝馬之貞」，下又言「利」，又言「貞」，不勝其詞之繁者，何也？蓋「元，亨，利，牝馬之貞」言坤之德，卦之體也。以下占詞，卦之用也。「先迷，後得主」，執事也。「得朋」、「喪朋」，與人也。「安貞」，持己也。且坤无成而代有終。得主，則輔主以有爲，君之元亨即臣之元亨矣。得朋喪朋，則朋輔主以有爲，朋之元亨亦己之元亨矣。故不復言「元亨」，而止再言「利」言「貞」也。○「君子有攸往，先迷，後得主，利」十一字爲句。《合訂》曰：「牡者，牝之主也。主未往而臣先焉，岐路茫茫，欲往何之，失主而迷也。主往而臣後焉，亦步亦趨，利有攸往，得主而利也。主何以得？後之，斯得之矣。後之者，主之也。身主之，心即主之，念兹在兹，知有主而不知有他也。」又曰：「《文圖》，西南，巽、離、坤、兑，陰方也；東北，乾、坎、艮、震，陽方也。賢人隱於草野，羅而致之，使拔茅連茹而征，是得朋於西南也。既已同升於朝，則君之臣也，非我朋也，是喪朋於東北也。」説最精當，得未曾有。○「安貞」，《本義》作「安於貞」，似於「永貞」有礙。《合訂》作「順」字解。蓋此占詞，已屬人事，與上「牝馬之貞」亦不嫌複。○《彖傳》於元曰「順承天」，於亨曰「合无疆」，蓋因卦詞未明出坤之元亨即乾之元亨，故特指而言之。至利貞，則已言得主而利與牝馬之貞矣，故不必再贅，而但贊其柔順焉。○先儒蓋見《彖傳》「牝馬」四語，遂以卦詞「利牝馬之貞」爲一句。果如是，則何不曰「利柔順貞」，而必曰「柔順利貞」乎？竊以利貞二德，順而相似。蓋一利即貞，如四時一收斂即閉藏，果木一成實即墜落，人事一有宜不宜，即成其所宜行，而不成其所不宜行。故《易》各卦於「利貞」二字恒相連。○《傳》三言「无疆」，初言天，繼言地，終言人事。无疆，即不息也。《大象》於《乾》曰「天行」，於《坤》曰「地勢」，蓋天爲氣而地有形，乾坤者天地之德也。夫積氣爲天，而行夫氣者則乾；成形爲地，而成其形之勢者則坤。故健不曰「天氣」而曰「天行」，坤不曰「地形」而曰「地勢」也。

初六，履霜，堅冰至。○《象》曰：履霜堅冰，陰始凝也。馴致其道，至堅冰也。

《本義》曰：「按《魏志》作『初六，履霜』，今當從之。」

初變復，遇震。爲足，故曰履。爲雷之奮，爲大塗，奮於大塗，則有履霜堅冰之意。《本義》曰：「馴，順習也。」孔氏曰：「若鳥獸馴狎然。言順其陰柔之道，習而不已，乃至堅冰也。」來《注》曰：「『馴致其道』似就陰順陽而言。陽初入，則履霜；陰始凝，而順陽於始。陽久入，則堅冰；陰堅凝，以順陽於終。」

附見。乾言雲雨陽和之氣，坤言冰霜嚴凝之氣。霜而曰履，實實要在踐履上承受這個霜。履得霜，則由此而冰。

冰而堅，吾之操履與之俱極其至矣。陰德妙於凝，有凝結、凝定二義。不凝，如何成得冰霜？不凝，如何喚做順？如草木之實，個個結得堅凝，聚那全陽之氣在其中，方是活種，會發生。凝稍不堅，便无生意。臣事君，子事父，妻事夫，徹骨髓爲忠、爲孝、爲節，俱有那冰心在。曰「馴致」，不過凝之極也。人生天地，止爲有那冰霜之履在，故確乎不拔。不能履霜而能雲雨，无之矣。按：此似與程、朱諸儒説異。然玩夫子《彖傳》、《文言》，其贊坤也，總只一個「順」字。夫所謂順者，乃陽行而陰即隨之以行。故來《注》曰：「陽初入，則履霜，而順陽於始。陽久入，則堅冰，以順陽於終。」蓋此爻變復，而復之反對爲姤，姤五月卦也。用六刁氏曰：「一陰始生，便有凝意，以其由發散而翕聚也。此時陰氣在下，催逼上陽氣來，故天道越炎熱了。然驗之井泉則已寒，故雖堅冰之時甚遠，而聖人已見微知著。若云初凍，則坤之十月矣，豈待智者而知之哉？」據此説觀之，則十月之時，一陽始生，漸逼陰氣上來。陰氣若不順以退聽，則必逆而與戰，如何能結得霜與冰來？惟其能凝，因以知其能順。惟其凝之堅，因以知其順之至。順者，地道之光者也。故此曰「馴致其道」，而上爻曰「其道窮」。坤之地道，即如乾之天則。若如常説，則不過由履霜而漸致堅冰耳，曷以云其道而馴致之哉？

六二，直方大，不習无不利。○《象》曰：六二之動，直以方也。不習无不利，地道光也。

二變師，遇坎。師，「丈人吉」，故曰「直方大」。六二中正，中故直，正故方。雙峰胡氏曰：「地之生物也，藏於中者，畢達於外而無所回隱，此可見其直。其成物也，洪纖高下，飛潛動植，隨物賦形，而各有定分，此可見其方。若其大，則地之無不持載，固不待言而可見矣。」爾瞻葉氏曰：「六二之動方矣，然由其存於內者直，是以見於外者方也。」庸成陸氏曰：「直者順之極也，稍不順即枉。如其直以出之，則方。直方，故大。不習者大而化也，化故光。地道含萬物而化光。」子瞻蘇氏曰：「夫有習而利，則利止於所習矣。」《折中》曰：「順天理之自然，而無所增加造設於其間，故曰『不習无不利』。習者，重習也，乃增加造設之意。『不習无不利』，即所謂『坤以簡能』

者是也。若以不習爲無藉於學，則所謂『敬以直内，義以方外』者豈無所用其心哉？」用六刁氏曰：「乾以美利利天下，不言所利。坤以美利利天下，不習所利。地道其著於此乎？」又曰：「初爻言道，戒其馴。上爻言道，戒其窮。二之道盡善，故贊其光。」安溪李氏曰：「《乾》五爲卦主，故五獨言天德。《坤》二亦爲卦主，故二獨言地道。」按：此數説，皆極精確可味。

六三，含章可貞。或從王事，无成有終。○《象》曰：含章可貞，以時發也。或從王事，知光大也。

三變謙，遇艮之篤實輝光，章象。艮止，含象。本氣三陽位而陰居之，故曰「含章」也。用六刁氏曰：「三不中正，本非可貞也。韜晦章美，故可貞耳。居上卦之下，『從王』象。居下卦之終，『无成有終』象。不居成功，自『含章』來。克終臣職，自『可貞』來。」庸成陸氏曰：「『无成有終』，非始雖无成而後必有終也，无成即於有終處見之。其不敢成者，正其代君以終事而不爲始也。是即安於後得主利之貞者與？」按：《程傳》「惟其知之光大，故能含章〔一〕。淺暗之人，有善惟恐人之不知，豈能含章」數語，東萊吕氏極贊其有味，知言哉！安溪李氏曰：「言『含章』者，非終不發也，乃以時而發耳。『或從王事』，即其時發者也。」雲峰胡氏曰：「陽主進，陰主退。《乾》九三，陽居陽，故曰『乾乾』，其德主乎進也。《坤》六四，陰居陰，故曰『括囊』，其位主乎退也。《乾》九四陽居陰，《坤》六三陰居陽，故皆曰『或』，進退未定之際也。特其退也，曰『在淵』，曰『含章』。唯進則皆曰『或』，聖人不欲人之急於進也。如此，三多凶，故聖人首於《乾》、《坤》之第三爻，其辭獨詳焉。」

六四，括囊，无咎，无譽。○《象》曰：括囊无咎，慎不害也。

四變豫，遇震之懼，故有括囊慎密之意。矣鮮來氏曰：「坤爲囊。陰虚能受，囊之象也。括，結囊口也。四變而奇，居下卦之上，結囊之象也。四近君，多懼，譽則有專美之嫌，咎則有敗事之累。惟晦藏其智，无咎无譽，則不害矣。」朱子曰：「凡得此爻，在位者便當去，未仕者便當隱。」廬陵胡氏謂爲極有功於《易》。蓋隱忍容悦，乃小人全身竊位之智，非括囊之義也。按：「含章」、「括囊」皆以韜晦不露爲義。然含則有時而發，三以陰居陽，靜中有動也。括則無時可出，四以陰居陰，静而無動也。庸成陸氏曰：「陽宜在上，故《乾》以初爲無用之地。陰宜在下，故《坤》以四爲無用之地。曰潛，曰括，其乾坤之妙用，所居無事而根柢是者與？」隆山李氏曰：「譽者，咎之招也。六四之所以无咎者，以其无譽也。」按此，故《象》止言「无咎」而不及「无譽」歟？

六五，黄裳元吉。○《象》曰：黄裳元吉，文在中也。

五變比，遇坎。比三「不寧方來」，以上下應，故有黄裳元之象。黄中色，裳下飾。坤土，故黄。《圖》、《書》皆以土之五數居中也。裳本下，何以象五？蓋五位尊，而以六之卑居之，所謂闇然之章、不顯之文也。元者，坤之所以資生。《文言》所謂「暢於四支，發於事業」，皆根於此，即「本立而道生」者也。《象傳》「文在中」，實疏明此三字之義。即子服惠伯之告南蒯，亦分三事。先儒多以「元吉」二字合説，謂如大吉大利之類，殊誤。又坤全體皆順德，而以黄裳分中順者亦非。按：《程傳》作聖人示戒，並舉羿、莽、媧、武之事。隆山李氏謂坤六爻皆臣道，而以皋、夔、稷、契爲言。縉雲馮氏又執「百官總己以聽冢宰」之義，謂以人臣而行君事，如伊、周、霍光所爲。焦氏又引《周官注》及《詩・緑衣》黄裳之喻，獨取象於后。然朱子謂程説云：「此爻何曾有這義？」又云：「不過是説在上之人能盡柔順之道。黄中色，裳是下體之服。能似這個，則無不吉。」云云。蓋《易》只是個象，不必指定是説何人何事。此爲得之也。

上六，龍戰于野，其血玄黄。○《象》曰：龍戰于野，其道窮也。

上變剥，遇艮。本有陽而陰盛極，爲陰剥陽。本無陽而變陽，則爲龍之來戰。龍，陽也。於野〔二〕，上在卦外也。爻至上而極，又遇艮止，故曰窮也。「其血玄黄」，義詳《文言》。安溪李氏曰：「此即《説卦》所謂『戰乎乾』也。《説卦》主乎乾之健而勝陰，此則主乎陰之盛而抗陽，然其爲戰則一也。蓋陰既盛，則陽必有以勝之，然後人退聽而天命行。其在天者，陽德之剛，不戰之戰也。在聖人亦如之。大賢以下，則戰而後勝。衆人則有不能勝者，而陰道盛矣。」

用六，利永貞。○《象》曰：用六永貞，以大終也。

《合訂》云：「坤全變而爲乾。直以爲乾，不可也，其體固坤也；仍以爲坤，不可也，已變乾也。坤以貞爲主。貞而永，斯爲坤中之乾矣。四德首元而終貞。乾知大始，以元爲主。坤作成物，以貞爲主。用九曰『乾元』，用六亦可言『坤貞』。乾元不息之謂永。曰『永貞』，是以乾之始爲坤之終，故曰『以大終也』。」又用六刁氏曰：「所云『无首』與『不可爲首』[三]，即《中庸注》所謂『既無虛假，自無間斷』，諺所謂『不須另起頭』是也。總要打合到『健』字上去。所云『永貞』、『大終』者，即其在初而凛履霜之戒，在二而有直方之利，在三則守含章之貞，在四則爲括囊之慎，在五則有黄裳之吉，在上則無龍戰之傷，所謂永貞而大其終者也。蓋『大終』者，即《艮》之上九『以厚終也』之意。總要打合到『厚』字上去。」此説與諸儒別，然《大象》已有「厚」字矣，似非牽鑿。應備録以存一義。

《文言》曰：坤至柔而動也剛，至静而德方，後得主而有常，含萬物而化光。坤道其順乎，承天而時行。

先儒多以元亨利貞四德逐句分析，而又言人人殊。竊按：此不過仍是將卦辭與六二之爻辭再一咏嘆，增出一個「時」字來，所謂贊易，如《乾》之一再申之耳。四德於《乾》已詳。坤惟順乾而已，則乾之元亨利貞即坤之元亨利貞，而又何必分配以釋之乎？

積善之家，必有餘慶。積不善之家，必有餘殃。臣弑其君，子弑其父，非一朝一夕之故，其所由來者漸矣，由辨之不早辨也。《易》曰「履霜堅冰至」，蓋言順也。

附見。坤道只一順，要從頭順起，故發於初爻。蓋臣子有大順，有大不順，皆積漸所成也。一念幾微之際，若辨之早，則亂萌何由生？不知隱微處積之，便是弒逆胚胎。從微處辨，就從微處順，方是履霜實際，故曰「蓋言順也」。按：此說似創而實確。愚昔嘗論曹孟德與武侯，同一事幼闇之主，同一專宮府之權。後主之材非能賢於獻帝也，況「君宜自取」之遺命國人皆聞，則蜀爲武侯所有，莫不謂然。後主即甚騃無知，而左右如黄皓輩，豈不幸功害寵以啓君臣之釁？乃中外帖然，至武侯没世而卒無異議。此必其始終小心，一切禀令後行。雖孱君在上，而天威咫尺，如凛斧鉞。其所以順之者，在幾微之際哉？觀於「澹泊」、「寧静」之言，及《出師》兩表，而知之矣。乃由其幾微之順，積爲大順，至於鞠躬盡瘁，而其子其孫亦皆世篤忠貞，所謂積善之餘慶也。若夫孟德，當其初起之時，豈即有弒奪之心萌於念慮？其告諸文武，期於死後得書「故將軍曹某之墓」，原非假語。乃自許昌迎駕，獻帝於流離播遷之日，得安享玉食錦衣，已屬望外。嗣後，芟夷群雄，操皆親之，蹈不測者數矣，而天子晏然。其感慕傾心，宜何如者？顧乃猜疑嫌忌，與近臣一再圖之不已。非操矜己功能，飛揚跋扈，輕主以凌其上，積漸至於不可耐，斷不至此。其所爲不順者，亦止在此幾微之際耳。觀於奉迎之時，原爲挾令之謀，而臣主之誼實無有也。乃由其幾微之不順，積爲大不順，至於篡逆，而其子孫亦爲司馬氏滅無遺種，所謂積不善之餘殃也。使操能於此幾微之際早辨之，亦即於此幾微之際早順之，則伊、周之烈何以加焉？蓋天地陰陽各有得失，不必陽皆爲善而陰皆爲惡。乃陽主舒，陰主斂，乾主健，坤主順。斂則必凝也，順則其道也。此順之一念能結於中，由是而造次顛沛皆必於是，所謂至死不變之貞矣。如始而不能固結，則放辟邪侈無所不爲。所以終身之操視其初履，而辨之不可不早也。然則《文言》與《象傳》前後固皆一旨，而順即是坤順，不必又易以「慎」字，如六四之所繫已。

直其正也，方其義也。君子敬以直内，義以方外。敬義立，而德不孤。直方大，不習无不利，則不疑其所行也。

直方之義，《本義》已云：「《程傳》備矣。」竊按：乾言誠，坤言敬義，蓋乾畫奇，故一「誠」字盡之，坤畫偶，故有敬、義二義。先儒多以顔子配乾，仲弓配坤，蓋克己復禮即閑邪存誠也，敬恕即敬義也。按，潛室陳氏說：「義是把吾心做個應事應物的尺寸。區處停當，是爲義以方外。敬即正中之警惕，義即敬中之條理。此方外之義，非恕而何？」愚讀原本《大學》，以爲知止即獨中之惺惺，《易》所謂「敬以直内」也。慮即絜矩以格物，《易》所謂「義以方外」也。今觀陳氏以敬爲正中之警惕，義即敬中之條理，又朱子云「敬以直内是持守工夫，義以方外是講學工夫」，格物正朱子所謂講學者，然則愚論非謬矣。○敬承程氏曰：「人只一心，被許多人欲牽扯，便覺立脚不住。内直，則旁引不得；外方，則移動不得。不能引與不能移合，更無東西走作去處，是之謂立。」此説「立」字甚精。「德不孤」者，朱子固云：「敬而無義，則做事出來必錯了。只義而無敬，則無本，何以爲義？皆是孤也。『德不孤』即解『大』字。」是也。又按：人之所行而有所疑，則必更而之他，《折中》之所謂重習也。今不必重習，而所行无有不宜，則又何所疑乎？不疑其所行，所行謂乾，《象傳》固云「行地无疆」也。此坤之順以承天而時行也歟！

陰雖有美含之，以從王事，弗敢成也。地道也，妻道也，臣道也，地道无成而代有終也。

易齋吴氏曰：「『弗敢』二字著力。弗敢則爲含章，敢則爲龍戰矣。」程子曰：「天地日月一般，月之光乃日之光也，地中生物者皆天氣也。惟『无成而代有終』者，地之道也。」拙侯谷氏曰：「爻言『有終』，此言『代有終』，則并其終亦非坤之所敢有也。」

天地變化，草木蕃。天地閉，賢人隱。《易》曰「括囊无咎无譽」，蓋言謹也。

君啓陸氏曰：「天地變化而獨言『草木蕃』者，草木得氣之先，蓋無情者先通其應也。天地閉而獨言『賢人隱』者，賢人見幾明決，蓋有識者預睹其微也。賢人難進而易退。惟其難進，故當其治也，草木既蕃而未出。惟其易退，故當其亂也，草木未凋而先隱。」

君子黄中通理，正位居體，美在其中，而暢於四支，發於事業，美之至也。

中非執一，而明通公溥，無所拘也。通亦非圓融，而脉絡分明，無所混也。正其位，所以立天下之大本；居其體，所以行天下之達道。以黃中者正位，則美在其中矣；以通理者居體，則暢於四支，發於事業矣。如此盛德大業以爲美，美其至矣哉！故曰「至哉坤元」也。蓋以「黃中」、「正位」、「美在其中」申釋爻辭一個「黃」字，以「通理」、「居體」、「暢於四支，發於事業」申釋爻辭一個「裳」字，「美之至」申釋爻辭「元吉」二字。諸説分析未明，而《説統》又渾爲一意，皆非也。《合訂》曰：「體如人身之四體，元首尊而股肱卑也。」按：此正「裳」字之意。下文所謂「四支」即四體，人有四端如有四體，事業實發於此。按先儒謂：六五當與六二並看，二就工夫處説，五就成就處説。蓋直内方外之君子即黃中通理之君子，敬以直内即所以爲黃中，義以方外即所以爲通理。二之直内方外，是内外夾持，兩致其力。到五之黃中通理，則内外通貫，無所容其力矣。

陰疑於陽必戰，爲其嫌於无陽也，故稱龍焉。猶未離其類也，故稱血焉。夫玄黃者，天地之雜也。天玄而地黃。

「疑」字，諸家皆作疑似，謂陰盛極，與陽鈞敵，而無小大之差。然寒暑晝夜，男女雌雄，實不相類，何以陰盛極而即似乎陽也？如謂其鈞體相敵，則此六陰之時，未見又有一六陽者來與爲敵也。至「未離其類」，皆謂陽尚未離陰之類。此亦難解。《合訂》又謂「類」字即《彖辭》「乃與類行」之「類」，以上六統五陰而居其上，是知有類而不知有君，以血爲殺傷。此亦疑於諸説之以血爲陰，謂與下文不相屬耳。然義俱未安。竊按：「疑」字正從六二之「不疑所行」來。蓋坤順之德，全在以陰麗陽，故初曰「凝」曰「馴」，三曰「含章」，五曰「黃裳」，皆順乎乾而無所用其疑矣。至二、四、六，則皆以陰居陰，陰則闇，闇則多疑。四則懼而不敢疑也。二之得中有爲，積之厚，流之光，不疑，故不習而无不利也。惟至上六，而順之道窮，以六陰具足之時，似无一陽，而陽至反疑，於是乎有戰。蓋此爻實變剥者也，然嫌於無陽而已，非實無陽也。當夫六陰升於上，而乾之六陽即起於下，若陽迫陰以出者。是其戰也，陽主之，故曰「龍戰」，所謂天有權而人將退聽也。乃人欲無窮，朋從之擾，類難自克，不惟私中有私，而公中又有私焉。龍雖戰而未能即勝乎私，是欲離其類而猶未能離也，則爲天人交戰，故天理存而未存，人欲去而未去，所謂兩傷，而稱之爲血。然雖爲血，而天自玄，地自黄。理欲雖雜出，而實有不可雜者存，則人終不能以勝天也。是以疾風暴雨不終朝，旱乾水溢所間有，順者常，而不順者其變也。安溪李氏曰：「夫子之意，以爲陰不宜稱龍，陽不宜稱血，故言『龍戰』，尊陽之辭也。曰『血』，責陽之義也。曰『玄黄』，又存陽之意也。夫子所以贊《易》者，即其所以作《春秋》之微指歟？」

【校注】

〔一〕「章」，《四庫》本作「晦」。

〔二〕「於」，原缺，據《四庫》本補。

〔三〕「爲首」下，《四庫》本有「者」字。

乾坤總論

天下孤陽不生，獨陰不長。乾之六畫皆陽，陽幾於孤矣。坤之六畫皆陰，陰又似於獨矣。而聖人皆繫以元亨利貞之四德，夫子一則謂其資始，一則謂其資生。且陽大而陰小，陽正而陰邪者也。以陽居陰，則處失其地；以陰居陽，則據非其位。乃乾於九二謂有大人之德，坤於六五謂有元吉之象。此其故何哉？蓋嘗論之，天地雖分，其實一氣而已。即其輕清上升之天而指爲陽，然未嘗無陰也；即其重濁下凝之地而指爲陰，然未嘗無陽也。聖人有見於一歲之内，十二月之間，其爲陰爲陽者各自初以至於六，於是畫六奇以爲乾，畫六偶以爲坤。而此一歲之内，十二月之間，其爲六陽者實皆挾陰以俱行，其爲六陰者亦各附陽以迭運，分之而又無可分也。於是於六畫之奇，不名之爲陽而名之曰乾，以爲名之爲陽，則將嫌於無陰也；於六畫之偶，不名之爲陰而名之曰坤，以爲名之爲陰，則又將疑於無陽也。惟夫六陽六陰交相錯處於天地之間，而天之所以行，則爲春夏秋冬四時節令之互嬗，地之所以順乎天，亦有東西南北五方風土之相資。聖人於是以爲皆有元亨利貞之四德焉。使四者缺其一，則天之行或幾乎息，而何以能健爲萬物之所資始？地之勢將不勝夫載，而何以承天爲萬物之所資生？然則乾也者，天之所以行夫氣；坤也者，地之所以厚其勢者也，而豈孤陽獨陰之足病乎哉？乃若殽而爲爻，則有陰有陽之可名矣。雖然，六爻之陽亦乾健之陽，而非他卦之陽爻可比也；六爻之陰亦坤順之陰，而非他卦之陰爻可比也。是以乾之九二，以元亨利貞四者之健德而處下卦之中位，位不稱其德，且以陽居陰，陰臣也，而變同人，故龍見而但在田焉。然以乾健之陽而處乎陰，則外實而中虚。中虚，則望道未之見，而德日新矣；外實，則充積極其盛，而業富有矣。此其所以與九五皆稱爲大人也。坤之六五，以元亨利貞四者之順德而處上卦之中位，德不愧其位，且以陰居陽，陽君也，又變比，故爲黄而稱元吉焉。惟以坤順之陰而處乎陽，則中不息而外無爲。中不息，則悠遠舒長而德可久矣；外無爲，則垂裳端拱而業可大矣。此其所以視六二而爲美之至也。九四則次於九二，而變小畜。六三則次於六二，而變謙。是以均無憾辭焉。至於九三之重剛與六四之重陰，其不中一也。然以乾健之陽處下之上，而變履，則能惕而无咎矣；以坤順之陰處上之下，而變豫，則能慎而不害矣。若夫乾之初以陽居陽也，則愛而惜之；坤之初以陰居陽也，則勉而望之。至兩上爻，乾以陽居陰而以爲亢，坤以陰居陰而以爲戰者，蓋陽雖潛於下，而爲乾健之陽，處又得地，勢將奮迅欲出，不終潛也。第初陽甚微，出非其時，則未免失身，而變姤，故聖人戒其勿用焉。若夫坤之初六，陰麗於陽，而所處又極下，豈非順之至者？而變復，故以爲有「履霜堅冰至」之象焉。乃乾之健，健而至於極上，位尊而不可攀，志高而不能下，且内柔而外剛，又變夬，能勿亢乎？坤之順，順而至於極上，順已至而無可復加，勢已盛而有可自擅，且内外皆昏而多疑，又變剥，能勿戰乎？故夫子於兩上爻皆謂之窮，窮者極也。乾健之所以必亢也，物極則反者也。坤順之所以不終也。蓋必合全卦之德，再求之本爻之變，而後知其説皆出於自然而不可易矣。夫本卦者性也，變爻者情也。原性以審情，亦即情以驗性，此聖人説《易》之旨也。○《折中》曰：「乾言誠，實心以體物，是乾之德也。坤言敬，虛心以順理，是坤之德也。而要之，未有誠而不敬，未有敬而不誠者。乾坤一德也，誠敬一心也。聖人所以分言之者，蓋乾陽主實，坤陰主虛，人心之德必兼體焉。非實則不能虛，天理爲主，然後人欲退聽也。非虛則不能實，人欲屏息，然後天理流行也。自其實者言之則曰誠，自其虛者言之則曰敬，是皆一心之德，而非兩人之事。但在聖人，則純乎誠矣，其敬也，自然之敬也。其次，則主敬以至於誠。故程子曰：『誠則無不敬。未能誠，則必敬而後誠。』而以乾坤分爲聖賢之學者，此也。」○附見。乾六爻皆取龍爲象。坤之取象曰「履霜」，曰「直方」，曰「含章」，曰「括囊」，曰「黄裳」，曰「龍戰」，不一而足，陽純而陰雜也。

卷三

屯

䷂震下坎上

屯：元，亨，利，貞。勿用有攸往，利建侯。○《彖》曰：屯，剛柔始交而難生，動乎險中。大亨貞，雷雨之動滿盈。天造草昧，宜建侯而不寧。

卦詞有二義：一、物當屯時，宜擇能下賢得民者而主之，藏其器以待時；一、君當屯時，宜尊賢使能以養其民，不得輕用其力以求逞。安溪李氏曰：「元亨利貞四者，乃天道而貫乎人事者也，非是則不繫焉。乾、坤而外，惟屯、隨、臨、无妄、革五卦耳。蓋屯與革，天時之大者；隨人與臨人，又人事之大者；无妄，則天人之德之至者也。」竊按：四者之繫於此五卦，畢竟不同於乾、坤，故夫子以「大亨貞」言之。且屯之時是萬物方有生機而未有生形，而何以元亨利貞四德之悉備也？蓋萬物歸乎坎，而出乎震。以雲雷二象言之，初以震之剛，四以坎之柔，是剛柔之始交也。以坎震二體言之，動乎險中也。地天交則爲泰，剛柔交則爲難。天之氣下於地，地之道以坎險而未能即上通，則艱也，故曰「難生」。萬物始生，必冒險難而出。如草木之生，必有甲有核；胎卵之生，必有胞有殼。甲、核、胞、殼，皆險中也。孚甲穿核，破胞蜕殼，則出乎險中也。萬物必得雷雨而後出險，故天地解而雷雨作，雷雨作而百果草木皆甲拆。若其將作未作之時，二氣絪縕，鬱蒸充塞，而其甲、其核、其胞、其殼莫不陽動其中，生意十分滿盈。然後甲一孚而草必豐，核一穿而樹必茂，胞一破、殼一蜕而物必皆肥腯碩大。是屯也者，乃乾道之所以資始。其元亨利貞，則大者之亨貞，而非坤之元亨利貞也，蓋言亨貞而元與利概焉。夫子恐人誤認而不知所分析，故特釋之，非以「大」字代「元」字也。不然，則物方屯而何以即亨？且不寧矣，又何以利、何以貞耶？此余四十年未解之疑。今一旦豁然，豈非快事？至「勿用有攸往」二句，則言人事。「勿用」與「不利」異。「不利」者，終不宜也；「勿用」者，暫不用也。震主乎動而在坎險之下，則動而未可輕動，時至而後動，動罔不臧矣。初之「居貞」、二之「不字」、三之「往吝」、四之「求往」、五之「大貞凶」、上之「泣血」，皆「勿用」意也。然既利建侯，又何以不寧？蓋天造草昧，亟圖内治，其憂勤惕厲，遹求厥寧者，無時可已，正《大象》之所謂「經綸」也。如秦末，沛子弟殺令以應諸侯，議所立，共推劉季。季曰：「非敢自愛，顧度可全父老否耳。」及羽王沛公於漢中，公怒，欲攻之。蕭何勸其入曰：「養百姓以致賢人，天下可圖。」得此卦之意矣。

《象》曰：雲雷屯，君子以經綸。

變「水雷」曰「雲雷」，何也？蓋《象傳》言「雷雨之動」，動者，雷欲動而隱隱未有聲，雨欲動而蒸蒸但有氣，故不言「雨」而但曰「雲」而已。若雷雨交作，則難已解而不得爲屯矣。

初九，磐桓，利居貞，利建侯。○《象》曰：雖磐桓，志行正也。以貴下賤，大得民也。

初變比，遇坤。本氣初爲震主，雷在下未升，變氣又以順爲正，故曰「盤桓」。坤爲衆，動而得衆，震爲長子，故曰「利建侯」。按：《合訂》謂爲「任賢使能，親附百姓」，説得廣，最確。若必拘拘於擇君，則國之已有君者將如何？豈不與「居貞」説成兩事？至以「盤桓」作「柱石」，雖有意，然觀《象傳》一「雖」字，則仍照《本義》作「難進」説爲是。又謂「行不於往而於居」，正《傳》中「志行正」之意。蓋屯只有艱難之象，并無止象，故夫子於《象》曰「不寧」，於《大象》曰「經綸」。夫居貞所以觀變，建侯所以親民。《傳》曰「大得民」者，以震爲乾坤之長子，故曰「大」；而變比爲衆陰從陽，故曰「得民也」。

六二，屯如邅如，乘馬班如。匪寇，婚媾。女子貞不字，十年乃字。○《象》曰：六二之難，乘剛也。十年乃

字，反常也。

二變節，遇兑。二與五應，五爲坎主，坎爲盜，二以震懼遇之，故曰「寇」。今以震懼變兑説，而坎陽兑陰，故曰匪寇而爲婚媾，非以乘初之剛爲寇而又以婚媾解之也。《觀彖》曰：「易之道，陰求陽，不以陽求陰也；上求下，不以下求上也。故凡六五、九二之應無不吉者，爲以陰求陽，上而下交，則在上者有虚衷之美，居下者有自重之實。凡九五、六二之應，時義所當，亦有相助之善，然往往有戒詞焉者，蓋以下援上，以陽應陰，則在下者有枉己之嫌，在上者有失人之誚。」按：「班如」，《合訂》云凡行馬謂班馬，故以行馬言，則六四方説得去。然則此爻詞意當云：其屯如邅如之欲進不進者，此乘馬之班如也。以爲匪寇，而婚媾當往乎？然近則逼於初而不能往，遠又援乎上而不可往，理勢既皆非所宜，則惟守其貞以俟之而已。按二、三、四互坤順，故曰「女子貞」也。變節爲不可貞者，而貞之十年，故曰「反常也」。

六三，即鹿无虞，惟入于林中。君子幾不如舍，往吝。○《象》曰：即鹿无虞，以從禽也。君子舍之，往吝窮也。

三變既濟，遇離。離麗爲網罟，即鹿象也。上無應，故曰「无虞」。三以陰居陽，在下之上，處危地而不安，有妄動之意也。震木合二、四互坤，爲衆爲迷，而在艮山之下，故曰「入于林中」。「入于林中」者，昏而無得，當局者迷也。四之《象》曰「明」，而此爻近之，旁觀者清也。故曰：「君子幾不如舍，往吝。」占詞「吝」以遂非言。卦既主動，而三已離下而近於上，尚未入險，止於窮無所得而已，故不言凶。詞曰「不如舍」，《傳》曰「舍之」，異文者，蓋「不如」乃旁觀代籌之詞，若當局則竟舍之矣。《傳》蓋以三句撮成一句，注出一「窮」字耳。

六四，乘馬班如，求婚媾，往吉，无不利。○《象》曰：求而往，明也。

四變隨，遇兑。本氣既爲坎水之智，變隨則又上下相維繫者，蓋合二、三、四、五互爲大離，故《傳》曰「明也」。

明即知幾，經傳相爲補備者也。按：四以坎險變兑之説，本無動象，以求初故，亦曰「乘馬班如」，亦曰「往」也。震陽兑陰，故亦曰「婚媾」。四以陰居陰，本無濟險之才，而能説賢，則求才自輔，賢之所往即其往也。四雖不動，而以動者爲動，故曰「吉」，又曰「无不利」。能濟事曰吉，吉之中又無所不宜也。夫子曰：「知幾，其神乎！君子上交不諂，下交不瀆，其知幾乎！」然則「知幾」二字學者之要務也。屯爲人事之首，故特於此卦發之。三、四又上下之交也，故特於此二爻見之。

九五，屯其膏，小貞吉，大貞凶。○**《象》曰：屯其膏，施未光也。**

五變復，遇坤。坎水，膏象。在上而不下逮，屯象。變氣陰柔爲復，陰小，故「小貞吉」。本氣陽剛爲坎險，陽大，故「大貞凶」。先儒説《易》，以大小爲洪纖，以貞爲正，於義多難通。而其最不可通者，尤莫如此爻。其説曰：「以處小事，則守正猶可獲吉；以處大事，則雖正而不免於凶。」夫大者孰如綱常名教？此而不正可乎？且綱常名教亦未有正而得禍者。程子及汝楫趙氏、梁氏實知其難通也，謂「小貞」爲以漸而正，「大貞」爲整齊振刷之術。夫見小、欲速，自是兩事。即使整齊振刷，而以不正行之，可乎？蓋《易》之言「大」即乾之剛，言「小」即坤之柔也。内事爲柔，外事爲剛；自治爲柔，治人爲剛；因人成事爲柔，獨斷自己爲剛；因俗爲治爲柔，移風易俗爲剛；安静不擾爲柔，明作有爲爲剛。貞者，貞固足以幹事，而事猶未即立。在天之行爲冬，閉藏之時，非發舒之時也。在人之德爲智，灼然於所往，非毅然有所往也。此即《大學》之知止而定而静而安，尚未至慮而得也。故《繫詞大傳》曰「天下之動貞夫一」，又曰「天下何思何慮」，是「貞」字之義昭然可揭矣。乃舍夫事之幹者，而竟謂爲行事；舍夫貞而固者，而但止以一「正」字概之；即夫子於《臨》、《革》、《无妄》謂之正者，亦如《大學》所謂正心之類，乃竟謂其措諸躬，施諸世。「貞」字義已如此，則亨與利又當何如？此《易》之所以晦也。夫「小貞吉」者，蓋以坤之德貞之，則吉也。坤何貞？所謂牝馬之貞、柔順之貞也。「大貞凶」者，蓋以乾之德貞之，則凶也。乾何貞？所謂即終即始，健行之貞也。所以然者，《屯》之卦詞固曰「勿用有攸往」者也。故雖初爲震主，而亦以盤桓居貞爲義，况夫九五之坎澤不下究者乎？《傳》曰「屯其膏，施未光」，非惜其未光，正戒其光。蓋時當屯膏，一求光，則非勿用攸往之義矣。

上六，乘馬班如，泣血漣如。○**《象》曰：泣血漣如，何可長也？**

上變益，遇巽，則風以散之矣。五之屯膏尚有膏也，此則膏已散。坎非雨而爲血，故曰「泣血漣如」也。「乘馬」者，馬陽也，乘者以陰求陽也，六二之於九五、六四之於初九是也。至上與三无應，何以亦曰「乘馬」？蓋三，陽位也。四於初求所宜求，故往无不利，二於五非所宜求，故止應守身以俟，以初與五皆陽也。若三，則有陽之虚位，而無陽之實德。而上以屯極欲通之時，亦下求之，則往無所之，惟有「泣血漣如」而已。此「乘馬」雖同，而吉凶則異也。

蒙

䷃坎下艮上

蒙：亨，匪我求童蒙，童蒙求我。初筮告，再三瀆，瀆則不告。利貞。○**《彖》曰：蒙，山下有險，險而止，蒙。蒙亨，以亨行時中也。匪我求童蒙，童蒙求我，志應也。初筮告，以剛中也。再三瀆，瀆則不告，瀆蒙也。蒙以養正，聖功也。**

雲峰胡氏曰：「有天地即有君師。《乾》、《坤》之後繼以《屯》，主震之一陽而曰『利建侯』，君道也。又繼以《蒙》，主坎之一陽而曰『童蒙求我』，師道也。」竊按：蒙何以亨？險而止，止則亨矣。《彖》曰「以亨行時中」者，山峙於上，川流於下，各得其宜。川之流，行乎其所不得不行也；山之峙，止乎其所不得不止也。所謂以亨之德行其時中之義也。「匪我求童蒙，童蒙求我」謂之「志應」者，以静待動，其志相應，如云「吾無知，而鄙夫問我，叩兩端而竭焉」者也。「以剛中」者，其初志誠也。「瀆蒙」者，瀆則蒙也，所謂「勿貳以二，勿參以三」〔一〕是也。「蒙以養正」謂之聖功者，授一萬氏謂「蒙之良知、良能，蒙之正也；聖人之無不知、無不能，亦不失此蒙之正」，説精矣。

《象》曰：山下出泉，蒙，君子以果行育德。

《大象》二義：一以山下出泉，蒙而已露，如學者之機雖已啓，而識猶未開，故行須果，則機斯暢矣；內卦坎也。一以山下出泉，蒙而未顯，如學者之量雖能受，而力猶未逮，故德須育，則量斯宏矣。外卦艮也。果行，則發蒙是也；育德，則包蒙是也。義雖不出象爻之外，然象爻以教者言，《大象》以學者言。

初六，發蒙，利用刑人，用説桎梏，以往吝。○《象》曰：利用刑人，以正法也。

初變損，遇兑。損之以就中，以險變兑説，此發蒙刑期無刑之義也。夫初何以有用刑、桎梏等象？考《噬嗑》初爻，《本義》曰：「初上无位，爲受刑象。」通於此卦，則上剛爲擊，初柔爲受刑。且初爲蒙之小過，而坎爲桎梏，以陰柔慈愛者處之，故爲刑其小過而説其桎梏大罪也。刑人亦不必拘於加刑，懸象讀法即是。其曰「以往吝」者，蓋陰柔則多姑息，故又有此象，因象而各著其利與吝，此則聖人之教也。《傳》曰「以正法」，即《彖傳》「養正」之「正」，蓋謂刑之非不愛之也，乃以正爲養蒙之法則也。不然，則姑息長奸，何以能説其大罪哉？如此，於爻義始盡。聖人之言約而該，非止泛泛無所發明，如世之所謂但取叶韻而已者也。

九二，包蒙，吉。納婦，吉。子克家。○《象》曰：子克家，剛柔接也。

二變剥，遇坤。坤爲子母，爲吝，故有納婦等象。《合訂》曰：「包，容也，保也，即《象》所謂養也。婦人，養子者也。慈爱者或流於姑息，如九二之包，則可謂能養子者矣，故占者娶婦吉。母能養子，則子之克家可知，故又曰『子克家』。九二以剛中爲六五所應，五猶子，二猶母也。《象傳》『剛柔接』，剛謂二，柔謂五。易齋云：『克家之子，惟有剛德者足以當之。五不足於剛，而聖人以克家許之者，二五合而剛柔接，子肖其母，則德在五也。』化柔中爲剛中，引童蒙入聖域，觀『剛柔接』之詞，愈知『養正』之義矣。」竊按：「剛柔接」即應也。二五皆中，剛柔相濟，又二以剛居柔位，五以柔居剛位，尤爲互濟，故云。

六三，勿用取女，見金夫，不有躬，无攸利。○《象》曰：勿用取女，行不順也。

三變蠱，遇巽。巽爲長女，爲近利，故有「見金夫」之象。蓋三危地，又下比二之剛，危則不能守而妄動，比則非其類而强從，以不中不正之身而處此，其象可知矣。然何以不言「不利取女」而言「勿用」？蓋男子未有不取者也。言「不利」，則終不取矣。但於此時取女，則必得此人，故暫且勿用耳。下「无攸利」者，取女爲繼嗣計，今得此人，則且不能以正持其身，又何能以正養其子？其不克家可知，故无所宜也。以二爻《傳》言「剛柔接」例之，則上之剛應三之柔，子爲母化，何所利乎？《傳》所謂「行不順」者，正以三與上應，而以下援上爲失己，近比於二爲非應，其行爲不順也。且此爻合四、五爲坤之順，然居内卦之上，與外卦非一氣，又已變巽，不爲順矣，似不必以順爲慎。再觀五、上二爻詞之《傳》，其義正相發也。初、二、四、五、上皆言「蒙」，或謂教者，或謂受教者。惟此爻不言「蒙」，何也？蓋居下卦之上，則年已非幼。又以柔處剛位，則不自安於蒙，是已漓其天真者矣，是以見金而失身也。

六四，困蒙，吝。○《象》曰：困蒙之吝，獨遠實也。

四變未濟，遇離。以陰處陰，既遠於陽，而應、承、乘又皆陰也，《傳》所謂「遠實也」。且變氣爲未濟，故爲「困蒙」象。

六五，童蒙，吉。○《象》曰：童蒙之吉，順以巽也。

五變渙，遇巽。本氣陰爻，變巽長女，何以不言「女」而言「童」？以處剛正之位而有虛己之志者也。三亦剛位也，然而不當，故非五比，三多凶，五多功也。《程傳》云「童取未發而資於人者也」，語最精切。竊按：《傳》云「順以巽」者，順以本氣合三、四爲坤，巽謂變氣也。以順德而能入，所謂初筮之誠。此爻實當卦義。

上九，擊蒙，不利爲寇，利禦寇。○《象》曰：利用禦寇，上下順也。

上變師，遇坤。變師，故有擊蒙爲寇禦寇之象。《合訂》曰：「二剛皆治蒙者。二包而上擊，擊則非養矣。治蒙而不能養，治之適以害之也，故曰『爲寇』。『利禦寇』爲受治者言，謂擊固無利於蒙，然爲蒙者能資其剛嚴以禦邪妄，則上之擊蒙又何嘗不利乎？《象傳》『上下順』，下謂九二，上謂六五，能順下而受其包，亦能順上而資其擊，則二剛皆我師矣。」竊按：「上下順」句，蓋以艮變坤，是上順也；而以五、四二爻合下卦之三亦爲坤，是下順也。《合訂》論其義，而此則所取之象也。安溪李氏曰：「《象》詞及《傳》專言教學，蓋舉其大者。爻義則所該者廣，齊家化民，教法刑禁，無非發蒙之事，故納婦、取女、刑人、禦寇連類及之，乃所以旁通其義，非直以備占詞也。」

【校注】

〔一〕兩「勿」字，原作「無」，據《四庫》本改。

需

䷄乾下坎上

需：有孚光，亨貞，吉，利涉大川。○《彖》曰：需，須也，險在前也。剛健而不陷，其義不困窮矣。需有孚光，亨貞，吉，位乎天位，以正中也。利涉大川，往有功也。

以「有孚光」三字絶句，《合訂》之獨見也。讀此，不覺有會於誠形著，及闇然日章之義矣。安溪李氏曰：「需之義甚廣。凡事必寬以居之，皆是也。而又非優游無事之謂，故曰『居易以俟命』，又曰『修身以俟之』。學則從容涵養以俟其通，治則積久漸摩以俟其化，皆由此義也。觀此，則知此卦次於《屯》、《蒙》之後之説。」按：九五是卦之主爻，然必合下之乾，方盡「有孚光，亨貞」之義。「有孚光」者，内之藴蓄也。「亨貞」者，外之設施也。當其處坎，積而爲孚，乾之積於九五也。及乎坎出，發而爲光，九五發乾之光也。處坎則貞以保乾之體，出坎則亨以大乾之用，故曰吉也。《彖傳》「位乎天位」，即《乾》之九五「位乎天德」之意，所謂九五合下之乾也。「正中」二字，有端拱無爲氣象，以言乎需也，與下九五爻曰「中正」二字相連者不同。「往有功」者，以需而出乎坎，則非需而居然乾矣，是以能大有爲也。

《象》曰：雲上于天，需，君子以飲食宴樂。

「雲上于天」，和氣緼釀，有「飲食宴樂」之象。《雜卦傳》亦曰：「需者，飲食之道也。」

初九，需于郊，利用恒，无咎。○**《象》曰：需于郊，不犯難行也；利用恒，无咎，未失常也。**

初變井，遇巽。井不變其所者也，故有恒象。文炳胡氏謂：「初九以陽居陽，恐其躁急，故雖遠險，猶有戒詞。」其實初以陽潛地下，自有用恒之象。

九二，需于沙，小有言，終吉。○**《象》曰：需于沙，衍在中也。雖小有言，以吉終也。**

二變既濟，遇離。二以剛中，乾離一體，故曰「衍在中」。此即終吉之由，故《傳》於下句即不再釋。此以一句釋上下文，又一例也。

九三，需于泥，致寇至。○**《象》曰：需于泥，灾在外也。自我致寇，敬慎不敗也。**

三變節，遇兑。兑爲澤，有需泥之象。近坎之盜，故曰「致寇」。兑以説德，故曰「敬慎不敗」。此又夫子補爻詞所不及處。「灾在外」明指四爻。

六四，需于血，出自穴。○《象》曰：**需于血，順以聽也。**

四變夬，遇兑。坎爲血，兑爲毁折，「需于血」象。兑上缺，穴象。《合訂》曰：「卦之爲需，乾爲坎需也。坎之險由二陰陷陽，此衆陽所欲決而有待者也。至上下之間，陰陽逼近，陽不能復需，必争之勢也。三之寇，四寇之；四之血，三傷之也，猶《坤》之『龍戰于野，其血玄黄』也。四爲三傷，則陰不敵陽矣，故聖人教之以需。需有將就順從意，謂當血之時，惟有順從乎陽，庶幾陽免於險而陰亦得出於穴，兩得之道也。《象傳》『順以聽』，謂順而聽命於陽也。」

九五，需于酒食，貞吉。○《象》曰：**酒食貞吉，以中正也。**

五爻變泰，遇坤。泰交，故有酒食之象。九五統全卦之主，故《大象》、《小象》皆同。酒必需釀而後可飲，食必需炊而後可食。其釀其炊，可以想雲上于天之意。此其間，正有如許休養生息以充適斯民之體，如許涵濡薰陶以厭飫斯民之心，正非宴安可比。五惟中正，故需于酒食而無侈汰之心。彖合「孚光，亨貞，吉」而此獨舉「貞吉」者，以貞尤切於需意，故《傳》申「酒食貞吉」而即不言「需」字也。

上六，入于穴，有不速之客三人來，敬之，終吉。○《象》曰：**不速之客來，敬之終吉，雖不當位，未大失也。**

上變小畜，遇巽。上無位，需者至此無所需矣，故詞無「需」字，而《傳》曰「不當位」也。巽爲倒兑，其德入，故有入穴象。下乾健行，故有客來。而坎險在前，巽又以入爲德，是不速之客也。巽伏，故有敬之之義。上雖無所需，而下應九三之陽爻，初與二又以類相從，健而履險以進，故雖已無力以出險，而借人之力則亦無大失矣。安溪李氏曰：「初與二，未陷於險而需者也。四與上，既陷於險而需者也。未陷於險而需以不入於險，以其有貞於不入之操也。既陷於險而需以能出乎險，以其無急於求出之心也。」

訟

䷅ 坎下乾上

訟：有孚窒，惕中吉，終凶。利見大人，不利涉大川。○《彖》曰：訟，上剛下險，險而健，訟。訟有孚，窒惕，中吉，剛來而得中也。終凶，訟不可成也。利見大人，尚中正也。不利涉大川，入于淵也。

《彖傳》逐句詳注甚明。剛來得中，總注「有孚窒」六字。有孚，即所謂有實情也。有情而窒，情不能申也，此訟之所由來也。「惕中」，《本義》作得中，諸家多作中止。中止之義與各爻詞合，蓋惕於中道，或惕於中心，則必止矣。但各卦往來之義，似依安溪李氏作虛象説爲妥；必拘拘於自某卦來，多不可通耳。「入于淵」者，淵深而不可測，訟而入淵，則機械變詐，無情而有辭，是終訟者矣，正與惕中者反。

《象》曰：天與水違行，訟，君子以作事謀始。

水氣升天，則順天以澤物。既自天而下於地矣，則天左旋，自東而西，水右流，自西而東。卦上天下水，其象如是，是爲違行也。然當其在天之始，則未嘗違也。夫天者何？理而已矣，九四所謂命是也。人苟順於天理，即合乎人情，何至有訟？有訟，則必違其初念之天理可知也。及不克訟，乃反求其本，故曰「歸」，曰「復即命」。聖人特爲探本之論，以爲已訟而中惕，而終无成，何如謀於始而無訟之爲貴乎？蓋謀於其始，自必慮及於其終。諺云：「屈死莫告狀。」亦此意也。

初六，不永所事，小有言，終吉。○《象》曰：不永所事，訟不可長也。雖小有言，其辯明也。

初變履，遇兑。兑説則不窒，故「不永所事」。兑爲言，六陰爻爲小，故曰「小有言」。初應四，二、三合四互離，《傳》故曰「明也」。

九二，不克訟，歸而逋。其邑人三百户，无眚。○《象》曰：不克訟，歸逋竄也。自下訟上，患至掇也。

二變否，遇坤。剛而變柔，逋也。二本柔位，今仍爲柔，「歸而逋」也。坤爲地、爲衆，故有「邑人三百户」象。陽剛雖竄，而陰位自存，爲「无眚」象，正與上之褫鞶帶之錫對。然則二之與上訟也，確矣。《需》、《訟》象詞中「孚」皆指坎之中爻，乃兩卦爻詞皆不之及，何耶？蓋彖舉全卦之德，是有孚者坎之中爻，合乾而言之者也。至于需之九五一爻止于二爲應，此卦九二之一爻止于五爲應，則不得以全乾視之矣。然需之五應二，以上求下，爲虚己以聽也；此之二應五，以下援上，爲非分相干也。德既異，則其吉凶自殊耳。然同一有孚也，需何以光？此何以窒？同一坎之中爻也，在彼何以需酒食而吉？在此何以不克訟而逋？蓋需之孚實積于乾，所謂周身之元氣也，故有以充説于其體，及其出乎坎而積中者著矣。此之孚則變爲否，所謂一時之客氣也，故不能浹洽于其中，及其不克訟而外來者歸矣。

六三，食舊德，貞厲，終吉。或從王事，无成。○《象》曰：食舊德，從上吉也。

三變姤，遇巽。巽以入爲德，舊德之所入必深，「食舊德」象。應上，而近不與二、四比，「貞」象。處危地，「厲」象。不忘本而妄有附和，以訟爲利，故終吉也。「或從王事，无成」，則占詞也。占者，不必此卦爲此事。故乾五爻皆言龍，而三爻言君子以發其例。此六爻皆言訟，而於三兼及從王事以發其例，故加「或」字别之。六三之應上九，各卦多凶，而此獨終吉者，蓋訟之道以剛不以柔，二與四皆剛而能訟者也，初與三皆柔而不能訟者也。然初則事猶在下，故但有口角之微争，不至於訟也。三則在下之上，是訟已興而不可以已矣。但三陰柔，非能訟者，殆爲所訟者也。且處於二剛之間，下乘剛則必爲二所争，上承剛則必爲四所争，而自與上應，故二、四之争三，必皆與上爲訟矣。第三雖處危地，爲所訟，而固守其從上之貞，不與之争，故終獲其吉。聖人隨各卦爻之時位，而各著其義，豈泥於一定之説哉？

九四，不克訟，復即命，渝，安貞，吉。○《象》曰：復即命，渝，安貞，不失也。

四變涣，遇巽。涣散，則不克訟矣。天水曰訟，今變爲風水涣，是渝也。雖曰渝，而實復其本然之命，是渝而無所失焉，故曰「安貞」也。二之歸，四之復，皆惕而中止者，故曰「不克訟」。《春秋傳》曰：「吾非力不足也，義實不爾克也。」然同一不克，而二則歸而逋，四則復而渝，何也？按：二剛皆得中象，既謂其「有孚」，似非無情之訟。且上承六三，爲近而在所必争者，但窒於中，止知三爲己之所必争，而不知三爲上之所正應。而其剛中又自否變，才非上匹也，是爲不度德。己雖剛而時則在險，上雖亢而身則乘剛，勢又非上之敵，是爲不量力。夫子約其詞曰：自下訟上，故不克訟而逋也。「逋」有逋負、逋逃二義，《傳》特以「竄」字明之。訟而至於竄，患可知矣。又五不求二，而二求五，故曰患自取也。四雖不中不正，而隔體下争乎三，但下有初六之正應，則取初之明以自鑒，故能復即命。又處改革之際，《乾》之《文言》曰「乾道乃革」者也，故不克訟而渝也。然其歸其復則皆同，故二之詞曰「无眚」，四之《傳》曰「不失」。「失」字作「失足」看，不入于淵也。《乾》之四曰「或躍在淵」，此之《象》曰「入于淵」，蓋四之多懼如此。

九五，訟，元吉。○《象》曰：訟元吉，以中正也。

五變未濟，遇離。離明，故能聽訟。然豈惟聽訟而已？變自乾來，訟之未濟亦未濟之訟。《未濟》六五曰「君子之光，有孚吉」，今曰「元吉」、「中正」。夫子嘗曰「大畏民志」，是則使民無訟者乎？「元吉」與「大吉」微異。坤五、離二、履上、復初，皆言其德之純也。此外，凡吉之在天下者多曰「元吉」，吉之在一人者多曰「大吉」。此卦之五與《大畜》之四有無訟刑措之風，故皆曰「元吉」也。說本安溪李氏。竊按：大吉者，乾剛之吉也。元吉者，從來未有之美事今始有之之吉，所謂「元者，善之長也」。

上九，或錫之鞶帶，終朝三褫之。○《象》曰：以訟受服，亦不足敬也。

上變困，遇兑。困者，辱也。兑又爲毁折，故有褫衣之義。就本氣言之，乾爲圜爲衣，鞶帶象；爲君，錫鞶帶象；爲天，一日一周者也，終朝象。上有三之正應，爲訟得勝而受服象。上無位而其道窮，窮則變，爲三褫之象。蓋言一言二，數之一定者也；言三，則數之未定者也。經書中凡曰「三」者，大概謂其多耳。算法：數始於一，終於三，六則倍之，九則再倍之，十則仍爲一，三爲不盡之數。安溪李氏曰：「上以剛處上之極，訟不可成也。而成之，象之所謂終凶者也。士庶之訟止於鬥訐，進之則其争彌大。《詩》曰：『受爵不讓，至於已斯亡。』《書》曰：『矜其能，喪厥功。』是故名位之争，訟之大者。二之所以保邑而无眚，三之所以從上而无成，皆守禄位、善功名之道。上有鞶帶之榮而曾不終朝，昧於三讓而進、一揖而退之義矣。」竊按：《傳》言「不足敬」者，以爲縱不至即褫，亦以争而得，不足敬也，所以足經之意。此武安與魏其争，帝不以爲直，丙吉不言微時保護功，帝所以大賢之歟？

師

䷆坎下坤上

師：貞，丈人吉，无咎。○《彖》曰：師，衆也。貞，正也。能以衆正，可以王矣。剛中而應，行險而順，以此毒天下而民從之，吉又何咎矣？

卦詞雖與五爻詞一意，然卦詞渾，爻詞切，當各玩。貞，正也。《孟子》亦云：「征之爲言正也，各欲正己也。」用師者，能以己之正正天下之不正，有不王者乎？「以衆」字，《本義》謂「一陽在下之中，而五陰皆爲所以」，專指將帥言，而以可王句謂爲王者之師。《合訂》因語意與《象傳》不合，故謂「二以衆，五以二，此五之所以王也」以補救之。然卦詞但只説個大概，正不必指定爲何爻也。「貞，正也」，乃特釋之之詞，即此可見諸卦爻所繫之「貞」必非「正」字也。使「貞」即是「正」字，則此又特特注明，其意何居乎？出師之道，在正名與擇帥而已。名不正，則師出無名，而事不成；帥不擇，則將不知兵，而以卒予敵矣。「吉无咎」兼承「貞」與「丈人」來，《象傳》亦如此。但世儒因有「可以王」句，便謂「吉无咎」止承「丈人」，非也。《程傳》「吉而有咎」，凡無名之師幸勝者是也；「无咎而不吉」，凡聲罪致討而不勝者是也。讀《象傳》，當于「能以衆正」句下，謂出師者但如此，即有王者規模矣。況又將帥得人，以仁義行師，則師勝而又何過之有？若以下四句專指丈人，則「剛中」句尚説得去，「行險」句則統論全卦，不專指二爻矣。「剛中」句，爲君言，則爲二剛中而五應之，不中制也；爲將帥言，則爲二剛中而上應九五，凛天威也。此與下句，皆當重讀「而」字。

《象》曰：地中有水，師，君子以容民畜衆。

初六，師出以律，否臧凶。○《象》曰：師出以律，失律凶也。

初變臨，遇兑。坎水，流水也。兑澤，止水也。水而歸澤，則無泛濫之失，有「師出以律」之義。初六陰柔才弱，有「否臧凶」象，否臧即失律也。

九二，在師，中，吉，无咎，王三錫命。○《象》曰：在師中吉，承天寵也。王三錫命，懷萬邦也。

二變全坤，坤之德順。又二以陽爻在衆陰間而獨異，今變坤，則亦衆人耳，故有「中吉」、「錫命」之義。「在師」絶句，「中」絶句。按五爻《象傳》「以中行也」，可知「中」字當另讀。《程傳》：「居下而專制其事，惟在師則可。」又云：「凡師之道，威和并至，則吉也。」觀此，則知恃專而失爲下之道者，吉而有咎也；不專而無成功之理者，无咎而不吉也。威和即寬嚴並濟。寬而不嚴，嚴而不寬，其吉其咎亦如此。中之時義大矣哉！詞所以不言「正」而言「中」也。若如《蒙引》謂如俗説在軍中，則何以曰吉又无咎乎？夫子曰「在師中吉，承天寵也」，《程傳》發揮甚明。《合訂》曰：「元老之猷，天子之功也。」將千古飛揚跋扈之輩一概抹却。爻詞「王三錫命」，見丈人得君之專。《合訂》謂「師之吉由錫命之寵，命之錫由萬邦之懷」，此爲君言也。若爲將帥言，則師之吉以其中而應上，承天之寵命耳，非敢言功也。命之錫，正以險而順行，懷柔萬邦耳，不宜肆殺也。聖人之言，無所不包如此。

六三，師或輿尸，凶。○《象》曰：師或輿尸，大无功也。

三變升，遇巽。升有輕進意，巽亦有深入意。考《左氏春秋》曰「彘子尸之」，本此，言在輿而尸其師也。三、四、五互坤爲輿。三之凶由于尸師，不尸則不凶，故曰「或」。若如《本義》，不但「或」字無着，且既曰「輿尸」，又曰「凶」，亦犯複。且五爻《傳》曰「使不當」，使者主使之謂，正與此《傳》「大无功」相證。蓋「大」即指九二。若泛以甚无功言，亦有何謂乎？

六四，師左次，无咎。○《象》曰：左次无咎，未失常也。

四變解，遇震。解，緩散也。下卦陽在二，上卦變陽在初，有左次之義。四之所以左次无咎者，不但居陰得正，亦以其多懼也。子路問行軍，夫子曰「臨事而懼」故耳。

六五，田有禽，利執言，无咎。長子帥師，弟子輿尸，貞凶。○《象》曰：長子帥師，以中行也。弟子輿尸，使不當也。

五變習坎，坎爲盜，故曰「田有禽」。乃二、五皆陽爻，便有中制掣肘之象。象意甚廣，此則止就本爻而審其時義耳。執言，執之而聲其罪也。不爲兵端，以六五之柔順居中言之。若卦詞之貞，則吊民伐罪，如湯、武南巢、牧野之師，則豈必桀、紂加兵而始應之乎？「長子帥師」，即五之應二也。「弟子輿尸」，亦以三之志剛，處下之上，有敢進之勢。四之位近，有依附親信之心。五之陰柔寡斷，而所承所乘皆陰，有讒象，或以三爲勇，或以四爲忠，必且私委密諭，以分二之權，如後世用寺人監軍之類。此皆從本爻看出而切著之者也。蓋統觀全卦，則止有「長子帥師」象，故曰丈人也。但論五之一爻，則既有「長子帥師」之象，又有「弟子輿尸」象，故并言也。

上六，大君有命，開國承家，小人勿用。○《象》曰：大君有命，以正功也。小人勿用，必亂邦也。

上變蒙，遇艮。艮爲小子，艮止，故曰「小人勿用」。「開國承家」二句，《合訂》以爲册命之詞，説作人君戒飭成功將帥之語，似非夫子《傳》言「亂邦」之意。《合訂》所以如此説者，以《本義》論功行賞之時，爵土不及於小人，理却去不得。然《語類》記朱子他日亦云勿用與小人謀議經畫耳，此意方思得，未曾改入《本義》。而安溪李氏謂爲與賢者制治以防前亂，與智者圖幾以遏未萌。此又開説，不拘拘於成功之小人，亦未爲無見。竊按：上爻居順之極，而順君者必小人也。又所乘所應皆陰，是爲小人近君之象。夫功高者多忌，從來聽讒而不能保全功臣者多矣，故戒其勿用。六以陰居陰，非能斷者，故但曰「勿用」也。孟子曰：「惡佞，恐其亂邦也。」然則《象傳》之所謂小人固可知矣。「正功」二字概却「開國承家」，著師之始終皆以正也。安溪李氏曰：「中四爻皆用事者，則皆有師中之任。初與上不當事任，故因之以發行師終始之道。」

比

䷇坤下坎上

比：吉，原筮，元永貞，无咎。不寧方來，後夫凶。○《彖》曰：比，吉也。比，輔也，下順從也。原筮，元永貞，无咎，以剛中也。不寧方來，上下應也。後夫凶，其道窮也。

以爲全乾之元，變坤之永貞，此《合訂》之特見也。然則「元永貞」者，元其永貞也。《記》曰「心无爲也，以守至正」，此之謂也。「不寧方來」，《本義》所解覺費力，且「亦將」字無根。竊以「不寧」者，寧不也。古人多如此倒裝語，如《詩·衛風》云「不瑕有害」，注瑕、何通，謂「豈不有害於義理乎」。「方」當如「方以類聚」之「方」，謂有元永貞之德，則不求人比，而人寧有不各以其方而群聚者耶？如此説似妥，且得群陰相比意。五爻詞所以通遠近而言也。《彖傳》既曰「下順從」，則「上下應」，「上」字須讀斷，只如四爻「從上」、五爻「上使中」之

「上」，皆指五言也。《合訂》謂爲初、二、三、四極是，不得牽上爻在内。「後夫凶」方是説上爻，觀《彖傳》曰「其道窮也」可見。

《象》曰：地上有水，比，先王以建萬國，親諸侯。

當可馮氏曰：「地上之水，異源同流。畎澮相比，以比於川。九川相比，以比於海。如萬國諸侯，大小相比，而方伯連帥率之以比於天子也。」

初六，有孚比之，无咎。有孚盈缶，終來，有他吉。○《象》曰：比之初六，有他吉也。

初變屯，遇震。屯，雷雨動而滿盈者也，故曰「有孚盈缶」。缶，坤土也。震動，故曰來。坤衆而震起之，故曰「有他吉」。蓋人之初念未有不誠，孟子所謂良知也，故蒙之初筮告，訟之初辯明，皆是物也。有初則有終矣。《易》，言誠之書也，故于此卦初爻鄭重言之。「有孚比之，无咎」，就比人者言。「有孚盈缶，終來，有他吉」，就比於人者言。初爲卦始而志剛，有孚也。自初爻一氣貫注於四，盈缶也。可見二、三、四皆本此初念之孚，故終以類聚上比于五也。若上則隔位，無初之孚矣。无首，是以无終。即一初爻詞，而諸爻之意已可概見。《合訂》曰：「卦名『比』，是現成字。爻言『比之』，是用力字。初能孚信，以比于二，可以无咎矣，而猶不止此也。二與五爲正應，初能孚信充實，終得同升諸公，故曰『有他吉』。終來之吉，於初決之。」觀此，則《象傳》「比之初六」，「初」字當重讀。五之剛中，失前禽，是五固以初爲遠，而不期其相應者，乃終亦來焉，故云「有他吉也」。

六二，比之自内，貞吉。○《象》曰：比之自内，不自失也。

二變全坎。上下一坎者，由於内卦之變也，故曰「比之自内」，而夫子曰「不自失也」。然五求二，二不求五，「比之自内」當云：五於外來比之者，由于内之二有直方大之德也。内自守其貞，待五之求而應之，其吉爲何如？《合訂》以莘野、南陽方之，是也。

六三，比之匪人。○《象》曰：比之匪人，不亦傷乎？

三變蹇，遇艮。爲匪人，或謂上，或謂二與四。然彦肅趙氏曰：「初比五，先也。二應也。四承也。六三無是三者之義，將不能比五矣。」此又以不比五即謂所比匪其人也，意亦佳。

六四，外比之貞，吉。○《象》曰：外比於賢，以從上也。

四變萃，遇兑。萃聚群賢以説其上，又坎難遇兑説，蓋以謹畏之小心而致寅恭之和氣，此之爲貞，此之爲吉歟！觀《象傳》，則爻詞「外比之貞」絶句，不得「于」之字畫住。四以陰居陰，得正也。近於五而下乘坤之順，貴而不驕也。下無應援，不植私黨也。合下之順以比上，以人事君也。已離順之體，説以道，不爲佞也。位高多懼，而處坎始，若履險艱憂，深思遠也。此皆貞之義也。夫子特曰「比於賢」，其不比於匪可知。然則獻可替否？所謂和也，非同也，是比之道也。

九五，顯比，王用三驅，失前禽，邑人不誡，吉。○《象》曰：顯比之吉，位正中也。舍逆取順，失前禽也。邑人不誡，上使中也。

五變全坤，上下大順，可謂無爲而天下治矣。只「顯比」二字，概却《洪範》「無偏無黨」一段議論。「王用三驅，失前禽」，不勤遠略也。「邑人不誡」，不事煩言也。王道之大，實寫得出。詳玩之：五剛中，則光明正大，顯象；五止下應二，初則在應外矣，失前禽象；五自剛中，非有求於下也，不誡象。五雖與二應，然皆中正得位，以道相求，非以私相結，正所謂顯比也。按：「中」字仍屬民。中者，蕩平正直之王道也。皇建其有極，庶民即無不會極歸極，何用告誡爲？是上居中而民自化，非有以使之，而若或使之耳。

上六，比之无首，凶。○《象》曰：比之无首，无所終也。

上變觀，遇巽。以坎之難，而巽伏之，機深不可測，是後服而其心携貳者也，故曰无首无終。《合訂》曰：「首，先也。」其於初爻亦曰：「比貴乎首先。」然則有首者有孚，无首者无孚，是抗也，所謂後夫之凶，終至於敗亡而已矣。

小畜

䷈乾下巽上

小畜：亨，密雲不雨，自我西郊。〇《彖》曰：小畜，柔得位而上下應之，曰小畜。健而巽，剛中而志行，乃亨。密雲不雨，尚往也。自我西郊，施未行也。

夫小畜何以亨？亨矣而何以又不雨？且《彖傳》既曰「行」，又曰「未行」，何前後之詞互異也？備觀先儒所說，莫不得此失彼，矯强附會，甚且謂爲小人之畜君子。其爲説益詳，而於理益悖，棿杌予心而不可據以爲安者久矣。乃今而捨諸家之説，獨詳玩《彖傳》，始知夫子已一一明切曉著，不審學者何以多昧焉而不察也。夫子曰「小畜，柔得位而上下應之，曰小畜」，是明明謂一柔能畜五剛，上下陽爻皆爲所止而聚之，未嘗曰一陰畜五陽，能係而不能固也。又曰「健而巽」，則剛得巽而非粗厲之剛，柔得健而非畏葸之柔，是明明謂其剛柔相濟，未嘗謂一陰止不得五陽爲柔德之不足也。且曰剛居中而志行，則上下兩剛居中用事，同心同德，故曰志行，未嘗以不雨之未行者。并謂剛中亦未遽行，必及其成，始謂有亨理也。惟其剛柔相濟，兩中志行，故小畜之亨，亨以此。是其德實足以嘉天下之會，而無難焉者矣。然其所以嘉之會者，方尚往而未及下逮，其志行而其施未行。故雖亨，而但充之於中，未即措之於外，則小畜之時爲之耳。文王若曰：此其上往而下未逮，志行而施未行，擬其景象，如密雲不雨者。然夫其不雨也，豈有他哉？實自我西郊而已然矣。膏澤之屯，我實爲之，其又奚尤？是故汝墳方興孔邇之歌，而岐周猶深禎尾之痛；明德已先道岸之登，而穆穆不已緝熙之敬。孟子曰：「文王視民如傷，望道而未之見。」蓋觀於此卦之詞，而信其有然也。子又曰：「《易》之興也，其當殷之末世，周之盛德耶？當文王與紂之事耶？」是時文王正在羑里，思有以上格君心而下蘇民困，乃力有未能，是故觀於小畜之象而自怨自艾，蓋傷之焉。夫德自有剛有柔，剛大而柔小。發强剛毅，剛也；寬裕温柔，柔也；齋莊中正，中也；文理密察，巽也。豈必小即爲陰邪小人，而剛之應即謂君子爲小人用乎？卦惟一陰爻而在四位，得位也。然雖得位而在上，其氣未下行，故爲「密雲不雨」之象，非畜之不固而竟不雨也。柔未及逮下，而剛志自亨。如《屯》之坎亦曰「雲」，其卦詞亦曰「大亨貞」，又曰「雷雨之動滿盈」。可見尚往者，如今時俗以不雨謂爲天高是也。按後天方位，下卦之乾在西北，上巽爲風。秦之諺曰：「長安自古西風雨。」則巽乾應雨也。應雨而不雨，是非天爲之，我之柔德未至也。故《明夷》曰：「内文明而外柔順，文王以之。」使柔順之德圓滿具足，如地天之泰，則不惟剛之志行，而柔之施亦行，故曰：「天地交而萬物通，上下交而其志同。」是則其亨爲時措之宜，而非僅充實之美也已。《易酌》曰：「《本義》以爲文王演《易》於羑里，視岐周爲西方，故曰『自我』。蓋引咎責躬，愧其不能和二氣而布德澤於天下也。極得文王心事。」

《象》曰：風行天上，小畜，君子以懿文德。

程朱《傳》、《義》仍以「繫擾」、「不久」爲言，後儒皆因之。竊玩「風行天上」四字，似謂風行於天之上，則雲氣往來卷舒，天之文也。故君子則之，以懿其文德。世所謂「風度」、「風采」等説，義實本此。《大象》多别發一義，不與卦詞相蒙。此亦不必曲爲之説也。

初九，復自道，何其咎？吉。○《象》曰：復自道，其義吉也。

初變重巽。《易》對「往」則言「復」，如《泰》之九三曰「无往不復」是也。乾性健往，變巽之伏，似竟爲巽所畜矣。然乾之初自有潛象，則其復也亦自由其道耳，非巽爲之也，故曰「何其咎」，《傳》曰「其義吉也」。

九二，牽復，吉。○《象》曰：牽復在中，亦不自失也。

二變家人，遇離。乾而明，則行止不失其正。又家人，一體相連者也。初既「復自道」，則二亦隨之而復，故曰牽也。「亦不自失」，即從初爻説來，詞未言及中義，夫子特爲補備之。

九三，輿説輻，夫妻反目。〇《象》曰：**夫妻反目，不能正室也。**

三變中孚，遇兑之毁折。乾，健行者也。能行莫如輿。健行而遇毁折，有「輿説輻」之象。上卦巽，巽多白眼。兑爲倒巽。乾變兑，與上卦爲兩巽相向，有「夫妻反目」之象。三、四比而隔體，何謂爲夫妻？蓋兑爲説，爲口舌。夫相説莫如夫妻，而以口舌致怒，日相見而不相視者，亦莫如夫妻，故取此象。《蒙引》曰：「輻，車輪之輹。輹，車上伏兔也。」按此，則輻所以持輪，輹所以轉軸，脱輹則輿離軸，自止而不行也。一舉輿於軸，則行矣。脱輻，則輪壞不可行，是久住也。三、四近而相説，且志欲上行，而四之柔止之不能行也，故曰「輿説輻」。又乾健已極，果鋭而暴，故曰「夫妻反目」。此陰之强畜其陽，如婦之强畜其夫者也。夫强畜者，非必悍妻之謂，即如誠之未至而遽畜其欲者皆是。此六四之所以有孚而能畜也，如文王爲紂所拘之類。

六四，有孚，血去惕出，无咎。〇《象》曰：**有孚惕出，上合志也。**

四變全乾，上下一氣，故曰「有孚」。巽爲風，風之爲物也，陰伏而凝結於内，陽入而散之。人身之易凝結者爲血。今變乾，則凝結者散矣，是血去也。四多懼，凝結既散，則憂懼亦已，故曰「惕出」。「血去惕出」，自无所咎。《傳》以爲「上合志」者，四雖爲初正應，然初在下善潛，已非四所能止而聚之，則必合五，斯可以得志，所謂「不獲乎上，民不可得而治」者也，如文王之不得乎君即無以澤下者是。

九五，有孚攣如，富以其鄰。〇《象》曰：**有孚攣如，不獨富也。**

五變大畜，遇艮。變陰而下比四，故曰「有孚」。而本氣陽也，與初、二、三、上原屬一氣，則不獨五孚四，亦將合衆陽而皆與四孚，故曰「攣如」。是四之能畜，惟五之力，故曰「富以其鄰」。陽剛爲大，大者富也，變小畜而爲大畜，故曰富也。《傳》曰「不獨富」，正言其能聚。

上九，既雨既處，尚德載。婦貞厲。月幾望，君子征凶。○《象》曰：既雨既處，德積載也。君子征凶，有所疑也。

上變需，遇坎水，雨象。需，不進，處象。巽爲長女，婦象。變坎險，貞象。坎爲月，在天之上，「月幾望」象。上處窮位，而變需不進，故征則凶也。夫乾天之上，有四柔之得位，有五剛之得中，陰陽和矣，所謂德也。陰陽和，而有不雨者乎？上雖無位，而以陽剛臨於德之和者之上，其所處有不安者乎？然陰雖資陽以成膏雨之功，而變坎者，陰則已驕矣，婦之貞恐未免於厲也。上雖藉四、五以獲居處之安，而變坎者，陽爲所抗矣，月之盈恐未免於虧也。當此時，而猶可以征乎？「君子征凶」者，惟君子能有所疑而不進，而非所論於小人也。「尚德載」，乃爻詞自釋上句文義。《傳》又加一「積」字，則并下乾之義亦該之。「有所疑」，又《傳》釋「君子」二字之義。此則聖人教人之微意也。《易酌》曰：「蓋周公曲體文王之遇之心而繫詞也。『尚德載』，即文王之陰行善也。『月幾望』，即文王之三分有二也。但以分言，則曰『婦』，曰『月』；以德言，則曰『君子』。若『貞厲』，若『幾望』，若『征凶』，皆狀文王以服事殷之心也。先儒云：『文王志在明夷，道在小畜。』其謂此乎？」此説「婦貞厲，月幾望」，亦有義，可互玩也。

履

䷉ 兑下乾上

履虎尾，不咥人，亨。○《彖》曰：履，柔履剛也。説而應乎乾，是以履虎尾，不咥人，亨。剛中正，履帝位而不疚，光明也。

履者，禮也。禮之爲體極嚴，絲毫踰越，即蹈干名犯分之愆，而爲國法物議所加。故惟循禮而行，不敢踰矩，遜以出之，無少乖戾，則無所傷矣。以卦體論：兑爲少女，柔之柔也；乾爲純陽，剛之剛也。以至柔而躡至剛，則兢兢小心，自無尺寸之失。以卦德論：乾，天理也。天理在前，而不心慕身追，則違天。違天者不祥。兑以説應之，則順天而無不通，故有「履虎尾，不咥人」之象，故曰亨。《參義》云：「乾體剛健，非專爲暴者。象之以虎，所以極言和説之無患也。」按《繫詞大傳》云「履和而至」，又云「履以和行」，可知此卦最重兑説。上乾，行也。下兑，和以行也。《雜卦》亦云「不處」，不處即行也。以明即和即禮，即禮即和，非無和之禮，亦非無禮之和，故無不可行也。此即《論語》有子論禮之注脚。《彖傳》止「説而應乎乾」一句，説卦詞具足無餘。下「剛中」三句，特以《易》最重五爻，而此卦九五剛中得位，卦詞却未顯及，至五爻，又止即本爻而繫之詞，非全卦之意，故夫子特發于此，其實即從卦詞看出，亦非補卦詞之不及也。和説以行，故不疚。所謂「光明也」者，見禮出于説。凡委曲煩重之數，無一不本乎人情，體之信，達之順，光明洞達，明著而不可掩者也。光明從不疚來，不疚從中正來。上九「視履考祥」，即内省不疚之謂。而《象傳》獨指九五者，蓋全卦之義統著于五，五者君也，事固統于尊，且有德有時有位，操制禮之權者也。「説而應乎乾」者，下寡過也，爲下不倍也。「履帝位而不疚」者，上寡民之過也，居上不驕也。二語可括後半部《中庸》。

《象》曰：上天下澤，履，君子以辨上下、定民志。

初九，素履往，无咎。○**《象》曰：素履之往，獨行願也。**

初變訟，訟有孚窒者。素履之往，率真以行，全無虚假，有孚也。樸慤無文，詞不達意，窒也。禮失而求諸野，故曰无咎。《禮器》曰：「忠信，禮之本也。」是以初爲素履。《傳》曰「獨行願」者，仲誠張氏謂「爲下民樸率心之所願則行之，不講于儀節，不謀于他人」，其説極是。初無應，故曰獨行其志，願即志也，如四爻「志行」之説。

九二，履道坦坦，幽人貞吉。○《象》曰：幽人貞吉，中不自亂也。

二變无妄，遇震。震爲大塗，故曰「履道」。无妄，故坦坦。「坦坦」者，夫子所謂中也。「幽人」，亦不盡指泉石隱遯之流，凡賢而未仕者皆是。「中不自亂」，以「中」字概「履道坦坦」句，「不自亂」即貞吉，惟其中，故能正而吉也。

六三，眇能視，跛能履。履虎尾，咥人，凶。武人爲于大君。○《象》曰：眇能視，不足以有明也。跛能履，不足以與行也。咥人之凶，位不當也。武人爲于大君，志剛也。

三變全乾。玩《傳》「不足以有明」二句，意重在「眇」與「跛」，故曰「位不當」。今解多重「視」、「履」，失其旨矣。

九四，履虎尾，愬愬終吉。○《象》曰：愬愬終吉，志行也。

四變中孚，遇巽。愬愬雖非和，然兢兢守禮，久則相安，故不曰「吉」而曰「終吉」，夫子曰「志行也」。同一「履虎尾」也，然卦詞與爻詞異，三爻與四爻之詞又異。蓋即全卦而論之，説而應乎乾，其履虎尾，則雍雍而率循乎禮者也。三則兑之乾矣。兑毀折，有眇跛象。乾强健，有能視能履象。兑爲口，有咥人象。乾三志剛而上行，其履虎尾，則行行而侵犯乎禮者也。四則乾之巽矣。巽進退不果，位又近而多懼，有愬愬象。其履虎尾，則兢兢而謹守乎禮者也。三之咥人，踰禮則干分，干分則犯法。聖人恐人不明乎此也，又指明其象曰：此武人之爲于大君者。夫爲于大君，則非自私自利可知。而武人爲于大君，則非循循盡禮又可知。豈惟韓、彭之不學道謙讓，功名不終？即李臨淮之抗命不赴，霍子孟之不學無術，皆是也。故夫子曰「位不當也」。然則禮樂征伐自天子出，爲臣子者苟有一毫之專擅，苟有一毫之不稟承，即干名犯分而罹于法，雖逃當時斧鉞之誅，而必不能免後世清議之及。吁！可畏也哉！

九五，夬履，貞厲。○《象》曰：**夬履貞厲，位正當也。**

五變睽，遇離。此爻説者各異，《合訂》亦從安溪之説，蓋因卦詞「履帝位不疚」及《象傳》「位正當」之語，故云也。竊以卦詞爲全卦之爻不變者言，而爻詞則爲本爻之變者言。既已變矣，則爲履之睽，而非履也。履以和行，而本氣則剛，變氣則乖，合剛與乖，此又安得與卦詞一例而論乎？且五以中正得時得位，操制作之權，有履貞象。以本氣言，剛而無正應，則説之氣未通，有夬履象。以變氣言，二女不同居，則睽之勢正盛，有貞厲象。此等威嚴，君尊臣卑之際，故曰「位正當也」。位不當者，無時無位而作禮樂者也。位正當者，有時有位而作禮樂者也。此禮之體，非禮之用也。至上九，則禮制已定，行于天下，而小大由之矣。

上九，視履考祥，其旋元吉。○《象》曰：**元吉在上，大有慶也。**

上變全兑，所謂「禮之用，和爲貴」也。夫道之不行，由于不明。履之不疚以光明，六三亦言「履」先言視，上爻亦言「視履」。上多凶，而此爻獨大善，無戒詞者，蓋上爲事之終，此制禮後天下行禮之時也。又以剛變柔爲兑，禮以和行，又與六三正應，上下相觀爲戒，故曰「視履考祥」，又曰「其旋」。乾變兑，先後相因，説而應乎乾，健以行其説，上下兩兑迴環相顧，此祥之終又爲彼祥之始，豈不爲無窮之吉？夫子曰：「元吉在上，大有慶也。」此則禮陶樂淑，教化行而風俗美，非一人之慶，天下從來未有之慶矣，故曰「元吉」也。

泰

☷☰乾下坤上

泰：小往大來，吉亨。○《象》曰：**泰，小往大來，吉亨，則是天地交而萬物通也，上下交而其志同也。内陽而外陰，内健而外順，内君子而外小人，君子道長，小人道消也。**

《彖傳》不煩詳説，第就卦詞而贊嘆之，令人恍然于唐、虞之盛也。「君子道長，小人道消」，此即「舉直錯枉，能使枉直」之意，猶地道然，地豈有惡乎？以天道去來爲善惡也。

《象》曰：天地交，泰，后以財成天地之道，輔相天地之宜，以左右民。

財成者，如田里樹畜，天地本有此道，而不能自成者，是矣。君不財成，則陰陽不遂其交通之氣，而民無所利用。輔相者，如禮樂刑政，天地本無而宜有，不可不補以助之者，是矣。君不輔相，則剛柔無相調和之氣，而民不能相安。左，佐也。右，佑也。佐以助其用，佑以導其行。説出仲誠張氏。

初九，拔茅茹，以其彙征，吉。○《象》曰：拔茅征吉，志在外也。

初變升，遇巽。升故征。與二、三同氣，故以其彙。乾之初有潛象，似非征者，然本氣健而變氣升，與四應，夫子特中之曰「志在外」，則固其進而有爲者與？

九二，包荒，用馮河，不遐遺，朋亡，得尚於中行。○《象》曰：包荒，得尚於中行，以光大也。

二變明夷，遇離。明夷自晦，離爲大腹，故「包荒」。利艱貞，故「用馮河」。内文明，故「不遐遺」。外柔順，故「朋亡」。「馮河」，自《本義》以來，皆以果斷剛決爲説，竊疑當是擔當之意。蓋二，賢位。世運之泰，皆賢人以天下爲己任者致之也。「馮河」者，不假舟楫，徒步以涉。二爻陽變陰，合三、四爲坎。坎，河象。二應五，必歷坎，濟河象。二中正不倚，馮河象。想見賢者處危疑而不驚，當大任而不懼，隻身獨力撑持世界光景。夫天下之水，惟河爲最大，亦惟河爲最險。人臣當大任、處大難而思所以濟之，莫過於任賢使能。然非有包荒大度，則且分立門户，棄其疏逖，而暱其親近，偏私不公如此，而又何濟之有？此《秦誓》所以思休休有容之一个臣也。看來「包荒」數句一意説下，不分作數項，故夫子直舉上下兩端，曰「包荒，得尚於中行」。夫九二之才，一「中」字概之。聖人言語簡而該，豈必於此瑣瑣臚列爲？正以此卦「小往大來」，正「君子道長，小人道消」之時，若君子於此不包荒，則小人無所容，勢且激變成禍，東漢之末，宋之元祐、紹聖間可見也。今以泰之二爻陽變爲陰，適有此義，故聖人特爲發之。先儒曰：「正當泰時，而曰用馮河，憂盛危明之意。」然九二所以致泰者也。安溪李氏曰：「當方泰之正中，在上交之主位，有剛中之實德，爲群陽之所宗，故於此而備言安上順下，長君子消小人之道也。」竊按：「包荒」四句若分作四項，説九二之才便不切《泰》卦之爻詞。蓋此卦只重上下交，君子與小人消長之際耳。不曰「以中正」而曰「得尚於中行」，尚，上也，指六五言。其以中應中，而其德得達於上也，即《書》之「元德升聞」意。

九三，无平不陂，无往不復，艱貞无咎。勿恤其孚，于食有福。〇《象》曰：无往不復，天地際也。

三變臨，遇兑。本氣爲⚊，平象；變氣爲⚋，陂象。又兑爲毁折，故曰「无平不陂」。《臨》之卦詞「八月有凶」，《傳》曰「消不久」。此爻在乾之上，以陽變陰，長極欲消，正符此義。《合訂》曰：「『勿恤其孚』作兩句讀，謂勿恤也，其將孚乎？孚則格人，亦格神，故曰食福。」竊按：《傳》曰「天地際」三字，正以乾之終即坤之始，以爲上下交關之際也。《本義》謂泰將終而否欲來，又以四爻爲已過中，泰已極，故三陰翩然而下復。夫合坤乾而爲泰，合乾坤而爲否，未有以下乾爲泰、上坤爲否者也，亦未有以下坤爲否而上乾又爲泰者也。若以九三爲泰極，則亦將以六三爲否極乎？而上六之「城復于隍」，上九之「傾否」，又何以謂之？故无往不復，止可曰陽極則陰生，往者將來也，不可曰泰極而否欲來也。三未陂而憂其陂，上則陂果至矣。以其與上爻交，故有此義。蓋本氣與上應，有艱象。其變氣爲兑説，處艱而説，有貞象。艱而貞，勿恤也。貞其艱，其孚也。兑之時爲秋，西成得食之候。其下則坤，萬物皆致養焉，故曰「于食有福」也。

六四，翩翩，不富以其鄰，不戒以孚。〇《象》曰：翩翩，不富，皆失實也。不戒以孚，中心願也。

四變大壯，遇震。順以動，有「翩翩」象。「不富」，夫子曰「失實」，《本義》曰「陰本在下，在上爲失實」。「翩翩」非一鳥飛也。「翩翩，不富」，則皆失實矣。《大壯》卦詞曰「天地之情可見」，故曰「不戒以孚」。初與二一氣，四與五一氣，《否》之四亦曰「疇離祉」，則言四皆兼言五也。「中」指五言。五之心願下交，故以其鄰皆來交也。五能以四，四不能以五，君有權也。四雖應初，而近實比五，近臣無私交也。故四曰「中心願」，而五曰「中以行願」。心有所願而欲至，故翩翩。願之所至即至之，故歸。初曰「志」，四曰「願」，願即志也。二曰「行」，五亦曰「行」，故四之「以其鄰」即初之「以其彙」，五之「歸妹」即二之「得尚」。後世尚主之説，實本於此。

六五，帝乙歸妹，以祉元吉。○《象》曰：以祉元吉，中以行願也。

五變需，遇坎。需，飲食宴樂者也。五以君求賢，代己以理天下，故能無爲而治。仲誠張氏以堯之嬪虞爲説，歷來雖無明證，然千古上下交而其志同，無有如堯之於舜者，千古天地交而萬物通，亦未有如唐、虞之際者，則信非此不足以當之矣。「帝乙歸妹」止爲下交者説一樣子，非爻象也。「以祉元吉」乃象，如《訟》五之「元吉」是也。是以夫子但曰「以祉元吉，中以行願」，而不舉帝乙爲言矣。

上六，城復于隍，勿用師。自邑告命，貞吝。○《象》曰：城復于隍，其命亂也。

上變大畜，遇艮。其卦《傳》曰「能止健」，則乾剛之性有所不及矣，故有「城復于隍」等義。以陰陽往來論之，上之陽來居於初，下之陰往居於上，是爲蠱。蠱者，壞也。坤爲土，又泰極則否，一反易，此之上即彼之初，「城復于隍」象。坤爲衆，遇艮止，「勿用師」象。坤爲邑，遇艮，命令不出四境，「自邑告命」象。不知其泰之已極，而安然不知變計，曰貞故吝。《傳》曰「其命亂」，命者理也。「城復于隍」，高者卑矣。本爲泰，反成否，理之不得正者也。非理有不正，人所以處泰之理非也。「勿用師」，承平日久，人不知兵也。「自邑告命」，溺於宴安，政出房闥也。「貞吝」，不知其非，而自謂泰者也。「城復于隍」言泰極之時勢，下三句言泰極之情景，而泰之爲否只在上一句，故《象傳》但舉此爲言。

此卦全講交氣。《象傳》「天地交而萬物通，上下交而其志同」二語，不但解卦詞，并且統括諸爻。蓋分而言之：初即四，四即初，故初曰「以其彙」，四亦曰「以其鄰」，初與四之上下交也；二即五，五即二，故二曰「尚」，五亦曰「歸」，二與五之上下交也；三即上，上即三，故三曰「復」，上亦曰「復」，三與上之上下交也。合而言之，上既復而無位矣，三爲天地際，則自三以下爲天之氣下交於地也，自三以上爲地之氣上交於天也。然初與四曰「志」曰「願」，則交而未交也。二與五皆曰「行」，則志交而果交也，故曰「其志同」也。

卷四

否

☷☰坤下乾上

否之匪人，不利君子貞，大往小來。○**《象》曰：否之匪人，不利君子貞，大往小來，則是天地不交而萬物不通也，上下不交而天下无邦也。内陰而外陽，内柔而外剛，内小人而外君子，小人道長，君子道消也。**

《合訂》曰：「否之時，匪人用事時也。否時之匪人，豈利君子貞乎？『不利君子貞』，非君子不利貞也。惟小人不利君子貞，此君子所以不可不貞也。」責重君子，極是。不然，君子豈有以不貞爲利者耶？

《象》曰：天地不交，否，君子以儉德辟難，不可榮以禄。

儉德，凡語言、施設、飲食、起居一切收斂減約是也。至於立身行己，則無可斂，所爲「危行言孫」、「不變塞」者也。

初六，拔茅茹，以其彙，貞，吉，亨。○**《象》曰：拔茅貞吉，志在君也。**

初變无妄，遇震。无妄，「匪正有眚，不利有攸往」，有「貞吉亨」義。震爲帝出，故曰不忘君。此爻歷來皆作小人變爲君子講。果如此，則泰矣，不可爲否之象。且曰「吉」，又曰「亨」，《易》不爲小人謀，乃若斯之慶幸，何耶？及見安溪李氏之説，以此爻爲見幾而作、守其正道，細思之，頗覺確當。蓋否之初，是否之象未彰而否之兆已著者也。國家太平之治，君子在位，有以致之也。而位有定數：一小人進，必一君子退；數小人進，必數君子退。君子未退，則未可爲否也。有一君子退，則衆君子將隨之皆退矣，故曰「拔茅茹，以其彙」也。夫濟時者惟道。君子惟守其正道，則明哲以保身，於己既吉，而藏器以待時，於世亦亨。不然，則枉道以求容，身世兩失矣。夫子曰「志在君也」，正「以其彙貞」者，非忘君者也。如謂小人志在君，夫志在君者猶可謂之爲小人乎？是皆泥「内小人」之言，遂視與《泰》卦無異。竊以《泰》卦言其交，《否》卦言其不交。不交，則君子退矣。言君子退，則小人之進可知也。且爻詞明言「彙貞」，并不言「彙征」，意固可見。

六二，包承，小人吉，大人否，亨。○《象》曰：大人否亨，不亂群也。

二變訟，遇坎。「訟，有孚窒，惕中吉」，有「否亨」義。巽雖入，而又德之制以行權者也，故曰「包承」。蓋二與初與三皆陰爻，是上下相承，皆小人矣。乃二以中正權之，雖隨時污隆，不爲岸異，於小人固無害也。然身否而道則亨，包之而已，豈和光同塵而與之爲伍哉？《傳》故曰「不亂群也」。

六三，包羞。《象》曰：包羞，位不當也。

三變遯，遇艮。遯有「包羞」義，當否而遜順以和同，降志辱身矣，故曰「包羞」。羞則愧悔而思改，陰極則陽將復也。

九四，有命无咎，疇離祉。○《象》曰：有命无咎，志行也。

四變觀，遇巽。觀「下觀而化」，有稟承君命之義。「有命」，君命也。《合訂》曰：「四之時可以有爲，而九又能有爲者也。然居近君之位，有威福專擅之嫌。此時，小人之伺而窺之者，其黨未散。萬一疑謗紛起，禍且不測，身不足惜，其如國家何？惟凡事稟命於君，則上下同心，小人不得而間之矣。爻曰『有命』，勉臣，亦以勉君也。『疇』，謂衆賢。大臣資群才以自輔，群才托大臣以自見。大臣不幸而罹禍，衆賢隨之矣。陳竇死而黨禍烈，无命故也。」

九五，休否，大人吉。其亡其亡，繫于苞桑。○《象》曰：大人之吉，位正當也。

五變晉。《晉》有「康侯」之詞，又曰「君子以自昭明德」，故有「休否」義。何以休否？則「其亡其亡」，凜凜焉，戒慎恐懼，以誠意正心而修身者也。何以否休？則「繫于苞桑」，而亡者不亡焉，身修家齊而國治者也。

上九，傾否，先否後喜。○《象》曰：否終則傾，何可長也？

上變而爲萃，澤上於地，有傾義。萃之上爲乾遇兑，毁折而説，故有「先否後喜」義。

《泰》、《否》二卦，象詞與《傳》言其往來，及交與不交；而兩卦爻詞、《象傳》則兼言時位比應。不交即不應。此卦，初與四不應，故初言「貞」，四則言「命」，志在初，行在四也。二與五不應，故二言「包承」，五則言「休否」也。三與上不應，故三言「包羞」，上則言「傾否」也。初位下，時方否，故曰「以彙貞」。二與初、三上下比，故曰「包承」；又賢位，故曰「大人」；時正否，故曰「否」；位中，故曰「亨」，故曰「不亂」，如《履》之九二也。三位不中不正，故曰「羞」；與初、二比，故曰「包羞」；又臣位，陰處之時，已否矣，故曰「不當」。四近君之位，故曰「有命」；與五比，時將亨矣，故曰「疇離祉」。五以剛中之德，處正否之時位，故曰「正當」。上之時已過而无位，故曰「傾」也。安溪李氏曰：「《泰》之上卦以下交爲義，其下卦以往來爲義。《否》之下卦以不交爲義，其上卦以往來爲義。雖曰相備，然下交之義當於處上位者發之，然後有以致求賢之誠；不交之義當於處下位者發之，然後有以伸殉道之節。陽之方來而慮其將往者，戒在内卦也。陽之既往而圖其復來者，戒在外卦也。《易》爲君子謀，故《泰》、《否》之爻無爲小人戒者。」又曰：「《易》於《否》、《姤》之卦多言『包』者，處時之難，不得不包，但至於『包承』、『包羞』則已甚爾。雖《泰》之明盛，猶曰『包荒』。此聖人所以含章回天，變化萬物，如寒暑之推移而人不覺者也。」

同人

☲☰離下乾上

同人于野，亨。利涉大川，利君子貞。○《象》曰：**同人，柔得位得中而應乎乾，曰同人。同人曰，同人于野，亨，利涉大川，乾行也。文明以健，中正而應，君子正也。唯君子爲能通天下之志。**

上乾下離，《說卦傳》曰「離爲乾卦」，是上下卦異而同也。人與己異矣，而此心此理，則異而同也。竊觀同人之象，而蓋恍然於夫子之與顏子論仁也。夫下卦離，即明以察幾；上卦乾，即健以致决。仁，人心也。一人此心，千萬人皆此心，宜無有不同者也。而有不同者，則己不欲而施於人也，則所求於人者重而所以自任者輕也。初之于門，尚不知有己也。二之于宗，則有己矣。三之伏戎不興，明於責人而怯於自治者也。四之乘墉不克攻，知所以自治矣，而力未健。五則克己矣，克己則復禮，故曰「相遇」。上之于郊，則漸近野而泯人己之見，可以與人同而通天下之志，天下將歸仁者也。君子貞言同人，而非君子之貞即是小人之黨，故曰「惟君子爲能通天下之志」。又《說卦傳》曰「離爲甲胄，爲戈兵」，又曰「戰乎乾」，故爻中言「戎」，言「攻」，言「大師克」，所謂天人之交戰也。

《象》曰：天與火，同人，君子以類族辨物。

「類族辨物」明指出一「禮」字。

初九，同人于門，无咎。○《象》曰：**出門同人，又誰咎也？**

初變遯。遯，遜也，不惡而能遠者也，故無私於同。又離遇艮，艮爲門，離其門則出門矣，故曰「于門」。「又誰咎」一意爲彼此無所責望，方不同於「何咎」之義，即《中庸》所云「不援上」、「不陵下」，夫子所謂家邦無怨者也。初之于門，亦可謂無己之見矣。然同人于門，其所同者幾何？爻義固不若全卦之義爲更廣大也。

六二，同人于宗，吝。○《象》曰：同人于宗，吝道也。

二變乾。上下六爻，疑於皆陽，是爲一家，故曰「于宗」。夫私於所暱者，當下未必即吝，然有吝道焉，故夫子云然。《大象》既取離明乾健爲義。六二爲本卦主爻，亦離之主爻也。乃爻獨於初曰「无咎」，而於二爲「吝」者，何耶？蓋人發念之初，未有不得其正者，孟子所云好惡與人相近之良心也。天下至明，孰過於此？二雖中正得位，然在爻論爻，本氣既專與五應，變氣又以乾應乾，所謂私意起而反惑者也。《易》唯變所適，不可爲典要，固如此。

九三，伏戎于莽，升其高陵，三歲不興。○《象》曰：伏戎于莽，敵剛也。三歲不興，安行也。

三變无妄，遇震。震爲萑葦，莽象。在上卦之下，伏象。離火震木，火木之氣上行，升象。位下卦之上，高陵象。「伏戎于莽」，防人之陵己也。「升其高陵」，求己之勝人也。然升高爲敵剛易見，伏戎爲敵剛未明，夫子故獨申於此句。《无妄》之卦詞曰「匪正有眚，不利有攸往」，故曰「三歲不興」。《傳》曰「安行也」，解者多謂爲何所行，細玩不合，當是緩行，爲自治無勇意。「興」者，奮興也。「三歲」者，概言其久也。蓋三爻當明之既盡，值健之末來，不中不正，其冥悍之情、怠緩不振之氣有如此者。又草莽猥雜，心目蒙蔽，所謂恕己則昏也。

九四，乘其墉，弗克攻，吉。○《象》曰：乘其墉，義弗克也。其吉，則困而反則也。

四變家人，遇巽。家人者，内外之謂，故有乘墉象。墉者，所以隔蔽内外。乘墉，則内外皆見而不分矣，故於義當弗克也。又升陵爲責人之已甚也。墉則不及陵之高，言其先亦欲責人，中道而即自反也。墉，依《合訂》，指下離卦言。乘墉即乘離，所謂責人則明也。

九五，同人，先號咷而後笑，大師克，相遇。○《象》曰：同人之先，以中直也。大師相遇，言相克也。

五變全離，故爲大師。上下兩離，離爲目，故曰「相遇」。「先號咷而後笑」，先難後獲也。「大師克」，戰勝也。「相遇」，得心之所同然也。三之伏戎升陵，四之乘墉，己之私真勁敵矣，故必大師乃克，所云非至健不足以致其決也。「號咷」，即自怨自艾，發憤自强意。昔人有求道不得而痛哭者，此象非誣矣。「笑」，即孔顏之樂也。《傳》曰「中直」，中則克其偏黨反側之己，直則克其邪曲委靡之己。爻曰克遇，而《傳》曰遇克，惟相遇即相克，亦惟相克斯相遇。「相遇」者，乾之天德不爲首，坤之永貞以大終也。「相克」者，沉潛剛克，高明柔克也。

上九，同人于郊，无悔。○《象》曰：同人于郊，志未得也。

上變革，遇兑。革，「二女同居，其志不相得」，故《傳》曰「志未得也」。《合訂》曰：「『志未得』，謂索居離群，無比匪之傷，亦無同志之助，欲同而未得其人者也。」此卦，諸家之説各爻，未免雜而不純。細玩夫子象、爻各傳，乃知安溪李氏之言爲不可易也。其説曰：「人情自同而向異。其既也，反異以歸同。天下一家也，中國一人也，故于野而亨者，廓然大公之象也。初于門，未有私也。二於宗，繫于私矣。三伏戎，私甚而猜，同極而異矣。四弗克攻，克伐不行者也，反異之機也。五克相遇，克己復禮者也，歸同之要也。上于郊，漸近于野，復反於同矣。然曰近于郊而已，終未至于野者，同人于野，大道之行也，上處卦外，有野之象，而爻德之善未足以當斯義，故降野而曰郊，變亨而曰无悔。孔子申之曰『志未得也』，然則聖人之所志可知矣。」

大有

䷍ 乾下離上

大有：元亨。○《彖》曰：大有，柔得尊位，大中而上下應之，曰大有。其德剛健而文明，應乎天而時行，是以元亨。

《彖傳》與《坤卦·文言》相仿佛者，以卦本全乾，而五爻變也。五爲卦主。五變爲陰，則全乾變坤矣。而卦詞止言「元亨」，不言「利貞」，卦之主爻雖在五，而所有之大則在上下五陽爻，「大有」所以名也。觀夫子《象傳》

於初、上二爻特標出「大有」字可見。

《象》曰：火在天上，大有，君子以遏惡揚善，順天休命。

同人先離後乾，《大象》曰「類族辨物」，以言修則明善也，以言治則知明也。大有先乾後離，《大象》曰「遏惡揚善」，以言修則誠身也，以言治則處當也。夫子曰「道之不行，知者過，愚者不及」，此觀於同人之象而知之也。「道之不明，賢者過，不肖者不及」，此觀於大有之象而知之也。「遏惡揚善」下曰「順天休命」，則「天命謂性，率性謂道，修道謂教」三言所從出也。仲誠張氏曰：「火在天上，夏月暑氣盛於天。又火，季夏之中星。夏者，大也。無所不有者，天之生機。於無所不有中，又有宜棄宜取，天之休命也。天不能無善惡之物，而令人自爲去取，爲休命。人如不遏惡揚善，而曰善惡皆天所大有之物，則不知順天之休命矣。」竊按：「遏惡」者，乾之剛健也。「揚善」者，離之文明也。「順天休命」者，六五應天而時行也。

初九，无交害，匪咎。艱則无咎。○**《象》曰：大有初九，无交害也。**

初變鼎，遇巽。鼎爲烹飪，聚所有於器，未爲人食也，故「无交害」。巽之德入，故飾外則有咎，艱以深造則无咎也。「无交害」，説者人人異詞，獨《合訂》曰：「二以五之有爲有，三以其有爲五之有，五又以所有爲上之有，皆有交也。有交即有害矣。初在下無位，上無係應，故不干涉於害。」此説頗確。觀六五之詞曰「厥孚交如」，九三之《象傳》曰「小人害」，則初與四非正應，又無位，自无交害矣。且夫子特筆著明之曰「大有初九，无交害」，則諸爻之有交害可知矣。「匪」字，疑如《詩》言「有匪君子」之義，朱子注曰「文章著見之貌」。初與四應，四之匪无咎，則初之匪自有咎矣。蓋大有之初，非可致飾於外之時也。故匪有咎，而艱則无咎耳。艱者，歉然不足之意也。若以交賢言之，則匪者顯以異之也，艱者慎於用之也。乾之初有潛象，故云爾。

九二，大車以載，有攸往，无咎。○**《象》曰：大車以載，積中不敗也。**

二變全離。乾車，離牛，虛中能受，故爲「大車以載」象。《傳》曰「積中」，惟虛故積。「不敗」，即無害也。

九三，公用亨于天子，小人弗克。○《象》曰：公用亨于天子，小人害也。

三變睽，遇兑。在下之上，有干君象。而健之至，大賢也，賢之大者爲公。其變氣爲乾遇兑，兑説，大有而説於君，故「亨于天子」。而全卦則變而之睽，二女不同居者也，故「小人弗克」。君子而有大才，則爲天子使，郭汾陽之類是也。小人而有大才，則跋扈自擅，曹孟德之類是也。故不但如《程傳》止言貢賦一節耳。

九四，匪其彭，无咎。○《象》曰：匪其彭无咎，明辨晰也。

四變大畜，篤實輝光者也，故曰「匪其彭」。若謂有而不居，則九三已言之矣。且有而不居爲明哲保身，於大有亦無義，乃夫子曰「明」、曰「辨」、曰「晰」，若是重言而極贊之，何耶？蓋此爻居乾之上，爲離文明之始，本氣與變氣俱有光輝之象，非若初之尚在闇然潛修時也。大有自初至四，盛矣，故曰「彭」。四之離火正在乾天之上，無所不照者也，故曰「匪其彭」。夫子恐人止在三、四位上取消息，把「匪」字看錯，故曰「明」，又曰「辨」，又曰「晰」，即審問，又慎思，又明辨也。《詩》之咏「有匪君子」瑟僩赫喧，必本於切磋琢磨也。惟知之極其明，故充之極其盛。此自然之發越，是以曰「无咎」。若初而遽求其文之著，則的然而日亡矣，四與初之所以異也。若以交賢言之，則「匪其彭」即尊顯其盛德者也。

六五，厥孚交如，威如，吉。○《象》曰：厥孚交如，信以發志也。威如之吉，易而无備也。

六五變全乾，上下一氣，故「厥孚交如」。乾剛，故「威如」。體坤而用乾，故「孚交如」而「威如」也。「孚交如」，揚善也。「威如」，遏惡也。上九，則順天休命也。「信以發志」，信在五，而有以發衆爻之志，所謂「上好信則民莫敢不用情」也。「易而无備」，易即五，坤之順也；无備者，推心置腹，毫無疑貳，此真所謂信矣。懷德即畏威，《合訂》所謂非信之外別有威也。

上九，自天祐之，吉无不利。○《象》曰：大有上吉，自天祐也。

上變大壯，卦詞「利貞」，合此卦詞，則備乾天之四德矣，故詞只言天祐吉无不利，而此外無事義也。五之孚，信也。其易則順也。上九乘之，履信而思順也。尚賢，時説多以五爲賢而上尚之，非也。斷依鄭氏汝諧，作五尚上九之賢爲是。安溪李氏説亦如此。「吉」言其已然，「无不利」言其將然也。安溪李氏曰：「上爻，終卦義者也。」《合訂》曰：「《象傳》『大有上吉』，言『大有』，明其爲全卦發也。」故知「大有初九」，其義亦同。夫子所以著大有之全盛，實不同於他卦也。授一萬氏曰：「八卦乾爲尊，六十四卦泰爲盛。然乾之上九悔於亢，泰之上六吝於亂。盛治備福，孰若大有？六爻，亨一，吉二，无咎三。明主在上，群賢畢集，嗚呼盛哉！」

謙

䷎ 艮下坤上

謙：亨，君子有終。○《彖》曰：謙亨，天道下濟而光明，地道卑而上行。天道虧盈而益謙，地道變盈而流謙，鬼神害盈而福謙，人道惡盈而好謙。謙尊而光，卑而不可踰，君子之終也。

「亨」是言目前通達，「有終」是言將來成就。「天道下濟」，九三也。「光明」，艮也。「地道卑而上行」，坤也。天尊地卑，乾坤以定。今來於三，是下濟也。艮篤實輝光，其卦之《彖傳》曰「其道光明」是也。凡一奇畫即乾，一耦畫即坤，不必拘於三畫也。

象曰：地中有山，謙，君子以裒多益寡，稱物平施。

《大象》看出一個「恕」字來，此謙之本也。恕本於忠，所謂人己之同心也。從此入德，雖詣極化神，而猶然望道未見；雖業隆巍煥，而猶然視民如傷，方不是口頭禪而已〔一〕。各《象傳》之言「自牧」，言「心」，言「志」，言「則」，言得未得，言民之服不服，皆根諸此。《中庸》「道不遠人」一章所從出也。

初六，謙謙君子，用涉大川，吉。○《象》曰：**謙謙君子，卑以自牧也。**

初變明夷，遇離。山居地下，謙矣。今變氣離日，亦出地下，謙謙也。《傳》曰「自牧」，牧養也，仲誠張氏曰：「如牧牛羊，多方馴之使擾。位之卑下，正可爲養德之地。」授一萬氏曰：「涉川，險難之事也。涉險尚吉，況平居無事乎？」「卑以自牧」，即庸言庸行之慥慥也。

六二，鳴謙，貞吉。○《象》曰：**鳴謙貞吉，中，心得也。**

二變升，遇巽。夫子於《升》之《象》曰「志行」，於此亦曰「中心得」，一也。仲誠張氏曰：「艮黔喙，遇巽，巽又爲風爲木，風木相與，皆有鳴意。」按：《本義》作聲聞説，則「鳴」字屬人。《程傳》作聲音笑貌説，則「鳴」字屬己。《合訂》從《傳》。竊玩夫子曰「中心得」與「志未得」二語，似《程傳》爲確。「中，心得也」，「中」絶句，言所以鳴謙者以柔而得中，實有所心得者也。昔人云「學然後知不足」，固如此。若襲取之徒，則片長即自矜矣。○「中心得」即「忠」字，「鳴」即「恕」字，所謂「有諸己而後求諸人」也。

九三，勞謙，君子有終，吉。○《象》曰：**勞謙君子，萬民服也。**

三變坤，坤致役，勞象。艮止，坤安貞，有終象。一剛爲衆柔之主，本宜居君臣兩位，乃遜兩位不居，而居其下，謙也。剛能任事，三又勞位，承上接下之間，君臣皆柔而托之以政，士民皆柔而依之以安，勞也。「萬民服」者，《書》云「汝惟不矜，天下莫與汝争能；汝惟不伐，天下莫與汝争功」也，即《中庸》遠有望而近不厭意。

六四，无不利，撝謙。○《象》曰：**无不利，撝謙，不違則也。**

四變小過，遇震。《小過》之彖曰「可小事，不可大事」，故有「撝謙」義。仲誠張氏曰：「凡所發揮，不過與賢者商確，求其嘉謨而順從之耳，豈非撝謙之象乎？坤，順也。坤遇震，震動，順下而動之義。」此説與夫子「不違則」之義頗切。「則」字即「其則不遠」之「則」，不違即不遠也。

六五，不富以其鄰，利用侵伐，无不利。○《象》曰：利用侵伐，征不服也。

五變蹇，本氣陰虛，皆「不富」象。坤爲衆，故曰「鄰」，「鄰」謂上與四也。遇坎險，以衆行險，故「利用侵伐」。「利」字，《合訂》隨上讀；若遵夫子《象傳》，則仍隨下讀爲是。「无不利」者，授一萬氏曰「勘亂尚利，況於定太平」，是也。仲誠張氏曰：「剛健有功者在下，方讓善於君若臣。君无可讓，惟以富讓之。人不與天下爭財利，故及其臣皆不富也。不富，則我謙之極，而人盈之極。以天地神人之道揆之，謙者當益，盈者當裒矣，故有侵伐之利也。」○不富而利侵伐，所謂「無諸己而後非諸人」也。

上六，鳴謙，利用行師，征邑國。○《象》曰：鳴謙，志未得也。可用行師，征邑國也。

上變全艮，黔喙，鳴象。然同一艮也，下在本氣，上在變氣，九三實艮之主爻，乃「鳴謙」不繫於三而繫於二，今以變氣又繫於上者，何耶？則夫子所云心志之得與未得也。心得則鳴，有德者有言是也。志未得則亦鳴，日號泣於旻天而負罪引慝是也。「用行師，征邑國」，夫子用一「可」字，正承上「志未得」來。「邑國」者，坤爲邑也。《訟》之九二、《比》之九五謂變氣之坤。此與《泰》皆以本氣言。鳴謙而征邑國，即所求乎子臣弟友而皆未能也。凡一陽之卦，皆有師象，而此獨繫於五、上二爻者，以上卦爲坤，而坤之中爻變爲坎，既有以衆行險之象，而又謙德處中，則己無不正矣。正己而後可以正人，故「利用侵伐」。「以其鄰」者，服之者衆也。「用侵伐」者，無思不服而有不服者也，如舜之罔不率俾而惟苗不即功是已。上則謙之極德也。己既正，而人有不可得而正者，則仍引咎歸己，深自刻責，故用行師而但征邑國，所謂柔遠自邇也。程子以爲「自治其私」，如帝誕敷文德而有苗格是已。安溪李氏以舜事實此二爻，有味哉！其言曰：「舜命有苗之征，而伯益以爲滿，數頑讒之惡，而大禹以爲傲，微有是己非人之意，則猶未謙也。故必能以其鄰，而後利用侵伐。雖利行師，而惟征邑國。鄰也，邑也，皆服近而不務遠之義也。文德敷，象刑施，而苗即功，此聖人極其謙德之驗歟？」

授一萬氏曰：「下三爻，艮體也，有吉而無凶。上三爻，坤體也，有利而無害。《易》中吉利，罕有若是之純全者，蓋静則多吉，順則多利故也。」

【校注】

〔一〕「口頭禪」，《四庫》本作「飾詞説」。

豫

䷏ 坤下震上

豫：利建侯行師。〇《彖》曰：豫，剛應而志行，順以動，豫。豫順以動，故天地如之，而況建侯行師乎？天地以順動，故日月不過，而四時不忒。聖人以順動，則刑罰清而民服。豫之時義大矣哉！

《屯》、《豫》二卦詞，皆言「利建侯」，而其義不同。屯在險而有能動之才，是侯可建也。然才雖足以有爲而時未可動，故諸不利攸往，而惟利建侯以内治而已。若豫之以順動，則無往不宜矣。「建侯行師」，特舉其大者言耳，《彖》故曰「天地如之」也。「剛應而志行」，言剛有應，非言剛應柔也。自來説者皆以和樂言豫，獨《合訂》兼豫先説，此亦從各爻詞中看出耳。然仲誠張氏曰：「『日月不過』者，天地以節制天道爲順動也；『而四時不忒』，則萬物豫矣。『刑罰清』者，聖人以節制人情爲順動也；『而民服』，則天下豫矣。」又曰：「順動之義，不與豫謀而豫。若專謀乎豫，則反不豫。是豫之時有義存焉，而天道聖治不能外，義誠大矣！」此即豫先之説也。〇《屯》、《豫》皆言知幾，然《屯》之知幾即見於爻，而豫之知幾特發於《繫》。夫知其難，而不貪得以趨利，其知幾猶易；處其順，而不溺情以速禍，其知幾更難。此夫子所以極贊之也。

《象》曰：雷出地奮，豫，先王以作樂崇德，殷薦之上帝，以配祖考。

《大象》於「雷出地」用一「奮」字，正與「作樂」意貫。古詩云「彈箏奮逸響」，「奮」字本此。可見樂以達鬱。苟鬱已達矣，而猶不止，是爲靡靡之樂，非奮矣。

初六，鳴豫，凶。○《象》曰：初六鳴豫，志窮凶也。

初變全震，爲雷，有鳴義。合上下一氣，有志窮義。夫在上之窮，窮極而反者也。在初之窮，窮欲無厭者也。蓋震以動爲德，豫樂而動不止，是無厭矣。

六二，介于石，不終日，貞吉。○《象》曰：不終日，貞吉，以中正也。

二變解，遇坎。解散其難，正在豫時，而能豫散其日後之難，則非見幾而作者不能。《解》之卦詞曰「來復」，有靜象，故曰「介于石」；「有攸往」，故曰「不終日」。夫子於《繫詞》獨贊此爻者，蓋和豫之豫以九四爲主，豫先之豫又以此爻爲主矣。

六三，盱豫，悔，遲有悔。○《象》曰：盱豫有悔，位不當也。

三變小過，坤地遇艮山，有仰象，仰而取於盱者。《繫詞》曰：「君子上交不諂，下交不瀆。」初之鳴，則以四之下交瀆也。而此之盱，則以其上交之諂。夫諂，則承意旨，伺顔色，未有不注目而仰視其上者也。一「盱」字將諂狀寫盡矣。初之上援，而四應之，故鳴。三之仰視，而四非其正應，故有悔。然諂人者能早知人之不我應而悔，則猶可及止也。而無如其好諂而不知也，故其悔多遲，則於是真有悔矣。語意與「過而不改，是謂過矣」相似。夫子曰「位不當」，以與四隔體而非正應也。

九四，由豫，大有得，勿疑，朋盍簪。○《象》曰：由豫，大有得，志大行也。

四變全坤以爲豫，以其順也，故曰「由豫」。其曰「大有得」，合本氣、變氣言也。曰「勿疑」，以本氣兼變氣也。曰「朋盍簪」，以變氣兼本氣也。仲誠張氏曰：「衆柔無任事之質，九四一剛居臣位任事，君民上下皆賴以豫，此所以爲豫之根因也。」又曰：「勿疑，勿貳於五也。盍簪，統屬於四也。四與諸爻同處君位之下，有同爲臣之義，故爲朋簪，所以總貫衆髮者也。衆柔無一剛任事，則紛委如髮矣。四雖大有爲，然既爲臣位，必存至誠無疑貳於君之心，然後同類得其統束。若恃剛疑貳於君，大義不足服衆，又何肯以同爲臣而受其統束乎？」此說甚好。蓋四以剛居近君之位，而爲上下諸柔所應，其義有如此者。但以爲必存至誠，則仍爲戒詞，似在象外矣。夫爻無此象，則聖人必無此說。若以爲因而示戒，則何卦何爻不可申戒詞者？董澤之蒲，可勝既乎？竊以此爻於五有「勿疑」象，於初、二、三、上各爻有「朋盍簪」象。《坤》「西南得朋」，變坤是上下一氣也。《小畜》、《泰》之四、五兩爻皆然。蓋四臣位，非五可比，止以「大有得」了之，則混君民於一矣，故特申此二語。當曰：四之大有得，上則存至誠無疑貳於君之心，下則同類歸其統束也。至於得君，然後服衆，則隨人取義，非正象也。

六五，貞疾，恒不死。〇《象》曰：六五貞疾，乘剛也。恒不死，中未亡也。

五變萃，遇兑。萃，聚也。順而動，皆悦，則安樂之極者矣。夫天下未有不死於安樂者也。以本氣言，五乘剛無爲，得賢而任之不疑者也，故貞。上下四爻與五一氣。合變氣言之，則聚天下之順以豫悦於己。而本氣則震而驚恐者也，故疾。專以變氣言，以柔中變爲剛中，雖在逸豫之際，而中正有主，故「恒不死」。蓋二、五中正之位，以柔居之，其變則皆坤之用六永貞者也。故二爲「介于石」，五爲「恒不死」，而「恒不死」，夫子所以謂爲「中未亡也」。說參仲誠張氏，頗精。

上六，冥豫，成有渝，无咎。〇《象》曰：冥豫在上，何可長也？

上變晋，遇離。以本氣言，爲「冥豫」；以變氣言，爲「成有渝」。蓋豫之極必冥，上之窮則變。而晋爲進，離爲明，始雖昏而終進於明，是以其冥豫雖成而必有渝也。既渝矣，何咎之有？

安溪李氏曰：「一陽居上體而爲卦主。卦之所以爲豫，故其《彖》曰『剛應而志行』，爻曰『由豫』也。然惟九四一爻以和豫爲義，與人同樂者也。餘爻以逸豫爲義。耽於逸豫，則在下者有附勢鳴豫。希權盱豫。之心，在上者無震動疾。清明冥豫。之氣。初、三之鳴與盱，五、上之有取於疾與渝者，此也。取於疾者，徇生者易死，因多疾而得不死，以其警戒而不溺於欲也。取於渝者，昏極者難明，因事變而能改遷，以其怨艾而不終於昏也。惟二有中正之德，故能超然於諂瀆之外，而知幾如神，何則？豫之時，人皆以爲無患矣，惟君子見微而知彰；人皆柔而無立矣，惟君子見柔而知剛也。二、四皆豫之善，而處位不同。四有天下之憂，而二守一身之節。非有天下之憂，不能措斯世於安也。非有守身之節，不能致身名之泰也。位雖不同，而其爲萬夫之望則一。充其介石之操，知幾之哲，則臨大事，當大任，而屹然不動，坦然無疑也，決矣。」

隨

䷐ 震下兌上

隨：元亨利貞，无咎。○《彖》曰：隨，剛來而下柔，動而説，隨。大亨貞无咎，而天下隨時，隨時之義大矣哉！

隨以乾卦最上之一爻來居於坤卦六二之下，於是剛皆下柔。上卦二剛隨一柔，下卦一剛隨二柔，更無剛爻在內外二體之上者，此以體言隨也。剛柔相協，遂成震兑兩卦，內動而外説，此以德言隨也。乾之上來居坤下者，天德之盈不可久也。坤之初往居乾上者，地道之无成而代有終也。乾始之而坤終之，以動始而以説終。且乾之上來於初，坤之初往於上，循環無端，非備元亨利貞之四德，何以能然？又曰「无咎」者，言四德缺一，即所隨之有咎矣。又乾上坤下爲否，天地之咎也。必坤上乾下，而後爲泰之吉亨。今乾方以其已亢之衰陽返於初，坤又以其始凝之微陰升於上，其氣甫通而未有形，其合初交而未有事，故但无咎而已。而夫子因而特釋之曰：此亦如屯卦大者之亨貞，而非坤之元亨利貞也。然雖無其形，無其事，而陽已動，而陰已説。是大者一亨貞，而天下即無不隨之而亨貞者。蓋有乾之資始，即有坤之資生矣。則隨時之義，豈不大哉？再按初一陽，而二即隨之以陰；三一陰，而四即隨之以陽；五一陽，而上又即隨之以陰；上一陰，而返之初則又隨之以陽。此各爻言「交」、言「係」、言「求」、言「獲」、言「孚」、言「拘係」、言「從維」之所從生也。○剛來而居柔，以初、上言也。天下隨之，以三、四言也。三居下而四居上也。三、四止就本爻言，其變則非本卦之正。若統論全卦，則以下隨上言矣。

《象》曰：澤中有雷，隨，君子以嚮晦入宴息。

澤爲物聚生之地。澤氣升則雷奮，澤氣降則雷藏，雷奮則物生，雷收則物息，此即相隨之義也。澤中有雷，是藏也，息也，故君子觀象而得宴息之道。宴息者，即所謂夜氣之存。不然，則以夜爲晝，非養身心之道矣。

初九，官有渝，貞吉，出門交有功。○**《象》曰：官有渝，從正吉也。出門交有功，不失也。**

初變萃，遇坤。其卦詞曰「利有攸往」、「利見大人」，故有「出門交有功」之義。震動坤順，故曰「貞吉」。貞者，坤柔順之貞也。若以爲固守其正，則與「有渝」句礙。「官有渝」者，言剛之隨柔也，《合訂》謂爲發全卦之義是也。震爲日出之方，又日月之門户，晦則息，旦則作，故曰「出門」。「有功」指二，「交」即隨也。《傳》言「不失」，蓋謂「有渝」，言變而不失其常耳。《本義》謂「有所偏主而變其常」，夫初爲全卦主爻，若偏而不正，即安得曰「貞吉」乎？而夫子奈何於《象傳》深賛之？

六二，係小子，失丈夫。○**《象》曰：係小子，弗兼與也。**

二變全兑，爲妾。初九爲震主爻，子也。四剛在上，夫也。澤潤下，故係小子。自來説者皆以丈夫爲五之正應，然仲誠張氏曰：「三失小子，豈應爻乎？此直就間一爻與不間一爻論耳。」又曰：「此占當爲所得者小，所失者大。但不得謂所得爲不當得，所失爲不當失也。」

六三，係丈夫，失小子，隨有求得，利居貞。〇《象》曰：係丈夫，志舍下也。

三變革，遇離，中女也，故亦於四曰「丈夫」，於初曰「小子」。離火炎上，故爲四所係。四高位，爲外卦。三因其係而隨之，賤從貴，内援外，是有所求也。求而得，可謂稱意之占矣。然而過中失正，與其求而得，毋寧居貞自守之爲宜也，所謂「比而得禽獸，雖若邱陵弗爲」。此則於隨而示以不可隨之義矣。聖人垂戒深哉！〇二與三同一係，同一失，而夫子於二曰「弗兼與」，於三曰「志舍下」，何也？蓋二中正之爻，志欲兩全，而一遠一近，勢有不可，故曰「弗兼與」。若三，則不中不正，其棄初，則故失之也，故曰「志舍下」。二變兑，上下相説，而近隨初，是以曰「弗兼與」。三變革，與四居内外之交，遷而就之，是以曰「志舍下也」。

九四，隨有獲，貞凶。有孚在道，以明，何咎？〇《象》曰：隨有獲，其義凶也。有孚在道，明功也。

四變屯。下爲三所隨，故「有獲」。剛變柔，與三、二互坤，故「貞」。兑遇坎險，位處危疑之地，故「凶」。柔而與三、二同氣，故「有孚」。柔而多懼小心，處九五之下，故「在道」。近天，故「以明」。「何咎」者，履險亨屯，道在是也。「其義凶」者，梅巖袁氏曰：「有凶之理，而未必凶也。處得其道，如下所云，則无咎矣。」「以明」，《合訂》以爲光明正大，與《傳》義不同，亦有意味。凡卦四爻多言「明」者，如《屯》與《大有》皆然。蓋上與五爲天，四爲天所照臨故也。四不中不正而曰「貞」者，三求四，而四不求三也。《合訂》云：「三之得，二、四也；四之獲，二、三也。」竊以此卦止言剛來隨柔，隨則得，無柔又得柔之意。三之得，似謂既隨四，而五與四一氣也，得四亦并得五。如小人之求得於君者，必先求得近君之臣。既得乎近臣之説，自必得君之用矣。四之獲，似謂既隨三，而二與三一氣也，獲三亦并獲二。如大臣之爲人所附者，始而親信之人附之，繼而疏遠之人皆附之矣。

九五，孚于嘉，吉。○《象》曰：孚于嘉吉，位正中也。

五變全震。「震來虩虩」，亦「笑言啞啞」。又仲誠張氏曰：「兑爲言，震爲行，得中位，爲善言善行，故曰『孚于嘉』。」《合訂》曰：「『孚于嘉』，猶兑之『孚于剥』。隨二爻變，即爲兑。當兑之時，三上二陰，説不以道，剥陽者也。隨元亨，亨者嘉之會也。上之説，説以道者也。故五孚上，爲『孚于嘉』。五君位，本無不孚。尚賢，其先務也。尚賢而天下隨之，嘉之會也，猶兑五孚二而剥自消也。」此説甚精確。

上六，拘係之，乃從維之，王用亨于西山。○《象》曰：拘係之，上窮也。

上變无妄，實理自然也。兑金遇乾金，以實意比合，故有拘係從維之象。精誠之至，可通神明，故「王用亨于西山」。安溪李氏作「用賢以亨于西山，如堯薦舜於天意」，於卦義頗切，當從。

此卦之義，多以二、五正應爲言者，不知此卦既名爲「隨」，則爻亦隨卦義而變矣。止以剛來下柔爲義，而以一剛一柔在上、在中、在下爲時。夫隨者，下隨上也，無上隨下之理。剛來於柔下而隨之，變而不失其正也。柔居於剛下而隨之，雖曰常道，而非此卦之正，故三之得曰「求」，而必以居貞爲利，隨不如不隨也。四之爲三所隨，雖曰貞，而以有獲致凶，有所隨不如無所隨也。凡剛爻曰「交」、曰「孚」，柔爻曰「係」，無正言「隨」者。惟三、四二爻言「隨」，而實非隨之正意。以上爻例之，則二之「係小子」，爲小子所係也；三之「係丈夫」，爲丈夫所係也。故三又言「隨」以别之，四特言「隨」以别之也。意若曰：剛必交必孚而不徇人之求，方得隨之義；柔必聽人之係而不求乎人，方得隨之義。若三以柔求剛，是上交諂也。四以剛爲人所求，是下交瀆也。以此爲隨，非其義矣。蓋初、二、五、上，位當其時，故有義；三與四，位不當其時，故無義也。曰「交」，曰「孚」，曰「係」，即有彼此相隨之義，非卦詞止言人隨而爻詞止言隨人也。

蠱

䷑ 巽下艮上

蠱：元，亨，利涉大川。先甲三日，後甲三日。○《彖》曰：蠱，剛上而柔下，巽而止，蠱。蠱元亨，而天下治也。利涉大川，往有事也。先甲三日，後甲三日，終則有始，天行也。

仲誠張氏曰：「乾下一剛往於坤之上，坤上一柔來於乾之下。卦以下爲基本。强實者去居於上，虛弱者來奠於下，上重堅而下輕脆，基壞而顛覆從之，此卦體爲蠱象也。艮爲止，巽爲入，物止而不動，陰濕入於下，則蟲生而蠱之，此卦德亦蠱象也。以體論，否傾則爲隨，城復隍則爲蠱。以德論，凡世之懲否者，亦未有不易其情而爲隨；處泰者，亦未有不安其勢而至蠱者也。隨有交象，而實自否來。蠱有不交象，而實自泰來。隨之二、五，剛柔各得其位，故曰大亨貞而天下隨之。蠱之二、五，柔者小心懼禍，則虛己以任賢，而圖治有本。剛者中正任事，則承寵以幹蠱，而致治無難，故曰『元亨而天下治也』。『利涉大川』，《彖》曰『往有事』，則以乾之初爻往而居於坤之上。以各爻論，則上爲無事，而初爲勿用。以全卦論，則乾始一點生氣騰然直上，是大有爲者也。夫乾之始，則震也。此卦艮上而巽下，艮巽之間爲震位，震爲木，故曰『甲』。艮居震前，故曰『先甲』。巽居震後，故曰『後甲』。震先三位爲乾，震後三位爲坤。乾之初變柔，則天德不爲首。坤之上變剛，則以大終。所謂終則有始，天行之自然也。故曰：『先甲三日，後甲三日。』」○屯與蠱，雖相似而實不同。屯上坎下震，其中艮也，故不利攸往。蠱則艮巽之間爲震，故利涉大川。且屯之四德重在貞，蠱無可守，惟利於行，故有元亨利而無貞也。

《象》曰：山下有風，蠱，君子以振民育德。

「振民育德」，仲誠張氏作「振作其民，正以育民之德」講，不言自治，甚與卦詞、爻義合。若以自治言，則

「育」字與蠱義説不去。

初六，幹父之蠱，有子，考无咎，厲終吉。○《象》曰：幹父之蠱，意承考也。

初變大畜，利貞，利涉大川者也。巽遇乾，根基實矣，故曰「有子，考无咎」。本氣柔在下無應，非有能濟之義也，故曰「厲」。然初六爲巽主爻，巽而能乾，則以漸入，而始終不懈其志，故「終吉」。夫子贊以「意承考」者，鄭氏曰：「子改父道，始雖厲，而終則吉。事若不順，而意則順也。」

九二，幹母之蠱，不可貞。○《象》曰：幹母之蠱，得中道也。

二變全艮。巽爲入，艮爲門、爲闇，在内卦之中，有幹母蠱義。又艮止也，故不可貞。正符柏氏曰：「爻以九言，懼其失於拂戾也，故以『不可貞』戒之。《象》以二言，知其能以巽入也，故以『得中道』予之。意各有所取也。」竊按：「得中道」正解「不可貞」。《合訂》曰：「父子之間不責善，況於母乎？委曲婉轉以期其入，斯爲得中之道也。正體中用，正方中圓，隨時以處中，則中而正矣。」

九三，幹父之蠱，小有悔，无大咎。○《象》曰：幹父之蠱，終无咎也。

三變蒙。巽之究爲躁卦，而遇坎難，又重剛不中，故「有悔」。然本體巽也，又剛變柔，故悔小而无大咎也。《象》曰「終无咎」者，蓋始雖直遂，而終能巽入也。仲誠張氏曰：「幹蠱總皆修飾敝壞之義，六爻皆無凶占。即三過中失正，豈小失哉？而但得有幹於父之蠱，則身之負過爲小耳。《象》謂非有過而終无過也，亦以其於父蠱有濟也。父重而己輕，道之衡量然矣。」

六四，裕父之蠱，往見吝。○《象》曰：裕父之蠱，往未得也。

四處多懼之位，又以柔居柔，雖變剛而不能勝本氣，且變卦爲鼎，有正位凝命之象，是無所爲者也，故曰裕蠱。裕非不幹之謂，乃從容不迫也。自《本義》皆謂戒占者之詞。竊按：《象》曰「往有事」，此爻之象曰「往未得」，若以緩於幹蠱爲戒，則往正其宜矣，何以見吝而夫子曰「未得」乎？夫治道去其太甚耳。若急遽無序，勢恐至於激變，宋元祐之事可見。四本氣爲艮之止，變氣爲離之明，地處危疑，而下無正應，是蓋明於輕重緩急，而從容以圖，不敢急遽以往者也。往則見吝，故欲往有所不得耳。如此說，似於爻詞、《象傳》皆合。

六五，幹父之蠱，用譽。○《象》曰：幹父用譽，承以德也。

五變全巽，有中命行事之象。又艮山遇巽木，上下皆巽，則在山與山之下，一片林木葱蘢。山固以多樹爲名者也，故曰「譽」。上下皆巽，則潛以深入。五以中正之德處之，則不彰父之過，不揚己之名，故曰「用譽」。自《本義》皆以用二之多譽言，《合訂》獨謂歸譽於父，其説甚精深，觀夫子《象傳》不言「蠱」而止曰「用譽」可見。且此卦正應，獨二與五。二之爻象既不以應言，則五似亦不必沾沾矣。

上九，不事王侯，高尚其事。○《象》曰：不事王侯，志可則也。

上變升。艮止，又居五之上，在事外，故曰「不事王侯」。遇坤之順，故「高尚其事」，而夫子曰「志可則也」。然則「不事王侯」，固非矯激鳴高，徒以貧賤驕人者矣。且地風升，君子在野，而風流百世，聞者莫不興起。其振民育德，爲何如者哉？

各爻皆言父母之蠱。安溪李氏云：「初應四，三應上，四承五，五承上，或以陰承應於陽，或陰陽自相承應，皆無嫌於稱父。惟二以陽應陰，則不可以稱父，故變其文而曰『母』。上之上更無承應，則無父母之象；居卦上，又有事外之象，但曰『不事父母』不可也，故又變其文曰『不事王侯』。」説頗好。但陰陽既有應，又有承，既以陽父陽，陰父陰，又以陰父陽，不免義雜。《合訂》又以「剛上柔下，父母之道俱失，不必指定某爻爲某爻父，某爻爲某爻母」，然亦太覺籠統。仲誠張氏説九二曰：「若他爻，則或下卦而非中爻，或中爻而非下卦，皆無閫内之象，故皆屬父蠱耳。」據此，按蠱者前人已壞之緒也，又《序卦傳》曰「蠱者事也」，則各爻中即自有幹父母蠱之義，實不必以某爻爲某爻父，某爻爲某爻母言矣。惟九二爲幹母蠱，確不可易。至幹父蠱獨多者，子於外事原多於内事耳。

臨

䷒兌下坤上

臨：元，亨，利，貞。至于八月，有凶。○《彖》曰：臨，剛浸而長，説而順，剛中而應，大亨以正，天之道也。至于八月有凶，消不久也。

臨之元亨利貞，説而順，剛中而應也。天道、人事一而已矣。此亦即象即占也。「八月」，《本義》有二説，前説義長。且文王當商正建丑之時，未必仍用夏正也。蓋從子月一陽，長至巳月，六陽具足，以盡六爻之義。又自午月一陰長而初九之陽消，至未月二陰長而九二之陽又消，以盡初、二兩爻消變之義。凡八閱月，而剛之浸長者浸消矣。此皆因陽剛正中，以其盛而起義也。又參之《合訂》曰：「臨爲丑月之卦，反易爲觀，觀爲酉月卦，猶是二陽也。乃逼四陰之二陽，即逼於四陰之二陽，爲臨爲觀，爻畫無改。十二月之象，即此八閱月之象也。天道盈虚互乘，一轉移間，而方長之陽即有凶之陽，此君子所以利於貞也。」《彖傳》「剛浸而長」句，釋卦體。「説而順」四句以卦德、卦體釋卦詞，不分作兩節。即「至於八月有凶」，亦根於天之道來，非另一意。天道豈能長而不消？又豈有長而不由於消者乎？此所以備元亨利貞之四德也。

《象》曰：澤上有地，臨，君子以教思无窮，容保民无疆。

地臨澤，而澤受其範圍，不泛溢，有教之象。地包澤，而澤多所生息，不涸竭，有容保之象。受其範圍者地之廣也，无窮則又其厚者爲之矣。多所生息者地之厚也，无疆則又其廣者爲之矣。

初九，咸臨，貞吉。○《象》曰：咸臨貞吉，志行正也。

初變師，遇坎。「咸臨」者，本氣也。「貞吉」者，變氣也。二爻亦然。初以陽居陽，雖當位，而在下卦之下，有潛象，故守正吉。而《傳》曰「志行正」，言志則不及行矣。

九二，咸臨吉，无不利。○《象》曰：咸臨吉，无不利，未順命也。

二變復，遇震。下動而上順，故吉而又无不利。「未順命」，時解指四陰，謂小人未順天命，故臨而逼之。此强解，可笑。《合訂》以保命言。安溪李氏亦曰：「『未順命』者，知命之靡常，則不可以委順於命，而有立命之道。故盛而不矜，衰而可挽。」此於卦詞有合。蓋就全卦論之，則謂爲二陽必閲八月而陰長陽消也。若就此爻論之，則本氣爲陽剛中滿，變氣爲震動有爲。夫順受其正者，居易俟命也；修身立命者，人定勝天也。夫子固曰觀象而思過半，《合訂》之説不亦宜乎？

六三，甘臨，无攸利。既憂之，无咎。○《象》曰：甘臨，位不當也。既憂之，咎不長也。

三變泰，遇乾。三爲説主，而又變泰，「甘臨」也。位不當而以臨人爲説，未有能行者也，故曰「无攸利」。變氣乾，乾三有惕象，故曰「憂」。能惕於心，則將艱貞保泰，行雖不利，而於己自不至有失矣，故「无咎」。

六四，至臨，无咎。○《象》曰：至臨无咎，位當也。

四變歸妹，遇震。以四之應初，又切近下而臨之，不無迫狹之過，而能本順德以有爲，故「无咎」。正《大繫》所云「震无咎者存乎悔」也。《程傳》説「至」字是。然曰「臨之至」，當是臨之切至，非臨之至極之謂，須善會其意。

六五，知臨，大君之宜，吉。○《象》曰：大君之宜，行中之謂也。

五變節，遇坎水，爲智者之象。各卦爻象，多有以「明」言者，皆謂坎。如《屯》之六四、《困》之初六，言本氣也；《隨》之九四，言變氣也。《程傳》曰：「五順應於九二剛中之賢，任之以臨下，乃己以明知臨天下，大君之所宜也。」此則合本氣、變氣而兼言之，「大君之宜」止就爻位斷之耳。《合訂》曰：「『知臨』，如舜好問好察，不自用而用人。《傳》曰『行中』，謂應陽，所謂用其中是也。」義甚精。

上六，敦臨，吉，无咎。○《象》曰：敦臨之吉，志在内也。

上變損。坤土遇艮土，其積益厚，故曰「敦臨」。此亦合本氣、變氣而言也。仲誠張氏曰：「位以君位爲極，出君之外則不臨矣。當臨之時而不臨，其積益厚。如人有正心誠意之學，宜出建治平之業，而卒不出，必其志在反己自修。其臨之德，安能不日厚乎？」安溪李氏曰：「上爻極而必反，何以不根卦義申戒，如《泰》之上也？曰『敦臨吉』，又曰『无咎』，則謹終維始之義在其中矣。故消不久者至是而其道可久矣，未順命者至是而永保天命矣。」二説俱精。竊按：此爻上變艮，亦有止意。且艮篤實輝光者也，故爲不臨而厚其臨之德。此漆雕開之所以見悦於夫子也歟？

觀

䷓ 坤下巽上

觀：盥而不薦，有孚顒若。○《彖》曰：大觀在上，順而巽，中正以觀天下。觀盥而不薦，有孚顒若，下觀而化也。觀天之神道，而四時不忒，聖人以神道設教，而天下服矣。

「盥而不薦，有孚顒若」，即「不動而敬，不言而信」也。「天之神道」，即「上天之載，無聲無臭」也。聖人之神道設教而萬民服，即「篤恭而天下平」也。《中庸》末章後數節意，實本此卦詞。近有謂爲「民之愛君，欲有所獻，而畏不敢近，此可觀不可即之義，懷其德而憚其威也」。此説未免泥夫子《彖傳》「下觀而化」句，故止就民說。然下文「神道」又從何處看來？且卦詞必兼取卦象、卦德爲說。懷德畏威，於「大觀在上」之象得矣，其於「順而巽」之德則全不合。蓋觀有示觀於人一層，有爲人所觀感一層。「盥而不薦，有孚顒若」，所以示觀於人也。但其義象正自難說，觀《中庸》引「奏假無言」之詩，下又歷引《詩》形容不顯篤恭之妙而嘆其至，可見。《合訂》謂爲「可想像而不可名言」，故夫子不另釋一字，補出「下觀而化」一層，非以「盥而不薦」二句但說民也。先儒以「下觀而化」句爲「所過者化」，「神道設教」爲「所存者神」，最確切精當。「大觀在上」，「大」字絕句。大者，陽也，謂九五。《比》亦九五而不爲觀者，以上下皆陰，群比相附，故曰「比」。此則五與上皆陽，其下四陰皆仰而上望，故曰「大觀在上」。「大觀在上」即其「盥而不薦，有孚顒若」，所以示觀於人者也。「順而巽」即「下觀而化」，爲人所觀感者也。「中正以觀天下」乃併此二層合而言之。下順而上巽，想見道德齊禮、民日遷善而不知光景。「觀天之神道」，聖人觀之也。惟其觀天，故亦以之設教。語意一串下，與《豫》卦卦詞平舉天道、聖人不同。「下觀而化」，「觀」字包得初、二、四爻三個「觀」字，此「觀」字大。「觀天之神道」，即是三、五、上爻三個「觀」字，此「觀」字深。

《象》曰：風行地上，觀，先王以省方觀民設教。

《大象》於示觀、爲觀二義外，另發出觀民一義。「省方觀民」者，《存疑》所謂「先王巡省方國，所至，命太史陳詩，以觀民風，命市納價，以觀民之好惡」是也。

初六，童觀，小人无咎，君子吝。○《象》曰：初六童觀，小人道也。

初變益。上之益下，不過飽食煖衣而已。外此，則民之可使由而不可使知者也。又坤遇震，坤爲先迷，震爲初生，故曰「童觀」。夫耕田而食，鑿井而飲，不識不知，順帝之則者，童觀之義也，小人之道也，豈君子而有大人之志與事者所宜乎？樊遲欲學稼圃，夫子鄙之曰「小人」是也。

六二，窺觀，利女貞。○《象》曰：**窺觀女貞，亦可醜也。**

二變涣。位在下卦之中，以柔居柔。坤爲闔户，遇坎，以順陷於陰中，爲暗中窺視之象，故曰「窺觀」。涣，利貞者也，故「利女貞」。「亦可醜」，「亦」字跟童觀之吝來。安溪李氏曰：「《書》曰『近天子之光』，故觀者莫如近。二、五正應，可以觀矣，而曰『窺』，與初爻同爲孺婦之智者，遠也。《隨》之『失丈夫』，《姤》之『无魚』，皆以卦義主於切近因依。《觀》亦其類也。」

六三，觀我生，進退。○《象》曰：**觀我生，進退，未失道也。**

三變漸，遇艮。漸不遽進也，不進則退。位處上下之際，上卦巽，爲進退，故曰「觀我生進退」，蓋觀我之所行以爲進退也。

六四，觀國之光，利用賓于王。○《象》曰：**觀國之光，尚賓也。**

四已處高位矣，然本氣巽，爲入、爲進退、爲不果，故但曰「觀國之光」。變氣遇乾，爲君，故曰「王」。而卦變否，上下不交，故止利用賓。《象》曰「尚賓」，《程傳》以爲志尚。伯正符曰：「惟五尚賓，故曰『利用賓』。若説四尚，未免輕於仕進。」此説頗善。又《程傳》：「不指君之身而云國者，觀天下之政化，則人君之道德可見矣。」

九五，觀我生，君子无咎。○《象》曰：**觀我生，觀民也。**

五變剥，遇艮。山尊地卑，故爻曰「我」，《象》曰「民」。然一氣也，故爻曰「觀我生」而象曰「觀民也」。觀我觀民，《中庸》「本諸身，徵諸庶民」本此。

上九，觀其生，君子无咎。○《象》曰：**觀其生，志未平也。**

上變比，遇坎。近與五比，故曰「觀其生」，觀五之所生也。何以言之？蓋五君位，上師位。大人之觀，獨觀化原，非觀我生，何以作君？非觀其生，何以作師？然君子之心，敢忘自反哉？表端則影正，觀民正以自觀。「觀其生」正以觀我，故夫子特曰「志未平」。然則伊尹耻其君不爲堯舜，一夫不獲，若撻之市，求得其志也切矣。平庵項氏曰：「觀本小人逐君子之卦，但九五中正在上，群陰仰而觀之，故取小人觀君子之象。象雖如此，勢實漸危，故五、上皆曰『无咎』，言能如五之居中履正、上之謹身在上，僅可无咎耳。不然，九五居中正以觀天下，雖元吉大亨可也，豈止无咎而已哉？明二陽向消，故道大而福小也。」

噬嗑

䷔震下離上

噬嗑：亨，利用獄。○《彖》曰：頤中有物，曰噬嗑。噬嗑而亨，剛柔分，動而明，雷電合而章。柔得中而上行，雖不當位，利用獄也。

合《同人》卦看，便得此卦義。蓋合天下而成其大同者，聖人之心也。然天下皆人，天下之人皆同此心，宜無不可合者。而有不合，則爲强梗者所間耳。故必去其强梗，而後可合。此噬嗑之所以用獄也〔一〕。仲誠張氏曰：「以卦體，三剛三柔分列於上中下，剛柔不偏也。以卦德，既能動而又能明，舉動不妄也。以卦象，雷震物，電照物，雷電合，而物之幽伏者章顯，物情不蔽也。以卦中，六五柔得中而居上位，以行中正之道也。如是，雖不當位，利用獄也。不當位者，卦有三剛，各不居上下之中位也。不當位，他事未利，惟用之治獄則利。體、德、象、中四事，似无不利。不知三剛皆不得中，則陰主事而陽用之，惟利獄也。此聖人玩易最精處。」按陰主事，謂六五離明之主爻也。陽用之，謂初九震動之主爻也。○剛柔，二氣對待者也，故曰分。雷電，一氣奮迅者也，故曰合。

《象》曰：雷電，噬嗑，先王以明罰敕法。

伯正符曰：「雷轟電掣，未必擊也，而衆知懼焉。明以敕之，亦使人畏而不敢犯耳。」據此説，則明敕合雷電取義，不必分頂。又雷未奮而電先見者也。然若雷自遠來，則人先隱隱聞其聲而後見電，其雷必不震，此《噬嗑》之雷電，所以明罰敕法也。若雷起自近，則人一見電而即聞雷，其雷必震，而或擊物，此《豐》之雷電皆至，所以折獄致刑也。然則《本義》以爲雷電當作電雷者，恐猶未然耳。

初九，屨校滅趾，无咎。○《象》曰：屨校滅趾，不行也。

初變晋，遇坤。震爲足，坤爲地。初在下，故曰「屨」。震威爲刑，故曰「屨校」。足着地者趾。初九以震之主爻變而柔，則無足不能動，故曰「滅趾」，而《傳》曰「不行也」。「不行」二字，即從「滅趾」釋「无咎」之義，非另一象。此與《蒙》之初六同意。蓋初九過剛有咎，乃變柔，則不進於惡而无咎，《繫詞》所謂「小懲而大戒，此小人之福」是也。

六二，噬膚滅鼻，无咎。○《象》曰：噬膚滅鼻，乘剛也。

二變睽，遇兑。兑之主爻在三，故不言口。其本氣之震爲倒艮，其變氣合三、四兩爻亦互艮，艮爲鼻，而本氣、變氣皆不正顯艮象，故曰「滅鼻」。凡噬者必滅鼻，言去間之甚易也。此爻，《本義》以爲甚易而不免於傷，安溪李氏謂在下者滅鼻遇毒而不敢辭，又有以刁悍之徒誣巇爲説者。細詳之，噬嗑既以柔爲本，六二之柔既中且正，何至過甚見傷？又何至令人不敢辭乎？若爲污巇，則與遇毒一例，而云胡无咎耶？此皆誤看《象傳》乘剛之説，總非確解。竊按：六二雖得中正，而以柔居柔，未免過於姑息，非如五之剛柔相濟之能除暴去奸也。今噬嗑如此之甚易者，夫子特明之曰「乘剛也」，蓋陰主事而陽用之，故然耳。夫六二過柔，宜乎不能去間而有咎也。因其乘剛，故得无咎。如此説，似覺切當。

六三，噬腊肉，遇毒，小吝，无咎。○《象》曰：遇毒，位不當也。

三變兩離，過於明察，故爲噬腊遇毒。《象》於全卦謂「雖不當位，利用獄」。三亦位不當者，何以遇毒？蓋

《象》所謂剛不當位，而柔居中主事也。三既非剛，而處上下之際，非當治獄之位者，又不中正故也。仲誠張氏曰：「《禮》謂三牲魚腊，天下之美味也。過中之噬嗑，美味多矣。其爲折獄，即爲過於得情。過，則人反有不服罪而相犯者，如噬腊遇毒也。相犯，則小吝矣。三不中正，即應有咎。變而明，則治獄得情，何咎之有？」

九四，噬乾胏，得金矢，利艱貞，吉。○《象》曰：利艱貞吉，未光也。

四變頤，遇艮。頤則口得合者，故爲「噬乾胏，得金矢」之象。「得金矢」、「得黃金」，如《本義》解甚當，蓋民受治也。受治，則間者去而口得合。若謂九四其剛如金，其直如矢，於「得」字頗難説。且觀象而思過半，《象》以柔爲本，以剛爲用，非尚剛也。且既以九四之剛爲金，而六五柔也，何亦曰金乎？「利艱貞」者，四處疑懼之位，變卦爲艮，處下卦震動之上，爲離明之初，艮而止之。夫人動則多昏，静則明生，故艮有篤實輝光之象。而此曰「利艱貞」，由此思之，吉可知也。而《傳》曰「未光」者，四在本氣、變氣皆非主爻故也。然則爲大臣者，聽訟終不若無訟，明矣。

六五，噬乾肉，得黃金，貞厲，无咎。○《象》曰：貞厲无咎，得當也。

五變无妄，遇乾。乾健者也，故曰「噬乾肉」。乾金在中，故曰「得黃金」。五中正，非可言厲，然以柔居之，下無正應，故曰「貞厲」。既曰厲，宜有咎矣。變剛則明而能斷，故无咎。夫四之「艱貞」，五之「貞厲」，哀矜敬畏之心也。知其未光，而期於得當，則雖得情而勿喜，雖用罰而適中矣。

上九，何校滅耳，凶。○《象》曰：何校滅耳，聰不明也。

上變洊雷震，爲加威，故有刑象。在上，故曰「荷校」。重雷爲霆，人將掩聰，故曰「滅耳」。初之滅趾而不進於惡，是以无咎。而上則滅耳，其聰不明，雖政教諄諄，而若罔聞矣，豈不凶之甚乎？蓋「荷校滅耳」，所以示獄成而將制刑，《繫詞》所謂「惡積而不可掩，罪大而不可解」是已，非以荷校即所施之刑也。

安溪李氏曰：「《訟》之義爲下者設，而必以九五之中正爲聽訟之宜。《噬嗑》之義爲上者設，而必以初、上之止惡怙終爲受刑之戒。皆所以相備。」

【校注】

〔一〕「所」，《四庫》本作「利」。

卷五

賁

䷕離下艮上 **賁：亨，小利有攸往。○《彖》曰：賁亨，柔來而文剛，故亨。分剛上而文柔，故小利有攸往。天文也，文明以止，人文也。觀乎天文，以察時變；觀乎人文，以化成天下。**

離文明，而艮篤實輝光，此亦賁之一義。卦變之説，先儒多有疑之者。即程子不主卦變，而專以乾坤言變。董銖謂爲兩體變者可通，而一爻變者則不通。《本義》又往往以上體謂自某卦來，下體謂自某卦來，如此卦自損來、自既濟來之説，則又兼有所自來，是一卦乃自兩卦變而成矣。竊疑如此説，則無卦不可相通，而何以《彖》有言其變而亦有不言者乎？即如此卦之《彖》，所謂「分剛上而文柔」，若以爲從損與既濟來，分其二、五之剛，文三、上之柔，則「柔來而文剛」亦當云分其三、上之柔，來文二、五之剛，而何以又不言分也？《程傳》謂爲「分乾之中爻，往文於艮之上」，則亦何不可言「分坤之上爻，來文於離之中」乎？升庵楊氏載王拱東《周易玩詞》論卦變云：「賁，艮體四、五之柔，來離之二，以文三、初之剛；離體三、初之剛，上艮之上，以文四、五之柔。故曰『柔來而文剛』，『分剛上而文柔』。」此止就本卦見在之體論，似直截了當。近安溪李氏亦不以卦變論，凡《彖》言剛來柔來，以爲内卦曰來，外卦曰往，而非言剛自某來、柔自某來也。竊按：此「分」字，《噬嗑·彖傳》「分」字，蓋柔有叠爻，而剛則三分也，然則亦不必拘拘於以四、五之柔來文下剛，以初、三之剛上文柔耳。「小利有攸往」，「小」字諸家皆以小事利爲説，而仲誠張氏則謂：「亨，剛亨也。小利，柔利也，非小事利，猶言柔順卑下，以小自處者利耳。

《易》中言小便是言柔，言小利便是言柔利。若此卦既是小事利，孔子如何説天文、人文恁地大話，故與《易》相反耶？賁，剛柔相濟爲文，直是大小强弱相濟爲文之義。人若直恁大去，直恁小去，便只一色不足觀，大的究不能通，小的亦不利往。迨相文之後，大的方通，小的方利矣。如此看來，然後知孔子分釋亨、利，恰是文王之意。」説甚確，可從也。「天文也」上并不補「剛柔交錯」字，直頂上文來，亦即可見。蓋以卦體言天文，以卦德言人文也。一卦分三剛三柔，此一交錯。剛柔分居於上中下，此又一交錯。上下二體爲天地，天剛也而多柔，地柔也而多剛，此又一交錯。下卦二剛一柔，上卦二柔一剛，此又一交錯。下卦柔居中而分剛於兩，上卦柔疊處而冠剛於上，此又一交錯。若必一剛一柔，彼此相間，而後爲交錯，則所謂執中猶執一者矣。文質彬彬故如此。下離兩剛間一柔，所謂質直之中，具有文彩也。上艮兩柔終以一剛，所謂絢爛之極，歸於平淡也。觀《彖傳》着眼在二與上兩爻，蓋離以二爲主爻，艮以上爲主爻也。是二、上兩爻爲成卦之主，而非五之謂矣。初、三、上皆剛者，以質始，以質終，以質承。終始之際，所謂忠信爲禮之本也。間之以柔者，所謂禮緣後起，而虛文不可以始終其事者也。「文明以止」，故爲人文，先進之於禮樂是也。若文明而不止，則奢矣，不遜矣，世所謂君子，而聖人之所不從也。《賁》之六二爲周初之文，文從質生，郁郁乎文之盛者也，而九三則文勝質矣。當文王之時，文猶未備，而即於文明之止者繫之以詞。周公之時，文爲初備，而即於各爻所繫之詞致之以誠。然則聖人已窮其終始正變，而獨精其識也已。

《象》曰：山下有火，賁，君子以明庶政，无敢折獄。

《大象》，仲誠張氏曰：「山文，火亦文。山下有火，又增一片光明，爲山之飾，故爲賁。火之賁山，無增於山之實，而加光明耳。故庶政之已告成者，其實事已立，加飾其節目，使之燦然明備。若折獄，豈可於實情外加飾毫末乎？故君子不敢以賁道折獄也。」此説與《本義》異。然《程傳》曰：「賁飾之道，非能賁其實也，但加之文彩耳。」即張説所本。《合訂》亦云：「无敢折獄以賁之道也，折獄以情不以文也。」亦不以庶政爲小、折獄爲大言。夫兵農禮樂之司，水火工虞之盛，亦不可謂小也。若以爲賁之時義所利者止小事而已，則《象》與《彖》互異，夫子亦自相矛盾矣。

初九，賁其趾，舍車而徒。○《象》曰：舍車而徒，義弗乘也。

初變全艮，位在下，故曰「趾」。以離之文明變而爲艮止，有安分而不敢僭上之義，故爲「舍車而徒」。艮爲手者，以象山，奇在上而偶在下也。重艮，則下又爲足矣，觀《艮》卦初爻亦曰「趾」可見。《象》曰「義弗乘」，當從《程傳》爲確。

六二，賁其須。○《象》曰：賁其須，與上興也。

二變大畜，遇乾。離本爲乾卦，今又遇乾，則離之與乾是二是一。人之一身，鬚眉毛髮之與形體，亦不可爲一、不可爲二者也。且文不能孤立，必附質而行。人之所爲文者，無論禮樂器數爲後起之事，即一切服飾，亦無非自外而加於其身。求其與形體俱而可以文其形者，惟有須眉毛髮耳。然毛髮中，又獨須爲形質已成之後始生之物。且人當長須之年即屬成人，而趨於衣冠文物之列矣。又反卦爲噬嗑，有頤象。附於頤者，須也。是以舍眉髮等而獨取象於須。須依於頤，頤動則須張，有「與上興」之象。離火上炎，又變乾健，《傳》故云。夫人以語言舉動爲觀美者，故言語曰文章，舉動曰威儀，而言語舉動，須即隨之低昂上下。是文之本質而生，而又處其後，而又依質以動，無有過於是者矣。此聖人玩《易》取象最精處。

九三，賁如，濡如，永貞吉。○《象》曰：永貞之吉，終莫之陵也。

三變頤，遇震。頤有津液潤澤，又本氣承乘皆柔爻，而居於其中，則爲所濡染矣。此服物采章之盛也，故曰「賁如濡如」。然三以剛正之質，但取以自潤則已。若濡之不已，必至陷溺於繁文縟節之中而不克自見，且將日受夫人之陵侮矣。故永守其正，雖文而不失其本色之天真，則爲吉也。竊見世之家傳樸素者，鄰里族黨不過目之以儉而已，不至甚有所非笑也。惟於修飾體面之人，行事但有絲毫不到，即從而譏之議之。此可見陵與莫陵之意矣。

六四，賁如皤如，白馬翰如，匪寇婚媾。○《象》曰：**六四，當位疑也。匪寇婚媾，終无尤也。**

四變全離。本氣艮，既止而不行，變氣離，又不同氣，故不比五而與初爲應也。且處疑懼之位，故「賁如皤如」而曰「當位疑也」。初爲乾畫，乾爲馬，以其樸也，故爲白馬。來應四，故曰「翰如」。二、三、四互坎爲盜，隔體不相比，而與初正應，故曰「匪寇婚媾」。《合訂》曰：「初九守義，不但不比二，並不輕應四，審之又審而後來，來則如飛如翰矣。六四於其未來則疑，既來又何尤乎？六居四得正，故能自守，惟恐賁我者反爲害也。」竊按：此與初、二兩爻皆無占詞，不言吉凶者，象即其占。人之任質，與自然生文，以及志從先進，皆各得其分耳，非必有利於此，亦非有吉凶之可言也。

六五，賁於丘園，束帛戔戔，吝，終吉。○《象》曰：**六五之吉，有喜也。**

五變家人。家非市朝可比，又艮遇巽，文欲止，而漸返於質，則自市朝而入山林矣，故爲「賁於丘園」。然未免固陋，故曰「束帛戔戔」。此與奢寧儉者也。四有返本還源之志，故曰「終无尤」。五則近於野矣，而《傳》曰「有喜」，有喜者非即喜也，今而後喜可知者也。

上九，白賁，无咎。○《象》曰：**白賁无咎，上得志也。**

上變明夷，遇坤。「明夷，內文明而外柔順」，「晦其明」者也，故曰「白賁」。能晦其明，則有闇然之美，而非的然日亡矣，故无咎。卦自四爻，即有志於還質。至上，則果還於質矣，故《傳》曰「得志也」。夫上既以白賁得志，則質爲美矣，而五爻之近質，何以有吝而但曰「有喜」乎？蓋由文返質，人多以爲儉不中禮，故曰：「由儉入奢易，由奢入儉難。」是以有吝。及歸於質，則天下皆任其本真，率性而無一毫虛假。大道之行也，何吝之有？《序卦》曰「賁，飾也」，而《雜卦》又曰「賁，無色也」，惟無色而後致飾。若有色而復飾，飾則文勝之弊矣。

卦爲賁，下文明而上止，飾之不可過也。故下卦三爻爲柔來文剛，自質而趨於文也；上卦三爻爲剛上文柔，自文而返於質也。於上下卦義既協，於六爻之位亦合。初之徒步，本分之外無加毫末質也。二之賁須，則自質生文矣。三之濡，素以爲絢，文之至也。四疑於賁與皤之間，而卒之白馬來，文盛而有志反質者也。五之丘園，自文趨質，而未免失之野。若上，則復歸於質矣。二爲自然之飾，情生文者也。上爲無色之賁，質任自然者也。故《序卦》之説二也，《雜卦》之説上也。

剥

䷖坤下艮上

剥：不利有攸往。○《象》曰：剥，剥也，柔變剛也。不利有攸往，小人長也。順而止之，觀象也。君子尚消息盈虚，天行也。

夬爲剛决柔，剥爲柔變剛。蓋君子之去小人，聲其罪，與天下共棄之，名正言順，故言夬也。若小人之欲去君子，君子既無罪可指，而小人又不敢直居其名，必且陰謀詭秘。或變白爲黑，以誣衊之；或變是爲非，以毁謗之；或浸潤以進其讒，而變其君之心；或假手以除怨，而變其去之迹。故曰「變」也。義本隆山李氏。

《象》曰：山附於地，剥，上以厚下安宅。

仲誠張氏曰：「『山附於地』，山日見其剥削，地日見其饒厚，地厚則山益安矣。爲民上者，賴下以安。苟剥下，下剥則上傾，故寧剥上以厚下，乃安宅之道而終不可傾者也。」

初六，剥床以足，蔑貞凶。○《象》曰：剥床以足，以滅下也。

初變頤，遇震。本卦一陽在五陰之上，有床象。又床者，人所藉以安身者也，乃君子爲人主倚庇之象，故各爻多取義於床。震爲足，故初曰「剥床以足」。「蔑貞凶」，見勢之所必至也。《傳》曰「以滅下」，下滅則上傾矣。

六二，剥床以辨，蔑貞凶。○《象》曰：**剥床以辨，未有與也。**

二變蒙，遇坎。一陽間於二陰，承上下之際者，故曰「剥床以辨」。「未有與」，安溪李氏曰「初、二、四皆無陽之應與，獨於二言之者，六二中正，疑非剥陽者，故特申其義」，説最確當。

六三，剥之，无咎。○《象》曰：**剥之无咎，失上下也。**

三變全艮，有止而不剥之意。又爲上正應，故爲「剥之无咎」者。「失上下」，蓋不與上下四陰應也。

六四，剥床以膚，凶。○《象》曰：**剥床以膚，切近灾也。**

四變晉，遇離。晉，進也。又四位切近於五，故爲剥及於膚之象。有謂剥肌膚者，有謂剥床之薦席者。竊按：初無位，所謂足者，奔走使令之賢，或民之俊秀也。二中正而位尚卑，承宣親民之賢牧也。四則近君之大臣矣，如床之第也，床之所由名也。剥至此，則床亡，止有寢者之肌膚在，而將何所藉乎？貞已蔑矣，故直言其凶也。

六五，貫魚以宫人寵，无不利。○《象》曰：**以宫人寵，終无尤也。**

五變觀，遇巽。艮爲閽寺，巽爲女，故曰「宫人」。群陰，魚象。巽又爲繩。五位尊，力足以統率其類，故曰「貫魚以宫人寵」。《程傳》以此爻爲别設義，蓋《易》於陽之長、陽之盛多危詞，如《臨》、如《泰》等卦是也。於陰之消陽、陽之就盡多幸詞，如《觀》之五與上與此爻是也。

上九，碩果不食，君子得輿，小人剥廬。○《象》曰：**君子得輿，民所載也。小人剥廬，終不可用也。**

上變全坤，艮爲果蓏，以其陽也，故曰「碩果」。變坤則已剥矣，故不曰在木。然其本氣居然在也，故曰「不食」。不食，則可種而復生矣。坤爲大輿，變坤，故曰「得輿」。艮合下坤，有廬象。艮既變，則廬剥。坤爲衆，君子得輿，物望所歸，故曰「民所載也」。「小人剥廬」者，言有君子以撑持世界，不獨爲君子所藉之床，爲民所載之興，亦小人所藉庇之廬也，乃小人無不竭盡心力以剥君子者，在小人之毒愈以肆，而君子之德愈以著，而天下之歸望於君子者愈以深，則小人之技終不可用於君子，徒爲自失其所依耳，可不爲大哀哉？

復

䷗震下坤上

復：亨，出入无疾，朋來无咎。反復其道，七日來復，利有攸往。○**《彖》曰：復亨，剛反，動而以順行，是以出入无疾，朋來无咎。反復其道，七日來復，天行也。利有攸往，剛長也。復其見天地之心乎！**

復爲一陽初反，宜曰「元」矣，而卦詞止繫之以「亨」者，蓋言「元」，則似爲陽所特始，而非已往而復反之義。以爲大亨，則合全卦論之。一陽甚微，而群陰猶盛，非如臨之陽剛浸長也，故《程傳》謂「漸長盛而亨通」不如《合訂》以「陽氣宣通」爲言確當。「剛反」言其始，「剛長」言其終。「動而以順行」，《合訂》以爲即孟子所謂勿忘勿助。「无疾」言不爲紛華所奪，「朋來无咎」言擴充而衆善日長，俱有意味。「七日來復」，從來皆以歷六陰月至建子之月爲七月，易月言日者，幸陽之復也。竊以天時計之，凡十四日有餘，即交一節氣，則七日正當節氣之中，天地之呼吸一易，而醫家於寒症輒以七日得汗爲期，義即引此。又凡人日有過舉，一至夜間及平旦未有不悔，計亦七閲其時矣。故雖甚惡之人，至七日，其善心必生。此即來復之説也。「復其見天地之心」，程子曰：「先儒皆以静爲見天地之心，蓋不知動之端乃天地之心也。」觀此，則知周子《太極圖説》「主静立人極」者，程子不出以示人，而特標出一「敬」字之故也。

《象》曰：雷在地中，復，先王以至日閉關，商旅不行，后不省方。

「雷在地中」與「澤中有雷」不同。《隨》言「澤中有雷」，見澤上已無雷也。此言雷不在地上，而雷已在地中也。一則以有見無，一則以在知復。

初九，不遠復，无祇悔，元吉。○《象》曰：**不遠之復，以修身也。**

初變全坤。坤，先迷後得主者也，故「不遠復」。「无祇悔」與「无悔」不同，《合訂》説甚確。觀夫子《繫詞》所言，則知行先後較然矣，而陽明何謂行先于知乎？

六二，休復，吉。○《象》曰：**休復之吉，以下仁也。**

二變臨，震動遇兑説，故曰「休復」。休復者，以下之初爻爲仁而近比之，則得其觀摩誘掖之助，而已不勞焉，故休觀，夫子以事賢友仁答子貢之問仁是已。説者皆謂「下仁」爲二之下乎初，然畫卦雖自初至上，但皆以在上者爲上，在下者爲下，無以二爲下、以初爲上者，不應于此又變例也。

六三，頻復，厲，无咎。○《象》曰：**頻復之厲，義无咎也。**

三變明夷，震遇離。震動，離麗，時動時麗，又六三與剛相間，是復有間也，故曰「頻復」。頻復則頻失，其有過多矣。但復之爲義，失乃有復，不失何復？故不患失而患不復。雖有咎，而于義无咎也。人豈盡能爲不遠之復？屢失屢復，正下學循習體驗之語。見失者其德已日進，悔過者其咎已日寡。無知者往往摘人之過失以病人，而舍其悔過救失于不取。則一失而不復者，雖自謂無過，吾知于義爲有咎矣。説本張仲誠。

六四，中行獨復。○《象》曰：**中行獨復，以從道也。**

四變全震。震爲大塗，行至中途而獨反也。蓋四與初應，夫遥相感應而能復者，獨六四一爻爲然，非衆皆不復而四獨復也。説亦本仲誠張氏。

六五，敦復，无悔。○《象》曰：**敦復无悔，中以自考也。**

五變屯。坤爲厚德，遇坎之中堅，又險艱而得復，故曰「敦復」。《合訂》曰：「凡卦爻言『无悔』者，在吉凶之間。惟《復》卦不然。有復前之悔，悔而後復，非不遠之復也。有復後之悔，復而又悔，非敦於復者也。初惟不遠復，故无祗悔。五惟敦復，故无悔。」説甚精。竊按：「中以自考」，蓋以中道自考，純是學問事；謂爲天質之美者，非。

上六，迷復，凶，有灾眚。用行師，終有大敗，以其國君凶，至于十年不克征。○《象》曰：迷復之凶，反君道也。

上變頤，坤遇艮。坤爲先迷，艮爲徑路，上則路之窮也，又下妄動而上安止，故曰「迷復」。夫帝出乎震，艮則爲反震，故《傳》曰「反君道」。安溪李氏曰：「一陽爲復之主，故近之應之者休復者也，背之遠之者頻復、迷復者也。休美于獨，迷甚于頻，以遠近爲等也。五于初非應與而曰『无悔』，與《剥》之六二爻義異者，以《剥》、《復》卦義異也。《剥》則諸爻皆剥，其有不剥者應與于陽也。《復》則諸爻皆復，其有不復者去陽獨遠也。五有中德，故可以自考而无悔。」又曰：「處復時，則中德可以自成。處剥時，必有應與乃善。剥之二未有與，故不免于凶，時不同故也。」又曰：「夫所謂天地之心者，道心也。一陽在内而甚眇，故道心微；群陰在外而甚盛，故人心危。惟精惟一，則微者著矣。『有不善未嘗不知』，精也；『知之未嘗復行』，一也。『其殆庶幾乎』，言能著其微也，初之不遠復是也。允執厥中，則危者安矣，作德日休者安也，敦厚不遷者安也，以其得中故也，二、五之休復、敦復是也。未能遏人欲，則甚危，然遏之而不能即絶也。三與陽相背，而處動體之極，故雖復而厲，言其危也。未能存天理，則甚微，然存之而未必即著也。四與陽相應，而處于群陰之中，故雖復而獨，言其微也。天理滅而人欲肆，則微者愈微矣，危者愈危矣。微故有迷復之凶，危故有灾眚之及，用師則大敗，無以勝人欲之强也。凶及于國君，無以安主宰之位也。『至于十年不克征』，又何望于七日之來哉？雖然，此皆心之失其職爾。若心得其職，則以之克己而必勝，天君泰而百體從令矣，又何敗亡之凶之有？故其《傳》曰『反君道也』。」

安溪之説「休復」、「敦復」與《合訂》少異，當參看，各有精義，不可偏廢也。然安溪雖以休復、敦復爲安，乃又曰「休美于獨」，不曰「休美于不遠復」者，則亦未嘗即以休復、敦復爲自然之聖也。竊以性之者之聖，無復之可言者也。既曰復矣，而不遠復者過而不至于過，休復者有所待而後興，敦復者改過而不復有過，蓋即其易復而曰安，即其不遷而曰安，非必遽謂其爲自然之安也。獨以三爻爲背初，不若張説「間」字爲確。

无妄

䷘ 震下乾上

无妄：元，亨，利，貞。其匪正有眚，不利有攸往。○《彖》曰：无妄，剛自外來，而爲主於內。動而健，剛中而應，大亨以正，天之命也。其匪正有眚，不利有攸往，无妄之往何之矣？天命不祐行矣哉！

《无妄》全講一個「正」字。此「正」字純是大聖人學問，最爲精微細密，切莫輕看。无妄者，實心實理，命於天而賦於人者也。人心果實而无妄，則豈有不正？而有不正者，氣質之或偏，人事之過當，是有實心者未必即全實理，故於「匪正」上特加一「其」字，如《合訂》所云仁之姑息、義之畏葸。由是推之，凡苟息之忠、季札之讓、微生之信、仲子之廉、子路之勇、申生之孝，皆是也。是以六言六蔽，惟好學則無蔽。此義不可以不精，而命不可以不知也。「剛自外來，而爲主于內」者，乾之初畫，一索得震也。人心日馳於外，妄也。來之使爲主于內，无妄之本也。「動而健」，外不爲物欲所屈，无妄之行也。「剛中而應」，上下交孚，无妄之功也。此所謂「大亨以正，天之命也」。夫正者，精義與知命而已。精義之學有二，曰行義，曰守義。知命之學亦有二，曰安命，曰立命。當其初，斷於義而論也。行之則無所往而不利，守之則無所處而不安，初與四是也。當其中，參義命而論也。行義而不計利與害，守義而不計安與危，二與五是也。當其終，極於命而論也。命之偶逆，安之而後其行義也果而不惑；命之終窮，立之而後其守義也隤而不息：三與上是也。此无妄爲天命之正也。然則不但義之不行不守始爲匪正，而失其无妄之本真也，縱行焉守焉，而不能安命、不能立命，即爲匪正，而无妄者猶之妄也，故曰「有眚，不利有攸往」。蓋不誠無物，妄之無所往，不待言矣。而无妄不得其正之往，又何所之哉？止知我心之無他，不知天命之不祐，以此而行，行必不利，以此而守，守必不安。所謂觀象而思過半者，此其是已。玩《象傳》，則「元亨利貞」決不似占詞。「攸往」即兼行、守二義，蓋行則爲人，守則爲己，皆有所往，君子之分定也，非必以行始爲往耳。

《象》曰：天下雷行，物與无妄，先王以茂對時、育萬物。

《大象》「雷行物與」即命于天而賦於人之意。「茂對時、育萬物」者，與時偕行而品物咸亨也。

初九，无妄，往吉。○《象》曰：无妄之往，得志也。

初變否。初爲震主，遇坤之順，无妄之往所以吉也。《象》曰「得志」，然則大行其道，於所性固無所加矣。

六二，不耕穫，不菑畬，則利有攸往。○《象》曰：不耕穫，未富也。

二變履，遇兑。履，不處也，故有攸往。又履和而至，以无妄而和順以至，則無所庸心焉矣，故曰「不耕穫，不菑畬，則利有攸往」也。「不耕穫，不菑畬」義有兩層：不耕而何穫，不菑而何畬，是一義；不於耕而望穫，不於菑而望畬，是一義。《象傳》云「未富」，正兼此二義言之。

《誠齋易傳》曰：「初九動之始，六二動之繼。是故初耕之，二穫之；初菑之，二畬之。天下無不耕而穫、不菑而畬者。其曰『不耕』、『不菑』，則耕且菑前人之所已爲也。六二之柔順中正，是能穫能畬者也，故『利有攸往』。『未富』者，因前人之爲而不自多也，猶『不富以其鄰』之意。」此説又別。

六三，无妄之災，或繫之牛，行人之得，邑人之災。○《象》曰：行人得牛，邑人災也。

三變同人，遇離。同人，利君子貞者也，故「邑人之災」。惟順以安之，而後无妄。不然，則猶妄矣。「或」字，如《合訂》説甚好。然説「繫牛於路」，似不若仍照《本義》爲妥。《傳》云「邑人灾也」，其當安命之意可思。

九四，可貞，无咎。○《象》曰：可貞无咎，固有之也。

四變益，遇巽，與下震皆本一氣，「自上下下，其道大光」者也，故曰「可貞」。貞者，非静守而不行也，得其正而固守之，無所往而不以爲準，如顔子之拳拳服膺是也。《傳》云「固有之」，然則獨善其身，於所性固無所損矣。

九五，无妄之疾，勿藥有喜。○《象》曰：无妄之藥，不可試也。

五變噬嗑，遇離。噬嗑，頤中有物者也。俗云：「病從口入。」以爲无妄而食之，則致疾矣，故以疾言也。義亦兩層：「无妄之疾」是一義，「勿藥有喜」是一義。「无妄之疾」，即二之不耕何穫、不菑何畬之意。「勿藥有喜」，即不於耕而望穫，不於菑而望畬，則利有攸往之意。《傳》云「不可試」，蓋一試即不免希冀分外，非无妄矣。一試且不可，況屢用乎？

上九，无妄，行有眚，无攸利。○《象》曰：无妄之行，窮之灾也。

上變隨，遇兑。健而有毁折，故曰「行有眚」。无妄之所以行有眚者，夫子曰窮也。曰「窮之灾」，則惟修身以俟之而已。安溪李氏曰：「无妄者，守義安命，無圖度計較之私也。」又曰：「无妄灾也者，必无妄而後自外至者謂之灾；非然，則所自取。亦順受其灾，而後謂之无妄；非然，則猶有妄也。《彖傳》曰：『剛自外來，而爲主於内。』然則初、四者，天德之初，无妄之主，故以往則吉，以貞則无咎。此以天命之本言之，而未及乎氣數之參差；亦以人心之始言之，而未及乎思慮之反覆。蓋循正獲福，理之常也；動與理俱，義之至也。二、五稍遠於初矣，以其有中正之德，故於是而極言无妄之道。夫不盡乎分義之當然，則田卒污萊，其爲荒也宜矣；宴安酖毒，其爲病也多矣。然不順乎天命之自至，則有願望之奢而本志爲之變化，護惜之甚而正命反以蕩摇者。故必服田力穡，如《詩》所謂不稼不穡、何取于禾，而又達于餒在其中之義，憂道而不憂貧也；必省身无妄，如夫子之禱久而又坦然有吾何求哉之心，如夫子之未達則不敢嘗也。兩爻之義，皆所謂『有終身之憂，無一朝之患』。如是，而後无妄之道至矣。三、上處時之極，灾所不免。然世之人往往因所遇之偶而疑其常，因所行之拂而圖其濟。不知禍有無故而牽連者，安之而已，無辨所以止謗也；時有所處而皆窮者，順之而已，不動所以無悔也。是故循无妄之素，則得天之理，而天命祐之矣。推无妄之極，則無貳爾心，而修身以俟之，而所以立命者在是。卦之所謂正者，此也。」説最精細確當，非好學深思，不能領會也。

大畜

☶☰ 乾下艮上

大畜：利貞。不家食，吉。利涉大川。○《彖》曰：大畜，剛健篤實輝光，日新其德。剛上而尚賢，能止健，大正也。不家食吉，養賢也。利涉大川，應乎天也。

小畜之所以亨者，以一陰畜乾，其畜不固，健而巽，非能止健，故剛中而志行也。大畜之所以利貞者，止其健，所謂保合其太和也。乾剛健，得艮以止之，則剛健之體不輕爲用，而篤實矣。篤實積中，而英華發外，則輝光矣。篤實輝光，則日新其德。此就上下兩卦，逐層遞出「利貞」之義。「剛上而尚賢」三句又另一意，不與陰以止乾之權也。賢人在上自正，又能止天下之健，使不得放佚於不正，一正而皆正，大正也。説者皆以尚賢即爲養賢，不知乾剛爲賢，畜於艮之下爲養。所以吉者，養賢則賢者皆有以自成，可以保其子孫黎民矣，故吉也。「養」如《孟子》所云「中也養不中，才也養不才」「養」字之義，蓋實有以成其德，非徒尊之而已，方是大畜。利涉大川爲應乎天者，艮之二陰，有大川阻之象；艮上一剛本乾，與下乾相應，如天之相通，有不能阻之象，故利涉大川也。小畜止其行事，故既止則無可行。大畜畜其道德，故既畜而有可行。此所以同爲畜而占之異也。以上説參仲誠張氏。

《象》曰：天在山中，大畜，君子以多識前言往行，以畜其德。

仲誠張氏曰：「天，理氣而已，無往不在。惟在山中，則石性剛止，而陽氣在中，倍爲篤厚，故草木生之，禽獸居之，寶藏以興，生物極爲繁盛，有大畜之象。君子觀象，於古人言行傳記於後世者，皆深造自得之實。默識而考驗之，則德之畜積不覺其日厚矣，正大畜之義也。」

初九，有厲，利已。○《象》曰：有厲利已，不犯灾也。

初變蠱。蠱壞，故曰「有厲」。乾遇巽退，故曰「利已」。

九二，輿説輹。○《象》曰：輿説輹，中无尤也。

二變賁，乾遇離明，知其所當止，又乾車離腹，故曰「輿説輹」。

九三，良馬逐，利艱貞，日閑輿衛，利有攸往。○《象》曰：利有攸往，上合志也。

三變損，乾遇兑，與上應，上爲艮，乾之三索而得者也。乾爲良馬，遇兑説，故曰「良馬逐」。仲誠張氏曰：「相比追迫曰逐。良馬，象剛健之爲美才也。乾之三爻，同類上進，逐則騰躍，有不能從容守正之勢，故使艱難而守其正焉。艱貞維何？曰『閑輿衛』，使乘於駕服之間，習於艱難正直，乃成良馬。占者如是，乃利有攸往也。九三上比兩柔而被其畜，故艱貞。既畜之後而應上九，剛不畜剛，合志上進，故利往。馬説於車，乃良而利往。」説亦好，但「日」字作「曰」字看與《本義》異。然則「良馬逐」句從初、二兩爻來，「利艱貞」句從四爻來，「日閑輿衛」句從五爻來，「利有攸往」句從上爻來。

六四，童牛之牿，元吉。○《象》曰：六四元吉，有喜也。

四變大有，艮遇離。仲誠張氏曰：「初九雖剛，不敢有所進。六四畜之，是乘其剛之未進而早畜其德也，有『童牛之牿』之象。艮童，離牛，又爲止於麗。有此義，立法制度，以畜天下之惡於未形，則民日遷善而不知，豈非無窮之吉象？吉事方來，曰『喜』；方來則未艾，曰『元吉』〔一〕。」

六五，豶豕之牙，吉。○《象》曰：六五之吉，有慶也。

五變小畜，艮遇巽。其取象，《本義》既未實疏，而諸家多謂豶爲去豕之勢，《合訂》又以牙爲杙，細思義皆未安。竊見豢豕者，豐其食而遂其生，則豕老體大而牙出。五爻以中德養賢，老其才以爲用義，頗似之。且巽入正與養義相關，牙又與五位合。夫子《傳》曰「有慶」，已受其福曰慶，此蓋謂畜賢已成其德，故可慶也。若必例以六四，皆謂制下，則初以剛鋭上進，而預有以防之，宜矣。至九二之自止，亦何所用其防制，而必且刑之已甚乎？四臣位，近君，故曰「童牛之牿」。五君位，故曰「豶豕之牙」，君無爲而相代之以有爲也。

上九，何天之衢，亨。○《象》曰：何天之衢，道大行也。

上變泰，故曰「何天之衢」也。

《小畜》者，言一陰之畜健陽，此主畜者而言，故曰「小」，而卦詞曰「密雲不雨，自我西郊」也。《大畜》者，言健陽之畜於艮，此主受畜者而言，故曰「大」，而卦詞曰「利貞，不家食，吉，利涉大川」也。《小畜》惟主畜者言，故初、二兩爻不能畜也，三爻强畜也，四爻始畜也，五爻正畜也，上爻既畜也。此自畜之未固，説至已固也。《大畜》惟主受畜者言，故初、二兩爻自畜也，三爻行而必畜也，四、五兩爻畜而喜而慶也，上爻畜而後行無不利也。此自畜之既固，説至畜極而通也。安溪李氏曰：「《小畜》、《大畜》，在卦詞，則藴畜之義多。故畜之小，則如雲之醖釀而未雨也；畜之大，則如士之得養而登朝，事之待時而獲濟也。在爻詞，則畜止之義多。故《小畜》則自畜之未固以終於固，《大畜》則自畜之既固以終於通。然畜止者即所以厚其藴畜之道，故卦、爻之義同歸也。」《傳》曰「大畜，時也」者，以藴畜言之，必大畜而後可以應時，否則無其具；以畜止言之，必大畜而後能以需時，否則失其幾。是故初、二之自止也，四、五之止人也，當其可，不失其幾者也。三之利往也，上之大行也，有其具，不失其時者也。然小畜爲以小畜大之義，則大畜亦有以大畜小之義。故卦曰「自我西郊」，陰先唱也；爻曰「夫妻反目」，婦未能畜其夫也；曰「婦貞厲」，婦既畜其夫而當戒也：皆以小畜大之義也。卦曰「不家食，吉」，君能養賢，而賢推之以養天下也；爻曰「牿牛」、「豶豕」，君相之於天下，止其不善所以養其善也：皆以大畜小之義也。三與上得時而進，皆蒙「不家食」之義。三則猶防其險，上則履於夷矣，皆蒙「涉大川」之義。

【校注】

〔一〕「吉」，原缺，據《四庫》本補。

頤

䷚震下艮上

頤：貞吉，觀頤，自求口實。○**《彖》曰：頤貞吉，養正則吉也。觀頤，觀其所養也。自求口實，觀其自養也。天地養萬物，聖人養賢以及萬民，頤之時大矣哉！**

卦德下動而上止，便有發乎情、止乎禮義之意，故曰「貞吉」。其體大離，故曰「觀頤」。下又曰「自求口實」者，蓋卦象如人之脣齒。繫名曰「頤」，則自養之義爲多。然以卦德論之，動而止其所當止，則養必有道。觀其所以養人者，即其所以自求口實者也，所謂治人者食於人。不然，四海困窮，天禄亦永終矣。夫子《彖傳》連用二「觀」字者，正以下句意即在上句内，非兩事也。《合訂》云「觀頤之道，即以其人自養者觀之」，正是此義。「天地養萬物，聖人養賢以及萬民」，有謂皆養得其正者，《蒙引》云「重在民，無『正』字意」，極是。《合訂》從天地側重到聖人上説，最確。

《象》曰：山下有雷，頤，君子以慎言語，節飲食。

《大象》皆於上下兩卦說義。聞之先儒云：「雷之迅者曰霆。」又曰：「雷自地起，霆自天來。」然則山下有雷，則但能生物，而不能殺物者矣。故君子觀其象，而慎言語，節飲食。夫慎言語，則言爲身文，而豈以多言招尤？節飲食，則食以充體，而豈以貪得賈禍？《程傳》推之於養天下。《合訂》云：「慎言語者，言顧行，行顧言，非徒訥於口已也。節飲食者，無以小害大，無以賤害貴，非徒減於口已也。」說俱佳。安溪李氏云：「雷收其聲，如慎言語。山閟其氣，如節飲食。」意亦切也。

初九，舍爾靈龜，觀我朵頤，凶。○《象》曰：觀我朵頤，亦不足貴也。

初變剥，震動遇坤順，故有舍而相就之義。然下雖順而相就，而上則高而難親，故但觀之而已。此「觀」字，亦從卦詞「觀」字順說來。夫「彼以其富，我以吾仁；彼以其爵，我以吾義」，在我者本無不足也。乃舍所學而從彼，則爲利祿所動，而人已皆失矣，豈不爲凶？

六二，顛頤，拂經，于丘頤，征凶。○《象》曰：六二征凶，行失類也。

二變損，遇兑。既爲損，兑又毁折，動而即有所虧也，故曰「征凶」。《本義》以初、上皆非其類，然《象傳》止言「征凶」。下卦動體，則專就求養於上言矣。若近比下，則不可言征。

六三，拂頤貞，凶，十年勿用，无攸利。○《象》曰：十年勿用，道大悖也。

三變賁，震動遇離麗，動而麗於凶，故有「十年勿用」之義。拂頤何以貞？安溪李氏曰：「三居下體，應上而有求焉，則非自求者也，與頤之正道正相反，故曰『拂頤貞』。」說最精當。又曰：「『十年勿用』，無時而可也。『无攸利』，無一而可也。」按：三不中不正，居動之極而應乎上，是以甚言其凶。蓋上爲賢，五尊而禮之，養賢以及萬民，宜也。乃三以聲勢之私，朋附干澤，非義甚矣，故曰「大悖」。賁爲文飾，乃虚名標榜之意，如漢之黨人依附蕃、膺，唐之黨人依附牛、李之類是也。

六四，顛頤，吉。虎視眈眈，其欲逐逐，无咎。○**《象》曰：顛頤之吉，上施光也。**

四變噬嗑。噬嗑者，去其間而口得合也。蓋欲養民，必先除其害民者，而後民可得而養，故有「虎視眈眈，其欲逐逐」之象。蓋虎食害稼之獸，蜡祭中有虎，非惡獸也。眈眈者，除奸之不疑也。逐逐者，加恩之無已也。如此者，能好而能惡，惟其仁。欲仁而得仁，又焉貪？是以无咎也。按艮爲虎，遇離爲目，故曰「虎視」。四心位，故曰「欲」。與初應，故曰「眈眈」、「逐逐」。夫賞善罰惡，一皆天理之至公，而無一毫私意於其間，何等光明正大！故《傳》曰「上施光也」。其自養也亦然。觀夫子《傳》，并無「下求在初之賢，下而專，求而繼」之説。且其説亦附會近鑿而不切，竊嘗疑之，蓋從來皆不知從變爻中討消息耳。

六五，拂經，居貞吉，不可涉大川。○**《象》曰：居貞之吉，順以從上也。**

五變益，艮遇巽，止而入，故有「居貞吉，不可涉大川」之象。經凡言「涉大川」者，徒步曰涉，蓋獨任艱鉅之意。五才弱而當養民之位，故宜養賢以及之。此夫子曰「順以從上也」。

上九，由頤，厲吉，利涉大川。○**《象》曰：由頤厲吉，大有慶也。**

上變復，復爲天地心，天地以生物爲心者也。又艮遇坤，坤爲艮之母，故曰「由頤」。以在五上，故厲。能厲則吉。「利涉大川」見得君之專、受任之重，故《傳》曰「大有慶」。項氏曰：「上九之厲吉，非能自吉也，得六五之委任而吉也。」

大過

䷛ 巽下兌上

大過：棟橈利，有攸往，亨。○**《象》曰：大過，大者過也。棟橈，本末弱也。剛過而中，巽而説行，利，有**

攸往，乃亨。大過之時大矣哉！

陰陽對待者也，故兩停而不可偏勝，偏勝則過矣。陽爲有用之才，故取象於棟。棟，有謂爲室内之中柱者。然玩下爻詞及《象傳》，似非柱。且語云「上棟下宇」，安溪李氏云「二陰者，楹柱之象」，則棟非柱明矣。竊以立者謂之柱，柱在前者爲楹，横擔於柱上以承梁者謂之棟。棟如「亠」字、「立」字形者是。而乘於棟之上，或三或五，更或七者，爲梁。棟承上接下，故有本末。本末者，梁與柱也。惟在中者爲棟，故卦既以四陽取象，而爻亦以三、四取象也。「剛過而中」，《合訂》謂二、三、四、五皆中，然按《小過》象曰「柔得中」、「剛失位而不中」，則此仍遵《本義》指二、五爻爲是。「巽而説行」是説「利」字之義。利者，義之和也。《合訂》引禮行遜出説，最妙。「利」字一頓。「有攸往」，言如此以往，乃得通達耳。安溪李氏言「宜有所往，然後得亨」，是往則亨，不往則不亨矣，義未全也。「剛而過中」，《合訂》謂「如子産治鄭、孔明治蜀」，竊以寇萊公獨斷澶淵之議、岳忠武力持恢復之謀，可謂獨立不懼矣。然萊公之以功名自矜，忠武口斥相檜之面欺，則是不能「巽而説行」處也。又如四皓之抗志商山，子陵之埋踪江水，可謂遯世无悶矣。然四皓爲太子而挾其父，子陵之足加帝腹而不爲屈，亦非能「巽而説行」者也。求其「巽而説行」者，其唐之郭汾陽、張曲江，宋之韓魏公諸君子乎？

《象》曰：澤滅木，大過，君子以獨立不懼，遯世无悶。

《大象》「澤滅木」三字自明。《本義》多一「於」字，反説不去。

初六，藉用白茅，无咎。○**《象》曰：藉用白茅，柔在下也。**

初變夬，巽遇乾。夬之初曰「往不勝」，以變氣言也。此則以本氣言。然觀一「用」字，則以小心而任大事，其氣已貫乎始終，亦非健不至此。且巽爲木，當其初之柔，則曰「茅」宜也。乃曰「白茅」，則爲乾金之色象，固參用變氣矣。又卦詞「棟橈」，夫子謂爲「本末弱」。夫棟之橈，猶不橈於末，而實橈於本。其本之弱，則初爻也。顧獨繫之於三，而於初則謂其有用，何耶？蓋三之變爲坎，其卦爲困，坎陷而困，則剛者必至於危。初之變爲乾，其卦爲夬，乾健而決柔，則弱者適宜於用。此其所以无咎而爲善補過也。

九二，枯楊生梯，老夫得其女妻，无不利。○**《象》曰：老夫女妻，過以相與也。**

二變咸，巽木遇艮止。下近初陰，爲水畔之木，故曰「楊」。處過之時，又遇艮止，故曰「枯」。咸感而萬物化生，下比於初，故曰「生梯」。咸，取女吉者也。以其過而下比初柔，故曰「老夫得女妻，无不利」之象。《傳》曰「過以相與」，蓋釋老夫女妻之意。曰「相與」，則能生矣，故不復釋「枯楊」之文也。

九三，棟橈，凶。○**《象》曰：棟橈之凶，不可以有輔也。**

三變困。困，剛掩者也。又巽木遇坎陷，故有棟橈之象。全卦雖曰「棟橈」，而有中德，又巽而説以行之，故可亨。是勢雖壞，而德尚可以爲輔也。此則入於陷阱之中矣。是以但曰「凶」，而夫子謂爲「不可以有輔」矣。

九四，棟隆，吉，有它吝。○**《象》曰：棟隆之吉，不橈乎下也。**

四變井。井，巽乎水而上水者也。以巽木而上出，故有棟隆之象。夫子《傳》曰「不橈乎下」，亦取於此。其在本氣，陽既過，而四在下之上，有隆意。又居柔位，剛而不過，棟本隆者也。於此，則可以居其所矣。然以剛居柔，再應者柔，未免過柔。且又處多懼之位，勢恐不能固其必往之志。凡曰「悔」者，以其過也；曰「吝」者，以其不及也。九四以大過人之才，值大過之時，而又居得爲之位，自當中立不倚，方能井養不窮。若少爲私意所屈，則於本志必有所不及者矣。惟以變氣言，則兑澤遇坎水，一意無他。如循本氣而應下，則爲有他，而能免於吝乎？三、四居卦之中，皆棟象。三橈而四隆者，吴氏三説皆取本氣言之，然必合以變氣，於義方全。而夫子以「不橈乎下」釋「有他吝」之意，亦顯然可見矣。三、四之變氣皆坎，而有凶有吉，則以所自之本氣與位不同故也。初與上，其變氣皆乾，意亦同此。

九五，枯楊生華，老婦得其士夫，无咎，无譽。○《象》曰：枯楊生華，何可久也？老婦士夫，亦可醜也。

五變恒，兑澤遇震木，又近上陰，故仍曰「楊」。以其過也，亦仍曰「枯」。震爲反生，而與上比，故曰「生華」。兑女，故曰「婦」。以其過，故曰「老」。震男，故曰「夫」。以五有中德而居尊位，故曰「士」。以兑變震，故曰老婦得士夫。以大過之卦而變爲恒，恒，雷風相與，剛柔皆應者也，是亦善補其過矣。然其相與相應者乃屬老婦士夫，則亦無可譽矣。故夫子《傳》但言其可醜也。歷來皆以上六爲老婦，然於句法文氣不合，且亦未免於固耳。

上六，過涉滅頂，凶，无咎。○《象》曰：過涉之凶，不可咎也。

上變姤，兑遇乾，變説爲健，剛已過而又以健行，是真過也。卦有大坎象。此居最上，又大過，原以大才任大事，獨荷艱鉅者也，故曰「涉」。上六以柔才無位而乘其陽剛之過，欲以健任大事，自不能勝任。又《大象》「澤滅木」，而此爲頂，變氣爲姤，一陰生于下，壯而將用事矣。是則任剛太過，而不顧其才之不稱，不知其時窮而不可爲，不知其无位而不必爲，而必爲之勢將至於殺身，故曰「滅頂」。既曰「凶」矣，何以无咎？夫子特爲釋之曰「不可咎也」，於補過之説又另一義。蓋值時窮無位，然而過涉滅頂者，士君子之殺身成仁不爲不過，而論人者豈以其非所宜爲而咎之乎？

坎

䷜ 坎下坎上

習坎：有孚，維心亨，行有尚。○《象》曰：習坎，重險也。水流而不盈，行險而不失其信。維心亨，乃以剛中也。行有尚，往有功也。天險，不可升也；地險，山川丘陵也。王公設險以守其國。險之時用大矣哉！

「習」字，安溪遵古注，作「便習」訓，而以夫子《傳》云「重險」爲解「習」之意，非以「重」訓「險」，説甚精。其實重復即便熟矣。竊嘗從而推之，不惟成德者可習于險而往有功也。即未成德者，果習于險，則亦知機巧之無用，而將返求其誠。故習坎爲人心之德。卦詞「有孚」下曰「維心亨」者，惟其有孚，故心亨也。小人不安于險而好逞私智，則因其險而險之，而險亦無窮，所謂心勞而日拙也。君子之處險，惟忠信篤敬，不以險應險，則險不爲用，所謂心逸而日休也。「行有尚」，即蠻貊之邦可行之意。觀二曰「未出」，五曰「不盈」，則知「往有功」非謂其能出險也。夫溝澮皆盈，水之無本者也；虚而爲盈，人之無恒者也。惟源泉實出于地中，故盈科而進無所溢，而亦無所禦焉。爲世利用者，此也。惟此心常存于人中，故實而若虚，無所矯而亦無所窒焉。往則有功者，此也。○「水流而不盈」，《傳》義皆連下句，獨安溪李氏于此畫斷，單以此句爲言水德。蓋「流」即通意，「不盈」即實意。下「行險」句釋「有孚」。而「維心亨」則仍其文者，有孚即其所以亨，無庸再釋也。水之流而不盈，以剛中；人之行險而不失其信，維心亨，亦以剛中。蓋剛則實，中則通也。○末節蓋即「往有功」意而極言之。安溪李氏云：「險非善也，而有險之用，故不言『時義』而言『時用』也。」

《象》曰：水洊至，習坎，君子以常德行，習教事。

「教事」，安溪李氏謂爲道藝，以常德行爲進德，習教事爲修業，亦好。

初六，習坎，入于坎窞，凶。○《象》曰：習坎入坎，失道凶也。

初變節，遇兑。水之停蓄者曰澤，故有「入于坎窞」之象。水之德，流而不盈者也。節以有坎而止，重坎而又入于坎，則失其流通之道矣。坑坎中小穴旁入曰窞。今上下兩卦重坎，而變氣又爲澤，是所謂窞也，是所謂習坎入坎也。夫履道坦坦，視險如夷，有孚而心亨者也。初本無位，未即于險，而六以陰柔居潛伏之地，是爲機變之巧者。恐其或入于險，而求以免之。乃方自曰予智，及驅而納諸罟擭陷阱之中而莫之知避，所謂旁見側出，不由正道，終亦必亡而已矣。夫子曰「失道」，正爲習險入險者警之。

九二，坎有險，求小得。○《象》曰：求小得，未出中也。

二變比，遇坤。水比地而行，不爲汪洋浩瀚，則涓涓之流也，故有「求小得」之象。夫習坎者，將以大有爲也。二以剛中之才，方在下卦，其上尚有險也，故但求小得而已。涓涓不已，將爲江河，所得雖小，而有可大之基，正其有孚心亨者也。夫子曰「未出中」，未出者不求出也，不求出者中也，蓋盈則出矣。「中」字正釋「求小得」之意。

六三，來之坎坎，險且枕，入于坎窞，勿用。○《象》曰：來之坎坎，終无功也。

三變井，遇巽。三在上下際，故曰「來之坎坎」。亦以陰柔無爲，而變氣又爲井，是將安于險矣，故曰「險且枕」。上下坎而變爲井，是亦坎中小穴，旁入于窞也。以坎陷而遇巽入，故曰「入于坎窞」。然初亦入窞者，何彼凶而此但曰「勿用」乎？蓋人生初步，最貴擇術。今舍正路而不由，而旁見側出，是方險而即習險，習險而果入險，乃自失其道，豈不爲凶？三則來往皆險，進退無地，是遇也，非自取也。第其委靡苟安而不反求正己，是以「終無功」。非可嘉尚而已，與失道者異矣。

六四，樽酒簋貳用缶，納約自牖，終无咎。○《象》曰：樽酒簋貳，剛柔際也。

四變困，遇兑。説言乎兑，故有樽酒簋貳納約之象。坎水能照物，夫子于《屯》之四、《訟》之初坎皆繫之以「明」，故曰「自牖」。此爻，説者互異。如《程傳》以「納約自牖」謂「人臣以忠信善道結于君心，必自所明處乃能入也」，《本義》亦以「牖」爲「非所由之正而室之所以受明」。王氏弼謂：「此至約自進于牖，乃可羞王公。」安溪李氏主此説。《合訂》又謂「不于庭、于堂、于户，無拜獻授受之文」。然皆于夫子《傳》曰「剛柔際」不甚融洽。及讀《困》之卦詞曰「有言不信」，因反覆思之，乃始恍然而得其故也。夫《易》于中德外，最重剛柔相濟。今四以柔居柔，至柔也；五以剛居剛，至剛也。四又近君多懼，乃以至柔比上至剛，而時又在險，則處此際者，非有以聯上下之情，則睽絶而不復相親，非有以振委靡之氣，則承順而不可爲節，未有不得咎者矣。乃變氣爲兑之説言，以柔爻變剛爻，則君臣相説，迎機利導，所謂和悦而静也。如此，則始雖恐有咎，而終何咎乎？故一樽貳簋，器用瓦缶者，不以文而以情也。夫子止承「樽酒簋貳」之文，而繫之以「剛柔際」，正所以明樽簋之故。諸儒皆未合變氣以玩象，此所以于夫子《傳》義多有難通耳。

九五，坎不盈，祇既平，无咎。○《象》曰：坎不盈，中未大也。

五變師，遇坤。以本氣言，則水已在上矣。然變氣爲地，則猶然未出坎也，故曰「不盈」，曰「平」。《合訂》曰：「未出曰祇平，將出曰既平也。」蓋四、五之本氣，險而過剛，險而過柔，皆可以有咎者。惟其變而説而順，故无咎耳，補過之道也。夫二之「未出中」，非曰未出險中也。五之「中未大」，亦非曰以在險中故未大也。中皆言德，一字句。安溪李氏言之詳矣，曰：「坎有險。習險之道無他，惟曰有孚而已。孚者，實也。凡實德實行之積，自小而大，故欲更習乎險者，必先求其小得，務大則出中矣。人心忌于易盈，況居尊者乎？水德至盈無虚。滿而盈者，但能至于平而已。君子之心無盈滿之時，而其德自有充實之驗。居尊位者若此，則滿而不溢，高而不危，何咎之有？『未大』釋『不盈』之義，言由有中德，故不盈滿而自大也。二曰『小得』而五猶曰『未大』，蓋終始不盈者也。」説最精妙不易。第「務大則出中」句應增二字，云「務大則出而非中矣」，蓋出則爲盈也。又曰：「九五爲卦之主，故《象傳》以其詞釋卦，與《需·大象》用九五之詞同。」

上六，係用徽纆，寘于叢棘，三歲不得，凶。○《象》曰：上六失道，凶三歲也。

上變涣，遇巽。坎爲桎梏，爲叢棘，巽爲繩，故曰「係于徽纆，寘于叢棘」。涣，散也，故有「三歲不得」象。出險以陽剛爲道，上則有出險之理，六則失出險之道矣，此夫子所以特標出「上六」二字也。

險之説有二：有受險者，有爲險者。受險者，人世之險，二、五之陽爻是也。爲險者，人心之險，初、三、四、上之陰爻是也。然而受險者終不爲險，爲險者終至受險，故君子于險，但有居易之道，并無躍冶之術。蓋貧賤憂戚，庸玉女于成，則衆人之所難堪者，君子方自幸其更歷世故，以爲動心忍性之助。是以聖人畫卦，重其坎以象之，而特名之以習。然則何以習之？則如二、五之剛中，有孚心亨而已。有孚則素位而行，心亨則不爲苟免，此二之未出，五之未大，皆不爲險以求出險者也。若夫機械變詐，人心之險也，則將求出于險矣。乃初恐入險而終入矣，行險以徼幸者也。三以在險苟安，不素位而行者也。四以畏懼小心僅得无過，此求免而幸免者也。上以走險得險，途窮而不反者也。故初、三、上皆爲險，而終至受險。四雖不爲險，特懾于英明之下而不敢逞耳，然其痛自節約，過于委曲，亦非有孚而心亨者矣。何如二、五之修身以俟，坦然蕩蕩者，無入而不自得也哉！

離

䷝ 離下離上

離：利貞，亨。畜牝牛吉。○《彖》曰：離，麗也。日月麗乎天，百穀草木麗乎土。重明以麗乎正，乃化成天下。柔麗乎中正，故亨，是以畜牝牛吉也。

離之明，以無所不照爲亨，而必先之以利貞者，以柔麗乎中正，有以保合其明故也。不然，則無本之明，其明不繼，而蔽于物也亦多矣。此言離之全德。至「畜牝牛吉」，則單指二、五，爲坤之中爻而發其藴，明者之事也。與上非二理，《彖傳》故不兩釋。蓋坤爲牛，坤對乾，曰牝馬者，主于行也。離對坤言，則爲牝牛，主于養也，順之至也。「畜」即保合之意，言畜養其明者，必至順如牝牛爲吉。若英明之主，多過于操切，明而以順之中正者行之，則內不役照，外不傷物，豈不爲吉乎？炳文胡氏曰：「坎之明在內，以剛健而行之于外。離之明在外，當柔順以養之于中。」○《彖傳》「日月麗乎天」，是天有以保合日月之明而無不照也，即釋「利貞亨」之意。「百穀草木麗乎土」，坤土之順德，有以畜養百穀草木而無不遂其生也，即釋「畜牝牛吉」之意。「重明以麗乎正，乃化成天下」，則合而言之。「柔麗乎中正」三句，特爲點醒，非上釋卦名義而下始以卦體釋卦詞，亦非以上言剛麗中正爲卦之德，下言柔麗中正爲爻之善也。定之劉氏曰：「坎者陰險之卦，惟剛足以濟之，沉潛剛克也。離者陽躁之卦，惟柔足以和之，高明柔克也。」竊按：此卦不獨爲《孟子》「牛山」章原本，即《大學》之言「明明德」、《中庸》之首章皆從此出，當細玩之。又按：「柔麗乎中正」者，蓋言陽麗陰柔以爲明者也。陰得其中正，則明即無偏照矣。與「重明以麗乎正」無兩意，特爲「畜牝牛」句故加一「柔」字耳。

《象》曰：明兩作，離，大人以繼明照于四方。

《合訂》曰：「『繼明』者，緝熙光明，日新又新也。『照于四方』者，明明德于天下也。」甚確。

初九，履錯然，敬之，无咎。○《象》曰：履錯之敬，以辟咎也。

初變旅，遇艮。初在下，爲足趾。離爲萬物相見，而變氣之旅爲客，故有「履錯然」之象。安溪李氏曰：「喻應接煩雜也。人之明，易蔽于物。惟敬以待之，則清明在躬，而物不能蔽，可以免咎矣。剛德居初，能敬者也。」又曰：「兩體取晝夜相繼。二日中之象也，五夜中之象也，三日昃之象也，四暗暮之象也，初、上之交昏晨之際之象也。敬者，人心之朝氣也。人能常敬，則常不昏矣。」夫子傳云「辟咎」，皆以接物言。○敬之于未失之先，即未發之致中也。

六二，黄離，元吉。○《象》曰：黄離元吉，得中道也。

二變大有，遇乾。合上卦玩之，乃日在天之上，照于四方者此也，化成天下者此也，故曰「黄離元吉」。卦詞既取坤德爲義，坤以二爲主爻。離自坤再索而得者，故亦以二爲主。而坤五之變曰「黄裳元吉」，此則于二亦繫之曰「黄離元吉」，明其自坤出，而實非坤也。夫黄中通理，明之最盛者也。○仁統四端，春首四時，此喜之情得中和之正者也。

九三，日昃之離，不鼓缶而歌，則大耋之嗟，凶。○《象》曰：日昃之離，何可久也？

三變噬嗑。離明而遇震動，明過而漸昏矣，故曰「日昃」。震爲決躁，又其卦詞曰「震來虩虩」，又曰「笑言啞啞」，噬嗑三爻之變即離，亦曰「遇毒」，故此有哀樂不常之象。夫子《傳》曰「何可久也」，正見無恒之人忽哀忽樂，而亦即爲哀亡之徵也。其實大耋之嗟，仍是其樂無極之意。若君子，則生順死安，何有哀亡之懼乎？○縱欲極志，此樂之情不得中和之正者也。

九四，突如其來如，焚如，死如，棄如。○《象》曰：突如其來如，无所容也。

四變賁。賁者，飾自後起，非固有之者也，故有「突如其來」之象。離火而遇艮止之，故有焚死棄之象。三之震但昏妄而已，四之賁則純事外飾而在内之明德亡矣。突如者，肆情縱欲，有觸輒動也。「焚如」者，利欲熏心，膏火自煎也；「死如」者，生機絶也；「棄如」者，良心喪失而不可復還也：逐字入深。《傳》曰「无所容」，「容」字即《孟子》所云「容光必照」之「容」，言胸中盡爲私欲蔽塞，无所容其光明也，與卦詞「畜」字正對。○暴劇躁妄，此怒之情不得中和之正者也。

六五，出涕沱若，戚嗟若，吉。○《象》曰：六五之吉，離王公也。

五變同人，遇乾。合下卦玩之，乃日在天之下，則夜中也。凡人静則神清，而於旦晝所爲不免有愧悔怨艾之萌，故曰「出涕沱若，戚嗟若」。「沱若」者，悔大過也；「嗟若」者，悔小過也。此復明之機，故曰「吉」。五有中順之德，變氣又爲夜氣之清，是以如此。夫子曰「離王公」者，「離」字讀斷，言六五之吉，其離之位正當王公，故不但常人能悔其過爲吉已也，而因以見下文上爻取象之意。嗚呼！人君之德莫大于悔過，此《秦誓》之所以列于《書》也歟！○悔過思善，此哀之情得中和之正者也。○初曰「敬之」，此曰「出涕」，即戒懼慎獨之意。

上九，王用出征，有嘉折首，獲匪其醜，无咎。○《象》曰：王用出征，以正邦也。

上變豐，遇震。豐，大也。其卦詞曰「宜日中」，《彖》曰「明而動，故豐」，然則此爻爲去其昏蔽而有以復明之本體矣。上處離之終，重明復生之時，而以剛德居之。又《豐》之《象》曰「君子折獄致刑」，故有出征折首之象。「折首，獲匪其醜」者，明之至者也。蓋擒賊擒王，則餘衆自散。不然，今日取一卒，明日取一將，曠日持久，而不得奏耆定之績，是以軍之重有智將也。在勝私者，必使根株盡拔，方爲至明。若但去其微疵小過，今日方免，明日復然，姑待異日，而異日更甚，則亦不智之甚矣。必如此之「有嘉折首」，而不以得其醜類爲功，方爲善補其過者。《論語》曰：「君子之過也，如日月之食焉。過也，人皆見之。更也，人皆仰之。」此上爻之所以日復中也歟！夫子《傳》曰「以正邦」，此「正」字正應「柔麗中正」之「正」字。在王公則曰正邦，在君子則曰正心，一而已矣。○克之于既發之後，即已發之致和也。

蔡氏淵曰：「坎離之用在中，二、五皆卦之中也。坎五當位而二不當位，故五爲勝；離二當位而五不當位，故二爲勝。」

卷六

咸

䷞ 艮下兑上

咸：亨，利，貞，取女吉。○**《彖》曰：咸，感也。柔上而剛下，二氣感應以相與。止而說，男下女，是以亨利貞，取女吉也。天地感而萬物化生，聖人感人心而天下和平。觀其所感，而天地萬物之情可見矣。**

《合訂》云：「柔往居上，剛來居三〔一〕，乾以一畫予坤，坤以一畫予乾。乾坤交，至于三索，交感之至矣。卦象，兑爲澤，艮爲山，山澤通氣，陰陽感應以相與也。卦德，艮止，兑說，以止爲說也。說，感也；止，則无心矣。」安溪李氏云：「感道利在于貞，如取女然，則吉。取女者，以禮合，以情與，以義終焉者也。又咸貞之道，取女如是則吉。」竊以此卦當與《同人》卦參看。《同人》言忠恕，此則言一貫也。《傳》釋卦詞雖有三義，然皆所以言一。蓋二氣之感應，以其一也。男之下女，惟其一也。一故止，寂然不動者也。說則貫，感而遂通者也。「天地感而萬物化生」，所謂「天得一以清，地得一以寧」也。「聖人感人心而天下和平」，所謂「侯王得一以爲天下貞」也。《繫詞大傳》曰「天下之動貞夫一」，故四爻爲卦主而但曰「貞吉」也。又《雜卦傳》曰「咸，速也」，而感以無心，則不疾而速矣。

《象》曰：山下有澤，咸，君子以虛受人。

《合訂》曰：「廓然大公，虛也。物來順應，受也。蓋惟虛斯靈，惟靈斯應。此即止而說，此即一貫也。」

初六，咸其拇。○**《象》曰：咸其拇，志在外也。**

初變革，遇離。火炎上，故曰「志在外」。蓋初之所感甚淺，又與上皆無位，故無可感而不言吉凶。

二變大過，曰「棟橈」，故凶。然本氣爲艮，又有中正之德，故曰「居吉」。又遇巽之小心，《傳》故曰「順不害也」。

六二，咸其腓，凶，居吉。〇《象》曰：**雖凶居吉，順不害也。**

九三，咸其股，執其隨，往吝。〇《象》曰：**咸其股，亦不處也。志在隨人，所執下也。**

三變萃，在上之下，故曰「股」。遇坤順，又本氣與四、五皆陽爻也，三宜應上，乃不應上而隨四、五，故曰「執其隨」。三、四、五成乾卦，健行，故曰「往」。止而說則吉，往故吝也。

九四，貞吉，悔亡。憧憧往來，朋從爾思。〇《象》曰：**貞吉悔亡，未感害也。憧憧往來，未光大也。**

四變蹇，其卦詞曰「貞吉」者也，故此亦云。又兑説遇坎險，故曰「憧憧」。蹇利西南，西南則得朋，故曰「朋從」。四當心位，故曰「思」。夫思，心之官也，而《繫詞大傳》曰「天下何思何慮」，豈竟置思于無用哉？蓋知止，則定静安，而後能慮。四乘下卦之止，而爲兑説之始，説諸心，則研諸慮，所謂一致而百慮者此已。惟同歸，故殊塗；惟一致，故百慮。先儒所謂「有一，方可貫也」，又云「無忠，作恕不出」，則「同歸」二句斷不可倒説。「朋從爾思」，説者皆謂爲同類之人從爾思，言其思之狹。竊謂：天下之人皆同此一心，天下之心皆同此一理，周子曰「一實萬分」，張子曰「萬物本一，一能合異」也。故夫子則一貫，而一間未達之顔子亦聞一知十。若必逐事逐物以思，憧憧然于往來之間，則爾既思其報以爲施，人亦思其施以爲報，所謂感應者皆屬有形之私，亦狹而可量矣。此霸者之小補，其民所以驩虞如者也。以其小補，故未光大。惟貞夫一，則應萬物而無心，老安友信少懷，君子所以篤恭而天下平也。堯、舜事業，巍巍蕩蕩，光大之風，此可想見。《繫詞大傳》所云「精義入神以致用，利用安身以崇德」者，正言致一之學。過此以往，則言一已致矣。

九五，咸其脢，无悔。○《象》曰：咸其脢，志末也。

五變小過，遇震。雷起于下而上聞，故不應二而比上，爲「咸其脢」也。五自是二之應，又中正當位，此宜爲正感，而何以曰「咸其脢」？蓋應二即爲有心之感，而非咸矣。惟本氣爲咸，而變氣爲小過，故不下應而反比上，有脢象焉。雖感于無心，而去艮止爲遠，故但「无悔」，而不可爲「貞吉悔亡」也。

上六，咸其輔頰舌。○《象》曰：咸其輔頰舌，滕口説也。

上爲兑主，兑爲口舌，又變之遯，兑遇乾，乾亦爲言，遁詞知其所窮，上窮位也，故曰「咸其輔頰舌」。《傳》曰「滕口説」，則亦不能有所感應矣。

【校注】

〔一〕「三」，原作「四」，據文淵閣《四庫全書》本《周易傳義合訂》改。

恒

䷟ 巽下震上

恒：亨，无咎，利貞，利有攸往。○《象》曰：恒，久也。剛上而柔下，雷風相與，巽而動，剛柔皆應，恒。恒亨，无咎，利貞，久於其道也。天地之道，恒久而不已也。利有攸往，終則有始也。日月得天而能久照，四時變化而能久成，聖人久於其道而天下化成。觀其所恒，而天地萬物之情可見矣。

安溪李氏曰：「剛上柔下，分之定也。二體皆長，則定位而有常。蓋《咸》語其情，故二少之交專而不貳；《恒》言其理，故二長之分定而不移也。又八卦之情，變化無常者，莫如雷風。然其相與之理，終古不變。觀其至無常者，然後至常者可見也。卦德巽而動，凡躁動則無常。若沉潛謹審，而動有常可知矣。天地寒暑之化所以爲有常者，潛移默運故也。」又曰：「凡事未有可久而不可通者，是恒有亨義也。又積久則必通；卒然之通與卒然而通，雖通，或有咎也。恒之亨，亨且无咎矣。其占又利于守正，而利有攸往。蓋守正貴於能恒，又守正然後可以謂之恒也。恒故利有所往，又能守能行然後可以爲恒也。」《合訂》曰：「恒必以貞，而貞無一定。事終則變，變則復始。有終有始者，無始無終也。日月之往來，四時之代謝，聖人之化成天下，皆此道也。」竊按：李氏謂「變化無常莫如雷風，觀其至無常，然後至常者可見」，此則終則有始之義，時中也。惟時中而後可恒。聖人之取象精矣。

《象》曰：雷風恒，君子以立不易方。

《合訂》曰：「『立』與《咸·象》『虚』對。无著之謂虚，有據之謂立。虚則人任來，立則我不往。惟不迎，故不拒。《咸》、《恒》原無二道也。」竊按：此説「立」字，並以易講不易，精甚。

初六，浚恒，貞凶，无攸利。○《象》曰：浚恒之凶，始求深也。

初變大壯。以巽之入遇乾之健，故爲「浚恒」。《合訂》曰：「『浚恒』者，欲以躐等之功致恒久之效也。」安溪李氏曰：「卦論巽體，則沉潛漸漬之義，所以爲善。以柔居初，爲巽主，是始事而欲深入，非其序矣。蓋持久堅重者，惟剛德能之，柔則不能故也。」

九二，悔亡。○《象》曰：九二悔亡，能久中也。

二變小過，遇艮。《傳》云「能久，句。中」，句。九二不當位，宜有悔。然所以能久者，以其能以中德隨時制宜而不執乎一，故悔可亡也。《小過》過與時行，正以不當位爲過，而「與時行」即中之謂也。蓋巽行權，其變艮，亦萬物之所以成終而成始，與《象》詞「終則有始」意同。

九三，不恒其德，或承之羞，貞吝。○《象》曰：不恒其德，无所容也。

三變解，恒而解，則不恒矣。且以巽入遇坎之險詐，故爲無恒之象。安溪李氏曰：「卦惟二、五中也，可常之位也。未至，則有不可常而常之象；過，則有反乎常而不常之象。三過二中，『不恒其德』也。行無常度，則已不安；事無常法，則物不順。『或承之羞』，不知其所自來也。以此爲貞，能勿吝乎？」《合訂》曰：「羞自人承，吝由己生也。」竊按：中則久於其道，終而有始者也，所謂權也。不權即非中，故「中」字離不得一「時」字。

九四，田无禽。○《象》曰：久非其位，安得禽也？

四變升。本氣既恒而剛不中正，變氣又遇坤之安貞，《傳》所云「久非其位」也。震動，而坤爲地、爲衆，田象；爲迷，從禽象；爲吝嗇，无禽象。《合訂》曰：「四與初應，初求深矣，招之不來，猶《姤》四之『包无魚』也。」

六五，恒其德，貞。婦人吉，夫子凶。○《象》曰：婦人貞吉，從一而終也。夫子制義，從婦凶也。

五變大過，大者過也，故有「婦人吉，夫子凶」象。五雖得中，然六陰柔，又以震動遇兑説，是以順爲正者也。《合訂》曰：「二與五皆中，二中而无悔，五中而爲夫子凶者，柔中非剛中也。義者，宜也。因事制宜，即《彖傳》所謂『終則有始』也。以義制事，權衡在我，從義不從人，夫子之道也。」

上六，振恒，凶。○《象》曰：振恒在上，大无功也。

上變鼎，遇離。有電之雷爲霆，故曰「振恒」。《合訂》曰：「聖人繫爻，俱從本卦起義。《咸》六爻皆咸，《恒》六爻皆恒，通《易》皆然。而恒更多一轉折，蓋卦詞原有恒久不已、利有攸往兩義。初、三、五爻『貞』字與『往』字對，往則變通，貞則執一也。二《傳》曰『能久中』，四《傳》曰『久非其位』，上《傳》曰『在上』，因爻辭不言『貞』，故特補足其義。震之終爲振恒。震者振也，振動不恒也。在恒之上，是恒於振恒也。」竊按：《傳》言

「大无功」者，「大」指九三。《易》凡言「大」皆謂九，言「小」皆謂六，通例也。三本應上，以上過于振動，則自用，而三之剛不能有所助矣。《師》之三爻，《傳》亦云「大无功」，蓋謂九二比而不比也。

遯

䷠艮下乾上

遯：亨，小利貞。○《彖》曰：遯亨，遯而亨也。剛當位而應，與時行也。小利貞，浸而長也。遯之時義大矣哉！

先儒皆將「遯」字解成隱遯，非也。《合訂》謂爲「以遯致亨」，又據《大象》以爲「非隱退之義」，然則當作退遜解矣。安溪李氏曰：「當遯之時，遯而後亨，不遯則身與道俱困矣。『小利貞』者，言當此之時，固當不失其貞，然非可直躬以行其志。《論語》所謂『危行言孫』，此《大象》所謂『不惡而嚴』，皆『小利貞』之義也。」《合訂》曰：「此卦舊解多誤。悲天憫人者，聖賢不忍斯民之心。當滔滔天下皆是之時，猶轍環不息，況二陰浸長，四陽在位，豈君子不可爲之時乎？遯，謂隱忍遜避，婉轉以求有濟，非引身而退也。」按：此二説，皆不以「小利貞」指二陰也。又《説統》曰：「遯與剥不同。遯者，造化之所以妙其機，君子之所以藏其用也。藏其用，則不窮於用矣，故亨。陽爲發舒，爲大；陰爲收斂，爲小。當遯之時，與時而行，其貞在小。」又曰：「遯者，隱藏不露形迹之意。」又了凡袁氏曰：「亨義全在行處見之。時爲當遯之時。於當遯之時而遯，易能也；於當遯之時而行，未易能也。」此諸説皆與上同義，然實皆本於《程傳》。而朱子不謂然者，以爲若如《程傳》所言，則與「剛當位而應，與時行也」之下當云「止而健，陰進而長，故小利貞」。今但言「小利貞，浸而長也」，而不言「陰進而長」，則「小」指陰小之小可知。況當遯去之時，事勢已有不容正之者，程説雖善而有不通矣。或問：「按《易》中『小』字，未有以爲小人者。如『小利有攸往』與『小利貞』之類，皆『大小』之『小』耳。未知此義如何？」朱子曰：「經文固無此例。然以《彖傳》推之，則是指小人而言。今當且依經而存《傳》耳。」據此，是朱子不信《程傳》而以夫子之《彖》爲斷也。然其解曰：「小人則利於守正，不可以浸長之故，而遂侵迫於陽也。」夫小人之不利於君子之進，而必求所以去之也，如水火之相忌。此雖喻之於理道，怵之以禍福，而猶有不能得者。乃僅僅戒之曰：「爾輩之勢雖漸盛，然不可侵迫乎君子也。」聖人於此不亦迂而無當乎？且夫利者所以和義，貞者所以幹事。小人之浸長者能之乎？即如朱子以「正」解「貞」字，夫小人而能正耶？能正矣，而尚爲小人耶？且謂「與《否》之初、二兩爻相類」，夫《否》初爻謂大人以其彙貞而吉，未嘗謂小人能變爲君子；二爻謂大人能以否亨，未嘗謂小人能包容乎君子。但因誤解《否》卦，遂并此而亦誤解也。然則「浸而長」當如何？《易酌》曰：「浸而長，故小利貞，以人卜君子也。若群陰暴長，則天下事不可爲矣。惟積漸而來，故尚可堤防而挽回之。就中搏捥微權，斡旋妙用，莫可名言，故極贊其大。曰『時』曰『義』，言因時制宜，不得拘拘一轍也。」又曰：「《臨》、《遯》之對；《大壯》、《遯》之反：皆曰『利貞』。《遯》加『小』字，其非爲小人謀也明矣。又三陽進而爲否，則曰『不利君子貞』。二陰未至於否，則小小利貞。以此互推，其義自明。蓋伊川之説本《注疏》，不可易也。」此説甚透。但説「小」字仍拘於纖微之意。竊按：《彖》「剛當位而應」，當位者九五，應者六二也。玩一「而」字，則二柔之爲功亦不下於九五矣。再觀二爻詞義，《傳》謂之「固志」，其爲柔之利貞又何疑乎？《易酌》又曰：「朱子以知時而遯爲與時行，恐與『剛當位而應』句不侔。《傳》曰：『遯者，陰之始長。君子知微，故當深戒，而聖人之意未便遽已也，故有與時行、小利貞之教。聖賢之於天下，雖知道之將廢，豈肯坐視其亂而不救？必區區致力於未極之間，强此之衰，艱彼之進，圖其暫安。苟得爲之，孔、孟之所屑爲也。』此理甚好。朱子已引入《近思録》，至於解經獨不用，何也？」又其説《彖》之末句曰：「《本義》但云『處之爲難』。孔子不云乎：『果哉，末之難矣！』如何見得時義之大？且上戒小人之長，而下句忽贊君子之遯，於文義恐亦未協。」竊按：上乾下艮，内止而外健。健即行，止而又以健行，與時行也，此毋意毋必者。夫子已以「與時行」概止而健之義矣，又何必再言？至於陰進而長，夫子惟於《臨》即曰「剛浸而長」，而於此未聞曰「陰進而長」。即其釋「小利貞」，亦止曰「浸而長」，而去夫「柔」字者，不與陰以長也。蓋二陰浸長，故處以坤柔利貞之德乃亨。二以陰柔應九五得中之剛，所以有利貞而亨之德也。當善會《彖》意。仲誠張氏曰：「亨利之在遯，與人情相反。人情以遯之時爲塞，而孰知其亨也？人情以遯之事爲不利，而孰知其利也？則遯之時，有義存焉。其義豈不大哉？」説頗佳。

《象》曰：天下有山，遯，君子以遠小人，不惡而嚴。

安溪李氏謂：「天下有山，拔出於地之上，而勢與天近，亦違世特立之象。」此但疏「嚴」字義，而與「不惡」無關。且亦多添出一「地」字來，不如《本義》爲妥。蓋謂天蓋高，而卑而下之亦惟山。則君子之遯，非如天之不可階而升也。然其巖巖氣象，亦令人望而不可犯矣。所謂「遠小人，不惡而嚴」，如此。仲誠張氏曰：「天者，氣也。地以上皆天。山勢高起，則天氣退避。然亦遠之而已，聲色不形也。君子於此，得待小人之道。有好爲力爭，以氣節爲嚴者，以爲非此不足扶綱常，則天亦與山角矣。」此説亦新奇可喜。

初六，遯尾厲，勿用有攸往。○《象》曰：遯尾之厲，不往何灾也？

初變同人，遇離。欲同於人，而附麗其群，有尾象。尾者，諺云「尾其後」是也。君子見幾而作，不俟終日。既已後矣，而猶往，昧孰甚焉？往則有灾，不往何灾乎？往者應四也，勿往者初也。此本氣止而變氣明，故有然也。《易酌》曰：「處亂世者，或去或不去，歸潔其身而已。往既有厲，則亦何必以遠去鳴高？勿往，非甘心亂世也。朱子『晦處静俟』四字極好。」

六二，執之用黄牛之革，莫之勝説。○《象》曰：執用黄牛，固志也。

二變姤，遇巽。卦全體又爲大巽。巽爲繩直，爲進退。本氣又應五，是一氣也，有固執之意。居中，黄象。以柔居柔，順之至也，牛象。巽爲寡髮，革象。「莫之勝説」者，《易酌》曰：「即『遐不謂矣』、『不啻若自其口出』之意。」輔嗣王氏曰：「居内處中，爲遯之主。物皆遯已，何以固之？惟有中和厚順之道，可以固而安之也。」弱侯焦氏曰：「《剥》卦，陰剥陽也，而取宫人之寵以順上。《遯》卦，陰驅陽矣，而取黄牛之革以留賢。」玩此二説，是不惟不遯，且欲留遯者矣。《詩》云：「縶之維之，以永今朝。」又云：「毋金玉爾音，而有遐心。」然則君子不屑去，而委曲以保全善類，其苦心爲何如者哉！是以夫子贊遯之時義大也。安溪李氏引箕子之言「我不顧行遯」，正是此意。竊按：後世如李東陽之不與劉、謝同去，而善類多賴以安，亦然。

九三，係遯，有疾厲，畜臣妾，吉。○《象》曰：係遯之厲，有疾憊也。畜臣妾吉，不可大事也。

三變否，遇坤。本氣合二、四互巽，變氣合四、五亦互巽，係象。否，疾象。艮爲閽寺，坤有臣道妻道，故曰「臣妾」。《易酌》曰：「三陽下比二陰，繫戀之而不能脱迹遠去，腹心之患也，善良之憂也，故曰『厲』。」然豈付之無可奈何已乎？若以臣妾之道畜之，猶可獲吉而免於疾厲也。安溪李氏曰：「『不可大事』，即『小利貞』之意。」此從程、朱之説。《易酌》則曰：「憊者，一陽爲二陰所困也。『不可大事』，只可畜以臣妾，不可任以大事也。厚其禄賜，終不假之事權，則小人無所肆其毒，而君子獲安矣。」此又一意。又曰：「初不必遯，二不可遯，三不能遯，聖人皆以『小利貞』之道望之。」

九四，好遯，君子吉，小人否。○《象》曰：君子好遯，小人否也。

四變漸，乾遇巽。乾以健斷，巽以行權，故曰「好遯」。「好遯」，程、朱皆謂有所好而能遯，指應初也。安溪李氏則曰「好者不惡之義」，與《合訂》同。《合訂》之説曰：「九以陽居陰，剛柔兼濟，不惡而嚴者也。好與惡反，不惡故好也。君子如此則吉，非褊急小人所能爲也。『否』字承『好遯』，不承『吉』字，故曰『君子好遯，小人否也』。此『小人』，謂硜硜之小人。」

九五，嘉遯，貞吉。○《象》曰：嘉遯貞吉，以正志也。

五變旅，遇離。離爲雉鳥，孔子嘆其時者也，故有「嘉遯」義。《合訂》曰：「遯以遠小人爲義，故自四至上，一爻勝一爻。九五，《象》辭所謂『剛當位而應』者也。嘉者，會合衆美之謂。九五居尊，衆陽夾輔，二陰亦洗心滌慮以應之。人君能任用賢臣，則不動聲色，而不仁者遠。如《姤》五之『含章』，陰邪自化，是能以其正正天下之不正也。此貞之所以吉，遯之所以嘉也。《象傳》曰：『嘉遯貞吉，以正志也。』萬化皆本於君心。君心正，則無不正矣。遯，六月卦，於時爲夏，於德爲亨，亨斯大矣。卦言『小利貞』，二陰之貞，九五貞之也。」此説精甚。

上九，肥遯，无不利。○《象》曰：肥遯无不利，无所疑也。

上變咸，咸相感以無心。乾健遇兑説，斷而説於心。故《傳》云：「无所疑也。」《易酌》曰：「三陽不與陰繫，則與陰應。獨上居乾之終，遯之極，在卦外而去陰最遠者也，故可以超然自得，稱『肥遯』焉。《傳》以『肥』爲充大寬裕，《本義》但加『自得』二字。余謂：『肥』者，優游泮奂之意，粹面盎背，疾憊之反也，安往而不利哉？《傳》曰：『遯者窮困之時也，善處則肥矣。』精甚。」安溪李氏曰：「遯之下體，居内而未遂其遯者也，故曰『尾』，曰『執』，曰『繫』。及乎上體，則在外之象，遯之時也。然四、五在事之中，有應於内，則事猶有所難處，而志未平。上居外無應，故坦然无所疑，而无不利也。」竊按：遯之爲卦，止而健，又全體成大巽，巽以行權，德之制也，故利貞者不在剛而在柔。而各爻皆有權宜之義，而言貞者獨九五一爻而已。權非聖人不能，而嘉遯者視天下如一人，又所謂聖而不可知之謂神也。

大壯

䷡乾下震上

大壯：利貞。○彖曰：大壯，大者壯也。剛以動，故壯。大壯利貞，大者正也，正大而天地之情可見矣。

《程傳》以陽長過中爲大壯。竊按：過中與大過何異？不如《本義》「四陽盛長」之説爲妥。《合訂》曰：「乾剛不屈于物欲，正也。以乾剛之道動，動以正也，誰得而撓之？」雲峰胡氏曰：「心未易見，故疑其詞曰：『復其見天地之心乎？』情則可見矣，故直書之。《孟子》養氣之論，自此而出。『大者壯也』即是『其爲氣也，至大至剛』，『大者正也』即是『以直養而無害』。」竊按：大壯非不亨也，蓋不可言亨也。必利以和義，則爲集義以生；必貞固以幹事，則爲勿忘勿助。至千萬人而往，則不言亨而亨自見矣。若如他卦言亨，聖人恐人任血氣而不歸之于義理之大勇也。

《象》曰：雷在天上，大壯，君子以非禮弗履。

《大象》正古人所云「自勝之謂强」也。一「履」字即該視聽言動。

初九，壯于趾，征凶有孚。○《象》曰：壯于趾，其孚窮也。

初變恒，遇巽。方初而即有久于壯之意，則是以壯自任自信者矣，故曰「征凶有孚」。程朱《傳》、《義》皆以有孚爲征凶可必，似「有孚」爲虚詞。《合訂》曰：「壯趾之凶，以凶爲壯也。其凶也，其孚也。荆軻《易水歌》曰『壯士一去不復還』，彼以爲還而後去非壯士也，故樂爲不還而甘心焉。此暴虎馮河之勇，亦匹夫匹婦之諒。其窮也，非壯之故，孚之故也。卦言『大壯』，而爻義皆貴用柔，故陽居陰位吉，陽居陽位凶。」

九二，貞吉。○《象》曰：九二貞吉，以中也。

二變豐，遇離。居中，壯而且明，是當壯而壯者也，故曰「貞吉」。安溪李氏曰：「二與四皆以剛居柔，不過於剛，故『貞吉』之詞同。蓋以剛居柔，非正也，然乃處剛之宜，則正道在是矣。四曰『悔亡』，此爻直曰『貞吉』者，中以行正故也。」

九三，小人用壯，君子用罔，貞厲。羝羊觸藩，羸其角。○《象》曰：小人用壯，君子罔也。

三變歸妹，遇兑，互四、五亦爲兑，羊象。陽盛則將決五與上之陰，乃四隔之，藩象。乾陽正壯，又以震而動，觸藩象。三處下卦之窮，又以陽居陽，太過則撓，兑又爲毁折，羸角象。本氣健，則爲血氣之勇，是「小人用壯」也。變氣説，則爲利物之和，是「君子用罔」也。《合訂》曰：「不曰『罔用』而曰『用罔』，嫌於不用剛而或用柔，君子順理而行，剛柔俱無所用也。若小人以剛處壯，敢作敢爲，事未嘗不是，詮「貞」字。而激昂太過，滅裂鹵莽，所傷實多。此由涵養未到，氣質用事，猶《夬》三之『壯于頄』也。」按：此説甚細。然則小人謂好剛好勇而不好學一種人，非僉壬之小人也。

九四，貞吉，悔亡。藩决不羸，壯于大輿之輹。○《象》曰：藩决不羸，尚往也。

四變泰，遇坤。小往則悔亡，大來則貞吉。四與下卦既皆陽，變氣又爲泰，是不爲五、上二陰之藩，而且决之矣。又震動遇坤順，决而不羸者也。坤爲大輿，而係九四之變氣，故曰「壯于大輿之輹」。安溪李氏曰：「前遇陰而復乘乾，故有『藩决不羸，壯于大輿之輹』之象。或曰：《泰》之三則有戒詞，《壯》至四陽極矣，何以反無戒而决其往也？曰：凡卦諸爻，皆相備爲義。《泰》前有拔茅馮河之象矣，故于三戒之。此卦初、三既以壯趾觸藩爲凶厲，二又貞固自守而已。苟非有壯于進者，乘時之義安在乎？卦之爲壯，進其義也，要在于貞而已。」按：此説發揮《傳》云「尚往」之義，甚透。

六五，喪羊于易，无悔。○**《象》曰：喪羊于易，位不當也。**

五變夬，遇兑爲羊。羊者，陽也。卦以四陽盛長爲大壯，而五正當陽位，乃六以柔居之，變氣又爲兑説，是不自有其壯者也。不自有其壯，故无悔。「易」作「疆埸」爲是。震爲大塗，兑爲澤，塗而依澤，則爲疆埸。疆埸有水有草，正牧羊之地。牧羊而喪其羊，養壯而不用其壯也。若作「容易」字，則文法似欠老成。「位不當」，安溪李氏以爲所處不當用壯，亦是。雲峰胡氏曰：「《觀》四陰有剥陽之勢，至四則曰『觀國之光』，觀五也。《壯》四陽有決陰之勢，至四則曰『大輿之輹』，載五也。凡若是者，尊君也。『喪羊于易』，又若人君自喪其剛而不與衆陽較，然亦尊君也。」

上六，羝羊觸藩，不能退，不能遂，无攸利，艱則吉。○**《象》曰：不能退，不能遂，不詳也。艱則吉，咎不長也。**

上變大有，遇離。全卦爲大兑，上有角象。與三應，故遂承上爻，亦言羊也。卦名「大壯」，陽壯則陰衰，以陽能決陰，故曰觸。上六以陰居陰，既非可易決者，而又與四應，變氣又爲離麗，故有「不能退，不能遂」之象。進退兩無所據，則「无攸利」矣。震爲決躁，以上之窮變離之明，則明而昏矣，故《傳》曰「不詳」。然大者壯，則大既有力，離又爲乾卦，乾之惕若，有艱象，艱則必詳而致吉矣。竊按：「咎不長」者，謂變也。變則爲火天大有，天祐之吉矣。安溪李氏曰：「凡妄行取困者，皆不詳之故也。既不詳審于先，又不艱難于後，豈獨無利？咎必及之矣。操心危，慮患深，不復蹈不詳之失，是艱難之道也。」

晉

䷢ 坤下離上

晉：康侯用錫馬蕃庶，晝日三接。○**《象》曰：晉，進也。明出地上，順而麗乎大明，柔進而上行，是以康侯**

用錫馬蕃庶，晝日三接也。

離爲日，君象。坤爲地，爲衆，有國之象。日出地上，爲拔出儔類之中而爲君也，侯象。夫一陽居於尊位，比之所以爲天子也。一陰升於尊位，晋之所以爲康侯也。「康侯」云者，大明莅衆，能安人安百姓者也。《彖傳》「柔進而上行」，正發明所以爲侯之意。即此已明，况又有山，二、三、四互艮。有川，三、四、五互坎。有土地、下卦坤。甲兵、上離。彤弓玈矢，互坎。有賦，下坤。有廟，初、二、三、四。有衆，坤。五以柔德主之，又衆著其象乎？又按：離爲乾卦，乾爲馬，故曰「錫馬」。坤衆，故曰「蕃庶」。明出地上，故曰「晝日」。凡卦皆三畫，故曰「三」。明與順際，故曰「接」。《詩》云：「何錫予之，路車乘馬。」然則「錫馬」，重賜也。「日三接」，厚誼也。情文皆盛，故曰晋也。

《象》曰：明出地上，晋，君子以自昭明德。

卦辭言侯之康國，新民也。《大象》則言「自昭明德」，見新民本於明德，無二事也。

初六，晋如摧如，貞吉。罔孚，裕无咎。○《象》曰：晋如摧如，獨行正也。裕无咎，未受命也。

初變噬嗑，坤順遇震動，有進象。初宜潛而進，故摧。「晋如摧如」者，將進未進，君子之難於進也。「貞吉」者，坤順之安貞也。《合訂》曰：「進退，大節所關。况初六在下，進身之始，尤不可苟。士君子秉禮度義，難進易退，雖悲憫迫於懷，而抱道守貞，優游自得，若將終身。貞也即裕也。惟貞乃能裕，亦惟裕始可貞。貞而不裕，硜硜耳，悻悻耳。若孔子之待價，孟子之綽綽，其貞而裕之謂歟！」安溪李氏曰：「獨行，則信者寡。獨行正，所以罔孚也。『未受命』與《臨》『未順命』相似。進退之際，命雖蹇而心亨，則命不足爲我制矣。」竊按：噬嗑，口中有物，間之不得合，故罔孚。裕則以本氣坤順也。

六二，晋如愁如，貞吉。受兹介福于其王母。○《象》曰：受兹介福，以中正也。

二變未濟，坤順遇坎艱，故「晉如愁如」而「貞吉」。蓋進而稍上，則有天下之責矣。於此未有以濟之，能無憂人之憂乎？二以中正之德，當晉之時，六五雖非正應，然同德也。中與中相孚，五必爲之援，是以終受大福。語云「未濟終須濟」是也。二、三、五皆陰，三爲母，而五又上之，是王母也。

六三，衆允，悔亡。○《象》曰：衆允之志，上行也。

三變旅，坤遇艮。坤，衆象。艮篤實，又爲成言，允象。是其進也，衆皆信之，是以「悔亡」。《合訂》曰：「坤三爻皆順乎明者也。三尤近離，其上行在前，而二、初隨之，三爻之志同也。」安溪李氏曰：「人臣之志，未易遽達於上。衆人信之，則其志亦上達而信於君矣。」故曰「弗信於友，弗獲乎上」，此之謂也。

九四，晉如鼫鼠，貞厲。○《象》曰：鼫鼠貞厲，位不當也。

四變剥，離遇艮，艮爲鼠。合三、五互坎，爲盜。鼠以晝伏，不以晝進。四當多懼之位，而九之剛據之，處非其地。此無才而竊高位者，以承文明之主，難矣。守此而不知退，危可知也。

六五，悔亡，失得勿恤。往吉，无不利。○《象》曰：失得勿恤，往有慶也。

五變否，遇乾。五爲柔進上行，離明之主，卦之所謂「康侯」者也。而爻多戒詞，何也？蓋五尊位，而以柔居之，二又應之以柔，宜有悔者，以遇乾健，則悔可亡矣。故以本氣而言，則陰柔多慮，未免患得患失，明於趨避，而不足有爲。惟變乾之剛，則大明在上，健於所往，而失得舉不足以係其心，所謂「休否」者也，則焉有不利者乎？以其能休否，是爲天下之大慶，而非一人之私喜已。「失得勿恤」，朱子曰：「如『仁人正其誼不謀其利，明其道不計其功』相似。」意甚切當。

上九，晉其角，維用伐邑，厲吉，无咎，貞吝。○《象》曰：維用伐邑，道未光也。

上變豫，《豫》之卦辭曰「利建侯行師」，故曰「伐邑」。安溪李氏曰：「進至於極，晉角之象。上九以剛居之，是危地也。然惟勤於自治其私，則雖危而吉无咎。蓋功名盛，則所務者遠，而反蔽於近；勢位極，則所統者衆，而多暱於私。於此不謹，以至危身而隕名者，多矣。『貞吝』，言若以進爲常而不知戒懼修省，則有吝也。」龜山楊氏曰：「非日中之時，剛上窮而不足以照天下，道未光也，故維用伐邑而已。若夫道足以照天下，則無思不服矣，尚何伐邑之有？」

《合訂》曰：「《晉》卦與《坤》義同。坤，地道也，臣道也。離得坤之中畫，爲坤之嫡派。《離》二爻曰『黄離』，即《坤》五之黄中通理也。《坤》卦泛言地道、臣道。坤遇離，則大地陽春發生，臣子功成寵錫時矣。故卦以柔爲主。六爻四陰皆吉，而四、上二陽雖貞亦厲而吝也。」

明夷

䷣ 離下坤上

明夷：利艱貞。○《彖》曰：明入地中，明夷。内文明而外柔順，以蒙大難，文王以之。利艱貞，晦其明也。内難而能正其志，箕子以之。

明入地中，則爲昏晦，何以言「夷」也？蓋明者本然之體，乃忽然而昏，則必有傷之者矣，故不言「晦」而言「明夷」也。《合訂》以文王、箕子爲互文見意，然夫子既已分屬，必有定解。竊按：離，日之體，本明者也，而爲地所掩，則其晦不過暫耳。既而東出，中升于天，其明如故矣。此以文王屬明夷也。至「利艱貞」，則艱難之中固守其正，是以常晦其明矣。此則箕子之所爲也。若夫革難而爲武王所訪，因得明其道于天下後世，則箕子之所意不計及者矣。「明夷」，先儒多以傷人之明爲言。竊謂：不必如是之拘。即以凡人論，人之德未有不明者，但爲私欲所蔽則昏矣，蔽即傷也。

《象》曰：明入地中，明夷，君子以莅衆，用晦而明。

坤爲衆，故曰「莅衆」。「用晦而明」，即無爲而治也。《合訂》曰：「黄老之清静，晦而不明也。申韓之苛察，明而不晦也。『不剛不柔，敷政優優』，君子用晦而明之道歟？」

初九，明夷于飛，垂其翼。君子于行，三日不食，有攸往，主人有言。○《象》曰：君子于行，義不食也。

初變謙。離爲雉，故曰「于飛」。而遇艮止之，故曰「垂其翼」。「君子于行」，言行義也。不謀利，不計功，則不食而已，故《傳》云「義不食也」。離爲大腹，又中虚，故曰「不食」。「三日」者，凡卦皆三爻，故多言「三」。離與乾卦《先天》、《後天圖》内同宫，故爲主人。成言乎艮，故曰「有言」。夫有攸往，必有所主之人。始有言，則所不合者多矣。

六二，明夷，夷于左股，用拯馬壯，吉。○《象》曰：六二之吉，順以則也。

二變泰，君子道長之時，故能拯左股之夷。《本義》、《合訂》皆以左股爲九二，不如安溪李氏以左股爲上卦，于用拯較直截。此爻所以重用「夷」字也。離遇乾爲馬，不必以九三爲馬也。

九三，明夷于南狩，得其大首，不可疾貞。○《象》曰：南狩之志，乃大得也。

三變復。凡坤震之卦，多言行師，《豫》與《復》是也。又本氣離爲甲兵，上坤爲衆，亦用師象。震長子，故曰「大首」。又爲決躁，用師而值明夷之時，故不可疾而必貞也。《傳》曰「大得」，「大」謂一陽之復，以變氣言也。南正陽方，不可疾而貞者，所謂七日乃復是也。

六四，入于左腹，獲明夷之心，于出門庭。○《象》曰：入于左腹，獲心意也。

四變豐。自下卦而上，故曰「入」。坤爲腹，在上，故曰「左腹」。四心位，故曰「獲明夷之心」。震爲足，其德爲動，卦自内而外，又萬物出乎震，故曰「出門庭」。此爻，先儒皆謂雖夷其身，而能自得其心以去爲解。竊以

「入于左腹」上無「明夷」字，則不得如「夷于左股」例也。而心曰「明夷之心」，則亦不得謂心無所夷也。況《象傳》所釋必舉其重，若以去爲自得其心，則應云「自獲其心，出門庭也」，何以反舉「入腹」没緊要字句，且不獨曰「心」而又曰「意」耶？《合訂》引時論云：「醫書謂心在左腹。『明夷之心』，紂之心也。『出門庭』，微子之去也。蓋入其腹而得其心，舍而决去也。」此説頗通。又《本義》云：「左腹者，幽隱之處。」蓋四爲上，坤卦之初畫，是闇之始也。方其始而于幽隱之中，窺得其心，知其意向日趨于闇矣，則終不可啓之使明，而夷人之明者且日益甚焉，于是始舍而决去耳。如此，于爻詞、《傳》俱覺吻合。

六五，箕子之明夷，利貞。○《象》曰：**箕子之貞，明不可息也。**

五變既濟，坤順遇坎難，内難而正志，箕子之明夷也。以《彖傳》已言，故此但直陳之。「利貞」，則戒占者之詞。《傳》言如箕子之明夷，而明不可息。夫遇難而息其明者，如《程傳》所舉揚雄是已。

上六，不明晦，初登于天，後入于地。○《象》曰：**初登于天，照四國也。後入于地，失則也。**

上變賁，賁無色也。又坤遇艮，止于陰而無色，則終不明矣。艮爲萬物之所成終而所成始，故有初登後入之象。「初登于天」，謂晋也。「後入于地」，謂晋之倒爲本卦也。觀《傳》意，止言其初未嘗不明，後失其則始昏耳。蓋甚惜之詞，似未有「初爲傷人之明，終至于自傷而墜厥命」之説也。

家人

䷤ 離下巽上

家人：利女貞。○《彖》曰：**家人，女正位乎内，男正位乎外，男女正，天地之大義也。家人有嚴君焉，父母之謂也。父父，子子，兄兄，弟弟，夫夫，婦婦，而家道正，正家而天下定矣。**

「家人」，一家之人也。若但取二、五兩爻爲男女之正位，即謂爲家人，則比、同人、屯、蹇、萃、觀等卦皆是。蓋必合上下諸爻皆正其位，爲父父、子子、兄兄、弟弟、夫夫、婦婦之象，故爲家人。不必如《本義》指定何爻也。上雖位不當，然《觀象》云：「卦之上爻，外也。若陰居上，則非男位乎外之義。故惟此卦爲合。」又《合訂》云：「男有室，女有家。不曰『室』而曰『家』，重在女也。爲卦上巽下離，皆女象，故曰『利女貞』。蓋最難正者惟女，女貞則男之貞可知矣。」周子所云「家人離，必起于婦女」是也。卦詞言「利女貞」，雖所重在女，而所以宜其女貞者男也，故《大象》責重在君子，而爻詞惟二、四兩爻言女之貞，餘則皆言利女貞焉。仲誠張氏以「上下二畫，家象。中四畫，人象。五剛四柔，三剛二柔，陰陽相配，有一男必有一女之象。上下二畫皆剛，剛則氣聚，環聚其男女而爲家矣，故爲家人」，意甚精。惟上下二畫爲家，而以剛聚之，故《象》曰「嚴」，而初、上兩爻曰「閑」曰「威」也。

《象》曰：風自火出，家人，君子以言有物而行有恒。

「風自火出」，言天下邦國之風化興自家人也。離火爲女，居中用事，是以堯之試舜，釐降二女，以觀厥刑于焉。蓋夫婦日相狎而地至褻，語言最易誑誕而不實，舉動最易變轉而無常，故君子治家，必言有物而行有恒也。安溪李氏云「言有物，如火之發明而必有所麗；行有恒，如風之行漸而必有所入」，意甚切。

初九，閑有家，悔亡。○《象》曰：閑有家，志未變也。

初變漸。漸，女歸吉。又離明遇艮止，家人最患以情勝，乃發乎情即止乎禮義，故曰「閑有家」。閑者，閑之于始，則其本立，而漸進于正矣，故悔可亡也。語云「教子嬰孩，教婦初來」，即《傳》所云「志未變」之意。《合訂》但就深宮固門説，恐義未備。

六二，无攸遂，在中饋，貞吉。○《象》曰：六二之吉，順以巽也。

二變小畜，以小畜大，正陰柔之有事者也。婦人之事，惟酒食是議而已。如其不然而攸遂，則婦貞厲而月幾望矣。故必主本氣之順與巽，而不可任變氣之健，則貞吉也。六二爲離之主爻，離畜牝牛，爲至順者，上卦爲巽，故曰「順以巽」。觀《傳》所云，則知此爻之爲卦主矣。

九三，家人嗃嗃，悔厲吉。婦子嘻嘻，終吝。○《象》曰：家人嗃嗃，未失也。婦子嘻嘻，失家節也。

三變益，離遇震。《震》之卦詞曰「震來虩虩，笑言啞啞」，故此亦云「家人嗃嗃」、「婦子嘻嘻」。蓋宜家者，惟九五一爻。九三不中不正，故過則嗃嗃，不及則嘻嘻也。然與其不及而吝，毋寧過而厲以吉也，故《傳》上則云「未失」，下則云「失節」。此當從《本義》爲確。夫治家無法者，時而呵叱，時而笑謔，固兼有之，觀《傳》兩釋其説可見。按九三重剛，故有「嗃嗃」象。下比二柔，故又有「嘻嘻」象。夫嚴厲者多姑息於妻子，故「嗃嗃」統言「家人」，而「嘻嘻」則專言「婦子」也。

六四，富家，大吉。○《象》曰：富家大吉，順在位也。

四變同人。同人，親也。又曰：「二人同心，其利斷金。」故有富象。凡爻以陽爲富。此之六四亦云「富」者，巽遇乾也，乾爲金爲玉，本氣之巽亦爲近利市三倍。《傳》曰「順在位」，順即坤之柔，六居四爲得位也。安溪李氏曰：「四之位視二爲高，故在中饋者至此而富家矣。或疑：五爲卦主，不言『大吉』，四言『大吉』，何也？曰：男之功成于女，猶天之功成于地。此家人所爲利女貞也。故『大吉』之辭，于四見之。」竊按：六四陰爻，何云「大吉」？蓋地道无成，此爲助陽治家，柔不得而有其吉也。

九五，王假有家，勿恤，吉。○《象》曰：王假有家，交相愛也。

五變賁。賁，柔來文剛，分剛上而文柔者也。故詞言「王假有家」，而《傳》以「交相愛」釋之。五尊位，故曰「王」。「假」與「格」同，言感格而化之也。王假而有家，則國之本在是，天下之本在是，何恤之有？初以閑而有家，五以假而有家，然則任情放佚與夫無道以化之者，雖有家，實無家矣。惟有家，斯可以治天下，故屬之王者也。

上九，有孚威如，終吉。○《象》曰：威如之吉，反身之謂也。

上變既濟。本氣既以剛居柔，變氣亦剛柔相濟，無所偏勝者也，故曰「有孚威如」，蓋有孚其威如也。惟假故有孚。家人之所以有孚，正以君子之言有物而行有恒者格之。故夫子曰「反身」，而止承「威如」以釋之耳。

睽

䷥兑下離上

睽：小事吉。○《彖》曰：睽，火動而上，澤動而下。二女同居，其志不同行。説而麗乎明，柔進而上行，得中而應乎剛，是以小事吉。天地睽而其事同也，男女睽而其志通也，萬物睽而其事類也。睽之時用大矣哉！

安溪李氏曰：「火上水下，不交者也。若澤，則其浸潤滲入，愈下愈深，所以爲睽也。」按此，似睽爲乖異，視未濟更甚矣。又曰：「家有長嫡，則分定矣。中、少二女，勢不相下，則情不相親，故其象亦爲睽。」又按：《合訂》云：「先儒以小事爲用柔，合之爻詞『勿逐』、『遇巷』、『噬膚』之義允合。」然不但爻詞也，即《彖傳》已云「柔進而上行，得中而應乎剛，是以小事吉」，則「小」字明明謂爲柔事矣。《合訂》所謂：「隨時隨分，委曲婉轉，以求有濟，人不我撓，事可有成。」安溪李氏以爲「《屯》之『小貞吉，大貞凶』、《泰》之『勿用師，自邑告命』等説是也」。竊按：火動澤動，蓋動則成卦也。安溪李氏説《彖傳》曰：「釋名而語勢未斷，即是其義，亦與釋詞相連，《臨》、《无妄》等卦之例也。睽之時，當以説爲本，説而後明麗焉，則可以委曲審幾，而不至于猜察傷物矣。又柔則和緩，上行則有合物之勢，得中則動皆中節，應剛則有和合之理，此所以能行小事而得吉也。行小事于睽之時，惟説柔得中者能之。然説柔得中，用之以行小事，亦以睽之時故也。故連釋卦之義以釋辭也。」《合訂》曰：「『天地』一段，極言同異之理，而示人以用睽之道也。天下事，有一必有兩，天地也，夫婦也，牝牡雌雄也，睽也。然天與地配，男與女配，雌與雄、牝與牡配，未有合而不于睽者也。以睽爲合，必有所以用其睽者，非苟而已也。天地萬物言『事』，男女言『志』者，天地無心而二氣成能，萬物無知而方以類聚，若人則秉天地之性，爲萬物之靈，倫類相接之間，所以爲同爲異者，惟其志也。」

《象》曰：上火下澤，睽，君子以同而異。

《合訂》曰：「同生于異，不異何以有同？君子異中求同，亦即于同中求異。萬物一體，同也。親親而仁民，仁民而愛物，同而異也。」

初九，悔亡，喪馬，勿逐自復，見惡人，无咎。○《象》曰：見惡人，以辟咎也。

初變未濟。未濟者，不求濟也，有「喪馬勿逐」象。又兑遇坎，兑見而坎爲盜，有「見惡人」象。下卦之離與乾同宫，故曰「馬」。坎爲隱伏，四非正應，故曰「喪馬」。兑説，故勿逐而自復也。喪馬，見惡人，皆有悔也。自復，无咎，則悔亡矣。此先言占詞，後言象。《傳》曰「見惡人，以辟咎」，可想見用柔之吉也。

九二，遇主于巷，无咎。○《象》曰：遇主于巷，未失道也。

二變噬嗑，兑遇震，爲大塗。二、五正應也，五爲離之主爻。離爲日，君象，故曰「主」。兑見，故曰「遇」。離中虚，故曰「巷」。以本氣睽也，而變氣又有間而使之不合者，故不曰「于大塗」而曰「于巷」。巷者，紆曲之塗，非捷徑小路也。

六三，見輿曳，其牛掣，其人天且劓，无初有終。○《象》曰：見輿曳，位不當也。无初有終，遇剛也。

三變大有，兑遇乾，乾爲車。三爲兑主爻，兑毁折而乾健行，則「見輿曳」矣。下卦之離爲牝牛。「牛掣」者，不服軛也。此爻在下卦之上，而適當毀折，上卦之離爲戈兵，故曰「其人天且劓」。「輿曳」者，無足與共載也。「牛掣」者，無足與共行也。「天且劓」者，無足與共面也。甚言其睽也。无初如此，然上爲正應，處卦之終，變氣爲大有，故曰「有終」。《大有》之三爻變此卦，其詞曰：「公用亨于天子，小人弗克。」合參之，可知其義。

九四，睽孤，遇元夫，交孚，厲无咎。○《象》曰：交孚无咎，志行也。

四變損。處睽而無正應，介二柔之間。離又遇艮止，故曰「睽孤」。損有孚无咎，此爻亦云。安溪李氏曰：「與初爻同德相與，是『遇元夫，交孚』之象。雖非正應而助己者，然不合以私而合以公，不助以交而助以道，正得人臣無黨之義，雖危何咎乎？睽非善也，而處大位者以特立爲安，則无咎之道也。」竊按：元即大，夫即人，不曰「大人」者，以初非二、五也。又以二剛相遇，則直諒責善，有非人所能堪者，故曰「厲」。

六五，悔亡。厥宗噬膚，往何咎？○《象》曰：厥宗噬膚，往有慶也。

五變履，離遇乾。五與二皆中，又乾離同宮，以柔變剛，與二一氣，故曰「宗」。《噬嗑》之二爻變，即此卦也，其詞曰「噬膚」，此爻亦云。按此爻正《彖傳》所云「柔進而上行，得中而應乎剛」者也。爲卦主爻，故二稱此爲主。而夫子《傳》曰「有慶」，此蓋言在上者處睽之道也。

上九，睽孤，見豕負塗，載鬼一車，先張之弧，後説之弧，匪寇婚媾，往遇雨，則吉。○《象》曰：遇雨之吉，群疑亡也。

上變歸妹，離遇震。上與三原爲正應，以處卦之上，亢而不交，故亦曰「睽孤」。剛明之甚，猜忌必深，震來虩虩，多懼多疑，故有豕鬼種種之象。三、四、五互坎，坎爲豕，變震爲塗，故曰「豕負塗」。坎又爲狐疑，故曰「載鬼一車」。當卦之窮，窮極必反，故有先張弧、後説弧之象。又變之歸妹，故曰「婚媾」。從離變，故曰「匪寇」。下互坎，坎爲水，故曰「往遇雨」。「豕負塗」者，懼爲所浼也。「載鬼」者，懼爲所欺也。上之清高絶物如此，然則其孤乃自孤耳。天地之氣合，而後雨澤降。遇雨，則睽不終睽矣。卦爲睽，而爻詞多言合，蓋所以合之者即《彖傳》所謂「睽之時用」也。能用，則睽者無不合矣。初爻則以無用爲用，二爻、四爻亦皆無心于用者。若五、上兩爻則有心矣，然五以審所宗，上以釋所疑，猶皆用睽者也。惟三爻急于合睽，而急不得合，不如徐以俟其終耳。睽者，彼此乖隔之謂。故初與三言「見」，二與四言「遇」，五與上言「往」，皆取承乘比應上下爻義以成詞，與《比》卦一例。

蹇

䷦艮下坎上

蹇：利西南，不利東北，利見大人，貞吉。○《彖》曰：**蹇，難也，險在前也。見險而能止，知矣哉！蹇利西南，往得中也。不利東北，其道窮也。利見大人，往有功也。當位貞吉，以正邦也。蹇之時用大矣哉！**

此卦自二以下皆得位，其不得位者獨初爻耳。凡事莫不衰于已然而盛于將然，故《既濟》但曰「小亨」而此卦則曰「貞吉」也。《彖》曰「往得中」者，言往斯得中；曰「往有功」者，言往斯有功；曰「以正邦」者，言以此正邦：皆非現在事也。「利西南」，當依安溪李氏作後意講，方是。蓋當其蹇，正道窮之時也。窮則獨善其身。後往則得中，而有功于身家邦國；先則無所利耳。觀初爻之「宜待」及上爻之「從貴」，可見矣。若以坤艮方位言之，不惟義淺，且艮尚在本卦，而坤則委曲取之于卦變，未免近鑿。「得中」、「有功」、「正邦」義一串。西南得中者，未正人先正己，即《大象》所謂「反身修德」也。「利見大人」者，就正有道，亦修德分内事也。「得中」指二、五。「當位」指二爻以至上爻。「當位」釋「貞」。「以正邦」釋「吉」。蓋得中以正其身，就有道以成其德。德盛而人自化，其身正而家國天下莫不皆正矣。竊按：東北，陽方，君子致君澤民之地也。西南，陰方，君子修德凝道之時也。爻中凡言「往」者，即卦詞之「東北」；凡言「來」者，即卦詞之「西南」也。二、五爲修德之位，故獨不言往來。安溪李氏發明此義，甚詳而確。

《象》曰：山上有水，蹇，君子以反身修德。

山上有水，其行自蹇。及其下地，則一往莫禦。故「反身修德」者，身正而天下莫不皆正也。

初六，往蹇，來譽。○《象》曰：往蹇來譽，宜待也。

初變既濟，艮遇離，篤實輝光。離文明，且本體當蹇之初，即能見險而早止，可謂智矣，故有譽。《傳》曰「待」者，即待九五之大人而利見耳。

六二，王臣蹇蹇，匪躬之故。○《象》曰：王臣蹇蹇，終无尤也。

二變井，《井》卦詞曰「往來井井」，故曰「蹇蹇」。井養而不窮，本體之艮又不獲其身，故曰「匪躬」。井无喪无得，故《傳》曰「无尤」。此爻不言「往」者，蓋見可而進，知難而退，乃君子保身之哲，而非人臣致身之義。夫往即蹇，豈能免于招尤？若王臣，主憂臣辱，險阻間關，雖不濟而繼之以死，皆分義宜然，又何尤乎？故夫子斷其「終无尤」，非不怨不尤，亦非人不得而尤之説也。

九三，往蹇，來反。○《象》曰：往蹇來反，内喜之也。

三變比。比，「下順從」，又曰「上下應」，故曰「來反」，而《傳》曰「内喜之也」。反者就二，非並初皆反而就之也。

六四，往蹇，來連。○《象》曰：往蹇來連，當位實也。

四變咸。咸者，感也，彼此情相通也，故曰「來連」。《合訂》曰：「『往蹇來連』者，以來爲往也。六四上比五，下比三，居近君之位，以人事君之大臣也。連者，連三于五也。」竊按：四承五，居多懼之地，喜柔惡剛。六今居之，實當其位，來連三于五，此正無技而休休有容之大臣矣。六四而曰「當位實」者，蓋以六四雖陰虛無濟蹇之才，而能來連三于五，以天下之才爲其才，則當位者虛而實矣。若以爲連五，則四之承五，各卦皆然，何獨加一「連」字耶？

九五，大蹇，朋來。○《象》曰：大蹇朋來，以中節也。

五變謙，坎遇坤。坎一陽陷于二陰，故曰「大蹇」。陽曰大。「大蹇」者，大者蹇也。坤爲衆，故曰「朋來」。得道多助，大難可解。《合訂》曰：「五與二爲應。二來，則連茹彙征，諸爻皆進矣。爲天下得人難，朋來而五之事畢矣。」《象》曰「中節」，蓋得濟蹇之先務也。或曰：「以中正之道，節損其勢分，屈己下士，故人多歸之。」或曰：「以中節次其賢，用人得當，故樂爲來。」

上六，往蹇，來碩，吉，利見大人。○《象》曰：往蹇來碩，志在内也。利見大人，以從貴也。

上變漸。漸，舒裕不迫，故曰「來碩」。「碩」非大也。《傳》曰「志在内」，内即内卦之艮。處上蹇極，而將出險，猶不肯鋭于進，此其所以云「來碩」也。若以爲來就五，則與下「利見」犯複。來《易》又以爲「就三」，三雖正應，而非卦主爻也，五、上無相從者。安溪李氏曰：「卦爻之義，主于後退。内來，且以見大人爲利。上六之位方適當之，故曰『利見大人』，而《傳》以『從貴』申之也。」

各卦爻皆止一義，亦間有吉凶二義者。獨此卦自二、五外，餘爻皆兼利不利言之。聖人望人濟蹇之意切矣。

卷七

解

䷧坎下震上

解：利西南，无所往，其來復吉，有攸往，夙吉。○《彖》曰：解，險以動，動而免乎險，解。解利西南，往得衆也。其來復吉，乃得中也。有攸往，夙吉，往有功也。天地解而雷雨作，雷雨作而百果草木皆甲拆。解之時大矣哉！

「利西南」者，西南陰方。陽爲君，陰爲臣。陽方，君子所以紓忠獻猷也。陰方，君子所以敬業樂群也。此卦震、坎皆坤體，坤爲衆，《坤》卦詞曰「西南得朋」，此《彖》之所以云「往得衆也」。「往得衆」者，言由此道以往，可以得多助之益。蓋邦家多難之故，皆由於親小人而遠君子。小人之使爲國家，菑害並至，爻所謂「負且乘，致寇至」也。如欲解難，非用君子不可，而亦非用衆君子不可，故宜急求放佚之老成與新起之俊彦矣。然小人不去，則君子不來，故必去讒、遠色、賤貨以貴德焉，爻所謂獲狐、解拇也。「來復吉」者，當難作之時則無可往也，即欲求賢以靖難，必先有以自治，故來復而反身修德，則其身正而天下歸之，《彖》所謂「得中」，二之「得黄矢」、四之「朋至」者此也。「有攸往，夙吉」者，解難之時則有所往也，必知己知彼，籌畫萬全，慮可而進，謀早定焉，《彖》所謂「往有功」，爻之射隼無不利者，此也。蓋欲解外患，必先解内憂，而解内憂則非反身修德不能。此《解》之大意，而觀象所以思過半者也。○「利西南」，蓋合上下兩卦言之。觀《屯》之象，下卦初陽，進而爲上卦之二，其氣升也。此卦陽爻則下卦之二，進而爲上卦之初，其氣降也。故《屯》大亨貞，而此卦則以西南爲利。

《象》曰：雷雨作，解，君子以赦過宥罪。

卦詞，自解其難也。《大象》「赦過宥罪」，則解人之難，又是一義。

初六，无咎。○《象》曰：剛柔之際，義无咎也。

初變歸妹，坎險遇兑説，水澤相得，故曰「无咎」。歸妹，夫婦交也，故《傳》以爲剛柔際。所云際者，以初六位之不當，宜有咎矣。然二比之，四應之，皆與剛爲際，故於義爲无咎。安溪李氏曰：「處於最後，而陰柔能靜，故直言『无咎』。」仲誠張氏曰：「應四，則受官之制，而不敢蒙惡。比二，則憚友之嚴，而有過可改。皆爲解之，是際遇之得也。」説皆佳。

九二，田獲三狐，得黄矢，貞吉。○《象》曰：九二貞吉，得中道也。

二變豫，豫利行師。坎遇坤，坤爲地，田象。坎，狐象。變坤，田獲狐象。卦除六四爲君位，餘陰爻三，三狐象。坤之中，黄象。坎爲弓矢，故曰「黄矢」。獲狐而矢不遺，君子反身修德，則邪媚小人不待驅而自遠。「貞吉」即卦詞所謂「其來復吉」也。君子之可貞者，惟自治而已。不自治而但曰去小人，則小人不可去，而所去者非小人矣。不然，或如東漢召外兵以去宦豎，遂致大亂。此又無矢射狐，而用虎以驅狐者也。

六三，負且乘，致寇至，貞吝。○《象》曰：負且乘，亦可醜也。自我致戎，又誰咎也？

三變恒，坎遇巽。以六陰柔，居下卦之上，「負且乘」也。又上負剛四，陰之分也。乃又下乘剛二，則非分矣。巽又近利市三倍，陰柔善入，蓋讒佞貪利之小人也。坎爲盜，三、四、五又互坎，故有「負且乘，致寇至」之象。恒，久也，故曰「貞」。「貞吝」者，夫無德竊位，正宜解者而不能解，一小人去而又用一小人，以此爲常，能勿吝乎？蓋咎由人侮，吝爲自取。《傳》曰「自我」之「我」，謂使之負且乘者，非負乘之人也。漢誅晁錯而用袁盎，七國之兵仍不解；宋獻韓侂胄之首而用賈似道，終至於亡國，可鑒已。

九四，解而拇，朋至斯孚。○《象》曰：解而拇，未當位也。

四變師，震遇坤。上卦正離坎險，一陽初動而有爲，遇坤順之，有解象。「師，貞，丈人吉」，有去小人而用君子象，故曰「解而拇，朋至斯孚」也。震爲足，初爲之應，故曰「拇」。坤爲衆，故曰「朋」。四居高位，爲人所仰攀。凡瑣瑣姻婭，及依附之小人，皆拇類也。所私者去，則同德之朋方來，故曰「斯孚」。世未有不絕私黨而能進賢之大臣也。《傳》以九四雖有剛德，而未得正，則不能無私，故特爲「而拇」釋之曰「未當位」，非謂未當位者猶能解而拇也。

六五，君子維有解，吉，有孚于小人。○《象》曰：君子有解，小人退也。

五變困，震遇兑。震爲長子，故曰「君子」。兑爲少女，女子小人一類也。震動，故「有解」。兑説，故曰「維」，曰「有孚」。仲誠張氏曰：「卦止二剛，一居賢位，一居臣位。六五比剛臣，應剛賢，有『君子維』之象。人君當解時，而君子與維，則其陰柔尚有不解者乎？爲『有解』之象。『君子維』，君子與人君聯結固密之義。比而無應，應而無比，不得言『維』也。」此説「維」字好。「有解」者，使六五之陰柔變爲剛明也。「有孚於小人」者，「舉直錯諸枉，能使枉者直」也。蓋用舍予奪一出大公，德懋則懋官，功懋則懋賞，小人欲指其有一毫之私而不得，能勿退乎？《傳》故曰：「君子有解，小人退也。」乃小人之自退。此卦所云「其來復」也。齊桓用管仲奪伯氏邑而不怨，唐太宗信用魏鄭公而能知權德輿之佞，韓魏公得政而兩宫之讒不入，是其驗已。

上六，公用射隼于高墉之上，獲之，无不利。○《象》曰：公用射隼，以解悖也。

上變未濟，震遇離。離爲雉，隼象；爲戈兵，射象。上位外，墉象；居卦之巔，高象。《繫詞大傳》曰：「隼者，禽也；弓矢者，器也；射之者，人也。君子藏器于身，待時而動，何不利之有？」夫君子者，利國家之器也。修德以親賢，藏器于身也。待時而動，卦所謂「夙吉」、象所謂「往有功」者此也。漢用三傑以滅項，唐用裴度以平蔡，殆此爻之義已。《傳》云「以解悖」，正謂以仁伐不仁，安溪李氏以爲至此則外難亦無不解者是也。蓋上卦爲外，上爻又在位外。隼性猛利，乃敵國外患，非宦官宮妾、外戚權奸如城狐社鼠之可比耳。

損

䷨兑下艮上

損：有孚。元吉，无咎，可貞，利有攸往。曷之用？二簋可用享。○《彖》曰：損，損下益上，其道上行。損而有孚，元吉，无咎，可貞，利有攸往。曷之用？二簋可用享。二簋應有時，損剛益柔有時。損益盈虛，與時偕行。

細玩全卦，皆以有孚爲主。卦詞當於「有孚」讀斷。下自「元吉」至「用享」，一氣直落。觀《彖傳》止於「損有孚」句中加一「而」字，此下則仍直叙卦詞，可見。「元吉，无咎」作一截，「可貞，利有攸往」作一截，「曷之用」二句作一截。「元吉」者善在天下，「无咎」者善在一身，橫説也；「可貞」者善在百年，利往者善在一時，竪説也；二簋用享，特舉事之最大者以實之：而皆根「有孚」來。「損而有孚」，蓋其善有如此。左氏所云：「苟有明信，澗溪沼沚之毛、蘋蘩薀藻之菜、筐筥錡釜之器、潢污行潦之水，可薦於鬼神，可羞於王公。」意本於此。大可毛氏曰：「震爲盂、爲竹、爲木，合之成簋。二者，初與二，陽數也。至若下兑口食，上艮門闕，而致互坤之養於其間，其享禮之明切如此。」○《彖傳》「損下益上，其道上行」，所謂上下，不必泥定君民。蓋下卦本乾體，其三爻則重剛不中矣；上卦本坤體，其上爻則龍戰于野矣。今則損下之過剛，以益上之過柔，是乾道上行也。漢儒以爲「陽止於上，陰説而順，損下益上，上行之義」。夫乾爲體，質也；坤爲用，文也。陽實而陰虛，故質曰質實，而文曰虛文。今陽道上行，以實益虛，則虛者皆實，是不損即不能實其虛矣，故曰「損而有孚」也。「二簋應有時」，特即用享實事，標出時義來。蓋二簋非常享，而今用之者，應有其時也。是故剛宜益而柔宜損者，常也。若損剛益柔，則非常而時爲之矣。何也？乾之三，時則盈也，故可損。坤之上，時則虚也，故宜益。損盈益虚，正與時偕行耳。惟其時也，則徵諸庶民而皆信，質諸鬼神而無疑。此之謂「損而有孚」。是故元吉，而非有偏執之咎。是故可常，無所往而不利也。初曰上合志，二曰中以爲志，三曰得友無疑，四曰有喜，五曰弗違，上曰得志，皆本「有孚」以立義耳。

《象》曰：山下有澤，損，君子以懲忿窒欲。

大可毛氏曰：「内乾剛忿，易六三而成兑説，是懲之也。外坤柔欲，易上九而成艮止，是窒之也。」

初九，己事遄往，无咎，酌損之。○《象》曰：己事遄往，尚合志也。

初變蒙，詞曰「童蒙求我」。又兑説遇坎勞，有趨事之象，故曰「遄往」。初告，再三瀆則不告，故曰「酌之」。「己事」，若作自棄其事而往役，則不但損之而已；若作先畢其私事而後急公，又於「遄」字不合。蓋初民位而應四，則往役於公，或抒忠獻猷以事其上者也。「己事」者，視上之事如己之事，故「遄往」，而《傳》謂爲「上合志也」。「酌損之」者，往役則量而後入，抒忠則信而後諫也。安溪李氏曰：「事之未可遽，言之未可盡，是其義已。若作庶人輸財説，爲賤者占，酌之，則以君之事即己之事，所當遄往者，奈何敢損之？爲尊者占，酌之，則以國事雖即民事之所當遄往者，然不損之，民何以堪？蓋兑變坎，説者將挺而走險矣，是以不可不酌也。」此又前賢所未及，在《觀象》者推類以自得耳。《傳》曰「尚合志」者，初與二、三皆乾，固一體者也。三往於上以益之，則初、二皆以益爲志矣。故初曰「合志」，而二以中爲志，上則「大得志」，其志一也。

九二，利貞，征凶，弗損益之。○《象》曰：九二利貞，中以爲志也。

二變頤，其卦詞曰「自求口實」。夫中正者，君子之所養也。則至味可甘，而豈肯枉道以干禄？故有利貞弗損之象。兑説遇震動，以説而動，而爲損下益上之事，則將以聚斂爲容説，菑害將至矣，故曰「征凶」。或曰：「初處事始而曰『遄往』，二當事任而曰『征凶』，何也？」安溪李氏曰：「初不言『遄往』，則在事外者或不知益上爲所當然。二不言『征凶』，則當事任者或不知損己爲所當慎。」説最妙。竊按：初民位，則往役義也。二賢位，則往見不義也。大可毛氏以此卦爲子母易。其自泰易者，《本義》及諸儒已言之。獨其以二爲易益之五剛，故曰「益之」，非汎設語，亦有見。不然，所損者三，則益上者三耳，而二何以益之耶？第其益之也，剛仍在三，并未嘗損，故曰以弗損者益之。

六三，三人行，則損一人。一人行，則得其友。○《象》曰：一人行，三則疑也。

三變大畜，兑遇乾。乾行健，故曰「行」。此下卦實自乾來，而損其第三爻，故曰「三人行，則損一人」。此爻又變乾，與上爻應，故又曰「一人行，則得其友」。《大畜》卦詞曰「不家食吉」，亦得君之義，故曰得友。六三一爻最近上體，卦之所以爲損者也，故因成卦之象而極論損益之道。《繫詞大傳》以天地男女發揮此爻之義，非别生一論也。蓋天地男女皆一陰配一陽，兩相得則專以致精，二而一者也。三則疑所配，而不能致一矣。三損其一者，損有餘也，兩也。一人得友者，益不足也，兩也。自三以上，至於十百，皆謂之三，則黨與徒衆，而非天地男女以兩致一神化之旨。乾之奇畫至於三，是私黨矣。夫人臣公爾忘私，國爾忘家。苟私家黨與之是徇，則焉能誠信以事其君乎？故得友者，致一而無貳，乃爲誠之至。此三之損而有孚也。

六四，損其疾，使遄有喜，无咎。○《象》曰：損其疾，亦可喜也。

四變睽，艮止遇離明。止則不遂其非，明則能知其過。又坎爲心疾，離者坎之反，則去其疾矣，故有損疾之象。四處尊近君，得位乘權，既與下有睽隔之勢，而以柔居柔，自私自利，又與下有睽隔之情，其受病也多矣。乃方當益時，若先不自損，則無以爲受益之地，何以勸遄往者急公之心乎？必損之而使遄者有喜焉，則睽者不終睽矣，故曰「无咎」。「使遄有喜」者，四與初應也。下三爻爲損，上三爻爲益，而四何以亦言「損」？蓋上，益之者也；五，受益者也。四則在上下二卦之間，將與五同受上之益。第遠上，而又與下卦隔體，位又尊，非自貶損，何以親其下以爲受益之地？故亦曰「損」也。

六五，或益之十朋之龜，弗克違，元吉。○《象》曰：六五元吉，自上祐也。

五變中孚。安溪李氏曰：「居上而虛中以受益，益之盛者也。曰『或益之』，言不知其所自來也。如此，則鬼神其依，龜筮協從，故曰『十朋之龜，弗克違』。『十朋』，言衆多也。累十朋而不違，則其獲神人之助可知矣，吉孰大於是？」竊按：損以有孚爲主，而此變氣正爲中孚，故有龜卜無違之象。夫龜卜而至於十朋之衆多而皆無違，其爲孚也大矣。夫聖主不有其才，以天下之才爲才；不有其德，以天下之德爲德。故一人一事之受益，可得而舉也。若夫虛中受善，則四海之内皆將輕千里而來告之以善，又可舉而數之乎？故曰「或益之」。《傳》求其故而不得，曰自上祐之，所謂天授，非人力也。夫天且弗違，況於鬼神？如此，則合天下而成其大信，則亦合天下而享其全福，故曰「元吉」也。或曰：「《傳》所謂上，即指上爻，卦詞云『其道上行』也。」亦有義。蓋五承比上剛，而以虛中受益。「汝惟不矜，天下莫與汝争能。汝惟不伐，天下莫與汝争功。」如此以受益也。夫益此則必損彼，是損者益之矣。今不見有損之者，則益者誰乎？故曰「或」也。十朋弗違，即損而有孚。而上爻之无咎、貞吉、利往，皆與卦詞無異。「元吉」不繫於上而繫於五者，上無位而五君也。大可毛氏曰：「大離爲龜，而升於艮。門闕之間，則正宗廟所藏者。」

上九，弗損益之，无咎，貞吉，利有攸往，得臣无家。○《象》曰：弗損益之，大得志也。

上變臨，剛而浸長，有「弗損」象。艮遇坤，地中有山，所以裒多益寡也，有「益之」象。《師》卦上爻，坤變艮，曰「承家」。此爻艮變坤，曰「无家」。艮、坤皆土，故曰「家」。土無定位，故曰「无家」。「得臣」者，六三也。六三致一以上交，自損而益上，是上得臣之國爾忘家者也。又一義。剛升於上，而五虛中以承之，以益天下，乃爲天下得人，而无家天下之心。此堯薦舜於天之時也。大公之懷，至此而極，故《傳》曰「大得志」。大者即乾，《彖傳》所謂「其道上行」者也。三與上爲成卦之主爻，故三專言損之有孚，而此則極言受益之道，而占詞與卦詞同焉。大可毛氏曰：「三以所損爲所得，則所得者友也，並行者也。上以所益爲所得，則所得者臣也，奉我者也。」觀此，可見聖人下字之精細如此。

益

䷩震下巽上

益：利有攸往，利涉大川。○《彖》曰：益，損上益下，民説无疆，自上下下，其道大光。利有攸往，中正有慶。利涉大川，木道乃行。益動而巽，日進无疆。天施地生，其益无方。凡益之道，與時偕行。

《合訂》曰：「卦自否來。乾坤始交，而爲震巽。出乎震，齊乎巽。春陽布澤，盛德在木。天道大光，萬物亨通時也。其爲益大矣哉！」竊按：利往者宜於處常，涉川者宜於處變。《彖傳》「自上下下」句乃全卦要領，如《損》卦所云「其道上行」也。惟乾道下行，而爲震以巽。夫是以動而有所入，利有攸往焉，无入而不自得也。利涉大川焉，視險如夷也。初柔上行於外卦之四，攸往也。全卦以三、四爲中。四以柔居柔，正也。震木而動，上乘以巽之風，故曰「木道乃行」也。安溪李氏説「日進无疆」曰：「爲學之道，志氣奮發，而有沉潛之功以濟之，則心與理互相發。」竊按：「日進无疆」，即包有《大象》遷善改過在内。初自四而下，爲天之施。四自下而上，爲地之生。《合訂》曰：「天地之施生有時，而無一定之方。時之所在，即理之所在。與時偕行，益乃无疆矣。」大可毛氏曰：「『損上益下』猶之『損下益上』也，而升損卦兑之二畫於五，以成倒兑，是兑多説亦多也。『自上下下』猶之『其道上行』也，而降否卦乾之四畫，以成大離，是離大光亦大也。」

《象》曰：風雷益，君子以見善則遷，有過則改。

安溪李氏曰：「雷發動其陽氣，故有遷善之義。風消散其陰氣，故有改過之義。」竊按：四之陽下居於初，奮發而有爲；初之陰上居於四，小心以事上：遷善也。陽原在四，避其勢而不敢乘權；陰原在初，振其靡而不甘在下：改過也。

初九，利用爲大作，元吉，无咎。○《象》曰：元吉无咎，下不厚事也。

初變觀。「觀，盥而不薦，有孚顒若。」《傳》曰：王者「中正以觀天下」，「下觀而化」。夫中正以觀天下，則無爲而治矣。非無爲也，因民之所利而利之而已。下觀而化，則順帝之則也。何以順之？出入耕鑿，不識不知而已。所謂利之而不庸，是故元吉，而《傳》曰「下不厚事也」。此爻諸儒之說皆未安，獨仲誠張氏爲得，而大可毛氏尤加暢焉。其說曰：「上之益下，不必真有所予也。夫予下幾何？而使下自益，則無盡。故自益之道，莫如農事。彼自耕植方興，即謂之作，《書》曰『東作』是也。耕植具舉，即謂之『大作』，史曰大興農功是也。蓋初、二皆地道，而初又民位，則正小民力田之事。子不云乎：『神農氏作，斫木爲耜，揉木爲耒。耒耜之利，以教天下，蓋取諸益。』」則在《周易》未演時，亦即於益象見農事焉。況初爲震剛，震於卦爲稼，於方爲春，於時爲三月。而以全象言，則坤土在中，前巽入而後震動，有如耒耜。且以震巽之木、大離之牛而加於三坤之土間，艮手持耒，震足動耜，進退田間，無非耕象。而初以震剛當之，則《象》所謂自上下而利攸往，此其利也。蓋不竭民力而大有功，上之益下者益是而已。

六二，或益之十朋之龜，弗克違，永貞吉，王用亨于帝，吉。○《象》曰：或益之，自外來也。

二變中孚，故與《損》之五爻其詞無異。然損之五君位也，故吉而曰「元」；此臣位也，則吉而曰「貞」。而又曰「永貞」者，震遇兑説，其或動於容説焉，故必能利幽人之貞而後克當帝心之簡，亦必能隆廊廟之薦而後不同山澤之癯，此「永貞」曰「吉」而「王用亨于帝」亦曰「吉」也。夫天位、天職、天禄皆非人主所得而私者，則不必如堯之於舜、舜之於禹始然也。即大賢大用，小賢小用，皆爲薦之於天焉。第用之惟五，則所以益之亦惟五。而何以曰「或」也？蓋五與二，一中相契，通乎至微，質諸鬼神而無疑者。損之五緣二以仁義道德，時爲啓沃，不見其益而日益也。此卦之二，則五以勞來匡直，使其自得，亦不見其益而日益也。且五爲正應，有益人之德，乃居其所而不下，既不言所利。四實自上下，爲成卦之主，乃又下至極下，應初而不應二。是則所以爲益者但知其自外卦來，而不知其爲何爻也，故曰「或」也。

六三，益之用凶事，无咎，有孚，中行告公用圭。○《象》曰：益用凶事，固有之也。

三變家人，震遇離。動而麗乎明，則險阻艱難皆所以動心忍性，曾益其所不能，故曰「益之用凶事」。三多凶，而處互坤之中，《説文》謂穿土交陷而成凶象是也。且益之所損者四，而爲益者初，其二、三則同受益者也。然初擅益之權，故其益也大。二比於初，故其益也微。三則與初遠，而近比於所損之四，則爲損顯而爲益更隱矣。其實非損也，益也。又下震動，而上巽入，始之以發奮，繼之以沉潛，故益用凶事而有「有孚中行」之象。《彖傳》「益動而巽，日進无疆」正指此爻。蓋以内卦論之，三不中，而六不正；以上下兩卦統論之，則三又爲中，合震、巽二德而處其中，以中行也。且又處大離之中，而變氣又爲離，有孚中行也。中互坤、艮二土，故象圭。上巽爲倒兑，而口開於三之上，告而獲命也。「告公用圭」者，益用凶事，其始莫不以爲苦，及有孚中行，而後乃今信之，曰「其苦我者，其成我者也」，則上下之情洽矣。其在《家人》之三曰「家人嗃嗃」，《傳》曰「未失也」，與此爻詞正互相發明。所以謂「固有之」者，三於卦原爲凶位，或又曰「素患難，行乎患難」也。此可以概「有孚中行」之意，故《傳》不復釋云。

六四，中行告公從，利用爲依遷國。○《象》曰：告公從，以益志也。

四變无妄，巽遇乾。乾爲君，有國象。《合訂》曰：「内卦在否爲坤。六往居四，二、三、四又互坤。坤爲邑，内坤變爲互坤，遷國象。」大可毛氏曰：「四以否之坤柔，遷而爲益之巽柔。而此巽柔者仍居於坤土之間，是遷者國，而所遷者亦國也。」兩説俱好。三、四皆在全卦之中。三以不當位，故必有孚而後以中行。四則正當位，故直曰「中行」也。巽爲命，倒兑爲口，變乾爲言，皆有告象。三、四之公皆五也。三與五隔，遠臣也，故通信用圭。四比五，近臣也，則直告之而承其命，故曰「從」。夫遷國何利？其所用以爲利者，依也。《傳》曰：「周之東遷，晉鄭焉依？」今四以柔居上，則必以剛爲依。依之者，初是已。毛氏又曰：「初本四所來，亦四所應。以所來之方而居之所應之地，則向之以四易初者下之所從益，而今之以初應四者又上之所由依也。」説最精妙。又《合訂》曰：「益之四即損之三，『爲依』猶夫『得友』。夫損以上爲友，則益自以初爲依。」矣鮮來氏曰：「九五坐於上，三陰兩列於下，中空如天府，上下二陽爲藩屏，一統之象。」四爲成卦之主，所以爲益者也，故《傳》曰「以益志」焉。

九五，有孚，惠心，勿問，元吉。有孚惠我德。○《象》曰：有孚惠心，勿問之矣。惠我德，大得志也。

五變頤。頤，養也。《彖》曰「聖人養賢以及萬民」，正此爻義。卦體大離，變氣又成大離，故兩言「有孚」。上「有孚惠心」者，四也，聖人之養賢也。下「有孚惠我德」者，初也，聖人之養賢以及萬民也。五以益爲志，而四同焉，此「有孚惠心」也。四與三、二互坤，仰以順承乎五，俯以順及於初，俾陽和之澤下逮焉。《詩》所謂「群黎百姓，遍爲爾德」，爾德即我德，此「有孚惠我德」也。然何以曰「勿問」？「勿問」者，無所爲命令誥誡也。夫益下之權，君操之，非人臣所敢干，故四雖爲益主，而禀命於五。五則以剛中任之，俾得展其宣猷布化之才，所謂得人則逸，故不言而信也。「元吉」者，始而吉也。外卦本乾，乾始能以美利利天下，不言所利，故曰「元吉」也。惠德，則有政可紀矣。「大得志」，大者得志也。蓋損其剛以益柔，而柔果益焉，是則大之志得矣。巽爲命，倒兑爲口，問象。互艮，變氣亦成艮，勿問象。

上九，莫益之，或擊之，立心勿恒，凶。○《象》曰：莫益之，偏辭也。或擊之，自外來也。

上變屯。澤不下逮，中道而屯其膏者也。又巽遇坎，巽爲進退不果，故《恒》之三與此皆曰「勿恒」。坎爲心病，故曰「立心」。此不益之戒也。上以剛乘剛而無以益下，則下誰爲益之者？且悖而入，亦悖而出，或將擊之矣。夫下之惠心，每視乎上之立心。原夫轉易之法，以益與損對者，視卦畫言也。若以卦名，則風雷之益當對夫雷風之恒。夫雷風爲恒，則反之而非不恒乎？蓋風散其下，而雷升其上，恒也。風在於天則陰不散，雷隱於地則陽不伸，不可爲恒也。即以卦名推之，風雷不恒見，是上之與下者無恒產，由於上之自立者無恒心。上之自立者既無恒心，而責下之有惠心也能乎？夫下一無惠心，則不我德而我讎者遍國皆然矣。此合大可毛氏之意爲講。若以夫子《繫詞大傳》釋此爻義，則安其身而後動，易其心而後語，定其交而後求者，恒也。修其三者故全。全者偏之反，則勿恒者必偏矣，是以曰「偏辭」。「或」之云者，《傳》以爲「自外來」，所謂「舟中之人皆敵國」，不必其爲意中之仇讎矣。蓋爲國家計長久者，未有不以益民爲亟者也。苟不求所以益民，則草竊苟偷之流耳。故觀上爻之變爲坎盜，而聖人繫之以「立心勿恒」，旨深哉！

安溪李氏説《損》、《益》二卦曰：「陽實陰虛，實者益物，虛者受益。故以三陰三陽之卦，裒其一陽以相與，謂之損、益。然非損其近上者，則不達於上。不至於上之上，亦未足以見其爲益上也。非損其近下者，則不達於下。不至於下之下，亦未足以見其爲益下也。又澤益深，則山益高，亦損下益上之象。風之宣散，助雷發生之勢也，亦損上益下之象。程子曰：『譬如壘土，損於上以培厚其基本，則上下安固矣，豈非益乎？取於下以增上之高，則危墜至矣，豈非損乎？』」竊按：損下益上，必下之已盈而後損；損上益下，當下之初虧即已益。亦可見上下相交之義。然兑方見其損之形，而艮已止之；震以起其益之勢，而巽隨伏焉。損極必益，益極必損，故《雜卦傳》曰：「損益，盛衰之始也。」

夬

䷪乾下兑上

夬：揚于王庭，孚號有厲，告自邑，不利即戎，利有攸往。○《彖》曰：夬，决也，剛决柔也。健而說，决而和。揚于王庭，柔乘五剛也。孚號有厲，其危乃光也。告自邑，不利即戎，所尚乃窮也。利有攸往，剛長乃終也。

夬爲剛決柔。《彖》既以體釋其名義，又贊之曰「健而説，決而和」，蓋以健説之德，決去陰柔，則事不迫，而從容以就理矣。「揚于王庭」，諸家皆謂聲罪致討。果爾，則《彖》何以曰「柔乘五剛」？或曰：「柔以一陰而乘五剛，此其罪之當決者。」尤曲説也。來《注》曰：「正罪合志，是即戎矣，皆非也。」竊按：一陰加於五陽之上，而五近與之比。五君位，上在卦外，故曰「王庭」。乾君，兑説。上爲兑主，所謂容説之臣也。以所説者在五之上，則君尊顯之矣，故曰「揚于王庭」。《補注》謂「『夬揚于王庭』五字連讀，謂決其揚于王庭者，與『同人于野』、『否之匪人』、『履虎尾』一例」，良是。孚者，積誠以感君也，指二與五。號者，呼朋以合志也，指五陽爻。二、五皆剛中，兑爲主，故曰號。「有厲」者，戒懼以致其謹密也，謂上與五比，又與三應。夫既爲君所暱近，則去之難，而朋儕中又有應之者，去之又難，故曰「有厲」。此如遇大敵者，臨事而懼，好謀而成矣，《傳》所云「其危乃光也」。二在内卦之中，爲邑。《易》凡言内治，皆曰「邑」，《泰》、《謙》、《晉》之上爻等是也。兑言爲告。「告自邑」者，下卦乾健之自强也。「不利即戎」者，上卦兑説之無争也。「利有攸往」者，乾之自强不息，兑之和而不流也。凝庵唐氏曰：「以攸往爲利者，以往則陽必盡長，而後有終也。不得不決，又不敢輕決，必待剛之自長，而爲攸往之利，則知決之之道矣。」舜臣李氏曰：「一陰者，衆陽之所與。上六雖處至窮之勢，然九五與之比，九三與之應，九四與之同體。其與之敵者，惟初九、九二耳，又遠於上，雖欲決之，其勢有所不及。故曰『有厲』、卦詞。『有戎』、九二。『有凶』，上六。夫『有』之爲言，不必然之詞也。五陽相信，而不忘於號。今知其危而戒之，斯有萬全之勢，無一跌之虞矣。」雲峰胡氏曰：「小人有一人之未去，猶足爲君子之憂。人欲有一分之未盡，猶足爲天理之累。夬之陽，必至於純陽爲乾，方爲『剛長乃終』。要味三個『乃』字。」又曰：「五剛共長，一柔自去，所謂君子盛而小人自消，不必聲色也。」《復齋易説》於「剛決柔」，曰「志於乾，健而説，決而和」，曰「顔子幾之，復者其始，夬者其進也」。「柔乘五剛」，曰「心象王庭」。「其危乃光」，曰「克己者如臨深淵，如履薄冰」。「所尚乃窮」，曰「必有事焉而勿正」。「剛長乃終」，曰「至於乾」。此與胡氏皆不專主決去小人説，極有意味。

《象》曰：澤上於天，夬，君子以施禄及下，居德則忌。

《大象》不過取澤水之氣上蒸於天，自沛爲霖，以爲君子施禄及下之象，不必拘拘於潰決爲妥。「居德則忌」，諸家皆謂：居其德而不遍於下，則非潰決之義，故忌。第《象傳》例無反辭，如此説，是反其説以爲戒，非例矣，故《本義》曰「未詳」。安溪李氏則謂爲以敬忌居德，防其潰也。《合訂》同。衷一李氏則云：「澤上於天，萬物被其潤澤。君子待小人之法，上則決之，下則養之。事權雖不使與，而禄有所及。小人所以既畏其威，復懷其惠，惟吾之決，而無不如意。若居其德而不施，則小人絶望恩之想，安知不挺而相鬥乎？故忌。」《加年堂講易》亦如此。此則觀於漢王允之於郭、李，宋元祐之於熙寧，而爲之説也。

初九，壯于前趾，往不勝，爲咎。〇**《象》曰：不勝而往，咎也。**

初變大過。四陽曰大壯。此於大壯之初陽下，又一陽進，故《大壯》之初曰「趾」，此曰「前趾」也。大者過，故有「不勝爲咎」之意。「不勝」者，不勝決之之任者也。《象》故曰：「不勝而往，咎也。」則不待其敗，而已知之矣。

九二，惕號莫夜，有戎勿恤。〇**《象》曰：有戎勿恤，得中道也。**

二變革。本氣則乾戰，故曰「惕」。乾又爲言，故曰「號」。變氣爲離。二，地位。離日在地，「莫夜」象，言其謹密也。戰乎乾，離爲戈兵，「有戎」象。離者，坎之反也。坎爲憂，離則勿恤矣。上曰「惕」，下又曰「勿恤」者，君子小心以成事，然未嘗避禍也。「有戎勿恤」，決矣。「惕號莫夜」，決而和矣。《説統》曰：「『和』乃事合機宜、動中肯綮之謂，非『柔和』之『和』也。」

九三，壯于頄，有凶。君子夬夬，獨行，遇雨若濡，有愠，无咎。〇《象》曰：君子夬夬，終无咎也。

三變兑。本氣之乾爲首，而三又下卦之上，有壯頄之象。變氣之兑爲附決，上下兩兑，故曰「夬夬」。諸爻皆以健致決，三則説而與應，與衆異，故曰「獨行」。上兑之澤，爲雨。應上，曰遇。亦變澤，爲濡。本氣實乾，故曰「若濡」，而非真濡者也。連四、五互巽，多白眼而上視，故曰「有愠」。九三過剛不中，而與上六應，健而變説，有色厲内荏之象，故曰「壯于頄」。二、五君臣皆剛健得位，初與四又以剛德助之。三處於四陽之中，雖欲貌從心違，獨與上六爲應，不可得矣，且恐以其黨而并及之也，故「有凶」。若以本氣之乾健，從乎變氣之兑説，附於其内而決之，必此志堅而又堅，則外雖若與諸正人違異而染其污，實則委婉以濟事也，何咎之有？蓋始而遇雨，則咎其失身；有愠，則咎其敗群，然而其迹也。及至一陰退聽，心事大白，亦可即終而諒其始矣，《傳》故曰「終无咎也」。然則深避形迹而不顧國事者，當非忠智之士所出也已。三爻原有凶吉二義，聖人兩舉之，以示懲勸焉。大可毛氏曰：「形於面則有凶，拂於心則无咎。」此説「有」、「无」二字甚有着落。夬夬者，兩兑也。余爲此説。後見《漢上朱氏易》已言之，可謂先得我心矣。

九四，臀无膚，其行次且。牽羊悔亡，聞言不信。〇《象》曰：其行次且，位不當也。聞言不信，聰不明也。

四變需，兑遇坎。坎二陰同體而相背，又居上卦之下，故曰「臀」。需，有待也。爲臀，則可坐以待矣。然以本氣之剛不中不正，而又變而好險，則不能坐待，有「无膚」象。需不進也，故曰「其行次且」。《傳》曰「位不當」，若剛而當位，則進而決之矣。「牽羊」者，兑爲羊。牽者，牽連也。羊以群行，不必拘作以繩牽羊。諸儒解此爻，多鑿而無當。竊以四大臣之近君者，而不中不正，則有權位而無其才。目擊君側之惡，坐視既不安，「臀无膚」也；獨行又不能，「其行次且」也。然群陽在下，進之即皆可以有功。爲四計者，惟有汲引正類，以人事君，庶可藉以補過耳。蓋變氣爲需，待之，「有不速之客三人來，敬之，終吉」，故曰「牽羊悔亡」也。然既不中不正，則心無權衡，而又險以傲物，則其聞牽羊之言，必不能信，其能免於悔也哉？乾爲言，兑爲口，坎爲耳痛，有「聞言不信」象。又離爲目，明也。坎反離，故曰「不明」。第「聞言不信」，當曰「不聰」，而何以曰「聰不明」？蓋耳聞其言，可謂聰矣。而不之信，是雖聰於耳而實盲於心也，故云然。安溪李氏曰：「當夬之時，名義正，事勢順，鮮能審己從容以合於所處之道者，故『聞言不信』，莫此爲甚也。」

九五，莧陸夬夬，中行无咎。○《象》曰：中行无咎，中未光也。

五變大壯，兑遇震。五位高，震爲大塗，故曰「陸」。莧性陰，種於三月，夬三月卦也，故曰「莧」。兑爲附決，震爲決躁，本氣、變氣皆決也，故曰「夬夬」。莧生於陸。夬夬者既決莧，并決陸，所謂除之使盡，無使滋蔓也。大者既壯，故擅其決之之能有如此。以五之剛健中正，而《傳》猶曰「未光」者，非以中行而猶未光，以其中未光，故必中行而後无咎耳。蓋五切近上六，比而説之。六得以肆寵而揚庭者，五實爲之，猶陸之生莧也。今乃迫於衆論，不得已而去之，得勿有所係累而不能自割耶？故必痛自克己，而滌除其所以暱近小人之私，則小人不待逐而自遠矣，所謂「中行无咎」也。不然，去一小人，又一小人進，陸實在焉，莧可得而盡哉？卦詞所云「告自邑，不利即戎」者，此也。

上六，无號，終有凶。○《象》曰：无號之凶，終不可長也。

上變乾，則陰邪已決去，而无所用其號矣。然生於憂患，死於安樂，无所號者終必有凶也。君子所以終日乾乾，務使剛德日長，以終其身。若以爲既安且寧，而無所戒嚴焉，則剛不可長，而何以有終耶？此用安溪説。「長」字讀上聲，即卦詞所謂「剛長乃終」之旨。《合訂》引胡仲虎説，亦如此。諸家皆謂：上六受決，而无所號於五於三，則是陰不可長。夫《易》豈爲小人占哉？且其説亦甚無謂也。

姤

䷫巽下乾上

姤：女壯，勿用取女。○《彖》曰：姤，遇也，柔遇剛也。勿用取女，不可與長也。天地相遇，品物咸章也。剛遇中正，天下大行也。姤之時義大矣哉！

諸家皆以無心而遇説「姤」字，與卦及《彖傳》不合。又以一陰始生爲「女壯」，亦非。夫一陰始生甚微，何以曰「壯」？安溪李氏以爲卦以一陰爲主，而遇五陽，則非剛之遇柔，而柔之遇剛也。謂以陰先倡而與陽遇，故爲女壯。此義頗是。但謂一陰遇五陽，亦未免沿襲前儒之説。觀上卦之《彖傳》曰「柔乘五剛」，此但曰「柔遇剛」，則知非以一柔而遇五剛，乃以内卦之柔而遇外卦之剛也。此「遇」字當作款接之義。蓋内爲主而外爲賓，二爻曰「不利賓」，《傳》曰「義不及賓」，分明以四爻爲賓。《觀》之四亦曰「利用賓于王」，可見。且律以五月一陰生之卦爲蕤賓，姤五月卦也，義正謂此。先儒皆泥爲不期而會爲「遇」字正解，大非孔子《彖》、《象傳》之旨。嘗取復、姤二卦而推言之：復以坤順而當震之動，陽倡陰和，陽將日生而不可已，故曰「朋來」，非以一陽初生即爲朋之來也；姤以乾健而值巽之入，陰内陽外，陽則伏入而制其權，《繫詞傳》曰：「巽，德之制也。」《雜卦傳》曰：「巽，伏也。」又曰：「巽以行權。」故曰「女壯」，非以一陰初生即爲女之壯也。以柔而遇剛，即是「女壯」。且巽長女也，故《彖傳》不復釋焉。「勿用取女，不可與長」，夫婦之道不可以不久也。女壯，則非能宜家者矣，豈可取乎？又敬承程氏曰：「大凡小人之漸長，必有君子以引之。如馴致堅冰之類，與之長則長矣。故曰「不可與長」，戒君子也。此以「消長」之「長」言之，亦好。「天地相遇」，即「反復其道，七日來復」之義。第於復言之者，喜陽之復來也；於此卦止曰「女壯勿用」者，懼陰之爲主也。夫子又恐人泥於「勿用」之詞而致有亢龍之悔也，故特補出此義。蓋天下無孤陰獨陽之理，此固合復、姤二卦而概論之也。若以爲天地之氣相接，則是泰與既濟矣。大可毛氏曰：「坤之所始，即乾之所終。天地相遇，時至則然。况姤辰在午，五陽丁夏，以仲夏恢台之候加之南離長養之時，品物咸章，天下於是觀姤遇焉。」説甚佳。「剛遇中正，天下大行」，夫子又從二、五爻詞看出來。毛氏又曰：「姤而未遯，則二尚爲陽；姤而未剥，則五尚爲陽。從來陰長陽消，迭爲盛衰。二、五雖中正，亦何易得此並據陽剛之世！自遯至復，爲六二者六。自剥至大壯，爲六五者六。若二、五皆九，惟乾與夬、姤而已。以陰而遇陽，則爲詭遇。以二、五并據陽位，則又爲殊遇。」此説亦佳。蓋專其遇，女壯之不善者也。相爲遇，物亨道行之善者也。凡此皆時而已，故合善與不善數義，而贊其時義之大也。

《象》曰：天下有風，姤，后以施命誥四方。

上乾爲君，后象。爲言，誥象。下巽爲命。「四方」者，巽爲風也。安溪李氏曰：「風非陰氣而散陰，因風可以驗陰氣之至。」此語説姤之象甚確。夫陰静而陽動者也。静易凝滯，動易發泄。復一陽生，而《象》曰「至日閉關」，所以蓄其初發之氣而不令其泄。姤一陰伏，而《象》曰「命誥四方」，所以散其易凝之勢而不使之滯。正先王調燮陰陽處。

初六，繫于金柅，貞吉。有攸往，見凶，羸豕孚蹢躅。○《象》曰：繫于金柅，柔道牽也。

初變乾。巽爲木，柅象。乾爲金，故曰「金柅」。巽爲繩，繫象。乾在巽，口在下，豕象。初生微陰，羸豕象。初，蹢躅象。孚者，信足而行，不可得而閑也。豕性污濁，信足而行，則污濁將無所不至矣。《詩》所云「不可道也」，「言之醜也」。巽伏而依於乾之特立，比於二，貞以自守也，則爲「繫于金柅」。巽入而輔以乾之妄行，應乎四而有所往也，則爲「豕孚蹢躅」。吉凶二義，聖人備舉之以示懲勸焉。《傳》曰「柔道牽」，「牽」者合也，非牽引、牽絆之義。

九二，包有魚，无咎，不利賓。○《象》曰：包有魚，義不及賓也。

二變遯，巽遇艮。巽艮爲禮讓容止，故有賓象。魚謂初六也。安溪李氏曰：「包，容也，制也。容之，故能制之。二以剛中而遇初陰，能制而伏之，故曰『包有魚』。」仲誠張氏曰：「九二既包初六，則其餘之剛皆不得與柔遇矣，故『不利賓』。」利者，義之和，非利害之謂。夫子釋之曰：不利賓者，義不及賓也。蓋婦人以從一爲義。初既比二，則不宜更應乎四。二既有魚，則四自无魚矣。大可毛氏曰：「初、二爲半坎，坎爲豕，而半則羸之。」又曰：「二在倒兑之中，爲澤，故有魚。《易》曰：九二剛中，身任制陰之責，不委其事於四，故曰不利賓。蓋戢惡防奸，義當爲則爲之。若自己不做，靠他人做，則非義矣，故賓在上而不相及也。」此説亦有味。

九三，臀无膚，其行次且，厲，无大咎。○《象》曰：其行次且，行未牽也。

三變訟，巽遇坎。本氣之巽伏，將坐而待初之來遇矣。而變氣則險而難安，故有「臀无膚」之象。將巽入而就之，而阻於險也，故有「其行次且」之象。易氏曰：「夬以上爲決，而四阻於五；姤以初爲遇，而三阻於二。故臀无膚，行次且。」吕氏曰：「後不如二之能比，故『臀无膚』。前不如四之能應，故『行次且』。」二説可參看也。巽爲股，三居巽上，則爲臀。以其股也，有行象。又爲進退不果，有次且象。巽其究爲躁卦，究則窮也。三爲巽之窮，故其象如此。三以陽居陽，正也。守正而不中，是執節過甚者也。不苟合，則孤立而危，是以厲。然不過不得所偶而已，无私遇，亦何至於比匪受傷而大有咎乎？《傳》曰「行未牽」，以初與三行列，不相牽連也。

九四，包无魚，起凶。○《象》曰：无魚之凶，遠民也。

四變巽。四與初應，卦之所謂「取女」者也，宜爲柔之所遇矣。然初爲卦主，而二已比之得所遇矣，四又以乾健變爲巽懦，又烏得而蓄之乎？故曰「包无魚」。夫子釋之曰「遠民」，蓋四以不中正而失其民，非民之遠，實自遠其民也。《童溪易傳》曰：「有夏之民，癸之民也。民不癸之應而湯之遇，癸實遠之而湯實近之故也。有商之民，辛之民也。民不辛之應而文、武之遇，辛實遠之而文與武實近之故也。」所謂「民無常懷，懷於有仁」。《易傳》曰：「遇之道，君臣、民主、夫婦、朋友皆在焉。」然則《象》雖言「民」，凡爲君臣、夫婦、朋友者皆不可不知此義。「起凶」與「見凶」同，言非顯然之凶也，凶由此見，由此起耳。

九五，以杞包瓜，含章，有隕自天。○《象》曰：九五含章，中正也。有隕自天，志不舍命也。

五變鼎，乾遇離。乾爲木果，杞與瓜象。離中虛，含章象。乾爲天，巽爲命，故曰「有隕自天」，隕者命也。「以杞包瓜」，自《傳》、《義》以來，諸家之説皆多未安。竊由四之《象傳》「遠民」二字看來，似以二爲杞，以初爲瓜。《紫巖易傳》曰「二居巽中，有剛德，爲杞；初以柔居巽先，爲瓜」，是也。蓋杞生於地，而高參天；二以賢士升田間，而德合於君，似之。瓜蔓於地，而子離離，其中又善潰；初以小民處卑下，而衆姓繁庶，德我則后，虐我則讎也，似之。夫鼎以大烹養聖賢者也。五用二以治初，「以杞包瓜」也。既有二以代天子民，則五可無爲而治矣，是以「含章」。余作是解，而未敢自信。既而讀《易小傳》、《紫巖易傳》、《漢上朱氏易》、《童溪易傳》，皆如此，可謂先得我心者矣。然其解「志不舍命」，則《童溪易傳》爲尤詳。其説略曰：「一陰浸長，陽道消剥者，天也。厚下以防中潰者，人也。在我者未中未正，是吾憂也。既中矣正矣，或不遇而至於隕越者，亦天之命也。故含章以俟命者，九五之志也。雖然，命，天理也。在天謂之命，在人則中正之德。德藴於内，則我外無别有天矣。天人之理相合而不相舍，則天命之修短又在我而不在天矣，夫何隕越之有哉？《召誥》一書之旨，『祈天永命』一語而已。夏、殷天命不敢知，惟不敬厥德，乃早墜厥命。王其疾敬德，用祈天永命。吾以是知九五有中正之德，『志不舍命』，其能祈天永命矣。『有隕自天』，非所患也。」

上九，姤其角，吝，无咎。○《象》曰：姤其角，上窮吝也。

上變之大過，乾遇兑。乾爲龍，兑爲羊，故有角象。與九三義同，而詞殺於三者。安溪李氏曰：「上在事外，三則與初同體相近，故尤危其詞也。」

萃

䷬ 坤下兑上

萃：亨，王假有廟。利見大人，亨，利貞。用大牲吉，利有攸往。○《彖》曰：萃，聚也。順以説，剛中而應，故聚也。王假有廟，致孝享也。利見大人，亨聚以正也。用大牲吉，利有攸往，順天命也。觀其所聚，而天地萬物之情可見矣。

萃有大坎象，坎爲宫。中爻互巽、艮，巽木在艮闕之上，廟象。坎爲隱伏，鬼神象。九五中正，大人象。坎爲豕，兑爲羊，坤爲牛、爲馬，大牲象。「王假有廟」，莫敢不來享也。「利見大人」，莫敢不來王也。「用大牲」，如堯、舜、禹薦舜、禹、益於天也。「利有攸往」，順乎天而應乎人也。仲誠張氏曰：「九五爲大人，聚以正，其聚乃亨。非大人不能聚以正，故萃之時利見也。」「用大牲」二句，諸家皆謂豐所當豐、行所當行，以爲順天時，説皆粗淺。張氏則云：「萃之時，衆聚矣。天視自民，天聽自民。大人舉大事，聚大衆，則用大牲告廟而往，非一人之私謀，合衆心即合天心，故云吉也。」竊按：「利見大人，亨，利貞」者，四以衆陰萃五也。「用大牲吉」者，五之用四以萃群陰也。安溪李氏曰：「苟與其情相違，則必離而去之。故觀其所聚，則情可見。」此着眼「情」字，甚有味。元成朱氏曰：「屯者塞而不通者也，而利建侯。豫則既通矣，亦利建侯。涣者散而不聚者也，而假有廟。萃則既聚矣，亦假有廟。蓋方塞而求通，與既通而防塞者無異視也；方散而求聚，與既聚而防散者無異視也。此聖王慎終如始之道也。以一人通之，何如以衆人通之？則建侯之説乎？以人道聚之，何如以天道聚之？則立廟之説乎？」

《象》曰：澤上於地，萃，君子以除戎器，戒不虞。

孩如鄭氏曰：「水澤之氣上於地，則萬物無不發生滋長。」《蒙引》亦云：「凡有生氣流行而在地上者，皆澤也，即庶物也。」凝庵唐氏曰：「取澤之畜以畜戎器，謂之除；防澤之潰以防不虞，謂之戒。」

初六，有孚不終，乃亂乃萃，若號，一握爲笑，勿恤，往无咎。○《象》曰：乃亂乃萃，其志亂也。

初變隨，故爻詞亦與《隨》之初九相似。蓋坤遇震，坤順，故「有孚」。變爲震之决躁，故「不終」。是其萃也，乃亂而萃耳，所謂烏合之衆是也。夫民非喜亂，乃迫於時勢之激，遂至於掉臂不顧，揭竿而起。一時之心力亦未嘗不齊也，然非素定，久則必變，故「有孚不終」。若輸誠而得所歸，則衆可不散。蓋初民位，上連二、三，群陰無統，有「乃亂乃萃」之象。與四正應，四以剛萃之，有「若號，一握爲笑，勿恤」之象。變氣震，往象。此仲誠張氏之説也。「勿恤」與「笑」連，言樂而无憂也。《傳》曰「其志亂」，言其心志之不齊，則并「有孚不終」亦釋之矣。觀此爻，想見秦項亂時，彭、布等烏合其衆，而王陵獨以軍歸劉，其景象可見。

六二，引吉，无咎，孚乃利用禴。○《象》曰：引吉无咎，中未變也。

二變困，遇坎。坎爲隱伏，鬼神象，故言「用禴」。《困》二爻亦言「亨祀」。「引吉」，《合訂》謂引初與三而萃于五，竊以引兑例之，當作五引之，《困》二爻所言「朱紱方來」也。坎險，又爲心病，《易》故于坎多言「孚」。「孚乃利用禴」，則左之明信，澗溪之毛、蘋蘩之菜可薦于鬼神者也。安溪李氏曰：「用大牲，敬之盛也。用禴，誠之專也。二居下位，貴以素誠獲上，《萃》、《升》之義同也。」《合訂》發揮此義甚精詳。夫士君子爲君所引用，至于諫行言聽，可謂孚矣；而或不免恃寵而驕，沾沾自喜，如王景略、姚元之輩，蓋雖賢者不免也。故惟以約，則履尊處優而不改其幽人之貞，道始善焉。《傳》曰「中未變」，是并「用禴」句而亦釋之矣。

六三，萃如嗟如，无攸利，往无咎，小吝。○《象》曰：往无咎，上巽也。

三變咸，遇艮。三與上无應，而變氣又艮止，故有「萃如嗟如，无攸利」之象。若舍其應，而于所承比之四異體以相從，如隨之三、四，則往而无咎矣，《咸》之三爻亦曰「執其隨」是也。所以然者，《傳》曰「上巽也」。蓋三、四雖異體，而與五互巽，順而入，其情近耳。第牽于優柔者，則有所不及而吝矣。

九四，大吉，无咎。○《象》曰：大吉无咎，位不當也。

四變比，兑遇坎。四以剛臨于衆陰之上，此以大臣而當天下之萃者。地近而逼，權重而尊，危疑甚矣。變而爲比，則合群陰而萃于五，非心地光明、無一毫之私者不能也。此伊、周、孔明之象，故曰「大吉，无咎」。《易》以陽爲大，陰爲小。必正大盡善，然後无咎者，《傳》所云「位不當也」。使當其位，則如比之吉，而不言「无咎」矣。

九五，萃有位，无咎。匪孚，元永貞，悔亡。○《象》曰：萃有位，志未光也。

五變豫。王者逸于得人，故「萃有位」。以九四比暱在下之群陰，而五爲所隔，則五所能萃，但萃其有位者而已。然能任賢以萃天下，則臣之功即君之功也，故「无咎」。第以兑説而變震動，惟豫樂之是耽，則未免以上六之近比而暱之，故有「匪孚」象，《傳》所云「未光也」。上无位而與五陰陽相比，爻詞故但曰「萃有位」，則不欲其比匪可知。蓋一比匪，則喜佞必且惡直，而四又以剛正萃衆，權勢相逼，猜忌起而禍亂生，其爲悔也大矣。然本氣剛中，變氣震動，非無爲之主也。夫乾德首元，坤德終貞。剛中則有乾元之才，而帝出乎震，動則必變，是以全乾之元變坤之永貞者也。五有如是之德，豈有孚于匪，而不萃有位，以萃天下者乎？是以其悔可亡也。漢文寵閎孺、籍孺、鄧通輩，而不以之間大臣，似此爻之象矣。《豫》之四爻曰：「由豫，大有得，勿疑，朋盍簪。」然則此卦以四爲萃主，又何疑焉？又按萃與比，義頗相似。但比止五一陽而爲群陰所比，義專主君；萃以四、五兩陽而萃上下四陰，義則兼君臣。蓋比以心言，若兼比于臣，則人有二心矣；萃以事言，夫勢來安集，萃天下之衆而使之聚，非一人之力所能爲也，故必得大臣如蕭何、寇恂、李泌、陸贄之人而用之，故卦詞曰「用大牲吉」也。乃比之卦詞與此爻詞皆曰「元永貞」者，以比之一陽不得以二之應而私比之，不得以四與上之近而私比之，故九五曰「顯比」也。此九五則不得説上六以間四而不萃之，不得憚九四之剛逼而不聽其萃之，故曰「萃有位」也。

上六，賫咨涕洟，无咎。○《象》曰：**賫咨涕洟，未安上也。**

上變否。《否》之上爻曰「先否後喜」，意亦與此相似。《傳》曰不安上，上在卦外，不安置身于局外，而求所以萃之者也。安溪李氏曰：「萃有利見大人之義，而上近九五，與蹇之上六同，不如蹇上之吉，亦不如比上之凶者，無蹇往來之義，亦無比後夫之象也。」竊按：初與二皆有正應，故皆曰「孚」。其曰「號」，曰「嗟如」，曰「咨涕洟」者，李氏又曰：「凡上下親疏，至于離異，不能相同相萃者，惟哀誠懇切，庶幾有以感動。」説甚精。此陸贄所以以罪己説德宗下哀痛之詔也歟？

升

䷭巽下坤上

升：元亨，用見大人，勿恤，南征吉。○《象》曰：**柔以時升。巽而順，剛中而應，是以大亨，用見大人，勿恤，有慶也。南征吉，志行也。**

至柔莫若坤。柔升，坤升也。明夷、師、復、泰、謙之上皆坤也，何以不爲升，以巽入於坤之下爲升也？蓋巽遜也，巽既遜而入於下，則坤升矣。然則非坤之能升，而巽之升也。以巽之時義在焉，故《傳》曰「柔以時升」。至臨以四陰駕二陽而上之，何以亦無升義也？蓋臨則主乎二陽之生而寖盛，升則主乎一陰之透而上騰。陰之性，伏而善藏者也。巽之陰方潛，而坤冒之，其氣升矣。《補注》曰：「坤之成，始於巽之一陰，漸升而至坤，故曰升。」《玩詞》曰：「凡升者，皆自初始。初六爲成卦之爻。」馮氏亦曰：「諦觀卦義，皆主巽。」是也。安溪李氏曰：「按卦下直言『元亨』而無『利貞』之詞者三，《大有》、《升》、《鼎》也，皆自賢人取義。然《大有》、《鼎》皆無他詞，《升》則申以吉利之占。蓋《大有》能有賢也，《鼎》者能養賢也，皆主於在上者而言，故曰『元亨』其詞已足。《升》之義兼乎在下者，故言『元亨』又言其見大人之喜、南征之吉也。」又曰：「《訟》、《蹇》、《萃》、《巽》之象皆曰『利見大人』，此曰『用見大人』者，曰：卦之大人皆以九五當之，故曰『利』者，有大人於此而利見之也。《升》則卦無九五，其六五之『升階』與《晉》之六五同，皆謂升進之人耳，故不曰『利』而曰『用』，言用此人以見大人也。《隨》之上、《益》之二、卦之四爻所謂『王用』者，皆此意。」仲誠張氏亦曰：「九二剛中，本爲在上大德之人，乃主巽而居下，終欲遜位於賢。此堯、舜禪位之事。然則『用見大人』亦如堯薦舜於天、舜薦禹於天矣。『勿恤』者，以貴下賢，當獨斷於中，無得憂疑自阻，所謂任賢勿貳也。如此，則明良會合，相得益彰，《傳》所云『有慶』者此已。」孩如鄭氏曰：「以順而升，不躁不競之謂。『時』即《漸》卦『漸』字之意。」安溪李氏亦曰：「《升》、《晉》之道皆以柔靜順正爲善，而柔爻皆吉。《漸》之義亦然。」

《象》曰：地中生木，升，君子以順德積小以高大。

《蒙引》：「『地中生木』不可説成地上生木，蓋取巽居坤下而言。木伏生意於地之中，而後發達於地之上，所謂其根深者其末茂。」朱子云：「因其固然之理而無容私焉者，順之謂也。」竊按：即《中庸》率性謂道之意。「順德」，坤象也。

初六，允升，大吉。○《象》曰：允升大吉，上合志也。

初變泰，巽遇乾。乾健行，而初以一陰與坤柔合，故曰「允升」。泰，天地之氣通也，故《傳》曰「上合志」。

子瞻蘇氏曰：「所以爲升者巽也，所以爲巽者初也，故曰『允升』。」雙峰饒氏曰：「初六一爻爲成卦之主，升之所以得名者繫焉。以兩體觀之，巽在坤下，如未出地之木。初，其根也。方其勾未萌，甲未拆，而根株已備，其勢必破地而出。上升而莫禦者，皆由於此，故有『允升，大吉』之象。」又白雲許氏曰：「初六居衆爻之下，沉滯而難升者。能自信之篤，確然不疑，終自拔於沉滯之中，故言允升而致大吉也。」安溪李氏曰：「《晉》至三而後衆允，且僅曰『悔亡』。此則方初而曰『允升大吉』者，《晉》三之允在下三陰，《升》初之允在上三陰也。故《晉》三之《傳》曰『志上行』，而此爻之《傳》曰『上合志』。」《玩詞》亦曰：「不獨四爻爲應，凡上三陰皆與之合，故其升也上皆允之，所以在六爻之中獨爲大吉。」又曰：「《升》坤在上，下升而上允之，則其升也可以大吉而無疑。《晉》坤在下，爲衆已進而衆允之，則其進也免于娼嫉之悔而已。」

九二，孚乃利用禴，无咎。○《象》曰：九二之孚，有喜也。

二變謙，巽遇艮。艮止，故不言「升」。《復齋易説》謂爲謙五，信然。巽爲德之制，又曰行權，是有感意。艮爲篤實，故言孚而用禴。《易小傳》曰：「禴，薄祭也，謙不足也。謙者，天道所益，鬼神所福，有喜之象也。」《童溪易傳》曰：「當柔升之時，卦惟二剛，而九二剛中，又巽體也，故无過剛之失，而足以上應。」安溪李氏曰：「升之陽爻，非時物也。以其剛中而應，故无咎。」仲木吕氏曰：「主升之君而才弱，當升之臣而質剛，天下所疑也。孚而用禴，質諸鬼神且不疑，而况于一體者乎？」雲峰胡氏曰：「萃與升相反。萃之二宜如損六二，言之于反卦六五可也。今皆在下卦中爻言之，何哉？萃六二求萃于上，升九二求升于上，故其義同。」元量李氏曰：「萃之二柔也，則易于進之，《易》故『引吉无咎』而後『孚乃利用禴』。升之二剛也，剛則能審義以進，故即其才『孚乃利用禴』而『无咎』也。」項氏《玩詞》亦云：「萃之六二自下萃上，上喜而引之，固已吉而无咎矣，而又於其時義當用大牲，惟二之事五可以不用，故于『无咎』之下别明此義。升之九二自下升上，非上所樂，必如二、五之孚，有喜而無忌，乃可用情于五而无咎也。苟上下之間未能以情相與，而强干之，豈所謂『巽而順』乎？故此句在『无咎』之上，爲本爻之主義。孚者，五用情于二；禴者，二用情于五也。」安溪李氏又曰：「此不言『引』者，剛柔之義。」合觀諸説，而《萃》、《升》兩卦爻義盡矣。而楊誠齋謂：「臣有所當然，則遂事而不爲專；上有所重發，則衡命而不爲悖。」此又廣「用禴」之義也。

九三，升虚邑。○《象》曰：升虚邑，无所疑也。

三變師，巽遇坎。三過剛不中，當升之時，居巽之極，遇坎，則冒險輕進，升而爲師，衆順而從，上坤爲國邑而陰虚也，故有「升虚邑」之象。巽爲不果，三升上，巽毁，則進而无所疑矣。師之三爻亦有輕進義。安溪李氏曰：「『或躍在淵，進无咎也。』進而无所疑，其可乎？比之升山升階之漸而順，其義不同明矣。故諸爻皆有吉利之詞，而此獨否。以當升之時也，故亦不言凶咎。」先儒皆以此爲湯、武之升，二、五爲舜、禹之升，蓋自四爻詞而例之耳。晁氏案古篆文無「墟」字，以四邑爲邱，邱爲墟。據《詩》「升彼虚矣」，則以爲邱墟亦通。

六四，王用亨于岐山，吉，无咎。○《象》曰：王用亨于岐山，順事也。

四變恒，坤遇震，動則順而有所事矣。安溪李氏曰：「以柔正居上體之初，升之最順而善者。人有此德，乃神明所登進，所謂『雖欲勿用，山川其舍諸』。故王者當用之以亨于岐山，乃爲順事鬼神之道也。不言『西山』者，卦有南征之義，不欲錯其文也。不曰『享于帝』者，言『亨于岐山』，則其爲神明之亨可知矣。」據此，可見爻義不過偶舉一事一物爲象，甚活潑潑地；乃「指太王」、「指文王」紛紛諸説，亦太泥耳。然順事鬼神，不如直指此爲順事。夫孝爲順德，此爲順事，所謂「郊焉而天神格，廟焉而人鬼享者」也。《合訂》亦謂爲使之主祭而百神享之，是已。二嫌五，不言「升」。四亦不言「升」者，進齋徐氏曰：「承五近尊，其位不可升也。故在二言『孚』，在四止言『順』，其義可概見矣。」

六五，貞吉，升階。○《象》曰：貞吉升階，大得志也。

五變井，遇坎。《井》之五爻曰：「井洌，寒泉食。」蓋功及萬物也，故《傳》言「大得志」。所謂大，二之陽爻也。所謂得志，澤加于民也。先「貞吉」，後「升階」者，五以其貞而吉，故二得歷階以升也。貞者固守其正，致一而勿貳也。吉者吉祥善事，爲天下而得人也。二已爲五所升矣，乃止言「升階」者，巽之德然也。若以「升階」屬五，則不應先言「貞吉」矣。凡坤在上卦，下應九二者，無不以克己虛中之意爲言。如《泰》之「歸妹」、《師》之「帥師」、《明夷》之「利貞」、《謙》之以鄰征邑國，皆是。此爻先儒謂「升階」屬五與屬二者各半。觀于諸卦象，則知屬五者未確矣。「升階」，《小傳》、《輯説》皆謂升之有序，良然。紫溪蘇氏曰：「階即階級，有次第而升者，所謂積小而高大也。有循序漸進之天德，便可以語必世後仁之王道。」此又一意。

上六，冥升，利于不息之貞。○《象》曰：冥升在上，消不富也。

上變蠱，坤遇艮。地而爲山，陰長上極也，故曰「冥升」。順而止之，升者不升也，故曰「不息」。風落于山，其實必隕也，故《傳》曰「消不富」。蓋蠱則飭也，有整頓意，是以曰利不息之貞。《傳》所謂：「以小人貪求無已之心移于進德，則何善如之？」《參義》引《中庸》弗得弗措而愚必明、柔必强爲言。《紫巖易傳》曰：「向晦曰冥。其貞不息，則有出晦之道，猶日月之行地中也。」《復齋易説》曰：「終而復始，無止也。」《玩辭》曰：「既已至五，無所復升，惟有默升此道而已，故曰『冥升』。九三自巳而申，盈變爲虛。上六從申入亥，虛變爲冥。此乾居西北之時也，故曰『貞』。自物言之，消而不息，謂之『不富』。自道言之，貞復爲元，坤之上六，乾實居之，何不利之有？故曰利不息之貞。」合觀諸説，則謂升無可升爲消而不富者，淺矣。且夫子《象傳》亦不應止贊「冥升」而於「不息之貞」精義反遺之也。安溪李氏曰：「言上六以柔居柔，故雖冥升在上，而能自消損，不至盈滿。《晉》上之『伐邑』，亦以其有剛德故也。」蓋「消」對「息」言，「不富」即「不息」也，則「不息之貞」即是冥升在上。君子爲善，惟日不足；小人爲不善，亦惟日不足。孳孳爲利，孳孳爲善，其欲然不足之懷一也。若謂爲貪求利欲者戒，《易》豈爲小人占哉？如此，則《程傳》「移于進德」之論猶似未合《象傳》之意。竊按：《乾》之用九「見群龍无首」，乾之始于坤也。《坤》之用六「利永貞」，坤之終爲乾也。「不息之貞」，不息即是貞，非貞于不息也。君子能自强不息，此其所以積小以高大者歟！然則此不息與乾之不息異乎？曰：無異也。蓋不自以爲息，則日見其損者，其進自不能已矣。

卷八

困

䷮坎下兌上

困：亨，貞大人吉，无咎，有言不信。○《彖》曰：困，剛揜也。險以説，困而不失其所亨，其唯君子乎？貞大人吉，以剛中也。有言不信，尚口乃窮也。

仲誠張氏曰：「君位、臣位、賢位皆剛，皆困厄而不能伸，所以爲困。」子瞻蘇氏曰：「『困』者，坐而見制，無能爲之詞也。陰之害陽者多矣，然皆有以侵之。困不見其侵而見揜，陰有以消陽而陽無所致其怒，其爲害也深矣。」按：此與《坎》同言「亨」，然《坎》言「心亨」，此直曰「亨」者，蓋坎之剛未出乎險，故其亨維心亨而已，其行則有尚也，此則下險而上説，將無入而不自得，心亨道亦亨也。梁氏《參義》曰：「困而能亨，則得其正矣，有大人之德矣，吉而无咎矣。」將「貞」字連下一串，與《彖傳》合。既曰「吉」而又言「无咎」者，二以剛中之德而不當位，乃上以兌説處之，則有亨通之吉，而无不正之咎矣，故《彖傳》但言「吉」以概无咎，非有所遺也。余氏《集説》謂：「曰『貞』，曰『大人吉，无咎』，皆指九二。『有言不信』，則指上六。困之成卦蓋在此兩爻也。」項氏《玩詞》與《緝説》皆同。如胡氏謂歸重在九五一爻，則宜曰「剛中正」，不第曰「剛中」已矣。觀於九五之《象傳》亦止曰剛直可見。項氏又曰：「特寘『貞』字於『大人』之上，明能堅固元剛以勝天下之變，如師之御衆克敵，是以謂之貞，非以居位得正爲貞也。此即《大傳》所謂『貞夫一者也』。《師》貞於法律，故稱『丈人』。《困》則貞於道，故稱『大人』。」洗發更透。《彖傳》有於「困而不失其所亨」斷句者，然朱子曰「『困而不失其所亨』，這句自說得好。」蓋所亨即顏子不改之其樂，原有義在。安溪李氏謂：「『險以説』非險而説，因習險而有得於心。」然惟習險有得，乃不失其所亨，此朱子所謂説得好也。「尚口乃窮」，蓋不可以口舌争者。《童溪易傳》曰：「當此之時，自説可也，説人不可也。聖人重復發明兑説之旨，恐萬世以下處困之君子誤用其心也。」德培沈氏曰：「不忘於心，故不忘於言耳。『乃』字要看，如云：困何足窮我，惟心失所亨而急於自明，乃至於窮。『窮』字正與『亨』字相對。」敬承程氏曰：「信者安義命之實心。」

《象》曰：澤无水，困，君子以致命遂志。

「致命遂志」，困之亨也。安溪李氏曰：「『致命』者，委之於命，不以夷險貳其心，體習坎之象也。『遂志』者，必心安而理得，體兑説之象也。」

初六，臀困于株木，入于幽谷，三歲不覿。○《象》曰：入于幽谷，幽不明也。

初變麗澤兑。坎爲通，而遇兑塞之，故有困木入谷之象。凡兑之初爻多稱「臀」者，如夬之九四正兑也，姤之九三反兑也。然以此爲變氣之義，而又不然。以咸、艮二卦爻象例之，則知此指四爻也。蓋夬、姤皆以乾爲體，體自臀而分上下。夬上爲兑，爲毁折。姤下爲巽，爲寡髮。故《夬》之四、《姤》之三皆曰「臀无膚」也。是三、四皆可言「臀」，不必以兑之反正也。坎爲堅木，故曰「株木」。初在坎之最下，故曰「幽谷」。二、三、四互離曰覿，以初之幽，故曰失其明也。項氏《玩詞》曰：「此卦爻詞以『困』爲首字者，謂本爻也。『困』上加別字者，指應爻言之。初六加『臀』，謂九四也。初六與九四爲正應，欲藉以拯困，而九四巽木，方顛，爲兑金所毁折，故爲『臀困于株木』之象。不明，必待其終也。初六之『三歲』即九四之『有終』。凡卦以三爻爲終。三爻既終，即與四遇，故雖不覿而不言凶。」按此與程子《易傳》合。安溪李氏曰：「卦以剛掩爲義，則惟剛者爲能處困，柔者不能也。又惟君子之困爲時之窮，小人則往往自取之而已。」《童溪易傳》曰：「柔之所附者剛也。剛既見掩，則柔亦失所附矣。夫剛掩則剛困，柔失所附，則柔亦困。」二説皆精。

九二，困于酒食，朱紱方來，利用亨祀，征凶无咎。○《象》曰：困于酒食，中有慶也。

二變萃，致孝亨之時也，故「利用亨祀」。《萃》之二曰「引吉」，此亦曰「方來」，皆謂五也。坎遇坤，坎陷，尊罍象。兑爲口，食象。坤爲漿，故曰「酒食」。《易》於坎多言「酒食」者。坤爲裳爲帛，在體下，紱象。二、三、四互離，南方卦也，朱象。三爲離主，臨於二上，方來象。坎爲隱伏，鬼神象，故言祭祀。《易小傳》曰：「『困于酒食』，禄未足也。『朱紱方來』，同剛德也。『利用亨祀』，德可薦也。『征凶无咎』，未出險也。」又曰：「九二言『困于酒食』，釋者皆謂豐於禄，饜飫之也。夫君子食其禄，必任其事。爲酒食所困，豈君子之正乎？若其享厚禄而不得辭焉，則施禄以及下可也，未聞以禄爲困也。獨《乾鑿度》以爲『困于酒食』，禄不及也，蓋得之矣。」《復齋易説》曰：「未得與九五宴樂。」白雲郭氏曰：「酒食以見君臣相遇。交際之道不得乎此，雖如伊尹樂堯舜之道，不過老死莘野而已，終无亨天心、革夏正之事也。是知酒食之間有天下之大慶存焉。故《需》卦於九五言『需於酒食』，而詩人於《鹿鳴》言『燕樂』，蓋一義也。」《程傳》亦主此義而未透。《傳》又曰：「諸卦二、五以陰陽相應而吉，惟小畜與困乃厄於陰，故同道相求，小畜陽爲陰所畜，困陽爲陰所掩也。」陰陽相應者，自然相應也，如夫婦、骨肉，分定也。五與二皆陽爻，以剛中之德同，而相應相求而後合，如君臣、朋友，義合也。安溪李氏曰：「三陽卦之所爲困也，而皆取飲食、車服之象者，貧賤患難不足以困君子，進退牽係、道閉行塞乃君子之困也。」《易酌》取諸葛忠武以實之，頗有見。其以鞠躬盡瘁、食少事繁爲征凶，此莊子所謂爲宗廟之犧牲者也。《萃》之卦詞「用大牲」，其此意也歟？

六三，困于石，據于蒺藜，入于其宮，不見其妻，凶。○《象》曰：據于蒺藜，乘剛也。入于其宮，不見其妻，不祥也。

三變大過，有棺槨象，故凶。合參《易小傳》、《紫巖易傳》，人之進，將以求名也。四有篤實之德，三在下而掩之，非所困而困焉，是將獲罪於天下後世，故名必辱也。人之退，將以安身也。二以剛中之德，三處其上而凌之，非所據而據焉，天下起而攻之矣，故身必危也。蓋坎而爲巽，巽爲進退不果，在險而進退有難，「困于石，據于蒺藜」之象也。《紫巖易傳》又曰：「互體離中，離不當位，坎復易之，爲『不見其妻』。」大可毛氏亦曰：「三居互離之中，而前後掩室，此非中空若房，世俗之所稱離宫者哉？夫坎男之陰，亦即離女之陰也。既爲坎男，而已入離宫，即欲再求所謂離女者而何可復得？」此意頗巧。愚按：即變氣論，互體之離爲乾，此亦不見其妻之意也。安溪李氏又曰：「三陰皆困，此又所謂『行險以徼幸』者，故其困獨甚。」

九四，來徐徐，困于金車，吝，有終。○《象》曰：來徐徐，志在下也。雖不當位，有與也。

四變習坎，澤始通也，流而未疾，「來徐徐」之象。始塞終通，初吝有終之象。《合訂》謂：「初阻於二，不得應四，初之困也。四欲與應，亦畏金車之阻而徐徐不決，初之困即四之困也。」《程傳》云：「『有終』者，事之所歸者正也。初、四正應，終必相從也。寒士之妻，弱國之臣，各安其正而已。苟擇勢而從，則惡之大者，不容於世矣。」玉吾俞氏曰：「初之所以『三歲不覿』者，以九四之『來徐徐』也。既歷三歲，始雖不覿，今則覿；始雖吝，終則有與也。」《仲氏易》曰：「《易》例於三、於上每曰『有終』。四非終而亦曰『終』者，以初爲始，則以四爲終而已。」《小象》止釋「來徐徐」句，「困金車」以下无解。安世項氏曰：「四兑爲金，人所乘爲車。以九乘四，不得其正，不可以有行也，故爲『困于金車，吝』象。所謂『雖不當位』，即解此句也。『有終』者，終與初遇。《象》所謂『有與也』，即解此句也。」此説甚新，而與夫子《象傳》極有體會。至王氏《輯説》則謂：「困之世，陰掩陽者也。故陽不以陰爲應，而以同德相求，四不應初而求二也。四之志在下之二，而『來徐徐』，所以困也。以九居四，不當陽剛之位；以四求二，不當相應之位。然二與四有同德相與之誠，故曰『雖不當位，有與也』。」説與諸儒異，録之以備參考焉。

九五，劓刖，困于赤紱，乃徐有説，利用祭祀。○《象》曰：劓刖，志未得也。乃徐有説，以中直也。利用祭祀，受福也。

五變解，兑遇震。兑毁折，震恐懼，又震爲足。毁折其足，有刖象。艮爲鼻，震則倒艮，有劓象。解者，動而免乎險也，故「徐有説」。震可以守宗廟祭祀，故「利用祭祀」。王氏《輯説》曰：「二、五同德相求，而五以陽剛爲上所掩，譬諸鼻之通氣於上者而見劓，是五欲通於下而不能達也。所賴剛中之二相與濟困，而二又爲初所掩，譬諸足之主行於下者而見刖，則是二欲進於上而不能行也。此二與五俱困之象。赤紱，在下而謹行之飾。君之困，在無賢佐。二處險中，謹其行而未進，則五困矣，故曰『困于赤紱』。然二、五皆以剛居中，以直相與。九二必徐徐出險而之説，故『徐有説』。爲五者亦宜盡其精誠以致之，如用祭祀，則可以得天下之賢，濟天下之困矣。」竊以二之「利用亨祀」者，言上帝居歆，所謂「黍稷非馨，明德維馨」也。「利用祭祀」者，祭地而祀天，言上下皆受其福也。《童溪易傳》曰：「二、五皆以至誠相感通，故同以祀事明之。然要之，獲應助之力者五也，此『受福』之言所以獨歸之五焉。」《程傳》曰：「不曰中正與二合者，云『直』乃宜也。」此爻，先儒以「劓刖」爲刑去上下之小人言者，然於《象傳》「志未得」未合。蓋二、五原非正應，故加「乃」字一轉。而五之上、二之下又皆爲柔所掩，是以其志未得。以其皆有剛直之德，故徐有説而志始得伸矣。項氏《玩詞》曰：「初在卦之始，以得上卦爲有終。二在坎之中，以得兑爲有説。」

上六，困于葛藟，于臲卼，曰動悔有悔，征吉。○《象》曰：困于葛藟，未當也。動悔有悔，吉行也。

上變訟，兑遇乾。兑爲進退，爲不果，故曰「困于葛藟，于臲卼」。兑口，乾言，爲曰象。乾健爲動象、征象。訟爲悔象。《玩辭》曰：「上六徒動而不去，則成訟，故自謂動悔。若去而之初，則爲漸之吉。吉在於必行，而不在於徒動，故曰『吉行也』。」《翼傳》曰：「所應在三，三以柔附己而牽之，葛藟也。所比者五，五以剛載己而難安，鼿卼也。」《玩詞》又曰：「六三非所當牽而牽之，九五非所當乘而乘之，此《小象》所謂『未當也』。」《合訂》取田氏之説曰：「動悔有悔之所以吉者，以能行而得之也。『行也』二字是解『征吉』之義。」此亦有味，與《玩詞》「去而之初爲漸」説合。《易酌》曰：「『動悔有悔』，悔其所行，則不行其所悔，故行而吉也。」彦陵氏曰：「困不自振之日，全賴陽剛之才。上以陰柔處困極，欲有爲則才力不及，欲安息則時勢危迫，要做不得做，要歇不得歇，是『困于葛藟，于鼿卼』之象，動輒有悔矣。所以然者，病在陰柔無振拔之才，故至於此。然時勢交窮之會，正豪傑斡濟之秋。誠能自悔其失，一旦奮發有爲，則這一段震動的精神主張在我，豈至爲困所束縛？征則可以得吉，豈可坐待其困而不悔哉？」趙氏曰：「五爻皆不言『吉』，獨於上六言之者，要當時而不可欲速也。九二『征凶』，九四『來徐徐』，九五『乃徐有説』，至上六始有『征吉』之辭。」紫溪蘇氏曰：「心無所累，則拂鬱亦皆樂地；心有所累，則通顯祗屬危機。故曰：困德之辨，莫辨於此矣。」

井

䷯ 巽下坎上

井：改邑不改井，无喪无得，往來井井。汔至，亦未繘井，羸其瓶，凶。〇《彖》曰：巽乎水而上水，井。井養而不窮也。改邑不改井，乃以剛中也。汔至，亦未繘井，未有功也。羸其瓶，是以凶也。

卦詞，《蒙引》謂「於德、體、象、變一無所取，止據井之理言」，非也。坎陷而爲窞，而有物以入之，入於水而出其水，即德即體也。言其象，初六爲泉眼，二、三爲井腹，四爲甃，五爲井實，上爲井口。又巽爲繩，繘象。互離爲附麗，「繘井」象。巽又爲進退不果，「汔至，亦未繘井」象。兑爲口，爲毀折。倒兑，則口在下，羸象。離中虛，瓶象。上坎之形，宛若轆轤。下二剛一柔，井也。此皆象之有可似者。且卦自泰來，上坤爲邑，坤改爲坎，「改邑」象。「不改井」者，先儒多未釋此義。《合訂》謂「邑改而井見」，毛氏意同詞費，皆未了然。竊意：乾之初，潛而勿用之陽也。今遷而之五，則以剛中正位居體，陽得其所而有爲。是所改者止坤之邑，而於井養之道則未之有改焉。蓋有所改者，此得則彼必喪。今以乾初而得柔，似乎喪；然天道已上行，「无喪」也。以坤五而得剛，似乎得；然地道實下降，「无得」也。「无喪无得」，則雖有所改，而猶之勿改矣。又凡有所改者，此往而成一義，彼來而又成一義。今乾之往，得所養而往，往爲井也；坤之來，求所養而來，來爲井也。「往來井井」，則雖有所改，而實則无改矣。蓋「无喪无得，往來井井」，正「改邑不改井」之義。《彖》曰井養不窮，已將此義倒提於前，「以剛中」釋之即足也。《繫辭大傳》曰：「井居其所而遷。」遷者，改邑也。居其所者，不改井也。《彖》與《繫詞》已解釋明白，而世何猶昧昧耶？「汔至」四句，玩象亦是二義。蓋幾於至者，仍未嘗至，亦於未繘井者同耳。此半塗而廢者也，故曰「未有功」。「羸其瓶」，則並其器而壞之，不惟無功，且凶矣。所爲德、體、象、變，實兼有其義如此。至於萬邑之井如一，不溢不竭，道路之人往來取給，以况先王之政大公不私，無過不及，理固有然者。然不得舍卦之德、體、象、變，而泛爲鋪陳理學籠統話頭也。

《象》曰：木上有水，井，君子以勞民勸相。

坤以勞之，勞民也。巽以申命，勸相也。

初六，井泥不食，舊井无禽。○《象》曰：井泥不食，下也。舊井无禽，時舍也。

初變需，巽遇乾。乾，旱也，泥象。巽口向下，不食象。以本氣言，則曰「井泥不食」；以變氣言，則曰「舊井无禽」。故《象》釋上句爲「下」，釋下句爲「時舍」。蓋井自泰變，乾之初遷於坤之五而成井也。今動而之乾，是仍其舊矣。巽爲鸛。三、四、五互離，爲飛鳥。初既不遷，則巽不成巽，離不成離，故曰「无禽」。以時義論之，自當舍其舊而新是圖也。

九二，井谷射鮒，甕敝漏。○**《象》曰：井谷射鮒，无與也。**

二變蹇，巽遇艮。三爲艮主，山也。二居其下，谷象。互兑，下又倒兑，兑澤所有魚也，故曰「鮒」。巽爲木，爲直矢象。上承坎弓，故曰「射」。三、四、五爲離之瓶，甕象。互兑毁折，甕已敝矣。變氣互坎，外卦又坎，下承之以柔折中空，水入於地，是漏也。初之舊井，法已廢也。无禽，行法之不得其人也。二則以剛中之質，非若初六之無才矣。然居柔在田，乃鄉黨自好之士，而無康濟天下之大略，則鮒而已。上無正應，九五明王，雖不與之共治，然猶下顧及之，故曰「射鮒」也。夫其人既不足以行政，則法仍壞矣，故曰「甕敝漏」。而《傳》曰「无與」，無人則無法，甕之敝漏不復釋焉。

九三，井渫不食，爲我心惻，可用汲，王明並受其福。○**《象》曰：井渫不食，行惻也。求王明，受福也。**

三變習坎，上下皆水，故曰「渫」。在下卦，故曰「不食」。坎爲加憂，「心惻」象。本氣巽入，固遜而甘伏於下，自無所怨尤者。乃變氣爲坎，而上之坎乘之，則我不以爲憂，而他人爲憂之，故曰「爲我心惻」。爲我惻者，正應之上九也。上無位，《傳》故曰「行」。而得位者九五，則王也。三、四、五互離，則「王明」也。夫以巽入之德變坎，則非掘井而不及泉，是可用汲以濟物者矣。九五王非不明，然以剛遇剛，又非應，三既剛而不援上，四在大臣之位，又柔而不能汲引，惟上六爲正應而無位，而近於五，庶幾其求於五而用以爲汲，則君享厚名，民享厚利，並受其福矣。《傳》加一「求」字，甚有意。上無位，則必求。近於五，則可求。夫高高在上，豈有所陳於王前？然天人一氣，默以相之，如帝賚良弼之類是也。

六四，井甃，无咎。○**《象》曰：井甃无咎，修井也。**

四變大過。坎遇兑，水之爲澤者也。以未上出於井，故猶未及濟物。又以柔變剛，合二、三與五成一體，在井之中，爲甃井象。大可毛氏曰「以離中之火，燒坤土爲甓」，亦有意。按本氣互二、三成兑，變氣互五、六亦成兑，毁折也，毁故修之。四以柔而在臣位，雖無剛正之德，未成利濟之功，然能虚以承五，又變氣爲兑説，君臣一心，是能培植人材以待上用者也。初廢之，則四修之矣。

九五，井洌，寒泉食。○《象》曰：寒泉之食，中正也。

五變升，坎遇坤。險者順，入者升，故井洌可食。以其升於地中，故爲寒泉。本氣自初至四而成大坎，五爲外卦坎主，水滿象也。不言吉者，安溪李氏曰：「居尊位，職在養人。有孚惠心，勿問之矣。」

上六，井收勿幕，有孚，元吉。○《象》曰：元吉在上，大成也。

上變重巽，巽入，故曰「收」。巽爲繩，中離爲瓶。繩既上於井，則非汔至而未繘井者矣。繩既挈瓶而收於井，則又非未繘而羸其瓶者矣。坎口向上，故曰「勿幕」。上下皆巽，一氣之感，故曰「有孚」。重巽以申命，繩繩不已，往來井井者此也。故曰「元吉」，《傳》之所謂「大成也」。

革

䷰ 離下兑上

革：已日乃孚，元亨利貞，悔亡。○《彖》曰：革，水火相息，二女同居，其志不相得，曰革。已日乃孚，革而信之。文明以説，大亨以正。革而當，其悔乃亡。天地革而四時成，湯、武革命，順乎天而應乎人。革之時大矣哉！

離爲日，在澤之下，日之已過者，故曰「已日」。孚者，兑之説也。「已日」，來氏、毛氏謂爲十干之「己」，近有《補注》又謂爲十二支之「巳」，説皆新奇可喜。然細味《彖傳》「革而信之」，正以「革」釋「已日」，「而」

釋「乃」，「信」釋「孚」。毛氏以與六二爻詞説不去，不知爻詞之「已日」乃謂已孚之日，與《彖》雖異而意實互通。其義，則先儒言之詳矣。而蘇子瞻謂「革不能免于悔，特有以亡之耳」，説有味。《程傳》于四爻則謂「事之可悔而後革之，革之而當其悔乃亡」，尤與《彖傳》義合。

《象》曰：澤中有火，革，君子以治曆明時。

「治曆明時」[一]，即《彖傳》「天地革而四時成」也。來《注》曰：「晝夜，一日之革也；晦朔，一月之革也；分至，一歲之革也；元會運世，萬古之革也。」説本西溪李氏。

初九，鞏用黃牛之革。○《象》曰：鞏用黃牛，不可以有爲也。

初變咸，遇艮。咸則情相感，而固結不可解，故曰「鞏」。艮則事宜止，故《傳》言不可有爲。革必已日乃孚，故初無革法，此牛之革則不變者也。「用黃牛之革」者，謂比於六二。離爲牛，六二中正柔順，故曰「黃牛」。「革」字亦取卦名而義不同。《合訂》云：「『革』亦取變革之義。鳥獸皮毛逐時更變。五虎變，上豹變。六二未能爲虎豹，黃牛焉耳。」

六二，已日乃革之，征吉，无咎。○《象》曰：已日革之，行有嘉也。

二變夬，遇乾。夬，剛决柔也，故曰「革之」。乾健有爲，故曰「征吉」，而《傳》以「有嘉」贊之。《易酌》曰：「卦言『已日乃孚』，已革之日乃孚也。爻言『已日乃革』，已孚之日乃革也。」蓋卦詞舉全象，爻則止此一爻之義，君臣之分不同也。二以中正柔順爲文明之主，與五正應，故爲已孚而革之象，既吉而又无咎也。

九三，征凶，貞厲，革言三就，有孚。○《象》曰：革言三就，又何之矣？

三變隨，遇震，爲决躁。而三又處離之極，以察察爲明，當改革之際，有征象。過剛不中，故凶。變而之隨，有貞象。然本體既察，震又躁，自不能静以安其居，故厲。上爲正應，兑之口，言象。中爻互乾，亦爲言。就，成也。

離居三，合三、四、五成乾，故「言三就」。征既凶，貞又厲，然則何如而可？惟預謀其所以革，而不必即行革之事，庶幾人共信之，而徐以俟其成耳。《辨疑》曰：「三就者，内謀于乃心而無疑。人謀，則卿士從，庶人從；鬼謀，則蓍從，龜從。是三者，皆成就其革也。」仲誠張氏曰：「之，往也。事至於三就，則理已無可逃，又何必亟亟欲往乎？此有其理而事可待耳。」此爻大概以隨人而不自用爲義。内卦主革者，故皆言「革」。外卦變革者，故言「改」言「變」。

九四，悔亡，有孚改命，吉。○《象》曰：改命之吉，信志也。

四變既濟，兑遇坎。人心雖説，而其事則險。湯、武之征誅，伊、霍之放廢，皆改命也。本體合二、三成巽，命象。在下卦之上，合三、五又成乾，改命象。四剛而不中，故有悔。變爲既濟，則悔亡矣。《程傳》之言悔亡與諸説異，然《象》曰「革而當，其悔乃亡」，義正合也。《觀象》謂「在己爲悔亡，在人爲有孚」，亦好。四多懼之爻，而《傳》舉其才、其時、其勢、其任、其志、其用而極贊其盛者，《傳》故曰：「惟其處柔也，故剛而不過，近而不逼，順承中正之君，乃中正之人也。」《合訂》云：「《易》言命，必於四爻。四，革爻也。《乾》四『或躍在淵』，《文言》釋之曰『乾道乃革』。《訟》四曰『復即命』，又曰『渝安貞』，渝即革也。《否》四曰『有命』，四爲否泰之轉關，君命即天命也。」了凡袁氏曰：「信事者，孚在事後。此卦詞。信志者，孚在事先。」此爻之詞。

九五，大人虎變，未占有孚。○《象》曰：大人虎變，其文炳也。

五變豐，遇震。五既君位，中三、四、五互乾，震爲帝出，故曰「大人」。震爲新君，又震動，動則變也。九五體剛而有道德之威，用中而得神化之宜，自然明著動變，風行於廟堂之上，而草偃於邦國之間。禮樂文章之治，光被四表，格于上下矣。「虎變」自緊貼「大人」言，至上爻方爲天下化成也。彦陵張氏曰：「湯、武本征誅而有天下。聖人不欲示人以隙，故諱武而言『文』。」

上六，君子豹變，小人革面，征凶，居貞吉。○《象》曰：君子豹變，其文蔚也。小人革面，順以從君也。

上變同人，遇乾。乾道變化，各正性命，而人既同，故有君子、小人皆變之象。君子、小人皆在下之人，合臣民而以德言也。「君子」謂其秀者，「小人」謂其蠢者。既彬彬有大雅之士，亦皞皞無梗化之民。遵道遵路，蕩蕩平平，革道大成，故曰吉也。非上六之才如此，特于上六之時取義耳。「征凶，居貞吉」者，所謂「以人治人，改而止」也。《傳》義少深。《合訂》曰：「革曰『面』者，黎民於變，只在氣象間見之。『順以從君』，猶云『順帝之則』。」說極是。

《書》：仲夏，鳥獸希革；仲秋，鳥獸毛毨。離爲夏，兑爲秋，故《革》卦言牛之革，言虎豹之變。仲誠張氏曰：「變革之道，莫如鳥獸之皮毛。舊毛盡，新毛生，而皮不爲之病。天下變革之事，能如皮焉可矣。」說甚精。《說統》：「君啓陸氏曰：天下莫安于仍舊，莫善于更新。莫患于因循既久而不爲振刷之謀，聖人以蠱幹天下之弊；禍莫禍于瑕釁已萌而猶爲調停之説，聖人以革掃天下之凶。然而一規一隨，庸人足以諧時；三甲三庚，聖人不免駭世。夫非常之原，黎民懼焉。欲與衆人同之，則利不長；不與衆人信之，則志不行。故革莫重于孚，孚也者，聖人之所以消懼而免駭以行其志者也。然孚而不待其孚，則變而不覺其變，殺不怨，利不庸，遷善而不知，變革之道于是爲極。故以虎變之文，當龍飛之造，均稱大人焉。」

【校注】

〔一〕「明」，原作「以」，據《四庫》本改。

鼎

䷱ 巽下離上

鼎：元吉，亨。○《象》曰：鼎，象也。以木巽火，亨飪也。聖人亨以享上帝，而大亨以養聖賢。巽而耳目聰

明，柔進而上行，得中而應乎剛，是以元亨。

安溪李氏曰：「凡卦名下直曰『元亨』而無他辭者二，大有、鼎也。大有之義與比相似。然比以一陽統衆陰，所有者民也；大有以一陰得衆陽，所有者賢也。鼎之義與井相似。然井以木巽水，在邑里之間，所養者民也；鼎以木巽火，爲朝廊貴器，所養者賢也。《易》之義至于尚賢，則吉無以加，故其辭皆直曰『元亨』。」蓋鼎以取新，故有元德；烹飪之事遍天下，故有亨德。《彖傳》則取其象，而以才言之。巽則心思深入，所謂「思曰睿」也。離爲目，自初至五爲大坎，坎爲耳，所謂「亶聰明，作元后」也。巽而耳目聰明，是有主鼎之德矣。柔進而上行得位，又有定鼎之權，得中而應乎剛，又有調鼎之佐，此所以元亨也。

《象》曰：木上有火，鼎，君子以正位凝命。

來《注》云：「位譬之鼎，命譬之實。器正而後實凝，故初四之顛折而出之覆之也。」項氏曰：「存神息氣，人所以凝壽命。中心無爲，以守至正，君子所以凝天命。」又有以「位」爲「素位」之「位」、「命」爲「維天之命」言者，亦通。

初六，鼎顛趾，利出否。得妾以其子，无咎。○**《象》曰：鼎顛趾，未悖也。利出否，以從貴也。**

初變大有，巽遇乾。初爲趾，應四，而乾健上行，則趾顛矣。初非有實者，然巽入而變乾爲大有，是有者乃先入之宿物，所謂否也。趾既顛，則巽將爲兑之毀折，而入者出矣。二、三、四互乾，老夫也。巽顛而爲兑，少女也，故爲妾象。夫親迎得妻，夫婦相得而中饋有主，人道之常莫順於是。今乃倒行逆施，不得於其妻而得於妾者，何也？則以四比五爲上卦，初應四而顛倒成兑，合成坎之中男爲子，所謂母以子貴也。鼎以取新，然不吐故，新何由納？出否未及取新，故又言得妾以子。二義皆從「顛趾」來，故《傳》曰「未悖」。「未悖」即釋「无咎」，并非止指出否一事，而「從貴」則并得妾以子皆兼言之矣。此聖筆化裁之妙。子瞻蘇氏曰：「夫鼎烹而熟之，至于可食。苟有不善者在焉，則善與不善皆熟，而善者棄矣。故及其未有實，而顛之以出其不善，猶爲未悖。如待其有實，則夫不善已污之矣。夫顛趾而出否，盡去之之道也。盡去之，則患鼎無實。聖人之於人也，責其身，不問其所從；論其今，不考其素。鼎以出否爲利，而擇之太詳，求之太備，天下無完人，故曰『得妾以其子，无咎』。從其子之爲貴，則其出於妾者可忘也。」按此義頗精，《合訂》頗采之。

九二，鼎有實，我仇有疾，不我能即，吉。○《象》曰：鼎有實，慎所之也。我仇有疾，終无尤也。

二變旅，遇艮。艮，止其所也。《大傳》曰：「親寡旅也。」謂二與五正應，親也。今二變艮，則止其所而不與親矣。蓋凡卦皆喜應，獨鼎以下應上則不取。二以剛中爲鼎之實，三剛爲腹，二爲底，鼎實之在底者也。仇，匹也，《詩》曰「公侯好仇」，不必作仇讎解。三、四、五互兑，爲毀折，「有疾」象。疾者，病我之不往也。蓋巽既伏，變艮又止，鼎而受養者今爲羈旅之人矣。此二以賢人在田，不求人知，雖上罪之，而究求一見而不可得，所謂自愛其鼎者也。故《傳》以「慎所之」贊「鼎有實」，以「終无尤」贊「我仇有疾」。蓋確有不拔之操，必能高不見之節。雖負抗上之譏，而終无失身之悔也。然則人君雖大烹養賢，若賢者苟於就養，則枉道徇人，一不慎而愆尤叢集矣。此采張氏《疏略》之説。先儒解此爻，皆以比初爲言，甚無義。故《合訂》從此，但以「有疾」謂如齊王之有疾，以六五之陰柔而比四，爲少異耳。

九三，鼎耳革，其行塞，雉膏不食，方雨虧悔，終吉。○《象》曰：鼎耳革，失其義也。

三變未濟，遇坎。坎爲耳，處上下卦革變之際，故曰「耳革」。西溪李氏曰：「全體一鼎，分上下體爲二鼎。上體之鼎有兩耳而無足，故九四之鼎折足。下體之鼎有足而無耳，故九三之鼎耳革。」説甚精。巽爲進退不果，坎險阻，「行塞」象。離爲雉，坎爲膏，本體合四、五成兑，食象。變坎則不成兑矣，故曰「不食」。變坎，又合四、五亦成坎，雨象。先儒説此爻多不同，有謂爲不仕無義者，有謂爲非義而躁進者。竊詳此爻與上非應，則以爲絶人遯世既無其義，而以耳革爲熱中，又似鼎上下有兩耳，且揆之「方雨虧悔」之義，二者皆不合。應從《程傳》，但以「雉膏」爲禄位，似不如《本義》作膏澤講爲確。蓋陽居鼎腹，而上承文明之離，本有雉膏之美，足以食天下者也。然舉鼎在耳，行道在君。今與五非應而不同道，無耳矣。則不得君以行其義，雖有膏澤，而無以下於民，此其悔也。然三、五終同功者也。既自初至五成大坎，而三之變氣又爲坎，則天地和而雨以降，君臣合而道以行，悔其虧而終獲吉矣。《傳》於「方雨虧悔」不復釋者，從爻義之重也。

九四，鼎折足，覆公餗，其形渥，凶。○《象》曰：覆公餗，信如何也？

四變蠱，蠱壞極也，故有折足覆餗之凶。遇艮，艮止也。鼎之下卦，受養者也，有應則爲援上；上卦，養人者也，不應則爲棄賢。四與初應，本有足者。合三、五互兑爲折，又變艮止，氣盈而不下交，故有「折足」象。四居鼎腹之上，實已盈而欲傾，又折足，則公餗覆矣。公餗，公家之糈也。形渥者，污其鼎也。覆餗則實喪，形渥則名辱，名實俱虧，其凶可知。蓋竊據尊位，而器小易盈，則未有不敗人家國者。《大傳》言之詳矣。《傳》曰「信如何」，言所以信任之者爲何如而乃若此，甚嘆國家養士而不食士之報也。

六五，鼎黄耳，金鉉，利貞。○《象》曰：鼎黄耳，中以爲實也。

五變姤，遇乾。五耳，中黄，乾金，獨鉉在上。而《象》曰「鼎，象也」，則自初至上皆各有其象，不應于五并上兼言之。或以二爲鉉，亦非。仲誠張氏曰：「黄耳、金鉉一物也。黄取中義，耳取空義，猶言中空也。金取堅義，鉉取環外之義，猶言外堅也。總爲鼎耳之象。一鼎兩耳，空中對峙，各爲半環以聯鼎緣。就其空中可納上鉉者言之，曰耳。就其堅外以固中者言之，曰鉉。猶人之耳，虚中曰耳，外環曰輪廓，是也。」又曰：「烹飪既成，則提耳行以享之，猶人君享其成之義也。貞，正而固也。耳不正，則鼎偏舉而欹矣。鉉不固，則耳脱敗而傾矣。」又曰：「『黄耳』，言中也。中之虚，本爲鼎實而設。无此耳之中虚，雖有實不可以行，何能享乎？」説皆妙。按：「利貞」，謂人君養賢宜始終勿替之意。《傳》曰「中以爲實」，蓋二爲實，四應之，惟其中虛，以爲受實之地也。責在五，故「金鉉」不復釋焉。且變氣爲姤，姤者柔遇剛也，亦此意。言「利貞」不與卦辭同者，以爻專言養賢也。

上九，鼎玉鉉，大吉，无不利。○《象》曰：玉鉉在上，剛柔節也。

上變恒，遇震爲玉，故曰「玉鉉」。上無位而居五之上，爲人君之尚賢也，故能震動有爲，可大可久之業在此焉。「大吉，無不利」，卦辭之所以云元亨也。仲誠張氏曰：「鉉有二：一爲耳鉉，形小，與鼎一體，而峙對鼎緣；一爲上鉉，形大，別爲一物，懸于鼎上，以貫耳鉉之中。耳雙，不便兼舉。舉上鉉，則雙耳皆行。離有鉉義。遇震爲足、爲動，有行義。取於玉者，鼎烹，則耳熱不可以執，鉉異體，不寒不熱，如玉之温也。」按九剛居上之柔位，以其剛節五之柔。又變氣恒，其六爻剛柔相應，下巽上震，陰陽相錯，故《傳》言「剛柔節也」，如此則成亨矣。賢者與君，異體而情聯。剛柔交濟，相與有成，何以異此？賢者得行其道，「大吉」也。人主得成其治，「无不利」也。安溪李氏曰：「凡象辭直曰『元亨』，爻辭曰『吉无不利』者，《大有》、《鼎》之卦及其上爻而已。以知兩卦尚賢之義，兩爻當之也。」

看來卦辭固大，而又義亦自無窮，蓋鼎象也。承鼎爲足，實鼎爲腹，行鼎爲耳，舉鼎爲鉉。鼎以取新，必先革故。初之傾否，所以无過也。二、三、四皆鼎腹而有實者。然實方在底，而遽欲來享，則底蘊易盡，二之所以不即也。雖有實矣，而提挈無人，則不得不屯膏以待，三之所以行塞也。物盈則虧，四之所以覆也。中虛則受，五之所以享也。水火既調，五味相濟，上九之所以爲養也。此則占者自得之耳。

震

䷲震下震上

震：亨。震來虩虩，笑言啞啞，震驚百里，不喪匕鬯。○《象》曰：震亨。震來虩虩，恐致福也。笑言啞啞，

後有則也。震驚百里，驚遠而懼邇也。出可以守宗廟社稷，以爲祭主也。

先儒皆以「震來」爲自外至者。安溪李氏曰：「卦皆人心之德，須主從中出者爲是，况中未有不感於外而起。故後復繼以『震驚百里』之象，而六爻言震亦皆兼内外言之，無兩義也。」按四之震泥，似止言外。然曰「泥」，則不能震於其内者矣。蓋震爲動，是有所行也。然不思而遽行，則爲妄動，故以乾之健而尤以惕若爲心，孟子所云「思則得之，不思則不得也」。虩且行且停，若有所思，故取以爲恐懼修省之象。「虩虩」，兩剛也。「笑言啞啞」，四柔也。剛爻各一，故曰「震來」。柔爻各二，故曰「笑」又曰「言」。「啞啞」者，笑若不出聲，言若不出口，謹之又謹，故曰「有則」。一陽在坤土之中，主百里之象。二、三、四互艮，爲手執而不喪之象。三、四、五互坎，爲棘，爲酒醴，故曰「匕鬯」。匕以棘爲之者也。一剛載二柔，鼎肉尚在匕，互坎於仰盂之中，酌酒尚在斝，故曰「不喪」。蓋無所震於其中者，未有不震於其外。君子憂勤惕厲，凡事致謹，則翼翼小心，不愧不怍。此其所以當大任而不驚，無故加之而不怒也。又按平居無事，此心嘗若震之來，故曰「震來」。於易縱其情之際，而一無所放，故曰「笑言啞啞」。「後有則」，即所謂終有則也。夫子蓋會初爻詞而爲言。其謂《象》言震之後，《象》言笑言之後者，未免執而鑿。彦陵氏曰：「『震亨』二字，聖人不添注脚。亨全從震看出。人當常存此心耳。震則自亨，惟震故亨，合此二意。」孩如鄭氏曰：「雷驚百里，然出吾凝定之神以當之，可以不喪匕鬯，九廟之靈賴以安妥而爲祭主也。可爲祭主，是解『不喪匕鬯』之意，原無脱。」此説頗好，但講「出」字未免矯强。竊按：《説卦傳》曰「帝出乎震」，爲此「出」字來歷，殊覺確當也。

《象》曰：洊雷震，君子以恐懼修省。

恐在外，懼在心。修其德，省其愆。必修省方爲真恐懼，上六所謂戒也。

初九，震來虩虩，後笑言啞啞，吉。○《象》曰：震來虩虩，恐致福也。笑言啞啞，後有則也。

初變豫，遇坤。雷原自地而奮，初爲地之下，震之主爻也。《説統》曰：「此一爻可作一震卦，故悉仍卦詞。而特於『笑言啞啞』上加一『後』字，下承一『吉』字，『後』字正與『震來』字相對，見得必始於懼而後得以無懼也。看『初』字最重。」竊按：仍卦詞而特加一「後」字者，正以其爲初爻耳。玩《傳》曰「有則」，則「啞啞」亦非無懼，況「恐致福」已有無懼意在内矣。此之有則，蓋以有初者始有終也。又按：震之初變豫，則先憂後樂，「恐致福」也；豫之初變震，則先樂後憂，「志窮凶」也；所謂「生於憂患，死於安樂」也。

六二，震來厲，億喪貝，躋于九陵，勿逐，七日得。○《象》曰：震來厲，乘剛也。

二變歸妹，遇兑。十萬曰億，大也。凡《易》言「大」，皆謂陽剛，觀五爻之《象傳》可知。蓋剛德宜中；今以柔居柔，是喪其剛德矣。然方乘初剛，而躋乎其上。變氣合四爲離，離爲龜蚌，貝也，剛外而柔内。又貝所以爲飾，喻人之威儀言詞也。二、三、四互艮，故曰陵。「九」謂陽，又極數，如所謂「九天」之意。下乘初陽，而上攀艮，故曰「躋」。艮數七，變離爲日，故曰「七日」。自二至上，復自初至二，歷七爻也。「勿逐」者，未嘗喪也。「七日得」者，陽復也。蓋以長子之剛變爲少女之柔，似乎其大者喪矣。然處震厲之時，不得不少自貶損，特其所喪者外耳，而德之在中者，斂之而愈著，抑之而彌高，如升陵然，實未嘗喪也。夫喪之，則必求之。既未嘗喪，亦何必求？七日則一陽復矣，尺蠖之屈不久即伸，此蓋「邦無道，危行言孫」者也。全不論比應，專即震之本體及變氣取象。諸儒説此爻俱矯强。必合五爻之《象傳》而細玩之，其義始得。蓋《傳》言「乘剛」，不獨釋「震來厲」一句。凡億之喪貝，及躋九陵，七日得，皆以此三字概之。聖言簡而該如此。

六三，震蘇蘇，震行，无眚。○《象》曰：震蘇蘇，位不當也。

三變豐。豐多故，故曰「行」曰「眚」。遇離麗，上下兩震，附麗不絶，詞故有兩「震」字。上爻同此意。三、四、五互坎，多眚。眚，目災也。變氣離爲目明，故曰「无眚」。三去初已遠，則震蘇蘇而若可緩矣。然附麗上震，君子不敢以其事之未及而苟安也。即震懼以爲行，雖不能致謹於先時，而猶得收功於末路，可无眚也。上震爲震驚，下震爲震懼。雷電皆至豐，故其象如此。「位不當」，以柔臨剛位，且遠初，非若二爻之乘剛也。

九四，震遂泥。○《象》曰：**震遂泥，未光也。**

四變復，遇坤。本體合三、五互坎，水土併，又一陽復於地之下，故曰「泥」也。震爲雷，雷自地奮。初又以陽處陽，而君子之修省貴在未事之先，此初之所以致福而有則也。若四，則居人位，又以陽處陰，而震動於有事，陷於重陰之間，終亦何能自震耶？二柔得中，非剛而實剛也，則躋陵，下可以上矣。四剛不中，似剛而非剛也，則遂泥，上可以下矣。下而上者，雷之升於天，而萬物發生也。上而下者，雷之伏於地，而萬物閉藏也，《傳》故曰「未光」焉。

六五，震往來，厲，億无喪，有事。○《象》曰：**震往來，厲危行也。其事在中，大无喪也。**

五變隨，遇兑。初始震，往也。四洊震，來也。此「邦有道，危言危行」者也。《傳》特明著之。五有中德，有事即修省之事，故剛德无喪。若無事而苟安，則日見其喪矣。此震變兑，意與二同。五亦乘剛而不言者，以二例之；二亦有中德而不言者，以五例之也。但五雖柔而居剛位，剛柔既節，而所乘之四，剛又居柔位，故「億無喪」，而與二之以柔居柔、喪而復得者異焉。

上六，震索索，視矍矍，征凶。震不于其躬，于其鄰，无咎，婚媾有言。○《象》曰：**震索索，中未得也。雖凶无咎，畏鄰戒也。**

上變噬嗑，遇離。《噬嗑》之《大象》曰「雷電」，蓋以下震爲雷，上離爲電。凡雷未作，而電必先見，故上與三爻皆有明哲之德。第三處陽位，健而能行，上卦又接連一震，而當改革之際，故以行生明，而曰「震行无眚」也。以上之窮，而又以柔處柔，故行則凶。雖能見幾，自幸無過，而不能免人之謗也。「索索」，蕭索而不自振之象，亦以遠於四也。此兩「震」字，上「震」爲震懼，下「震」爲震驚。「矍矍」，翹視貌，有驚在遠，翹目而視之也。既已見矣，而猶進，則罹於禍，故曰「征凶」。「躬」謂上，「鄰」謂五。震爲長男，離爲中女，故曰「婚媾」。兑爲言，安溪李氏謂「與《夬》有言不信同爲占外反決之詞」，然先儒皆作不能免於人言講。觀繫此句於「无咎」下，而《象傳》不復釋，當是也。此與三爻同有二意。「中未得」即「位不當」，「畏鄰戒」即以震行。三不釋者，亦互見也。

艮

䷳艮下艮上

艮其背，不獲其身，行其庭，不見其人，无咎。○《彖》曰：艮，止也。時止則止，時行則行，動静不失其時，其道光明。艮其止，止其所也。上下敵應，不相與也。是以不獲其身，行其庭，不見其人，无咎也。

安溪李氏曰：「陽上陰下，陽性動，陰性静。故陽居下居中，其勢未止，則不得静也。動極於上，陰陽各得其分，則止矣。止斯静矣。」又曰：「『艮』連『其背』爲文者，與《履》、《同人》一例，皆因其義，不複其文也。『背』之文從『北』從『肉』，而『艮』字有反身之象。『艮其背』者，止於止之方也。天地人之道，南與東西皆見，而北獨隱；前與左右皆見，而後不見。不見者，止之方，静之處。故周子曰『艮其背，背非見也』，《程傳》曰『止於所不見』。此《大傳》所謂退藏於密，《中庸》所謂未發之中，而周、程得之以爲主静、定性之學者也。凡天下之動，以静爲本。静之道，以驗於動爲至。静亦定，動亦定，然後爲静之至也。故方其静也，廓然而大公，是『不獲其身』也。及其動也，物來而順應，是『行其庭，不見其人』也。内不見己，外不見人，則義理周流，而感應之累免矣，故無咎。」按周、程之説，朱子以爲誤，而極辨之。《本義》雖精，然《程傳》之理終不可廢，故於《近思録》又引之。《説統》曰：「『不獲其身』，求其所以爲身者而不得也。身無聲色臭味、安佚之欲，并其耳、目、口、鼻、四肢都似無有，故曰『不獲』。」按兩山並峙，有各止其所之象。止其所，則靜。其并動而亦靜者，莫若人身之背。背爲身所具，而不得爲身用；與人并到，而不見所到之人。聖人取象精矣。安溪之説《彖傳》曰：「言天下之道，行止如循環然，不可偏於一也。但止爲行基耳，能當止而止，則能當行而行，而動靜不失其時矣。止靜之中，人所不見，疑於不光明也。惟其爲動行之本而應用不窮，故曰『其道光明』。」又曰：「以一體言，陽上陰下，各止其所，止之義也。以兩體言，六位陰陽雖敵應而不相與，亦止之義也。止其所，則靜矣，故内不見己，而不獲其身。敵應而不相與，則動亦靜矣，故外不見物，行其庭而不見其人也。」《説統》曰：「時在即止之道，道在即止之所。」爾瞻葉氏曰：「時者心之圓機，道者時之定理。心妙乎時，而道光爲止，非膠執空寂之謂也。行止對待言，二之也。動靜連綿説，一之也。易行止爲動靜者，太極全體也。動即靜之動，靜即動之靜，動靜合而時在焉。行止因時，心無纖翳，何光明如之？」朱子亦曰：「定則明，則莊子所謂泰宇而天光發，亦未可厚非。」然與安溪李氏説異，可參觀之。又庸成陸氏曰：「背雖不動，而五臟皆繫於背，九竅百骸之滋潤，背爲之輸，是以無用爲用者也。知其所而止之，則取象在背而得理在心，不言心而背之即心可知也。聖人明以心作所而忌言心，心活物也，着認心不得，然誤認背亦不得，故以所代背，此以知背非背也。艮背非離身，但無獲心耳；亦非絶人，但無見心耳。故《艮》兼背心名卦，是猶《咸》去其『心』之謂也。」又孩如鄭氏曰：「卦不言『艮其心』而曰『艮其背』，以見艮不在心也。《彖傳》不言『艮其背』而曰『艮其止』，又以見艮不在背也。皆所以交互發明心學無方無體之妙。」龍谿王氏曰：「陰陽和則交，謂之和應；不和則不交，謂之絶應；皆陰皆陽，雖應而不和，謂之敵應。敵應者，應而未嘗應也；和應，俗學也；絶應，禪學也。不墮二見，應而不留，敵而不相與，聖學之宗傳也。」竊按：天道向南而背北，北極居其所而不動，而實爲七政之樞紐。是靜所以寄動也，此「艮其背」之義也。「不獲其身」，内卦爲己也。「不見其人」，外卦爲人也。艮爲門闕，兩門之間爲庭。三、四、五互震，爲行。又三、四爲人位，男子以背爲陽，以面爲陰。今止有背而無面，是不獲身也。四則陰暗，故曰「不見」。艮以一陽升於上，陰不得而掩之，故曰「光明」。又按：敵應，八純卦所同；而不相與，則艮止之所獨也。

《象》曰：兼山艮，君子以思不出其位。

《大象》標出一「思」字，正從二、三爻詞「心」字來。《説統》曰：「『位』字與『所』字只一樣。從定理而論，曰所。從現在而論，曰位。」又曰：「《象傳》動静即是位。時者，思之行乎其間也。思者，以時而行乎其位也。以時爲位，是故能六位時乘，時行時止，止於無位之位也。其思亦『何思何慮』之『思』也。」

初六，艮其趾，无咎，利永貞。○《象》曰：艮其趾，未失正也。

初變賁，遇離。蓋脚跟不定，全體皆差。初之艮趾，即從脚跟用力起，《中庸》所謂遠之近、風之自、微之顯，知幾者也，離之明也。《傳》曰「未失正」，可見難持而易失，故「利永貞」。永貞者，敦之始也。按《咸》之初曰「拇」，此曰「趾」，趾乃足之後踝也。二之「腓」亦在後，皆背意也。

六二，艮其腓，不拯其隨，其心不快。○《象》曰：不拯其隨，未退聽也。

二變蠱，遇巽。巽爲股腓象。腓，隨股以動者也，又爲隨象。蠱壞極，巽伏而不上行，有「不拯其隨」之象。合三、四互坎，坎爲加憂，爲心病；巽又倒兑也，不正成兑，失所説也：皆「心不快」之象。坎爲耳痛，故《傳》曰未聽。三之不退聽，釋二即所以釋三，故於三無釋焉。安溪李氏曰：「三處心位，二所隨也。六二中正，能艮其腓者，然不能拯其所隨，則心未快矣。」蓋《咸》之四不中不正，而三以不中失正承之，故曰「執其隨」。《艮》之三不中失正，而二以中正承之，故曰「不拯其隨」。《咸》之義，則明形之不可隨心而動，而制於外之不可已。《艮》之義，則明形之不足以檢其心，而防於未者之未仁也。兩義相須，心學始備。推之事物，無不皆然。

九三，艮其限，列其夤，厲熏心。○《象》曰：艮其限，危熏心也。

三變剥，遇坤。剥，以下五陰剥上一陽也。夫人所以應事有爲，惟此剛德。精義以入神，利用以安身者也，故必貞於一。貞一者，止也，定静安慮以得者也。今惟一陽，而亦剥而去之，此真所謂虛無寂滅之學者矣。然釋氏有真空、頑空、苦空之别，而莊子亦有「虛室生白」之旨，道亦求其真是耳。三在上下卦界，故曰「限」。初、二兩陰兩列，而三横艮之，而變坤亦如脊骨之兩列，故曰「列其夤」。中爻互坎，坎險爲心病，故曰「厲熏心」。安溪李氏曰：「《咸》、《艮》皆以人身取象。《咸》取三陽之中爻爲心，《艮》取中之陽爻爲心，故諸象大略皆同。惟以心之位則變。」又曰：「止其限，峙其夤，則屈伸俯仰之用廢，而心無安泰之時矣。心者，静虛而應萬事者也。苟知止之爲止，而廢其應物之用，其精者爲枯槁無用之學，下則不顧事理，頑然悍然者而已。然天下未有理不得而心安者。此艮限列夤，所以心至於危而熏心也。其與憧憧應感者雖有間矣，而其爲心之病則一，故聖人於《咸》、《艮》互發之。或曰：三爲艮主而與卦義不同，何也？曰：震陽動於下，故以下卦之陽爲主也。艮陽止於上，故以上卦之陽爲主也。震四下有二陰，其勢不可以動，互艮之故。故動而遂泥。艮三上有二陰，其勢未可以止，互震之故。故止而熏心。」按：此乃惡動而求静者。夫惡之求之，則心已先動矣，此所以危而熏也。蓋不求於氣，而力制其心之所爲，至熏心，則氣壹動志矣。

六四，艮其身，无咎。○《象》曰：艮其身，止諸躬也。

四變旅，遇離。「親寡旅也」，則隻身矣，故有「艮其身」之象。安溪李氏曰：「在心之上、口之下，與《咸》之脢同，乃背位也。象與卦合，又以柔正而居上體，故爲艮其身而无咎。然不直言『艮其背』者，艮其背則不獲其身矣，不待制也。止之於身，則猶待於制，四雖柔正而不中故也。」爻言「艮其身」，《傳》言止之乎身，則意明矣。《辨疑》曰：「『艮其身』者，非禮勿視聽言動是也。」又龜山楊氏曰：「伸爲身，屈爲躬。屈伸在我，不在物。兼爻象之身與躬而言，則是屈伸兼用矣。」此别是一意。

六五，艮其輔，言有序，悔亡。○《象》曰：艮其輔，以中正也。

五變漸，遇巽。以漸而入，故爲「有序」之象。輔與言，但即其部位象之。亨仲鄭氏曰：「爻言『輔』不言『口』，言『身』不言『腹』，言『夤』不言『臍』，皆背面而立之象。」

上九，敦艮，吉。○《象》曰：敦艮之吉，以厚終也。

上變之謙，遇坤。坤爲厚德，《謙》曰「有終」，故《傳》曰「以厚終」。《爾雅》邱再成曰敦者，正兼山之艮也。《合訂》曰：「爻曰『敦』，《象傳》曰『厚終』，《繫詞》所謂所成終也。吉，則篤實光輝，萬事萬物從此始矣。」説甚精。蓋終則有始，艮所以成終而成始，故卦詞止曰「无咎」，而於上九艮爻之終言「吉」也。

漸

䷴艮下巽上

漸：女歸吉，利貞。○《象》曰：漸之進也，女歸吉也。進得位，往有功也。進以正，可以正邦也。其位，剛得中也。止而巽，動不窮也。

仲誠張氏曰：「在内者止而不動，在外者遜而欲退。巽本退縮之性，但内已艮而無可退，則不得不進矣。漸之義如此，有女歸之義焉。巽爲女。女子本在閨閫，至於及期，則六禮次舉，醮以外之，不能復入，輪以御之，不能復退，何啻山艮於後而不可却〔一〕乎？故告占者曰：漸之進也，如女歸則吉也。是禮義之次第，不得已而漸進，非妄求進者也。」竊按：艮爲少男，巽爲長女。長女年不可待矣，然以歸少男，勢又不可不待。《雜卦傳》曰：「漸女歸，待男行也。」然曰「女歸」者，亦謂其有待而進，於漸義有合，非必於長女少男有所取也。《程傳》曰：「乾坤之變爲巽艮，巽艮重而爲漸。在漸體而言，中二爻交也。由二爻之交，然後男女各得正位。初、終二爻雖不當位，亦陽上陰下，得尊卑之正，亦得位也。」此就男女言。而《訂詁》又云「但取畫之陰陽，更不論卦之男女」，亦是。竊按：「進得位」，亦因本卦漸進之義而言之，非必執定爲三進於四。即如《傳》所論，亦因乾坤索而得六子，則六卦皆由乾坤生出，以爲有往有來則可。乃大可毛氏因朱子有卦變一説，遂謂剛柔相推而生變化，創爲聚分，以及三易四易。矣鮮來氏改卦變爲錯綜。雖皆本於漢儒《焦氏易林》，以至宋衷、干寶、虞翻、荀爽、陸績、侯果、蜀才諸子，然多穿鑿附會，而於大義反晦。且即其所執之分聚、互易、錯綜之法以概之諸卦，則可通者取之，不可通者置之。且其所本者，又人人異詞，亦可見其説之拘而非定論矣。安溪李氏曰：「卦變之説，於先儒無所折衷。然不若古注直指卦體、爻畫、虛象之爲愈也。」按「剛得中」，又於諸爻中特表出九五來。「止而巽」，通論卦德。

《象》曰：山上有木，漸，君子以居賢德善俗。

安溪李氏曰：「修己治人，其培養成就皆以漸也。」

初六，鴻漸于干，小子厲，有言无咎。○**《象》曰：小子之厲，義无咎也。**

初與上無位，中四爻互離、坎。離爲飛鳥，而居坎水之上，鴻之象也。物之漸進莫若鴻，又奠雁婚禮也，切女歸義，故諸爻取之。初變家人，遇離。艮止，則不進也。變離麗，則援上而又欲進矣，故爲漸干之象。始進之時，不可援上，故雖有孤危讒謗之傷，而於義爲无咎也。

六二，鴻漸于磐，飲食衎衎，吉。○**《象》曰：飲食衎衎，不素飽也。**

二變重巽，巽爲臭味。合三、四互坎，爲酒，飲食象。重巽，故曰「衎衎」。巽伏而入，有凝固意，故爲磐象。卦惟此爻以陰應陽，又得中正之德，夫能措天下於磐石之安。有功如此，是伐檀之君子，爲和羹之大人矣，何素餐之有？

九三，鴻漸于陸，夫征不復，婦孕不育，凶，利禦寇。○**《象》曰：夫征不復，離群醜也。婦孕不育，失其道**

也。利用禦寇，順相保也。

三變觀，遇坤。坤爲地，而三居下卦之上，故有陸象。以水鳥而止陸，此失其所止之道者也。三重剛不中，與上同剛，卦又爲進，則任剛以動，而不安於所止，所謂「好勝者必遇其敵，强梁者不得其死」，是死於敵應也，故云「夫征不復」。此參君啓陸氏之説。又剛中鄭氏曰：「三上無應而親四，四下無應而奔三。三務進而妄動，故征則不可還。四失守而私交，故孕則不敢育。」彦陵張氏曰：「夫婦而出於正應，則爲媾。夫婦而出於私情之比暱，匪媾也，而實寇也。惟以禦寇之法禦之，庶幾不受私情之累，乃爲利耳。」此後二説，與《程傳》頗合。《傳》又曰：「非理而至者，寇也。守正以閉邪，所謂禦寇也。蓋少男長女非耦相從，故山風有蠱惑之私，而風山亦失女歸之道。」按三與初、二本屬一體，又變坤爲衆，所謂「群醜」也。今不止於其所，而上比於四，是出位而離群也。艮男夫也，變坤爲母，夫而不夫矣，故曰「不復」。坤母，故孕。互坎中滿，亦孕象。變坤，則中滿不見，是不育也。互坎互離，爲盗，爲戈兵，「禦寇」象。以禦寇爲利，則必反其所失之道。坤爲順德，《傳》故曰「順相保」者，合夫與婦并言之。蓋順乎「安汝止」之道，以保其血氣未定之天，則無夭札堪虞，而與衆以俱生者，不至先衆而獨死。順乎「待男行」之道，以保其十年不字之貞，則無中冓貽羞，而摽梅之失時者，仍得螽斯以衍慶，凶者其不凶矣。《易》爲寡過之書，其義有如此者。

六四，鴻漸于木，或得其桷，无咎。○《象》曰：或得其桷，順以巽也。

四變遯，遇乾。巽木，故曰「鴻漸于木」。遇乾金，有削平之義，爲桷象。巽爲不果，故曰「或」。乾不可爲順，然遯則順矣，而本體以柔居柔，是能順者也。四多懼，順以巽，則柔而能權，自可安耳。按四不於夫婦取義者，以變乾之剛健耳。

九五，鴻漸于陵，婦三歲不孕，終莫之勝，吉。○《象》曰：終莫之勝，吉，得所願也。

五變兼山艮，有陵象。卦爲女歸，故九五亦曰「婦」。互離，中虚；又變艮，爲固止而不進；故曰「不孕」。「三歲」者，天道小變，一卦之數也。然爻爲時之小變，而卦爲時之大統。爻雖不漸，而無如卦之爲漸也，故莫之勝時過則合，吉而得所願矣。按先儒多以二、五爲三、四所隔爲言，夫陰陽爻相爲正應，豈有能隔之者？第三爲艮之主爻，四爲巽之主爻，而一男一女上下相比，則謂爲能隔，理或然也。凡《易》於上下正應，多言「志」言「願」。所願得者，本氣之巽入爲之主也。

上九，鴻漸于陸，其羽可用爲儀，吉。○《象》曰：其羽可用爲儀，吉，不可亂也。

上變蹇，遇坎。坎險，蹇難，上處窮位，時無可漸，則退矣。下艮，一剛横亘，象陸。此亦同之。鴻復漸于陸，雖非其得時之地，然知難則退，確乎有不拔之操，爲世所儀而象之者也。《合訂》云：「陸爲人所往來之處。三過剛而妄進，不免罾繳之虞。上無位，又以陽居陰，忘機之鳥也，故翱翔自如。儀謂飛翔可觀。在人，則亮節清風，頑廉懦立，亦一代之光也。」説甚精。蓋以巽之精詳，處坎之險艱者也。義有如此。

【校注】

〔一〕「却」，原作「郤」，據《四庫》本改。

卷九

歸妹

䷵兑下震上

歸妹：征凶，无攸利。○《彖》曰：歸妹，天地之大義也。天地不交而萬物不興，歸妹，人之終始也。説以動，所歸妹也。征凶，位不當也。无攸利，柔乘剛也。

雲峰胡氏曰：「卦詞惟《臨》與《井》言『凶』，《否》與《剥》言『不利』。《歸妹》既『凶』又『无攸利』，六十四卦不吉未有若是之甚者。」《彖傳》「天地大義」、「人之終始」，在程、朱及各家皆作泛言其理以爲起端。然《咸》、《恒》、《漸》皆言男女配合之義者，何不於彼發之，而獨著於此？雙湖胡氏曰：「卦自泰來。乾九三交坤而爲九四，坤六四交乾而爲六三，是天地交也。出震見離，説兑勞坎，是萬物興也。」兑爲少女，女之終；震爲長男，男之始：是「歸妹，人之終始也」。蓋乾以資始，坤以大終。乾交於坤之始，則爲震；坤交於乾之終，則爲兑。而二、三、四互離，三、四、五互坎，全乎四正，故曰乾坤之大義。乾男坤女，坤三索而得兑，女道已終；乾一索而得震，男道方始：故曰「人之終始也」。是則但觀於卦之體象，似無所爲不善者，而何以名之曰「歸妹」？蓋卦最重德。説以動，則男女雖交，而無如所歸者妹也。其德既非，而位又不當，則始合不正，是無始也。柔又乘剛，則家道終乖，是無終也。其於天地之大義爲何如哉？故不得僅以其交體、互體而善之也。

《象》曰：澤上有雷，歸妹，君子以永終知敝。

安溪李氏曰：「雷動雨降，陽感而陰應者，正也。澤者積陰之處，而其上有雷，是以陰而感陽也，亦有歸妹之象焉。」竊按：謂「永終知敝」，是反正二義，蓋慎始則永其終矣。始之不慎，即知終之必敝也。

初九，歸妹以娣，跛能履，征吉。○《象》曰：歸妹以娣，以恒也。跛能履，吉相承也。

初變解，遇坎。兑爲毁折，在下，足跛象。坎爲曳，跛而能履象。

九二，眇能視，利幽人之貞。○《象》曰：利幽人之貞，未變常也。

二變洊雷震。本氣互離，爲「眇能視」象。按震東，日出方也；兑西，月生方也。月借日以爲光，故朔爲哉生明。今兑變震，是月有光矣，故曰「眇能視」也。觀六五之震變兑爲月幾望，可見。《履》之三亦曰「眇能視，跛能履」，而夫子謂爲不足與行與有明，而此初之「跛能履」則曰「相承」，二之「眇能視」不復釋者，義各異也。按安溪李氏以爲：「凡下卦與同類應者，則取從嫡而歸之象。應而陰陽反者，則取未歸之象。」故初曰「歸妹以娣」，而二則並「歸妹」二字亦無之。然初曰「跛能履」，則説君以動，出乎險中，娣之從嫡，無專行僭越之失，故征吉者以其相承也。二曰「眇能視」，則以説而懼，發乎情，止乎禮義，昏而能明者也，故以幽人之貞爲宜，而夫子釋之曰「未變常」，常即恒也。蓋長男長女之配合，始爲恒。歸妹非恒，而歸者以娣，則恒矣。男女居室，人道之常；而不爲苟合，則雖守字終身，而於常道亦未爲變也。初則循分以行，二則明義以處。《履》之三爻柔，正當兑之缺處，故言其不足於仁智，意主於眇與跛也。此之初二爻剛，爲説以動，故雖不足於行，而有所依藉以前，雖不足於明，而不致冒昧以動，意則主於能履能視也。

六三，歸妹以須，反歸以娣。○《象》曰：歸妹以須，未當也。

三變大壯，遇乾。《大壯》之三變歸妹，曰「小人用壯」；而《履》之三，兑變乾，亦曰「咥人」，曰「武」，其義固可知矣。蓋此爻爲兑説之主，四爲震動之主。所歸之妹，此其是已。但説以動，變乾之健，鋭意以歸，而三、四卦當革之際，又皆不當位，震起而不下接，則求爲正嫡不可得也。且與上六爲同類之從，則歸而爲娣而已。仲誠張氏曰：「『須』即『鬚』，生於口上，反垂於口之下，是無德之女急於争上而反得下者也。」此解雖奇創，然按《賁》之二曰「賁其須」，「須」亦作「鬚」，蓋離之中爻也。此與二、四互離，故亦象之。又《賁》之二與三，離體一氣，故與上興。此三、四内外位隔，故不相比耳。

九四，歸妹愆期，遲歸有時。○《象》曰：愆期之志，有待而行也。

四變臨，遇坤。《易小傳》曰：「『歸妹愆期』，無應也。『遲歸有時』，待禮也。動而順，女子之正也，是以能待禮也。卦變爲臨，不行之爲臨，愆期之象也。」《傳》曰：「愆期之志，有待而行。」夫待者，時也。《詩》曰：「士如歸妻，迨冰未泮。」又曰：「卬須我友。」則待而不得所友，寧遲其歸。坤之順，後得之義也。

六五，帝乙歸妹，其君之袂，不如其娣之袂良。月幾望，吉。○《象》曰：帝乙歸妹，不如其娣之袂良也。其位在中，以貴行也。

五變麗澤兑。《易小傳》曰：「乙者，陰之首也。五者，帝之位也。陰居尊位，是以爲帝乙也。震正東也，日所出也；兑正西也，月所出也：月幾望之象也。」按日爲君，月爲臣，以震變兑，與下卦一氣，君下於臣而爲一家也。五以陰應二之陽，位尊而交於卑，卦爲歸妹，故有帝女下嫁諸侯之義。此與《泰》五詞同而止曰「吉」者，蓋以説動者情也，視上下交以道而爲元吉者，不侔矣。安溪李氏曰：「卦義之所以不善者，爲以女先男，是妹自歸也。然婚姻之義，皆男求女，獨帝女下嫁，以女求男。此爻適當其象，則歸妹之意不徒無凶而反吉矣。」又按：月幾望者，光未滿也。以五之尊應二之卑，而柔順以將其謙抑之德，如月與日望而未敢望也。蓋月無正與日望者；正與日望，則月亢日，而月爲之蝕，是陰盛矣。此爻爲君，則四爻爲娣。以二爻皆在上卦，故爲衣。取於袂者，所謂長袖善舞，動而取説者也。五柔而四剛，此之變氣又爲兑缺，故君之袂不如其娣之良也。四不中正，五柔中，反言以見君之德，不似娣之尚容飾也。按：《傳》以下二句釋上二句，又一例。言其以德爲貴，不必以容飾爲尚耳。行，謂卑約之行也。

上六，女承筐，无實。士刲羊，无血，无攸利。○《象》曰：上六无實，承虚筐也。

上變睽，遇離。居卦終而無應。居終則過時，無應則無配。睽又乖異，故有士女婚嫁不成之象。震士，兑女。震爲竹，離麗也，有筐象。兑女在下，承筐象。兑爲羊，變離，戈兵，刲象。震仰盂，空虚；變離，亦中虚；坎中滿，又爲血。上爻過乎坎，是无實无血也。《傳》專釋承筐者，安溪李氏曰：「明上六之爲女也。」

豐

䷶離下震上

豐：亨，王假之，勿憂，宜日中。○《彖》曰：豐，大也。明以動，故豐。王假之，尚大也。勿憂，宜日中，宜照天下也。日中則昃，月盈則食，天地盈虚，與時消息，而况於人乎？况於鬼神乎？

卦詞最難通。《傳》、《義》及諸説皆以爲徒憂無益，或且以爲不必憂。竊按：聖人憂盛危明，豈有反以憂爲無益而令人勿憂者？矣鮮來氏則曰：「『勿憂，宜日中』，當憂其遂日昃。」如此，又成歇後，而於「宜」字亦混。竊觀夫子之説，《彖》曰：「豐，大也。明以動，故豐。」倒釋「王假之」意，又曰「尚大也」。夫所尚者大，則必至於大而後可以慰其心，是勿憂宜於日中耳。而夫子又釋之曰「宜照天下」，蓋必能照天下始爲日中也。則亦必照乎天之下，下卦爲離。凡窮鄉僻壤之地、匹夫匹婦不能上達之情，無不能曲體而曲遂之，俾無一人之不獲其所焉，然後大者真大，而王真能至之也。釋卦詞者止此，而自初爻至五皆此義也。至「日昃」以下則又推及日中以後之可憂，朱子所謂發卦外意者，夫子特以備上六一爻耳，非卦詞本義也。蓋嘗論之，後天卦位，震居東，離居南，而東南之交則爲巽。今觀卦象，震上離下，其中巽也。離日麗，震爲日之始出，乃歷二、三、四過巽而至五，是爲離位，日正中矣。夫必歷二、三、四，始至日中，日豈易中者？又必日中，始所至者大，大又豈易至者？惟王明以動至之。而此明動之閒有巽焉，其德爲入，則沉潛邃密，亦謹小慎微。使所明能得於所見，而不能得於所不見，則懼其有遺照也。使所動能及於人所共知，而不能及於人所不及知，則懼其有弛行也。然則聖人憂勤惕厲之懷，上震也。當有臨之日，震下離也。而即與之俱永也。是王所以假之者，大有憂在焉，故曰「勿憂，宜日中」，則未日中而宜憂者多矣。夫憂盛危明，賢主之所爲也；而庸愚者，方且安危利菑，又豈能當全盛而憂之？故聖人不與之争憂不憂，亦不與之争豐之至不至，而第曰「宜日中」而已。「宜日中」，宜照天下也。果能照焉，則自不能不憂，則亦無時而可謂爲豐之至。此聖人之微旨，吾蓋熟審夫夫子之所以釋之者，而始有以知之也。

《象》曰：雷電皆至，豐，君子以折獄致刑。

凡雷電，皆電先而雷後。今雷聲一聞於天，而電光即著於地，故曰「雷電皆至」。《易酌》曰：「《噬嗑》之明刑敕法曰先王立法者也，明在上也。《豐》之『折獄致刑』曰君子奉法者也，明在下也。《旅》之『慎用刑』與『不留獄』，則上下君子皆當然也。」

初九，遇其配主，雖旬无咎，往有尚。○《象》曰：雖旬无咎，過旬灾也。

初變小過，離遇艮。「遇其配主」者，不期而見曰遇，謂變艮也。先天之震位即後天之艮位，故四爲初主也。又配者，敵體也。艮、震先後一體，故曰「配」。又配者，合而有助也。初與四應，以卑而上合乎尊，明之始，動之初，相與以有成也。「雖旬无咎」，「旬」先儒多釋爲均，然於《傳》曰「過旬」費解。《合訂》有二説。其前説曰：「旬，十也。十者，數之終也。六爻自初歷四，至上而周，又轉而至初則爲七，至四則爲旬。『雖旬无咎』，謂不但有始有終，即時會再更，尚復可延。此往而有爲之所以可尚也。」義頗佳。按「往有尚」，尚，大也。以四爲旬，過旬即五，則日中而將昃矣，故曰「灾」。聖人以訓「雖」字。《大學》「見賢而不能舉」一節，即所謂「過旬」也。此亦變氣小過之義。安溪李氏曰：「下三爻離體，皆爲以明明人之象。上三爻震體，皆爲求明自明之象。他卦之義重在有應，惟豐不然者，豐盛大也，盛大而有應，則益其盈滿之心，故以同德而不相應者爲足以相成也。節齋蔡氏曰：「豐爲多故，難以盡見也。惟以剛遇剛，以柔遇柔，則所見同，而可以無疑。以剛遇柔，則剛者明而柔者暗，終不能相信。」此與安溪説并相發明者。

六二，豐其蔀，日中見斗，往得疑疾，有孚發若，吉。○《象》曰：「有孚發若，信以發志也。」

二變大壯，離遇乾。蔀，草名。二、三、四互巽，爲柔木。《大過》下巽初曰「白茅」，《泰》之初變巽亦曰「拔茅」，是也。二爲在田，故有蔀象。「豐其蔀」，見所豐者小。《傳》於九三之「沛」釋之，亦如「日中見斗」於九四釋之，義互見也。離之光在外，其中爲闇虛，二即闇虛也。又變乾爲天，斗者天樞，星大見斗，則日之明微矣。乾健故往，戰則得疑疾。二中正，五以虛中相應，故有孚。乾，故能發也。了凡袁氏曰：「三光皆屬離，盛則爲日，微則爲星。二乘剛爲疾。疑者明之反也，反疑爲孚。」竊按：「有孚發若」，《傳》訓「信以發志」，先儒皆謂人臣積誠以啓君之明，此皆泥於蔀爲蔽明之説也。夫蔽則不發，發則非蔽，一爻豈有凶吉二象者乎？蓋此「有孚」自從五來。「志」即「得志，澤加於民」之「志」，「發」如聞文王作而興者也。

九三，豐其沛，日中見沬，折其右肱，无咎。○《象》曰：豐其沛，不可大事也。折其右肱，終不可用也。

三變洊雷震。凡雷電之作，電小則雷聲小，電大則雷聲大，無電之雷則殷殷不絶而已，故以豐沛見沬象之。《子夏傳》，「沛」作「芾」，小也。劉熙曰：「沛者，水草相生之名。《公羊傳》『草棘曰沛』、『齊侯田於沛』是也。」崔駰《達旨》曰：「蟲蚋之趨大沛。」沬者，《子夏傳》云「星之小者」，《程傳》謂「星之微小無名數」，西士利瑪竇曰「雲漢蓋無算小星而成」，然則沬爲雲漢矣。「見沬」，則日之明爲尤微也。三、四、五互兑澤，故取象於沛與沬也。兑爲毁折，其變氣互二、四成艮，爲手肱象。陽爻，故曰右。觀《師》之「左次」，《明夷》之「左股」、「左腹」皆陰爻，可見。「无咎」者，雖終不可用以有爲，而於義則无過也。

九四，豐其蔀，日中見斗，遇其夷主，吉。○《象》曰：豐其蔀，位不當也。日中見斗，幽不明也。遇其夷主，吉行也。

四變明夷，震遇坤。震爲萑葦。合二、三巽體，變坤爲地，故與二皆曰「蔀」。《明夷》則曰：在地下而明有所傷。斗爲帝車，坤爲大輿，故二曰「見斗」而四亦曰「見斗」也。初與四皆陽爻；又後天卦位，離正南，其西即坤，西南得朋者也，朋爲同類；故曰「夷」。因變而得朋，故亦曰「遇」。先天之離位即後天之震位，故初爲四主也。「吉行」者，動罔不臧也。合二、三、四觀之，二、三之爻詞上言其時，下言其才，四則合其時與才而并言之。以豐尚大，而豐蔀、豐沛皆不可大者，《詩》所謂小康也。然非其所豐者小也，其所明者微也。所以明之微者，皆日未中，自謂已中而勿憂者也。夫二以柔應柔，小而微，宜矣。四則剛也，而又在上，何亦小且微？夫子曰：不中不正，不當位故也。然二非當位者乎？第以中正處下，則在田之大人也，士也。雖有其德，而無其位，故所就者小矣。且往見不義，祇取辱焉，故必有孚始發之。此達可行於天下而後行之者也。若三則不然。剛而不中，又變震，上下一氣，勇於有爲，而不顧其時之不可。雖於己有所傷，而於義則無所負。此殺身以成仁者也。至於四，則居得爲之地，當可爲之時，第不中不正，雖有其位而無其德，則所成亦不能大也。惟求賢以相濟，則吉已。此以人事君者也。按先儒皆以蔀爲蔽日，更有以二、三、四爲下之蔽上者，又以日中見斗見沬爲日有所蔽，如日蝕之意。不惟二句犯複，且説《易》必通前後，若以豐蔀爲蔽日之象，則「豐其屋」不通矣。若以蔀爲雲日之蔽，則「蔀其家」又不通矣。且以二、五柔爻敵應爲蔽，又以五、上二柔乘剛爲蔽，既蔽矣，則二何以能發五？四、五何以能遇初來二乎？《象傳》又何以不言「剛掩」，不言「柔中無應」，不言「柔乘剛」，而第曰「幽不明」乎？然則夫子於四之豐蔀釋爲「位不當」者，其又何以解焉？又按：上蔡張氏以二、四爲大臣蔽君，曲説也。但謂斗有運旋之權，似諸侯，亦甚有理。蓋二德盛，四位尊，皆能成一時之業，第所就者小耳。「日中見斗」者，當時以爲盛，其實非盛也，如謂非日之中，特見斗耳。至於沫，則爲庶士，如《書·洪範》所言「師尹惟日，卿士惟月，庶民惟星」之類。

六五，來章，有慶譽，吉。○《象》曰：六五之吉，有慶也。

五變革，震動遇兑説。革故取新，而樂取於人以爲善，故能來二之章以有慶也。凡内應外曰往，外應内曰來。此非二之來也，所謂「欲有謀焉，則就之」者也。五以柔居震動之中，動而不見其動。當日中之位，而不見離象，明而不有其明。變爲兑説，明良喜起，爲協和，爲時雍，所爲「不見而章，不動而變，無爲而成」者。

上六，豐其屋，蔀其家，窺其户，闃其无人，三歲不覿，凶。○《象》曰：豐其屋，天際翔也。窺其户，闃其无人，自藏也。

上變明兩作離。上位高，如屋。震爲棟宇，變離爲輪奂，「豐其屋」象。先天離位即後天震位，而變氣又離，故以下卦爲家。「蔀其家」者，震爲萑葦而在離家之上也，所謂昔之峻宇雕墻，今則荒烟蔓草矣。離爲目，故曰窺。中虚，故其户无人。爻三成卦，離位亦三，故言「三歲」。上下兩離，明極而闇，上之窮，明之終，故不覿也。上爲天，離爲飛鳥。「豐其屋」，「如翬斯飛」，《傳》故曰「天際翔」。蓋上六之矜高自恣，無所底止，光景似之。然則「闃其无人」者，非无人也，有人而已不之見，與无人同，《傳》所謂「自藏」，而非賢人君子之甘於遯世也。安溪李氏曰：「陰柔無自明之德，又無同德之助，與時偕極者也。」按《象傳》「天際翔」釋豐屋，即所以釋蔀家也。「自藏」釋无人，即所以釋不覿也。聖人立言之妙如此。竊嘗考之，唐虞之際，號爲中天，正日之方中也，然而博施濟衆，堯舜猶病，則終古無豐之時矣。是豐也者，聖人之所不敢言也。惟庸人則自以爲豐。故初與五不言「豐」，而「有尚」者豐有可幾，「有慶」者豐有可稱。而二、三、四與上，則皆言「豐」。第二、三、四未豐而自視爲豐也，則亦不過星斗之明而已。上則已豐而猶過求其豐也，則反得歉而已。蓋旭日初出，歷二、三、四，至五爲中，至上則日中而昃矣。初當離震同宮，始旦者此也，帝出者此也，故遇主，此即明即動者也。二、三、四雖皆爲過巽之日，然二在辰，近震，四在巳，近離，故其豐皆爲蔀，而所見皆爲斗，微而猶未甚微也。三則正當巽方，去震離皆遠，故所豐所見則愈加微焉。且二餘於明而不足於動，以其自四來，四舊比五者，故五以動應之則發；四餘於動而不足於明，以其自二往，二舊比初者，故初以明遇之則吉：此明動相資者也。三居下明之終，智已怠而昏矣，而與上動隔體，力又不足以有爲也，故又有折肱之象，此明動皆絀者也。五當日中而無日象，可以有爲而不知所以爲也，故必下求明者以爲明作之助，此以明爲動者也。上則日已昃矣，嚮晦宴息可也，乃自曰予智，變離也。而妄動不已，此明動俱極，故窮大失居，豐而受之以旅也。夫爻各有位，位各有其時義，一爻一時義也。諸儒之説二、三、四竟與上爻一例，是執《彖傳》「日中則昃」發明卦詞外義者，而全失夫卦詞中之義。所謂觀象而思過半者謂何？此則余所不敢安而必求其當也。

旅

䷷ 艮下離上

旅：小亨，旅貞吉。○《彖》曰：旅，小亨，柔得中乎外而順乎剛，止而麗乎明，是以小亨，旅貞吉也。旅之時義大矣哉！

「小亨」者，坤之亨也。《彖傳》兩言之，蓋以「柔得中乎外而順乎剛」釋「小亨」之義，而以「止而麗乎明」釋小亨爲旅貞之所以爲吉也。順即是亨，非坤無所爲順者。然先儒之説「順乎剛」，皆謂五順上與四。夫五順上，似矣；而於四則爲乘剛，不可爲順剛。《程傳》又以「麗乎上下之剛」爲順剛。合觀《易》卦，全離爲麗，不聞以中爻爲麗也。且離麗坤順，亦未有既以爲麗又以爲順者。而歷來諸家遂紛紛臆説：有謂順剛爲能依强輔，如此，是援勢也；或又謂以剛强之人能順之，正見柔之得中，此又吐剛而畏强禦也。夫客子畏人，自古已然。自非狂騃，未有在旅而敢凌人，不謙恭遜順，以取侮辱者也。此又何俟聖人垂訓而始知之？且「旅瑣瑣」，爻之初即以卑猥不振爲譏，而於卦詞則又取之，無此理矣。又「柔得中」謂五也。然二之得中，視五更正，何以獨取乎五？夫既以得中取五矣，又以順剛爲順乎上與四，是專以外離言也。如此，則大有、噬嗑、晋、豐、鼎、睽諸卦皆「柔得中乎外而順乎剛」者，何於諸卦一不之及，而獨繫於此卦耶？且以此句説上卦，「止而麗乎明」句又説上下兩卦，偏全不同，亦非體例。夫先儒不謂乾坤生六子，八卦又生六十四卦乎？然則凡卦無有不生於乾坤者矣。夫乾坤者，天地之德也，陰陽剛柔之分也。不但三奇畫爲乾，即一奇亦乾也。不但三耦畫爲坤，即一耦亦坤也。以三奇三耦論，今以坤之三往居五，柔得中乎外也。以乾之五來居三，以止下之二柔，柔順乎剛也。蓋聖人正因旅久則勢孤，或援乎勢，或畏乎强，流離瑣尾，不能寬裕而自得也，於是特訓之以坤亨爲處旅之正，而守之則吉焉。夫含宏光大，坤之亨也。君子體之，則爲直方。柔得中乎外者，義以方外也；順乎剛者，敬以直内也。何以言之？乾之五，剛在外，今來於三，以止下之柔也；而二之柔即居其所而不動，所謂順也。夫内止其所，則敬以直内矣。坤之三，柔在内，今往於五，爲明之麗，宅乎二剛之中，不偏不倚，明而得中，以爲肆應，義以方外者也。夫敬義立，而德不孤矣。以之處旅，能固守之，雖患難夷狄，將無入而不自得，吉何如歟？故又贊其時義之大也。若如諸儒之説，謂亨爲通，如吉祥一例，既與下犯複，且以「小亨」謂羈旅本無大通之理，羈旅而亨，雖大亦小。然則孔、孟必得志鄒魯，方爲大通。如其栖栖於陳、蔡、楚、衛，遊於齊、梁，而有遇焉，亦當如管仲之器小也歟？

《象》曰：山上有火，旅，君子以明慎用刑而不留獄。

龍谿王氏曰：「旅皆逆境，莫甚於囚之在獄。獄者，不得已而設，豈可留滯久淹也？此於『旅』字頗相關。」

初六，旅瑣瑣，斯其所，取灾。○**《象》曰：旅瑣瑣，志窮灾也。**

初變兩離，察察爲明，不免苛索，而在艮小，尤爲細屑，故有瑣瑣之象。「斯其所取灾」，先儒多作一句讀，謂爲自取其灾，而又以瑣瑣爲輿儓卒隸。夫輿儓卒隸，即爲旅終身，亦不過賤耳，何至於取灾？聖人不爲此輩謀也。大可毛氏獨以「斯其所」三字斷句，引《説文》、《爾雅》、《毛詩》，以「斯」爲分析之義。其意以爲：他鄉寄迹，情已逼仄；所恃廣大自處，同類相親，則四海兄弟，天涯比鄰，庶足共相慰藉也；而乃小利小害，較量錙銖，此往彼來，疑慮畏葸，必至分析其處所而後已，則所親益寡，豈不取灾？此説視諸説較勝。竊按：「所」字亦不必專指處所。即凡行李、財貨、童僕、器物，一切同寓者，彼此管照，庶得無失。若猥瑣猜嫌，則各不相顧矣。《傳》曰「志窮灾也」，「窮」字正與卦詞「亨」字反對。知瑣瑣之爲志窮，則聖人以亨廣旅人之志可知已。

六二，旅即次，懷其資，得童僕，貞。〇《象》曰：得童僕貞，終无尤也。

二變鼎，艮遇巽。六二柔居柔位，「即次」也。變巽，而本爻合三、四又互巽，巽近利，資也。居中，懷資也。鼎受實，亦懷資象。艮爲閽寺，童僕象。二居中，而上下、剛柔、長少皆得，「得童僕」也。艮止則無外心，巽入則能謹密，「童僕貞」也。三者皆旅之善，爻未言「吉」，故《傳》以「終无尤」補之。《易酌》曰：「雖厮役皆以正道相勖，則主人因而寡過矣，何尤之有？」爾瞻葉氏曰：「貞不徒責童僕，須在我有以得之。不能得，是我之尤也。『終无尤』，蓋嘉其德之詞。」二説皆佳。

九三，旅焚其次，喪其童僕，貞厲。〇《象》曰：旅焚其次，亦以傷矣。以旅與下，其義喪也。

三變晋，遇坤。火在地上，則無屋可居。又坤三往五爲離火，五遂來居於三，「旅焚其次」之象。「焚其次」，則并其資而盡之，故不又言喪資也。坤爲臣妾之道，五本尊爲主，來居三，《傳》故曰「與下」也；而又變坤，則又下同臣妾矣。合四、五互兑爲脱，喪童僕象。《合訂》曰：「主僕之分，雖流離瑣尾，不可失也。若如等夷相與，則尊卑無别，不成其爲主僕矣，故曰『其義喪』。」又曰：「本欲與之，而反失之，亦由喪其順德故也。」按「貞」字，《程傳》連上，《本義》連下，各有義。

九四，旅于處，得其資斧，我心不快。○《象》曰：旅于處，未得位也。得其資斧，心未快也。

四變全艮，處旅之心，雖欲其貞，而爲旅之身，則不欲其久，久則處而留羈他鄉矣，《詩》曰「于時處處」是也。離麗變艮止，麗暫而止久也。上下艮，止其止也，故曰「旅于處」。合二、三互巽，故皆有得資象。離爲兵，合三、五互兑金，而在巽木之上，斧象。麗其兑金，得斧象。旅以柔中得位，四剛不中，故《傳》曰「未得位」。此句承上起下，故下直述爻詞，非若諸《象傳》之各自爲解也。若曰惟不得位而旅處，故雖得資斧，心未快也。玩《傳》義，孟子在齊，王欲養之以萬鍾，而孟子不豫而去，似之。孩如鄭氏曰：「下體，庶人之旅，求貨利者。上體，士君子之旅，求功名者。」

六五，射雉，一矢亡，終以譽命。○《象》曰：終以譽命，上逮也。

五變遯，離遇乾。離文明，火炎上，故象雉。爲戈兵，射象。乾數一，又爲金，一矢象。此爻，《程傳》與《本義》異。諸家之説雖各有見，而俱未確。《易酌》又疑「射雉爲死雉，何以得譽命」，亦太泥。竊按：此不過言柔往而剛來耳。蓋射雉，欲得雉也；然雉得而矢亡矣。三雖居五得中以成離，而乾之一剛已失，今仍變乾，是始失而終得也。蓋五原在三爲坤，自往外爲離，是以剛得來於三，合二、四以互巽命，合四、五以互兑譽耳，是始因柔之上逮而失剛，終以柔之上逮而得譽命也。此爻詞無「旅」字，亦并無旅意。然六五以坤柔出外，是即旅也。《傳》故特以「上逮」二字注明之。又按：五爲離主爻，火在山上，不留，而變氣爲遯。自古功成者身退，堯老舜攝，終成放勳，伊尹之復政告歸，周公之欲讓後人於丕時，而阿衡著美，碩膚揚休，此物此志耳。

上九，鳥焚其巢，旅人先笑後號咷，喪牛于易，凶。○《象》曰：以旅在上，其義焚也。喪牛于易，終莫之聞也。

上變小過，有飛鳥之象。離火遇震木，麗於木，又科上槁者，且在上爻，故有焚巢象。三、四、五畫在上爻之先，互兑爲説，先笑象。至上變震爲懼，後號咷象。《離》之三曰或歌或嗟，《家人》之三亦離也，曰嗃嗃嘻嘻，《震》亦曰虩虩後啞啞，故有此象。凡旅人始皆易合，而久則必離，故曰「親寡」。焚巢，無可依之居也。親寡，無可依之人也。所以然者，以上之過也。《傳》故曰：「以旅在上，其義焚也。」蓋以焚巢概却「號咷」一句。彦陵張氏曰：「在旅而喪其童僕，孰不曰人之無良也？而聖人則曰：其義喪，不尤人也。在旅而焚其巢，孰不曰數之適然也？而聖人則曰：其義焚，不怨天也。故曰：正己而不求於人，則無怨。所謂旅貞者如此。」按《離》之卦詞曰「畜牝牛吉」，變震則喪牛矣。夫牛爲柔順而貞之物，旅以柔順而貞爲道者也，故以爲象。乃五則畜之，上則過而失之。二則止而畜之，上則動而失之。畜之何其難，失之何其易！聖人嘆知德者希，故曰「終莫之聞也」。此句正與「旅之時義大矣哉」前後呼應。《易小傳》曰：「同人亦柔得位也，《雜卦》於同人則曰『親也』，於旅則曰『親寡』，何謂也？同人，柔得位乎內，陰外而中，可同乎人也，是以親者衆也。旅得位乎外，火行而上，無所麗也，是親者寡也。以柔同乎內，始難同也，克而後遇，是以『同人，先號咷而後笑』也。以柔旅乎外，初易合也，客不利久，是以『旅人先笑後號咷』也。二卦所以異也。」

巽

䷸ 巽下巽上

巽：小亨，利有攸往，利見大人。○《彖》曰：重巽以申命。剛巽乎中正而志行，柔皆順乎剛，是以小亨，利有攸往，利見大人。

安溪李氏曰：「王輔嗣以卑順解巽義，後多因之。然順爲坤之專德，巽未聞有順義。考之於經，曰伏，《雜卦》。曰入，《説卦》。曰制，曰齊，《繫詞》。皆與順義差別。王氏蓋見柔順乎剛之詞，且見爻多床下之象，故以卑順釋之。然床下者，陰所伏也。巽在床下，所以入而制之也。能使柔順乎剛，則齊矣。卑者巽之形，順者巽之效，皆非『巽』字正解。若以人心之德言之，以爲沉潛深密之義則可，不可以卑順訓也。」又曰：「一陰伏於二陽之下，在天地爲陰氣始凝，在人心則邪欲潛動，於政事亦奸慝伏匿之象也。風者陰氣，而能散乎陰，以其本生於陽也，張子所謂『陰在內，而陽不得入，則周旋不舍而爲風』是也。故陰伏在內，陽必入而散之；邪動於中，必深察以除之；奸慝伏匿，王者必命令告誡以飭治之。命令，象天之風也。」竊按：風之散陰也，如冰爲陰氣所凝，至堅之物，日以融之不得，惟遇風則消。故《月令》曰：「東風解凍。」必東風者，風之根於陽者也。天地不能有陽而無陰，人不能有道心而無人心，國家不能有君子而無小人。但陰順陽以行，則時和而物亨；人心聽命於道心，則形踐而性盡；小人聽命於君子，則政平而事理。夫陰者，陽所資以爲用，而亦反而相敵者也。故陰蔽於外，陽鬱而不伸，則奮而爲雷，國家之威令振作，人心之恐懼修省是也。陰匿於中，陽融而未暢，則繞而爲風，國家之宣諭化導，人心之感發警悟是也。又按《繫詞大傳》曰「巽稱而隱」，又曰「巽以行權」。《論語》亦曰：「巽與之言，能勿説乎？」是則巽之爲德概可識矣。鄭氏曰：「九二，巽乎中者也。『重巽』，則兼五言之。《傳》曰：『巽乎中正而志行。』如此，則分曉矣。」又曰：「初六，順乎剛者也。『重巽』，則兼四言之，故曰『柔皆順乎剛』，尤分曉。」建安邱氏曰：「巽雖主於柔，而二、五之剛得中。故論成卦，則以初、四之柔爲主；論六爻，則以二、五之剛爲重。惟二、五之剛能巽乎中正，則剛不過而志得行矣，故曰『剛巽乎中正而志行』。此以二、五兩爻釋『利有攸往』之義。『皆順』，謂初順二、四順五也。柔者多不能自振，故必順乎剛，則柔得剛助，而後可行，故曰『柔皆順乎剛』。此以初、四兩爻釋『利見大人』之義。」然大可毛氏曰：「巽有兩利：一則以退爲進，而可以尚往；由下至上曰往。一則由小陰。通大，陽。而可以見大人。二、五爲大人。蓋巽爲命令，大人之事，命以行事，而重以申之，誠以陽剛兩爻皆得巽入二、五而行中正之志，陰柔兩爻不拂乎剛而順乎剛，是攸往者其行，而見大人者又其順也。」據此，則「利有攸往」亦不止於論剛爻，「利見大人」亦不止於論柔爻矣。蓋必剛得中正，然後柔順之而無所慤；又必柔順乎剛，而後中正之志始藉以行而無所阻，所謂陰陽兩相待也。又按：「小亨」非謂小吉小利。夫水、火、風、雷、山、澤，天地之大物；恩、坎。威、離。刑、震。政、巽。法、兑。制，艮。國家之大事；起、震。止、艮。升、兑。沉、巽。急、離。緩，坎。人心之大德。六子雖不能如乾坤之全備四德，然亦何至爲小小休祥之占乎？且《彖傳》曰：「重巽以申命。」夫「維天之命，於穆不已」，君子之德，純亦不已。重巽爲坤之无疆，實同於不息之乾，此豈小事哉？

《象》曰：隨風巽，君子以申命行事。

《大象》巽之申命，則屬人事，與《彖》不同。夫申命以其入也，然入而能散之，則非止於入而已，故又補出「行事」。

初六，進退，利武人之貞。○《象》曰：進退，志疑也。利武人之貞，志治也。

初變小畜，遇乾健，故曰「武人」。《履》之六三互巽變乾，亦曰「武人」。《合訂》曰：「武人出師，號令嚴明，進則進，退則退，有一定之律。此《師》之貞也。如是則利矣。」《易酌》曰：「把狐疑念頭整頓起來，不使污壞卑委了，志治也。」按《乾卦·文言》曰：「乾元用九，天下治也。」蓋初順二之剛者，故有此利德焉。

九二，巽在床下，用史巫紛若，吉，无咎。○《象》曰：紛若之吉，得中也。

二變漸，遇艮。巽爲木，爲繩直。初柔虛，二以剛臨其上，床象也。陰柔伏於近身之地，二近初也。三、四、五互離爲龜，史所掌也。此合三、四互兑，爲巫。「紛若」者，既用巫，下巽。又用史，上巽。反覆不已，所謂重巽申命也。蓋初與二，一陰一陽，陽得中而陰順之，則一氣也。初既進退不果，故二用巫用史助其決，以尚往耳。安溪李氏曰：「史以察吉凶，巫以除災害。入之至深，能察其害而急除之。」此説與卦意合。且察吉凶，申命也；除災害，行事也。紛若，重巽以申命，行事也，與《大象》亦合，其吉固宜。乃但曰「无咎」者，以陽不當位，中而不正，應有咎而无咎也。《傳》故曰「得中」，而與九五之「位正中」者不同。

九三，頻巽，吝。○《象》曰：頻巽之吝，志窮也。

三變渙，巽入又遇坎陷。二巽，三又巽，變坎爲勞，故曰「頻巽」。三以剛居剛，而又乘剛，剛太過矣，所謂進鋭退速。頻巽，則亦頻失者也。然頻巽亦猶之乎重巽，何以重巽則亨，而頻巽獨吝？蓋一陰一陽之謂道。初一陰，二一陽，爲巽。四又一陰，五又一陽，爲重巽。重巽者，終則有始，所謂乾坤并德，貞下生元，天命不已，君子之自强不息也。是巽之德幾於乾坤矣。頻巽，則剛之巽也既數，而柔之順也無時。此《程傳》與《本義》所以皆謂勉爲屢失者也。《傳》曰「志窮」，蓋謂剛不中正，而柔順之志遂窮而無所往耳。大抵巽卦雖以陽爲主，而其美則在陰。卦詞言「小亨」，《象傳》言「順」、言「志行」，爻言「志疑」、「志治」、「志窮」，皆謂柔也。又按：凡言吝在不及者，爲吝。變氣爲渙，是陰已散矣，而猶散之不已，陽有餘而陰不足也。

六四，悔亡，田獲三品。○《象》曰：田獲三品，有功也。

四變姤，遇乾。姤爲柔遇剛，此卦之美全在於柔之順剛。四以柔居柔，而在多懼之位，得毋有悔？然變氣爲乾，以柔遇剛，悔焉得不亡乎？合三、五互離，爲戈兵網罟。大可毛氏曰：「巽固利倍，而此爲巽主爻，有乾之實，倍而又倍，遂準卦畫之數，而全獲三品。誠以位居離中，適當心腹，而陰爻又復成巽股之髀，上中下殺，悉於所獲有相乎也。」在《禮》，一乾豆，二賓客，三充庖。注云：「上殺中心，乾之爲豆實；次殺中髀骼，以供賓客；下殺中腹，充君庖厨。」此以離爲心腹，巽爲髀骼，正相合。按田所以講武，初與四皆取其順剛，又俱變乾，故皆以武象之。然初有其志，故曰「武人」。四則有其事，故曰田而獲也。「三品」，備物也。《姤》之《象》曰「品物咸章」。在天地，則草木鳥獸魚鱉咸若；在國家，則卿尹庶士咸得其人；在人心，則耳目手足咸順其則。此柔順剛之美，《象》所謂「小亨」也。《傳》故以「有功」歸之。按五多功，非以言四也。但初與四皆以柔能順於中正之剛爲美，故初曰「利武人之貞」，合二以爲言，而此曰「有功」，亦合五以爲言也。四與五皆言「悔亡」者，見剛能巽柔，而陰之凝者皆散也。初、二與此同功而不言「悔亡」，必至四、五始言之，見私之難散，而篤實沉潛之功無一時可已者也。

九五，貞吉悔亡，无不利，无初有終，先庚三日，後庚三日，吉。○《象》曰：九五之吉，位正中也。

五變蠱，遇艮。五得位，所謂剛巽乎中正者，故曰貞。以陽居陽，而二又以陽應，似乎陽過，宜有悔矣。然巽乎中正，下柔順之，悔可亡，而且无所不利。「无不利」者，利有攸往，利見大人也。巽以柔爲初爻，无初也。剛得中正，而在重巽之際，有終也。坤爲先迷後得主者，无初有終，明乎其爲小亨矣。是舉全卦詞義皆在此爻，尤非二之所得望也。庚者，兑也。先三日爲巽，後三日爲艮，是爲蠱卦。艮之所以爲成終而成始者，蓋震以初之剛爲始，艮以三之剛終之。自巽至艮，萬物之功用盡矣。至震又起首，故蠱者繼前人已壞之緒而飭治之，爲有事於始也。今先言有終而又言先庚後庚，蠱之終則有始者，以見天命不已，人事無窮。君子之申命行事，可有一息之宜間也哉？此則專以變氣言之。貞吉者，无初有終之吉也；先庚後庚吉者，終則有始之吉也。非複也，故《象傳》止以「九五之吉」概之。又按：巽爲進退不果，故必至重巽而後決，四之所以有功也。然亦非僅一重之而即已，故五言先庚後庚，終而復始，以見申命之無窮。乾之反復道，不過是已。

上九，巽在床下，喪其資斧，貞凶。○《象》曰：巽在床下，上窮也。喪其資斧，正乎凶也。

上變井，巽入遇坎陷。夫井，巽乎水而出水者。以其巽乎水，故亦曰「巽在床下」，謂下巽也。巽爲利，資象。又爲木，三、四、五互離兵，二、三、四互兑金，斧象。旅四之離兑在爻上，爲「得」；此離兑在爻下，故曰「喪」也。「喪其資斧」，則羸其瓶矣，是以爲凶。此陽不足而陰有餘者。按：巽爲伏。夫陰之伏也於下不於上，則巽之爲功亦在下而不在上。今之位已上矣，是不得巽者。不得巽而巽，則失其巽，故曰「喪其資斧」，《傳》若曰「巽在床下」者也。今在上，則窮而宜變矣。宜變而不變，而固執之，以爲巽之正乎？則適得其凶而已。蓋貞爲正固，自來止以

「正」字替「貞」字，而遺却「固」字一層，遂以卦爻皆戒占者之詞。至此爻《傳》，又何以解焉？此融會《程傳》意，似妥。夫巽之德，爲剛入而散夫陰，柔伏而順乎剛也。乃初與四爲順剛之柔，二與五爲入柔之剛，故二合初，五合四，均爲吉占。三則剛巽而柔不及，故吝。上則剛不得巽而柔過焉，故凶。蓋風散夫陰，而陰不能匿，則與陽偕行，是爲晴風朗日，净掃陰氛，爲發奸摘伏之無遺，爲克代怨欲之不行，「利武人之貞」、「史巫紛若」之象。初與二是也。又爲和風甘雨，相資利物，爲小人變化於君子，爲百體從令於天君，「田獲三品」、「貞吉悔亡」之象。四與五是也。風散夫陰，而陰不能隨，則爲所牽，是爲既有凄風，亦有苦雨，爲再三瀆之童蒙，爲不能勝之人欲，「頻巽」之象。三是也。風散夫陰，而陰不能散，則與陽戰，是爲飄風之發，或雩或霾，爲小人得志而君子無權，爲人欲縱横而心爲形役，「喪其資斧」之象。上是也。

兑

䷹兑下兑上

兑：亨，利，貞。○《彖》曰：兑，説也。剛中而柔外，説以利貞，是以順乎天而應乎人。説以先民，民忘其勞；説以犯難，民忘其死。説之大，民勸矣哉！

卦辭「亨，句。利，句。貞」，句。兑蓋有此三德也。説屬情，人事之後起者，故不曰「元」，與《咸》同。雲峰胡氏曰「《咸》取無心之感，《兑》取不言之説」，是也。夫兑何以爲説？《説卦傳》曰：「兑正秋也，萬物之所説也。」又曰：「説萬物者，莫説乎澤。」蓋陽在内而敷散陰潤於外，萬物得之，莫不欣欣向榮以有成，是兑爲説之意也。《彖傳》剛中柔外釋「利貞」，順天應人釋「亨」，若曰：所以利貞者剛中而柔外也，所以亨者説以利貞也。蓋和義而正固，方能嘉會而合天人也。順天謂上兑，應人謂下兑。《本義》曰：「又取坎水而塞其下流之象。」《仲氏易》曰：「一陽居中，而以兩陰導其傍，川流下渫，則謂之坎。半坎上瀦，而以一陽窒其底，障坎下流，即謂之澤。是坎爲勞卦，而塞之以兑，而勞以亡；坎爲死位，坎位北曰朔月，死之名。離四居大坎而曰死，是也。而兑以閼之，而泯其死。是不特兑爲毁折，可以袪憂；兑爲附決，用能致快也。」此説雖巧，亦自有意。誠齋楊氏曰：「民知聖人勞我以佚我，死我以生我也，是以説而自勸。夫勸民與民自勸相去遠矣，故聖人大之。」

《象》曰：麗澤兑，君子以朋友講習。

《咸》卦内止而外説，故九四貞於一。此内外皆説，故《大象》澤而麗。麗者，兩相附也。《合訂》曰「我説人，人亦説我」，而「六爻取義，俱合上下兩卦並論」，是也。「朋友講習」之爲麗澤，爲説，先儒之論備矣。

初九，和兑，吉。○《象》曰：和兑之吉，行未疑也。

初變困，遇坎。《合訂》謂：「初、四相麗，二、五相麗，三、上相麗。初即四，四待商，初所以費調也。」此本《仲氏易》説，以爲上下貞悔，無應敵而有比儷，一如《大象》之所謂麗澤者。以兩離、重巽、兼艮、習坎、洊震各卦詞例之，誠然。且與變氣亦合。蓋説而遇險，則有所詳審調劑，非以水濟水者矣。安溪李氏曰：「凡説道，以剛爲正，以柔爲邪，故卦之四陽皆善，二陰皆惡。又内卦爲初，外卦爲終。初心未失，情必由中。所感既深，則有累於物。故初、二之義於四、五又爲善也。居卦之初，又獨不與陰比。卦之四陽，不與陰比者，此爻而已。故爲能以和爲兑，而其占則吉。和者，性之發、情之正也。《程傳》、《本義》論「和」，及《象》所云「行未疑」，皆確切。而《易小傳》又補之曰：「以陽先陰，非違道也。在下承陽，非爲諂也。」馮氏亦曰：「無欲於三，無嫌於二。」語俱精。

九二，孚兑，吉，悔亡。○《象》曰：孚兑之吉，信志也。

二變隨，遇震。二與五麗，又皆剛中，故皆曰「孚」。變隨，亦相從之義。《傳》曰「信志」，即《中孚》所謂「攣如」。「信」字正與「疑」字反對。

六三，來兑，凶。○《象》曰：**來兑之凶，位不當也。**

三變夬，遇乾。三與上麗。三之來，來上也；上之引，引三也。本氣主説，而變氣健行。兑、乾皆金，同居西北，是爲淫朋暱友，比黨爲非。蓋柔居剛位，不中不正，故有凶象。《傳》云「不當」者，以此。

九四，商兑未寧，介疾有喜。○《象》曰：**九四之喜，有慶也。**

四變節，遇坎。説於險，非輕説者，故有商象，有未寧義。蓋麗初之剛，又比三之柔，所以商也。麗初而遠，比三而近，所以未寧也。陰柔近比爲疾，而上下内外間之，則異體雖近而不親，一氣雖遠而可即矣，所以有喜也。《傳》云「有慶」者，四居上位，去邪從正，則其喜不獨在一身矣。又《合訂》云：「『憂悔吝者存乎介』，『介』謂介乎兩者之間也。一念未能決絶，便是疾痛。商而去之，勿藥有喜矣。」按此，以疾爲不決之病，不屬三爻，亦備一義。

九五，孚于剥，有厲。○《象》曰：**孚于剥，位正當也。**

五變歸妹，遇震。説而妄動，則爲陰所剥矣。「孚于剥」者，與二麗，而相孚于見剥之時也。上陰柔，五近而比之，恐中孚之志有未能固者，則非兑之利貞矣，故曰「有厲」。竊按：二、五同一剛中，而五且正，五比上，二亦比三，乃二則吉而五有厲，何也？以本氣言之，二在内，五在外。在内者，情含而未露；在外者，情發而易馳。安溪李氏謂「内卦爲初，外卦爲終」之説，是也。以變氣言之，二爲隨，男動而女説，陽先乎陰也。五爲歸妹，女説而男動，陰先乎陽也。是以得失有不同焉。夫五之本氣、變氣皆宜受剥，而獨毅然與二相孚，不爲陰柔所惑，非剛中而正當其位，不至此。《傳》故贊之。

上六，引兑。○《象》曰：**上六引兑，未光也。**

上變履，説而以健行，則相率以俱去耳，故曰「引兑」。三在内卦，故曰「來」；上在外卦，故曰「引」。來兑既凶，則引兑可例矣。《傳》曰「未光」，所謂「致飾於外，務以悦人」，豈復以信爲志者耶？

渙

䷺坎下巽上

渙：亨。王假有廟，利涉大川，利貞。○《彖》曰：渙亨，剛來而不窮，柔得位乎外而上同。王假有廟，王乃在中也。利涉大川，乘木有功也。

歷來先儒皆以合渙爲説，似《彖》、《象》各有其義者。然則夫子所謂觀彖而思過半，何謂耶？竊以一卦一義，即一卦之六爻，亦一爻一義，不應以萃爲聚而於渙又爲聚。況合渙在後，聖人亦不應以歇後謂爲正義也。夫「王假有廟」，《萃》、《渙》雖有同詞，然細玩夫子《彖傳》於《萃》曰「致孝享」，於《渙》曰「王乃在中」，而《大象》又增出享帝，此其間則必有辨矣。乃再三反覆於「剛來不窮，柔得位而上同」二語，竊不覺有以得其解也。蓋上卦本乾，下卦本坤。剛來於下爲九二，主柔之權而行其志，所謂「不窮」也。柔往於外爲六四，居得其位而順乎剛，所謂「上同」也。仲誠張氏曰：「剛柔各離其類而得通，上下各離其類而得通，所以爲渙，而渙所以亨也。其亨如何？『王假有廟，利涉大川』也。」按此説最得「亨」字之旨。夫亨爲嘉之會。假廟，則合子孫臣庶而皆在，所以渙分形異體之岐情也。涉川，則任夷險平陂而皆通，所以渙此疆彼界之殊軌也。其爲渙之嘉會，爲何如者？至於「利貞」，又自此二語看出。夫乘木以有功，則於物無不宜矣，利也。誠一以化物，則一中可允執矣，貞也。乃「王假有廟」，《萃》、《渙》二卦不嫌同詞者，蓋《萃》之義爲聚，有廟以聚祖考之精神，故曰「致孝享」；《渙》之義爲散，有廟以化形骸之畛域，故曰「王乃在中」。五君位也，九君德也。居中得正，而九來於二，同德以敵應。六往於四，近比而順之。五乃在中，靜以受二之應、四之順，所謂北辰居其所者。「奏假無言，時靡有爭」，景象宛然。惟其在中，斯無所偏暱，無所恝視，而序昭、序穆、序爵、序事、序齒，逮賤，無一人不使盡其情，無一物不得順其節。是《萃》、《涣》同一「假廟」，而取義則各不同也。

《象》曰：風行水上，涣，先王以亨于帝，立廟。

「風行水上」，水之來派不同，而風之蹴波無異。蓋坎爲通，巽爲入而散。非散其隔膜之私，不能享帝；非散其分派之私，不能立廟。至于享帝，則乾父坤母，《西銘》一篇大義在是。故夫子曰：「明乎郊社之禮、禘嘗之義，治天下如示諸掌。」紫溪蘇氏曰：「風行水上，凍解冰釋，而水流蕩。」又《易小傳》曰：「上一，帝也。次一，祖也。耦六於左右，三昭三穆也。中一，王在中也。」此又以九二爲王在中，亦備一義。

初六，用拯馬壯，吉。○**《象》曰：初六之吉，順也。**

初變中孚，遇兑。初既比二，變中孚，《易小傳》曰：「中孚，柔在内而麗乎剛，柔得所附之象也。」按坎爲亟心馬，故曰「馬壯」。拯者，拯否也。涣否之氣，在二與四。初無位，與四非正應，而比二，《傳》故曰「順」，言初非能拯者也，特順乎能拯之二而已。

九二，涣奔其机，悔亡。○**《象》曰：涣奔其机，得願也。**

二變觀，坎遇坤。涉水則險，履地則安。二、三、四互震，木也。上卦又爲巽木。木器之能安身者，莫若机。又剛爲几身，下柔爲足。三、四、五互艮爲手，以憑之，故取象焉。蓋涣之所以爲涣，以二與四。二爲坎之主爻，四爲巽之主爻。二至四適互震，動而得所安，故曰「奔其机」也。九來於二，變氣爲得地。六升於四，據於下卦之上，而又爲木，非奔机而何？本氣以剛居柔位，爲坎險，似乎過而有悔者。然變氣得地而安，安則能慮能得，故悔亡。而《傳》曰「得願」，願即志也。君子得志，則大行其道。道前定則不窮。《象》與爻一義也。

六三，涣其躬，无悔。○**《象》曰：涣其躬，志在外也。**

三變隨風巽。下卦本坎體，變巽，與上卦一氣，則坎體已失，是涣其躬也。此亦過而宜悔者。然涣否正以致泰，志之所欲，求仁得仁，又何悔之有？卦悔此爻有應於上，而變氣則上下皆巽，故《傳》曰「志在外」。《合訂》曰：「六往居四，九來居二，三介於二、四之間，無所爲涣也。然上比四而下比二，二不窮，三亦不窮，四上同，三亦上同，惟二與四是從，而已無一毫主持於其間，故曰『涣其躬』。」義甚精。

六四，涣其群，元吉。涣有丘，匪夷所思。○《象》曰：涣其群，元吉，光大也。

四變訟。訟務求勝，有涣群之義。遇乾，故曰「元」。涣盡群陰，而陽實胎之，有元之德焉，吉可知也。五位高，四上同五，合三互艮，故象丘。《合訂》曰：「六自否之二往居四，初與三本其群類也。今離初與三而居四，『涣其群』也。居四而上同五，『涣有丘』也。絶陰而從陽，是散小群而爲大群，聚若丘陵之高也。彼舊日等夷，如初與三，始且爲之抱離群之傷，今見有丘，大出望外矣。《涣》及《泰》二爻朋亡同，故《傳》俱云『光大』。」竊按：言「光大」，則並「涣有丘」亦釋之矣。

九五，涣汗，其大號涣，王居，无咎。○《象》曰：王居无咎，正位也。

五變蒙，巽遇艮。上卦風以散之，下卦水以潤之。變氣爲山下出泉，皆汗象。巽爲命令，號象。九，大象。五，王象。合三、四互艮，變氣又艮，止其所也，居象。涣之功在二與四，九五無爲而功則歸之，王居象。按：歷來句讀，皆以兩「涣」字提起。惟《合訂》則於「涣汗」句，「其大號涣」句。此蓋遵《傳》言「王居无咎」而讀之者也。「涣汗」即「王假有廟」。「其大號涣」即「利涉大川」。此爻實備《彖》詞之義。玩卦象，下坎一陽陷於二陰之間，上卦巽風，入以散之，夫然後出險，如人之病，得汗則邪散而愈也。當汗時，精液周浹，蓋無一毛一竅而不流貫也者。夫人皆錮蔽於形骸之私，以致有情而不暢。惟先王有廟以爲之昭格，而凡器物名數，所以爲對越駿奔者，無鬱之不伸，無志之不達。觀之《儀禮》，而先王之精義可知也。則推此意於政教，則理將無不明，誠將無不格。雖殊方異域，民心之藴結，無有不解者。其於治天下也何有？是故知幽明之故，則知渙之所以亨也。《合訂》曰：「精神積於中，流貫於萬事萬物，猶汗爲人之精液，發而周浹於四體。能如是，則政令所及，風行水湧，而大號渙矣。大號渙，則萬國傾心，爲君者垂裳端拱，坐致雍熙之盛，故曰『王居』，謂王居其所而天下環萃而戴之，即《傳》所謂『王乃在中』也。如此，又何咎之有乎？」按此説與《象傳》「正位」義甚合。夫王者一日二日萬幾。若無所事事，咎孰甚焉？今者精神流貫於四海，聲靈赫濯乎萬方，無爲而治，自无所咎。《坤》之《文言》所謂「正位居體，美在其中，而暢於四支，發於事業」者，此其是也。

上九，渙其血，去逖出，无咎。○《象》曰：**渙其血，遠害也。**

上變習坎。上與四應，而變氣又爲坎，是不能渙其否者。但坎爲血，血滯則病，是身之害也。巽風散陰，血亦屬陰。上雖不能渙天下之否，而能渙一身之害。何以渙之？惟引身以去。其去也不遠，務出乎險而已矣。上無位，在事外，故有「去逖出」之象。不能渙天下之否，咎也；而能渙一身之害，亦无咎也。《傳》曰「遠害」，并「去逖出」皆釋之。

卷十

節

䷻兑下坎上

節：亨，苦節不可貞。○《彖》曰：節亨，剛柔分而剛得中。苦節不可貞，其道窮也。説以行險，當位以節，中正以通。天地節而四時成。節以制度，不傷財，不害民。

《大象》乃夫子於上下二卦之象另行取義，多非《易》之本指。今諸儒竟以澤水爲節，謂澤所容有限。夫江河湖海皆澤也，可謂所容有限乎？然謂其振而不泄、無所泛濫以爲節，則可矣。竊以三陽爲乾，三陰爲坤。此卦初、二二陽分去一陽，三、四二陰分去一陰，節也。又先係二陽二陰，再則一陽一陰，亦節也。卦德上險而下説。先王因人情易流，嚴立制度以防閑之，與設險何異？所謂節也。節之義，大而如《象》所謂「制數度，議德行」，小而如匹夫匹婦一己之志操，皆是。《合訂》曰「先儒講『節』字只在財用上説，似乎未盡節之義」，是也。按「節亨」，亨者嘉之會，禮之德也。禮有節有文。中節即是文，故於「節」下言「亨」。「苦節不可貞」，則以險得節，非説以行之，何能使小大共由？此「禮之用，和爲貴」也。卦詞蓋反言以明其意。爲卦剛柔兩停，二剛二柔，一剛一柔，二、五居卦之中，皆剛，《傳》所謂「剛柔分而剛得中」也。汝楳蔡氏曰「剛柔分者，自然之節；剛得中者，制節之人」，是也。苦節爲窮，窮即非亨。「説以行險」三句，又以卦德卦體釋節之亨，亦所以申明苦節之不可貞也。「當位」，程、朱皆謂九五。竊按：「當位」爲五，似與「中正」義複。仲誠張氏曰：「君位當剛，臣位當柔。賢位當剛，過中之位當柔。民位當剛，君外之位當柔。今剛柔無不各當其位，則自以節而不過矣。」「中正」，程、朱皆謂五，孔氏則謂五中四正。然上既曰「剛得中」，又以巽卦剛、巽中正例之，似統二、五言也。仲誠張氏曰：「九二、九五皆剛居中正，中復無剛以間之，是上下以中正之道相通。」説皆佳。「天地」以下，又推極言之。張氏又曰：「六畫自下而上，二剛間二柔，又一剛間一柔，剛柔平分，别爲四節。」朱子亦謂「拆作兩截，又拆作四截」。《仲氏易》謂：「分陽分陰，而震、二、三、四互。離、二、三、四、五互大離。兑、坎之四序無不備，所謂『節而四時成』也。」國家經費，過予則傷財，過取則害民。于財無所傷，于民無所害，非有以節之不能。此皆節之亨者也。

《象》曰：澤上有水，節，君子以制數度，議德行。

《説統》曰：「法不立不定，故貴制；學不講不明，故貴議。」《合訂》曰：「德行者，一身之度數，所謂制節謹度是也。議道自己，未有己不節而能節人者。」坎爲矯揉，故曰「制」。兑爲口舌，故曰「議」。

初九，不出户庭，无咎。○《象》曰：不出户庭，知通塞也。

初變習坎。其初爻即變節者，詞曰「入于坎窞」。處卦之下，居節之初，所宜養晦也。往則有二之剛以間之，應則有四之險以陷之，故有不出之象。三、四、五互艮，爲門闕。外曰門，内曰户。又雙曰門，單曰户。三之陰爲雙，故曰門。二之陽爲單，故曰户。初在二下，故曰「不出户庭」。變氣坎爲通。乃本氣則以一陽塞其水口。坎又爲智，《傳》故曰「知通塞也」。安溪李氏曰：「卦取澤上有水爲節之義，然水者流，澤者止。流則通，而止則塞。故爻又取澤水通塞爲義。下卦象澤之止，三則止之溢而流也。上卦象水之行，上則行之極而止也。初在澤之下，二在澤之中，故其辭皆曰『不出』。然初處下居初，時當止也。當止而止，知通塞者也，故无咎。」

九二，不出門庭，凶。○《象》曰：不出門庭，凶，失時極也。

二變屯。在全卦雖取其中，而在爻則中而不正。上又無應，三、四、五互艮止，變屯爲「勿用有攸往」者也，故有「不出門庭」之象。與初同一「不出」而獨凶者，聖人曰「失時極也」。見中非極，時中爲極。不知時極而但執中，孟子所謂「執中無權，猶執一也」。節之屯，亦屯之節。《屯》六二亦曰「女子貞不字，十年乃字」，《傳》曰「反常也」。是知權不離經，漢儒反經以行權之説殊謬耳。安溪李氏曰：「二之爻德，非不善也。以卦取澤水爲通塞，閉坎水之下流，而二正在其中，此所以爲失時之義。夫仕以行義，君子豈以懷寶迷邦爲是也哉？」《大全》：「問：九二不出門庭，雖是失時，亦未失爲恬退守節者，乃以爲凶，何也？朱子曰：以道理言之，則有可爲之時。乃不出而爲之，這便是凶之道，不是别更有凶。」然《易酌》曰：『不出户庭』與『不出門庭』兩爻，人時時用得着。如事之當做者不做，便是不出門庭之凶矣。事不當做而做，便是出户庭而咎矣。須如此，乃可云善用《易》也。」按此，則張禹、孔光之流誤人家國，其凶可勝言耶？

六三，不節若，則嗟若，无咎。○《象》曰：不節之嗟，又誰咎也？

三變需，兑遇乾。三柔過中失正，而爲兑口，上承坎水之瀉，不節象。兑口出聲，而承坎之加憂，嗟若象。又三爲説主，變氣乾健，説極則失節，健行則過度。安溪李氏曰：「止極則流，故曰不節。此爻无咎，當從程朱《傳》、《義》。」《易酌》曰：「不節之嗟，咎其所自取耳。」《傳》明云「又誰咎也」，則无咎自是无所歸咎。若曲爲之説，是不以孔子解《易》矣。

六四，安節，亨。○《象》曰：安節之亨，承上道也。

四變麗澤兑。兑説，則節亦可謂甘。但本氣以柔居柔，既當其位，又上承中正有爲之五，則四無所事矣，故曰「安節」，《傳》之所謂「承上道也」。《程傳》曰：「水上溢則無節，就下則有節。」《合訂》曰：「五下三上，謂卦自泰來。四處其中，安然不動，無所作爲也，惟順承九五之中而已。文王化行南國，在位之臣，羔羊素絲，退食委蛇，何其節而暇也！」安溪李氏曰：「如水之順，行而安流，與卦義合，故曰亨。」《説統》曰：「節而安之，昭法守之宜，明無成之義，卦之所謂『節亨』者全備於此。」

九五，甘節，吉，往有尚。○《象》曰：甘節之吉，居位中也。

五變臨，坎險遇坤順，則節無所苦矣。又坤土，稼穡作甘者也。安溪李氏曰：「水之由中以出者，其味甘。此五爻之所謂『甘節』也。」《説統》曰：「節天下而天下甘之，所謂『當位以節，中正以通』者。在己則安行，在天下則説從，其吉可知。」《合訂》曰：「裁成輔相，以節天地，則四時成。樽節愛養，以節萬物，則無傷無害。位育之功大矣，故曰『往有尚』。」矣鮮來氏曰：「諸爻之節，節其在我。九五之節，以我節人。」《臨》卦六三，居説之極，求説乎人，故「无攸利」。《節》卦九五，居説之上，人説乎我，故「往有尚」。此雲峰胡氏之説。吉者，盡善盡美也。「往有尚」者，節之可法可傳也。爾瞻葉氏曰：「節而甘，即中節之和。推本於居位中，即未發之中也。」

按：節之臨亦臨之節。曰「知臨，大君之宜」，知即坎之德。觀變玩占如此。

上六，苦節，貞凶，悔亡。○《象》曰：苦節貞凶，其道窮也。

上變中孚，坎陷遇巽入，流者止矣。安溪李氏曰：「上流極而止，又險極也，苦節之象也。凡水，始由中出則甘；流而注海，或停瀦爲鹵濕，則苦。苦者，水之窮。苦節者，道之窮也。」《仲氏易》曰：「三爲澤口，翻以不節爲戒，而上爲水口，翻以過節爲戒，何也？曰：施者易不足，而受者易有餘，理固如此。若毅庵何氏説《易》謂『瀦水易渫，陷水易竭』，尤明切。」按「貞吉悔亡」，程子《傳》與朱子《本義》各異。《程傳》以悔爲損過從中之謂，悔則凶亡也。是「悔亡」視他卦爲另一例。《本義》則仍作一例，而以禮奢寧儉之意爲解。世儒多從其説。竊以卦詞明曰苦節不可貞矣，豈不可以爲正而守之者猶爲能獨善其身者乎？雲峰胡氏疑於程説，謂：「悔其苦而之甘，可也。悔其節而不節，弊將若何？」不知所謂節者，其義至廣。縉雲馮氏曰：「節，中其節之義。在學爲不凌節，在禮爲節文，在財爲樽節，在物爲符節，在臣爲名節，在君師爲節制。惟其時物耳。」如此，則豈可以匹夫匹婦之爲諒而概之乎？且自經溝瀆，莫之或知，聖人不取。若以《大過》之上例之，然「无咎」與「悔亡」畢竟不同。況此之

《彖傳》、爻《傳》皆曰「道窮」，未嘗曰「遇窮」也。夫成仁取義，其身雖苦，其心則甚樂。理義悦心，猶夫芻豢。此正所謂「甘節」者。蓋節之道惟中。非惟三之不節非節，即上之苦節亦非節，過猶不及也。紫溪蘇氏曰：「整齊天下者，必顧其情之所安，而度其勢之可行。一以苦節行之，則裁削太甚，刻覈太過，人必難堪，而勢將廢格矣。」《易酌》曰：「苦節，凡處己以不情，强人以難堪，皆是也。曰『凶』、曰『悔亡』者，聖人既以凶懼之，而又以悔望之也。」《合訂》曰：「上變則爲中孚。窮則變，變則通。節後繼以中孚，卦有濟節之義。」合而論之，則似《程傳》之説爲長耳。

中孚

䷼ 兑下巽上

中孚豚魚，吉。利涉大川，利貞。○《彖》曰：中孚，柔在内而剛得中，説而巽，孚乃化邦也。豚魚吉，信及豚魚也。利涉大川，乘木舟虚也。中孚以利貞，乃應乎天也。

「中孚豚魚」句，巽風兑澤，江豚遇風必出，渡江者以豚出爲風信，故曰「中孚豚魚」。胡氏謂《本義》不取此説，蓋以豚魚無知，而信足以及之，則信在我而自能及物，于義爲長。然此説實不可廢也。夫風而入于澤，則無所不入矣，故吉也。《彖傳》曰「柔在内」，則無私而虚；「剛得中」，則有主而實。此二者，孚之體也。以説而巽入乎人，則邦無不化。此又孚之用也。仲誠張氏曰：「上下同心而皆得中，于是兩説相入。而上下兩中通爲一中，兩剛通爲一剛，一中交孚，已無上下形迹之可求而至于化矣。是孚者乃化邦也。化者，以中化之也。下以中信于上，上以中信于下，一邦之人皆化爲忠信，故爲中孚也。」竊按：倒兑爲巽，倒巽亦爲兑。張氏此説未爲無見。《合訂》云：「如天地生物，一氣流形。在萬物者，一如其在天地也。我誠而物有不誠，不可謂孚。《彖傳》言『信及豚魚』，謂豚魚亦化爲信也。豚魚信，故不獨感豚魚者吉，豚魚亦吉也。」此與張説亦互相發明，且以「吉」字并豚魚言之。穎達孔氏曰：「莫不得所而獲吉也。」意實本之。《程傳》虛實二義，朱子又申釋之，意極精。按雪松潘氏曰：「『剛得中』，正見得虛之中，萬理皆實，意實一串。」而敬承程氏亦曰「利貞應天。天無形，虛之象也。天無心，虛之理也。應天者，與其太虛合也。與虛合，則孚矣。」安溪李氏《觀象》實本此，其説曰：「凡中虛之物，有感于外，則化生于其中。人心之性，感物發動，理亦如是。『孚』之爲字，從『爪』從『子』。鳥之覆卵，氣自外入，形從中化，内外之感，中孚之義。」據此，諸説似以虛爲主，况讀《彖傳》「乘木舟虛」，明明標出一「虛」字。然《易》例最重是得中，而剛之得中爲尤重。此卦雖三爲兑主，四爲巽主，以虛德爲中孚，然所以成其爲中孚者，則以剛之得中。先儒所謂無忠作恕不出，而張氏謂以中化之，是也。觀之諸爻，乃初九未中，而第當位，猶喜其安安而不遷。即在上九，窮極思變，亦不過就爻論爻。至于全卦，正以上下四剛爻包裹二柔在内，無些子滲漏，是虛德而剛能固之。此之謂「孚乃化邦」也。〇又按：「説而巽，孚乃化邦」，巽實以入爲德，先儒多以「順」字代之，不知又何以説坤？蓋上之所以孚下者，不欲速，不見小利，優游涵濡，有以深入乎民心，則在下者莫不心説誠服而致其尊君親上之感戴。如是之孚，乃所以化邦，俾天下之人皆成一人，天下之人之心皆成一心，是何如之大信？而豈匹夫匹婦之小諒已哉？「中孚豚魚」，是無不化之人。「利涉大川」，是無難處之事。言「利貞」而不言「元亨」者，元者肇端而中孚後起，亨者形外而中孚藴内也。此與《无妄》皆言誠，而《无妄》獨備四德者，動而以健行，天之德也。此僅具利貞者説，而以柔入人之道也。天道以元始，以貞終。中孚利貞，貞下即起元，《傳》故曰應天，所謂誠者物之終始也。

《象》曰：澤上有風，中孚，君子以議獄緩死。

進齋徐氏曰：「《象》言刑獄者五，《噬嗑》、《賁》、《豐》、《旅》、《中孚》。離爲戈兵，有刑獄象。又取離明照知情實，則刑不濫也。《噬嗑》、《豐》兼取震，《賁》、《旅》兼取艮者，明以察其情，動以致其決。噬嗑去間，豐則多故，非震以動之，无以威衆也。賁過于文，旅不留獄，非艮以止之，或輕于用刑也。」又曰：「《噬嗑》、《豐》以其有離之明、震之威也。《賁》次《噬嗑》，《旅》次《豐》，離明不易，震皆反爲艮矣。」蓋明貴無時不然，威則有時當止。至于中孚，則全體似離，互體有震艮，而又兑以議之，巽以緩之。聖人即象垂教，其忠厚惻怛之意見于謹刑如此。

初九，虞吉，有他不燕。○《象》曰：初九虞吉，志未變也。

初變涣。涣者，涣其群也，初又在下，以勿用爲德，故有此義。虞者，祭名，所以安之也，「有他」，先儒皆謂應四，《程傳》云：「爻以謀始之義大，故不取相應之義。」安溪李氏亦曰：「中孚虚也，應則有所偏繫矣。」夫《易》既以比應爲例，不應于此又獨不然。且初與四，三與上，明明爲陰陽正應，卦又以「孚」爲名，奈何反不之取？然又何自而見其不取也？且以「有他」爲應四矣，則何不如《大畜》、《頤》？初爻之通例，直言其相應之有咎，而必先以虞吉爲説，而又不曰「有他凶」，而但曰「不燕」而已也。竊意：此卦當與《隨》參看。蓋《隨》則此動彼説，説則信，信則從矣。《中孚》則下説上入，人之深〔一〕，則無不信，無不從矣，故《象》曰「孚乃化邦」。而「有他」，則所忠所信不過拘拘焉，不能及遠而化邦，衷之大公之懷未免有慊然者，故但曰「不燕」而不曰「凶」也。故《隨》之諸爻多言「係」、言「交」，而此則不取比應也。若此，則中孚之時義大矣，何以隨全四德，而此但曰「利貞」也？蓋隨則陽動而陰説，此則兑、巽皆陰卦故也。

九二，鳴鶴在陰，其子和之。我有好爵，吾與爾靡之。○《象》曰：其子和之，中心願也。

二變益，損上以益下，正上下聲氣相應、爾我同德之意。至鶴與子，我與爾，諸儒之説不一，然多以子爲五，獨《易酌》疑之。安溪李氏則謂與初九比，引《隨》、《蠱》、《觀》三卦爲證。《合訂》又謂五爲鶴、二爲子。至我，有謂爲二者，有謂爲五者。《合訂》又以「好爵」句爲鳴，「爾靡」句爲和。各立一説，何所折衷？故朱子謂此爻不可曉也。竊玩《繫詞大傳》似正爲此爻而發。《易酌》引之，謂上二句爲君子之言，下二句爲君子之行，頗爲有識。況《傳》曰「中心願」，「中」字正謂此二之得中，不必又牽五來説。《觀》五之《傳》曰「位正當」，亦止論五，可見。《易酌》又曰：「『靡』如『靡不有初』、『之死矢靡他』之『靡』，言吾與爾念茲在茲，他無所之也。初九戒有他，二靡之，正無他也。」此説勝于以「靡」爲縻係爲言者。「好爵」，先儒謂爲人爵，有謂爲天爵。安溪又以酒言，靡者醉也。然據朱子，則天爵之説爲長。

六三，得敵，或鼓或罷，或泣或歌。○《象》曰：或鼓或罷，位不當也。

三變小畜。「得敵」與四之「匹亡」，諸家皆以應言，獨《合訂》以爲三、四相比。又《易》例以陰陽相從爲應，以并陰并陽爲敵。見艮卦。中孚以虛爲主，不取應，而兩柔爻同德近比。竊按：三爲兑主，四爲巽主，皆柔，故曰「得敵」。四爻之「馬匹亡」，馬驂服各兩，兩必力稱色均，謂之匹。是謂三之柔，非謂初之剛也。且《傳》曰「絶類」，亦陰與陰爲類，其旨尤明。敵即匹也，無二義。本氣不中不正，變氣又遇乾健，居説之極而以健行，上四以陰畜之，則内無主而外無節，有如此者。

六四，月幾望，馬匹亡，无咎。○《象》曰：馬匹亡，絶類上也。

四變履。五陽，日也；四陰，月也。陰柔得正而近五，故爲「月幾望」。而變氣又巽遇乾，合下三、二互離，離日而坎月，兑亦月也。本氣二、三、四互震，亦爲日。月借日爲明，而震兑東西正照，有月望之象。然離變震互，皆非正象，故言「幾望」，非即望也。又月無正望，正望則蝕，《易》故皆曰「幾望」。夫月望則無私照，故「馬匹亡」也。變乾爲馬，匹爲三與四。本氣同類，而四在上卦，與三介，故曰「亡」，而《傳》謂爲絶其類而上焉。「上」者，所以釋「絶類」，非謂上比於五也。《中孚》以無所偏繫爲誠。初之「有他」、三之「得敵」皆非孚，則四亦不必比五耳。

九五，有孚攣如，无咎。○《象》曰：有孚攣如，位正當也。

五變損，巽遇艮。艮篤實，故曰「攣如」。五既當位，何以必攣如而後无咎？蓋五在外卦，又爲巽風之散，變氣又欲損下益上，則非有以固其中不可。此中孚所以德在利貞也。

上九，翰音登于天，貞凶。○《象》曰：翰音登于天，何可長也？

上變節，「苦節不可貞」者，故曰「貞凶」。先儒説此爻有二義：以登天爲過於信，爲匹夫匹婦之諒者，是初欲其不變，而上則欲其知變，經權之學也，然解「貞凶」則是，而於「登天」義未甚穩切；以翰音登天爲聲聞過情、涸可立待者，是二則在陰有和，上則登天徒然，虚實之分也，然解上句頗精，而於「何可長」義又不甚醒豁。兩存之，可也。

此卦成卦之主，有以四言者，有以五言者。清臣李氏又曰：「主卦之美，全在九二，以有誠於幽隱之間也。」《合訂》亦謂：「二爻已盡相孚之意，五第以『攣如』二字贊之。」竊玩夫子之《傳》，於二言「中」，於五言「位」，蓋中孚者，居中者孚也。二有中孚之德而無其位，五則德位兼隆，故諸爻無「孚」字而獨繫之五，《象》所言化邦應天正在此。又按：此卦分明是忠恕之學。夫中心爲忠，又曰「施諸己而不願，亦勿施於人」，則己所願必施於人可知，夫子故曰「中心願也」。夫鶴鳴子和，有諸中必形諸外也。好爵與靡，推之己以及於人也。是中孚之德已全發其蘊矣，至五又有何言？故止以「攣如」贊之。

【校注】

〔一〕「人」，據文意，當作「入」。

小過

䷽ 艮下震上

小過：亨，利，貞。可小事，不可大事。飛鳥遺之音，不宜上，宜下，大吉。○《彖》曰：小過，小者過而亨也。過以利貞，與時行也。柔得中，是以小事吉也。剛失位而不中，是以不可大事也。有飛鳥之象焉，飛鳥遺之音，不宜上，宜下，大吉，上逆而下順也。

「小過，亨利貞」，以小者過，始有此亨利貞之三德也。小謂柔。凡外事爲剛，内事爲柔；敷施者爲剛，檢飭者爲柔；創業垂統者爲剛，權宜補救者爲柔。「過而亨」與「過以利貞」，無異也。蓋細行不矜，終累大德。孰謂小過而尚能亨？乃小者必過而後始亨。是其過非踰閑之過，乃過以利以貞，與時而偕行焉，時當過而過也。苟拘於常經而不過，則失時之宜，不足以和義，不足以幹事，所謂子莫之執中，亦何能通達而不滯乎？何以見其利貞與時行也？柔蓋得中也。柔既得中，則以柔道處柔事爲可，而以柔道處剛事則不可。所以不可者，剛失其位而德不中，非時之宜而無能貞之也。「飛鳥遺之音」者，中孚爲大離，離爲雉，鳥也。錯而爲小過，二陽在内，四陰在外，又有飛鳥之象。而中孚之上爻曰「翰音登天」，此卦次其下，故曰「遺之音」。中孚之上貞凶，故不宜上而宜下也。果其下焉，則不惟小者吉而大者亦吉，所謂合小德以成大德，其利其貞即其亨也。蓋上卦柔乘剛，四、五不當位，逆也；下卦柔承剛，二、三得其所，順也。且小者時宜過，則大者時即不宜過，乃震之動則過而悖其理，艮之止則雖過而適協其則，上逆下順，理如是也。仲誠張氏曰：「鳥將飛之音必振厲，其勢逆也；將止之音必安和，其勢順也。飛鳥若以音遺人，而告之以逆順之理。」人能審其宜而處之，則與時偕行，而爲吉不亦大乎？

《象》曰：山上有雷，小過，君子以行過乎恭，喪過乎哀，用過乎儉。

山已高，而雷又出其上，則過。然山上本無雷，時有之，聲亦微矣，故曰「小過」。行過恭，檢身之事；喪過哀，送死之事；用過儉，撙節之事：皆柔之事也。以喪屬陰，故曰「小」。若以小爲纖細，則送死正人子之大事，而可曰小乎？恭哀儉，聖人亦不過略舉大概，凡刑亂國、用重典、速朽速貧等皆是。《大全》邱氏、項氏、晁氏之説，以及《合訂》所云：「三者易於不及。小有過焉，非過也，庶不至不及也。若太過，則恭而勞，儉而固，哀而滅性矣，烏乎可？」皆有味，可細玩之。至《蒙引》謂：「矯枉者過直，此自常情所易犯者耳。聖人教人，豈必過直以矯枉耶？」竊以爲必過直方能矯枉。如子産之鑄刑書，孔明之治蜀，又如曾子以晏子之狐裘豚肩謂爲國奢示之以儉，夫是之謂過也。不如此，則胡廣之中庸，豈足以救時弊乎？

初六，飛鳥以凶。○《象》曰：飛鳥以凶，不可如何也。

初變豐，其象既爲鳥翼之翰。本氣止變離，火上炎，與震應，則動而不可止，是謂過矣，可奈何？

六二，過其祖，遇其妣，不及其君，遇其臣，无咎。○《象》曰：不及其君，臣不可過也。

二變恒，遇巽。《大傳》曰「巽以行權」，故此爻有時中之義。先儒多以妣即母；亦有謂爲祖妣，如《晋》之言「王母」者。至君則皆指六五；臣皆爲二，亦有謂爲三、四者。竊按：爻之言祖父君臣，必其爻剛也；言妣婦，必其爻陰也。《晋》之二、三、五皆陰，三在二上爲母，則五又在三上，自爲王母。此卦三、四陽爻既爲父與祖，而五爲祖妣，豈有祖妣而居祖之上乎？且二之陰，婦也；則五之陰即妣，蓋二上再無陰爻也。夫祖妣不可據祖之上，而妣又可據祖與父之上乎？然而禮有之，婦祔於姑之義也。五之爲君，固也。乃四亦爲君，如《益》之「中行告公」，《履》之六三比四曰「武人爲于大君」。又震爲長子，承乾父而有事，故《説卦傳》曰「帝出乎震」。《屯》之下卦震，其初爻曰「利建侯」等是也。以四爲君，則三爲臣矣。四在上卦，與下卦分相隔越，故曰「不及」。二比三，故亦曰「遇」。若君必執定爲五，豈五既妣而爲二所遇矣，乃又爲君而爲二所不及？無此理，《易》亦無此例也。若以遇爲二之自得其分，豈二自遇二耶？《傳》於過祖遇妣無釋詞者，過其應過者也。安溪李氏曰：「當過之時而言不及，故特釋之，明乎有決不可過者。」又曰：「以喻天下凡事有可過者，則過而不失其中；有不可過者，則不及而後爲中。二有中德，能權衡乎過不及以取中者也，故无咎。」説最精確。

九三，弗過，防之，從或戕之，凶。○《象》曰：從或戕之，凶如何也？

三變豫，艮遇坤。本氣止，故曰「防」；變氣順，故曰「從」。豫行師，故有「或戕」之象。此卦，朱子頗疑，正以此爻之「弗過，防之」及四爻、上爻之「弗過之」等句也。然胡氏曰：「『弗過，防之』，亦當兩字絶句。蓋小過乃陰過之時，故二陽爻皆稱『弗過』，是言陽弗能過也。」此説足破朱子之疑矣。《訂詁》曰：「『從』與『戕』，作兩義看。曰：若不逆其詐而順從之，則必貽累於後日，柳子厚是也。或不容其惡而戕伐之，則必反噬於目前，陳蕃、竇武是也。」此説與諸儒之以「戕」爲戕陽者異，然亦有見。「凶如何也」，《程傳》曰「言其甚也」，乃《易酌》則曰：「初以陰而役於不正之陽，救正殊難爲力。凶而曰『以』，決詞也。『不可如何』，言善者亦無能爲也。三以陽而惑於不正之陰，救正殊易爲功。戕而曰『或』，疑詞也。『如何』，言當商量而思所以解免之。」《合訂》云：「四在陰下，固不敢過。即三在陰上，亦不得少存過之之見。過不以位而以情。高自位置，盛氣凌人，過也。疾惡太嚴，亦過也。過與從反，過者高而亢，從者卑而貶。不亢不卑者，委曲婉轉以遇之，嚴氣正性以防之也。《易·大象》曰：『君子以遠小人，不惡而嚴。』」此皆可備一解。

九四，无咎，弗過，遇之，往厲必戒，勿用永貞。○《象》曰：弗過遇之，位不當也。往厲必戒，終不可長也。

四變謙，震動遇坤順。四多凶之位，又以剛處之，本氣爲動，宜有咎者。然而善補過焉，故无咎。何以无咎？以其居柔之下，又與初應而遇之也。夫剛宜伸於柔之上，何以弗過而遇之？則以位之多凶，非剛所居之正故也。位不當，故有往則厲，而爲弗過者之所必戒焉。《易酌》曰：「遇者，彼來而我遇之也，是謂邂逅以无心；往者，我往而彼遇之也，是謂貶損以求容：貞不貞之分也。『勿用』，言勿爲陰用，惟有終守其貞而已。彼來我不拒，彼不來我亦不往，此用陰而不爲陰用之道也。」又曰：「按《易》曰『利貞』，未嘗曰『利不貞』；曰『貞吉』，未嘗曰『不貞吉』；曰『利永貞』，曰『永貞吉』，曰『元永貞无咎』。以此知『勿用永貞』之必非教以不可固守其常也。何也？變而不失其常，是以君子有致命遂志之時。若謂小過之時不可執守常道，恐世之枉己徇人、隨俗俯仰者得以藉口，故不敢信。」按：此説甚爲明辨。但《易》雖未嘗曰「利不貞」，然《否》之卦詞則曰「不利君子貞」矣，《明夷》之三則曰「不可疾貞」矣，《節》卦詞亦曰「不可貞」矣。雖未嘗曰「不貞吉」，然《師》之五、《隨》之四、《頤》之三、《恒》之初則皆曰「貞凶」矣。至言「貞厲」、《履》五、《訟》、《旅》之三。「貞疾」、《豫》五。「貞吝」，《泰》六、《解》三。亦比比有然。是何也？貞者，正而固，原有兩義。無如先儒止執正之一義，遂令易之所言如此類者多不可通，則安知「勿用永貞」者非聖人誨人以行權乎？自二至四，適亦互巽。夫所謂變而不失其常者，亦謂變其常而實未之失耳，豈謂不變其常而始終固守之哉？夫子微服過宋，盟于蒲而適衛，正如此。爻之變氣爲謙，曰「君子有終」，謂其先屈後伸，則程子之説亦未可甚疑，第《傳》中「長」字仍宜作平聲讀。朱子云「『勿用永貞』，是莫常常恁地」，是也。

六五，密雲不雨，自我西郊。公弋取，彼在穴。○《象》曰：密雲不雨，已上也。

五變咸，山澤通氣，故雲。然下既艮止，而本氣震往，則已上矣，故不雨。震變兑，故曰西。「自我西郊」，岐周也。陜以東，東風則雨。陜以西，西風則雨，諺云「長安自古西風雨」是也。雲自西而東，應雨不雨也。何以應雨？以位五有施澤之權，爻陰有致雨之氣，且以一陰畜二陽故也。何以不雨？以其六居五，九居四，陰陽皆失其正，而下卦之氣不上行，上卦之氣不下降故也。安溪李氏曰：「雲飛而在上，及成雨則下矣。『密雲不雨』，猶飛而未下也。」蓋當小過之時，五以陰居尊，必有過於上而不能下者。公，謂占者。大坎爲弓，故曰弋。弋仰射也，本卦象鳥，故曰弋以取之。坎陷爲穴，而變氣爲澤，亦有穴象。告占者公方仰而取物於上，而彼則下而在穴，萬无得之理也。此《象》所謂不宜上而宜下也。竊按：此作二句讀：「公弋取，句。彼在穴。」句。以其上而不能下，所以明不雨之義。《傳》故以「已上」二字替之。此蓋據《疏略》之説。若如諸儒之以下交爲言，則與「不雨」爲另義，而《傳》何以不之釋也？此爻之義如此而不曰「悔吝」者，卦已名「過」矣，故止於善補過者謂其无咎而已。二、五皆柔之得中，乃二則无咎，而五則爲過。蓋二中正在下，則謹畏過而審所止，五中而不正在上，則放縱過而説於動，故異也。

上六，弗遇，過之，飛鳥離之，凶，是謂災眚。○《象》曰：弗遇過之，已亢也。

上變旅。上處震動之窮，與三應，三止於下，旅無家可歸，離火上炎而不下，是合本氣、變氣皆有弗遇而過之之象。震起爲飛，離麗，故曰「飛鳥離之」。其凶也，時爲之。「是謂災眚」，以别於未過而自取凶，又以别於迷復之凶而更召災眚者。

既濟

䷾離下坎上

既濟：亨小，利貞，初吉終亂。○《象》曰：既濟亨，小者亨也。利貞，剛柔正而位當也。初吉，柔得中也。終止則亂，其道窮也。

仲誠張氏曰：「既濟取水火之義。火本上炎而居水下，爨而既用之火也。水本下潤而居火上，釜而既熟之水也。故名既濟。」大可毛氏曰：「夫水火者，本相反而實相需。相反者，既見之火澤之睽、澤火之革。彼火上澤下，則火不及澤，澤不及火，睽而已耳。澤上火下，則火必及澤，澤必及火，而於是有更革之行。若相需，則不然。火上水下，則炎上者益上，潤下者益下，火水不交，未有利益。而苟其坎在上而離在下，則水火互入，炎潤交契，於此不能無相資相助之用。若此者，所謂濟也。第卦兼坎離，坎獨利涉，《繫詞》有云『舟楫之利，以濟不通』，則又以濟渡之名當利濟之目。況卦合正互，皆具兩離兩坎之象。而坎上離下，則以二、四之互坎而接外之正坎，上下皆水，而初以陽始之氣通之，句增。則濟至於盡。離上坎下，則以内之正坎接三、五之互坎，上下雖皆水，然上以陽亢之氣限之，略改原本。則濟不能至於盡。雖同此濟，而既濟、未濟分焉。」毛氏説止此。夫既濟何以亨小？夫子固曰「小者亨也」，則小非纖細之謂，而爲柔也。柔何以亨？以其得中，以陽開其始也。《易》也者，一陰一陽之謂道。陽在始，則陰在其次，故柔得中。而於是三剛，則四柔隨之；五剛，則上柔隨之。是非柔之自能亨，而剛亨之，故不曰「小亨」而曰「亨小」，初之所以吉也。義見《大全》中中溪陳氏，及《疏略》、《仲氏易》。乃以陽始，而以陰終。陰性凝滯，故止。既濟而有止心，則溺於宴安，故亂。《易》以小心爲教，故常言涉川。今川已涉矣，則心必放，而剛德之亨柔者，不能亨其終焉之柔，以其道之窮而泰且爲否矣。

《象》曰：水在火上，既濟，君子以思患而預防之。

仲誠張氏曰：「水火既濟，則水爲將竭之水，而火爲將熄之火矣。故君子觀象，以思患而預防之。」平庵項氏曰：「思火之爲患，儲水以防，使水常在火上，其力足以勝之。」義俱佳。

初九，曳其輪，濡其尾，无咎。○《象》曰：曳其輪，義无咎也。

初變蹇，蹇難，故有曳輪之象。《易酌》曰：「程、朱俱云不進。不進則止，止則亂矣。當作進而不輕進説。車涉水，慮有傾側之患。曳其輪，則遲回安重，而不遽進。平其前後，量其淺深，无咎之道也。」説甚精確。安溪李氏與《合訂》皆一串説，與此同意。蓋濡尾即涉水之咎。以有剛正之德能曳其輪，即萬一不濟，而於義則无咎也。夫君子濟世，豈能必期其濟？但實有所以濟之者，其不濟則天也已。《傳》不及濡尾者，以義在曳輪，故專釋之。

六二，婦喪其茀，勿逐，七日得。○《象》曰：七日得，以中道也。

二變需。需，須也。五爲正應，五剛夫，而二柔即婦。《詩》云「琴瑟友之」，又云「人涉卬否，卬須我友」是也。安溪李氏曰：「君子之行道濟時，義不可則不進，無異於曳其輪；禮不備則不合，無異於喪其茀。六二亦當濟初，而居内卦離體，有雉翟之美而未施，故取此象。然中正之德，有應於上，故又爲『勿逐，七日得』。」此與先儒以五中滿、不下求二爲喪茀之説異。竊意：變乾，則非離而茀喪矣。然《先天圖》自乾順至七即離，且先天之乾即後天之離，是并無所失也。有失則當求；既無所失，即勿用求而自得焉。蓋二之所以爲中正者，固在也。此與震之六二同詞，而所以七日則異矣。

九三，高宗伐鬼方，三年克之，小人勿用。○《象》曰：三年克之，憊也。

三變屯，遇震之帝出。又在内卦之上，當既濟之時，而王者有事，則中興也。又既濟由治而亂，未濟由亂而治，故皆取義高宗。九三居上下際，水火交會必戰，戰而克，則濟矣。屯又利建侯而不寧者也。上六正應，上無位，爲外夷，爲克。離居三，又爲中女。三，人位，小人象。變氣合四、五成艮，艮亦爲小，又爲止，勿用也。夫「小人勿用」，豈必行師之後始宜然耶？然戰克之後，狃於勝心，小人之説尤易入，而其人尤易用也。《傳》言其憊，則豈以克爲得計？而小人之勿用可知矣，故不復釋也。程、朱皆謂戒不可輕動之意，而後人有非之者。然《傳》既以爲憊，又曰「小人勿用」，則先儒之説爲是。第以高宗爲用小人以伐鬼方，則誤耳。

六四，繻有衣袽，終日戒。○《象》曰：終日戒，有所疑也。

四變革。自二至六，皆坎水。此變氣合二、三成巽。乘木爲舟，遇兑之毁折，而居正坎之下，爲變澤之滲浸，濡象也。變氣又合三、五成乾爲衣，衣袽可以塞漏。此爻當下離之盡，故曰「終日」。《傳》曰「有所疑」，《易酌》以爲：「凡事信其無患，則變生意外；疑其不虞，則變弭意中。疑非猶豫不定，而畏懼不寧之謂也。」

九五，東鄰殺牛，不如西鄰之禴祭，實受其福。○《象》曰：東鄰殺牛，不如西鄰之時也。實受其福，吉大來也。

五變明夷。遇坤，爲吝嗇，故曰禴。蓋郊天用牛，時祭則用牲，而禴則止用聲樂，尤祭之儉約者。蓋舉一禴以概餘祭，不必拘拘於夏祭而曲爲之説。然玩《傳》一「時」字，見特舉之盛典不如隨時之常祭。但能實即受福，實即誠也，九五中正之德也。此即《左傳》「周鄭交質」一篇文字，并非以薄爲貴也。按《先天圖》，離東坎西，則離爲牝牛，坎爲豕。「實受其福」，《傳》曰「吉大來」，陽實而陰虚，陽大而陰小，實與大皆爲九五。自程朱《傳》、《義》以來，諸儒無不以爲五不如二。然按之「東」「西」字，既不合，且既曰五之實不如二之虚，何以又曰「實受其福」？而亦未有吉在二而五大來者。若謂五以應二而受福而吉大來，則爻已明言「不如」，并未於下應取義。此皆難通。蓋諸儒皆因泥定是《彖傳》「初吉，柔得中」之言，遂以内卦爲初吉，外卦爲終亂，而并此中正之九五亦謂爲有所不如焉。不知初自指初爻，終自指上爻。《易》言乾始，初九正乾始也。因乾之始，而二之柔始得中而吉，非謂六二爲初吉也。若以初爲二，則當以終爲五，終即亂矣，何但不如而已？觀《未濟》九二之「貞吉」，而《傳》謂「中以行正」，况既中且正者耶？且五多功，而尤以剛勝。凡卦之九五無正應而猶吉，豈有既濟反爲不足乎？蓋一爻各有一爻之時義，不必竟執卦詞而概之也。

上六，濡其首，厲。○《象》曰：濡其首厲，何可久也？

上變家人。坎水而巽入之，則濡其首矣，卦所謂「終止則亂」也。然安溪李氏曰：「能自振拔，則首不必濡，豈可久於湛溺而不返乎？」此解「何可久」。又一意。

未濟

䷿坎下離上

未濟：亨，小狐汔濟，濡其尾，无攸利。○《象》曰：未濟亨，柔得中也。小狐汔濟，未出中也。濡其尾，无攸利，不續終也。雖不當位，剛柔應也。

大可毛氏曰：「《既濟》以陽始，而内柔居中，曰『柔得中』。《未濟》以陽終，而外柔居中，亦曰『柔得中』，以内外一中也。第得中無内外，出中有内外，而既之與未，從此判焉。中者，極也，我所守也。濟者，由此以達之彼也。方既濟時，水在外而火在内，由中以濟水，而已出乎此。今乃未濟，火在外而水反在内，一涉足而水已濡之，求其由此而濟之，以出乎中，勢乃甚難。故内坎爲狐，三、五之坎當爲小狐，見何氏《訂詁》。乃小狐之濟。則正丁坎剛之外、離剛之内，所云一柔得中者，而究未能出，則幾濟而仍未濟焉，所謂汔也。『汔濟』，非濟也，故曰『未』也。」覺山洪氏曰：「未濟之亨，何復以柔言也？曰：重離也。五行之所難伏者火，七情之所難制者怒。五柔得中，則能下與陽應，而有可交之漸矣。」毛氏又曰：「未濟而亦亨，以陽終也。陽在上，則陰當在五，而亦得中，所謂『柔得中』也。」按：毛氏此説非無見。蓋《易》一陰一陽之謂道，故既濟初陽則次即宜陰，未濟上陽則五必爲陰，此定理也。建安邱氏曰：「『不續終』，指初也。二之未能出險者，以初柔力微而不能續其後也，正猶小狐幾濟而濡其尾，首濟而尾未濟也，何所利乎？」此説與《傳》、《義》異，然甚確。《説統》曰：「『不當位』者，己之才德雖偏而剛柔相應，則得人以制其過而輔其不及。『不當位』，故未濟；『剛柔應』，故終可濟。」平庵項氏曰：「於『无攸利』之後復言『剛柔應』者，覆解上文『亨』字意也。雖无攸利，用其柔中以與剛應，自有致亨之理。」合觀諸説，而此卦無餘蘊矣。竊以柔之未出中，即所以不續終。夫濡尾无攸利，而何以亨？蓋既濟之利貞既以剛柔正而當位，則未濟自以不當位而无攸利矣。夫子於是急補其義曰：「雖不當位，剛柔應也。」惟不當位而剛柔應，則辨物居方之事以起，而君子嘉會以合禮者，其德於是行焉。此未濟之所以亨也。世人皆以亨爲吉祥通利，不知爲嘉會之德，是以多説不去。然何以不言「元亨」？《合訂》曰：「未濟，不必其果濟也。若夫能續其終者，其蠱乎？故《傳》曰：『終則有始，天行也。』」

《象》曰：火在水上，未濟，君子以慎辨物居方。

「辨物居方」，物即陰陽，方者位也。陰陽各有其物，《繫詞》所云「乾陽物，坤陰物」是也。陰陽亦各有其位，如爻之初、三、五爲陽位，爻之二、四、上爲陰位是也。方以類聚，物以群分者。大可毛氏曰：「取此六十四卦三百八十四爻中，其上下方位陰陽合并者，謂之聚卦。夫陽與陽類，陰與陰類，而從而聚之，是類聚也。即此卦畫之類聚者，而於以推移而分易之，謂之分卦。夫聚陽爲陽群，聚陰爲陰群，而此爲分之，是群分也。」據此説，則是辨物居方，六十四卦皆然。乃獨於此卦繫之者，蓋六十四卦中，無有一陰一陽循次間析，如既、未濟二卦者；而二卦中之陰陽交錯，又未有如未濟之一卦者也。夫陰陽既各分其物，亦各聚其方，然而陽卦多陰，陰卦多陽。兑、巽陰卦也，乃爲大過；震、艮陽卦也，乃爲小過。陰上陽下，反爲泰；陽上陰下，反爲否。火炎上而水潤下，乃反其方而爲既濟；居其方，反爲未濟。至於各卦之中，有宜聚者，有不宜聚者；有宜分者，有不宜分者；有居其方而宜者，亦有居其方而不宜，反其所居之方而始宜者。蓋千變萬化，莫可窮詰，而總於此卦見其義焉。其義云何？曰：慎也。蓋能慎所以辨之，則分之可也，聚之亦可也；分其群而各居一方可也，聚其類而爲一大群亦可也。而其分之極其分，而又由分以得其聚，則莫如此卦。故於此卦繫之，以終六十四卦也。分之極其分，間陰間陽，與既濟同。但既濟，陰陽二物各居陰陽之方，祇見其分，未見其聚。此則陰處陽位，則即陰即陽；陽處陰位，則即陽即陰，剛柔迭用，水火互藏其宅。象數之變，至斯極矣！

初六，濡其尾，吝。○《象》曰：濡其尾，亦不知極也。

初變睽，睽則不濟。澤又止水下浸者，故有濡尾象。先儒多以此爻爲急於求濟而言。竊按：此以柔居初，與既濟之初剛迥不同，故《程傳》言「不度才力而進」。《本義》削之，直曰「未能自進」也。因其力弱不能濟，故曰吝。吝者，不及之過也。《傳》言「極」字，《本義》雖疑爲「敬」字，然朱子又有『極』字猶言『極則』」之説，而《廣韻》則云：「極，中也。屋極曰中。」鼎祚李氏亦以「極」爲中。觀《既濟》初爻以曳其輪則濡尾无咎，而曳輪則此之九二謂爲中以行正者，初之濡尾未見其能曳，故曰亦不知中耳。其義相通如此。

九二，曳其輪，貞吉。○《象》曰：九二貞吉，中以行正也。

二變晉，坎險遇坤順，故曰曳其輪而貞吉也。「曳輪」，諸儒皆以止而不進爲説，然玩《傳》曰「中以行正」，則中者貞也，正者曳輪也。夫未濟之時，非無道則隱之時也，何爲其退？且君子時際艱難，亦未有束手坐視而不一爲之所者。蓋「曳其輪」者，扶危持顛之才也。貞者，中心之真誠，所謂濟之以忠貞是也。如諸葛忠武是能曳輪而又能貞者；曹瞞則能曳其輪矣，而不能貞。故貞而曰吉也。今觀世之御車者，於險礙難行之處，輒下車而曳其輪。不知先儒何所見而必加一「倒」字？且止而不進，則當曰停輪，亦不必倒曳。即云倒曳，則下坂之車亦倒曳而行，非不行也。

六三，未濟，征凶，利涉大川。○《象》曰：未濟征凶，位不當也。

三變鼎，遇巽之隱以入，故有不可輕進之義。此爻極費解。諸儒各强爲説，細按之，多不合。竊意：此當正坎之上，似已出險，既濟而可征矣。然方履互坎之初，未濟也。若遽謂已登坦途，而竟冒昧以征，則一險甫平，一險又起，豈不凶乎？且此變氣爲鼎，則合初、二、三、四、五成一大坎，必宜盡涉焉，而後始可云已濟也。此焉得不惴惴小心以俟之歟？如此，似尚説得去。再按《觀象》與《合訂》之説，以爲「如涉大川之其難其慎，斯克有濟；若以易心處之，則征凶」。此與《既濟》之六四「終日戒」義同。蓋既濟之四即未濟之三，觀「伐鬼方」之相同而可以例矣。又《傳》云「位不當」者，雲峰胡氏曰：「初、上處無位之地。中四爻，三皆曰『貞吉』，獨於六三曰『未濟，征凶』，豈非未濟之時以征則凶，而以居貞則吉乎？況未濟之時，惟剛乃克有濟，故九二、九四貞吉，上九无咎。如六三陰柔，又不中正，未濟終難濟矣。」此說雖似，然何以云「利涉大川」耶？大可毛氏曰：「謂處正互兩坎之間，非當濟之位，與上雖不當位，義又別。」此說似妥。

九四，貞吉悔亡，震用伐鬼方，三年，有賞於大國。○《象》曰：貞吉悔亡，志行也。

四變蒙，剛處柔位，過而有悔者。然剛則能貞，時方出險而入明，故吉而悔可亡也。其象爲明作有爲，奉命伐叛，臨事而懼，能貞之三年，必受飲至策勳之上賞矣。《傳》曰「志行」，止釋「貞吉悔亡」，言以剛之德貞之而亡其悔者，志在於必行也。如高宗之伐鬼方，必克之而後已。不然，則爲大國之辱。此所以不復釋也。「震用」者，正「志行」之意。震用而有賞，如《詩》曰「王赫斯怒，爰整其旅，以遏徂莒，以篤周祜」之類，與既濟之三爻同以變氣言。然彼言其憊，故不曰「震」；此則言其決，故曰「震用」也。不曰「高宗」者，四臣位也。與初應，初無位，又陰爻，故仍象鬼方。在內卦，故不言克。居最下，而四應之，故曰「有賞」。四近君大臣也，故曰「大國」。隔三位而應初，故亦曰「三年」。此爻水火之際，離戈兵而坎盜，故與《既濟》九三同詞。但既濟治而亂，故於內卦言之；此則亂而治，故於外卦言之也。至變氣爲蒙者，則高山仰止，萬水朝宗，所謂「莫敢不來享，莫敢不來王」者是也。○《既濟》各爻，剛柔正而位當，故其卦詞曰「利貞」。此皆不正，皆不當位，乃二、四、五皆曰「貞吉」，何也？先儒謂爲不正而勉其正。夫勉之者，則其未然者也。伐叛有賞，皆已然之事。今戒占者曰爾宜正則吉，則伐叛而有賞以實事而反成虛象，有是理乎？總由先儒執定一「正」字，以畢「貞」之義，而不遵夫子之訓，遂多曲折而難通耳。夫子之訓「貞」曰：貞固足以幹事，其在天行，則保合其太和者也。程子曰：「濟天下之艱難，非剛健之才不能。」而此卦《彖傳》釋「濡尾无攸利」曰「不續終」，則以柔爻力弱，不能貞其始終也。而九二、九四皆剛爻，是有其才矣，是能續其終者矣。獨六五爲柔，然以中德處剛位，乘承皆陽剛，所與爲應者又九二之剛也。《象》不云乎：「雖不當位，剛柔應。」此所以皆繫之以「貞吉」，而又於六五言其「有孚」焉。「有孚」者，五與二孚也。然上九何以不言貞？《易》，窮則變。上固不可貞也，是以獨於其應而取其孚而已矣。

六五，貞吉无悔，君子之光，有孚，吉。○《象》曰：君子之光，其暉吉也。

五變訟，訟之錯爲需，詞曰「有孚光亨」，與此略同。五爲離主，而變氣照之以天光，故曰光。上乾下坎，天水一色，光暉有孚之象也。孚者，與二孚，非泛泛言誠中形外也。雪松潘氏曰：「六五以柔居中，貞其固有，非戒也；悔其本无，不待於亡也。文明之美，發輝於事業，故曰『君子之光』。離體本有光，而乘承應皆陽剛，君子相助以濟而成光輝，王《注》所謂『付物以能，而不自役，使武以文，御剛以柔，斯成君子之光』是已。」竊按：九二之《傳》曰：「九二貞吉，中以行正。」五亦猶夫二也，故不復贅，乃亦不釋有孚者。「其暉」即謂有孚。蓋暉爲光之發越，所謂陽剛君子相助以濟而成其光暉者，故但言其「暉吉」而并「有孚」釋之。聖言之簡妙如此。

上九，有孚于飲酒，无咎。濡其首，有孚失是。○《象》曰：飲酒濡首，亦不知節也。

上變解。三居坎末，上在離終，爲水火之氣。遇震爲穀，酒象也。自初至五，正坎與互坎之險皆出矣，是濟時也。何以濟？以剛柔之相應也。應即爲有孚。上之所孚，三也。夫君臣和樂，上下無猜，笙簧酒醴，式燕以衎，此正泰交之道，本无咎也。第无咎者此時，辨物居方者亦此時，豈得溺於晏安而無所事乎？夫所謂「有孚」者，正彼之所可，此之所否，交資共贊，如五味之相調，非以同爲和也。若但悦其柔甘，偏辟比暱，時至而事不起，如飲酒而濡其首者，是但知相通以情，而不知相合以道，豈「有孚」之謂乎？夫有孚之道維何？亦求得其是而已。是即節也。節即中也時也，初之所謂極也。然則辨物居方，求其剛柔相資，以衷諸至是者，方萬變而未有已，則亦何事可謂之已濟？亦何時可謂之皆濟乎？所謂「生生之謂易」，「窮則變，變則通，通則久」，《易》之所以不終於既濟，而終於未濟也。按此爻變解，其詞曰「利西南」，則有孚飲酒正西南之得朋無所往也。又曰「有攸往，夙吉」，此則濡首之反是者。且《解》之上爻變未濟，曰「公用射隼」，《傳》曰「以解悖」，《大傳》曰「成器而動」，與此爻義正可互相發明也。

文所馮氏曰：「未濟之爲卦也，以水火不交也。是以居中者其責重，三、四兩爻任其責者也。三出坎而爲離，故以涉川爲利。四居離而履坎，故以伐國爲功。三以位，四以才，拔難樹功，上下所倚藉也。若初之濡尾，二之曳輪，或自量而不能濟，或自重而不急濟，未可語此也。五居其成，而言『君子之光』者，以濟任人，則可見者惟光也。上處其逸而言有孚飲酒者，以濟聽天，則所事者惟飲也。濟難在人，而德不可不修；獲福在天，而義不可不盡。貞吉者，勉其修德也；濡首者，戒其違義也。天人之道，盡於兹矣。」

去非馮氏曰：「既濟險乃在前，未濟乃出乎險者也，而卦義相反，蓋以水火相濟、不相濟爲象也。然險在終在前，故既濟終厲；終出乎險，故未濟終乎。應《易》『窮則變』之義。」

覺山洪氏曰：「既濟之善在初，未濟之善在終。」竊按：二卦之爲既、未濟，固以水火之上下交與不交，有用無用，剛柔之當位與不當位而名。然坎險離明，上下之際，亦有義焉。既濟初爻，如朝日始出，離明之氣方新，見幾之哲也，故曳輪於濡尾之際。二則爲日闇虛所照，光所不及，然不久即更，故喪茀勿逐而自得也。三則明已過盛而衰，故有三年克敵之憊。未濟則四當其三，五當其二，上當其初。但四方明作，故伐國同詞，而有賞與憊則異。五則日之中天，物無不照，故貞吉與自得同詞，而光暉與喪茀則異。其暉爲星，月借日之光，喪茀則月之蝕也。上則日中則昃，昧於事幾，故首尾之濡同詞，而失是與无咎則異。既濟之四，時方入險，而初之明應之，故知戒。五則平險升中，而二之明照之，故以時受福。坎爲月，如望夜升天，受日光之滿照，日雖盛，而不如月之正當其時。大來者，大陽也，月之光自日來也。

上則險難已極，而三以明極而闇者應之，故濡首。未濟則三當其四，二當其五，初當其上。但三未出互坎之險，而應以明極而昏之上，故涉川與終日戒同意，而征凶與衣袽則異。二在險中而中有主，五又以盛明應之，故貞吉與受福同意，而曳輪大來則異。九二亦月也。杜詩咏新月云「影斜輪未安」。蓋月行於天，速於日。雖其日當望，然未值其刻，輪猶未正，乃速行以就之。當其時正望矣，如有曳之使正者。乃未幾即過其正望之刻，而未必滿照。故下言「貞吉」，言九二之德則常能曳之使正也。初則險難方始，而四之明不能下照，故濡之詞同，而首尾之吝厲則異。且未濟之初爲坎，濡尾矣；而既濟初爻則離也，何亦濡尾？以上應乎四也。既濟之上爲坎，濡首矣；而未濟上爻則離也，何亦濡首？以下應乎三也。以其正應，故詞不嫌其同也。看來兩卦與泰、否相爲表裏。蓋泰極必否，此既濟之終亂也；否極必泰，此未濟之續終也。既濟之終亂以柔，未濟之續終以剛。雖兩卦皆以柔得中爲義，然既濟之得中則以初之剛濟之，未濟之得中則以上之剛限之。坤之順承天以行地無疆者如此。安溪李氏曰：「既、未濟，猶泰、否也。然泰卦言吉亨，而既濟則多危懼；否宜斂德避難，而未濟則當敬謹而已。間嘗以其時義推之，蓋既濟又在泰之後而否之先，未濟又在否之終而泰之始，二卦處乎否泰之交，故其辭義有不同者。然而『初吉終亂』之占，即『城復于隍』之象；而汔濟濡尾之戒，則『其亡其亡』之心也。」

卷十一

繫辭上傳

天尊地卑，乾坤定矣。卑高以陳，貴賤位矣。動静有常，剛柔斷矣。方以類聚，物以群分，吉凶生矣。在天成象，在地成形，變化見矣。是故剛柔相摩，八卦相盪，鼓之以雷霆，潤之以風雨。日月運行，一寒一暑。乾道成男，坤道成女。乾知大始，坤作成物。乾以易知，坤以簡能。易則易知，簡則易從。易知則有親，易從則有功。有親則可久，有功則可大。可久則賢人之德，可大則賢人之業。易簡而天下之理得矣。天下之理得，而成位乎其中矣。

此言羲易也。自「天尊地卑」至「變化見矣」，言未有易之先，已有易之理也。自「是故剛柔」至末，言既有易之後，而天道人事功用之極至，無不備具於易也。「乾坤定」者，六十二卦皆乾坤二卦所成也。「卑高以陳」以下數句，皆承「乾坤」來言。乾既爲天，在上者自貴；坤既爲地，在下者自賤，此六爻所以各有其位也。乾動坤静皆有其常，此剛柔之性情所以分也。「方以類聚，物以群分」，即「本乎天者親上，本乎地者親下」。春夏秋冬應乎南北東西，高下燥濕别爲浮沉升降。生殺之氣既異，清濁之品亦殊。此卦爻所以有吉有凶也。乾爲天，而在天者日月星辰、風雷雲雨，凡一切有氣者，隨時而各成其象。坤爲地，而在地者山川動植，凡一切有質者，隨處而各成其形。此乾坤之變化所以生六子，以至生六十四卦也。是故「剛柔相摩」，即乾坤變化生六子；「八卦相盪」，即因而重之以生六十四卦。「鼓之以雷霆」，震也，離也。「潤之以風雨」，巽也，坎也。「日月運行」，離日坎月也。「一寒一暑」，艮西北，陰方也；兑東南，陽方也。「乾道成男」，震、坎、艮也。「坤道成女」，巽、離、兑也。言男女，而凡飛潛動植之雌雄牝牡、燥濕向背概是已。蓋舉天下之成象成形者，莫不在乾坤變化之中。是「乾知大始，坤作成物」，八卦之相盪者仍不出乾坤之一剛一柔之相摩也。然則六十四卦即八卦，八卦即乾坤矣。夫天地間之成象成形者，既自然有一乾坤八卦在焉。則乾之知始，其知也易矣；坤之成物，其能也簡矣。然則體《易》之君子，能如乾坤之易簡，則一以貫萬，其盛德大業有不與天地參者哉？此章説者不一。有以前言造化之體用爲未畫卦以前之易者，然已言「乾坤」，已言「八卦」，已言其「相摩」、「相盪」，似不得謂其空空泛論一造化也。即程子改「八卦」爲「八方之氣」，亦似未穩。如其謂然，則何不曰「天知大始，地作成物；天以易知，地以簡能；天道成男，地道成女」耶？且「易簡」後即言君子之德業，則亦未有不一言易而反先言體易者。正不得以雷霆風雨、日月寒暑之謂天道備於易者，而仍屬之造化也。至如「卑高以陳」，有謂爲天地兼山澤者，有謂爲萬物者。「方以類聚」二句，有以方謂爲事者，有謂爲方向、方候、東西南北之方者。此皆礙下「成象」、「成形」句。竊按：此只承上天地來，虛虛籠統説爲妙。至大可毛氏，竟以方爲卦爻之方位，而以陽聚陰聚、分陰分陽爲説，則此下「相摩」、「相盪」作如何解？殊覺顛倒錯亂耳。

聖人設卦觀象，繫辭焉而明吉凶，剛柔相推而生變化。是故吉凶者，失得之象也；悔吝者，憂虞之象也；變化者，進退之象也；剛柔者，晝夜之象也。六爻之動，三極之道也。是故君子所居而安者，《易》之序也；所樂而玩者，爻之辭也。是故君子居則觀其象而玩其辭，動則觀其變而玩其占。是以自天祐之，吉无不利。

此言《周易》也。上言聖人繫辭之通乎天，下言君子學《易》之得乎天。上節分一頭、兩腹、一尾，下節分兩段、一結。「設卦」與下「設卦以盡情僞」不同，此只是就伏羲所畫之卦一陳設來看耳。「吉凶者」四句，釋「繫辭焉而明吉凶」。「變化者」四句，釋「剛柔相推而生變化」。悔吝即在吉凶分内。「進退」即釋「相推」二字。蓋陰陽之消息爲進退也。人事之得失憂虞，不外乎剛柔之盈虛消長。天地人，一理以貫之矣。故曰：「六爻之動，三極之道也。」夫既具三極之道，則《易》誠不可以不學矣。「所居而安」，以身體之也；「所樂而玩」，以心契之也。質庵孫氏曰：「序即時宜之理。若有品第等次於其間，不容一毫差越，故曰序。居安亦非繩趨墨守之謂，只是循理而動，即千翻萬覆而合之時宜，若一定而不可易。」按「自天祐之」，即「天弗違」也。

象者，言乎象者也。爻者，言乎變者也。吉凶者，言乎其失得也。悔吝者，言乎其小疵也。无咎者，善補過也。是故列貴賤者存乎位，齊小大者存乎卦，辨吉凶者存乎辭，憂悔吝者存乎介，震无咎者存乎悔。是故卦有小大，辭有險易。辭也者，各指其所之。

此章上釋彖爻辭之通例，下明聖人繫辭所以示人寡過之心也。前章之言吉凶、悔吝、變化、剛柔指卦爻，失得、憂虞指人事，進退、晝夜指天道。若曰：聖人觀卦爻之有吉凶、悔吝，即人事失得、憂虞之象也；觀卦爻之有變化、剛柔，即天地消息盈虛之象也。是推原所以繫辭之由，以觀象爲主，故於辭有所不必備。此則專以辭爲主，故由彖及爻而并及无咎也。草廬吴氏曰：「『列貴賤者存乎位』，覆說『爻者言乎變』。『齊小大者存乎卦』，覆說『彖者言乎象』。分辯吉凶，存乎彖爻之辭，覆說『言乎其失得也』。悔吝介乎吉凶之間，憂其介，則趨於吉，不趨於凶矣，覆說『言乎其小疵也』。震者，動心戒懼之謂。有咎而能戒懼，則能改悔所爲而可以无咎，覆說『善補過也』。」《易酌》曰：「龜山楊氏謂『齊』不是『整齊』，如分辨之義。」竊意作「整齊」亦是，言大大小小整頓齊一而不亂也。不分辨，將何以整齊？又子瞻蘇氏曰：「陰陽各有所統御，謂之齊。」按陰即小，陽即大也。又按：各家言「憂」與「震」皆兩分說，獨《合訂》串說，謂：「憂之云何？恐懼修省，震之謂也。震則悔。悔者悔悔吝，悔悔吝之萌於中也。此无咎補過之道也。」潘氏曰：「卦有小有大，隨其消長而分；辭有險有易，因其安危而別。辭者各指其所向，凶則指其可避之方，吉則指其可趨之所，以示乎人也。」

易與天地準，故能彌綸天地之道。仰以觀於天文，俯以察於地理，是故知幽明之故。原始反終，故知死生之説。精氣爲物，遊魂爲變，是故知鬼神之情狀。與天地相似，故不違。知周乎萬物而道濟天下，故不過。旁行而不流，

樂天知命，故不憂。安土敦乎仁，故能愛。範圍天地之化而不過，曲成萬物而不遺。通乎晝夜之道而知。故神无方，而易无體。

此言聖人用易之事，下皆承此而深贊之。首二句贊《易》。下分三段，上言聖人之窮理，中言聖人之盡性，下言聖人之至命。末二句結。彌即大德之敦化，綸即小德之川流。窮理一段，由幽明説至死生鬼神，下以晝夜之道括之。盡性一段，「不違」、「不過」、「不流」、「不憂」、「能愛」五句，下以「範圍」二句括之。蓋窮理盡性之極致，即至命也。「神无方」結天地之道，「易无體」結易之能彌綸，故曰「與準」。紫溪蘇氏曰：「知周道濟，與天地同事功。旁行不流，與天地同變化。樂天知命，則益無所違於天。安土敦仁，則益無所違於地。」龜山楊氏曰：「天高地下，必有方矣；神則无方。天圓地方，必有體矣；易則无體。無在而無乎不在，無爲而無所不爲也。」

一陰一陽之謂道。繼之者善也，成之者性也。仁者見之謂之仁，知者見之謂之知。百姓日用而不知，故君子之道鮮矣。顯諸仁，藏諸用，鼓萬物而不與聖人同憂，盛德大業至矣哉！富有之謂大業，日新之謂盛德。生生之謂易，成象之謂乾，效法之謂坤，極數知來之謂占，通變之謂事，陰陽不測之謂神。

此言天地之道與易皆不過一陰陽也。上言天地，中言易，末通結上文而總贊之。彦陵張氏曰：「此章大旨，只是『一陰一陽之謂道』便了。聖人恐人外陰陽以求道，故從一陰一陽上指出道來。又恐人泥着陰陽求道，故就陰陽中説個不測來，不測即是『一』字，而神則所以贊道之妙，非道外別有神也。中間節節是道，節節是神。」《説統》説「繼」字爲接續不息之意，然與「之者」二字語意不合，應仍如先儒謂「降衷爲繼善，有恒爲成性」意確。仁者謂仁，知者謂知，所謂賢知之過；百姓不知，所謂愚不肖之不及。故嘆曰：君子之道鮮也。來《易》獨謂仁知爲性近之説，非也。「仁謂造化之功，用謂機緘之妙」，《本義》確不可易。《合訂》謂「顯仁爲大業，藏用爲盛德」，非與《本義》異也。蓋德之發即業，業之本即德，無二事也。庸成陸氏曰：「天地以陰陽鼓萬物。其德業之盛大，能使人各一性，而不能使之全其見、啓其知。故覺民以贊化育者，惟聖人任其憂，而天地不與焉。於是列乾坤之畫，開占事之門，而《易》作矣。」按此，則「不與聖人同憂」六字已從造化遞到作《易》，聖言神妙如此。又云：「易非他也，即一陰一陽之道，生生相推而生變化者也。然即此生生處，道行其中而人不知，故謂之易。安得就易之无體而測之？不可測，非有外於陰陽也。一一循環，无體自无方，所謂神而已矣。」此説最精透。

夫易，廣矣，大矣。以言乎遠，則不禦；以言乎邇，則静而正；以言乎天地之間，則備矣。夫乾，其静也專，其動也直，是以大生焉。夫坤，其静也翕，其動也闢，是以廣生焉。廣大配天地，變通配四時，陰陽之義配日月，易簡之善配至德。

此極贊易道之大，而歸之於易簡。《合訂》曰：「四時、日月，天地之六子也。」竊按：離日，坎月，震春，巽夏，兑秋，艮冬，故曰六子。子瞻蘇氏曰：「至剛之德果，至柔之德深。果，則其静也絶意於動，而其動也不可復回；深，則其静也斂之無餘，而其動也發之必盡。絶意於動，專也；不可復回，直也。斂之無餘，翕也；發之必盡，闢也。」

子曰：「易其至矣乎！夫易，聖人所以崇德而廣業也。知崇禮卑，崇效天，卑法地。天地設位，而易行乎其中矣。成性存存，道義之門。」

此極贊聖人用《易》，以起下文君子學《易》之意。安溪李氏曰：「具易理於心，是以易崇德也。體易理於身，是以易廣業也。」又曰：「聖人能存存其本性之德，則與天地相似，故其理之具於心而爲知也。日新月盛，是道所自出之門也。理之體於身而爲禮也。日斂日固，是義所由入之門也。」《合訂》曰：「禮是纖細瑣碎底。高明者，多忽略而疏於節目。動容周旋，實體而踐之，則高而能卑矣。」朱子謂：「兩脚踏地作方得。」按朱子之説，所謂禮者履也。又按「生生之謂易」，存存之謂聖人也。

聖人有以見天下之賾，而擬諸其形容，象其物宜，是故謂之象。聖人有以見天下之動，而觀其會通，以行其典禮，繫辭焉以斷其吉凶，是故謂之爻。言天下之至賾而不可惡也，言天下之至動而不可亂也。擬之而後言，議之而後動，擬議以成其變化。「鳴鶴在陰，其子和之。我有好爵，吾與爾靡之。」子曰：「君子居其室，出其言善，則千里之外應之，况其邇者乎？居其室，出其言不善，則千里之外違之，况其邇者乎？言出乎身，加乎民；行發乎邇，見乎遠。言行，君子之樞機。樞機之發，榮辱之主也。言行，君子之所以動天地也，可不慎乎？」「同人，先號咷而後笑。」子曰：「君子之道，或出或處，或默或語。二人同心，其利斷金。同心之言，其臭如蘭。」「初六，藉用白茅，无咎。」子曰：「苟錯諸地而可矣。藉之用茅，何咎之有？慎之至也。夫茅之爲物薄，而用可重也。慎斯術也以往，其无所失矣。」「勞謙，君子有終，吉。」子曰：「勞而不伐，有功而不德，厚之至也。語以其功下人者也。德言盛，禮言恭。謙也者，致恭以存其位者也。」「亢龍有悔。」子曰：「貴而无位，高而无民，賢人在下位而无輔，是以動而有悔也。」「不出户庭，无咎。」子曰：「亂之所生也，則言語以爲階。君不密則失臣，臣不密則失身，幾事不密則害成。是以君子慎密而不出也。」子曰：「作《易》者，其知盜乎？《易》曰：『負且乘，致寇至。』負也者，小人之事也。乘也者，君子之器也。小人而乘君子之器，盜思奪之矣。上慢下暴，盜思伐之矣。慢藏誨盜，冶容誨淫。《易》曰：『負且乘，致寇至。』盜之招也。」

此中明卦爻立象繫辭之意，以見《易》之可用，因以示學《易》者之方，而雜舉《中孚》等卦七爻以爲例。平庵項氏曰：「七爻皆欲人畏謹也。鳴鶴言處隱之誠，同人言同心之一，白茅貴慎，有終當謙，亢龍惡亢，户庭以教密，負乘以戒慢，皆所以養人之敬心也。」庸成陸氏曰：「或類取於鶴鳴，或兼夫號咷，或纖及白茅，而喻同負乘，宜可厭惡也。衆不以爲誣，君子不以爲怪，何也？其假象而非實也。或斷其无咎，或斷其吉，或斷其有悔而致寇，宜其雜亂也。時有所必歸，位有所自至，何也？有典禮而非淫也。所謂『擬議以成其變化』也，如此。」

天一，地二；天三，地四；天五，地六；天七，地八；天九，地十。天數五，地數五。五位相得，而各有合。天數二十有五，地數三十。凡天地之數，五十有五。此所以成變化而行鬼神也。大衍之數五十，其用四十有九。分而爲二以象兩，掛一以象三，揲之以四，以象四時，歸奇於扐以象閏。五歲再閏，故再扐而後掛。《乾》之策二百一十有六，《坤》之策百四十有四，凡三百有六十，當期之日。二篇之策，萬有一千五百二十，當萬物之數也。是故四營而成易，十有八變而成卦，八卦而小成。引而申之，觸類而長之，天下之能事畢矣。顯道神德行，是故可與酬酢，可與祐神矣。子曰：「知變化之道者，其知神之所爲乎？」

此言天地大衍之數、揲蓍求卦之法。首論數所以起，立法之原也。末總歸之神，正從法與數合處贊其神妙。數與法不平對也。《本義》曰：「道因辭顯，行以數神。」乃爾瞻葉氏又謂：「顯得道出，便是神那德行處。此就是可酬酢祐神者，無兩起事。」亦自有義。

易有聖人之道四焉：以言者尚其辭，以動者尚其變，以制器者尚其象，以卜筮者尚其占。是以君子將有爲也，將有行也，問焉而以言。其受命也如嚮，无有遠近幽深，遂知來物。非天下之至精，其孰能與於此？參伍以變，錯綜其數。通其變，遂成天地之文；極其數，遂定天下之象。非天下之至變，其孰能與於此？易无思也，无爲也，寂然不動，感而遂通天下之故。非天下之至神，其孰能與於此？夫易，聖人之所以極深而研幾也。唯深也，故能通天下之志；唯幾也，故能成天下之務；唯神也，故不疾而速，不行而至。子曰「易有聖人之道四焉」者，此之謂也。

《易酌》曰：此承上揲蓍求卦之法，而推明其用也。以「辭」、「變」、「象」、「占」四句爲主。「至精」一節，明尚辭、尚占。「至變」一節，明尚變、尚象。「至神」一節，則明辭變象占皆出於自然，而非可以智計力索也。「極深研幾」一節，又明其所以至精、所以至變、所以至神者，而以首句總結之也。象辭變占，前章所已言也。此章合四者并言之，而推本於神焉，以見聖人之道所以不與讖緯術數同歸者也。安溪李氏曰：「前章言象辭變占，以體用之序言也。然學《易》自辭始，辭因變而繫，變因象而生，象因占而立，故其序又如此。」又曰：「以其至精，故有以極深。以其至變，故有以研幾。以其至神，故感應之妙，莫能知其所以然者。」説最精。但謂言「莫美於《易》之辭」，似文士尚之矣。必如南軒張氏謂「指其所之」，《合訂》謂爲「論陰陽動静之理」，方確。

子曰：「夫易，何爲者也？夫易開物成務，冒天下之道，如斯而已者也。」是故聖人以通天下之志，以定天下之業，以斷天下之疑。是故蓍之德圓而神，卦之德方以知，六爻之義易以貢。聖人以此洗心，退藏於密，吉凶與民同患。神以知來，知以藏往，其孰能與於此哉？古之聰明睿知，神武而不殺者夫！是以明於天之道，而察於民之故，是興神物以前民用。聖人以此齋戒，以神明其德夫。是故闔户謂之坤；闢户謂之乾；一闔一闢謂之變；往來不窮謂之通；見乃謂之象；形乃謂之器；制而用之，謂之法；利用出入，民咸用之，謂之神。是故易有大極，是生兩儀。兩儀生四象，四象生八卦。八卦定吉凶，吉凶生大業。是故法象莫大乎天地；變通莫大乎四時；縣象著明，莫大乎日月；崇高莫大乎富貴；備物致用，立成器以爲天下利，莫大乎聖人；探賾索隱，鉤深致遠，以定天下之吉凶，成天下之亹亹者，莫大乎蓍龜。是故天生神物，聖人則之；天地變化，聖人效之；天垂象，見吉凶，聖人象之；河出《圖》，洛出《書》，聖人則之。《易》有四象，所以示也；繫辭焉，所以告也；定之以吉凶，所以斷也。《易》曰：「自天祐之，吉无不利。」子曰：「祐者，助也。天之所助者，順也。人之所助者，信也。履信思乎順，又以尚賢也。是以『自天祐之，吉无不利』也。」

此言以卜筮者尚占也。當合「自天祐之」爲一章，與首章應。紫溪蘇氏曰：「此章若層見叠出，而其實天道民故盡之矣。《易》之書原乎造化，天之道也。《易》之用周乎天下，民之故也。天人之理，盡於太極。太極之理，具於聖人之洗心。此易之原也，而其實則皆神之所爲者也。」按此，則首節「開物成務，冒天下之道」，是言《易》之卜筮明於天道、察於民故也。以此領起，次節言聖人之於天道民故有先得於心者，原不假于卜筮，以見其具作《易》

之本。然後轉出聖人之以天道民故作爲卜筮。「以前民用」、「闔户」節，正言聖人所明所察以作《易》也。上六句，天道；下「制用」、「咸用」五句，民故。兩儀、四象、八卦，天道備矣；吉凶、大業，民故周矣。「法象莫大」節，則合兩節而通論之。「天生神物」節，見聖人作《易》本於造化之自然，所爲明天之道也。「《易》有四象」節，言聖人作《易》以其察民故者，前民用也。末以釋《大有》上九爻義，將天人通結之，而以尚賢歸重到能明天道、察民故之聖人上，以示學《易》之君子當效聖人也。若末節止如《中孚》、《同人》等七爻之義，則言天助可矣，乃又説到人，又説到尚賢，何也？安溪李氏亦以此節繫「《易》有四象」節後。

子曰：「書不盡言，言不盡意。」然則聖人之意，其不可見乎？子曰：「聖人立象以盡意，設卦以盡情僞，繫辭焉以盡其言，變而通之以盡利，鼓之舞之以盡神。」乾坤其易之緼邪？乾坤成列，而易立乎其中矣。乾坤毁，則无以見易。易不可見，則乾坤或幾乎息矣。是故形而上者謂之道，形而下者謂之器。化而裁之謂之變，推而行之謂之通。舉而措之天下之民，謂之事業。是故夫象，聖人有以見天下之賾，而擬諸其形容，象其物宜，是故謂之象。聖人有以見天下之動，而觀其會通，以行其典禮，繫辭焉以斷其吉凶，是故謂之爻。極天下之賾者，存乎卦；鼓天下之動者，存乎辭。化而裁之，存乎變；推而行之，存乎通；神而明之，存乎其人。默而成之，不言而信，存乎德行。

此言以言者尚辭也。蓋極盡《易》之意與言，而歸本於德行焉。前五節，只完得個立象以盡意。末則言學《易》者貴於得意而忘象也。敬承程氏曰：「前數章贊《易》之神，曰『无方』，曰『不測』，曰『不疾而速』〔一〕、『利用出入』，蓋詳哉其言之矣！而尚未及用《易》者之以人而神也，故語立象盡意而歸諸神，語得意忘象而歸諸神明之人。不有其人，而《易》道豈能自神耶？故神者，道之入於無形者也。神明者，德之體於不言者也。」虚齋蔡氏曰：「『書不盡言』，《繫辭》亦書也，如何能盡言？蓋《易》書是個稽實待虚，只依卦爻之象説個道理在。隨甚様事，都該得；隨甚様人，都應得。所以能盡其言。」安溪李氏曰：「遇事變而通之，可以盡利者，言盡而天下之能事畢也。

以是鼓舞於人，可以盡神者，意盡而有以通天下之志也。形上即乾坤之理，聖人所欲言之意也。形下即乾坤之質，聖人所因以立之象也。天下之賾，形器之分也。天下之動，變通之迹也。立之象以極其賾，繫之辭以鼓其動，聖人所以盡意盡言而足以盡利盡神者此也。」按末節言學《易》者之事。《易酌》曰：「非徒明之而已，又必成之。非徒成其道於己而已，又必信其道於人。此豈區區辭説之間哉？必有酬酢祐神之德行而後可。」安溪李氏又曰：「總上數章之意而結言之，故多用前辭而加深切焉。其所謂形上之道者，即易簡之理也。所謂德化者，即體易簡之理而有以成位乎其中者是也。」

【校注】

〔一〕「而」，原作「不」，據《四庫》本改。

繫辭下傳

八卦成列，象在其中矣。因而重之，爻在其中矣。剛柔相推，變在其中矣。繫辭焉而命之，動在其中矣。吉凶悔吝者，生乎動者也。剛柔者，立本者也。變通者，趣時者也。吉凶者，貞勝者也。天地之道，貞觀者也。日月之道，貞明者也。天下之動，貞夫一者也。夫乾，確然示人易矣。夫坤，隤然示人簡矣。爻也者，效此者也。象也者，象此者也。爻象動乎内，吉凶見乎外，功業見乎變，聖人之情見乎辭。

此言以動者尚變也。蓋變易之中，有不易者存，故於動而極言易簡之道。上傳首章止言乾易坤簡，而此則并爻象皆言之。夫貞一即易簡也。天地日月，天下之動，無不貞於一。則凡《繫辭》之所謂吉凶者，亦何一而非易簡哉？故爻象動乎内，而吉凶即見乎外，所以成功業者在此。此聖人吉凶同患之情所以見乎辭者也。「貞勝」自如《本義》

作常勝説，極是。《合訂》所云「若歸重在『正』字上，則下文不用申説」，是也。乃《易酌》甚以爲非。夫朱子專以「正」字作「貞」字解，豈於此而忘之？況《本義》已明注「正也常也」四字矣。竊以吉凶常勝者，言天下更无吉凶并存之道，故惠迪則吉，從逆則凶，而天下亦并无理欲并行之事，故下曰「天下之動，貞夫一」也。

天地之大德曰生，聖人之大寶曰位。何以守位？曰：人。何以聚人？曰：財。理財正辭，禁民爲非，曰義。古者包犧氏之王天下也，仰則觀象於天，俯則觀法於地，觀鳥獸之文，與地之宜，近取諸身，遠取諸物，於是始作八卦，以通神明之德，以類萬物之情。作結繩而爲網罟，以佃以漁，蓋取諸離。包犧氏没，神農氏作，斫木爲耜，揉木爲耒，耒耨之利，以教天下，蓋取諸益。日中爲市，致天下之民，聚天下之貨，交易而退，各得其所，蓋取諸噬嗑。神農氏没，黄帝、堯、舜氏作，通其變，使民不倦；神而化之，使民宜之。易窮則變，變則通，通則久。是以「自天祐之，吉无不利」。黄帝、堯、舜垂衣裳而天下治，蓋取諸乾坤。刳木爲舟，剡木爲楫，舟楫之利，以濟不通，致遠以利天下，蓋取諸渙。服牛乘馬，引重致遠，以利天下，蓋取諸隨。重門擊柝，以待暴客，蓋取諸豫。斷木爲杵，掘地爲臼，臼杵之利，萬民以濟，蓋取諸小過。弦木爲弧，剡木爲矢，弧矢之利，以威天下，蓋取諸睽。上古穴居而野處，後世聖人易之以宫室，上棟下宇，以待風雨，蓋取諸大壯。古之葬者厚衣之以薪，葬之中野，不封不樹，喪期无數，後世聖人易之以棺椁，蓋取諸大過。上古結繩而治，後世聖人易之以書契，百官以治，萬民以察，蓋取諸夬。是故易者，象也；象也者，像也。

此言以制器者尚象也。《易》明天道，察民故，而天地之大德曰生，聖人故以仁義生萬民也。下所取十三卦，無非理財、正辭、禁非之事，故宜從《折中》、《合訂》冠於此首，而以「易者，象也」二句總結之。

彖者，材也。爻也者，效天下之動者也。是故吉凶生而悔吝著也。陽卦多陰，陰卦多陽，其故何也？陽卦奇，陰卦耦。其德行何也？陽一君而二民，君子之道也。陰二君而一民，小人之道也。《易》曰：「憧憧往來，朋從爾思。」子曰：「天下何思何慮？天下同歸而殊塗，一致而百慮，天下何思何慮？日往則月來，月往則日來，日月相推而明生焉。寒往則暑來，暑往則寒來，寒暑相推而歲成焉。往者屈也，來者信也，屈信相感而利生焉。尺蠖之屈，以求信也。龍蛇之蟄，以存身也。精義入神，以致用也。利用安身，以崇德也。過此以往，未之或知也。窮神知化，德之盛也。」《易》曰：「困于石，據于蒺藜，入于其宮，不見其妻，凶。」子曰：「非所困而困焉，名必辱；非所據而據焉，身必危。既辱且危，死期將至，妻其可得見耶？」《易》曰：「公用射隼于高墉之上，獲之，无不利。」子曰：「隼者，禽也。弓矢者，器也。射之者，人也。君子藏器於身，待時而動，何不利之有？動而不括，是以出而有獲。語成器而動者也。」子曰：「小人不耻不仁，不畏不義，不見利不勸，不威不懲。小懲而大戒，此小人之福也。《易》曰：『屨校滅趾，无咎。』此之謂也。善不積，不足以成名；惡不積，不足以滅身。小人以小善爲无益而弗爲也，以小惡爲无傷而弗去也，故惡積而不可掩，罪大而不可解。《易》曰：『何校滅耳，凶。』」子曰：「危者，安其位者也。亡者，保其存者也。亂者，有其治者也。是故君子安而不忘危，存而不忘亡，治而不忘亂，是以身安而國家可保也。《易》曰：『其亡其亡，繫于苞桑。』」子曰：「德薄而位尊，知小而謀大，力小而任重，鮮不及矣。《易》曰：『鼎折足，覆公餗，其形渥，凶。』言不勝其任也。」子曰：「知幾其神乎？君子上交不諂，下交不瀆，其知幾乎？幾者，動之微，吉之先見者也。君子見幾而作，不俟終日。《易》曰：『介于石，不終日，貞吉。』介如石焉，寧用終日，斷可識矣。君子知微知彰，知柔知剛，萬夫之望。」子曰：「顔氏之子，其殆庶幾乎？有不善，未嘗不知；知之未嘗復行也。《易》曰：『不遠復，无祇悔，元吉。』天地絪緼，萬物化醇，男女構精，萬物化生。《易》曰：『三人行，則損一人；一人行，則得其友。』言致一也。」子曰：「君子安其身而後動，易其心而後語，定其交而後求。君子修此三者，故全也。危以動，則民不與也。懼以語，則民不應也。无交而求，則民不與也。莫之與，則傷之者至矣。《易》曰：『莫益之，或擊之，立心勿恒，凶。』」

此申明貞一之義。當依安溪李氏作一章，文義始貫。首二句，以「天下之動」引出致一之義也。「陽卦多陰」節，言象之材。以下十一爻，言爻之效動。夫天下之動貞夫一，而易簡者，易之德行也。蓋一陰一陽之謂道，而陽卦多陰，陰卦多陽，則非一矣。然謂其陽奇陰耦，而不可以其多陰多陽者謂爲非一也。夫奇耦，數也；德行，理也。今止論其奇耦，而多陰多陽有所不論，然則於易簡之德行將奈何？蓋天下之動，生於人心；而心者，人一身之君也。陽奇，則君一而民二，主權專，而百體皆效命焉。非若陰耦者之二君一民，而役反爲主者也。此正君子致一之道也。《咸》之九四言之矣。往來屈信，同歸於生利，此之爲貞一也。《困》之六三，進而見困，求信而反屈也。《解》之上六，動而不括，屈極則必信也。《噬嗑》之初九懲惡，屈也，而可以致福也。其上九長惡，信也，而至於罹罪也。《否》之九五，其亡其亡，屈而信也。《鼎》之九四，折足覆餗，信而屈也。《豫》之六二、《復》之初九，則審於理欲屈信之幾，而辨之至速也。《損》之六三、《益》之上九，則察夫上下屈信之理，而處之互異也。此皆言易簡之德行者也。故首以同歸一致者發其端，而末以致一勿恒者終其義。噫！旨深哉！

子曰：「乾坤，其易之門邪？乾，陽物也。坤，陰物也。陰陽合德，而剛柔有體，以體天地之撰，以通神明之德。其稱名也，雜而不越。於稽其類，其衰世之意邪？夫易，彰往而察來，而微顯闡幽，開而當名，辨物正言，斷辭則備矣。其稱名也小，其取類也大。其旨遠，其辭文，其言曲而中，其事肆而隱。因貳以濟民行，以明失得之報。《易》之興也，其於中古乎？作《易》者，其有憂患乎？是故履，德之基也；謙，德之柄也；復，德之本也；恒，德之固也；損，德之修也；益，德之裕也；困，德之辨也；井，德之地也；巽，德之制也。履，和而至；謙，尊而光；復，小而辨於物；恒，雜而不厭；損，先難而後易；益，長裕而不設；困，窮而通；井，居其所而遷；巽，稱而隱。履以和行，謙以制禮，復以自知，恒以一德，損以遠害，益以興利，困以寡怨，井以辨義，巽以行權。

此當依安溪李氏，合作一章讀。蓋申釋象之動乎內而吉凶見乎外，以卦體、《彖辭》言也。所陳九卦，正謂其稱名雜而不越，小而取類大也。且「衰世之意」與下《易》之興於中古，亦兩相呼應。安溪李氏曰：「後陳九卦者，雖因聖人憂患而發其名卦之心，然所謂濟民行者亦初不外乎此。」雜舉九卦，據朱子説，爲偶然。然按雲峰胡氏所説，履以一陰安處於三陽之下，履之所以爲禮。謙以一陽退處於三陰之下，謙之所以制禮。復則一陽生於五陰之下，天地之心可見。由此推之，天地之道，有陽即有陰，故恒之一陽上起，而一陰即下伏也。陰陽既生，則各有其極，故損之一陽窮於上之上，而一陰窮於下之上也。陰陽之窮者必反而通，故益之一陰升於上，而一陽動於下也。陽之動者，必居中，然後得位以用事。陰之升者，必隱伏，然後得制以行權。故終之以巽。按重巽之卦，初陽位而陰居之，二陰位而陽居之，權也。四陰居陰位，五陽居陽位，所謂權不離經也。重巽申命，幾於不息之乾，君子而聖人矣。故《易酌》謂爲非偶然者，此也。又按《易酌》謂三陳九卦，初陳其德，次陳其才，三陳其用，亦是。

《易》之爲書也，不可遠。其爲道也屢遷，變動不居，周流六虚，上下无常，剛柔相易，不可爲典要，唯變所適。其出入以度，外内使知懼。又明於憂患與故。无有師保，如臨父母。初率其辭而揆其方，既有典常。苟非其人，道不虛行。《易》之爲書也，原始要終，以爲質也。六爻相雜，唯其時物也。其初難知，其上易知，本末也。初辭擬之，卒成之終。若夫雜物撰德，辨是與非，則非其中爻不備。噫！亦要存亡吉凶，則居可知矣。知者觀其彖辭，則思過半矣。二與四同功而異位，其善不同。二多譽，四多懼，近也。柔之爲道，不利遠者，其要无咎，其用柔中也。三與五同功而異位。三多凶，五多功，貴賤之等也。其柔危，其剛勝邪？

此文氣似兩段，然亦當如安溪李氏，合作一章讀。蓋皆申釋爻之動乎内而吉凶見乎外，以爻位及爻辭言也。

《易》之爲書也，廣大悉備，有天道焉，有人道焉，有地道焉。兼三才而兩之，故六。六者，非他也，三才之道也。道有變動，故曰爻。爻有等，故曰物。物相雜，故曰文。文不當，故吉凶生焉。

安溪李氏曰：「此申釋『功業見乎變』之意。」蓋吉凶定，而功業由是興也。

《易》之興也，其當殷之末世、周之盛德邪？當文王與紂之事邪？是故其辭危。危者使平，易者使傾。其道甚大，百物不廢。懼以終始，其要无咎。此之謂易之道也。

安溪李氏曰：「此申釋聖人情見乎辭之意。」

夫乾，天下之至健也，德行恒易以知險。夫坤，天下之至順也，德行恒簡以知阻。能説諸心，能研諸慮，定天下之吉凶，成天下之亹亹者。是故變化云爲，吉事有祥。象事知器，占事知來。天地設位，聖人成能。人謀鬼謀，百姓與能。八卦以象告，爻象以情言。剛柔雜居，而吉凶可見矣。變動以利言，吉凶以情遷。是故愛惡相攻，而吉凶生；遠近相取，而悔吝生；情僞相感，而利害生。凡易之情，近而不相得，則凶或害之，悔且吝。將叛者，其辭慚；中心疑者，其辭枝；吉人之辭寡；躁人之辭多；誣善之人，其辭游；失其守者，其辭屈。

安溪李氏曰：「總下傳之指而約言之，以終首章之意。」按首章乃上傳之首章，言乾坤之易簡者也。《易酌》曰：「上《繫》之首章，以易簡終；下《繫》之末章，以易簡始。上《繫》之末章，以德行終；下《繫》之末章，以德行始。前後正相關通。」安溪李氏又曰：「乾之確然示人易，坤之隤然示人簡者，乃貞一之原也。由此而通乎變化之道，則趨時而立本者不亂；由此而行乎吉凶之塗，則至動而貞勝者不易。聖人説研此理於心，參驗於變化至賾、吉凶至動之故，立象則變在其中，繫辭則動在其中。是故始作八卦者，固所以肇斯文之將啓，覺來裔於無窮也。中古聖人，直世之衰，推所憂患，拯世傾危，是以讀其辭而情尤可見。蓋慮天下萬世險阻之無盡，而一以易簡之道濟之，是聖人之志也。」又於首節云：「此以體乾坤之德者言之，所謂『易簡而天下之理得』者。」於次節云：「此聖人推己以同患之本也。」於三節云：「此聖人觀察以作《易》之原也。」於四節云：「此乃正言聖人作《易》教民之事。」於五節、六節云：「相攻、相取、相感皆生於變動之情，吉凶之辭因此而遷，豈非教民去害興利，而足以見聖人之情乎？夫所謂愛惡情僞，險之大者也。重之以遠近之勢，阻之甚者也。聖人既心知之，而因欲使民明之，使人不迷於險阻之幾，則有平而無傾矣。此所以爲聖人之情與？」於末節云：「泛舉凡人之辭，以明聖人之有憂患也。是故其辭危。」說皆精確不易。

說卦傳

昔者聖人之作《易》也，幽贊於神明而生蓍，參天兩地而倚數，觀變於陰陽而立卦，發揮於剛柔而生爻，和順於道德而理於義，窮理盡性以至於命。

此篇備載卦位、卦德、卦象之說，而前兩章則總說聖人作《易》大意，以發其端。蓍者，卦之所由作也。爻者，卦之所以備也。「參天兩地而倚數」，以《河圖》生數言也。「和順於道德」，統言其體；「理於義」，析言其用。「窮理盡性以至於命」，《本義》曰：「此聖人作《易》之極功也。」

昔者聖人之作《易》也，將以順性命之理。是以立天之道，曰陰與陽；立地之道，曰柔與剛；立人之道，曰仁與義。兼三才而兩之，故《易》六畫而成卦。分陰分陽，迭用柔剛，故《易》六位而成章。

此下專以立卦言。原夫八卦之所以止於畫之三，六十四卦之所以終於畫之六者，以爲三才之間，性命之理，爲《說卦》之第一義也。

天地定位，山澤通氣，雷風相薄，水火不相射，八卦相錯。數往者順，知來者逆。是故易，逆數也。雷以動之，風以散之，雨以潤之，日以晅之，艮以止之，兑以說之，乾以君之，坤以藏之。

此邵子謂爲伏羲八卦之位，相交而成六十四卦，先天之學也。「數往者順，知來者逆」，說各不同。《合訂》之說「八卦相錯」曰：「錯者變換反易之謂，即下文所謂逆也。往謂已畫之卦，來謂未畫之卦。順逆，猶言正反也。如乾已畫爲往，坤未畫爲來。數已畫之前爲三奇，即知未畫之坤逆乾而爲三耦也。巽、震，兑、艮，離、坎，逆也。

推之，而倒巽爲兑，倒艮爲震，亦逆也。屯、蒙逆也，屯與鼎亦逆也。恒、益亦逆也。姤、復，臨、遯，皆逆也。逆者易也，錯縱參伍變化無窮者。易之爲易，惟其逆而已，故曰：『易，逆數也。』」按：此説，先儒所未道。然於「易逆」數句却甚確當。安溪李氏曰：「首言其不易之體，則天地者分之尊。末言其生物之用，則雷風者氣之始。」語亦可玩。

帝出乎震，齊乎巽，相見乎離，致役乎坤，説言乎兑，戰乎乾，勞乎坎，成言乎艮。萬物出乎震，震東方也；齊乎巽，巽東南也。齊也者，言萬物之潔齊也。離也者，明也。萬物皆相見，南方之卦也。聖人南面而聽天下，嚮明而治，蓋取諸此也。坤也者，地也。萬物皆致養焉，故曰致役乎坤。兑正秋也，萬物之所説也，故曰説言乎兑。戰乎乾，乾西北之卦也，言陰陽相薄也。坎者水也，正北方之卦也，勞卦也，萬物之所歸也，故曰勞乎坎。艮東北方之卦也，萬物之所成終而所成始也，故曰成言乎艮。

此邵子所謂文王所定後天之學也。安溪李氏曰：「帝者，天之主宰。主宰一爾，而八卦之用不同，則帝行乎其間焉。帝之出入不可見，故以萬物之出入於四時者明之。」又曰：「邵子以爲文王圖位。今證之《周易》，義類多合，則其説是矣。其序雖以義理而起，然以三陽卦終始歲功，三陰卦效職於中。乾不居始，而以終爲大始；坤不居終，而居中以代終。三陰居中，坤又中之中也。於一歲，亦爲中央之位。此則陰陽主役之分，天命嗣續之機，文王之精意存焉，而亦一因乎卦體之自然也。」

神也者，妙萬物而爲言者也。動萬物者，莫疾乎雷。橈萬物者，莫疾乎風。燥萬物者，莫熯乎火。説萬物者，莫説乎澤。潤萬物者，莫潤乎水。終萬物、始萬物者，莫盛乎艮。故水火相逮，雷風不相悖，山澤通氣，然後能變化，既成萬物也。

此由後天流行之用，而推本於先天對待之體也。不言乾坤而謂之神者，康成鄭氏曰：「乾坤共成一物，不可得而分，故合而謂之神。」神也者，生成萬物，而莫知其所以然，故曰「妙萬物而爲言」也。下面雷動風撓之類，皆神之所爲也。

乾，健也。坤，順也。震，動也。巽，入也。坎，陷也。離，麗也。艮，止也。兑，説也。

《本義》云：「此言乾坤之性情。」竊按：性情即德也。

乾爲馬，坤爲牛，震爲龍，巽爲鷄，坎爲豕，離爲雉，艮爲狗，兑爲羊。

《本義》云：「遠取諸物。」

乾爲首，坤爲腹，震爲足，巽爲股，坎爲耳，離爲目，艮爲手，兑爲口。

《本義》云：「近取諸身。」

乾天也，故稱乎父。坤地也，故稱乎母。震一索而得男，故謂之長男。巽一索而得女，故謂之長女。坎再索而得男，故謂之中男。離再索而得女，故謂之中女。艮三索而得男，故謂之少男。兑三索而得女，故謂之少女。

《蒙引》云：「此取諸人倫。」

乾爲天，爲圜，爲君，爲父，爲玉，爲金，爲寒，爲冰，爲大赤，爲良馬，爲老馬，爲瘠馬，爲駁馬，爲木果。《荀九家》此下有「爲龍，爲直，爲衣，爲言」。坤爲地，爲母，爲布，爲釜，爲吝嗇，爲均，爲子母牛，爲大輿，爲文，爲衆，爲柄。其於地也，爲黑。《荀九家》有「爲牝，爲迷，爲方，爲囊，爲裳，爲黄，爲帛，爲漿」。震爲雷，爲龍，爲玄黄，爲旉，爲大塗，爲長子，爲決躁，爲蒼筤竹，爲萑葦。其於馬也，爲善鳴，爲馵足，爲作足，爲的顙。其於稼也，爲反生。其究爲健，爲蕃鮮。《荀九家》有「爲玉，爲鵠，爲鼓」。巽爲木，爲風，爲長女，爲繩直，爲工，爲白，爲長，爲高，爲進退，爲不果，爲臭。其於人也，爲寡髮，爲廣顙，爲多白眼，爲近利市三倍。其究爲躁卦。《荀九家》有「爲楊，爲鸛」。坎爲木，爲溝瀆，爲隱伏，爲矯輮，爲弓輪。其於人也，爲加憂，爲心病，爲耳痛，爲血卦，爲赤。其於馬也，爲美脊，爲亟心，爲下首，爲薄蹄，爲曳。其於輿也，爲多眚，爲通，爲月，爲盜。其於木也，爲堅多心。《荀九家》有「爲宫，爲律，爲可，爲棟，爲叢棘，爲狐，爲蒺藜，爲桎梏」〔一〕。離爲火，爲日，爲電，爲中女，爲甲胄，爲戈兵。其於人也，爲大腹。爲乾卦，爲鱉，爲蟹，爲蠃，爲蚌，爲龜。其於木也，爲科上槁。《荀九家》有「爲牝牛」。艮爲山，爲徑路，爲小石，爲門闕，爲果蓏，爲閽寺，爲指，爲狗，爲鼠，爲黔喙之屬。其於木也，爲堅多節。《荀九家》有「爲鼻，爲虎，爲狐」。兑爲澤，爲少女，爲巫，爲口舌，爲毁折，爲附决。其於地也，爲剛鹵。爲妾，爲羊。《荀九家》有「爲常，爲輔夾」。

此明聖人作《易》，其道甚大，百物不遺，所謂遠觀近取，以類萬物之情也。

【校注】

〔一〕「梏」，原作「梧」，據《四庫》本改。

序卦傳

有天地，然後萬物生焉。盈天地之間得唯萬物，故受之以《屯》。屯者，盈也。屯者，物之始生也。物生必蒙，故受之以《蒙》。蒙者，蒙也，物之稚也。物稚不可不養也，故受之以《需》。需者，飲食之道也。飲食必有訟，故受之以《訟》。訟必有衆起，故受之以《師》。師者，衆也。衆必有所比，故受之以《比》。比者，比也。比必有所畜，故受之以《小畜》。物畜然後有禮，故受之以《履》。履而泰，然後安，故受之以《泰》。泰者，通也。物不可以終通，故受之以《否》。物不可以終否，故受之以《同人》。與人同者，物必歸焉，故受之以《大有》。有大者不可以盈，故受之以《謙》。有大而能謙必豫，故受之以《豫》。豫必有隨，故受之以《隨》。以喜隨人者，必有事，故受之以《蠱》。蠱者，事也。有事而後可大，故受之以《臨》。臨者，大也。物大然後可觀，故受之以《觀》。可觀而後有所合，故受之以《噬嗑》。嗑者，合也。物不可以苟合而已，故受之以《賁》。賁者，飾也。致飾然後亨則盡矣，故受之以《剥》。剥者，剥也。物不可以終盡，剥窮上反下，故受之以《復》。復則不妄矣，故受之以《无妄》。有无妄然後可畜，故受之以《大畜》。物畜然後可養，故受之以《頤》。頤者，養也。不養則不可動，故受之以《大過》。物不可以終過，故受之以《坎》。坎者，陷也。陷必有所麗，故受之以《離》。離者，麗也。

有天地然後有萬物，有萬物然後有男女，有男女然後有夫婦，有夫婦然後有父子，有父子然後有君臣，有君臣然後有上下，有上下然後禮義有所錯。夫婦之道不可以不久也，故受之以《恒》。恒者，久也。物不可以久居其所，故受之以《遯》。遯者，退也。物不可以終遯，故受之以《大壯》。物不可以終壯，故受之以《晋》。晋者，進也。進必有所傷，故受之以《明夷》。夷者，傷也。傷於外者，必反其家，故受之以《家人》。家道窮必乖，故受之以《睽》。睽者，乖也。乖必有難，故受之以《蹇》。蹇者，難也。物不可以終難，故受之以《解》。解者，緩也。緩必有所失，故受之以《損》。損而不已必益，故受之以《益》。益而不已必决，故受之以《夬》。夬者，决也。决必有所遇，故受之以《姤》。姤者，遇也。物相遇而後聚，故受之以《萃》。萃者，聚也。聚而上者謂之升，故受之以《升》。升而不已必困，故受之以《困》。困乎上者必反下，故受之以《井》。井道不可不革，故受之以《革》。革物者莫若鼎，故受之以《鼎》。主器者莫若長子，故受之以《震》。震者，動也。物不可以終動，止之，故受之以《艮》。艮者，止也。物不可以終止，故受之以《漸》。漸者，進也。進必有所歸，故受之以《歸妹》。得其所歸者必大，故受之以《豐》。豐者，大也。窮大者必失其居，故受之以《旅》。旅而無所容，故受之以《巽》。巽者，入也。入而後説之，故受之以《兑》。兑者，説也。説而後散之，故受之以《涣》。涣者，離也。物不可以終離，故受之以《節》。節而信之，故受之以《中孚》。有其信者必行之，故受之以《小過》。有過物者必濟，故受之以《既濟》。

物不可窮也，故受之以《未濟》終焉。

朱子曰：「卦有正對，有反對。《乾》、《坤》、《坎》、《離》、《頤》、《大過》、《中孚》、《小過》八卦，正對也。正對不變，故反覆觀之，止成八卦。其餘五十六卦，反對也。反對者皆變，故反覆觀之，共二十八卦。以正對卦合反對卦觀之，總而爲三十六卦。其在《上經》，不變卦凡六，《乾》、《坤》、《坎》、《離》、《頤》、《大過》是也。自《屯》、《蒙》而下二十四卦，反之則爲十二。以十二而加六，則十八也。其在《下經》，不變卦凡二，《中孚》、《小過》是也。自《咸》、《恒》而下三十二卦，反之則爲十六。以十六而加二，亦十八也。其多寡之數，則未嘗不均也。」虚齋蔡氏曰：「《序卦》之義，有相反者，有相因者。相反者，極而變者也。相因者，其未至於極者也。總不出此二例。」周氏曰：「按序例，有數款，曰『然後』，曰『而後』，曰『不可』，曰『不可以』，曰『不可不』，曰『必』，曰『必有』，曰『必有所』，曰『莫若』，各有取義。約之，不外一中。不問天道人事，高者抑之，下者舉之，得中者順之，隨時從道以趨中而已。」數説最得聖人《序卦》之旨。

程子曰：「韓康伯謂《序卦》非《易》之藴，此不合道。」朱子曰：「謂之非聖人之精則可，謂非易之藴則不可。《序卦》却正是《易》之藴。事事夾雜，都有在裏面。」邵子曰：「乾坤，天地之本。坎離，天地之用。是以《易》始於《乾》、《坤》，中於《坎》、《離》，終於《既》、《未濟》；而《泰》、《否》爲《上經》之中，《咸》、《恒》爲《下經》之首，皆言乎其用也。」又曰：「《乾》、《坤》、《坎》、《離》爲上篇之用，《兑》、《艮》、《震》、《巽》爲下篇之用也。《頤》、《中孚》、《大過》、《小過》爲二篇之正也。」又曰：「自《乾》、《坤》至《坎》、《離》，以天道也。自《咸》、《恒》至《既濟》、《未濟》，以人事也。」

平庵項氏曰：「《上經》言天地生萬物，以氣而流形，故始於《乾》、《坤》，終於《坎》、《離》，言氣化之本也。《下經》言萬物之相生，以形而傳氣，故始於《咸》、《恒》，終於《既》、《未濟》，言夫婦之道也。」

都山汪氏曰：「《上經》首《乾》、《坤》，天地之大開闢也。自《屯》、《蒙》以次相承，氣運漸開，世道漸變；至於《泰》、《否》，乃造化一大交會也。自《同人》、《大有》以次相承，世道升降，賢才進退；至於《剥》、《復》，理欲消長，事變日煩；至於《坎》、《離》，又人道一大交會也。首《乾》、《坤》，萬物之大父母。終《坎》、《離》，天地之大橐籥也。《下經》首《咸》、《恒》，人倫之有夫婦，亦乾、坤也；至《損》、《益》，人事之有興衰，亦否、泰也；至《震》、《艮》，人心之有動静，亦剥、復也；而終於《既》、《未濟》，人情之有離合，亦坎、離也。《上經》乃一陰一陽交會之大端；《下經》乃陰陽一消一息、千變萬化，交會之節目。合而論之，天地，父母之尊也；坎、離，夫婦之别也；震、艮，兄弟之義也；巽、兑，姐妹之序也。天尊地卑，君臣之道也。六子用事，六卿分職也。」

雙湖胡氏曰：「三才之間，坎、離最爲切用。日月不遇，寒暑不成矣。民非水火，不生活矣。心火炎燥而不降，腎水涸竭而不升，而病侵陵矣。故《上》、《下經》皆以坎、離爲終焉。」

豫章蕭氏謂「卦必先分而後序，故于《上》、《下經》分陰陽主客」，非臆説也。蓋六畫之卦，皆三畫之八卦兩體相合而成者。故六十四卦，凡一百二十八體。三畫之八卦，每卦皆十六體。合考《上經》之卦，以乾、坤、坎、離爲主。故乾、坤之體見於《上經》者各十二，最尊故也。坎之體八，嫡子用事，得其中正故也。離之體六，陰視陽爲進退，減其二者，偶數也。震、艮之體各七，客讓主，故視坎減一體，奇數也。巽、兑之體各四，視離減二體，亦以偶數讓主也。此《上經》之分卦也。《下經》之卦，以兑、巽、震、艮爲主，又屬陰。故兑、巽最貴，見《下經》者各十二體。震、艮各九體。離十體，讓主之陰卦者二。坎八體，讓主之陽卦者一。乾、坤各四體。此《下經》之分卦也。至于《上經》之合卦，乾體十二，除本卦二體，合主卦者六體，天地否、地天泰、水天需、天水訟、天火同人、火天大有是也。合客卦者四體。天雷无妄、天澤履、風天小畜、山天大畜是也。坤體十二，除本卦二體，合主卦者四體，地天泰、天地否、地水師、水地比是也。合客卦者六體。雷地豫、地雷復、地山謙、山地剥、地澤臨、風地觀是也。然所合客卦，陽多而陰少，又不合離，《上經》屬陽，故貴陽也。坎八體，除本卦二體，合主卦者四體，水天需、天水訟、地水師、水地比是也。合客卦者二體。水雷屯、山水蒙是也。離六體，除本卦二體，合主卦者二體，天火同人、火天大有是也。合客卦者二體。火雷噬嗑、山火賁是也。《上經》六子不交，故不合坎。《上經》貴陽，故不合坤與兑、巽也。其客卦，則震有七體，合主卦者五體，天雷无妄、地雷復、水雷屯、火雷噬嗑、雷地豫是也。合客卦者二體。山雷頤、澤雷隨是也。艮有七體，合主卦者五體，山天大畜、山地剥、山水蒙、山火賁、地山謙是也。合客卦者二體。山雷頤、山風蠱是也。巽有四體，以二體合主卦，風天小畜、風地觀是也。以二體合客卦。山風蠱、澤風大過是也。兑有四體，以二體合主卦，天澤履、地澤臨是也。以二體合客卦，澤雷隨、澤風大過是也。然《上經》貴陽，震陽爻在下，故其合卦也，除合坤外，皆居下卦。艮陽爻在上，故其合卦也，除合坤外，皆居上卦。巽、兑亦然。此《上經》之合卦也。《下經》兑十二體，除本卦二體，合主卦者四體，澤山咸、山澤損、風澤中孚、雷澤歸妹是也。合客卦者六體。澤天夬、澤地萃、澤水困、水澤節、澤火革、火澤睽是也。客多于主者，蓋四隅之卦得體之偏，故除正配艮也。交合外，止以二體合主卦，其餘皆依四正之體以成卦也。巽卦亦然，同爲陰卦故也。巽十二體，除本卦二體，以二體交合正配，雷風恒、風雷益是也。以二體合主卦，風澤中孚、風山漸是也。以六體合客卦。天風姤、地風升、風水涣、水風井、風火家人、火風鼎是也。震九體，除本卦二體，正配交合二體，雷風恒、風雷益是也。以二體合主卦，雷澤歸妹、雷山小過是也。以三體合客卦。雷天大壯、雷水解、雷火豐是也。其與艮之依正體成卦，猶之巽、兑也。艮九體，除本卦二體，正配交合二體，山澤損、澤山咸是也。以二體合主卦，風山漸、雷山小過是也。以三體合客卦。天山遯、水山蹇、火山旅是也。其客卦，乾四體，合主不合客。澤天夬、天風姤、雷天大壯、天山遯是也。坤四體，合陰不合陽，火地晉、地火明夷、澤地萃、地風升是也。《下經》貴陰故也。坎八體，除正配交合二體，水火既濟、火水未濟是也。其餘皆合主不合客。澤水困、水澤節、風水涣、水風井、水山蹇、雷水解是也。離十體，正配交合與坎同，除二體合坤，火地晉、地火明夷是也。其餘亦合主不合客。火澤睽、澤火革、風火家人、火風鼎、雷火豐、火山旅是也。坎、離所合之卦，除正配外，不唯離之合坤屬陰，其所合之主卦皆陰多于陽。此《下經》之合卦也。學者按册求之，當有信其不誣者矣。

蒙古刁氏之著《易酌》曰：「按《上下篇義》作于程子，謂：『卦之分，以陰陽。陽盛者居上，而卦之有乾者居上篇。陰盛者居下，而卦之有坤者居下篇。』乃考之上篇，有乾者凡十一卦，有坤者亦十一卦。下篇有乾者四卦，有坤者亦四卦。且《剥》有坤，又陰盛，乃居上篇。《大壯》有乾，又陽盛，乃居下篇。其説曰：『《剥》雖陰盛，而爻則陽極，故居上篇。《大壯》雖陽壯，而爻則陰盛，故居下篇。』又謂：『五陰一陽之卦，則一陽爲主，故皆在上篇。』至五陽一陰之卦，如《大有》之《彖傳》明曰『柔得尊位，大中而上下應之』矣，乃謂王弼『一陰爲主』之説非是。《咸》卦之『男下女』，《傳》有明文。乃以女居男上爲陰盛，謂『凡女居上者，皆在下篇』。至于《噬嗑》，又謂：『男下女，非女勝男也。』諸如此類，未免逐卦委曲以求合陰盛陽盛之説，未見諦當。故朱子作《本義》，首言『卷帙重大，故分上下兩篇』，蓋不取程子之説也。然而文王所作卦辭，通計六十四卦，凡七百一十五字，連爻辭尚不滿五千，止四千九百二十三字，謂之卷帙重大，可乎？分而爲二，各三十二卦可也。《上經》三十卦，《下經》三十四卦，何爲而然哉？豫章蕭氏其言：『卦必先分而後序。《上經》者取陽升而上之義，故乾、坤、坎、離爲《上經》之主卦，以其居四正之位，而陰畫陽畫皆純正也。《下經》者取陰降而下之義，故震、巽、艮、兑爲《下經》之主卦，以其居四隅之位，而陰爻陽爻皆偏雜也。《上經》言天道，故乾、坤交而六子不交。乾、坤交，而萬物化生矣。《下經》言人事，故六子皆交。六子交，而萬事畢舉矣。又《上經》主卦，乾爲主而坤從之，坎用事而離從之，故交泰以前，乾南坤北，有坎無離，由是而陽漸衰，陰漸長矣。故交泰以後，乾北坤南，坤爲主而離用事矣。盈虚消長之理然也。《下經》主卦，兑最貴而巽次之。蓋《下經》貴陰，又畫卦之始，兑次乾而成，故貴也。至于《上經》六子不交，故但以主卦之體始之終之，而得卦三十。《下經》六子皆交，故遂以所交之卦始之中之終之，而得卦三十有四。』似皆確不可易者。」

雜卦傳

乾剛坤柔，比樂師憂。臨觀之義，或與或求。屯見而不失其居。蒙雜而著。震，起也。艮，止也。損、益，盛衰之始也。大畜，時也。无妄，災也。萃聚而升不來也。謙輕而豫怠也。噬嗑，食也。賁，无色也。兑見而巽伏也。隨，无故也。蠱，則飭也。剥，爛也。復，反也。晋，晝也。明夷，誅也。井通而困相遇也。咸，速也。恒，久也。涣，離也。節，止也。解，緩也。蹇，難也。睽，外也。家人，内也。否、泰，反其類也。大壯則止，遯則退也。大有，衆也。同人，親也。革，去故也。鼎，取新也。小過，過也。中孚，信也。豐，多故。親寡，旅也。離上而坎下也。小畜，寡也。履，不處也。需，不進也。訟，不親也。大過，顛也。姤，遇也，柔遇剛也。漸，女歸待男行也。頤，養正也。既濟，定也。歸妹，女之終也。未濟，男之窮也。夬，决也，剛决柔也，君子道長，小人道憂也。

朱子曰：「《雜卦》以乾爲首，不終之以他卦，而必終之以夬者，蓋夬以五陽决一陰，决去一陰，則復爲純乾矣。」見《折衷》。《大全》又以爲雙湖胡氏語。

雲峰胡氏曰：「《易》終於《雜卦》，而交易、變易之義愈可見矣。每一卦反覆爲兩卦，而剛柔吉凶每每相反，此變易之義也。自乾、坤至困，三十卦，與《上經》之數相當，而雜《下經》十二卦於其中；自咸至夬，三十四卦，與《下經》之數相當，而雜《上經》十二卦於其中：此交易之義也。或曰：此偶然爾。愚曰：非偶然也，皆理之自然也。坎、離交之中者，本居《上經》三十卦内，今附於下三十四卦。震、艮、巽、兑交之偏者，本居《下經》三十四卦内，今附於上三十卦。至若无反對者，《上經》六卦，《下經》二卦，今附於上者二卦，附於下者六卦，皆交易之義也。十二月卦氣，除乾、坤外，《上經》泰、否、臨、觀、賁、復，陰之多於陽者十二；《下經》遯、壯、姤、夬，陽之多於陰者十二。今《雜卦》移否、泰於三十四卦之中，而陰陽之多少復如之。特在《上經》者三十六畫，在《下經》者二十四畫。今附於上者二十四畫，附於下者三十六畫，愈見其交易之妙爾。若合六十四卦論之，《上經》三十卦，陰爻之多於陽者八；《下經》三十四卦，陽爻之多於陰者亦八。今則附於三十卦者，陽爻七十二，陰爻一百八，而陰多於陽者三十六；附於三十四卦者，陽爻一百二十，陰爻八十四，而陽之多於陰者亦三十六。特反對論，《上經》陰之多於陽者四，《下經》陽之多於陰者亦四。今則附於上者，陽爻三十九，陰爻五十七，而陰爻多於陽者十八；附於下者，陽爻六十九，陰爻五十一，而陽之多於陰者亦十八。或三十六，或十八，互爲多少，非特可見陰陽交易之妙，而三十六宮之妙愈可見矣。是豈聖人之心思智慮之所爲哉？愚固曰：伏羲之畫，文王、周公、孔子之言，皆天也。《本義》謂：『自大過以下，卦不反對，或疑其錯簡。今以韻協之，又似非誤。未詳何義。』愚竊以爲『雜物撰德，非其中爻不備』，此蓋指中四爻互體而言也。《先天圖》之左互復、頤、（二卦互坤。）既濟、家人、歸妹、睽，（四卦互坎、離。）夬、乾（二卦互乾。）八卦，右互姤、大過、（二卦互乾。）未濟、解、漸、蹇、（四卦互坎、離。）剥、坤（二卦互坤。）八卦。此則於右取姤、大過、未濟、漸四卦，於左取頤、既濟、歸妹、夬四卦，各舉其半，可兼其餘矣。是雖所取不能無雜，蓋此謂《雜卦》，而互體又其最雜者也。上三十卦終之以困，柔掩剛也；下三十四卦終之以夬，剛決柔也。柔掩剛，君子不失其所亨；剛決柔，君子道長，小人道憂矣。然則天地間，剛柔每每相雜。至若君子之爲剛，小人之爲柔，决不可使相雜也。《雜卦》之末，特分別君子、小人之道言之。聖人贊化育、扶世變之意微矣。」

蒙吉刁氏曰：「《序卦》取流行之義，《雜卦》取對待之義。雜者，不拘卦序，分類而言之，兩兩相對也。或雜前卦於後卦，或雜後卦於前卦，雜也。或雜《上經》之卦於《下經》，或雜《下經》之卦於《上經》，雜也。兩句之中，或以上卦先下卦，或以下卦先上卦，雜也。然就兩句讀之，必以類相從，无後先移易。自乾至困三十卦，當《上經》三十卦之數，雜《下經》十二卦於其中。自咸至夬三十四卦，當《下經》三十四卦之數，雜《上經》十二卦於其中。恁地齊整，无上下參差者。以爲不雜也，而有雜者在；以爲雜也，而有不雜者存。聖人立言之妙如此。」又曰：「易之道，陰陽而已矣。陰陽之道，奇偶而已矣。《雜卦》之義，兩兩反對，偶也。若始終一律，是有偶而无奇矣。是故既合上下兩經錯綜之，而以兩句爲偶，末又合兩句錯綜之，而以八卦爲奇。奇而偶，偶而奇，變化无窮，正所謂一陰一陽之道也。且卦之序也，不外相因、相反二義。《雜卦》義取相反。今以末八卦推之，却亦相因。如大過繼之以姤，顛則宜遇也。漸繼之以頤，行則宜正也。既濟繼之以歸妹，定則宜歸也。未濟繼之以夬，窮則宜决也。然則《序卦》相因也，而未始不相反；《雜卦》相反也，而又未始不相因。交易變易之義，益於斯可見矣。」

紹武刁氏曰：「按大過以下，八卦不反對，《本義》以爲未詳。嘗反覆推求，夫乃知《雜卦》之妙也。《易》之有《序卦》也，學之始也。博文約禮，有序而不可雜也。《易》之有《雜卦》也，學之成也。變化從心，雖雜而不失序也。《序卦》分也，《雜卦》合也。由分可以得合，既合其中仍分也。何以合而分也？首以《乾》、《坤》，乾坤一大男女也，而萬事萬物无不在其中矣。終之以男女，男女一小乾坤也，而類聚群分不能外乎是矣。此起止之合也。然《上經》三十卦，《下經》三十四卦，其界限未嘗不分。自師、比八卦，而以《下經》之損、益交合之；自咸、恒八卦，而以《上經》之否、泰交合之。此樞紐之合也。損、益後歷大畜、无妄，而合之以萃、升；否、泰後歷大壯、遯，而合之以大有、同人。此對待之合也。列震、艮於前，而以兑、巽等六卦分足三十卦之數；留大過、頤於後，而以離、坎等六卦合居三十四卦之中。此錯綜之合也。至大過以下，則以分爲合矣。《易》者，教人寡過之書也。女過莫如遇。以女遇男，其過大矣，故特書曰『柔遇剛也』。女之无過莫若歸，歸而待男以行。職司中饋，以供頤養，道之正也。宜室宜家，如水火之既濟，守之定也，故曰：『歸妹，女之終也。』【行間批：此解少誤。】女道於此終，婦道於此始，【行間批：多此一義。】而女過寡矣。男子之事，六十四卦言之已盡。所不能保其无過者，窮耳。維窮何病？窮者，天之所以玉汝於成也。【行間批：此止即窮於所遇説。恐《易》之謂窮，義不止此。】試觀耕莘、釣渭、版築、魚鹽，磨煉出多少聖賢豪傑！衹是窮於身而不窮於心，窮於遇而不窮於學。又必剛克而果決，【行間批：如此轉落，亦似無甚意味。】則君子道長，小人道憂，而修齊平治一以貫之，何有過之不可寡哉？又按不曰『小人道消』而曰『道憂』，則聖人爲天下後世深思遠慮，恐其決小人之後，自謂高枕无憂，不爲戒備，如唐之五王，不旋踵而身受其毒，故不曰『消』而曰『憂』也。聖人之一字不苟如此。真是韋編三絶之後，融會貫通，而復以細心密理出之。故有頭有尾，有關鍵〔一〕，有鉤連，合而有分，分而實合，玲瓏貫串，帶鎖鉤連，至精至妙，无以復加。學者得其法而通之，以之爲學，以之爲文，以之治身心家國天下而无不宜。大哉孔子！其真萬世師也已！」又曰：「乾、坤兩卦，不與《序卦》一例，所謂首也。大過以下，尾也。又乾卦自爲首，與夬卦變乾暗應，天无所不包故也。自乾、坤至困三十卦，所謂界限分也。坤爲一卦，以下皆兩卦爲一卦，共十五卦。咸、恒至訟，惟小過、離、坎各爲一卦，其餘皆兩卦爲一卦，亦十五卦。所謂小段落也。損、益、否、泰交，所謂樞紐也，除去乾、坤爲首，皆在第十卦。大畜、无妄交萃、升，與後大壯、遯交大有、同人，所謂對待之合也。自兑、巽至困，《下經》六卦，與後自離、坎至訟，《上經》六卦，所謂錯綜之合也。大過與頤鉤連，姤與夬鉤連，漸與歸妹鉤連，既濟與未濟鉤連。此八卦，上下兩經前後鉤連，所謂以分爲合也。歸妹與未濟文法相對，合而分也。夬卦變而爲乾，首尾合一也。」

安溪李氏説大過以下曰：「此八卦不反對，而義相次。蓋陽太過，則傾橈而顛矣，故必與陰遇。【行間批：此又與刁説異。】男女飲食，皆陰也。如漸之待歸，頤之養正，則陽得陰之助而和，既濟之義也。如歸妹之終，則陽不得陰之助而窮，未濟之義也。然陽道不可窮，故必決去陰柔，而使君子之類常勝。是一經之大義也。」

竊按：《雜卦》取義多與經不同，且無一字屬經文者，則此乃孔子自作之經矣。而先儒則以爲无緊要道理，又謂爲偶然。或者謂爲《序卦》之變通，仍其反對之偶，而不仍其先後之序。而胡氏因取其有反對、無反對，陰多於陽、陽多於陰，上卦、下卦，卦數、爻畫之數，縷悉分之合之，以爲可見陰陽交易之妙。刁氏雖知其爲十翼之結穴，乃聖人吃緊教人處，然亦但言其首尾照應、分合變化。錯綜鈎連，似止爲文字設者。至於各卦相次，并所以雜取下卦入前、雜取上卦入後之旨，則多未詳焉。乃自朱子發乾、夬首尾之義，而胡氏、刁氏、李氏又相繼詮釋大過以下八卦，視明儒雪松潘氏之説見《説統》。爲善。其於以上五十六卦，仍皆未及。夫豈無義，而孔子故爲是交互離合之辭，如後世文人狡猾之技倆哉？於是取刁氏之説，并諸儒所疏各句下之義，合以本經之旨，而仍逐卦逐爻，詳析分別，玩之思之，紬繹反覆，而竊有以得其要領也。蓋夫子之贊乾也至矣，他日亦曰「吾未見剛者」，故於此專言剛德之美而寄其思焉。以乾剛領起，而自坤至困，言剛德修己之事。而《下經》中，震之修省，艮之居所，萃之聚正，升之積高，兑之講習，巽之行事，晋之昭德，明夷之用晦，井之往來不窮，困之致命遂志，皆修己之屬；而損以懲忿窒欲，益以遷善改過，尤修身之要也，且爲剛柔之交、天人消長之幾，故取以雜於前。自咸、恒至訟，言剛德治人之事。而《上經》中，大有之遏惡揚善，同人之類族辨物，離之繼照，坎之習教事，小畜之懿文德，履之定民志，需之宴樂，訟之違行，皆治人之屬；而否則天下无邦，泰則上下同志，尤治亂之驗也，且爲剛柔之交、世道升降之會，故取以雜於後。至大過以下八卦，則合修己治人，統言剛德之過而雜柔之不善，略舉男女、君子、小人以概其義。蓋必使人欲浄盡，而天德始純；四海同風，而化行始美。故雜取《上經》之大過、頤，《下經》之姤、漸、歸妹、既、未濟，而終之以夬焉。乃上傳之末以「相遇」字遞到下傳，以見修己即所以治人，明新無二事也。蓋一剛中正而群陰相比，此天君泰然而百體從令也，樂天者也。剛居下中而群陰得統，此大師相遇，我戰則克也，憂道者也。剛必浸長，而氣必上騰。臨則與物以共睹，觀則物來而仰承。此取與之分也。剛實而柔虛，陽施而陰受，內實外虛，則與之矣。上實下虛，則求之矣。非以名像取，故曰「義」也。剛見於上，必有以固其本。屯，上坎下震，初與五皆剛，本有明德，坎又爲月爲水，故曰「見」。初、五皆剛居剛位，故曰「不失」。剛雜於柔，必有以揚其光，蒙二與上以剛居柔，初、三、五以柔居剛，二夾於初與三之柔，上又乘柔，剛柔之雜甚矣。然坎明於下，艮以篤實輝光明於上，故雖雜而剛自著也。此顯微之辨也。震剛下伏，而實起之。艮剛上騰，而實止之。此志必要其成，而思不出其位者也。剛在内，忠信之實也。乃損以益外，外雖强而内則餒矣，衰之形也。剛在外，威儀之美也。乃損以益内，内既充而外亦著矣，盛之基也。此審夫危微存亡之介，而去私所以存理也。剛健不可止，而必止焉，大畜之時也。此以見功有定候，人盡則天自見也。柔何能止剛？柔之止剛，仍剛有以主柔也。故小畜以二陽役一陰，大畜以一陽役二陰。造化必蓄而後通，學問必疑而斯悟。蓄之深，則通斯暢矣；疑之久，則悟斯徹矣。此時雨之化也，故曰「時」。剛健自无眚，而有眚焉，无妄之灾也。此以見學無盡境，任情非所以率性也。剛奮起於下，而健行於上，此人生之直，直道而行者也。然好剛不好學，其蔽也狂，故有灾也。剛失位而懼，懼則不安而欲去。萃以中正者臨之，則效其才，而下包群陰而有之，物必聚矣。德之聚者，專其心而無他岐也。位重剛而凶，凶則途窮而思反。升以得中者禦之，則併其力，而累積群柔而升之，志必行矣。志之行者，一於往而無却顧也。剛爲貴德，而以一剛止於衆柔之下，則謙之輕也。此卑以自牧，望道而未之見者也。剛非傲德，而以一剛乘於群柔之上，則豫之怠也。此怠則自勵，圖功而大有得者也。剛包柔以爲養，而四以一剛間之，噬嗑之所以食而未食也。此克己始能復禮者也。剛附柔以爲明，而上以一剛止之，賁之所以无色以爲色也。此衣錦則必尚絅者也。艮之輝光，定静安而能慮也。乃蒙乘坎水則著，賁乘離火何以反無色？蓋在下之水，光則上照，而止水尤能照物，故曰「著」也。山下之火，乃人所不見，而已止之火尤無光，故无色也。兑之柔，不能以自説也。陰見乎外，剛出而敷其潤，則説。此祛其外感之私者也。巽之柔，不能以自潔也。陰伏於内，剛入而散其滯，則潔。此消其内匿之慝者也。震動必有事，乃剛來而下柔，柔則説而繫之，隨之所以无故也。此動静之有常者也。艮止則无爲，乃柔廢則不治，剛因止而飭之，蠱之所以有事也。此委靡之必振者也。隨、蠱二卦，二、三、四、五，一則剛上柔下，爲否之不交，是以无故；一則柔上剛下，爲泰之志同，是以有事。蓋雜物撰德，辨是與非，非中爻不備也。一剛懸於群陰之上，雖見剥焉，然而爛其膚而未錮其性也。一剛胎於群陰之下，乃其復也，所謂反其初而非有於无也。此英華雖鑠於外，而實德仍貞於中者也。剛麗柔而明生焉。出於地上，則晋之晝也；入於地下，則明有所傷也。此克明峻德而遵養時晦者也。剛得中正而柔順焉，則剛入而出之，井之所以通也，此取之左右逢其原也。剛陷於中而柔掩焉，則柔主而賓之，《姤》九二曰「不利賓」，蓋柔爲主而賓剛也，故曰「遇」。遇所以困也，此行道而不得於心也。困卦蓋澤水一體，而一爲陽卦，一爲陰卦，剛柔而同一體，故曰相遇。節亦水澤也，何以不曰「遇」？遇者，以柔遇剛，不以剛遇柔。蓋款接之義，而非不期而遇之謂也。詳見《姤》卦中。夫陽倡於先而陰和於後，始爲順，柔非剛敵也。故凡陰先陽，而其勢可與敵者，曰「遇」，姤之義也。然姤何以止曰「遇」，而此則曰「相遇」？蓋姤止一陰，而初生之陰勢能敵陽，而爻別無陽相遇也。此則初柔二剛，三柔四剛，柔既居險，有勢可憑，是柔之遇剛也；而五亦悦而降其體，以其剛而遇上之柔：故曰「相遇」也。夫天地相遇，品物咸章，而此則澤水也。所謂以水濟水，誰能食之？故曰困也。所遇既困，則所感難通。必無心之感，其感斯速。此咸之誠於中，自形於外者也。又惟不執其常，常斯可久。此恒之既無虛假，自無間斷者也。柔居其地以相比，剛得中正，則與上同志以離之，所以渙其黨同之私也。柔過其位而自甘，剛位乎中以止之，所以制爲禮義之節也。渙之初、二、三與上，皆剛居柔，柔居剛。獨四以柔居柔，又近比五。上與五同剛，則有以離其群，不受其比也。其功在上九。節之初、四、五、上，皆剛柔各居其位，而三以柔居凶，又以説而介於險，是過也。初與二同剛，則有以止其情，俾有所節也。其功在初九。剛出乎險，解之緩也。則從容圖功，無欲速也。剛止於險，蹇之難也。則反身修德，無鋭進也。剛間柔而失位，初以一剛出之，睽之外也。此疏者疏之也。剛間柔而得地，上以一剛限之，家人之內也。此親者親之也。剛往而柔來，天地之交不通，否之塞也。剛來而柔往，上下之志其同，泰之亨也。此反復其類，明乎君子、小人消長之端，必有以休其否而保其泰者也。剛以健而又起焉，大壯則自止也。雷出地即有聲，故《豫》之《象》曰「雷出地奮」。及升天，則聲不聞矣，故曰「止」。剛已止而又往焉，遯之宜退也。此用則行而舍則藏者也。柔居尊而順剛，剛以中應上，則群剛皆應矣，大有者所以衆也。柔得中而順剛，剛以中應下，則柔皆一體矣，同人者所以親也。此聲應氣求之同，而民胞物與之仁也。柔之順乎剛，必柔之志同也。若澤火二柔，志已不相得矣。不相得者，革所以去故也。柔之順乎剛，必剛之氣通也。如火風二柔，內外實相資矣。陽附中陰，爲離火。陽入內而散陰之滯，爲巽風。有所資者，鼎所以取新也。革之去故，即卦名取義。

鼎之取新，即象立名，即其用以取義。然細玩之，亦有意。蓋革之三、四、五，鼎之二、三、四，皆互乾。以往來例之，革之乾往外，爲去故也；鼎之乾來内，爲取新也。此除其舊染之污，而布以維新之化也。柔得中而剛失位，小者之過也。此通乎變，不執其常者也。柔在内而剛得中，中孚之信也。此本諸身，以徵諸庶民者也。明於内者無所蔽，動乎外者無所弛，豐之所以多故也。此禮明樂備，而百度具舉者也。止於内者無所匿，明乎外者無所遺，旅之所以親寡也。此明通公溥，而一物不私者也。豐之「多故」，或謂「豐盛之時，則人多親之」，以「故」爲「故舊」，與下「親寡」作對，解甚陋。即以「旅人在外，所親自少」，亦無意味。竊以豐自多故，而火在山上，自無私照。「親寡」，謂所親者寡，非親我者少，如訟之不親也。柔在下，而離之火則炎上，此高明之覆物也。剛在上，而坎之水則潤下，此膏澤之下民也。剛必得柔之斂而始舒，小畜以微陰而畜剛之行，剛可得而畜乎？甚矣，其寡也！柔必順剛之健以爲貞。履以孤陰而處剛之中，柔能獲所安乎？是故其不處也。此君子所以必懿其文德，而以辨上下者定民志也。剛雖健行，而見難則止，需所以不進也。此有所待以行其志者也。剛雖健行，而違行則争，訟所以不親也。此不得乎人心，而衆志乖離者也。剛聚於内而柔包之，大過本末弱而必顛也。此始不能修己，終不能治人者也。柔初入而主乎内，剛已往而賓乎外，姤之柔遇剛也。此私欲甫萌而天德即滅，小人甫入而君子即不安者也。剛柔中正而剛能下柔，漸之女歸待男行也。則剛包柔而順之，頤之能養正也。則剛柔各得而安之，既濟之分定也。此道心爲主而人心聽命，君子得時而小人奉行，以之爲己則順而祥，以之爲人則愛而公，以之爲天下國家，無所處而不當者也。如其剛柔不當，歸妹之女，既以先迷，亦以終亂。三剛失位，未濟之男，又何能濟其窮乎？柔之不順，剛之不純也。必其五剛以上決夬柔，則夬也乎？然而柔之難決也，則君子之道雖長，而於小人之道則猶有所憂焉。此德已修而猶慮有欲之未净，世已治而猶恐有亂之復萌者也。○又按：此傳亦照經分上下。而上傳三十卦，除乾、坤外，有坤者十二卦，有乾者止二卦；下傳三十四卦，除否、泰外，有乾者十卦，而絶無一坤。夫坤上乾下者，地天之泰也。乃天地定位以後，剛柔雜揉，否而泰，泰而否，則自損、益操反類之微權焉，故曰

「盛衰之始」。而損、益之下獨繼以乾之大畜、无妄二卦者，正反類之權之所在也。蓋剛之在下者泰也。乃損之以益上，益之不已，將爲否，故在内之剛德不可以不畜。剛之在上者否也。乃損之以益下，益之不已，將爲泰，故本天之剛德不可以不修。而自萃以下，則皆不任天，而修人事以畜其德也。以其上多坤而下獨有乾，故經言泰、否而此則言否、泰。然泰者，剛柔之交。其志同，其萬物通，君子之道長，小人之道消者也。而非純其剛德者不能。大壯則過，遯則不及。必如大有、同人之柔得中而順乎剛，而後可也。革、鼎以下，則皆調劑剛柔，致其中正以純德之事；而終以違天者，違即不順乎剛者也。大過以下，又申明剛柔順而不違之義，以總結之。〇又按：上下所雜諸卦，剛爻自一畫而二，而三，而四，而五，由少至多也；柔爻自五畫而四，而三，而二，而一，由多至少也。上傳大畜、无妄之有乾卦者，其上則有坤，并有互坤者八卦，其下有坤者亦八卦。大畜合前之八卦爲九，无妄合後之八卦亦爲九，皆陽數也。故此二卦操否、泰反類之權。再下傳之有乾者皆在泰卦之後，而否以上則無一有乾者。此皆聖人思乾之意，故曰雜而有不雜者存也。意若曰：《易》之所以首乾者，以乾爲剛德。天行之健，終古如斯。雖陽不孤立，實挾陰以俱行，似乎剛柔之交甚雜也，然柔特順剛而已，坤之柔皆乾之剛也。乾、坤。大哉乾乎！剛健中正，純粹以精，而君子之自强不息以之。夫天理不能有得而無失也。得之則樂，失之則憂，而求之不得則困。樂者，率性之聖人。憂者，修德之君子。比與師。而何以修之也？則以其主忠信者比之九五、師之九二。崇之，臨之初、二；觀之五、上。而心可共見，爲與爲求。亦明期始終。屯、蒙、震、艮四卦。道心之微，人心之危，於彼於此，交戰焉。損與益。故必專其志而一善之不遺者，不求通而自通也。大畜合萃、升三卦。虛其心而一私之不雜者，知无妄之即妄也。无妄合謙、豫、噬嗑、賁五卦。以高明爲沉潛，兑與巽。雖勿助而有事。隨與蠱。威儀可斂，而忠信自存。剥與復。明德不昏，而往來無滯。晋、明夷、井、困四卦。如此以修德，則成己即可以成物矣。蓋人同此性，即人同此情。夫人情不能有通而無塞也。感之即通，爭之必塞；謂訟。而常通不塞，則恒。速者感之以無心，咸卦。久者貞之於不變，恒卦。而何以相感而有常也？則仍以其主忠信者貫之。不濫用其情，斯無異情。渙、節合睽三卦。不急求其合，而人自合。解、蹇合家人三卦。君子之長，小人之消，此往彼來，展轉焉。否與泰。故進鋭者退速，大壯與遯。而歸仁者洗心。大有、同人、革、鼎四卦。事有不得不過，誠至而人皆信之，則德化之入人者深也。小過、中孚、豐三卦。情有不得而偏，明在而人皆仰之，則恩膏之下逮者普也。旅、離、坎三卦。蓋天下大物，非寡德者所能勝任而無慚。小畜與履。而仁者先難，則畏難者何以大畏乎民志？需與訟。是人情之通塞，由於剛德之得失。然則君子終日乾乾，豈容已乎？夫乾乾者，不雜一柔，而天德之獨純者也。蓋乾以資始，而坤以大終，大過本末弱，是无始終也。无敢先也。先之則迷，姤之柔遇剛。後之則得。漸之女歸待男行，頤之養正，既濟之定。先迷則无始，无始則无終。歸妹爲女之終。而終始萬物者惟乾，故剛不可窮也。未濟。則必盡決夫柔，而君子之所以自强者無幾微之少息焉，然後爲乾乾也。夬。不然，則龍戰，而雜者真雜矣。○又按：上言樂、言憂、言困，下言感、言親、言親寡、言不親、言信，此即《象》、《象傳》所謂情、志，所謂中心，所謂願也。乃至末仍結歸於「憂」字，則是終身之勤不能不隳於一旦，百年之業不能不敗於一人，而君子之憂勤惕厲靡有已時矣。故夫子曰：「作《易》者，其有憂患乎？」

【校注】

〔一〕「鍵」，原作「健」，據《四庫》本改。

卷十二

諸儒雜論上

夫漢晋以來，諸儒之言《易》者多矣。今特取其純粹精切，於卦義實有闡發之説，雜列卷末。而《讀法》之發凡起例，意有未盡者，於此分疏而詳辨之。其未之及者，亦附焉。

統論

《禮記》曰：「潔净精微，《易》之教也。」朱子曰：「自是不惹著事，只懸空説一樣道理，不比似他書各著事上説。」又曰：「《易》如鏡相似，看甚物來，都能照得。」按：此正言其潔净精微之意。

程子曰：「看《易》且要知時。凡六爻，人人有用。聖人自有聖人用，賢人自有賢人用，衆人自有衆人用，學者自有學者用，君有君用，臣有臣用，無所不通。」朱子曰：「昔嘗有人問程子，胡安定以九四一爻爲太子者。程子笑之曰：『如此，三百八十四爻，只做得三百八十四件事了！』此説極是。及到程子解《易》，却又拘了。」按此説蓋謂程子以舜、禹論乾卦也。然朱子説，利涉大川是利於行舟，利於攸往是利於啓行，利用祭祀、利用亨祀是卜祭吉，田獲三狐、田獲三品是卜田吉，公用亨於天子是卜朝覲吉，利建侯是卜立君吉，利用爲依遷國是卜遷國吉，利用侵伐是卜侵伐吉等語。如此，仍是一爻只做一件用矣。竊按：卦爻辭之指事言者尚多，且有指人言者，如「王用亨于岐山」、「帝乙歸妹」、「高宗伐鬼方」、「箕子之明夷」之類。若以爲拘，則文、周先拘矣。然此等皆不過指一人一事，説個影子耳。學者須心知其意可也。程子曰：「理無形也，故假象以顯義。」此其所以破先儒膠固支離之失，而開後學玩辭玩占之方，信其至矣哉！

程子《易傳序》曰：「易，變易也，隨時變易以從道也。」此蓋言《易》之用。又曰：「《易》之爲書，卦爻彖象之義備，而天地萬物之情見。聖人之憂天下來世，其至矣。先天下而開其物，後天下而成其務。是故極其數以定天下之象，著其象以定天下之吉凶。六十四卦，三百八十四爻，皆所以順性命之理，盡變化之道也。散之在理，則有萬殊；統之在道，則無二致。所以『易有太極，是生兩儀』。太極者，道也。兩儀者，陰陽也。陰陽，一道也。太極，無極也。萬物之生，負陰而抱陽，莫不有太極，莫不有兩儀，絪緼交感，變化不窮。形一受其生，神一發其智，情僞出焉，萬緒起焉。易所以定吉凶而生大業。故易者陰陽之道也，卦者陰陽之物也，爻者陰陽之動也。卦雖不同，所同者奇耦；爻雖不同，所同者九六。是以六十四卦爲其體，三百八十四爻互爲其用。遠在六合之外，近在一身之中，暫於瞬息，微於動静，莫不有卦之象焉，莫不有爻之義焉。至哉易乎！其道至大而無不包，其用至神而無不存。時固未始有一，而卦亦未始有定象；事固未始有窮，而爻亦未始有定位。以一時而索卦，則拘於無變，非易也。以一事而明爻，則窒而不通，非易也。知所謂卦爻彖象之義，而不知有卦爻彖象之用，亦非易也。故得之於精神之運、心術之動，與天地合其德，與日月合其明，與四時合其序，與鬼神合其吉凶，然後可以謂之知易也。雖然，易之有卦，易之已形者也；卦之有爻，卦之已見者也。已形已見者可以言知，未形未見者不可以名求。則所謂《易》者，果何如哉？此學者所當知也。」

康節邵子曰：「《易》有意象，立意皆所以明象。統下三者：即言、像、數。有言像，不擬物而直言以明事；有像象，擬一物以明意；有數象，七月、八月、三年、十年之類是也。」

横渠張子曰：「《易》爲君子謀，不爲小人謀。故撰德於卦，雖爻有小大，及繫辭其爻，必告以君子之義。」

朱子曰：「卦爻之辭，本爲卜筮者斷吉凶，而因以訓戒。至《彖》、《象》、《文言》之作，始因其吉凶訓戒之意，而推說其義理以明之。後人但見孔子所說義理，而不復推本文王、周公之本意，因鄙卜筮爲不足言，而其所以言《易》者遂遠於日用之實，類皆牽合委曲，偏主一事而言，無復包含該貫、曲暢旁通之妙。若但如此，則聖人當時自可別作一書，明言義理以詔後世，何用假托卦象爲此艱深隱晦之辭乎？」竊按：朱子從卜筮中講義理，其說極是。但將卦爻各辭俱欲分象分占，而卦爻辭實有象占不可分者，未免有礙矣。

論卦象爻象

輔嗣王氏曰：「夫《彖》者何也？統論一卦之體，明其所由之主者也。故六爻相錯，可舉一以明也；剛柔相乘，可立主以定也。自統而尋之，物雖衆，則知可以執一御也；由本以觀之，義雖博，則知可以一名舉也。故舉卦之名，義有主矣。『觀其彖辭，則思過半矣。』一卦五陽而一陰，則一陰爲之主；五陰而一陽，則一陽爲之主。夫陰之所求者陽也，陽之所求者陰也。陽苟一焉，五陰何得不同而歸之？陰苟隻焉，五陽何得不同而從之？故陰爻雖賤，而爲一卦之主者，處其至少之地也。或有遺爻而舉二體者，卦體不由乎爻也。繁而不憂亂，變而不憂惑，約以存博，簡以濟衆，其唯《彖》乎！」○又曰：「夫爻者何也？言乎變者也。變者何也？情僞之所爲也。是故情僞相感，遠近相追，愛惡相攻，屈伸相推。『非天下之至變，其孰能與於此哉？』是故卦以存時，爻以示變。」○又曰：「夫卦者，時也。爻者，適時之變者也。時有否泰，故用有行藏。卦有小大，故辭有險易。一時之制，可反而用也；一時之吉，可反而凶也。故卦以反對，而爻亦皆變。尋名以觀其吉凶，舉時以觀其動静，則一體之變，由斯見矣。夫應者，同志之象也；位者，爻所處之象也；承乘者，逆順之象也；遠近者，險易之象也；内外者，出處之象也；初上者，終始之象也。故觀變動者存乎應，察安危者存乎位，辨逆順者存乎承乘，明出處者存乎内外。遠近終始，各存其會；辟險尚遠，趣時貴近。比、復好先，乾、壯惡首。吉凶有時，不可犯也。動静有適，不可過也。犯時之忌，罪不在大。失其所適，過不在深。觀爻思變，變斯盡矣。」○又曰：「夫象者，出意者也。言者，明象者也。盡意莫若象，盡象莫若言。言生於象，故可尋言以觀象。象生於意，故可尋象以觀意。意以象盡，象以言著。故言者所以明象，得象而忘言。象者所以存意，得意而忘象。存言者，非得象者也。存象者，非得意者也。象生於意而存象焉，則所存者乃非其象也。言生於象而存言焉，則所存者乃非其言也。然則忘象者，乃得意者也；忘言者，乃得象者也。爻苟合順，何必坤乃爲牛？義苟應健，何必乾乃爲馬？而或者定馬於乾，按文責卦，有馬無乾，則爲説滋漫，難可紀矣。互體不足，遂及卦變。變又不足，推致五行。一失其原，巧喻彌甚。縱復或值，義無所取。蓋存象忘意之由也。忘象以求其意，義斯見矣。」按：此説與程子符合，然朱子則有説，當參看。又曰：「《象》無初上得位失位之文，又《繫辭》但論三五、二四同功異位，亦不及初上，何乎？唯《乾》上九《文言》云『貴而無位』，《需》上六云『雖不當位』。若以上爲陰位耶？則《需》上六不得云『不當位』也。若以上爲陽位耶？則《乾》上九不得云『貴而無位』。陰陽處之，皆云非位，而初亦不説當位失位也。然則初上者，是事之終始，無陰陽定位也。故《乾》初謂之潛，過五謂之無位，未有處其位而云潛，有位而云無者也。歷觀諸卦，盡亦如之。初上無陰陽定位，亦以明矣。位者，列貴賤之地，待才用之宅也。爻者，守位分之任，應貴賤之序者也。位有尊卑，爻有陰陽。尊者陽之所處，卑者陰之所履也，故以尊爲陽位，卑爲陰位。去初上而論位分，則三五各在一卦之上，亦何得不謂之陽位？二四各在一卦之下，亦何得不謂之陰位？初上者，體之終始，事之先後也。故位無常分，事無常所，非可以陰陽定也。尊卑有常序，終始無常主。故《繫辭》但論四爻功位之通例，而不及初上之定位也。然事不可無終始，卦不可無六爻，初上雖無陰陽本位，是終始之地也。統而論之，爻之所處，則謂之位。卦以六爻爲成，則不得不謂之六位時成也。」按：《折中》有辨，詳在首卷。其《需》之上六「不當位」者，蓋以變爻之乾爻言也。詳見本卦。又曰：「《彖》者，統論一卦之體者也。《象》者，各辨一爻之義者也。故履卦六三爲兑之主，以應於乾。成卦之體，在斯一爻。故《彖》叙其應，雖危而亨也。《象》則各言六爻之義，明其吉凶之行。去六三成卦之體，而指説一爻之德，故危不獲亨而見咥也。訟之九二，亦同斯義。一卦之體，必由一爻爲主。則指明一爻之美，以統一卦之義，大有之類是也。卦體不由乎一爻，則全以二體之義明之，豐卦之類是也。」

朱子曰：「《易》之有象，其取之有所從，其推之有所用，非苟爲寓言也。然兩漢諸儒必欲究其所從，則既滯泥而不通；王弼以來，直欲推其所用，則又疏略而無據。二者皆失之一偏，而不能闕其所疑之過也。而程子亦曰：『理無形，故假象以顯義。』然觀其意又似直以《易》之取象無復有所自來，但如《詩》之比興、《孟子》之譬喻而已。如此，則是《說卦》之作，爲無所與於《易》，而『近取諸身，遠取諸物』者亦剩語矣。故疑其說亦若未盡者。因竊論之，以爲《易》之取象固必有所自來，而其爲說必已具於太卜之官。顧今不可復考，則姑闕之，而直據辭中之象，以求象中之意，使足以爲訓戒而決吉凶。固不必深求其象之所自來，然亦不可直謂假設而遽欲忘之也。」〇又曰：「看《易》若是靠定象去看，便滋味長。若只恁地懸空看，也没甚意思。」又曰：「說《易》得其理，則象數在其中。此程子之說。固是如此，然溯流以觀，却須先見象數的當下落，方說得理不走作。不然，事無實證，則虛理易差也。」

〇竊按：朱子前說爲滯泥不通者言也，後說爲疏略無據者言也。《合訂》之說曰：「易者，象也。有象斯有理，理從象生也。孔子《彖》、《象》二傳何嘗非言象乎？無論雷風山澤，以及《說卦》所舉乾馬坤牛震龍巽鷄之類，皆象也。即卦之剛柔上下，爻之應比承乘，何莫非象乎？舍是而言理，吾不知所謂理者安在矣。易道之取類大，精粗巨細無所不有。即納甲、飛伏等術數之學，不可謂非易之一端也。矧中爻互卦、倒巽倒兑、厚離厚坎之象，皆卦體之顯而易明者乎？」或者以爲：如此，則必卦卦皆然。何以又有不以應比承乘等類取義？即所謂象，亦有取此不取彼。且有捨所定象而取非所象者，如屯之有馬無乾，離之有牛無坤之說。然程子不云乎：「聖人常取其重者而爲之辭。」至於取非所象，則王輔嗣所云「義苟應健，何必乾乃爲馬；爻苟合順，何必坤乃爲牛」是也。〇又曰：「《易》之象似有三樣：有本畫自有之象，如奇畫象陽、耦畫象陰是也；有實取諸物之象，如乾坤六子以天地雷風之類象之是也；有只是聖人自取象來明是義者，如『白馬翰如』、『載鬼一車』是也。」按此，則各爻象有可説者説之。如於諸説不得其義，則亦不必牽鑿以求其必合矣。

敬軒薛氏曰：「周公之繫爻辭，或取爻德，或取爻位，又或取本卦之時與本爻之時，又或兼取應爻，或取所承、所乘之爻，有承、乘、應與時、位兼取者，有僅取其一二節者，又有取一爻爲衆爻之主者。大概不出此數端。」按此，則程子所言「聖人常取其重者爲之辭」信然矣，而又何疑於取象之夥耶？

安溪李氏之言四聖之書互發相備云：「以文周彖爻言之，彖於坤言牝馬，可謂盡坤之情矣。乾未有象也，六爻則於乾言龍，以盡乾之道。《坤》彖言君子牝馬之貞有東北、西南，以應地之方也。《乾》爻則言聖人之龍德有潛見飛躍，以應天之時。此則彖爻之自相補備者也。以夫子之《傳》言之：《乾》彖曰『元亨利貞』，未有四時之義也。《彖傳》釋之，而曰『資始』、『流形』，曰『各正』、『保合』，則知四德之即四時矣。《坤》彖曰『西南』、『東北』，未有四德之義也。《文言》釋之，於西南曰含物化光，於東北曰順天時行，則知四方之即四德矣。《乾》爻之總辭曰『見群龍无首』，著乾之居首而不爲首也。《象傳》則於坤曰『以大終也』，著坤之居終而不爲終焉。《坤》爻之總辭曰『用六永貞』，明用六之義所重在貞也。《文言》則於乾曰『乾元用九』，明用九之義所重在元焉。此又經傳之相爲補備者，所謂先後如一人之所爲也。若乃《屯》、《蒙》以下諸卦，則皆有不可相離者。如彖言『建侯』，爻亦言『建侯』，則知侯之爲初矣。彖言『童蒙』，爻亦言『童蒙』，則知童之爲五矣。此彖、爻之互相發明者也。然如《訟》之彖曰『利見大人』，爻曰『訟元吉』，其意未明也。《彖傳》曰『尚中正』，則知大人之爲五矣。《師》之彖曰『丈人吉』，爻曰『在師中』，其意未明也。《彖傳》曰『剛中而應』，則知丈人之爲二矣。又如《晋》之『康侯』，而九四不足以當之，則未知其所指也。《彖傳》曰『柔進而上行』，則知卦之康侯不在四而在五矣。《困》之『大人』，亦未知其所指也。《彖傳》曰『以剛中也』，則知卦之大人不在陰而在陽矣。蓋上以釋文王名辭之意，而下以得周公繫爻之心，故《彖傳》爲卦爻之樞要。至於《大象》，則卦之命名所取爲多，故夫子特表而出之。凡《彖傳》釋名，有兼取數義者，有直釋名辭者。其兼取數義者，命名之義廣有所取也。其直釋名辭者，命名之意專在《大象》也。『易者，象也。象也者，像也。』此《大象》所以尤爲一卦之要也。《小象》之傳，辭則簡矣，而義至精。或推言爻之德位，而本之於時；或旁及爻之與應，而參之以比；或廣其言外之意，而言中之指愈明；或略其言中之辭，而所言之理愈備。後之賢者，重言累釋而不能盡。聖人輒以單辭括之。此皆經傳之相爲發明者，學者當作一意求之。」○又曰：「伏羲之畫無文，而無所不包。文王命之以名，則既偏於一矣。然其審於象也精，而天道民故備焉。此所以爲雜而不越，因憂患而有作者也。其辭也，所以發名之意也。如是以開物成務，其亦足矣。其又析爲六爻之辭，何也？曰：卦者，原始終以爲質，錯上下以取象者也。然既有始終矣，則孰爲始、孰爲終不可不極其變也；既有上下矣，則孰爲上、孰爲下不可不辨其物也。有始終上下，則有消息當否矣，而孰爲息、孰爲消、孰爲當、孰爲否不可不研其幾而撰其德也。以泰、否兩卦論之，其名卦繫辭取於交不交及往來之義矣。然有交不交，則上下判焉；有往有來，則終始分焉。原其始，則自否而泰，自泰而否者也。拔茅而來，所以吉；拔茅而去，所以亨也。要其終，則泰而復否，否而復泰者也。城復于隍，所以吝；休否、傾否，所以吉也。交而泰，其泰在上，故六五有歸妹之德，而後九二得盡中行之義矣。不交而否，其否在下，故六二守否亨之節，而九五當存其亡之心矣。卦包乎爻而舉其綱，爻析乎卦而窮其分。爻不立，無以發卦之緼，而冒天下之道。是故卦、爻者，相爲表裏、相爲經緯者也。此文、周之書所爲二而一者也。」○又曰：「名義有相似而累見者，如屯、蹇、困相似也，比、同人、隨相似也，頤、井、鼎相似也，晉、升、漸相似也。若此之類，其卦名相似，其彖意爻義亦每重見叠出者，何也？曰：此聖人憂患之心所以爲至也。蓋理有切於民生日用者，一則煩辭屢申，欲其不忘也；一則辨時析義，欲其不差也。人生於憂患，則屯、蹇、困之義最切矣。非斯人之徒與而誰與，則比、同人、隨之義最切矣。物不可不養而養必以正，則頤、井、鼎之義最切矣。人莫不好進，而進必以正，則晋、升、漸之義最切矣。廣設其名，丁寧其意，凡使之知懼而勿忘焉已矣。且屯宜動也，蹇、困宜止也，相似而不同也。比者以分相屬也，同人者以情相親也，隨者以德相下也，相似而不同也。頤者自養而兼養人之義也，井所以養民也，鼎所以養賢也，相似而不同也。晋者既進而盛也，升者方進而通也，漸者自方進至既進，緩而有序也，相似而不同也。時義之精也，在毫釐之間。不辨析焉，則用之或差。是故不可以不詳也。至如復、臨、泰、壯、夬同爲陽長之卦，姤、遯、否、剥同爲陰長之卦，然其微著先後之間，氣候不同而義理亦變。惟聖人爲能辨别其當時之幾，而審度乎處之之分，莫不於其名卦繫辭而見之矣。」

論彖傳

《折中》曰：「《彖傳》先釋名，後釋辭。其釋名，則雜取諸卦象、卦德、卦體。釋辭之體，尤爲不一，有直據卦名而論其理者，有雜取卦象、卦德、卦體者。蓋辭生於名。就文王本文觀之，則據卦名而論其理者正也。然名既根於卦，則辭亦不離乎卦。雜而取之，一則所以盡名中之緼，以見辭義之有所從來；一則以爲二體六爻吉凶之斷例，而見辭義之無所不包也。惟乾、坤、坎、離、震、艮、巽、兑八卦不釋名者，八卦之名，文王無改於伏羲之舊，則其德其象相傳已久，不待釋也。惟坎加『習』字，有取於重卦之義，故特釋之。」〇又曰：「《彖傳》釋名，有專取一義者，有兼取數義者。然其兼取數義者，必以首句之義爲重。如動乎險中與雷雨滿盈，皆屯義也；然震、坎之相繼也，震一陽在陰下，初生而必奮，坎一陽在陰中，被陷而必出，則始交難生之義於屯最重也。内陷溺而外阻塞，亦蒙義也；然天下之叢翳而幽昧者莫如巖崖之下、溪壑之間，則山下有險之義於蒙最重也。内陰險而外强健，亦訟意也；然天下之訟所以多者，由於罔密文峻而奸宄不勝，則上剛下險之義於訟最重也。又如剛柔上下之卦甚多，而隨、蠱、咸、恒必以此爲稱首者，則以隨二體及六爻皆剛下柔也；蠱二體及六爻皆剛上柔也；咸柔上剛下二少也，少則情通；恒剛上柔下二長也，長則分定。是皆諸卦所不得同者。至如大畜名卦，以小畜反觀，及以六爻之辭玩之，宜若止健之義爲重；然大畜者所畜之大也，至大者，莫如天德之剛健，能畜天德者，莫如艮體之篤實，故《中庸》言達天德而必推本於闇然尚絅之心，其義莫尚焉，故首揭之也。又如卦名有主於兩象者，則《彖傳》或不之及，如既、未濟之類。又或《彖》、《象》傳同文，如晋、明夷之類。或則雖兼取而首舉之，如睽、革之類。總之，以首一句之義爲重也。」

論象傳

安溪李氏曰：「夫子釋六爻之辭，其義至精，而文甚簡。學者往往失其解者，一則忽略視之，以爲湊足之詞；二則就文求之，失其立文之意。由是不足以發明爻義，且因以病乎爻義者多矣。如『同人于郊，无悔』本善也，因『志未得』之辭，則以爲荒僻。『鳴謙，利用行師』本善也，因『志未得』之辭，則以爲質柔。『咸其脢，无悔』本善也，因『志末』之辭，則以爲絶感。不知于郊固善也，惟未至于野，故其志未得而僅无悔也。鳴謙固善也，惟其謙之至，故志不自得，雖可用行師，而但自治邑國也。咸脢何以善也？惟其近上六之末而志爲之動，故必咸其脢而後可以无悔也。不然，卦義于野而曰亨矣，何止於无悔哉？利用行師，雖德威遠及可矣，何但征邑國哉？爲咸之主，雖感人心可矣，何必咸其脢哉？又如无妄而有疾，雖勿藥而可愈也。三歲而不出乎叢棘，則凶也。有孚惠心，雖勿問而元吉可致也。此以文義觀之，固如此也。不知无妄之疾，則决不可試以藥矣。在叢棘之中，三歲而不變，則終凶。若或克變，則止於凶三歲矣。有孚惠心，蓋所以盡吾心焉。其下之應不應，則不當復問之矣。不然，无妄而藥，無乃患得患失而反爲妄乎？納之圜土之中，所以使之更習於險，改心易行，豈錮其終身乎？施惠於人而問其應，豈所謂『欲仁而得仁，又焉貪』乎？凡此之類，皆以單辭發爻微意。或增減移换其文，而爻意乃益備焉。又如『未順命也』、『未受命也』、『志不舍命也』，解者亦復淺略。不知臨、晋，勢之盛也，而君子持盈慎動，不曰時可爲也；姤，幾之微也，而君子修德回天，不曰時不可爲也，故曰『君子不謂命也』。又如『包荒，得尚于中行』、『萃有位，志未光也』，『王居无咎，正位也』，説者以爲省文而已。不知包荒其本也，然無下三者，則非光大而不合乎中行矣；若無元永貞之德，但以有位萃天下，則志未光矣；渙汗大號，則雖時當渙，而王居且无咎矣。又如『上六無實，承虚筐也』、『曳其輪，義无咎也』，兩義而偏舉，説者亦以爲省文而已。不知歸妹之卦以女爲主，惟女無信，故士無義，故曰『承虚筐也』，明上六爲女象也；既濟之時以濡尾爲咎，惟曳輪，則雖濡而可返，故曰『義无咎也』，明初九爲尾象也。凡此皆文義之宜，非省文也。以上舉其説之最失者爾。餘亦皆以湊足之辭視之而忽略不思，故其忽略者既於爻義無所發明，而其説之失者則因以誤解爻義而重爲之蔽也。此《象傳》之學所以最切於學者，而不可不講者與！」

諸儒雜論中

論時位

安溪李氏曰：「王仲淹以爲『趨時有六動焉，吉凶悔吝所以不同』，其説善矣。然趨時之義不可不辨也。近代説《易》所謂時者，皆似有一時於此而衆人趨之爾，故其象君臣者皆若同朝，象上下者皆若同事。其爲時也既局於一而不通，其趨時也又以互相牽合而説義多不貫。此則講解之大患也。夫時也者，六位莫不有焉。各立其位以指其時，非必如並生一世、並營一事者也。如言屯也、蹇也，莫不有屯焉，莫不有蹇焉，不必皆言濟時之艱難、平時之險阻也。大有也、豫也，莫不有所有焉，莫不有所豫焉，不必皆言際明盛之朝、值和樂之世也。如此，則何至局於一而不通乎？且莫不有屯矣，則初有初之屯，五有五之屯，非五因初而屯膏也。莫不有豫矣，則四有四之豫，五有五之豫，非五因四而貞疾也。如此，則何至互相牽合而説不貫乎？蓋必其所謂時者廣設而周於事，所謂動而趨時者隨所處而盡其理，然後有以得聖人貞一群動之心，而於辭也幾矣。是故一世之治亂窮通，時也；一身之行止動靜，亦時也。因其人，因其事，各有時焉，而各趨之云爾。不然，則何以曰冒天下之道而百姓與能乎？」此言時。○又曰：「考《象傳》，凡言位當不當者獨三、四、五三爻爾，初、二皆無之。蓋所謂位者雖以爻位言，然實借以明分位之義。初居卦下，上處卦外，無位者也。二雖有位而未高者也。惟五居尊，而三、四皆當高位，故言位當不當者獨此三爻詳焉。凡言位當、位正當者，皆謂德與位稱也。不然，則謂時位有所適當，而必善所以處之也。凡言位不當、未當者，皆謂德不稱位也。不然，則謂時位有所未當，而必善所以處之也。《大傳》曰『列貴賤者存乎位』，則知爻位有六，而貴者惟此三爻矣。以《象傳》之言位當、位不當者，施於此三爻而不及其他，故知借爻位以明分位之義也。或曰：二雖未高，然亦有位焉，何以不言也？曰：據《大傳》『其柔危，其剛勝邪』、『柔之爲道，不利遠者』，則三、五宜剛者也，四宜柔者也，二反宜剛者也。三、四、五以當爲善，不當爲不善；二則反以不當爲善，故當不當之義，不得而施於此爻也。然其於三也，有言不當者矣，未有言當者也。於四也，有言當者矣，未有言正當者也。惟五言正當；其言不當者，獨《大壯》五而已，而又反以不當爲善。蓋三危位也，以柔居之，故不當，以剛居之，亦未必當也，此其所以多凶也。四近位也，以剛居之固不當，以柔居之亦僅止於當而已，此其所以多懼也。五尊位也，以剛居之爲正當，以柔居之，有柔之善焉，不當猶當也，此其所以多功也。」此言位。

論元亨利貞

天地萬物，一陰一陽而已。陽則爲剛，陰則爲柔。剛即健也，而爲動、爲險、爲止屬焉；柔即順也，而爲入、爲麗、爲説屬焉。乃剛爲天德，而以其元亨利貞者運爲春夏秋冬之四時，則曰氣，所以始此萬物者也；柔爲地道，而以其元亨利貞者布於東西南北之四方，則有形，所以生此萬物者也。故曰：元亨利貞，天地之性情也。《文言》曰：「乾元者，始而亨者也。利貞者，性情也。」觀之《咸》、《恒》二卦辭皆止言「亨」，而《萃》卦辭兩言「亨」，一言「利貞」，而皆曰「天地萬物之情可見」。然則「性情」二字蓋統元亨以爲言，非止言利貞也。自朱子不以夫子之謂爲性情之德者，而別以大通利正解爲文王之本意，而世儒寧背夫子而必不敢違朱子。即近日安溪李氏説《易》極有發明，而於此猶遵之，且爲之説曰：「元亨利貞者，天道之常而貫乎人事者也。吉凶悔吝者，人事之致而通乎天道者也。卦本乎天道，而元亨者天道之大者也，故爻不得而用之也。爻主乎人事，而悔吝者人事之細者也，故卦不得而及之也。且元亨之爲大也，不獨爻無用焉，而見於卦者亦少。自《乾》、《坤》之外，惟《屯》、《隨》、《臨》、《无妄》、《革》五卦備元亨利貞之辭。蓋屯與革，則天時之大者；隨人與臨人，則人事之大者；无妄，則天人之德之至者也。此外而曰元亨者，亦惟《大有》、《蠱》、《升》、《鼎》而已。蠱壞之極而更新之，其義與屯、革相亞，此所以曰元亨也。《大有》、《升》、《鼎》三卦，則皆以賢人取義。蓋大有者所有者大，賢人之衆多也；鼎以養賢，賢人之得養也；《升》以進賢，賢人之得用也。《易》之義，莫美於用賢者。故《大有》與《鼎》皆直曰元亨而無餘辭，《升》雖有餘辭，皆以足元亨之義而無他戒，爲諸卦不能及者。」云云。然按《坤》五、《訟》五、《履》上、《泰》五、《復》初、《大畜》四、《離》二、《損》五、《益》初、《益》五、《井》上、《涣》四，爻亦言「元」也。《否》初、《否》二、《大畜》之上，爻亦言「亨」也。至《革》卦之辭，亦曰「悔亡」。則所謂元亨爻不得而及，悔吝卦不得而及，誤矣。若以《屯》、《革》爲天時之大，而《復》與《泰》獨非耶？《隨》、《臨》亦非止言人事。且言人事之大者亦多，《師》、《比》、《同人》、《大有》、《咸》、《恒》之類皆是。至《无妄》之爲天德，而人事則以匪正有眚矣，曷謂爲天人之德之至？《大畜》亦尚賢也，何以不與《大有》、《鼎》、《升》諸卦同曰元亨耶？夫元亨利貞四德之繫於《屯》、《隨》五卦，雖各有其義，然皆言乾剛資始之氣，故《屯》曰「天造草昧」，《隨》曰「天下隨時」，《臨》曰「天之道」，《无妄》曰「天之命」，《革》曰「天地革」，而夫子皆以「大」字指明之。夫大者乾也，在天則無其形而有其氣，在人則無其事而有其理者也。蓋《屯》之初、二、四、五、上，剛柔皆居其位；惟三以柔居剛，而處下卦之上，當間隔之時，乃陰柔牽制，故上之坎澤未下逮也。《革》之初、二、三、五、上，剛柔皆居其位；惟四以剛居柔，居上卦之初，處改革之際，而陽剛有爲，故下之離明有別圖也。不然，則皆爲既濟矣。惟時在屯膏，故施雖未光，而志則行正。《屯》五，《傳》曰「施未光」；初，《傳》曰

「志行正」。惟時在革故，故行斯有嘉，而志則必信。《革》二，《傳》曰「行有嘉」；四，《傳》曰「信志」。此皆可以濟者，所以備有四德，而非既濟之已然者可例也。隨之中爻本否象，乃剛來於初，柔往於上，泰之氣始通者也。臨以二剛浸長，泰之氣正通者也，故皆備有四德，而非泰之已然者可例也。无妄全是天德，故曰「天之道」。然天德尤必藉人事以修之，斯無所蔽。其匪正，則人之恃美質而不學者矣。天道即乾，故備四德。不然，既曰正，何以又匪正乎？《大有》之「應乎天」，《蠱》之「天行」，《鼎》之應剛，皆有資始之義，故曰「元亨」，未嘗曰「大亨」也。惟《升》曰「大亨」，蓋柔之得升，皆剛升之。剛蓋積小以高大，故夫子特言大，以明其爲剛之志行耳。《大易》言盈虚消息之書。凡其未然將然者，皆吉。其已然者，則皆有悔，或且曰凶。蓋滿則必損，謙則必益，皆是故也。《易》又極重剛德，其有時取於柔者，亦以其應乎剛而能行剛之志。應之者，順之也。則其元、其亨，亦爲坤之元、坤之亨而已矣。

論應比

安溪李氏曰：「自王輔嗣説《易》多取應爻爲義，歷代因之。考之夫子《彖》、《象傳》，言應者蓋有之，然亦觀爻之一義爾。若逐爻必以應言，恐非周公之意，亦非孔子所以釋經之旨也。以經傳之例觀之，上下兩體，陰陽相求，固其正矣。然《彖傳》有以衆爻應一爻者，亦有以一爻應衆爻者，乃不拘於兩體二爻之對，比、小畜、同人、大有、豫之類皆是也。有時義所宜，以陰應陰而吉，以陽應陽而吉者，又不拘於陰陽之偶，晉、小過之王母、祖妣，睽、豐之元夫、夷主之類皆是也。有以承乘之爻爲重者，則雖有應爻而不取。如觀之觀光、蹇之來碩、姤之包魚、鼎之金鉉，而隨則有失丈夫之失，觀則有窺觀之醜，姤則有无魚之凶，此類皆是也。其餘但就其爻之時位才德起義，而不繫於應者，不可勝數。而欲一一以應義傳會之，則鑿矣。况爻所謂應者，必隔二位而相應，例也。不隔，則非應矣。今有相應而爲某爻間隔之説，又有某爻起而争應之説，豈非鑿之又鑿者乎？説經者因此而不通，所謂至今爲梗者矣。經傳又無此意，亦奚重而不更也？」〇又曰：「凡應惟二、五之應最吉，蓋皆有中德，而又各居當時之位也。

其次則初、四間有取焉。三、上取應義絶少，其善者又加少也。易之道，陰暗求於陽明，不以陽求陰也；上位求於下位，不以下求上也。故凡六五、九二之有取於應義，則無不吉者，爲以陰求陽，上而下交，則在上者有虚中之美，居下者有自重之實，蒙、師、泰、大有、鼎之類是也。如取應義者在於九五、六二，則時義所當，亦有相助之義。然求陽者在於下位，則往往有戒辭焉，屯、比、同人、萃之類是也。初與四亦然。如六四、初九取應義，是四求初也，則吉，屯、賁、頤、損是也。如九四、初六取應義，是初求四也，則凶，大過、解、姤、鼎是也。然吉者在四，而在初者不可變。上雖下交，而下不可以失己也。凶者在初，而在四者與之凶。下既援上，則上未免爲失人矣。三、上或取應義，皆非吉者，若蒙、頤、睽、夬、豐、中孚之類。惟剥之三與陽應，損之三當益上，於時義有取焉，故二爻無凶辭。」〇又曰：「承乘者謂之比。凡比爻，惟上體所取最多。蓋四承五，則如人臣之得君；五承上，則如人主之尊賢。主於五，故其近之者皆多所取也。然四之承五，惟六四、九五當之。五之承上，惟六五、上九當之。非然者，則亦無得君尊賢之義。惟隨之五、上稍變斯例，以時義剛來下柔故爾。其餘九五比上六者皆爲剛德之累，上六從九五者則爲從貴之宜，非尊賢者比也。下體三爻，所取比義至少。初與二，二與三，間有相從者，隨其時義，或吉或否。至三與四，則隔體無相比之情矣。亦有因時變例取者，隨三、萃三是也。」

論主爻

安溪李氏曰：「聖人繫《彖》之時，雖通觀其卦象、卦德以定名辭之義，然於爻位尤致詳焉。蓋有因爻位以名卦者，《師》、《比》、《小畜》、《履》、《同人》、《大有》、《謙》、《豫》、《剥》、《復》、《夬》、《姤》之類是也；有名雖别取而爻位之義發於辭者，《屯》、《蒙》之『建侯』、『求我』指初、二，《訟》、《蹇》、《萃》、《巽》之『大人』指九五之類是也。是二者皆謂之卦之主爻。但就文王之名辭觀之，有包涵其意而未明者矣。至六爻之繫，則辭有吉凶，義有輕重，而名辭之意因以可見。如《師》則正九二之爲長子，而卦之所以爲師者此矣；《比》則正九五之爲王，而卦之所以爲比者此矣；《謙》之九三曰『勞謙』，而卦之所以爲謙者此矣；《豫》之九四曰『由豫』，而卦之所以爲豫者此矣；《剥》之上九曰『碩果』，而卦之所以爲剥者此矣；《復》之初九曰『不遠復』，而卦之所以爲復者此矣。又如《屯》之初曰『利建侯』，而辭所謂『建侯』者此矣；《蒙》之五曰『童蒙』，而辭所謂『求我』者此矣；《訟》之五曰『訟元吉』，《蹇》之五曰『大蹇朋來』，《萃》之五曰『萃有位』，《巽》之五曰『貞吉，悔亡，无不利』，而辭所謂『大人』者此矣。蓋爻之意雖根於卦而後可明，而卦之意亦參於爻而後可知。卦爻相求，則所謂主爻者得矣。主爻者得，則其餘爻之或吉或凶因是可推。何則？凡卦義善者，爻能合德則吉，反之則凶也。卦義不善者，爻能反之則吉，合德則凶也。故《師》、《比》、《謙》、《豫》之類，主爻之吉者也，以其德與時適也。若其德與時反者，則爲主者反不得吉，如《訟》之上九則終訟者也，《履》之六三則咥人者也，《明夷》上六則明所以夷也，《歸妹》上六則妹所以歸也。主爻吉，則餘爻之吉者，必其德與主爻類者也。非然，則其比應也。而反是者，則凶。主爻凶，則餘爻之凶者，必其德與主爻類者也。非然，則其比應也。而反是者，則吉。又主爻不拘於一，如《蒙》之九二固主爻矣，六五以童蒙應之，則亦主爻也；《師》之九二固主爻矣，六五使長子帥師，則亦主爻也；《履》之六三固主爻矣，九四有虎尾之象，則亦主爻也；《泰》之九二固主爻矣，六五爲下交之主，則亦主爻也。又如《臨》之初、二，《觀》之五、上，《坎》、《離》之二、五，《萃》、《升》之四、五，則皆自卦義而定，不妨兩爲卦主也。又如《震》有兩主，而其重在初；《艮》有兩主，而其重在上；《既濟》二、五得中，而其重在二；《未濟》二、五得中，而其重在五：此則因卦義而變者。《履》之三、四象虎尾，而其吉在四；《頤》之初、上象頤，而其凶在初；《大過》三、四象棟，而其吉在四；《小過》初、上象鳥，而其尤凶在初：此則又因物象而變者。若此之類，推説難盡，姑舉其概，各隨卦義、爻才而觀之可也。凡卦有無主者，則以其義甚大，而爻德不足以配。如『同人于野』之義至大，六二之吝固不足以當之矣。惟上九居卦外，有野之象，而其德非中正，故僅止于郊而已。『恒久』之義至大，六五之貞固不足以當之矣。惟九二剛中，有久中之德，然位失其正，故止於悔亡而已。是二卦者，無主爻也。蓋撰德於卦，則指爻以爲主者，卦象之正也。繫辭其爻，因卦義之大而必審論其才德者，爻義之精也。《艮》以人身取象，則當以六四背位爲主；然止者剛德，而四柔也，故以上之止體爲主，四止於无咎，而上吉也。《中孚》以中虛取象，則當以三、四爲主；然孚者實德、中德，三、四陰而不中，故以二、五之剛中爲主，六四雖有幾望之吉，而亦不得爲主也。然《乾》、《坤》之義，大之至矣；而其所以有主者，則以《乾》五剛健中正，備天之德也，《坤》二柔順中正，備地之德也。故《彖傳》所謂乘龍御天、首出咸寧者，皆以九五之德位當之也；《文言》所謂動剛德方者，皆以六二之德當之也。自《乾》、《坤》發此例，而六十四卦因之。其《彖傳》有贊爻德以贊卦者，皆此例也。」按：此說當與首卷内《折中》之説互參。

論卦變

安溪李氏曰：「《易》言剛柔、上下、往來者，與内外之義同爾。如《訟》『剛來而得中也』，是指九二剛中，因在内卦，故謂之來，不必有所自來也；《隨》『剛來而下柔』、《蠱》『剛上而柔下』，是兼二體與爻畫而言。二體，震剛下於兑柔，艮剛上而巽柔下。爻畫，《隨》初剛下於二、三之柔，四、五之剛下於上柔；《蠱》二、三之剛上於初柔，上剛上於四、五之柔也。亦因其卦體、爻位、内外而論往來、上下也。《噬嗑》『柔得中而上行』，與《訟》同義。《賁》『柔來文剛』、『分剛上而文柔』，亦兼二體及爻畫而言。離内艮外，是柔來剛上也。爻畫，則六二之柔居於内卦，是來文初、三之剛；上九之剛居卦之外，是上文四、五之柔也。《无妄》『剛自外來，而爲主於内』，亦與《訟》同義。然不但曰『來』而必曰『自外來』者，將以明乾爲天德而震得其初畫，以切无妄之義，正如《賁》之『剛上』添一『分』字，將以明剛主柔輔、柔來文剛，宜也。無剛往文柔之理，直以剛節柔之過，乃自其爲主者而分之，而主未嘗動也。此等文法，是因道理精微，著字發明，非有殊指。《大畜》『剛上而尚賢』者，上九居上，六五下之，即有尚賢之象。此義與《大有》尚賢同，皆是以上九爲賢，六五尚之，非是上九尚六五之賢也。《咸》「柔上剛下」、《恒》「剛上柔下」，專指二體，不指爻畫，與《訟》之「上剛下險」同。但《訟》之「上」、「下」字爲實字，如内外之類；《咸》、《恒》之「上」、「下」字爲虚字，如往來之類也。《晉》「柔進而上行」，指六五居上體；《睽》「柔進而上行」同。《蹇》「往得中也」謂九五，《解》「往得衆也」謂六五，「乃得中也」謂九二，皆以内外言往來也。《損》「損下益上」、《益》「損上益下」，亦是就爻畫取往來、上下之義。《升》「柔以時升」，指六四、六五在上卦得位。《鼎》「柔進而上行」，與《晉》、《睽》同。《漸》「進得位」，專指九五進居尊位，故申之曰「其位，剛得中也」。《旅》「得中乎外而順乎剛」，指六五。《涣》「剛來而不窮」，指九二；「柔得位乎外而上同」，指六四上承九五。以上二十卦，皆以内外二體取往來、上下爲義，不因卦變而取。且如《否》、《泰》陰陽往來，文王彖辭已言之，乃是以内三爻、外三爻通寓往來之象，豈亦可以卦變推乎？」

論對卦

安溪李氏曰「《易》有兩卦反對而義互相發者，往往當以首尾顛倒觀之。《泰》與《否》對。其初爻雖皆曰『拔茅茹』，然《泰》之所謂『征吉』者，否盡泰來也，即傾否之時也；《否》之所謂『貞吉』者，泰極否來也，即復隍之候也。《泰》之二即《否》之五，一則致泰之主爻，一則休否之主爻也。《泰》之主所以在二者，上下交，則其責在下，且大者來，而二之光大當之也。《否》之主所以在五者，上下不交，則其責在上，且大者往，而五之大人當之也。《泰》之三即《否》之四，一則於泰而見否之幾焉，一則於否而見泰之兆焉。有以防之，則食福矣；有以迓之，則離祉矣。《泰》之四即《否》之三，四當上下交而近下，又以陰虚而能下賢，是以交孚也；三當上下不交而近上，又以不中正而或上援，是以包羞也。《泰》之五即《否》之二，五居尊而處下交之世，必如帝乙之歸妹，則得元吉矣；二應五而值不交之時，包承不可也，必也固守其否而後道亨矣。《泰》於二、三著往來之義，於四、五著交泰之義。《否》於四、五著往來之義，於二、三著不交之義。非獨其象之反對，不爲小人謀者，理固當然也。《泰》、《否》諸爻之每言包，何也？曰：人之荒穢，可包者也；不包，則無以成乎物。己之羞辱，不可包者也；包則無以潔其身。審於二者之間，則於處治亂之道得矣。《剥》、《復》相對。《剥》之上即《復》之初也。故近之者吉利，《剥》五、《復》二是也；應之者亦無凶咎，《剥》三、《復》四是也；背之者凶厲，《剥》四、《復》三是也；遠之者凶，《剥》初、《復》上是也。惟《剥》二凶，而《復》五无悔，此一爻不同。蓋處復時，則中德可以自成矣；處剥時，必有應與乃善，二未有與，故不免於凶，時不同故也。《損》、《益》相對。《損》之上即《益》之初。《損》上受下之益，卦之主也。受下之益者，不可私其有，故曰『得臣无家』也。《益》初受上之益，亦卦之主也。受上之益者，不可私其身，故曰『利用大作』也。《損》之五即《益》之二，各以中德受益，神之所依也，故皆曰『十朋之龜，弗克違』。《損》之四即《益》之三，損其疾也，用凶事也，皆所謂動心忍性以自增益。受之於下者，有法家拂士是也；受之於上者，爲孤臣孽子是也。《損》之三即《益》之四，絶私交以益上，則無二心之嫌矣；禀君命以益下，則無作福之私矣。《損》之二即《益》之五，益上者不貶道以失己，益下者不求報以干名，則益道之極也。《損》之初即《益》之上，居下受損而未當益上之任，故戒以酌損；居上受損而又非益下之位，則爲或擊之象而已。《夬》、《姤》相對。《夬》之上即《姤》之初也。故近之者，宜深爲之防。五之夬夬，去之決也；二之不利賓，制之密也。應之者，宜善爲之處。三之壯頄，不能決而和者也；四之起凶，取女而不能制者也。遠之者無害，以其勢不相及也。壯於趾而欲决之，能免咎乎？姤其角而不與遇，雖吝无咎矣。背之者，害亦未切。故與陰相背，臀之象也；不能安坐而欲決欲遇之，臀無膚而行次且之象也。然終未可決也，故制其壯則悔亡；終不得遇也，故雖危而无大咎也。惟《夬》之二、《姤》之五雖不近陰而有決陰制陰之任焉，故憂惕呼號而變可弭矣，堅重待時而萌可消矣。《漸》與《歸妹》相對。二卦皆取女歸之義，故六爻皆有女象，而不論其剛柔。然雖不論剛柔皆取女象，而至於應爻，則剛柔之分不可不辨也。蓋以剛應剛，則無應，而無女歸之象矣；以柔應柔，則無應，而亦無女歸之象矣；以剛應柔，則雖有應，而陰陽反類，亦無女歸之象矣；惟以柔應剛者，有女歸之象。故在《漸》惟六二，在《歸妹》惟六五與女歸之義合，而其義最吉也。《漸》之五即《歸妹》之二，雖有應而反其類者也，故曰『不孕』，曰『幽人』。《漸》之三即《歸妹》之四，以剛應剛，故曰『不育』，曰『愆期』。《漸》之四即《歸妹》之三，以柔應柔，本皆不善也，然六四有承五之例，故四得桷，而三歸娣也。《漸》之初即《歸妹》之上，以柔應柔，一則進之始也，未進者也；一則歸之終也，無歸者也。未進，則謹身遠害，雖危而无咎；無歸，則辱行失節，不利而終凶。《漸》之上即《歸妹》之初，以剛應剛，固無歸義矣。然上有師傅之象焉，則可以爲儀；初有媵妾之象焉，則可以承君。蓋師傅則不嫌於老而無歸，媵妾則不嫌於少而自歸矣。《既濟》與《未濟》相對。二卦皆取濟水爲義，狐善涉水者也，故二卦所謂濡首濡尾者，皆象狐也。《既濟》之上即《未濟》之初，上爲首，故曰濡首；初爲尾，故曰濡尾也。《既濟》之初即《未濟》之上，故初亦曰濡尾，上亦曰濡首。然未濟而濡尾，則躁之甚而可羞；當濟而濡尾，則但不進以免於咎而已。既濟而濡首，固不能保其濟；將濟而濡首，猶恐不能終於濟也。《既濟》之五即《未濟》之二，五過時者也，故有持盈之戒；二未及時也，故有謹進之戒也。《既濟》之二即《未濟》之五，既濟之善在二，故雖喪茀而自得；未濟之善在五，故得无悔而有光也。《既濟》之四即《未濟》之三，四之時將過矣，而四柔而能懼，終日戒之象也；三之時將及矣，而三柔而不進，此惟涉大川可耳，以有行則凶也。《既濟》之三即《未濟》之四。在既濟，則三當已濟之位也；在未濟，則四當將濟之位也。故三則伐鬼方而既克之象也，四則方震動而伐鬼方之象也。事之既濟，則當思其難，故雖克之而曰憊也；事之未濟，則當厲其志，故當震用而曰志行也。聖人命辭之審如此。」

論卦名相對

有體不對而名相對者。一陰居上體畜陽，故曰小畜；二陰居上體畜陽，故曰大畜。《小畜》、《大畜》之下三爻，皆自畜者也；其上三爻，皆畜人者也。復者，返也。「復自道」也，「牽復」也，皆能迴返自止而不進者也，有厲而已也。「輿説輻」也，亦能自止而不進者也。三可以進矣，然《小畜》則畜未極也，於是而進則脱輻；《大畜》則畜極矣，於是而進則安驅也。《小畜》之四以六承君，則畜君者也。九五居尊，則畜下者也。《大畜》之六四、六五以二陰畜衆陽而居上位，則皆畜下者也。然《小畜》無吉辭，而《大畜》則吉，以畜有小大異也。至兩卦之上爻，則畜皆通矣。然《小畜》有戒辭，而《大畜》直曰「亨」，亦以畜有小大異也。若《小畜》之初、二得吉，而《大畜》反無之，蓋《小畜》者勢未形而能自止，以道自止者也，所以得吉也；《大畜》勢已形而自止，以害自止者也，免於咎厲而已。一詞之占，其謹嚴如此。《大過》之過在中，而三、四二爻者中之中也，故皆取棟之象。《小過》之過在外，而初、上二爻者外之外也，故皆取飛鳥之象。事過，則宜救之以中也，故《大》、《小》之二、五雖皆在過之分，然其義皆别取，而不至於凶咎也。《大過》之二、五象楊者，楊亦棟類也，以其近陰而有滋生之機，稍别於棟也。《小過》之六五象雲者，雲亦飛類也，以其近陽而有會合之理，稍别於鳥也。兩卦之二，皆善於五者，二未過而五稍過也。《大過》之初、上爲陰，《小過》之三、四爲陽。陽過則用陰，陰過則用陽。故初六之「藉用白茅」，九四之不過遇之，皆剛柔相濟，義與時適。惟上六則純柔，九三則純剛，矯時而過其中，則與時悖矣。二爻皆有凶辭，以此也。《大畜》又對《大有》。大有，所有者大也；大畜，所畜者大也。夫子贊二卦皆曰尚賢，以六五尚上九之賢也。上九爲賢而六五尚之，所有可謂大矣，所畜可謂大矣，故一則曰「自天祐之」，一則曰「荷天之衢」，言乎尊賢之爲帝心，而賢路之通由於天道之泰也。然《大有》之義優於《大畜》，故在畜爲不犯災者，在有則无交害而已；在畜爲説輻者，在有爲車載；在畜爲利往者，在有爲用亨。以至居尊位者，有牿牛豶豕之勞，未若順保其盛大而並施其孚威也。《小畜》又對《小過》。陰陽和，則不過。以小畜大，陰陽未和也；小過於大，亦陰陽未和也。以陰畜陽，主在六四，故其彖曰「密雲不雨，自我西郊」。陰過於陽，主在六五，故其爻亦曰「密雲不雨，自我西郊」。畜之而固，則雨矣；過而不過，則亦雨矣。雖然，小之爲道，妻道也，臣道也。畜之未固，固曰「夫妻反目」；畜之而固，猶曰「婦貞厲」也。可以過者，猶曰過祖遇妣；不可以過者，則曰「不及其君，遇其臣」也。陰陽之際，小大之分，《易》之謹之也如此。《大過》又對《大壯》。大過，大者過也；大壯，大者壯也。大過則顛，故防其橈也；大壯則止，故戒其進也。壯之羸角，猶過之棟橈。壯之壯輹，猶過之棟隆。

論取象相對

《咸》、《艮》皆以身取象，著人一身動静之理也。其六爻所當之位稍不同者：《咸》取三陽之中一爻爲心，則心位在四，心位在四，則初爲拇，二爲腓，三爲股，五爲背，而上爲口矣；《艮》但取中一陽爲心，則心位在三，心位在三，則初爲趾，二爲腓，四爲背，而五爲口矣。蓋心者陽也，身者陰也。心爲陽而居中，故三、四二位當之也。《咸》言「咸其脢」，《艮》不言「艮其背」者，「艮其背」爲卦義，六四雖有合乎卦義，而未純乎卦義也，故未能不獲其身，而能止其身而已，卦義之次也。《咸》之感以心，《艮》之止以背。心背之象皆在四，而皆未能純乎卦義，故《咸》四不言咸，恐其憧憧而動於私也；《艮》四不言背，但止其身而未進於忘也。《艮》之取象既畢於五，故上自以敦艮爲義，明上一爻爲止之主，德莫善焉。《井》、《鼎》皆以物取象。井者在邑野者也，故取養民爲義；鼎者在朝廟者也，故取養賢爲義。至六爻之辭，則除尊位之外，《井》自四以下爲代君養民者，《鼎》自四以下爲爲君所養者，故其義大略同也。兩卦之初未當進用，故有井泥、鼎否之象。然《井》主養人，泥則不能養人，宜爲時所舍矣；《鼎》主爲上所養，故猶有出否從貴之善也。兩卦之二皆有剛德，然養人者在下則不能遠施，又無應於上，則射鮒敝漏而已；受養者雖在下而有登進之具，又上得正應，故但戒以謹身而遠害也。《井》四以柔承剛，於義既善，又承上以養人而不有其功，所以无咎；《鼎》四以剛承柔，例多凶者，又受養既盛，則必有滿盈傾覆之理也。兩卦之三亦皆有剛德，且位近上體，於養道合矣；然皆未離下體，則是井未上於瓶甕，鼎未登於俎豆也。又《井》

三雖有應，而上六非當位，《鼎》三則無應而象耳革，故一則曰「井渫不食」，一則曰「雉膏不食」。膏澤不下，是以悔惻。然以其有是德而當是時也，故必有明良之合而福可受，有陰陽之和而悔可虧。韓子所謂「天將雨，水氣上，無擇於川澤澗溪之高下」者，二爻之謂也。五者，《井》、《鼎》之主。而《井》五陽也，有實德，故能養民也；《鼎》五陰也，能虛中，故能養賢也。《井》、《鼎》之上，養道成矣，故皆得大吉。而《鼎》之五、上有尚賢之象，故其辭又曰「大吉，无不利」，與《大有》上九同也。

論卦意相對

離，明也。明夷，昏也。昏明治亂，如晝夜循環然。《離》初，明之始也；二，明之至也；三，向昏；四，昏之甚；五，向明；上，則重明矣。《夷》初，昏之始也；二、三，以明拯昏者也；四、五，以明處昏者也；上，則極其昏者也。然則離明之中有昏，夷昏之中有明。《夷》之下體，自昏而明，故三之「得其大首」者猶《離》上之「折首」也。其上體自明而昏，故上之「不明晦」猶《離》三之「日昃」也。家人，內也；旅，外也。《家人》則利於女貞，《旅》則利於童僕貞也。《家人》二、四得位，女之貞者也；《旅》之初六居下，童僕之不貞者也。欲女之貞者，宜乎以義率之，而剛德爲善；欲童僕之貞者，宜乎以仁撫之，而柔道爲貴。《家人》之吉在五、上，而初與三皆免乎悔厲者，以其有剛德也；《旅》之吉在二、五，而三、上與四皆不免乎凶厲者，以其失柔道也。《家人》之初、五稱「有家」，《旅》之三、上稱以「旅」，蓋以有家之心處之，則爲可繼也，爲可久也，而家之道正矣；以旅之心處之，則所遇皆路人，所居皆傳舍，而旅之道失矣。君子待妻孥如賓客，則家猶旅也；於四海如兄弟，則旅猶家也。萃，聚也；渙，散也。《萃》言「王假有廟」，因其聚而聚之；《渙》言「王假有廟」，因其散而聚之也。《易》凡言號者，皆誠之發也。《萃》之義下聚於上，故號者在下，能號則一轉而爲笑矣；《渙》之義上聚其下，故號者在上，能號則雖渙而王居無咎矣。《萃》自初以上皆求聚者，至四則佐上以聚其下者也；《渙》自初以上皆自渙者，至四則佐上而涣其群者也。《萃》多戒辭，而《涣》無凶義。吾以此知保身之爲小而遺己之爲大，養交之爲危而特立之爲安矣。萃之極，故猶賫咨涕洟以求萃；涣之極，故遂離群避害而遠去。然其要皆无咎者。無萃上之心，則是放臣屏子，怨妻去婦，皆若是恝也。無涣上之節，則是衡門不可以栖遲，槃澗不可以平寬也。《節》者約素自節也，與《賁》之文對。賁則恐其濡於華矣，故尚白焉。上之白，白也；四之皤如，亦白也。初之賁趾，五之邱園，皆是也。惟二爲文明之主，然猶貴其附於陽；三受二陰之賁，然猶戒其永於貞也。節則恐其窮於苦矣，故尚甘焉。五之甘，甘也；四之安節，亦甘也。初之不出，三之嗟若，未失也。惟二當澤中而塞，故其於義爲凶；上當險極而苦，故其於道爲窮也。白而受采，則色相宣矣；甘而受和，則味相得矣。忠信之人而學禮，則文質彬彬矣。

諸儒雜論下

論卦意相似

《困》與《習坎》卦意相似。水流洊至，險相仍也。水行遇澤，爲險所困也。二卦皆以剛德爲善，非剛不能處險困也。處險困者，莫大乎實心。所以貴剛中者，以其有實心也。有實心，則充積於中，不自滿盈於外。故《坎》之「求小得」、「中未大」者，此也；《困》之「利用享祀」、「祭祀」者，亦此也。《坎》四剛柔際而无咎，《困》四有與而克終，皆以承五爲義。蓋近君之位而遭險困，則是不得於君也。有用缶納牖之素，則終得其所際矣。有來徐徐之安，則終得其所與矣。《坎》初之坎窞，《困》初之幽谷，自即於險困。《坎》三之來往險枕，《困》三之進退石蔾，遇之險困而德不足以自拔也。《坎》上之徽纆叢棘，《困》上之葛藟臲卼，險困之甚者也。然悔悟者出乎險困之機，故習險者能改而從道，則其凶止於三歲矣；處困者能悔而遷，則終可以得吉矣。天下無終於險困之理，亦求其心亨而已矣。《升》與《晉》卦意相似。其六五一爻皆爲卦主，其義至善。餘爻亦以柔爲善者。柔靜而剛動，柔退而剛進。升進之際，宜柔不宜剛也。是故卦非無剛也，而《彖傳》推釋卦義曰「柔進而上行」、「柔以時升」，則所用者柔也。《晉》下三柔皆善，《升》之初柔亦善。然《晉》之初、二摧如愁如，至三而後允；《升》當初而即允。《晉》之《象》「明出地上」，則初、二地之中，未出之時也；《升》之《象》「地中生木」，則初六巽之主，木生之先也。《晉》四以剛而厲，《升》四以柔而吉。《升》三雖無凶厲，而亦無「吉利」之文。惟二剛而得中，故有用禴之利，其義著於《象》焉。升晉之極，晉角矣，冥升矣。然以其剛而自治，以其柔而守貞，則雖處極而無凶害。又以時義之貴柔也，故《晉》有厲吝之戒，而《升》則直曰利也。《巽》與《蠱》卦意相似。然《巽》小亨而《蠱》大亨者，《蠱》則其勢極矣，舉弊壞而更新之，撥亂開治之象，故曰「大亨」；《巽》則勢未極也，因其弊而申飭之，舉墜補偏之象，故曰「小亨」。甲者，事之始也。有事於始，亨之所以大也。庚者，事之中也。有事於中，亨之所以小也。先甲所以振民，後甲所以育德。先庚所以申命，後庚所以行事。兩卦之能盡其道者，五爻也。餘爻，則能幹蠱者皆善也，而裕之者則吝矣；能入而斷者皆善也，頻巽而失其資斧，能入而不能斷，則厲且凶矣。雖然，蠱者人心之壞也，巽者人欲之萌也。壞者極於終，萌者動於始。上之「高尚其事」者，所以救人心之壞也；初之「利武人之貞」者，所以遏人欲之萌也。故於上曰「志可則也」，於初曰「志治也」。君子之拯天下之壞亂也，必先於自尚其志始。

論卦義相似

《大壯》之四陽盛長，與五陽決陰義相似也。故居初而壯趾，則皆有凶咎。九二得中，則吉且无恤。九三用壯，則皆凶厲。此三爻之義同。惟《壯》四則近二陰，應決者也，故曰「藩決不羸」。《夬》四未近上陰，不應決者也，故曰「牽羊悔亡」。《夬》五乃直《壯》四之義，以其近陰也，故曰「夬夬」，猶「藩決」也。《壯》五反直《夬》四之義，以其不在壯位也，故曰「喪羊」，猶「牽羊」也。《壯》纔四陽，決之未盡，故至上而猶觸藩。夬則五陽，至上而決盡矣，然非惕號則猶有凶，猶之「艱則吉」之意也。《萃》以二陽聚衆陰，與《比》以一陽比衆陰義相似。

《比》五，《比》之主也，故元永貞之德著於卦；《萃》五亦《萃》之主也，故元永貞之德著於爻：其義一也。《比》四陰也，近五而比於君者也；《萃》四陽也，佐五以聚其下者也：其義所以不同也。《比》初曰「有孚」，《萃》初亦曰「有孚」，然《比》初無應，故曰「有他吉」，《萃》初有應，故曰「往无咎」也。《比》、《萃》之二皆有正應於上，然必曰自内而不自失，曰有孚而中未變，則聖人之戒深矣。《比》三、上二爻皆凶，《萃》之三、上不至於凶者，《比》三不與陽相比應，《萃》三與四雖隔體，而當萃之時，可以上巽也。《比》有後夫凶之義，而上適當之，此所以無所比而凶也。《萃》有利見大人之義，而上位近五，與《蹇》上之義同，此所以賫咨涕洟以求萃而得无咎也。

論河圖

《河圖》何以作《易》也？曰：天地之間，陰陽而已。《河圖》之奇耦者，所以紀陰陽之數，仿陰陽之象，而盡陰陽之理也。一奇爲陽數，二耦爲陰數。其餘凡奇者，皆從一而爲陽也；凡耦者，皆從二而爲陰也。其位則節於四，備於五，而加於十。四者，天地之氣分司於四方、迭王於四時之用數也。五者，兼其中之體數也。十者，倍五而成。在四方、四時，則陰陽互藏互根之數；在中央，則陰陽混一和會之數也。今以《圖》觀之，除五、十爲體數居中，則一、三、七、九者奇數之始終也，二、四、六、八者耦數之始終也。陽始於北，盛於東，極於南，而終於西，此《圖》一、三、七、九之序也。陰始於南，盛於西，極於北，而終於東，此《圖》二、四、六、八之序也。在北、在東，則奇内而耦外，奇爲主而耦爲賓，奇爲生數而耦爲成數。此則陽主事而陰受命，陽息而陰消之象也。在南、在西，則耦内而奇外，耦爲主而奇爲賓，耦爲生數而奇爲成數。此則陰用事而陽仰成，陰息而陽消之象也。蓋其並立而同運者，固不容一息而相離；而其迭爲賓主、互爲始終者，又無一息之不相推而相變也。自其推行之迹言之，謂之變化；自其合一之妙言之，謂之鬼神。推行者，變易爲用，而其體不可執；合一者，交易爲體，而其用不可知。此《河圖》之縕，而聖人所因以作《易》之源也。

論河圖二

聖人之則《圖》作《易》也，非規規於點畫之似、方位之配也。其理之一者，有以默啓聖人之心而已。《圖》所列之數如此，其所涵之象又如此。今以《易》卦觀之，天一地二，數之源也，則聖人所取以定兩儀者也。五位相得而各有合，象之成也，則聖人所取以定四象八卦者也。何則？一、二之數起，則凡三、五、七、九皆一之變矣，四、六、八、十皆二之變矣，故奇耦之畫由此而定也。相得有合之象列，則陰陽之賓主辨而交易之妙具矣，陰陽之消息序而變易之機行矣，故四象八卦之設由此而定也。今以羲、文二圖觀之，則《先天》之左右、陰陽、內外、終始固與《圖》象無二，而《後天》之北、東皆陽卦也，南、西皆陰卦也，《圖》象在北、東則陽爲主，在南、西則陰爲主，亦其義也。《河圖》兼中數，故備於十；《易》卦除中數，故止於八。中數者，何也？以一而統四，則數之主也；又倍五而爲十，則數之全也。此無極之真所以主宰包含，二、五之精所以停蓄完備，而爲分播迭用之本者也。《易》雖不用其數，而必曰「易有太極」；《説卦》叙圖象，既曰帝，又曰神。太極也，帝也，神也，卦畫所無也，然而以爲《易》有之焉，則《河圖》中數之精緼，象雖不立，而理行乎其間者也。

論河圖三

《易》卦止於八，而虚中數，此易有太極而不著之義也。言帝，言神，而無專位之義也，固也。雖然，八卦之乾，其統之矣。夫天，專言之則道也，則乾太極也；以主宰言謂之帝，則乾帝也；以妙用言謂之神，則乾神也。至於以形體言謂之天，然後與諸卦列而爲八。是故以八卦爲《河圖》四面對待流行之數，而虚其中，可也；以乾坤爲《河圖》之中數，六子陰陽卦爲四面對待流行之數，可也。地亦天也，故坤從乾而爲中數，凡所以主張綱維皆其爲也，猶《圖》之以十從五而爲中數也。六子則以陰陽相爲內外消息，猶《圖》四面之數之相爲內外消息也。是故乾坤者，列之則與諸卦成位，統之則爲諸卦之宗。《説卦》最後去乾坤而專言六子，以明乾坤之即神也。孔子於《乾》

卦《彖》、《象》，備天德之形容焉，則已盡乎太極之緼矣。夫豈必於八卦之外求所謂太極、神、帝者哉？

論圖書

卦以道陰陽之變，故曰易。疇以叙三才之法，故曰範。聖人之取諸《圖》也，所謂「陽卦奇，陰卦耦」者也；其取諸《書》也，所謂「參天兩地而倚數」者也。何則？天數始於一，地數始於二，奇耦立而陰陽之理明，故《圖》之以一三七九、二四六八相爲内外，互爲終始也。是陰陽交易、變易之道也。天數乘於三，地數乘於二，參兩行而天地之義著，故《書》之以一三九七相乘於四正而左行，二四八六相乘於四隅而右行也。是天地順逆之機、樞維之位也。其爲天地之數則一，而卦因之以明變化之情、趨時之用，疇因之以明成位之職、參贊之功。故其中數也，《易》見之則爲太極，蓋宰陰陽而爲化樞也；《範》見之則爲皇極，蓋中天地而立人位也。太極、皇極，其爲至理亦一。而《易》所主者天德，無聲無臭，所謂太極本無極者，故其名不在八卦之内；《範》所主者王道，有典有則，所謂皇建其有極者，故其目列於九疇之中也。此二圖同異之致、聖人法則之源也。

論圖象

自八卦始成而聖人名之以象，純陽純陰之爲天地不可易已。震巽陰陽之初，故方生而有氣，陽爲雷、陰爲風也。坎離陰陽之中，故既聚而成精，陽爲水、陰爲火也。艮兑陰陽之終，故已滯而成質，陽爲山、陰爲澤也。此八物者，兩兩相耦。以全體言之，天地陰陽也，而合德也。以氣言之，雷風陰陽也，而相應也。以精言之，水火陰陽也，而互根也。以質言之，山澤陰陽也，而交感也。分定而情通，此所謂交易者也。及其流行於天地之間，則迭王而相禪，故雷與風之發各有其時，水與火之盛各有其候，山與澤之滋各有其節，天與地之所主各有其分，此所謂變易者也。是故易之爲道，有不易，有交易，有變易。不易者，天高地下、萬物散殊者也；交易者，合同而化者也；變易者，流而不息者也。不易者爲體，變易者爲用。然非有交易者存，則不易者何以相遠而相親？變易者何以相反而能相成哉？故曰：八卦相錯者，猶相交也。天與地交，山與澤交，雷與風交，水與火交。推之重卦，則凡兩卦相合者莫不各有交焉。此天地萬物之情所以感通無間，而聖人之作《易》也，既圓而列之以明其對待之交，又因而重之以明其錯綜之無所不交也。《繫辭傳》之首章：「天尊地卑」者，乾、坤也；「卑高」以下，山、澤、雷、風、水、火之倫也。是皆於定分之中而具交易之性者，故繼之曰「剛柔相摩，八卦相盪」。相摩者，所謂對待之交也；相盪者，所謂錯綜之而無所不交也。交易之情通，則變易之事起。雷霆、風雨、寒暑者，六子之功也。乾始坤成者，天地之化也。變化以生成萬物，而皆有其常職，則亦歸於定分而已矣。是故言體則首乾坤，是亦順而數之之義也；言用則首雷風，是亦逆而數之之義也。《繫傳》以造化言，而切《易》、《書》；《説卦》以圖象言，而包造化。知《繫傳》首章之爲易理之宗，則知先天卦位之爲作《易》之本矣。

論圖象二

陰陽卦之分起於文王，信乎？曰：自八卦始畫，而陰陽之卦定矣。文王因象以起義爾，非始自文王也。《先天》之圖各有左右序次，然夫子列之，莫不先陽而後陰，故曰自畫卦而已定矣。水火之列於後，何也？曰：乾、坤之外，莫大乎坎、離。水火者，天地之用；雷風山澤者，又水火之用也。火之用，莫專於雷；風則氣生於火，而又感乎水之涼寒者也。水之用，莫專於澤；山則氣滋於水，而又成乎火之燥高者也。然則「山澤通氣，雷風相薄」者，歸於「水火不相射」而已矣。後章亦先言「水火相逮」，而後曰「雷風不相悖，山澤通氣」者，此也。雷動風散以下，所值氣候則何如？曰：閉塞之後，雷以動之。寒沍之餘，日以晅之。方長而生意未足，故兑以説之。於是而萬物皆相見，是乾以君之也。鬱蒸之極，風以散之；燥烈之甚，雨以潤之。既成而生意未固，故艮以止之。於是而萬物皆歸其根，是坤以藏之也。是故《先天》、《後天》，圖象錯綜，而其揆一也。《先天》不著方位，而其理廣以大；《後天》著方位，而其義精以切。

論圖象三

文王《後天》之説，亦出於邵氏。然證之《周易》，則其大且至者無不泯合〔一〕，是以可信也。一則陰陽卦之位，繫於《坤》、《蹇》、《解》之辭。夫東南爲陽，西北爲陰。然陽之生物雖至春而可見，而其氣則已肇於冬之初；陰之成物雖至秋而乃就，而其氣亦已凝於夏之始。故取其用之可見者，則曰東南，曰西北；本其體之自生者，則曰東北，曰西南。圖之序則入用，故始東方，終東北，不改乎人時之舊；卦之序則推本，故乾統三陽於東北，坤統三陰於西南，獨契乎天道之精也。二則陰陽始終之義，見於乾坤之二用。蓋陽首於震，而實首於乾，則乾之爲首不可見也，故其爻義曰「无首」；陰終於艮，而實乃終於兑，則陰之終者非陰也，故其爻義曰「以大終」。陰陽互根之妙，皆於北方見之，何則？其方則陰也，其卦則陽也。以之爲陰，則陽爲無始；以之爲陽，則陰爲無終。猶之一日之有亥、子、丑也，以爲前日之終則晝無始，以爲後日之始則夜無終矣。此所謂陰陽互根之妙，而乾坤之用所以總歸於貞也。三則圖位之序，發於《乾》、《坤》之爻辭。《乾》爻始於潛，於圖爲北方，幽隱之象，陷而止也。至見焉，則出矣。出則必惕，惕者震之恐懼自修也。惕則必疑，疑者巽之進退不果也。由是而飛焉，則相見，聖人作而萬物睹者也。於是受之以坤而致役焉，則乾道不亢矣。《坤》爻始於履霜，巽之伏也。潔而齊之，至於地道光焉，則明矣。无成有終者，致役之義也。括囊慎密，所以保其終也。黄裳者，中順之積，而和悦之充。由是陰成而聽於陽焉，豈復有交争而戰之事哉？四則陰陽尊卑淑慝之義例，統乎六十四卦。陽尊而陰卑，故陽主而陰役。陽清而陰濁，故陽潔而陰污。《坤》之彖曰「得主」，守其役之分也；曰「得朋」，引其役之類也；曰「喪朋」，始終於主而絶類上也。守其分，故從王事而終吉；引其類，故貫魚而無不利；絶其類，故涣群而元吉。凡《易》之言尊卑者，例此矣。《坤》之爻曰「履霜堅冰」，陰始凝也，凝則滯而不潔矣。又曰「其血玄黄」，陰陽之雜，雜則溷而污之甚也。故於其凝也，則柅豕以牽之，包瓜以隕之；非然，則有莧陸之侵，有包无魚之慮。於其雜也，則揚庭以去之，孚號以戒之；非然，則用行師終有大敗，无號而終有凶。凡《易》之言淑慝者，例此矣。乾者八卦之主也，無敢與抗者。而曰「戰乎乾」，懼有不爲役者也，德威不足以畏，則反君道也；懼有不潔者也，德明不足以明，則猶未離其類也。凡《易》之精意大義，無不自此而出，故信其爲文王所建圖也。

【校注】

〔一〕「泯」，《四庫》本作「渾」。

論圖象四

《先》、《後天》卦位不同，義亦異乎？曰：其義一也。《先天》以畫卦之序而分者也，《後天》以陰陽卦而分者也。先明乾、坤之義，則餘卦之義明矣。夫乾南坤北，位之正也，古者兆天南郊、兆地北郊是也。然乾北坤南，氣之始也，古者祀天於冬至、祭地於夏至是也。兩義者不可以相無，則二圖不可以偏廢。然《後天》所置，則乾又不在正北而進而西北，坤又不在正南而退而西南。蓋天道流行，初無止息，至無之中，萬有肇焉。此之謂全體，此之謂大本，不待乎萌動而後有以見其心矣。南者，正陽之位也。坤功雖顯於此，然避正陽之位而不居，故長養萬物，至西南而極盛。《坤》彖言「西南得朋」者，此也。古人以亥爲陽月，以未爲中央，其有以知此矣。天地之大義既立，故《先天》以陽畫之消息爲序，自北以終於南也；以陰畫之消息爲序，自南以終於北也。《後天》以陽卦統始終爲序，自震以終於艮也；以陰卦效職於中爲序，自巽以終於兑也。夫陽統始終，而乾則以終爲始；陰居中間，而坤則尤中之中。故無聲無臭者上天之載，形形色色者地道之光，於穆不已之命昭矣，造化孕毓之功著矣。以六子象類言之，日東月西者，所自生也；火南水北者，所自盛也。雷陽風陰者，類之分也；風雷相助者，氣之合也。兑居東南以説物，艮居西北以止物者，令之正也；兑居正西，説極乃成，艮居東北，止極乃生者，用之交也。先儒以《先天》爲體，《後天》爲用，要皆義理精微之奥。古聖人所以經緯天地而出入鬼神者，非二圖互發則不備。

論圖象五

陽爲主於始終，陰佐陽於中間。天地萬物之理，莫不皆然。蓋論陽之統貫，則自始至終無非陽也。然中間一節則有藉於陰，而陰功見焉。陰功見於中間，則陽之在始終者反若離斷而不相續。故草木之種實，陽也；枝條花葉，陰也。土中之種，即樹上之實。然無種遽成實者，必歷乎枝條花葉之繁而始成也。人之男，陽也；女，陰也。子爲父之體，然無父遽生子者，必資乎嫡媵之衆而始生也。圖之四陰相繼者，陰道在中間，故見其合也。四陽不相繼者，陽道在終始，故見其離也。然以其循環者觀之，則終即爲始，猶之樹上之實即土中之種，繼體之子即爲宗之父也。是則陽之相繼也，亦何間斷之有？

論圖象六

以一歲生物觀之，播種於春，是震則物之始也。落實於艮，是艮則物之終也。實落又爲種，艮之所以窮上反下，成終而成始也。乾則華葉之既脱，實之方生，爲萬物之將終，而實爲萬物之大始。何則？使於是而不實，則生生之理絶矣。是故語用則有種而後有實，語體則有實而後有種也。於《傳》，震爲反生，勾萌之初也。巽爲長，爲高，枝條之盛也。方長之木，其心必虚，其節必弱，故離中科而上槁也。枝條備，則華葉繁，故坤爲文而爲衆也。將成實，則枝條摧敗，而華葉剥落，故兑毁折而附决也。乾爲木果，則實之方生而在木者也。坎爲堅多心，其心堅也，科之反也。艮爲堅多節，其節亦堅也，上槁之反也。艮又爲果蓏，則既落之實，種之可以復生者也。又以生人觀之，長而後有室，震之所以居先也。幼少則未長，坎、艮所以居後也。乾則長子始成乎父道而有子者也。於《傳》，震曰長子，巽曰長女，配耦之稱也。離曰中女，諸娣之名也。坤曰母，蓋有嫡有娣，而母道具矣。兑曰少女，曰妾，女御之流，所以代匱而廣嗣也。乾曰父，父道成矣。獨坎、艮二卦不曰中男、少男者，言中男、少男疑於長子爲兄弟。以圖意而觀，則震成父道而爲乾，坎、艮者其子也。三陽始終爲父子相繼，故於坎、艮但取子之幼少而未長，不用兄弟之義也。

論圖象七

圖象皆心學也。何也？曰：乾坤者，誠明之學之源也。天清虛而與太極爲體，故實；地凝實而一順成乎天，故虛。心神明不測，至虛者也；以其具乎性之真，故其道則實而配乾。形色天性，至實者也；以其涵乎心之妙，故其道則虛而配坤。是故《乾》之《文言》曰「存誠」，曰「立誠」，實而盡性之謂也。《坤》之《文言》曰「敬」，曰「義」，虛而順理之謂也。存忠信之實心，則誠之始；立謹信之實事，則誠之終。居敬而清明在躬，則明之體；精義而利用安身，則明之用。然《大傳》又曰乾知而坤能者，何也？神明清虛，故主知；然必誠實易直，而後有以通天下之志，故曰「乾以易知」，誠則明也。形色凝實，故主能；然必明通簡要，而後有以成天下之務，故曰「坤以簡能」，明則誠也。是故虛者非實，則出入無鄉，不足以體乎萬物；實者非虛，則徇物不化，不足以事我天君矣。震之動，坎之孚，艮之止，皆誠之事也；巽之入，離之明，兑之說，皆明之事也。此心學之至也。以《先天圖》觀之，震者，動也，志之奮也；又懼也，心之惕也。離者，麗也，智之藉也；又明也，睿之通也。兑者，説也，理之融、心之裕也。自誠而明，故歸於乾焉。巽者，入也，察之深也；又制也，治之斷也。坎者，險也，行之艱也；又勞也，習之熟也。艮者，止也，積之厚、性之定也。自明而誠，故歸於坤焉。先儒言：知之明，好之篤，離、兑之德也；行之果，守之固，坎、艮之德也。然其言學之本，必曰立志持敬；言行之要，必曰知幾謹獨。斯則所謂「益動而巽，日進无疆」者乎？文王之學，亦猶是也。雖然，誠者，成始成終，而明在其間。是故震始之，乾、坎、艮終之，而中有巽、離、坤、兑焉。蓋自心之震動警戒，而入而察之者與之俱，是震、巽兩卦之義也。明於理而和順於事，是離、坤、兑三卦之義也。事之既終，則形氣息而天命行，是乾卦之義也。更習之熟而居者安，涵養之深而藏者密，是坎、艮兩卦之義也。以朱子之言質之，震爲戒懼之動機；巽爲省察之入機；離則由省察而精之，至於應物之際，而萬理皆明；坤則無所乖戾，而萬事皆順；兑則無適不然，而萬物皆和矣；乾則由戒懼而約之，至於至静之中，而存天命之本體；坎則誠主於中，而無所偏倚；艮則深厚完固，其守不失，而其道不窮矣。終始動静，莫非誠之貫而命之流也。自動念之初，畢於酬酢之後，則明之發、性之用也。至語夫陰陽合德者，則終始動静，亦莫非一理之行而明之繼。故曰誠身，曰明德，其義一也。二圖之序不同，而皆以震、巽爲誠明之根。在《先天》，則震先而離、兑次之，巽先而坎、艮次之也；在《後天》，則震、巽並居先，而離、兑、坎、艮次之也。先聖後聖，其學豈有二哉？

論圖象八

夫子説圖，其又言帝言神，何也？曰：六子統於天地也，地又統於天也。以形體言，謂之天，故曰天地定位；以性情言，謂之乾，故曰乾君坤藏；以主宰言，謂之帝，故又曰帝出乎震；以妙用言，謂之神，故又曰神妙萬物而爲言也。帝與神皆天之心也。以其實而有主，故稱帝焉；以其虚而無方，故稱神焉。神虚而帝實，故帝誠而神明。帝與神不可知，於其氣化而知之。日月寒暑、水火山澤、風霆雨露，各有專司，而皆以育養成就爲職，如百官有司之恪事，知其主之者帝也。日月寒暑、水火山澤、風霆雨露，其氣各異而不相通，其道並行而不相悖，如耳目手足之捷應，知其妙之者神也。是故於後天流行之迭王，可以見天工之有統焉；於先天對待之相須，可以悟神理之無間焉。雖然，言帝，則存乾坤之位。帝有主而可名，故著其所次舍，如心與耳目並爲官，思與貌言視聽並爲事也。言神，則去乾坤之位。神無方而難知，則不可以所在目之，如視聽噓吸之靈之無非一心，動静顯藏之機之無非一體也。是故天即君，君即帝，帝即神。其分則有八卦，其實統於乾而已矣。自《論對卦》至此，共計十八條，皆出安溪李氏。按：李氏名光地，字厚庵，世以其邑表之曰安溪先生。先生生平最邃于《易》。奉敕修《周易折中》，先生一手所裁也。又自有《周易觀彖》、《通論》諸書。而《傳義合訂》則出自余師朱文端公。余於二先生所著，採取獨多。然其專集已行於世，世有好學之士自能取而讀之也。

大學原本説略讀法

而不善者失。於是慎所以輔吾身者，則豈惟所寶非財而已哉？蓋必有善人焉，合衆人之才德，以保我子孫黎民。苟非其人，則國殆，而爲仁人之所惡而必絶者也。

夫仁人之所惡在此，則其所好必在彼。在此者，人之所共惡也，而仁人惡之；在彼者，人之所同好也，而仁人好之。此之謂惟仁人能好人能惡人，而得絜矩之道者也。若猶是好之也，而好而至於命，甚且好人之所惡；猶是惡之也，而惡而至於過，甚且惡人之所好。則拂人性而灾將逮身矣。此失絜矩之道者也。

夫其所以有得有失焉者，蓋君子忠信以進德，知至至之，故可與幾也。使驕且吝，則其中不虛。不虛則不靈，而又焉能慮而得夫善，以善身者善世乎？必忠信以得絜矩之道，所謂本忠而行之以恕，君子也而仁人矣。夫仁人不必聚財，而財自足。聞其以財發身，未聞其以身發財也。蓋仁義一理。上既好仁，則下即好義。下既好義，則視君事如己事，亦且視己財即君財。然則財非利而義實爲利，有斷斷然者。蓋生財自有道，又何事乎聚斂？菑害將並至，又何善乎小人？觀於聚斂之罪甚於盜臣，獻子之言，殆此之謂也乎？觀於務財用而致菑害，小人之所以必敗乃家國者，其又此之謂也乎？

然則有國者亦有仁義而已矣，何必曰利？夫矩所以爲方，而義以方外者也。君子絜之者，惟其能慎獨於知止，平其情以平物情，斯能格物以求誠，盡其性以盡人物之性。然則修身爲本，明明德於天下者，豈不謂之知本也哉？

【校注】

〔一〕此處缺字，據殘存字形，或爲「省」字。

卷下

大學原本讀法

讀法大指

昔朱子於四子書及諸經皆有讀法，今載《大全》中並《朱子全書》。蓋所以曉示學者，作如何以讀此書，始獲此書之益。其用意至深且厚也。然朱子讀法，舉其概以見義，故不煩言而已足。而余於《大學原本讀法》，則歷引《大易》、孔子並程、朱二子説經之雜見者，而又附録近代儒説於後，詞不已費乎？夫以末學淺識，而敢以大賢所已改定之書輕議復古，非實有所據，而自逞臆見，是極不知量之一妄蟨人也。此所以不憚，一再反覆而辨之析之，援引以證之，不容已矣。然知言已希，世無朱子耳。設起朱子於九原，則焉知不以同己者爲非而以異己者爲是耶？又樸再識。

讀法

《大》、《中》二書，雜列《禮記》中。自西漢以來，已析而單行。宋儒疑有錯簡，故明道改之，伊川又改之。至朱子，不惟改，而且分經別傳，又爲補闕於其間。于是王魯齋、蔡虚齋、季彭山、高景逸、葛屺瞻輩，紛紛各以己意竄易其文，蓋十餘人；而甬東豐考功坊，又出所爲魏正始中石經本者。于是《大學》幾無真面目矣。此皆格致之説不明，故至此。乃陽明王氏獨据古本以爲説，而其詮格致之義又不足以深服人心。雖其及門弟子王心齋，已別有所訓。近日，西河毛氏主其意而暢之。余以其説致知義太淺，疑不類；獨其據《文選》李善注，引《蒼頡篇》并《廣韻》，釋「格」爲量度，爲不可移易之真解也。又其採《魏志·和洽傳》，因尚書毛玠等以節儉選人物，嘗云：

「儉約過中，以之處身則可；若以之格物，所失實多。」又引穆文簡公孔暉説云〔一〕：「《蒼頡篇》訓：『格，量度之也。』此程朱以前書，乃訓詁之最古者。以其書久廢，故見之者鮮。」據此諸説，是格量之義古有明訓。又恒言曰品格、資格、規格、格條、格式、格局，此皆品第高下等次之義。而矩者爲方之器，子貢之品第人物曰「方人」、《易》曰「義以方外」是也。又朱子云格物者，以反身窮理爲主，而必求其本末是非之極至。則反身即修身爲本，求本末即知本知先，求是非即明理别欲。蓋《大學》之義，務在與民同好惡。故《中庸》言性，《大學》言情。而人情，則必能推而後得其平。其始，推之己以度之人。其後，則四面八方無所推而不到。是絜矩而所以平天下之人情者也。故始於格物，終於平天下。慮者，由己而思及於人。思之，則推之矣。知止者，獨中之惺惺，故定静安而能慮，以善所推焉，《易》所云「敬以直内」也。如《補傳》所云「人心之靈，莫不有知」，此即知止之義；因已知而益窮之，以求至其極，此即能慮之義；豁然貫通，而物無不到，心無不明，此即能得之義：似未免重見叠出矣。如謂知止，但謂知有至善而已。夫至善豈易知？而知至善，又豈不慮而能者？何以言知止然後能慮？而「定静安」三字又如何着落？善學者試思之。

蓋學問之道，止此知行兩端；而先知後行者，言其大較耳。如《中庸》所云「不明乎善，不誠乎身」，是明則誠也。然不又曰「誠則明」乎？是不獨「心無所住而生其心」及「虚室生白」之論出于二氏，及王文成括一「良知」爲宗旨而已。夫子嘗言之，如曰「道之不明，賢者過之，不肖者不及」也。《易大傳》又言之，如曰「寂然不動，感而遂通天下之故」也。即朱子亦嘗言之，如曰「人所得乎天，而虚靈不昧，以具衆理而應萬事」也。而其明暢透著，尤莫如「知止」一節。竊謂「知止」一節，即《易》之「艮其止」，《大傳》所謂貞一。若憧憧往來，即朋從爾思，不定不静不安，何以能慮？而貞一，則非敬以直内不能矣。故朱子答胡廣仲書曰：『敬』之一字，真聖學始終之要。向來之論，謂必先致知然後用敬，疑若未安。蓋古人由小學而進大學，其於灑掃應對之間，持守堅定，涵養純熟，固已久矣。是以《大學》之序，特因小學已成之功，而以格物致知爲始。今人未嘗一日從事于小學，而曰『必先致其知，然後敬有所施』，則未知其以何爲主而格物以致其知也？故程子曰：『入道莫如敬，未有能致知而不在敬者。』又論敬云：『但存此久之，則天理明。』推而上之，凡古昔聖賢之言，亦莫不如此者。」又云：「古人直自小學中涵養成就，所以大學之道即從格物做起。今人從無此功夫，但見《大學》以格物爲先，便欲只以思慮知識求之，更不於操存處用力，縱使窺測得十分，亦無實地可據。」由此觀之，則知止即所謂涵養用敬，而能慮即格物以致其知，不但傳不必補，即《小學》一書《立教》、《敬身》諸篇補入涵養，似皆可以不必者也。

安溪李氏曰：「按自古聖賢言學，未有不以立志存心爲之也者。若以此節爲立志存心端本之事，則《大學》無闕義矣。」然又云：「程子、朱子補其闕，則指小學而言也。」夫敬豈幼稚所能？且所謂敬者，朱子固釋爲主一無適者也。主一即知止，無適即定静安，但未明標出「敬」字耳，何嘗闕耶？

或疑「誠」之一字在「誠意」章言之，此但格致也，何以亦言誠？似誠意先於格致矣。且誠則明者，性之德，天之道，亦非學人之事也。然朱子曰用敬，又曰操存，不誠何以能敬？何以能操？不讀「誠意」章「慎獨」之注乎？曰：「實與不實，有他人不及知而己獨知之者。必謹之於此，以審其幾焉。」其幾即《易》云「動之微，吉之先見者也」。審幾即知止。慎獨即用敬。是知止又本於慎獨矣，所謂知行合一者也。此「誠意」章所以緊接格致而單行，不與他章一例曰「所謂誠意必先致其知者」云云也。

昔鄒文莊讀《中庸》，嘗疑《大學》程、朱補格致，而《中庸》首言慎獨，不及格致者，其説安在？積疑於中。會陽明講學虔臺，叩之始釋。然陽明以去不正而歸於正爲解，究於理欠順。必如此説，方覺知行合一。程、朱之言敬，陽明之言良知，皆不出誠意之慎獨耳。

蓋獨中之知，即孩提之知愛知敬。由此所知之愛，充之於其所不愛，而親親有殺矣；由此所知之敬，充之於其所不敬，而尊賢有等矣。是爲知止而能慮也。

此皆非余之臆説也，程、朱蓋嘗言之。《易·乾》之九二《文言》曰：「忠信所以進德也。」「知至至之，可與幾也。」《程傳》曰：「知至至之，致知也。求知所至而後至之，知之在先，故可與幾。所謂始條理者，智之事也。」朱子亦曰：「知至至之，進德之事。」夫忠信所以進德，而知至爲進德之事。知至即知止也，非敬而何？且《易》既云「幾者動之微」，又云「極深研幾，唯深也故能通天下之志，唯幾也故能成天下之務」。朱子云：慎獨以審其幾。則知幾者，知止也；審幾者，即研幾而能慮也。幾能成天下之務，即家齊國治而天下平也。此「知至」之謂「知本」，「知至至之」之謂「知之至也」。信乎，「知止」爲獨中之知！自此以至「此謂知之至也」，皆言知之事，又何疑焉？《大學》雖有三「在」，其實親民即在明明德甲裏，而止於至善即明明德者自止之而已，并無所爲新民之止至善也，故曰「明明德於天下」。觀於各章之言止言善皆修身内事，可見。然則知止即曰知至善，亦當曰知身之一切處世必有一至善者在焉。凡於人有一不得，皆我善之未至。如此，則用志不紛而神清氣定，應事接物之間，權衡自無有不審者矣。故知止即知本，特「本」字未出，而於下文明之。夫有本即有末，有本末即有始終、有先後。遂層層爲之鋪叙，而直斷之曰「修身爲本」，又因而直結之曰「此謂知本」。不然，則「此謂」字何所來歷乎？

三綱領既止一修身，則八條目亦何必執定八件，而件件各爲之傳？況各條目皆言先后，惟致知則曰「在格物」。是格致本一事，但言致知，即無庸更言格物矣。今以「知止」字起，中間又以「知所先後」點明，後以「知本」、「知之至」結住。是「致知」一條，已明明白白，整整齊齊，似無待於補也。

蓋知、行皆有所存、所推兩層功夫。如《中庸》之言「君子尊德性而道問學」，其目曰「温故而知新，敦厚以崇禮」是也。温故敦厚，即涵養於所存，知止之定静安也，慎獨以誠其意也；知新崇禮，即窮極於所推，慮而得，格物以致知也。止其所止，無所不用其極也。然則自「知止」至「此謂知之至」，總是説知。自「所謂誠其意」至

「此謂知本」，總是説行。自王文成、孫鍾元、高景逸、魏文靖諸先正所論，即以知修身爲本遂謂爲格物之致知；而毛氏直斷「自天子」節至末爲格致之傳，然則「知止」一節所説爲何事乎？

曩余自弱冠以前，即疑「知止」一節，不知何故插入。嗣是每過先達聞人，即執經請教。雖亦多所辨析，而皆執泥先儒曲爲之説，蓋歷四十年而茫茫如故也。乃今而後始得其解，不覺爲之一快。

稼書陸氏有曰：「聖賢之學本末兼該，雖有先後之序，而非可偏廢也。如謂知本即是知之至，則是一本之外更别無本。以綱領言之，但當知有明德，而不必復講新民之分也；以條目言之，但當知有誠正修，而不必復講齊治平之道也，可乎？故謂本之當先務，則可；謂知本而不必更求末，則不可。堯舜之不遍物，是言治天下當以親賢爲急，乃是論緩急，非論本末，豈《大學》知本之論乎？」按：《大學》一書實歸根於修身，實以知修身之爲本爲知之至，并無於身外别言及新民一事，又豈得於知本之外增出知末，始爲格物致知也？無論身、心、意三章，即齊、治、平三章言親民者，曰之其所而辟，曰藏乎身而喻，曰上下左右前後而絜矩，無非於人己相關之處言之。即引《秦誓》之言無技，而以人之技爲技，是渾人我之見者也。引獻子之言「有聚斂之臣，寧有盜臣」，是視人之所有更勝於己之所有者也。處處皆以人量己，以己度人，所以謂之格物，謂之絜矩，皆恕之道也。故《中庸》曰：「本諸身，徵諸庶民。」又曰：「能盡其性，則能盡人物之性。」《論語》曰：「其身正，不令而行。」孟子曰：「愛人不親，反其仁；治人不治，反其智；禮人不答，反其敬。」《詩》曰：「有覺德行，四國順之。」《書》曰：「一夫不獲，時予之辜。」然則本即該末，而無末之非本。子夏所云：「有始有卒，其惟聖人。」蓋《大學》一書，所學者原大也。今以知修身之爲本不可爲知之至，必兼該本末而知之，然則程子何以曰：「凡物有本末，不可分本末爲兩段事。」又曰：「灑掃應對便是形而上者，理無大小故也。」又曰：「自灑掃應對上，便可到聖人事。」又曰：「聖人之道，更無精粗。灑掃應對與精義入神貫通，只一理。」云云。夫以灑掃應對之粗節，尚謂「便是形而上」、「便可到聖人」，便於精義入神貫通，况修身何等事也？乃謂知此猶不得爲至，必區本末爲兩段事耶？

蓋天下無離人而立於獨以修其身，始出身而加諸民以治其人者也。雖誠意之言慎獨，亦是獨知，并非獨處。此即稠人廣衆之地，群情萃至，庶務繁興，而此中炯然，條理分明，非必静坐參悟，如所謂明心見性者也。又如文王之敬止，爲人君而仁其下，凡下有一之失所，即仁未至善也，必敬以止之；爲人臣而敬其上，凡上有一之失道，即敬未至善也，必敬以止之；爲人子而孝其父，凡父有一之不諧，即孝未至善也，必敬以止之；爲人父而慈其子，凡子有一之不順，即慈未至善也，必敬以止之；交國人而以信，凡所信有一之不喻，即我之信之者未至善也，必敬以止之。此尤非率情傲物、體任自然者之爲吉祥止止也。况格以量度爲義，正於人己施受之際，一一量其厚薄之分，度其治亂之原。此其物情有萬變，而我身不可一概而施也；其事務有萬端，而我身皆無一毫可委也。雖窮年累月究極其本之所以爲治，而猶不可得。蓋夫子之言修己以安人安百姓爲堯舜之猶病者，而可易言知乎？然則果其知之，而猶不可爲知之至乎？

朱子之以窮至事物之理爲格物，蓋以《論語》有博文約禮之訓，《中庸》有學問思辨之言，故不敢以心體光明，照徧宇宙，如釋氏之論耳。其實量度中，大有功夫在。如「平天下」章所惡於上下左右前後，如《中庸》所求於子臣弟友等類是也。《易》云「能研諸慮」，研即推致之，而豈一慮即已乎？

或問：如此，何不標其目，如「所謂誠意」、「所謂修身」耶？曰：上無目也。曰：然則何不於三「在」之下，即叙八條目而因標之？如朱子之《補傳》所云，豈不整齊徑捷？而何迂曲若此？曰：不可也。何以不可？曰：格物者，即格此身心意知家國天下之物；致知者，即知此格致誠正修齊治平之事。若舍此物此事，而泛舉天下之物與事，以爲格爲致，是濫也。而既已臚列其物與事矣，而再舉之，則反複也。且格者，量度也。量度也者，正度夫身心意知家國天下其如何格之、致之、誠之、修齊治平之耳。既一量度，則不能不有所先、有所後，而何以有先後？以有終始也。何以有終始？以有本末也。本之不知，末於何有？修身爲本，則知身之必當止於至善者，可不謂之知本，可不謂之知之至耶？然則「所先」、「所後」兩節，已釋格致矣。而且首舉「知止」以冠格致之前，結言「知本」以撮格致之要。論格物致知，詳盡如此。特以「格致」字先無由而出，故不可標其目於前，而但提一「知」字，則其義已明也。

「知所先後」，「知」字先儒都看得淺。竊謂：於紙上空談，則某先某後，人孰不知之信乎？淺矣。若於人己交關之際，往來與受之時，則無有不明於責人而昧於自責者。蓋必於此時此際，而知所先所後，毫釐之不爽焉，天下鮮矣。信乎非知止者不能知，此「知止」一節所以列於格致之前也。

西河毛氏謂：「知所先後，爲《大學》初下手處。第約略簡點，毫不用力，衹求《大學》之本在何所而已。」果如其説，則知先後何以曰「近道」？且知本又何以即謂爲知之至也？

《大學》一千七百五十一字，一言以蔽之，曰知本。本者何？自天子以至於庶人，壹是皆以修身爲本也。修身者，明其明德以齊之治之平之，皆本身以爲推，故不曰「平天下」而直曰「明明德於天下」焉。其謂欲使天下之人皆有以明其明德者，言之過者也。惟本諸身以推之於人，故必先之以格物。然物情不易得；如得其情，則必本於知止之慮。蓋人雖至愚，責人則明。雖有聰明，恕己則昏。此自是非人之念横據於中，則衡人必不得其平，處事必不得其當。故必知止，平心静氣，以獨中炯然不昧之真，出爲當機洞然四達之慮，則設身處地而能近取譬，於以知吾身與家國天下實有痛癢相關，絲毫不容自已之故，亦呼吸相通，往來并無或間之情。是未格，而本末茫然，方且治亂厚薄之不明者；既格，而治知其所治，亦無亂之不可治，厚知其所厚，即有所薄，亦不失其爲厚。此則儔類雖繁，其次第井然而不可紊也；酬酢雖紛，其條理秩然而無少差也。非量度乎心而得稱物平施之道者，曷能然耶？格物如此，此謂知本；物格如此，此謂知之至也。孟子曰：「行有不得於心，皆反求諸己。其身正，而天下歸之。」又曰：

「知者無不知也，當務之爲急。堯、舜之知而不遍物，急先務也。」正此「物格知至」之注脚。蓋物即身心意知家國天下之物，知即格致誠正修齊治平之知。格致，即慮而得，即絜矩而不拂人之性以自欺其知。前後詮解，實繁有義，故無須釋，似亦無須補也。

修身爲本，而身之主宰則心也。心不可見，而意有可知，故言誠專屬於意，舍誠無所爲修身也。觀《中庸》直曰「誠身」，是身與心意相聯一氣，不可分劃。故此不曰「正心在誠其意」，猶之格物致知統貫乎本末始終，故亦不曰「誠意在致其知，致知在格其物」也。此「誠意」一章實爲《大學》吃緊關頭，所以合知、得、心、身、德、民、止至善，備舉其詞，而斷之曰「此謂知本」。何言之？毋自欺，知至善也；自謙，得至善也。慎獨，誠之於知止也；潤身，誠之於得止也。恂慄威儀，潤身者，誠之形而著而明也。賢親樂利，本身以徵民者，誠之動而變而化也。惟誠之于知止，而毋自欺以自謀者，所以自明其德，故引《康誥》、《大甲》、《帝典》以徵其實。惟誠之于得止，而本諸身以徵諸庶民者，所以新其身以新民新命，故引湯《銘》、《康誥》與文王之詩以推其極。是則心與身，家國與天下，無非一意之所藴蓄而流通，正與修齊治、與均平無非一誠之所充周而條貫。此誠之者無所不用其極也。極即至善，用極即止至善。民各有所止，誠之自成也。止知其所止，誠之必明也。君臣、父子、國人之交，無往而不得所止，誠之時措咸宜也。使無訟而大畏民志，誠之有孚，盡其性以盡人物之性也。《中庸》言誠，《大學》亦言誠。《中庸》言誠，至數千百言；而《大學》乃僅一慎獨，遂盡誠意之義藴乎？

「親民」非「新民」者，以篇中言厚薄、言孝弟慈、言保赤、言恤孤、言民之父母、言同好惡而不專其利，而知之也。若齊治平爲新民之目，則三傳正發揮其義者，何無一語及新，且無一意及新也？止治國内有「仁」、「讓」字，然亦興仁、興讓，非人人皆全其仁，人人皆敦其讓也。但先儒因《誠意》内引《康誥》有「新民」字，而其前有「明德」字，其後有數「止」字，遂分爲三傳，以爲「親」當作「新」，且爲説曰：「若作『親』，則成墨子兼愛。」

如此，則《西銘》之言民胞物與，又何以稱焉？況《康誥》之言「新民」係言民之自新，并非言在上者能新其民也。蓋康叔封衛，衛乃紂舊都之境。武王滅紂，其民初附於周，猶曰此新歸附之民耳。其義止在「作」字。「作」之者，上修其身以振德之也。

誠意至於賢親樂利，似已竭盡其致。然必舉聽訟無訟而後言大畏民志者，蓋人情之至不得其平者莫如訟，故聽之已難，況又使之無訟乎？此非信及豚魚者不能，故《中孚·大象》曰「君子以議獄緩死」，而《訟》之五爻曰「元吉」也。至於無訟，已是刑措，所謂時雍風動世界。自古及今，臻此者有幾？奈何泥於「新民」字？且將「明明德於天下」說成天下之民皆明其德，是舉天地之有憾、聖人之所不能者，而以之爲教，以之爲學。或恐有未然歟！

《大學》，成己成物之書。修身以前，言成己；齊家以後，言成物。然身之所以修，不過知與行而已。「知止」以下至「知之至也」，言知。「所謂誠其意」至「此謂知本」，言行。故「格致」、「誠意」二章獨兼舉詳該，而非他章之所能並。蓋知浚於思，研之於修齊治平之際，身之所不及，而知皆及之，故無一事而不用吾知也。然知乎此，亦即行乎此，斷無知盡事物而始行之事。此言格致而必先有慮，而又必兼言得也。意發於人所不見之地，而實運之於家國天下人已共見之時。雖身之所未周，而意皆周焉。蓋無一人一物而不用吾意也，故誠乎此，亦止得乎此，斷無一得而無一不得之理。此言誠意而必先言慎獨，而又必兼言「於止知其所止」也。

「修身」章「身」亦不必改作「心」，蓋忿懥、恐懼、好樂、憂患皆吾身之情，朱子所謂心之用也，故貼在身上，如老子所言「人之大患，爲吾有身」是也。夫爲身而有此情，則情必偏，而心有不得其正者矣。此正身心相因切要關頭，正所以格物也。格物也者，謂能知人己一體，非沾沾於己之一身計者也。則此章「身」之一字，大有精意在矣。

「齊家」章，毛氏曰：「明德自誠正後，其由家而國，而天下，皆從『誠意』章『好惡』二字推之，以至於親民之極。故此於身家推暨處，特領『辟』字。而下章即曰『所藏乎身不恕，而能喻諸人』，喻亦辟也。至平天下，則直以絜矩、好惡申明「辟」字。此與《中庸》忠恕成己成物，相爲表裏。聖道聖學，皆從此出。」按鄭注：「之，適也。辟，猶喻也。言適彼而以心度之，反以喻己，則身修與否可自知也。」孔疏：「此言修身之辟也。」然則此「辟」字即《中庸》「辟如行遠」、「辟如登高」，《孟子》「辟若掘井」之「辟」，不與「平天下」章「辟則爲天下僇」之「辟」同矣。毛氏曰：「心之好惡，發之於身。其與好爲類者，則有親、愛、畏、敬、哀、矜六情；與惡爲類者，則有賤、惡、敖、惰四情。皆身所自施，而於是推之於家，陸子静所云以比量爲取辟者。一家之中，誰當愛敬？自二親漸殺，或過或不及，絜量比度。然且有倫常之變、親愛不終者，至於賤、惡、敖、惰，則宜用與否，隨施隨辟。故好不劇好，惡不劇惡，惟能辟者始知之。天下有幾？諺言固可驗也。」又曰：「若解作『僻』字，則用情已過，必當從施於家者見之。試問一家上下，何可賤惡？惟賤惡是身之所施，不必果用。但遇鄙弃則賤之，遇匪僻則惡之，非謂家中位分原有此也。若僻則此十情者，本家中位分所應施，而但以過情爲嫌；是一家九族，公然有可賤、可惡二等人矣。然且親愛畏敬無可分屬，但據二親，則愛之與敬方懼不足，何有過情？即過，亦非僻也。若敖、惰、賤、惡，則即此已過，安得又僻？如謂是下章爲天下僇之辟，則彼是乖僻、頗僻，好人所惡，惡人所好，爲仁人放流一種，安得引例？」愚按：「辟」字確宜如此解，方與上下文義一貫。若如《章句》所説，不惟「之其所」三字將「之」字改成「於」字爲費解；且上文「修身正心」章已歷舉忿懥、恐懼、好樂、憂患之不得正者言之矣，不正即偏也，今又言其偏，毋乃複出重言之爲累乎？況《論語》曰：「能近取譬，爲仁之方。」朱子注云「恕之事」，尤爲明據耶！「辟」、「譬」通。

《大》、《中》二書，其義相爲表裏。《中庸》言道，《大學》言學。然道有天人，而學在知得，而皆根柢於一誠。《中庸》曰誠身，《大學》曰誠意，一也。其所以能誠者，《中庸》曰忠恕違道不遠，《大學》亦曰藏身之恕。曾子固曰：「夫子之道，忠恕而已矣。」子貢問一言而可以終身行，夫子曰恕。然則恕所以求誠。《孟子》所謂「强恕而行，求仁莫近」，其義正如此。乃《中庸》之言恕曰「施諸己而不願，亦勿施於人」，此以所惡説恕也。其下即鋪陳子臣弟友，又從所好逆推上去。《大學》之言恕曰「有諸己而後求諸人，無諸己而後非諸人」，此兼所好所惡説恕也。其後亦鋪陳上下、前後、左右，又從所惡順推下來。好惡者，人情也。性發爲情，心發爲意，一而已。誠意實統貫乎本末始終之間，故《大學》之言好惡爲尤詳。則此書實爲「恕」字之注脚矣。曰之其所而辟，藏乎身而喻，正言恕也。然且於「恕」字之前言「慮」，又言「格物」；「恕」字之後，又言「絜矩」。慮爲恕之發端，格物爲恕之實際，絜矩爲恕之究極。曰「欺」，曰「辟」，曰「命」，曰「過」，曰「拂人之性」，恕之反照也。曰「謙」，曰「大畏民志」，曰「以義爲利」，恕之分量與效驗也。是《大學》一書，專發揮得一個「恕」字。然能慮由於知止，得絜矩之道本乎忠信，此則先儒所謂無忠做恕不出也。

惟二書相爲表裏，故德即性。而性原於命，故引《太甲》而言「明命」。明明德，率性之道也。親民，修道之教也。至善即中，止至善即用中。有未發而致中者，知止以慎德；有已發而致和者，能慮以格物，絜矩以同其好惡是也。《中庸》歸根於爲己，《大學》歸根於知本。爲己者必謹獨以入德，知本者亦必慎獨以誠身。《中庸》之言誠身，極於聲臭之皆無；《大學》之言慎獨，凛於指視之可畏。然則二書實一書也。

《大學》一書，雖分列條目，其實一氣呵成，原不必支分節解。即欲分之，亦當會其意，不得泥其辭。蓋詞旁見側出，而意則一義也。如以辭而已矣，則「誠意」内有「心廣體胖」字，謂兼釋正心修身乎？抑止釋誠意乎？「治國」内有「心」字、「誠」字、「身」字、「天下」字，謂兼釋誠正修與平天下乎？抑止釋治國乎？「平天下」内有「德」字，「善」字，「忠信」、「仁」、「義」字，謂兼釋明德止至善乎？抑止釋平天下乎？且明德、新民、止至善，既有八條目以爲之釋，而各有其傳矣，而又爲「明德」、「新民」、「止至善」之傳，是頭上安頭也。且明德、新民、止至善，既宜各有一傳以釋之矣，而其條目之釋之者已原自有傳，是又脚下生脚也。且本末有傳，而始終何以無傳？

而知先後又何以無傳？且「知本」止一「本」字，即謂之釋本末；而「於止知其所止」儼有「知止」字，又何以無傳？而「平天下」内有四「得」字，又何以不爲能得立傳也？且「誠意」與「修」、「齊」、「治」、「平」一例，皆有所先後者，何諸章起句有「在」字、「必先」字，而「誠意」乃不曰「所謂正心在誠其意」、「必先誠其意」、「所謂誠意在致其知」、「必先致其知」也？明乎此，而又何疑於誠意内有「新民」字，輒改「親」爲「新」？而又何疑於其内有「明德」、「新民」、「止至善」字，「知本」字，輒割其文，別爲「明德」、「新民」、「止至善」之傳，爲「本末」之傳？且明乎此，而又何疑於「知止」以下至於「此謂知之至也」，不以「所謂」字領首，輒謂「格物致知」之傳之已亡乎？

「平天下」亦兼言「德」，言「善」，言「忠信」、「仁」、「義」者，蓋格物以修身爲本，明明德之始事也；誠意以格物者能知誠其身之爲本，明明德之中事也；平天下仍以慎德爲本，明明德之終事也，故曰「明明德於天下」。而德者本也，與上兩「知本」，「本」字正相應。

「平天下」内，有三「身」字、四「得」字。是誠意時尚未敢遽言身之已得所止也；必至好所好、惡所惡，而上下、前後、左右人情莫不皆得其平，方爲真得所止。此所謂本諸身，尤必徵諸庶民也。

格致言慮，誠意言情、言志，平天下言性。「是謂拂人之性。」性之發爲情，而志之動爲慮。是不獨格物、絜矩皆是恕；即誠意之無所不用其極，亦强恕而行，善推其所爲而已矣。

然更有明白大據者。如「修身」、「齊家」、「治國」、「平天下」各章皆有「此謂」字作結，今於知亦曰「此謂知之至」，於行亦曰「此謂知本」，是三綱領皆用「在」字起，八條目皆用「此謂」字結，而首末二章又更兩用「此謂」字以示鄭重。如此明明白白，整整齊齊，第因言知，不能標出「所謂」二字來。然已以「知」字起，以「知」字結矣。此又專據本文而信原本之無缺者也。

【校注】

〔一〕「穆」，原作「程」。按此處引文節引自穆孔暉《大學千慮·論格物絜矩爲大學之要》，據之改。

附録先儒諸論

羅氏近溪曰：「《大學》只是一章書。」

馮氏屺章《稽古篇》曰：「《禮記》中，孔、曾問答居多，故孔氏《正義》亦謂：『《禮記》之作，孔子没後，七十二子之徒共撰所聞以爲記。』然顯屬孔子者，《仲尼燕居》、《孔子閑居》、《哀公問》、《坊記》、《表記》、《儒行》、《禮運》、《緇衣》八篇。顯屬曾子者，《曾子問》一篇而已。其他皆雜出孔子及門弟子，名並無專屬。然即專屬孔子如《緇衣》者，亦復有作者姓名見之他記，如『《緇衣》公孫尼子所作』之類，必非無據而可臆指爲某作者。從來《大學》在《戴記》中，未嘗屬誰氏作。不知朱子何以確指爲曾子。此必有所受而言之，當俟再考。」毛氏注曰：「仲尼弟子著述傳于漢者，漆雕子十三篇，王史氏二十一篇，芉子十八篇，宓子十六篇。其七十子之徒，甘子十六篇，子夏弟子李克七篇，宓子弟子景子十三篇，公孫尼子二十八篇。若《禮記》諸目可考者，自子思著《中庸》、公孫尼子著《緇衣》外，不必皆仲尼弟子，如荀卿著《三年問》、呂不韋著《月令》類。」

《經典稽疑》云：「《曾子立事》、《本孝》等十篇，《曾子問》、《大戴禮記》即明載之矣。《大學》果出曾子也，記者何謂不言耶？」

陳氏乾初《學録》曰：「《大學》一書，宋仁宗御書，賜一及第，而後宋之儒者從風而靡，謂是孔子書。然作《大學》者並未嘗托之孔子。如《坊記》、《儒行》諸篇，僅以『於止』節係夫子，則餘非夫子可知。以『十目』節係曾子，則餘非曾子可知。此如《禮運》、《郊特牲》然，偶及二名，不必其人也。假果係聖言，即非孔、曾奚不可？

此皆于理道無所關者。」

何氏𥙷庵《古小學講義》曰：「《大學古今四體考》稱，虞松《表》引賈逵之言：孔伋作《大學》。此言歷代史傳未採録，即他書所載有之，亦傳聞偶爲之言，未可信。若朱傳云門人記曾子之意，則孔伋正曾子門人也。朱子之言或取諸此。」

姚氏立方曰：「舊稱《大學》子思所作，惟朱子確信爲曾子。故《大全》於『孟獻子』節，引盧孝孫云獻子嘗師子思爲證，以示師不引弟言，則斷非子思所作可驗。後觀陳子晦伯《問辨録》謂：獻子立於文公十四年，去子思百有餘載。《論語》有云：孟莊之孝，曾子聞諸夫子。則在曾子已傳聞矣。盧不讀《左傳》，亦嘗讀《論語》，而乃曰獻子師子思，然且《大全》收之，時賢傳之，何也？若夫子思作《大學》，則微盧是證，吾亦以爲未必然者。但其舍子思而取曾子，則不可解耳。」

宋黎氏立武《大學發微》云：「格物，即物有本末之物；致知，即知所先後之知。蓋通量物之本末、事之終始，而爲用力之先後耳。夫物孰有出于身心家國天下之外者哉？天下之本在國，國之本在家，家之本在身，身之本在心，心之發爲意，此物之本末也。誠而正，正而修，修而齊，齊而治，治而平，此事之終始也。本始，先也。末終，后也。而曰『知所先后』者，其究在乎知止而已。」

王氏心齋曰：「格物者，格其物有本末之物；致知者，致其知所先後之知。」

郝氏京山《禮記通解》曰：「物有本末，即格物；知所先後，即致知。」

姚承庵舜牧《四書疑問》曰：「知本即知先，知本知先即知止，知止而知已至矣，故曰『物格而后知至』。」

蔣氏道林曰：「大學之道，必先知止；而其功，則始於格物。格物也者，格知身、家、國、天下之渾乎一物也，格知身之爲本而家國天下之爲末也，格知自天子至庶人皆以修身爲本也。」

湛甘泉曰：「《大學》古本即以知本爲格物。知本者，知修身也。然則格物亦第知修身爲《大學》要功耳，安有從修身外求致知者？」

羅氏念庵曰：「莫非物也，而身爲本；莫非事也，而修身爲始。故知先即知止，知止即物格，知止能得即物格知至。何則？知本故也。」

孫氏鍾元曰：「格物只一物，修身是也。致知只一知，知本是也。」

祁氏世培曰：「大學兩『此謂知本』，一是修身，一是誠意。然誠意正所以修身也。知者，知此而已。」

高忠憲公《東林講義》曰：「纔知反求諸身，是真能格物者也。」又曰：「千變萬化，有一不起化於身者乎？千病萬痛，有一不起痛於身者乎？此處看得透，謂之格物，謂之知本。故曰：『此謂知本，此謂知之至。』」

張氏仲誠曰：「知修身即行修身，則知與行一。若知外物，行修身，則于修身分上尚欠一『知』字。」《聽齋學録中語》云：「俗學誤以『未之有也』爲一篇絶語，遂疑『此謂』二字不接。試平心從上讀下，便自了了。然此地不得著注語者，以下文緊接誠意，無斷處也。」

魏文靖公曰：「《大學》曰『壹是皆以修身爲本』，則家國天下末也。」又曰：「德者本也，則親民末也。格物者，格此而已。格之有主，即爲知止；格之有序，即爲知先；格之有要，即爲知本。」

朱氏愚庵曰：「《哀公問》曰：誠身不過乎物。天下國家皆物也，身心意亦物也。意何以誠？心何以正？身何以修？即格物也。格物之本，則于身心意求明德之事。格物之末，則于國家天下求親民之事。」又曰：「致知，即致知止之知；格物，即格物有本末之物。」

《禮記注疏》鄭氏本注曰：「『此謂知本』，本者謂誠其意也。」

孔氏穎達《正義》曰：「自『瞻彼』至『知本』，此廣明誠意之事。」

范氏允大《讀書録》曰：「《大學》誠意，《中庸》誠身。誠意在慎獨，誠身亦在慎獨，故是千聖一理。」

陸石庵《會語支言》曰：「古人入大學，始得讀《大學》之書。元子、冑子、庶人之子一也。其書頭緒雖多，只須理會『修身爲本』四字。所謂『修身爲本』，亦只須理會『誠意』二字。迨夫意已誠矣，身則修矣，而後平日所格天下國家之物，與所致齊治均平之知，乃得左右逢源，舉而措諸，皆爲實際。若單講致空虚之良知，與博通事物之名數，其于大學之道相隔千里，吾黨何取焉？」

《經典稽疑》又曰：「《注疏》，前句『此謂知本』云，本謂身也；於後句『此謂知本』云，本謂誠其意也。此正相應處。」又云：「本末終始，原非條件。只因『本』字，遂謂之釋本末，然則又以何者釋終始耶？」又曰：「『《康誥》』以後，皆與誠意相引伸，而朱傳曰釋明新止善。夫格致誠正修，明德之事也；齊治平，新民之事也；知止定静安慮能得，止至善之事也。既已備言之矣，而又釋之，何居？」

中庸總説讀法

卷上

中庸總說

堯、舜以來相傳一中，所以修身齊家治國平天下者在是矣。然其道固至庸而無奇也。夫自古聖人顯設爲禮樂刑政，而又建之以學校，董之以師儒，循循焉以中庸之道教天下者，豈有所矯拂其性而强人以本無哉？有天焉。是故性非虛寂也，天命之謂性；道非强合也，率性之謂道；教非外鑠也，修道之謂教。是知道也者，本於天而修於人，不可須臾離也。蓋可離即非道，則無時無處而非小心之地矣。是故率教之君子，必體乎道，而不敢拂乎性，以自棄其天。於是兢兢焉，求所以合之，則戒慎乎其所不睹，恐懼乎其所不聞，而於無事之時，一物未交之先，常惺惺然存其心，以養其性，不使略有所偏倚，離道於須臾之頃也。至於一念偶萌，迹未形而幾已動，此人所不及知而己獨知之者，其地可謂隱，而幾可謂微矣。然而有諸中，必形諸外，見莫見乎此，顯莫顯乎此，故君子尤加謹焉。一有所感，即提撕警覺，不使其毫忽有過不及之差，以至離道之遠也。所以然者，道率乎性。喜也，怒也，哀也，樂也，戒懼於不睹不聞之時，皆淵然内涵，而未有所發。此時之性，毫無粘滯，不偏不倚，謂之爲中。性驗於情。喜也，怒也，哀也，樂也，慎獨於感物而動之始，則各隨其所發，而悉中乎節。一時之情，適得其當，無所乖戾，謂之爲和。夫其中與不中，和與不和，所關豈小也哉？蓋中也者，天下之大本，萬事萬物皆由此出。不致中，則大本失矣。和也者，天下之達道，古今人物之所共由。不致和，則達道乖矣。大本失而達道乖，以不修之身，何以出乎家國天下之上而教斯民耶？苟自戒懼而約之，以致其中，則天地位焉，吾之性一天地之性也。自慎獨而精之，以致其和，則萬物育焉，吾之情一天地之情也。性情既合乎天，則始也由教而入，今也且成教於天下矣。是以中庸之道必歸之君子。

昔我仲尼不得位以行其道，於是垂之訓詞以教天下焉，曰：「君子中庸，小人反中庸。君子之中庸也，君子而時中。小人之中庸也，小人而無所忌憚也。」觀此，可見中庸之道必須時時戒慎，而後能致。苟無所忌憚，則放失其心，其不離道者誰乎？故夫子嘆曰：「中庸其至矣乎！民鮮能久矣！」然不能有二：一則中庸之道，人不能行也；一則中庸之道，人不能明也。豈道之難知難行哉？人自不察耳。夫子嘗曰：「道之不行也，我知之矣。知者過之，愚者不及也。道之不明也，我知之矣。賢者過之，不肖者不及也。人莫不飲食也，鮮能知味也。」夫道以人行者也。今人日在道中而不知道，道何所恃以行乎？故夫子嘆曰：「道其不行矣夫！」則求其能行者，非舜之知不可也。舜之知如何？子曰：「舜其大知也與！舜好問，而好察邇言，隱惡而揚善，執其兩端，用其中於民。其斯以爲舜乎！」夫舜之用中，由於好問好察、執兩以擇而得之。此知之所以無過不及，而道之所以行也。然舜初不自曰「予知也」。夫自曰「予知」者，必非知者也。夫子言之矣，曰：「人皆曰予知；驅而納諸罟獲陷阱之中，而莫之知辟也。人皆曰予知；擇乎中庸，而不能期月守也。」甚矣，道之不明也！欲求其明，則非顔淵之仁不能。顔淵之仁如何？子曰：「回之爲人也，擇乎中庸，得一善，則拳拳服膺而弗失之矣。」夫淵之能擇而能守如此，此行之所以無過不及，而道之所以明也。惟是中庸之道，人人所同有者也。然必知如舜而後可行，仁如淵而後可明，則不惟民鮮能，中庸亦不易能矣。夫子嘗曰：「天下國家可均也，爵禄可辭也，白刃可蹈也，中庸不可能也。」不能而欲求其能，則非自强不可。昔子路嘗問之矣。子告之曰：「南方之强與？北方之强與？抑而强與？寬柔以教，不報無道，南方之强也，君子居之。衽金革，死而不厭，北方之强也，而强者居之。故君子和而不流，强哉矯！中立而不倚，强哉矯！國有道，不變塞焉，强哉矯！國無道，至死不變，强哉矯！」夫子之告子路以自强如此。果其知不足而强於知，則擇之極其審矣；仁不足而强於仁，則行之無不至矣。夫擇之審者，義精也；行之至者，仁熟也。義精仁熟，其惟聖人乎！子曰：「索隱行怪，後世有述焉，吾弗爲之矣。君子遵道而行，半塗而廢，吾弗能已矣。君子依乎中庸，遯世不見知而不悔，惟聖者能之。」如是，則中庸不可能，而未始不有以能之也。此中庸之道所以必歸之君子。

夫君子能體此中庸之道，則有其體即有其用。吾見其日用居處之間，動作設施之際，無一物不有，無一時不然，何其費乎！然欲指而言之，則又非有形迹之可求，固甚隱也。何以言其費？彼夫婦之愚，可以與知焉；及其至也，雖聖人亦有所不知焉。夫婦之不肖，可以能行焉；及其至也，雖聖人亦有所不能焉。無論聖人也，即以天地之大，而人猶有所憾。道固天地聖人之所不能盡者也。故以君子之道，而語其大，則天下莫能載焉已；語其小，則天下莫能破焉已。是費也，不嘗誦《詩》而得之耶？《詩》云：「鳶飛戾天，魚躍於淵。」此何言？言其上下察也。凡在上者，即道之察於上也；在下者，即道之察於下也。且察於上者爲道，察於下者未嘗非道也；察於下者爲道，察於上者未嘗非道也。然則欲指何者爲道？而何莫非道？人苟静心而體驗之，則隨在而皆可見矣。

若是乎，君子之道，造端乎夫婦，近在日用居室之間；及其至也，察乎天地，遠極上下四方之表。其用之廣如是，則在兩間者有無道之人乎哉？而惡乎其可離與？如可離，則道必遠乎人而後可。然子曰：「道不遠人。人之爲道而遠人，不可以爲道。《詩》云：『伐柯伐柯，其則不遠。』執柯以伐柯，睨而視之，猶以爲遠。故君子以人治人，改而止。忠恕違道不遠。施諸己而不願，亦勿施於人。君子之道四，丘未能一焉。所求乎子，以事父，未能也；所求乎臣，以事君，未能也；所求乎弟，以事兄，未能也；所求乎朋友，先施之，未能也。庸德之行，庸言之謹。有所不足，不敢不勉。有餘不敢盡。言顧行，行顧言，君子胡不慥慥爾？」

若是乎，道在乎身。能謹其子臣弟友、庸言庸行之身，則身之所處莫非中庸矣。如可離，則道必在於外而後可。然見在所居之位，皆道也。君子惟爲其所當爲，而本分之外可妄願乎？如素富貴，則行乎富貴；素貧賤，則行乎貧賤；素夷狄，則行乎夷狄；素患難，則行乎患難。一切境界，各有所當盡之道，君子亦何所入而不自得哉？不自得者，必有所求；有所求者，必有所怨。君子無不自得，則在上位既不陵下，在下位亦不援上，一惟正其在上在下之己，而於人無所求焉，亦何怨之有？吾見其上不怨天，下不尤人，固無一毫願外之心也。惟素位而不願外，此所以君子居易以俟命，非若小人行險以徼幸耳。夫子嘗曰：「射有似乎君子，失諸正鵠，反求諸其身。」然則謹其富貴、貧賤、夷狄、患難、在上、在下之身，則身之所遇莫非中庸矣。

由身而推之家，無一人而離夫道也。然豈漫然無序乎？君子之道蓋有自然之等級焉，辟如行遠必自邇，辟如登高必自卑，其理相因，有斷然者。則夫一家之中，父母其高遠者也，兄弟、妻子其卑邇者也。《詩》咏好合，《詩》咏既翕，《詩》咏室家之宜，《詩》咏妻孥之樂，未嘗及父母也。乃夫子讀之而忽有會焉，曰：「父母其順矣乎！」則行遠自邇、登高自卑之意，亦可識矣。君子苟知其意，而推恩有序，以謹於其家，則家之所接無非中庸矣。

夫事人之道即事鬼之道，幽明無二理也。夫子嘗言之曰：「鬼神之爲德，其盛矣乎！視之而弗見，聽之而弗聞，體物而不可遺。使天下之人齊明盛服，以承祭祀。洋洋乎！如在其上，如在其左右。《詩》曰：『神之格思，不可度思，矧可射思。』夫微之顯，誠之不可掩如此夫。」夫世之言鬼神者，莫不曰虛、曰無、曰奇、曰變也，而夫子獨謂爲誠，則鬼神至實，鬼神至有，鬼神至常，鬼神至正矣。天下無小無大而能離鬼神也，則亦無小無大而能離中庸之道也。

雖然，道在一身，子臣弟友之間，富貴、貧賤、夷狄、患難之際，猶其小焉者也。夫不有極一身之所受，而無不隆者乎？子曰：「舜其大孝也與！德爲聖人，尊爲天子，富有四海之內。宗廟饗之，子孫保之。故大德必得其位，必得其禄，必得其名，必得其壽。故天之生物，必因其材而篤焉。故栽者培之，傾者覆之。《詩》曰：『嘉樂君子，憲憲令德。宜民宜人，受禄於天。保佑命之，自天申之。』故大德者必受命。」夫大德受命，非常之大事也。乃夫子舉而屬之於大孝，則尊富饗保，祇完門内之倫常。庸德之行，豈有極哉？此則終身皆道，而無能離焉者也。

道在一家，兄弟、妻子之合和，父母之順，猶其小焉者也。夫不有由一家之所推，而暨於邦國天下者乎？子曰：「無憂者，其惟文王乎！以王季爲父，以武王爲子，父作之，子述之。武王纘太王、王季、文王之緒，壹戎衣而有天下，身不失天下之顯名，尊爲天子，富有四海之内。宗廟饗之，子孫保之。武王末受命，周公成文武之德，追王太王、王季，上祀先公以天子之禮。斯禮也，達乎諸侯、大夫及士、庶人。父爲大夫，子爲士，葬以大夫，祭以士。父爲士，子爲大夫，葬以士，祭以大夫。期之喪，達乎大夫；三年之喪，達乎天子；父母之喪，無貴賤一也。」夫道在文王，而王季作之於前，武王、周公述之於後。周公又推追王上祀之意，制爲禮法，以及於無窮，所謂有諸己施諸人也。使道不出於中庸，則於己且有所扞格而難通，其何以達之天下哉？而不但然也，子曰：「武王、周公，其達孝矣乎！夫孝者，善繼人之志，善述人之事者也。春秋修其祖廟，陳其宗器，設其裳衣，薦其時食。宗廟之禮，所以序昭穆也；序爵，所以辨貴賤也；序事，所以辨賢也；旅酬下爲上，所以逮賤也；燕毛，所以序齒也。踐其位，行其禮，奏其樂，敬其所尊，愛其所親，事死如事生，事亡如事存，孝之至也。郊社之禮，所以事上帝也；宗廟之禮，所以祀乎其先也。明乎郊社之禮、禘嘗之義，治國其如視諸掌乎！」夫武、周所制祭祀之禮，通于上下者，無不曲折詳盡，仰以體乎先志，俯以洽乎群情，以至郊焉而天神格，廟焉而人鬼享。至於如此，此又合邦國天下而無能離道者已。甚矣，其費也！甚矣，其隱也！

要而言之，道在於身，何以子臣弟友求諸人者，即其修之己者乎？道在於位，何以富貴、貧賤、夷狄、患難之皆自得者，即上下之無怨無尤者乎？道在於家，何以妻子兄弟之合和者，即父母之所以順者乎？道在於鬼神，何以不見不聞，體物而不可遺也乎？道在於終身之所受，何以尊富饗保所以受命於大德者，有斷然其不誣乎？道在於一家之所推，何以纘緒成德，極一時之隆，制葬制祭，暨四海之廣乎？道在於邦國天下，何以繼志述事之善，合上下而無所不通，事帝祀先之義，治天下而無所不足乎？夫子固曰：鬼神者誠也。道惟本於誠，則天地間萬事萬物莫非實理之所爲，此其所以不可離也。然則君子之不離夫道者，亦惟以實心體此實理而已。

是故知如舜，仁如淵，中庸之道不賴勇而自然成能者，此誠者之事也。其或知不如舜，則必自强以實有此知，而道可行也；仁不如淵，則必自强以實有此仁，而道可明也。此誠之者之事也。吾於哀公問政見之。子告之曰：「文武之政，布在方策。其人存，則其政舉；其人亡，則其政息。人道敏政，地道敏樹。夫政也者，蒲盧也。故爲政在人，取人以身，修身以道，修道以仁。仁者人也，親親爲大；義者宜也，尊賢爲大。親親之殺，尊賢之等，禮所生也。故君子不可以不修身；思修，不可以不事親；思事親，不可以不知人；思知人，不可以不知天。天下之達道五，所以行之者三。曰：君臣也，父子也，夫婦也，昆弟也，朋友之交也，五者天下之達道也。知、仁、勇三者，天下之達德也，所以行之者一也。或生而知之，或學而知之，或困而知之，及其知之一也。或安而行之，或利而行之，或勉强而行之，及其成功一也。」子曰：「好學近乎知，力行近乎仁，知耻近乎勇。知斯三者，則知所以修身；知所以修身，則知所以治人；知所以治人，則知所以治天下國家矣。凡爲天下國家有九經，曰：修身也，尊賢也，親親也，敬大臣也，體群臣也，子庶民也，來百工也，柔遠人也，懷諸侯也。修身則道立，尊賢則不惑，親親則諸父昆弟不怨，敬大臣則不眩，體群臣則士之報禮重，子庶民則百姓勸，來百工則財用足，柔遠人則四方歸之，懷諸侯則天下畏之。齊明盛服，非禮不動，所以修身也；去讒遠色，賤貨而貴德，所以勸賢也；尊其位，重其禄，同其好惡，所以勸親親也；官盛任使，所以勸大臣也；忠信重禄，所以勸士也；時使薄斂，所以勸百姓也；日省月試，既廪稱事，所以勸百工也；送往迎來，嘉善而矜不能，所以柔遠人也；繼絶世，舉廢國，治亂持危，朝聘以時，厚往而薄來，所以懷諸侯也。凡爲天下國家有九經，所以行之者一也。凡事豫則立，不豫則廢。言前定則不跲，事前定則不困，行前定則不疚，道前定則不窮。在下位不獲乎上，民不可得而治矣。獲乎上有道，不信乎朋友，不獲乎上矣。信乎朋友有道，不順乎親，不信乎朋友矣。順乎親有道，反諸身不誠，不順乎親矣。誠身有道，不明乎善，不誠乎身矣。誠者，天之道也；誠之者，人之道也。誠者，不勉而中，不思而得，從容中道，聖人也。誠之者，擇善而固執之者也。博學之，審問之，慎思之，明辨之，篤行之。有弗學，學之弗能，弗措也；有弗問，問之弗知，弗措也；有弗思，思之弗得，弗措也；有弗辨，辨之弗明，弗措也；有弗行，行之弗篤，弗措也。人一能之，己百之；人十能之，己千之。果能此道矣，雖愚必明，雖柔必强。」夫子之告哀公如此。夫知仁勇以行達道者也，而其所以行，則惟誠焉；九經以治天下國家者也，而其所以行，則亦惟誠焉。若是乎，修己治人均不外於一誠，亦可見中庸之鮮能，非中庸之竟不可能也，人自不誠耳。聖者能之，聖人能誠耳。君子之戒懼慎獨，所以求此誠也。

然聖人之誠，率性而行，既純乎天；君子之誠，由教而入，則盡乎人。天人之分懸絶，而夫子謂爲「知之一」、「成功一」者何居？蓋君子之德，誠其身，必明乎善。誠與明，理相因而分則殊也。由誠以明者，是理皆實有於己，己有之而已明之。若此者，謂之所性而有之聖人也，天道也。由明而誠者，是先擇乎善，遂固執而不失。若此者，謂之從教而入之君子也，人道也。然自誠明者，非誠然後明，一誠即無不明矣。無一理非己之所實有，豈猶有所掩蔽者乎？自明誠者，亦非明之後仍有不誠也，果明矣，亦即誠矣。所得既如此透徹，豈有留一分餘空者乎？觀於誠則明、明則誠，是天人雖異，而未有不同歸者已。但人人有性，而不能皆盡其性。惟天下至誠，爲能於所性之全體無一毫之不盡也。能盡其性矣，則推之人物天地，同此心，同此氣，即同此性，亦焉有一之不能哉？吾見其知之無不明也，處之無不當也，則能盡人之性。能盡人之性，則能盡物之性。能盡物之性，則天地化育之所不及者，至誠有以贊之。如是，則有天地，不可無至誠矣。豈不可與天地參乎？

若其次，則一時不能盡性，而惟於一端致之。然莫謂一端也，一端者即其全體者也。曲能有誠；曲無不致，則德無不實。由是則形，則著，則明，則動，則變，則化，有必然已。夫化豈易言者？惟天下至誠之盡其性者，爲能盡人物之性，以至於化耳。致曲者之功用至此，則居然至誠矣，其知之亦豈有不明？其處之亦豈有不當者乎？

然知之何以無不明也？吾仍於至誠見之。蓋至誠之道，可以前知者也。如國家將興，必有禎祥；國家將亡，必有妖孽。或見乎蓍龜，或動乎四體。凡禍福將至，其善也必先知之，其不善也必先知之。是以至誠之人，清明在躬，志氣有如神之譽乎！此知之所以無不明也。

其處之何以無不當也？蓋誠者爲凡物之所以自成，而以此誠體之爲道。是乃人物之所當自行者，而可諉乎？所以然者：天下之物，莫不有終有始。終不自終，誠爲之歸也；始不自始，誠爲之開也。物莫能外於一誠，然則人心一有不誠，則是物雖有而實無矣。是故君子知乎此，必誠之爲貴，而無時無處莫不盡其道，而有以自誠焉。如是，則君子而誠者矣。然誠無不宜，非自成己遂足以畢其量也，所以成乎物也。惟是己與物，内外攸分，乃成己即所以成物。如是之皆宜者何與？蓋成己非他，仁也；成物非他，知也。仁與知皆吾性中固有之德，合外内爲一之道也。己物雖有内外，而仁知實爲一德。故君子既誠，則仁知兼得於己，而見之於事。時而以仁措於己，而己以成；時而以知措於物，而物以成。所謂處之各當者，其以此乎！其以此乎！吾又安得而測其功業之盛也哉？

故至誠之人，其内既無息，而久而徵，則久於内者，亦久於外。吾見其功業之著見，悠裕而不迫，長遠而無窮矣。悠遠，則積累之至，吾見其博及於庶類，厚入乎人心矣；博厚，則發見之極，吾見其高而不可及，明而莫可掩矣。業之驗於外者如此，此豈近功淺效，僅足以補天時人事之窮者哉？蓋博厚非他，即所以載物，萬物之資生者也；高明非他，即所以覆物，萬物之資始者也；博厚高明之悠久非他，即所以成物，萬物之曲成而不遺者也。然則至誠其天地乎！何也？惟地職載，惟天職覆，惟天地無疆。今至誠之博厚、高明、悠久如斯，豈不有以配之？如此者，非勉以致其然也。博厚固已章矣，然自然之昭著，豈有所見乎？高明固已變矣，然自然之從風，豈有所動乎？悠久固已成矣，然自然之化成，豈有所爲乎？人不知至誠，盍觀諸天地？天地之道，可一言而盡也，與達德、達道、九經之所以行於一者無異也。夫天下之物，惟中參以私，則其本有限，其出可知，而天地之爲物，一理流行，並無二焉，則其一通一復，化生萬物，有莫知其然而然者。惟其本於一誠，則吾見天地之道博也、厚也、高也、明也、悠也、久也。天地蓋極其盛矣！由是而言其生物之功可乎？今夫天，指其一處，斯昭昭之多耳；及論其無窮，則日月星辰繫焉者也，吾見夫萬有不齊之物莫不覆於其下焉。天之生物如此，而可測乎？今夫地，指其一處，一撮土之多耳；及論其廣厚，則載華嶽而不重，振河海而不泄者也，吾見夫萬有不齊之物莫不載於其上焉。地之生物如此，而可測乎？今夫天地所生之山，指其一處，一卷石之多耳；及論其廣大，吾見夫草木生之，禽獸居之，世間寶藏皆從此興焉。生物如此，而可測乎？今夫天地所生之水，指其一處，一勺之多耳；及論其不測，吾見夫黿鼉、蛟龍、魚鱉生於中，有用之物可資貨財者皆殖焉。生物如此，而可測乎？夫天地之覆物、載物、成物，莫不本於一誠。至誠之配天地，又何疑？然豈無據而云然哉？《詩》言之矣，云：「維天之命，於穆不已。」此何言乎？蓋曰：高明上覆，但可以言天；而此不已，乃天之所以爲天也。又云：「於乎不顯，文王之德之純！」又何言乎？蓋曰：文謨丕顯，但可以言文；而此純乃文王之所以爲文也。天命不已，文王之純亦不已，天與文王固合而爲一矣。夫純即誠也，不已即無息也。文王既合乎天，則至誠之無息。信乎，其配天地而爲聖人也！

大哉，聖人之道！孰得而窮其際乎？孰得而測其量乎？洋洋乎！發育萬物，峻極於天。其極於至大而無外如此，誠哉其天下莫能載也！優優大哉！禮儀三百，威儀三千。其入於至小而無間又如此，誠哉其天下莫能破也！然則何以行之？則必有待乎其人焉。其人何人？德之至者也。我故曰：苟不至德，則器量之所涵有限，不足以會道之大而統其全，識力之所及必疏，不足以極道之小而備其盛，而欲此道之凝不可得矣。不凝，又何以行？然則有志於聖人之道，不可不自修其德也已。故君子知器量之不可以不宏也，必於在內之德天之所命以爲性者，尊之而敬以直其內焉；而又知識力之不可以不密也，於古今事物先王修之以爲教者，由學問之功而義以方其外焉。然固非一端也，何以尊德性？則致廣大，極高明，温故與敦厚是已。何以道問學？則盡精微，道中庸，知新與崇禮是已。於是以直內方外，庶器量恢廓而識力精詳，德其至矣。於是道之大者，充之無不周；道之小者，亦兼之無所遺，而有不凝者乎？凝則行矣。是故君子而居上，即能虛己下人，全其在上之道而不驕；君子而居下，即能循分盡己，全其在下之道而不倍。當國之有道也，則言皆經濟，足以興起而見用；即國之無道也，亦隱默自守，不致取忌而見容。上下治亂，無所不宜如此。《詩》所謂「既明且哲，以保其身」者，其此之謂乎！

是君子而聖人矣。且爲下而何以不倍也？子曰：「愚而好自用，賤而好自專，生乎今之世，反古之道。如此者，災及其身者也。」由子言觀之，是爲下而倍其上，與自用反古者有同罪矣。所以然者，蓋天下制作莫大於議禮、制度、考文，然皆出於天子。非天子，則禮不得而議也，度不得而制也，文不得而考也。故今之天下，車則同軌，書則同文，行則同倫，所謂有其德、有其時而又有其位者乎？故可作也。使有其位，苟無其德，即不敢作禮樂，以蹈自用之譏。其與雖有其德，苟無其位，亦不敢作禮樂，以蹈自專之罪，一理也。是以孔子之聖，而有德無位，亦嘗曰：「吾説夏禮，杞不足徵也。吾學殷禮，有宋存焉。吾學周禮，今用之，吾從周。」嗟乎！孔子且不敢作，況德不如孔子者乎？此君子之爲下不倍，君子之寡過也。

夫所以寡過者，有寡其過者也，則議禮、制度、考文三者爲至重矣。然則王天下者，果能於此三者實有於己，於是諸侯奉之，百姓從之，其有不寡過者乎？夫能寡其過與不能寡其過，於何而見？見之於民之從不從而已。如前王在上，未嘗不善也；然非其時而無徵，無徵則不足取信，民將駭之而弗從矣。聖人在下，未嘗不善也；然無其位而不尊，不尊則不足見信，民將玩之而弗從矣。夫有德而無時與位，尚不足以令民從，況無德者乎？故王天下之君子，議禮、制度、考文，非苟焉而已，必本諸身。有其德矣，而不敢自謂是也，則徵諸庶民，果非不信不從者乎？又不但徵諸民而已，考諸三王而信不謬乎？建諸天地而信不悖乎？質諸鬼神而信無疑乎？百世以俟聖人而信不惑乎？此豈薄物細故也哉？天地之精，鍾於鬼神，天之道可謂微矣；而質之無疑者，是君子窮神達化，於天道所以然之理，知之無不盡也，誠者也。前聖之秘，傳於後聖，人之道可謂備矣；而俟之不惑者，是君子明物察倫，於人心同然之理，知之無或遺也，誠之者也。通天人皆善如此，猶不足以寡天下之過乎？是故君子動之於身，而世爲天下道；行也而世爲天下法；言也而世爲天下則。以言乎遠則有望，以言乎近則不厭。不限於時，不限於地，君子之譽滿天下，豈偶然哉？《詩》言之矣，曰：「在彼無惡，在此無斁。庶幾夙夜，以永終譽。」即《詩》言觀之，可見君子道德未有不本於身，信從未驗於民，三王後聖不能合，天地鬼神不能通，而能垂法則、服遠近，遽有聲名於天下也。居上者可或自滿，不盡乎人以求合乎天哉？

夫古今來，會天道、人道之全者，固莫如我仲尼耳。大哉！仲尼之德，至德也。吾見其於堯、舜則祖述之，於文、武則憲章之，於天時則上律之，於水土則下襲之。仲尼之大如此，吾烏乎測之哉？夫其並包而莫外也，辟如天地之無不持載、無不覆幬乎？其流行而不息也，辟如天地之四時錯行，如天地之日月代明乎？然而天職覆，地職載，萬物並育於其間者而不相害也。且也寒暑相推，晝夜互禪，道並行於其間者而不相悖也。甚矣，天地之大也！

夫天地何以大？蓋天下之一本者，其萬殊者也。有小德焉，則川之流者似之。所謂不害不悖者，此也。其萬殊者，其一本者也。有大德焉，則化之敦也固然。所謂並育並行者，此也。以其有小德、大德，吾乃曉然於天地之所以爲大也。

若在人而能有是小德者，其惟天下至聖乎！吾見其生知之質爲能聰明睿知，足以有臨也。吾見其仁之德爲能寬裕温柔，足以有容也。吾見其義之德爲能發强剛毅，足以有執也。吾見其禮之德爲能齊莊中正，足以有敬也。吾見其知之德爲能文理密察，足以有别也。吾見其積於中者溥博淵泉焉，而事至物來，五者之德時以出之而無不宜也。然豈尋常可測哉？其溥博殆如天，其淵泉殆如淵，充積極其盛矣。由是時出爲見，而民莫不敬；時出爲言，而民莫不信；時出爲行，而民莫不説。内之所發，無不吻合人心如此。是以聲名洋溢乎中國，施及蠻貊。舉凡殊方異域，莫不皆敬信説焉。極而言之，舟車所至，人力所通，天之所覆，地之所載，日月所照，霜露所隊，凡有血氣者，莫不尊之親之。則是天地化育之所及者，至聖之德皆有以及之矣。吾於仲尼而譬之於天地，此即其不害不悖者也，故曰配天，擬之而無有不合也。

在人而能有是大德者，其惟天下至誠乎！吾見其於天下之大經，爲能有以經綸之。吾見其於天下之大本，爲能有以立之。吾見其於天地之化育，爲能有以知之。成能如此，皆自然者也，夫焉有所倚哉？吾於仲尼而譬之於天地，此即其並育並行者也。然豈但如之而已哉？甚矣！至誠之經綸，肫肫乎真其仁也！至誠之立本，淵淵乎即其淵也！至誠之知化育，浩浩乎即其天也！尚何擬議之足云？此中庸之道，惟仲尼言之，亦惟仲尼能全之也。天下大抵皆鮮能之民，乃欲知聖者之所以成能乎？苟不固聰明聖知達天德者，其孰能知之？甚矣，中庸之道不惟不可能，亦不易知矣！

知之者惟詩人。《碩人》之篇曰：「衣錦尚絅。」夫錦也而何以尚絅？惡其文之著也。爲中庸者，視此矣。故君子之道闇然而日章，此其所以中庸也；小人之道的然而日亡，此其所以反中庸也。君子之道惟闇然而日章也，則吾見其居心持躬淡而不厭焉，吾見其處事簡而文焉，吾見其待物温而理焉。蓋不務乎外，一味求己，故其成德有如是者也。是遠必由乎近，風必有所自，微必之乎顯，有斷然者。人誠知之，則學皆爲己，而無自欺之蔽。於是以求誠焉，可與入德，以進於中庸矣。《正月》之詩有言之，曰：「潛雖伏矣，亦孔之昭。」此即莫見乎隱、莫顯乎微之説也。故求誠之君子内省不疚，自無愧於心矣。夫惡文之著，惡之在外者也，己見之，人亦見之；惡於志，惡之在内者也，己知之，人則不及見矣，乃并此而無焉。人知君子之不可及。君子之所以不可及者，其惟此乎！所謂慎獨以致和者，此也。然志則猶動於其意也，求誠者不但已矣。《抑》之詩有言之，曰：「相在爾室，尚不愧於屋漏。」屋漏固無所動、無所言之地，而《詩》言不愧，又若不敢必其果不愧者，則於此可少懈乎？是以君子不惟動而敬也，雖不動而敬亦如故焉；不惟言而信也，雖不言而信亦如故焉。所謂戒慎恐懼於不睹不聞以致中者，此也。由是，則君子而誠者矣。天地位而萬物育，人之化於君子之德者尚待政令條教之紛煩乎？《烈祖》之詩亦言之，曰：「奏格無言，時靡有争。」蓋争則有是非。一發於言，則是其所是，亦非其所非，争益無底止矣。是故君子不賞而民自勸焉，不怒而民自威於鈇鉞焉。如是，則君子之誠能動物者亦微矣哉！《烈文》之詩又言之，曰：「不顯維德，百辟其刑之。」夫德必著而後可取則也。乃百辟之所以刑者，不於其著而於其微如此。是故君子篤其恭，而天下自平焉。所以存誠者，微而益微矣。然此不顯之德何以況之？《皇矣》之詩曰：「予懷明德，不大聲以色。」此可以形容矣。然子曰：「聲色之於以化民，末也。」今但言不大而已，則猶有聲色者存，非所以言不顯也。其《烝民》之詩乎，曰：「德輶如毛。」庶乎可以形容矣。然以爲如毛，則猶有可比似者，亦非所以言不顯也。必也《文王》之詩所云「上天之載，無聲無臭」，以聲氣之至微，而猶曰無之，如是以言不顯。嗚呼！不顯其至矣哉！然則君子而底於至誠，固與天合德矣；而非戒懼慎獨，求誠於至隱至微之中，則中庸之德之至惡在其能之？然則學者慎勿以無所忌憚負先王之教，以離乎道、拂乎性而自棄其天也。

卷下

中庸讀法

朱子《中庸》讀法九條，見《大全》，今不具載。竊以一得之愚，妄爲廣之。

《中庸》亦只是首章説完，以後皆發明其義。「君子中庸」以下，至「問政」章，是説道。「誠明」以下至「經綸」章，是説性、説教。末章是説性教合一爲體道之極功，蓋引詩以合贊之耳。其曰中庸者，中即中和，庸即不可離也。因其不可離，則無處非道，無時非道，故曰費。因其費，則瞻在前而忽在後，故曰隱。從而體之，則有所性而有之聖人，有由教而入之君子。然性與教雖殊，而其必本於誠則一也。惟其誠，則教以復其性，人也而天矣。然則首三語實一篇之綱領也。

首三句，標性道之旨，明白諦當。凡以作用是性，虛無爲道，糟粕六經，以教爲桎梏者，不待攻辯而可知其非矣。

不以「中和」名篇而曰「中庸」者，《或問》謂爲「『中庸』之『中』，實兼體用，且『庸』又有平常之義，比之『中和』，所該尤廣」是矣。然竊意「中庸」二字實出仲尼，尊所聞也。且言「中和」，則雖體道之君子，亦將以自諉；曰「中庸」，則即平居之恒人，亦難以自謝。此或亦名篇之微意歟？然則不中必不庸，不庸亦必不中，二字實分拆不得。

「君子中庸」一句，實可總括全篇。明少墟馮氏曰：「君子即下文舜、回、文、武、周公、孔子。中庸即下文仁、知、無憂、繼述、道德、九經皆是。這中庸不是容易能的，故曰『中庸不可能也』。中庸雖不可能，豈終不可能哉？惟至誠能之，故曰：『惟天下至誠，爲能盡其性。』玩此節六個『能』字可見。且至誠都是人人能做得的，只是人人諉於不能，不肯致曲耳，故又曰『其次致曲』。玩此節兩個『能』字可見。『故君子尊德性』一節便是致曲功夫。故下文又曰『至聖爲能聰明睿知』，又曰『至誠爲能經綸』，又曰『其孰能知之』，始終發揮一『能』字。可見中庸雖不可能，而實未嘗不可能也。末云『至矣』即『至誠』、『至聖』、『中庸其至矣乎』『至』字。總只説個君子中庸。」見《疑思録》。

「仲尼曰君子中庸」，見「中庸」之名自仲尼始發之。「仲尼祖述」，合下二章爲一章，見中庸之德亦惟仲尼能全之。此是大起大結。首章亦算得個冒，末章則總全書而咏嘆之。看他「知天也」、「知人也」二語，已將前文結住，下只歸到仲尼身上來。末雖是咏嘆，却再三指點得甚切實警醒，最足悚動人。以「天」字起，以「天」字結，是一篇大關目。

中庸只是個事天。其曰「戒慎」，曰「恐懼」，曰「慎獨」，所謂「小心翼翼，昭事上帝」者也。始言君子小人，末亦收到君子小人；始言中庸之德爲至，末亦歸到「至」字。都是章法整齊處。

性與天道，夫子罕言，子貢固曰不可得而聞者也。而《中庸》獨詳言之，遂開宋明諸儒談天説性、言有言無之端。然但一言性與天，未免易涉幽玄，於是遂有儒、釋之分途。而其既也，儒之中又有釋，其説愈微，而攻之者亦愈力。攻者愈力，而反覆以求勝者愈益工，而其勢遂至於不相下。非果陰竊其説，誣儒以濟其私也。實因學儒不深，而志氣高簡，一時冥心孤詣之旨，自覺超超玄著，而世之爲儒説者，率皆迂曲煩瑣而寡當，實不足以帖服其心，遂人人自謂抱獨得之秘耳。然以爲《中庸》實階之厲，《中庸》不受也。今觀其言天，則曰天命、天載，曷嘗有虚空之説乎？言性，則曰「天命之謂性」、「自誠明，謂之性」、仁知爲性之德，曷嘗有知覺運動之旨乎？即其言無聲無臭，亦曰「上天之載，無聲無臭」，即首章之不睹不聞，如《記》所謂「視無形，聽無聲」者也，曷嘗有「真空寂滅」、「有生於無」之謂乎？作此書者，於其始即已憂之，故言中即言庸，而又必本乎子臣弟友、庸言庸行之身，以及父母、兄弟、妻子、親、賢、臣、庶、遠人、諸侯以爲言，自非空無家所得而藉口也。

《中庸》言誠之書。誠者，天之道也；誠之者，人之道也。何以能誠？惟戒懼、慎獨、自强乎？仁知以求之而已。但恐人高視乎天，故言子臣弟友、富貴貧賤、夷狄患難，以及達道之五倫、治天下國家之九經。如此，則皆知命乎天者即其所以成乎己，其責爲甚切而不可諉。又恐人卑視乎己，故言中和位育，困知勉行，知之、成功一，致曲誠明之動變化，至聖至誠之配天、其天。如此，則皆知盡乎人者即其可以合乎天，其事爲相參而無容辭。然而天人相與之際，知其道者誰乎？故一則曰「不可以不知人」、「不可以不知天」，而又於王天下君子贊其爲「知天」、「知人」，既誘掖之而使其前，又鞭策之而恐其後。《序》所謂「憂之深，故言之切；慮之遠，故説之詳」，誠哉是言也夫！

看來三千五百五十餘言，都是説誠此達德以行夫達道而已。「君子中庸」至「惟聖者能之」，是説達德。「費隱」至「治天下如視諸掌」，是説達道。「自誠明」至「孰能知之」，是説誠。至於誠此德以行此道之意，於首、中、末三見。首章只渾渾説；中間頗詳；末章則總會全書之旨，獨將求誠之功、已誠之用約其要而極言之。譬若芻豢，首其體段也，中其臟腑也，末其神髓也。譬若居室，首其方位也，中其間架也，末其填實也。《中庸》一書，全是發揮《大學》慎獨以誠意之旨，然發揮得甚是透徹，却竟將誠之始終、精粗、大小、體用無一處不説到了。

人只知「中」字出於《書》，又讀朱子《序》詮貫道心人心精一之説，遂以《中庸》爲闡《尚書》之餘緒，不知全是説《大學》。中庸即是至善，時中即是止至善。其言誠，一也。至於先言知、後言仁，即誠正修在格致也。其曰庸言庸行無入不自得者，修身也。其曰父母兄弟妻子者，齊家也。其曰祭祀、郊廟、九經者，治國平天下也。

《中庸》之致中，亦即是正心之旨。然《大學》言正心在慎獨之後，此言戒懼若在慎獨之先，何也？朱子言之矣：「問：戒懼是統體上做功夫，慎獨是又於其中緊切處加功否？曰：然。況《大學》『誠意』章止言『所謂誠其意者』，并不曰『所謂正心在誠其意』，亦可見矣。且『正心』，『正』字亦與戒懼不同。其先後之旨固各自有當也。」

魏虞松《表》：「賈逵之言曰：『孔伋窮居於宋，懼先聖之學不明而帝王之道墜，故作《大學》以經之，《中庸》以緯之。』則《學》、《庸》皆子思所作，經緯之説亦不爲無見。」

《中庸》亦不止是發揮《大學》，竟是全部《易經》之注脚。何也？《易》六十四卦，夫子俱以「時」字贊之。《中庸》一則曰「時中」，再則曰「時措」，又曰「時出」，豈不是注《易》？

《中庸》全是説《易》之《乾》卦。如言强，言不息，即君子之自强不息也。言誠，即「閑邪存其誠」、「修辭立其誠」也。言時，即「時乘六龍以御天」、「君子進德修業，欲及時也」。言戒懼，言謹獨，即「終日乾乾，夕惕若」也。言道不可離，即「反復道」也。言庸德庸言，即「庸言之信，庸行之謹」也。言遯世不悔，即「遯世無悶」也。言上下察，即「本乎天者親上，本乎地者親下」也。言「居上不驕，爲下不倍」，即「居上位而不驕，在下位而不憂」也。言三重寡過，即「聖人作而萬物睹」也。言闇然日章，即「天德不可爲首也」。至於性命、天地、日月、四時、鬼神之言，又無一不從《易》來乎？故曰：《中庸》爲《大易》之注脚。

「中」字從《書》來，却無一句引《書》。「時」字從《易》來，却無一句引《易》。而其引《詩》者凡十六，皆斷章取義，别有會心。尤妙在引《旱麓》「鳶飛」、「魚躍」二語，注之以「上下察」，遂使時中之義生趣無窮。故善説《詩》者，莫《中庸》若也。

《中庸》以「仲尼曰」起，以仲尼小德大德結，視《論語》之記聖言而終以《鄉黨》篇者，又何異？

《孟子》之上下篇實權輿此書。格庵趙氏言之詳矣。

看來《中庸》只説得兩句。兩句者何？「道也者，不可須臾離也；可離非道也」是已。自「君子中庸」至「索隱行怪」，是説道不可離。「費隱」至「達孝」，是説可離非道。「誠明」以下，又説不離道之人也。中間關鍵，全在「問政」一章。夫道何以不可離？曰：誠也。此「誠」字于「鬼神」章見，以實理言也。人何以不離道？亦曰：誠也。此「誠」字於「問政」章見，以實心言也。

「問政」章言誠始詳。考亭以「誠」字爲此一篇之樞紐，其實「問政」一章亦即全書之規模也。蓋自此章而上，言知、言仁、言勇、言費隱；此章而下，則皆言誠；獨此章無不兼而有之。想來作《中庸》者，先有此一章書在胸中，故於其前後敷衍成文耳。

所以求誠之功，不外擇善固執；而擇執之目，不外學問思辯行。夫子已説盡了，不容再贅。故以下各章，只反覆言天人合一之理，見人不可以不誠也。

「道不遠人」章，《注》引張子三説，道理固是如此。而《蒙引》又欲以忠恕貫上下，亦言有其理耳。然夫子口吻却是爲道在邇而求諸遠者發也，只應以「道不遠人」作主。觀「吾無行不與」及「執射執御」、「予欲無言」、「默識」、「德修」、「下學上達」諸章，皆是此意。至於《中庸》援引之意，却注在子臣弟友、庸言庸行，蓋言道之費，欲先從人身上説起也。看他引過此章，即接言身所處之位，即接言家所接之人，所謂「造端乎夫婦」是也。至「大孝」、「無憂」、「達孝」等章，則説到王者受命，制禮作樂，許多經天緯地之事，所謂「察乎天地」是也。中間却引夫子之言鬼神，關合上下，有意無意透出一「誠」字。結構精矣。

「鬼神」章言誠，不但言鬼神之實理，即人之誠心亦見出來，「齊明盛服，以承祭祀」是也。蓋人之誠心易於鬼神處見，正《中庸》提醒人處。

「盡性」章只首二語便了，下皆由盡性而推極言之。「其次」章亦只首二語。恐人以有誠非即至誠，故自形著遞推至化，見其即是至誠也。看二「能」字并數「則」字，其輕重自見。

至誠之前知如神，此其知之無不明也。誠者之時措咸宜，此其處之無不當也。知無不明，處無不當，則功業自然極其盛，是以「無息」章暢言之。看其首一「故」字，即緊接此二章之意而申之。讀書須細心尋其脉絡，不得鹵莽，亦不得穿鑿。然尋脉絡不難，全在能識語言之正側輕重。讀此數章，而能知「盡性」、「致曲」只首二語是主意，下文却在「前知」及「自成」章發揮，方可謂善讀書者也。或疑：「知無不明，處無不當」，朱子以之注盡人物之性，所以言天道者也。今乃割裂，以屬「前知」、「自成」二章，則以「前知」、「自成」二章皆跟「盡性」章來，爲言天道矣，於朱子注「自成」爲「言人道」不悖耶？不知「自成」章原跟上數章一滾説下來。即全書亦并未嘗截住。非此章言天，必不可言人；此章言人，必不可言天也。朱子特因此章有「自道」字，有「誠之爲貴」字，故注爲「言人道」耳。况此章屢提「誠者」，并非曰「誠之者」，又曰「時措之宜」，所謂處之無不當已明明説出。若必泥《注》爲「言人道」，則動變化亦爲「言人道」，而成己成物之仁知不可爲性德，時措亦不得與時中時出之聖同科矣。其於經文不誠大悖耶？

向疑「前知」、「自成」二章插入無序，又無端忽贊至誠之前知，亦無謂。思之數十年，不得其解。歲庚子，爲定《中庸總説》，亦止依《大全》史氏伯璿，分盡性爲仁，前知爲知，無息爲勇。己酉罷官後，杜門静参，亦終不出是解。又更史氏之説致曲之仁、成物之知，止依本文，於「自成」章點明「仁」、「知」字，而以尊德性、道問學之兼致其功，要於不驕不倍，永終其譽者，爲君子之自强，自謂是矣。然究屬附會。戊秋，于岐陽官舍，復累日思之，始恍然有得。嗚呼！書固難讀，若隨人脚跟下走，則終無解之之日耳。

「此天地之所以爲大也」下，講家多補出仲尼有小德大德亦如天之大，似於本章之旨爲周匝。然「至聖」章即是説仲尼之小德如天處，「至誠」章即是説仲尼之大德爲即是天處。蓋下章之至聖、至誠，即是仲尼。以爲天有小德，惟仲尼之至聖，爲能有是小德，則其溥博如天矣；天有大德，惟仲尼之至誠，爲能有是大德，是浩浩即其天也。若必補出仲尼，則「至聖」、「至誠」二章豈不爲重出乎？世人眼孔小，見朱子各分章次，遂只見得此章語意若未完足，遂從而補之，不能合前後一齊融會貫通故也。觀《注》亦止云「以見上文取辟之意」，并未嘗補出仲尼，可知矣。

「苟不固聰明聖知達天德者，其孰能知之？」作《中庸》者自負固亦不小。此亦如孟子之願學孔子，自謂私淑得統前聖之意。

末章句句説得都是「誠」字，却無一處露出「誠」字，欲人自思。《中庸》有如干字，應圈出者，不但「君子中庸」及「誠」字，「知」、「仁」、「勇」、「達德」、「達道」、「天道」、「人道」等字也。如首尾兩「天」字，「戒懼」、「慎獨」字，「無忌憚」字，「不驕」、「不倍」字，「惡」字，「不疚無惡」字，「其至矣乎」、「至矣」兩「至」字，「民鮮能」、「中庸不可能」、「惟聖者能之」、「爲能盡其性」、「曲能有誠」、「爲能聰明睿知」、「爲能經綸」、「其孰能知之」數「能」字，皆當着眼。

有鐵板句，萬世不可移易者，如「天命之謂性」三句等是也。有參活句，現在指點，無不生靈活現者，如引鳶魚之詩。及言鬼神體物，即就其使人祭祀處説來，可謂化工。

有反觀而見出中庸者，如「所求乎子」等類是也。有順推而見出中庸者，如追王上祀推爲葬祭之禮等類是也。有從中庸前説者，如戒懼慎獨、知仁勇、尊之道之等類是也。有總説者，如致中、致和、誠明、明誠、盡性、致曲、前知、自成、自道、無息、敦化等類是也。有散説者，如舜之知、淵之仁、夫子告子路之勇、子臣弟友、庸言庸行、富貴、貧賤、夷狄、患難、在上、在下、妻子、兄弟、父母、鬼神、尊富饗保、葬祭郊廟、達道、達德、九經、不驕、不倍、小德川流等類是也。而其正説中庸，則止「君子而時中」一句。

中庸要分開看。若不分開，則覺得搭搭絮絮，説了又説。又要合籠看。若不合籠，則又覺得散散落落，都無貫串。須從「天命之謂性」起，一氣讀到「至矣」住。讀千百遍，方見得意趣出。

《中庸》一篇，只説了個爲己。昔者朱子嘗言之矣，於首章既曰「蓋欲學者於此反求諸身而自得之」，於末章又曰「復自下學爲己謹獨之事，推而言之」是也。且舉知仁勇、費大費小、天道人道、至聖至誠之能事，所以經天緯地者，并未嘗絲毫出吾情性之外。此之曰中，此之曰庸。故爲己雖不見於篇，而實可以概其義。如有絲毫徇外爲人之處，即非至誠。朱子云「誠者實此篇之樞紐」，而爲己正所以求誠也。故云：《中庸》一篇，只説了個爲己。

首章從静存説到慎獨，末章從慎獨説到静存，各有意思。大抵作《中庸》者，意重在静存一邊也。南軒張氏之説，不爲無見。

《中庸》一書，説得最小心。《詩》云「夙夜基命宥密」一語，可以概之。

《中庸》是最小心之書。只看「不敢不勉，有餘不敢盡」、「不驕」、「不倍」字，曲曲寫出一個戒懼慎獨的小心來。

在下容易説小心，故只説兩個「不敢」字便了。居上如何説他小心？看他「徵諸庶民」字，「不謬」、「不悖」、「無疑」、「不惑」及「世爲道」、「爲法」、「爲則」、「有望」、「不厭」等字，末又云「未有不如此而早有譽」，説得何等鄭重！曾有一毫大意否？

尊德性，即是戒懼之致中；道問學，即是慎獨之致和。

後之學者又分尊德性與道問學爲二途。學問思辯行，原分知行。乃以之屬明善，爲誠身之功夫，而紫陽之學遂目之爲支離。但此説亦各言其所得力，故議論不無異同耳。至於陽明宗旨，固曰「無善無惡心之體」者也。方且以此言爲傳心之秘藏，顔子、明道所不敢言者。然試一證之《中庸》，性即心之體，情爲意之用，然則「率性之謂道」將率其無善無惡之性之謂道乎？以無善無惡爲體，亦將以無善無惡者爲教乎？且「喜怒哀樂之未發謂之中」，并未嘗云「善惡不起謂之中」也。以此質之陽明，則亦其必窮者矣。獨其以寧静存心謂爲定氣，不可即爲未發之中，又以「伊川恐人於未發前求中，把中做一物看，故令於涵養省察上用功；延平恐人未便有下手處，故令人時時刻刻求未發前氣象，使之正目而視惟此，傾耳而聽惟此，即是戒慎不睹、恐懼不聞功夫」，此等語爲最確耳。

豫章延平教人看喜怒哀樂未發時氣象，説者謂得伊洛正傳。而爲佛氏之説者曰：「未發是一念不起時也。以一念不起之中，忽起一看氣象之念，便是起念，便是發。且既云未發矣，氣象在何處？既有氣象矣，又何云未發？」令學者茫然無以應。不知如可喜可怒可哀可樂之事一時未感，我安得無故起念？就此一時喜怒哀樂之念未起，故謂之未發耳。非一概無念，一毫功夫無所用，而後謂之未發也。試看此未發時氣象，何等湛然虚明！是湛然虚明，正此未發之氣象也，安得説「未發矣而氣象在何處」？以一念不起之中，縱忽起一看氣象之念，不謂之發，何也？謂所起者戒慎恐懼之念，而非喜怒哀樂之念也。安得説「既有氣象矣，又何云未發」？未發功夫，不是面壁絶念，求之虚無寂滅之域。只凡事在平常無事時，豫先將性命道理講究體認，戒慎不睹，恐懼不聞，只在性體上做功夫，使心常惺惺，念常亹亹，時時討得湛然虚明氣象，便是未發用力處，亦便是未發得力處。如此有不發，發皆中節矣。豫章延平得伊洛正傳，正在於此。此明儒馮少墟先生《太華會語》也辨得最透。上條陽明語亦如此。不謂其徒乃多披猖耳。

馮少墟先生曰：「及其至也，聖人亦有所不知不能，天地亦有所憾。此是論道理如此。然學者只當極力以求其至，不可以聖人之不知能自諉。下文曰『至誠』，曰『至聖』，曰『至德』、『至道』，曰『至矣』，總是發明此意。這『至』字不在高遠上説，就是中庸，故曰『中庸其至矣乎』，又曰『中庸不可能也』。『中庸』二字，雖聖人天地亦有不能盡處，故堯之允執、舜之精一，一生兢兢業業，只是爲此。若中庸是容易得，堯何必允執？舜何必精一？堯、舜又何以曰『猶病』哉？《注》謂『覆載生成之偏，寒暑災祥之不得其正』，夫曰『偏』，曰『不得其正』，可見『中』之一字，天地亦有不能盡處，此所以人猶有所憾。若把『至』字看的太高遠，便非中庸之旨。且天地聖人有所不能盡的道理，就是愚夫愚婦所與知能的道理。下文說到參天地、贊化育，說到『篤恭而天下平』，纔只是盡了愚夫愚婦的道理。其實於愚夫愚婦道理上一毫無所加，纔謂之中庸，纔謂之至。然『篤恭而天下平』即『修己以安百姓，堯舜其猶病諸』，故曰：聖人亦有不知不能。夫以天地之化育，而尚賴聖人以贊之，故曰：『天地之大，人猶有所憾。』可見這中庸道理，非高非卑，非遠非近，非難非易。如以爲高遠而難也，難道自家不如愚夫愚婦？如以爲卑近而易也，又難道自家過於天地聖人？至乎！至乎！可不勉哉？」見《訂士編》。

《中庸》本是徹首徹尾的書。朱子恐人摸頭不着，故分章句，使人好讀。後人便又處處起頭，處處住脚，或妄增以補已完之說，或横截以艮未了之氣，或硬提生插而毫無來路，或牽合强入而亂其旨歸，所謂畫蛇添足，規竹爲圓，一味穿鑿，而中庸之禍又不止於陽儒陰釋之徒矣。此亦朱子之罪人也。

舜之知，回之仁，夫子告子路之勇，費隱之大小，誠之天道人道，君子之不驕不倍，仲尼之大德小德，亦是朱子大概看得如此。其實「子路問强」章只言强，并非言子路之强如何。若天道人道，各章頗多互見處，如致曲之至誠能化，君子誠之又言誠者成己成物，尊德性、道問學又言聖人之道洋洋優優是也。至於言不倍，即言今天下同軌同文同倫；言不驕，即言寡過；言川流，即言溥博淵泉：此皆其互見處。學者亦會其意而已。

《讀法》云：「『大哉聖人之道』以下六章是一節，說大德小德。」此朱子自說其支分節解之一端也。王魯齋、許東陽以及饒、黄、史氏諸儒，俱未見及此。蓋尊德性之類即大德之敦化，道問學之屬即小德川流。然首章致中致和，却已將大德小德說在上面矣。

《中庸》，人以爲言性與天道之書，遂以爲難讀。然仔細看來，却煞是平易，無一句一字不極平易。蓋全在人切己處說，愈說到後，愈小心謹密。蓋自己已標出個「庸」字來，更有甚奇奧難解？人自鮮能知飲食之味耳。

《中庸》自朱子以爲難看，又曰「都無理會」，又曰「都説無形影」。世之學者遂益深望洋之嘆。今愚叙爲《總説》，覺得一篇直如一句，其無形影處却甚近裏而切實也。蓋人把書當作書看，不在自家身心上、自家倫理上去領會，便都無形影了。若肯逐一去理會，書上的説話即是現在的日用，不把作書看，何等近裏切實！朱子之言，亦爲初學之士言耳。學者萬不得藉口。

《中庸》較《大學》更難講。蓋《大學》所引《詩》、《書》及夫子之言，不過三二語；而此書所引，多全舉夫子之説，而其説多爲平日泛論，不必一時一事。作《中庸》者，以其別無他旨，未敢删節，又錯綜引之。講家則必順語氣，一順語氣，便覺與前後有不甚融洽，乃於首末略加斡旋，然血脉終不聯貫。今《總説》於引子言處，皆直叙，毫不置講，所謂取其義，不取其詞。知其解者，旦暮遇之矣。

《總説》不但於引夫子之言一概直叙；即其無所稱引處，亦只要將此章此節意旨提醒出；則其非意旨所在者，亦便一滚説去，蓋不欲溷人眼目也。

先儒多從實字闡發義理，今《總説》純於虚字處涵泳神味。竊謂闡發實字者，雖其字其句固有如許意義，然於此處没交涉，便覺往往説得都過火也。若涵泳神味，而義理恰在個中。先儒而可作也，其或不大爲河漢耶？

孟子讀法

卷一

讀孟題辭

余自少時讀《孟子》，即喜其文跌宕雄奇，結構精嚴。及入書肆，見有所謂蘇明允硃批者，購而讀之，殊未愜意。乃自以所見，標其義法，并爲之順説，以暢其旨，雜書篋中，已而失去。及來盧，分守濡邑，防江外暇無事，乃日與濡人論文，輒舉《孟子》以爲法。濡人隨余口而札記之。然不知與世所傳蘇批者爲何如，而濡人則以爲明且悉也，付諸梓以問世。世不乏學士通儒，其又以爲何如耶？

乾隆庚午歲仲夏上澣[一]，天津七十老人王又樸識。

濡庠范允袋紳魚、朱彤弨兮、李堂林逸校録。

【校注】

[一]「澣」，據文意，當爲「澣」之形訛。

梁惠王篇第一上

孟子見梁惠王。王曰：「叟！不遠千里而來，亦將有以利吾國乎？」孟子對曰：「王何必曰利？【行間批：一句斷倒。此句起。】亦有仁義而已矣。王曰『何以利吾國』，大夫曰『何以利吾家』，士庶人曰『何以利吾身』，上下交征利而國危矣。萬乘之國，弒其君者，必千乘之家；千乘之國，弒其君者，必百乘之家。萬取千焉，千取百焉，不爲不多矣。【行間批：申説一筆，文法縱擒。】苟爲後義而先利，不奪不饜。未有仁而遺其親者也，未有義而後其君者也。【行間

批：「仁義」二字只如此輕輕撇脱過，用筆何等鬆快！】**王亦曰仁義而已矣，何必曰利？」**【行間批：仍以此結。】

王説「亦」字，跟戰國策士來。孟子説「亦有仁義」，跟唐虞三代來。「王亦曰」，「亦」字跟上「亦有仁義」來。三「亦」字，正相呼應。仁義雖是孟子一生抱負，然此章只主在禁王言利，正所謂格其非心也。俗解以仁義爲章旨者，大謬。時文中，惟姜西溟一作得此意，餘皆爲所惑，斷不可從也。蓋既禁王言利，而不指出一宜講求之事來，王將何所適從乎？此所以又言仁義。仁義非他，即「五畝之宅」一段之王政是也。須俟王再問，然後答之，而惜乎王不能問也。

「而已矣」，見此外再無足言，且亦不可言也。如必欲言，則除了仁義，即是利了。然一言利，便有許多禍害。則此句仍是鞭辟上句不可言利也。

因禁王言利，故「王曰」節痛陳言利之害，説得最是危悚動人。

「王曰」至「危矣」作一段，是順説下來。「萬乘」至「不饜」作一段，是逆説上去。其實反覆一意也。

仁義之益人國多矣，豈止不遺不後而已？曰「遺」，曰「後」，實從上「弒」、「奪」生下。此二句，不過於上節作一反照，原非着意説也。

○戰國之時，秦用商鞅，楚、魏用吴起，齊用孫子、田忌。天下方務於合從連横，以攻伐爲賢，以富國强兵爲利；而孟子乃述唐虞三代之德，欲以仁義安天下。又自重其道，不肯枉以求合。適梁惠王新爲齊、秦、楚所敗，急於求士以争長於諸侯，卑禮厚幣以聘賢者，而孟子因至其國見之。王庭迎而即問曰：「叟！不遠千里而來，亦將有以利吾國乎？」蓋以鞅、起輩視孟子也。孟子正色而對曰：「王欲邁等夷而高乎天下，固自有道也。何必曰利，豈利外無可言者耶？然臣亦有仁義可爲王言耳，餘非所知也。蓋有利即有害，利於此必不利於彼，非奪之人，何以自得其利哉？夫上下所以有定分者，以其見義而忘利耳。今王曰『何以利吾國』，是王以利爲倡也。上有好者，下必甚。

王之下即大夫，皆將曰『何以利吾家』矣。即士庶人，亦因而曰『何以利吾身』矣。是上下交征利，而國吾見其危也。夫危莫危於弑君。萬乘之國，弑其君者必千乘之大夫。千乘之國，弑其君者必百乘之大夫。所以然者，欲奪其國以爲利，則不得不弑其君矣。夫以十取一，不爲不多，而猶必弑君以奪之者，但爲後義而先利，則不盡有之不饜耳。是人君一言利，而其害至此。若夫仁義則不然。未有民知仁而遺其親者也，則亦未有民知義而後其君者也。遺之後之尚無有，况敢弑而奪之乎？然則仁義之道，不獨臣言之，王亦應急從而講求之。何必曰利，自取其禍爲也？」

孟子見梁惠王。王立於沼上，顧鴻雁麋鹿曰：「賢者亦樂此乎？」孟子對曰：「賢者而後樂此。【行間批：立柱下分疏。】**不賢者，雖有此，不樂也。《詩》云：『經始靈臺，經之營之，庶民攻之，不日成之。**【行間批：鄭《箋》謂：「不與設期日而成之也。」詳見《附録》。】**經始勿亟，庶民子來。王在靈囿，麀鹿攸伏，麀鹿濯濯，白鳥鶴鶴。王在靈沼，於牣魚躍。』文王以民力爲臺爲沼，而民歡樂之，謂其臺曰靈臺，謂其沼曰靈沼，樂其有麋鹿魚鼈。古之人與民偕樂，故能樂也。**【行間批：一氣寫得淋漓，大有雲英迭奏之妙。】**《湯誓》曰：『時日害喪？予及女偕亡！』民欲與之偕亡，**【行間批：止頓一句，短音促節，不堪聞矣。】**雖有臺池鳥獸，豈能獨樂哉？」**

「顧鴻雁麋鹿曰」爲句，乃忸怩於心而不能正視，非顧不在孟子也。「賢者亦樂此乎」乃慚詞，亦非問詞。只「賢者而後樂此」正答下句，乃反言以决之，非對論也。二語疑若創論，故必稱引《詩》、《書》以實之。

舉文王以概古之賢者，故煞句直曰「古之人」而不曰「文王」。蓋言「文王」，似止此一人爲然；而曰「古之人」，則見賢君莫不皆然也。

引《詩》只説得個民樂文王之樂，而文王樂民樂未説出，故特補「與民偕樂」句。

引《書》亦只説得個小民怨讟之詞，其不能樂其樂亦未説出，故特補「雖有臺池鳥獸」二句。

二節雖皆用補法，然上是補前一層，下是補後一層。

二節文法兩様：上節筆法纏綿頓挫，如春月風日之駘蕩也；下節筆法巉削勁折，如冬月巖松之挺拔也。

〇孟子在梁，一日見惠王於囿。王適立沼上，見孟子來而竊自慚也，不能正視，乃顧鴻雁麋鹿而言曰：「寡人不佞，竊獨樂此，甚非賢也。吾意賢者必憂勤之不暇，豈亦樂此爲乎？」孟子迎其機而導之，對曰：「王疑賢者未必以此爲樂，不知惟賢者而後樂此。若夫不賢者，則雖有此，亦有所不樂也。夫賢者而後樂此，賢者固能樂也。何以言之？吾徵之於《詩》。《詩》云：『經始靈臺，經之營之，庶民攻之，不日成之。經始勿亟，庶民子來。王在靈囿，麀鹿攸伏，麀鹿濯濯，白鳥鶴鶴。王在靈沼，於牣魚躍。』《詩》蓋歌文王也。夫文王以民力爲臺爲沼，勞人以自適，宜乎怨聲作矣；而民乃歡樂之，謂其臺則曰靈臺，謂其沼則曰靈沼，並樂其有麋鹿魚鱉。此何故哉？蓋凡古之賢君，無有不與民偕樂者。是以其民無饑寒困苦以鬱抑其心，則見其君之臺池鳥獸，如己有之，而亦且樂之。人君於是泮奐爾游，優游爾休，爲能樂也。職此故耳。不然，則獨樂而已。然其民情則何如？不觀《書》之《湯誓》乎？曰：『時日害喪？予及女偕亡！』民之怨桀如此。夫君而不賢，至於民欲與之偕亡，此時此勢，尚能一日立於其上耶？吾知雖有臺池鳥獸，豈能獨樂哉？臣故曰：『賢者而後樂此也。』王有樂，亦與民同之而已，甚勿以此致疑，可乎？」

梁惠王曰：「寡人之於國也，盡心焉耳矣。【行間批：委過口吻如畫。】**河内凶，則移其民於河東，移其粟於河内。河東凶亦然。**【行間批：省文。】**察鄰國之政，無如寡人之用心者。鄰國之民不加少，寡人之民不加多，何也？」孟子對曰：「王好戰，請以戰喻。填然鼓之，兵刃既接，棄甲曳兵而走，或百步而後止，或五十步而後止。以五十步笑百步，則何如？」曰：「不可。直不百步耳，是亦走也。」曰：「王如知此，則無望民之多於鄰國也。**【行間批：筆勢輕揚。】**不違農時，穀不可勝食也；數罟不入洿池，魚鱉不可勝食也；斧斤以時入山林，材木不可勝用也。穀與魚鱉不可勝食，材木不可勝用，是使民養生喪死無憾也。養生喪死無憾，王道之始也。**【行間批：二節全在叠句生姿。】**五畝之宅，**【行間批：《注》：「二畝半在邑。」邑爲里邑。無城郭者，即村墟也。】**樹之以桑，五十者可以衣帛矣。雞豚狗彘之畜，無失其時，**

七十者可以食肉矣。百畝之田，勿奪其時，數口之家可以無飢矣。謹庠序之教，申之以孝悌之義，頒白者不負戴於道路矣。七十者衣帛食肉，黎民不飢不寒，然而不王者未之有也。狗彘食人食而不知檢，塗有餓莩而不知發，人死，則曰：『非我也，歲也。』是何異於刺人而殺之，曰：『非我也，兵也。』王無罪歲，斯天下之民至焉。」【行間批：二句結得莊重。】

此章主腦只在「王無罪歲」一句。以「盡心」爲章旨者，俗解也。王口中并無罪歲之言，孟子何以云云？觀「焉耳矣」三字及「何也」二字，則歸罪於歲，神吻可見。

「何也」若云「此何説也」，並非問詞。

孟子最善喻。此以戰喻，尤有奇致。

「不違」二節，各段俱重在下句，又以疊句見文情。

只重在養，然王天下非止養可能者，故又必兼教言之。説書須有分寸。

「不知檢」、「不知發」又即目下梁事言之。夫檢者不過自減其膳，發者不過現有之粟，非甚難行之事也。此而不知行，則移民移粟亦民自就其食、自食其粟耳，於王何與？而自云盡心乎？

此章，孟子之言王道始詳。末節見王不但不行王道，即一時救荒之小政亦未之行焉已。

首章孟子之言仁義，次章言與民同樂。即「五畝之宅」一節事，正孟子一生經濟，來梁所欲行之於王者。乃言仁義，而王不知問；言與民同樂，而王又不知問。今不得已，於王罪歲之説，乘此一機，帶口説出。而此章主意只在末節，説者甚勿喧客奪主。

「刺人而殺」即從上「以戰喻」生來，可謂文生情，情生文。

一篇嘻笑怒罵文字，却結以莊語，絶世文情！

○梁惠王不自恤其民，乃見孟子而諉其罪曰：「寡人之於國事也，亦可爲盡心焉耳矣。凡有一毫之力，何嘗爲民少靳乎？不幸而連年告饑，寡人日僕僕焉。當河内凶也，則移其民於河東以就食，又移其粟於何内，以食夫老弱之不能移者。及今日，河東又凶，於是移民移粟亦與昔日無異焉。竊嘗採風問俗，察鄰國之政，無有如寡人之用心者，宜乎梁與列國不可同年而語矣。乃鄰國之民不加少，寡人之民不加多。此則寡人誠有所不解者耳。」孟子乃即其所易明者，設譬以曉之，曰：「此事非難知者也。王素好戰，請即以戰喻可乎？當兩軍相遇，填然鼓之，兵刃既接以相戰也，勝負分矣。負者莫不棄甲曳兵而走。苟敵不之追，則走有至百步而止者，有至五十步而止者。乃以五十步者，笑彼百步以爲怯。王試以爲何如？」王曰：「不可。此五十步者直不百步耳，是亦走也。」曰：「王如知此，則知鄰國即百步者矣，王即五十步者矣。五十步既與百步者均爲走，則王與鄰國均爲不恤民，而何以望其加多也哉？夫民未嘗不可多也，即盡天下之民，亦未嘗不可使其皆至也。蓋國之盛衰在民，而民之多寡在養。王者自有養民之大道，豈至歲凶之時而始爲之移民移粟紛紛乎？第以道固多端，今一時且未能驟及，則姑即民所自有之利，而略一留心，已自覘一時之國勢焉。如民有農時，而王但不之違，則所出之穀即不可勝食也；民有洿池，而王但禁其數罟不入，則所畜之魚鱉即不可勝食也；民有山林，而王但令其斧斤以時入之，則所生之材木即不可勝用也。夫穀與魚鱉不可勝食，材木不可勝用，此時也，是使吾民生有以爲養，死有以爲葬，兩皆無憾，而又何歲凶之足慮乎？爲國者正難得此無憾之一日耳。果也養生送死兩皆無憾，人情既樂，國勢自强，所爲王者之道始基之矣。况繼此而有所設施，其功效將有不可勝言者。如一夫也，授以五畝之宅，又令墻下樹之以桑，則民之五十者即可以衣帛矣；鷄豚狗彘之畜於民者，勿令失其孕字之時，則民之七十者即可以食肉矣。且也每夫授以百畝之田，兼勿奪其耕耘收穫之時，則民家有數口者即可以無饑矣。衣食足而禮義可興，由是謹夫教之在庠序者，又申之以孝悌之義，則民之頒白者即可以不負戴於道路矣。是殷然富足之民又皆親上死長之民，投之所向，又焉有不如意者乎？夫民無有不以衣帛食肉爲願者也，則亦無有不以饑寒爲慮者也。今也果使七十者衣帛食肉，黎民盡皆不餒不寒，則適彼樂國，爰得我所，天下有不歸而爲之王者未之有也。今王既於王道之始終一切不行，是平日既無備荒之政矣。當此歲凶，民無所食，而大官有餘畜，若狗若彘，無不食人之食，而毫不知檢，所以自奉者如故也。且也倉廩有餘粟，視彼塗有餓莩，而漫不知發，所以救荒者又無聞焉。如是而人死，王實死之，而王則曰『非我也，歲也』。其於刺人而殺之，而曰『非我也，兵也』之説，亦何以異乎？此王之民所以日見其少也。王誠罪己而不罪歲，舉王者養民之道，次第而施行之，斯天下之民皆將至焉，豈但加多鄰國而已哉？」

梁惠王曰：「寡人願安承教。」孟子對曰：「殺人以梃與刃，有以異乎？」【行間批：陡作險語，如飛來之峰。】**曰：「無以異也。」「以刃與政，有以異乎？」曰：「無以異也。」曰：「庖有肥肉，廐有肥馬，民有飢色，野有餓莩，此率獸而食人也。**【行間批：奇語。】**獸相食，且人惡之；爲民父母，行政不免於率獸而食人，惡在其爲民父母也？仲尼曰：『始作俑者，其無後乎？』爲其象人而用之也。如之何其使斯民飢而死也？」**

此仍是上章之意。「殺人」之喻即承上「刺人而殺」來，「庖有肥肉」四句即承上「不檢」、「不發」來，然更説得奇險警快。

承上「刺人而殺」之兵，忽想到「刃」字。又從「刃」字，轉出「梃」字，然後落轉「政」字。愈婉曲，愈直切。

上「不知檢」、「不知發」，猶二事；此竟合作一事，意若曰：「王縱吝惜倉糧，不肯發賑，豈自己飲食亦不肯略一減省耶？」諉罪於歲，不過坐視其死；此直説到率獸食人。愈奇痛，愈確實。

「獸相食，且人惡之；爲民父母，不免率獸食人」，分明説他與禽獸無異；然語未免太重，故輕輕曰「惡在其爲民父母」。下節亦分明説他絶後，若不知有長子申死之事也者，因語太重，故亦止以「如之何使斯民饑而死」結住。

此文字相救法也。

然二語雖云含蓄，而其意已躍然畢露，自令聽者不寒而慄。

孟子連日説話，惠王全不動心，可見是一個極委靡不振之人，更可與婉語乎？是以直説他率獸食人，又直説他不得爲民父母，更直説他絶後，此亦孟子之無可如何者矣。如人之患痿痹者，非薑桂毒藥不足以攻之。讀者甚勿駭其言之過激也。

○惠王聞孟子之言，以爲迂闊難行，意欲另求一不損乎己而可以有利乎國者。知孟子前不可輕言也，姑漫爲好言以謝之，曰：「寡人非務虛名而不肯聽言者，願安意以承教，幸勿卒棄我也。」夫孟子言仁義，言與民同樂，言王道，生平抱負，一切皆傾倒於王前。即現在之時弊，亦無不痛快直陳。此外更有何教？而王安焉，毫不一動，其心可爲忍矣。孟子更無可爲王言者，不得已仍舉前説而申之，曰：「王尚未明殺人之説耶？則豈但刃之能刺人而殺之也？即以梃論，其與刃有異乎？無異乎？」而王則應曰：「無異。」「然則有殺人之政，其與刃又異乎？否乎？」王不得不應之曰：「無異也。」於是直折之曰：「臣以爲王不知政之能殺人也。今既知之矣，何以庖有肥肉而狗彘之畜甚充乎？何以廄有肥馬而芻牧之事頗盛乎？於是米粟日以虧而民食日以缺，所見者皆饑色之黎，在野者有餓莩之子。王以養獸故，而使民饑而死，此所謂率獸而食人者也。夫獸相食，且人惡之，爲其同類相戕也。奈何爲民父母，而所行者皆剥民以養獸之政，不免於率獸而食人焉？其於異類何恩，而於同類亦何忍也！殺人如此，曾是爲民父母而若此乎？然豈惟殺人而已！且并恐殃及於己之子孫也。昔仲尼有言曰：『始作俑者，其無後乎？』蓋爲作俑者，象人之形，而用之以殉葬，是以惡之如此。然象人而用，非真殺人也，而猶以一念之忍，至於無後。如之何其實使斯民饑而死耶？夫減膳以省牲畜之費，發倉以賑未死之民，臣前已言之諄諄矣。王此之不行，而欲臣更言其他，臣不敢知其所終矣。」

梁惠王曰：「晉國，天下莫强焉，叟之所知也。及寡人之身，東敗於齊，長子死焉；西喪地於秦七百里；南辱於楚。寡人耻之，願比死者一洒之，如之何則可？」孟子對曰：「地方百里而可以王。【行間批：對針。】**王如施仁政於民，省刑罰，薄税斂，深耕易耨。壯者以暇日修其孝悌忠信，入以事其父兄，出以事其長上，可使制梃以撻秦、楚之堅甲利兵矣。**【行間批：句有光焰。】**彼奪其民時，使不得耕耨以養其父母，父母凍餓，兄弟妻子離散。彼陷溺其民，王往而征之，夫誰與王敵？故曰：『仁者無敵。』王請勿疑。」**【行間批：結住。】

惠王太不濟事！觀他所言，四面八方都成滯礙，真有寸步難行光景，如之何則可？蓋無可如何也。故孟子以百里可王特爲廣之。此句正是一篇主意，然説得虚。「施仁政」節係實説。王無可如何，而孟子則曰「可王」，又曰「可撻」，三「可」字正相呼應。

孟子因王一切畏縮疑慮，故既曰「可撻」，又曰「誰與敵」，又引古語而總結以勿疑，不憚再三叮嚀也。此篇較上又是一樣文法。

三節非對搭文字。上節似言我有勝形，下二節似言彼有敗勢，然其實上節意已盡矣。恐王視秦、楚太大，疑孟子之言太夸，是以又將秦、楚之民自不與敵以申之。

孝悌忠信，原民自有之物，故曰「其」；節文其過不及，故曰「修」。

○惠王處於强大之間，不能自振，聊述於孟子之前曰：「我梁固號三晉，霸國之餘風也。我先人之在當日，天下稱强，莫有過焉，叟亦知之素矣。及寡人之身，則四鄰皆强。勝我國者，東有齊也，而爲其所敗，長子且死於是役；西則喪地於秦七百里；南又辱於楚，亦甚貽玷先人矣。寡人深以爲耻，欲求所以勝敵之行，一洗死者之羞，而無如强弱不敵，如之何則可耶？寡人思之，幾無策耳。」孟子於是廣其意曰：「王何見之狹也？以臣所聞，地方即百里之小，而尚可以王。况堂堂千里之梁，而何秦、楚之可畏乎？王特不行仁政耳。如其一旦赫然奮發，舉臣之所言仁政，一一施之於民，省其刑罰，使之手足皆寬，薄其稅斂，使之俯仰可給，凡有事於田間者皆得盡力於耕耘，而深者深，治者治，所以養民之生者亦既足也。又使壯者以農隙之時，修其孝悌忠信，入而在家，以此事其父兄，出而在國，以此事其長上。如此，則家給人足，既無內顧之憂；親上死長，又鼓其同仇之志。即使之制梃以撻秦、楚之堅甲利兵，亦無不可者，王何以秦、楚爲患耶？彼秦、楚者，實繁刑厚斂，奪其民時，使不得耕耨以養其父母，父母既凍餓，而兄弟妻子亦皆離散，是彼非能撫育其民，乃陷溺其民也。民當陷溺之久，則望救切矣。一旦王興仁義之師以征之，正拯民於陷溺也。民欣喜以歸之之不暇，夫誰與王爲敵者哉？如此，則王且王矣。是以古語有曰：『仁者無敵。』然則臣非無據而妄言者，王請斷之於心，決之於行，萬勿疑阻而不前也。」

孟子見梁襄王，出語人曰：「望之不似人君，就之而不見所畏焉。卒然問曰：『天下惡乎定？』吾對曰：『定於一。』『孰能一之？』對曰：『不嗜殺人者能一之。』『孰能與之？』【行間批：此問更痴。】**對曰：『天下莫不與也。**【行間批：接得緊甚。】**王知夫苗乎？**【行間批：一喻。】**七八月之間旱，則苗槁矣。天油然作雲，沛然下雨，則苗浡然興之矣。其如是，孰能禦之？今夫天下之人牧，未有不嗜殺人者也。如有不嗜殺人者，則天下之民皆引領而望之矣。誠如是也，民歸之，由水之就下，**【行間批：又一喻。】**沛然誰能禦之？』」**

此篇於王之形狀，及一問一答，皆從孟子口中自行敘述，較前後文字，又一機局。若正作問答之文，自應以「不嗜殺人者能一」之句爲主。今皆爲語人之詞，則一切議論都成蜃樓海市矣。觀「出語人曰」四字，則知孟子無意於梁而欲去也。是以評王兩句之下，止將相見時一番問答備敘過，截然竟住，毫不再置一語。如悲如咽，其低徊欲絕之情景，可想也。

「卒然」固寫其急遽之狀，然初即位，而不知問所以送死繼先諸切要事，乃泛泛問天下大勢，亦其卒然之神理也。

王曰「孰能與」，問得原可笑。孟子亦止以淺語答之：天下莫不與。苗之興，誰能禦？似諧似莊。以「天下莫不與」句領起，然世無有以己之民與人之事，煞是難説，是以止説民之歸。民之歸而不能禦，則猶之乎與之矣。

上已以苗爲喻，下説到民歸，忽然又喻之以水。文情如宋刻玉玩，雙層浮起。

○惠王薨，子襄王立。孟子朝而見之，知其不足與有爲也，出而有去志。回思昔日至梁之初心，真有不堪爲懷者。於是乎語人曰：「王今初立，承積衰之後，當繼體之初，儼然而臨乎群臣，正國人瞻望丰采之時，遵承訓令之日也。乃遠而望之，既不似人君，近而就之，亦不見有可畏者，全無威儀，已不足以係人心矣。且倉皇迫卒，舉至不切要之事，而問余曰：『天下惡乎定？』吾對之曰：『列國兵争，互不相下。非合而爲一，將不能定也。』王又問曰：『孰能一之？』吾對曰：『惟不嗜殺人，而有容保天下之度者，斯能一之。非其人，則莫能耳。』使王果有意於天下事，宜即以不嗜殺人之政事見問矣。而不然也，乃忽又問余曰：『孰能與之？』夫天下有以己之民人而與人者哉？然吾則對曰：『天下莫不與也。蓋民非頑然一物，必待人與之，而後能有之也；民則自歸耳。如有不與，則必能禦其歸而後可。然果有能禦者乎？臣將譬之於苗。王亦知七八月之間旱，苗之槁焉者望雨甚切耶？一旦天油然作雲，沛然下雨，則苗浡然興之矣。其浡然如是，問有禦之者誰乎？今夫天下之人牧，未有不嗜殺人者也。如有一不嗜殺人者，則天下之民皆引領而如旱苗之望雨矣。誠如是引領以望也，則王師所至，如時雨降，民倒戈而來歸，將如水之就下，沛然而誰能禦之乎？既不能禦，則未嘗與而猶之乎與矣。臣故曰：『天下莫不與也。』夫王威儀言詞，舉無足以動人者已矣。吾復何望哉？」

齊宣王問曰：「齊桓、晉文之事，可得聞乎〔一〕**？」孟子對曰：「仲尼之徒無道桓、文之事者，是以後世無傳焉，臣未之聞也。無已，則王**【行間批：引入。】**乎？」曰：「德何如，則可以王矣？」曰：「保民而王，**【行間批：主意。】**莫**

之能禦也。」曰：「若寡人者，可以保民乎哉？」曰：「可。」曰：「何由知吾可也？」曰：「臣聞之胡齕曰：王坐於堂上，有牽牛而過堂下者，王見之，曰：『牛何之？』對曰：『將以釁鐘。』王曰：『舍之！吾不忍其觳觫，若無罪而就死地。』【行間批：生動句，史公得力在此。】對曰：『然則廢釁鐘與？』曰：『何可廢也？以羊易之。』不識有諸？」曰：「有之。」曰：「是心足以王矣。百姓皆以王爲愛也，【行間批：一句一轉，一縱一擒。】臣固知王之不忍也。」【行間批：起波。】王曰：「然。誠有百姓者。【行間批：亦小具波致。】齊國雖褊小，吾何愛一牛？即不忍其觳觫，若無罪而就死地，故以羊易之也。」【行間批：葫蘆提語。】曰：「王無異於百姓之以王爲愛也。以小易大，彼惡知之？王若隱其無罪而就死地，則牛羊何擇焉？」【行間批：折得倒。】王笑曰：「是誠何心哉？【行間批：自疑。】我非愛其財而易之以羊也，【行間批：自問。】宜乎百姓之謂我愛也。」【行間批：自認。】曰：「無傷也。是乃仁術也，見牛未見羊也。【行間批：一句破的。】君子之於禽獸也，見其生，不忍見其死；聞其聲，不忍食其肉。是以君子遠庖厨也。」王説曰：「《詩》云：『他人有心，予忖度之。』夫子之謂也。夫我乃行之，反而求之，不得吾心。夫子言之，於我心有戚戚焉。此心之所以合於王者，何也？」【行間批：問得緊。】曰：「有復於王者曰：【行間批：又起一波。】『吾力足以舉百鈞，而不足以舉一羽；明足以察秋毫之末，而不見輿薪。』則王許之乎？」曰：「否。」「今恩足以及禽獸，而功不至於百姓者，獨何與？然則一羽之不舉，爲不用力焉；輿薪之不見，爲不用明焉；百姓之不見保，爲不用恩焉。故王之不王，不爲也，非不能也。」曰：「不爲者與不能者之形，何以異？」曰：「挾太山以超北海，【行間批：奇情妙喻，觸緒紛來。】語人曰：『我不能。』是誠不能也。爲長者折枝，【行間批：折枝，即按摩屈抑枝體而舒暢之，乃卑賤奉事尊長之節。詳見《附録》。】語人曰：『我不能。』是不爲也，非不能也。故王之不王，非挾太山以超北海之類也；王之不王，是折枝之類也。老吾老，【行間批：直接得老甚。】以及人之老；幼吾幼，以及人之幼。【行間批：此是「保民」正面。】天下可運於掌。【行間批：此是「而王」正面。】《詩》云：『刑於寡妻，至於兄弟，以御於家邦。』言舉斯心加諸彼而已。【行間批：言無難也。】故推恩足以保四海，不推恩無以保妻子。古之人所以大過人者，無他焉，善推其所爲而已矣。今恩足以及禽獸，而功不至於百姓者，獨何與？【行間批：複筆生姿。】權，然後知輕重；度，然後知長短。【行間批：又是一喻。】物皆然，心爲甚。王請度之。【行間批：即用王所引《詩》中一「度」字還問之，妙甚！】抑王興甲兵，危士臣，構怨於諸侯，然後快於心與？」【行間批：又一反踢，逼拶甚緊。】王曰：「否。吾何快於是？將以求吾所大欲也。」曰：「王之所大欲，可得聞與？」王笑而不言。曰：「爲肥甘不足於口與？輕煖不足於體與？抑爲采色不足視於目與？聲音不足聽於耳與？便嬖不足使令於前與？王之諸臣皆足以供之，而王豈爲是哉？」王曰：「否。吾不爲是也。」曰：「然則王之所大欲可知矣。欲辟土地，朝秦、楚，莅中國，而撫四夷也。以若所爲，【行間批：忽然又折。】求若所欲，猶緣木而求魚也。」【行間批：又一喻。】王曰：「若是其甚與？」曰：「殆有甚焉。【行間批：接得緊。】緣木求魚，雖不得魚，無後災。以若所爲，求若所欲，盡心力而爲之，後必有災。」曰：「可得聞與？」曰：「鄒人與楚人戰，【行間批：又一喻。】則王以爲孰勝？」曰：「楚人勝。」曰：「然則小固不可以敵大，寡固不可以敵衆，弱固不可以敵强。海内之地，方千里者九，齊集有其一。以一服八，何以異於鄒敵楚哉？蓋亦反其本矣。今王發政施仁，使天下仕者皆欲立於王之朝，【行間批：即從上「大欲」「欲」字生來。】耕者皆欲耕於王之野，商賈皆欲藏於王之市，行旅皆欲出於王之塗，天下之欲疾其君者皆欲赴訴於王。其若是，孰能禦之？」【行間批：明還上莫能禦。】王曰：「吾惛，不能進於是矣。願夫子輔吾志，明以教我。我雖不敏，請嘗試之。」曰：「無恒産而有恒心者，惟士爲能。若民，則無恒産，因無恒心。苟無恒心，放辟邪侈無不爲已。及陷於罪，然後從而刑之，是罔民也。焉有仁人在位，罔民而可爲也？是故明君制民之産，必使仰足以事父母，俯足以畜妻子，樂歲終身飽，凶年免於死亡。然後驅而之善，故民之從之也輕。今也制民之産，仰不足以事父母，俯不足以畜妻子，樂歲終身苦，凶年不免於死亡。此惟救死而恐不贍，奚暇治禮義哉？王欲行之，則盍反其本矣：【行間批：此句連頓。】五畝之宅，樹之以桑，【行間批：重此二句。下同。】五十者可以衣帛矣；鷄豚狗彘之畜，無失其時，七十者可以食肉矣；百畝之田，勿奪其時，八口之家可以無飢矣；

謹庠序之教，申之以孝悌之義，頒白者不負戴於道路矣。老者衣帛食肉，黎民不飢不寒，然而不王者未之有也。」【行間批：結還「王」字。】

齊王原有大志，其問桓、文者，意不在桓、文也，觀下「笑而不言」可見。是以一聞王，即急急來問，又輕輕將「事」字換作「德」字，此其有見識處也。

「若寡人者，可以保民乎哉？」「何由知吾可也？」此二問俱着實有英氣，凡主不能道。

通篇總是以不忍人之心，行不忍人之政而已。

孟子生平學問，全是知四端之心而擴充之，是以「人皆有不忍人」章發明此蘊甚透。今對齊王，亦即此意，所謂幼學壯行者此也。

王天下只在保民，保民即在制民恒產。本數語可了，却從以羊易牛一事生出情致。一路互問互答，若迎若拒，或以翻爲擒，或方擒忽翻，忽然正説入喻，忽然正喻互寫。其間碎處，嘈嘈切切，真如小鳥鬥口。其縱横處，洋洋灑灑，真如排山倒海，觀止矣。雖有他文，不敢請已。

文字最妙在生波。夫池塘陂澤，因風微作縠紋，此水之小者也。若夫江河入海，非一往竟達，必有紆迴激蕩之處，以致浪立千尺，聲聞百里。其湍悍之狀、汹湧之勢，使聆之者驚心，見之者變色，真天地間之鉅觀也。文章亦猶是矣。如此篇，若於是心足王之下，直接推恩，亦有何意趣？妙在生出百姓以王爲愛，遂幻出許多奇情異致，此一大波瀾也。至王能察此心，忽又以其不善推者，劈空一駁，此二大波瀾也。及委曲説到推恩，忽然又以快心直刺他不忍，此三大波瀾也。方點明王之大欲，忽然當頭一按，此四大波瀾也。而此四大波瀾之中，又各各具有一小波瀾。誠乃汪洋浩瀚之中，魚龍出没，大不可測。所謂古今以來之大文，後世漢唐以來諸大家，無不脱胎於此。

一篇凡八設喻。一時山海人物，無不奔赴腕下，以供其取携，可謂極行文之樂事矣。

「臣聞之胡齕曰」一段，引述處妙在一字不肯遺。

「君子之於禽獸」數語，非閑文。蓋上文文氣俱緊，非此則無以舒其氣。此如名山突起峰巒之後，必有漫衍坡坂數十里者，是也。

「保民而王」，是一篇提綱。「不忍」之心，是一篇主腦。是以「心」字，屢屢呼喚。

「反其本」，朱子於後注曰：「使民有常產者，又發政施仁之本也。」則兩「本」字不同，而實則一而已矣。蓋發政施仁說得虛，制民恒產說得實；發政施仁說得籠統，制民恒產說得直切。亦不可迥然看成兩樣也。

二「反其本」有異：上以求大欲須反求其本，言欲遂己欲，必先遂人之欲也；下以驅而之善須反求其本，言欲民親上死長而鼓忠義之氣，必先使民仰事俯畜而無内顧之憂也。

「老吾老」數語，雖是「保民而王」正面，然此只要說出王天下之易來，意注在「運於掌」及兩「而已矣」。上面數語，實處皆虛矣。

「肥甘」數語，固是文字寬衍法，然亦見孟子縱臾齊王處，所謂「摩厲以須，吾刃將斬」者也。

「王之諸臣皆足以供之」，駡死齊臣。孟子固曰：齊人無以仁義與王言者。

「今王發政施仁」一節，亦不是正言保民，只承上「大欲」說來。末二語是主意，上一氣趕下，「發政施仁」不可重講。

妙在說王得遂其大欲，却說出許多「欲」字來。對面生情，最有致。

梁惠王移民移粟是未得養民之法，故重授產，而教只帶言。今宣王之求大欲，蓋欲驅其民而用之也。夫民不知義，何以使之敵王所愾哉？故從恒心說下。不然，則「無恒產而有恒心」一節及「然後驅而之善」二句、「奚暇治禮義哉」句，俱落空矣。

「五畝之宅」節，段段重上半段，與告梁王者不同。

○齊宣王欲有爲於天下，而桓、文之事當時所艷稱者也，於是見孟子而姑問之，蓋欲聞其説以爲己證也。孟子以正對曰：「臣之學本於仲尼。昔仲尼之門羞稱五霸，其徒蓋無道其事者，是以後世無傳焉，臣未之聞也。若必欲臣言天下事，則有王天下之大道在，區區桓、文何足道哉？」王曰：「霸者以事，王者以德。試問德何如，則可以王矣？」曰：「德在保民。保民云者，愛之而不忍傷。如此，則愛人者人恒愛之，心之所向即身之所趨，則其爲天下所歸而王也，孰有能禦之者哉？」王曰：「凉德如寡人，亦可以保民乎哉？」曰：「可。」曰：「何由知吾可也？」曰：「臣聞其説於胡齕，其言曰：一日者，王坐於堂上，適有牽牛而過於堂下者。王見之，不覺有動於心，問之曰：『此牛何所用之？』牽牛者對曰：『將以釁鐘。』王曰：『速舍之。此牛甚觳觫，若無罪而就死地者然，吾甚不忍也。』牽牛者曰：『舍牛，然則廢釁鐘歟？』王曰：『何可廢也？以羊易之。』其説如此，不識實有此事否乎？」王曰：「有之。」曰：「既有此事，則此不忍之心足以保民，而王天下不難矣。然無知之百姓，皆謂王以羊易牛，而特惜其費者，而臣固知王之不忍也。以臣一人，何能曉彼衆口哉？」王曰：「夫子之言果然。誠有百姓如此私議寡人者。夫齊即褊小，然一牛之費豈其不足？吾何至愛之？即夫子所言，不忍觳觫，若無罪而就死地，故以羊易之也。紛紛之論，亦可惑矣。」曰：「王無異於百姓之以王爲愛也。以小易大，迹有似乎愛。彼愚民者，惡知其所以然乎？然無論百姓，即就王論，王固曰不忍者也，然王若果不忍，其無罪而就死地，則牛羊一也，何所擇？而以羊易牛，豈牛無罪而羊有罪耶？豈於大者不忍，而於小者固可忍耶？臣竊敢請其説。」王於是茫然自失，不覺啞然笑，曰：「夫子之問是也。此以羊易牛之心，果爲何心哉？我當時既非愛其財矣，而胡爲乎易之以羊也？以其小者易其大者，宜乎百姓之謂我愛，吾誠難解耳。」孟子因而慰之曰：「王既無怪百姓之論，又何爲自怪其心？此以羊易牛，實於王心，非有所傷也，正委曲以行王之仁，又何疑乎？何也？天下人心之所感觸，以得於親見者，其事爲更真，其情爲更切。彼牛之觳觫，王蓋親見之，故此心勃發而不容已。羊之觳觫，王則未之見，故此心藴蓄而未之形。此所以以羊易牛，而并非不忍於其大，獨忍於其小者也。大抵君子之於禽獸，非盡不殺之也，但親見此物之生，即不忍見此物之死，一親聞其就死之聲，即不忍親食其已死之肉。自古以來，無不皆然。是以君子於此，凡遇宰殺之際，身必遠乎庖厨，不使見其死、聞其聲而已。蓋不以不殺者廢祭享之大事，亦不以忍殺者害發見之仁心。所謂仁術，用之於禽獸之間，固有如此者。王奈何過於自疑乎？」王聞孟子之説，乃欣然而説，曰：「《詩》云：『他人有心，予忖度之。』正夫子之謂也。夫以羊易牛之事，我乃自行之，及反而求之，而自亦不解吾心之所以然。夫子曰：『此見牛畏死之形，而不忍之心遂勃發而不能已者也。』於是寡人一回想焉，其觳觫者猶宛然在心目間，雖至今而此心猶覺戚戚焉者。信乎，見其生，不忍見其死！夫子之言誠足據矣。第以一念之微，而謂爲可王，竊恐有未然也。」孟子曰：「王天下何難？以王而王天下，抑又何難？其事只在乎王耳。今且譬之，假如有白於王前者曰：『吾力足以舉百鈞，而不足以舉一羽；明足以察秋毫之末，而不見輿薪。』則王許之以爲然乎？」曰：「否。」曰：「天下原無是事也。知此，則知今日之事矣。夫人與人同類，而與物殊形。同類則相親，故惻隱之發於民爲切，而仁術之推於民頗易，此無異一羽與輿薪也。殊形則膜視，故惻隱之發於物爲緩，而仁術之推於物則難，此無異百鈞與秋毫也。乃王今日者，恩足以及禽獸，於緩且難者反在所先，而功不至於百姓，其切且易者反在所後，此何異舉百鈞而不舉一羽，見秋毫而不見輿薪乎？是豈不能舉、不能見耶？然則一羽之不舉，非無力也，爲不用力焉；輿薪之不見，非無明也，爲不用明焉；百姓之不見保，非無恩也，爲不用恩焉。不用恩以保民，而何以王乎？故王之不王，非不能也，不爲也。然則王自不王耳，何以王爲難，而竊竊然疑之哉？」王曰：「不爲者，以不能爲也，而夫子以爲異。敢問二者之形，何以異乎？」曰：「臣又請譬之：有今人挾太山以超北海者，其人訴曰：『我不能。』是誠不能也。又有今人爲長者折枝者，其人亦訴曰：『我不能。』是不爲也，非不能也。不爲者與不能者，迥然異形矣。以其迥然異也，故王之不王，非挾太山以超北海之類也；王之不王，是折枝之類也。何以言此心非微，而王天下不難也？蓋天下雖大，不過此人；天下之人雖衆，不過此老幼。人皆同此心，心皆同此理，無二事也。如吾不忍吾之老而有所以老之，即推此心以及人之老，不忍使人不老其老焉；吾不忍吾之幼而有所以幼之，即推此心以及人之幼，不忍使人不幼其幼焉。如此，則舉天下可運於掌上矣，何難之有？不觀之《詩》乎？其美文王曰：『刑於寡妻，至於兄弟，以御於家邦。』夫寡妻、兄弟、家邦遠近殊矣，《詩》何以連類而言之也？言舉斯心以加諸彼而已。《詩》亦豈有他旨哉？可知此不忍之心，遠係乎家邦，近關乎妻子，則不可以不推也。故推其恩，即足以保四海；若一不推恩，并不足以保妻子。古之人所以豐功駿業，巍巍蕩蕩，大過乎人者，亦無他焉，不過親親仁民，仁民愛物，善推其所爲而已矣。今王舍就死之牛，恩已及於禽獸，殘無罪之民，而功反不及於百姓，不忍於殊形，而獨忍於同體，倒行逆施，不善推如此，獨何故與？然則王自謂已得其心乎？竊恐王猶未自得也。夫物以權，然後知其輕重；以度，然後知其長短。大抵皆然者也，而况心乎？若失其輕重、長短之本然，是必未嘗權之、度之也。今王之心，失亦甚矣。請一自度之，恐亦有所不解者矣。然王不自度，臣竊代爲度之。抑王之所以殘民而功不至者，意者興其甲兵，危吾士臣，構怨於諸侯，兵連禍結，使民皆肝腦塗地，然後快於心歟？不然，何不忍於物而獨忍於斯人也？」王曰：「否。吾何快於是？蓋吾有大欲，將藉此以求之，不得已而用吾民耳。」曰：「王之所大欲，可得聞歟？」王嫌於太夸，但笑而不言。孟子姑設詞以先縱臾之，曰：「王之大欲，將爲肥甘不足於口與？輕煖不足於體與？抑爲采色不足視於目，聲音不足聽於耳，便嬖不足使令於前與？以臣觀之，王之諸臣皆足以供之，而王豈爲是哉？」王曰：「否。此世主之所欲，吾奈何爲是？」孟子於是折之曰：「然則王之所大欲可知矣，殆欲闢土地，朝秦、楚，莅中國，而撫四夷也。然王之志則大矣，第以殘民之所爲而求若此之大欲，是猶緣木求魚，豈可得哉？」王怪之曰：「吾所以用民四征不服，一時未即如意者，不過有待耳。而夫子譬之緣木求魚，若是其甚，然則寡人其將絶望矣乎？」曰：「王以臣言爲甚，不知臣猶淺之乎言之也。

若推其究竟，恐更有甚焉者已。何也？緣木求魚，雖不得魚，然止於不得而已，固無後患也。以若所爲，求若所欲，雖盡心力而爲之，後必有灾，豈止不得而已哉？」曰：「可得聞其説歟？」曰：「臣且不必言齊，請借鄒、楚爲喻，可乎？假如鄒人與楚人戰，則王以爲孰勝？」曰：「楚人勝。」曰：「小大殊形，衆寡異勢，强弱非敵，理有固然者。今海内之地，方千里者九。以齊集合境内而計之，止有其一耳。其外如齊者，尚有八也。以齊之一而與天下之八戰，小大、衆寡、强弱之不同何以異於鄒敵楚哉？是不惟不得所欲，且恐現在之齊亦不能保。臣之所謂有後灾者，此也。有如王如王必欲得所欲，亦正不難。蓋欲遂己之欲，必先有以遂人之欲，亦反求其本，推不忍之心以保民而已矣。今日者，發政以施其仁，能使天下之仕者皆欲立於王之朝，使天下之耕者皆欲耕於王之野，使天下之商賈皆欲藏於王之市，使天下之行旅皆欲出於王之塗。又不但士農商旅也，且舉凡天下之欲疾其君者，皆欲赴訴於王。其歸心如此，將見土地不待闢而自廣，秦、楚不待戰而自服，中天下而立，受四夷之朝，又孰能禦之？不反其本，而欲殘民以逞，則未有能濟者矣。」王於是謝曰：「夫子之言，至矣大矣！此明主之所爲也。吾竊惛然，恐不能進於是。願夫子輔吾志，明以教我。我雖不敏，請嘗行以試之。」孟子正告之曰：「王用民以濟所欲，民之知親上死長者誰乎？然而非民之過也，其故在無恒産。夫無恒産而有恒心者，惟明禮知義之士爲能耳。若民，則無恒産，因無恒心矣。苟無恒心，則放辟、邪侈無不爲已。無不爲，則必得罪。及陷於罪，然後從而刑之，是分明罔民也。焉有不忍人之仁人在位，罔民之事而可爲乎？此恒産所以不可不制也。是故明君有見乎此，其制民之産也，必使仰足以事父母，俯足以畜妻子，當樂歲固終身可飽，即遇凶年，亦可免於死亡。制産如此，誠可謂恒矣。然後驅而之善，則衣食足而禮讓興，其從事於忠義之事也亦易易耳。今也則不然，其制民之産，仰既不足以事父母，俯又不足以畜妻子，雖遇樂歲，已終身苦其不支，一逢凶年，即不免於死亡。制産如此，尚可恒乎？民方救死而恐不贍，又奚暇治禮義哉？欲用其民，不可得已。王果欲行仁政以保民乎？不必見民之救死，始煦煦然而動其心也。盍亦反求其本，制民之産，使之皆可恒焉，斯已矣。必也一夫授以五畝之宅，皆令其樹墻下以桑。有宅可居，而又可蠶，可以保民之五十者，使之衣帛矣。鷄豚狗彘之畜於民者，令其無失夫孕字之時，則生生不已，甘旨有供，可以保民之七十者，使之食肉矣。一夫授以百畝之田，凡工作力役，皆勿奪其耕耘收穫之時。田既足以爲養，而耕又有餘力，則可以保民有八口之家者，皆使之無饑矣。小民既皆有恒産如此，於是時也，謹其庠序之教，申之以孝弟之義，則民皆知愛知敬，而頒白者不負戴於道路之間矣。夫五十、七十之老者莫不衣帛食肉，是人皆得老其老也；而黎民亦皆不饑不寒，是人皆得幼其幼也。以一心之所推，舉四海而皆保，於飽煖之中，隱然寓長幼之節，當耕鑿之下，藹然篤親遜之風。如此，則天下之士農商旅莫不皆以齊爲樂土，而各求遂所欲焉；而尚不爲天下君而王者，有是理哉？王亦推此不忍於牛之心以保民，則大欲不求而自得矣。勿徒負是心而沾沾於興兵構怨，自失王天下之機也。」

【校注】

〔一〕「可」，原作「何」，據中華書局一九八三年版《四書章句集注》之《孟子集注》卷一改。

卷二

梁惠王篇第一下

莊暴見孟子，曰：「暴見於王，王語暴以好樂，暴未有以對也。」曰：「好樂何如？」孟子曰：「王之好樂甚，則齊國其庶幾乎！」【行間批：奇語，令人難解。】他日，見於王曰：「王嘗語莊子以好樂，有諸？」王變乎色，曰：「寡人非能好先王之樂也，直好世俗之樂耳。」曰：「王之好樂甚，則齊其庶幾乎！今之樂由古之樂也。」曰：「可得聞與？」曰：「獨樂樂，與人樂樂，孰樂？」【行間批：并不直説同樂，而同樂隱然。】曰：「不若與人。」曰：「與少樂樂，與衆樂樂，孰樂？」曰：「不若與衆。」「臣請爲王言樂：今王鼓樂於此，百姓聞王鐘鼓之聲、管籥之音，舉疾首蹙頞而相告曰：『吾王之好鼓樂，夫何使我至於此極也？父子不相見，兄弟妻子離散。』今王田獵於此，百姓聞王車馬之音，見羽旄之美，舉疾首蹙頞而相告曰：『吾王之好田獵，夫何使我至於此極也？父子不相見，兄弟妻子離散。』此無他，不與民同樂也。今王鼓樂於此，百姓聞王鐘鼓之聲、管籥之音，舉欣欣然有喜色而相告曰：『吾王庶幾無疾病與？何以能鼓樂也？』今王田獵於此，百姓聞王車馬之音，見羽毛之美，舉欣欣然有喜色而相告曰：『吾王庶幾無疾病與？何以能田獵也？』此無他，與民同樂也。今王與百姓同樂，則王矣。」

通篇只是個與民同樂之意，然於「好樂何如」下即直説出，便毫無意味。今妙在先虛虛説一個「甚」字，含而不露，且作一頓。及暴不能問，他日告王，而王以世俗之樂自慚，又作一頓。及對王問，仍不即説出同樂，依舊從一「甚」字曲曲引入，又將一好樂不甚者點出不同樂，將一好樂甚者點出同樂，然後用實筆結住。較前諸篇，又一機局。

以夫子告顔淵用《韶》樂而放鄭聲例之，則今之樂與古之樂必有辨矣。然孟子置之不論，止以樂之大段道理説到與民同樂上。此中見其苦心，亦見其大本領也。

孟子最善辯，亦最善詰問。獨不若與人，少不若與衆，已將與民同樂方可樂意，令王自己説出，然後止用一點便明。此是極好諷諫的疏札，亦是最輕省活動的文字。

一段寫民之怨，實實寫出怨來。看「夫何使我至於此極也」三句，又悲憤，又氣咽，一時聲淚俱下，覺得真若有無數人在旁詛咒怒罵焉者。一段寫民之喜，實實寫出喜來。看「吾王庶幾無疾病」二句，又關心，又放懷，一時眉開臉笑，覺得真若有無數人在旁拊掌稱慶焉者。此爲第一寫生手段。後世惟史遷稍能仿佛，餘子遠不逮矣。

「夫何使我」三句，一氣讀，不可停斷。「吾王庶幾」二句，中間着不得「不然」二字。解者當自爲領會也。以「無疾」寫民慶幸，真説得好，便覺君與民成了一個人。雖父子骨肉，不過是矣。

寫鼓樂，又帶寫田獵，事固相因，文亦淋漓盡致。

○齊臣莊暴有所疑於王，見孟子而述之曰：「暴曾見王，王語暴以好樂。此荒淫之事，暴彼時未有以對。以質夫子，王之好樂何如？得勿妨於治乎？」孟子曰：「好樂何妨？吾且恐王好之未必甚也。果其甚乎，齊國庶幾其治矣。子又何慮之深耶？」夫孟子所謂好樂甚，必有説，而惜乎暴之不知再問也。及他日，得見於王，因舉以發之，曰：「王嘗語莊子以好樂，有諸？」王聞孟子問，不覺變乎色，忸怩而言曰：「寡人非能好先王之樂也，直好世俗之樂耳，奈何使夫子聞之乎？」曰：「王無以世俗之樂自慚也，亦視乎好之甚不甚耳。王如好之甚，則齊且可治。雖今之樂，其與古樂又何異乎？」曰：「所謂好樂甚者，可得聞與？」曰：「夫所謂樂者，樂也。一有所不樂，即不可言樂。臣請問之，王獨樂樂，與人樂樂，二者孰樂？」曰：「不若與人之爲樂也。」曰：「與人固已。然與少樂樂，與衆樂樂，二者又孰樂？」曰：「不若與衆之爲更樂也。」曰：「王既知此，則臣請爲王言樂。如王今日者，鼓樂於此，將以爲樂也。然而百姓聞王鐘鼓之聲、管籥之音者，莫不疾首蹙頞而相告曰：『吾王之好鼓樂，夫何使我至於此極也？父子不相見，兄弟妻子離散。』是不樂者遍國中而皆然也。今王又試由鼓樂而田獵焉，亦將以爲樂也。然而百姓聞王車馬之音，見羽旄之美者，莫不疾首蹙頞而相告曰：『吾王之好田獵，夫何使我至於此極也？父子不相見，兄弟妻子離散。』是不樂者又遍國中而皆然也。如此者，王樂乎？否乎？此無他故，由王平日不與民同樂，則今之鼓樂、田獵不過獨樂耳。此好樂之不甚者也。有如王今日，其鼓樂於此，以爲樂者猶夫昔，乃一時百姓聞王鐘鼓之聲、管籥之音，則莫不欣欣然有喜色而相告曰：『吾王庶幾無疾病與？何以能鼓樂若此也？』是樂者亦遍國中而皆然也。今王又試由鼓樂而田獵，其以爲樂者猶夫昔，乃一時百姓聞王車馬之音，見羽旄之美，則莫不欣欣然有喜色而相告曰：『吾王庶幾無疾病與？何以能田獵若此也？』是樂者又遍國中而皆然也。如此者，王樂乎？否乎？此亦無他故，由王平日有所以與民同樂者，是以民亦樂其樂耳。此好樂之甚者也。然則王之今日，亦求所以與民同樂者，則樂民之樂者，民亦樂其樂。於此而王，何難之有？臣所謂王之好樂甚而齊其庶幾者，此也。」

齊宣王問曰：「文王之囿方七十里，有諸？」孟子對曰：「於傳有之。」【行間批：四字圓活。】**曰：「若是其大乎？」曰：「民猶以爲小也。」**【行間批：《國策》本色。】**曰：「寡人之囿方四十里，民猶以爲大，何也？」曰：「文王之囿方七十里，芻蕘者往焉，雉兔者往焉。與民同之，民以爲小，不亦宜乎？**【行間批：説出極正大道理。】**臣始至於境，問國之大禁，然後敢入。臣聞郊關之内有囿方四十里，殺其麋鹿者如殺人之罪，則是方四十里，爲阱**【行間批：字法。】**於國中。民以爲大，不亦宜乎？」**

齊王之問文囿，原爲自己解嘲。孟子即迎其機而利導之。

一問其大，一對其小，奇峰矗起。

孟子文章，初間極奇，後却極平實，如「賢者而後樂此」、「好樂甚而齊其庶幾」及此章是也。

「然後敢」三字，亦寫出可懼意。

特曰「爲阱」字，甚奇險，則其敝不止於不與民同而已。

○齊有囿四十里，民頗怨焉。宣王思有以自解者，見孟子，問曰：「聞文王之囿方七十里，有諸？」孟子姑應之曰：「於傳有之。」王曰：「以賢者之遊獵，其地固若是之大乎？」曰：「王以爲大，然當時之民則猶以爲小也。」曰：「若然，則寡人之囿方四十里，而民猶以爲大，何也？豈今日之民情遠不及乎古耶？」曰：「王無異於民之小文囿而大王囿也。昔文王之囿雖方七十里，而文王未嘗據爲己有也。凡民之芻蕘者皆往焉，凡民之雉兔者又皆往焉。是文王以此七十里者與民同有之，往取其利者既多，則地自見其狹。民以爲小，不亦宜乎？若王之囿，則不然。臣之始至齊也，徘徊境上，問國之大禁，然後敢入。此時，臣即聞郊關之内，王有囿方四十里，如有敢入其中殺其麋鹿者，即以殺人之罪罪之。是民之命僅與麋鹿等也。設有逸獸，民不知而誤殺之，莫不皆死？則是方四十里非囿也，實爲阱於國中耳。以四十里爲囿，未嘗大；以四十里而爲阱，則民以爲大，不亦宜乎？王亦法文王，與民同其樂而已矣，勿重尤斯民爲也。」

齊宣王問曰：「交鄰國有道乎？」孟子對曰：「有。惟仁者爲能以大事小，是故湯事葛，文王事昆夷；惟智者爲能以小事大，故太王事獯鬻，句踐事吴。以大事小者，樂天者也；以小事大者，畏天者也。樂天者保天下，畏天者保其國。《詩》云：『畏天之威，于時保之。』」王曰：「大哉言矣！寡人有疾，寡人好勇。」對曰：「王請無好小勇。【行間批：趁水生波。】夫撫劍疾視曰：『彼惡敢當我哉？』此匹夫之勇，敵一人者也。王請大之。《詩》云：『王赫斯怒，爰整其旅，以遏徂莒，以篤周祜，以對于天下。』此文王之勇也。文王一怒而安天下之民。【行間批：頓句硬健。】《書》曰：『天降下民，作之君，作之師。惟曰其助上帝，寵之四方。有罪無罪，惟我在，天下曷敢有越厥志？』一人衡行於天下，武王耻之。此武王之勇也。而武王亦一怒而安天下之民。今王亦一怒而安天下之民，民惟恐王之不

好勇也。」【行間批：有上兩節煞句之硬挺，不可無此句之輕揚。文勢如此，方稱。】

此篇自當以仁、智、勇爲眼目，以「天」字作骨，以「保天下」、「安天下之民」作究竟。文勢雖分兩段，其實上泛論有國者之交鄰，下則直論齊王之交鄰也，並非二事。

上段文勢融和，如春風之扇物；下段文勢雄厲，如駿馬之下坡。

上段仁智本兩開説，並無獨重「樂天者保天下」意。以下段「安天下之民」與上「保天下」有關會，作全章之針線，則可；竟於上段有偏重，則不可。蓋上段只泛論，並未説到齊也。

以大事小，仁者似乎矯情以沽名；以小事大，智者似乎委曲以候隙。故皆指出個「天」字，則英主之豁大、奸雄之陰謀，一切皆抹煞矣。

引《詩》只證個「天」字、「保」字。不必拘於「畏天」字，爲僅證「保其國」句，而樂天之保天下，尚須補出也。

○戰國諸侯，大抵皆主遠交近攻之説，以并吞爲計。齊，伯國之餘也。魯、衛、滕、薛雖小而不能服，秦、楚、燕、趙又大而不相下。宣王欲以力争焉，見孟子而問曰：「交鄰國亦有道，使之大者服而小者畏乎？」孟子對曰：「有道，在仁與智而已。惟仁者爲能以大而有事於小，蓋寬洪惻怛，初不自計强大之形也。惟其然也，是故湯事葛、文王事昆夷，二君所以爲仁者哉！亦惟智者爲能以小事大，蓋明理識勢，惟有自安其弱小之分也。惟其然也，故太王事獯鬻、句踐事吴，二君所以爲智者哉！夫以大事小，非故爲謙抑，以博豁達大度之名也；以小事大，非過爲貶損，以希因利乘便之圖也：皆天而已矣。仁者自然合理，順其心之所安，所謂樂天者是也；智者不敢違理，謹其心之所嚮，所謂畏天者是也。樂天者，其包含徧覆，豈止於一隅？吾觀其氣象，將合天下而皆在容保之内矣。畏天者，其謹慎小心，豈終於自危？吾知其規模，蓋舉一國而可以保守不失矣。斯二者皆本於天，而一則保天下，一則保其國，豈無據而云然哉？《詩》言之矣，曰：『畏天之威，于時保之。』所謂樂天畏天之所保，不信足徵乎？王甚無疑臣言也。」然宣王方以興兵構怨，求所大欲，孟子之説豈其能行者？故以實告曰：「大哉，夫子之言矣！但寡人有疾，所好在勇，恐不能事大而字小也。」孟子對曰：「好勇何妨？但天下有小勇，有大勇。王既好之，則請無好小勇。何謂小勇？夫撫劍疾視曰：『彼惡敢當我哉？』此匹夫之勇，敵一人者也，小勇也。王請大之。夫千古言大勇者，莫如文王。《詩》之言文王曰：『王赫斯怒，爰整其旅，以遏徂莒，以篤周祜，以對于天下。』《詩》言如此，此文王之勇也。文王只一怒而安天下之民，勇何大乎！又千古言大勇者，文王之下，莫如武王。《書》之言武王曰：『天降下民，作之君，作之師。惟曰其助上帝，寵之四方。有罪無罪，惟我在，天下曷敢有越厥志？』《書》言如此。設使當時有一人衡行於天下，武王必引爲己耻，則伐暴以除之，斷然已。此武王之勇也。而武王亦一怒而安天下之民，勇又何大乎！今王能如文、武之大勇，亦一怒而安天下之民，則天下之民莫不望其怒，以除暴戢亂，而拯己於水火之中也，方惟恐王之不好勇。王又何以勇自嫌，不勉爲仁者智者哉？」

齊宣王見孟子於雪宮。王曰：「賢者亦有此樂乎？」【行間批：語自矜驕。】孟子對曰：「有。【行間批：止一字應之，下忽一轉，如急流捩舵。】人不得，則非其上矣。不得而非其上者，非也；爲民上而不與民同樂者，亦非也。樂民之樂者，民亦樂其樂；憂民之憂者，民亦憂其憂。樂以天下，憂以天下，【行間批：奇句。】然而不王者，未之有也。昔者齊景公問於晏子曰：【行間批：《管子》作桓公問管仲。】『吾欲觀於轉附、朝儛，【行間批：《管子》作「猶軸轉斛」。】遵海而南，放於琅邪。吾何修而可以比於先王觀也？』晏子對曰：『善哉問也！天子適諸侯，曰巡狩。巡狩者，巡所守也。【行間批：隨叙隨注。】諸侯朝於天子，曰述職。述職者，述所職也。無非事者。【行間批：束。】春省耕而補不足，秋省斂而助不給。夏諺曰：「吾王不遊，吾何以休？吾王不豫，吾何以助？一遊一豫，爲諸侯度。」今也不然。師行而糧食，【行間批：《管子》作「糧食其民」，較此明白。詳見《附録》。】飢者弗食，勞者弗息。睊睊胥讒，民乃作慝。方命虐民，飲食若流。流連荒亡，爲諸

侯憂。從流下而忘反，謂之流；從流上而忘反，謂之連。從獸無厭，謂之荒；樂酒無厭，謂之亡。先王無流連之樂、荒亡之行，惟君所行也。』【行間批：筆力如扛。】**景公説，大戒於國，出舍於郊。於是始興發補不足，召太師曰：『爲我作君臣相説之樂！』蓋《徵招》、《角招》是也。其詩曰：『畜君何尤？』畜君者，好君也。」**【行間批：悠然不盡。】

此與梁惠王章及好樂、文囿諸篇，皆乘機引到與民同樂上。「人不得，則非其上」，當頭一按，與上三篇文法又微不同。

連下四「非」字，作三轉。文情迴環抑揚，極有情致。

説與民同樂，忽又夾説憂民之憂。蓋必先天下之憂而憂，然後能後天下之樂而樂也，非兩事。

引齊景公，另成一段文字。

説至樂以天下，如此可王，意已畢矣。忽引景公、晏子一番問答，又寫景公聞言即行，又寫相説作樂，且并指出樂章樂名，寫得濃郁深至之極。而結處止引一詩句釋之，截然便住，更不再作一語。若此一番引喻，止爲辯明自己愛君之意也者，便將上文如許説話盡化爲輕雲飛烟，筆墨真入化境矣。

「今也不然」一節，因上夏諺，遂亦用韻語。文情興會所至，無所不可。

上段説巡狩述職，隨説隨釋。下段説畢流連荒亡，然後逐一釋之。上段以「爲諸侯度」結住；下段説「爲諸侯憂」，尚未結住。上段句句頓挫，有瞿瞿顧慮之象；下段句句直遞，有流蕩不反之象。皆肖其事以爲文情，真乃各盡其變。上説流連荒亡，文勢拖沓，隨用「先王無流連之樂、荒亡之行，惟君所行也」三句斬釘截鐵文字結住。此文家相救之法。

○齊宣王居孟子於雪宮。一日者，就而見之，自矜其禮遇之隆也，言於孟子曰：「賢者家居，亦有此樂乎？」孟子對曰：「人君以此待賢，則賢者信有此樂矣。然此樂也，豈惟與賢者共之而已？凡人無不宜然也。苟人不得此樂，則不免非其上矣。夫一不得而即非其上，是不安爲下之分，固非也。然既爲民上，理宜與聚勿施，使民各得所樂方是。乃不與之同樂，罔恤其民，而自樂所私，父母斯民之謂何乎？是職分之不盡，亦非也。上既自處於非，又何能解免於人言耶？夫欲與民同其樂，必先與民同其憂，則勿謂民情之不丕應乎上志也。吾見樂民之樂者，民亦樂其樂焉；憂民之憂者，民亦憂其憂焉。是樂非一人，合天下之樂以爲樂也；憂亦非一身，合天下之憂以爲憂也。上下一體，四海同情如此，然而不王者，無此理矣。王幸無尤乎臣言也。齊之先世有進言於君而君諒之者，其事可述已。昔者景公問於晏子曰：『吾欲觀於轉附、朝儛，遵海而南，放於瑯邪。吾何修而可以比於先王觀也？』是景公之所欲者，在乎遊觀之樂矣。而晏子則對曰：『善哉問也！天子適諸侯，曰巡狩。巡狩者，巡所守也。諸侯朝於天子，曰述職。述職者，述所職也。無非事者。春省耕而補不足，秋省斂而助不給。夏諺曰：「吾王不遊，吾何以休？吾王不豫，吾何以助？一遊一豫，爲諸侯度。」今也不然。師行而糧食，饑者弗食，勞者弗息。睊睊胥讒，民乃作慝。方命虐民，飲食若流。流連荒亡，爲諸侯憂。從流下而忘反，謂之流；從流上而忘反，謂之連。從獸無厭，謂之荒；樂酒無厭，謂之亡。先王無流連之樂、荒亡之行，惟君所行也。』是晏子之止君欲，而以民之樂爲君樂者，其説似逆耳矣。而景公則説焉，且大戒於國，以悔其既往之非，出舍於郊，以省其現在之事。其興發以補耕之不足也，於是乎始，蓋前此未之有也。又召太師而命之曰：『爲我作君臣相説之樂！』是樂也何樂？即今日被之宫弦，形之咏歌，所謂《徵招》、《角招》者是也。王不嘗聞諸乎？然臣猶憶其詩有曰『畜君何尤』者。夫畜君宜爲君尤，而謂爲何尤，此其中蓋有微旨焉。以爲逢君長君，皆不愛君之甚者也。夫有忠愛之志者，必將陳善閉邪，以責難於君，蓋不能不誨矣。此景公之説其臣言，而諒其心者也。然則臣言爲民上而不與民同樂爲非，王亦幸察臣心之無他也。」

齊宣王問曰：「人皆謂我毀明堂。【行間批：明堂來歷，詳見《附録》。】**毀諸？已乎？」孟子對曰：「夫明堂者，王者之堂也。王欲行王政，則勿毀之矣。」**【行間批：轉勸其勿毀，非迂儒所知。】**王曰：「王政可得聞與？」對曰：「昔者文王**

之治岐也，【行間批：明堂所以祀文王，故推本及之。詳見《附録》。】耕者九一，仕者世禄，關市譏而不征，澤梁無禁，罪人不孥。老而無妻曰鰥，老而無夫曰寡，老而無子曰獨，幼而無父曰孤。此四者，天下之窮民而無告者。文王發政施仁，必先斯四者。《詩》云：『哿矣富人，哀此煢獨。』」王曰：「善哉言乎！」曰：「王如善之，則何爲不行？」【行間批：一詰問，便轉出奇文。】王曰：「寡人有疾，寡人好貨。」對曰：「昔者公劉好貨，《詩》云：『乃積乃倉，乃裹餱糧，于橐于囊。思戢用光。弓矢斯張，干戈戚揚，爰方啓行。』故居者有積倉，行者有裹糧也。然後可以爰方啓行。王如好貨，與百姓同之，於王何有？」王曰：「寡人有疾，寡人好色。」對曰：「昔者太王好色，愛厥妃。《詩》云：『古公亶父，來朝走馬，率西水滸，至于岐下。爰及姜女，聿來胥宇。』當是時也，内無怨女，外無曠夫。王如好色，與百姓同之，於王何有？」

齊王之意，原欲不毁。孟子即迎其意，而勸之以行王政。明堂爲祀文王之堂，故言王政及同樂，皆舉周之先王、先公爲言。上之王政與下之同樂，并非二事。

上言王政，是文字之正；下言同樂，是文字之奇。以「公劉好貨」、「太王好色」語屬創闢，得未曾有，故必引《詩》以證之也。

公劉好貨而與民同，引《詩》之言積倉餱糧諸語尚渾，故特點明民之富足，則其與民同之意可見。太王好色而與民同，引《詩》只證得個愛厥妃，而與民無與，故必須補出無怨無曠，然後方見得與民同其好色也。

○魯以宗國得有明堂，祀文王以配上帝。後地入於齊，齊不得舉其祀，而堂遂虚。宣王欲闢土地以朝秦、楚者也，竊欲留此以爲己地。問孟子以示其意曰：「人皆謂我毁明堂，竟聽而毁之乎？將已而可不毁乎？」孟子對曰：「言毁之者固自有説，蓋以此明堂爲王者之堂，非王者不得有也。然王亦何定在之有？只在能行王者之政，即可以王耳。王如果行王政，即留此堂以隆孝饗，又何必今日毁之而後日又改作乎？」王曰：「王政可得聞與？」對曰：「明堂爲周王所建，請即言周之先王，可乎？昔者文王之治岐也，耕者九一而税之薄，仕者世禄而養之厚，關市譏而不征，澤梁又皆無禁，而與民共其利。即不得已而有所罪之人，亦止及其身，不連累其妻孥焉。此皆文王之發政以施其仁者也。而不但此也，導民妻子，使之養老而恤幼者，其常也。不幸而有無妻之鰥、無夫之寡、無子之獨、無父之孤，此四者各限于天命之窮，非若饑寒可以告救者。文王之仁政固無所不至，而於此四民，所以恤之者必在所先焉。《詩》所云：『哿矣富人，哀此煢獨。』此之謂也。文王之政如此。此文王之所以王，而明堂之所由祀歟！」王聞言，不覺喜而贊曰：「善哉，夫子之言乎！此宏論也。」孟子因詰之曰：「王不知其善則已；如其善之，則何爲不見之於行，以王天下爲？」王以實告曰：「寡人非不願行也。無如有好貨之疾，方且取民而恐其不足，又焉能行此弛利薄取、惠舊恤患之政乎？」對曰：「好貨亦何妨於王？即古之王有然者。文王而上爲公劉，蓋嘗好貨焉，然非己獨好之而已也。試一徵之，《詩》有云：『乃積乃倉，乃裹餱糧，于橐于囊。思戢用光。弓矢斯張，干戈戚揚，爰方啓行。』觀《詩》之言，故必居者有積倉，行者有裹糧也，然後可以爰方啓行。是公劉好貨，而其民亦無不富足若此，蓋與民同之也。王如好貨，亦與民同，此即王者之政矣。其於王也，何難之有？」王又以實告曰：「寡人之疾，不止好貨一事也，又且好色。是以心志蠱惑，用度奢靡，而不能行此王政也。」對曰：「好色亦何妨於王？古之王又有然者。文王而上爲太王，蓋甚愛厥妃焉，然亦非己獨好之而已也。試又徵之，《詩》有云：『古公亶父，來朝走馬，率西水滸，至於岐下。爰及姜女，聿來胥宇。』觀《詩》所言，是太王當流離播遷之際，而猶必姜女之爰及，亦可見其好色矣。然當此時，內無怨女，外無曠夫。是太王好色，而與民同之也。王如好色，亦與民同，此即王者之政矣。其於王也，又何難之有？然則王自不行王政耳，亦有何疾而顧慮？此明堂之在齊者，不一王天下耶？」

孟子謂齊宣王曰：「王之臣，【行間批：賓。】**有托其妻子於其友，而之楚遊者。比其反也，則凍餒其妻子，則如之何？」王曰：「棄之。」曰：「士師不能治士，**【行間批：賓。】**則如之何？」王曰：「已之。」曰：「四境之內不治，**【行間批：主。】則如之何？」王顧左右而言他。

此變調文字，以三「如之何」作章法。

「棄之」、「已之」只二字，簡净之甚。

上二事雖設問以發其意，然亦非泛舉閑話。蓋妻子之托，即黔黎身家之寄也。士師之治士，即人主之馭臣也。所以治四境者，不過察吏安民而已。上已見意，故末節止云四境不治，此正喻互見法也。

○孟子以齊宣王不能察吏安民以治其國，乃設問以發之曰：「王甚明於法而審於事者也。有二事於此，臣請折衷於王，可乎？王之臣，有托其妻子於其友，而之楚遊者。比其反也，則凍餒其妻子。友之負托如此，王之臣何以處之？」王曰：「無益之友，棄之而已。」孟子曰：「棄之，誠是也。今又有王之士師，不能自治其士者，王何以處之？」曰：「無能之臣，已之而已。」孟子曰：「已之，又誠是也。然堂堂全齊四境之民，其托命於王者，與王臣托妻子於友何以異？大小臣工，其聽命於王者，與士之受治於士師又何以異？今而民無以爲養，臣無以爲法，其責將安歸乎？王其酌之。」於是齊王心慚怍而不能措一詞，色忸怩而不能正其視，乃環顧左右而言他事以亂之。憚於自責，耻於下問，甚矣，王之不足與有爲也！

孟子見齊宣王曰：「所謂故國者，非謂有喬木之謂也，有世臣之謂也。王無親臣矣，昔者所進，今日不知其亡也。」王曰：「吾何以識其不才而舍之？」曰：「國君進賢，如不得已，【行間批：四字形容得妙。】將使卑踰尊，疏踰戚，可不慎與？左右皆曰賢，未可也；諸大夫皆曰賢，未可也；國人皆曰賢，然後察之，見賢焉，然後用之。左右皆曰不可，勿聽；諸大夫皆曰不可，勿聽；國人皆曰不可，然後察之，見不可焉，然後去之。左右皆曰可殺，勿聽；諸大夫皆曰可殺，勿聽；國人皆曰可殺，然後察之，見可殺焉，然後殺之。故曰：【行間批：乘勢説出。】國人殺之也。如此，然後可以爲民父母。」

以喬木引至世臣，以世臣引至親臣，文氣甚從容。

此必因宣王輕棄人才而發，故首曰「不知其亡」，後曰「去之」，又甚而言「殺之」也。觀王不問何以識其賢，而曰「識其不才而舍」，其意可見。

「慎」字是一章之骨，下再言「未可」，再言「勿聽」，再言「然後」，皆慎之之意。

王問「何以識」，而孟子答之以「察」，此正答也。至其所以察者，必在國人之後，因而曰「國人殺之」，而結之以「爲民父母」。此餘論也。蓋情生文，文生情，有如是焉者。

「如不得已」四字，形容語。「將使」三句，申解語，且以照應「世臣」也。

○齊宣王輕棄人才，又往往以讒殺士，故孟子見而諷之曰：「齊之不得爲故國，王知其故乎？夫所謂故國者，非有喬木之謂，而有世臣之謂也。王且無親臣矣，昔者所進，今日有亡之而不知者。及身如此，何以能世？求如昔日高國之佐姜氏，得乎？」王自解曰：「此皆不才，而吾舍之者也。如能先有以識之，則自不至於輕棄耳。然夫子何以教我？」孟子曰：「今日之輕於棄，皆由於前日之輕於用。棄之不已，必且殺之。王甚勿任一己之聰明爲也。蓋國君進賢，其躊躕度量之情，遲回反覆之狀，宛如有所不得已而後用之者。其慎也如此，何爲也哉？蓋尊卑有定分，疏戚有定體，此禮之常也。吾既有所尊矣，而卑者之賢勝焉，則必將升之而過於所尊。吾既有所戚矣，而疏者之賢勝焉，則必將親之而過於所戚。是踰之也，非禮之常也。如一不當，則不足以服人心，而積憤生亂，可不兢兢以慎之與？慎之如何？如稱人之賢，言人之不肖，人主首先得聞者莫過於左右，然而其所皆曰賢者，未可即信也。繼則諸大夫，然其所皆曰賢者，亦未可即信也。必國人皆曰賢矣，然後從而察之，實見其賢焉，然後用之。此用賢之慎，所謂如不得已者也。用賢，則必退不肖。然左右皆曰不可，幸勿聽也。即諸大夫皆曰不可，亦仍勿聽也。必國人皆曰不可矣，然後從而察之，實見其不可焉，然後舍之。此舍不才之慎，所謂如不得已者也。推之至於殺人，其慎亦有然者。如左右皆曰可殺，不可聽也。即諸大夫皆曰可殺，亦仍勿聽也。必國人皆曰可殺矣，然後從而察之，實見其可殺焉，然後殺之。故語有曰：此有罪者非君能殺之，國人殺之也。夫用舍皆以民言爲主如此。此所謂好民之所好，不自用其好，惡民之所惡，不自用其惡，以爲民父母，庶幾勝任而無愧耳。王亦以民之識爲識而慎之焉，則齊之洋洋而表東海者，豈不永垂奕祀乎？」

齊宣王問曰：「湯放桀，武王伐紂，有諸？」孟子對曰：「於傳有之。」曰：「臣弑其君，可乎？」曰：「賊仁者謂之賊，賊義者謂之殘，殘賊之人謂之一夫。聞誅一夫紂矣，未聞弑君也。」【行間批：創論，却是正論。】

「於傳有之」四字甚活，與文囿章同。

殘賊一夫之答，大議論。

詞義嚴正斬截，本文即了，無庸順説。

孟子見齊宣王曰：「爲巨室，則必使工師求大木。工師得大木，則王喜，以爲能勝其任也。【行間批：文勢抑揚。】**匠人斫而小之，則王怒，以爲不勝其任矣。夫人幼而學之，壯而欲行之。王曰『姑舍汝所學而從我』，則何如？**【行間批：落得虛活。】**今有璞玉於此，**【行間批：接得急。】**雖萬鎰，必使玉人彫琢之。至於治國家，則曰『姑舍汝所學而從我』，則何以異於教玉人彫琢玉哉？」**【行間批：文勢徑直。】

一義分爲兩層，譬喻絶妙。

上段文氣婉，後段文氣直，各極其致。

○宣王好臣其所教，不能任用大賢，而齊國不治。孟子見而諷之曰：「王知夫治室乎？室之小者，其用材也小。若爲巨室，則求大木也必矣。使工師而得大木，則王必喜，以爲能勝巨室之任也。如匠人不知，誤斫而小之，則王必怒，以爲不勝其任矣。此情理之斷斷然者。今有人焉，幼而學王者治天下之大道；及壯而遇主，欲一見之行。此正國家之大木，非此不能勝任者也。王乃曰『姑舍汝所學而從我』，是欲斫而小之矣。則於爲巨室之說，爲何如耶？王不愛人才，抑不自愛其國家乎？今有璞玉於此，雖值萬鎰，必使玉人彫琢之。蓋己不能而人能之，故委任之專而不中制也。至於治國家，則曰『姑舍汝所學而從我』，則何以異於教玉人以治其玉也哉？此誠臣之所不解也。」

齊人伐燕，勝之。宣王問曰：「或謂寡人勿取，或謂寡人取之。以萬乘之國伐萬乘之國，五旬而舉之，人力不至於此。不取，必有天殃。取之，何如？」孟子對曰：「取之而燕民悅，【行間批：賓。】**則取之。古之人有行之者，武王是也。取之而燕民不悅，**【行間批：主。】**則勿取。古之人有行之者，文王是也。以萬乘之國伐萬乘之國，簞食壺漿，以迎王師，豈有他哉？**【行間批：此句妙甚。】**避水火也。如水益深，如火益熱，亦運而已矣。」**

齊王妄認天意。孟子正以民心破之，非二事也。天視自我民視，天聽自我民聽，民心即天意矣。

「人力不至於此」下不點「天」字，即於下句中帶出，省文法。

武王、文王引語迂緩得妙。不然，便嫌促迫無味。

「豈有他哉」，正駁倒「天」字。

水火要切定燕國無主說。避之者，正藉齊以圖存也。齊不之存而取之，此即水益深、火益熱。不可泛指暴虐不行仁義，作郛廓不切語也。

○燕王讓國於其相，而燕人不服。齊乘機伐之，遂不戰，齊因勝燕。宣王妄謂天以燕與齊也，問孟子曰：「今日之役可以勝，即可以取。然或者過計，有勸寡人勿取者；又有識時勢之俊傑，勸寡人即取之者。以寡人思之，齊萬乘，燕亦萬乘，勢均力敵，非易勝者也。乃伐之而五旬即舉，此豈人力所能爲耶？寡人聞之，天與不取，反受其咎。今決意取之矣，夫子以爲何如？或者智謀之士所見略同乎？」孟子以正對曰：「天道幽遠，臣不敢知。然臣以爲人心即天意耳。王今日欲取燕，則亦嘗占之燕之人民乎？使取之而燕民悅，則取之。古之人有行之者，武王之取商是也。王試自問，能如武王乎？如其取之而知燕民之不悦也，則亦勿取耳矣。古之人有行之者，文王之事殷是也。王或者法文王以有待，可乎？蓋今日之勝燕，非齊有德格天而天相之也。臣見舉兵之日，以萬乘而伐萬乘。燕之士卒不戰，城門不閉，莫不簞食壺漿以迎王師者，此豈有他道哉？不過燕之世祧失傳，物望不歸，得國者欲以威服，日肆殘虐，其臣民終日在水火中，是以不擇人而嗚號耳。有王者作，必將恤其無君而大鎮撫之，以不泯其社稷，如文王之伐密救阮，天下其誰不歸心者乎？不此之圖，而貪其土地，虜其臣民，是燕一失國於子之，再失國於齊也，豈不如水益深，如火益熱耶？燕昔望存於齊，既不得於齊，必轉而望之他國，此一定之情理矣。齊亦何能終有燕乎？臣實不敢誣天而勸王之取燕也。」

齊人伐燕，取之。諸侯將謀救燕。宣王曰：「諸侯多謀伐寡人者，何以待之？」孟子對曰：「臣聞七十里爲政於天下者，湯是也，未聞以千里畏人者也。《書》曰：『湯一征，自葛始。』天下信之。『東面而征，西夷怨；南面而征，北狄怨。曰：奚爲後我？』民望之，若大旱之望雲霓也。【行間批：于引《書》中，又夾叙事，此又一格。】**歸市者不止，耕者不變。誅其君而弔其民，若時雨降，民大悦。《書》曰：『徯我后，后來其蘇。』今燕虐其民，王往而征之。民以爲將拯己於水火之中也，簞食壺漿，以迎王師。若殺其父兄，係累其子弟，毁其宗廟，遷其重器，如之何其可也？**【行間批：先虚按一句。】**天下固畏齊之强也。今又倍地而不行仁政，是動天下之兵也。**【行間批：後實疏數語，極跌宕之致。】**王速出令，反其旄倪，止其重器，謀於燕衆，置君而後去之，則猶可及止也。」**【行間批：正言待之之法。此即仁政也。】

以仁政爲主，「民」字作骨。上節一則曰「天下信之」，再則曰「民望之」，三則曰「民大悦」。下節「民以爲將拯己」。末節「謀於燕衆」。捨却民，無所爲仁政，亦無所以待諸侯之法也。

首二語，亦正亦譎。

「湯一征」三句，實寫。「東面而征」五句，虚寫。「民望之」二句，寫其師未至之民情；「歸市者不止」二句，寫其師已至之人事；亦一句虛，一句實。「誅其君」三句，又總言之。下又引《書》以證之。此節文勢極酣恣，下節文勢極頓挫。

其頓挫處，上句頓挫得輕，下三句頓挫得重，真乃各具文情。

末節是正答。然無前邊許多説話，不但文字没波瀾，且言之而恐王不聽也。

○齊王不聽孟子之言，竟乘勝取燕。諸侯之忌齊者，將以救燕爲名，謀連兵以弱齊。王於是恐甚，問孟子所以待諸侯之策，欲冀其兵未動而有以止之也。其意不過如謀臣策士，或遊説，或致賂耳。孟子則以正對曰：「王何畏諸侯至此？夫以七十里之弱小，而尚能爲政於天下，古有成湯其人者，此臣之所聞也。若夫堂堂千里，而畏人伐之，則臣未之前聞矣。湯之爲政於天下也如何？《書》有之，曰：『湯一征，自葛始。』而天下之民，已無不信其心者。於是東面而征，西夷則怨；南面而征，北狄則怨。何以怨？怨其後我而不先來征其國也。由《書》言觀之，是湯師未至，民望其來者，直若大旱之望雲霓一般。及其既至，民之歸市者不止，耕者不變，若不知有兵也者。蓋湯惟誅其有罪之君，而吊其無罪之民，其行師方若時雨之降，有以興起乎枯槁，而使之復生焉。當時之民，莫不大悦，是以未至而望之，既至而安之若此也。不觀之《書》曰『徯我后，后來其蘇』乎？此可證已。然則君爲救民而興師，天下無不服者。今齊則不然。彼燕虐其民，王往而征之。燕之民以爲將拯己於水火之中也，是以簞食壺漿，以迎王師。若如今之殺燕之父兄，係累燕之子弟，毁燕之宗廟，遷燕之重器，大失民望，如之何其可也？夫齊之强，天下諸侯忌之久矣。使王内修外交，僅無隙可乘耳。乃今又據有燕國，倍益其土地，而肆爲貪掠不止，人心不服，天下兵起，實王有以招之耳。不意千里之齊，而畏人如此也。爲今之策，惟速下罪己之書，出命以令於師，其旄倪之已虜者反之，重器之未遷者止之，傳集燕之父老，謀求召公後裔，援立以主其祀，於是徐引兵歸。是失之於前，補之於後。燕民既慰所望，而無叛之敢生。諸侯亦共服其心，而無言之可執。則猶可及其兵未動而止之耳。不此之圖，則臣竊不知其所至矣。」惜乎王不聽，而幸諸侯之中止，浸尋荏苒，遂致燕畔，徒有自慚之言，終招覆亡之禍。向之取燕者，無幾何，亦爲燕所取。然則老成謀國之言，夫豈迂闊而遠於事情哉？

鄒與魯鬨。穆公問曰：「吾有司死者三十三人，而民莫之死也。誅之，則不可勝誅；不誅，則疾視其長上之死而不救。如之何則可也？」【行間批：尤民語。】**孟子對曰：「凶年饑歲，君之民老弱轉乎溝壑，壯者散而之四方者，幾千人矣；而君之倉廩實，府庫充，有司莫以告，是上慢而殘下也。曾子曰：『戒之！戒之！出乎爾者，反乎爾者也。』夫民今而後得反之也。**【行間批：「今而後」三字，將民之睊睊胥讒情狀寫出。】**君無尤焉。君行仁政，斯民親其上，死其長矣。」**

「鬨」，字法，蓋虛有鬥聲而實不戰也。即此一字，便見民不用命。

公曰「吾有司」，孟子曰「君之民」。公曰「三十三人」，孟子曰「幾千人」。公曰「而民莫之死」，孟子曰「有司莫以告」。針鋒正相對。

「如之何則可」，非向孟子求策，正其尤民語，若曰「如何使得」耳。故「君無尤焉」句是正答，下节却是餘意。

○鄒之穆公不仁而求富，是以有司皆重斂而不恤其民。一旦與魯戰，士卒遂不用命而散，以致將帥多死。公深憾焉，問孟子曰：「今日之役，吾有司死者蓋三十三人，而民無有救其長上而死之者。不忠不義，一至於此。於法當盡誅，而無如人之衆也。然竟釋其罪，則如此之疾視長上之死而不救，日後有事，何以令焉？如之何則可？於以懲頑民而勵後效乎？」孟子對曰：「君何憾於民之不救有司耶？試回思昔日凶饑之歲，君之民老弱轉乎溝壑，壯者散之四方，如此者蓋幾千人矣。其視三十三人，不啻數百倍也。此時也，君之倉廩尚依然實，府庫尚依然充。有司莫有告於君而發之出之以救民者，是上慢而殘下也。有司既疾視民之死而不救，民亦將疾視有司之死而不救，是反之説也。昔曾子嘗曰：『戒之！戒之！出乎爾者，反乎爾者也。』夫殘民之政出於有司，非一日矣。民蓄怨積憤，特無隙可乘耳。自有兹役，今而後始得反之於有司也。此報施之常理，君亦何庸深尤斯民爲乎？君若果能輕徭薄賦，平日既藏富於民，一遇凶年，則出府庫之財，發倉廩之粟，使民不至於饑而死與夫流離失所，是仁政也，行之於上，必將報之於下。吾見民之親上死長，有不待令而自從矣。然則君亦罪己，無爲民罪，如此而後始可也。」

滕文公問曰：「滕小國也，間於齊、楚。事齊乎？事楚乎？」孟子對曰：「是謀非吾所能及也。無已，則有一焉：鑿斯池也，築斯城也，與民守之，效死而民弗去，則是可爲也。」

國君死社稷，此自不刊之義。故孟子前後皆以此告滕君也。

語明顯，無庸順説。

滕文公問曰：「齊人將築薛，吾甚恐，如之何則可？」孟子對曰：「昔者大王居邠，狄人侵之，去之岐山之下居焉，非擇而取之，不得已也。苟爲善，後世子孫必有王者矣。君子創業垂統，爲可繼也。若夫成功，則天也。君如彼何哉？强爲善而已矣。」【行間批：句句跌頓。】

必文公懼齊，而欲依楚以圖存，如許遷於夷、蔡遷於州來之意。不然，何孟子兩舉太王遷岐之事乎？然大國難恃，孰與自强之爲得哉？合下章皆是此意。

○滕文公以齊築薛，恐其見逼，欲遷都以憑依於大國，問之孟子。孟子以正對曰：「夫遷國，非易言者也，然古亦有之。蓋周之王業基於岐山，肇自大王。大王非舊處岐山者也，其始實居於邠，以狄人侵之之故，乃去邠而之岐山之下居焉。倉皇避難之秋，豈有所擇而居之？不得已也。及後傳之文、武，奄有天下。此皆太王積德累仁爲善之所致耳。然則人君苟能爲善如大王，則後世子孫亦必有王者如文、武矣。然君子豈有希冀子孫之心始爲善者哉？所以創業垂統，爲後世之可繼耳。若夫成功，則有天焉。天豈可知者耶？今君亦如齊何？惟强於爲善，修身治國，以俟天命，此則可爲者矣。外此，則非吾之所敢知也。」

滕文公問曰：「滕，小國也。竭力以事大國，則不得免焉。如之何則可？」孟子對曰：「昔者大王居邠，【行間批：賓。】狄人侵之。事之以皮幣，不得免焉；事之以犬馬，不得免焉；事之以珠玉，不得免焉。乃屬其耆老而告之曰：『狄人之所欲者，吾土地也。吾聞之也，君子不以其所以養人者害人。二三子何患乎無君？我將去之。』去邠，踰梁山，邑於岐山之下居焉。邠人曰：『仁人也，不可失也。』從之者如歸市。或曰：『世守也，【行間批：主。】非身之所能爲也。效死勿去。』君請擇於斯二者。」

文公能聽孟子行三年之喪，行井田之政，而獨於齊、楚畏之如虎。觀於孟子所論，其曰效死守之與大王遷岐事，已於前詳哉其言之矣。今又何説？看來文公是天資好而懦弱無氣骨的人，意思只欲逃避。孟子見其無能爲，是以仍申前説，而令其自擇。不久，孟子亦遂去矣。

引太王，見人君能使民愛戴無已，追隨恐後，方可避地以圖存。苟其不能，則隻身逃竄而已，宗社之謂何？是故國君死社稷，獨明懷宗得其正；而晋之東遷、宋之南渡，皆非也。

○滕間齊、楚，抗之則勢不敵，事之則力不給，此亦事之無可如何者。然君子之所以爲計者，平時則自强，臨時則死守。舍此，固無可爲者矣。孟子已以此二説陳於文公，而無如其心志怯懦，不知大義，猶斤斤於竭力以事而不得免者，向孟子而求策焉。夫策豈有外於所陳之二義乎？孟子仍舉爲説曰：「君之欲避難以圖存也。試思君之所以有國，非以斯民耶？蓋昔者太王之去岐，非太王自去也。溯其居邠之日，亦甚竭力以事狄人矣。乃始以皮幣，繼以犬馬，再繼以珠玉，皆不得免者，亦如君今日之於齊、楚也。於是太王始决意於去，屬耆老而告之曰：『狄人之所欲者，吾土地也。吾聞之也，君子不以其所以養人者害人。二三子何患乎無君？我將去之。』從此去邠，踰梁山，邑於岐山之下居焉。乃邠之人莫不曰：『仁人也，不可失也。』從之者如歸市。是太王去國有民，猶之未去，此所以能存周也。如其君去而民不與俱去，以一身而竄異國，不但流離瑣尾，致慨風人，抑且宗社擅違，實昧大義。則或者所云：『世守所在，非身所專。死以守之而勿去，可乎？』此二説者，吾前已言於君。君亦審己量力，擇以處之，其可也。」

魯平公將出。嬖人臧倉者請曰：「他日君出，則必命有司所之。今乘輿已駕矣，有司未知所之。敢請。」公曰：「將見孟子。」曰：「何哉，君所爲輕身以先於匹夫者？以爲賢乎？禮義由賢者出。而孟子之後喪踰前喪，君無見焉！」【行間批：數語，句法絶妙。】**公曰：「諾。」樂正子入見，曰：「君奚爲不見孟軻也？」曰：「或告寡人曰：『孟子之後喪踰前喪。』是以不往見也。」曰：「何哉，君所謂踰者？**【行間批：句法亦同前文。】**前以士，後以大夫；前以三鼎，而後以五鼎與？」曰：「否。謂棺椁衣衾之美也。」曰：「非所謂踰也，貧富不同也。」**【行間批：二語簡得妙。】**樂正子見孟子曰：「克告於君，君爲來見也。嬖人有臧倉者沮君，君是以不果來也。」曰：「行或使之，止或尼之。行止，非人所能也。吾之不遇魯侯，天也。臧氏之子焉能使予不遇哉？」**

分三段看。首段文勢跌宕，小具波瀾。次段文若與前爲對偶者。末段文勢極巉峭，非此不能振起全勢。「行止，非人所能」不補「天」字，而「天」字於下句點。「臧氏之子」不補「人」字，而「人」字於上句見。此省筆法，亦互筆法。

○孟子之門人樂正子克，仕於魯，嘗言孟子之賢。及孟子至魯，而平公將出而見之。夫君子、小人，如薰蕕之不同器者也。嬖人臧倉者，竊有所不利，佯爲不知，而請於公曰：「他日君之出也，則必命有司所之。今乘輿已駕矣，有司未知所之。敢以爲請。」公曰：「將見孟子。」曰：「奈何哉，君之所爲？夫匹夫之與千乘，貴賤懸殊矣。今乃自輕其身以先交於匹夫者，將以彼爲賢乎？如曰賢也，則禮義實由之以出者也。而孟子之後喪踰前喪，厚於母而薄於父。天下有如是之禮義乎？如此，尚可謂賢者乎？其無爲君之辱。」公曰：「諾。」樂正子入見曰：「君奚爲不見孟軻也？」曰：「或告寡人曰：『孟子之後喪踰前喪。』是以不往見也。」曰：「何哉，君所謂踰者？豈以葬則前以士，後以大夫，祭則前以三鼎，而後以五鼎，故謂之爲踰歟？」曰：「葬祭有定制，自非得專。所謂踰者，非此之謂也。謂棺槨衣衾之美，人之所得爲者，而一厚一薄焉耳。」曰：「非所謂踰也，貧富不同也。昔人所謂：喪具稱家之有無。孟軻之後喪踰前喪，正本義以行禮，何謂爲未賢乎？」然平公實無意見孟子，竟此中止。樂正子見孟子而扼腕曰：「克以夫子之賢告君，君爲克而來見也。適嬖人有臧倉者，詭詞以沮君，君是以不果來也。讒邪害正至此！」孟子曰：「此何足異乎？夫君子之行也，或有使之者；其止也，或有尼之者。爲行爲止，豈人力之所能爲哉？吾茲之不遇魯侯，實天意不欲平治天下耳。彼臧氏之子雖有所言，然豈能使國不遇也哉？子休矣。吾惟守道以聽於天而已矣。」

卷三

公孫丑篇第二上

公孫丑問曰：「夫子當路於齊，管仲、晏子之功可復許乎？」孟子曰：「子誠齊人也，知管仲、晏子而已矣。或問乎曾西曰：『吾子與子路孰賢？』【行間批：子路則丑所不知者。】曾西蹵然曰：『吾先子之所畏也。』曰：『然則吾子與管仲孰賢？』曾西艴然不悅，曰：『爾何曾比予於管仲？管仲得君，如彼其專也；行乎國政，如彼其久也；功烈如彼其卑也。爾何曾比予於是？』」【行間批：管仲之不足爲，止引證曾西并不從，已分説得體。不言晏子者，管勝於晏也。】曰：「管仲，曾西之所不爲也，【行間批：止此一語，掃却用筆甚浄。】而子爲我願之乎？」曰：「管仲以其君霸，晏子以其君顯。管仲、晏子猶不足爲與？」曰：「以齊王，由反手也。」曰：「若是，則弟子之惑滋甚。且以文王之德，百年而後崩，猶未洽於天下；武王、周公繼之，然後大行。今言王若易然，則文王不足法與？」曰：「文王何可當也？由湯至於武丁，賢聖之君六七作。天下歸殷久矣，久則難變也。武丁朝諸侯，有天下，猶運之掌也。紂之去武丁未久也，其故家遺俗、流風善政猶有存者；又有微子、微仲、王子比干、箕子、膠鬲皆賢人也，相與輔相之，故久而後失之也。【行間批：以上言其時。】尺地莫非其有也，一民莫非其臣也，然而文王猶方百里起，是以難也。【行間批：此言其勢。】齊人有言曰：『雖有智慧，不如乘勢；雖有鎡基，不如待時。』今時則易然也。夏后、殷、周之盛，地未有過千里者也，而齊有其地矣；鷄鳴狗吠相聞，而達乎四境，而齊有其民矣。地不改辟矣，民不改聚矣，行仁政而王，莫之能禦也。且王者之不作，未有疏於此時者也；民之憔悴於虐政，未有甚於此時者也。飢者易爲食，渴者易爲飲。【行間批：二句有力。】孔子曰：『德之流行，速於置郵而傳命。』當今之時，萬乘之國行仁政，民之悦之，猶解倒懸也。故事半

古之人，功必倍之，惟此時爲然。」【行間批：住得筆力千鈞。】

若叙丑直問孟子所以爲齊者，而孟子答以王道，亦有何味？乃從管、晏翻轉下來，又於中再作一曲，於是直接「以齊王，猶反手」文字，便大有波瀾。

言齊王之易，亦不直叙，又用文王陪來，真有色澤。

文王之難，齊之易，皆分時勢。文王段，先言時，後言勢；齊一段，先言勢，後言時。而於中借齊言，點出「時」、「勢」字。下則止標「時」字；言時，勢即在其中也。「王者不作」二句，連醒「時」字。至末，又結歸「時」字。五「時」字，互相呼應。

文王段，先用一「矣」字起，文氣甚雍容。下叠用八「也」字，如飛如掃，又甚撇脱。齊一段，上用一「也」字起，文氣甚飄揚。中叠用四「矣」字，下節叠用二「也」字，若頓若挫，又甚精悍。末則結以莊重之筆，誠各極其致也。

○孟子具有王佐之才，不惟世人不知，即其門弟子亦不之知也。時在齊，而弟子中有公孫丑，問曰：「夫子固欲建功於當時者也。使王果能用，而夫子當道，則如彼管仲、晏子者，其功能復自許乎？」孟子折之曰：「管仲、晏子何足言？子齊人，亦但知此而已矣。且無論我也，昔有曾西者，或較其賢於子路，則蹙然其不安；及擬之於管仲，則又艴然而不悦，以爲仲之得君專、行政久，而功烈則甚卑，故夷然而不屑與比。管仲如此，晏子可知。夫以曾西之所不爲而爲我願之，子知管、晏，惜不知我也。」於是丑則駭焉，曰：「管、晏之功，何卑之有？一則以霸，一則以顯。如此而猶不足爲，豈管、晏之致主，更有加於其上者歟？」孟子曰：「固然也。子亦知王乎？使我當路，而以齊王，直易若反手間，曾何霸顯之足云？」丑則更駭焉，曰：「夫子卑管、晏，弟子已疑之。今言王又甚易，弟子之惑益甚矣。即如文王，其德可謂至德也。則言王之易，宜莫若文王。且又享國百年，如此之甚久，而其澤猶未治，天下則猶未歸也。必武王纘其緒，周公成其德，然後受命，而王道大行焉。今夫子言王若此之易，豈文王德猶薄而不足法與？」孟子曰：「文王之德，則何可當哉？而其所以難者，有故焉。蓋天下必有所廢，斯有所興。周雖得天下於殷王紂，然紂之失則不易言也。紂之上爲武丁。由湯至於武丁，其間有若太甲、太戊、祖乙、盤庚，合湯與武丁，蓋有六七賢聖之君焉。是天下歸殷久矣，久則不可猝變。故殷自盤庚之後，勢雖漸衰，而武丁赫然一振作之，而莫敢不享，莫敢不王者，猶運掌之易焉。不一二世即至紂，其故家遺俗、流風善政既猶有存者，而又有賢臣如微子、微仲、比干、箕子、膠鬲相與輔相之，此所以紂雖無道，必歷年久而其惡已稔，然後失之耳。文王雖盛德，亦焉能使天下之久已歸殷者一旦而改玉改步哉？況當時疆圉，盡紂版圖，尺地莫非其所有，一民莫非其所臣，勢之大如此；然而文王又當太王播遷之餘，僅區區以岐山百里崛興，則其難也不亦宜乎？且子齊人，亦聞有齊人之言耶？曰：『雖有智慧，不如乘勢。雖有鎡基，不如待時。』此言有德者必須乘勢及時，始爲易也。而易莫易於今之時。則以齊地千里，雖夏、殷、周之盛莫有過焉者，是齊既是可王之地；而民之居於其地者，鷄鳴狗吠之聲相聞，而達乎四境，則齊又有可用以王之民。地既廣，則不待闢；民既衆，則不待聚。苟一行仁政，而即王矣，亦孰能禦之哉？且五百年必有王者興，今過其時已甚久。是王者之不作，未有疏於此時者也。王者不作，則民皆失所。其憔悴於虐政，未有甚於此時者也。當此時而有仁者出，爲一撫摩而噢咻之，如饑者之遇食，渴者之遇飲，其易於見功也必矣。況有德者，本自易興也。蓋其流行，視置郵傳命爲更速焉。孔子之言更可徵也。夫當今饑渴望治之時，乘齊萬乘有爲之國，而能行仁政以飲之食之，則民之悅也，猶解倒懸然。憔悴者一旦得蘇，有不奔赴恐後者耶？故其所行之仁政止得文王之半，而功必且倍焉，則惟此時爲然也。然則我之言以齊王猶反手者，夫豈大而夸乎？」

公孫丑問曰：「夫子加齊之卿相，得行道焉，雖由此霸王不異矣。如此，則動心否乎？」孟子曰：「否。我四十不動心。」曰：「若是，則夫子過孟賁遠矣。」曰：「是不難。告子先我不動心。」曰：「不動心有道乎？」曰：

「有。北宮黝之養勇也：不膚撓，不目逃，思以一毫挫於人，若撻之於市朝；不受於褐寬博，亦不受於萬乘之君；視刺萬乘之君，若刺褐夫；無嚴諸侯，惡聲至，必反之。孟施舍之所養勇也，曰：『視不勝猶勝也。量敵而後進，慮勝而後會，是畏三軍者也。舍豈能爲必勝哉？能無懼而已矣。』孟施舍似曾子，北宮黝似子夏。夫二子之勇，未知其孰賢，然而孟施舍守約也。【行間批：一束。】昔者曾子謂子襄曰：『子好勇乎？吾嘗聞大勇於夫子矣：【行間批：隱逗願學孔子。】自反而不縮，雖褐寬博，吾不惴焉；自反而縮，雖千萬人，吾往矣。』孟施舍之守氣，又不如曾子之守約也。」【行間批：又一束。】曰：「敢問夫子之不動心，與告子之不動心，可得聞與？」「告子曰：『不得於言，勿求於心；不得於心，勿求於氣。』不得於心，勿求於氣，可；不得於言，勿求於心，不可。夫志，氣之帥也；氣，體之充也。夫志至焉，氣次焉，故曰：『持其志，無暴其氣。』」「既曰『志至焉，氣次焉』，又曰『持其志，無暴其氣』者，何也？」曰：「志壹則動氣，氣壹則動志也。今夫蹶者趨者，是氣也，而反動其心。」「敢問夫子惡乎長？」曰：「我知言，我善養吾浩然之氣。」「敢問何謂浩然之氣？」曰：「難言也。其爲氣也，至大至剛，以直養而無害，則塞于天地之間。其爲氣也，配義與道；無是，餒也。是集義所生者，非義襲而取之也。行有不慊於心，則餒矣。我故曰告子未嘗知義，【行間批：筆又揚出詞外。】以其外之也。必有事焉而勿正，心勿忘，勿助長也。無若宋人然：宋人有閔其苗之不長而揠之者，芒芒然歸。謂其人曰：『今日病矣，予助苗長矣。』其子趨而往視之，苗則槁矣。天下之不助苗長者寡矣。【行間批：正喻入化。】以爲無益而舍之者，不耘苗者也；助之長者，揠苗者也。非徒無益，而又害之。」「何謂知言？」曰：「詖辭知其所蔽，淫辭知其所陷，邪辭知其所離，遁辭知其所窮。生於其心，害於其政；發於其政，害於其事。聖人復起，必從吾言矣。」「宰我、子貢善爲説辭，冉牛、閔子、顔淵善言德行。孔子兼之，曰：『我於辭命，則不能也。』然則夫子既聖矣乎？」曰：「惡！是何言也？昔者子貢問於孔子曰：『夫子聖矣乎？』孔子曰：『聖則吾不能，我學不厭而教不倦也。』子貢曰：『學不厭，智也；教不倦，仁也。仁且智，夫子既聖矣！』夫聖，孔子不居，是何言也？」「昔者竊聞之：子夏、子游、子張皆有聖人之一體，冉牛、閔子、顏淵則具體而微。敢問所安。」曰：「姑舍是。」曰：「伯夷、伊尹何如？」曰：「不同道。非其君不事，非其民不使，治則進，亂則退，伯夷也。何事非君，何使非民，治亦進，亂亦進，伊尹也。可以仕則仕，可以止則止，可以久則久，可以速則速，孔子也。皆古聖人也，吾未能有行焉。乃所願，則學孔子也。」「伯夷、伊尹於孔子若是班乎？」曰：「否。自有生民以來，未有孔子也。」曰：「然則有同與？」曰：「有。得百里之地而君之，皆能以朝諸侯、有天下；行一不義、殺一不辜而得天下，皆不爲也。是則同。」曰：「敢問其所以異。」曰：「宰我、子貢、有若，智足以知聖人，汙不至阿其所好。宰我曰：『以予觀於夫子，賢於堯、舜遠矣。』子貢曰：『見其禮而知其政，聞其樂而知其德，由百世之後，等百世之王，莫之能違也。自生民以來，未有夫子也。』有若曰：『豈惟民哉？麒麟之於走獸，鳳凰之於飛鳥，泰山之於丘垤，河海之於行潦，類也。聖人之於民，亦類也。出於其類，拔乎其萃，自生民以來，未有盛於孔子也。』」

此章隨問隨答，遂洋洋灑灑，波委雲屬，成一篇雄奇恣肆之文。

一篇純用賓主法。孟賁、告子是賓，北宮黝、孟施舍是賓中賓；而黝、舍實因孟賁引出，覺孟舍又是賓中之主。乃言黝、舍，忽又引出子夏、曾子，是子夏、曾子爲賓中賓；而其實孟子則由子夏、曾子歸到自己，是子夏、曾子爲賓中之主。然即子夏亦是陪出曾子，曾子實爲主中主也。抑不但此，曾子雖是孟子影照，而曾子之大勇則聞諸夫子。夫子者，孟子之所願學者也。是孔子乃此篇主中之真主。惟孔子爲此篇之真主，故其後又用子游、子夏、子張、冉伯牛、閔子、顏淵以陪之，又用伯夷、伊尹以陪之，又用堯、舜、百王以陪之，且又用麒麟、鳳凰、泰山、河海以陪之。賓主之法，至斯極矣。

此則以人言也。其言學問本領，既以不動心爲主矣。而心之所之，謂志；是持志當爲主。而言所以不動心者，却在養氣。惟主在養氣，故言養勇者以陪之，言守氣者以陪之。且不但然也，又言知言以陪之。而究之養氣功夫，在集義。集義者，行而無一不自得，必有事於心，而勿忘勿助也。是養氣仍是一持志矣，則持志乃真主也，而真主反若爲賓。吾又推而言之，孟子之不動心，其所長者在知言養氣。夫誠知言，而有以啓其蔽，拯其陷，合其離，通其窮，是即教不倦之智也。集義以養其氣，俾行無不得，必有事而勿忘勿助，是即學不厭之仁也。則仁智當爲主。乃因孟賁一語，而言勇，言大勇，又若勇爲主矣。而究之孔子之勇，只在學不厭之仁、教不倦之智。是由仁智以成其勇者也。且孟子願學孔子，只在仁智。則仁智當爲真主。乃因言勇，故言氣；因言養勇，故言養氣。此其賓主離合之妙，有不可以一言盡者也。

中間言浩然之氣，用「難言也」三字頓住。下兩以「其爲氣也」喚起，文字極精神。

疏理緊切之際，忽入宋人一喻，文情疏閑得妙。

説養氣處，文氣散而能整。説知言處，文字整而不排。總有氣行乎其間也。

自陸、王之直求本體，而世之狂者多不務實。自整庵、涇陽、少墟、晚村、稼書之辯斥陸、王，而世之狷者遂不敢言心學。夫孟子之不動心者，蓋養其浩然之氣也。所以善養者，以直養之也。直養也者，即曾子之自反而縮也。自反而縮者，行而無有不得也。其無不自得者，有事於心，而勿忘勿助也。必曰「吾儒本理，異端本心」，遂置求心而勿問，是忘其心所有事也。是舍集義，舍直養、善養，而但曰養氣也。然則氣即勇，養氣即養勇。孟子之學，與黝、舍亦何以異哉？

西河毛氏曰：「據《集注》云：『於心有所不安，則當力制其心，而不必更求其助於氣。』不知心如何不安？心有不安，何以當求助於氣？氣是何物，求之即可以助心！且如何求助法？及觀《小注》，則朱子又云：告子之意，以爲念慮之失，當直求之於心，而不必更求之於氣。則告子未嘗言求心也，告子惟恐求心即動心，故自言『勿求於心』。此反求心乎？且求心，則與曾子自反、孟子直養何異？且此添出語，於本文無有也。竊按：孟子別章云「求則得之」，非不求之心也。乃又言：『不得於心，如應一事差失，接一人差失，此由氣之應接失其道也。正當求其助於氣，悔過謝愆，而補其差失可也。告子隨他差失，更不悔過遷善以補之。夫此際所争祇一「氣」字，則此一字倍須分析。』夫人受天之六氣以生，祇此呼吸周身者名之曰氣。不知此呼吸周身者，何以應事接人皆是此物？試思人有心有身，應事接物必主之於心而行之於身，於此呼吸周身者了無涉也。乃既以應事接人歸之此物，則偶一失道，便當就此物之呼吸周身中求補差失，乃復以『悔過謝愆』四字當之，謂之補差失，謂之求助，則止此一『氣』字與『求氣』二字全未有一着落語，以致附和影響之徒，展轉兀臬，遂有以耳目手足之形體當『氣』字者。夫氣與體别，故曰『氣者體之充也』。若氣即是體，則體者體之充矣。亦思耳目手足何以能餒？何以能剛大？何以能充塞天地？何以可助長？此不容有兩岐語也。蓋心焉能不動？纔説不動，便是道家之『嗒然若喪』、佛氏之『離心意識參』，儒者無是也。況孟子平日亦以存心、求放心爲主，未嘗言不動。求放心與不動心，截然兩事。賀淩臺曾云：『存心是功夫，不動心是效驗。』心之本體不能不動，學人用功則不使不動。竊按：孟子别章云動心忍性。此不過以卿相王霸不攖於心，直是得失不讋，寵辱不驚，一鎮定境界。故孟子自言『不動心有道』，則明有前事矣。」又曰：「『夫子過孟賁』，并非借之贊不動心之難，正以氣强之人，心有捍護，易於不動，故勇者多桀傲自逞，遺落一切。此正與養勇養氣，頂針接入一大機括。」又曰：「『不動心有道』，全在下文有養勇一道，皆以氣制心，而使之不動，此即孟子所云求氣也；有直養一道，則專以直道養其心，使心得慊然而氣不餒，此即孟子所云持志、告子所云求心也。是不動心之道，有直從心上求者，自反是也；有轉從心之所制上求者，養勇是也。曾子自反，只求心；北宫黝、孟施舍養勇，則但求氣；毛遠宗曰：「勇即是氣，故孟施舍養勇曰守氣。自反即是求心，故孟子曰持志，曾子曰守持，即是守此。皆本文自有之字。或謂：心何可求？則孟子求其放心非乎？且此本文字也。」章世法曰：「子夏篤信聖人，何以似北宫黝？大抵子夏謹守，有所不爲，往往不徇於物，故與黝之不詘於物相類。觀其論交而曰『不可者拒之』，便已可見。若篤信他人，則與黝之不受必反之學正自相反。」惟告子則不求心，并不求氣。大抵生人言行，皆從心出。言行得失，即與心之動不動，兩相關合。假如心不得於言，則當求心。何則？言之詖淫邪遁皆由心之蔽陷離窮所生，所云生於其心是也。則言有不得，毋論人之言與己之言，皆當推其所由生，而求之於心。此所貴乎知言也。而告子則惟恐動心，而强而勿求。又如行有不得於心，則仍當求心。遠宗曰：「行不得於心，照行有不慊於心言，則行亦本文字。」何則？志與氣本不相持，當云「本不相同」。而轉相爲用。故以直養者言之，則自反而縮，使氣常不餒，則不問得心與不得心，而心自不動。竊按：此句有病。當云「則行無不得於心，而心自不動」。此曾子與孟子之求心不求氣也，然而緩也。以養勇者言之，則稍不得於心，惟恐心動，當急求之氣，以强制此心。此黝、舍之所養勇也，求於氣也。而告子則又但力制其心，而并不求氣。是既不能反，又不能養。舉凡心所不得，與不得於心，竊按：此句亦當云「舉凡有所不得者」。皆一概屏絶，而更不求一得心與心得之道，按：此句亦當去「與心得」三字。徒抱此冥頑方寸，謂之不動。此其所以卿相不驚，霸王不怪，有先於孟子者。蓋其自言有如此。」按其自注云：「霸王不怪，非不異。異，殊也，不作怪解。」竊以殊者，言其致霸王者，與昔人無異也。又按：孟子之不動心，乃一大有本領人，理義悦心，純熟成一片，其内自重，其外自輕。告子之不動心，乃屏除萬緣，獨守其空空一個心，即佛、老之所由者是也。又曰：「可是可，不可是不可。未有可復不可者。不得心而不求氣，則合當如是，故曰可也。生平既不能自反，直養無害，而一有不得，則又借此虛矯之氣以爲心之制。此黝、舍之學，豈可爲法？且養氣能得心，不能强之制不得之心。自反而惴，行不慊於心，則動心已耳。焉得有急急求氣之理？若心不得於言，則言爲心聲，心有所害，則正當在心上求。於此不急求，當復何待？故猶是不得，而不求氣，則可；不求心，則不可。此斷斷然者。世亦知心與氣爲何如者乎？心爲氣之主，氣爲心之輔，志與氣不相離也。然而心之所至，氣即隨之，志與氣又適相須也。竊按：此數句當云：「志與氣適相須也。心之所至，氣即無不隨。志與氣又原不相離也。」文理方合。故但持其志，力求之本心，按：「本」字應改「於」字。以直自守，而氣之在體，則第不虐戾，而使之充周已耳。是不求於心者，謂之不持志，無一而可；而但不求氣，則徐以俟之，求心之自慊，而未嘗虐戾，何爲不可也？此『次』字如

《毛傳》『主人入次』、《周禮》『宮正掌次』之『次』，言舍止也。」竊按：《天官書》所謂元枵之次、星紀之次之類，亦是。毛遠宗曰：「《小注》謂『志是第一件，氣是第二件』，則志氣不容列等第，且與公孫丑『何也』一問有礙。祗因志所至而氣即止，則同功一體，不容兩事，故有『既曰』、『又曰』之辨。否則第一過了，自該第二，其於『既』、『又』二字亦説不去。且至於此曰『至焉』，次於此曰『次焉』，兩『焉』字即兩相應詞也。若是等第，則宜如《論語》『生知上也，學知次也』，直作煞上詞，未有以第一、第二作呼應者。且上是第一，至亦説不得第一。」

又曰：「志壹動氣，自然之理。且志亦不容不一者，不一則二、三，安所爲持志？此所謂一，正志至之解。惟志一能動氣，故志至而氣即止也。若氣一動志，則帥轉爲卒所動，反常之道，故須善養，使不一耳。竊按：《傳》載，晉文歸國，其竪頭須求見，公辭焉以沐。頭須曰：「沐則心覆，心覆則圖反，宜吾不得見也。」此氣一動志一驗。夫志無時不持，氣無時不動，持志即養氣，無兩層功夫。然又云無暴者，此際當識氣之何以暴、何以不暴。如蹶趨暴氣，此孟子舉一端也。及觀《小注》但云：如當喜當怒，便是持志；喜怒得過分，便是暴氣。夫喜怒哀樂，情也，即志也。孔氏疏《春秋》謂：左氏六志，《禮記》謂之六情。六情、六志，一稟天之六氣以生。故鄭子太叔謂：民有好惡喜怒哀樂，生於天之六氣。則此一喜怒是氣生之志，非志生之氣也。且是天之氣所生，不是人之氣所由生也。今既以喜怒屬志，又復以喜怒屬人之氣，則志氣喜怒無分。且未有喜怒失中而歸其咎於氣者，亦未有喜過分而謂之暴喜，怒過分而謂之暴怒者。過分是暴，則不及又是何等？且所謂持志，只『當喜當怒』四字盡之。則其所謂過分者，是喜怒自暴，並無有從而暴喜怒者。然則氣何以暴？得毋自蹶趨一端後，必無説乎？不知人之暴氣，處處有之。如升高則顫氣，厭重則結氣，諍辨則僨氣，退讓則詘氣，簡傲則撟氣，震眩則佚氣，强制則忍氣，畏葸則沮氣，忿懥則逆氣，醉飽則亂氣，鬥狠則肆氣，愧悔則喪氣，皆暴氣也。竊又推之，如豪放則粗氣，瑣屑則迂氣，憂慮則濍氣，耽樂則散氣，因循則惰氣，遲疑則怯氣，慷慨則亢氣，賤惡則厭氣，久卧則滯氣，姑息則溺氣，過鋭則厲氣，怠廢則靡氣，得意則揚氣，失路則短氣，亦是。若養氣，則一集義盡之。養氣即是無暴氣，未有能善養而猶有種種虐戾者。此但當於持志後，又加檢點，謂之無暴。如升高時，一如夫子之屏氣不息，便不顫；諍辨時，一如《内則》之下氣諫親，便不僨；震眩時，一如單穆公所云耳納和氣，便不佚；退讓時，一如《聘禮》所云『發氣盈容』、『發氣怡焉』，便不詘。倘又加養法，如《小注》所云頭容直、手容恭類，則又平時集義中瓅節，臨期無是也。竊按：記所謂静氣息心，又云歛氣憤志，又云勵氣，又云降氣，似皆養氣法。蓋暴氣有多端，而無暴祇一致，聖學功夫無兩岐也。」章世法曰：「必如《小注》説，亦當明云：喜怒是情，不是氣，特怒極亦能暴氣。然怒極與暴氣，倒底兩層。惟怒故暴，非怒即暴也。若喜則與暴無涉，喜能養氣，故往稱喜氣。即喜有過分，亦祇能動氣，而必不能暴。大抵六情、七情，惟怒與哀懼易於壹氣以動志，故稱暴氣。若只動氣，則何時不然？」竊按：暴氣言其傷氣也。凡氣不適其中和，即爲暴。如所謂簡傲醉飽，則氣亦不必定於怒哀懼，始一以動志，又如謝安在東山，聞其兄子元破秦，雖奕棋如故，及歸家，不覺其屐齒之折。此强制其心，但能致飾於言笑之間，而不覺發露於步履之際。喜氣勝而溺其志，虚靈之體不能管攝其通身之驗也。然則持志者，是平日集義功夫，朱子所謂存養也。無暴者，臨時檢點功夫，朱子所謂省察也。而究之臨時檢點，亦在此心之自照，非氣能自檢點也，故曰持志即養氣。且《記》云「清明在躬，志氣如神」，必合志氣言之亦可見也。

又曰：「浩然之氣，不得言體。人生本來之氣，安容下『浩然』二字？况明有『直養無害』四字，則直養者集義所生，自反而縮也；無害者，不助長也。以助長，則非徒無益，又害之也。此即功夫矣。」竊按：害之即是助長，蓋助長即求氣也。所謂桀驁自逞如黝、舍之類，俗講以《注》少未分明，遂謂告子之不得心而勿求於氣，雖可而實未可。然則必當求助於氣矣，何其直悖孟子之言耶？又曰：「配義與道，正分疏直養。無論氣配道義，道義配氣，總是氣之浩然者藉道義以爲充塞耳。如此，則所謂無是者，自是無道義；所謂餒者，自然是氣餒。蓋道義不能餒也。曰『配義與道』，未言『道義生氣』也，猶之雲與雨并行，然而雨爲雲所生，世不知也。亦思氣配道義，不止云配，是集義而生是氣。非謂義是義，氣是氣，可取彼加此，如衣之相襲而相爲配也。竊按：「襲」如《春秋》「襲師」之類，蓋掩其不備而取之也。毛説非。蓋義之與氣，仍統諸心。苟義之未集，則氣或不即受餒，而心先歉然。故曰：行有不慊於心，則氣因之而餒耳。竊按：此段説得頗粗，應云：所以直養也者，蓋其爲氣與道義俱，有道義斯有此氣，苟無道義而氣未有不餒者，是氣不能獨塞於天地也。所以直養而無害也者，蓋以此氣是集義之所生，非纔行一二道義即可襲取而有之，故雖行皆合道，而但有一之不慊於心，而氣亦即餒焉。是氣又非易塞於天地也。朱子於配義道節，疑兩「餒」之義爲重出，故以無是爲無此氣。然天下無於道義外又空屬此氣者，空屬此氣是血氣之勇，而何以曰大勇？夫既集義以生是氣，而又生此氣以配道義，則氣又孰生之？無所以爲生而强自生之，是助長也，是即血氣之勇也。今毛氏之説，能知餒皆氣餒，而不能分别其餒之次第，故於「行有不慊」句亦説得矯强耳。然則自反之學，只是求心，故曰持志，曰心勿忘。而特其所以持之求之者，則必有事於此，曰集義，使行皆慊於心，而不餒於氣，然且勿正勿助，以不之害。夫然後此浩然之氣，可至大至剛，而充塞天地。則不特不動心是效驗，即養氣亦是效驗。按：「養氣」句當云「即浩然之氣亦是效驗」，方妥。當明明白白而指定之者。」

毛遠宗曰：「集義仍是《大學》誠意爲善去惡功夫。觀其曰『不慊於心』與『誠意』章『此謂自慊』相照，可驗。」

馮文子曰：「古有制心法，《商書》以禮制心是也。北宫作氣，舍守氣，皆以氣制心者，求氣者也。孟子集義以制心，則求心矣。告子但制心，故兩勿求耳。」

盧子遠曰：「持志無暴氣，總是心功，非有氣功。孟子求心，不求氣，但集義以慊心，而氣自養。所云無暴，直集義中事，縱有檢點，并無功夫也。告子勿求氣，所以爲可；若不求心，則悖矣。」

竊按：此章亦不過言學之一節，乃説得驚天動地。如細玩之，不過文生情、情生文耳。蓋因孟賁而言及勇，因勇而言及氣，因氣而言及善養，此文生情也。而後儒不察，遂謂養氣是孟子一生本領，若於堯、舜、禹、湯、文、武、周、孔之外更有所獨得也者，於是輕言持志，而重視夫氣，且并以告子之不求氣爲非。夫朱子既注明勿求氣爲更不求助於氣矣，則是孟子之養氣爲求助於氣者，然則勿助長又何以稱焉？夫千古聖賢言學，無出於「知仁勇」三字者，亦未有離知仁而專言勇者，故曰「仁者必有勇」、「仁者無敵」。此孟子所以善養其浩然之氣者，只在集義；而所以集義以養其氣者，正學孔子之仁智。若泥定養氣在持志之外，是氣非集義所生，而别求其所生。孔子之仁智不足學，而孟子之大勇則自有獨得，而非聞之於孔子矣，豈可哉？

又按：因言知言、養氣，而及願學孔子。因學孔子，而言及伯夷、伊尹之同異，而言及堯、舜、百王之不如，而言及麟、鳳、山、海之絕類，則所謂情又生文者也。

此章余蓄疑四十年，及見毛氏説，始豁然。顧其詞意有未當者，稍爲訂正之，而不别爲順説。蓋實疏義理，無需口吻中求解也。使朱子復起，必從其言。惜世之學者大抵多剿説雷同，余其何所取正哉？

孟子曰：「以力假仁者霸，霸必有大國；以德行仁者王，王不待大，湯以七十里，文王以百里。以力服人者，非心服也，力不贍也；以德服人者，中心悦而誠服也，如七十子之服孔子也。【行間批：一喻極切。】**《詩》云：『自西自東，自南自北，無思不服。』此之謂也。」**

標出一「心」字，是此章骨髓。

○孟子曰：「王霸之分，不惟其道異也，即其所處之勢，亦有不同。故猶是仁，而以力假其名，則霸。霸必有大國，蓋非大國，則其力微，不足以服人矣。若以德行其政者，則王。王則不必待大，而自無不服人者，如七十里之湯、百里之文王，皆足以朝諸侯而有天下。是何也？蓋大國之服人，其服人專以力，而服之者非心服，特力不贍耳。若夫不待大而自能服人，是其服人惟以德也，而服之者乃中心悦而誠服之也。吾試擬之，其與七十子之服孔子，亦何以異乎？《文王有聲》之詩，其言東西南北而無思不服者，正心悦誠服之謂。蓋以誠感者，人即以誠應，豈假仁之霸者可同日語哉？」

孟子曰：「仁則榮，不仁則辱。【行間批：雙起。】**今惡辱而居不仁，**【行間批：單落。】**是猶惡濕而居下也。如惡之，莫如貴德而尊士。**【行間批：即從「惡」字折轉來，機緊。】**賢者在位，能者在職。國家閑暇，及是時，明其政刑。雖大國，必畏之矣。**【行間批：此即榮也。】**《詩》云：**【行間批：引《詩》專取首句，爲上下兩「時」字作證。】**『迨天之未陰雨，徹彼桑土，**

綢繆牖户。今此下民，或敢侮予？』孔子曰：『爲此詩者，其知道乎？能治其國家，誰敢侮之？』今國家閑暇，及是時，般樂怠敖，是自求禍也。【行間批：單收。】**禍福無不自己求之者。**【行間批：雙結。】**《詩》云：『永言配命，自求多福。』《太甲》曰：『天作孽，猶可違；自作孽，不可活。』此之謂也。」**

此章雙起雙收，中間串説，文法甚整齊。

「不仁則辱」即自取其禍，上下一意。乃論仁之榮，而言「及是時」；論不仁之辱，亦言「及是時」；中間引《詩》，以貫串上下及時之意。所謂：君子爲善，惟日不足；小人爲不善，亦惟日不足。然則榮辱禍福是門面，仁不仁是家當，「時」字是其精神命脉也。

〇戰國之時，諸侯争勝。勝爲榮，而不勝即爲辱。此皆欲邀福於不可知之數。及其不得，則諉之於天焉。甚矣，其妄也！孟子曉之曰：「今之諸侯，亦知夫榮辱禍福之故乎？蓋仁則榮，而不仁則辱也。今既惡辱，而猶居於不仁，是猶惡濕而居下，豈可免哉？如惡之，則莫如貴德而尊士。使夫賢者在位，能者在職，是在上既無不仁之人以剥其下。且國家閑暇而不敢逸也，即與賢者能者共明其政刑，是又無不仁之事以擾其民。如此勵精圖治，雖大國亦且畏之。其有敢或侮者乎？夫任賢使能，以明政刑，是治其國家也。乃不於有事之際，而必先時以豫爲之圖，是能治其國家者也。《詩》之言：未雨綢繆，而下民莫侮。孔子以爲知道。信有然歟！乃今之惡辱者不然。當其見侮也，既不及有爲；一旦而外侮偶不作，閑暇時也，又不肯爲。方且般樂以逞其私，怠敖以廢其事。由是而侮辱及之，豈人侮之哉？亦自求其禍耳。夫及時以治國，則大國畏；及時以行樂，則辱必加。所有禍福，無不自己求之。《詩》之所咏、《太甲》之所陳，正此之謂也。然則轉禍爲福，是在真知所惡者。」

孟子曰：「尊賢使能，俊傑在位，則天下之士皆悦而願立於其朝矣。市廛而不征，法而不廛，則天下之商皆悦而願藏於其市矣。關譏而不征，則天下之旅皆悦而願出於其路矣。耕者助而不税，則天下之農皆悦而願耕於其野矣。

廛無夫里之布，則天下之民皆悦而願爲之氓矣。信能行此五者，則鄰國之民仰之若父母矣。率其子弟，攻其父母，【行間批：奇語。】**自生民以來未有能濟者也。如此，則無敵於天下。無敵於天下者，天吏也。然而不王者，未之有也。**」

前用五排，後一結，格整法變。

○孟子曰：「今日者，列侯兵争，在在皆爲敵國矣。如欲無敵於天下，亦惟行王者之政，可乎？顧王政有五：一曰悦士。夫立於人之朝，士之願也。顧未有以悦之者，則虚所願。有如尊賢使能，而俊傑皆在位乎？此政之所以闢其彙征者也。則悦而願立於其朝者，天下皆然矣。一曰悦商。夫藏於人之市，商之願也。顧未有以悦之者，則虚所願。有如市之中，有居者廛而不征，無居者法而不廛乎？此政之所以通其貿遷者也。則悦而願藏於其市者，天下皆然矣。一曰悦旅。夫出於人之路，旅之願也。顧未有以悦之者，則虚所願。有如設之關，但譏而不征乎？此政之所以導其往來者也。則悦而願出於其路者，天下皆然矣。一曰悦農。夫耕於人之野，農之願也。顧未有以悦之者，則虚所願。有如耕者，但助而不税乎？此政之所以惠及畎畝者也。則悦而願耕於其野者，天下皆然矣。一曰悦民。夫處於人之國，民之願也。顧未有以悦之者，則虚所願。有如民之廛，捐除其夫與里之布乎？此政之所以奠厥攸居者也。則悦而願爲之氓者，天下皆然矣。夫天下皆吾鄰國也。此皆各君其國，各子其民，鄰國不能子吾民，吾亦不能子鄰國之民也，特是未能行此五者耳。信能行此五者，則願立其朝、藏其市、出其路、耕其野，爲之氓者，鄰國之民，莫不父母戴之。吾爲父母，則彼皆子弟也。鄰國而欲與吾戰，所謂率子弟以攻其父母，自生民以來，豈有能濟者哉？未之有濟如此，此則真能無敵於天下者矣。夫無敵於天下者，乃奉行天命之吏也，有不天下歸之而爲之王乎？而惜乎無有能行之者！吾恐一國之中皆與君爲敵耳。」

孟子曰：「人皆有不忍人之心。【行間批：開門見山。】**先王有不忍人之心，**【行間批：接得緊。】**斯有不忍人之政矣。以不忍人之心，行不忍人之政，治天下可運之掌上。所以謂人皆有不忍人之心者，今人乍見孺子將入於井，皆有怵**

惕惻隱之心。非所以内交於孺子之父母也，非所以要譽於鄉黨朋友也，非惡其聲而然也。【行間批：指點得親切。】由是觀之，無惻隱之心，非人也；無羞惡之心，非人也；無辭讓之心，非人也；無是非之心，非人也。惻隱之心，仁之端也；羞惡之心，義之端也；辭讓之心，禮之端也；是非之心，智之端也。人之有是四端也，猶其有四體也。有是四端而自謂不能者，【行間批：一「知」字、三「能」字最重。】自賊者也；謂其君不能者，賊其君者也。凡有四端於我者，知皆擴而充之矣，若火之始然，泉之始達。苟能充之，足以保四海；苟不充之，不足以事父母。」

首句開端，即標出一仁心，使人知而推之也。先王是能推的樣子。治天下運之掌，即保四海也。下文將此仁心指點出來，見人既皆有是心，則推是心以加之人，亦非人所不能者。故反覆以發明之，正使人人知之，人人推之也。歸穴在「知皆擴而充之」句。此即齊桓、晋文之事一章的議論，但文字另是一機局。

〇孟子曰：「今之諸侯王，無有一知保民者。豈此不忍人之心，人不皆有之哉？而不然也。但先王有此不忍人之心，即推之而有夫不忍人之政。以此心而行此政，治天下何難之有？顧此不忍人之心，吾所以謂之皆有者，蓋人雖喪其心於平日，而不能不動其機於暫時。試有無知之孺子，匍匐而將陷於井。見之者，無論智愚、賢不肖，莫不怵惕惻隱，搶而救之。此時也，豈爲納交要譽，及惡其聲而然哉？蓋真心發露，有不覺其然而然者也。則人皆有是心，於斯可驗矣。抑不獨此惻隱也，凡羞惡、辭讓、是非，人人皆有其心亦若此。是何也？蓋情本乎性，惻隱、羞惡、辭讓、是非，外之所見，皆吾仁義禮智内之所藴也，莫不有其緒之可引焉。此猶四體然。夫身之使臂，臂之使指，人未有不能者。今有是四端，而自謂不能有所行，是廢手足之用，自賊其身矣。如謂其君之不能行，是又戕賊其君之手足者也。且此心之運用無窮，非僅僅露其端而已。則凡有此心者，知皆擴而充之，吾見其生生不已，若火之始然而燎原之勢即此，泉之始達而滔天之勢即此，夫又誰得而竟之？然則四端亦在乎能充耳。苟能充之，雖四海之廣，其民可保，皆舉斯心之所加焉者也。如其不能充，即父母之至近，亦不及事之，雖有是心，一如無有矣。奈何人皆有是不忍人之心，而人皆喪之，遂使吾民久困於虐政，而不得一蒙先王之澤也！可悲已！」

孟子曰：「矢人豈不仁於函人哉？【行間批：突然而起。】**矢人惟恐不傷人，函人惟恐傷人。巫匠亦然。故術不可不慎也。孔子曰：『里仁爲美。擇不處仁，焉得智？』夫仁，天之尊爵也，人之安宅也。莫之禦而不仁，**【行間批：即透下求己意。】**是不智也。不仁不智，無禮無義，人役也。人役而恥爲役，由弓人而恥爲弓，矢人而恥爲矢也。如恥之，莫如爲仁。仁者如射：射者正己而後發，發而不中，不怨勝己者，反求諸己而已矣。」**【行間批：此又一喻。雖從上喻生來，而取義不同。】

此章之意，從上章來。純用一射，直譬到底，格局又別。

全爲不仁者説法。函人只伴説。弓人、矢人即從上文生來。至末，仍從弓矢生情，却另是一義。情文相生，斐亹入妙，此古今逸調也。

慎術即在反求，上下呼應。乃於中又加「莫之禦」三字。夫莫之禦，則由己而已。此文字蛛絲馬迹法也。

○孟子既言人皆有不忍人之心，因而曰：「人心蓋莫不仁也。豈矢人獨不仁於函人哉？何其惟恐不傷人者，與函人之惟恐傷人，其心則甚殊乎？推之巫匠，亦有然者。是非其心之異，術爲之也。故擇術可不慎歟？且人未有不慕夫爵之尊者，亦未有不求夫宅之安者。夫仁之尊爲何如？其安爲何如？而又誰爲禦之？而竟擇不處於仁！孔子於舍仁里者，謂之不智，則誠不智也。夫禮義，由仁智出者也。由不智，故不仁，而禮義亦因而澌滅焉。是舍尊居賤，爲人役而已。乃爲人役而又恥之，亦猶弓人恥爲弓，矢人恥爲矢。而爲弓爲矢，其惟恐不傷人者如故，則其爲人役者亦如故。術既在是，則恥終不能免也。果其恥之，則莫如慎擇其術而爲仁乎！且仁亦非難爲者也。請仍譬之於射。夫射者之執矢也，必正己而後發，期其中也。如有不中，則不怨中者之勝己，仍反求諸己，務使志正體直，然後執弓矢審固而已矣。使爲仁者誠知反求諸身，則未有不擇其術而自棄其所尊所安者也。」

孟子曰：「子路，人告之以有過，則喜。禹聞善言，則拜。大舜有大焉，【行間批：變。】**善與人同，舍己從人，樂取於人以爲善。自耕稼陶漁，以至爲帝，無非取於人者。**【行間批：又加一筆。】**取諸人以爲善，是與人爲善者也。故君子莫大乎與人爲善。」**

三段，一層進一層。

説舜之大處，濃郁深至，有筆歌墨舞之樂。

○孟子曰：「從古聖賢，無有不虛己以求益者。然而其胸襟不同，則其品量自異。有如子路勇於改過者也，苟有過而得人告之，則無不喜者。進而上之有禹，則不待有過也，苟一聞善言，即拜而受之。其視子路爲已過矣。若夫大舜，則更有大焉者。吾見其心公乎天下而不私，則善與人同而已。何以與人同也？如人之善勝於己，則舍己以從之。是但知有善，不知己也。如己未有善，而人有其善，則樂取於人以爲己之善，亦但知有善，不知其出於人也。其與人同如此。夫耄年進德，已足爲賢。得人爵而棄其天，天下亦多有也。及觀於舜，蓋自耕稼陶漁，以至爲帝，其所有之善，無一而非取於人者。是其取諸人以爲善，豈但爲己之善而已哉？夫我取彼善，而彼將益善焉，是助人之爲善也。則天下之善懷，有大於此者乎？此千古所以稱之爲大舜也。」

孟子曰：「伯夷，非其君不事，非其友不友。不立於惡人之朝，不與惡人言。立於惡人之朝，與惡人言，如以朝衣朝冠坐於塗炭。推惡惡之心，思與鄉人立，其冠不正，望望然去之，若將浼焉。是故諸侯雖有善其辭命而至者，不受也。不受也者，是亦不屑就已。柳下惠，不羞污君，不卑小官。進不隱賢，必以其道。遺佚而不怨，厄窮而不憫。故曰：『爾爲爾，我爲我。雖袒裼裸裎於我側，爾焉能浼我哉？』故由由然與之偕而不自失焉，援而止之而止。援而止之而止者，是亦不屑去已。」孟子曰：「伯夷隘，柳下惠不恭。隘與不恭，君子不由也。」【行間批：悠然而遠。】

此孟子兩大扇，一結格。伯夷節，一步緊一步，寫出一個隘來。柳下惠節，一步寬一步，寫出一個不恭來。結處分明是願學孔子，而不説出。文情最有味。

夷、惠兩節，俱一樣收束法，而敘述得甚歷落盡致。

正敘夷中，加一二形容語，又作一推原語；敘惠，又夾述惠之自己言語，而以一句總形容之：文字方不板直。此其相救法也。

○孟子即夷、惠以明己志，曰：「古之人有伯夷者，擇君而事，擇人而友。非惟不事其非君而已，亦不立於惡人之朝。非惟不友其非友而已，亦不與惡人言。若立於惡人之朝，與惡人言，如以朝衣朝冠坐於塗炭。其恐浼己有如此者。推其恐浼之心，不但與惡人言也，即思與鄉人處，其冠不正，亦小失耳，而已即望望然去之，其若將浼者蓋至此。是故諸侯雖有善其辭命而至，似非惡言可比矣，而亦不受也。其不受也者，是亦不以就爲是，而屑屑然也。今之人有柳下惠者，得君即事，不以污君爲羞也；得民即使，不以小官爲卑而辭也。其進而事污君，爲小官也，得爲即爲，不肯隱己之賢，而亦必以道，無越分者。而不但然也，即不得事其君，而遺佚其身焉，亦不怨也；即不得居其官，而厄窮焉，亦不憫也。方且委蛇以隨世爲隆污，故其自言曰：『爾爲爾，我爲我。爾雖袒裼裸裎於我側，爾焉能浼我哉？』惟其不以爲浼也，故由由然與人偕，而第不自失焉而已。于是有援而止之者，則即止。夫其援而止之而止者，是亦不以去爲是，而屑屑然也。」兩人之行如此，孟子從而斷之曰：「伯夷之視天下，若無一可與之人，其量何甚隘乎！而柳下惠之視天下，又若無一人不可與，其意亦玩而不恭也。君子自有中行之道在，隘與不恭豈由之哉？」然則孟子之所願學者，可知已。

卷四

公孫丑篇第二下

孟子曰：「天時不如地利，地利不如人和。三里之城，七里之郭，環而攻之而不勝。夫環而攻之，必有得天時者矣；【行間批：頓挫。】然而不勝者，是天時不如地利也。城非不高也，池非不深也，兵革非不堅利也，米粟非不多也；【行間批：一連四語，撇脱之甚。】委而去之，是地利不如人和也。故曰：域民不以封疆之界，固國不以山溪之險，威天下不以兵革之利。得道者多助，失道者寡助。寡助之至，親戚畔之；多助之至，天下順之。以天下之所順，攻親戚之所畔，故君子有不戰，戰必勝矣。」

首二語立柱，下文極跌宕頓挫之致。

此章多用排語。如「城非不高」四句一排，「域民不以封疆」三句一排。「得道者多助」六句，上二句一排，下四句一排。然祇見其流動逸宕，毫無排氣。

「君子有不戰」，非泛作頓語。蓋仁者無敵，原主不戰，即戰亦不得已耳。聖賢言語，故有斟酌。

○孟子居戰國之時，有慨乎其言曰：「今日之兵争甚矣！其攻者主天時，其守者主地利，而皆未得其道也。其道維何？則人和是已。蓋人和有所以和其人者也。是故人心即是天意，衆志可以成城。雖地利可勝乎天時，而實亦有所不如焉。試言之：即如城止三里，郭止七里，未可爲甚利也，然亦有環攻之而不勝者。夫環而攻之，則曠日持久。其時日方向，豈無背孤虚而乘王相者哉？然而卒不勝者，是天時不如地利也。乃若城非不高，池非不深，兵革非不堅利，米粟非不多，既有險可恃，又有糧可支，地利如此，而無如人不之助也。據而守者且委而去之，是地利不如人和也。若是乎助其君以有國者，端在斯人乎？故曰：封疆之界，非可以域民也；山溪之險，非可以固國也；兵革之利，非可以威天下也。惟在得人之助而已。何以得人之助？蓋有所以和人之道在。得其道者，即得其助，而助之者且多焉。失其道者，即失其助；即有助之者，亦寡焉。寡之至，必至於親戚皆畔焉；多之至，且至於天下皆順也。以天下之所順者，攻夫親戚之所畔者，有不前徒倒戈，尚需戰爲哉？即不得已而戰，亦未有不勝者。」列國侯王，奈何不求全勝之術，而徒據不足恃之險，且欲邀福於不可知之天耶？噫！亦愚矣！

孟子將朝王，王使人來曰：「寡人如就見者也，有寒疾，不可以風。朝將視朝，不識可使寡人得見乎？」對曰：「不幸而有疾，不能造朝。」明日，出吊於東郭氏。【行間批：一路叙次，甚有情致。】公孫丑曰：「昔者辭以病，今日吊，或者不可乎？」曰：「昔者疾，今日愈，如之何不吊？」王使人問疾，醫來。孟仲子對曰：「昔者有王命，有采薪之憂，不能造朝。今病小愈，趨造於朝，我不識能至否乎？」使數人要於路，曰：「請必無歸，而造於朝！」不得已而之景丑氏宿焉。景子曰：「内則父子，外則君臣，人之大倫也。父子主恩，君臣主敬。丑見王之敬子也，未見所以敬王也。」曰：「惡！是何言也！齊人無以仁義與王言者，豈以仁義爲不美也？其心曰『是何足與言仁義也』云爾，則不敬莫大乎是。我非堯舜之道，不敢以陳於王前，【行間批：此先泛言平日之事作陪。】故齊人莫如我敬王也。」景子曰：「否，非此之謂也。禮曰：『父召，無諾；君命召，不俟駕。』固將朝也，聞王命而遂不果，宜與夫禮若不相似然。」曰：「豈謂是與？曾子曰：『晉、楚之富，不可及也。彼以其富，我以吾仁；彼以其爵，我以吾義。吾何慊乎哉？』夫豈不義而曾子言之？是或一道也。【行間批：句虛圓得妙。】天下有達尊三：爵一，齒一，德一。朝廷莫如爵，鄉黨莫如齒，輔世長民莫如德。惡得有其一，以慢其二哉？【行間批：亦且泛以爵德概言之。】故將大有爲之君，【行間批：此方轉入正意。】必有所不召之臣，【行間批：一篇主意。】欲有謀焉則就之。其尊德樂道，不如是，不足與有爲也。故湯之於伊尹，【行間批：矗起波瀾。】學焉而後臣之，故不勞而王；桓公之於管仲，學焉而後臣之，故不勞而霸。今天下地醜德齊，莫

能相尚。無他，好臣其所教，而不好臣其所受教。湯之於伊尹，桓公之於管仲，【行間批：複一筆，以便下轉。】**則不敢召。管仲且猶不可召，**【行間批：有上二句複衍，始落此句，轉折得有力。】**而况不爲管仲者乎？」**

此章只以「大有爲之君，必有所不召之臣，欲有謀焉則就之」三句爲主論。乃開口即説，便突而無味。乃先舉爵德大概之義泛言之，更又先舉平日所陳仁義之道虚論之，則詞氣雍容，文殊寬然不迫。

前叙孟子將朝而不得朝，後叙孟子不朝而不得不朝。孟子本見王，因王召，反不便見；王本可以見孟子，因召見，反不得見。孟子將朝，而王不知，則反辭以疾；孟子辭疾，而王又不知，則真來問疾。王以疾辭，而孟子亦以疾辭。乃王辭疾，而孟子遂不朝；孟子辭疾，而孟子轉出吊。孟子出吊，而公孫丑以爲不可；王問疾，而孟仲子一對。有心無心，認真認假，將誤就誤，各人情景叙得歷歷如畫。

景子引禮，孟子亦引曾子之言與伊尹、管仲。乃景子謂臣宜敬君，而孟子則謂君宜尊德樂道。景子謂「君命召，不俟駕」，而孟子則謂君所學，不可召。一則曰「非此之謂」，一則曰「豈謂」。是針鋒相對，矗起波瀾。

「故將大有爲之君」一節，文氣甚緊。得湯、桓二證，便覺紓展有餘。

末節，孟子本意原欲借管仲擡起自己身分，然於文不得趁勢，故必將湯於尹、桓於仲複説一遍，點出「不召」字，然後折轉來。行文真難事也。

○孟子在齊，仕而不受其禄，則固賓師之位也。王於孟子，禮當就見，而不得往召。然而尊卑闊絶，人知有勢而已矣。一日者，孟子將朝，而王不知也，托以疾而飾其不就見之非，召之見而訂以朝日朝之約。孟子故不便見，而亦以疾辭焉。然又恐王真以爲疾而莫知其非也，明日故出吊於東郭氏，以示其意。弟子公孫丑猶是世人之見也，遂謂爲不可。孟子以其不足語，而第以已愈之詞漫答之。乃王果不知也，使人問疾，兼以醫至。孟仲子亦猶是世人之見也，倉卒間飾爲往朝之詞，又使人要孟子於路，請其朝以實己言焉。於是孟子往朝不可，不朝又不可，不得已而之景丑氏宿焉，欲借景丑通其意於王也。然景子一概皆世人之見也，於是泛言君臣大義，而斥孟子爲不敬。孟子亦姑泛言其所以敬君者以答之。迨景子指明其不朝而謂爲非禮，於是可以言也，謂之曰：「子所言，固是一道。然律以我今日之所爲，則豈此之謂歟？子聞禮，獨不聞曾子之言乎？其言曰：『晉、楚之富不可及也。彼以其富，我以吾仁；彼以其爵，我以吾義。吾何歉乎哉？』此說也，夫豈不義而曾子言之？是或一道而有出於常禮之外者。則安可執一以爲是乎？蓋通天下而皆以爲尊者有三：爵之外，即曰齒，即曰德。在朝廷之所尊者，固曰爵；而鄉黨所尊，則莫如齒矣；至於輔一世而俾其安全，長萬民而稱爲仁聖，此則惟德爲尊也。三者即相提并論，亦無彼此輕重之軒輊。况止有其爵之一耳，乃舉齒德之俱尊者，而欲其降志以相從，則惡可得哉？夫齒德之可尊如此；而君之尊之，以樂其所有之道，非徒尊之樂之而已也，君將大有所爲也。故有是君，必有是臣。有所謀而欲見之，則就而不敢召焉。蓋其尊德樂道，有如是者。此豈賢者之妄自尊大也哉？以爲人必自重其道，而後道可大行於世。使其尊德樂道不如是，所謂禮之者不至，則其任之也不專，即不足與有爲於天下矣。而賢者亦何所取而居於其國哉？惟其然也，故古人有行之者。湯之於伊尹，先則學焉，而後始任之爲臣。其尊德樂道如是，故不勞而王也。即齊之君，亦有行之者。桓公之於管仲，先則學焉，而後始任之爲臣。其尊德樂道如是，故不勞而霸也。此皆臣其所受教者也。今日者，列國侯王，吾見其所有之地既相若而不加闢也，吾見其所行之德亦相若而不加多也。無論其澤不能及乎天下而王也，即其力可以服乎鄰國而致霸者，亦無之，則亦何怪其然乎？不過好臣其所教，而不好臣其所受教者。無尊德之心、樂道之誠，故其所就，上不及乎湯，次并不及乎桓公也。夫湯之於伊尹，桓公之於管仲，則皆其不敢召者也。以管仲之器，而桓公尚不敢召焉，而况其所學有薄管仲而不爲者乎？然則子亦可知吾之不朝，勿徒執一説以相繩也。」夫受其禄者，爲之臣。孟子既位在賓師，原非臣也。其答景丑之言，亦論其大義耳；而於己所處之分際，有難言者，則亦不之及矣。

陳臻問曰：「前日於齊，王饋兼金一百而不受；於宋，饋七十鎰而受；於薛，饋五十鎰而受。前日之不受是，則今日之受非也；今日之受是，則前日之不受非也。夫子必居一於此矣。」孟子曰：「皆是也。【行間批：一句總接。】當在宋也，【行間批：分疏。】予將有遠行。行者必以贐，辭曰：『饋贐。』【行間批：有處。】予何爲不受？當在薛也，予有戒心。辭曰：『聞戒，故爲兵饋之。』【行間批：有處。】予何爲不受？若於齊，則未有處也。無處而饋之，是貨之也。焉有君子而可以貨取乎？」

以有處爲主腦，只言君子不以貨動，不必言貨取者之非。

「行者必以贐」，在致辭之先釋一句；「故爲兵饋之」，在致辭之後釋一句：亦見變化。

孟子之平陸，謂其大夫曰：「子之持戟之士，一日而三失伍，則去之否乎？」曰：「不待三。」「然則子之失伍也亦多矣。【行間批：接得緊。】凶年饑歲，子之民，老羸轉於溝壑，壯者散而之四方者，幾千人矣。」曰：「此非距心之所得爲也。」曰：「今有受人之牛羊而爲之牧之者，則必爲之求牧與芻矣。求牧與芻而不得，則反諸其人乎？抑亦立而視其死與？」曰：「此則距心之罪也。」他日，見於王曰：「王之爲都者，臣知五人焉。知其罪者，惟孔距心。爲王誦之。」【行間批：絶妙作用。】王曰：「此則寡人之罪也。」

若先叙民之死亡流離，而後言距心之失職，便直而無味。今即從上「失伍」二字責其罪，下點明其事便已，更不再說，文字便靈緊。

受人牛羊一喻，切甚。且文氣接上，亦甚起伏活動。

末節淡得妙。

孟子謂蚳鼃曰：「子之辭靈丘而請士師，似也，爲其可以言也。今既數月矣，未可以言與？」蚳鼃諫於王而不用，致爲臣而去。齊人曰：「所以爲蚳鼃，則善矣；所以自爲，則吾不知也。」公都子以告。曰：「吾聞之也：有官守者，不得其職則去；有言責者，不得其言則去。我無官守，我無言責也，則吾進退，豈不綽綽然有餘裕哉？」

孟子仕於齊，未受其祿，故進退由己而已。

孟子爲卿於齊，出吊於滕。王使蓋大夫王驩爲輔行。王驩朝暮見，反齊、滕之路，未嘗與之言行事也。公孫丑曰：「齊卿之位，不爲小矣；齊滕之路，不爲近矣。反之而未嘗與言行事，何也？」曰：「夫既或治之，予何言哉？」【行間批：妙於不露。】

此與孔子之處陽貨相似，乃孟子所以學孔子也。

四章文義甚明，故皆無庸順講。

孟子自齊葬於魯，反於齊，止於嬴。充虞請曰：「前日不知虞之不肖，使虞敦匠事。嚴，【行間批：字法。】虞不敢請。今願竊有請也，木若以美然。」曰：「古者棺椁無度，中古棺七寸，椁稱之。自天子達於庶人，非直爲觀美也，然後盡於人心。不得，不可以爲悦；無財，不可以爲悦。得之爲有財，古之人皆用之，吾何爲獨不然？且比化者，無使土親膚，於人心獨無恔乎？吾聞之也，君子不以天下儉其親。」

充虞之問，其詞甚婉。孟子答詞，初則平，繼則甚跳脱，如生龍活虎，不可捉摸也。

總以「盡於人心」句爲主。下兩「爲悦」字、「於人心恔」字，皆所謂盡其心也。

〇充虞之問，以木之堅厚爲過美也。孟子答之曰：「子以爲美，亦知人子之心乎？蓋木必堅厚，始可以歷年久遠也。此一事也，上古無度，不必言矣。中古聖人，本人情以制禮。其所以殯其親者，既有棺，又有椁。棺以七寸爲度者，椁亦必稱是以爲厚。蓋自天子達於庶人，皆通行焉。此豈以其堅厚者但爲觀視之美已哉？必如此，然後人子喪其親之心方可得盡耳。然心雖期其盡，而勢分則有所限。使果有制，限其厚薄分寸，而欲從厚不可也，則分不得爲，而心不能盡矣。即分可得爲，而爲之或苦於無財，則勢又不能爲，而心不得盡矣。今既不限於分，不限於勢，古之人莫不用心於從厚也，吾何爲獨不然哉？且此棺木之堅厚者，爲吾父母已亡之身，無使土得侵之。揆之人心，其有不快然無所憾者乎？若得之爲有財，而不爲焉，是儉也。雖曰天下之財當爲天下惜，然吾聞之也：君子不以天下之財之當惜也，而儉於其親。吾亦奉教於君子耳。子何以爲過美乎？」

沈同以其私問曰：「燕可伐與？」孟子曰：「可。子噲不得與人燕，子之不得受燕於子噲。有仕於此，而子悦之，不告於王而私與之吾子之禄爵；夫士也，亦無王命而私受之於子，則可乎？何以異於是？」齊人伐燕。或問曰：「勸齊伐燕，有諸？」曰：「未也。沈同問：『燕可伐與？』吾應之曰：『可。』彼然而伐之也。彼如曰：『孰可以伐之？』則將應之曰：『爲天吏，則可以伐之。』今有殺人者，或問之曰：『人可殺與？』則將應之曰：『可。』彼如曰：『孰可以殺之？』則將應之曰：『爲士師，則可以殺之。』今以燕伐燕，【行間批：妙語！】何爲勸之哉？」

上下皆取一喻，甚切。

「以燕伐燕」，語妙，得未曾有。

燕人畔。王曰：「吾甚慚於孟子。」陳賈曰：「王無患焉。王自以爲與周公，【行間批：陡然起波。】孰仁且智？」王曰：「惡！是何言也？」曰：「周公使管叔監殷，管叔以殷畔。知而使之，是不仁也；不知而使之，是不智也。仁智，周公未之盡也，而况於王乎？賈請見而解之。」見孟子，問曰：「周公何人也？」曰：「古聖人也。」曰：「使管叔監殷，管叔以殷畔也，有諸？」曰：「然。」曰：「周公知其將畔而使之與？」曰：「不知也。」「然則聖人且有過與？」曰：「周公，弟也；管叔，兄也。周公之過，不亦宜乎？且古之君子，過則改之；今之君子，過則順之。古之君子，其過也，如日月之食，民皆見之；及其更也，民皆仰之。今之君子，豈徒順之，又從而爲之辭。」

齊王慚者，以孟子有「取之而燕民不悦，則勿取」并「置君而去」之言，而王不聽也。此正王由足用爲善之機，而陳賈又從而塞之。甚矣，佞人之覆家邦也！

末節即從「過」字分出古今，作兩層寫，隱隱躍躍，若知爲燕事而發，意甚玲瓏入妙。

孟子致爲臣而歸。王就見孟子，曰：「前日願見而不可得，得侍，同朝甚喜。今又棄寡人而歸，不識可以繼此而得見乎？」【行間批：王詞亦婉。】**對曰：「不敢請耳，固所願也。」**【行間批：二語酸心。】**他日，王謂時子曰：「我欲中國而授孟子室，養弟子以萬鍾，使諸大夫國人皆有所矜式。子盍爲我言之？」時子因陳子而以告孟子，陳子以時子之言告孟子。孟子曰：「然。夫時子惡知其不可也？如使予欲富，**【行間批：從萬鍾來。】**辭十萬而受萬，是爲欲富乎？季孫曰：『異哉，子叔疑！使己爲政，不用，則亦已矣，又使其子弟爲卿。人亦孰不欲富貴？而獨於富貴之中，有私龍斷焉。』古之爲市者，以其所有易其所無者，有司者治之耳。有賤丈夫焉，必求龍斷而登之，以左右望而罔市利。人皆以爲賤，故從而征之。征商，自此賤丈夫始矣。」**

此章之詞，未嘗不辨，而獨覺其淒然以清。則孟子去齊，無望於當時者之言矣。

王既不能用孟子，而猶欲留之以博養賢之名。孟子故就「萬鍾」字面上，點出一「富」字；就養弟子上，引出一「子叔疑」。末不過因季孫之言龍斷者而申其説，亦以見欲富者之爲賤而可惡也。然總是無聊之語耳。

○孟子答陳子之述時子之言曰：「時子之傳王命以來也，固以余爲可留也。然惡知其不可哉？夫萬鍾之養，養之富也。謂余欲富乎？予而欲富，則予昔日者不嘗辭十萬之禄哉？今乃爲萬鍾而留，欲富者恐不如此。如其爲弟子計也，則季孫之所以譏子叔疑者，不幾以我爲龍斷乎？何爲龍斷？蓋古者之市，止以有易無，俾有司以法治之，未嘗征商也。有賤丈夫而爲商者，必求龍斷而登，以左右望而罔取一市之利，故人皆賤之，而征其所有，以示惡焉，而後世遂因之以征商。所謂龍斷如此。時子爲我計，乃欲我爲龍斷之丈夫，以貽千古之羞惡乎？」

孟子去齊，宿於晝。有欲爲王留行者，坐而言。不應，隱几而臥。客不悦，曰：「弟子齊宿而後敢言，夫子臥而不聽，請勿復敢見矣。」曰：「坐！我明語子。昔者魯繆公無人乎子思之側，則不能安子思；泄柳、申詳無人乎繆

公之側，則不能安其身。子爲長者慮，而不及子思，【行間批：上下應。】**子絶長者乎？長者絶子乎？」**

有欲爲王留行，則非王使之在孟子之側者矣，故曰「不及子思」。泄柳、申詳只帶説。

○孟子答客之留行者曰：「子今者，未奉王命而自來，不過申子留賢之意耳。亦知賢者有子思其人耶？昔繆公之於子思也，蓋時時使人在於子思之左右，通殷勤、致問饋者也。如有時不之使，則誠意懈矣，非所以留子思也。即降而有若泄柳、申詳，亦必自有知其賢者，常在繆公之前稱道而薦揚之，使公不失禮於二人始可也。不然，二子亦必不留。而況長者之自處，有不在二子之列者乎？子爲我計，奈何視我不及子思？是子先不以禮遇我矣，奈何責望我爲耶？」

孟子去齊。尹士語人曰：「不識王之不可以爲湯、武，則是不明也；識其不可，然且至，則是干澤也。千里而見王，不遇故去，三宿而後出晝，【行間批：意在此。上二句，特陪之也。】**是何濡滯也？士則茲不悦。」高子以告。曰：「夫尹士惡知予哉？千里而見王，是予所欲也。不遇故去，豈予所欲哉？予不得已也。予三宿而出晝，於予心猶以爲速。王庶幾改之。王如改諸，則必反予。夫出晝而王不予追也，予然後浩然有歸志。予雖然，豈舍王哉？**【行間批：一轉，更覺情深。】**王由足用爲善。王如用予，則豈徒齊民安，天下之民舉安。王庶幾改之，予日望之。予豈若是小丈夫然哉？諫於其君而不受，則怒，悻悻然見於其面。去，則窮日之力而後宿哉？」尹士聞之，曰：「士誠小人也。」**

此章文氣婉轉低迴，寫盡孟子當日流連故國、不忍遽去之深情也。

前多用複筆，極悲婉矣。至末忽一反掉，又極振厲。史遷寫項羽垓下處，學此。

再三期王改之者，似指興兵構怨之事；而取燕一事，尤其著者。觀其「致爲臣而歸」繫於「燕人畔」章之後，此必因燕初畔之後，而孟子日前勸王反旄倪、置重器之言，王至今猶不能用，故再三期其改也。「古之君子，過則改之。」孟子固云。至言「豈徒齊民安，天下之民舉安」，日後燕將樂毅率五國之師以伐齊，齊幾亡，而天下亦皆騷動矣。孟子似前知其事者然。

孟子去齊。充虞路問曰：「夫子若有不豫色然。前日虞聞諸夫子曰：『君子不怨天，不尤人。』」曰：「彼一時，此一時也。五百年必有王者興，其間必有名世者。由周而來，七百有餘歲矣。以其數，則過矣；以其時考之，則可矣。夫天未欲平治天下也；如欲平治天下，當今之世，舍我其誰也？吾何爲不豫哉？」

「彼一時，此一時」，已經承認不豫矣。乃末忽又翻轉説「何爲不豫」，此如人之悲者，必説不悲，正深於悲也。

孟子去齊，居休。公孫丑問曰：「仕而不受禄，古之道乎？」曰：「非也。於崇，吾得見王。退而有去志，不欲變，故不受也。繼而有師命，不可以請。久於齊，非我志也。」

孟子於齊，仕不受禄，正此篇中十數章之權輿也。

前二章，文雖曲折，其義易明。故與此章，皆不復順講。

卷五

滕文公篇第三上

滕文公爲世子，將之楚，過宋而見孟子。孟子道性善，言必稱堯舜。世子自楚反，復見孟子。孟子曰：「世子疑吾言乎？夫道一而已矣。成覸謂齊景公曰：『彼丈夫也，我丈夫也，吾何畏彼哉？』顔淵曰：『舜何人也？予何人也？有爲者亦若是。』公明儀曰：『文王我師也，周公豈欺我哉？』今滕絶長補短，將五十里也，猶可以爲善國。《書》曰：『若藥不瞑眩，厥疾不瘳。』」

此章以「道一」爲主，性善乃道一之實際也。「性善」二句約略包括，而於次番始詳之。此又一叙法。

成覸之言壯，顔淵之言切，公明儀之言婉。引此三人之言，作道一之證，而自己不復再置一論，立言簡潔。

滕定公薨。世子謂然友曰：「昔者孟子嘗與我言於宋，於心終不忘。今也不幸至於大故，吾欲使子問於孟子，然後行事。」然友之鄒，問於孟子。孟子曰：「不亦善乎！親喪固所自盡也。曾子曰：『生，事之以禮；死，葬之以禮，祭之以禮，可謂孝矣。』諸侯之禮，吾未之學也。雖然，吾嘗聞之矣。三年之喪，【行間批：「三年之喪」説，詳見《附録》。】齊疏之服，飦粥之食，自天子達於庶人，三代共之。」然友反命，定爲三年之喪。父兄百官皆不欲，曰：「吾宗國魯先君莫之行，吾先君亦莫之行也，至於子之身而反之，不可。且《志》曰：『喪祭從先祖。』」曰：「吾有所受之也。」謂然友曰：「吾他日未嘗學問，好馳馬試劍。今也父兄百官不我足也，恐其不能盡於大事，子爲我問孟子。」然友復之鄒，問孟子。孟子曰：「然。不可以他求者也。孔子曰：『君薨，聽於冢宰。歠粥，面深墨。即位而哭，百官有司，莫敢不哀，先之也。』上有好者，下必有甚焉者矣。『君子之德，風也；小人之德，草也。草尚之風，必偃。』是在世子。」然友反命。世子曰：「然。是誠在我。」五月居廬，未有命戒。百官族人可謂曰知。及至葬，四方來觀之，顏色之戚，哭泣之哀，吊者大悦。

此章專以「自盡」爲主。下「不可以他求」、「是在世子」、「是誠在我」，皆應「自盡」句。

「君薨」一段，按之《論語》，非一時之言，又似别見。此蓋聯綴孔子平素言論成一片，《史記》最多此法，如《伯夷傳》類是也。

滕文公問爲國。孟子曰：「民事不可緩也。《詩》云：『晝爾于茅，宵爾索綯。亟其乘屋，其始播百穀。』民之爲道也，有恒産者有恒心，無恒産者無恒心。苟無恒心，放辟邪侈，無不爲已。及陷乎罪，然後從而刑之，是罔民也。焉有仁人在位，罔民而可爲也？是故賢君必恭儉，禮下，取於民有制。陽虎曰：『爲富不仁矣，爲仁不富矣。』夏后氏五十而貢，殷人七十而助，周人百畝而徹，其實皆什一也。徹者，徹也；【行間批：「徹」字義，詳見《附録》。】助者，藉也。龍子曰：『治地莫善於助，莫不善於貢。貢者，【行間批：貢法詳見《附録》。】校數歲之中以爲常。樂歲，粒米狼戾，多取之而不爲虐，則寡取之；凶年，糞其田而不足，則必取盈焉。爲民父母，使民盻盻然，將終歲勤動，不得以養其父母，又稱貸而益之。使老稚轉乎溝壑，惡在其爲民父母也？』夫世禄，滕固行之矣。【行間批：此句承轉，有天外奇峰突然飛來之勢。】《詩》云：『雨我公田，遂及我私。』惟助爲有公田。由此觀之，雖周亦助也。【行間批：跌宕頓挫。】設爲庠序學校以教之：庠者，養也；校者，教也；序者，射也。夏曰校，殷曰序，周曰庠，學則三代共之，皆所以明人倫也。人倫明於上，小民親於下。有王者起，必來取法，是爲王者師也。《詩》云：『周雖舊邦，其命維新。』文王之謂也。子力行之，亦以新子之國。」使畢戰問井地。孟子曰：「子之君將行仁政，選擇而使子，子必勉之！夫仁政，必自經界始。經界不正，井地不均，穀禄不平。是故暴君污吏必慢其經界。經界既正，分田制禄，可坐而定也。夫滕壤地褊小，將爲君子焉，將爲野人焉。無君子莫治野人，無野人莫養君子。【行間批：即宜入下矣，又將分田制禄所以然之故頓數語，理致俱備。】請野九一而助，國中什一使自賦。**卿以下必有圭田，圭田五十畝。餘夫二十五畝。死徙無出鄉，鄉田同井。出入相友，守望相助，疾病相扶持，則百姓親睦。**【行間批：亦宜入下矣，乃又將井田好處先寫此一段，情文益覺淋漓。】**方里而井，井九百畝，其中爲公田。八家皆私百畝，同養公田。公事畢，然後敢治私事，所以別野人也。此其大略也。若夫潤澤之，則在君與子矣。」**【行間批：結上兩大段。】

孟子文章，大抵多跌宕雄奇。獨此古穆端嚴，如睹宗廟鼎彝，所謂高文典册，合《書》、《禮》、《考工記》等篇，裒而並有其長者也。

一行助也，前答其君，專主議論；後答其臣，始鋪叙方略。兩各不同。然答君者，前後皆言夏、商、周，是議論中有叙事也；答臣者，前言治人、養人者之相須，後言鄉田同井者之相睦，則又叙事中有議論也。

孟子於齊、梁言王政，止及授田、宅桑、畜養、孝弟，乃大略中之大略也。今於滕，獨舉井田原委，意義、得失、分劃、美利、制度無不詳悉備陳。且及世禄之相因，學校之并設，未嘗不詳也。然而猶曰略者，蓋更改予奪，畫井分野，因地、因人、因時各制其宜，實有一邊行，一邊調劑，原不能一時即知之而即言之也。

禮下，即世禄張本；取民有制，即行助張本。是前已立有兩柱矣。

開口即言民事。民事者，制其恒産是也。乃必兼言世禄者，蓋井田封建相爲表裏，自諸侯取民無制，而其世禄之家亦多效尤，占奪民利，大概如貢法，而又不止於什一。故引龍子之言，而極陳其弊。夫行貢而其弊猶如此，況又不止什一乎？是以曰「暴君污吏必慢其經界」也。今欲行助，則必取田仍與之民。然實則用私助公，分田即以制禄，故必兼世禄言之。至學校，則王政之所必備者，亦不得不并及，其實止言民事也。「人倫明於上，小民親於下」、「則百姓親睦」，兩「親」字相應。使人倫不明，則箕帚誶啐，乾餱多愆，即家庭尚多乖離，況鄉田同井之偶俱者哉？

前言取民，鋪叙三代而申其名義；後言學校，亦然。文格最齊整。

乃於整齊之中，忽夾入「世禄，滕固行之」句，又夾入「公田」之詩，筆勢兔起鶻落，始不板鋪直叙。

前對文公言世禄處猶略；後對畢戰，則言分田制禄，又言君子野人之相須，又言卿大夫之圭田，如此甚詳者，蓋對其臣言之，慮其沮格不行耳。畢戰必世禄之家也。

自「請野」至「敢治私事」，皆鋪叙方略。乃於中，又必將井田之美先叙在上，然後説及井田制度，法亦不板。且「死徙無出鄉」句，與相友、相助、相扶持一例，乃於中夾入「鄉田同井」句，以申釋上下文義，格法極新變。

「所以別野人」句由上「公事畢」二句來，隨叙隨論。且與上君子、野人遠相照應，有東海霞起、遥映赤城之妙。

「在君與子」句總結告君、告臣兩段，格局極嚴整。

○滕文公問爲國。孟子曰：「國之本在民，民之務在事。爲國者，亦於民之事，慎勿緩乎？蓋民極以其事爲兢兢也。《七月》之詩有云：『晝爾于茅，宵爾索綯。亟其乘屋，其始播百穀。』夫於農功甫畢之後，而已殷然廑念於農事初興之時，民何以亟亟至此？正以其事爲民之所恃以生，而且非一日之計也，蓋恒産也。且君亦知恒産之所係爲甚大乎？夫爲國者，未有不欲得民之心而用之者也。然民之爲道，有恒産者，斯有恒心；一無恒産，即無恒心矣。苟無恒心，則放縱、偏僻、淫邪、侈肆之事無所不爲。斯時也，遺親後君，未有不陷乎罪者。及陷乎罪，然後從而刑之，是何異羅無知之民而致之於法乎？則焉有仁人而出此者？夫仁人即賢君也。賢君知吾不能不取之民，且吾之臣亦且不能不取之於民也。然既爲斯民恒産計，故必持己以恭，禮其下而勸之，律身以儉，取於民有一定之制，而俾其下皆不能爲無藝之誅求焉。然則人君欲施仁於民，則必不得求富於己。其取法於三代，可乎？昔夏后氏一夫授田五十畝，而取之者行貢法。殷人一夫授田七十畝，而取之者行助法。周人一夫授田百畝，而取之者行徹法。法雖不同，而取之之實皆不過什之一，未嘗多也。夫以下貢上，則夏氏之田皆賦於民可知。即周之徹，亦合貢助而通行之義，無他道也。獨殷人名其制曰助者，則合君、卿、大夫、士之公田，無非借民之力以助其治而已，而固别無所取於民矣。此三者，皆恭儉之賢君所制民之恒産者也。而就中較量，則有善、不善之分焉。昔龍子言之矣，曰：『治地莫善於助，莫不善於貢。貢者，校數歲之中以爲常。樂歲，粒米狼戾，多取之而不爲虐，則寡取之；凶年，糞其田而不足，則必取盈焉。爲民父母，使民盻盻然，將終歲勤動，不得以養其父母，又稱貸而益之。使老稚轉乎溝壑，惡在其爲民父母也？』助之善如此，亦以授田，即以制禄，其事原相因也。今滕則於世禄已行之，而獨未行夫助。是民之産既不可恒，而在公之禄恐終亦難於世及也。豈以改玉改步生乎周之世，不必反古之道哉？乃吾讀《大田》之詩有云：『雨我公田，遂及我私。』夫公田、私田，助之法也；而《詩》則周詩也。是周之徹亦即殷之助，名雖異而實無殊焉。然則欲制在公之禄，不可不先制在民之恒産。恒産定，而世禄亦定矣。由是設爲庠序學校，以教其有産之民焉。庠以養老，校以教善，序則射以觀德，此三者鄉學之義也。校則屬夏，序則屬殷，庠則屬周，此三代鄉學之名也。至於國學，則三代共之，無異名焉。凡此在鄉在國，雖所教之人不同，而皆所以講明其人倫，使知夫父子之恩、君臣之義、夫婦之别、長幼之序、朋友之信而已矣。蓋以人倫之道既明於上，則小民之在人倫中者皆得知曉大義，而可以相親相愛，不至於乖離睽異也。所謂『有恒産者有恒心』，固如此。如此，而後民事始無所憾，蓋王者之政也。子欲行之，即使小國難以有爲，而有王者興，亦必取法於子，是子爲王者師矣。然天下事亦未可知。觀《詩》之美文王曰：『周雖舊邦，其命維新。』蓋文王之前，不過岐封百里耳。乃因其發政施仁，遂再傳而受命焉。子果力行仁政如文王，則亦將新子之國，不王其身，亦必王其子孫，如周之受命維新也。」乃文公聞孟子之言，因使其臣畢戰來問井地之方略，而施行之。孟子曰：「子之君將行井田之仁政，選擇諸臣中而使子，是以子爲能經理此事也。子必敏勉而爲之，勿以古今致疑，勿以人言見阻，可也。夫畫井分野，必自經理其疆界爲始。凡溝澮川塗、長短廣狹，無不早定其方。曲直方圓，一皆熟籌其便。雖不必執一式，而斷不可不求其正。蓋疆界一有不正，則此豐彼嗇，而井地不得均矣。井地一不均，則强多弱少，而穀禄亦不得平矣。所以暴君污吏必慢其經界，而借其不正以爲己之私利焉。苟經界一正，則田從此而分，無不均者，禄從此而制，無不平者，俱可不勞而定矣。今夫滕雖壤地褊小，然在上亦有君子，在下亦有野人。使無君子，則野人何所受治？此禄之不可不制也。無野人，則君子何以爲養？此田之不可不分也。然而分田制禄，亦有隨地而制其宜者。請於都鄙之地，可畫萬井之野，則分別公私，而行九一之助焉。若夫郭遂之間，此不可以井分也，則授田十分而自賦其一，如夏氏之貢，可乎？如此，則在民既有恒産，而在仕亦有世禄矣。而不但已也，凡賦公田之家，自卿以下，别與以五十畝之圭田，以奉其祭祀。此於常制之外，又有所以厚其君子者焉。且凡授田之夫，如有年可任稼之弟，則爲餘夫，别授以二十五畝之田，以贍其不給。此又於常制之外，又有所以厚其野人者焉。法之詳備如此。由是吾見小民之親於下者，豈必俟學校既設之後乎？乃助法行，而民之或死或徙，舉無出此一鄉者。是何也？正以此鄉之田同此一井故也。惟其同井，故民之出入，則行歌互答而相友焉；民之守望，則彼此譏察而相助焉；民之疾病，則醫藥省候而相扶持焉。夫其相友、相助、相扶持如是，是其民不期其親睦而自無不親睦者矣。甚矣，井田之善也！龍子之言，亶其然乎！以其制度言之，則方一里而爲一井，一井爲田蓋九百畝也。其中爲公田，而八家之民皆各私其百畝。所有公田之耔種牛力，皆八家按分公出以培養之。凡遇耕耘收穫，皆先治其公田。必公田之事畢，然後敢治私田之事。此豈徒畏勢而媚其長上哉？亦所以别野人之分，其義固當養其君子者也。是即一先後之間，而井田之義藴猶無窮焉。信矣，其爲民之恒産，而爲君所亟宜圖之者也！惟是列國兵争，取民無制，井田之不行已久。吾所能言，止此耳。然此其大略也。若夫因略致詳，審乎地宜，協乎人事，有所潤澤其間，而不致於扞格者，則君與子之任矣。幸勿諉爲古法難行，而緩以從事也。」

有爲神農之言者許行，【行間批：書法。】**自楚之滕，踵門而告文公曰：「遠方之人聞君行仁政，願受一廛而爲氓。」**

文公與之處，其徒數十人，皆衣褐，捆屨、織席以爲食。陳良之徒陳相，【行間批：書法。】與其弟辛，負耒耜而自宋之滕，曰：「聞君行聖人之政，是亦聖人也。願爲聖人氓。」陳相見許行而大悅，盡棄其學而學焉。陳相見孟子，道許行之言，【行間批：許行使之。】曰：「滕君，則誠賢君也。雖然，未聞道也。賢者與民竝耕而食，饔飧而治。今也滕有倉廩府庫，則是厲民而以自養也，惡得賢？」孟子曰：「許子必種粟而後食乎？」曰：「然。」「許子必織布而後衣乎？」【行間批：一路問答瑣屑，有情致。】曰：「否。許子衣褐。」「許子冠乎？」曰：「冠。」曰：「奚冠？」曰：「冠素。」曰：「自織之與？」曰：「否。以粟易之。」曰：「許子奚爲不自織？」【行間批：漸逼緊。】曰：「害於耕。」曰：「許子以釜甑爨，以鐵耕乎？」曰：「然。」「自爲之與？」曰：「否。以粟易之。」「以粟易械器者，不爲厲陶冶；陶冶亦以其械器易粟者，豈爲厲農夫哉？且許子何不爲陶冶，舍皆取諸其宮中而用之？何爲紛紛然與百工交易？何許子之不憚煩？」【行間批：一氣傾瀉，句句緊。】曰：「百工之事，固不可耕且爲也。」【行間批：逼出此句。】「然則治天下獨可耕且爲與？【行間批：折得緊。】有大人之事，有小人之事。且一人之身，而百工之所爲備。【行間批：勿又轉到上意，不測。】如必自爲而後用之，是率天下而路也。故曰：【行間批：又泛論。】或勞心，或勞力；勞心者治人，勞力者治於人；治於人者食人，治人者食於人：【行間批：數句畫出一個「易」字。】天下之通義也。當堯之時，天下猶未平，洪水橫流，氾濫於天下。草木暢茂，禽獸繁殖，五穀不登，禽獸逼人。獸蹄鳥迹之道，交於中國。堯獨憂之，【行間批：映「竝」字。】舉舜而敷治焉。舜使益掌火，【行間批：火者，堯時官名，即火正，《左傳》閼伯爲堯火正是也。至舜時，伯夷改作虞官。】益烈山澤而焚之，禽獸逃匿。禹疏九河，瀹濟、漯，而注諸海；決汝、漢，排淮、泗，而注之江，然後中國可得而食也。當是時也，禹八年於外，三過其門而不入，雖欲耕，得乎？【行間批：煞。】后稷教民稼穡。樹藝五穀，五穀熟而民人育。人之有道也，飽食、煖衣、逸居而無教，則近於禽獸。聖人有憂之，使契爲司徒，教以人倫：父子有親，君臣有義，夫婦有別，長幼有序，朋友有信。放勳曰：『勞之來之，匡之直之，輔之翼之，使自得之，又從而振德之。』聖人之憂民如此，而暇耕乎？【行間批：再煞。】堯以不得舜爲己憂，舜以不得禹、皋陶爲己憂。【行間批：一總束。】夫以百畝之不易爲己憂者，農夫也。分人以財謂之惠，教人以善謂之忠，爲天下得人者謂之仁。【行間批：又泛論。】是故以天下與人易，爲天下得人難。孔子曰：【行間批：與「神農之言」映。】『大哉，堯之爲君！惟天爲大，惟堯則之。蕩蕩乎，民無能名焉！君哉，舜也！巍巍乎，有天下而不與焉！』堯舜之治，天下豈無所用其心哉？亦不用於耕耳。吾聞用夏變夷者，未聞變於夷者也。【行間批：二句領起。】陳良，楚産也，悦周公、仲尼之道，北學於中國。北方之學者，未能或之先也。彼所謂豪傑之士也。子之兄弟事之數十年，師死而遂倍之。昔者孔子没，三年之外，門人治任將歸，入揖於子貢，相嚮而哭，皆失聲，然後歸。子貢反，築室於場，獨居三年，然後歸。他日，子夏、子張、子游以有若似聖人，欲以所事孔子事之，强曾子。曾子曰：『不可。江漢以濯之，秋陽以暴之，【行間批：江漢、秋陽，詳見《附録》。】皜皜乎不可尚已。』今也南蠻鴃舌之人，非先王之道，【行間批：一句斷倒。】子倍子之師而學之，亦異於曾子矣。吾聞出於幽谷，遷於喬木者，未聞下喬木而入於幽谷者。《魯頌》曰：『戎狄是膺，荆舒是懲。』周公方且膺之，子是之學，亦爲不善變矣。」【行間批：打轉變夏、變夷。】「從許子之道，則市價不貳，國中無僞。雖使五尺之童適市，莫之或欺。布帛長短同，則價相若；麻縷絲絮輕重同，則賈相若；五穀多寡同，則賈相若；屨大小同，則賈相若。」曰：「夫物之不齊，物之情也。或相倍蓰，或相什伯，或相千萬。子比而同之，是亂天下也。【行間批：與「率天下而路」句應。】巨屨小屨同賈，人豈爲之哉？從許子之道，相率而爲僞者也，惡能治國家？」【行間批：結還他一「治」字。】

此是一篇大落墨文字，汪洋浩瀚，踔厲雄奇，真是前無古，後無今。後世大家能得其似者，獨昌黎耳。髯蘇氣雖充，而豪邁有餘，精鋭不足。況其餘乎？

「並耕而食」，是此篇總主腦。饔飧即是並耕，言即於飲食間治天下，所謂無爲而治也。責陳相倍師，從此生來。至齊賈，則並耕餘意耳。

「有爲神農之言者許行」與「陳良之徒陳相」，兩提筆，便有下文無數文字在內，遂爲《左傳》、《史記》後世史法之祖。

「捆屨、織席爲食」與「負耒耜」，即露種粟之端，乃一寫在後，一寫在前，殊變化。

「未聞道也」、「悅周公、仲尼之道」、「非先王之道」、「從許子之道」，四「道」字相呼應。

《孟子》文字，起端多整齊。此篇却以瑣屑問答開端，另是一樣。

孟子數問，總要叫他自己說出一個「易」字來。及已說出「以粟易之」，又問其奚不自爲，逼出他「害於耕」一答來。蓋害即厲，可見不易則相厲，而易則無所厲矣。此正針鋒相對。其意已足，乃又因食想出釜甑，因種粟想出鐵，總欲多其說以爲難耳。而文字遂於參差歷落中見整齊。

「以粟易械器，不爲厲陶冶」二句，即從他「易」字翻駁他「厲」字，詞意何等駿厲！文勢何等犀利！然此數句亦即如「許子奚爲不自織」之一問，「百工之事，不可耕且爲」句亦即如「害於耕」之一答，實與衣冠做兩段。乃詞語多寡，一氣吐瀉，又似另寫。是整齊中又參差也。

上二句已辨駁倒矣，乃又入「且許子何不爲」數語，忽又詰問。一連下三「何」字，并不覺排鋪，止覺迅疾，令人無躱閃處。

「然則治天下」一折緊甚。下特安頓二語，忽又轉入前意。以下又用泛筆以舒之。緩急相受，極妙文情。

此兩段文字，跌宕生動，矯變離奇，忽如山峰開嶂，忽如江濤矗波，忽如游龍戲海，忽如駿馬兜韁。杜子美賦云：「九天之雲下垂，四海之水皆立。」真奇文也！大文也！雄文也！快文也！

「當堯之時」以下文字，極大鋪排，長江巨河，一瀉千里，視前又是一樣文法。

前以「厲」字、「易」字做眼目，後以數「憂」字與「用心」字做眼目。「堯之時」一段，是不得食以前，聖人有所以用其心；「后稷」一段，是得食以後，聖人又有所以用其心；而總不用心於耕也。故以堯不得舜一段束住，於孔子之贊堯、贊舜結住。文字又極嚴整。

前兩段言堯、舜，而及禹、益、后稷、契。下止言禹，而不及益與稷、契，却入一前并不言及之皋陶。大家疏疏落落，正不在此瑣瑣之頂針也。

責陳相倍師五段文字，悠揚舒徐，又是一調。

以「變」字起端，以「變」字結住。兩言「吾聞」、「未聞」，前後相應，是此數段章法。

並耕是齊人，同賈是齊物，總是老莊學問。

相言「無僞」，而孟子言其正是率民爲僞，亦是對面作翻，與前文一樣。

妙在即借相言「屨大小同」句作駁，恰與「捆屨」前後互映。

前講並耕，上言治天下者不並耕；而饔飧者不可爲治之語，尚未之及。今於齊賈處，却以「惡能治國家」斷結住，是不止結齊賈一事也。觀此一句，筆力千鈞。

○孟子既言井田之道於滕，而文公毅然見於行焉。夫是道也，堯、舜治天下之大道也。周公之所施者在是，仲尼之所述者在是。非是者，則無與於治。乃有爲神農之言者許行，欲以其説亂之，自楚來處於滕。而楚人又有陳良者，其徒陳相與弟辛亦自宋至，乃許行與徒，皆以捆屨、織席爲食，殆自食其力者歟？而陳相則亦負耒耜來，是出疆之農夫也。兩人之持業既同，兩人之措辭又同，氣味投合，故一見傾蓋，而陳良之學遂變於許行。於是從許子之道，見孟子而亦述許子之言，其意蓋欲以農夫處滕君也。夫賢君之爲治也，果必耕而得食，取之民即爲厲民乎？然且謂其説出於神農氏。夫神農氏教民以耕，未聞其並耕也；且世遠年湮，無可徵信。治天下者，則亦法堯、舜而已矣。孟子將以堯舜之道開示之，然不窮之於無可遁，則相必反覆展辨而無已。「夫種粟而後食者，許子固然者也。然食者豈能不衣？豈能不冠？即其爲食也，豈能不以釜甑爨？其種粟也，豈能不以鐵耕？然治者既必並耕而食，則耕者亦必自織而後衣之冠之，自爲而後爨之耕之也，然後可。」此孟子所以窮許子也。乃相一則曰粟易，再則曰粟易，是不易即有所害，豈相易而尚相爲厲乎？且許子固農夫也。其待釜甑以爲食，待鐵以爲耕，相須固甚殷也。如慮其厲，則許子何不自爲陶冶，舍皆取諸其宫而用之之爲便歟？如曰許子農夫也，百工之事，耕者不能並爲；而並耕而食，則奈何獨責之治天下者？夫治天下何事？大人勞心以治人之事也，而豈小人之食力者可比？然即小人一身，而欲自爲以備用，非惟厲人，亦且自害，而大人可知矣。大人之食於人也，以治人者易之，不並耕也；小人之治於人也，以食人者易之，不自爲治也。故曰「天下之通義」，而豈有所厲乎？夫神農之事，吾不得而知，吾知堯、舜而已。堯之天下，草木鳥獸之天下也。民且無土可耕，顧安得粟而食之？然而民不能並憂也，而堯獨憂之，於是舉舜。舜則使益、使禹，火其山林，而水其江海，然後中國可得而食也。是未得耕以前，禹於是時，八年三過，止計民之無食，而不計己之不耕，其憂堯之憂有如此者。及其既得耕以後，舜又使稷教民稼穡。穀熟矣，民人育矣，逸居無教，則近於禽獸。耕而食者，不知憂也。聖人有憂之，於是使契教之以人倫，法有所必詳，而心有所必盡。是既得食以後，而聖人又止有心以爲民之徒食計，而不暇耕以爲己之無食計，其憂又有如此者。憂之如何？則堯憂不得舜，舜憂不得禹、皋陶而已，是仁天下之大事也。惟所憂者大，而凡小惠小忠、農夫之憂，非所憂矣。堯、舜之用心如此，此其所以治天下也。此孔子所以贊其蕩蕩巍巍也。且夫學術之變遷，蓋有善不善者。子非陳良之徒耶？良與許行同産於楚，楚固夷國也。而良特不囿於楚，以爲中夏有周公、仲尼，其道即堯舜之道也，而悦之，於是北遊而學之。北方之學者未之能先焉，而况南蠻鴃舌之人乎？昔者孔子没，門人歸，而不忍遽歸，又欲以似孔子者事之，而曾子猶不可。蓋以孔子之道大而不可尚也。今許子之於良，不惟非其似，而且於良之所悦者大悖焉。是良非楚，而許行真楚夷矣。周公而在，必爲所膺。而子乃以道悖於孔子，行擯於周公者，倍豪傑之師，而爲所變焉。異哉！下喬木而入於幽谷。吾未聞有子之謬者也。異哉！倍其用夏變夷者，而變於夷。吾亦未聞有子之不善者也。於是陳相並耕之説窮，而又轉及齊賈，以爲從許子之道，國中可以無僞。孟子曰：「是滋之僞也。蓋物之情，萬有不同。子奈何比而同之乎？無論布帛、絲麻、五穀也，即如屨，許行捆屨，則必知屨。然而屨有精粗美惡，猶之大小也。使巨屨而與小屨同賈，人孰則其爲之？子前曰『饔飧而治』，是子亦言治國家矣。然而從許子之道，亂之而已，惡能治乎？」甚矣，邪説之惑人！孟子辭而闢之，若斯之嚴也；而後世猶有以黄老言治者。先王之道，其不陵夷澌滅者幾希。

墨者夷之，因徐辟而求見孟子。孟子曰：「吾固願見。今吾尚病，病愈，我且往見。夷子不來！」他日，又求見孟子。孟子曰：「吾今則可以見矣。不直，則道不見；我且直之。吾聞夷子墨者。墨之治喪也，以薄爲其道也。夷子思以易天下，豈以爲非是而不貴也？然而夷子葬其親厚，則是以所賤事親也。」徐子以告夷子。夷子曰：「儒者之道，古之人『若保赤子』，此言何謂也？之則以爲愛無差等，施由親始。」徐子以告孟子。孟子曰：「夫夷子，信以爲人之親其兄之子爲若親其鄰之赤子乎？彼有取爾也。赤子匍匐將入井，非赤子之罪也。且天之生物也，使之一本，而夷子二本故也。蓋上世嘗有不葬其親者。其親死，則舉而委之於壑。他日過之，狐狸食之，蠅蚋姑嘬之。其顙有泚，睨而不視。夫泚也，非爲人泚，中心達於面目。蓋歸反虆梩而掩之。掩之誠是也，則孝子仁人之掩其親，亦必有道矣。」【行間批：最婉曲，最警切，最沉痛。】徐子以告夷子。夷子憮然爲間曰：「命之矣。」

此章道理極正，而用意極曲，措辭亦極婉。其開發人良心處，不深言而自省，是一篇極安詳文字。

通篇眼目，在「厚薄」二字。

「豈以爲非是而不貴」、「則是以所賤事親」，實嘉其意，而故斥其非，竟叫夷之無措口處，詞亦辯矣。

夷子實被孟子難倒。其言，朱子所謂遁辭知其所窮者也。

「二本」語，不必深求，即所謂兩種道理耳。

夷之之葬其親厚，明是天良發見，不安於墨者之薄也。而孟子却從并不葬其親之時，其情其景，娓娓説來，使人心頭眼底不跳自動。讀至「孝子仁人之掩親，必有其道」，含蓄不露，墨者之非道顯然見矣。可謂筆端有舌。

一篇安詳文字，結亦悠然，是最能審意命格者。

○儒、墨之不相謀久矣。有夷之者，不安於墨而欲歸儒，因徐辟以求見孟子，歸斯受之矣。乃孟子先則辭疾以試之。既而又求見，其意誠矣。而孟子則欲聳動其心，以爲受之之地也。曰：「夷子之來，爲道來也。然夷子固墨者也。墨之治喪也薄，夷子豈以其薄爲非是而不貴哉？第貴薄則賤厚，而夷子獨厚葬其親，是以所賤者事其親也。既爲道來，吾不敢不以直告耳。」是時也，夷之以薄爲是，而已已厚；以厚爲宜，而已又墨；不得已，乃强援《書》之言「若保赤子」者，以爲墨之兼愛證，而姑以施由親始者，以爲己之厚葬解，詞亦遁矣。孟子曰：「夷子引《書》之言『若保赤子』者，信以爲人之親其兄之子爲若親其鄰之赤子，漫無所加也乎？蓋小民無知而犯罪，猶赤子無知而入井。《書》之所取者，此也。且人物之生，皆本於父母而無二，天使之也。本立而道生，親親而仁民，仁民而愛物。所愛正自有差等矣；而夷子乃以愛無差等者爲一道，而又以施由親始者爲一道，是二本也，豈可以爲訓乎？夫夷子之葬親厚，亦知其所以必厚之故乎？蓋上世禮制未興，且有不葬其親者，而不僅於薄也，已委之於壑矣。他日過之，見狐狸之食、蠅蚋姑之嘬，有不覺顙之有泚者，則睨而不忍視。夫其泚也，非爲人泚，蓋不忍之心自然達於面目者也。於是歸而反虆梩以掩之。掩之者是乎？非乎？如其是也，則孝子仁人之掩其親，亦必有道矣。夷子亦思之可耳。」徐子以是言告夷子。夷子憮然自失者久之，已而曰：「夫子雖未見之也，然而已命之矣。」夷子亦可謂能不遂非者哉！

卷六

滕文公篇第三下

陳代曰：「不見諸侯，宜若小然；今一見之，大則以王，小則以霸。且《志》曰『枉尺而直尋』，宜若可爲也。」孟子曰：「昔齊景公田，【行間批：徑引別事作起，又是一格。】招虞人以旌，不至，將殺之。志士不忘在溝壑，勇士不忘喪其元。孔子奚取焉？【行間批：倒裝句。】取非其招不往也，如不待其招而往，何哉？且夫枉尺而直尋者，以利言也。如以利，則枉尋直尺而利，亦可爲與？【行間批：緊。】昔者趙簡子使王良與嬖奚乘，終日而不獲一禽。嬖奚反命曰：『天下之賤工也。』或以告王良。良曰：『請復之。』强而後可，一朝而獲十禽。嬖奚反命曰：『天下之良工也。』簡子曰：『我使掌與女乘。』謂王良。良不可，曰：『吾爲之範我馳驅，終日不獲一；爲之詭遇，一朝而獲十。《詩》曰：「不失其馳，舍矢如破。」我不貫與小人乘，請辭。』【行間批：叙述此段，甚有致。】御者且羞與射者比。【行間批：接得緊。】比而得禽獸，雖若丘陵，弗爲也。如枉道而從彼，何也？且子過矣，枉己者未有能直人者也。」【行間批：結得直截。】

陳代之見甚陋，孟子所謂以利也。引虞人，正答不見之義。下則闢其以利之非。前猶言枉尋直尺之不可爲，後則言一枉並無有一直，一層進一層。

《孟子》文字，每每深進一層，以抉醒本意。如引虞人，引王良，皆是。即「枉尋直尺」一折，亦然。是以篇篇警策，雄絶千古。

「宜若可爲」，「亦可爲與」，「弗爲也」，緊緊翻跌。

通篇詞嚴義正，毫不作一婉語，想見泰山巖巖氣象。

○孟子於列國諸侯，非以禮幣來招，即抱道不見。陳代以爲小節也，聳之以王霸，且舉《志》所言枉尺直尋者爲勸，何所見之陋也！孟子曰：「今之諸侯，苟一見之，亦智出虞人下矣。昔齊景公田，招虞人以旌。虞人以非其招也，不至，公將殺之。孔子取之，一則曰『志士』，再則曰『勇士』。是非其招，而虞人尚守其節而不往也，况並未之招哉？此我所以不見也。且子言『枉尺直尋』，區區較量於多寡之數，是以利言也。夫正其誼者，不謀利。如以利，則充類至盡，雖枉尋直尺，而利在也，亦可爲與？且所謂直者，亦並非利之謂也。即如趙之王良，天下之善御也。御何以善？則範我馳驅，不爲詭遇而已矣。一日者，簡子命與嬖奚乘。嬖奚，小人也。與小人乘，則必與小人比。比則可以得禽，不比則不可以得禽，比之云乎？然得禽，則良之矣；不得禽，則賤之矣。將喜其良而惡其賤，良真枉也。乃賤之，則終日不獲一；良之，則一朝而獲十。奚果直乎哉？夫射御之利，利得禽獸耳。然以已枉之己，比其不直之人，雖得禽獸如邱陵，亦弗爲也。何也？羞之也。此良之所以終辭掌乘之命也。御者且然，况有道者乎？蓋正己者正人；己一枉而猶欲人之直，世豈有之哉？是一言利，而並無一直也。子言『枉尺直尋』，嘻！亦過矣！」

景春曰：「公孫衍、張儀豈不誠大丈夫哉？一怒而諸侯懼，安居而天下熄。」孟子曰：「是焉得爲大丈夫乎？【行間批：劈頭即壓。】**子未學禮乎？**【行間批：承得不測。】**丈夫之冠也，**【行間批：陪。】**父命之；女子之嫁也，母命之，往送之門，戒之曰：『往之女家，必敬必戒，無違夫子。』以順爲正者，妾婦之道也。**【行間批：妙絶。】**居天下之廣居，立天下之正位，行天下之大道；**【行間批：句法莊重，稱大丈夫身分。】**得志與民由之，不得志獨行其道；富貴不能淫，貧賤不能移，威武不能屈：此之謂大丈夫。」**【行間批：「此之謂」有力，見大丈夫之難也。】

「一怒而諸侯懼，安居而天下熄」，止兩句，便説得儀、衍氣勢掀天揭地。

景春方稱儀、衍爲大丈夫，而孟子却鄙之爲妾婦。方以儀、衍之怒爲有逆鱗，而孟子却謂其爲順道。當面翻轉，蹴起奇峰。一「順」字，便將一時縱横人，狐假虎威，見不得人的一種技倆，直從隱微中揭出來。真秦之照膽鏡也。

此章亦只是論儀、衍，非爲大丈夫寫正照也。如開端言利、言仁義之類，讀者不可看混。

「居天下之廣居」三句，是大丈夫之本領；「得志」二句，是大丈夫之作用；「富貴不能淫」三句，是大丈夫之力量。此等人固非孔、孟不能當也。

○戰國之時，縱横遊説之士憑藉諸侯權勢，以播威肆虐，而公孫衍、張儀其尤也。景春艷之，謂爲大丈夫當如此矣。孟子曰：「大丈夫自有其人。彼儀、衍者妾婦耳，焉足以當之？蓋方其展轉諸侯間，居則無事，動則起爭，其怒若不可當也。然彼何能怒？有假之怒者，彼特順之而已。是道也，禮有之，曰：『丈夫之冠也，父命之；女子之嫁也，則母命之，命之之詞曰：「必敬必戒，無違夫子。」』夫無違，即所謂順也。順人之喜以爲喜，則亦順人之怒以爲怒。儀、衍者方以妾婦之道行乎諸侯，而子奈何震而驚之若是？於此有人焉。其所居非猶夫人之居也，居天下之廣居，仁以覆物者此也；其所立非猶夫人之立也，立天下之正位，禮以範物者此也；其所行非猶夫人之行也，行天下之大道，義以軌物者此也。當其得志，則與民均所覆，與民共其範，與民同所軌；即不得志，而亦獨有所居，獨有所立，獨有所行。窮達之各宜也如此，由是而富貴加之而不能淫其志，貧賤窘之而不能移其守，威武臨之而不能屈其節。是其懷仁抱義，履中蹈和者，自足千古又如此。此之謂大丈夫。大丈夫豈易得者？而子乃以之譬妾婦之儀、衍哉？甚矣，其謬也！」

周霄問曰：「古之君子仕乎？」孟子曰：「仕。傳曰：『孔子三月無君，則皇皇如也，出疆必載質。』公明儀曰：『古之人三月無君則弔。』」「三月無君則弔，不以急乎？」曰：「士之失位也，猶諸侯之失國家也。《禮》曰：『諸侯耕助，以供粢盛；【行間批：此段詞繁。】夫人蠶繅，以爲衣服。犧牲不成，粢盛不潔，衣服不備，不敢以祭。惟士無田，則亦不祭。』牲殺器皿衣服不備，不敢以祭，則不敢以宴，亦不足弔乎？」【行間批：頓出此句，理始明了。】「出疆必載質，何也？」【行間批：以上皆設詞。】曰：「士之仕也，猶農夫之耕也。農夫豈爲出疆舍其耒耜哉？」此段詞簡，各極其妙。曰：「晉國亦仕國也，【行間批：始入本意。】未嘗聞仕如此其急。仕如此其急也，君子之難仕，何也？」曰：「丈夫生而願爲之有室，女子生而願爲之有家。父母之心，人皆有之。不待父母之命、媒妁之言，鑽穴隙相窺，踰墻相從，【行間批：喻切。】則父母國人皆賤之。古之人未嘗不欲仕也，又惡不由其道。不由其道而往者，與鑽穴隙之類也。」

周霄與陳代、公孫丑、萬章俱有不見諸侯之問，然皆開門見山；獨此遠遠從翻面説來。無君則吊之已急，假言也。出疆何以必載質？故問也。若隱若現，絶有情致。

自世皆趨榮慕利，而遁迹邱園者遂高不可攀。及觀孔曰「栖栖」，孟曰「皇皇」，或者憂天憫人之懷不能自已，不出，則孰與圖吾君？孰與濟吾民？此説似矣。乃孔子則曰「不仕無義」，又曰「欲潔其身而亂大倫」，孟子則曰「惟士無田，則亦不祭」，「則不敢以宴」，似必仕而後大倫正、大義全，祖宗之烝嘗可永引勿替，則又不僅爲吾君吾民計也。儒者曰：聖人之道大，故無所不可。蓋聖人達權者也，而賢人守其經而已矣。然全義正倫，永保烝嘗，正經常之大道，非變而濟之以權者也。迨至求盡其經常者而不能，不得已而僅出於隱，而其實非隱也，不可仕耳，非真不仕也，而乃曰高乎？蓋自三代以後，沮溺、丈人遂爲千百年來神聖之絶詣，而孔孟之道亦久矣不傳於世也。「夫士之失位也，猶諸侯之失國家也」，此從反面説；「士之仕也，猶農夫之耕也」，此從正面説。相照作章法。

「牲殺器皿衣服不備，不敢以祭」，乃承上逼出「則不敢以宴」句來，非複説也。

「晉國亦仕國也」四句，四轉。跌頓極有波折，簡妙至此。

至末方是正問正答。「道」字是一章骨子。

問答俱極明顯，本文已極妙矣，一説反滯。

彭更問曰：「後車數十乘，從者數百人，以傳食於諸侯，不以泰乎？」孟子曰：「非其道，則一簞食不可受於人。

如其道，【行間批：轉筆靈捷。】**則舜受堯之天下不以爲泰，子以爲泰乎？」曰：「否。士無事而食，不可也。」曰：「子不通功易事，以羨補不足，則農有餘粟，女有餘布；子如通之，則梓匠輪輿皆得食於子。於此有人焉，入則孝，出則悌，守先王之道，**【行間批：孟子每自高抬身分，然道理自是如此。】**以待後之學者，而不得食於子。子何尊梓匠輪輿而輕爲仁義者哉？」曰：「梓匠輪輿，其志將以求食也。君子之爲道也，其志亦將以求食與？」曰：「子何以其志爲哉？其有功於子，可食而食之矣。且子食志乎？食功乎？」曰：「食志。」**【行間批：此窮而遁也。】**曰：「有人於此，毁瓦畫墁，其志將以求食也，則子食之乎？」曰：「否。」曰：「然則子非食志也，食功也。」**【行間批：如此即足。】

此章以「食功」爲主，「道」字爲骨。

百工皆以功程食，乃獨以梓匠輪輿言者，梓匠所以爲室，人所庇以安也，輪輿所以爲車，人所乘以濟也。觀於《易·剥》卦之上曰「君子得輿，小人剥廬」，可見。與仁之安宅、義之正路義，固有相通者矣。

君子亦將求食，更雖强詞，然正自難答。孟子故不在君子邊説，而止就食之者泛問之。

大義於「通功易事」一段已説盡，後不過剔明「食功」二字耳。故結語簡，而意已足。

〇孟子不仕，而猶率其弟子以就諸侯之養，此亦有道焉。彭更不知也，疑以爲泰。孟子以爲君子之受食，必衷諸道。道不可，雖一介而必嚴。道若可，雖舜受堯之天下，不以爲泰，而傳食又烏足云？更則曰：「所以爲泰者，以其無事而受食也。」孟子曰：「士非無事者。事立於己，則功被於人，必以其有餘補其不足，而後功可見焉，亦在通之而已。夫人之稱有功於世者，莫如耕織。然不通之，則粟與布亦自擁其有餘，而於人無功，農與女亦若無事。苟一通之，則無論農與女也，即梓匠輪輿，竭其智能，不過成數畝之宫，爲一乘之駕，而皆得既稟，稱其事以食之。於此有人焉，入孝出悌，以仁義修己，是其品誼已足以表率乎當時；守先待後，以仁義治人，而其流風又足以感興乎後世。此其功爲何如？而反謂其無事，而不與之食。則何其尊一時一事之功，而輕天下百世之功乎？子之見亦左已。」乃更則已窮於詞，而復狡辯曰：「君子謀道不謀食者也，豈其志亦求食如彼小人哉？」孟子曰：「君子之志自不在食，然孰爲食人者乎？食人者必於人之有功，理之常也。我且問子：子之食人，凡求食於子，子即食之歟？抑人有功於子而後食之歟？」更既爲前詞，至此不得不强應曰：「食志。」「然則毀子之瓦，畫子之墁，不惟無功，而且有害焉；而其人之志，則未嘗不求食也。子將必與之食歟？」更亦不能以爲然也。孟子曰：「子分明食功，而未嘗食志矣，又何得以士之傳食爲泰，而喋喋肆譏乎？」

萬章問曰：「宋，小國也。今將行王政，齊、楚惡而伐之，則如之何？」孟子曰：「湯居亳，與葛爲鄰。葛伯放而不祀，湯使人問之曰：『何爲不祀？』曰：『無以供犧牲也。』湯使遺之牛羊。葛伯食之，又不以祀。湯又使人問之曰：『何爲不祀？』曰：『無以供粢盛也。』湯使亳衆往爲之耕，老弱饋食。葛伯率其民，要其有酒食黍稻者奪之，不授者殺之。有童子以黍肉餉，殺而奪之。《書》曰：『葛伯仇餉。』此之謂也。爲其殺是童子而征之，四海之内皆曰：『非富天下也，爲匹夫匹婦復讎也。』湯始征，自葛載，十一征而無敵於天下。東面而征，西夷怨；南面而征，北狄怨，曰：『奚爲後我？』民之望之，若大旱之望雨也。【行間批：引湯只在此。】歸市者弗止，芸者不變，誅其君，弔其民，如時雨降，民大悦。《書》曰：『徯我后，后來其無罰！』『有攸不爲臣，東征，綏厥士女，匪厥玄黄，紹我周王見休，惟臣附於大邑周。』其君子實玄黄於匪以迎其君子，其小人簞食壺漿以迎其小人，【行間批：引武亦只在此。】救民於水火之中，取其殘而已矣。《太誓》曰：『我武惟揚，侵于之疆，則取于殘，殺伐用張，于湯有光。』不行王政云爾；【行間批：斷倒。】苟行王政，四海之内皆舉首而望之，欲以爲君。齊、楚雖大，何畏焉？」

宋特興兵構怨，豈是行王政？萬章之見，亦是迂闊仁義。「則如之何」者，以爲王政之無益於人國也。孟子引湯、武之得民心，正與「齊、楚惡而伐之」反照，未及正言湯、武之行王政如何。然叙葛伯一段，明其「爲匹夫匹婦復讎」；叙武王之東征，言「救民於水火」：則湯、武之行王政，亦略爲點出。然則宋之興兵構怨，並非伐暴救民之師矣。本文明了，無庸順説。

孟子謂戴不勝曰：「子欲子之王之善與？我明告子。有楚大夫於此，欲其子之齊語也，則使齊人傅諸？使楚人傅諸？」曰：「使齊人傅之。」曰：「一齊人傅之，衆楚人咻之，雖日撻而求其齊也，不可得矣；引而置之莊嶽之間數年，【行間批：喻切。】雖日撻而求其楚，亦不可得矣。子謂薛居州善士也，使之居於王所。在於王所者，長幼卑尊皆薛居州也，【行間批：文情斐亹。】王誰與爲不善？在王所者，長幼卑尊皆非薛居州也，王誰與爲善？一薛居州，獨如宋王何？」

意在多引善類，以正君心耳。却寫得濃郁深至，使讀者眉目飛揚。後惟左公、龍門得此意，班史便覺直致少味。至《新唐書》，則市肆之日記賬簿也。

亦無庸順。

公孫丑問曰：「不見諸侯何義？」孟子曰：「古者不爲臣不見。【行間批：還他正義。】段干木踰垣而辟之，泄柳閉門而不内，是皆已甚。迫，斯可以見矣。陽貨欲見孔子，而惡無禮。大夫有賜於士，不得受於其家，則往拜其門。陽貨瞰孔子之亡也，而饋孔子蒸豚。孔子亦瞰其亡也，而往拜之。當是時，陽貨先，豈得不見？曾子曰：『脅肩諂笑，病於夏畦。』子路曰：『未同而言，觀其色赧赧然，非由之所知也。』由是觀之，則君子之所養可知已矣。」【行間批：含蓄不盡。】

「古者不爲臣不見」一句，是正答。下三段，則皆言見，並非不見，筆墨俱在空際。首段蓋言宜見者。末段曰「脅肩諂笑」，曰「未同而言」，皆謂見也。故皆曰言見。三段，一則宜見而必不見，賢者之過也；一則不欲見而不得不見，聖人之時也；一則不應見而强見，世人之醜也。故曰：皆非「不爲臣不見」之正義。

前後言不見諸侯數章，獨此義最深，以「禮」字爲骨。禮者，大中至正之矩也。過者傷於迫，不及者淪於污賤而可耻。惟聖人得之，故曰養。養非守也，所謂涵育薰陶，粹然無復偏倚駁雜之弊者也，即禮矣。

舊讀「陽貨先，豈得不見」，即疑之，以爲言不見之義，何以轉曰見？然訓詁家無明文，師友亦概略之未求也。今而細讀，始知此章乃於不見之中言其可以見者，義又進一層。蓋「不爲臣不見」自是正理，故曰古已有然也。至於雖不爲臣，而其君能致敬盡禮，則亦可見矣。如陽貨以小人之雄，而孔子猶往，正以其先之也；况文侯之於干木，繆公之於泄柳乎？故以不見謂之「已甚」。觀踰垣而辟、閉門不内，則是二君已親身及門，不但饋之已矣。至於曾子、子路之言，亦在「未同」二字，見其禮之未先也。前後總是一義。「由此觀之」自是總承三段，「所養」自是進於中正。若謂止言二子不肯往見，則義既甚淺，且不見止可言守，亦不得曰養也。

陽貨家臣，何以稱大夫？西河毛氏曰：「季氏是司徒，下有大夫二人，一曰小宰，一曰小司徒。此大國命卿之臣之明稱也。故邑宰家臣，當時得通稱大夫。如郈邑大夫、郕邑大夫、孔子父鄹邑大夫，此邑大夫也。陳子車之妻與家大夫謀；季康子欲伐邾，問之諸大夫；季氏之臣申豐，杜民注爲屬大夫；公叔文子之臣，《論語》稱爲臣大夫：此家大夫也。」

〇公孫丑以孟子不見諸侯，而問其義。孟子曰：「士而不爲臣，猶庶人也。既不傳贄於諸侯，自不敢見，古者之道也。雖然，道貴得中，亦衷之禮而已矣。如其執不見之義，雖求見者足已及門，而猶辟之不内，如干木、泄柳者，則已甚矣。蓋人君致敬盡禮，即不爲臣，亦宜見也。如陽貨之於孔子，不過致饋耳，而孔子猶以大夫賜士之禮，往拜以答之，何也？先之也。若夫莫爲之先，而勉强以求談笑於其側，是不招而往也，其可耻爲何如？然則君子固必行古之道，而猶必準之於禮，庶幾無過不及以成其德。蓋觀於孔子之處陽貨者，而有以知之也。」

戴盈之曰：「什一，去關市之征，今兹未能。請輕之，以待來年，然後已，何如？」孟子曰：「今有人日攘其

鄰之鷄者，或告之曰：『是非君子之道。』曰：『請損之，月攘一鷄，以待來年，然後已。』如知其非義，斯速已矣，何時來年？」【行間批：上喻頗俚諧，此則正論，直截明快。】

「今茲未能」，趙氏《注》「茲」字即「年」字，杜元凱《左傳注》以「茲」作「歲」解，《呂覽》有「今茲美禾，來茲美麥」，皆作「歲」解，可驗。

喻明，無庸再說。

公都子曰：「外人皆稱夫子好辯，敢問何也？」孟子曰：「予豈好辯哉？予不得已也。【行間批：起。】天下之生久矣，一治一亂。【行間批：總冒。】當堯之時，【行間批：一亂。】水逆行，泛濫於中國。蛇龍居之，民無所定。下者爲巢，上者爲營窟。《書》曰：『洚水警余。』洚水者，洪水也。使禹治之，【行間批：一治。】禹掘地而注之海，驅蛇龍而放之菹。水由地中行，江、淮、河、漢是也。險阻既遠，鳥獸之害人者消，然後人得平土而居之。堯、舜既沒，聖人之道衰。【行間批：又一亂。】暴君代作，壞宫室以爲污池，民無所安息；棄田以爲園囿，使民不得衣食。邪說暴行又作，園囿、污池、沛澤多而禽獸至。及紂之身，天下又大亂。周公相武王，【行間批：又一治。】誅紂伐奄，三年討其君，驅飛廉於海隅而戮之。滅國者五十，驅虎、豹、犀、象而遠之。天下大悦。《書》曰：『丕顯哉，文王謨！丕承哉，武王烈！佑啓我後人，咸以正無缺。』世衰道微，邪說暴行有作。【行間批：又一亂。】臣弑其君者有之，子弑其父者有之。孔子懼，作《春秋》。【行間批：又一治。】《春秋》，天子之事也。是故孔子曰：『知我者，其惟《春秋》乎！罪我者，其惟《春秋》乎！』聖王不作，諸侯放恣，【行間批：又一亂。】處士横議，楊朱、墨翟之言盈天下。天下之言，不歸楊，則歸墨。楊氏爲我，是無君也；墨氏兼愛，是無父也。無父無君，是禽獸也。公明儀曰：『庖有肥肉，廄有肥馬，民有饑色，野有餓莩，此率獸而食人也。』楊墨之道不息，孔子之道不著，是邪說誣民，充塞仁義也。仁義充塞，則率獸食人，人將相食。吾爲此懼，閑先聖之道，【行間批：此又一治。】距楊、墨，放淫辭，邪說者不得作。作於其心，

害於其事；作於其事，害於其政。聖人復起，不易吾言矣。昔者禹抑洪水而天下平，周公兼夷狄、驅猛獸而百姓寧，孔子成《春秋》而亂臣賊子懼。【行間批：總束。】**《詩》云：『戎狄是膺，荆舒是懲，則莫我敢承。』無父無君，是周公所膺也。我亦欲正人心，息邪説，距詖行，放淫辭，以承三聖者，豈好辯哉？予不得已也。**【行間批：應。】**能言距楊、墨者，聖人之徒也。」**【行間批：餘波。】

此亦一篇大落墨文字，有起有結，有總冒，有總收，格局莊整，詞意端嚴。

自生民以來，治亂相尋，不止此數。即爲治之聖人，亦不止禹與周公、孔子。獨舉此數與三聖者，以湯之放桀類於武之伐紂，言武即該湯，又禹之治水在爲司空時，與周公、孔子一例，故孟子不嫌於相況也。又人心之陷溺如洪波，邪説之害人如禽獸，無君無父即亂臣賊子也，故舉三聖爲切。

「不得已」起，「不得已」結。一「警」字、兩「懼」字，爲不得已之眼目。「洚水者，洪水也。」「水由地中行，江、淮、河、漢是也。」是隨叙隨注。「天下大悦」下又引《書》，「《春秋》，天子之事」句下又引孔子之言，是隨叙隨贊。「作於其心」六句，是隨叙隨議論。必如此，文字方有情致，不平鋪直叙。

洪水猛獸與亂臣賊子之爲害，人所易知者也。至楊、墨之爲害，人則不及知，故須辯。「率獸食人，人將相食」，並非已甚之詞。

總收三聖人之事，即應接「我亦欲」等句矣。嫌其排，故又引《閟宫》之詩，而以「無父無君」再申前意，言爲周公所膺。舉周公以該禹、孔，以起下承三聖，文最宕逸。

「豈好辯哉？予不得已也。」已結住矣。然竟促然而止，便文無去路。「能言距楊、墨者，聖人之徒」二句，文字之去路也。大家爲文，無不如是者，其法蓋實祖於此。

「《春秋》，天子之事」，及「知我」、「罪我」，最難解。如胡氏之説，是孔子竟以天子自爲矣。夫八佾、雍徹，夫子所深惡，而今乃以自爲，是與於僭逆之甚者也。竊以禮樂征伐自天子出，《春秋》所記皆禮樂征伐，是爲天子之事。乃下爲諸侯所竊，又下爲大夫所竊，甚且下而又下，至爲倍臣所竊，此其所以爲亂臣賊子也。孔子故作《春秋》，正所以誅僭竊者。知者知此而已，罪者罪此而已。今合河孫先生著《春秋義》一書，其説甚辨而正，當勝胡氏也。

○孟子之時，楊、墨之説盛行。孟子以其有害於人心，故極言以闢之。外人不知，輒謂爲好辯。公都子以問。孟子曰：「是豈予所得已哉？然不惟予也，蓋自生民以來，有一治必有一亂。於是聖人不得已，起而有所事焉。當堯之時，洪水爲害。堯則警於心，不得已而使禹以治之，然後蛇龍去，而民有定居。此一治也。自堯、舜至周，千餘年間，暴君代作，奪民食以養禽獸，尚邪説而近夷狄，治之時不勝其亂之時也。周公是時相武王，不得已而誅紂，並誅其助紂爲虐者，而又驅虎、豹、犀、象之爲紂所養以害民者。是周公承文武之德，而有以得天下之心也。又一治也。周公既没，數百年來，後人式微，而文謨武烈亦甚缺如矣。周王徒擁虚號，而禮樂征伐爲天子之事者，上失其政，下竊其權，諸侯奪之天子，大夫又奪之諸侯，陪臣又奪之大夫，弑君弑父者展轉相尋，亂亦甚矣。孔子懼而作《春秋》。其知之者，則幸彼邪説暴行者之有所惕也；其罪之者，則爲此邪説暴行者之不能肆也。此亦一治也。乃自孔子至於今，百有餘歲耳，而孔子仁義之道即有所不行。其不行者，則楊、墨之説亂之。蓋楊子爲我，似義也，而實則無君，非義也。墨子兼愛，似仁也，而實則無父，非仁也。不仁不義，是人而無異於禽獸矣。楊、墨既以其説誣民，是率獸而食人也。天下之歸楊歸墨者，又以楊、墨之説展轉以相誣，是人又將相食也。其亂如此，吾能勿懼乎？蓋將閑先聖仁義之道，則不得不距楊、墨之淫辭邪説矣。夫禹抑洪水，而天下斯平；周公兼夷狄，驅猛獸，而百姓斯寧；孔子成《春秋》，而亂臣賊子斯懼。是三聖人者，皆有所不得已者也。今楊、墨之邪説誣民，將胥中國而夷狄之。周公而在，必爲所膺。是亦禹所抑之洪水也，是亦孔子所懼之亂臣賊子也。人心爲之不正久矣。我於人心非有以正之，何以仰答夫三聖？然於邪説非有以息之，又何以正乎人心？是故嘖有煩言，非好辯也，予不得已耳。子其諒我哉？雖然，距楊、墨，非獨予一人之任也。予之外，但能有辭以息其邪説者，是即聖人之徒，爲禹、周、孔子所必與者矣。予且旦暮遇之。」

匡章曰：「陳仲子豈不誠廉士哉？居於陵，三日不食，耳無聞，目無見也。井上有李，螬食實者過半矣，匍匐往將食之，三咽，然後耳有聞，目有見。」孟子曰：「於齊國之士，吾必以仲子爲巨擘焉。【行間批：先揚一筆。】雖然，仲子惡能廉？【行間批：即轉。】充仲子之操，則蚓而後可者也。【行間批：又開起。】夫蚓，上食槁壤，下飲黄泉。仲子所居之室，伯夷之所築與？抑亦盗跖之所築與？所食之粟，伯夷之所樹與？抑亦盗跖之所樹與？是未可知也。」【行間批：筆放虛活。】曰：「是何傷哉？彼身織屨，妻辟纑，以易之也。」曰：「仲子，齊之世家也。兄戴，蓋禄萬鍾。以兄之禄爲不義之禄而不食也，以兄之室爲不義之室而不居也，辟兄離母，處於於陵。他日歸，則有饋其兄生鵝者，【行間批：瑣屑事，寫來如見。】己頻顣曰：『惡用是鶃鶃者爲哉？』他日，其母殺是鵝也，與之食之。其兄自外至，曰：『是鶃鶃之肉也。』【行間批：亦自尖酸。】出而哇之。以母則不食，以妻則食之，以兄之室則弗居，以於陵則居之。【行間批：翻。】是尚爲能充其類也乎？【行間批：跌。】若仲子者，蚓而後充其操者也。」【行間批：即以應作收。】

止「仲子惡能廉」一句斷倒。以下即以子矛刺子之盾，見仲子之行事即仲子亦有所窮，使仲子更無可躲閃處，用意甚犀刻。

此篇行議論於法度之中，寄聲色於言詞之表，瑣而不纖，宏而不肆。《左》、《國》有其姿態而無其格，韓、蘇有其波度而無其韻。誠千古之絶調也。

凡文字瑣細，則傷氣；而此則正以氣運之。文字豪宕，多逾格；而此則一以法行之。上下呼應，擒縱自如，按之絲絲，無不入扣。

首段言其居，言其食不食，言其耳目聞見，更言及井，及李，及螬，及咽，蓋已瑣屑極矣。乃後文之言巨擘，即從耳目生出；言蚓，即從螬生出；言食鵝，即從食李生出；言出哇，即從三咽生出。前後相映，俱成妙趣。

前後起結，皆以蚓況仲子。乃疏蚓處，止二語，蓋言蚓之無所求於人世也。此下即應言仲子所居有室，不能不待於人之築；所食有粟，不能不待於人之種：以與蚓相照矣。乃更及於所築所樹之爲伯夷、盜跖，一筆寫出兩層意。且以「未可知」放空，參死句爲活句。靈通矯變，莫過於此。

叙次仲子食鵝一段，幾如昌黎詩「怩怩兒女語，恩怨相爾汝」矣。以下忽即起筆，波瀾萬丈，所謂「劃然變軒昂，勇士赴敵場」也。用筆真如生龍活虎，不可捉摸。

○齊有陳仲子者，其行甚矯，人皆謂其廉。匡章信之，且舉其於陵清苦無食之一事，述於孟子，以爲仲子真廉士矣。孟子曰：「在齊論齊，吾於仲子必爲首屈一指。然竟謂其爲廉也，夫仲子則惡能然乎？蓋廉者之取於世，必準之於道義，非一無所取之謂也。而仲子之操如此，則即仲子之操而充之，必且如蚓而後可。何也？蚓之所居，即其所飲所食，毫無待於他求也。而仲子則有所居，且所居之室不能不待人而築之也；有所食，且所食之粟不能不待人而樹之也。則築之樹之者，其人爲伯夷歟？盜跖歟？皆未可知矣，而可貿貿然居之食之乎？」乃匡章則以爲出於己與妻之所易，而不必問其所從來也。「然則仲子所食，殆食於其妻矣。夫仲子固不必定食於其妻者也，有母與兄在，蓋齊之世家焉。既爲世家，則兄之室即其室，兄之祿即其祿矣。顧乃矯情異趨，必謂兄祿爲不義而弗食，因而并以兄室爲弗義而不居也。辟其兄，以離其母，獨挈其妻，處於於陵，其行固已僻矣。既而以念母之故，偶一歸省。值有饋其兄生鵝者，仲子特惡其聲，斥之曰：『是鶂鶂者，胡爲乎來哉？則亦惡用是爲？』此言也，其兄實識之。又一日，其母因仲子來，輒殺是鵝以與之食。已食之矣，兄適自外至，嘲之曰：『爾所食之肉，即爾向所惡之鶂鶂者，而亦可用以食耶？』仲子慚，則出而哇之。其僻之可笑如此。夫天下可食者，孰如母所賜乎？於此不食，充其類，則更無可食矣。胡以妻之所易而又食之？即天下之可居者，亦孰如兄之室乎？於此不居，充其類，則亦更無可居矣。胡於於陵而又居之？是即仲子之操而充其類之不能也。故吾謂能充之者，其必蚓乎？仲子非蚓也，則亦惡能廉也哉？」

卷七

離婁篇第四上

孟子曰：「離婁之明，【行間批：喻起。】公輸子之巧，不以規矩，不能成方員。師曠之聰，不以六律，不能正五音。堯舜之道，不以仁政，不能平治天下。今有仁心仁聞，而民不被其澤，不可法於後世者，不行先王之道也。故曰：【行間批：一結。】徒善不足以爲政，徒法不能以自行。《詩》云：『不愆不忘，率由舊章。』遵先王之法而過者，未之有也。聖人既竭目力焉，繼之以規矩準繩，以爲方員平直，不可勝用也；既竭耳力焉，繼之以六律，正五音，不可勝用也；既竭心思焉，繼之以不忍人之政，而仁覆天下矣。故曰：【行間批：二結。】爲高必因丘陵，爲下必因川澤。爲政不因先王之道，可謂智乎？是以惟仁者宜在高位。【行間批：兔起鶻落之筆。】不仁而在高位，是播其惡於衆也。上無道揆也，下無法守也，朝不信道，工不信度，君子犯義，小人犯刑，國之所存者幸也。故曰：【行間批：三結。】城郭不完，兵甲不多，【行間批：言强。】非國之災也；田野不辟，貨財不聚，【行間批：言富。】非國之害也；上無禮，下無學，賊民興，喪無日矣。《詩》曰：『天之方蹶，無然泄泄。』泄泄，猶沓沓也。事君無義，進退無禮，言則非先王之道者，猶沓沓也。故曰：【行間批：四結。】責難於君謂之恭，陳善閉邪謂之敬，【行間批：此是君子立言之旨。】吾君不能謂之賊。」

此章鄒氏分三節，以「惟仁者宜在高位」一節爲責其君，以泄泄沓沓一節爲責其臣。然按末節語意，似通章專爲責臣而言。讀者細玩即知。

一篇文字，用四「故曰」作章法，隨論隨斷，而斷語一層緊似一層。用二喻起，下又覆衍，文氣甚紆徐。然前反説，後正説，其意各别。

「是以惟仁者宜在高位」接得陡，文勢便不平板。以下即一片掃去。

妙在入用臣一段，即從上喪亡，引《詩》順承下來，毫不費力。行文真有輕舟過峽之勢。

引《詩》但以時語釋之，又以實事釋時語之所以釋《詩》者。運實于虛，筆法玲瓏入妙。

末結三言，斬釘截鐵，文氣丕振。

〇戰國時，争務富强，而儀、衍等遂以利啖時君而取爵禄，蓋無一人不言利者也。孟子獨以仁義爲言。仁義者，先王之道也，堯、舜以來所以平治天下者也。以堯、舜望其君，所以敬君者大矣，而昏主不知也。孟子憫之，而言曰：「今日之君，知富强而已矣，皆不欲平治天下者也。如欲平治天下，舍先王之道未由焉。然則有能言先王之道者，可略焉而不之察乎？夫先王之道，仁政是也。然仁莫過于堯、舜。使堯、舜之治但以仁而不以政，是明與巧者可舍規矩爲方員，聰者可舍六律正五音也，而豈有是哉？蓋心蘊于虛，而政敷于實。有心而無政，是爲徒善其不足爲政，與徒法不能行者等。則先王之道，誠不可以不行矣，況行之而又斷斷其無過。何也？先王之仁政，非苟焉而有者也。蓋其心思之竭于當日者，無微之不入，故其成法之留于今日者，無一之不周，猶之乎制器審音之已竭耳目之力而無餘焉者也。是聖人勞，而我則逸已。而猶不知所因，則其智曾爲高下者之不如乎？惟其然也，是以仁者必存，而不仁者必喪。至于喪，尚何富强之與有？夫固其存而勿之喪，非賴有骨鯁之臣以輔弼之不能也。然而無禮無義者，必且謂先王之道爲不足行。夫果不足行乎？抑謂吾君爲不能行乎？然非不能行也，未有以陳其善、閉其邪，則見爲難焉而已矣。於此有人焉，守先王之道，言仁言義，非堯舜之道不敢以陳于人君之前，此其心爲何心？人君亦知之乎？所謂責難于君，欲其君爲堯、舜也，可不謂之恭乎？陳其善，閉其邪，欲其君平治乎天下也，可不謂之敬乎？如其不恭不敬，則賊其君而已。乃不恭敬之是求，而惟賊之是用，是真不智也，亦終必亡而已矣。今之君，大抵皆然焉。吾其奈之何哉？」

孟子曰：「規矩，方員之至也；【行間批：即從上引喻説來。】聖人，人倫之至也。欲爲君，盡君道；欲爲臣，盡臣道。二者皆法堯、舜而已矣。不以舜之所以事堯事君，不敬其君者也；【行間批：「敬」字是上文字。】不以堯之所以治民治民，賊其民者也。【行間批：「賊」亦上文字，而變换用之。】孔子曰：『道二，仁與不仁而已矣。』暴其民甚，則身弑國亡；不甚，則身危國削。名之曰幽、厲，雖孝子慈孫，百世不能改也。《詩》云：『殷鑒不遠，在夏后之世。』此之謂也。」

此承上章，而語益加危切。一不法堯、舜，即係賊民之君而蹈弑亡之禍，見堯、舜斷不可不法也。

法舜事堯，非陪説，蓋以舜之所以治堯之民者事堯也。總打併到治民上，方是一片。

説至幽、厲，百世不改，見身雖亡而惡名猶存。危言至此，可畏也哉！

○孟子曰：「人之大倫，君臣居首。君治其民，而臣則以佐君治民者事其君。蓋必有其至者，以爲天下後世法。然則聖人者，其人倫之規矩乎！夫聖人莫過于堯、舜，則欲盡君臣之道者亦法堯、舜而已矣。法舜以事其君，是欲其君之仁也；法堯以治其民，是能仁其民者也。不然，則賊之而已。賊之者，暴之也。出乎仁，即入乎暴。道止兩端，而事有甚不甚。甚者身弑國亡，不甚者亦身危國削。且加之惡名，百世不能洗其耻。前車之覆，可不以爲鑒乎？夫一不法堯、舜，而禍之浸淫必至于此。甚矣，其爲人倫之至，而爲天下後世之所法也！」

孟子曰：「三代之得天下也以仁，【行間批：即承上「殷鑒」説來。】其失天下也以不仁。國之所以廢興存亡者，亦然。天子不仁，不保四海；諸侯不仁，不保社稷；卿大夫不仁，不保宗廟；士庶人不仁，不保四體。今惡死亡而樂不仁，是猶惡醉而强酒。」

此承上章，而推極其類。

孟子曰：「愛人不親，反其仁；治人不治，反其智；禮人不答，反其敬。行有不得者，皆反求諸己。【行間批：總一句省。】其身正，而天下歸之。《詩》云：『永言配命，自求多福。』」

孟子曰：「有人恒言，皆曰『天下國家』。天下之本在國，國之本在家，家之本在身。」

孟子曰：「爲政不難，不得罪於巨室。巨室之所慕，一國慕之；一國之所慕，天下慕之；故沛然德教溢乎四海。」

上三章皆言仁政，此則歸本于身也。

前自身説到天下，次自天下説到身，三則于家國之交抽一巨室言之，其實皆一意也。

不得罪者，謂有以服其心耳。此正切定春秋至戰國時勢而爲之論。聖賢正非空講一個理如此。

次章文勢頗別。莊言之中，自具口吻，甚見靈動。

孟子曰：「天下有道，小德役大德，小賢役大賢。天下無道，小役大，弱役强。斯二者，天也。順天者存，逆天者亡。齊景公曰：『既不能令，又不受命，是絶物也。』涕出而女於吴。今也小國師大國而恥受命焉，是猶弟子而恥受命於先師也。如恥之，【行間批：即借「恥」字掉轉。】**莫若師文王。師文王，大國五年，小國七年，必爲政於天下矣。《詩》云：『商之孫子，其麗不億。上帝既命，侯于周服。侯服于周，天命靡常。殷士膚敏，祼將于京。』孔子曰：『仁不可爲衆也。夫國君好仁，天下無敵。』今也欲無敵於天下而不以仁，是猶執熱而不以濯也。《詩》云：『誰能執熱，逝不以濯。』」**

此章本望人君以仁爲政于天下也，乃開首却提一「天」字，一若受役爲理所當然而不可違者。乃以數「役」字變爲「受命」字，于「涕泣」字透出一「恥」字，然後轉出正意，又從文王透出「仁」字來。用筆何其曲也！

首節「天」字不重。其有道無道之論，乃從寬處説來，以蓄文字之勢耳。

借一「恥」字以提醒世主，是「恥」字最重。

數「役」字、「受命」字、「無敵」字，爲一章眼目。

德者心之所藴，賢者品之所成，其實皆仁也。故此數字相關會。

不曰「法堯舜」而曰「師文王」，以下引《大雅・文王》之詩也。

執熱不濯之喻，與無敵天下之旨甚遠；然極有意，與他處引喻不同。

○孟子曰：「今之人君，亦知所謂天乎？然有有道之天，有無道之天。故均之爲役也，而屈于强大與服于德賢者異矣。亦猶是順天也，而依勢圖存與以誠相保者又異矣。何也？不能役人者，則必役于人而後可也。而景公之事吴，何爲而至于泣乎？泣之者，耻之也。然而我已于强大是師矣，則我猶弟子也，而奈何其耻之？誠耻之，莫若改其師大國者而師文王。師文王，則我即大德也，必將役彼小德；我即大賢也，必將役彼小賢。計國勢而酌遠近之期，其爲政于天下也必矣。夫國之大小强弱，如此其衆也。我欲役彼，人亦欲役我，其勢又如此其相敵也。乃一師文王而即可以爲政于天下者，固以文王仁者也，大德也，大賢也。《詩》之所咏，孔子之所贊，非誣也。然則國君無好仁者耳；如有好仁者，則天下皆將爲之役，而誰與敵之？乃今之耻爲人役者，則必有以役人而後可，而無有能以仁者。是猶執熱者之不以濯乎？夫民之憔悴于虐政，如火之益熱也。惟仁者被之以清風，滋之以膏雨。民之避烈焰而趨清凉，其孰不褰裳而就之者耶？則奈何安于無道之天，而不自致于有道之天？其殆無所用其耻也乎？」

孟子曰：「不仁者可與言哉？【行間批：語陡。】**安其危而利其菑，樂其所以亡者。不仁而可與言，**【行間批：折。】**則何亡國敗家之有？有孺子歌曰：『滄浪之水清兮，可以濯我纓；滄浪之水濁兮，可以濯我足。』孔子曰：『小子聽之！清斯濯纓，濁斯濯足矣，自取之也。』夫人必自侮，然後人侮之；家必自毁，而後人毁之；國必自伐，而後人伐之。《太甲》曰：『天作孽，猶可違。自作孽，不可活。』此之謂也。」**

入手便跳脱，中間承以淡婉，末結得緊切。此章文法，又一機局。

「自取」是章旨，乃於前一毫不露，却于孔子聽孺子歌中透出來，然後極力發揮，取徑甚别。

前雖不露「自取」，然于安危、利菑、樂亡亦未嘗不隱隱見出。孔子領會歌意，但仍其辭，止加一「斯」字，而理趣躍然。聖人無處不化工也。「斯」字亦非聖人添出，止就「可以」字便見。他人便不甚理會矣。

○孟子曰：「吾甚樂與世主言也。然若不仁者，則豈可與言哉？蓋言其危，而彼則以爲安；言其菑，而彼則以爲利；言其亡，而彼則甚以爲樂。如此，而尚足與言乎？然則其亡國敗家，非不幸也。斯理也，昔孔子聞孺子之歌而有會焉。濯纓者，水之清耶？濯足者，水之濁耶？天下事皆由自取，大抵然耳。侮也，毁也，伐也，于人乎奚尤？《太甲》之言，其明鑒也。然則不仁者自己即于敗亡，而猶欲與言，則無怪乎言之諄諄而聽之藐藐矣。吾其如彼何哉？」

孟子曰：「桀紂之失天下也，失其民也。失其民者，失其心也。得天下有道，得其民，斯得天下矣。得其民有道，得其心，斯得民矣。得其心有道，所欲與之聚之，所惡勿施爾也。民之歸仁也，猶水之就下，獸之走壙也。【行間批：一喻。】**故爲淵敺魚者，獺也；爲叢敺爵者，鸇也；**【行間批：再喻。】**爲湯、武敺民者，桀與紂也。今天下之君有好仁者，則諸侯皆爲之敺矣。雖欲無王，不可得已。今之欲王者，猶七年之病，求三年之艾也。**【行間批：三喻。】**苟爲不畜，終身不得。苟不志於仁，終身憂辱，以陷於死亡。《詩》云：『其何能淑，載胥及溺。』此之謂也。」**

開首一反一正，逐層捲入，又一樣文勢。

與聚勿施，正是仁政實事。講至歸仁，止用喻意。聯翩而下，用筆甚快。

民已樂于歸仁，而又有不仁者爲之敺，本是兩意，乃一氣寫去，竟不覺其爲兩層也。

民歸仁，一層；不仁者又敺其民而與之，一層。「今天下之君有好仁者，則諸侯皆爲之敺」，將兩層合成一層，文字最是整齊。乃歸仁一層，先正後喻；敺民一層，先喻後正。因上下喻意接連一片，遂不覺其爲兩意。文字又甚變化。

「七年之病，求三年之艾」，所謂「王庶幾改之，予日望之」也。孟子之意，亦亟亟矣。

○孟子曰：「昔夏之天下失于桀，而湯得之；商之天下失于紂，而武得之。得失之故，人亦知之乎？蓋天下皆此民也，天下之民皆此心也。桀紂惟失其心，故失民，而因失天下。知其所以失，則知其所以得，而可不于人心兢兢乎？而何以得民之心？則與聚勿施，所謂仁也。湯、武惟仁，故民皆歸之；桀、紂惟不仁，故民皆爲所敺焉。然則今日人君無好仁者耳；苟有好仁者，則爲水之下，爲獸之壙，而天下諸侯之不仁者，皆如獺如鸇，敺其民以歸之矣。如此，而有不王者乎？是仁也，雖未豫于平日，猶可志之此時。及今不爲，迨羞辱之已及也。是病至死亡而始求艾也，豈可得哉？則亦不免爲風人之所譏也。吾能已于望也乎？」

孟子曰：「自暴者，不可與有言也；自棄者，不可與有爲也。言非禮義，謂之自暴也；吾身不能居仁由義，謂之自棄也。仁，人之安宅也；義，人之正路也。曠安宅而弗居，舍正路而不由，哀哉！」

自暴是一種剛惡的人，自棄是一種柔惡的人。

言非禮義而不言非仁義者，人非至無良，未有以愛人爲非者也；惟禮則苦其煩，義則以爲戇耳。

上先斷後釋，下先釋後斷，亦見變化。

仁以居心，故曰宅；義以制行，故曰路。安之云者，即作德日休，爲善最樂也；正之云者，即無偏無黨，如底如矢也。

孟子曰：「道在邇而求諸遠，事在易而求諸難。人人親其親，長其長，而天下平。」

此即「堯舜之道，孝弟而已」之意，而説得加暢。

孟子曰：「居下位而不獲於上，民不可得而治也。獲於上有道，不信於友，弗獲於上矣。信於友有道，事親弗悦，弗信於友矣。悦親有道，反身不誠，不悦於親矣。誠身有道，不明乎善，不誠其身矣。是故誠者，天之道也；思誠者，人之道也。至誠而不動者，未之有也。不誠，未有能動者也。」

此申《中庸》語也。主意在章末二語。曰獲，曰信，曰順，皆動也。首節反遞而下，即「不誠，未有能動」一句之意。天道、人道，虛衍二語，下即緊結之，與《中庸》特豎天道、人道之旨者不同。

孟子曰：「伯夷辟紂，居北海之濱，聞文王作，興曰：『盍歸乎來！吾聞西伯善養老者。』太公辟紂，居東海之濱，聞文王作，興曰：『盍歸乎來！吾聞西伯善養老者。』二老者，天下之大老也，而歸之，是天下之父歸之也。天下之父歸之，其子焉往？諸侯有行文王之政者，七年之内，必爲政於天下矣。」

伯夷歸周，未見《史記》。太公亦未聞居東海。孟子之言必有所據。

「作興」二字，漢注連讀，見《附録》。字義未免犯重矣。

「二老者，天下之大老」一節文字，甚精采，詞語奇警無比。

○孟子曰：「吾欲今之人君皆師文王者，以文王能行仁政也。然文王之仁政，尤善于養老。何以徵之？如伯夷一老也，其辟紂而居北海之濱，將無所歸乎！一旦而聞文王作焉，乃勃然興曰：『盍歸乎來！吾聞西伯善養老者。』太公又一老也，其辟紂而居東海之濱也，將無所歸乎！一旦而聞文王作焉，乃勃然興曰：『盍歸乎來！吾聞西伯善養老者。』夫此二老，非凡老也，乃大老，而爲天下之父者也。則其歸之，乃天下之父歸之也。天下有父已歸而子乃別往者哉？然則是天下皆歸之矣。此文王之所以爲政於天下也。今之諸侯有能善養老如文王之行仁者，則七年之内，亦必爲政于天下如文王矣。此其所以可師也，而奈何無一人之能師也哉？」

孟子曰：「求也爲季氏宰，無能改於其德，而賦粟倍他日。孔子曰：『求非我徒也，小子鳴鼓而攻之可也。』由此觀之，君不行仁政而富之，皆棄於孔子者也。況於爲之强戰？争地以戰，殺人盈野；争城以戰，殺人盈城。此所謂率土地而食人肉，罪不容於死。故善戰者服上刑，連諸侯者次之，辟草萊、任土地者次之。」

此以富國，甚强兵者之罪。觀末三斷語，知非寬于富國者也。

争地争城，仍是貪其利也，故富强一例。

危言悚論，孟子之激于時弊至矣！

孟子曰：「存乎人者，莫良於眸子。眸子不能掩其惡。胸中正，則眸子瞭焉；胸中不正，則眸子眊焉。聽其言也，觀其眸子，人焉廋哉？」

首二語虛論，下五句申釋之，後三句斷。乃斷語中，又以聽言陪説。寥寥短篇，亦具節制。

孟子曰：「恭者不侮人，儉者不奪人。侮奪人之君，惟恐不順焉，惡得爲恭儉？恭儉豈可以聲音笑貌爲哉？」

作四層，而起承跌頓之法備。

淳于髡曰：「男女授受不親，禮與？」孟子曰：「禮也。」曰：「嫂溺，則援之以手乎？」曰：「嫂溺不援，是豺狼也。男女授受不親，禮也；嫂溺援之以手者，權也。」曰：「今天下溺矣，夫子之不援，何也？」曰：「天下溺，援之以道；嫂溺，援之以手。子欲手援天下乎？」【行間批：正喻入化。】

嫂溺之喻，具見滑稽口吻。末節若先言「嫂溺，援之以手」，後言「天下溺，援之以道」，然後轉落「手援天下」，文氣便不緊簇生動，接落亦不順便。可悟文家三昧。

公孫丑曰：「君子之不教子，何也？」孟子曰：「勢不行也。【行間批：止一句斷明，下特申其意。】教者必以正。以正不行，繼之以怒。繼之以怒，則反夷矣。夫子教我以正，夫子未出於正也，則是父子相夷也。父子相夷，則惡矣。古者易子而教之。父子之間不責善。責善則離，離則不祥莫大焉。」

止「不教子」一意，易子而教，所以通其窮也。前從父説到子，後則父子總説，皆一意也。

孟子曰：「事孰爲大？事親爲大。守孰爲大？守身爲大。不失其身而能事其親者，吾聞之矣；失其身而能事其親者，吾未之聞也。孰不爲事？事親，事之本也。孰不爲守？守身，守之本也。曾子養曾皙，必有酒肉。將徹，必

請所與。問有餘，必曰『有』。曾皙死，曾元養曾子，必有酒肉。將徹，不請所與。問有餘，曰『亡矣』。將以復進也，此所謂養口體者也。若曾子，則可謂養志也。事親若曾子者，可也。」

此章專言事親，而所以事之者有二：一守身，一養志。舉曾子以爲法者，曾子蓋守身而能養志者也。說書者，于後結語，止承養志，非是。

即專承養志，亦有義。夫父母於子，未有不望其子之身爲顯親揚名之身者也，則守身正所以養志，故歸重守身之下。復又抑揚其詞，透出一「本」字來。蓋守身以事其親者，正於根源上用力，豈曰能養而已？即曰養也，亦以養志爲本，而不徒養其口體之末也。是上下極有關會，并非兩截。但其關會處全以神行，故人莫得而測識耳。

《孟子》文字，最緊健，亦多竭情。此獨先作兩開，及合併後又作兩開，若問若答，迴環宕漾。乃議論激勵之餘，忽接以敘述，若有情，若無情，文情紓展，綽有餘裕，又别是一樣機調。

必守身然後能事親，即是養志，乃不正點出，必又反覆咏嘆，使養志之意躍然言外。下特另敘曾子、曾元之事，始爲點明，若與守身一段毫無干涉，而其實是爲守身作一注脚。此種筆墨，直滅没起伏于烟雲之外，後世惟史遷能之，餘皆不知也。

〇孟子曰：「天下之事親者多矣，而獨稱曾子爲能事者，曾子蓋能守其身以爲孝者也。何以言之？夫人莫不有所事，而惟事親則爲大；亦莫不有所守，而惟守身則爲大。是吾身竟與吾親有並重者焉。夫其所以如是之並重者，何哉？蓋身也者，即吾親所生之身也。父母生子之身，則此身之動静呼吸無一不與父母相關，而可不念之哉？故事親者，必守其身而勿之有失焉，則全受全歸，雖菽水亦可以承歡也。不然，而貽之以怨恫，貽之以羞辱，此雖三牲五鼎，而吾父母其有不吐之者乎？然則人亦循其本而已。夫事君事長皆事也，而事親獨爲事之之本；即守土守官皆守也，而守身獨爲守之之本。知其本，則不徒沾沾于其末矣。且即以養言之，養豈以酒肉而已乎？如必曰酒肉也，則不惟曾子能養，即曾元亦能養；乃酒肉一也，而不請所與與必請者異；酒肉之問有餘一也，而欲以復進與必曰有者又異。如斯以爲養乎？不過養其口體而已，所謂事親之末節也。惟曾子者，既迎親之意於將徹之前，復順親之意於既徹之後。必如此以爲養，斯謂之養志。由此推之，則凡親志之所在，而敢有一之不曲體而謹以將之者乎？而況于身乎？然則曾子之守身以事其親獨爲其大者，亦獨得其本者也。此其所以天下傳之，而爲後世之事親者法也。」

孟子曰：「人不足與適也，政不足間也。惟大人，爲能格君心之非。君仁莫不仁，君義莫不義，君正莫不正，一正君而國定矣。」

「惟大人」一頓。格君心之非，其事正自多端。蓋正身以先之，至誠以動之，委曲以喻之，從容以化之，借端以悟之，誘掖以成之，故惟大人爲能也。

孟子曰：「有不虞之譽，有求全之毀。」

兩「有」字，極有神理。

《注》兼修己、觀人二意，極是。

孟子曰：「人之易其言也，無責耳矣。」

孟子曰：「人之患，在好爲人師。」

「患」字病根，全坐在一個「好」字。然果知理道之無窮，則其心自虛，所謂學而後知不足也。此又前一層意。

樂正子從於子敖之齊。樂正子見孟子。孟子曰：「子亦來見我乎？」曰：「先生何爲出此言也？」曰：「子來幾日矣？」曰：「昔者。」曰：「昔者，則我出此言也，不亦宜乎？」曰：「舍館未定。」曰：「子聞之也，舍館定，然後求見長者乎？」曰：「克有罪。」

孟子謂樂正子曰：「子之從於子敖來，徒餔啜也。我不意子學古之道，【行間批：詞若婉，而意更直切。】**而以餔啜也。」**

首句便見書法。

正子之從子敖來，毛氏之論甚恕，見《附録》。故孟子仍見之，見而托詞以責之，不若孔子之拒孺悲也。

孟子曰：「不孝有三，無後爲大。舜不告而娶，爲無後也，君子以爲猶告也。」

當與下萬章之問合看。

孟子曰：「仁之實，事親是也；義之實，從兄是也。智之實，如斯二者弗去是也；禮之實，節文斯二者是也；樂之實，樂斯二者。樂則生矣，生則惡可已也。惡可已，則不知足之蹈之，手之舞之。」

此亦「堯舜之道，孝弟而已」之義。故有子曰「孝弟也者，爲仁之本」，而孟子又曰「人人親其親，長其長，而天下平」也。

説禮、樂二段，詞簡而理盡，覺《禮運》、《樂記》并《史》、《漢・禮樂書》煩而多支矣。

孟子曰：「天下大悦而將歸己。【行間批：另是一種機局。】**視天下悦而歸己猶草芥也，惟舜爲然。不得乎親，不可以爲人；不順乎親，不可以爲子。舜盡事親之道，而瞽瞍厎豫。瞽瞍厎豫，而天下化。瞽瞍厎豫，而天下之爲父子者定。此之謂大孝。」**

突起突接，氣勢雄偉。

末段寫得情致淋漓。

此篇文字入妙，皆在複語處著精神。

○孟子曰：「古人之孝者多矣，而舜獨稱爲大孝者，何耶？蓋舜固非以一己之孝爲孝也。當其堯舉之後，百揆叙而四門穆，是天下皆悦舜而將歸之矣。夫天下，大器也；天下歸之，大事也。此雖賢者未有不移其情者也。乃有視之漠然，毫不一動其心者，誰乎？則惟舜爲然耳。何也？舜蓋日以得親順親爲事者也。夫同一爲人子也，父子主恩，則子未有不得乎親者；而吾親之不得，不但不可爲子也，亦并不可以爲人矣。父子之間不責善，則子非可以順乎親者，而吾親之不順，則不敢求之于人也，即己之不可以爲子矣。夫是以于天號泣，引罪責躬，凡所以得其底豫之道者，無一之不盡。其至誠惻怛有如此，乃誠則動，動則變，及至『烝烝乂，不格奸』，而瞽瞍果底豫矣。是向之不得乎親者，今有以得之；向之不順乎親者，今有以順之。舜之所以爲心，如斯而已矣，而不但然也。當瞽瞍之未底豫也，天下之父多不能慈其子，子多不能孝其父；及其底豫，而父無不慈，子無不孝，是天下化也。且其未底豫也，不慈其子者，父不成其爲父；不孝其父者，子不成其爲子；及其底豫，而父父子子，是天下之爲父子者定也。夫舜惟務盡事親之道，而天下不足以移其心，亦惟能盡事親之道，而天下之爲父子者皆得其分，所謂合天下之孝以爲孝也。舜之大孝，其此之謂乎！吾不禁俯仰低徊，而不能自已也。」

卷八

離婁篇第四下

孟子曰：「舜生於諸馮，遷於負夏，卒於鳴條，東夷之人也。文王生於岐周，卒於畢郢，西夷之人也。地之相去也，【行間批：略具波瀾。】千有餘里；世之相後也，千有餘歲。得志行乎中國，若合符節。先聖後聖，【行間批：推開。】其揆一也。」

所謂「人同此心，心同此理」，聖人先得我心之所同然耳。

子產聽鄭國之政，以其乘輿濟人於溱洧。孟子曰：「惠而不知爲政。【行間批：斷。】歲十一月徒杠成，十二月輿梁成，【行間批：正言濟人之政。】民未病涉也。君子平其政，【行間批：推開。】行，【行間批：一字句。】辟人可也，焉得人人而濟之？故爲政者，每人而悦之，日亦不足矣。」【行間批：承上「焉得人人濟之」，泛論以結。】

止五十五字，而波瀾萬叠，由於句句轉也。

作四段讀，各段自具筆法。

「焉得人人而濟」，就人言之，正說；「亦不足」，就時日言之，反說。各有意義。

「平」字義最大，所謂蕩平正直，無一毫偏黨反側之私是也。

○昔子產聽鄭國之政，以其乘輿濟人於溱洧。孟子生其後，聞有此事，而非之曰：「爲政自有大經。子產之濟人，其心可謂惠矣，而不知濟人之政也。夫先王之濟人也，有徒杠，有輿梁。歲云秋矣，徒杠不爲自十一月，而十一月則已成焉，輿梁亦不爲自十二月，而十二月則已成焉。當日之民，豈尚有病涉者而待濟於君子之車乎？且君子亦未嘗人人求濟也，惟平其政而已。如其裒多益寡，稱物平施，此則行於國都，雖呼令人辟，皆無不可，而何必以濟人爲事？如必於濟人，則國人多矣，亦焉得人人而濟之？惟人人之不能并濟也，故爲政者但期於物得其平，不必每人求其悦。若每人悦之，則日亦不足，徒見其僕僕而無當耳。然則子産止可謂之惠人，而不可謂爲平天下之君子也。」

孟子告齊宣王曰：「君之視臣如手足，則臣視君如腹心；君之視臣如犬馬，則臣視君如國人；君之視臣如土芥，則臣視君如寇讎。」王曰：「禮，爲舊君有服，何如斯可爲服矣？」曰：「諫行言聽，膏澤下於民；有故而去，則君使人導之出疆，又先於其所往；去三年不反，然後收其田里。此之謂三有禮焉。如此，則爲之服矣。今也爲臣，諫則不行，言則不聽；膏澤不下於民；有故而去，則君搏執之，又極之於其所往；去之日，遂收其田里。此之謂寇讎。寇讎何服之有？」

王問頗婉曲。孟子前後詞俱極峻利。雖視聖言少過，然警戒暴君，正自不能不爾爾。

前段雖兩兩較其施報，而輕重畢竟不同。此尊卑之分也。

孟子曰：「無罪而殺士，則大夫可以去；無罪而戮民，則士可以徙。」

後二段一美一刺，而皆一層甚是一層。

孟子曰：「君仁莫不仁，君義莫不義。」

此與「格心」章異。彼之「莫不仁」、「莫不義」，言用人行政；此則言臣民，蓋上行下效，理有如此。

孟子曰：「非禮之禮，非義之義，大人弗爲。」

「非禮」、「非義」，仍着一個「禮」字、「義」字。其理極精細，非時中而能權者不足語此，故曰大人也。

孟子曰：「中也養不中，才也養不才，故人樂有賢父兄也。如中也棄不中，才也棄不才，則賢不肖之相去，其

間不能以寸。」

父子之間不責善，然亦無有聽之者，聽之則棄之矣。「養」之一字，有許多委曲調劑在，故不獨子之幾諫以諭親於道也，父之於子亦然。孟子之言，成就天下後世人材多矣。

孟子曰：「人有不爲也，而後可以有爲。」

不爲者，非但有守，且有定力，故可以有爲。《易》故曰：「尺蠖之屈，以求伸也。」「而後可以」四字，極着力。

孟子曰：「言人之不善，當如後患何？」

孟子曰：「仲尼不爲已甚者。」

所謂「庸言之信，庸行之謹」，不止於待小人不惡而嚴已也。

孟子曰：「大人者，言不必信，行不必果，惟義所在。」

此與「非禮之禮」章參看。

孟子曰：「大人者，不失其赤子之心者也。」

平旦之氣并無梏亡而已。

孟子曰：「養生者不足以當大事，惟送死可以當大事。」

此非輕言養生也，正以甚送死之重耳。

孟子曰：「君子深造之以道，欲其自得之也。自得之，則居之安。居之安，則資之深。資之深，則取之左右逢其原。故君子欲其自得之也。」

自得是主腦；而所以自得，則由於深造之以道。此自得之功夫也，最重。自得有二意：一爲自然有得，所謂非義襲而取之者也；一爲自己實有所得，所謂自慊而非自欺者也。居安，資深，取逢其原，由內達外，天德王道合而爲一矣。

孟子曰：「博學而詳説之，將以反説約也。」

《易》所謂「同歸而殊途，百慮而一致」，周子亦云「一實萬分，是萬爲一」也。

孟子曰：「以善服人者，未有能服人者也；以善養人，然後能服天下。天下不心服而王者，未之有也。」

「養」字便有包涵遍覆氣象，故可以王。

孟子曰：「言無實不祥。不祥之實，蔽賢者當之。」

他言不祥，不過止禍及一身一家；而蔽賢之言，則必致於貽誤天下。夫使斯民不被其澤，而國家不能救其敗亡者，皆此蔽賢之言階之厲也。王導之於伯仁，張浚之於武穆，雖賢者猶不免焉，可惕也哉！

徐子曰：「仲尼亟稱於水，曰：『水哉！水哉！』何取於水也？」孟子曰：「原泉，混混不舍晝夜。盈科而後進，放乎四海，有本者如是，是之取爾。苟爲無本，七八月之間雨集，溝澮皆盈；其涸也，可立而待也。故聲聞過情，君子恥之。」【行間批：歸本學問正旨。】

原泉，即自得、居安、資深、逢原之學。不舍晝夜，放乎四海，活畫出深造來。盈科後進，活畫出以道來。逢原，即逢原泉也。此自始説至終，一以貫萬也。「自得」章却由後以溯前，是萬爲一也。博説反約，大人不失赤子之心，皆此一理耳。

「原泉」斷句；世連「混混」二字者，非。

同一「不舍晝夜」，川上之嘆，見道體之不已，《易》之所謂天行健也；此則喻人爲之不已，《易》之所謂君子自强不息也。孟子又於不息指出有本，所謂至誠無息也。其實皆一理。林氏、鄒氏分析，殊多事耳。

○徐子引仲尼之取水者爲問。孟子曰：「子不見原泉乎？夫此原泉也，出之混混晝夜之不舍也，如是乃其進也。

又不遽進，必盈此科，然後進而至於彼。其循序有漸又如是。由是而之焉，遂放乎四海，而無時之能竭也。其有所歸宿又如是。何以如是？則以其爲原泉也。原泉者，有本者也。仲尼之取，其以是爾。不然，則爲七八月間偶集之雨耳。偶集，則與晝夜之不舍者異。當其集也，一時之溝澮無不驟盈者，又與盈科後進者異。及其涸也，可立而待焉，又與放乎四海者異。苟如是，則亦何所取乎？故君子有鑒於是也，學必求實有諸己，而不務博虛譽於人。如使外之聲聞過乎我之情實，是即無本之水也，可耻孰甚焉！是故君子務本，實大者聲自宏，不求名而名必歸焉已。」

孟子曰：「人之所以異於禽獸者幾希，庶民去之，君子存之。舜明於庶物，察於人倫，由仁義行，非行仁義也。」

孟子曰：「禹惡旨酒而好善言。湯執中，立賢無方。文王視民如傷，望道而未之見。武王不泄邇，不忘遠。周公思兼三王，以施四事，其有不合者，仰而思之，夜以繼日，幸而得之，坐以待旦。」

孟子曰：「王者之迹熄而《詩》亡，《詩》亡然後《春秋》作。晉之《乘》，楚之《檮杌》，魯之《春秋》，一也。其事則齊桓、晉文，其文則史。孔子曰：『其義則丘竊取之矣。』」

孟子曰：「君子之澤，五世而斬；小人之澤，五世而斬。予未得爲孔子徒也，予私淑諸人也。」

此四章，似一時所說。或孟子各論，而門人彙次之。與「好辨」章及七篇之末，同一歷叙道統之傳，而此則專以存心爲旨。

「幾希」二字說得甚鄭重。惟微者此也，惟危者亦此也。「君子存之」句，作四章總冒。舜之存，以知行統概說。禹、湯、文、武則各舉其兩事而相爲偶者言之。周公亦籠統說。孔子則舉其最有關係之一事，以概其餘也。至說到自己，則止接孔子，作一虛詞，最得。

四章四樣格調。說舜之知二句，用排；說舜之行，用串。說禹、湯、文、武，用對偶。說周公，用順叙。說孔子，首末有起有結，中間有賓有主。說到自己，則緊接孔子來，先用泛論，後用實叙。乃其實叙者，仍以咏嘆語抑揚出之，而去孔子未遠，猶在五世之内之意，只在空中縹緲，則實叙仍係虚漾。真絶妙文章也！

「予未得爲孔子徒」二句，其詞若憾若幸，文氣悠然，極有風神。

○會四章之旨，若曰：「人與禽獸同一知覺運動，而人獨異焉。夫其所以異者，豈有多哉？祇此仁義之心，眇然者耳。此心也，操之則存，舍之則亡。亡之者，無知之庶民也；操而存之者，能擇能守之君子也。君子蓋惟恐其入於禽獸也，則憂勤惕勵，所以存此幾希之心者，蓋有所不容已矣。古之君子有舜，其存之也，不待於擇以爲知，而明於庶物之理者，尤於人倫加察焉；不待於守而有爲，而仁義根於心者，由之以行，未嘗以仁義爲美而始竭蹶以行之焉。此舜無所爲存，而幾希者自然無不存也。舜之後，君子則惟禹。禹之存之也，惡旨酒，而人欲悉絶矣；好善言，而天理常昭矣。此禹之存此幾希者也。禹之後，君子則惟湯。湯之存之也，事執其中，而行政無偏矣；立賢無方，而用人皆當矣。此湯之存此幾希者也。湯之後，君子則惟文王。文王之存之也，民已安矣，而視之猶若有傷，治人者無一事之可忽也；道已至矣，而望之猶若未見，修己者無一息之可懈也。此文王之存此幾希者也。文王之子，則惟君子武王。其存之也，邇者人所易狎，而獨不泄焉，其敬常存也；遠者人所易忘，而獨不忘焉，其慮常周也。此武王之存此幾希者也。佐武王者，則惟君子之周公。周公之存之也，則思兼乎三代之王，以施四聖人所行之事。其居今時勢，或有所不相合者，則必仰而思之，以求其變通之宜，甚至夜以繼日。幸而得其理之可通者，即坐以待旦，行之惟恐不及焉。此周公之存此幾希者也。周公之後，君子則惟我孔子。孔子作《春秋》也，非得已也。蓋周自東遷之後，禮樂征伐皆不自天子出，王者之迹熄已久矣，列國無採風之史，朝廟無宴饗之文，《詩》盡亡焉。夫《詩》者，人心之感物，而形於言之餘也。心之所感有邪正，故言之所形有是非。其或感之之雜，而所發不無可擇者，則上之人必思所以自反，而因有以勸懲之，其爲教也大矣。今而亡，則上無所風動，下無所激揚，所繫於天下人心風俗非淺故也。孔子懼焉，於是乎《春秋》以作。然《春秋》實不始於孔子也。當日，晋有史名《乘》，楚有史名《檮杌》，魯有史名《春秋》，同爲記載之書。所記之事，皆此齊桓、晋文會盟征伐之事，與王者之大法無關也。所著之文，皆爲史官編年紀月之文，與天下之邪正無分也。何也？義不存焉爾。孔子則毅然任之而不辭，曰：『其義則丘竊取之矣。』是故筆則筆，削則削，善善惡惡，撥亂世而反之正。此天理所以常存，而人心所以不死。孔子與天下後世共存此幾希者如此。孔子往矣，然去今猶未百年也。夫有位無位，苟有德澤及人，必歷五世始絶。今孔子之澤，猶未絶而在人焉。予雖未及親炙而爲孔子徒，然猶幸私淑諸人，則存此幾希以求與禽獸異者，敢自諉乎？」

孟子曰：「可以取，可以無取，取傷廉；可以與，可以無與，與傷惠；可以死，可以無死，死傷勇。」

「傷廉」與「傷惠」、「傷勇」，詞同而意殊。下二者，即所謂「非禮之禮，非義之義」也。

逢蒙學射於羿，盡羿之道，思天下惟羿爲愈己，於是殺羿。孟子曰：「是亦羿有罪焉。」公明儀曰：「宜若無罪焉。」曰：「薄乎云爾，惡得無罪？鄭人使子濯孺子侵衛，衛使庾公之斯追之。子濯孺子曰：『今日我疾作，不可以執弓，吾死矣夫！』【行間批：一路叙述，如生。】**問其僕曰：『追我者誰也？』其僕曰：『庾公之斯也。』曰：『吾生矣。』**【行間批：不説出所以，甚妙！】**其僕曰：『庾公之斯，衛之善射者也。夫子曰吾生，何謂也？』曰：『庾公之斯學射於尹公之他，尹公之他學射於我。夫尹公之他，端人也。其取友必端矣。』**【行間批：止言其端，并不下我一語，甚妙！】**庾公之斯至，曰：『夫子何爲不執弓？』曰：『今日我疾作，不可以執弓。』**【行間批：複語成文，《公》、《穀》、《檀弓》多用此法。】**曰：『小人學射於尹公之他，尹公之他學射於夫子。我不忍以夫子之道反害夫子。**【行間批：不忍是端人心地。】**雖然，**【行間批：一轉，故作險波。】**今日之事，君事也，我不敢廢。』抽矢扣輪，去其金，**【行間批：至此，波又平。】**發乘矢而後反。」**

立案處全無罪羿意，陡然斷其有罪，此爲後世八家論辨文字開一法門。

斷羿有罪，又引公明儀之言，爲之抑揚開合，以盡其致。并不將羿之罪處鋪寫，止引一子濯孺子之事，而羿之有罪自見。且叙述子濯孺子之事畢後，亦并不一補出羿。行文妙絶，史遷以後，作者多效此法。

孟子曰：「西子蒙不潔，則人皆掩鼻而過之。雖有惡人，齊戒沐浴，則可以祀上帝。」

新安陳氏曰：「此章似《詩》六義中之比。」

「戒人喪善，勉人自新」，尹注甚確。

孟子曰：「天下之言性也，則故而已矣。故者以利爲本。所惡於智者，爲其鑿也。如智者若禹之行水也，則無惡於智矣。禹之行水也，行其所無事也。如智者亦行其所無事，則智亦大矣。天之高也，星辰之遠也，苟求其故，千歲之日至，可坐而致也。」

不過「故者以利爲本」六字主意，却用無數曲折頓跌，幾若一句一義，而其實通章止一義也。文字之妙，千古無匹。

品骨之潔、氣味之逸、詞語之宕、格調之婉，無一不絶。

「如智者若禹之行水也」下即接「行其所無事」二句，豈不徑捷？然直而無味矣。乃以一意分兩層寫，如宋刻玉玩，雙層浮起，真極妙文情也。

此章原專言智。其言性者，乃溯智之所從來，就根本上説下，透出一「故」字、一「利」字。中間極力説智，其實極力説「故」字、「利」字也。乃正説智，忽然掣筆開去，説天，説星辰，説千歲日至，竟若與智全不相涉，然却是將「故」字描畫一番；而其所爲描畫者又正是一個「利」字，然竟紬然而止，并不補出言智正旨來。隱隱耀耀，理趣活現，觀止矣！

○孟子見當時之人好用智術以處事，非惟不足以成天下之事，而適足以敗天下之事；非惟不足以靖天下之事，而適足以擾天下之事。其原皆由於不識性。於是曰：「人莫不曰予智矣，然智根於性。性也者，天下萬事萬物之理悉具焉者也。自言性不明，而處事是以多謬。吾謂天下之言性者，亦但就其情之已發者言之即是，無事於紛紜也。

而此情之已發者，又必以其自然而出者爲本。則由孩提之真知，順而導之，而智即不可勝用矣，亦何用推測逆億，多所矯揉造作於其間哉？夫矯揉造作，是鑿也。我之所惡於智者，正在此。夫千古之稱大智者，莫如禹。如世之用智者，若禹之行水，則我亦何所惡乎？何也？禹之行水也，順水性之自然而利導之，行其所無事也。如用智者亦行其所無事，而一切皆順其自然，則其智之大即如禹矣，亦何必矯揉造作爲哉？且順其自然，亦非難事也。即如天之高，星辰之遠，人欲求而知之，豈不爲至難之事？然天有日行之度數，星辰有日行之次舍，其已然之故皆可考也。苟求其已往所差之分數，而測將來所到之節氣，此雖千歲之日至，皆可坐而得之，況於事物之近者乎？而何以鑿爲？奈何世人争言智，而皆失其性？此天下所以無一智者也。」

公行子有子之喪。右師往吊，入門，有進而與右師言者，有就右師之位而與右師言者。孟子不與右師言。右師不悦，曰：「諸君子皆與驩言，孟子獨不與驩言，是簡驩也。」【行間批：佞幸口吻。】孟子聞之，曰：「禮，朝廷不歷位而相與言，不踰階而相揖也。我欲行禮，子敖以我爲簡，不亦異乎？」

此以行禮爲重，與「出吊」章鄙王驩不言有異。

止用兩「有」字，寫盡一時趨承人。滿堂眼目，滿堂脚步，霍亂光景如畫。史遷《魏其武安侯列傳》亦寫得妙，而少覺詞費。

孟子曰：「君子所以異於人者，以其存心也。君子以仁存心，以禮存心。仁者愛人，有禮者敬人。愛人者人恒愛之，敬人者人恒敬之。有人於此，其待我以横逆，則君子必自反也：『我必不仁也，必無禮也，此物奚宜至哉？』其自反而仁矣，自反而有禮矣，其横逆由是也，君子必自反也：『我必不忠。』自反而忠矣，其横逆由是也，君子曰：『此亦妄人也已矣。如此，則與禽獸奚擇哉？於禽獸又何難焉？』是故君子有終身之憂，無一朝之患也。【行間批：奇語出於理境，得未曾有。】乃若所憂，則有之：【行間批：轉得徑健。】舜人也，我亦人也，舜爲法於天下，可傳於後世，我由未免爲鄉人也，是則可憂也。憂之如何？如舜而已矣。若夫君子所患則亡矣。非仁無爲也，非禮無行也。如有一朝之患，則君子不患矣。」

首二句即承「幾希」章意説來，層層剥下。橫逆自反，即《中庸》徵諸庶民也。必至「自反而忠」，而後置之不校，此豈易至之境詣也者？故云「有終身之憂」也。有終身之憂，自無一朝之患。君子反身之學，此篇發得刻露無餘。

禽獸之言，亦自「幾希」章來。

此篇文勢如波委雲屬，一味鬆快。

末段雖句句作轉，而文氣自是纏綿有餘情。

「幾希」數章，言君子之存之者，歷舉舜、文、武、周公、孔子。此獨言舜者，蓋聖莫盛於堯、舜也，而舜處人倫之變，卒至於「烝烝乂，不格奸」，尤與上文橫逆自反意爲切也。

《蒙引》云「憂自内出，患自外至」，又云「有終身之憂，求諸己也；無一朝之患，不求諸人也」，皆確。

○孟子曰：「吾言舜、文、武、周及孔子，此皆異於庶民之君子也。然其所以異，正以其能存此幾希之心耳。所存者何？則仁也，禮也。然心蘊於内，其仁其禮何由而見？則見之於其愛人敬人矣。其愛人敬人又何由而見？則見之於人恒愛之、人恒敬之矣。何也？有諸中，必形諸外；本諸身，必徵諸庶民也。是故人之愛我者，我之仁也；而苟不我愛焉，則我必不仁。人之敬我者，我之有禮也；而苟不我敬焉，則我必無禮。如是以自反，而於人無不愛、無不敬也，則人當未有不愛我、不敬我者矣。而不有然者，則必我之愛人敬人出於聲音笑貌而不由於中也，則又必自反，而無一之不忠焉。是於人之愛敬與不愛敬，以驗我仁禮之心真存與不真存，則我之愛敬乎人者，又豈有一人一時一事之不實乎哉？蓋必至於無一之不實，而人猶有不我愛、不我敬者，然後斥其妄，視爲禽獸之無足與較焉。非然者，則我之存心於仁、存心於禮者，正無有已時矣。是故君子修其身兢兢焉，憂我之不愛人、不敬人而已。至於人之不我愛、不我敬，此雖一日，而亦未嘗患也。蓋古之君子之以仁禮存心者，莫如舜。乃舜之仁，舜之有禮，天下法之，後世傳之；而我不能，如是其有憂也，真可憂也。憂之如何？必求如舜之無不仁、無不有禮而後可。至於所患，則無之。何也？我方以仁存心，非仁則無爲也；以禮存心，非禮則無行也。此自不至有所患也。即使良楛美惡不能盡然，而或偶有一朝之患，然君子方憂我之不仁無禮之不暇，而暇患人之不我愛我敬哉？其無一朝之患也，其有終身之憂者也。此君子所以獨異於人也與！」

禹、稷當平世，【行間批：着眼。】三過其門而不入，孔子賢之。顏子當亂世，居於陋巷，一簞食，一瓢飲，人不堪其憂，顏子不改其樂，孔子賢之。孟子曰：「禹、稷、顏回同道。禹思天下有溺者，由己【行間批：二字着眼。】溺之也；稷思天下有飢者，由己飢之也：是以如是其急也。禹、稷、顏子易地則皆然。今有同室之人鬥者，【行間批：喻切。】救之，雖被髮纓冠而救之，可也。鄉鄰有鬥者，被髮纓冠而往救之，則惑也，雖閉户可也。」

禹、稷、顏子雖相提並論，而意側重顏子一邊。觀下以救人爲喻，意自可知。蓋禹、稷之功烈顯著者易見，而顏子之安貧隱約者難明。非顏子不欲救世，不得救世也。乃爲顏子立論，而轉説禹、稷之所以急於救世之故，以爲顏子反照。言在此而意在彼，可謂絶妙文情。

禹之世，洪水横流，何以謂之平世？所謂平者，明良會合，有道之世也。平世、亂世，猶《易》言否、泰。君子以有道爲治平，不以氣數之變爲亂也。

禹、稷三過不入，正以身職其事。乃不言其職之專，而止言其情之切，何也？須看「由己」字。其所以由己者，只在「當平世」三字。蓋有道之世，賢人君子未有不在位者。夫聖賢心乎斯世，豈有坐視其飢溺而不救者哉？但其飢其溺有在己者，有不在己者，故緩急於是乎有異情矣，皆其所當之世有平世、亂世之不同也。夫世即地也。地雖不同，而道則同。「世」字、「道」字、「地」字爲此篇眼目。

此與「曾子居武城」章同格，即《史記》諸合傳之所從出也。

○古有禹、稷者，上有堯、舜之君舉而用之，其所當之世蓋治平之世也。一則治水，一則教稼，八年之中，曾三過其門而不入，其急於救世如此。孔子稱其賢焉。近世有顏子者，時值春秋，其君皆昏，其臣皆强，所當之世則亂世也。顏子惟隱居於陋巷之中，簞食瓢飲，人所不能堪者，而己則蕭然自樂焉。孔子亦稱其賢，猶之乎稱禹、稷也。夫禹、稷、顏子，一則同天下之憂，一則安一己之樂。其憂樂之情若是之不同也，而孔子何以皆稱之曰賢？孟子曰：「情雖不同，而道則無有不同。夫道所以揆度事物之理者也。禹、稷之急於救世，豈禹、稷之得已哉？禹蓋思天下之溺，由己溺之；稷蓋思天下之飢，由己飢之。其溺其飢皆於一己之情呼吸相關，則此身之赴之也，敢須臾緩乎？蓋當平世，而出身治民，道在則然也，豈得以例亂世之顏子？夫平世、亂世皆地也。使易其地焉，則禹、稷樂顏子之樂者，而顏子亦能憂禹、稷之憂矣，故曰其道同也。譬如救人之鬥，禹、稷之飢溺由己，是救同室之鬥也，雖被髮纓冠，於道亦未有嫌其急者；若顏子避亂隱居，其時之飢溺，則鬥在鄉鄰矣，而亦被髮纓冠以救，則豈不惑之甚乎？此雖閉户不往，準之於道，亦無不可。夫民胞物與，豈非仁人之本願？而道在素位，寧有越思？故知人論世，必歸之知道者。」

公都子曰：「匡章，通國皆稱不孝焉。夫子與之遊，又從而禮貌之，敢問何也？」孟子曰：「世俗所謂不孝者五：惰其四支，不顧父母之養，一不孝也；博弈，好飲酒，不顧父母之養，二不孝也；好貨財，私妻子，不顧父母之養，三不孝也；從耳目之欲，以爲父母戮，四不孝也；好勇鬥很，以危父母，五不孝也。章子有一於是乎？夫章子，子父責善而不相遇也。責善，朋友之道也。父子責善，賊恩之大者。夫章子，豈不欲有夫妻子母之屬哉？【行間批：以跌筆作起筆，突兀得奇妙。】**爲得罪於父，不得近，出妻屏子，終身不養焉。其設心以爲不若是，是則罪之大者。是**

則章子已矣。」

此章如今斷獄：「世俗」一段，查例也；「子父責善」一段，定案也；「賊恩」一段，擬罪也；「出妻屏子」一段，原情也。

匡章之罪，止於責善；又能自知其罪，而深自責罰，欲以感動其父：其情亦可哀也。朱子以爲孟子非取其孝，但其不孝之罪未至於可絶之地爾。此論極是，但語少欠圓融。似應云：孟子非取其人，但其不孝之罪出於不學無術，故不之絶，而其情又有可矜焉，故又哀而禮之耳。

「其設心」二句，乃揣度其心而代爲之詞。「是則章子」句，言章子爲人如此，非不孝之可絶者也。

曾子居武城，【行間批：不點明，妙！】**有越寇。或曰：「寇至，盍去諸？」曰：「無寓人於我室，毁傷其薪木。」寇退，則曰：「修我墻屋，我將反。」寇退，曾子反。左右曰：「待先生，如此其忠且敬也。寇至則先去以爲民望，寇退則反，殆於不可。」沈猶行曰：「是非汝所知也。昔沈猶有負芻之禍，從先生者七十人，未有與焉。」子思居於衛，**【行間批：亦不點明。】**有齊寇。或曰：「寇至，盍去諸？」子思曰：「如伋去，君誰與守？」孟子曰：「曾子、子思同道。曾子，師也，父兄也；子思，臣也，微也。曾子、子思易地則皆然。」**

此雖曾子、子思相提並論，而意側重曾子一邊。蓋子思之守官，人所知也。曾子不預難，人所難明。觀録沈猶行之言曰「非汝所知」句，其意可見。乃録沈猶行之言，仍述一舊事，依樣葫蘆。然昔之處沈猶氏者，即今之處武城者也。其旨隱約可思。至孟子語中，始爲明白釋出。此文字涵蓄之妙也。

儲子曰：「王使人瞯夫子，果有以異於人乎？」孟子曰：「何以異於人哉？堯、舜與人同耳。」

言外便有人皆可以爲堯舜意。

齊人有一妻一妾而處室者。【行間批：提筆，下文皆從此句出。】**其良人出，則必饜酒肉而後反。其妻問所與飲食者，則**

盡富貴也。其妻告其妾曰：「良人出，則必饜酒肉而後反。問其與飲食者，盡富貴也，【行間批：複筆。】而未嘗有顯者來。【行間批：轉筆。】吾將瞯良人之所之也。」【行間批：拖筆，將次日事順帶起。】蚤起，施從良人之所之，遍國中無與立談者。卒之東郭墦間之祭者，乞其餘；不足，又顧而之他。【行間批：細細描寫之筆。】此其爲饜足之道也。【行間批：神筆。】其妻歸告其妾曰：「良人者，所仰望而終身也。【行間批：止此一語。】今若此！」【行間批：省筆，亦神筆。】與其妾訕其良人，而相泣於中庭。而良人未之知也，施施從外來，驕其妻妾。【行間批：寫筆。】由君子觀之，則人之所以求富貴利達者，其妻妾不羞也而不相泣者，幾希矣。

此篇描寫之工，可謂如畫；而「此其爲饜足之道」句、「今若此」句，尤覺鬚毫欲活。複文之妙，《孟子》外，如《國策》、《公》、《穀》、《檀弓》、《史記》，多以此擅長。爲寫生神技，班固之下，則不解此矣。

斷論既曰「君子觀之」，而鄙之者却不是君子，仍即是其人之妻妾，刻核之極筆也。然則寬大之說，徒爲俗儒之迂語耳。

「所以」二字即上「若此」二字，有不欲言、不忍言者。字法簡而刻深。

卷九

萬章篇第五上

萬章問曰：「舜往於田，號泣於旻天，何爲其號泣也？」孟子曰：「怨慕也。」萬章曰：「父母愛之，喜而不忘；父母惡之，勞而不怨。然則舜怨乎？」曰：「長息問於公明高曰：『舜往於田，則吾既得聞命矣。號泣於旻天，於父母，則吾不知也。』公明高曰：『是非爾所知也。』夫公明高，以孝子之心爲不若是恝，我竭力耕田共爲子職而已矣。父母之不我愛，於我何哉？【行間批：二十二字一氣爲句。十二字緊連「恝」字讀。】帝使其子九男二女，百官牛羊倉廩備，以事舜於畎畝之中。【行間批：一。】天下之士多就之者。【行間批：二。】帝將胥天下而遷之焉。【行間批：三。】爲不順於父母，如窮人無所歸。【行間批：形容得確切。】天下之士悅之，人之所欲也，而不足以解憂；好色，人之所欲，妻帝之二女，而不足以解憂；富，人之所欲，富有天下，而不足以解憂；貴，人之所欲，貴爲天子，而不足以解憂。人悅之、好色、富貴，無足以解憂者，惟順於父母，可以解憂。【行間批：總一筆。】人少，則慕父母；知好色，則慕少艾；有妻子，則慕妻子；仕則慕君，不得於君則熱中。【行間批：此句足上「慕」字。】大孝終身慕父母。五十而慕者，予於大舜見之矣。」

止「怨慕」二字，答問之意已畢。至引公明高之言，所以解萬章之疑也。乃述公明高之言，而公明高并無一言，而仍解以己意。其解之也，又仍推公明高意以爲言，而已仍無一字。即推公明高之言，又仍是體舜之意以爲言，而公明高亦仍無一字。其實舜意中之言，仍即是「怨慕」二字，下則推極其慕而贊之而已。一章三百餘言，總是「慕」之一字。行文何異天馬之行空！

「夫公明高以孝子之心」三十六字有三層：舜之心一層，公明高體舜之心一層，孟子體公明高體舜之心又一層。

乃一氣而三層俱到，妙文也。

輔氏謂：「帝使」一段，是説舜之實事；「天下之士悦之」一段，又孟子推述舜之心，以解上文之意。其實一意，不過反覆其詞耳。「如窮人無所歸」，亦説不得不是心。「天下之士悦」、「妻帝之二女」、「富有天下」、「貴爲天子」，亦説不得不是實事也。

「人少」一段，則即常人之情，以贊舜之慕迥出於常人之情之外，所以爲大孝也。

詞意明暢，無庸順説。

萬章問曰：「《詩》云：『娶妻如之何？必告父母。』信斯言也，宜莫如舜。舜之不告而娶，何也？」孟子曰：「告則不得娶。男女居室，人之大倫也。如告，則廢人之大倫，以懟父母，是以不告也。」萬章曰：「舜之不告而娶，則吾既得聞命矣。帝之妻舜而不告，何也？」曰：「帝亦知告焉則不得妻也。」萬章曰：「父母使舜完廩，捐階，瞽瞍焚廩。使浚井，出，從而掩之。象曰：『謨蓋都君，咸我績。牛羊，父母；倉廩，父母。干戈，朕；琴，朕；弤，朕；二嫂，使治朕棲。』象往入舜宫，舜在床琴。象曰：『鬱陶思君爾。』忸怩。舜曰：『惟兹臣庶，汝其于予治。』【行間批：瑣瑣寫來，妄誕得妙。】不識舜不知象之將殺己與？」曰：「奚而不知也？象憂亦憂，象喜亦喜。」曰：「然則舜僞喜者與？」曰：「否。昔者有饋生魚於鄭子産，【行間批：亦述一瑣事。】子産使校人畜之池。校人烹之，反命曰：『始舍之，圉圉焉；少則洋洋焉，攸然而逝。』子産曰：『得其所哉！得其所哉！』校人出，曰：『孰謂子産智？予既烹而食之。曰：得其所哉！得其所哉！』【行間批：口吻如生。】故君子可欺以其方，難罔以非其道。彼以愛兄之道來，故誠信而喜之，奚僞焉？」

此論舜處人倫之變也，分兩截事，隨問隨答，而序次中自有機法。

上論舜之娶妻，一截中又分兩截，一論舜，一論帝。下論舜之待弟，一截中亦分兩截，則即一事而淺深串下，文法不同。

論待弟二截，上截寫得瑣細，下截寫得超脱，各極其妙。

論舜之誠信而喜，止一言即足。乃引子産之事以明之，遂覺十分縇染得有色。

萬章問曰：「象日以殺舜爲事。立爲天子，則放之，何也？」孟子曰：「封之也，或曰放焉。」萬章曰：「舜流共工於幽州，放驩兜於崇山，殺三苗於三危，殛鯀於羽山，四罪而天下咸服，誅不仁也。象至不仁，封之有庫，有庳之人奚罪焉？仁人固如是乎？在他人則誅之，在弟則封之。」曰：「仁人之於弟也，不藏怒焉，不宿怨焉，親愛之而已矣。親之欲其貴也，愛之欲其富也。封之有庫，富貴之也。身爲天子，弟爲匹夫，可謂親愛之乎？」「敢問或曰放者，何謂也？」曰：「象不得有爲於其國，天子使吏治其國，而納其貢税焉，故謂之放，豈得暴彼民哉？雖然，欲常常而見之，故源源而來。『不及貢，以政接於有庫』，此之謂也。」

「仁人固如是乎」，乃牽上搭下語，蓋連上下四句爲一句也。孟子止答其封弟之問，而「有庫之人奚罪」句，至後始附便答之。此隱彼現，玲玲瓏瓏。

「在他人則誅之」二句，連「仁人固如是乎」直下，口吻如活。

「象不得有爲」三句，正答「或曰放焉」一問。乃因「不得有爲」，忽然答還他前問「有庫奚罪」句，文勢已極跳脱矣。乃又忽然從「不得有爲」，更想到「源源而來」、「常常而見」。情生文，文又生情，心地靈通，詞旨矯變，真如生龍活虎，不可捉摸也。

「雖然」一轉，將上文親愛之義復又寫得十分飽滿具足。又引《書》來爲證，大有庖丁解牛，躊躇四顧，善刀而藏之樂。

咸丘蒙問曰：「語云：『盛德之士，君不得而臣，父不得而子。』舜南面而立，堯帥諸侯北面而朝之，瞽瞍亦北

面而朝之。舜見瞽瞍，其容有蹙。孔子曰：『於是時也，天下殆哉，岌岌乎！』不識此語誠然乎哉？」孟子曰：「否。此非君子之言，齊東野人之語也。堯老而舜攝也。《堯典》曰：『二十有八載，放勳乃徂落，百姓如喪考妣，三年，四海遏密八音。』孔子曰：『天無二日，民無二王。』舜既爲天子矣，又帥天下諸侯以爲堯三年喪，是二天子矣。」咸丘蒙曰：「舜之不臣堯，則吾既得聞命矣。《詩》云：『普天之下，莫非王土。率土之濱，莫非王臣。』而舜既爲天子矣，敢問瞽瞍之非臣，如何？」曰：「是詩也，非是之謂也。勞於王事，而不得養父母也。曰：『此莫非王事，我獨賢勞也。』故説詩者，不以文害辭，不以辭害志。以意逆志，是爲得之。如以辭而已矣，《雲漢》之詩曰：『周餘黎民，靡有孑遺。』信斯言也，是周無遺民也。孝子之至，莫大乎尊親；尊親之至，莫大乎以天下養。爲天子父，尊之至也；以天下養，養之至也。《詩》云：『永言孝思，孝思維則。』此之謂也。《書》云：『祗載見瞽瞍，夔夔齊栗，瞽瞍亦允若。』是爲父不得而子也。」

臣君、臣父，分上下兩截。上截，開口一句，即解明；下則引《書》之言別事，以爲此之證。下截，先斥其引《詩》之謬，繼論爲天子者并無臣父之理，末又引《書》以答還前問。文法各別。

咸丘蒙所聞，即如後世《汲冢周書》，荒唐謬悠之論，世固有傳聞如此者。然觀前後問詞，亦見其陋非萬章、公孫丑可比。

斥其説詩一段，行文極有閑情。下即振筆高論，而結以舒徐容與之筆，文字最有筆勢。昔蘇子謂讀佳文，以手捫之，如有窪窿，於斯可見。「父不得而子」之解，亦似「以堯舜之道要湯」語。

萬章曰：「堯以天下與舜，有諸？」孟子曰：「否。天子不能以天下與人。」「然則舜有天下也，孰與之？」曰：「天與之。」【行間批：一篇眼目。】「天與之者，諄諄然命之乎？」曰：「否。天不言，以行與事示之而已矣。」曰：「以行與事示之者，如之何？」曰：「天子能薦人於天，不能使天與之天下；諸侯能薦人於天子，不能使天子與之諸侯；大夫能薦人於諸侯，不能使諸侯與之大夫。昔者堯薦舜於天而天受之，暴之於民而民受之，【行間批：一篇骨子。】故曰：天不言，以行與事示之而已矣。」【行間批：章法。】曰：「敢問薦之於天而天受之，暴之於民而民受之，如何？」曰：「使之主祭，而百神享之，是天受之；使之主事而事治，百姓安之，是民受之也。天與之，人與之，故曰：天子不能以天下與人。【行間批：章法。】舜相堯二十有八載，非人之所能爲也，天也。堯崩，三年之喪畢，舜避堯之子於南河之南。天下諸侯朝覲者，不之堯之子而之舜；訟獄者，不之堯之子而之舜；謳歌者，不謳歌堯之子而謳歌舜。【行間批：寫得濃腴。】故曰：天也。【行間批：章法。】夫然後之中國，踐天子位焉。而居堯之宮，逼堯之子，是篡也，非天與也。《泰誓》曰：『天視自我民視，天聽自我民聽。』此之謂也。」【行間批：結歸民上，是「天」字着落。】

以舜之有天下，謂爲「天與」，奇語創論。乃所謂天者，仍自民看出。所謂善言天者，必有驗於人也。末引《書》，理極正大，可謂奇而法矣。

「天」字是眼目，「民」字是骨子。看他連點「天」字，而中間叙説朝覲、訟獄、謳歌仍是説民，故云天以民之視聽爲視聽也。

用三「故曰」呼應鎖束，作章法。

舜避堯之子，及禹、益避舜、禹之子，於《書》不見。竊以聖人心思光明磊落，未必作此行徑。孟子云然，或當世有所傳聞耶？

萬章問曰：「人有言：『至於禹而德衰，不傳於賢而傳於子。』有諸？」孟子曰：「否，不然也。天與賢，則與賢；天與子，則與子。昔者舜薦禹於天，十有七年，舜崩。三年之喪畢，禹避舜之子於陽城。天下之民從之，若堯崩之後不從堯之子而從舜也。【行間批：省筆。】禹薦益於天，七年禹崩。三年之喪畢，益避禹之子於箕山之陰。朝覲訟獄者不之益而之啓，曰：『吾君之子也。』謳歌者不謳歌益而謳歌啓，曰：『吾君之子也。』丹朱之不肖，舜之子亦不肖。舜之相堯，禹之相舜也，歷年多，施澤於民久。啓賢，能敬承繼禹之道。益之相禹也，歷年少，施澤於民未久。舜、禹、益相去久遠，其子之賢、不肖皆天也，非人之所能爲也。莫之爲而爲者，天也；莫之致而至者，命也。【行間批：增出二語，甚濃至。】匹夫而有天下者，德必若舜、禹，而又有天子薦之者，故仲尼不有天下。繼世以有天下，天之所廢，必若桀、紂者也，故益、伊尹、周公不有天下。伊尹相湯以王於天下，湯崩，太丁未立，外丙二年，仲壬四年。太甲顛覆湯之典刑，伊尹放之於桐三年。太甲悔過，自怨自艾，於桐處仁遷義三年，以聽伊尹之訓己也，復歸於亳。周公之不有天下，猶益之於夏，伊尹之於殷也。【行間批：變調，亦省筆。】孔子曰：『唐、虞禪，夏后、殷、周繼，其義一也。』」

堯之世有四凶，而堯不能誅；有九官之賢，而堯未之舉。誅之舉之者，舜也。孔子曰：「舉直錯諸枉，則民服。」是天下朝覲、訟獄、謳歌之歸舜，自其理勢之必然者也。至舜、禹之際，禹作司空，平治水土，功德之大無與倫比，故帝咨熙載，而盈廷交讓，則總朕師而終陟元后，舍禹莫與也。若禹之薦益，據《書》惟臯陶陳謨爲最精，而禹推重臯陶之邁種德，不啻若自其口出，似臯陶之德勝於益，而孟子云爾，豈斯時臯陶先已没耶？《史記》所載，或亦宗孟子而言之耳。

此兩章當是一時問答，故「丹朱之不肖」一段兼舜、禹言之。此下則因舜、禹而及仲尼，因益而并及伊尹、周公，連類兼舉，以盡其義，而皆歸之於天。故引孔子之語而總結之，可謂暢所欲言矣。

「繼世」一段，兼益、伊尹、周公爲言。然益之事已言矣，故獨叙伊尹一段。至周公又不復叙者，以周公之相武王未久，如益之相禹，而成王之賢又似太甲，故省文耳。

《蒙引》以爲二章言天不同，上章之天就人心之歸上説，此章難説人心不歸益，只就禹之有賢子兼益之施澤於民未久上説。此言非也。子賢即爲民心所歸，施澤未久即非民心所歸，何嘗離民空説天意？雖莽、操之奸，猶必假衆人之推戴以爲天命也。

萬章問曰：「人有言『伊尹以割烹要湯』，有諸？」孟子曰：「否，不然。伊尹耕於有莘之野，而樂堯舜之道焉。非其義也，非其道也，禄之以天下弗顧也，繫馬千駟弗視也。非其義也，非其道也，一介不以與人，一介不以取諸人。湯使人以幣聘之，囂囂然曰：『我何以湯之聘幣爲哉？我豈若處畎畝之中，由是以樂堯舜之道哉？』湯三使往聘之，既而幡然改曰：『與我處畎畝之中，由是以樂堯舜之道，吾豈若使是君爲堯舜之君哉？吾豈若使是民爲堯舜之民哉？吾豈若於吾身親見之哉？天之生此民也，使先知覺後知，使先覺覺後覺也。予，天民之先覺者也。予將以斯道覺斯民也。非予覺之，而誰也？』思天下之民匹夫匹婦有不被堯舜之澤者，若己推而内之溝中。其自任以天下之重如此，故就湯而説之，以伐夏救民。吾未聞枉己而正人者也，况辱己以正天下者乎？聖人之行不同也，或遠或近，或去或不去，歸潔其身而已矣。吾聞其以堯舜之道要湯，未聞以割烹也。《伊訓》曰：『天誅造攻自牧宫，朕載自亳。』」

此章以「樂堯舜之道」爲主。非義非道兩小段，正形容其樂道有得處。無割烹要湯之事，意已可見。下則叙伊尹歸湯實事，蓋孟子去成湯時未甚遠，伊尹出處必有載籍可據，不若舜、禹之久而難稽也。至「吾未聞枉己而正人」段，方駁割烹要湯之非。

此章文勢，前概論處極緊，中間叙實事處舒徐，後幅駁論處跌宕歷落。

叙尹實事，或述其言，或推其心，而束之以「其自任天下之重如此」，筆力千鈞。

正駁論處，忽又揚開筆，泛説數句，忽又掉轉歸題，兔起鶻落，亦係急脉緩受、緩脉急受之法。

引《伊訓》，特以尹之就湯伐夏救民，其所言自任之重，理明義正，豈辱己要君者所能？以爲無割烹之證也。

〇萬章以伊尹之割烹要湯爲問。孟子深駁之曰：「此言非理。伊尹何如人，而所爲然乎？夫伊尹，蓋耕於有莘之野，而樂堯舜之道者也。所樂者道，則凡其立心制行，即無一不準之於道矣。而道見於事爲義，使非義即非道也。此雖禄以天下，繫馬千駟，而有不一顧者焉。且非義非道，即至微如一介，而亦不以與人，不以取諸人者焉。大而不苟，小而必嚴，尹之平居樂道有如此者，况夫出處之際尤大節所關乎？夫尹之就湯，非尹能要之，蓋湯實聘之也。然當其始，尹且囂囂然焉，不以湯之幣爲榮，而以己之道爲樂。必至三聘之後，始幡然改其初志曰：『此堯舜之道也，處畎畝而存其虛志，曷若致其君、澤其民，立廊廟而見諸實事之爲尤樂乎？况天之生民，原使先知覺後知，使先覺覺後覺也。予於民之中，幸而爲先覺，而可不以堯舜之道覺斯民與？且今日非予覺之，而更有誰也？』蓋尹應聘之言如此。即其言而推其心，必思天下之民盡有以被堯舜之澤而後快。設有匹夫匹婦之不被澤者，即若己推而内之溝中。其設心又如此，是皆以一身而任天下之重者也。惟其任天下之重，故就湯而説之，以伐夏救民。堯舜其君民者，於以正人之不正，而道伸於天下焉。若夫割烹要湯，辱己甚矣。枉己而正人，吾且未聞，况辱己而能正天下乎？且夫聖人之行，遠近，去與不去，原無一致；而歸於潔身，則無不同。豈得以遠而去者始爲高，而近而不去者之即爲卑污耶？是尹之就湯，乃應湯之聘，非有所要湯也。然其始終於堯舜之道如此，即曰要湯，亦以堯舜之道要之，而豈割烹乎？《伊訓》之言曰：『天誅造攻自牧宫，朕載自亳。』夫湯之伐夏乃奉行天討，而尹實始其事。其言理明義正如此，辱己者亦焉能然？割烹要湯之事斷斷無有，則觀之《伊訓》而益可知也。」

萬章問曰：「或謂孔子於衛主癰疽，於齊主侍人瘠環，有諸乎？」孟子曰：「否，不然也。好事者爲之也。於衛主顔讎由。彌子之妻與子路之妻，兄弟也。彌子謂子路曰：『孔子主我，衛卿可得也。』子路以告孔子曰：『有命。』孔子進以禮，退以義，得之不得曰『有命』。而主癰疽與侍人瘠環，是無義無命也。孔子不悦於魯、衛，遭宋桓司馬，將要而殺之，微服而過宋。是時孔子當厄，主司城貞子，爲陳侯周臣。吾聞：觀近臣，以其所爲主；觀遠臣，以其所主。若孔子主癰疽與侍人瘠環，何以爲孔子？」

此章自以義、命爲主。於衛主顔讎由，雖彌子要以卿而亦不可得，况主癰疽乎？此言衛事以概齊也，是省文法。下文舉孔子當造次患難之時而猶所主不苟，以證之，是進一步法。末則泛論君子、小人各從其類，必無苟且相從之事，是涵泳法。

但言義命而不言禮者：「進以禮」是言當進而不遽進，非言不宜進者也；且義主辭受，命主得之不得，故爾。「是無義無命」，斷制得極嚴毅；「何以爲孔子」，結束得又甚虚漾：前後文氣各别。文字固有先舒緩而後緊嚴，亦或前急切而後容與，所謂豐約之裁、俯仰之形，因宜適變者也。

○萬章以「好事者之誣孔子，謂於衛主癰疽，於齊主侍人瘠環也」爲問。孟子斥其非，而曰：「吾聞孔子之在衛也，實主賢大夫顔讎由，未嘗主所謂癰疽也。且衛之佞幸能得其君者，無如彌子。其時彌子欲藉孔子爲重。適其妻與子路之妻爲兄弟之親，彌子以爲可因之以自通也，謂子路曰：『孔子苟舍讎由而主我，則衛卿之位，我可以爲力焉。』子路以告。孔子謾應之曰：『窮通有命，何求爲？』觀孔子不主彌子，則亦必不主癰疽也。且夫孔子平日者，其進也以禮。雖進亦進，而猶未遽進也。其退也必以義，當退即退，而未嘗或後也。至於禄位之得與不得，則總委之於命而已。若主癰疽與侍人瘠環，則是當退而不退，不必得而求得，無義無命，豈孔子之素行乎？不但已也，孔子以魯、衛不合之故，去而適宋，遭司馬桓魋之忌，將要於路而殺之，於是微服避難，去宋適陳。斯時也，孔子正在造次顛沛之際，宜不暇於擇矣，乃猶必主於先爲宋司城之貞子，後爲陳侯周之臣，變而不失其常，况平常無事之時乎？且吾聞之，君子、小人各從其類，君子不入於小人之黨，猶之小人不入於君子之群也。則觀人臣之賢否者，於近臣則以其所爲主，於遠臣則以其所主，而未之能違焉者已。孔子，君子也。若主癰疽與侍人瘠環，何以爲孔子乎？好事者何其敢於誣聖而無忌憚也！」

萬章問曰：「或曰：『百里奚自鬻於秦養牲者，五羊之皮，食牛，以要秦穆公。』信乎？」孟子曰：「否，不然。

好事者爲之也。百里奚，虞人也。晉人以垂棘之璧與屈産之乘，假道於虞以伐虢。宮之奇諫，百里奚不諫，知虞公之不可諫，【行間批：此句最有力。】而去之秦，年已七十矣。曾不知以食牛干秦穆公之爲污也，可謂智乎？不可諫而不諫，可謂不智乎？知虞公之將亡而先去之，不可謂不智也。時舉於秦，知穆公之可與有行也而相之，可謂不智乎？相秦而顯其君於天下，可傳於後世，不賢而能之乎？自鬻以成其君，鄉黨自好者不爲，而謂賢者爲之乎？」

百里奚有五羖大夫之稱。其五羊皮，言人人殊，孟子亦不得其實迹，但就所聞而斷之以理耳。

顧麟士以《詩》美大夫之節儉曰「羔羊之皮，素絲五紽」，謂：「千金之裘，非一狐之腋，則羊裘輕煖，亦須擇小者，用多羊之皮爲之。今素絲之紃，英於中止五紽，則知五羊皮質粗重，故曰節儉也。五羖之稱，必以此。」此説頗有理可信。

《淺説》曰：「百里奚知也，必知自鬻之爲非；百里奚賢也，必不肯爲自鬻之事。因有以推無，即此以明彼，此孟子所以爲知言也，此孟子所以善辯也。」

此與「伊尹」、「孔子」兩章，皆先叙其實事，而後翻駁其所問之説。雖同一局，而機調各異。

叙百里奚實事立案，若與所問無涉，乃後面即据此作翻駁之端，故云與上兩章又一機調也。

下翻駁處，止取一「智」字、一「賢」字，翻來覆去，自問自釋，如飛花舞雪，絶妙文情。

論智四段以前一段爲主，而前一段又以「知虞公之不可諫而去之秦」一句作下三段之案，然則四段文字仍是一段文字耳。

論智四段，先説食牛于主之事，後説其智，是用逆法。論賢二段，先説其賢，後説自鬻之事，是用順法。文字極變化。

論智處添一「年已七十矣」句，論賢處添一「鄉黨自好者不爲」句，皆增多少色澤，此文家渲染法也。

〇萬章以「好事之言謂百里奚自鬻食牛以干秦穆公」爲問。孟子斥其不然，而曰：「食牛干主，賤事也；自鬻成君，污行也。不知其賤且污而爲之，是不智也；知其賤且污而爲之，是不賢也。曾奚也而出此哉？且亦知奚之人爲何如者乎？夫奚雖用於秦，而其先則虞人也。因晋將伐虢，以美璧良馬賂虞而假道焉。夫虞、虢相依，無虢即無虞矣。宫之奇以此諫，百里奚則不諫。其不諫也，知虞公之不可諫也，因而去之秦。斯時也，奚年已七十矣，老成歷練，乃不知食牛干主之爲污，則奚可謂之不智。然而不可諫而即不諫，非不智也；知虞公之將亡而先去之，非不智也；時舉於秦，知穆公之可與有行也而輔之，非不智也。其智如此，則豈有食牛干主而不知其爲污者乎？且其相秦也，能以其君顯名於天下，可傳於後世，奚而不賢不能至此。賢者必正己而後正人也。若自鬻以成其君，雖鄉黨自好之士尚有所不爲，而謂奚之賢乃爲之乎？好事者之言，誣亦甚矣！」

卷十

萬章篇第五下

孟子曰：「伯夷目不視惡色，耳不聽惡聲；非其君不事，非其民不使；治則進，亂則退。横政之所出，横民之所止，不忍居也。思與鄉人處，如以朝衣朝冠坐於塗炭也。當紂之時，居北海之濱，以待天下之清也。故聞伯夷之風者，頑夫廉，懦夫有立志。伊尹曰：『何事非君？何使非民？』治亦進，亂亦進，曰：『天之生斯民也，使先知覺後知，使先覺覺後覺。予，天民之先覺者也。予將以此道覺此民也。』思天下之民，匹夫匹婦有不與被堯、舜之澤者，若己推而内之溝中，其自任以天下之重也。柳下惠不羞污君，不辭小官，進不隱賢，必以其道，遺佚而不怨，厄窮而不憫，與鄉人處，由由然不忍去也。『爾爲爾，我爲我，雖袒裼裸裎於我側，爾焉能浼我哉？』故聞柳下惠之風者，鄙夫寬，薄夫敦。孔子之去齊，接淅而行。去魯，曰：『遲遲吾行也。』去父母國之道也。可以速而速，可以久而久，可以處而處，可以仕而仕，孔子也。」孟子曰：「伯夷，聖之清者也；伊尹，聖之任者也；柳下惠，聖之和者也；孔子，聖之時者也。孔子之謂集大成。集大成也者，金聲而玉振之也。金聲也者，始條理也；玉振之也者，終條理也。始條理者，知之事也；終條理者，聖之事也。智，譬則巧也；聖，譬則力也。由射於百步之外也，其至，爾力也；其中，非爾力也。」

此如四合傳。寫伯夷，就活寫出一個「清」來；寫伊尹，就活寫出一個「任」來；寫柳下惠，就活寫出一個「和」來；寫孔子，止一仕止久速之無不可，就活寫出一個「時」字來，可謂極力寫出矣。

中間又加「孟子曰」，此即《史記》中間又加「太史公曰」之法所本。

集大成之論，止論孔子，不必又説三聖如小成之樂，一音自爲終始也。朱子於《注》中爲此説。他日又言：「不能備乎金聲，而遽以玉振之，雖其所以振之者未嘗有異，然其所振一全一闕，則其玉之爲聲亦有所不能同矣。」覺説得牽强。蓋孔子之所以兼全衆德者，聖同而智不同。然在樂中難以明言，故下文譬之於射也。兼全衆德，非樂不足以喻之；聖同而智不同，亦非射不足以喻之。使即樂可明，而孟子又取射來説，豈不紛紛饒舌？

後二節文字，共用十「也」字爲句法。上節猶係釋文之詞；下即借此文勢，句句用「也」字，一氣説下，機調又別。

北宫錡問曰：「周室班爵禄也，如之何？」孟子曰：「其詳不可得聞也。諸侯惡其害己也，而皆去其籍，然而軻也嘗聞其略也。天子一位，公一位，侯一位，伯一位，子、男同一位，凡五等也。君一位，卿一位，大夫一位，上士一位，中士一位，下士一位，凡六等。天子之制，地方千里，公侯皆方百里，伯七十里，子、男五十里，凡四等。不能五十里，不達於天子，附於諸侯，曰附庸。天子之卿受地視侯，大夫受地視伯，元士受地視子、男。大國地方百里，君十卿禄，卿禄四大夫，大夫倍上士，上士倍中士，中士倍下士，下士與庶人在官者同禄，禄足以代其耕也。次國地方七十里，君十卿禄，卿禄三大夫，大夫倍上士，上士倍中士，中士倍下士，下士與庶人在官者同禄，禄足以代其耕也。小國地方五十里，君十卿禄，卿禄二大夫，大夫倍上士，上士倍中士，中士倍下士，下士與庶人在官者同禄，禄足以代其耕也。耕者之所獲，一夫百畝。百畝之糞，上農夫食九人，上次食八人，中食七人，中次食六人，下食五人。庶人在官者，其禄以是爲差。」

入手低昂其詞，極有風神。以下臚列等次，詞句不甚變者，記述之體然也。

按《注》徐氏之説，則禄足代耕，上自君公皆然，不但下士與庶人在官者而已，故云井田、封建相爲表裏。

萬章問曰：「敢問友。」孟子曰：「不挾長，不挾貴，不挾兄弟而友。友也者，友其德也，不可以有挾也。孟獻

子，百乘之家也，有友五人焉：樂正裘、牧仲，其三人則予忘之矣。獻子之與此五人者友也，無獻子之家者也。此五人者，亦有獻子之家，【行間批：「亦有」字從衆人來。】**則不與之友矣。非惟百乘之家爲然也，**【行間批：過下法。】**雖小國之君亦有之。費惠公曰：『吾於子思，則師之矣；吾於顏般，則友之矣；王順、長息，則事我者也。』非惟小國之君爲然也，雖大國之君亦有之。晋平公之於亥唐也，入云則入，坐云則坐，食云則食。雖疏食菜羹，未嘗不飽，蓋不敢不飽也。然終於此而已矣。弗與共天位也，弗與治天職也，弗與食天禄也，士之尊賢者也，**【行間批：又一過下法。】**非王公之尊賢也。舜尚見帝，帝館甥於貳室，亦饗舜，迭爲賓主，是天子而友匹夫也。用下敬上，謂之貴貴；用上敬下，謂之尊賢。貴貴、尊賢，其義一也。」**

以「友其德」二句爲主。孟獻子、費惠公、晋平公、帝堯，皆友德而無所挾者。乃同一無所挾，而人人寫得各異。孟獻子之無所挾，却不寫獻子而寫五人。寫五人之不有獻子之家，則獻子之不有其家自見。寫五人亦有獻子之家，而獻子即不與之友，則獻子之非以其家友五人，而友五人之德，其意更可知。此從對面照出也。費惠公之無所挾，則以師友之尊，不敢下等臣列。此從惠公自己口中説出也。晋平公之無所挾，則寫入，寫坐，寫食，寫不敢不飽。此從平公瑣事細細寫出也。堯之無所挾，則以其此館彼饗，迭爲賓主。此從兩面交互寫出也。

四段一層進一層，非舉不挾貴者而美之，乃承「不可以有挾」句而申之也。蓋由有家之貴，推極於天子之至貴，而皆不可以有所挾，友德之量始盡，不過舉孟獻子諸人以爲榜樣耳。如此看去，文理方覺一片。

又四段文字蟬聯而下，史公《刺客列傳》學此法。乃其蟬聯而下者，法又不同。費惠公、晋平公二段，則於文首用二語接落。至堯之於舜，則即從上段文字之尾拖出。而其拖出者又不同前文，乃另開一意以爲落下，并不與本旨相關。文心可謂矯變之極。

「共天位」三句只作過下語，與「非惟百乘之家」等句一例，不重。説此數句，須有斟酌。

四段四人，雖各自叙述，然「孟獻子百乘之家也」句作起，「是天子而友匹夫也」句作結，即文勢論之，竟是一氣。

前起處所云「不可以有挾」，專就貴者之友德言。至末却以貴貴、尊賢并論作結，亦見文字變化。

○萬章問友。孟子曰：「世之所爲友，吾知之矣。有挾長者，有挾貴者，有挾兄弟之勢而友者，此皆不可以友也。夫友也者，所以勸善規過，以輔吾德焉。故取其德而友之。一有所挾，則取友之意不誠，而其所爲友亦聲氣之私，而豈有輔導之益乎？夫人情之易挾者，莫如貴；而友德之必不可有者，亦莫如挾貴。而能知其不可，則今古亦往往有之。如魯大夫孟獻子者，百乘之家也，可謂貴矣。聞其所友者有五人，裘、仲外，則予偶忘其姓字，然皆裘、仲之流亞也。獻子之與此五人友，正以五人者能樂其道而忘人之勢，蓋有德者也。使五人有所不能忘，而亦如他人焉，則獻子何所取而友之乎？觀獻子能友此五人，則知百乘之家之貴之不可以有所挾也。不但此也，即有國者亦然。費之惠公，小國之君也。有言曰：『今日之有德者莫如子思，是我師也，予不敢友也。其次則有顔般，予則友之，然亦不敢臣也。至於王順、長息，予始器而使之，又豈敢以之妄厠於兩賢之間乎？』即惠公之言觀之，則知小國之君之貴之不可以有所挾也。又不但此也，即大國之君亦然，則晉之平公是已。其有取於亥唐之德而友之也。當公就見之時，必唐命之入始敢入，唐命之坐始敢坐，唐命之食始敢食。其食也，雖疏食菜羹，亦不敢不飽。其友德如此。觀平公之於亥唐，則知大國之君之貴之不可以有所挾也。夫晉平公固一時之王公也，乃尊禮有德，至於惟命是從，其不挾貴亦可謂至矣。然止於不挾而已，則與士之尊賢何異？而豈足以盡友德之量哉？進而上之，則有與之共天位、治天職、食天禄，其無所挾尤有大焉者，則堯之於舜是已。舜自側陋升聞，帝妻之以二女，而舜爲之甥。及舉之於位，舜乃上而見帝，帝以賓禮館之；而又饗舜，則舜又爲主焉。是舜樂其德而忘堯之勢，帝亦且自忘其勢矣。堯之於舜如此。由是觀之，則又知以天子之貴，而猶下友匹夫之不可以有所挾也。若此者，豈其以貴下賤，過自貶損，而無義行於其間哉？夫以下敬上，固謂之貴貴；而以上敬下，則謂之尊賢。貴貴者，正名定分之義；而尊賢者，亦尚德友仁之義也。知其爲義之一，則焉得挾貴以自重，而不擴友德之極量也乎？」

萬章問曰：「敢問交際何心也？」孟子曰：「恭也。」曰：「卻之卻之爲不恭，何哉？」曰：「尊者賜之，曰『其所取之者，義乎，不義乎』，而後受之，以是爲不恭，故弗卻也。」曰：「請無以辭卻之，以心卻之，曰『其取諸民之不義也』，而以他辭無受，不可乎？」曰：「其交也以道，其接也以禮，斯孔子受之矣。」萬章曰：「今有禦人於國門之外者，其交也以道，其餽也以禮，斯可受禦與？」曰：「不可。《康誥》曰：『殺越人于貨，閔不畏死，凡民罔不譈。』是不待教而誅者也。殷受夏，周受殷，所不辭也。於今爲烈，如之何其受之？」曰：「今之諸侯取之於民也，猶禦也。苟善其禮際矣，斯君子受之，敢問何說也？」曰：「子以爲有王者作，將比今之諸侯而誅之乎？其教之不改而後誅之乎？夫謂非其有而取之者盜也，充類至義之盡也。孔子之仕於魯也，魯人獵較，孔子亦獵較。獵較猶可，而况受其賜乎？」曰：「然則孔子之仕也，非事道與？」曰：「事道也。」「事道奚獵較也？」曰：「孔子先簿正祭器〔一〕，不以四方之食供簿正。」曰：「奚不去也？」曰：「爲之兆也。兆足以行矣，而不行，而後去，是以未嘗有所終三年淹也。孔子有見行可之仕，有際可之仕，有公養之仕。於季桓子，見行可之仕也；於衛靈公，際可之仕也；於衛孝公，公養之仕也。」

此章隨問隨答，愈進愈深。蓋因辭受而及進退之義，并非對舉言之也。

「其交也以道」三句之下，并不再着一語，文極生動，亦簡净。

「有王者作」一段，文氣甚疏宕。

結處概論孔子之仕。一篇瑣瑣文字，結以悠揚之筆，甚妙！

孟子曰：「仕非爲貧也，而有時乎爲貧；娶妻非爲養也，而有時乎爲養。爲貧者，辭尊居卑，辭富居貧。辭尊

居卑，辭富居貧，惡乎宜乎？抱關擊柝。孔子嘗爲委吏矣，曰：『會計當而已矣。』嘗爲乘田矣，曰：『牛羊茁壯長而已矣。』位卑而言高，罪也；立乎人之本朝，而道不行，恥也。」

此章，尹注與新安陳氏、顧麟士分兩事說；而《蒙引》與趙《注》、鄱陽朱氏皆謂爲爲貧而仕者發，近世多主此。竊以孟子文字，主意多在首尾。今起云「仕非爲貧」，則是仕以行道爲事，故結云「道不行，恥也」，自是一片。且孟子語言多大經大法，正爲當時竊位苟禄、泄泄沓沓之輩托言爲貧而仕者，發此議論。若止爲爲貧者示以所居之宜，此於世道有何關係，於人生大義有何發明，而孟子言之！且其舉孔子爲例也，但言其爲委吏、乘田可矣，何又舉其稱職之言而述之乎？若云爲下文位卑言高立則，夫位卑者多不敢言，惟是狂騃妄發，或有所激奮而言，如後世伏闕上書等事，然亦僅矣，而持禄自重者在在都是，孟子舍此不誅，而取世之絶無而僅有者譏之，亦覺其失輕重之宜也。

「仕非爲貧也」句，重讀。下「而有時乎爲貧」，一氣直貫，至「抱關擊柝」句止。「孔子嘗爲委吏矣」至「恥也」，是一氣。若云委吏、乘田，止各盡其職分即是，不比立朝者有行道之責也。至於委吏、乘田求稱其職，豈有位高禄厚不求行道以稱其職？此意自在言外。新安陳氏遽以此爲說，未免失口吻耳。

「娶妻」二句，喻意在正旨下，又一法。

上下文勢多直，中間頓以「委吏」、「乘田」四句，便有波致，故文莫妙於製格。

○孟子爲竊位苟禄者發曰：「君子之仕也，行其義也，豈爲升斗之禄計哉？然亦有時爲貧而仕者，即如資養而娶妻，非得已也。故爲貧者，必辭尊辭富，但取官卑禄薄，足以自給，如抱關擊柝之類，斯已矣。夫所以辭尊居卑、辭富居貧者，何也？蓋官各有其職，禄各稱其事。如委吏則止求其會計之當，乘田則但期於牛羊之蕃，不比尊者富者，官高則責之也重，禄厚則稱之爲難也。故孔子之所以自盡，正爲位卑不可言高耳，而豈所論於立乎人之本朝之尊者富者哉？蓋朝廷之上有君，則宜致也；其下有民，則望澤也。苟無道以致之澤之，而猶靦然上對其君，下臨其民，不亦可耻之甚乎？世之竊位苟禄者，甚勿藉爲貧之説以自文也。」

萬章曰：「士之不托諸侯，何也？」孟子曰：「不敢也。諸侯失國，而後托於諸侯，禮也；士之托於諸侯，非禮也。」萬章曰：「君饋之粟，則受之乎？」曰：「受之。」「受之何義也？」曰：「君之於氓也，固周之。」曰：「周之則受，賜之則不受，何也？」曰：「不敢也。」曰：「敢問其不敢何也？」曰：「抱關擊柝者，皆有常職以食於上。無常職而賜於上者，以爲不恭也。」曰：「君饋之，則受之，不識可常繼乎？」曰：「繆公之於子思也，亟問，亟饋鼎肉。子思不悦。於卒也，摽使者出諸大門之外，北面稽首再拜而不受，曰：『今而後知君之犬馬畜伋。』蓋自是臺無饋也。悦賢不能舉，又不能養也，可謂悦賢乎？」曰：「敢問國君欲養君子，如何斯可謂養矣？」曰：「以君命將之，再拜稽首而受。其後廩人繼粟，庖人繼肉，不以君命將之。子思以爲鼎肉，使己僕僕爾亟拜也，非養君子之道也。堯之於舜也，使其子九男事之，二女女焉，百官牛羊倉廩備，以養舜於畎畝之中，後舉而加諸上位，故曰王公之尊賢者也。」

此亦隨問隨答，層層剥入。萬章善問，孟子善辯。非善辯也，聖賢於禮義熟耳。「禮」、「義」二字是骨。

賜有常禄，饋不可常。不常，則賢無以養，而不能久居其國矣。「常繼」一問，甚有意。

説繆公之於子思，從「養」字透出一「舉」字來。此處即有堯之於舜一事在矣。必至再問，始於正答養賢之道後，復又挽轉子思，然後補還此義。文情絶不直致。

補還養又能舉之意，并且補還前章「非王公之尊賢」句。遥峰雲連，風帆飛渡，情文相生之妙，至於斯耶！

萬章曰：「敢問不見諸侯，何義也？」孟子曰：「在國曰市井之臣，在野曰草莽之臣，皆謂庶人。庶人不傳質爲臣，不敢見於諸侯，禮也。」萬章曰：「庶人，召之役，則往役；君欲見之，召之，則不往見之，何也？」曰：「往役，義也；往見，不義也。且君之欲見之也，何爲也哉？」曰：「爲其多聞也，爲其賢也。」曰：「爲其多聞也，則天子不召師，而况諸侯乎？爲其賢也，則吾未聞欲見賢而召之也。繆公亟見於子思，曰：『古千乘之國以友士，何如？』子思不悦，曰：『古之人有言曰：事之云乎？豈曰友之云乎？』子思之不悦也，豈不曰：『以位，則子君也，我臣也，何敢與君友也？以德，則子事我者也，奚可以與我友？』千乘之君求與之友，而不可得也，而况可召與？齊景公田，招虞人以旌，不至，將殺之。『志士不忘在溝壑，勇士不忘喪其元』，孔子奚取焉？取非其招不往也。」曰：「敢問招虞人何以？」曰：「以皮冠。庶人以旃，士以旂，大夫以旌。以大夫之招招虞人，虞人死不敢往；以士之招招庶人，庶人豈敢往哉？况乎以不賢人之招招賢人乎？欲見賢人而不以其道，猶欲其入而閉之門也。夫義，路也；禮，門也。惟君子能由是路，出入是門也。《詩》云：『周道如底，其直如矢。君子所履，小人所視。』」萬章曰：「孔子君命召，不俟駕而行，然則孔子非與？」曰：「孔子當仕有官職，而以其官召之也。」

此章以「禮」、「義」二字爲主，前後照應，作眼目。義有斷制，禮有節文。如不見諸侯，安於庶人之分，禮也；守其不可枉之節，義也：其實一而已矣。

止一不爲臣不見之義，答問已足。下因萬章問召之不見，遂生出許多文字。

「且君之欲見之也」句，平地生出奇峰。一路嶙峋峭拔，矯變超忽，如挽强弓，如屈生鐵。

此段凡六七轉折，而實一氣流行。

上下文勢，俱極跳脱。非入齊景公事二段，少爲平衍，則病於棘急矣。銓衡所裁，應繩必當。謀篇之法，斷宜審也。

「不以其道」，道者，義也，禮也。

引《詩》言作證，安頓得妙。

引孔子之事作結，悠揚得妙。

「當仕有官職」即「傳贄爲臣」者，反覆以應上文。

○萬章問不見諸侯之義。孟子曰：「士雖被服仁義，而講説道德；然當其在國也，則名曰市井之臣，當其在野也，則名曰草莽之臣，雖皆曰臣，而其實庶人也。何也？未傳贄而爲之臣也。既未爲臣，則當安於庶人之分。安分，固禮也。」章又曰：「既爲庶人，則必受役矣。乃同一召也，召之役，則往，召之見，則不往，何也？」曰：「庶人但有往役之義，而無往見之義。士既爲庶人，亦守其不見之義而已。且吾問子，人君之欲見士也，何爲也哉？非取其多聞以自益，即聞其賢而敬禮之，似也。夫取善自益，是師之也。然天子未聞召師，況諸侯乎？若敬其賢而禮之，則豈有召之來以爲敬禮乎？曷不觀之子思？昔魯之繆公自挾其貴，而問友士於子思。子思以爲人君之於有德，宜事之，不宜友之，則艴然有所不悦焉。其不悦也，意豈不曰：『以位，則我爲臣，臣何敢與君友乎？如以德，則君又當以師事我矣，奚但友之已乎？』夫以士之賤，而千乘之君之貴求與之友，而且不可得，況可得而召見之歟？其不可往也決矣。如齊景公田，招虞人以旌，虞人不至，將殺之。孔子取之曰：『志士不忘在溝壑，勇士不忘喪其元。』孔子何以取虞人？取非其招而虞人守義不往也。知虞人，則知士矣。」乃章又問所以招虞人者。孟子既正答以「應招之皮冠」，而因連類以及，見旃所以招大夫，不可以招虞人，而又曰：「以大夫之招招虞人，虞人死不敢往。推之，則以士之招招庶人，庶人又豈敢往哉？何也？非其所招也。況乎以不賢人之招招賢人，賢人又豈可往乎？夫人君不欲見賢則已，既欲見焉，則有見之之道在。如不以其道，猶欲人入而閉之門，不可得而見也。其道維何？即我之所謂義也、禮也。義者，賢人之路；禮者，即賢人之門。君子由之，出之入之。《詩》之所云『周道』是也。賢人君子既惟義之是守，惟禮之是循，而召之則非禮非義也，是以君子安其分，守其節，而不敢往，亦不可往也。」章又曰：「昔者孔子君命召，不俟駕而行。今召之不往，則孔子於禮於義猶未合歟？」孟子曰：「非也。孔子當仕有官職，此已傳贄爲臣者也。君以其官召之，故不敢不往，而豈所論於不爲臣之士也哉？」

孟子謂萬章曰：「一鄉之善士，斯友一鄉之善士；一國之善士，斯友一國之善士；天下之善士，斯友天下之善士。以友天下之善士爲未足，又尚論古之人。頌其詩，讀其書，不知其人，可乎？是以論其世也。是尚友也。」

友善之量，説至尚友，可謂圓滿具足。文氣亦如歌如舞，興會極其淋漓。

○昔萬章問友。孟子告之以友德，德即善也。至是，又欲其有以廣友善之量焉，謂之曰：「人必有進善之資者，而後能好人之善；亦必有容善之地者，而後能取人之善。故一鄉之善士，不一其類也。推之於一國，再推至於天下，其善士尤不一其類也。非吾之善能蓋乎一鄉，曷能盡一鄉之善而友之？非吾之善能蓋乎一國與天下，曷能盡一國、天下之善而友之？迨其友盡天下，亦可稱其爲天下士矣，而未已也，又取古之所謂善士者而尚論焉。何以論之？蓋有詩可頌也，有書可讀也，是古人之言論有可採者也。然論其言矣，未論其行，則其人之善猶未足以知之也；故又論其世，隨時以度勢，因迹以考心，而古之善士不一其類者，亦皆爲吾所取資焉。此非有上下千古之識者，能之乎？然則取善之懷，雖終身而未有已矣。子亦自擴其量可也，勿遽以一善自足，而令世人得窺其深淺也哉！」

齊宣王問卿。孟子曰：「王何卿之問也？」王曰：「卿不同乎？」曰：「不同。有貴戚之卿，有異姓之卿。」王曰：「請問貴戚之卿。」曰：「君有大過則諫，反覆之而不聽，則易位。」王勃然變乎色。曰：「王勿異也。王問臣，臣不敢不以正對。」王色定，然後請問異姓之卿。曰：「君有過則諫，反覆之而不聽，則去。」

「反覆」二字最要緊。未曾反覆以諫，遽易其位，是賊也。未嘗反覆以諫，遽去，是恝也。孟子之言，故自斟酌。

【校注】

〔一〕「簿」，原作「薄」，據中華書局一九八三年版《四書章句集注》之《孟子集注》卷十改。

卷十一

告子篇第六上

告子曰：「性猶杞柳也，義猶桮棬也。以人性爲仁義，猶以杞柳爲桮棬。」孟子曰：「子能順杞柳之性而以爲桮棬乎？將戕賊杞柳而後以爲桮棬也？如將戕賊杞柳而以爲桮棬，則亦將戕賊人以爲仁義與？率天下之人而禍仁義者，必子之言夫！」

「子能順杞柳之性」四句，一句一轉，筆勢如屈鐵，矯健之至。

不曰「戕賊人性」，直曰「戕賊人」，簡捷利快，如挾秋霜。

告子曰：「性猶湍水也，決諸東方則東流，決諸西方則西流。人性之無分於善不善也，猶水之無分於東西也。」孟子曰：「水信無分於東西，無分於上下乎？人性之善也，【行間批：筆勢起伏，歷落。】**猶水之就下也。人無有不善，**【行間批：斬截。】**水無有不下。今夫水，搏而躍之，**【行間批：奇變不測。】**可使過顙；激而行之，可使在山。是豈水之性哉？其勢則然也。人之可使爲不善，其性亦猶是也。」**

寥寥數筆，而峰巒層疊，奇詭百出，竟成巨觀。

直曰「人無有不善」，則性善而情與才皆兼之矣。此句直截快當，《注》多出「順之」二字，反成蛇足。其「定體」二字，自是精當。

「其性亦猶是」緊接「其勢則然」句，言使爲不善，其性爲所拂之勢，亦如是也。

告子曰：「生之謂性。」孟子曰：「生之謂性也，猶白之謂白與？」曰：「然。」「白羽之白也，猶白雪之白；白

雪之白，猶白玉之白與？」曰：「然。」「然則犬之性猶牛之性，牛之性猶人之性與？」【行間批：折得倒。】

此後世文字白描體所從出。

三章體格，廉而劌，遂爲韓、柳諸大家説辨文字之祖。

《易》曰：「形而上者謂之道，形而下者謂之器。」上下者，先儒以爲理氣是也。然皆以形言，則理氣分之而實無可分矣。是凡有氣者，即有理；但自人言之，則有專理義言之者，亦有兼氣質言之者，亦有轉言氣質之性者。宋儒論此最詳。竊謂：氣質之性，如孟子所言口之於味等類，又如孔子所言上智下愚，非無理義，乃理爲氣累耳。理兼氣質，如孔子所言相近，自是定論。孟子則專言理義之性也。專言理義，則未有不善者矣。無論虎狼蜂蟻，即草木之無知，然其子實離離，未嘗非仁；燥濕異宜，未嘗非義；枝葉參差，未嘗非禮；陰陽相背，未嘗非知。蓋萬物之性，皆天地之性也。天地之性，則豈有不善者哉？此孟子之正人心，其功不在禹、周之下者也。

告子曰：「食色，性也。仁，内也，非外也；義，外也，非内也。」孟子曰：「何以謂仁内義外也？」曰：「彼長而我長之，非有長於我也。猶彼白而我白之，從其白於外也，故謂之外也。」曰：「異於白馬之白也，無以異於白人之白也。不識長馬之長也，無以異於長人之長與？且謂長者義乎？長之者義乎？」曰：「吾弟則愛之，秦人之弟則不愛也，是以我爲悦者也，故謂之内。長楚人之長，亦長吾之長，是以長爲悦者也，故謂之外也。」曰：「耆秦人之炙，無以異於耆吾炙，夫物則亦有然者也，然則耆炙亦有外與？」

孟季子問公都子曰：「何以謂義内也？」曰：「行吾敬，故謂之内也。」「鄉人長於伯兄一歲，則誰敬？」曰：「敬兄。」「酌則誰先？」曰：「先酌鄉人。」「所敬在此，所長在彼，果在外，非由内也。」公都子不能答，以告孟子。孟子曰：「敬叔父乎？敬弟乎？彼將曰：『敬叔父。』曰：『弟爲尸，則誰敬？』彼將曰：『敬弟。』子曰：『惡在其敬叔父也？』彼將曰：『在位故也。』子亦曰：『在位故也。庸敬在兄，斯須之敬在鄉人。』」季子聞之，曰：「敬叔父則敬，敬弟則敬〔一〕，果在外，非由內也。」公都子曰：「冬日則飲湯，夏日則飲水，然則飲食亦在外也？」

二章一意。下章設爲問答，另有機調。

「庸敬」、「斯須之敬」，此中大有斟酌。說至此，亦可謂明辨矣，而猶不悟，何也？

兩章之辨義内，皆取之於飲食者，則因告子以食色爲性也。然耆炙、飲湯、飲水之喻，雖云因其所明而通之，但彼以甘食爲仁，今曰耆曰飲，則猶之乎甘也，是辨義而反說至仁，恐其終不喻矣。竊以人有病失心者，不惟紊長幼之序，昧黑白之分，親疏倒置，久暫不知，即所飲所食，且有生熟罔覺、寒熱莫辨者，故曰失心。然則長長幼幼，親其親而疏其疏，久暫不違其則，飲食各適其宜者，可不謂心之不失者乎？不失其心，則義也。蓋仁義禮智皆心之德，就其慈愛者言之曰仁，就其合宜者言之曰義，就其節文者言之曰禮，就其明辨者言之曰智，其實總歸之於仁而已。夫仁，人心也。人心豈有外者乎？故辨義而仍歸之於仁也。

公都子曰：「告子曰：『性無善無不善也。』或曰：『性可以爲善，可以爲不善。是故文、武興，則民好善；幽、厲興，則民好暴。』或曰：『有性善，有性不善。是故以堯爲君而有象，以瞽瞍爲父而有舜，以紂爲兄之子且以爲君而有微子啓、王子比干。』今曰性善，然則彼皆非與？」孟子曰：「乃若其情，則可以爲善矣，乃所謂善也。若夫爲不善，非才之罪也。惻隱之心，人皆有之；羞惡之心，人皆有之；恭敬之心，人皆有之；是非之心，人皆有之。惻隱之心，仁也；羞惡之心，義也；恭敬之心，禮也；是非之心，智也。仁義禮智，非由外鑠我也，我固有之也，弗思耳矣。故曰：『求則得之，舍則失之。』或相倍蓰而無算者，不能盡其才者也。《詩》曰：『天生蒸民，有物有則。民之秉夷，好是懿德。』孔子曰：『爲此詩者，其知道乎！故有物必有則，民之秉夷也，故好是懿德。』」

前五章皆即其所言而折之，未嘗盡說。至此章，則說情說才，說思說求，始將往性善之旨反覆發揮得盡情極致。所以然者，公遷朱氏曰「告子不求諸心，故孟子之言略；公都子篤信孟子，故孟子之言詳」是也。

孟子前云「天下之言性，則故而已矣」，故即情也。於情之善，見性之善，此從流逆溯至源也。「若夫爲不善，非才之罪」，此又從本順推至枝也。所謂才者，乃人之能有是情，及能順其情之所發而無餘憾者，朱《注》所謂擴充是也。「求則得之」，操則存也。思即求，求即思，所謂求諸心也。後言大體、小體，亦云「思則得之，不思則不得」。朱《注》「人自不思而求之」，乃貫此「思」、「求」二字，非云思而又須求也。盡其才即是擴充。言思、言求、言盡，孟子示人以盡性之方、止善之路，可謂至矣。

「惻隱之心，人皆有之」四小段，明其情可爲善。「仁也」、「義也」四小段，明「乃所謂善」。下則明才之善。而「不能盡其才」句與上「非才之罪」句，正相呼應。

「性」、「情」、「才」三字，譬之於水。性爲水之源，情爲水之流，其流止長短大小則才也。所出之源深而鉅，則流必洪且遠；如淺而細，則涓涓而易盡矣。此人物之分也。水之源無有不清者，則其流亦未有不清；而有不清，則中途泥沙裹之耳，非水能使之不清也。此性、情、才之皆善，而不善者爲物欲蔽之，非才之罪也。

孔子解《詩》，仍《詩》之言，但加一「必」字、二「故」字，而詩人知蘊已發露無餘。聖言之簡而曲當如此。

○公都子以時人言性三説，而疑孟子性善之論。孟子荅之曰：「吾言性善，豈無所據而云然哉？蓋性蘊於中而不可見，而性之發爲情，則有已然之迹而可知也。若即其情而論之，則可以爲善矣。以其情之善，乃所謂性之善也。而何以又有爲不善者？或者歸其咎於才而非也。人有此性，即有此情，即有此才，豈性情皆善而才獨不善哉？何以見情與才之皆本於性之善耶？即如惻隱，心之善者也，則人皆有之；羞惡，心之善者也，則人皆有之；恭敬、是非，皆心之善者也，則人皆有之。以其爲人人皆有也，故曰其情可以爲善也。夫情之所有，皆性之所有也。故於惻隱，知人人性中皆有此仁焉；於羞惡，知人人性中皆有此義焉；於恭敬、是非，知人人性中皆有此禮焉、智焉。仁義禮智，豈不善者乎？故曰：乃所謂善也。夫此仁義禮智也，既爲人人所皆有，則非本無而强加者可比，而何以多失也？

則以有之者未之思也。苟其思焉，則未有不得。苟無一之不思焉，則亦無一之不得。而無如其舍之不求也，故有而亦失。於是日去日遠，至倍蓰而無算者。此皆惻隱、羞惡、恭敬、是非之心，能隨時而發，不能隨時而思之求之以盡其才耳。豈才有不善，而歸其咎於力之不足乎？故曰：爲不善，非才之罪也。若此者，豈我之私言哉？蓋嘗徵諸《詩》與孔子矣。《詩》曰：『天生蒸民，有物有則。民之秉彝，好是懿德。』夫物之與則，幾已判於精粗；秉彝好德，心已分於寂感。而《詩》顧合而言之者，是必有義於其間矣。孔子讀其詞而契其旨，贊之曰：『爲此詩者，其知性情之道乎？』蓋天之生斯民也，與之氣以成形，而有物焉；則必與之理以成性，而有則焉。未有物具而則不具者。此固受中於天地，分之所一定而不移，繼善於陰陽，命之所以常存而不息，乃民生所秉之彝也。惟其有是秉彝，故理義之悅由中以達外，好爵之縻隨在以露真。蓋達諸天下古今而同有，則亦達諸天下古今而同悅也，而寧有不好是懿德者乎？爲此詩者，信乎其知道也。夫秉彝即性之善也。好是懿德，即情善與才之善也。《詩》與孔子已先我言之，然則吾豈無據而云然哉？」

孟子曰：「富歲，子弟多賴；凶歲，子弟多暴。非天之降才爾殊也，其所以陷溺其心者然也。今夫麰麥，播種而耰之，其地同，樹之時又同，浡然而生，至於日至之時，皆熟矣。雖有不同，則地有肥磽，雨露之養、人事之不齊也。故凡同類者，舉相似也，何獨至於人而疑之？聖人與我同類者。故龍子曰：『不知足而爲屨，【行間批：類叙却一片神行。】我知其不爲蕢也。』屨之相似，天下之足同也。口之於味，【行間批：變。】有同耆也。易牙先得我口之所耆者也。如使口之於味也，其性與人殊，若犬馬之與我不同類也，則天下何耆皆從易牙之於味也？至於味，天下期於易牙，【行間批：變。】是天下之口相似也。惟耳亦然。至於聲，天下期於師曠，是天下之耳相似也。惟目亦然。至於子都，【行間批：又變。】天下莫不知其姣也。不知子都之姣者，無目者也。故曰：口之於味也，有同耆焉；耳之於聲也，有同聽焉；目之於色也，有同美焉。至於心，獨無所同然乎？心之所同然者何也？謂理也，義也。聖人先得我心之

所同然耳。故理義之悦我心，猶芻豢之悦我口。」

此篇文字真如神龍飛騰，風雲上下，忽隱忽現，忽伸忽縮，天矯靈奇，變化不測。説理而有此文，豈宋儒所敢望乎？

寫正意三層，一開端，一中間，一末尾。開端用莊整之筆作起，中間即承即轉，末尾即結即應。用筆跳脱，不可捉摸。乃始曰「心」，終亦曰「心」，首尾相應也。「聖人與我同類」、「聖人先得我心」，中與尾相應也。其又如常山之蛇乎！

前後皆喻。前則以物況人，後則以體況心。乃言體之相似者，有足，有口，有耳，有目；及至總結，則不必言足，此不見首也。總結，有口，有耳，有目；及至結語，又止言口，而不及耳與目，此不見尾也。故曰如龍。

多賴、多暴，其降才非殊，此於不同處寫出同，未正寫也。至「聖人與我同類」句，則已正寫矣。乃下文則説足、説口、説耳、説目，必至後結處，始從體之同説至心之同。用筆何其舒展，又何其奇變！

四體四段，四樣寫法。於足，用成語，以虛筆輕輕撇過。於口，則以白描之筆，反覆詳寫。於耳目，則皆從略。乃寫耳，上二句與寫目同，下二句則與寫口同。寫口寫耳，末二句皆正説；寫目，則用反筆翻轉説。筆筆皆奇變也。

「聖人先得我心」句，既與上「同類」句應，又與「易牙先得我口」句相映成文，而結句即鈎轉口之於味。左顧右盼，通身手眼，其靈妙一至於此。

既説同類，何以又説相似？須看一「舉」字。蓋言物之同類者，舉凡一切，即無有不相似者也。麰麥之地同時同，即同類；皆熟之無不同，即舉相似。足口耳目之皆無異，即同類；心皆以理義爲然，即舉相似。然即悦也，悦理義即上章好懿德也。

○孟子曰：「吾言性善則情善而才亦善者，固以仁義禮智之心，人皆有之也。即如富歲之子弟，衣食足而禮義興，其有所藉而爲善也，固多有然者。乃至凶歲，則不然焉。豈至凶歲而天又別賦一爲暴之才也哉？蓋猶是此子弟，猶是此心思，獨爲飢寒所迫，此心有所陷溺焉，故至此耳。而未陷溺之先，則未有不同者也。譬之麰麥，播其種而耰之，地既同，樹之時又同，其生也浡然矣，至於日至之時，無有不熟者。如是，則其收穫之數宜無有不同者矣。即有時而不同，不過地有肥磽之小異，并雨露之多寡、人事之勤惰耳，在麰麥則豈有不同者哉？不但麰麥也，即凡物之同爲一類者，即未有一之不相似者也。物皆有然，何獨至於人而疑之？故雖聖人，亦與我同類耳。何也？聖人，人也；我亦人也。惟其同一人也，故龍子曰：『人有不知足之尺寸而爲屨者，即使巨細微差，亦知其斷不至於爲蕢之絶異者矣。』以屨之相似，知天下之足同也。等而上之，則爲口之於味，其所耆蓋亦有同者焉。夫千古之知味者，莫若易牙。然易牙亦不過先得我口之所耆者耳，其性未嘗殊也。如使其口之於味，與我所耆，如犬馬之不相類，則天下何爲其所耆者皆從易牙之於味也？至於味，天下皆期於易牙，是天下之口相似也。不但口也，惟耳亦然。至於聲，天下無不期於師曠者，此可知天下之耳相似也。不但耳也，惟目亦然。至於子都之姣，人皆知之。如有不知子都之姣，必無目而後可。如是，是天下之目同也。故曰：口之於味，有同耆焉；耳之於聲，有同聽焉；目之於色，有同美焉。至於心，人人皆有之，亦如口與耳目也，豈獨無所同以爲然者乎？夫心之所同然者何也？謂理也，義也，人無有不同者也。即彼聖人爲理義之宗，然既與我同類，則亦不過我心之所同然者，而彼先得之耳。蓋人無不有此心，心無不具此理義，即無不好此理義者也。故理義之悦我心，猶芻豢之悦我口。人但能使口之於味之有所同耆，而獨不能令此心之有所同然，自非陷溺其心，斷不至此。吾故曰：性善而情善，才亦無不善也。」

孟子曰：「牛山之木嘗美矣，【行間批：突兀有神。】**以其郊於大國也。斧斤伐之，可以爲美乎？是其日夜之所息，雨露之所潤，非無萌蘖之生焉。牛羊又從而牧之，是以若彼濯濯也。**【行間批：與首句應。】**人見其濯濯也，以爲未嘗有材焉，此豈山之也性哉？雖存乎人者，豈無仁義之心哉？其所以放其良心者，亦猶斧斤之於木也，旦旦而伐之，可**

以爲美乎？其日夜之所息，平旦之氣，其好惡與人相近也者幾希，則其旦晝之所爲，有梏亡之矣。梏之反覆，則其夜氣不足以存。夜氣不足以存，則其違禽獸不遠矣。人見其禽獸也，而以爲未嘗有才焉者，是豈人之情也哉？故苟得其養，無物不長；苟失其養，無物不消。【行間批：總束。】**孔子曰：『操則存，舍則亡。出入無時，莫知其鄉，惟心之謂與？』」**

此篇又是對講法。一喻一正，皆分六截，而各截中自有抑揚頓挫之致。

兩段起處，皆突兀超妙，是皆從後溯前語也。

人之所以放失良心，層層皆細爲寫出。而首尾是追原語，又是嘆惜語，又是喚醒語。

總結四句，語氣甚緊。下引孔子語，作悠揚之調以收之。《孟子》文多如此。

「出入無時，莫知其鄉」三句另説。蓋言心之出入無定，所以必操而始舍也。不是以操存即爲出入，亦不是以舍則亡爲莫知其鄉也。」詳見《附録》。

○孟子曰：「仁義之性具於心，發於情，見之於才。人之有此心也，猶山之有木也。即如濯濯之牛山，當日者其木曷嘗不美乎？以其在大國之郊，樵蘇者衆，而美者遂失其美矣。然終未嘗絶也，以其日夜氣化之所流行，雨露降溉之所滋潤，未嘗無萌蘖之生。若從此護持之，則美者庶幾尚可復望也。而無如牛羊又從而牧之，是以若彼其濯濯也，蓋并萌蘖而亦不復有矣。人立乎今日，但見其濯濯者，遂以爲未嘗有材焉。夫無材者，豈山之木然哉？蓋山之性未有不生材者也，乃人人多放其仁義之心焉，然一追溯其初，則仁義之心固未嘗無也。其所以放之而不存者，則日爲物欲所蔽，亦猶山之於木也，旦旦而伐之矣。山木既不能保其美，人心又焉能保其良乎？然猶未至於亡也。其日夜閑静之所涵蓄，與夫平旦清虚之所呈露，良心亦未嘗不有發現之時，其好惡之與人相近者幾希耳。若能知此幾希而擴充之，則良心之放失者猶可復存也。乃旦晝所爲，又營營於物欲，有梏其良心，使之不復發者，并有舍其良心，聽其不復來者。至於日日梏之，亡之，則夢寐亦皆私欲纏擾，而無復能存此幾希之心矣。如此，則好惡與人遠，而與禽獸近，是即禽獸也。乃人見其今日之禽獸也，遂謂其無爲仁義之才焉，此豈人情之本然者哉？嗚呼！亦不知所以養之矣。故能得其所養者，則山木以保萌蘖而復美，人心以存幾希而復良，是無物不長也。如其不然，則萌蘖又牧於牛羊而濯濯矣，人心日梏於旦晝而禽獸矣，是無物不消也。心之當存，爲何如哉？然存亦非難事也。孔子曰：『操之則存矣，苟舍之而亦即亡焉。此何物也？夫出入無時，而莫知其鄉者，惟心之謂乎！』因心之恍惚莫定，易於亡之也，故操之之功有須臾之不可離者焉。觀孔子之言，則知吾君子存此幾希之説也已。」

孟子曰：「無或乎王之不智也。【行間批：句中有意在。】**雖有天下易生之物也，一日暴之，十日寒之，未有能生者也。吾見亦罕矣，吾退而寒之者至矣，吾如有萌焉何哉？今夫奕之爲數，小數也，不專心致志，則不得也。奕秋，通國之善奕者也。使奕秋誨二人奕，其一人專心致志，惟奕秋之爲聽。一人雖聽之，一心以爲有鴻鵠將至，思援弓繳而射之，雖與之俱學，弗若之矣。爲是其智弗若與？曰：非然也。」**

齊王任賢不專，并不正説，止於喻中一點，而首尾虛喚輕挑，意在言外。《孟子》文字多雄駿踔厲。此章獨如清風澹月，蕭然絶去塵埃之外，在七篇中，爲逸格別調。

起句原有一暴十寒之意在中，故銜口而出，甚得神理。一暴十寒下，即入「吾見亦罕，吾退而寒之者至」，不另作斡旋轉接語，一時正喻入化。

「吾見亦罕」三句，有一唱三嘆之妙。

一結冷然可思。曲終不見，江上峰青，似此境象。

○孟子言才出於性，本無不善，因以齊王實之曰：「人君以明於治理爲智，而智又藉以輔導牖迪者爲多，王之不智亦甚矣。然無惑乎其然也。即如物莫不生於春温，而死於秋肅，然即令其至易生者，而使暴之之日止於一，而寒之之日且至十，則亦未有能生者矣。吾未嘗不願有以暴王也，而無如王之見我之日少也。即吾幸而偶一見之，乃方退，而讒諂面諛者即至其前，暴之之少，不勝夫寒之者之多，雖未嘗不時有萌蘖之生，而其如斧斤之伐、牛羊之牧何哉？甚矣，王任賢之不專也！即如奕雖小數，然不專心致志，則不得致其精。有奕秋者，國工也。使之誨二人奕，其一人則專心致志，惟奕秋之言是聽，一人雖未嘗不聽，而其一心又以爲有鴻鵠將至，思援弓繳而射之，其不專心致志如此，則雖與之俱學，而必不若矣。然謂其聰明智巧有弗若與？殆非然也。吾故曰求則得之，則奈何其不思也？」

孟子曰：「魚，我所欲也；熊掌，亦我所欲也。二者不可得兼，舍魚而取熊掌者也。生亦我所欲也，義亦我所欲也。二者不可得兼，舍生而取義者也。生亦我所欲，所欲有甚於生者，故不爲苟得也；死亦我所惡，所惡有甚於死者，故患有所不辟也。如使人之所欲莫甚於生，【行間批：一路宛轉，筆如游龍。】**則凡可以得生者，何不用也？使人之所惡莫甚於死者，則凡可以辟患者，何不爲也？由是則生而有不用也，由是則可以辟患而有不爲也。是故所欲有甚於生者，所惡有甚於死者。非獨賢者有是心也，人皆有之，賢者能勿喪耳。一簞食，一豆羹，得之則生，弗得則死。嘑爾而與之，行道之人弗受；蹴爾而與之，乞人不屑也。**【行間批：指點親切悚醒。】**萬鍾則不辨禮義而受之。**【行間批：突然而下，如巨石墜空。】**萬鍾於我何加焉？爲宮室之美、妻妾之奉、所識窮乏者得我與？鄉爲身死而不受，**【行間批：一氣趕至末句。】**今爲宮室之美爲之；鄉爲身死而不受，今爲妻妾之奉爲之；鄉爲身死而不受，今爲所識窮乏者得我而爲之，是亦不可以已乎？此之謂失其本心。」**

不過羞惡之心，人皆有之耳，乃必反反覆覆，詳悉發揮，幾於毫無餘蘊者，蓋不如是，不足以喚醒世人耳。

一章分八段：舍生取義，第一段；所欲有甚於生，第二段；生而何不用，第三段；由是則生不用，第四段；人皆有之，第五段；一簞一豆，第六段；萬鍾則受，第七段；失本心，第八段。第一段，正說取義；第二段，發明所以取義：皆正説。第三段，駁詰所以取義之由，翻轉説。第四段，則斷言取義之必然也，重又落正。第五段，方正言羞惡之心人所皆有。第六段，證其皆有也。第七段，言物欲之蔽。第八段，斷其放失本心。千波萬浪，總是一水。三灣九曲，總只一派。讀者不必以其驚心駭目，遂致望洋而嘆也。

欲生則必惡死，不過一意，翻作兩層耳。

身死不受，即指嘑爾蹴爾之與。讀至末段，直令人有不可解者。暮鼓晨鐘，恐未有如此警切。

○孟子曰：「生人之情，有所欲，即有所惡。所欲在此，則所惡必在彼。未有欲之而不取之，亦未有惡之而不辟之者也。然而君子則辨之至審矣。譬諸飲食，人有不欲魚者乎？而又有熊掌者，我亦欲焉。使二者有時不得兼，則舍魚而取熊掌者必也。則人有不欲生者乎？而又有義者，我亦欲焉。使二者有時不能兼，則舍生而取義者亦必然者也。夫舍生則必趨死矣，乃衹爲一義，故有寧舍其生而不爲苟得者，是生固所欲而所欲有甚於生者也。抑寧甘一死而必不辟患者，是死固所惡而所惡有甚於死者也。如使人之所欲莫有甚於生，則凡寡廉鮮耻，苟且可以得生者，何有時而又不用也？如使人之所惡莫有甚於死，則凡詭譎遷就，苟可以辟患者，何有時而又不爲也？由其所欲有甚於生，則生而有不用焉；由其所惡有甚於死，則可以辟患而有不爲焉。其不用不爲如此，是故所欲有甚於生、所惡有甚於死者之心，不獨賢者始有之也，人皆有之，賢者但能勿喪耳。何以見之？即如一簞食、一豆羹，至微也。當其窘迫之際，得之則生，弗得則死，此時也，宜其不顧而求必得之矣。然使嘑爾而與之，雖行道之人，有所弗受；使蹴爾而與之，雖乞人亦所不屑焉。夫行道之人與乞人，非不欲生而惡死也，以此所欲有甚於生、所惡有甚於死者，猝然發之而不自禁，油然出之而不能已，故寧死而不欲苟生如此。此其羞惡之本心也，人皆有之也。夫羞惡之心，禮義之心也。一簞一豆且然，況其多者乎？況其多至萬鍾者乎？乃何以又不辨禮義而靦然受之？意者爲宮室之美、妻妾之奉，及所識窮乏者得我以濟，故有所不辭耶？夫宮室、妻妾與窮乏之得我，較之身死，其輕重相懸爲何如者！

乃鄉雖身死而必不受夫無禮義之簞豆，今則爲此三者而受此無禮義之萬鍾，是誠不可以已乎？可已而不已，羞惡之本心安在？所謂自有之而自失之者，其此人乎！則亦惑之甚者矣！」

孟子曰：「仁，人心也；義，人路也。舍其路而弗由，放其心而不知求，哀哉！人有鷄犬放，則知求之；有放心而不知求。學問之道無他，求其放心而已矣。」

直以人心釋「仁」字，明快了當。孔子所謂仁，正是如此。時習之悅者此也，孔顏之樂者此也，《易》所言君子自强不息者此也。蓋心常存而不放，即是仁；求放心，即求仁也。程子之言自是，但所謂下學上達乃徹上徹下語，非以求放心爲下學，而後面又自有上達的道理也。所謂「尋向上去」，蓋先是日月之至，以後便三月不違，以後便至誠無息。朱子却是先求放心，然後學問，與孟子之言似有不合，故貽近日毛氏之議。詳見《附録》。然《存疑》已先言《小注》非矣，蓋《小注》仍是《注》中之意也。

先以仁義並言，後止言仁者，蓋心不放者，路自正也。即如今人心中有事，粘滯不開，便行路往往走錯。故不由由於不求，言仁自兼得義耳。

仁爲人心，此與即心即佛何異？但釋氏亦求放心，止於静中求之，故路捷而得手易；儒者却於動静兼求之，如「敬以直内，義以方外」，又如「静亦定，動亦定」是也。故求放心，求仁也；能近取譬，亦求仁也。然放心未存，則取譬亦非。故必知止而定静安，始能慮以得也。蓋直内之功即是方外之功，此言仁即言義之旨也。

「仁，人心也」，《注》曰「反而名之」，此以心爲血氣之物，以仁爲心中所具之理，是二之也。孟子之言心，即是理義之心，一之也。此如言氣質之性、理義之性之類，若必曰「反而名之」，殊覺費力。

○孟子曰：「天下亦知仁之甚切於人乎？蓋仁非他，即人之心是也。人有此心，即有此仁。未有人而無此心，則亦未有人而無此仁者也。行仁而宜之之謂義。仁爲人心，則義即爲人路矣。內有所主者，外自無所差。苟舍正路而不由，自是放其心而不知求也。人而無心，尚可謂人乎？豈不可哀之甚哉？夫放心求之即在，非不可求也，而無如其不知，則人之愛心反不若鷄犬耶？然何以求之？則有學問之道在。蓋學問雖則多端，而其道無他，皆所以求此已放之心，使之常存而已矣。一時存，則一時仁；時時存，則時時仁也。敬以直其内者，有不能義以方其外也哉？大本致而達道行者，在此矣。」

孟子曰：「今有無名之指屈而不信，非疾痛害事也。如有能信之者，則不遠秦、楚之路，爲指之不若人也。指不若人，則知惡之；心不若人，則不知惡，此之謂不知類也。」

心亦屈而不伸，物欲拘之也。使天理常伸，則坦蕩蕩矣。

孟子曰：「拱把之桐梓，人苟欲生之，皆知所以養之者。至於身，而不知所以養之者，豈愛身不若桐梓哉？弗思甚也。」

「所以養」三字，當着眼，即正心以修其身也。

孟子曰：「人之於身也，【行間批：開端。】**兼所愛。兼所愛，則兼所養也。無尺寸之膚不愛焉，則無尺寸之膚不養也。所以考其善不善者，豈有他哉？**【行間批：轉出主意。】**於己取之而已矣。體有貴賤，有小大。無以小害大，無以賤害貴。養其小者爲小人，養其大者爲大人。**【行間批：此正善不善也。】**今有場師，舍其梧檟，養其樲棘，**【行間批：此以物喻。】**則爲賤場師焉。養其一指而失其肩背，**【行間批：此以身喻。】**而不知也，則爲狼疾人也。飲食之人，則人賤之矣，**【行間批：此則切指養小失大。】**爲其養小以失大也。飲食之人無有失也，**【行間批：此則剔明「無以小害大」「害」字之意。】**則口腹豈適爲尺寸之膚哉？」**

上數章無不言心者，此亦言心也。乃通章不見一「心」字，而止以「貴」字、「大」字替之，處處明挑暗喚，警醒倍甚。

「於己取之」句最妙。自己事體，未有自己不知者也。

「無以小害大，無以賤害貴」，全在害大害貴上着意。蓋縱耳目口體之欲，未有不迷惑其心志者，非謂小者賤者盡可不養也。末節用轉筆，專明此意，不解朱子何以謂其説倒。

末節之意，正爲姚元之、郭汾陽、寇萊公、文文山諸公解脱。

此章從愛説到養，從養説到善不善，從善不善説到小大貴賤，從小大貴賤説到養大養小，從養大養小説到養小失大，舒徐之中自有跌頓，而結處更覺宕妙。

貴賤、小大並言，乃後止言養小養大，而於側面連點二「賤」字，互文見意之法也。不必如《存疑》以場師爲賤害貴，狼疾爲小害大，如此分疏。

「豈適爲尺寸之膚」句，與「無尺寸之膚」句相應。

○孟子醒人之知所養者，曰：「人無不愛其身者，愛之斯養之矣。無所不愛，則無所不養。然而有養之善者，亦有養之不善者。此其故，無容問之他人也，但以己之本心自審之，而即自知之矣。蓋體有貴賤，有小大。養之者，必無以其小害其大，不以其賤害其貴，則養之善也。故養其小者爲小人，養其大者爲大人，人顧不知所取也乎？譬如場師，舍其梧檟之美，而但養其樲棘，豈不爲賤場師乎？又如人但養其一指之細，而不知其肩背之失，又豈不爲狼疾之人乎？是故飲食之人，君子賤之者，正爲其縱口腹之欲，而不能以禮義自約其身，所養小而所失者大也。如使飲食之人，於其大者果能無所失焉，則口腹亦軀命所關，豈適爲尺寸之膚哉？此正無以小害大，則養大而小無所遺，亦未爲不可，而無如養小者之無不失其大，則亦不善所取也已矣。」

公都子問曰：「鈞是人也，或爲大人，或爲小人，何也？」孟子曰：「從其大體爲大人，從其小體爲小人。」曰：「鈞是人也，或從其大體，或從其小體，何也？」曰：「耳目之官，不思而蔽於物。物交物，則引之而已矣。㊀心㊁之㊂官

則思，思則得之，不思則不得也。此天之所與我者。先立乎其大者，則其小者不能奪也。此爲大人而已矣。」

《孟子》一書，吃緊爲人，總是一「思」字。思者，作聖之功也。耳目不能思，所以爲小體；心則能思，所以爲大體。思則得之，操則存也；不思不得，舍則亡也。立者，卓然其不可摇，即《易》所謂敬以直内也。「小者不能奪」，不能奪，即從之也。「此爲大人」，應上文也。

○公都子承上章而問大人、小人之何以分。孟子以爲所從既異，則人品自别。公都子猶未之明也。孟子於是實指其大小體而示之，曰：「所謂小體，耳目是也。耳目何以小？則以其不能思。不思，則必爲物欲所蔽，而耳目亦一物已。以奸聲淫色之物而交於耳目之物，有不引之以去乎？心則不然。以虚靈不昧之體，發而爲感而遂通之用，蓋甚矣其能思也。思則能得其所以宜視宜聽之理矣。此其所以爲大體也。苟不能思，則心亦其塊然者矣。夫大小雖皆爲天所賦，然必使大者先有以立之，則耳目皆從其令，而物欲不能蔽矣。從之如此，此其所以爲大人也。不然，則心爲形役，小人而已矣。人之大小，總視其所從，故曰於己取之也。」

孟子曰：「有天爵者，有人爵者。仁義忠信，樂善不倦，此天爵也；公卿大夫，此人爵也。古之人修其天爵，而人爵從之。今之人修其天爵，以要人爵。既得人爵，而棄其天爵，則惑之甚者也，終亦必亡而已矣。」

仁義忠信，至於樂之不倦，身分極高。蓋不如此，則情必中變，而貴者仍失其爲貴矣，何爲天爵？

修天爵而人爵從，棄天爵而人爵亦亡，孟子亦言其理而已。新安陳氏曰：「不得者，上之遺賢；不亡者，下之僥幸，豈常理哉？」説可味。

孟子曰：「欲貴者，人之同心也。人人有貴於己者，弗思耳。人之所貴者，非良貴也。趙孟之所貴，趙孟能賤之。《詩》云：『既醉以酒，既飽以德。』言飽乎仁義也，所以不願人之膏粱之味也。【行間批：雋永可味。】**令聞廣譽施於身，所以不願人之文繡也。」**

「思」字爲主，「欲」字、「願」字是眼目。欲之即願之，此情欲也。思者，本然不昧之良知也。「所以」二字即根「思」字來，氣脉一片。

「貴」字正與「賤」字對。説至能貴者即能賤，令人聳然。然則起句當着意。孟子正要人欲其貴而不可賤者，故不責人之欲貴，而但責欲貴者之不思耳。

仁義聞譽，還他良貴實據，而文氣飄緲，亦復沉着。

人之膏粱，人之文繡，則仁義聞譽爲己貴矣。互文見意法也。

○孟子承上天爵、人爵之意而言曰：「今天下人人皆有所欲焉，則豈非所謂貴乎？然而既曰貴矣，則必不可賤；既貴於己矣，則必不復賤於人。如是之貴，真可貴也。夫真可貴者，良貴也。吾獨怪夫人人皆有夫良貴而舍之不思，反求其貴於人也。抑知人之所貴者，不過膏粱耳，文繡耳。然而膏粱我者即可粗糲我，文繡我者即可裋褐我。是趙孟之所貴者，趙孟即能賤之也。而猶營營焉，以欲之耶？則誠弗之思也。如其思之，則彼膏粱雖可嗜，而有不願者焉；文繡雖可懷，而有不願者焉。夫其所以不願者，則以在己有仁義之可飽故也，則以在己有令聞廣譽之施故也。醉酒飽德，詩人蓋思之矣。使人人能思，則人人皆貴，然後謂之真欲貴者。於是人爵有所不必要，而天爵在所必當修也乎！」

孟子曰：「仁之勝不仁也，猶水勝火。今之爲仁者，猶以一杯水救一車薪之火也，不熄，則謂之水不勝火。此又與於不仁之甚者也，亦終必亡而已矣。」

若將此章與上數章一例，就學者自治其私言之，則「與於不仁」，「亦終必亡」二句甚難説，新安陳氏以爲爲戰國之諸侯言也。蓋以暫時一念一事之仁，欲勝彼之殘暴甚不仁，不惟不能勝，遂使人謂仁不能勝不仁，豈非反助其虐，亦終必亡而已矣，即如宋王偃之行王政，爲齊、楚所伐，而齊、楚亦終爲秦滅是也。《蒙引》謂「如梁惠王以能行小惠而訝其民之不多加於鄰國，正是不熄則謂之水不勝火」，亦此意。

孟子曰：「五穀者，種之美者也。苟爲不熟，不如荑稗。夫仁亦在乎熟之而已矣。」

《注》「反不如他道之有成」，潛室陳氏以他道謂如百工衆技、百家諸子皆是。竊以工技粗淺，豈足以喻？即百家諸子，亦不過著述立說，非有成之謂也。《蒙引》云，朱子誨諸生曰：「和尚問話，只是一言兩句，荑稗之熟者也。儒者明經，若通徹了，不用費詞，亦一言兩句，其理便明。否則却是五穀不熟，不如荑稗。」按此說，則是他道即指當時之楊、墨，後世之佛、老矣。第曰「問話」，曰「明經」，與仁不切。似當云「和尚解悟，只是一言兩句。儒者造道，至於自得，然後左右逢源。否則却是」云云。如此，方覺妥貼。夫求仁之功，始於強恕，終於反身而誠，此豈一言兩句可得了者乎？

孟子曰：「羿之教人射，必志於彀；學者亦必志於彀。大匠誨人，必以規矩；學者亦必以規矩。」

志於彀者，君子之深造之也；以規矩者，君子之以道也：當分兩事。先儒渾說，殊混。

【校注】

〔一〕「則」，原作「在」，據中華書局一九八三年版《四書章句集注》之《孟子集注》卷十一改。

卷十二

告子篇第六下

任人有問屋廬子曰：「禮與食孰重？」曰：「禮重。」「色與禮孰重？」曰：「禮重。」曰：「以禮食，則飢而死；【行間批：起波。】不以禮食，則得食。必以禮乎？親迎，則不得妻；不親迎，則得妻。必親迎乎？」屋廬子不能對，明日之鄒，以告孟子。孟子曰：「於！答是也何有？不揣其本，而齊其末，方寸之木可使高於岑樓。金重於羽者，豈謂一鈎金與一輿羽之謂哉？取食之重者與禮之輕者而比之，奚翅食重？取色之重者與禮之輕者而比之，奚翅色重？往應之曰：『紾兄之臂而奪之食，【行間批：奇峰對起。】則得食；不紾，則不得食；則將紾之乎？踰東家墻而摟其處子，則得妻；不摟，則不得妻；則將摟之乎？』」

樓木、金羽之喻一意。但樓木之喻是從食色説至禮，金羽是從禮説至食色。

「於！答是也何有」，即末段之言也。乃不即發，而先即任人所言而折斷之，文氣便寬。

○孟子答屋廬子曰：「答之非難也。蓋任人所言，固自偏畸耳。夫物必兩相鈞，而後輕重始可得而權。輕重之數，猶之乎高卑之分也。高卑有本有末，若不揣其本之何若，而但舉其末而齊之，則升寸木於岑樓之上，而高卑失倫矣。又如金之重，原非羽所敢擬，然豈謂一鈎之微與一輿之羽之謂也哉？禮與食色視此矣。今取食與色之重者，而較禮之輕者，則食色之重將不啻釐毫之差，而持此爲論，則亦不平之甚者矣。子能知此輕重之理，則往應之曰：『人不得食則死，似也；然使充類而至於紾兄之臂與不紾兄，而得食不得食異也，則將不顧禮而紾兄乎？又如踰墻而摟處子，此非禮之大者；然必如此始得妻，不然則不得妻而至於無後，則亦將犯禮而爲之乎？』此禮與食色并重，而禮有斷乎其不可越者，則禮之重於食色也明矣，彼又將何説以爲之詞？」

曹交問曰：「人皆可以爲堯、舜，有諸？」孟子曰：「然。」「交聞文王十尺，湯九尺。今交九尺四寸以長，食粟而已，如何則可？」曰：「奚有於是？亦爲之而已矣。有人於此，力不能勝一匹雛，則爲無力人矣。今曰舉百鈞，則爲有力人矣。然則舉烏獲之任，是亦爲烏獲而已矣。夫人豈以不勝爲患哉？弗爲耳。徐行後長者謂之弟，疾行先長者謂之不弟。夫徐行者，豈人所不能哉？所不爲也。堯舜之道，孝弟而已矣。子服堯之服，誦堯之言，行堯之行，是堯而已矣。子服桀之服，誦桀之言，行桀之行，是桀而已矣。」曰：「交得見於鄒君，可以假館，願留而受業於門。」曰：「夫道若大路然，豈難知哉？人病不求耳。子歸而求之，有餘師。」

此章以「爲」字爲骨，求之則爲之矣。服、誦、行，即爲也。知者，即知所爲而爲之也，無兩義。

「舉百鈞」只作爲之之喻，言但能舉得百鈞，便是有力。下「舉烏獲之任」亦如此，須會意解之。若泥其詞，則百鈞之舉正人所不能爲者，孟子之言反爲曹交之口實矣。

○曹交以人皆可爲堯、舜爲問，而又自疑其形之空相似也。孟子曉之曰：「爲堯爲舜，豈在形體之相似不相似哉？只在爲堯、舜之所爲者，即是堯、舜矣。譬如有人於此，其力不能勝一匹雛也，自然謂之爲無力人耳。若能奮然而舉百鈞，此即謂之有力人矣。夫力士莫如烏獲，然則能舉烏獲之所任者，其人即是烏獲，豈必形體與烏獲之相似也哉？故爲之，未有不能者也，第人弗肯爲耳。即如徐行後長者即謂之弟，疾行先長者即謂之不弟。夫徐行者人所不能乎？人所不爲也。堯舜之道，不過孝弟而已。則能孝能弟，所服、所誦、所行皆此孝弟也，是即堯、舜也。不然，即爲桀。作聖在人，作狂亦在人，亦爲之而已矣，其於形體何有？」乃交又欲假館以受業焉。孟子曰：「道若大路，非難知也，但人自不求耳。子誠歸而求之事親敬長之間，則隨在之感通，師皆在焉，何必受業而後有師哉？」夫交所言甚鄙，而又有挾貴之意，其不足與也明矣。孟子仍以大義譬曉之，所謂不屑之教誨也乎！

公孫丑問曰：「高子曰：『《小弁》，小人之詩也。』」孟子曰：「何以言之？」曰：「怨。」曰：「固哉，高叟之爲詩也！有人於此，越人關弓而射之，則己談笑而道之，無他，疏之也。其兄關弓而射之，則己垂涕泣而道之，無他，戚之也。《小弁》之怨，親親也。親親，仁也。固矣夫，高叟之爲詩也！」曰：「《凱風》何以不怨？」曰：「《凱風》，親之過小者也。《小弁》，親之過大者也。親之過大而不怨，是愈疏也；親之過小而怨，是不可磯也。愈疏，不孝也；不可磯，亦不孝也。孔子曰：『舜其至孝矣，五十而慕。』」

《凱風》之詩，朱子以爲七子之母不能安其室，七子自責之詩。然按《蒙引》云：「七子之母雖曰過係身家，然大節已墜，亦難以語人道者矣。」因引賈氏、唐武、韋、楊之屬。乃西河毛氏，据齊、魯、韓三《詩》以爲母責子之詩，謂「劬勞」、「勞苦」等「勞」字如《內則》勞而不怨之「勞」，亦似有理。詳見《附録》。

前段起結相應，中間止以一喻點明其當怨之故。後段答《凱風》之不怨，連《小弁》并説，下以孔子贊舜結之，亦自具有結構。

一篇説怨不怨，乃以一「慕」字作結。説者謂怨己怨親，又以《小弁》之怨與舜之怨，謂其同，謂其不同，而《蒙引》遂謂爲借解。然看來「怨」字、「慕」字總是一個不忘其親之意耳，似不必曲爲分析也。

宋牼將之楚，孟子遇於石丘，曰：「先生將何之？」曰：「吾聞秦、楚構兵，我將見楚王説而罷之。楚王不悦，我將見秦王説而罷之。二王我將有所遇焉。」曰：「軻也請無問其詳，願聞其指。説之將何如？」曰：「我將言其不利也。」曰：「先生之志則大矣，先生之號則不可。先生以利説秦、楚之王，秦、楚之王悦於利，以罷三軍之師，是三軍之士樂罷而悦於利也。爲人臣者懷利以事其君，爲人子者懷利以事其父，爲人弟者懷利以事其兄，是君臣、父子、兄弟終去仁義，懷利以相接，然而不亡者，未之有也。先生以仁義説秦、楚之王，秦、楚之王悦於仁義而罷三軍之師，是三軍之士樂罷而悦於仁義也。爲人臣者懷仁義以事其君，爲人子者懷仁義以事其父，爲人弟者懷仁義以

事其兄，是君臣、父子、兄弟去利，懷仁義以相接也，然而不王者，未之有也。何必曰利？」【行間批：結句斬然。】

與第一篇首章同義。

以「先生之號則不可」句領起，以「何必曰利」句結。此章法也。

《存疑》謂「以仁義説秦、楚之王」是就構兵上説其非仁義，又謂「懷仁義以事其君」是懷個仁義之心去事君，皆極確當不易。

去仁義何以曰「終去」？蓋仁義者，人人皆有之者也。及言利，則久之即去仁義矣。言「終去」者，見其始未嘗去也。

孟子居鄒，季任爲任處守，以幣交，受之而不報。處於平陸，儲子爲相，以幣交，受之而不報。他日，由鄒之任，見季子；由平陸之齊，不見儲子。屋廬子喜曰：「連得間矣！」問曰：「夫子之任見季子，之齊不見儲子，爲其爲相與？」曰：「非也。《書》曰：『享多儀，儀不及物，曰不享，惟不役志於享。』爲其不成享也。」屋廬子悅。或問之，屋廬子曰：「季子不得之鄒，儲子得之平陸。」

前敘事首段，即字字伏案。

「得間」，《蒙引》亦未説明。竊謂只如得問頭，非伺其隙也。

「曰不享，惟不役志於享，爲其不成享也」，逐句注釋爲文。妙在只説他不成敬禮，而得之平陸而不之，其説自見。君子責人之過，含蓄如此。

一喜一悅，亦可見古人之好學也。

淳于髡曰：「先名實者，爲人也；後名實者，自爲也。夫子在三卿之中，名實未加於上下而去之，仁者固如此乎？」孟子曰：「居下位，不以賢事不肖者，伯夷也。五就湯，五就桀者，伊尹也。不惡污君，不辭小官者，柳下惠

也。三子者不同道，其趨一也。」「一者何也？」曰：「仁也。君子亦仁而已矣，何必同？」曰：「魯繆公之時，公儀子爲政，子柳、子思爲臣，魯之削也滋甚。若是乎賢者之無益於國也！」曰：「虞不用百里奚而亡，秦繆公用之而霸。不用賢則亡，削何可得與？」曰：「昔者王豹處於淇，而河西善謳。緜駒處於高唐，而齊右善歌。華周、杞梁之妻善哭其夫，而變國俗。有諸內，必形諸外，爲其事而無其功者，髡未嘗睹之也。是故無賢者也，有則髡必識之。」曰：「孔子爲魯司寇，不用，從而祭，燔肉不至，不税冕而行。不知者以爲爲肉也，其知者以爲爲無禮也。乃孔子則欲以微罪行，不欲爲苟去。君子之所爲，衆人固不識也。」

此章「仁」、「賢」二字是眼目。

髡言非問詞也，乃直譏孟子耳。三層，一層深進一層。孟子但隨其所言而闢之，其所以之故，終未明言也。

按孟子致爲臣而歸一章，繫於燕人畔之後。而下章有「王庶幾改之」之語，又《梁惠王篇》有齊人伐燕，孟子對其勿取，及置君而去二事。竊意：孟子之去齊，必以此。乃前只渾言望其改，而不言其所改之事；今與髡再三詰難，止歷引昔賢以自明，而亦不言其所以名實未加而去之之故。新安陳氏以爲不欲顯齊王之失，見幾明决而用意忠厚，其進退語默宛然孔子家法，信然也。

此章髡與孟子皆引喻前人以爲問答，共十一人，至後歸宗孔子。即前先後名實，亦暗有所指之人。又是一種文法。

「微罪」，先儒皆謂君相之失。而《蒙引》、《存疑》則以爲燔肉小事，聖人乃以是去，不爲無罪，然雖小事，在君亦不是，是其去亦有故也。説歸孔子，義甚好。

孟子曰：「五霸者，三王之罪人也。今之諸侯，五霸之罪人也。今之大夫，今之諸侯之罪人也。天子適諸侯，曰巡狩；諸侯朝於天子，曰述職。春省耕而補不足，秋省斂而助不給。入其疆，土地辟，田野治，養老尊賢，俊傑

在位，則有慶，慶以地。入其疆，土地荒蕪，遺老失賢，掊克在位，則有讓。一不朝，則貶其爵；再不朝，則削其地；三不朝，則六師移之。是故天子討而不伐，諸侯伐而不討。五霸者，摟諸侯以伐諸侯者也。【行間批：斷案。】**故曰五霸者，三王之罪人也。五霸，桓公爲盛。葵丘之會諸侯，束牲載書而不歃血。初命曰：『誅不孝，無易樹子，無以妾爲妻。』再命曰：『尊賢育才，以彰有德。』三命曰：『敬老慈幼，無忘賓旅。』四命曰：『士無世官，官事無攝，取士必得，無專殺大夫。』五命曰：『無曲防，無遏糴，無有封而不告。』曰：『凡我同盟之人，既盟之後，言歸于好。』今之諸侯皆犯此五禁，**【行間批：斷案。】**故曰今之諸侯，五霸之罪人也。長君之惡，其罪小；逢君之惡，其罪大。今之大夫皆逢君之惡，**【行間批：斷案。】**故曰今之大夫，今之諸侯之罪人也。」**

五霸之摟諸侯以伐諸侯，蓋皆假仁義以集衆力，因挾衆力以自尊耳。一切會盟征伐，皆由己專擅，即如後世强臣，拜表輒行所爲，故爲三王罪人。

「省耕」「省斂」，與下「土地闢，田野治」一事，《蒙引》謂後文不及照應此二句，非也。又謂當時此法盡廢，那一件不是得罪三王處；不知説五霸之得罪，全在摟諸侯以伐諸侯，以見禮樂征伐不自天子出耳，并未闌及今之諸侯之廢王制也。此省補省助，即是禮樂。因禮樂之廢，始有征伐。五霸則止以不與盟會者，則摟諸侯以伐之，何嘗爲其職業之不修耶？

五霸之得罪三王，在假王命而實不奉王命。今之諸侯得罪五霸，在不如五霸之猶能尊主、庇民、睦鄰、修政。今之大夫得罪今之諸侯，在阿諛順從。五霸以假，今之諸侯以悖，今之大夫以諂，其罪亦三等。然果有三王者出，則五霸無罪，而反可有功。果有五霸者出，則今之諸侯自不致於有罪。至今之大夫之罪，則皆今之諸侯以爲愛我之忠臣也，時勢滔滔，與之偕亡耳，哀哉！

妙在不言今之大夫爲王者之罪人，即言其爲今之諸侯之罪人，甚有義理，與上二罪人不同。

上段立案，下即屹分三段應之，整齊文字！

魯欲使慎子爲將軍。孟子曰：「不教民而用之，謂之殃民。殃民者，不容於堯、舜之世。一戰勝齊，遂有南陽，然且不可。」慎子勃然不悦，曰：「此則滑釐所不識也。」曰：「吾明告子：天子之地方千里；不千里，不足以待諸侯。諸侯之地方百里；不百里，不足以守宗廟之典籍。周公之封於魯，爲方百里也，地非不足，而儉於百里。太公之封於齊也，亦爲方百里也，地非不足也，而儉於百里。今魯方百里者五，子以爲有王者作，則魯在所損乎，在所益乎？徒取諸彼以與此，然且仁者不爲，况於殺人以求之乎？君子之事君也，務引其君以當道，志於仁而已。」

此章前後二義，一在恤民，一在遵制。恤民之意，尚審情勢而爲言；遵制，則直斷之以理之不可，意又進一層。若曰：即使師稱素練，戰無不勝，然於理亦不可行也。末節專責慎子，以結此二義。當道即不過制，志仁則不殃民。轉入第二義，特用險筆，又不直説出，故作奇峰，妙甚！妙甚！

非令其必於遵制也，所以追原初制者，見其已逾原制，亦可安分知足耳。「不千里」、「不百里」，蓋反言其不足以見其足也。須善會語勢。

「然且不可」，文勢急矣。下即以「天子之地方千里」兩段文字以緩之，則「魯在所損，在所益」以上，文勢緩矣。下即以「徒取諸彼」三句跌頓之筆以緊之，此下又泛論君子事君之道作收。紆徐蕩漾，綽有餘妍。

〇魯欲使慎子爲將軍，將伐齊以取南陽，蓋慎子啓之也。孟子止之曰：「兵凶戰危，非可輕舉，故師必素練，乃可有功。今以不教之民而使之戰，是棄之也，殃民孰甚焉？殃民者爲聖王所必誅，將何以見容於堯舜之世乎？且無論其不能勝也，即使僥幸勝齊，遂有南陽之地，然以理斷之，尚有不可，而况其不勝哉？」慎子不解其旨，勃然而不悦。孟子曰：「吾其明以告子乎！昔者先王之制地也，雖天子亦不過千里而已，蓋不千里，則不足以待諸侯，非已千里而猶不足以待之也。至於諸侯之地，不過百里，蓋不百里，不足以守宗廟之典籍，非已百里而猶不足以守之也。今魯欲伐齊，亦知魯與齊先公之封乎？魯之先，周公也。齊之先，則太公也。周公制作以治太平，太公鷹揚以伐大商，勳勞之大如此，然封之，則皆不過百里。豈滅國五十，而地尚有不足供二公之封者哉？而止於如此者，守已足而無容多，制既均而不可亂也。今魯則不然，計其地，爲百里者已五。有王者作，則魯之地，子將以爲在裁削之例耶？抑猶以爲不足而尚宜增其封耶？欲啓南陽，何爲也者？夫取彼與此，即使徒手而不殺一人，然仁人猶以非所當得而不爲，況於殺彼此之人而欲取其非分乎？子而爲此，亦異乎君子矣。夫君子之事君也，務引其君於當道，使所行合理，而不爭己所不當有之地，志於仁，使知人命至重，而不殘民以求遂己之私，如此焉而已矣。興兵構怨，非所聞也。」

孟子曰：「今之事君者曰：『我能爲君辟土地，充府庫。』今之所謂良臣，古之所謂民賊也。君不鄉道，不志於仁，而求富之，是富桀也。『我能爲君約與國，戰必克。』今之所謂良臣，古之所謂民賊也。君不鄉道，不志於仁，而求爲之强戰，是輔桀也。由今之道，無變今之俗，雖與之天下，不能一朝居也。」

此章與上同意。新安陳氏以爲因譏切慎子而繼發，是也。陳氏又曰：「自當時觀之，孟子此論若迂且激。既而六國吞，暴秦亡，此論豈不深中大驗！」

白圭曰：「吾欲二十而取一，何如？」孟子曰：「子之道，貉道也。萬室之國，一人陶，則可乎？」曰：「不可，器不足用也。」曰：「夫貉，五穀不生，惟黍生之。無城郭、宮室、宗廟、祭祀之禮，無諸侯幣帛饔飧，無百官有司，故二十取一而足也。今居中國，去人倫，無君子，如之何其可也？陶以寡，且不可以爲國，況無君子乎？欲輕之於堯舜之道者，大貉小貉也；欲重之於堯舜之道者，大桀小桀也。」

「貉道也」一句，正言其可〔一〕；「萬室之國，一人陶」，喻言其不可；止此二義。乃方以貉道答之，即宜疏發貉之所以可行矣，忽又縱筆開去，另設一喻問之。及答以不可，復又轉說到貉上來。及將中國不可行正意說明，忽又掣轉陶之喻，作一虛陪，下文仍歸到貉道，又以桀陪之。用筆直如生龍活虎，固非後世文人所能仿佛其萬一也。

一篇説不可輕取文字，乃結處反説及重取。一篇説貉，乃結處忽説及桀。奇詭不測，文家之神境也。

「大貉小貉」、「大桀小桀」，亦奇語。

堯舜之道，正與貉之道對照。

慶源輔氏曰：「始則取其事之易辨者，以開其智；中則歷陳其不可之實，以破其説；末則舉堯舜之道不可得而輕重者，使之有所歸著。亦可謂委曲詳盡矣。」

○白圭語孟子曰：「今之君横斂多矣，民未有不困者。非有以大蘇息之，人何以堪？吾欲國君節用愛人，與民同其勞苦，輕征薄賦，止於二十中而取其一，視昔者取民之制尤加少焉，何如？不亦可乎？」孟子曰：「什一而征，自堯、舜以來，其道未之或改也。子乃以薄爲其道，則惟有北之貉庶幾其可行耳。吾且問子：萬室之國，止於一人陶，則可乎？」圭曰：「不可，器不足用也。」孟子曰：「子知其不足用，則知子之道止可行之貉矣。夫貉五穀不生，惟黍生之，是所出有限，既不可以多取，而又無城郭宫室營造之費，無宗廟祭祀禮儀之文，無諸侯幣帛饔飧宴享之繁，無百官有司廪禄賜予之資，其一切簡略如此，故二十取一而足也。今所居中國也，無一不需所費焉。若去其祀祖禮臣之人倫，廢其治人理國之君子，如之何其可也？夫陶以一人之寡，止於器不足用耳，然且不可爲國；況無君子以治人，則毫無統屬，又何以爲國耶？夫堯、舜取民什一之制，中正之道也，輕重皆所不可。如欲輕之，則爲貉；即如重之，則亦桀而已矣。桀固不可爲，貉又奚可爲哉？甚矣，子之不思也！」

白圭曰：「丹之治水也，愈於禹。」孟子曰：「子過矣。禹之治水，水之道也。是故禹以四海爲壑，今吾子以鄰國爲壑。【行間批：二語斷盡。】**水逆行謂之洚水。洚水者，洪水也，仁人之所惡也。吾子過矣。」**

「水之道也」下，即接「是故」，不必又用斡旋。

此章首尾已具章法。第其尤妙者，即在以鄰爲壑下，以逆行謂之洪水，暗挽到禹也。

〇白圭於當時諸侯，偶有小水，爲之堤，壅而注之他國，乃妄自矜曰：「丹之治水，愈於禹多矣。」孟子折之曰：「子之言，何其過乎！夫禹之治水，乃順其就下之性而利導之。是水之道當如是，禹亦行所無事而已。惟其爲水之道也，故水無不趨海者，禹即以之爲壑焉。而子則不順水性，壅遏其流以行之，乃以鄰國爲壑而已。夫以鄰爲壑者，是使水逆行也。逆行之水謂之洚水，即大禹所治之洪水是也。下民昏墊，帝堯警余，而使禹治之，是仁人之所惡也，而子乃取其所惡者以自多。吾子之言真過矣哉！」

孟子曰：「君子不亮，惡乎執？」

汪氏曰：「執亮，體常也。不諒，通變也。」

《注》「凡事苟且」四字，甚好。

魯欲使樂正子爲政。孟子曰：「吾聞之，喜而不寐。」公孫丑曰：「樂正子强乎？」曰：「否。」「有知慮乎？」曰：「否。」「多聞識乎？」曰：「否。」「然則奚爲喜而不寐？」曰：「其爲人也好善。」「好善足乎？」曰：「好善優於天下，而况魯國乎？夫苟好善，則四海之内皆將輕千里而來告之以善。夫苟不好善，則人將曰：『訑訑，予既已知之矣。』訑訑之聲音顔色距人於千里之外。士止於千里之外，則讒諂面諛之人至矣。與讒諂面諛之人居，國欲治，可得乎？」

舜之好問好察，周公之握髮吐哺，《秦誓》之所謂「一个臣」，止一好善耳。後世聖君賢相，無不以此者。故有權者既驕，則附勢者必諂，豈惟國不得治而已？亦終必亡也已矣。

訑訑，驕者之顔色也。「予既已知之矣」，驕者之聲音也。乃下文「訑訑之聲音顔色」竟將訑訑作其人，可謂神妙！

陳子曰：「古之君子何如則仕？」孟子曰：「所就三，所去三。迎之致敬以有禮，言將行其言也，則就之。禮

貌未衰，言弗行也，則去之。其次，雖未行其言也，迎之致敬以有禮，則就之。禮貌衰，則去之。其下，朝不食，夕不食，饑餓不能出門户，君聞之，曰：『吾大者不能行其道，又不能從其言也。使饑餓於我土地，吾恥之。』周之，亦可受也，免死而已矣。」

君子之仕也，行其義也。止於首節所言，始可謂之仕耳。其次，雖就之，而不可言仕。其下，則并不可以言就，不過君之於民，固周之耳。不言去者，雲峰胡氏曰：「是欲去而不能者。」《蒙引》曰：「君不如是，則不就而去在其中矣。」

孟子曰：「舜發於畎畝之中，傅説舉於版築之間，膠鬲舉於魚鹽之中，管夷吾舉於士，孫叔敖舉於海，百里奚舉於市。故天將降大任於是人也，必先苦其心志，勞其筋骨，餓其體膚，空乏其身，行拂亂其所爲，所以動心忍性，曾益其所不能。人恒過，然後能改。困於心，衡於慮，而後作。徵於色，發於聲，而後喻。入則無法家拂士，出則無敵國外患者，國恒亡。然後知生於憂患而死於安樂也。」

此章即《西銘》所云「貧賤憂戚，庸玉女於成」之意。前舉舜、説諸人，以發其端；次推開説，因以明其義；次又推至中人；後又并及國家，以盡其説；然後總結之。章法最嚴整。

動心不動心，雲峰胡氏曰：「譬之水，動心是浚得源頭活水，滚滚出來；不動心是水之流不爲泥沙所溷，不爲波流所汩也。」説最切當。又説忍性、養性曰：「養性者，養其本然天命之性，不使之有所動於外；忍性者，忍其氣禀食色之性，不使之有所動於中。」亦佳。竊按：動心即所以養性，忍性即所以不動心，無二旨也。

「天降大任」節用順叙法，「人恒過」節用一頭兩脚法，「入則無法家」節用反照法，處處變調。

生於憂患，自死於安樂。新安陳氏分頂上文，非也。

結二句，斬釘截鐵，令處困者實增志氣。

○孟子曰：「世人莫不畏惡憂患，而求所以安樂者，不知古今聖賢豪傑之能勝天下國家之大任者，其始未有不出於窮者也。如重華協帝之舜，則發於畎畝之中。王之賢輔，如傅説、膠鬲，則一舉於版築，一舉於魚鹽。霸之良佐，如管夷吾則舉於士，孫叔敖則舉於海，百里奚則舉於市。此皆有天意焉。蓋窮則變，變則通也。故天凡降大任於如是之人也，必先苦其心志，勞其筋骨，餓其體膚，空乏其身，所行多拂亂其所爲。如是之憂患備嘗者，豈天不愛斯人哉？正所以悚動其仁義禮智之心，堅忍其氣稟食色之性，以成全其德也；閱歷世故，備察人情，有以知所未能知，爲所未能爲，以增益其才也。天之玉成也如此，不但賢豪也，即中人亦然。蓋嘗觀其平日，不能不有過，然因其有過，亦往往有能改者。蓋不能謹於平日，故必事勢窮蹙，以至困於心，衡於慮，然後能奮發而興起焉；不能燭於幾微，故必事理暴著，以至驗於人之色，發於人之聲，然後能警悟而通曉焉。亦不但中人也，即國家亦然，必內有所憚，外有所忌，而後其治可知也。苟入而無法家拂士，出而無敵國外患，則志意縱肆，所爲必多不道，其國多有亡者。由此言之，憂患非所苦，正天所以成之。則彼安樂何足慕？恐天將以廢之，蓋吾觀於舜、説諸人，然後有以知之也。」

孟子曰：「教亦多術矣，予不屑之教誨也者，是亦教誨之而已矣。」

【校注】

〔一〕「可」上，據文意，脱「不」字。

卷十三

盡心篇第七上

孟子曰：「盡其心者，知其性也。知其性，則知天矣。存其心，養其性，所以事天也。夭壽不貳，修身以俟之，所以立命也。」

此章之旨，余昔略采毛氏之説。詳見《附録》。今又再三細讀，而實覺程子之説確切，實勝朱子。夫以知性爲格物，盡心爲知至。格物者，朱子固云「即凡天下之物，莫不因其已知之理而益窮之，以求至乎其極」者也。知至者，朱子固云「至於用力之久，而一旦豁然貫通焉」者也。是知性之後，必至久而後心始能盡矣。今曰知性則知天，是性與天一事，纔知性即知天。《蒙引》因而謂：盡心、知性有先後，知性、知天無先後。如此，則是知性知天，然後始盡其心矣。夫性者，人心所具之理也。天者，理之所從出也。性既具於人之心，必人事盡而後天心見，未有天德已達而後聰明睿知始充其量者也。故孔子四十不惑，五十知天命，皆在三十而立之後；《中庸》知天地之化育，必在經綸立本之後。皆此「知」字，即朱子所謂默識心通，非窮究事物之理之謂也。又如「乾知大始」、「乾以易知」，又不但《中庸》所云「知天」一言而已。蓋同此一知，而功候則有淺深。如人知忠知孝，此「知」字淺。及至盡忠盡孝，無一毫遺憾，方於吾性中一點藹然之仁愛，自覺得淪浹周通，而因於天地間一種盎然之生氣，自覺得昭合無間，此「知」字深。譬之今日知州、知縣等官，在愚民只謂其安富尊榮之可羨耳，必有識者謂其各有所管之事。此即窮理也。及爲之之人果能事事留心，盡其職業，而無一事之或遺，然後知吾州吾縣實有此應行之事，不如此，便覺有憾。此盡心者之知性也。而因以知天子所以必設此州此縣之故，一有不盡職之處，便覺有負天子之委任。此盡心者之知性以知天也。夫心非血肉，即具此性；性非空懸，即具於心。盡心即盡性。六經中無有以「盡」字作「知」解者。若謂盡心爲知之至，則「知」字與「明」字何别？知心即是明心矣。「知」字又與「見」字何殊？知性即是見性矣。明心見性，此釋氏之旨，而豈吾儒之所宜言者乎？虚齋蔡氏只以門户遵朱，而不顧理之是非，反謂此處不當如《論語》「四十而不惑，五十而知天命」説。夫道一而已矣。孟子學孔子者，聖賢有異道也哉？「則」字口氣緊，「所以」二字口氣緩。細玩此數虚字，而事天、立命、盡心、知性、知天，先後層次亦可曉然矣。

竊按：盡心即是三十而立之立。顔子所謂卓爾之立，下文所謂立命，皆是。天命之謂性。言命即是言性，立命亦即是盡性。特「立」字着力，「盡」字圓滿。盡心是就成功者言。窮理、存心、養性皆盡心甲内事，窮理又在存養前。譬如人之入京都者，必先詢京都是何方向、從何處行、幾日可到，此窮理也；及至行去，今日一程，明日一程，此存心養性以修身也；已至京都，停住脚，此立命也；及在京都，凡宗廟宫室、百官有司，以及市廛、工匠、伎藝之所臚列，珍異、玩好、金幣、百貨之所燦陳，莫不目寓心識，此盡心也；然後知帝都廣大，無所不有，此知性也；乃其所以無所不有者，以天子所在，祭祀、朝會、宴享、征調各項皆取給於是，不如是廣大，便不成帝都，此知天也。虚齋謂：纔説着理，便究到所以然處。然則纔説着孝，便究到天地生物之心；纔知到京都的路程，便將京都中宗廟宫室、百官有司之所以設立之故都窮究到耶？或問：如此不言窮理，何以爲學者之全功？竊按：夫子與顔淵論仁，與子張論達，即《孟子》「牛山」、「求放心」、「養身」、「立大」等章，皆未言及窮理，行即該得知也。况此乃孟子論天命心性，并非論學者全功。旨哉！程子之言曰：「心也，性也，天也，一理也。自理而言，謂之天；自稟受而言，謂之性；自存諸人而言，謂之心。」竊擬增之曰：「心也，性也，天也，命也，一理也。自理而言，謂之天；自天所授而言，謂之命；自人稟受而言，謂之性；自存諸人而言，謂之心。」如此，則此章之旨無不豁然矣。

末節，朱子以夭壽不貳爲知天之至，修身以俟爲事天以終身。後儒即以立命爲智仁各造其極。是顔子之卓爾可不必欲從，而天之所命更大於天矣，誤之甚者也。

○孟子曰：「天命之謂性，而性之德具於心，心之爲物大矣哉！顧人皆有此心，而或者蔽塞之，則錮而不開，或者狹小之，又拘而未廣，此皆不能盡其心者也。夫吾自有之心，而且歉然有所憾，則無惑乎其茫然無得，而取之左右莫能逢其原也。惟夫生安聖人，自然能盡其心者，德無不實，則明無不照。其於所性之全體，融會貫通，而天心自見，而天機自流。所謂『由仁義行，非行仁義』者，此其是已。其次，知吾心所具之性本於天，原於命，不敢褻天以廢所命也，則必修其身。何以修之？惟於吾所已放之心，收之而使之長存；於吾所本有之性，養之而聽其自得而已。所謂『小心翼翼，昭事上帝』者，殆其人哉！而不但已也，其存是心者，存之又存，養是性者，養之又養，使吾身而一日，則所存所養以修之者亦一日，使吾身而百年，則所存所養以修之者亦百年，夭壽不貳，修身以俟之，豈有他哉？所以使天之所命於我者，實有諸己而無所疑，安其所居而無所遷也。其事天以立命如此。迨所存既熟，所養已深，則性由此盡，而吾之心亦充極其量而無所餘憾焉。是君子也，而聖人矣。」

孟子曰：「莫非命也，順受其正。是故知命者，不立乎巖墻之下。盡其道而死者，正命也。桎梏死者，非正命也。」

止首二句發義，下「知命」節申之也，「正命」、「非正命」二節釋之也。

虚齋蔡氏曰：「凡行險以徼幸者，皆立巖墻之下也。」說最確。

○孟子曰：「人物之生，凡吉凶禍福，莫非命也。然有正命，有非正命。君子亦順受其正者而已。惟順受其正也，是故知命者不立乎巖墻之下。蓋巖墻之必傾覆者，勢也。而巖墻之傾覆，實不知何日何時。吾以有所利，而姑立於其下，以幸免焉，而竟不免，雖亦曰命，而非其正矣。何謂正命？則盡其生人之道，不可死也而竟死，抑盡其生人之道，必宜死也而果死，此始謂之正命。而非然者，作奸犯科，陷於桎梏，以致於死，所謂自作之孽，不可以活者，此豈正命？而可引之以自解也哉？然則命之可知者，君子盡其道以立之；命之不可知者，君子修其身以俟之。此所謂夭壽不貳也。」

孟子曰：「求則得之，舍則失之，是求有益於得也，求在我者也。求之有道，得之有命，是求無益於得也，求在外者也。」

此與「欲貴」章參看。兩節皆於末句注明其義。

孟子曰：「萬物皆備於我矣。【行間批：氣雄萬夫。】**反身而誠，樂莫大焉。强恕而行，求仁莫近焉。」**

首句渾然直落，於此可識浩然之氣，於此可識泰山巖巖氣象。非居天下之廣居者，不能言也。

「强」字最着力，此困勉之事也。

夫子之道，忠恕而已。誠即忠也。先儒皆言無忠作恕不出，而西河毛氏則獨謂無恕作忠不出。味此章之旨，正所謂無恕作忠不出者也。然無忠作恕不出者，知止定静安而後能慮也，人之所不慮而知之良知也。無恕作忠不出者，格物致知以誠其意也，能近取譬以求仁也。《易》所云「敬義立而德不孤」，正如此。

孟子曰：「行之而不著焉，習矣而不察焉，終身由之而不知其道者，衆也。」

此與「道在邇而求諸遠」參看。著即明也。著之察之，則知之矣。如舜之明於庶物、察於人倫是也。末句承上二句嘆之。

孟子曰：「人不可以無耻。無耻之耻，無耻矣。」

止十三字，而有四層轉折。首句「無耻」二字分讀，第二句「無耻」二字連讀，末句「無耻」二字又分讀。第二句「無耻」字不是首句「無耻」，末句「無耻」字又不是上二句「無耻」。首句「耻」字，即是第二句「之耻」

「恥」字；然細看來，又不是首句「恥」字。蓋首句「恥」字泛，第二句「恥」字切；首句「恥」字淺，第二句「恥」字深也。止二「恥」字、三「無恥」字，而幻變莫測。筆妙至此，直可作《檀弓》一則讀。

孟子曰：「恥之於人大矣。爲機變之巧者，無所用恥焉。不恥不若人，何若人有？」

此章與上章爲一時之言。首句即承上首句，二句即承上二句，末句亦即承上末句。

不曰「無恥」，而曰「無所用恥」，語妙！蓋自謂得計，而以本然羞惡之心爲無所用也。

即此不以爲恥，己不若人，更何者若人之有？語意與上「無恥之恥」二句相似。

孟子曰：「古之賢王好善而忘勢，古之賢士何獨不然？樂其道而忘人之勢。故王公不致敬盡禮，則不得亟見之。見且猶不得亟，而況得而臣之乎？」

本謂賢士重道，不見諸侯，却以賢王陪出。又以「何獨不然」四字輕輕落下，其文勢若重在賢王一邊者。可謂變化無方。

此章止「樂其道而忘人之勢」一句平順承上，餘皆嵚崎歷落，一句一轉，一轉一意。

孟子謂宋句踐曰：「子好遊乎？吾語子遊。人知之，亦囂囂；人不知，亦囂囂。」曰：「何如斯可以囂囂矣？」曰：「尊德樂義，則可以囂囂矣。故士窮不失義，達不離道。窮不失義，故士得己焉；達不離道，故民不失望焉。古之人，得志，澤加於民；不得志，修身見於世。窮則獨善其身，達則兼善天下。」

戰國時尚遊說，「遊說」二字遂爲後世儒者所薄而不道。然孟子於此言遊，而「說大人」章亦曰說。夫孔子之於魯、齊、陳、衛，孟子之於齊、梁，皆遊也；說其君以仁義，皆說也。故此二章於「遊說」二字，發絕大議論。

此篇獨用排偶法。「人知」、「人不知」句，偶也。窮達句，偶也。「得志」、「不得志」句，又偶也。「獨善」、「兼善」，又偶也。即「尊德樂義」二句，雖屬單串，然「尊德樂義」，句中偶也。一路用偶筆層層卸下，七篇中另一格。

孟子曰：「待文王而後興者，凡民也。若夫豪傑之士，雖無文王猶興。」

孟子未得及孔子之門，此言殆自道以鼓勵天下云。

孟子曰：「附之以韓魏之家，如其自視欿然，則過人遠矣。」

此亦內重外輕之論。

孟子曰：「以佚道使民，雖勞不怨；以生道殺民，雖死不怨殺者。」

此即孔子《易傳》「説以使民，民忘其勞；説以犯難，民忘其死」之説。

孟子曰：「霸者之民，驩虞如也；王者之民，皞皞如也。【行間批：虛摹。】**殺之而不怨，利之而不庸，民日遷善而不知爲之者。**【行間批：以實證虛。】**夫君子所過者化，**【行間批：因王民而贊王者。】**所存者神，上下與天地同流，豈曰小補之哉？」**

此特借霸功，以形容王道，從民風歸入王者。新安陳氏謂：「首以霸與王對説，然先説霸，後説王，意自側下。」過化存神，即是上節之説，《蒙引》謂「只就不怨不庸者，贊王道之大」是也。《存疑》又云：「殺之，則民畏威遠罪矣；利之，則民蒙其利矣；教之，則民日遷善矣。過，是殺、利、教；遠罪、蒙利、遷善，即化也。」過化存神，語意雖二，其實則一事。《存疑》云：「王者要民化而民就化，便是所存者神。」此等語，皆極精確。

孟子曰：「仁言，不如仁聲之入人深也；善政，不如善教之得民也。善政，民畏之；善教，民愛之。善政，得民財；善教，得民心。」

《蒙引》謂：「『仁言』句，只就『入人』上説。『善政不如善教』，以政教得效之小大而言，即《論語》『道之以政』章一意。然《論語》則自該得『仁言』一節之意，《孟子》則各有所主。」《達説》亦云：「末節言善政。善教感人之淺深，而仁言、仁聲所以入人之淺深可例見矣。」按此，皆以仁聲與善政、善教作兩事。竊謂：非然。仁與善有何分別？仁聲者，有仁之實也。仁之實，非善政、善教而何？當是從仁聲内抽出善政、善教兩端，以論其入人深者，又有不同耳。

《注》訓「得民財」句，確不可易。「得民心」，謂爲「不遺親，不後君」，則又較民愛，推而廣之矣。

孟子曰：「人之所不學而能者，其良能也；所不慮而知者，其良知也。孩提之童，無不知愛其親也；及其長也，無不知敬其兄也。親親，仁也；敬長，義也。無他，達之天下也。」

此與「孺子入井」章，皆從人人自然之本性説出，以斯見人性之本善。而孟子有功於天下後世，非淺鮮也。

上「知」、「能」并言，下只有「知」字，何也？《蒙引》曰：「連『愛』、『敬』二字説，則有良能矣。」

「良知」二字，原出於孟子。後世陽明王氏遂以之標立宗旨，别開門户。吕氏闢之頗詳，然亦未免矯枉過正也。

兩「無不」字，正與下「達之天下」相應。

孟子曰：「舜之居深山之中，與木石居，與鹿豕遊，其所以異於深山之野人者幾希。及其聞一善言，見一善行，若决江河，沛然莫之能禦也。」

顧麟士曰：「及其一轉，甚捷。」

此章即《易大傳》「寂然不動，感而遂通天下之故」二語，形容聖人之心甚妙。

孟子曰：「無爲其所不爲，無欲其所不欲，如此而已矣。」

《注》：「能反是心，則所謂擴充其羞惡之心者也，而義不可勝用矣，故曰『如此而已矣』。」此説到後面去。

朱子他日又曰：「今既知其所不當爲、不當欲，便要這裏截斷，斷然不爲不欲，故曰『如此而已矣』。」此就當下説，較《注》實勝。

「如此而已矣」，真有斬釘截鐵，不容再攙入一念之意。

孟子曰：「人之有德慧術知者，恒存乎疢疾。獨孤臣孽子，其操心也危，其慮患也深，故達。」

孤孽即是疢疾，非真疢也，故《注》曰「猶灾患」。

孟子曰：「有事君人者，事是君則爲容悦者也。有安社稷臣者，以安社稷爲悦者也。有天民者，達可行於天下而後行之者也。有大人者，正己而物正者也。」

「以安社稷爲悦」，《注》形容得甚妙。

「達可行於天下而後行之」，則此時猶未行矣，故曰民。

《存疑》云：「孔子委吏、乘田，亦爲天民。」此説甚好。蓋以孔子爲正己而物正之大人也，故《注》曰「猶有意」。第孔子栖栖於魯、齊、陳、衛，所如不合，所謂物正者安在？蓋孔子未遇其時耳。然德盛禮恭，至於是邦，必聞其政。正己物正氣象，亦可想見。若舜之遇堯，自是不同。

孟子曰：「君子有㊂樂，【行間批：虚領起。】**而王天下不與存焉。父母俱存，兄弟無故，一樂也；仰不愧於天，俯不怍於人，二樂也；得天下英才而教育之，三樂也。君子有㊂樂，**【行間批：實結住。】**而王天下不與存焉。」**

下章「中天下而立，定四海之民」，正君子所樂。此何以言「王天下不與存」？《淺説》以爲「只是説得位而已，未説到其道大行」，是也。

此與「君子之所以教者五」，同一章法。

孟子曰：「廣土衆民，君子欲之，所樂不存焉。中天下而立，定四海之民，君子樂之，所㊣不存焉。君子所性，雖大行不加焉，雖窮居不損焉，分定故也。君子所性，仁義禮知根於心。其生色也，睟然見於面，盎於背，施於四體，四體不言而喻。」

「所樂不存」，言未足爲樂也。「所性不存」，言於性分無所與也，即是下不加不損意，下節正申明之。「分定」

即是「天生蒸民，有物有則」，其於勢分之不可定者迥異矣，故大行不足加，窮居不爲損也。末節始正言所性，與「所欲」、「所樂」二節同。

「中天下」節，《注》謂「其道大行，無一夫不被其澤」。夫無一不被澤，談何容易！堯、舜之猶病者也。似不若慶源輔氏以博施濟衆説爲穩。

根於心，自生於色，如所謂本立道生。下面、背、四體，皆所生之色也。

「睟然」、「盎然」，「不言而喻」，形容語極妙。

兩提「君子所性」語，亦鄭重之至。

上二節，層遞而下。講至所性，則先將所性不存之故釋明，然後疏所性之實。法最變化。

疏所性之實，精確簡嚴，一字不可增損，是天造地設文字。

專重第三節，與上章同意，而義更有進焉。

孟子曰：「伯夷辟紂，居北海之濱，聞文王作，興曰：『盍歸乎來！吾聞西伯善養老者。』太公辟紂，居東海之濱，聞文王作，興曰：『盍歸乎來！吾聞西伯善養老者。』天下有善養老，則仁人以爲己歸矣。五畝之宅，樹墻下以桑，匹婦蠶之，則老者足以衣帛矣。五母鷄，二母彘，無失其時，老者足以無失肉矣。百畝之田，匹夫耕之，八口之家可以無飢矣。所謂西伯善養老者，制其田里，教之樹畜，導其妻子，使養其老。五十非帛不煖，七十非肉不飽。不煖不飽，謂之凍餒。文王之民，無凍餒之老者，此之謂也。」【行間批：上下兩「謂」字應。】

耕桑樹畜，孟子凡三言：於梁，意在下截；於齊，意在上截；此則獨以養老而鋪叙及之。其眼目止在「匹婦」、「匹夫」及「無失」等字，歸穴到「導其妻子，使養其老」，以見其所以善也。各有宗旨，勿得一例混看。

「天下有善養老」二句，乃承二老之歸，以爲贊嘆之辭。專説文王不可，説開亦不可也。

不但所謂「西伯善養老者」五句一氣，其實一節十一句皆作一氣讀。

老者無一凍餒，方是王民皞皞，方是王者之政。若後世賜帛蠲粟，正煦煦之仁、孑孑之義耳。

○孟子曰：「昔者伯夷辟紂之亂，隱居於北海之濱。及聞文王作而爲西伯也，不覺動其心而言曰：『盍歸乎來！蓋吾聞西伯善養老者。』而太公之居東海也，亦然。夫伯夷、太公，皆仁人也。乃天下有善養老，則仁人即以爲己之所歸也如此夫。然養老而何以善也？蓋政之行於一時，而不可行之時時，與施之一人，而不可施之人人，皆非善也。於稽文王之所以治岐者，一夫與以五畝之宅，于宅之墻下，樹之以桑，但匹婦蠶之，則老者雖不自爲帛，而足以衣帛矣。又于宅内畜母鷄者五，畜母彘者二，但無失其孕字之時，則老者雖不自爲畜，而可以無失肉矣。此宅此畜，皆有百畝之田者也。此百畝也，但匹夫耕之，老者雖不必自爲耕，而與八口之家衆，皆可以無飢矣。此不過制其田，制其里，教之樹，教之畜。是西伯於老者，未嘗家給而户益之也。乃所謂善養老者，正以文王不自爲養，而但導其妻子，以田里之所出、樹畜之所獲，使之自有老而自養之而已。何也？老而五十者，非帛即不煖者也。老而七十者，非肉即不飽者也。不煖不飽，即爲凍餒。故米肉有時賜，而老者之苦飢已多；絮帛有常頒，而老者之號寒實衆。文王之於民，雖未嘗家給户益，而四境之内，實求一凍餒之老而不可得。此自所制所教有以導之使然，所以爲善養老也。不然，使人人而噢之咻之，將養其一國之老而不足，何以致天下之仁人而皆歸之也哉？」

孟子曰：「易其田疇，薄其税斂，民可使富也。食之以時，用之以禮，財不可勝用也。民非水火不生活，昏暮叩人之門户，求水火，無弗與者，至足矣。聖人治天下，使有菽粟如水火。菽粟如水火，而民焉有不仁者乎？」

不過衣食足而禮義興耳。而水火一喻，遂如生龍活虎，筆勢矯變，使尋常蹊徑都化爲靈奇。

通章眼目在「至足」二字。上二節，足之之由也。下民仁，足之之所及也。

看他起筆，本借水火以爲菽粟之例，然使平平説起，則全神不動。故無頭無腦，突然從空説一句「民非水火不生活」，令人茫然不解所謂，而其精神則直貫至末句。此起筆之妙也。

看他換筆，本言菽粟足則民仁；乃「至足」字却用在水火喻言上，至菽粟之足，則竟曰「如水火」。此換筆之妙也。

看他藏筆，本言民足則自仁，然使前已露出「仁」字，至末再煞，便不見靈醒。今於水火一喻，詞語反覆，俱注射一「仁」字，而「仁」字却一毫不露；必至末，然後跌出，生靈活現。此藏筆之妙也。

看他叠筆，本言菽粟足而民仁，然使中間不將「菽粟如水火」再一跌頓，則轉落亦不甚生動。此叠筆之妙也。

○孟子曰：「吾觀於盛王之世，風俗抑何仁也？既而求之，其民蓋足甚。何以足之？則易其田疇，薄其税斂，以裕財之源者足之。又令其食之以時，用之以禮，以節財之流者足之。夫裕之而無不裕，節之而無不節，如是則至足矣。而豈但已乎？今夫水火，民非此則不生，宜其至相寳貴而不肯輕以與人矣。然有求之者，雖昏夜，亦未有一靳者。而至於菽粟則不然，或乾餱以致愆，或謾藏以誨盗。此豈民獨厚其情於水火，而薄其情於菽粟哉？蓋水火之在民間，則至足也。多則推有餘以相濟，人情乎！聖人知其然也。其治天下，必使民之有菽粟，一如水火之至足。夫菽粟之足，特不易言耳。果能如水火之至足也，吾見有恒産即有恒心，睦婣任恤之風有不期然而自然者矣。是民之仁也，教化之基也。吾安得上生唐虞之世，而從容游樂於其間也與？」

孟子曰：「孔子登東山而小魯，登泰山而小天下。故觀於海者難爲水，遊於聖人之門者難爲言。觀水有術，必觀其瀾。日月有明，容光必照焉。流水之爲物也，不盈科不行；君子之志於道也，不成章不達。」

此章自「孔子」二字讀住，以下當分四節：「登東山」二句作一節，「故觀於海者」二句作一節，「觀水有術」四句作一節，「流水之爲物也」四句作一節。第一節言聖人之大，第二節言見聖人者所見之大，第三節言聖人之大之可學而至，第四節言聖人之大之不可一學而即至。此其義旨也。乃正喻錯舉，忽言山，忽言海，忽言聖人之門，忽言水之瀾，忽言日月之明，忽又言流水之行，於喻之中，復又雜舉焉。朱子以爲如《詩》之比興。此又七篇中别一格也。

聖人之可學者，以有本。有本者，先立乎其大者也。聖人不可一學而至者，由善信以至聖神，各有其等；自志學以至從心，各有其候也。

孟子曰：「鷄鳴而起，孳孳爲善者，舜之徒也。鷄鳴而起，孳孳爲利者，蹠之徒也。欲知舜與蹠之分，無他，利與善之間也。」

間即幾也，故程子曰：「哲人知幾，誠之於思。」

孟子曰：「楊子取爲我，拔一毛而利天下，不爲也。墨子兼愛，摩頂放踵利天下，爲之。子莫執中，執中爲近之，執中無權，猶執一也。所惡執一者，爲其賊道也，舉一而廢百也。」

先儒皆謂中難識，愚竊謂「權」字尤難識。今人争言權，然皆委曲義理以就己私，又不若執一者，雖不通於事，而猶得存其名，雖不達於時，而猶得伸其志也，故曰「柳下惠則可，吾則不可」。此又學者所當知耳。

孟子曰：「飢者甘食，渴者甘飲，是未得飲食之正也，飢渴害之也。豈惟口腹有飢渴之害？人心亦皆有害。人能無以飢渴之害爲心害，則不及人不爲憂矣。」

「人能無以飢渴之害爲心害」，此正喻入化句也。孟子最善用此等句。新安陳氏之解，未免執泥。

孟子曰：「柳下惠不以三公易其介。」

此倒句法。顧麟士曰：「正言之，則如云：不貶其介以換那三公也。」

孟子曰：「有爲者辟若掘井，掘井九軔而不及泉，猶爲棄井也。」

「辟若掘井」至末十七字，一氣讀。

「有爲者」，《蒙引》以爲「兼德學、事功説，不可專主爲學」，甚是。

孟子曰：「堯、舜，性之也；湯、武，身之也；五霸，假之也。久假而不歸，惡知其非有也。」

此以堯、舜、湯、武而斷五霸之非真有仁義。蓋不知堯、舜、湯、武，則亦不知五霸也，并非平論。《蒙引》云：「久假便是不歸，言其久而安也，所謂居之不疑相似。」「惡知非有」，如王莽之假周公，雖至死，猶曰「天生德于予」。

公孫丑曰：「伊尹曰：『予不狎於不順。』放太甲於桐，民大悦。太甲賢，又反之，民大悦。賢者之爲人臣也，其君不賢，則固可放與？」孟子曰：「有伊尹之志，則可；無伊尹之志，則篡也。」

千古確論。

公孫丑曰：「《詩》曰『不素餐兮』，君子之不耕而食，何也？」孟子曰：「君子居是國也，其君用之，則安富尊榮；其子弟從之，則孝弟忠信。『不素餐兮』，孰大於是？」

當與彭更之問傳食諸侯章參看。彼詳此略。

王子墊問曰：「士何事？」孟子曰：「尚志。」曰：「何謂尚志？」曰：「仁義而已矣。殺一無罪，非仁也；非其有而取之，非義也。居惡在？仁是也。路惡在？義是也。居仁由義，大人之事備矣。」

此自以尚志備事爲眼目。仁義，其中之藴也。

孟子曰：「仲子，不義與之齊國而弗受，人皆信之，是舍簞食豆羹之義也。人莫大焉亡親戚、君臣、上下。以其小者信其大者，奚可哉？」

對匡章之問，所辨者精。此章之言，所論者大。

桃應問曰：「舜爲天子，皋陶爲士，瞽瞍殺人，則如之何？」孟子曰：「執之而已矣。」「然則舜不禁與？」曰：

「夫舜惡得而禁之？夫有所受之也。」「然則舜如之何？」曰：「舜視棄天下，猶棄敝蹝也。竊負而逃，遵海濱而處，終身訢然，樂而忘天下。」

問得奇，答得更奇。一片空中樓閣，只論理，并不一毫計及人情之私，乃成此雄言偉論。

「執之而已矣」五字，直截之至。

「竊負而逃」，是孟子設身處地代作算計處，非深知聖人心事光明正大，而於勢分、性分之輕重銖兩一無所失者不能。

孟子自范之齊，望見齊王之子，喟然歎曰：「居移氣，養移體，大哉居乎！夫非盡人之子與？王子宮室、車馬、衣服多與人同，而王子若彼者，其居使之然也；況居天下之廣居者乎？魯君之宋，呼於垤澤之門。守者曰：『此非吾君也，何其聲之似我君也？』此無他，居相似也。」

一篇仁者氣象說，却借他人嘆想而出。「居移氣，養移體，大哉居乎」，此嘆之詞也。「居天下之廣居」，此嘆之意也。「此無他，居相似也」，此嘆之餘波也。眼中所見是此人此景，心中所想是彼人彼景，不覺口中津津道之不置如此，真有手揮目送之樂。

妙在後面引魯君之呼，與王子一邊，若有意，若無意；與居天下之廣居者，若無情，若有情。所謂言有盡而意無窮，一嘆神理，流連難已。

孟子曰：「食而弗愛，豕交之也；愛而不敬，獸畜之也。恭敬者，幣之未將者也。恭敬而無實，君子不可虛拘。」

孟子曰：「形色，天性也。惟聖人，【行間批：三字內包盡性在內。】**然後可以踐形。」**

「形色天性」、「踐形」，理境中奇闢語，從來未經人道。《存疑》云：「『形色，天性也』，言形色有個天性也。『惟聖人然後可以踐形』，含個盡性在內；形色便有個天性在內。聖人能盡性，所以能踐形。」

潛室陳氏曰：「形色爲性，是引氣入道理中；食色爲性，是逐道理出形氣外。」

齊宣王欲短喪。公孫丑曰：「爲期之喪，猶愈於已乎？」孟子曰：「是猶或紾其兄之臂，子謂之姑徐徐云爾，亦教之孝弟而已矣。」王子有其母死者，【行間批：餘波相映。】**其傅爲之請數月之喪。公孫丑曰：「若此者，何如也？」曰：「是欲終之而不可得也。雖加一日愈於已，謂夫莫之禁而弗爲者也。」**

孝弟，即是「子生三年，然後免於父母之懷」一段議論。

孟子曰：「君子之所以教者五：有如時雨化之者，有成德者，有達財者，有答問者，有私淑艾者。此五者，君子之所以教也。」

「時雨化之」，形容語特妙。「私淑艾」，注分兩種，《蒙引》所謂「或同時而相去不遠，或不同時而其生已後」也。然觀結語，則無「其生已後」一種人。

公孫丑曰：「道則高矣，美矣，宜若登天然，似不可及也。何不使彼爲可幾及而日孳孳也？」孟子曰：「大匠不爲拙工，改廢繩墨，羿不爲拙射，變其彀率。君子引而不發，躍如也。中道而立，能者從之。」

「大匠」四句，正答道不可貶。「君子隱而不發」四句，則言道亦不必貶也。上下雖一意，而實有二義。《蒙引》謂以上起下爲一意，上是比況，下是正言。殊未確切。

「引而不發」，亦是正喻入化句。此四語説教學之道，抵得諸子中一部全書。

孟子曰：「天下有道，以道殉身；天下無道，以身殉道。未聞以道殉乎人者也。」

「殉」字奇而切。

以道殉身，則邦有道穀者可耻矣。以身殉道，則邦無道穀者可耻矣。以道殉人，殉人尚可爲道乎？此妾婦之道，道其所道也，故曰未聞。

公都子曰：「滕更之在門也，若在所禮。而不答，何也？」孟子曰：「挾貴而問，挾賢而問，挾長而問，挾有勳勞而問，挾故而問，皆所不答也。滕更有二焉。」

孟子曰：「於不可已而已者，無所不已；於所厚者薄，無所不薄也。其進鋭者，【行間批：句變。】其退速。」

一處事，一待人，一爲學與爲治。

一說：或爲其所當爲，而爲之太驟；或厚其所當厚，而厚之太過。似亦可通。見《蒙引》。

孟子曰：「君子之於物也，愛之而弗仁；於民也，仁之而弗親。親親而仁民，仁民而愛物。」

孟子曰：「知者無不知也，當務之爲急；仁者無不愛也，急親賢之爲務。堯、舜之知而不遍物，急先務也；堯、舜之仁不遍愛人，急親賢也。不能三年之喪，而緦小功之察；放飯流歠，而問無齒決；是之謂不知務。」

此平論仁知，而結之以「不知務」。仁知之理，始終亦未有不一貫者也。

卷十四

盡心篇第七下

孟子曰：「不仁哉，梁惠王也！仁者以其所愛及其所不愛，不仁者以其所不愛及其所愛。」公孫丑曰：「何謂也？」「梁惠王以土地之故，糜爛其民而戰之，大敗，將復之，恐不能勝，故驅其所愛子弟以殉之，是之謂以其所不愛及其所愛也。」

孟子曰：「春秋無義戰。彼善於此，則有之矣。征者上伐下也，敵國不相征也。」

孟子曰：「盡信《書》，則不如無《書》。吾於《武成》[一]，取二三策而已矣。仁人無敵於天下。以至仁伐至不仁，而何其血之流杵也？」

孟子曰：「有人曰：『我善爲陳，我善爲戰。』大罪也。【行間批：深惡之詞。】國君好仁，天下無敵焉。南面而征，北狄怨；東面而征，西夷怨。曰：『奚爲後我？』武王之伐殷也，革車三百兩，虎賁三千人。王曰：『無畏！寧爾也，非敵百姓也。』若崩厥角稽首。【行間批：倒句法。】征之爲言正也，各欲正己也，焉用戰？」

四章皆惡戰之意。三章言仁，一章言義。以義行師，即仁人之無敵矣。仁義一理也。

孟子曰：「梓匠輪輿能與人規矩，不能使人巧。」

此亦「中道而立，能者從之」之意。

孟子曰：「舜之飯糗茹草也，若將終身焉；及其爲天子也，被袗衣，鼓琴，二女果，若固有之。」

「若將終身」、「若固有之」，形容聖心至矣。

孟子曰：「吾今而後知殺人親之重也：殺人之父，人亦殺其父；殺人之兄，人亦殺其兄。然則非自殺之也，一間耳。」

首語有爲而言，是也。「一間耳」三字，危語悚然。

孟子曰：「古之爲關也，將以禦暴；今之爲關也，將以爲暴。」

孟子曰：「身不行道，不行於妻子；使人不以道，不能行於妻子。」

上以行言，下以事言。上爲道不行，下爲令不行。《注》確極。

孟子曰：「周於利者，凶年不能殺；周於德者，邪世不能亂。」

着眼在「周」字。

孟子曰：「好名之人，能讓千乘之國。苟非其人，簞食豆羹見於色。」

錐心之論。

孟子曰：「不信仁賢，則國空虛；無禮義，則上下亂；無政事，則財用不足。」

只作三平。尹氏「以仁賢爲本」，此外意也。

信之，則用之矣。一不用賢，則國空虛。仁賢所係如此。

孟子曰：「不仁而得國者，有之矣；不仁而得天下，未之有也。」

孟子曰：「民爲貴，社稷次之，君爲輕。是故得乎丘民而爲天子，得乎天子爲諸侯，得乎諸侯爲大夫。諸侯危社稷，則變置。犧牲既成，粢盛既潔，祭祀以時，然而旱乾水溢，則變置社稷。」

奇論！却是至論！然千古人不敢道。

得民心方爲天子，不比得天子、諸侯者止爲諸侯、大夫而已。故首句多一「而」字，此字法也。

孟子曰：「聖人，百世之師也，【行間批：有夷、惠在胸中，先贊此句。以後或因其是聖人，故師及百世；或以其師及百世，而信其是聖人。將此六字反覆咏嘆，極盡纏綿之致。】**伯夷、柳下惠是也。故聞伯夷之風者，頑夫廉，懦夫有立志；聞柳下惠之風者，薄夫敦，鄙夫寬。奮乎百世之上，百世之下，聞者莫不興起也。非聖人而能若是乎？而況於親炙之者乎？」**

此章在七篇中，爲第一風神絶世文字。若質言之，不過曰：伯夷、柳下惠，聖人也，可謂百世之師矣。顧乃不先點夷、惠，而但空嘆聖人爲百世之師，然後以夷、惠實之。望古遥集，此其情致爲何如？既又因其是聖人，而嘆後世之人莫不聞風興起，推服景從。其情致又爲何如？既又因聞風興起，而嘆其爲聖人。自思自問，自問自答，其情致又爲何如？既又因後世之聞風興起者，而思及當日親見之人，不徒仰慕夷、惠，而并仰慕及夷、惠之徒。如繪天神者，并其前後侍從皆有道德莊嚴之氣；繪虎豹者，并其經過草木皆作勁色。一時若妒若羨，若恨若嘆，其情致又爲何如？然後知天下之至文，未有不生於情者。情深，則文自深矣。孟子雖不學夷、惠，而於其高情勝概猶心慕手追，至於低徊流連，往復再三，而不能自已如此。於此又見天下未有不深於情而能爲聖賢豪傑者也。

以夷、惠爲百世師，而何不及孔子？雲峰胡氏曰：「風莫和於春，莫清於秋。物無不動者。孔子則元氣也。」此說「風」字似巧，而實精確之至。

孟子曰：「仁也者，人也。合而言之，道也。」

此章重「仁」字，重「道」字，重「人」字，紛紛不一。朱子曰：「兩下互説，方是『合』字之旨。」則「合」字是眼目矣。

孟子曰：「孔子之去魯，曰：『遲遲吾行也。』去父母國之道也。去齊，接淅而行，去他國之道也。」

孟子曰：「君子之戹於陳、蔡之間，無上下之交也。」

貉稽曰：「稽大不理於口。」孟子曰：「無傷也。士憎茲多口。《詩》云：『憂心悄悄，慍于群小。』孔子也。『肆

不殄厥慍，亦不隕厥問。』文王也。」

抬出文王、孔子，以見必如此人，方稱得士起；又士必如此人，方當得多口起。然則非寬慰語，正是策勵語也。

孟子曰：「賢者以其昭昭，使人昭昭。今以其昏昏，使人昭昭。」

孟子謂高子曰：「山徑之蹊間，介然用之而成路。爲間不用，則茅塞之矣。今茅塞子之心矣。」【行間批：句法。】

此所謂日月之至者。

皆喻也。至末句已露正意，仍借喻來説，何等輕便！即如「人能無以飢渴之害爲心害」，皆是此等句法。

高子曰：「禹之聲，尚文王之聲。」孟子曰：「何以言之？」曰：「以追蠡。」曰：「是奚足哉？城門之軌，兩馬之力與？」

此原無甚深意，但將「是奚足哉」十三字一氣讀，不誤看「兩」字，則文理得矣。豐氏注甚誤。詳見《附録》。

齊饑。陳臻曰：「國人皆以夫子將復爲發棠，殆不可復。」孟子曰：「是爲馮婦也。晋人有馮婦者，善搏虎，卒爲善士。則之野，有衆逐虎。虎負嵎，莫之敢攖。望見馮婦，趨而迎之。馮婦攘臂下車，衆皆悦之，其爲士者笑之。」

止借一馮婦爲況，下止叙馮婦之事，并不補足發棠之不可復。文情絶妙。

有别作句讀者，「卒爲善」句，「士則之」句，「野有衆逐虎」句。此與「其爲士者笑之」上下照應有情，亦可從也。

孟子曰：「口之於味也，目之於色也，耳之於聲也，鼻之於臭也，四肢之於安佚也，性也，有命焉，君子不謂性也。仁之於父子也，義之於君臣也，禮之於賓主也，智之於賢者也，聖人之於天道也，命也，有性焉，君子不謂命也。」

看來兩「命」字，皆是言氣數；兩「性」字，則一言氣質，一言秉彝。然先儒於前「命」字兼理與氣，則貧賤安於分者氣也，富貴之不過其則者理也。後「命」字兼所稟與所值，則在我有厚薄之異者，所稟也；在彼有遇不遇之殊者，所值也。此又密矣。

浩生不害問曰：「樂正子何人也？」孟子曰：「善人也，信人也。」「何謂善？何謂信？」曰：「可欲之謂善，有諸己之謂信，充實之謂美，【行間批：此因上善、信，連類并及。】**充實而有光輝之謂大，大而化之之謂聖，聖而不可知之之謂神。樂正子，二之中，四之下也。」**

有諸己，德之實也。充實，德無不實也。實即誠。充實而有光輝，誠之形而著而明也。「聖而不可知之之謂神」，必孔子足以當之。如君子三變，瞻在前而忽在後。及獵較，盟蒲，去魯以微罪行，以至栖栖皇皇，知其不可而爲之，微生畝不知，晨門不知，丈人、沮溺皆不知。且爲委吏，爲乘田，見南子，而於佛肸、公山之召，皆欲往，爲子路所不悦，此皆不可知者也。

孟子曰：「逃墨必歸於楊，逃楊必歸於儒。歸，斯受之而已矣。【行間批：此句見吾道之大。】**今之與楊、墨辯者，如追放豚，既入其苙，又從而招之。」**

孟子曰：「有布縷之征，粟米之征，力役之征。君子用其一，緩其二。用其二而民有殍，用其三而父子離。」

孟子曰：「諸侯之寶三：土地、人民、政事。寶珠玉者，殃必及身。」

盆成括仕於齊。孟子曰：「死矣，盆成括！」盆成括見殺，門人問曰：「夫子何以知其將見殺？」曰：「其爲人也小有才，未聞君子之大道也，則足以殺其軀而已矣。」

孟子之滕，館於上宮。有業屨於牖上，館人求之弗得。或問之曰：「若是乎從者之廋也？」曰：「子以是爲竊屨來與？」曰：「殆非也。夫子之設科也，往者不追，來者不拒。苟以是心至，斯受之而已矣。」

孟子一言蘊蓄之甚；而或即能知其非，而并識君子設教之道，亦異矣。

孟子曰：「人皆有所不忍，達之於其所忍，仁也；人皆有所不爲，達之於其所爲，義也。人能充無欲害人之心，而仁不可勝用也；人能充無穿窬之心，而義不可勝用也。人能充無受爾汝之實，無所往而不爲義也。士未可以言而言，是以言餂之也；可以言而不言，是以不言餂之也：是皆穿窬之類也。」

所謂「充類至義之盡也」。

前并言仁義，後止言義。蓋無欲害人之心，充之之類，猶顯而可明，而充無穿窬之心，則甚微而難辨，故指出二端以爲例耳。

○孟子曰：「仁義非難，惟即其端充之，以至於盡已耳。如有所不忍者，人皆然也。則即此之一不忍，而達之於諸所忍者，俾皆有所不忍焉，是即仁也。有所耻而不爲者，人亦皆然也。則即此之一不爲，而達之於諸所不耻而爲者，俾皆有所耻焉，是即義已。夫人所不忍者，孰如害人？此無欲害人之心，即人所皆有者也。即此充之，而仁可勝用乎？人所不爲者，孰如穿窬？此無穿窬之心，即人所皆有者也。即此充之，而義可勝用乎？獨是害人之心，其類雖多端，而察之猶易。至於穿窬之類，則紛見旁出，至細至微，而辨之甚難。如彼此爾汝，卑之無足論者也。人雖受之，而中心必實有所不甘者。能充至此，則無往非義矣。而不但然也，又如我未可以言而故言焉，是以言餂人；當可以言而故不言焉，是以不言餂人。此其内懷不直而畏人知，與受人爾汝，皆一穿窬之心也。必充類至此，方可謂盡。不然，則何以浩然而塞天地之間也哉？」

孟子曰：「言近而指遠者，善言也；守約而施博者，善道也。君子之言也，不下帶而道存焉。君子之守，修其身而天下平。人病舍其田而芸人之田，所求於人者重，而所以自任者輕。」

言、守雖并舉，觀末節意，則孟子重守一邊，舉言以例起守，如《詩》之所謂興也。

孟子曰：「堯、舜，性者也；湯、武，反之也。動容周旋中禮者，盛德之至也；哭死而哀，非爲生者也；經德不回，非以干祿也；言語必信，非以正行也。君子行法以俟命而已矣。」

此與前言不同。前蓋舉堯、舜、湯、武以形五霸，此則不然。堯、舜、湯、武，不過舉性、反兩個樣子，輕輕撇過。下則論性者之難能，而反之之事在所不容已，并非平論性、反之德之事。

○孟子曰：「古今來，有所性而即全，與反身以踐形者，皆君子也。性者爲堯、舜，而反之則爲湯、武。然性者之德，豈易能哉？觀其動容周旋之中禮，知爲盛德之至也；觀其哭死，非爲生者而哀也；觀其經德，非以干祿而不回也；觀其言行，非以正行而必信也。其德如此，所謂任天以動，一無所倚，生知安行之聖人也。自古及今，能有幾人耶？然則君子亦惟行聖人之成法以俟乎命，踐形以復其性而已矣，敢妄希自然而不自盡其功力乎？」

孟子曰：「説大人則藐之，勿視其巍巍然。堂高數仞，榱題數尺，我得志弗爲也；食前方丈，侍妾數百人，我得志弗爲也；般樂飲酒，驅騁田獵，後車千乘，我得志弗爲也。在彼者，皆我所不爲也；在我者，皆古之制也。吾何畏彼哉？」

此即「彼以其富，我以吾仁；彼以其爵，我以吾義」之意，而少露。然説來似易，而當此境界，非實有所以內重者，不能然耳。

孟子曰：「養心莫善於寡欲。其爲人也寡欲，雖有不存焉者，寡矣；其爲人也多欲，雖有存焉者，寡矣。」

曾晳嗜羊棗，而曾子不忍食羊棗。公孫丑問曰：「膾炙與羊棗孰美？」孟子曰：「膾炙哉！」公孫丑曰：「然則曾子何爲食膾炙而不食羊棗？」曰：「膾炙所同也，羊棗所獨也。諱名不諱姓，姓所同也，名所獨也。」

萬章問曰：「孔子在陳曰：『盍歸乎來！吾黨之士狂簡，進取，不忘其初。』孔子在陳，何思魯之狂士？」孟子曰：「孔子不得中道而與之，必也狂獧乎！狂者進取，獧者有所不爲也。孔子豈不欲中道哉？不可必得，故思其次也。」「敢問何如斯可謂狂矣？」曰：「如琴張、曾皙、牧皮者，孔子之所謂狂矣。」「何以謂之狂也？」曰：「其志嘐嘐然，曰『古之人，古之人』。夷考其行而不掩焉者也。狂者又不可得，欲得不屑不潔之士而與之，是狷也，是又其次也。孔子曰：『過我門而不入我室，我不憾焉者，其惟鄉原乎！鄉原，德之賊也。』」曰：「何如斯可謂之鄉原矣？」曰：「『何以是嘐嘐也？言不顧行，行不顧言，則曰：古之人，古之人。行何爲踽踽凉凉？生斯世也，爲斯世也，善斯可矣。』閹然媚於世也者，是鄉原也。」萬章曰：「一鄉皆稱原人焉，無所往而不爲原人，孔子以爲德之賊，何哉？」曰：「非之無舉也，刺之無刺也，同乎流俗，合乎污世，居之似忠信，行之似廉潔，衆皆悦之，自以爲是，而不可與入堯舜之道，故曰德之賊也。孔子曰：『惡似而非者：惡莠，恐其亂苗也；惡佞，恐其亂義也；惡利口，恐其亂信也；惡鄭聲，恐其亂樂也；惡紫，恐其亂朱也；惡鄉原，恐其亂德也。』君子反經而已矣。經正，則庶民興；庶民興，斯無邪慝矣。」

萬章止疑孔子思狂者，孟子則由狂帶出狷者來。然章仍問狂者之爲人，孟子正答後，復又及狷，更由狷而帶出鄉愿。章因而問及，孟子遂痛發之。一時問答層次，情文相生如此。

通章歸本在「反經」二字。狂狷皆不失其經者也，鄉愿則似經而大悖乎經矣。理自一貫。

叙鄉愿鄙薄狂狷處，即以上形容狂者之言狀，爲鄙斥之詞。鄉愿既代狂者述其言，孟子又代鄉愿述狂者之言，一口而爲三人語，絶妙文情。

末節筆意嚴整莊重，非此不足以結上如許零星煩碎之文也。

孟子曰：「由堯、舜至於湯，五百有餘歲。若禹、皋陶，則見而知之；若湯，則聞而知之。由湯至於文王，五百有餘歲。若伊尹、萊朱，則見而知之；若文王，則聞而知之。由文王至於孔子，五百有餘歲。若太公望、散宜生，則見而知之；若孔子，則聞而知之。由孔子而來，至於今，百有餘歲。去聖人之世，若此其未遠也；近聖人之

居，若此其甚也。然而無有乎爾，則亦無有乎爾。」

此二章相連一意，前章言道非其人不傳，此章言傳道之必有其人也。嫌於自任，故作葫蘆提語耳。歷叙見知聞知，本欲歸根於末節。乃至末節，却無一「見知」、「聞知」字。奇妙無比！

言仁義，不言利，孟子一生學問經濟。而仁義之道所以爲學爲治者，實有所自傳。故七篇以仁義始，以得傳道統終。

【校注】

〔一〕「成」，原作「城」，據中華書局一九八三年版《四書章句集注》之《孟子集注》卷十四改。

卷十五

附録

「不日成之」，鄭《箋》曰：「不與設期日而成之。」《國語》引此詩，韋昭注亦同。惟不限時日，故可戒勿亟；惟未成，故趨事如子來。義當是也。

「五畝之宅」，朱《注》曰：「二畝半在田，二畝半在邑。」邑蓋郊外之里邑，非有城郭者也。趙氏《注》多出「冬入城保二畝半」七字。誤在趙《注》，朱子固已删之矣。毛氏以此譏朱子，殊誤。

孟子不道桓、文之事，而自爲文，多襲管子，如「省刑罰，薄税斂」。○規矩，方圓之正也。雖有巧目利手，不如規矩之正方圓也。○諸侯毋專殺大臣，毋曲堤，毋貯粟，毋擅廢適子，毋置妾以爲妻。○使税者百一種，孤幼不刑，澤梁時縱，關譏而不征，市書而不賦。○以善勝人者，未有能服人者也。以善養人，未有不勝人者也。至於「齊景公問晏子『吾欲觀於轉附、朝儛』」一節，則全襲齊桓事，而易其名與語者。據《管子・戒篇》，桓公問於管仲曰：「我游猶軸轉斛，南至瑯琊。司馬曰：『亦先生之游也。』何謂也？」管仲對曰：「先王之游也，春出，原農事之不本者，謂之游；秋出，補人之不足者，謂之夕。夫師行而糧食其民者，謂之亡；從樂而不反者，謂之荒。先王有游夕之業於人，無荒亡之行於己。」桓公退，再拜命曰：「寶法也。」「轉附朝儛」爲「猶軸轉斛」之誤。「糧食其民」，必加「其民」二字始明了。此亦見毛氏集。竊按：孟子不道桓、文之事者，謂其非王道之大。至管子治國，實有其道。夫陽貨之言尚取之，況管子乎？至「轉附朝儛」與「猶軸轉斛」，究未知其孰是也。

「爲長者折枝」，趙氏《注》：「折枝，按摩折手節解罷枝也。」按《内則》，子婦事舅姑，問疾痛疴癢而抑搔之。

鄭《注》：抑搔即按摩。屈抑枝體，與折義正同。此卑賤奉事尊長之節，非凡人所屑爲，故曰「是不爲，非不能」。觀《後漢・張皓、王龔論》曰：「豈同折枝於長者，以不爲爲難乎？」劉熙注：「按摩不爲，非難。」此可驗也。若劉峻《廣絶交論》「折枝舐痔」，盧思道《北齊論》「韓、高之徒，人皆折枝舐痔」，《朝野僉載》「薛稷等舐痔折枝，阿附太平公主」類，皆作媕諂之具。則其爲按摩，無疑也。

泰山明堂，不知所在。趙《注》云：本魯地，而後爲齊有。然亦不注所始，並不解何用。以爲巡狩耶？則燔柴祭天，壇而不屋。明堂焉能柴？且柴主上帝；明堂五室，主五方五帝；即有祭，亦不相合也；況西南諸嶽無有也。以爲王者聽政之所，則聽政朝寢自有定位，未聞周王聽政在東魯者。即四郊迎氣，十二月聽朔，在鎬京自有明堂。即東都明堂，尚不之及；而謂有周共主，必四時東幸，十二月遷魯以頒政，謬又謬矣。況王政者，王者之政，乃專舉文王治岐爲言。其立言之意，亦必有在。蓋此即出王配帝之所也。古明堂之制，原爲饗帝而設。自黄帝以來，唐、虞、夏、商俱有之。但饗帝必有配，后稷既配天於郊，而文王則配天於明堂。且天子繼祖爲宗，必有宗祀，而周制以文王當之。《孝經》所云「宗祀文王於明堂」者，是宗祖之祭。《周頌・我將》詩，《小序》所云「祀文王於明堂」，則配帝之祭也。特魯本侯國，諸侯不敢祖天子，則祖文宗武，非魯宜有；而獨文王以出王之故，大宗之國，不祖而宗，因特立周廟在祖廟之外；而又以文當配帝，特設明堂，爲出王配帝之所。蓋天子二郊既祭昊天上帝，而於明堂則兼及五帝，原是殺禮。故明堂九室，祇以中央太室與東西南北之太廟合名五室，而祀方明於其中。方明者，上玄，下黄，東青，西白，南赤，北黑，一木主也。故天子祖文王於明堂，而魯則得以大宗宗之。天子以歲祭饗上帝於明堂，而魯亦得以四時迎氣、五方饗帝、十二月聽朔，降及之。蓋周郊在二至，而魯郊祇在孟春祈穀，季秋報享。鎬京明堂並祀文、武，（並祀文、武，與《我將》詩《小序》宗祀文王，又異何也？）而泰山明堂則祇祀文王。《孝經》所稱「嚴父配天，則周公其人」者，專指此泰山明堂爲言。其舉文王治岐，亦即因祭文而推本及之，以爲治岐者實宗祀所自來也。

《經典序録》謂：曾申，字子西。子夏以《詩》傳曾申，左邱明作《春秋傳》以授曾申。則是曾西即曾申，爲曾子之子，非孫也。申爲西方之辰，如春秋楚鬥宜申、公子申皆字子西，可驗。

「孟子自齊葬於魯，反於齊」，一似將葬而始歸，裁葬而即出，不終喪而爲齊卿者。且殯次門内，葬次門外，乃居喪要禮。孟子方教滕文行古制居廬不言，豈有身甫三虞，而即可離門内外者？明儒京山郝氏求其説而不得，乃自爲解曰：「禮，凡尊者有賜，必明日往拜。惟喪禮，則斂之明日，但拜君命及衆賓，而不拜棺中之賜。故贈襚之賜，拜於葬後。是時孟子仕齊，喪母。齊王必以卿禮來贈含襚，而孟子以棺中之賜，不即往拜。至三月歸葬之後，然後反齊，而拜王之賜。然又不至齊，而止於嬴者。禮，衰絰不入公門。大夫去國，踰境爲壇位，望鄉而哭。此喪禮也。」然是言殊未確。按《小記》有國君吊臣之文。《禮運》，國君非問疾吊喪，不入諸臣之門。故衛靈吊柳莊，齊莊公吊杞殖，豈有齊王不吊孟子而止贈含襚者？况含襚有二禮：一是君親臨者，一是遣送者，皆君命也。君命無不拜。所謂不拜棺中之賜者，謂不拜賜物而拜君命耳。若謂棺中之賜至三月葬後始拜，未見所出。况嬴在齊南，去齊都三十餘里，即《春秋》所稱公會齊侯於嬴者。果是拜賜，未必如是之遠。且禮，衰絰不入公門，非謂不入國門也。若爲壇位而哭，此出亡之禮，亦非喪禮。竊以「孟子自齊」謂孟子以母喪自齊，抑止謂孟子之身自齊，皆未可知也。葬後有反哭之禮，則焉知非孟子迎養其母於齊，而母死，扶其喪歸葬，葬後，還於母之死所，嬴即其地歟？且葬非徒葬而遂已也。葬之前，有養疾、升復、斂户、殯墻諸節。葬之後，有卒哭、作主、祔廟、還主諸節。若孟子在齊而孟母在魯，則豈有不赴養、不送死，至臨葬而始歸者？又豈有不反祭於母之室，不守主於母之寢，而一葬即可置諸節於不問，亟返齊而復其卿位也者？獨惜無所據以爲説耳。

「周公使管叔監殷」，《孟子》但言「使管叔」耳，《集注》謂使管叔與蔡叔、霍叔監其國。考經傳，并無三叔共監殷事。惟《大誥書序》有監叛，然無可考據。前儒説經者，因《春秋傳》有「周公痛二叔之不咸」，及「管、蔡啓商，惎間王室」，疑蔡叔亦同監殷而以叛誅者。故孔安國注《書序》始云「三監者，管、蔡與商」，而《漢書》作《地理志》遂謂管、蔡、武庚三分邶[一]、鄘之地而各尹之，以爲監即尹也。夫武庚，殷也。以武庚當三監之一，則以殷監殷，固已謬矣。且管、蔡未嘗分鄘、衛也。《世家》云「封鮮於管，封度於蔡」，而杜預謂「管在滎陽」，《世本》謂汝南上蔡即叔度封國，則縱使兩叔果監殷，亦斷無舍所封而分殷地者，况霍叔則并無闌及者也。鄭氏《詩譜》據《蔡仲之命》謂霍亦流言，因以霍代商，竊補三數。而前儒非之，謂監殷、流言本是兩事，流言有霍，而監殷無霍也。是三監之説，前儒已無定解矣。然按《周禮》，施典之官，顯有牧、監、參、伍、殷、輔六名，牧、監以諸侯爲之，參、伍、殷、輔則以各國之大夫士爲之，皆統制之官，即監官也。《史記》作《衛世家》，誤認監作輔，有云：武王恐武庚有賊心，使管叔、蔡叔傅相之。夫傅相漢官，置之諸侯王國。如膠東相、長沙王傅者，即輔也。未有二叔爲武庚輔者。此正監殷本牧、監之職，而誤以殷、輔當之也。蓋監是官名，所以監視諸侯者，然即推諸侯爲之。九州一千八百諸侯，每州立方伯，統領其事。《春秋傳》謂之九伯，《王制》除王畿，謂之八伯，《尚書·多方》謂之胥伯，然總謂之牧，《曲禮》「九州之長入天子之國曰牧」是也。乃自牧而下，又有卒正、連帥、屬長三等官，《多方》謂之小大多正；自牧而上，又有王朝之二伯一等官，《春秋傳》謂之分陜之伯，《曲禮》謂之五官之長之伯，總監官也。管叔之監，祇是連帥正長，僅監殷墟諸國者，其官在牧下。而《周禮》建牧之後，即繼曰「立其監」，一似立監之名專指連帥正長三等官者。然且三監之稱，雖以三等得名，顧自昔有之。《王制》記商制云：「天子使其大夫爲三監，監於方伯之國，國三人。」惟商制無二伯，但以王大夫三人監方伯國；而周制則特設二伯於王畿，即以連帥正長三等官襲三監之名。不特其制在監殷前，與三叔無涉；且連帥正長合不下數十餘人，所謂小大多正者，而總名三監。是初以三人爲三，繼即以三等爲三，多官稱三監，一官亦稱三監，管不必及蔡，更何論於霍也？

「周公，弟也；管叔，兄也」，《史記》亦云。而趙氏《注》則曰：「周公以爲管叔弟也，故愛之；管叔以爲周公兄也，故望之。」則周公是兄，管叔是弟。張南士曰：「此事有可疑者三：周公稱公，而管叔以下皆稱叔，一；周公先封周，既又封魯，而管叔並無畿内之封，二；周制立宗法，以嫡弟之長者爲大宗，周公、管、蔡皆嫡弟，而周公爲大宗，稱魯宗國，三。」又按：《尚書·金縢》孔傳謂：「周公攝政，其弟管叔及蔡叔、霍叔放言於國，以誣周公。」以爲殷法，兄終弟及，三叔疑周公爲武王之弟，有次立之勢，則亦以爲公次武王，其弟及與殷法合，故流言。則趙氏所注非無據也。

舊注：「《古紀》、《世本》録諸侯之世，滕國有考公麇，與定公相值；其子元公宏，與文公相值。似後世避諱，改『考』爲『定』，改『元』爲『文』者。」

滕文公定爲三年之喪，西河毛氏謂爲定三年之喪制，引《周書·顧命》、《康王之誥》，成王崩方九日，康王遽即位，冕服命誥諸侯，與三年不言絶不相同。又引《春秋傳》，晋平公即位，即改服命官，而通列國盟戒之事。又謂：「子張問高宗三年不言，夫子曰：『何必高宗？古之人皆然。』子張以高宗爲創見，而夫子又云『古之人』。其非周制，昭然也。」遂以父兄百官之言，謂是周公、伯禽、滕叔繡并無一行三年喪者。果爾，則三年之喪，禮之大者，豈周公制禮而反獨遺此歟？且《中庸》明言「周公成文、武之德」，又云「三年之喪，達乎天子；父母之喪，無貴賤一也」。是説爲何説乎？且三年之喪果非周制，則春秋、戰國早已不行，而宰我何以謂「三年不爲禮樂，禮樂必爲崩壞」？齊宣王何以欲短喪？此皆有不可通者矣。竊謂：孟子之言文公之所定，與子張之問、夫子之答，皆單指三年不言一事，并非謂衰絰苫塊皆不行也。觀《康王之誥》末云「王釋冕，反喪服」，則即位柩前而頒命戒，乃後世定變之權。周公所制，必不如此。至於晋喪悼公，平公初即位，即有溴梁之會，恐失諸侯也。衰世之事，豈可府獄於周公？然平公會之，而大夫盟，則猶存禮意。且命官會盟，見於經傳，而改服未聞也。晋自襄公爲殽之師，以墨衰從戎，遂爲故事，則焉知不借此以行於盟會乎？又是年冬，穆叔如晋聘，且言齊故。晋人曰：「以寡君之未禘祀。」

鄭《注》曰：「禘祀，三年喪畢之吉祭。」是則平公雖爲溴梁之會，而諸嘉禮亦未之行。又平公之葬也，諸侯之大夫欲因見新君。叔向辭之曰：「大夫之事畢矣。而又命孤，孤斬焉在衰絰之中。其以嘉服見，則喪禮未畢；其以喪服見，是重受吊也。大夫將若之何？」皆無辭以退。是三年中，皆不食稻衣錦。獨三年不言，惟商之高宗，或商之時制有然。豈有商已定制，而周公反削之不行，則所制何禮也？則又焉知非後世不行而遂去其籍乎？况本文明云「三年之喪，自天子達於庶人，三代共之」，所云三年之喪者，即并不言在內。故後文引孔子爲證，而世子毅然行之，特著「五月居廬，未有命戒」八字之文。則孟子前所言內，必不止於「齊疏之服、飦粥之食」而已。或記者有遺，未可知也。毛氏説見於集中《四書賸言》。乃其《索解》中又云：「魯自春秋至戰國，無不行三年喪者。僖公三十三年薨，文公二年納幣，相距再期，猶然以喪娶譏之。成公三年喪畢，然後朝會，胡氏猶以不朝周刺其非禮。昭公居三年喪不哀，叔向曰：『有三年之喪，而無一日之戚。』則近代先君何嘗不行？且本文明曰『喪祭從先祖』，先祖者始祖，非近代祖也。」毛氏執此，故於《賸言》中謂：三年之喪，周公、伯禽、滕叔皆不行，至文公始定制。然則「三代共之」，所謂三代者反指春秋、戰國之時，而非文、武、周公之時矣，何其悖哉？竊按：三年之喪，自唐、虞以來，未之或改。不但非滕文始爲定制，亦並非周公始定其制也。第自始死，以至祥禫，即吉。其全禮度數，有行，有不盡行耳。即如近世居父母之喪者，但能哀即謂之孝。然其飲酒食肉，變服從事，無異平時人，皆不以爲非；惟於喪娶，及入内生子，聽樂宴賀，始譏之。想古今猶是人情也。所謂「古之人皆然」者，謂古之賢者皆然耳，未必顛覆典刑之太甲、淫戲自絶之受亦能然也。則文公定爲三年之喪者，蓋決意遵禮制而行，非周公、伯禽、滕叔皆不行，至文公始定制也。即使孟子前言無所遺，然曰「齊疏之服」，則必不如康王之服麻冕黼裳，而朝群臣矣；曰「飦粥之食」，則必不如康王之三宿三祭，受諸侯之乘黄圭幣矣。觀文公使然友曰「吾欲使子問於孟子，然後行事」，則是文公並未即位也，故決定一切皆遵禮制。所謂三年不言，即括於三年喪內。况又引孔子「聽於冢宰」之言，及文公

「未有命戒」，前後可證據也哉？

徹與助無別，皆什一法。其改名徹者，以其通貢、助而言也。按《春秋・宣公十五年傳》云：「穀出不過藉。」所云藉者，正是助法，杜預所謂借民力以耕公田。穀祿所出不踰此數，故曰「不過」。此正孟子所云「助者藉也」之「藉」。則徹仍是助，故當時亦即以藉名徹。即《公羊》、《穀梁》亦俱曰「什一而藉」，并無他義。若其名徹之意，則《後漢・陸康傳》曰：「徹者，通也。」《周禮・匠人注》〔二〕引《孟子》「請野九一而助，國中什一使自賦」語，謂：「畿内用夏之貢法，邦國用殷之助法。」又云：合郊内郊外而通其率，爲十取其一。則徹之爲通，亦只是通貢助、通内外與通行天下，立義已耳。若通力計畝，則公私内外皆可不立。夫畝終同，皆可不設；但通九百畝作一區，而治之收之而已。孟子所云「井九百畝，其中爲公田，八家皆私百畝，同養公田」，豈孟子所言皆商制與？且《穀梁傳》云：「古者什一，藉而不税。私田稼不善，則非吏；公田稼不善，則非民。」所云非者，謂責而罪之。夫惟公自公，私自私，不通耕作，故公稼不善，得以罪民，私稼不善，得以罪吏。若通力合作，則公私無別，既無稼善、稼不善之殊，而計畝而分，又安見公仍還公，須罪民，私仍還私，須罪吏乎？孟子云：「上農夫食九人，上次食八人，中食七人，中次食六人，下食五人。」亦惟耕力有不齊，收穫有差等，故云。使通力計畝，合作則夫無上下，均分則食無多寡矣。

「夏后貢法，校數歲之中以爲常。此在《禹貢》所載甚明，謂田賦九等，必比較豐凶，以定高下之則。此謂立九賦之等有然，非謂初間計豐凶，久以後豐凶便不顧也。如龍子之言，則省耕省斂，補不足與助不給者，何在耶？以爲流弊，則徹、助亦誰無流弊，而獨以貢言之？」此毛氏《索解》中語。竊謂：唐、虞、三代皆有荒政，所謂周恤賑給，并薄征散利，必責之司農。况耕斂補助已明見於夏諺，此必周之鄉遂所用之貢也。蓋貢法便於上，而助法便於下，其流弊亦必有不同者矣。

「江漢以濯，秋陽以暴」，只是極言：夫子道大德盛，難以形容，纔欲摹擬彷佛，即足爲潔白之累，此如濯之至者無可揣濾，暴之極者不容霑染。蓋甚言以有若爲似夫子而事之萬萬不可，并非以此喻其道、比其德也。

六律六吕是十二個管，與樂無涉。漢後并無此物，而五音不絶於世，何以非六律不能正五音？夫五聲有四清，共九聲。又有二變，并一變清聲，特聲無所寄，因造十二管以合之。是五聲原有十二聲，而後清濁高低轉環成調。故《虞書》曰「律和聲」，言以律合聲，未嘗言正聲也。然且每管有十二聲，即一管而旋用之，可爲宫、爲商、爲角徵羽。是以聲定律，何以云以律正音？蓋正者證也，非刊其不正而正之也。如《論語》「就有道而正」，《孟子》「必有事焉而勿正」，《少儀》「能正於樂人」、「不能正於樂人」，皆此義。若作刊正解，則五聲如貫珠，無偏無頗，何容刊之？

「祼將於京」，《注》謂諸侯助祭於京師，此在禮原有之。然如何助法？當何時一來京？自漢迄今并無言及者。嘗考諸侯朝覲法，唐、虞四年一朝，夏、商五年一朝，周六年一朝。然猶疏遠不易至，有「一不朝」、「再不朝」、「三不朝」之文，豈又有助祭一條在朝覲外者？然且朝覲必輪年，而祭則大饗大袷頻年有之。又且卜祭有月日，必欲使六服諸侯同年同日而齊集於廟，此必無之事。故《中庸》宗廟序爵，在《祭統》、《文王世子》諸禮文皆指同姓内諸侯言。是以鄭注「序爵」曰：「爵者，公、卿、大夫也。」《集注》添一「侯」字，曰「公、侯、卿、大夫」。後學皆以異姓當之，此誤也。特祼將之禮，在《周頌》儼有《有客》、《振鷺》二詩，而《尚書·益稷》有「虞賓在位」，《伊訓》有「侯甸群后咸在」，《武成》有「邦甸侯衛，駿奔走」，《康誥》有「侯甸男采衛，和見士於周」，《洛誥》有「王賓，殺禋，咸格」，豈皆妄語歟？大抵六服助祭，惟開國一至，如武王初定天下，則天下諸侯咸來助祭，《武成》所云是也。或王者建都，則亦一至，如成王創建東都，親幸新邑，則六服群至，《康誥》與《洛誥》所云是也。外此，則惟新君即位，一助祭耳。如舜即政，祭舜宗廟，《益稷》所云；太甲承湯崩之後，踰月即位，奠殯祭廟，

《伊訓》所云是也。然則助祭來京，惟新君即位一行。開國、建都，則特禮矣。愚竊以周制朝法，各服分年朝，而每年應朝之服，則又春東、夏南、秋西、冬北，各以時至。然則時至之際，如遇禘祫，自應隨祭，亦未必定助祭之時與助祭之法也。

「聞文王作，興曰：『盍歸乎來！』」今以「作」字句，「興」字連下讀。但漢讀皆不如此。趙《注》「聞文王作興」，以「興」字句，而《疏》云：「聞文王興起，乃曰：『盍歸乎來！』」又《離騷》「吕望之鼓刀兮，遭周文而得舉」，王逸《注》：「太公避紂，居東海之濱，聞文王作興。」則正引《孟子》文，而以「興」字句者。漢儒句讀與後不同，多此類。

「樂正子從子敖之齊」，正子爲孟門高弟，孟子嘗以善人、信人稱之。今從子敖，非必如楊子雲、蔡伯喈之於莽、卓也。觀「哺啜」二字，似有優渥可憑藉者。或欲見其師，而資斧未充，未免依附而來。孟子譏之，亦責賢者備也。若遽罪以失身，恐過。

「傷廉」、「傷惠」、「傷勇」，仁山金氏曰：「此必戰國之時，豪俠之習，多輕施結客，若四豪之類；刺客輕生，若荆、聶之類。故孟子爲當時戒耳。若子華使齊，五秉之受，乃是其母。林氏歸罪子華，既非；後更有責子華不能諭親於道者，尤爲無稽。至於子路死衛，食其食者死其事，正合於義，故夫子哀而哭之，亦不可爲傷勇也。」

《春秋》無鄭人侵衛事。此本《春秋·襄十四年》衛侯出奔齊而孫林父使尹公佗、庾公差追公之事。今按子濯孺子、尹公之他、庾公之斯是師弟子三輩，在《春秋傳》則公孫丁、庾公差、尹公佗是師弟子三輩，其間同異亦不甚遠。祇《春秋傳》是甯殖、孫林父以臣逐君事，與列國泛常相侵不等。孟子引此，證師弟子弑逆，或恐大義輕重較難比擬，故特諱其説，如薄昭上淮南王反事書，（書引《荀子》語，桓公殺兄以返國，改爲殺弟。韋昭注云：「以漢文是兄，忌諱故也。」）故稍變其事歟？抑亦所聞有異，如司馬子長記趙氏下宮事與《春秋傳》原不合歟？

公行子有子之喪，不知是喪親，是喪子。孫氏《疏》曰其子死也。按：《禮》稱「執親之喪」，爲其親死；《中庸》稱「父母之喪」，爲父母死；《檀弓》稱「曾子有母之喪」，爲其母死，又稱「子路有姊之喪」，爲其姊死。據經文例，其説似矣。但公行子雖屬貴臣，然祇是子死，焉得使盈朝赴吊，致右師、孟子一賢一幸皆至如此？此時誰爲後？誰主喪？來吊之人，吊喪者，抑吊主者？皆難爲臆説也。今講章則皆曰公行子有人子之喪，雖於理説得去，而又無據。世不乏知禮者，請俟正之。

「百里奚自鬻於秦，五羊之皮，食牛，以要秦繆公」，此妄言，故孟子不許。然其説有可解者。《莊子》，百里奚飯牛而牛肥，是養牲也。《國語》，王子頹好牛，奚少時以養牛之術干之，是以養牲干進也。惟五羊之皮，則不可解。奚舊稱五羖大夫，其人全以此得名，是必有一五羊實事流傳人間。乃言人人殊，如《扊扅之歌》曰「百里奚，新娶我兮五羊皮」，是聘物也；又曰「西入秦，五羊皮」，則携作客貲者也。《史記》「百里奚亡秦走宛，楚鄙人執之，繆公以五羊之皮贖之歸秦」，是又贖奚物也。其不可憑如此。趙《注》謂「奚自賣五羖羊皮，爲人養牛」，賣己物以養人牛，貧而不吝，可以爲要譽之具。此依文度事。趙氏去古未遠，其説或有師承歟？若謂得五羊之皮，而爲之食牛，既無據，然此亦何足要譽？再飯牛，非販牛也。孟子後又謂爲舉於市，此亦不可解。

「頑夫廉」，「頑」字古皆是「貪」字。《漢·王吉傳》：「《孟子》云：『聞伯夷之風者，貪夫廉，懦夫有立志。』」《晉書·羊祜傳》亦曰：「貪夫反廉，懦夫立志，雖夷、惠之操無以尚也。」《南史》稱任昉「能使貪夫不取，懦夫有立志」。

五等之爵以天子當一等，則與《尚書》「列爵惟五」之文不合。豈有天子自列爵，而列己位在内之理？故《王制》曰：「王者之制禄爵，公侯伯子男，凡五等。」以子、男分二等，而天子不列數内。其於諸侯之六等，亦去君一位而列五等。雖《王制》後起，然較《孟子》之文稍爲近理。不然，班禄之制，孟子以天子之地方千里，與公侯、伯、子男明分四等，而《尚書》分土惟三，止列三等，則正以公侯百里、伯七十里、子男五十里爲分土之三，何嘗有天子在其中乎？則班爵不猶是乎？

天子之地方千里，諸侯皆方百里。其「地」字，《王制》作「田」字。田即地也。但地有山林川澤、城郭宫室、陂池涂巷種種，而田則止皆種禾者。故田較之地，則每里當減三分之一。是地有千里者，田未必有千里矣。今既云班禄，禄出於田，當紀實數，焉得以三分減一之地而强名千里？漢後諸儒所以不能無紛紛也，不知孟子所云「地」字亦只是「田」字。觀「魯欲使慎子爲將軍」章：「周公之封於魯也，爲方百里也，地非不足也，而儉於百里。」又曰：「不百里，不足以守宗廟之典籍。」則較量千百，惟恐不足，當必是實數可知。而按其上文，仍是「地」字。則知地即是田耳。

衛孝公，朱《注》云：「《春秋》、《史記》皆無之，疑出公輒也。」按夫子於哀公七年，當輒之時，亦曾至衛，但出公并不謚「孝」。宋孫氏《疏》謂仍是靈公。《史記·春秋年表》及《孔子世家》所載，雖於公養有據，然上已有靈公，此不得仍曰靈也。豈可不信《孟子》而信《史記》？按趙《注》：「衛孝公以國君養賢之禮養孔子，故孔子爲宿留以答之。」其曰「養賢之禮」，曰「宿留」，似古原有成文，而邠卿引之者。漢去古未遠，必有師承，未可以今世之見疑古人也。

「至於心，獨無所同然」，承上「同耆」、「同聽」言，謂同如是耳，與前「惟耳亦然」、「惟目亦然」兩「然」字相應。如此，似覺直捷。

程子曰：「心豈有出入？亦以操舍言耳。」蓋操之自存，舍之自亡。但看「出入無時，莫知其鄉」直接「惟心之謂」一句，分明指心言。存亡即出入也。惟心是一可存可亡、可出可入之物，故操舍惟命。若無出入，則無事操存矣。夫天下無操之而尚莫知其鄉者。若曰以舍故莫知，則出入以操舍言，而獨「莫知其鄉」四字專以舍言，可乎？《易》

云：「憧憧往來。」往來者，出入也。故《書》曰：「人心惟危。」危者，兀臬不定之謂。亦惟出入不一，故《書》又曰「惟精惟一」，曰「一哉王心」。一者，專一不離異之謂。是心原可出入，必操之使其不出。學問之道，收其放心，正如此耳。此參毛氏之説。然毛氏謂存亡即出入，究之亦有辨。蓋人之不已而後存，出之不已則竟亡也。是故愚不肖之夫婦不知操，而此心亦有時而偶入，所謂見孺子入井而怵惕，嘑爾蹴爾而不屑受，及本章平旦之氣好惡相近之説是也。學人知所操，而不能不使此心之時出時入，所謂日月之至者是也。賢者則常操，而不能保此心無一息之或出；然甫覺其出，而即操之使入，所謂不遠復者是也。聖人則無事乎操，而此心自不出；蓋有出斯有入，既不出矣，則此心直常存耳；存之又存，所謂至誠無息，致一而貞吉悔亡者是也。

朱子於「仁，人心也」章末節注云：「學問之道雖非一端，然其道則在於求放心而已。」此本義也。又云：「蓋能如是，則志氣清明，義理昭著，而可以上達。不然，則昏昧放逸，雖日從事於學，而終不能有所發明矣。」此餘意也。蓋朱子一生孜孜矻矻，全在學問中得力，故凡持論，即不免畸重如此。毛氏謂爲補救孟子流弊以曲伸己格物之説，執其餘意而肆譏焉。且歷引《孟子》之言「盡其心」、「存其心」、「放其良心」、「陷溺其心」、「豈無仁義之心」、「心之所同然」、「心不若人」、「人心亦皆有害」，謂爲止言心，并不曾有「學問」二字，所謂脱落一切語言文字，獨證本來面目也，亦何其猖狂至此！

《凱風》在齊、魯、韓三《詩》皆謂爲母責子之詩。此與「不可磯」並幽王逐子、尹吉甫殺子義合。彼皆戕害其子，故過大；此但責子過情，故過小。若不安室，則過不小矣。且《詩》有「劬勞」、「勞苦」諸字，尤非泛指。大凡經傳「勞」字，俱作「困劇」解。如《孟子》「父母惡之，勞而不怨」，《論語》「又敬不違，勞而不怨」，皆是困劇其子。故《内則》則直曰「父母怒不悦，而撻之流血，不敢疾怨」，爲「勞而不怨」之解，分明可驗。若不安室，不安則有之矣，勞則未也。至《小弁》詩，趙《注》作尹吉甫殺孝子伯奇事，是韓《詩》；朱《注》作周幽王逐子宜曰事，是毛《詩》：各不同。

五霸，按《荀子·王霸》篇以齊桓、晋文、楚莊、吴闔閭、越勾踐謂之五霸，此戰國時所定，荀子周人，當是也。

盡心屬知，則心無容知。從來聖賢論道，無「知心」之語。且「盡」字亦無解作「知」字者。《大易》「盡性」，《中庸》「能盡其性」，俱非知也。以爲心本虛靈，則見成知覺，非我所能盡也。若謂我能盡其虛靈之量，則仍是存心之實際，非知覺也。心、性、天一串。心由於性，生心之謂性是也；性由於天，天命之謂性是也。盡心之量而無所闕，則便知心所自來與性所從出，一氣俱到。此「知」字，如《中庸》「知天」、《論語》「知天命」，不是知識，行後而有契之謂也。存心養性是第二等學問人，故曰「事天」，言從事於此也。第三等則困勉終身，又降天一等而曰命，天之所命即性也。按：朱子以盡心爲知至，以知天爲物格；與注《中庸》，以尊德性爲存心，以道問學爲致知，此下四句各以上截爲存心之屬，下截爲致知之屬。余幼時即疑之，今據毛氏之説，似矣。獨其以末節爲困勉終身，則猶未當。愚意：末節即是次節之義，所謂存心養性，死而後已者也。盡心之知天，如言堯、舜性之也；存養之事天，如言湯、武反之也；修身以俟，如曰君子行法以俟命也。蓋前後互相發耳。

豐氏注「城門之軌，兩馬之力」句云：「城中之涂容九軌，車可散行，故其轍迹淺。城門惟容一車，車皆由之，故其轍迹深。蓋日久車多所致，非一車兩馬之力能使之然也。」按：此説仍係「車多所致」，則與高子所謂「用之者多」豈非依樣葫蘆語乎？宜爲毛氏之所譏也。毛遠宗曰：「此孟子微詞中，又斬斬截截，急拄其口，而使之自解。」只「是奚足哉」四字盡之。「是」者，追蠡也。追蠡爲考擊所致，得毋門軌之嚙是馬力歟？只此一語，而年世久遠，非一朝用力所能到意，隱隱可見。又趙《注》謂兩馬是公馬、國馬。古關隘、郵驛皆有都鄙所賦馬，供往來之用，謂之國馬，以此爲民間所出馬也。至公家乘車，及鄉遂賦兵，牽載任器，則馬皆官給，謂之公馬，以爲總畜之公牧者也。雖無大分別，要之，行城之馬，則衹此兩等。然則兩馬謂兩等馬耳。若謂一車兩馬，則衹是士乘車數，豈有城門諸侯、卿、大夫皆不行而獨士行乎？

以上多參之西河毛氏。

【校注】

〔一〕「邶」，原作「邸」，據《漢書·地理志》改。

〔二〕「禮」，原作「人」，按此下引文出自鄭玄爲《周禮·考工記·匠人》所作之注，據之改。

本書屬於“天津歷代文集叢刊”第一輯

天津歷代文集叢刊 閆立飛 羅海燕 主編

王又樸集（下册）

（清）王又樸 著
李會富 整理

SSAP
社會科學文獻出版社
SOCIAL SCIENCES ACADEMIC PRESS (CHINA)

史記七篇讀法

卷一

項羽本紀讀法題詞

昔班孟堅譏《史記》重貨殖而輕仁義，進游俠而退道德，以爲是非頗謬於聖人。後之學者類多耳食，遂謂史公能文而未知道。夫道之顯者爲文，故曰「文以載道」，又曰「言之不文，無以行遠」。豈有謬於聖人者，而能信今傳後，至於千百世，歷久而彌新也？況朱子稱史公才識皆高，但粗率，又曰「史遷不可謂不知孔子」。夫識既高，能知孔子，而是非謬焉，則知孔子何等也。

余幼讀《史記》，即疑班論爲未當。及累年反覆尋味，益得其要領，蓋至今乃始確然而有以深悉其故也。何也？史公蓋多恢宏譎詭之詞，不肯顯言正論，又時以他事閑文自掩其筆墨之迹。且文辭浩瀚，讀之者目炫神駭，往往一篇不能盡，故能得其旨者絶少。史公亦嘗曰：「非好學深思，心知其意，固難爲淺見寡聞者道也。」蓋天下非無書之患，有書而不能讀者之患。樸故取《項羽本紀》而詳其讀法，以史公之才識莫著於此篇云。

乾隆二年七月既望，天津後學王又樸識於豫學署之東軒。

後序

或有問于余曰：「龍門之史，子前止録《項羽本紀》一篇，今又於世家、列傳中取其六，豈此外皆有所不足歟？何其隘也？」余曰：「不然。此七篇者，皆世人誤讀而不識史公之所用心，余故特爲著之。若他篇之佳，則先儒論之詳矣，余又何庸喋喋爲？且余懼龍門之識議卓絶埋没于班孟堅之一言，而世儒眼孔小，專一剿説雷同，不能深思而心知其意，遂使前賢受誣千載而無以自明，故舉一以例其餘也。」或又曰：「子之尊信史公，固已然。所爲《讀法》者，例取之金聖嘆氏，以其説稗官野乘者，而以讀正史，毋乃猥甚？將所爲尊信者何如歟？」余曰：「千古細心善讀書人，固未有如金氏者也。且世儒爲前説所錮蔽已久，非詳爲説之，不能破其愚而解其惑，故特用其例。然宋朱子于四子書，皆標讀法于其前，見《大全》中，是其例實不始于金氏也。余師方望溪先生曾約取《左傳》數首，而特著其《義法》，有非世儒之所知，而語特簡妙。余説雖繁，而意在醒世之瞶瞶者，使能會此意而推之，則無書不可讀，而豈惟《史記》？然則前賢方甚樂乎後人之能知，而又豈以其説稗官野乘者爲嫌也哉？」

乾隆十九年清和月，七十四老人王又樸再識。

讀法凡例〔一〕

凡通篇主腦大關目，用雙圓圈，或大圈其字。

凡通篇立柱抒寫處，及通篇眼目，用雙尖圈。

凡各段中主腦，用圓點。

凡文字大結構精采處，用單圓圈。

凡文字用意處，用單尖圈。

凡文字小波瀾處，用斜點。

【校注】

〔一〕按，該《讀法凡例》爲底本用以標識文法、章法的凡例。本書爲便於排版，將原來的雙圓圈改爲雙實綫，雙尖圈改爲空心菱形，單圓圈改爲單實綫，單尖圈改爲單波浪綫，斜點改爲單虛綫。

項羽本紀讀法

此篇是太史公自出手第一篇用心得意文字。蓋此以前之事，皆有藍本，史公則有所删，無所增。其不甚雅馴者，潤色而已。此以後之事，在上者既多所諱，而不能暢吾之言；在下者又一人一事，非有關於天下大故，而不能盡吾之意。獨此可以放手抒寫，而言之也無忌，聞之者足以戒。然則讀此篇者，不可預執己見，亦不可執前人之見以爲見，但息心静氣，聚精會神，細細尋其條理脉絡。萬勿鹵莽輕率，讀得數過，聊取其一二可驚可喜者，以資茶前酒後之談，遂以爲吾已能讀得《史記》也。

項羽以暴起，不數年即亡，而史公儼然本紀之，列於漢諸帝之前，昔賢頗有譏焉。夫天下不可以無統，計秦亡於二世之乙未，而漢建於己亥，中間空虚者五年。然當秦亡後，諸侯所共奉之懷王尚無恙也，則此數月中，宜入本紀者莫如懷王。而顧舍懷而紀羽者，在史公亦各有所見也。或者曰：「天下之於懷王，名焉耳。而羽宰制天下，政由己出。即沛公之封於漢，實亦禀承之。是當時羽固已統天下矣。」此温公帝魏與歐陽氏論正統之説，而史公之意則不但此。蓋君子之爲文，非徒以自娛悦而已，必將有關於天下之大、是非得失之故，使後世之人讀吾書者莫不有所觀感而以爲鑒，雖一言一事皆不可苟焉而已者也。義帝雖爲天下之共主，然其興也以項氏，其亡也亦以項氏，譬猶嬰兒展轉於人手，而固無得失之可紀矣。項氏既擅爵賞天下之權，且得有所以得，失有所以失，其關乎天下非細故也。吾而不本紀之，則人將以群盜視之，而其得其失孰取而監之哉？史公於是乃合其始終，洋洋纚纚，成此一大篇文字。是故人皆嘆賞其雄奇，而不知其識見議論絶有關係有如此焉者。蓋吾讀《史記》三十年，至今日而始知之也。

夫然，而項氏之得失，乃可得而言矣。夫得天下有道，得其民，斯得天下矣。得其民有道，得其心，斯得民矣。故不獨聖帝明王所以建千百年之業者必由於此；即奸雄之竊據權幸之篡奪，亦未有不假此以收拾一時之人心者也。

故曰盜亦有道焉。今觀項氏，世世爲楚將，其繫人心者一。而梁父項燕爲秦所戮，楚人仇秦而憐項氏，其繫人心者二。梁又能以兵法部勒賓客子弟，其繫人心者三。而其得道之最大最大者，則尤在聽范增言而立楚後，此項氏之所以興也。及梁以驕失士致敗，羽不知鑒，首殺宋義以背楚。鉅鹿之戰，實死劫其軍以取勝。羽固非能素拊循士大夫也，乃所至殘滅，全無一毫收拾人心之計。所爲如此，而欲濟事，固已難矣。此天下所以旋服旋叛而至於亡也。故凡文中書「屠」，書「滅」，書「擊坑」，書「殺降」，書「燒夷」，書「係虜」，皆著其暴也。書「憚」，書「懾服」，書「莫敢仰視」，書「皆伏」，皆著其以力服人也。夫以力服人者，未有能服人者也。昔子輿氏嘗言之矣。

項氏之失，在於放弒義帝，夫人而知之矣。然蘇子曰：羽之殺卿子冠軍也，是弒義帝之漸也。則羽不得天下之故，當先在殺宋義之時乎？然義雖爲懷王所建，而非楚人所與，則其殺也，但王憾之而已。而羽之所以大失人心處，則在於受章邯之降之一事也。何也？項氏世世爲楚將，而楚爲秦所滅，則秦者羽之國仇也。羽之大父爲秦將王翦所戮，則秦又羽之家仇也。梁爲羽之季父，而首起事，及兵敗身死於邯手，則秦將章邯又羽之切仇也。且楚人實嫉秦，而憐懷王之不返也。梁爲楚復仇於秦，而立懷王後，則梁爲楚人所愛慕可知矣。楚人既甚愛慕乎梁，則必甚仇怨乎殺梁之章邯。乃羽以急入關之故，而受邯降，是忘仇也，是棄親也，是薄於所首事之季父也。夫薄於所首事，則凡一時共事者無不可薄也。薄於首事之季父，則凡共事與不共事之伯仲叔季，更無不可薄也。此固諸項之不言而寒心者矣。故羽之不仁，秦人怨之，天下怨之，即楚之人亦怨之，即羽之諸父昆弟亦莫不怨之。然則羽雖氣雄一時，實一獨夫而已。文中寫一項伯，即接手又寫一項莊。項伯者，爲漢間羽者也。項莊者，不盡力於羽者也。讀至終篇：「諸項氏枝屬，漢王皆不誅，封項伯爲射陽侯。」又云：「桃侯、平皋侯、元武侯皆項氏，賜姓劉氏。」然則項氏之叛羽者固已多矣。此固史氏深文隱筆，而人不得而知之者也。

羽惟不仁，故忍。然文中偏寫他不忍，一則見於范增口中，一則見於羽自己口中。而於寫項梁處，先寫一「不忍」字，從反面引起。夫不忍之心，仁心也。「以不忍人之心，行不忍人之政，治天下可運之掌上。」今觀項梁不忍於與國之王，況肯忍於所立之主乎？不忍於窮來相從異姓之王，況肯忍於倡義首事同姓之季父乎？而羽則不然，忍於宋義，忍於秦卒，忍於降王子嬰，忍於天下王侯將相士民，而且忍於祖父世世所事之人之孫。爲吾季父所立之義帝者，則亦孰不可忍也？而獨不忍於與吾爭天下之沛公。忍棄其關中之都，忍棄其敖倉之食，忍棄其智能之范增，忍棄其同起事之子弟八千人，而且忍棄其倡義首事之季父梁，則亦孰不可棄也？而獨不忍棄其美人與所騎之馬。寫盡婦人之仁矣。

篇中寫羽，不但無帝王氣度，亦全不是大將身分，不過一騎將耳。前既於宋義口中點出，以後擊田榮，擊漢，擊彭越，擊陳留、外黃，凡寫戰勝，無非親在行間者。至於用鄭昌而敗，用蕭公角而敗，用薛公而敗，用曹咎、司馬欣而敗，其與漢相持，必寫其自披甲持戟臨陣挑戰，此騎將之梟雄者也。故後段寫二十餘「騎」字以結之。且前殺會稽守，寫「籍所擊殺數十百人」，後於結處亦寫獨籍所殺漢軍數十百人，寫盡匹夫之勇矣。

此篇爲史公第一篇文字，故其大旨有如此者。至其行文之妙，則先當一氣讀。不一氣讀，則不能悉其本末意義脉絡通貫，而旨趣不得而出也。然又須分段細讀。不分讀，則不能得其順逆、反正、隱顯、斷續、開合、呼應諸法，而旨趣亦有不得而貫通者也。

先當分作兩大段讀，於「各就國」畫住。上是寫羽之得，下是寫羽之失。

再於兩大段中，分作六段讀。首叙羽起事爲一段，次叙鉅鹿之戰爲一段，又次叙入關爲一段，又次叙封王諸侯爲一段，又次叙楚漢相持爲一段，又次叙垓下亡羽爲一段。段段濃郁，段段變化，無法不備，無美不臻，天下之奇文也，大文也，神文也，至文也。

羽起事一段最難寫。蓋羽非首事，而首之者則梁。若從梁順叙下，於事則得，而於文欠順。蓋此篇乃紀羽，非紀梁也。看他從羽叙入梁，寫梁即兼寫羽，而賓主自明，是何等手法！即單寫梁處，亦非寫梁。蓋寫梁之部勒賓客及部署豪傑處，乃爲羽不能用人反照；寫梁擊倍陳王之秦嘉，乃爲羽倍懷王約而王三秦將反照；寫梁立楚後，乃爲羽弑義帝反照；寫梁不忍殺田假，乃爲羽忍殺子嬰反照。惟櫟陽逮一筆，爲羽後日忘梁陪案。則寫梁，即無非寫羽也。及寫至項梁死，即宜直接羽矣，乃寫懷王遣將救趙，從卿子冠軍始卸出羽來，此種出落，是何等手法！

梁之能用人，上是虚寫，下是實寫。必如此兩番寫之者，蓋經營天下全在得人。某事不能辨，雖以吴中故人，且不肯用，况無能如咎、欣等，豈肯以其私恩而用之哉？反是以觀，則梁之所用者可知也。至於羽，則知如范增而疑之，勇如黥布而怨之。篇中寫羽之失人多矣，而獨於增、布兩人，前後甚着意寫。然則人才之所係，顧不重哉？

陳嬰一段甚詳者，非於《羽紀》中又附《嬰傳》，蓋舉一嬰以例從梁之人，舉一嬰母以例從梁之丈夫，點明項氏之世爲楚將，非從項，實從楚也。梁以楚將而得人，羽以殺楚懷王而失人，爲此篇之大關鍵，故詳寫此事以實之。

若從梁死以下入羽，亦有何難？如世俗史，則曰「項梁死，羽恐，與沛公謀，急引兵東歸。懷王聞之，疏羽不用，自盱台之彭城，并羽與吕臣軍，自將之。又不令羽同沛公入關，羽憾王。會秦使章邯乘勝渡河擊趙，趙敗，邯圍之。懷王用高陵君顯言，以宋義爲上將軍，羽與范增副之，救趙。羽遂殺義自將」云云，豈不徑捷？而必如此繁文累筆以寫之者，何也？不知救趙是羽一生得手第一快着，後文屈服諸侯、主盟稱霸許大事業，皆權輿於此，如何簡略得？看他未寫鉅鹿戰功，先已預作聲勢，將秦兵强盛寫一段，則下寫羽戰勝，自增色澤。然又不一筆而已。前寫王歇、陳餘以一時豪俊皆走入城避之，不敢擊矣；下又寫一知兵之宋義亦束手無策，坐視其成敗而不敢擊；然後轉出羽來，便加二十分聲勢。此畫家烘染法也。

即轉出羽，亦不遽寫戰，先寫羽兵略一段。看他責宋義，何等詞嚴義正，洞達事幾，真可謂知彼知己者，則不必言戰而勝形已見矣。然則鉅鹿之勝非惟羽力使然，實大義所驅耳。句句爲後文寫照，此史公用意處也。

上已寫羽出頭作事，此下即寫鉅鹿一戰，爲羽立功顯名之所由始，故特用提筆領起，而以「諸侯皆屬」句結住，見羽之所以霸也。中間不過二百餘字，却寫得掀天揭地、輝輝赫赫。其法不過加倍烘染，總不用一正筆而已。

看他正寫，止「於是至則圍王離」，共三十四字，然寫得迅利倏忽，如從天降，用筆何等靈快輕捷！夫其所以如此靈快輕捷者，全在於未戰之前先與極寫，於既戰以後又爲極寫，然實無一筆正寫戰，其戰却於諸侯之觀戰者眼中寫出，遂覺筆底紙上皆奕奕生動。用筆真如生龍活虎，不可捉摸。

寫楚兵，先說「無一還心」，後寫「無不一當十」，又加「呼聲動天」一句以足之。寫諸侯軍，先說「無不人人惴恐」，後說「無不膝行而前」，又加「莫敢仰視」一句以足之。寫諸侯，所以襯羽也，俱用一樣文法，乃兩兩寫來。忽以「項羽由是始爲諸侯上將軍，諸侯皆屬焉」二句，將羽與諸侯一筆收住，真有扛鼎之力。「項羽由是始爲諸侯上將軍」句，與前「爲裨將」、「爲次將」、「爲假上將軍」、「爲上將軍」，與後「自立爲西楚霸王」，上下呼應。

前詳責義之詞，著羽之知略也；後詳鉅鹿之戰，著羽之勇悍也。凡羽之美，盡於此矣。以後則皆寫其醜。宋義令曰「猛如虎，狠如羊，貪如狼」，實指羽也。此羽一生定評，通篇皆爲此三字寫照。

自「章邯軍棘原」至「烹說者」，爲入關一段事。前寫受邯降，若與入關不相蒙，然却是因入關故受邯降，非二事也。蓋羽之力非不足以擊滅章邯者，但邯亦勁敵，猝不可盡，淹遲時日，恐沛公得先入關耳，故急許邯降。觀與軍史謀之語，可見。夫持三日糧，尚可以破秦方張之師，豈有已入趙地，因趙食，而乃以糧少爲患乎？分明口中假語。是以下一聞沛公已破咸陽，即大怒也。夫羽既以入關爲急，則其致怒於先入關者當何如？乃於鴻門之謝，竟草草放過。且羽既以入關爲急，則既入而因據爲世業，又當何如？乃聞說者之言，而又草草舍去。直寫盡羽之粗糙鹵莽，毫無遠略，故以說者曰「沐猴而冠」一語結之。然則入關出關是題目，鴻門一段是入關文字中的波瀾，非正文也。讀者甚勿誤看。

章邯之降詳寫至四百餘言者，非冗也，寫邯所以甚羽也。其甚羽奈何？邯爲秦將，實破楚殺梁，固楚人欲得而甘心，尤羽之所欲得而甘心者。此斷斷無許其降之理。乃邯因二世責讓而心恐，已欲降矣，而未敢。雖長史欣勸之，陳餘之書勸之，終遲疑不決。及已約矣，而猶未敢。必至兵再破、大破，計無復之，始不得已而降。雖降，猶見羽流涕，作乞憐狀。是邯之必爲羽所仇，羽之必不容邯降，邯且自知之，而孰意羽竟有不然？不然者，則羽之不仁不迴出人情之外也哉？史公委委曲曲，凡長史欣之言、陳餘之書皆詳寫不遺，寫邯所以甚羽也。

邯之流涕，實畏羽誅，故作乞憐狀耳。乃下補一語曰「爲言趙高」，若全非乞憐者。此史公自掩其筆墨，如此類極多。昔人作文，主意惟恐人易知；今人作文，主意惟恐人不知。此古人文字所以絶非後人所能及者也。

邯之殺梁，無智愚，皆知羽必仇邯而殺邯。乃今不惟不殺之，而且封之，此何道哉？夫封以王而置之楚軍中，此固楚人及諸項之所以解體也。且也使長史欣爲上將，夫欣固有德於梁，而邯非殺梁者乎？使梁而有可念也，則感其嘗有德於梁之人，而豈其不仇其殺梁之人？使梁而無可念也，則殺梁者已不以爲仇，又豈戔戔焉於有德於梁者而致其感？乃欣之小德，羽念之；邯之大怨，則懵若忘焉。寫不仁之人，顛倒迷謬如此。特書此二筆，以與前項梁嘗有櫟陽逮一段相打照。而欣與曹咎、董翳嘗有德於項梁，嘗勸章邯降楚，後文屢屢提動，史公微意大有在矣。讀者止謂著羽之私於用人，此皆不知史公之文者也。

羽之封邯爲雍王，昔人謂此時即有負約不立漢王之心，非也。蓋羽之意以邯世爲秦將，國内與者必多，故以秦地封之，邯將自急其所得之地，而羽因得長驅入關耳。即此可見其驅人使自爲戰之意，所謂兵法略知其意者也。

鴻門一段文字，寫得極緊簇生動。人見其熱鬧，便謂史公着意在此，以羽不殺沛公爲羽之大錯，何所見之淺也！夫以羽之殘暴不仁，即使沛公可得而殺，亦必不能有天下，此理也，勢也。史公之意，蓋自受邯降至烹説者，總寫羽不以仁親爲寶而以貨財爲寶，至失其親而爲他人所用也。蓋羽急於入關，其志原利秦之財耳。何以見之？吾於兩寫「大怒」及後特書「收其貨財婦女而東」一筆，則羽之情事固灼然可知也。蓋羽惟利其財，故一聞沛公珍寶盡有之謗，即大怒。已而又知沛公之封府庫而未取其財也，其怒已平矣。是以范增曰「急擊」，而羽未應；項伯曰「不義」，而即許諾也。至對沛公曰「此司馬曹無傷言之」一語，尤覺分明。不然，羽止以沛公先入關見忌，而急欲擊殺以泄其忿，則伯之言正觸其忌者也，奈何反聽而釋之乎？乃沛公封府庫，於財物無所取，却不於羽處寫出，而點於范增口中，此筆法變化之妙。然史公猶恐後人不喻其意也，又寫獻璧一事以提醒之，下又寫「富貴歸故鄉」一語以點明之。夫史公文字明白易見如此，而後之人猶多惘惘然者，則以文字之妙，迷離靈變，人但於熱鬧中求之，而不知於閑冷處求之耳，人但於有字句處求之，而不能於無字句處求之耳。

前寫范增之論沛公，所以爲羽之反照也。後寫説者之譏楚人，所以爲羽之論斷也。至於中間寫項伯，寫項莊，寫良，寫噲，以見沛公不寶金玉而寶賢才，故不獨其臣樂爲之死，即敵國之人皆樂爲之用也；羽惟以貨爲寶而不仁其親，故不獨敵國之人得窺其隱而中之，即至親如諸父昆仲，亦且不盡力而反爲他人用也。史公於項伯下，特注一語曰「羽之季父也」，正與篇首「其季父項梁」一語打照，蓋已將此段意旨和盤托出矣。

鴻門一事，凡三見《史記》。然《高紀》與《噲傳》皆略，而獨詳於此者，史公固以羽之失諸項心，此事最爲明白顯著，而羽即坐此以失天下。故特借范增之言以明之，一則言沛公當爲天子，再則言若屬皆爲所虜，三則言奪項王天下者必沛公，蓋敗亡之徵，智者先見。而「亞父者，范增也」句，又特爲提醒讀者，使之着眼，非以不殺沛公即爲項羽失天下之故也。讀者莫爲所欺。夫此一事也爲項羽一生得失之大機括，而此事之文亦爲《本紀》中一篇前後之大樞紐。看他自始至終，細細描寫，將一時各人心事，各人面目，各人身段、脚步、方嚮，無一不逼真活現，如好梨園子弟搬演雜劇，遂使觀者心頭眼底如親見其人，親見其事。昔人謂史遷爲寫生手，信然也！

此下寫封王諸侯一段，所以著羽之負約。故首以「如約」二字起，後以「相聚而叛之」止，中又以「負約恐天下叛」及「如約即止」二語作上下關鍵。此一大段文字，亦分二段看。「各就國」以上寫羽封建不公，以下寫王侯之叛。其寫封建一段，隨叙隨注。前以羽欲自王起，後以羽自立收，又以「諸侯罷戲下，各就國」總結住，甚整齊。以下或繁或簡，或疏或密，另是一樣筆法。

禮以定民志，治天下無如禮者。是以君臣之分正，而上下永以相安。羽以楚將而不禀其君之命，又所封建諸將皆奪其君而予其臣，無禮甚矣。此教之亂也，故人人皆逐其君，而逐君者人又得而逐之，天下紛紛，何時定乎？然則與羽以天下，亦不能一朝居也。史公方寫完封建，接手即寫王侯之叛；方寫王侯之叛，接手即寫羽之將黥布之叛。噫！幾不旋踵矣！

自「漢王部五諸侯兵伐楚」至「請今進兵」止，乃寫楚漢相争之事。一段文字，最曲最隱，非心細如髮者不能讀也。

自漢二年春，漢伐楚，楚敗之，追至滎陽、成臯間，相持至五年，楚始亡，中間共四年。此四年中，羽應有如許事，然不關天下得失，史公故不録焉。即在滎陽、成臯間，大小亦當非一戰，而史公止以「漢敗楚，楚不能過滎陽而西」一語概之，而録其大者。蓋兵莫重於食，漢以食乏而欲和，楚不聽，及楚食盡而與漢約，漢又寧肯聽之乎？然楚不許漢和，而漢終能出圍，漢雖已與楚約，而漢終至滅楚，則以羽不能用范增，而漢王能用良、平也。故疑增與聽良、平言爲此段大關目，而食爲此段之骨。楚已拔成臯，而不知守敖倉，故無能爲也。文中特屢屢標出，雖至篇末寫羽亡一段，仍點「食盡」一語，此誠楚之一大失也。至羽兩番擊彭越，皆必詳寫者，蓋越反梁地，絶楚糧，爲羽心腹之患，羽之亡實由於此，故特詳之。然此皆人人之所及知者也，而吾獨怪史公於《羽紀》中顧乃瑣瑣及漢王之過沛收家室，而滕公收載孝惠、魯元，與太公、吕后爲楚得，爲楚質，以致有分羹之言。陸賈、侯公兩次之請，且更瑣瑣及侯公之不復見，與所以封爲平國君之意，此與羽有何干涉而乃詳哉其言之乎？噫！吾知之矣。夫世固未有不仁而得天下者也，亦未有不仁於其親而仁於天下之人者也。蓋老吾老以及人之老，而天下即運之掌，亦曰有可推而已矣。今漢王以仁而得天下，而使先棄其父，此即日取天下人，置之懷而噢咻之，人不信也。且漢王推墮其子女，猶曰「子女死，可再生耳」，父死，可再得乎？故自非梟獍，斷未有忍於其父者也。漢王雖未如舜之孝，然必不至棄其父而不顧。世徒以分羹之言，罪之至深，是爲天下大利，而至不顧其生身之父如此，而又何異於羽之忍於其季父之梁？而沛公何以能得天下，而羽何以遂失天下也哉？善哉！子朱子之論曰：廣武之會，太公既已爲項羽所執。高祖若去求告，他定殺了。只得以兵攻之，他却不敢殺。時高祖亦自知漢兵已強，羽亦知殺得無益，不若留之，庶可結漢之歡心。及問舜棄天下猶敝屣，曰：如此，則父子俱就戮爾，亦救太公不得。若分羹之言，自是高祖說得不是，此言可得當日之情事矣。然吾更取史公所書，再三讀之，竊不禁恍然有得於其不言之旨也。蓋漢王熟於御將，夫其所以御之者，豈如二帝三王之推心置腹哉？權而已矣。夫人即至忍，亦未有忍於其子女者也。

今觀漢王道遇孝惠、魯元，而從騎已收載之矣，乃急則推墮之，至再至三，此豈人情哉？蓋危亡之秋，所藉死力以相捍，惟相隨之數十騎耳。子女何爲者？乃以相累。故子女可舍，而吾將士必不可累，是以屢次推墮。而《滕公傳》謂，公載之，面雍樹乃馳，其情狀自見。且謂帝行欲斬嬰者十，皆帝之假也。此高帝所以得人心力，而紀信至爲之死。今夫王道之不明久矣，凡開國之主無不以權濟事，如高帝者何可勝道？且帝一下三秦，遽部五諸侯兵伐楚，其氣甚銳，非能待楚之自斃而後取之者也。雖大敗彭城，然韓信一收散兵，尚敗楚於京、索之間，此亦不可爲弱也。且漢將之足以當羽者無如信，而與漢爭天下者止有楚。羽既已失天下心，其强非不可弱者。宜用信以敵羽，羽滅，則諸侯不戰而自服矣。帝豈不明乎？此乃別遣信伐魏，擊趙，收燕，滅齊，而爲此曠日持久迂遠之計哉？蓋帝必有所不可擊羽者矣。故羽屢挑戰，而漢輒不聽。及羽往擊越，而漢即取其軍。此豈畏羽之猛悍然乎？夫其不擊者，懼羽敗必忿而殺太公也；其擊者，矙羽不在軍，冀得太公也。故必至羽兵罷食盡之時，而後乘機遣人一再往，求得其父。及已得，而所以擊羽者不能一日緩矣。此豈必待良、平言而始追之哉？乃必借良、平言而追者，皆權也。帝固以爲，吾實推赤心於人，本非負約者也。蓋智深勇沉之主，其所以御天下之智勇多如此。夫漢之得策，即楚之所以失策。史公蓋微窺其故，故前後中間瑣瑣詳叙，而又於侯公之封，特爲注明曰：「此天下辯士，所至傾國，故號爲平國君。」所謂傾國，意正指此。不然，何所謂而漫言之乎？若如評史者所言，謂利口之覆邦家，史公隨手示其旨，則於《羽紀》中闌入他事，從來無此文理。昔歸熙甫先生最善《史記》，嘗曰：「《史記》往往於叙事熱鬧中間，忽插入閑字閑話，極有味。」所謂有味者，謂與前後大旨妙有關會，故有味耳。此正前賢引而不發，令讀者之自得之也。豈謂其方叙正事未完，忽夾雜説别項没要緊語爲有味耶？

蓋沛公惟仁其親，故能推之於其臣，而其臣爲之收其孥，全其父，而且代其死；推之於其民，而老弱皆詣滎陽，而關中不變，有天下大半，而諸侯皆附之。羽惟不仁其親，故無可推於其臣，而其臣或去或叛，或且爲敵人内間，而卒無一人盡心於所事；無可推於其民，故梁地盡反，而百姓莫肯歸心，即其軍亦皆樂罷而不爲之用。史公特地寫來，與羽兩兩對勘，此又其深文隱筆，世人莫得而知之者也。

此段全是寫羽不仁，無一人爲其所用。如寫滕公，寫紀信，寫周苛，寫外黄舍人兒，寫良、平，寫韓信、彭越，皆反形也。寫疑范增，寫聽項伯，寫用龍且、曹咎、司馬欣，皆正寫也。此皆明明寫出。然又有不明寫者，如凡戰勝皆寫羽自將，而凡所遣將則必敗。且方與漢相持成皋，而擊彭越二次，皆必自行。至樓煩一段，則且身自披堅執戟挑戰。其無人爲用可見矣。夫羽之失士心如此，而猶往往致勝者，蓋自鉅鹿以來皆以威劫其軍耳。史公於紀信詐降之下，即接寫「楚軍皆呼萬歲」；於羽與漢約歸其父母妻子之下，亦接寫「軍皆呼萬歲」，則楚人之樂於罷而憚爲羽戰也明矣。此皆史公之深文隱筆，不求世人之知，而世人亦無能知之者也。

後又詳寫期會信、越之事者，見帝已有天下大半，尚能分以與人。夫能舍天下而與人共功名，獨不能舍天下而與其父同生死乎？詳此，以爲上文不棄太公之證，非迂筆也。此段多用叠筆，如寫漢王推墮子女車下，下即寫項王之高置太公俎上；上寫滕公之收載孝惠、魯元，下即寫侯公之説請太公、吕后；上寫漢敗楚，楚不能西，及距之鞏，令不得西，下即寫項王謂海春侯曰毋令漢得東；上寫羽欲聽漢和，以范增言，故急攻，下即寫漢已從羽講，以良、平言，故追擊；上寫漢王患楚之圍滎陽，乃間楚，下即寫項王患越之燒楚糧，乃挾漢；上寫范增以疑去國，下即寫紀信以身代死；上寫周苛之守死不屈，下即寫曹咎、司馬欣之不守約致敗；上寫楚挑戰而漢不聽，下即寫漢挑戰而楚即出；上寫陳平計間楚而楚輒信，下即寫項王説誘信而信不從。皆兩兩對照，或特相犯以見筆之變，或故相避以明事之同，較前又是一樣筆法。歸熙甫云：「《史記》於寫楚漢處，如做雜劇，一出上，一出下。」誠然也。

羽挑戰而漢王大驚，評者多謂驚羽之勇。夫羽之勇悍，漢王與相習數年，豈至今日而始驚之？此小兒之見也。蓋以其無人爲用，至以一身輕出，故驚耳。是以臨陣乃敢數其罪以責之。

羽亡一段，另是一種商調，凄凄不似向前聲矣。

《高紀》書垓下戰陣，歷歷如畫。此盡删却，止以「兵少食盡」四字著羽之失人心，而不知天之天，以見羽非人能亡之，乃自亡之也。贊中點出此意。

看他三寫「垓下」字起，甚作意。以下在羽死前寫四段，在羽死後亦寫四段，於失意敗亡之事，偏寫得如此閙熱。如今世俗之殯其親者，花團錦簇，車馬喧闐，却全是凄慘衰颯景象，真千古絶調也。

羽死前四段，人但賞其文字之妙，不知却是羽一生罪案至此總爲斷結，乃不寫於他人之口，即從羽親口供出，真乃妙不可言也。如第一段寫羽驚曰：「漢皆已得楚乎？是何楚人之多也？」則羽一生失楚人心，以致衆叛親離，至此點明矣。第二段對其騎將引「天亡我，非戰之罪」，則羽一生以力服人，殘暴不仁，獲罪於天之狀，又爲點明矣。

第三段對亭長所言，即第一段意。然前猶渾説，此則明明指出。蓋八千人中，項氏之族必多，今無一人還，豈皆歿於陣乎？觀下項氏四人皆封侯易姓，則項氏之歸漢者多矣。項氏且歸漢，則楚之子弟歸漢之多可知矣。此贊中所謂「王侯叛己」也。第四段，即第二段後實寫潰圍斬將刈旗之餘波。此贊中所謂「以力征」也。

羽死後四段，第一段寫諸將争羽之體，第二段寫分羽之地，第三段寫葬羽之屍，第四段寫易項氏之姓。而羽身亡國滅，且至覆宗絶祀，天之所以報不仁者嚴矣。此篇末特標出一「天」字之意也。

於風戈鐵馬、戰苦雲深之際，寫歌，寫飲，寫詩，寫和，寫駿馬，寫美人，抑何風流婉麗也！然婉麗之中，純是一片淒切；淒切之中，又覺甚是悲壯。此真化工之筆，吾惡得而測之哉？

羽以八千人起，今寫其敗，則曰「八百餘人」、「百餘人」、「二十八騎」、「亡其兩騎」、「獨籍」，此從多説至少。「斬漢一將」、「復斬漢一都尉，殺數十百人」、「殺漢軍數百人」，此從少説至多。一則證羽之失人心而爲獨夫也，一則證羽之不以德而以力征也。

羽死前文字雖分四段，然其實止美人、駿馬兩段文字耳。此兩段文字，極有變化。首以美人、駿馬雙起。羽詩中，則先説馬，後説美人。下則先叙美人，後叙馬。平串不同，一也。及叙美人止四句，叙馬則四百餘言，詳略不同，二也。寫不忍於美人，則用「泣數行下」四字，暗寫；寫不忍於馬，則於羽口中明點出。明暗不同，三也。於不忍美人處，寫羽泣下，即以「左右皆泣」陪之，前以歌起，後以泣止；於不忍駿馬處，寫羽「上馬騎」，下即以「壯士騎」等從，十餘「騎」字陪之，更以漢軍十餘「騎」字陪之。前以「上馬」起，後以「下馬」止。陪襯疏密不同，四也。

末寫項王歌，先寫楚歌，又寫美人和歌，又寫項王泣，又寫左右皆泣，一片兒女深情，筆勢幾於不振。此下忽然换調，銀瓶乍破，鐵騎突出，而以「於是乃上馬騎」、「乃覺之」二語過下，筆勢真如兔起鶻落。

自「上馬騎」至「下馬」一段，皆寫馬，非寫人也。即「迷失道」一段，亦是寫馬。蓋非此，則馬已飛馳絶迹，不可得而追及之矣。至後對亭長，特贊馬數語，此其點睛處也。

以「大驚」字收前無數「大怒」字，以「皆泣」字收前無數「皆慴伏」等字，以「莫能仰視」字收前無數「莫敢起」等字。後一「笑」字乃「大怒」字餘影，「皆伏」字乃「皆慴伏」等字餘波。

人莫易於寫盛而難於狀衰，以其迫促易盡也。今史公寫羽之敗，仍覺意氣寬閑，英風奕奕，則其敗也如勝矣。寫羽之死，仍覺衆人心頭眼底如有一活項王跳擲而出，則其死也猶生矣。此等筆墨，真前無古，後無今，不得不推史公獨步。

寫魯不下，特標出「守禮義，爲主死節」等字，將羽弑義帝許多無禮義處又得一番打照。其曰「魯最後下」，以明諸項與楚人之早叛也。「以魯公禮葬項王」數句，史公大有深意在。夫禮義之可以爲國也，大矣。使羽而能以禮義持其身，則諸項、楚人亦皆以禮義事其君，天下諸侯王亦皆以禮義奉其令，何至身戮國亡，爲天下笑哉？一篇無禮無義文字，而以「守禮義」三字結，此是何等識見！此是何等學問！班孟堅謂史公「是非頗謬於聖人」，不亦誣乎！

贊中引舜况羽起，隱隱注出一「德」字，而語特恢諧入妙。

「背關懷楚」，顔師古《注》謂「背關」爲「背約不王高祖於關中」，「懷楚」謂思歸，棄關中而都彭城也。夫不王高祖於關中，宜惟漢怨，與王侯之叛無與。若不都關中，不過羽自失策，與王侯更無干涉。考《自序》曰：「秦失其道，豪傑并擾，項梁業之，子羽接之，殺慶救趙，諸侯立之，誅嬰背懷，天下非之，作《項羽本紀》第七。」則「背懷」字與「誅嬰」字對，明謂背楚懷王也。又按《楚詞·招魂》「虎豹九關」注：「使神虎豹執其關閉。」則關者閉也。又《博雅》曰：「塞也。」然則「背關」二字一連，猶曰違拒耳。蓋言羽違拒項梁所以立懷王爲楚後之義，而放逐義帝，故王侯叛之也。古人語多拙滯如此。

此文有大關鎖法。首以姓項氏起，末以賜姓劉氏結是也。不知者謂一姓盛衰，興廢之感淺矣。蓋此篇皆寫項氏不仁，所以失天下之心也。夫項氏之姓受自楚之先君。木本水源，其可念爲何如者，而乃忍而忘焉。是自棄其姓也，是自絶其宗也。迨其亡也，諸項皆易爲劉氏矣，可不畏哉？

有段段關鎖法。如起事一段，以令羽召桓楚起，以令桓楚報王結；救趙一段，以名聞諸侯起，以諸侯皆屬結；鴻門一段，以范增之言起，仍以范增之言結；封王諸侯一段，以如約起，以相聚而叛之結；滎陽、成皋一段，以漢欲和起，以漢負約結；垓下一段，以諸侯皆會垓下起，以諸將争得項王結等是也。

有大落墨法。如救趙一段，所以著其盛；垓下一段，所以著其衰；鴻門一段，所以著其盛極將衰。此三段，皆出色極力描寫。如陣法，救趙者前茅也，鴻門者中權也，垓下者後勁也。

有零星點次法。如「憚」字、「震恐」字、「慴伏」字、「莫敢枝梧」等字，「八千人」字、「六七萬人」字、「四十萬人」字、「八百餘人」字、「二十八騎」字、「亡其兩騎」字、「獨籍」等字，「大怒」字、「大驚」字、「泣」字、「笑」字、又十數「東西」字等是也。

有埋伏法。如寫羽破秦稱霸，乃遥遥於未起事之前，先寫觀秦皇帝可代一語，如冬月寒梅之漏泄春光。寫羽身亡國滅，乃遥遥於未稱霸之前，先寫范增言漢王必奪羽天下，若屬皆爲所虜數語，如五月鳴蜩之預報冷信。又如羽之忘大仇而念小惠，信用長史欣與曹咎以致敗，即預於寫梁處伏一筆等類是也。

有照應法。如前寫項氏世爲楚將，下引陳嬰之母之言以應之。上寫項羽之背其季父梁，下即於項伯之叛羽處，寫一「羽之季父也」一句以應之。此正應也。又如上寫項羽之忘其殺梁之章邯，下則屢寫羽不忘有德於梁之咎與欣；上寫羽之忍棄其季父梁，下則寫羽不忍棄其美人與駿馬。此皆反應也。

有明寫處。如寫項王用人之私與封王諸侯處，連寫數「故」字、「因」字、「乃」字，而於曹咎、司馬欣皆屢點出舊有德於梁來等類，寫項王之以力征，用許多「懾伏」字、「莫敢」字、「挑戰」字等類是也。

有暗寫處。如受邯降，爲急於入關也，却一字不露，止於與軍吏謀一語，及下接連寫兩「大怒」字見之。又如羽失諸項及楚人之心，亦一字不露，止於項伯之爲漢間，項莊之不盡力於羽，及聞楚歌數語見之。然寫項莊之不盡力，亦不明寫，却於范增口中「竪子」句點出。而寫項伯，却先寫其與張良有舊，來與俱去，若全不爲漢王者。此則史公自掩其筆墨之迹也。又如寫羽之失人心，至無一人樂爲用，全不明寫，止寫其親身挑戰，及其軍兩呼萬歲，反面見出。此等最多，讀者須細心尋求之。

有極詳處。如陳嬰之附楚，章邯之降，鴻門之會，固陵之期會信、越等是也。

有極略處。如滎陽相持，以「漢敗楚」、「楚不能過而西」二語，概却一二年間事；垓下之戰，淮陰列陣皆全删去等是也。

有上下相形處。如寫梁則曰「衆乃皆伏」，伏其能用人也；寫羽則亦曰「騎皆伏」，伏其力也。寫梁不忍殺田假下，亦寫項羽不忍殺沛公。上寫沛公推墮子女，下寫項羽不棄其美人。兩兩對照等類是也。

有急脉緩受法。如鴻門一段文字，旦即擊破漢軍，其事甚急，乃寫張良入而問：「誰爲大王畫計？」漢王連曰：「爲之奈何？」其情甚急，乃問良云：「君安與項伯有故？」又問：「孰與君少長？」一問一答，皆爲詳寫於匆忙迫促之時，偏作如此從容暇豫之筆。又如垓下一段，事已就盡，文亦將完，乃分騎、會騎，指麾談笑，偏於弦急柱促之時，故爲長聲逸響等是也。

有緩脉急遞法。如叙范增以疑間去楚，筆意甚閑，却急接紀信誑楚；叙項王聞歌起飲，一歌一和，一泣衆泣，幾如哀弦繁怨，再不得了，却陡接「於是項王乃上馬騎」等是也。

有於語言中夾敘事者。如正敘守通與梁言，中間夾入「是時桓楚亡在澤中」；正敘漢王留良謝羽，互問互答，中間夾入「當是時也」數句是也。而末段項王顧見漢騎司馬呂馬童曰「若非吾故人乎」語，與下「吾聞漢購我頭」數句本一氣，乃中間夾入：「馬童面之，指王翳曰：『此項王也。』」一時語言顧盼情景，尤覺活現。

有於敘事中間又夾敘別事者。如「項王乃與范增急圍滎陽」，下「漢將紀信説漢王曰『事急矣』」，原是一事，中間乃夾敘漢王計間范增，增去楚是也。

有語未完而即接敘事者。如鴻門漢王謝羽之詞未畢，即接入羽語，下更不補入漢王語，竟敘留飲是也。

有以語言代敘事者。如漢王之封府庫，前并未敘明，乃於范增口中點出。又如漢王以太公在楚，故不得擊，前并不敘明，及太公歸，始於封侯公詞中點出是也。

有文字互救處。如入關一段甚參差，然兩兩相形，却甚整齊；封建一段甚整齊，然或疏或密，或詳或略，却又極錯落，各極其致是也。

項羽本紀

項籍者，下相人也，字羽。初起時，年二十四。其季父項梁，梁父即楚將項燕，爲秦將王翦所戮者也。項氏世世爲楚將，封於項，故姓項氏。

項籍少時，學書，不成，去；學劍，又不成。項梁怒之。籍曰：「書足以記姓名而已，劍一人敵，不足學，學萬人敵。」於是項梁乃教籍兵法，籍大喜，略知其意，又不肯竟學。

項梁嘗有櫟陽逮，乃請蘄獄掾曹咎書〔一〕，抵櫟陽獄掾司馬欣〔二〕，以故事得已。

項梁殺人，與籍避仇於吴中。吴中賢士大夫皆出項梁下，每吴中有大繇役及喪，項梁皆爲主辦，陰以兵法部勒賓客及子弟，以是知其能。

秦始皇帝遊會稽，渡浙江，梁與籍俱觀。籍曰：「彼可取而代也。」梁掩其口曰：「毋妄言，族矣。」梁以此奇籍。籍長八尺餘，力能扛鼎，才氣過人。雖吴中子弟，皆已憚籍矣。【行間批：猛。】

秦二世元年七月，陳涉等起大澤中。其九月，會稽守通謂梁曰：「江西皆反，此亦天亡秦之時也。吾聞先即制人，後則爲人所制。吾欲發兵，使公及桓楚將。」是時桓楚亡在澤中。梁曰：「桓楚亡，人莫知其處，獨籍知之耳。」梁乃出，誡籍持劍居外待。梁復入，與守坐，曰：「請召籍，使受命召桓楚。」守曰：「諾。」梁召籍入。須臾，梁眴籍曰：「可行矣。」於是籍遂拔劍斬守頭。【行間批：狠。】項梁持守頭，佩其印綬。門下大驚，擾亂，籍所擊殺數十百人。一府中皆慴伏，莫敢起。梁乃召故所知豪吏，諭以所爲起大事，遂舉吴中兵。使人收下縣，得精兵八千人。梁部署吴中豪傑爲校尉、侯、司馬，有一人不得用，自言於梁。梁曰：「前時某喪，使公主某事，不能辦〔三〕，以此不任用公。」衆乃皆服。於是梁爲會稽守，籍爲裨將，徇下縣。

廣陵人召平於是爲陳王徇廣陵，未能下。聞陳王敗走，秦兵又且至，乃渡江，矯陳王命，拜梁爲楚王上柱國。曰：「江東已定，急引兵西擊秦。」項梁乃以八千人渡江而西。聞陳嬰已下東陽，使使與連和俱西。陳嬰者，故東陽令史，居縣中，素信謹，稱爲長者。東陽少年殺其令，相聚數千人，欲置長，無適用，乃請陳嬰。嬰謝不能，遂强立嬰爲長，縣中從者得二萬人。少年欲立嬰便爲王，異軍蒼頭特起。陳嬰母謂嬰曰：「自我爲汝家婦，未聞汝先古之有貴者。今暴得大名，不祥。不如有所屬，事成猶得封侯，事敗易以亡，非世所指名也。」嬰乃不敢爲王，謂其軍吏曰：「項氏世世將家，有名於楚。今欲舉大事，將非其人不可。我倚名族，亡秦必矣。」於是衆從其言，以兵屬項梁。項梁渡淮，黥布、蒲將軍亦以兵屬焉。凡六七萬人，軍下邳。

當是時，秦嘉已立景駒爲楚王，軍彭城東，欲距項梁。項梁謂軍吏曰：「陳王先首事，戰不利，未聞所在。今秦嘉倍陳王而立景駒，逆無道。」乃進兵擊秦嘉。秦嘉軍敗走，追之至胡陵。嘉還戰一日，嘉死，軍降。景駒走，死梁地。項梁已并秦嘉軍，軍胡陵，將引軍而西。章邯軍至栗，項梁使別將朱鷄石、餘樊君與戰。餘樊君死。朱鷄石軍敗，亡走胡陵。項梁乃引兵入薛，誅鷄石。

項梁前使項羽別攻襄城，襄城堅守不下。已拔，皆坑之。【行間批：狠。】還報項梁。項梁聞陳王定死，召諸別將會薛計事。此時沛公亦起沛，往焉。

居鄛人范增，年七十，素居家，好奇計，往說項梁曰：「陳勝敗固當。夫秦滅六國，楚最無罪。自懷王入秦不反，楚人憐之至今，故楚南公曰：『楚雖三户，亡秦必楚也。』今陳勝首事，不立楚後而自立，其勢不長。今君起江東，楚蜂起之將皆争附君者，以君世世楚將，爲能復立楚之後也。」於是項梁然其言，乃求楚懷王孫心民間，爲人牧羊，立以爲楚懷王，從民所望也。陳嬰爲楚上柱國，封五縣，與懷王都盱台。項梁自號爲武信君。

居數月，引兵攻亢父，與齊田榮、司馬龍且軍救東阿，大破秦軍於東阿。田榮即引兵歸，逐其王假。假亡走楚。假相田角亡走趙。角弟田閒故齊將，居趙不敢歸。田榮立田儋子市爲齊王。項梁已破東阿下軍，遂追秦軍。數使使趣齊兵，欲與俱西。田榮曰：「楚殺田假，趙殺田角、田閒，乃發兵。」項梁曰：「田假爲與國之王，窮來從我，不忍殺之。」趙亦不殺田角、田閒以市於齊。齊遂不肯發兵助楚。

項梁使沛公及項羽別攻城陽，屠之。【行間批：狠。】西破秦軍濮陽東，秦兵收入濮陽。沛公、項羽乃攻定陶。定陶未下，去。西略地至雍邱，大破秦軍，斬李由。還攻外黄，外黄未下。

項梁起東阿西，北至定陶，再破秦軍。項羽等又斬李由，益輕秦，有驕色。宋義乃諫項梁曰：「戰勝而將驕卒惰者敗。今卒少惰矣，秦兵日益，臣爲君畏之。」項梁弗聽，乃使宋義使於齊，道遇齊使者高陵君顯，曰：「公將見武信君乎？」曰：「然。」曰：「臣論武信君軍必敗。公徐行則免死，疾行則及禍。」秦果悉起兵益章邯，擊楚軍，大破之定陶，項梁死。沛公、項羽去外黃，攻陳留，陳留堅守，不能下。沛公、項羽相與謀曰：「今項梁軍破，士卒恐。」乃與呂臣軍俱引兵而東。呂臣軍彭城東，項羽軍彭城西，沛公軍碭。

章邯已破項梁軍，則以爲楚地兵不足憂，乃渡河擊趙，大破之。當此時，趙歇爲王，陳餘爲將，張耳爲相，皆走入鉅鹿城。章邯令王離、涉間圍鉅鹿，章邯軍其南，築甬道而輸之粟。陳餘爲將，將卒數萬人而軍鉅鹿之北，此所謂河北之軍也。

楚兵已破於定陶，懷王恐，從盱台之彭城，并項羽、呂臣軍自將之。以呂臣爲司徒，以其父呂青爲令尹，以沛公爲碭郡長，封爲武安侯，將碭郡兵。

初宋義所遇齊使者高陵君顯在楚軍，見楚王曰：「宋義論武信君之軍必敗，居數日，軍果敗。兵未戰而先見敗徵，此可謂知兵矣。」王召宋義與計事，而大説之，因置以爲上將軍，封項羽爲魯公，爲次將，范增爲末將，救趙。諸別將皆屬宋義，號爲卿子冠軍。行至安陽，留四十六日不進。項羽曰：「吾聞秦軍圍趙王鉅鹿，疾引兵渡河，楚擊其外，趙應其内，破秦軍必矣。」宋義曰：「不然。夫捕牛之虻不可以破蟣虱。今秦攻趙，戰勝則兵罷，我承其敝；不勝，則我引兵鼓行而西，必舉秦矣。故不如先鬥秦趙。夫披堅執鋭，義不如公；坐而運策，公不如義。」因下令軍中曰：「猛如虎，狠如羊，貪如狼，强不可使者，皆斬之。」乃遣其子宋襄相齊，身送之至無鹽，飲酒高會。天寒大雨，士卒凍饑。項羽曰：「將僇力而攻秦，久留不行。今歲饑民貧，士卒食芋菽，軍無見糧，乃飲酒高會，不引兵渡河因趙食，與趙并力攻秦，乃曰『乘其敝』。夫以秦之强，攻新造之趙，其勢必舉趙。趙舉而秦强，何敝之乘？且國兵新破，王坐不安席，掃境内而專屬於將軍。國家安危，在此一舉。今不恤士卒而徇其私，非社稷之臣。」項羽晨朝上將軍宋義，即其帳中斬宋義頭，出令軍中曰：「宋義與齊謀反楚，楚王陰令羽誅之。」當是時，諸將皆慴伏，莫敢枝梧。【行間批：狠。】皆曰：「首立楚者，將軍家也。今將軍誅亂。」乃相與共立羽爲假上將軍。使人追宋義子，及之齊，殺之。使桓楚報命於懷王，懷王因使項羽爲上將軍，當陽君、蒲將軍皆屬項羽。

項羽已殺卿子冠軍，威震楚國，名聞諸侯。乃遣當陽君、蒲將軍將卒二萬渡河，救鉅鹿。戰少利，陳餘復請兵。項羽乃悉引兵渡河，皆沉船，破釜甑，燒廬舍，持三日糧，以示士卒必死無一還心。於是至則圍王離，與秦軍遇，九戰，絶其甬道，大破之，殺蘇角，虜王離。涉閒不降楚，自燒殺。當是時，楚兵冠諸侯。諸侯軍救鉅鹿下者十餘壁〔四〕，莫敢縱兵。及楚擊秦，諸將皆從壁上觀〔五〕。楚戰士無不一以當十，楚兵呼聲動天，諸侯軍無不人人惴恐。【行間批：猛。】於是已破秦軍，項羽召見諸侯將，入轅門，無不膝行而前，莫敢仰視。【行間批：猛。】項羽由是始爲諸侯上將軍，諸侯皆屬焉。

章邯軍棘原，項羽軍漳南，相持未戰。秦軍數却，二世使人讓章邯。章邯恐，使長史欣請事。至咸陽，留司馬門三日，趙高不見，有不信之心。長史欣恐，還走其軍，不敢出故道。趙高果使人追之，不及。欣至軍，報曰：「趙高用事於中，下無可爲者。今戰能勝，高必嫉妒吾功；戰不能勝，不免於死。願將軍熟計之。」陳餘亦遺章邯書曰：「白起爲秦將，南征鄢郢，北坑馬服，攻城略地，不可勝計，而竟賜死。蒙恬爲秦將，北逐戎人，開榆中地數千里，竟斬陽周。何者？功多，秦不能盡封，因以法誅之。今將軍爲秦將三歲矣，所亡失以十萬數，而諸侯並起，滋益多。彼趙高素諛日久，今事急，亦恐二世誅之，故欲以法誅將軍以塞責，使人更代將軍以脱其禍。夫將軍居外久，多内郤，有功亦誅，無功亦誅。且天之亡秦，無愚智皆知之。今將軍内不能直諫，外爲亡國將，孤特獨立而欲常存，豈不哀哉？將軍何不還兵與諸侯爲從，約共攻秦，分王其地，南面稱孤。此孰與身伏鈇質，妻子爲僇乎？」章邯狐疑，陰使侯始成使項羽，欲約。約未成，項羽使蒲將軍日夜引兵渡三户，軍漳南，與秦戰，再破之。項羽悉引兵擊秦軍汙水上〔六〕，大破之。

章邯使人見項羽，欲約。項羽召軍吏謀曰：「糧少，欲聽其約。」軍吏皆曰：「善。」項羽乃與期洹水南殷墟上。

已盟，章邯見項羽而流涕，爲言趙高。項羽乃立章邯爲雍王，置楚軍中。使長史欣爲上將軍，將秦軍，爲前行。

到新安，諸侯吏卒異時故繇使屯戍過秦中，秦中吏卒遇之多無狀，及秦軍降諸侯，諸侯吏卒乘勝多奴虜使之，輕折辱秦吏卒。秦吏卒多竊言曰：「章將軍等詐吾屬降諸侯，今能入關破秦，大善；即不能，諸侯虜吾族而東，秦必盡誅吾父母妻子。」諸將微聞其計，以告項羽。項羽乃召黥布、蒲將軍計曰：「秦吏卒尚衆，其心不服，至關中不聽，事必危。不如擊殺之，而獨與章邯、長史欣、都尉翳入秦。」於是楚軍夜擊坑秦卒二十餘萬人新安城南。【行間批：狠】

行略定秦地，函谷關有兵守關，不得入。又聞沛公已破咸陽，項羽大怒，使當陽君等擊關。項羽遂入，至於戲西。沛公軍霸上，未得與項羽相見。沛公左司馬曹無傷使人言於項羽曰：「沛公欲王關中，使子嬰爲相，珍寶盡有之。」項羽大怒，【行間批：貪。】曰：「旦日亨士卒，爲擊破沛公軍。」

當是時，項羽兵四十萬，在新豐鴻門。沛公兵十萬，在霸上。范增説項羽曰：「沛公居山東時，貪於財貨，好美姬。今入關〔七〕，財物無所取，婦女無所幸，此其志不在小。吾令人望其氣，皆爲龍虎，成五采，此天子氣也。急擊勿失。」楚左令尹項伯者，項羽季父也，素善留侯張良。張良是時從沛公，項伯乃夜馳之沛公軍，私見張良，具告以事，欲呼張良與俱去，曰：「毋從俱死也。」張良曰：「臣爲韓王送沛公，沛公今事有急，亡去不義，不可不語。」良乃入，具告沛公。沛公大驚，曰：「爲之奈何？」張良曰：「誰爲大王爲此計者？」曰：「鯫生説我曰：『距關毋内諸侯，秦地可盡王也。』故聽之。」良曰：「料大王士卒足以當項王乎？」沛公默然，曰：「固不如也。且爲之奈何？」張良曰：「請往謂項伯，言沛公不敢背項王也。」沛公曰：「君安與項伯有故？」張良曰：「秦時與臣游，項伯殺人，臣活之。今事有急，故幸來告良。」沛公曰：「孰與君少長？」良曰：「長於臣。」沛公曰：「君爲我呼入，吾得兄事之。」張良出，要項伯。項伯即入見沛公。沛公奉卮酒爲壽，約爲婚姻，曰：「吾入關，秋毫不敢有所近，籍吏民，封府庫，而待將軍。所以遣將守關者，備它盜之出入與非常也。日夜望將軍至，豈敢反乎？願伯具言臣之不敢倍德也。」項伯許諾，謂沛公曰：「旦日不可不蚤自來謝項王。」沛公曰：「諾。」於是項伯復夜去，至軍中，具以沛公言報項王，因言曰：「沛公不先破關中，公豈敢入乎？今人有大功而擊之，不義也，不如因善遇之。」項王許諾。

沛公旦日從百餘騎來見項王，至鴻門，謝曰：「臣與將軍戮力而攻秦，將軍戰河北，臣戰河南，然不自意能先入關破秦，得復見將軍於此。今者有小人之言，令將軍與臣有郤。」項王曰：「此沛公左司馬曹無傷言之；不然，籍何以至此？」項王即日因留沛公與飲。項王、項伯東嚮坐，亞父南嚮坐。亞父者，范增也。沛公北嚮坐，張良西嚮侍。范增數目項王，舉所佩玉玦以示之者三，項王默然不應。范增起，出召項莊，謂曰：「君王爲人不忍，若入前爲壽，壽畢，請以劍舞，因擊沛公於坐，殺之。不者，若屬皆且爲所虜。」莊則入爲壽。壽畢，曰：「君王與沛公飲，軍中無以爲樂，請以劍舞。」項王曰：「諾。」項莊拔劍起舞，項伯亦拔劍起舞，常以身翼蔽沛公，莊不得擊。於是張良出軍門，見樊噲。樊噲曰：「今日之事何如？」良曰：「甚急。今者項莊拔劍舞，其意常在沛公也。」噲曰：「此迫矣，臣請入，與之同命。」噲即帶劍擁盾入軍門。交戟之衛士欲止不内，樊噲側其盾以撞，衛士仆地。噲遂入，披帷西嚮立，瞋目視項王，頭髮上指，目眥盡裂。項王按劍而跽，曰：「客何爲者？」張良曰：「沛公之參乘樊噲者也。」項王曰：「壯士，賜之卮酒。」則與斗卮酒。噲拜謝，起立而飲之。項王曰：「賜之彘肩。」則與一生彘肩。樊噲覆其盾於地，加彘盾上，拔劍切而啖之。項王曰：「壯士，能復飲乎？」樊噲曰：「臣死且不避，卮酒安足辭？夫秦王有虎狼之心，殺人如不能舉，刑人如恐不勝，天下皆叛之。懷王與諸將約曰：『先破秦入咸陽者，王之。』今沛公先入秦破咸陽，毫毛不敢有所近，封閉宮室，還軍霸上，以待大王來。故遣將守關者，備他盜出入與非常也。勞苦而功高如此，未有封侯之賞，而聽細説，欲誅有功之人，此亡秦之續耳，竊爲大王不取也。」項王未有以應，曰：

「坐。」樊噲從良坐。坐須臾，沛公起如廁，因招樊噲出。沛公已出，項王使都尉陳平召沛公。沛公曰：「今者出，未辭也，爲之奈何？」樊噲曰：「大行不顧細謹，大禮不辭小讓。如今人方爲刀俎，我爲魚肉，何辭爲？」於是遂去，乃令張良留謝。良問曰：「大王來何操？」曰：「我持白璧一雙，欲獻項王；玉斗一雙，欲與亞父。會其怒，不敢獻，公爲我獻之。」張良曰：「謹諾。」當是時，項王軍在鴻門下，沛公軍在霸上，相去四十里。沛公則置車騎，脱身獨騎，與樊噲、夏侯嬰、靳强、紀信等四人持劍盾步走，從酈山下，道芷陽間行。沛公謂張良曰：「從此道至吾軍，不過二十里耳。度我至軍中，公乃入。」沛公已去，間至軍中，張良入謝，曰：「沛公不勝桮杓，不能辭。謹使臣良奉白璧一雙，再拜獻大王足下；玉斗一雙，再拜奉大將軍足下。」項王曰：「沛公安在？」良曰：「聞大王有意督過之，脱身獨去，已至軍矣。」項王則受璧，置之坐上。【行間批：貪。】亞父受玉斗，置之地，拔劍撞而破之，曰：「唉！竪子不足與謀！奪項王天下者，必沛公也。吾屬今且爲之虜矣。」沛公至軍，立誅殺曹無傷。

居數日，項羽引兵西，屠咸陽，殺秦降王子嬰，燒秦宮室，【行間批：狠。】火三月不滅；收其貨寶婦女而東。」人或説項王曰：「關中阻山河四塞，地肥饒，可都以霸。」項王見秦宮室皆以燒殘破，又心懷思欲東歸，曰：「富貴【行間批：貪。】不歸故鄉，如衣繡夜行，誰知之者？」説者曰：「人言楚人沐猴而冠耳，果然。」項王聞之，烹説者。

項王使人致命，懷王曰：「如約。」乃尊懷王爲義帝。項王欲自王，先王諸將相。謂曰：「天下初發難時，假立諸侯後以伐秦，然身披堅執鋭首事，暴露於野三年，滅秦定天下者，皆將相諸君與籍之力也。義帝雖無功，故當分其地而王之。」諸將皆曰：「善。」乃分天下，立諸將爲侯王。項王、范增疑沛公之有天下，業已講解，又惡負約，恐諸侯叛之，乃陰謀曰：「巴蜀道險，秦之遷人皆居蜀。」乃曰：「巴、蜀亦關中地也。」故立沛公爲漢王，王巴、蜀、漢中，都南鄭。而三分關中，王秦降將以距塞漢王。項王乃立章邯爲雍王，王咸陽以西，都廢丘。長史欣者，故爲櫟陽獄掾〔八〕，嘗有德於項梁；都尉董翳者，本勸章邯降楚。故立司馬欣爲塞王，王咸陽以東至河，都櫟陽；立董翳爲翟王，王上郡，都高奴。徙魏王豹爲西魏王，王河東，都平陽。瑕丘申陽者，張耳嬖臣也，先下河南郡，迎楚河上，故立申陽爲河南王，都雒陽。韓王成因故都，都陽翟。趙將司馬卬定河内，數有功，故立卬爲殷王，王河内，都朝歌。徙趙王歇爲代王。趙相張耳素賢，又從入關，故立耳爲常山王，王趙地，都襄國。當陽君黥布爲楚將，常冠軍，故立布爲九江王，都六。鄱君吴芮率百越佐諸侯，又從入關，故立芮爲衡山王，都邾。義帝柱國共敖將兵擊南郡，功多，因立敖爲臨江王，都江陵。徙燕王韓廣爲遼東王。燕將臧荼從楚救趙，因從入關，故立荼爲燕王，都薊。徙齊王田市爲膠東王。齊將田都從共救趙，因從入關，故立都爲齊王，都臨淄。故秦所滅齊王建孫田安，項羽方渡河救趙，田安下濟北數城，引其兵降項羽，故立安爲濟北王，都博陽。田榮者，數負項梁，又不肯將兵從楚擊秦，以故不封。成安君陳餘棄將印去，不從入關，然素聞其賢，有功於趙，聞其在南皮，故因環封三縣。番君將梅鋗功多，故封十萬户侯。項王自立爲西楚霸王，王九郡，都彭城。

漢之元年四月，諸侯罷戲下，各就國。項王出之國，使人徙義帝曰：「古之帝者地方千里，必居上游。」乃使使徙義帝長沙郴縣，趣義帝行。其群臣稍稍背叛之。乃陰令衡山、臨江王擊殺之江中。韓王成無軍功，項王不使之國，與俱至彭城，廢以爲侯，已又殺之。臧荼之國，因逐韓廣之遼東，廣弗聽，荼擊殺廣無終，并王其地。田榮聞項羽徙齊王市膠東，而立齊將田都爲齊王，乃大怒，不肯遣齊王之膠東，因以齊反，迎擊田都，田都走楚。齊王市畏項王，乃亡之膠東就國。田榮怒，追擊，殺之即墨。榮因自立爲齊王，而西殺擊濟北王田安，并王三齊。榮與彭越將軍印，令反梁地。陳餘陰使張同、夏説説齊王田榮曰：「項羽爲天下宰，不平。今盡王故王於醜地，而王其群臣諸將善地，逐其故主。趙王乃北居代，餘以爲不可。聞大王起兵，且不聽不義，願大王資餘兵，請以擊常山，以復趙王，請以國爲捍蔽。」齊王許之，因遣兵之趙。陳餘悉發三縣兵，與齊并力擊常山，大破之。張耳走歸漢，陳餘迎故趙王歇於代，反之趙。趙王因立陳餘爲代王。

是時，漢還定三秦。項羽聞漢王皆已并關中，且東，齊、趙叛之，大怒。乃以故吴令鄭昌爲韓王，以距漢。令蕭公角等擊彭越。彭越敗蕭公角等。漢使張良徇韓，乃遺項王書曰：「漢王失職，欲得關中，如約即止，不敢東。」又以齊、梁反書遺項王曰：「齊欲與趙并滅楚。」楚以此故，無西意，而北擊齊。徵兵九江王布。布稱疾不往，使將將數千人行。項王由此怨布也。

漢之二年冬，項羽遂北至城陽，田榮亦將兵會戰。田榮不勝，走至平原，平原民殺之。遂北燒夷齊城郭室屋，皆坑田榮降卒，係虜其老弱婦女。【行間批：狠。】徇齊至北海，多所殘滅，齊人相聚而叛之。於是田榮弟田橫收齊亡卒，得數萬人，反城陽。項王因留，連戰未能下。

春，漢王部五諸侯兵，凡五十六萬人，東伐楚。項王聞之，即令諸將擊齊，而自以精兵三萬人南從魯出胡陵。四月，漢皆已入彭城，收其貨寶美人，日置酒高會。項王乃西從蕭，晨擊漢軍而東，至彭城，日中，大破漢軍。【行間批：猛。】漢軍皆走，相隨入穀、泗水，殺漢卒十餘萬人〔九〕。漢卒皆南走山，楚又追擊至靈壁東睢水上〔一〇〕。漢軍却，爲楚所擠，多殺，漢卒十餘萬人皆入睢水，睢水爲之不流。圍漢王三匝。於是大風從西北而起，折木發屋，揚砂石，窈冥晝晦，逢迎楚軍。楚軍大亂，壞散，而漢王乃得與數十騎遁去。欲過沛，收家室而西；楚亦使人追之沛，取漢王家。家皆亡，不與漢王相見。漢王道逢得孝惠、魯元，乃載行。楚騎追漢王，漢王急，推墮孝惠、魯元車下，滕公常下收載之。如是者三。曰：「雖急不可以驅，奈何棄之？」於是遂得脱。求太公、呂后，不相遇。審食其從太公、呂后間行，求漢王，反遇楚軍。楚軍遂與歸，報項王。項王常置軍中。

是時呂后兄周呂侯爲漢將兵居下邑，漢王間往從之，稍稍收其士卒。至滎陽，諸敗軍皆會。蕭何亦發關中老弱未傅悉詣滎陽，復大振。楚起於彭城，常乘勝逐北，與漢戰滎陽南京、索間，漢敗楚，楚以故不能過滎陽而西。

項王之救彭城，追漢王至滎陽。田橫亦得收齊，立田榮子廣爲齊王。漢王之敗彭城，諸侯皆復與楚而背漢。漢軍滎陽，築甬道屬之河，以取敖倉粟。

漢之三年，項王數侵奪漢甬道，漢王食乏，恐，請和，割滎陽以西爲漢。項王欲聽之。歷陽侯范增曰：「漢易與耳，今釋弗取，後必悔之。」項王乃與范增急圍滎陽。漢王患之，乃用陳平計間項王。項王使者來，爲太牢具，舉欲進之。見使者，佯驚愕曰：「吾以爲亞父使者，乃反項王使者。」更持去，以惡食食項王使者。使者歸報項王。項王乃疑范增與漢有私，稍奪之權。范增大怒，曰：「天下事大定矣，君王自爲之。願賜骸骨歸卒伍。」項王許之，行未至彭城，疽發背而死。

漢將紀信說漢王曰：「事已急矣，請爲王誑楚爲王，王可以間出。」於是漢王夜出女子滎陽東門被甲二千人，楚兵四面擊之。紀信乘黄屋車，傅左纛，曰：「城中食盡，漢王降。」楚軍皆呼萬歲。漢王亦與數十騎從城西門出，走成皋。項王見紀信，問：「漢王安在？」信曰：「漢王已出矣。」項王燒殺紀信。

漢王使御史大夫周苛、樅公、魏豹守滎陽。周苛、樅公謀曰：「反國之王，難與守城。」乃共殺魏豹。楚下滎陽城，生得周苛。項王謂周苛曰：「爲我將，我以公爲上將軍，封三萬户。」周苛罵曰：「若不趣降漢，漢今虜若，若非漢敵也。」項王怒，烹周苛，并殺樅公。漢王之出滎陽，南走宛、葉，得九江王布，行收兵，復入保成皋。

漢之四年，項王進兵圍成皋。漢王逃，獨與滕公出成皋北門，渡河走修武，從張耳、韓信軍。諸將稍稍得出成皋，從漢王。楚遂拔成皋。欲西，漢使兵距之鞏，令其不得西。

是時，彭越渡河擊楚東阿，殺楚將軍薛公。項王乃自東擊彭越。漢王得淮陰侯兵，欲渡河南。鄭忠說漢王，乃止，壁河内〔一一〕。使劉賈將兵佐彭越，燒楚積聚。項王東擊破之，走彭越。漢王則引兵渡河，復取成皋，軍廣武，就敖倉食。項王已定東海來西，與漢俱臨廣武而軍，相守數月。

當此時，彭越數反梁地，絶楚糧食。項王患之，爲高俎，置太公其上，告漢王曰：「今不急下，吾烹太公。」漢王曰：「吾與項羽俱北面受命懷王，曰『約爲兄弟』，吾翁即若翁。必欲烹而翁，則幸分我一桮羹。」項王怒，欲殺之。項伯曰：「天下事未可知，且爲天下者不顧家，雖殺之無益，祇益禍耳。」項王從之。

楚漢久相持未決，丁壯苦軍旅，老弱罷轉漕。項王謂漢王曰：「天下匈匈數歲者，徒以吾兩人耳。願與漢王挑戰，決雌雄，毋徒苦天下之民父子爲也。」漢王笑謝曰：「吾寧鬥智，不能鬥力。」項王令壯士出挑戰。漢有善騎射者樓煩，楚挑戰三合，樓煩輒射殺之。項王大怒，乃自披甲持戟挑戰。樓煩欲射之，項王瞋目叱之，樓煩目不敢視，手不敢發，遂走還入壁〔一二〕，不敢復出。漢王使人間問之，乃項王也。漢王大驚。於是項王乃即漢王相與臨廣武間而語。漢王數之，項王怒，欲一戰。漢王不聽，項王伏弩射中漢王。漢王傷，走入成皋。

項王聞淮陰侯已舉河北，破齊、趙，且欲擊楚，乃使龍且往擊之。淮陰侯與戰，騎將灌嬰擊之，大破楚軍，殺龍且。韓信因自立爲齊王。項王聞龍且軍破，則恐，使盱台人武涉往説淮陰侯。淮陰侯弗聽。是時彭越復反，下梁地，絕楚糧。項王乃謂海春侯大司馬曹咎等曰：「謹守成皋，則漢欲挑戰，慎勿與戰，毋令得東而已。我十五日必誅彭越，定梁地，復從將軍。」乃東行擊陳留、外黃。

外黃不下。數日，已降，項王怒，悉令男子年十五已上詣城東，欲坑之。【行間批：狠。】外黃令舍人兒年十三，往説項王曰：「彭越强劫外黃〔一三〕，外黃恐，故且降，待大王。大王至，又坑之，百姓豈有歸心？從此以東，梁地十餘城皆恐，莫肯下矣。」項王然其言，乃赦外黃當坑者。東至睢陽，聞之皆爭下項王。

漢果數挑楚軍戰，楚軍不出。使人辱之五六日，大司馬怒，渡兵汜水。士卒半渡，漢擊之，大破楚軍，盡得楚國貨賂。大司馬咎、長史翳、塞王欣皆自剄汜水上。大司馬咎者，故蘄獄掾〔一四〕，長史欣亦故櫟陽獄吏，兩人嘗有德於項梁，是以項王信任之。當是時，項王在睢陽，聞海春侯軍敗，則引兵還。漢軍方圍鍾離眛於滎陽東，項王至，漢軍畏楚，盡走險阻。

是時，漢兵盛食多，項王兵罷食絶。漢遣陸賈説項王，請太公，弗聽。漢王復使侯公往説項王，項王乃與漢約，中分天下。割鴻溝以西者爲漢，鴻溝而東者爲楚。項王許之，即歸漢王父母妻子。軍皆呼萬歲。漢王乃封侯公爲平國君。匿弗肯復見。曰：「此天下辯士，所居傾國，故號爲平國君。」項王已約，乃引兵解而東歸。

漢欲西歸，張良、陳平説曰：「漢有天下大半，而諸侯皆附之。楚兵罷食盡，此天亡楚之時也，不如因其饑而遂取之。今釋弗擊，此所謂『養虎自貽患』也。」漢王聽之。漢五年，漢王乃追項王至陽夏南，止軍，與淮陰侯韓信、建成侯彭越期會而擊楚軍。至固陵，而信、越之兵不會。楚擊漢軍，大破之。【行間批：猛。】漢王復入壁，深塹而自守。謂張子房曰：「諸侯不從約，爲之奈何？」對曰：「楚兵且破，信、越未有分地，其不至固宜。君王能與共分天下，今可立致也。即不能，事未可知也。君王能自陳以東傅海，盡與韓信；睢陽以北至穀城，以與彭越。使各自爲戰，則楚易敗也。」漢王曰：「善。」於是乃發使者告韓信、彭越曰：「并力擊楚，楚破，自陳以東傅海與齊王，睢陽以北至穀城與彭相國。」使者至，韓信、彭越皆報曰：「請今進兵。」韓信乃從齊往。劉賈軍從壽春并行，屠城父。至垓下，大司馬周殷叛楚，以舒屠六，舉九江兵，隨劉賈、彭越皆會垓下，詣項王。

項王軍壁垓下〔一五〕，兵少食盡，漢軍及諸侯兵圍之數重。夜聞漢軍四面皆楚歌，項王乃大驚曰：「漢皆已得楚乎？是何楚人之多也！」項王則夜起，飲帳中。有美人名虞，常幸從；駿馬名騅，常騎之。於是項王乃悲歌慷慨，自爲詩曰：「力拔山兮氣蓋世，時不利兮騅不逝。騅不逝兮可奈何，虞兮虞兮奈若何！」歌數闋，美人和之。項王泣數行下，左右皆泣，莫能仰視。於是項王乃上馬騎。麾下壯士騎從者八百餘人，直夜潰圍南出，馳走。平明，漢軍乃覺之，令騎將灌嬰以五千騎追之。項王渡淮，騎能屬者百餘人耳。項王至陰陵，迷失道，問一田父，田父紿曰「左」。左，乃陷大澤中。以故漢追及之。項王乃復引兵而東，至東城，乃有二十八騎。漢騎追者數千人。項王自度不能脱，謂其騎曰：「吾起兵至今八歲矣，身七十餘戰，所當者破，所擊者服，未嘗敗北，遂霸有天下。然今卒困於此，此天之亡我，非戰之罪也。今日固決死，願爲諸君決戰，必三勝之，爲諸君潰圍，斬將，刈旗，令諸君知天亡我，非戰之罪也。」乃分其騎以爲四隊，四嚮。漢軍圍之數重。項王謂其騎曰：「吾爲公取彼一將。」令四面騎馳下，期山東爲三處。於是項王大呼馳下，【行間批：猛。】漢軍皆披靡，遂斬漢一將。是時，赤泉侯爲騎將，追項王，項王瞋目而叱之，赤泉侯人馬俱驚，辟易數里。與其騎會爲三處。漢軍不知項王所在，乃分軍爲三，復圍之。項王乃馳，復斬漢一都尉，殺數十百人，【行間批：猛。】復聚其騎，亡其兩騎耳。乃謂其騎曰：「何如？」騎皆伏曰：「如大王言。」於是項王乃欲東渡烏江。烏江亭長檥船待，謂項王曰：「江東雖小，地方千里，衆數十萬人，亦足王也。願大王急渡。今獨臣有船，漢軍至，無以渡。」項王笑曰：「天之亡我，我何渡爲！且籍與江東子弟八千人渡江而西，今無一人還，縱江東父兄憐而王我，我何面目見之？縱彼不言，籍獨不愧於心乎？」乃謂亭長曰：「吾知公長者。吾騎此馬五歲，所當無敵，常一日行千里，不忍殺之，以賜公。」乃令騎皆下馬步行，持短兵接戰。獨籍所殺漢軍數百人。【行間批：猛。】項王身亦被十餘創，顧見漢騎司馬呂馬童，曰：「若非吾故人乎？」馬童面之，指王翳曰：「此項王也。」項王乃曰：「吾聞漢購我頭千金，邑萬户，吾爲若德。」乃自刎而死。王翳取其頭，餘騎相蹂踐爭項王，相殺者數十人。最其後，郎中騎楊喜，騎司馬呂馬童，郎中呂勝、楊武各得其一體。五人共會其體，皆是。分其地爲五：封呂馬童爲中水侯，封王翳爲杜衍侯，封楊喜爲赤泉侯，封楊武爲吴防侯，封呂勝爲涅陽侯。

項王已死，楚地皆降漢，獨魯不下。漢乃引天下兵欲屠之，爲其守禮義，爲主死節，乃持項王頭視魯，魯父兄乃降。始，楚懷王初封項籍爲魯公，及其死，魯最後下，故以魯公禮葬項王穀城。漢王爲發哀，泣之而去。

諸項氏枝屬，漢王皆不誅。乃封項伯爲射陽侯。桃侯、平皋侯、元武侯皆項氏，賜姓劉氏。

太史公曰：吾聞之周生曰：「舜目蓋重瞳子。」又聞項羽亦重瞳子。羽豈其苗裔耶？何興之暴也！夫秦失其政，陳涉首難，豪傑蜂起，相與并争，不可勝數。然羽非有尺寸，乘勢起隴畝之中，三年遂將五諸侯滅秦，分裂天下，而封王侯，政由羽出，號爲霸王。位雖不終，近古以來未嘗有也。及羽背關懷楚，放逐義帝而自立，怨王侯叛己，難矣。自矜功伐，奮其私智而不師古，謂霸王之業，欲以力征經營天下。五年，卒亡其國，身死東城，尚不覺悟而不自責，過矣。乃引「天亡我，非用兵之罪也」，豈不謬哉？

【校注】

〔一〕「掾」，原作「椽」，據中華書局一九五九年版《史記·項羽本紀》改。

〔二〕「掾」，原作「椽」，據中華書局一九五九年版《史記·項羽本紀》改。

〔三〕「辦」，原作「辨」，據中華書局一九五九年版《史記·項羽本紀》改。

〔四〕「壁」，原作「璧」，據中華書局一九五九年版《史記·項羽本紀》改。

〔五〕「壁」，原作「璧」，據中華書局一九五九年版《史記·項羽本紀》改。

〔六〕「上」，原作「土」，據中華書局一九五九年版《史記·項羽本紀》改。

〔七〕「關」，原作「嗣」，據中華書局一九五九年版《史記·項羽本紀》改。

〔八〕「掾」，原作「椽」，據中華書局一九五九年版《史記·項羽本紀》改。

〔九〕「餘萬」，原作「萬餘」，據中華書局一九五九年版《史記·項羽本紀》改。

〔一〇〕「壁」，原作「璧」，據中華書局一九五九年版《史記·項羽本紀》改。

〔一一〕「壁」，原作「璧」，據中華書局一九五九年版《史記·項羽本紀》改。

〔一二〕「壁」，原作「璧」，據中華書局一九五九年版《史記·項羽本紀》改。

〔一三〕「强」，原作「彊」，據中華書局一九五九年版《史記·項羽本紀》改。

〔一四〕「掾」，原作「椽」，據中華書局一九五九年版《史記·項羽本紀》改。

〔一五〕「壁」，原作「璧」，據中華書局一九五九年版《史記·項羽本紀》改。

卷二

外戚世家讀法

此篇文字，人皆以爲史公言命，如《衛霍》、《李將軍列傳》之類。夫既言命矣，而何以又曰「難言」，且必通乎幽明之變者，而後謂其能識性命也？不知此非史公之言命，正史公之言道，蓋一陰一陽之謂道也。道始於夫婦，有夫婦而後有父子，有父子而後有君臣，有君臣而後有上下，有上下而後禮義有所錯，故曰「陰陽之變，萬物之統」。帝王無論創業守文，於妃匹之際，皆不可不慎焉。何以慎之？則必王侯有土，其女而有士行者，始可以配人主，而得外戚之助，而豈其惟色之是徇乎？如以色而已，則必至於賤妨貴，下陵上，卑踰尊。且奪人婦之已有子者而爲配，甚至於以倡見，此遵何道哉？然而人皆曰有命有命，似乎冥冥之中，嘿爲主持，而人主有不得不然焉者。不知人能弘道者也。命也，有性焉，君子不謂命也。此史公之微旨，而自班固以來，竟未有能知之者。

自班固譏遷爲不知道，而後儒遂附而和之。乃若此篇，則實孟子言性命之精理也。第孟子所言五者，夫婦不在內。然而禮之賓主，即概夫婦。蓋未親迎前，女固賓也。及于歸後，而男正位乎外，女正位乎內，主蘋蘩，主中饋，言主則有賓矣。故曰：夫婦有別。而《姤》之女遇男，其二爻曰不利賓，初六之陰固以九四之陽爲賓也。其曰陰陽之變，變者交也。幽明即陰陽也。通乎陰陽之交，則知夫婦之際爲人道之大倫，而必求助其德。敢以無道行之哉？如是而謂之不知道，則所謂道者何如也歟？

此篇前後，正論也。其五段中，或直言命，或將「命」字隱躍舒寫，皆非正旨。

叙薄后段末，及代王迎立爲文帝，忽叠筆贊嘆曰：「此豈非天耶？非天命孰能當之？」此蓋言代王之入爲天子，此真天命所歸，非此則不得援命爲解也，故曰「孰能當之」。然則妃匹之選，主張自在帝王矣。

首言受命帝王及繼體守文之君，皆得外戚之助，并叙夏、殷、周三代之興亡皆由之，以見漢之不然，則漢雖治，猶之亂矣。此史公之所慨焉者也。

「人能弘道，無如命何」，轉接得毫無痕迹，是真精於言理者，是真聖於爲文者。

首段文字，極舒縱跌頓之奇。末止三筆，直截明快。中間叙述，則略見姿態耳。

叙竇少君較諸吕、田蚡、衛、霍獨詳者，以諸吕已詳《吕后紀》中，而田蚡、衛、霍則自有傳也。

外戚世家

自古受命帝王及繼體守文之君，非獨内德茂也，蓋亦有外戚之助焉。夏之興也以塗山，而桀之放也以末喜。殷之興也以有娀，紂之殺也嬖妲己。周之興也以姜原及大任，而幽王之禽也淫於褒姒。故《易》基《乾》、《坤》，《詩》始《關雎》，《書》美釐降，《春秋》譏不親迎。夫婦之際，人道之大倫也。禮之用，唯婚姻爲兢兢。夫樂調而四時和，陰陽之變，萬物之統也，可不慎與？人能弘道，無如命何。甚哉！妃匹之愛，君不能得之於臣，父不能得之於子，况卑下乎？既驩合矣，或不能成子姓。能成子姓矣，或不能要其終。豈非命也哉？孔子罕稱命，蓋難言之也。非通幽明之變，惡能識乎性命哉？

太史公曰：秦以前尚略矣，其詳靡得而記焉。漢興，吕娥姁爲高祖正后，男爲太子。及晚節，色衰愛弛，而戚夫人有寵，其子如意幾代太子者數矣。及高祖崩，吕氏夷戚氏，誅趙王，而高祖後宫唯獨無寵疏遠者得無恙。吕后長女爲宣平侯張敖妻，敖女爲孝惠皇后。吕太后以重親故，欲其生子萬方，終無子，詐取後宫人子爲子。及孝惠帝崩，天下初定未久，繼嗣不明。於是貴外家，王諸吕以爲輔，而以吕禄女爲少帝后，欲連固根本牢甚，然無益也。

高后崩，合葬長陵。祿、産等懼誅，謀作亂。大臣征之，天誘其統，卒滅吕氏。唯獨置孝惠皇后居北宫。迎立代王，是爲孝文帝，奉漢宗廟。此豈非天邪？非天命，孰能當之？

薄太后，父吴人，姓薄氏，秦時與故魏王宗家女魏媪通，生薄姬，而薄父死山陰，因葬焉。及諸侯畔秦，魏豹立爲魏王，而魏媪内其女於魏宫。媪之許負所相，相薄姬，云當生天子。是時，項羽方與漢王相距滎陽，天下未有所定。豹初與漢擊楚，及聞許負言，心獨喜，因背漢而畔，中立，更與楚連和。漢使曹參等擊虜魏王豹，以其國爲郡，而薄姬輸織室。豹已死，漢王入織室，見薄姬有色，詔内後宫，歲餘不得幸。始姬少時，與管夫人、趙子兒相愛，約曰：「先貴無相忘。」已而管夫人、趙子兒先幸漢王。漢王坐河南宫成皋臺，此兩美人相與笑薄姬初時約。漢王聞之，問其故，兩人具以實告漢王。漢王心慘然，憐薄姬，是日召而幸之。薄姬曰：「昨暮夜妾夢蒼龍據吾腹。」高帝曰：「此貴徵也，吾爲女遂成之。」一幸生男，是爲代王。其後薄姬希見高祖。高祖崩，諸御幸姬戚夫人之屬，吕太后怒，皆幽之，不得出宫。而薄姬以希見故，得出，從子之代，爲代王太后。太后弟薄昭從如代。代王立十七年，高后崩，大臣議立後，疾外家吕氏强，皆稱薄氏仁善，故迎代王，立爲孝文皇帝，而太后改號曰皇太后，弟薄昭封爲軹侯。薄太后母亦前死，葬櫟陽北。於是乃追尊薄父爲靈文侯，會稽郡置園邑三百家，長丞已下吏奉守冢，寢廟上食祠如法。而櫟陽北亦置靈文侯夫人園，如靈文侯園儀。薄太后以爲母家魏王後，早失父母，其奉薄太后諸魏有力者，於是召復魏氏，及尊賞賜，各以親疏受之。薄氏侯者凡一人。薄太后後文帝二年，以孝景帝前二年崩，葬南陵。以吕后會葬長陵，故特自起陵，近孝文皇帝霸陵。

竇太后，趙之清河觀津人也。吕太后時，竇姬以良家子入宫侍太后。太后出宫人以賜諸王，各五人，竇姬與在行中。竇姬家在清河，欲如趙近家，請其主遣宦者吏：「必置我籍趙之伍中。」宦者忘之，誤置其籍代伍中。籍奏，詔可，當行。竇姬涕泣，怨其宦者，不欲往，相强，乃肯行。至代，代王獨幸竇姬，生女嫖，後生兩男，而代王王后生四男。先代王未入立爲帝，而王后卒。後代王立爲帝，而王后所生四男更病死。孝文帝立數月，公卿請立太子，而竇姬長男最長，立爲太子，立竇姬爲皇后，女嫖爲長公主。其明年，立少子武爲代王，已而又徙梁，是爲梁孝王。竇皇后親早卒，葬觀津。於是薄太后乃詔有司，追尊竇后父爲安成侯，母曰安成夫人。令清河置園邑二百家，長丞奉守，比靈文園法。竇皇后兄竇長君，弟曰竇廣國，字少君。少君年四五歲時，家貧，爲人所略，賣其家，不知其處，傳十餘家，至宜陽。爲其主入山作炭，寒臥岸下百餘人，岸崩，盡壓殺臥者，少君獨得脱，不死。自卜數日當爲侯，徙其家之長安，聞竇皇后新立，家在觀津，姓竇氏。廣國去時雖小，識其縣名及姓，又常與其姊採桑墮，用爲符信，上書自陳。竇皇后言之於文帝，召見，問之，具言其故，果是。又復問他何以爲驗。對曰：「姊去我西時，與我決於傳舍中，丐沐沐我，請食飯我，乃去。」於是竇后持之而泣，泣涕交横下。侍御左右皆伏地泣，助皇后悲哀。乃厚賜田宅金錢，封公昆弟，家於長安。絳侯、灌將軍等曰：「吾屬不死，命乃且縣此兩人。兩人所出微，不可不爲擇師傅賓客，又復效吕氏大事也。」於是乃選長者士之有節行者與居。竇長君、少君由此爲退讓君子，不敢以尊貴驕人。竇皇后病，失明。文帝幸邯鄲慎夫人、尹姬，皆毋子。孝文帝崩，孝景帝立，乃封廣國爲章武侯。長君前死，封其子彭祖爲南皮侯。吴楚反時，竇太后從昆弟子竇嬰，任俠自喜，將兵，以軍功爲魏其侯。竇氏凡三人爲侯。竇太后好黄帝、老子言，帝及太子、諸竇不得不讀《黄帝》、《老子》，尊其術。竇太后後孝景帝六歲，建元六年崩，合葬霸陵。遺詔盡以東宮金錢財物賜長公主嫖。

王太后，槐里人，母曰臧兒。臧兒者，故燕王臧荼孫也。臧兒嫁爲槐里王仲妻，生男曰信，與兩女。而仲死，臧兒更嫁長陵田氏，生男蚡、勝。臧兒長女嫁爲金王孫婦，生一女矣，而臧兒卜筮之，曰兩女皆當貴，因欲奇兩女，乃奪金氏。金氏怒，不肯予決，乃内之太子宮。太子幸愛之，生三女一男。男方在身時，王美人夢日入其懷，以告太子。太子曰：「此貴徵也。」未生而孝文帝崩，孝景帝即位，王夫人生男。先是臧兒又入其少女兒姁，兒姁生四男。

景帝爲太子時，薄太后以薄氏女爲妃。及景帝立，立妃曰薄皇后。皇后毋子，毋寵。薄太后崩，廢薄皇后。景帝長男榮，其母栗姬。栗姬，齊人也。立榮爲太子，長公主嫖有女，欲予爲妃。栗姬妒，而景帝諸美人皆因長公主見景帝，得貴幸，皆過栗姬。栗姬日怨怒，謝長公主，不許。長公主欲予王夫人，王夫人許之。長公主怒，而日讒栗姬短於景帝曰：「栗姬與諸貴夫人幸姬會，常使侍者祝唾其背，挾邪媚道。」景帝以故望之。景帝常體不安，心不樂，屬諸子爲王者於栗姬，曰：「百歲後，善視之。」栗姬怒，不肯應，言不遜。景帝恚，心嗛之而未發也。長公主日譽王夫人男之美，景帝亦賢之，又有曩者所夢日符，計未有所定。王夫人知帝望栗姬，因怒未解，陰使人趣大臣立栗姬爲皇后。大行奏事畢，曰：「子以母貴，母以子貴。今太子母無號，宜立爲皇后。」景帝怒曰：「是而所宜言邪？」遂案誅大行，而廢太子爲臨江王。栗姬愈恚恨，不得見，以憂死。卒立王夫人爲皇后，其男爲太子，封皇后兄信爲蓋侯。景帝崩，太子襲號爲皇帝，尊皇太后母臧兒爲平原君，封田蚡爲武安侯，勝爲周陽侯。景帝十三男，一男爲帝，十二男皆爲王。而兒姁早卒，其四子皆爲王。王太后長女號曰平陽公主，次爲南宮公主，次爲林慮公主。蓋侯信好酒。田蚡、勝貪，巧於文辭。王仲早死，葬槐里，追尊爲共侯，置園邑二百家。及平原君卒，從田氏葬長陵，置園比共侯園。而王太后後孝景帝十六歲，以元朔四年崩，合葬陽陵。王太后家凡三人爲侯。

衛皇后，字子夫，生微矣。蓋其家號曰衛氏，出平陽侯邑。子夫爲平陽主謳者。武帝初即位，數歲無子。平陽主求諸良家子女十餘人，飾置家。武帝祓霸上還[一]，因過平陽主。主見所侍美人，上弗說。既飲，謳者進，上望見，獨說衛子夫。是日，武帝起更衣，子夫侍尚衣軒中，得幸。上還坐，驩甚，賜平陽主金千斤。主因奏子夫奉送入宮。子夫上車，平陽主拊其背曰：「行矣，强飯，勉之！即貴，無相忘。」入宮歲餘，竟不復幸。武帝擇宮人不中用者，斥出歸之。衛子夫得見，涕泣請出。上憐之，復幸，遂有身，尊寵日隆。召其兄衛長君、弟青爲侍中。而子夫後大幸，有寵，凡三女一男。男名據。初，上爲太子時，娶長公主女爲妃，立爲帝，妃立爲皇后，姓陳氏，無子。上之得爲嗣，大長公主有力焉，以故陳皇后驕貴。聞衛子夫大幸，恚，幾死者數矣。上愈怒。陳皇后挾婦人媚道，其事頗覺，於是廢陳皇后，而立衛子夫爲皇后。陳皇后母大長公主，景帝姊也，數讓武帝姊平陽公主曰：「帝非我不得立，已而棄捐吾女，壹何不自喜而倍本乎？」平陽公主曰：「用無子故廢耳。」陳皇后求子，與醫錢凡九千萬，然竟無子。衛子夫已立爲皇后，先是衛長君死，乃以衛青爲將軍，擊胡有功，封爲長平侯。青三子在襁褓中，皆封爲列侯。及衛皇后所謂姊衛少兒，少兒生子霍去病，以軍功封冠軍侯，號驃騎將軍。青號大將軍。立衛皇后子據爲太子。衛氏枝屬以軍功起家，五人爲侯。及衛后色衰，趙之王夫人幸，有子，爲齊王。王夫人早卒，而中山李夫人有寵，有男一人，爲昌邑王。李夫人早卒，其兄李延年以音幸，號協律。協律者，故倡也。兄弟皆坐奸，族。是時，其長兄廣利爲貳師將軍，伐大宛，不及誅，還，而上既夷李氏，後憐其家，乃封爲海西侯。他姬子二人爲燕王、廣陵王，其母無寵，以憂死。及李夫人卒，則有尹婕妤之屬，更有寵。然皆以倡見，非王侯有土之士女〔二〕，不可以配人主也。

【校注】

〔一〕「祓」，原作「袚」，據中華書局一九五九年版《史記·外戚世家》改。

〔二〕「士女」，原作「女士」，據中華書局一九五九年版《史記·外戚世家》改。

蕭相國世家讀法

此篇分六段讀。首至「何固請，得毋行」，爲第一段。收秦圖籍，爲第二段。進言韓信，合下論功人狗，爲第三段。守關中轉漕補卒，合下鄂君之論功，并鮑生、召平，客説、王衛尉之辨請上林苑事，共爲第四段。舉曹參，爲第五段。買田，爲第六段。

第一段寫何之識。第二、三、四段寫何之功。第五、六段寫何之德。

寫何識處，一則曰「護高祖」，再則曰「左右之」，三則曰奉錢獨以五，是於塵埃中已認定一高祖，此何等具眼！至御史入言徵何，何不行，是於秦盛時已知其不能久，不肯輕出以就功名，此何等卓見！

寫何功三段，惟收秦圖籍功易明，故下隨手注出。至進言淮陰爲將，尤關漢得天下之大機括，應極與鋪張矣。但淮陰以反誅，此又在所諱言者，然又不得不爲之一寫。看他止用一二語標過，後直於論功行封時，在高祖口中若隱若躍點出。蓋功狗功人之論，何未嘗身在行間，運策驅衆，何以云「發縱指示」？又何故「群臣皆莫敢言」？非薦信一事而誰耶？用筆曲而著如此。然讀者皆不能知也。

何守關中之功，鄂君已爲之表出。至召平之説，則以淮陰新反事；王衛尉之説，則以爲民請上林苑事，宜與守關中不相蒙。乃合爲一段者，客不云乎，「畏君傾動關中」；王衛尉不云乎，「陳豨黥布反，是時相國守關中，摇足則關以西非陛下有也」。夫竇融以河西歸光武，光武尚班於諸功臣上，況何之所處爲至難，而其績爲至偉乎？且不寧惟是，一淮陰之事，何始也如彼，其終也若此。古今人無不以此致憾於何也者，然而何實有所萬不得已焉者矣。篇中寫其從鮑生計而王大説，又寫其從召平計而帝大喜，又寫其從客計而上大説，又寫其請上林而上大怒，是何之功固大，而所以居之者亦甚有所至難至難者矣。且何惟深知信，故舉之，則信德何也亦必深。信之能，帝之所畏惡也，而何又專擅關中久，兩人深相結，則帝之根本覆矣，此帝自將擊豨時所寤寐不能自寧者也。雖淮陰已誅，而猶疑何，則其并存關中也，又當何如？且何與信一體，何不於守關中時爲利，而信乃反於天下既定之後乎？故凡寫何之疑懼自危，正所以明其順吕誅信不得已之苦心；凡寫其守關中以待帝，正借以見信之不反。此則史公之微指，妙在語言之外者也。茅鹿門曰：「通篇直叙，叙何所以佐高祖定天下大略處特簡，叙高祖所以論功行賞與何所以委曲處特詳，非後世之史可及。」前輩讀書眼光之大，其知之矣。

第五段寫何舉素不相能之曹參以自代。此其虚公爲何如？然不相能如參尚舉之，豈相知之深如信反誅之乎？正與舉信誅信相映照。

第六段寫何之儉德，亦與上賤買田宅處反照。夫何之賢如是，其視諸葛公之澹泊寧静亦何以異？然則何之得帝心，實有大本原在，不徒聽計士之言而爲自固之術也已。

舉信爲大將之功，在後高帝論功時寫出。中間夾叙何守關中事，并及鮑生之説。何守關中之功，於鄂君論功時正寫。而先叙一鮑生，後又叙一召平與客與王衛尉，反覆抒寫之，行文最變化。

召平段夾入種瓜事，雖閑情冷趣，然與淮陰之誅、何之危正映照。蓋何此時求如東陵之種瓜，而恐不能者也。

望溪師曰：「文中止舉收圖籍、舉淮陰、守關中、薦曹參數事，而何之相業已夐絶千古。其餘則皆不足論耳。此史公見大處。」

看他一篇寫何之高識豐功，巍巍卓卓，而獨結之以儉德。贊内言其碌碌未有奇節，依光謹守，因民更始，正形容其儉德也。孔子曰：「以約失之者鮮。」故於信曰「假令學道謙讓，不伐不矜，庶幾哉於漢家勳」云云，而於此亦曰「淮陰、黥布等皆以誅滅，而何之勳爛焉」。誰謂史公不知道哉？

蕭相國世家

蕭相國何者，沛豐人也，以文無害爲沛主吏掾。高祖爲布衣時，何數以吏事護高祖。高祖爲亭長，常左右之。高祖以吏繇咸陽，吏皆送奉錢三，何獨以五。秦御史監郡者與從事，常辨之。何乃給泗水卒史事，第一。秦御史欲入言徵何，何固請，得毋行。

及高祖起爲沛公，何常爲丞督事。沛公至咸陽，諸將皆争走金帛財物之府分之，何獨先入收秦丞相御史律令圖書藏之。沛公爲漢王，以何爲丞相。項王與諸侯屠燒咸陽而去。漢王所以具知天下戹塞，户口多少，强弱之處，民所疾苦者，以何具得秦圖書也。

何進言韓信，漢王以信爲大將軍。語在《淮陰侯》事中。漢王引兵東定三秦，何以丞相留收巴蜀，填撫諭告，使給軍食。漢二年，漢王與諸侯擊楚，何守關中，侍太子治櫟陽。爲法令約束，立宗廟、社稷、宮室、縣邑，輒奏上可，許以從事。即不及奏上，輒以便宜施行，上來以聞。【行間批：此下鮑生、召平、客、王衛尉等説章本。】關中事，計户口，轉漕給軍。漢王數失軍遁去，何常興關中卒，輒補缺。上以此專屬任何關中事。漢三年，漢王與項羽相距京、索之間，上數使使勞苦丞相。鮑生謂丞相曰：「王暴衣露蓋，數使使勞苦君者，有疑君心也。爲君計，莫若遣君子孫昆弟能勝兵者悉詣軍所，上必益信君。」於是何從其計，漢王大説。漢五年，既殺項羽，定天下，論功行封。群臣争功，歲餘，功不決。高祖以蕭何功最盛，封爲酇侯，所食邑多。功臣皆曰：「臣等身被堅執鋭，多者百餘戰，少者數十合，攻城略地，大小各有差。今蕭何未嘗有汗馬之勞，徒持文墨議論，不戰，顧反居臣等上，何也？」高帝曰：「諸君知獵乎？」曰：「知之。」「知獵狗乎？」曰：「知之。」高帝曰：「夫獵，追殺獸兔者狗也，而發蹤指示獸處者人也。今諸君徒能得走獸耳，功狗也。至如蕭何，發蹤指示，【行間批：此應舉信爲大將。】功人也。且諸君獨以身隨我，多者兩三人，今蕭何舉宗數十人皆隨我，【行間批：此應鮑生之説。】功不可忘也。」群臣皆莫敢言。

列侯畢已受封，及奏位次，皆曰：「平陽侯曹參身被七十創，攻城略地，功最多，宜第一。」上已撓功臣，多封蕭何，至位次，未有以復難之，然心欲何第一。【行間批：此與下賞鄂君功，皆指何舉韓信之事，最是史公用意處。】關内侯鄂君進曰：「群臣議皆誤。夫曹參雖有野戰略地之功，此特一時之事。夫上與楚相距五歲，常失軍亡衆，逃身遁者數矣。然蕭何常從關中，遣軍補其處，【行間批：此應補卒。】非上所詔令召，而數萬衆會上之乏絶者數矣。夫漢與楚相守滎陽數年，軍無見糧，蕭何轉漕關中，給食不乏。【行間批：此應給軍食。】陛下雖數亡山東，蕭何常全關中以待陛下。【行間批：此前後眼目。】此萬世之功也。今雖亡曹參等百數，何缺於漢？漢得之不必待以全，奈何欲以一旦之功而加萬世之功哉？蕭何第一，曹參次之。」高祖曰：「善。」於是乃令蕭何，賜帶劍履上殿，入朝不趨。上曰：「吾聞進賢受上賞，蕭何功雖高，得鄂君乃益明。」於是因鄂君故所食關内侯邑封爲安平侯。【行間批：分明蕭何是韓信影子，鄂君是蕭何影子。詳此，正與舉信遥映。】是日，悉封何父子兄弟十餘人，皆有食邑。【行間批：應舉宗隨我。】乃益封何二千户，以帝嘗繇咸陽時「何送我獨贏奉錢二」也。漢十一年，陳豨反。高祖自將，至邯鄲。未罷，淮陰侯謀反關中，吕后用蕭何計誅淮陰侯，語在《淮陰》事中。上已聞淮陰侯誅，使使拜丞相何爲相國，益封五千户，令卒五百人一都尉爲相國衛。諸君皆賀，召平獨吊。召平者，故秦東陵侯，秦破，爲布衣，貧，種瓜於長安城東，瓜美，故世俗謂之「東陵瓜」，從召平以爲名也。【行間批：閑趣。】召平謂相國曰：「禍自此始矣。上暴露於外，而君守於中，非被矢石之事而益君封置衛者，以今者淮陰侯新反於中，疑君心矣。夫置衛衛君，非以寵君也。願君讓封勿受，悉以家私財佐軍，則上心説。」相國從其計，高帝乃大喜。漢十二年秋，黥布反。上自將擊之，數使使問相國何爲。相國爲上在軍，乃拊循勉力百姓，悉以所有佐軍，如陳豨時。客有説相國曰：「君滅族不久矣。夫君位爲相國，功第一，可復加哉？然君初入關中，得百姓心，十餘年矣，皆附君，常復孳孳得民和。上所爲數問君者，畏君傾動關中。今君胡不多買田地，賤貰貸以自污？上心乃安。」於是相國從其計，上乃大説。【行間批：看他三次寫「大喜」、「大説」，皆聽人言而然。至下乃自以己意請上林地，即致上大怒。可見何之樸誠，并無心計，真純臣也。】上罷布軍歸，民道遮行上書，言相國賤强買民田宅數千萬。上至，相國謁。上笑曰：「夫相國乃利民！」民所上書，皆以與相國。曰：「君自謝民。」相國因爲民請曰：「長安地狹，上林中多空地，棄，願令民得入田，毋收槁爲禽獸食。」上大怒曰：「相國多受賈人財物，乃爲請吾苑。」乃下相國廷尉，械繫之。數日，王衛尉侍，前問曰：「相國何大罪，陛下繫之暴也？」上曰：「吾聞李斯相秦皇帝，有善歸主，有惡自與。今相國多受賈豎金，而爲民請吾苑，以自媚於民，故繫治之。」王衛尉曰：「夫職事苟有便於民而請之，真宰相事，陛下奈何乃疑相國受賈人錢乎？且陛下距楚數歲，陳豨、黥布反，陛下自將而往，當是時，相國守關中，搖足則關以西非陛下有也。相國不以此時爲利，今乃利賈人之金乎？且秦以不聞其過亡天下，李斯之分過，又何足法哉？陛下何疑宰相之淺也？」【行間批：一篇疑忌文字於此處辨明。】高帝不懌。【行間批：以「不懌」二字應上「大喜」、「大説」、「大怒」等字。】是日，使使持節赦出相國。相國年老，素恭謹，入，徒跣謝。高帝曰：「相國休矣！相國爲民請苑，吾不許，我不過爲桀紂主，【行間批：始終忌語。】而相國爲賢相。吾故繫相國，欲令百姓聞吾過也。」

何素不與曹參相能。及何病，孝惠自臨視相國病，因問曰：「君即百歲後，誰可代君者？」對曰：「知臣莫如主。」孝惠曰：「曹參何如？」何頓首曰：「帝得之矣！臣死不恨矣！」

何置田宅必居窮處，爲家不治垣屋，曰：「後世賢，師吾儉；不賢，毋爲勢家所奪。」

孝惠二年，相國何卒，謚爲文終侯。後嗣以罪失侯者四世，絶，天子輒復求何後，封續酇侯，功臣莫得比焉。【行間批：暗照淮陰。】

太史公曰：蕭相國何，於秦時爲刀筆吏，録録未有奇節。及漢興，依日月之末光，何謹守管籥，因民之疾，奉法順流，與之更始。淮陰、黥布等皆以誅滅，而何之勳爛焉，【行間批：此史公用意處。】位冠群臣，聲施後世，與閎夭、散宜生等爭烈矣。

曹相國世家讀法

昔余在都，初見望溪先生時，先生爲言《蕭》、《曹》二世家史公筆法。今蕭相論已見文集，余亦推其意而廣之，其説《曹相國世家》云。曹與蕭不相能，且武夫也。世人好爭，尤莫如武夫。而前後相代之際，務求人短以顯己長，賢者不免，況武夫乎？今曹公爲相，一遵蕭法，且所遵者爲其所素不相嗛之人，非大有學問者不能，而乃得之於一武夫，此真有大過人者矣。故通篇皆叙其攻城略地之功，而末結以繼何爲相一事。史公之義法蓋如此。

此篇正與《淮陰列傳》參看。其叙曹戰功，挨次遞寫去，然止是一騎將身分，與《淮陰傳》中大將方略全無一似。然彼則誅夷，此則獨擅其功，何哉？蓋學道謙讓，有能有不能異也。中間叙爲齊相舍蓋公一段，正言其學道。末段繼何爲相，一無變更，正其學道之實際。與淮陰之自矜其能者，大相懸殊矣。此通篇主意，而特於贊中點明之。何之舉參固異，乃參又能預知其必舉己更異，而出於兩不相能之人，此則異之中而尤異者也。讀趣治行一段，則二公光明磊落、公而無私之懷爲何如也歟！此又何必再寫別事以爲公重哉？此史公之所以潔也。以獄市爲寄，正推賢讓能人，忠厚寬博處。夫奸人尚容之，又豈不能容一有郤之賢相哉？此皆寫出曹公識量大處。蓋相臣無他技，惟一休休有容而已矣。

末段寫遵何約束處，屢寫飲酒，并及遊園取酒張飲，與吏舍歌呼相應，可謂淋漓盡致矣。然止爲曹公之專匿人過而設。然則曹公之無所變更者，豈真何之法令一無或過也哉？寫曹之識量，真爲古今人之所不可及也。

曹相國世家

平陽侯曹參者，沛人也。秦時爲沛獄掾，而蕭何爲主吏，【行間批：參與何相終始，故首尾稱之。】居縣爲豪吏矣。高祖爲沛公而初起也，參以中涓從。將擊胡陵、方與，攻秦監公軍，大破之。東下薛，擊泗水守軍薛郭西。復攻胡陵，取之。徙守方與。方與反爲魏，擊之。豐反爲魏，攻之。賜爵七大夫。擊秦司馬尼軍碭東，破之，取碭、狐父、祁善置。又攻下邑以西，至虞，擊章邯車騎。攻爰戚及亢父，先登。遷爲五大夫。北救東阿，擊章邯軍，陷陳，追至濮陽。攻定陶，取臨濟。南救雍丘，擊李由軍，破之，殺李由，虜秦候一人。秦將章邯破殺項梁也，沛公與項羽引而東。楚懷王以沛公爲碭郡長，將碭郡兵。於是乃封參爲執帛，號曰建成君。遷爲戚公，屬碭郡。

其後從攻東郡尉軍，破之成武南。擊王離軍成陽南，復攻之杠里，大破之。追北，西至開封，擊趙賁軍，破之，圍趙賁開封城中。西擊秦將楊熊軍於曲遇，破之，虜秦司馬及御史各一人。遷爲執珪。從攻陽武，下轘轅、緱氏，絶河津，還擊趙賁軍尸北，破之。從南攻犨，與南陽守齮戰陽城郭東，陷陳，取宛，虜齮，盡定南陽郡。從西攻武關、嶢關，取之。前攻秦軍藍田南，又夜擊其北，秦軍大破，遂至咸陽，滅秦。

項羽至，以沛公爲漢王。漢王封參爲建成侯。從至漢中，遷爲將軍。從還定三秦，初攻下辯、故道、雍、斄。擊章平軍於好畤南，破之，圍好畤，取壤鄉。擊三秦軍壤東及高櫟，破之。復圍章平，章平出好畤走。因擊趙賁、内史保軍，破之。東取咸陽，更命曰新城。參將兵守景陵二十日，三秦使章平等攻參，參出擊，大破之。賜食邑於寧秦。參以將軍引兵圍章邯於廢丘。以中尉從漢王出臨晉關。至河内，下修武，渡圍津，東擊龍且、項他定陶，破之。東取碭、蕭、彭城，擊項籍軍，漢軍大敗走。參以中尉圍取雍丘。王武反於黄，程處反於燕，往擊，盡破之。柱天侯反於衍氏，又進破取衍氏。擊羽嬰於昆陽，追至葉。還攻武强〔一〕，因至滎陽。參自漢中爲將軍中尉，【行間批：一小結束。】從擊諸侯，及項羽敗，還至滎陽，凡二歲。【行間批：記歲。】

高祖三年，拜爲假左丞相，入屯兵關中。月餘，魏王豹反，以假左丞相，别與韓信東攻魏將軍孫遬軍東張，大破之。因攻安邑，得魏將王襄。擊魏王於曲陽，追至武垣，生得魏王豹。取平陽，得魏王母、妻、子，盡定魏地，凡五十二城。賜食邑平陽。因從韓信擊趙相國夏説軍於鄔東，大破之，斬夏説。韓信與故常山王張耳引兵下井陘，擊成安君，而令參還圍趙别將戚將軍於鄔城中。戚將軍出走，追斬之。乃引兵詣敖倉漢王之所。韓信已破趙，爲相國，東擊齊。參以右丞相，屬韓信攻破齊歷下軍，遂取臨菑。還定濟北郡，攻著、漯陰、平原、鬲、盧。已而從韓信擊龍且軍於上假密，大破之，斬龍且，虜其將軍周蘭。定齊，凡得七十餘縣，得故齊王田廣相田光，其守相許章，及故齊膠東將軍田既。韓信爲齊王，引兵詣陳，與漢王共破項羽，而參留平齊未服者。

項籍已死，天下定，漢王爲皇帝，韓信徙爲楚王，齊爲郡。參歸漢相印。高帝以長子肥爲齊王，而以參爲齊相國。以高祖六年賜爵列侯，與諸侯剖符，世世勿絶。食邑平陽萬六百三十户，號曰平陽侯，除前所食邑。以齊相國擊陳豨將張春軍，破之。黥布反，參以齊相國從悼惠王，將兵車騎十二萬人，與高祖會擊黥布軍，大破之。南至蘄，還定竹邑、相、蕭、留。

參功：【行間批：一大結束。】凡下二國，縣一百二十二；得王二人，相三人，將軍六人，大莫敖、郡守、司馬、候、御史各一人。【行間批：記功。】

孝惠帝元年，除諸侯相國法，更以參爲齊丞相。參之相齊，齊七十城。天下初定，悼惠王富於春秋，參盡召長老諸生，問所以安集百姓，如齊故俗諸儒以百數，言人人殊，參未知所定。聞膠西有蓋公，善治黄老言，使人厚幣請之。既見蓋公，蓋公爲言治道貴清静而民自定，推此類具言之。【行間批：省。】參於是避正堂，舍蓋公焉。其治要用黄老術，故相齊九年，【行間批：記歲。】齊國安集，大稱賢相。

惠帝二年，蕭何卒。參聞之，告舍人趣治行：「吾將入相。」居無何，使者果召參。參去，屬其後相曰：「以齊獄市爲寄，慎勿擾也。」後相曰：「治無大於此者乎？」參曰：「不然。夫獄市者，所以并容也，今君擾之，奸人安所容也？吾是以先之。」

參始微時，與蕭何善；及爲將相，有郤。至何且死，所推賢唯參。參代何爲漢相國，舉事無所變更，一遵蕭何約束。擇郡國吏木詘於文辭，重厚長者，即召除爲丞相史。吏之言文刻深，欲務聲名者，輒斥去之。日夜飲醇酒。卿大夫已下吏及賓客見參不事事，來者皆欲有言。至者，參輒飲以醇酒，間之，欲有所言，復飲之，醉而後去，終莫得開説，以爲常。

相舍後園近吏舍，吏舍日飲歌呼。從吏惡之，無如之何，乃請參遊園中，聞吏醉歌呼，從吏幸相國召按之。乃反取酒張坐飲，亦歌呼相與應和。

參見人之有細過，專掩匿覆蓋之，府中無事。

參子窋爲中大夫。惠帝怪相國不治事，以爲「豈少朕與」，乃謂窋曰：「若歸，試私從容問而父曰：『高帝新棄群臣，帝富於春秋，君爲相，日飲，無所請事，何以憂天下乎？』然無言吾告若也。」窋既洗沐歸，閒侍，自從其所諫參。參怒，而笞窋二百，曰：「趣入侍，天下事非若所當言也。」至朝時，惠帝讓參曰：「與窋胡治乎？乃者我使諫君也。」參免冠謝曰：「陛下自察聖武孰與高帝？」上曰：「朕乃安敢望先帝乎？」曰：「陛下觀臣能，孰與蕭何賢？」上曰：「君似不及也。」參曰：「陛下言之是也。且高帝與蕭何定天下，法令既明，今陛下垂拱，參等守職，遵而勿失，不亦可乎？」惠帝曰：「善。君休矣。」參爲漢相國，出入三年。【行間批：記歲。】卒，謚懿侯。子窋代侯，

百姓歌之，曰：「蕭何爲法，顜若畫一；曹參代之，守而勿失。載其清净，民以寧一。」

太史公曰：曹相國參攻城野戰之功所以能多若此者，以與淮陰侯俱。及信已滅，而列侯成功，唯獨參擅其名。參爲漢相國，清静極言合道。然百姓離秦之酷後，參與休息無爲，故天下俱稱其美矣。

【校注】

〔一〕「强」，原作「彊」，據中華書局一九五九年版《史記·曹相國世家》改。

淮陰侯列傳讀法

鍾伯敬曰：「淮陰侯不名者，重其人其功，而原其不反也。」

此篇於立信爲齊王界劃分兩大段，上一段歷寫信之戰功智略，下一段則寫其不反。然寫信之戰功智略皆用直叙，寫信之不反則純用曲筆，而其意自見焉。

淮陰之才，著於蕭相國之口，曰「國士無雙」。此四字，史公於登壇一對、伐魏、伐趙、伐齊、殺龍且，處處

俱細細寫出，真寫得出也。

上有「人厭之」、「人皆笑」、「無所知名」、「未得知名」、「未之奇」等文，一落至「一軍皆驚」處，方有根底，方有情勢精采。不然，則突而無味。以是知前半文字皆爲此叙寫也。

魏、趙、齊三戰，而趙之戰尤寫得十分精采，筆端奕奕動人。寫信之智略，又寫一李左車，又寫一説龍且之人，以爲陪襯渲染。

後既叙與陳豨約反，及與家臣謀，明明言其叛，贊内亦云「天下已集，乃謀畔逆」，而武涉之説、蒯通之説必備述之，一字不遺，何也？昔鹿門、震川兩先生論信非叛，其説甚明。然吾即史公此傳，反覆細讀，而知史公已大爲信不平，不必復取别傳證之，始知信之不叛也。夫漢王入蜀時，楚强漢弱，而信乃捨楚歸漢，登壇一對，勝負之形，如燭照數計。是明於天下大勢者，孰如信？虜豹伐趙，擊齊敗且，無不計定行師，如摧枯拉朽。是知己知彼者，又孰如信？乃楚、漢相持，數年未解，而信之能實無有出其右者。兩主之命懸於其手，兩利俱存，鼎足可成。此等事機，明哲如信，反有不知之者乎？乃武涉説之，蒯通復説之，信不於此時反，迨天下已集，乃謀叛逆耶？是以於武涉、蒯通兩段皆備述無遺，而於贊内點明此意，曰「不亦宜乎」，蓋反言之耳。乃寫信不聽武、蒯之説，而於遥遥數幅之前，先寫一能聽左車之策，以翻陪之，見信非不知計而貿貿爲之也。然武涉、蒯通二段細看來，仍係以蒯通作主，而以武涉引起，即不聽涉亦陪也，所謂正陪也。故信誅之後，特寫捕通一段以結之。寫涉説略，寫通説詳，可見蒯通一段正史公最着意處，文字亦最是精神。讀者莫錯把前面許多鬧熱文字當作正文看，其庶乎能讀《史記》者矣。

酈生已説下齊，復擊之，通之説非計也，信則聽之；兩利俱存，通之説至計也，信則不聽。前後亦相映。

前叙信寄食南昌亭長、漂母飯信，及受辱於少年諸瑣事。後叙信之相報，一一詳寫，不少遺者，正爲信不反漢作證。見信一飯尚報，況遇我厚之漢王乎？以少年之辱己，尚不報其怨，又豈以漢王之厚己，反肯背其恩乎？此亦史公之微意也。

武涉與蒯通皆教信反者，其曰「參分天下王之」猶之乎「兩利而俱存之」也。然涉爲項間信，故從漢王之不可親信説起，其説直而切；通則深爲信計者，故先説天下之勢，次言信有不可保之勢，三則欲其及時而决計也，其説婉而詳。信之不聽涉，猶之可也；乃關切之深如通，再三説之而亦不聽，則其無反志明矣。

武、蒯二説極相似。然武説漢王之交在前，説信之背漢在後，蒯説信之背漢在前，説漢王之交在後，亦變化。

信之用兵垓下一戰，陳法戰法俱極正極奇，真大將旗鼓也。篇中反不録及，何也？蓋垓下之事，漢王實在行間，信臣也，無成而代有終者也，故不録於此，而特詳於《高紀》。誰謂史公不知道乎？

贊内「學道謙讓」四字是一篇綱領。前叙信之寄食飲於人，一怒一喜；後寫其千金百錢之報，瑣瑣恩怨於一飯之間，何其淺也！此已寫出一不學道人身分來。其後請立張耳爲趙王，聽蒯通説，襲已下之齊，請爲假王，陳兵出入，不即會兵垓下，以良計始會，稱病不朝從，羞伍絳、灌，與帝論將兵多寡，皆寫其不學道謙讓處。不惟非從赤松子遊者之比，亦與遣子弟從軍、讓封勿受之蕭何異矣。

贊内言淮陰葬母，行營高敞地，令旁可置萬家，亦與「置田宅必居窮處」者異。

淮陰侯列傳

淮陰侯韓信者，淮陰人也。始爲布衣時，貧無行，不得推擇爲吏，又不治生商賈，常從人寄食飲，人多厭之者。【行間批：一路跌顿。】常數從其下鄉南昌亭長寄食，數月，亭長妻患之，乃晨炊蓐食。食時，信往，不爲具食。信亦知其意，怒，竟絶去。信釣於城下，諸母漂，有一母見信饑，飯信，竟漂數十日。信喜，謂漂母曰：「吾必有以重報母。」母怒曰：「大丈夫不能自食！吾哀王孫而進食，豈望報乎？」【行間批：正與信之怨望相照。】淮陰屠中少年有侮信者，曰：「若雖長大，好帶刀劍，中情怯耳。」衆辱之曰：「信能死，刺我；不能死，出我袴下。」於是信孰視之，俛出袴下，蒲伏。一市人皆笑信，以爲怯。

及項梁渡淮，信仗劍從之，居戲下，無所知名。項梁敗，又屬項羽，羽以爲郎中。數以策干項羽，羽不用。漢王之入蜀，信亡楚歸漢，未得知名，【行間批：極力跌。】爲連敖。坐法當斬，其輩十三人皆已斬，次至信，信乃仰視，適見滕公，曰：「上不欲就天下乎？何爲斬壯士？」滕公奇其言，壯其貌，釋而不斬，與語，大説之，【行間批：始揚之。】言於上。上拜以爲治粟都尉，上未之奇也。【行間批：又跌。】

信數與蕭何語，何奇之。【行間批：再揚之。】至南鄭，諸將行道亡者數十人，信度何等已數言上，上不我用，即亡。何聞信亡，不及以聞，自追之。人有言上曰：「丞相何亡。」上大怒，如失左右手。居一二日，何來謁上。上且怒且喜，駡何曰：「若亡，何也？」何曰：「臣不敢亡也，臣追亡者。」上曰：「若所追者誰？」何曰：「韓信也。」上復駡曰：「諸將亡者以十數，公無所追。追信，詐也。」何曰：「諸將易得耳。至如信者，國士無雙。【行間批：大揚之。看他以後抒寫此四字。】王必欲長王漢中，無所事信；必欲争天下，非信無所與計事者。顧王策安所決耳。」王曰：「吾亦欲東耳，安能鬱鬱久居此乎？」何曰：「王計必欲東，能用信，信即留；不能用，信終亡耳。」王曰：「吾爲公以爲將。」何曰：「雖爲將，信必不留。」王曰：「以爲大將。」何曰：「幸甚！」於是王欲召信拜之。何曰：「王素慢無禮，今拜大將如呼小兒耳，此乃信所以去也。王必欲拜之，擇良日，齋戒，設壇場，具禮，乃可耳。」王許之。【行間批：一路具小小波致。】諸將皆喜，人人各自以爲得大將。至拜大將，乃信也，一軍皆驚。

信拜禮畢，上坐。王曰：「丞相數言將軍，將軍何以教寡人計策？」信謝，因問王曰：「今東鄉争權天下，豈非項王邪？」漢王曰：「然。」曰：「大王自料，勇悍仁强，孰與項王？」漢王默然良久，曰：「不如也。」信再拜，賀曰：「惟信亦以爲大王不如也，然臣嘗事之，請言項王之爲人也。項王喑啞叱咤，千人皆廢，然不能任屬賢將，此特匹夫之勇耳。項王見人恭敬慈愛，言語嘔嘔，人有疾病，涕泣分食飲，至使人有功當封爵者，印刓弊忍不能予，此所謂婦人之仁也。項王雖霸天下而臣諸侯，不居關中而都彭城。有背義帝之約，而以親愛王，諸侯不平。諸侯之見項王遷逐義帝置江南，亦皆歸逐其主而自王善地。項王所過無不殘滅者，天下多怨，百姓不親附，特劫於威强耳。名雖爲霸，實失天下心，故曰其强易弱。今大王誠能反其道，任天下武勇，【行間批：語有光焰。】何所不誅？以天下城邑封功臣，何所不服？以義兵從思東歸之士，何所不散？【行間批：上言大勢。】且三秦王爲秦將，【行間批：下止言今日急務。】將秦子弟數歲矣，所殺亡不可勝計，又欺其衆降諸侯，至新安，項王詐坑秦降卒二十餘萬，唯獨邯、欣、翳得脱，秦父兄怨此三人，痛入骨髓。今楚强以威王此三人，秦民莫愛也。大王之入武關，秋毫無所害，除秦苛法，與秦民約法三章耳，秦民無不欲得大王王秦者。於諸侯之約，大王當王關中，關中民咸知之。大王失職入漢中，秦民無不恨者。今大王舉而東，三秦可傳檄而定也。」於是漢王大喜，自以爲得信晚，遂聽信計，部署諸將所擊。

八月，漢王舉兵，東出陳倉，定三秦。漢二年，出關，收魏、河南，韓、殷王皆降。合齊、趙，共擊楚。四月，至彭城，漢兵敗散而還。信復收兵，與漢王會滎陽，復擊破楚京、索之間。以故，楚兵卒不能西。

漢之敗却彭城〔一〕，塞王欣、翟王翳亡漢降楚，齊、趙亦反漢與楚和。六月，魏王豹謁歸視親疾，至國，即絶河關反漢，與楚約和。漢王使酈生説豹，不下。其八月，以信爲左丞相，擊魏。魏王盛兵蒲坂，塞臨晋。信乃益爲疑兵，陳船欲渡臨晋，而伏兵從夏陽以木罌缶渡軍，襲安邑。魏王豹驚，引兵迎信。信遂虜豹，定魏，爲河東郡。漢王遣張耳與信俱，【行間批：通篇關鍵。】引兵東，北擊趙、代。後九月，破代兵，禽夏説閼與。信之下魏破代，漢輒使人收其精兵，詣滎陽以距楚。

信與張耳以兵數萬，欲東下井陘擊趙。趙王、成安君陳餘聞漢且襲之也，聚兵井陘口，號稱二十萬。廣武君李左車說成安君曰：「聞漢將韓信涉西河，虜魏王，禽夏說，新喋血閼與。今乃輔以張耳，議欲下趙。此乘勝而去國遠鬬，其鋒不可當。臣聞：千里饋糧，士有饑色；樵蘇後爨，師不宿飽。今井陘之道，車不得方軌，騎不得成列。行數百里，其勢糧食必在其後，願足下假臣奇兵三萬人，從間路絶其輜重；足下深溝高壘堅營，勿與戰。彼前不得鬬，退不得還。吾奇兵絶其後，使野無所掠。不至十日，而兩將之頭可致於戲下。願君留意臣之計。否，必爲二子所禽矣。」成安君，儒者也，常稱義兵不用詐謀奇計，曰：「吾聞兵法，十則圍之，倍則戰之。今韓信兵號數萬，其實不過數千，能千里而襲我，亦以罷極。今如此避而不擊，後有大者，何以加之？則諸侯謂吾怯，而輕來伐我。」不聽廣武君策，廣武君策不用。【行間批：叠一句，惜之也。】

韓信使人間視，知其不用，還報，則大喜，乃敢引兵遂下。未至井陘口三十里，止舍。夜半傳發，選輕騎二千人，人持一赤幟，從間道萆山而望趙軍，誡曰：「趙見我走，必空壁逐我，若疾入趙壁，拔趙幟，立漢赤幟。」令其裨將傳飧，曰：「今日破趙會食。」諸將皆莫信，詳應曰：「諾。」【行間批：以上於未戰時先爲抒寫。】謂軍吏曰：「趙已先據便地爲壁，且彼未見吾大將旗鼓，未肯擊前行，恐吾至阻險而還。」信乃使萬人先行，出，背水陣。趙軍望見而大笑。平旦，信建大將之旗鼓，鼓行出井陘口。趙開壁擊之，大戰良久。於是信、張耳詳棄鼓旗，走水上軍。水上軍開入之，復疾戰。趙果空壁爭漢鼓旗，逐韓信、張耳。韓信、張耳已入水上軍，軍皆殊死戰，不可敗。信所出奇兵二千騎，共候趙空壁逐利，則馳入趙壁，皆拔趙旗，立漢赤幟二千。趙軍已不勝，不能得信等，欲還歸壁，壁皆漢赤幟，而大驚，以爲漢皆已得趙王將矣，兵遂亂遁走，趙將雖斬之，不能禁也。於是漢兵夾擊，大破虜趙軍，斬成安君泜水上，禽趙王歇。【行間批：此於戰時詳寫。筆端真如千軍萬馬，紙上毫間奕奕生動。】信乃令軍中毋殺廣武君，有能生得者購千金。於是有縛廣武君而致戲下者。信乃解其縛，東鄉坐，西鄉對，師事之。諸將效首虜，休畢賀，因問信曰：【行間批：未了，夾叙諸將問對一段。】「兵法，右倍山陵，前左水澤。今者將軍令臣等反背水陣，曰破趙會食，臣等不服。

然竟以勝，此何術也？」信曰：「此在兵法，顧諸君不察耳。兵法不曰『陷之死地而後生，置之亡地而後存』？且信非得素拊循士大夫也，此所謂驅市人而戰之，其勢非置之死地，使人人自爲戰。今予之生地，皆走，寧尚可得而用之乎？」【行間批：又於戰後補寫。】諸將皆服，曰：「善。非臣所及也。」

於是信問廣武君曰：【行間批：接。】「僕欲北攻燕，東伐齊，何若而有功？」廣武君辭謝曰：「臣聞，敗軍之將，不可以言勇；亡國之大夫，不可以圖存。今臣敗亡之虜，何足以權大事乎？」信曰：「僕聞之，百里奚居虞而虞亡，在秦而秦霸，非愚於虞而智於秦也，用與不用，聽與不聽也。誠令成安君聽足下計，若信者亦已爲禽矣。【行間批：能虛心作如此語，真大將也。】以不用足下，故信得侍耳。」因固問曰：「僕委心歸計，願足下勿辭。」廣武君曰：「臣聞，智者千慮，必有一失；愚者千慮，必有一得。故曰：『狂夫之言，聖人擇焉。』顧恐臣計未必足用，願效愚忠。夫成安君有百戰百勝之計，一旦而失之，軍敗鄗下，身死泜上。今將軍涉西河，虜魏王，禽夏説閼與，一舉而下井陘，不終朝破趙二十萬衆，誅成安君，名聞海内，威震天下。農夫莫不輟耕釋耒，褕衣甘食，傾耳以待命者。若此，將軍之所長也。然而衆勞卒罷，其實難用。今將軍欲舉倦弊之兵，頓之燕堅城之下，欲戰恐久力不能拔，情見勢屈，曠日糧竭，而弱燕不服，齊必距境以自强也。燕、齊相持而不下，則劉、項之權未有所分也。若此者，將軍所短也。臣愚，竊以爲亦過矣。故善用兵者，不以短擊長，而以長擊短。」韓信曰：「然則何由？」【行間批：亦作兩層寫，行文再不肯直。】廣武君對曰：「方今爲將軍計，莫如按甲休兵，鎮趙，撫其孤，百里之内，牛酒日至，以饗士大夫醳兵，北首燕路，而後遣辯士奉咫尺之書，暴其所長於燕，燕必不敢不聽從。燕已從，使諠言者東告齊，齊必從風而服，雖有智者，亦不知爲齊計矣。如是，則天下事皆可圖也。兵固有先聲而後實者，此之謂也。」韓信曰：「善。」從其策。發使使燕，燕從風而靡。乃遣使報漢，因請立張耳爲趙王，以鎮撫其國。漢王許之，乃立張耳爲趙王。【行間批：此皆信與帝不終之故，爲文中大眼目。】

楚數使奇兵渡河擊趙，趙王耳、韓信往來救趙，因行定趙城邑，發兵詣漢。楚方急圍漢王於滎陽，漢王南出，之宛、葉間，得黥布，走入成皋。楚又復急圍之。六月，漢王出成皋，東渡河，獨與滕公俱，從張耳軍修武。至，宿傳舍。晨自稱漢使，馳入趙壁。張耳、韓信未起，即其卧内，上奪其印符，以麾召諸將，易置之。信、耳起，乃知漢王來，大驚。漢王奪兩人軍，即令張耳備守趙地，拜韓信爲相國，收趙兵未發者擊齊。

信引兵東，未渡平原，聞漢王使酈食其已説下齊。韓信欲止，范陽辯士蒯通説信曰：「將軍受詔擊齊，而漢獨發間使下齊，寧有詔止將軍乎？何以得毋行也？且酈生一士，伏軾掉三寸之舌，下齊七十餘城，將軍將數萬衆，歲餘乃下趙五十餘城，爲將數歲，反不如一豎儒之功乎？」於是信然之，從其計，【行間批：通説甚非，信聽之，深誤。此亦不終之根。】遂渡河。齊已聽酈生，即留縱酒，罷備漢守禦。信因襲齊歷下軍，遂至臨菑。齊王田廣以酈生賣己，乃亨之，而走高密，使使之楚請救。韓信已定臨菑，遂東追廣至高密西。楚亦使龍且將，號稱二十萬，救齊。

齊王廣、龍且并軍與信戰，未合。人或説龍且曰：「漢兵遠鬥窮戰，其鋒不可當。齊、楚自居其地戰，兵易敗散。不如深壁，令齊王使其信臣招所亡城，亡城聞其王在，楚來救，必反漢。漢兵二千里客居，齊城皆反之，其勢無所得食，可無戰而降也。」【行間批：此亦左車計也。然上寫得濃郁，此則簡净。】龍且曰：【行間批：又一陳餘。】「吾平生知韓信爲人，易與耳。且夫救齊，不戰而降之，吾何功？今戰而勝之，齊之半可得，何爲止？」遂戰，與信夾濰水陳。韓信乃夜令人爲萬餘囊，滿盛沙，壅水上流，引軍半渡，擊龍且，詳不勝，還走。龍且果喜曰：「固知信怯也。」遂追信渡水。信使人決壅囊，水大至，龍且軍大半不得渡，即急擊，殺龍且。龍且水東軍散走，齊王廣亡去。信遂追北至城陽，皆虜楚卒。【行間批：此與上寫趙戰處，雖不及其精神，然自簡净，所謂各極其妙也。】

漢四年，遂皆降平齊。使人言漢王曰：「齊僞詐多變，反復之國也，南邊楚，不爲假王以鎮之，其勢不定。願爲假王便。」當是時，楚方急圍漢王於滎陽。韓信使者至，發書。漢王大怒，罵曰：「吾困於此，旦暮望若來佐我，乃欲自立爲王！」張良、陳平躡漢王足，因附耳語曰：「漢方不利，寧能禁信之王乎？不如因而立，善遇之，使自爲守。不然，變生。」漢王亦悟，因復罵曰：「大丈夫定諸侯，即爲真王耳，何以假爲？」乃遣張良往，立信爲齊王，徵其兵擊楚。楚已亡龍且，項王恐，使盱眙人武涉往説齊王信曰：「天下共苦秦久矣，相與戮力擊秦，秦已破，計功割地，分土而王之，以休士卒。今漢王復興兵而東，侵人之分，奪人之地，已破三秦，引兵出關，收諸侯之兵，以東擊楚。其意非盡吞天下者不休，其不知厭足如是甚也。且漢王不可必，身居項王掌握中數矣。項王憐而活之，然得脱，輒倍約，復擊項王。其不可親信如此。今足下雖自以與漢王爲厚交，爲之盡力用兵，終爲之所禽矣。足下所以得須臾至今者，以項王尚存也。當今二王之事，權在足下。足下右投則漢王勝，左投則項王勝。項王今日亡，則次取足下。足下與項王有故，何不反漢，與楚連和，叄分天下王之？今釋此時，而自必於漢以擊楚，且爲智者固若此乎？」韓信謝曰：「臣事項王，官不過郎中，位不過執戟，言不聽，畫不用，故倍楚而歸漢。漢王授我上將軍印，予我數萬衆，解衣衣我，推食食我，言聽計用，故吾得以至於此。夫人深親信我，我倍之，不祥，雖死不易。幸爲信謝項王！」

武涉已去，齊人蒯通知天下權在韓信，欲爲奇策而感動之，以相人説韓信曰：「僕嘗受相人之術。」韓信曰：「先生相人何如？」【行間批：此段文字，酷似《國策》。】對曰：「貴賤在於骨法，憂喜在於容色，成敗在於決斷。以此參之，萬不失一。」韓信曰：「善。先生相寡人何如？」對曰：「願少間。」信曰：「左右去矣。」通曰：「相君之面，不過封侯，又危不安。相君之背，貴乃不可言。」韓信曰：「何謂也？」蒯通曰：「天下初發難也，俊雄豪桀建號壹呼，天下之士雲合霧集，魚鱗雜遝，熛至風起。當此之時，憂在亡秦而已。【行間批：一層説日前事。】今楚、漢分争，使天下無罪之人肝膽塗地，父子暴骸骨於中野，不可勝數。【行間批：此説現在事。一層合説。】楚人起彭城，轉鬥逐北，至於滎陽，乘利席卷，威震天下。然兵困於京、索之間，迫西山而不能進者，三年於此矣。【行間批：一層説楚。】漢王將數十萬之衆，距鞏、雒，阻山河之險，一日數戰，無尺寸之功，折北不救，敗滎陽，傷成皋，遂走宛、葉之間，此所謂智勇俱困者也。【行間批：一層説漢。】夫鋭氣挫於險塞，而糧食竭於内府，百姓罷極怨望，容容無所倚。【行間批：又合説。】以臣料之，其勢非天下之賢聖固不能息天下之禍。【行間批：先虚説一筆。】當今兩主之命，【行間批：然後實説。】縣於足下。足下爲漢則漢勝，與楚則楚勝。臣願披腹心，輸肝膽，效愚忠，恐足下不能用也。【行間批：一曲。】誠能聽臣之計，莫若兩利而俱存之，叁分天下，鼎足而居，其勢莫敢先動。【行間批：文勢如山卓立。】夫以足下之賢聖，有甲兵之衆，【行間批：上文勢緊，此故緩以紓之。】據强齊，從燕、趙，出空虚之地而制其後，因民之欲，西鄉爲百姓請命，則天下風走而響應矣，孰敢不聽？割大弱强，以立諸侯，諸侯已立，天下服聽而歸德於齊。案齊之故，有膠、泗之地，懷諸侯之德，深拱揖讓，則天下之君王相率而朝於齊矣。蓋聞天與弗取，反受其咎；時至不行，反受其殃。【行間批：又虚斷四語。】願足下孰慮之。」韓信曰：「漢王遇我甚厚，載我以其車，衣我以其衣，食我以其食。吾聞之：乘人之車者，載人之患；衣人之衣者，懷人之憂；食人之食者，死人之事。吾豈可以鄉利倍義乎？」蒯生曰：「足下自以爲善漢王，欲建萬世之業。臣竊以爲誤矣。始常山王、成安君爲布衣時，相與爲刎頸之交，後爭張黶、陳澤之事，二人相怨。常山王背項王，奉項嬰頭而竄逃歸於漢王。漢王借兵而東下，殺成安君泜水之南，頭足異處，卒爲天下笑。此二人相與，天下至驩也。然而卒相禽者，何也？患生於多欲，而人心難測也。今足下欲行忠信以交於漢王，必不能固於二君之相與也，而事多大於張黶、陳澤，故臣以爲足下必漢王之不危己，亦誤矣。大夫種、范蠡存亡越，霸勾踐，立功成名，而身死亡。野獸已盡，而獵狗亨。夫以交友言之，則不如張耳之與成安君者也；以忠信言之，則不過大夫種、范蠡之於勾踐也。此二人者，足以觀矣。願足下深慮之。且臣聞，勇略震主者身危，而功蓋天下者不賞。【行間批：前説先分論楚、漢，後説信；此亦先引二喻，後説信。然各自竪議，蓋上説時勢，此説人情也。】臣請言大王功略：足下涉西河，虜魏王，禽夏説，引兵下井陘，誅成安君，徇趙，脅燕，定齊，南摧楚人之兵二十萬，東殺龍且，西鄉以報，此所謂功無二於天下，而略不世出者也。今足下戴震主之威，挾不賞之功，歸楚，楚人不信；歸漢，漢人震恐。足下欲持是安歸乎？【行間批：語語危聳。】夫勢在人臣之位，而有震主之威，名高天下，竊爲足下危之。」韓信謝曰：「先生且休矣。吾將念之。」後數日，蒯通復説曰：「夫聽者事之候也，計者事之機也。聽過計失而能久安者，鮮矣。【行間批：上兩説，情勢已盡。此但勸其決計也，而文勢如掃，又具一致。】聽不失一二者，不可亂以言；計不失本末者，不可紛以辭。夫隨廝養之役者，失萬乘之權；守儋石之禄者，闕卿相之位。故知者決之斷也，疑者事之害也。審豪氂之小計，遺天下之大數，智誠知之，決弗敢行者，百事之禍也。故曰：『猛虎之猶豫，不若蜂蠆之致螫；騏驥之跼躅，不如駑馬之安步；孟賁之狐疑，不如庸夫之必至也。雖有舜禹之智，吟而不言，不如瘖聾之指麾也。』此言貴能行之。夫功者難成而易敗，時者難得而易失也。時乎時，不再來，願足下詳察之。」韓信猶豫不忍倍漢，又自以爲功多，漢終不奪我齊，遂謝蒯通。蒯通説不聽，已詳狂爲巫。

漢王之困固陵，用張良計，召齊王信，遂將兵會垓下。項羽已破，高祖襲奪齊王軍。漢五年正月，徙齊王信爲楚王，都下邳。信至國，召所從食漂母，賜千金。及下鄉南昌亭長，賜百錢，曰：「公，小人也，爲德不卒。」召辱己之少年令出袴下者，以爲楚中尉，告諸將相曰：「此壯士也。方辱我時，我寧不能殺之邪？殺之無名，故忍而就於此。」【行間批：一一應上。】

項王亡將鍾離眛家在伊廬，素與信善。項王死後，亡歸信。漢王怨眛，聞其在楚，詔楚捕眛。信初之國，行縣邑，陳兵出入。漢六年，人有上書告楚王信反。高帝以陳平計，天子巡狩，會諸侯，南方有雲夢，發使告諸侯會陳：「吾將遊雲夢。」實欲襲信，信弗知。高祖且至楚，信欲發兵反，自度無罪，欲謁上，恐見禽。人或説信曰：「斬眛謁上，上必喜，無患。」信見眛計事，眛曰：「漢所以不擊取楚，以眛在公所。若欲捕我以自媚於漢，吾今日死，公亦隨手亡矣。」乃罵信曰：「公非長者！」卒自剄。信持其首，謁高祖於陳。上令武士縛信，載後車。信曰：「果若人言：『狡兔死，良狗亨；高鳥盡，良弓藏；敵國破，謀臣亡。』天下已定，我固當亨。」上曰：「人告公反。」遂械繫信。至雒陽，赦信罪，以爲淮陰侯。

信知漢王畏惡其能，常稱病不朝從。信由此日怨望，居常鞅鞅，羞與絳、灌等列。信常過樊將軍噲，噲跪拜送迎，言稱臣，曰：「大王乃肯臨臣！」信出門笑曰：「生乃與噲等爲伍。」

上常從容與信言諸將能不，各有差。上問曰：「如我能將幾何？」信曰：「陛下不過能將十萬。」上曰：「於君何如？」曰：「臣多多而益善耳。」上笑曰：「多多益善，何爲爲我禽？」信曰：「陛下不能將兵，而善將將，此乃信之所以爲陛下禽也。且陛下所謂天授，非人力也。」

陳豨拜爲鉅鹿守，辭於淮陰侯。淮陰侯挈其手，辟左右，與之步於庭，仰天嘆曰：「子可與言乎？欲與子有言也。」豨曰：「唯將軍令之。」淮陰侯曰：「公所居，天下精兵處也；而公，陛下之信幸臣也。人言公之畔，陛下必不信；再至，陛下乃疑矣；三至，必怒而自將。吾爲公從中起，天下可圖也。」【行間批：此當日獄詞也，寫得潦草，無文理，與前料敵致勝三處全不合，足見其誣。】陳豨素知其能也，信之，曰：「謹奉教。」漢十一年，陳豨果反。上自將而往，信病不從。陰使人至豨所曰：「第舉兵，吾從此助公。」信乃謀與家臣，夜詐詔赦諸官徒奴，欲發以襲呂后、太子。部署已定，待豨報。其舍人得罪於信，信囚，欲殺之。舍人弟上變，告信欲反狀於呂后。呂后欲召，恐其黨不就，乃與蕭相國謀，詐令人從上所來，言豨已得死，列侯群臣皆賀。相國紿信曰：「雖疾，强入賀。」信入，呂后使武士縛信，斬之長樂鍾室。信方斬〔二〕，曰：「吾悔不用蒯通之計，乃爲兒女子所詐，豈非天哉？」遂夷信三族。

高祖已從豨軍來，至，見信死，且喜且憐之，【行間批：喜者，其素日畏惡其能之心也。憐者，不昧其功之良心也。】問：「信死亦何言？」呂后曰：「信言恨不用蒯通計。」高祖曰：「是齊辯士也。」乃詔齊捕蒯通。【行間批：餘波，亦極有關會。】蒯通至，上曰：「若教淮陰侯反乎？」對曰：「然。臣固教之。豎子不用臣之策，故令自夷於此。如彼豎子用臣之計，陛下安得而夷之乎？」【行間批：竟自承認，妙極！】上怒，曰：「亨之。」通曰：「嗟乎，寃哉亨也！」上曰：「若教韓信反，何寃？」對曰：「秦之綱絶而維弛，山東大擾，異姓並起，英俊烏集。秦失其鹿，天下共逐之，於是高材疾足者先得焉。跖之狗吠堯，堯非不仁，狗固吠非其主。當是時，臣惟獨知韓信，非知陛下也。且天下鋭精持鋒欲爲陛下所爲者甚衆，顧力不能耳，又可盡亨之邪？」【行間批：通奇士，語甚警闢。】高帝曰：「置之。」乃釋通之罪。

太史公曰：吾如淮陰，淮陰人爲余言，韓信雖爲布衣時，其志與衆異。其母死，貧無以葬，然乃行營高敞地，令其旁可置萬家。【行間批：閑文補寫，然亦見信之志在富貴也。】余視其母冢，良然。假令韓信學道謙讓，不伐己功，不矜其能，則庶幾哉於漢家勳，可以比周、召、太公之徒，後世血食矣。不務出此，而天下已集，乃謀畔逆，夷滅宗族，【行間批：反言，正其用意處。】不亦宜乎！

【校注】

〔一〕「却」，原作「卻」，據中華書局一九五九年版《史記·淮陰侯列傳》改。

〔二〕「斬」，原作「斬之」，據中華書局一九五九年版《史記·淮陰侯列傳》改。

李將軍列傳讀法

此篇讀者誰不以爲李將軍才氣天下無雙，乃以數奇不侯，爲將軍扼腕太息者。且有謂與《衛霍列傳》合看，蓋以衛有相青當侯，霍有天幸之語也。然不知史公於此則大有意義在矣。余願天下之真讀書人，必當別具隻眼，勿徒依樣葫蘆，爲古人所笑也。

夫廣之數奇不侯，豈顧問哉？然史公摹寫廣之才氣，縷縷析析，幾於不遺餘力，此豈區區爲一不侯稱屈已耶？況贊中於數奇處一語不及，乃引孔子之言身正令行者，謂其以忠實心誠信於士大夫。夫忠則不欺，信則不詐。廣爲隴西守，誘羌而降之，既降矣，又詐坑而殺之，忠信者如是乎？昔漢光武帝推心置腹而降赤眉，唐郭子儀以單騎而却回鶻數萬之師，忠信故也。故毋惑乎廣之出接單于兵，皆以力戰爲名，而自此之後，虜兵無一降者。史公蓋深惜之，故爲一一細寫廣之材武如此，膽略如此，勇敢如此，寬仁如此，驍捷如此，神奇如此，且爲士大夫所愛慕而矜惜之如此。夫其所以如此者，皆其忠信有以致之使然也。乃獨於虜，而用欺用詐，以致屢出無功。然則其不侯也，豈惟冥報然哉？亦以其所以施之者有未盡其道者矣。然則殺降一事，非惟廣恨之，亦史公之所恨也，故引孔子之言曰『「其身正，不令而行；其身不正，雖令不從」』，爲李將軍之謂」，又曰「此言雖小，可以喻大」，意可見矣。讀者不此之察，而徒曰數奇數奇，泥其詞而失其旨，亦可謂不善讀《史記》者也。

天道好生而惡殺，况誘而降，降而殺之乎？史公蓋有感於此，而於贊中特引孔子之言，以明其所以爲傳之意。夫廣以寬大仁廉而得士，亦以欺詐而失夷虜之心，故其威名功略止出於力争而得之。此所謂「其身正，不令而行；其身不正，雖令不從」也。此如《論》、《孟》引《詩》、《書》之例，不必字字貼合，下文所謂喻也。不然，史公既服膺李將軍至於如此其極，乃於其殺降一事特爲表之，不一爲賢者諱，何耶？且於李廣口中自言其誘，自言其詐，而贊中乃謂其忠實誠信，互相矛盾，又何耶？此皆學者之不肯思及者也。

「數奇」字見於武帝誡青語中。至廣自剄時，以其與麾下一嘆結之。然尤妙者，先借文帝之言預爲提明，將一篇精神點醒在此，遂令讀者無不以爲此篇文字專爲此二字而發也者，而孰知不然！史公真不欲後世之人之有能知其文者也。

自寫其不遇之後，連寫「賞不行」、「漢軍皆無功」、「廣軍無功」、「無賞」等字，并歷叙其官階，皆爲不侯作眼目也。寫「受射」、「善騎射」、「皆以力戰」、「復力戰」，并無數「射」字，皆爲殺降失虜心作眼目也。然不侯之眼目易見，而殺降之眼目難知，此古人之書所以索解人不得也。

寫廣之數奇不侯，寫一李蔡以陪之，又帶寫廣之軍吏士卒以陪之。寫廣之材武、膽略、勇健，寫一中貴人以陪之，又帶寫廣之百騎吏士以陪之。寫廣之寬仁，寫一程不識以陪之，又連寫士卒樂從，愛樂爲用，并士大夫皆哭，百姓皆爲垂涕，以足之。尤妙於寫廣之射虎，先寫一射石，以狀廣氣吞萬象之神勇，縇染之工，一李廣幾於栩栩欲活矣。

寫廣之寬仁凡三：一與程不識對論，一寫其平日爲人，一寫其將兵之日。而與不識對論一段，尤寫得淋漓。寫廣之善射凡五：一射射雕人，一射白馬將，一射追騎，一射虎，一以大黃射裨將。而射白馬將與射追騎兩段，尤寫得生動，皆所謂咏歌嗟嘆，不一而足者也。

霸陵尉一段，亦非漫入没緊要事，蓋言廣之量狹不能容人過。且請與俱而斬之，亦見其詐，此則暗寫耳。

夫子有言曰：「言忠信，行篤敬，雖蠻貊之邦行矣。」夫以史公之所極推許之李將軍，而以其一時之詐，失其平日忠信之心，少之如此，則史公之識見學力爲何如，而奈何謂爲不知道哉？

通篇寫廣，亦可謂盡態極妍矣。然寫來祇覺是一騎將身分，與寫衛青之持重捕殺虜口者畢竟不同。讀書者勿徒爲皮相也。

李將軍列傳

李將軍廣者，隴西成紀人也。其先曰李信，秦時爲將，逐得燕太子丹者也。故槐里，徙成紀。廣家世世受射。孝文帝十四年，匈奴大入蕭關，而廣以良家子從軍擊胡，用善騎射，殺首虜多，爲漢中郎。廣從弟李蔡亦爲郎，【行間批：陪。】皆爲武騎常侍，秩八百石。嘗從行，有所衝陷折關，及格猛獸，而文帝曰：「惜乎，子不遇時！如令子當高帝時，萬户侯豈足道哉！」

及孝景初立，廣爲隴西都尉，徙爲騎郎將。吴楚軍時，廣爲驍騎都尉，從太尉亞夫擊吴楚軍，取旗，顯功名昌邑下。以梁王授廣將軍印，還，賞不行。徙爲上谷太守，匈奴日以合戰。典屬國公孫昆邪爲上泣曰：「李廣才氣，天下無雙，自負其能，數與虜敵戰，恐亡之。」於是乃徙爲上郡太守。【行間批：以上分叙。】後廣轉爲邊郡太守，徙上郡。嘗爲隴西、北地、雁門、代郡、雲中太守，皆以力戰爲名。【行間批：總一筆。】

匈奴大入上郡，天子使中貴人從廣，勒習兵，擊匈奴。中貴人將騎數十縱，見匈奴三人，與戰。三人還射，傷中貴人，殺其騎且盡。中貴人走廣。廣曰：「是必射雕者也。」廣乃遂從百騎，往馳三人。三人亡馬，步行。行數十里，廣令其騎張左右翼，而廣身自射彼三人者，【行間批：材武。】殺其二人，生得一人，果匈奴射雕者。已縛之，上馬。望匈奴有數千騎，見廣以爲誘騎，皆驚上山陳。廣之百騎皆大恐，欲馳還走。廣曰：「吾去大軍數十里，今如此以百騎走，匈奴追射我，立盡。今我留，匈奴必以我爲大將軍誘之，必不敢擊我。」【行間批：識見。】廣令諸騎曰：「前！」前未到匈奴陳二里所，止，令曰：「皆下馬解鞍！」【行間批：膽力。】其騎曰：「虜多且近，即有急，奈何？」廣曰：「彼虜以我爲走，今皆解鞍以示不走，用堅其意。」於是胡騎遂不敢擊。有白馬將出護其兵。李廣上馬，與十餘騎犇，射殺胡白馬將而復還。【行間批：驍健。】至其騎中，解鞍，令士皆縱馬卧。是時會暮，胡兵終怪之，不敢擊。夜半時，胡兵亦以爲漢有伏軍於旁，欲夜取之，胡皆引兵而去。平旦，李廣乃歸其大軍。大軍不知廣所，故弗從。

居久之，孝景崩，武帝立，左右以爲廣名將也，於是廣以上郡太守爲未央衛尉，而程不識【行間批：陪。】亦爲長樂衛尉。程不識故與李廣俱以邊太守將軍屯。及出擊胡，而廣行無部伍行陣，就善水草屯，【行間批：寬大。】舍止，人人自便，不擊刁斗以自衛，莫府省約文書籍事，然亦遠斥候，未嘗遇害。程不識正部曲行伍營陳，擊刁斗，士吏治軍簿至明，軍不得休息，然亦未嘗遇害。不識曰：「李廣軍極簡易，然虜卒犯之，無以禁也；而其士卒亦佚樂，咸樂爲之死。我軍雖煩擾，然虜亦不得犯我。」是時漢邊郡，李廣、程不識皆爲名將，然匈奴畏李廣之略，士卒亦多樂從李廣而苦程不識。

孝景時，以數直諫爲大中大夫。爲人廉，謹於文法。後漢以馬邑城誘單于，使大軍伏馬邑旁谷，而廣爲驍騎將軍，領屬護軍將軍。是時單于覺之去，漢軍皆無功。其後四歲，廣以衛尉爲將軍，出雁門，擊匈奴。匈奴兵多，破敗廣軍，生得廣。單于素聞廣賢，令曰：「得李廣，必生致之。」胡騎得廣，廣時傷病，置廣兩馬間，絡而盛卧廣。行十餘里，廣佯死，睨其旁有一胡兒騎善馬，廣暫騰而上胡兒馬。【行間批：輕捷。】因推墮兒，取其弓，鞭馬南馳數十里，復得其餘軍，因引而入塞。匈奴捕者騎數百追之，廣行取胡兒弓，射殺追騎，以故得脱。於是至漢，漢下廣吏。吏當廣所失亡多，爲虜所生得，當斬，贖爲庶人。

頃之，家居數歲。廣家與故潁陰侯孫屏野居藍田南山中射獵。嘗夜從一騎出，從人田間飲。還至霸陵，尉醉，呵止廣。廣騎曰：「故李將軍。」尉曰：「今將軍尚不得夜行，何乃故也！」止廣宿亭下。居無何，匈奴入殺遼西太守，敗韓將軍，韓將軍後徙右北平。於是天子乃召拜廣爲右北平太守。廣即請霸陵尉與俱，至軍而斬之。

廣居右北平，匈奴聞之，號曰「漢之飛將軍」，避之，數歲不敢入右北平。

廣出獵，見草中石，以爲虎而射之，中石没鏃，視之，石也。因復更射之，終不能復入石矣。【行間批：神勇。】廣所居郡聞有虎，嘗自射之。及居右北平，射虎，虎騰傷廣，廣亦竟射殺之。

廣廉，得賞賜輒分其麾下，飲食與士共之。【行間批：仁廉。】終廣之身，爲二千石四十餘年，家無餘財，終不言家産事。廣爲人長，猿臂，其善射亦天性也。【行間批：又總一筆寫射。】雖其子孫他人學者，莫能及廣。廣訥口少言，與人居，則畫地爲軍陳，射闊狹以飲。專以射爲戲，竟死。廣之將兵，乏絶之處，見水，士卒不盡飲，廣不近水；士卒不盡食，廣不嘗食。寬緩不苛，士以此愛樂爲用。其射，見敵急，非在數十步之内，度不中不發，發即應弦而倒。用此，其將兵數困辱，其射猛獸亦爲所傷云。【行間批：又將廣之寬仁、材武再一總寫。】

居頃之，石建卒，於是上召廣代建爲郎中令。元朔六年，廣復爲後將軍，從大將軍軍，出定襄，擊匈奴。諸將多中首虜，率以功爲侯者，而廣軍無功。後三歲，廣以郎中令將四千騎，出右北平。博望侯張騫將萬騎與廣俱，異道行。可數百里，匈奴左賢王將四萬騎圍廣，廣軍士皆恐，廣乃使其子敢往馳之。敢獨與數十騎馳，直貫胡騎，出其左右而還，告廣曰：「胡虜易與耳。」軍士乃安。廣爲圜陳，外嚮。胡急擊之，矢下如雨。漢兵死者過半，漢矢且盡。廣乃令士持滿毋發，而廣身自以大黄射其裨將，殺數人，胡虜益解。會日暮，吏士皆無人色，而廣意氣自如，益治軍。軍中自是服其勇也。明日，復力戰，而博望侯軍亦至，匈奴軍乃解去。漢軍罷，弗能追。是時，廣軍幾没，罷歸。漢法，博望侯留遲後期，當死，贖爲庶人。廣軍功自如，無賞。

初，廣之從弟李蔡與廣俱事孝文帝。景帝時，蔡積功勞至二千石。孝武帝時，至代相。以元朔五年爲輕車將軍，從大將軍擊右賢王，有功中率，封爲樂安侯。元狩二年中，代公孫弘爲丞相。蔡爲人在下中，名聲出廣下甚遠，然廣不得爵邑，官不過九卿，而蔡爲列侯，位至三公。諸廣之軍吏及士卒或取封侯。廣嘗與望氣王朔燕語，曰：「自漢擊匈奴，而廣未嘗不在其中，而諸部校尉以下，才能不及中人，然以擊胡軍功取侯者數十人，而廣不爲後人，然無尺寸之功以得封邑者，何也？豈吾相不當侯邪？且固命也？」朔曰：「將軍自念，豈嘗有所恨乎？」廣曰：「吾嘗爲隴西守，羌嘗反，吾誘而降，降者八百餘人，吾詐而同日殺之。至今大恨獨此耳。」朔曰：「禍莫大於殺已降，此乃將軍所以不得侯者也。」

後二歲，大將軍、驃騎將軍大出擊匈奴，廣數自請行。天子以爲老，弗許；良久，乃許之，以爲前將軍。是歲，元狩四年也。【行間批：特標出年歲，以醒眼目。】廣既從大將軍青擊匈奴，既出塞，青捕虜，知單于所居，乃自以精兵走之，而令廣并於右將軍軍，出東道。東道少回遠，而大軍行，水草少，其勢不屯行。廣自請曰：「臣部爲前將軍，今大將軍乃徙令臣出東道，且臣結髮而與匈奴戰，今乃得一當單于，臣願居前，先死單于。」大將軍青亦陰受上誡，以爲李廣老，數奇，毋令當單于，恐不得所欲。而是時，公孫敖新失侯，爲中將軍，從大將軍。大將軍亦欲使敖與俱當單于，故從前將軍廣。廣時知之，固自辭於大將軍。大將軍不聽，令長史封書與廣之莫府曰：「急詣部，如書。」廣不謝大將軍而起行，意甚慍怒而就部，引兵與右將軍食其合軍，出東道。軍亡導，或失道，後大將軍。大將軍與單于接戰，單于遁走，弗能得而還。南絶幕，遇前將軍、右將軍。廣已見大將軍，還入軍。大將軍使長史持糒醪遺廣，因問廣、食其失道狀，青欲上書報天子軍曲折。廣未對，大將軍使長史急責廣之幕府對簿。廣曰：「諸校尉無罪，乃我自失道。吾今自上簿。」至莫府，廣謂其麾下曰：「廣結髮與匈奴大小七十餘戰。今幸從大將軍出，接單于兵，而大將軍又徙廣部行回遠，而又迷失道，豈非天哉？且廣年六十餘矣，終不能復對刀筆之吏。」遂引刀自剄。廣軍士大夫一軍皆哭。百姓聞之，知與不知，無老壯，皆爲垂涕。而右將軍獨下吏，當死，贖爲庶人。

廣子三人，曰當户、椒、敢，爲郎。天子與韓嫣戲，嫣少不遜，當户擊嫣，嫣走。於是天子以爲勇。當户早死，拜椒爲代郡太守，皆先廣死。當户有遺腹子名陵。廣死軍時，敢從驃騎將軍。廣死明年，李蔡以丞相坐侵孝景園壖地〔一〕，當下吏治，蔡亦自殺，不對獄，國除。李敢以校尉從驃騎將軍，擊胡左賢王，力戰，奪左賢王鼓旗，斬首多，賜爵關内侯，食邑二百户，代廣爲郎中令。頃之，怨大將軍青之恨其父，乃擊傷大將軍，大將軍匿諱之。居無何，敢從上雍至甘泉宮獵。驃騎將軍去病與青有親，射殺敢。去病時方貴幸，上諱云鹿觸殺之。居歲餘，去病死，而敢有女爲太子中人，愛幸。敢男禹有寵於太子，然好利。李氏陵遲衰微矣。

李陵既壯，選爲建章監，監諸騎。善射，愛士卒。天子以爲李氏世將，而使將八百騎。嘗深入匈奴二千餘里，過居延，視地形，無所見虜而還。拜爲騎都尉，將丹陽楚人五千人，教射【行間批：善射餘影。】酒泉、張掖，以屯衛胡。數歲，天漢二年秋，貳師將軍李廣利將三萬騎擊匈奴右賢王於祁連、天山〔二〕，而使陵將其射士步兵五千人出居延北可千餘里，欲以分匈奴兵，毋令專走貳師也。陵既至期還，而單于以兵八萬圍擊陵軍。陵軍五千人，兵矢既盡，士死者過半，而所殺傷匈奴亦萬餘人。且引且戰，連鬥八日，還，未到居延百餘里，匈奴遮狹絶道。陵食乏，而救兵不到，虜急擊，招降陵。陵曰：「無面目報陛下。」遂降匈奴。其兵盡沒，餘亡散得歸漢者四百餘人。單于既得陵，素聞其家聲，及戰又壯，乃以其女妻陵而貴之。漢聞，族陵母妻子。自是之後，李氏名敗，而隴西之士居門下者皆用爲耻焉。

太史公曰：《傳》曰：「其身正，不令而行；其身不正，雖令不從。」其李將軍之謂也？余睹李將軍悛悛如鄙人，口不能道辭。乃死之日，天下知與不知，皆爲盡哀。彼其忠實心，誠信於士大夫也？諺曰：「桃李不言，下自成蹊。」此言雖小，可以喻大也。

【校注】

〔一〕「孝」，原作「李」，據中華書局一九五九年版《史記·李將軍列傳》改。

〔二〕「於」，原脱，據中華書局一九五九年版《史記·李將軍列傳》補。

魏其武安侯列傳讀法

此傳讀者，孰不以爲史公極寫武安之庸惡陋劣，乃以杯酒戕兩賢，爲魏其灌夫惜，而不知史公之意正不在此。夫文有文心，有文貌。以武安齷齪小兒，其所爲，世人孰不知唾之笑之罵之，而乃以之辱吾筆墨？如此用心，其已卑矣。文心卑，則亦焉得有高文乎？故必捨其貌而求其心，夫而後知史公之識見學力實有非尋常人之所及者，則又焉可謂之不知道而肆譏之乎？

何也？魏其、武安非皆爲相臣者乎？夫所爲相臣者，《書·秦誓》言之矣，曰「若有一个臣，斷斷兮，無他技，其心休休焉，其如有容焉」者是也。武安固不足言，即魏其亦沾沾自喜，非能有容者。蓋惟有容則讓，亦惟有容不争。至于争，則未有不禍及者矣。史公深罪魏其之不能容，此《春秋》責備賢者之意也。

魏其之不能容，却不於傳中正寫，而于籍福語中寫之。先於景帝語中寫之，其舉適諸竇，不能容一；獨厚遇灌將軍，不能容二；倚灌大夫，引繩批根，不能容三；不許武安田，不能容四；東朝之辨，因言武安短，不能容五。然前叙「薄官病免」、「謝病不足任」、「謝病屏居藍田」，皆寫其不能容也。乃本意責魏其之争而不讓，而却寫武安之讓，籍福説武安讓相魏其。却寫武安之争時不知讓，韓安國謂武安與魏其争。以爲魏其反照。此等文法，古今來惟史公獨步；此種文心，亦惟史公獨得。後世不惟作者之難，即求知者而亦不可得矣。

《魏其武安列傳》也，乃又插《灌夫傳》于中，以二人之相傾，實由夫也。乃于三人傳中，忽插一籍福〔一〕，經經緯緯。而又于前寫一高遂，于後寫一韓安國，又寫一汲黯，又寫一鄭當時，最後又補寫一石建，錯綜歷落，真乃絶世文情。

此篇自當以不能容爲主，以「争讓」二字爲眼目，以賓客爲線索。其賓客之趨避炎凉，不過爲文中之渲染，非正文也。

前寫魏其之賢，以爲武安對照。至寫武安處，不過「辨有口」三字耳，其能止此。至「貌寢」一段，寫得全是一味自尊自大，故前以「貴」字起，末以「驕」字結，中間描寫武安識略。此其相業也，其屬可笑。用筆可謂恢諧入妙。

寫灌夫使酒二段，乃先泛寫醉搏竇甫一事，以爲伏案，真不肯孟浪行文者也。

此傳當分二段讀：前寫竇、灌二人之交，後寫竇、田與灌夫三人之郄。寫二人之交作三層：前以一筆總寫，中一層寫二人相交之心事，後一層寫二人相交之遊處。可謂淋漓盡致矣。

寫三人之郄作四段：武安過魏其爲一段，寫得極瑣細明劃；武安請田爲一段，寫得極生動跳脱；詔會宗室爲一段，寫得極濃郁深至；魏其救灌夫爲一段，寫得極整齊變化。誠乃各極其致。

寫武安全是倚藉中勢，故上以「太后賢之」起，下以「特爲太后故」結，中間「上曰『君除吏已盡未？吾亦欲除吏』」，又曰「君何不遂取武庫」，又東朝之辨，上怒内史等語，皆不直武安也。乃其意至末始點明，一路草蛇灰線，極有脉絡。

竇、田之事，史公所目擊者。此傳乃將各人身分、各人性情、各人形狀、各人行事，一一描寫，無不逼真，遂使後世讀者亦如親身遇之，親目見之，真神于文者也。

【校注】

〔一〕「㮔」，據文意，當爲「插」之形訛。

魏其武安侯列傳

魏其侯竇嬰者，孝文后從兄子也。父世，觀津人，喜賓客。孝文時，嬰爲吴相，病免。孝景初即位，爲詹事。

梁孝王者，孝景弟也，其母竇太后愛之。梁孝王朝，因昆弟燕飲。是時，上未立太子，酒酣，從容言曰：「千秋之後，傳梁王。」太后驩。竇嬰引卮酒進上，曰：「天下者，高祖天下，父子相傳，此漢之約也。上何以得擅傳梁王！」太后由此憎竇嬰。竇嬰亦薄其官，因病免。太后除竇嬰門籍，不得入朝請。

孝景三年，吴、楚反，上察宗室諸竇毋如竇嬰賢，乃召嬰。嬰入見，固辭，謝病不足任。太后亦慚。於是上曰：「天下方有急，王孫寧可以讓邪？」乃拜嬰爲大將軍，賜金千斤。竇嬰乃言袁盎、欒布諸名將賢士在家者進之。所賜金，陳之廊廡下，軍吏過，輒令財取爲用，金無入家者。【行間批：寫魏其賢，與武安打照。】竇嬰守滎陽，監齊、趙兵。七國兵已盡破，封嬰爲魏其侯。諸游士賓客争歸魏其侯。孝景時，每朝議大事，條侯、魏其侯，諸列侯莫敢與亢禮。

孝景四年，立栗太子，使魏其侯爲太子傅。孝景七年，栗太子廢，魏其數争不能得。魏其謝病，屏居藍田南山之下數月，諸賓客辯士説之，莫能來。梁人高遂乃説魏其曰：「能富貴將軍者，上也；能親將軍者，太后也。今將軍傅太子，太子廢而不能争；争不能得，又弗能死。自引謝病，擁趙女，屏閑處而不朝。相提而論，是自明揚主上之過。有如兩宫螫將軍，則妻子毋類矣。」魏其侯然之，乃遂起，朝請如故。

桃侯免相，竇太后數言魏其侯。孝景帝曰：「太后豈以爲臣有愛，不相魏其？魏其者，沾沾自喜耳。多易，難以爲相持重。」遂不用，用建陵侯衛綰爲丞相。

武安侯田蚡者，孝景后同母弟也，生長陵。魏其已爲大將軍後，方盛，蚡爲諸郎，未貴，往來侍酒魏其，跪起如子侄。及孝景晚節，蚡益貴幸，爲太中大夫。蚡辯有口，學《槃盂》諸書。【行間批：寫武安之能止此，與魏其、灌夫相照。】王太后賢之。孝景崩，即日太子立，稱制，所鎮撫多有田蚡賓客計策。蚡弟田勝，皆以太后弟，孝景後三年，封蚡爲武安侯，勝爲周陽侯。

武安侯新欲用事爲相，卑下賓客，進名士家居者貴之，欲以傾魏其諸將相。建元元年，丞相綰病免，上議置丞相、太尉。籍福説武安侯曰：「魏其貴久矣，天下士素歸之。今將軍初興，未如魏其。即上以將軍爲丞相，必讓魏其。魏其爲丞相，將軍必爲太尉。太尉、丞相尊等耳，又有讓賢名。」武安侯乃微言太后，風上。於是乃以魏其侯爲丞相，武安侯爲太尉。籍福賀魏其侯，因吊曰：「君侯資性喜善疾惡，方今善人譽君侯，故至丞相。然君侯且疾惡，惡人衆，亦且毁君侯。君侯能兼容，則幸久；不能，今以毁去矣。」魏其不聽。

魏其、武安俱好儒術，推轂趙綰爲御史大夫，王臧爲郎中令。迎魯申公，欲設明堂，令列侯就國，除關，以禮爲服制，以興太平。舉適諸竇宗室毋節行者，除其屬籍。時諸外家爲列侯，列侯多尚公主，皆不欲就國，以故毁日至竇太后。【行間批：籍福之言驗矣。】太后好黄老之言，而魏其、武安、趙綰、王臧等務隆推儒術，貶道家言，是以竇太后滋不説魏其等。及建元二年，御史大夫趙綰請無奏事東宫。竇太后大怒，乃罷逐趙綰、王臧等，而免丞相、太尉，以柏至侯許昌爲丞相，武强侯莊青翟爲御史大夫〔一〕。魏其、武安由此以侯家居。

武安侯雖不任職，以王太后故，親幸，數言事多效。天下吏士趨勢利者，皆去魏其歸武安。武安日益横。建元六年，竇太后崩，丞相昌、御史大夫青翟坐喪事不辦，免。以武安侯蚡爲丞相，以大司農韓安國爲御史大夫。天下士郡國諸侯愈益附武安。

武安者，貌侵，生貴甚。【行間批：字法。生貴，即暴富貴之意。寫武安相業，止一「驕」字，可笑！】又以爲諸侯王多長，上初即位，富於春秋，蚡以肺腑爲京師相，非痛折節以禮詘之，天下不肅。當是時，丞相入奏事，坐語移日，所言皆聽。薦人或起家至二千石，權移主上。上乃曰：「君除吏已盡未？吾亦欲除吏。」嘗請考工地益宅，上怒曰：「君何不遂取武庫！」是後乃退。嘗召客飲，坐其兄蓋侯南鄉，自坐東鄉，以爲漢相尊，不可以兄故私橈。【行間批：鄙處可笑。】武安由此滋驕。治宅甲諸第，田園極膏腴，而市買郡縣器物相屬於道。前堂羅鐘鼓，立曲旃；後房婦女以百數。諸侯奉金玉狗馬玩好，不可勝數。

魏其失竇太后，益疏不用，無勢。諸客稍稍自引而怠傲，唯灌將軍獨不失故。魏其日默默不得志，而獨厚遇灌將軍。

灌將軍夫者，潁陰人也。夫父張孟，嘗爲潁陰侯嬰舍人，得幸，因進之至二千石，故蒙灌氏姓，爲灌孟。吴、楚反時，潁陰侯灌何爲將軍，屬太尉，請灌孟爲校尉。夫以千人與父俱。灌孟年老，潁陰侯强請之，鬱鬱不得意，故戰常陷堅，遂死吴軍中。軍法，父子俱從軍，有死事，得與喪歸。灌夫不肯隨喪歸，奮曰：「願取吴王若將軍頭，以報父之讎。」於是灌夫被甲持戟，募軍中壯士所善願從者數十人。及出壁門，莫敢前。獨二人及從奴十數騎馳入吴軍。至吴將麾下，所殺傷數十人。不得前，復馳還，走入漢壁，皆亡其奴，獨與一騎歸。夫身中大創十餘，適有萬金良藥，故得無死。夫創少瘳，又復請將軍曰：「吾益知吴壁中曲折，請復往。」將軍壯義之，恐亡夫，乃言太尉，太尉乃固止之。吴已破，灌夫以此名聞天下。

潁陰侯言之上，上以夫爲中郎將。數月，坐法去。後家居長安，長安中諸公莫弗稱之。孝景時，至代相。孝景崩，今上初即位，以爲淮陽天下交，勁兵處，故徙夫爲淮陽太守。建元元年，入爲太僕。二年，夫與長樂衛尉竇甫飲，輕重不得，夫醉搏甫。【行間批：先叙一事，以爲下「使酒」作陪。】甫，竇太后昆弟也。上恐太后誅夫，徙爲燕相。數歲，坐法去官，家居長安。

灌夫爲人剛直使酒，不好面諛。貴戚諸有勢在己之右，不欲加禮，必陵之。諸士在己之左，愈貧賤，尤益敬與鈞。稠人廣衆，薦寵下輩。士亦以此多之。夫不喜文學，好任俠，已然諾。諸所與交通，無非豪傑大猾。家累數千萬，食客日數十百人。陂池田園，宗族賓客爲權利，横於潁川。潁川兒乃歌之曰：「潁水清，灌氏寧；潁水濁，灌氏族。」

灌夫家居雖富，然失勢，卿相侍中賓客益衰。及魏其侯失勢，亦欲倚灌夫引繩批根生平慕之後棄之者。灌夫亦倚魏其而通列侯宗室爲名高。兩人相爲引重，其游如父子然，【行間批：極力寫。】相得驩甚，無厭，恨相知晚也。

灌夫有服，過丞相。丞相從容曰：「吾欲與仲孺過魏其侯，會仲孺有服。」灌夫曰：「將軍乃肯幸臨況魏其侯，夫安敢以服爲解！請語魏其侯帳具，將軍旦日蚤臨。」武安許諾。灌夫具語魏其侯，如所謂武安侯。魏其與其夫人益市牛酒，夜灑埽，早帳具至旦。平明，令門下候伺。至日中，丞相不來。魏其謂灌夫曰：「丞相豈忘之哉？」灌夫不懌，曰：「夫以服請，宜往。」乃駕，自往迎丞相。丞相特前戲許灌夫，殊無意往。及夫至門，丞相尚卧。於是夫入見，曰：「將軍昨日幸許過魏其，魏其夫妻治具，自旦至今，未敢嘗食。」武安鄂謝曰：「吾昨日醉，【行間批：驕甚。】

忽忘與仲孺言。」乃駕往，又徐行。灌夫愈益怒。及飲酒酣，夫起舞屬丞相，丞相不起，夫從坐上語侵之。魏其乃扶灌夫去，謝丞相。丞相卒飲至夜，極驩而去。

丞相嘗使籍福請魏其城南田，魏其大望曰：「老僕雖棄，將軍雖貴，寧可以勢奪乎！」不許。灌夫聞，怒，罵籍福。籍福惡兩人有郄，乃謾自好謝丞相曰：「魏其老，且死，易忍，且待之。」已而武安聞魏其、灌夫實怒不予田，亦怒曰：「魏其子嘗殺人，蚡活之。蚡事魏其，無所不可，何愛數頃田？且灌夫何與也？吾不敢復求田。」【行間批：肖吻。】武安由此大怨灌夫、魏其。

元光四年春，丞相言：「灌夫家在潁川，橫甚，民苦之。請案。」上曰：「此丞相事，何請？」灌夫亦持丞相陰事，爲奸利，受淮南王金，與語言。賓客居間，遂止，俱解。

夏，丞相取燕王女爲夫人，有太后詔，召列侯宗室皆往賀。魏其侯過灌夫，欲與俱。夫謝曰：「夫數以酒失，得過丞相。丞相今者又與夫有郄。」魏其曰：「事已解。」强與俱。飲酒酣，武安起爲壽，坐皆避席伏。已魏其侯爲壽，獨故人避席耳，餘半膝席。灌夫不悦，起行酒，至武安。武安膝席曰：「不能滿觴。」夫怒，因嘻笑曰：「將軍貴人也，屬之！」時武安不肯。行酒次至臨汝侯，臨汝侯方與程不識耳語，又不避席。夫無所發怒，乃罵臨汝侯曰：「生平毁程不識，不直一錢。今日長者爲壽，乃效女兒呫囁耳語！」武安謂灌夫曰：「程、李俱東西宮衛尉。今衆辱程將軍，仲孺獨不爲李將軍地乎？」灌夫曰：「今日斬頭陷胸，何知程、李乎？」坐乃起更衣，稍稍去。魏其侯去，麾灌夫出。武安遂怒曰：「此吾驕灌夫罪。」乃令騎留灌夫。灌夫欲出不得。籍福起爲謝，案灌夫項令謝。夫愈怒，不肯謝。武安乃麾騎縛夫，置傳舍，召長史曰：「今日召宗室，有詔。」劾灌夫罵坐不敬，繫居室。遂按其前事，遣吏分曹逐捕諸灌氏支屬，皆得棄市罪。魏其侯大愧，爲資使賓客請，莫能解。武安吏皆爲耳目，諸灌氏皆亡匿，夫繫，遂不得告言武安陰事。

魏其鋭身爲救灌夫。【行間批：提筆。】夫人諫魏其曰：「灌將軍得罪丞相，與太后家忤，寧可救邪？」魏其侯曰：「侯自我得之，自我捐之，無所恨。且終不令灌仲孺獨死，嬰獨生。」乃匿其家，竊出上書。立召入，具言灌夫醉飽事，不足誅。上然之，賜魏其食，曰：「東朝廷辯之。」

魏其之東朝，盛推灌夫之善，言其醉飽得過，乃丞相以他事誣罪之。武安又盛毁灌夫所爲横恣，罪逆不道。魏其度不可奈何，因言丞相短。武安曰：「天下幸而安樂無事，蚡得爲肺腑，所好音樂狗馬田宅。蚡所愛倡優巧匠之屬，不如魏其、灌夫日夜招聚天下豪傑壯士與論議，腹誹而心謗，不仰視天而俯畫地，辟倪兩宫間，幸天下有變，而欲有大功。臣乃不知魏其等所爲。」於是上問朝臣：「兩人孰是？」【行間批：又起波。】御史大夫韓安國曰：【行間批：此叙出言論。】「魏其言灌夫父死事，身荷戟馳入不測之吴軍，身被數十創〔二〕，名冠三軍，此天下壯士。非有大惡，争杯酒，不足引他過以誅也。魏其言是也。丞相亦言灌夫通奸猾，侵細民，家累巨萬，横恣潁川，凌轢宗室，侵犯骨肉，此所謂『枝大於本，脛大於股，不折必披』，丞相言亦是。唯明主裁之！」主爵都尉汲黯是魏其，内史鄭當時是魏其，後不敢堅對。餘皆莫敢對。【行間批：此撮叙。】上怒内史曰：【行間批：此與前後文相應。】「公平生數言魏其、武安長短，今日廷論，局趣效轅下駒，吾并斬若屬矣。」即罷起入，上食太后。太后亦已使人候伺，具以告太后。太后怒，不食，曰：「今我在也，而人皆籍吾弟，令我百歲後，皆魚肉之矣。且帝寧能爲石人邪！此特帝在，即録録，設百歲後，是屬寧有可信者乎？」上謝曰：「俱宗室外家，故廷辯之。不然，此一獄吏所决耳。」是時，郎中令石建爲上分别言兩人事。【行間批：又補寫一石建。】

武安已罷朝，出，止車門，召韓御史大夫載，怒曰：「與長孺共一老秃翁，何爲首鼠兩端？」韓御史良久謂丞相曰：「君何不自喜？夫魏其毁君，君當免冠解印綬歸，曰：『臣以肺腑幸得待罪，固非其任，魏其言皆是。』如此，上必多君有讓，不廢君。魏其必内愧，杜門齰舌自殺。今人毁君，君亦毁人，譬如賈竪女子争言，何其無大體也！」

武安謝罪曰：「争時急，不知出此。」

於是上使御史簿責魏其所言灌夫，頗不讎，欺謾。劾繫都司空。孝景時，魏其常受遺詔，曰：「事有不便，以便宜論上。」及繫，灌夫罪至族，事日急，諸公莫敢復明言於上。魏其乃使昆弟子上書言之，幸得復召見。書奏上，而案尚書大行無遺詔。詔書獨藏魏其家，家丞封。乃劾魏其矯先帝詔，罪當棄市。五年十月，悉論灌夫及家屬。魏其良久乃聞，聞即恚，病痱，不食欲死。或聞上無意殺魏其，魏其復食，治病。議定不死矣，乃有蜚語爲惡言聞上，【行間批：蚡爲之。】故以十二月晦論棄市渭城。

其春，武安侯病，專呼服謝罪。使巫視鬼者視之，見魏其、灌夫共守，欲殺之。竟死。子恬嗣。元朔三年，武安侯坐衣襜褕入宮，不敬。

淮南王安謀反，覺治。王前朝，武安侯爲大尉時，迎王室霸上，謂王曰：「上未有太子，大王最賢，高祖孫，即宮車晏駕，非大王立，當誰哉？」淮南王大喜，厚遺金財物。上自魏其時不直武安，特爲太后故耳。及聞淮南王金事，上曰：「使武安侯在者，族矣。」

太史公曰：魏其、武安皆以外戚重，灌夫用一時決策而名顯。魏其之舉以吳、楚，武安之貴在日月之際。然魏其誠不知時變，灌夫無術而不遜，兩人相翼，乃成禍亂。【行間批：贊内先責竇、灌，而于武安止用嘆詞，蓋不足責也。】武安負貴而好權，杯酒責望，陷彼兩賢。嗚呼哀哉！遷怒及人，命亦不延。衆庶不載，竟被惡言。嗚呼哀哉！禍所從來矣！

【校注】

〔一〕「强」，原作「疆」，據中華書局一九五九年版《史記·魏其武安侯列傳》改。

〔二〕「身」，原作「自」，據中華書局一九五九年版《史記·魏其武安侯列傳》改。

詩禮堂古文

自序

余鄉雖密邇京師，然於明成祖時始建，蓋軍衛地也。其俗尚勇力，而推魯不文。又河渠南通吴越荆楚，歲漕粟而致之都。東南百里之近即海，四方客之逐魚查者趨如騖。以故，好學能文之士數百年卒無聞焉。至康熙甲申、乙酉以後，余友人孫又深、謝信符傑然奮興，獨違俗競，爲古文辭。雖時藝，亦以古文氣度行其間。余慕而學之。及成進士，見方先生於京邸，持所爲古今文者爲贄。先生曰：「時藝則得矣，然余久不視此。至古文，當觀古之制作者。蓋古人非苟焉而作也，有義焉，非于聖賢精理微言有所闡明則不作，非于世道有所維持關係則不作；有法焉，詳所當詳，略所當略，行乎其所不得不行，止乎其所不得不止，是也。」因説《史記》蕭、曹二世家以爲概。余乃稍稍悟，退而出篋中舊稿，盡焚之。

今所録者，大抵多宦後作也。竊嘆夫道在當前，然非身體而心會，則言之不能親切而有味；民物事勢亦不在吾身外，然非返身而取譬，則言之雖美而若可聽，而施之于世，必多扞格而不可通。余自奉先生教之後，不敢輕易爲文者久之，又性懶而躁，與友朋書札多不起稿，故存者絶少。及先生退老金陵，余亦宦遊來吴，時以述職謁省，因請受業，而先生年已八十餘矣。一日，繕所著以求正。先生詑曰：「二十年以來，此何寥寥也？」余以前意對。先生曰：「第即所讀之經史暨在職所言事，舉大旨而伸之，意佳辭即佳，不必矜心作意始爲文也。」余唯唯，乃於公餘，自撿陳編故牘，稍爲删易其詞，將求先生盡爲吾筆削之。乃余方引身退閒，而梁木已壞，哲人其萎也。嗚呼！惜已！獨是余所爲闡理者是耶，非歟？所爲議論今古者當乎，否也？雖不及盡正之先生，然此心此理，天下後世無有不同者也。幸及余生之餘年而有誨焉，所謂朝聞夕死，其亦可矣，而豈曰余覬以立言乎哉？

時乾隆十九年歲次甲戌端日，天津七十四老人王又樸識。

卷一 共十六首　讀經 談理之文附

易經體傳叙

《易》也者象也。聖人因象著義，於是乎繫之以詞。蓋有理即有數，理非數不形，數非理不立，故曰：「有伏羲之《易》，有文王、周公之《易》，有孔子之《易》。」宋儒邵子以數言也，程、朱以理言也。然而夫子韋編三絶，自謂「學《易》」，不敢曰「解《易》」。後之論孔子者，曰刪《詩》、《書》，定《禮》、《樂》，修《春秋》，而其於《易》也止曰贊之而已。然則學者之于《易》，其又何如耶？

余吏關中，有鄠縣布衣姚子手其《易説》四卷視余，大約以《河圖》生成之數訓釋卦詞名義，而實兼理與數言之。或者以爲仰觀俯察，近而身，遠而物，以及鳥獸之文與地之宜，皆聖人取則取象以爲作《易》之本，《圖》、《書》不過其一事耳。今專以《河圖》括全《易》，毋乃隘甚？余曰：此亦姚子之讀《易》也已矣。昔聖嘆金氏謂：孔子五十以學《易》者，五于古文爲乂，乂者上經天地之盛德，十者下經聖人之大業。蓋乂十大衍之數，實《河圖》之中數也。中可以包四方，土可以貫四氣。又乂爲四隅，十爲四正，《洛書》之義亦寓焉。《河圖》爲體，《洛書》爲用，故姚子言《圖》即兼言《書》也。惜也，余學《易》未深！苟天假我年，行將買山歸隱，以卒此業，則姚子之書可得而删其蕪詞，以就精義，其亦可以與天下學者共讀之也乎！

讀虞書

《典》記事，《謨》記言，合五篇而皆爲《虞書》。蔡氏疑之曰：「《堯典》雖記唐堯之事，然本虞史所作，故曰《虞書》。其《舜典》以下，夏史所作，當曰《夏書》。」不知五篇皆爲舜作，故曰《虞書》也。蓋《堯典》言舜有天下之所由，而《益稷》篇終記夔言樂，記舜、臯陶之賡歌，蓋言其治功已成耳。故首篇雖以「堯」名典，然不詳堯即位之始事，即言其功德治化，亦不過撮舉略概焉。而命羲和一事獨詳者，以天人合處爲五篇之樞要，政之大經無過於此。而此後言丹朱，言共工，言鯀，則爲舉舜作引，非特筆矣。余嘗合前後而觀之，其文淵穆澹簡如出一手，獨《大禹謨》一篇稍覺近易，則李安溪、方靈臯兩先生所云「古文蝌蚪難識，後人會其意而以時語易之」，理或然也。且蔡氏又云《虞書》或以爲孔子所定，乃執《春秋傳》之所引，疑爲《夏書》，不信經而信傳，可乎？或者以《舜典》已言舜死，則《大禹謨》以下三篇當作《夏書》。然則《舜典》内亦紀放勳殂落矣，謂《舜典》即作唐書又可乎？林氏曰：「《大禹謨》、《益稷》三篇，所以備二典之未備者。」嗚呼！得之矣！

書尚書洪範篇後

天地能生人死人，然人亦能生死天地。何以見之？吾於草木禽蟲之能生死人者見之。夫人之於天地，猶之夫草木禽蟲之於人也。以其蠢然無知，而一握之根、數片之皮，與夫羽毛齒革，以至所蜕之骨、所遺之矢，其纖微至無足比數者，而一投人之腹，順其性則人以生，逆其性則人以死。何也？陰陽不可以偏勝，此盛則彼衰。盛者而更益其盛，則衰者必絶。此其理也。天地亦然。陽盛則旱，盛之不已，則旱至於乾；陰盛則水，盛之不已，則水至于溢。故愆陽伏陰，淒風苦雨，皆天地之病也。惟聖人則有以調劑其盛衰，而不令其相勝以至於病，即病焉而亦不至于死。

昔堯有九年之水，堯治之以禹而水土平；湯有七年之旱，湯治之以七事而甘雨降；宋遇熒惑守心，景公治之以善言三而熒惑退舍；唐貞觀飛蝗蔽野，太宗治之以吞蝗、食己之肺而蝗不爲灾。此所以參天地，贊化育，人與天地並列爲三才者也。朱子曰：「吾之心正，則天地之心亦正；吾之氣順，則天地之氣亦順。」天人一理，感則必通，夫豈誣哉？而不然也者，則星變於上，地震於下，雨暘恒若，山崩川竭，所謂諸病俱作矣。夫荆卿易水之歌而白虹貫日，孝婦未伸之獄而六月飛霜，以匹夫匹婦一時感慨鬱抑之氣，尚足以動天地而返造化，况夫擅高位、握重權、用物宏而取精多者哉？是以聖人知吾之必可以位天地，於是所以輔相之者有所不容辭。則修身以俟，《詩》所謂「永言配命，自求多福」也；亦遇灾而懼，語所云「天定可勝人，人定可勝天」也。柰何後世不察，妄謂天道遠而難知，一切灾異盡委爲氣數之適然？然則人但能死天地，而不能生之矣。哀哉！

詩益序代中丞衛公作

江南故稱文獻，然其學者多好爲聲韻駢麗之文，所謂流連光景，風雲月露，而于身心家國無裨也。夫聲韻之文，實權輿于三百篇。夫子謂其達于政，且詔門弟子學之，謂可以興觀群怨，舉夫事君事父、忠孝大節胥是焉。此何故乎？豈古今有異道歟？抑不惟其義，惟其詞，所以學之者非歟？

金沙劉子績學有年，今司鐸霍邱。一日，手其所著《詩益》一書來謁。余於公餘披閱之，見其分體有四：一《詩本傳》，一《次問》并《補言》，一《雜辨》并《辨總》，一《詩表》。《本傳》主朱子《集注》，而以《小序》、毛、鄭及近代諸儒説補其缺。《雜辨》、《辨總》則所以分晰其疑也。《次問》、《補言》明孔子編次《風》、《雅》、《頌》升降先後之大義，而《表》則并詩人、孔子之意而約著之也。蓋自來説《詩》諸家，但知《小序》之謬，而不知朱子之有遺，第擬議鄭詩鄭聲之是非，而以廢《小序》爲朱子病，而究未明夫作《詩》之旨并聖人所以序《詩》之微情。而此書於此則津津焉，所謂一篇之義小，全《詩》之義大，其爲説也詳而盡，其折衷而求其是也虚而審。劉子之用心，可謂勤矣。夫窮經所以致用也。十五《國風》之有貞淫，上之所感，下即應焉。大小《雅》之有正變，美者王道所以興，刺者王道所以廢。至于三《頌》，則郊天享廟，功德之極盛者也。是故察感應之端，則有以得情性之正；究廢興之自，則有以操治化之原；窮功德之盛，則有以徵會歸之極。聖人興周之志、復古之心不由此昭然若揭乎？余于是嘉劉子，固謂其所學非猶夫擷藻含英、徒以葩經視之者也。

春秋春王正月辨

「春王正月」者，胡《傳》謂「周不改時、不改月，夫子冠以『春王』，以見行夏時之意」，非也。徐揚貢辨之詳矣，然所舉經文止《桓公十四年》、《定公元年》二事。竊嘗充其類而引伸之。如冬之祭曰烝，而《桓八年》則繫于春正月，周之春，夏之冬也。又狩，冬獵名也。《桓公四年》「春正月狩於郎」〔一〕，於郎非地，故書，非「以春獵，不書蒐而必書狩，爲譏」也。《隱公九年》：「三月癸酉，大雨震電。庚辰，大雨雪。」時未啓蟄而震電，異之，故紀之。震而又大雪，尤異也。非《僖公十年》「冬大雨雪」止以大爲灾可例也。且《春秋》不書常，冬常雪而不雨，非異也。乃莊公三十一年冬何以書？以其爲夏時之秋也。夏之秋八月爲周之冬十月。《桓八年》：「冬十月，雨雪。」雨雪於八月，故非常也。紀「無冰」者，亦不止于《桓之十四年》，《成公元年》春二月書之，《襄公二十有八年》春又書之。如謂周不改時，則春冰已泮矣，無冰其常也，何爲書之不一書也？又麥秀于建午之月，秋非麥時也，而《莊公七年》則書「秋大水，無麥苗」。菽播于夏，成于秋，十月則無菽也，而《定之元年》則書「冬十月，隕霜殺菽」。且九月肅霜而十月隕之，隕于夏時之八月，非異隕于冬也，冬固隕霜矣。隕而不殺，草李梅又實，時宜寒而不寒也。此《僖之三十有三年》冬十二月，實夏時之十月也。是周之正改時改月，曆足據也。

必謂用周正而冠以夏時，則典莫大于郊與雩，而《春秋》書郊者八。僖公三十一年，宣公三年，成公七年、十年，襄公七年、十一年，定公十五年，哀公元年。魯郊非禮也，然皆以祈穀故，無書于日南至之月者。其有書于此月，則言年而不言牲，蓋先郊三月，卜牛在滌，固未成牲也。《宣公三年》「春王正月，郊牛之口傷，改卜牛，死乃不郊，猶三望」，《成公七年》「春王正月，鼷鼠食郊牛角，改卜牛，鼷鼠又食其角，乃免牛」，《定公十五年》「春王正月，鼷鼠食牛，牛死，改卜牛」是也。書于四月，牲變也。《哀公元年》「夏四月辛巳，郊」是也。不然，則卜不從也。《襄公三十一年》「夏四月，四卜郊，不從，乃免牲，猶三望」，《襄公七年》「夏四月，三卜郊，不從，乃免牲」，《十有一年》「夏四月，四卜郊，不從，乃不郊」是也。於五月，非時也。《成公七年》「夏五月，不郊，猶三望」，《定公十五年》「夏五月辛亥，郊」是也。蓋啓蟄而郊，夏之二月，周之四月也。書大雩者二十，《桓公四年》秋；《僖公十一年》秋八月，《十三年》秋九月，《十四年》秋九月；《成公三年》秋，《七年》冬；《襄公五年》秋，《八年》秋九月，《十六年》秋，《十七年》秋九月，《二十八年》秋八月；《昭公三年》秋八月，《六年》秋九月，《八年》秋，《十五年》秋九月，《二十四年》秋八月，《二十五年》秋七月上辛大雩、季辛又雩；《定公元年》秋九月，《七年》秋大雩、九月大雩，《十二年》秋。雩爲祭天禱雨。季秋，穀已登矣，何禱爲？固知周之八、九月爲夏之五、六月也。蓋龍見而雩，建辰月也。經無書于巳、午兩月者，常也；而曆書焉者，以旱故禱，非常灾也。此又以郊與雩月日備考之，而有以知其不然者也。

論三正者，莫快于閻百詩之改歲、改時、改月。解辨「春王正月」者，莫明于《春秋質疑》。得此而鼎足。

陳亦韓。

【校注】

〔一〕「正」，原作「三」，據《春秋·桓公四年》經文改。

春秋書吳書楚辨

傳以解經，然有傳而經愈不可解。楚入《春秋》，始但書「荆」而已。及來聘，則書「荆人」。吳入《春秋》，亦止書「吳」。及來聘，始書「吳子」。如以聘而善之，則必以侵伐而不善之矣，楚與越一也，而會越伐楚，何亦「人」之？此以「荆人」、「越人」同一書法而不可解者也。且均之來聘也，札來聘則書名、書「吳子使」，荆人聘何以不書名、不書「荆子使」？此又以吳與荆來聘不同書法而不可解者也。所以不可解者，皆傳誤之。故必盡削諸傳，而後經旨可明也。夫書「荆人來聘」者，其來者微，且奉其君命不以禮，故不書名，不書其君之使而書「人」。「吳子使札來」者，札爲其國之貴公子，又奉其君命以禮來，故書其君之使而書名。凡書「楚子」、「吳子」者，其君也。書「荆」、書「吳」者，其臣也。書「楚人」、「吳人」、「越人」者，微者也。是故「會吳于善道」，會吳人于戚，貴者會于境内而微者會于境外也。所以然者，初通于列國，慎之也。「楚人殺陳夏徵舒」，「丁亥楚子入陳」，微者先殺而楚子後入也。所以然者，前茅、中權、後勁，軍制也。「會越人伐楚」，「於越入吳」，微者會伐而貴者自入也。所以然者，楚非越所急，而越爲吳心腹之患也。其凡書「吳」、書「越」者，皆貴公子，大臣也，非君也。何以知其非君？以其可以書「吳子」、「越子」者而不書，故知之也。何以知？非外之而不書，非避其王號而削之不書。以有書「楚子」、「吳子」者，故知不書，非外之不書也。是故橐皋之會，魯君親往者，若曰君也，則魯宜朝於其庭，而何以野見之微也？則又非微者所宜會也，其必爲用事之大臣無疑矣。然何以不名之？夫楚入《春秋》將百年，始書「公會楚公子嬰齊于蜀」，其于吳、越又何論哉？

清削是古文正派。方望溪先生。

齊人來歸鄆讙龜陰之田論

《六年》書：「季孫斯、仲孫忌帥師圍鄆。」蓋欲其田，以兵取之而不得也。今何以歸？齊自歸之也。善乎！夫子之仁管仲曰：「桓公九合諸侯，不以兵車，管仲之力也。」然則夾谷之會，孔子之斥齊却兵皆此意乎！蓋諸侯固有兵車之會也。而《傳》乃謂：齊欲以兵劫之，因孔子之言而止。果以兵劫魯侯可以得志，則豈口舌所能争者？况魯之政在季氏，劫公亦無所爲得志也。【行間批：方云：卓識。】此《傳》之不可信者也。至《左》繫歸田於夾谷之傳末，以爲孔子之功。後儒皆祖其説，艷而傳之。不知孔子之所以用魯，在于内治，不在此一會也，故嘗曰：「遠人不服，則修文德以來之。」今説者不歸本于文德，而但謂折强鄰于片言，使之俯首歸地，則天下將曰：惟口折衝言，不可以已也。如是，夫是儀、秦賢于僑、肸矣。蓋自三家分魯，各臣其私，不獨君臣携貳已也。今也陽虎倡亂，季、孟相結，有所嗛于其臣，不能不禮于其君，此亦上下輯睦之一時。况又思則善心生，舉大聖人而用之，内治修明，敵人無所覬覦，能無懼耶？及齊平，豈惟魯志之？齊亦欲之矣。不然，齊爲伯國之餘，且又多與，魯新失晋，何所憚而與之平，又爲之會，又歸其田乎？及其久也，怠心生，驕志肆，而聖人行矣。取濟及沂，致興師旅，而齊亦取讙、闡。悖而入者，亦悖而出。蓋不修文德，謀動干戈，則未有能濟者也。

波瀾意度，非時賢僞爲古文者所能學步。方望溪先生。

《史記》：會于夾谷，定公且以乘車好往，孔子請具左右司馬。是此固兵車之會矣。闢去兵劫之事，千古具眼。陳亦韓。

論孫林父逐君

據《左》，公使歌《巧言》之卒章，文子曰：「君忌我矣，弗先，必死。」且殺四公子，遣兵追公。是竟欲弑其君矣，惡豈止於逐君已乎？如曰衛侯出而林父會戚，是林父逐之也。如此，是又爲内諱之辭，而此非内也。且逐君矣，聖人奈何以自奔爲文而書之？夫衛侯非奔，則必不書「奔」；書「奔」，則衛侯必非逐可知也。會于戚，諸國之大夫在焉。戚固常會之地，而書之亦如恒辭，未嘗殊林父于會也。其不殊林父，則林父之未嘗逐君又可知也。昔華督弑君，桓公會諸侯于稷，書曰「以成宋亂」。夫逐君與弑君何異？會戚與會稷又何異？乃彼則於我君不少諱，而今顧諱一季孫乎？然則衛侯果何爲而出也？曰：晋出之。何以知其然？曰：于其奔齊而知之，于晋士匄會諸大夫于戚而知之。蓋齊、晋皆大國，戰搴之後始從晋，非本弱而甘爲役，特絀於一時之力耳。自盟柯陵以來，已貳于晋。其君既未嘗親至會，而衛侯與晋悼會者十有四，則齊疏而晋親也。果其爲臣所逐，則必將訴于所親之晋，而乃于其不識面齊靈是援乎？意衛侯必有所以怒晋者，而素又不協于臣民，故出其君以悦于晋。計魯、宋不足與也，唯齊外晋，力又可以抗，是故之齊，而晋庶不吾毒耳。夫人則有君而不能事，顧合與國以立亂臣。晋定猶知納昭于魯，曾以悼之明而出此乎？或曰：林父既不逐君，曷爲獻公歸而入戚以叛耶？曰：有君而越在鄰國，其臣不反首茇舍以從之，而出君。有君及剽弑，君歸能無討乎？於此據戚以叛，則前此固未叛矣。天下有逐君而非叛者乎？至君歸衛始書「叛」，則君出之時固未嘗逐又可知也。

得當日情事，而筆亦瘦勁入古。方望溪先生。

大學綱目序

《大學》有綱有目。宋儒西山先生既輯有《衍義》，而邱文莊又從而補之，所謂綱之中復有綱，目之中復有目也。嗚呼！可謂詳矣！今之學者舉經傳注疏而外尚不知有《或問》、《語類》，况能更進以此二書哉？然學所以致君而澤民也。茍學所以致、所以澤，舍此奚由焉？又樸是以合而次之，并補元、明二代之論議行事，而先之以經傳本文，間亦附其專切于爲臣者。夫修己治人，君臣交有事也。是故爲人君而不知《大學》，必將叢脞其身，而不能幾無爲之治；爲人臣而不知《大學》，必將陷其身于聚斂，而無以盡匡君輔世之功。《衍義》、《衍義補》者，二君子固因進講而然；而習舉子業以求爲人臣者，其尤可不自豫乎？

中庸説

「中」之一字闡自帝堯，而後世帝王師相言心法治法者皆本之。故湯之建中、夫子之贊舜曰用中，皆與執中無異旨也。獨是子曰「中庸其至矣乎」，又曰「君子而時中」，子思子述之，又以未發爲中，已發爲和，豈「中」之一字於義猶有未盡歟？而非然也？蓋和即中也，所謂循物無違，即情以驗性也。中而繼之以庸者，程子曰「不易」，曰「定理」，朱子則曰「平常」。夫平者無奇，常者可久。中固生人日用行習之恒，如五穀之食、布帛之衣，可食可服而不可厭焉。茍一有奇，則即可易而非一定者矣。然朱子又曰「中無定體」者，何也？蓋一定者理，而無定者時。故有於此地而中，於彼地而不中矣；處此事而中，處彼事而不中矣；今日如此而中，明日如此而不中矣。唯君子爲能稱物平施而時措之，故曰時中也。必其隨時以處中，斯能無時而不中。執中者，如此斯爲允執矣。是蓋有權焉。孟子曰：「執中無權，猶執一也。」權而不離乎經。知經權之説，則知《中庸》之義矣。

行義解

始吾讀《論語》曰「天下有道則見，無道則隱」，以爲聖人之訓人也即其所以律身也。然春秋時，子弑其父，臣弑其君，天下無道，滔滔皆是。何以孔子栖栖皇皇，不得於魯，至齊，至衛，至陳，至蔡，至楚，至宋，又欲西見趙簡子？且佛肸、公山弗擾之召皆欲往，而南蒯之叛又即見之。一時譏其非者，不獨晨門、微生、沮溺、丈人已也，即及門如子路亦有所不説。然則聖人之言而聖人不能踐于身，顧能訓于世，使世人遵而守之也哉？或者曰：「聖人憂天憫人之懷不能自已，欲有以拯其溺而救其飢，故如此也。」夫欲有爲于世而先自喪所守，孟子所云「枉己者未有能直人」，而孔子顧乃蹈之乎？而又有説者曰：「聖人之道大，視天下無不可爲之時；聖人之心仁，視天下無一可恝置之士，故曰：『吾非斯人之徒與而誰與？天下有道，丘不與易。』」此其言亦幾矣。然何以曰「君子之仕，行其義也」、「不仕無義」？一若擔爵析圭爲生人一件必不可少之事，而于拯濟斯世之飢溺猶無與也者。夫貪榮慕禄，鄙夫之行，而聖人則若蹈其迹；濟人利物，仁者之懷，而聖人又不以爲意。此余六十年大惑之不可解者也。

既而讀《乾》卦初爻之《文言》曰：「君子以成德爲行，日可見之行也。潛之爲言也，隱而未見，行而未成，是以君子弗用也。」上九之《文言》曰：「亢之爲言也，知進而不知退，知得而不知喪，知存而不知亡。其唯聖人乎？知進退存亡而不失其正者，其唯聖人乎？」然則君子必不用其潛，始可以稱龍；龍必有其悔，始可以處亢。此何説乎？蓋君子固終其身以進德修業而已矣，故隱居以求其志，行義以達其道。義者何？利物以和之者也。利物，則成物矣。非成己，不能成物；又必成物，方爲成己。隱居求志，求其所以成也；行義達道，行其所以成者也。故曰：「君子以成德爲行。」若隱而弗見，則「不仕無義」雖行之于一身一家，而未能行之于國與天下，則其德亦未可曰成也。德既未成，則潛也而非龍矣。果其龍乎，則于潛有弗用者焉。孔子之栖栖皇皇于齊、陳、楚、衛，此也欲往，彼也必見，正弗用其潛也，乃知其不可而爲之，是「知進而不知退，知得而不知喪，知存而不知亡」，所謂亢也。晨門譏之，微生譏之，沮溺、丈人譏之，子路一則不説，再則不説，以至畏于匡，伐于宋，圍于蒲，餓于陳、蔡，非有悔乎？蓋非有悔，不成其爲龍之亢；而不亢，則亦非潛而不用潛之龍也。此義也，惟孔子知之而不失其正。是故仁管仲之功，而薄匹夫匹婦之諒；説漆雕開之仕而求信，而又于浮海者謂爲無所取材。其道一而已矣，然自孟子以來，無有能解者。

文章性道論

「夫子之文章，可得而聞；夫子之言性與天道，不可得而聞。」《注》曰：「聖門教不躐等，子貢至是始得聞之。」程子亦曰：「此子貢聞夫子之至論而嘆美之言也。」嗣後，《蒙引》、吕氏等説皆謂夫子實言性與天道。考孔氏之書最真者莫過《論語》，然未嘗言性道。即顔、曾大賢，而其告顔者不過曰克己復禮，所謂禮即在視聽言動之間；而其示曾者則曰一貫，夫一貫之旨即所謂忠恕，何嘗有「性」、「天」字樣？其言性者，亦止有「性相近」一語，而又記之曰「子罕言命」。然則夫子蓋終身未嘗一與門弟子言性與天道者矣。觀夫子曰：「吾無隱乎爾，吾無行而不與二三子者，是丘也。」如因弟子學力未深，姑以文章示之，而秘性道而不言，是有所隱也。又曰：「天何言哉？四時行，百物生。」今如曰夫子待弟子學力到時方與之言性道，是天而亦將有言也。曾子與子貢，朱子皆謂其真積已久，學將有得者也。及夫子呼而示之，于此曰一貫，于彼亦曰一貫，并不曰吾于性何如，吾于天道何如也。然則聖人固終身而未嘗言者矣。如其有言，宜莫詳于《易》，然而贊之也，未嘗擇人之可聞者而授之。蓋弟子正皆于言語求聖人者，以爲夫子必言性與天道，方可爲教，門人亦必聞性與天道，方可爲學，而不謂夫子固不言也。夫子非不言，固一一體之于身，見之于行，而不啻其言之也。奈何曰「文章易窺，性道難聞」？夫知及仁守之後，猶以不莊、不以禮爲懼。

而孟子亦曰：「動容周旋中禮者，盛德之至。」則是夫子之文章亦豈易窺者乎？夫以性道已日日見之于文章，而門弟子猶必欲夫子言之，故夫子曰「吾無行而不與」，「天何言，而四時行，百物生也」。惟夫子只有文章便是造聖之事，故曰「下學而上達」也。子貢此時得聞至論，其實子貢并未嘗得聞至論，亦止是終日求夫子言性言天道，而夫子不言，故曰：「子如不言，則小子何述也？」且終日只求夫子言性言天道，以爲造聖之事。故子曰：「莫我知也。知我者，其天也。」然則于此時，謂子貢知夫子之不言，則可；謂子貢得聞，則不可也。

一故神兩故化論館課〔一〕

「易有太極，是生兩儀。」太極者，一也。一生兩，兩根於一。「兩不立，則一不可見；一不可見，則兩之用息。」是故一與兩，可分而不可分者也。張子曰：「一故神，兩故化。」可謂善言道者矣。夫一不自爲一也，有兩焉，一其兩者也；兩不各爲兩也，有一焉，兩于一者也。蓋「一陰一陽之謂道」。既曰道矣，可謂兩乎？既曰陰曰陽矣，可謂一乎？「神也者，妙萬物而爲言者也。」「陰陽不測之謂神。」何謂陰？何謂陽？夫陰陽者，一氣之屈伸也。故屈不一於屈，有伸之者；伸不一于伸，有屈之者。而一焉則可測矣，可測者豈神乎？「剛柔相推，而生變化。」變化者，進退之象也。故不可爲典要，唯變所適。使剛自爲剛而不易于柔，柔自爲柔而不易于剛，則無可推矣。無可推，又安能化乎？且夫神，天之德也；化，天之道也。德其體，而化其用。不可曰體即用而用即體，亦不可曰體不見于用而用不根于體也。是故明者知其然，不於一求一，而于兩求一，無非兩，無非一也，故神矣；不以兩爲兩，而一自爲兩，即此一，即此兩也，故化矣。然神爲至速，而化則有漸，似乎一與兩爲二。不知速所以敦化，顯諸仁者，乾于以資始；漸所以盡神，藏諸用者，坤於以資生。夫敦化静含夫動也，盡神動本乎静也。然則神無方而易無體者，在此乎！其于人也，性其性，則得一矣；物其物，則執兩矣。得一以存神，執兩以過化。所謂人也，而天焉已然。則張子之言天道，非即所以言人道也哉？

【校注】

〔一〕「館課」，原缺，據上海古籍出版社二〇一〇年版《清代詩文集彙編》影印清乾隆刻《詩禮堂全集》本（以下簡稱「乾隆刻本」）補。

五氣順布四時行焉論館課

今夫盈天地之間，皆氣也。然理以氣立，氣以理行，故分之爲五，運之爲四，循環往復而莫知其端也，參伍錯綜而莫究其極也。於是俯仰于貞元會合之間，權量于始終迭運之際，則未嘗不嘆陰陽動静之所以然，若可測而不可測矣。夫陽變陰合而生水火木金土，此以言乎其質也。然質具于地，而氣行于天。是故天一地二，天三地四，天五地六，天七地八，天九地十，此五行生成之數，《河圖》之所以舉其體而道其常。戴九履一，左三右七，二四爲肩，六八爲足，此五行運行之序，《洛書》之所以推其用而肇其變。於是五氣之順布，可得而識矣。五氣既布，而四時自行。五氣所以運於四時，四時所以流夫五氣也。蓋木爲春氣，而火則司夏之權；金爲秋氣，而水實主冬之政。土爲冲氣，而旺于四季者，尤于夏末秋初爲得位，所以上子火而下母金也。五氣不在四時之外，四時不出五氣之中。《河圖》左旋，以相生順也；《洛書》右旋，以相克逆也。然天地造化，不可以無生，亦不可以無克。不生則幾乎熄，不克則孰爲成乎？逆以言乎其數，而究之五氣之布于四時者，則豈有不順者哉？蓋唯其順而行，則寒暑之往來，寒可以根暑，暑可以根寒矣；唯其順而行，則日月之代明者，日可以根月，月可以根日矣；唯其順而行，則晝夜之互嬗者，晝可以根夜，夜可以根晝矣。此又動静互根，見于五氣之布于四時者也。由是而二至二分以定四時，由是而氣盈朔虚以置閏而成歲，此歲差日差所由起也。蓋惟其差，愈以見其順，何也？夫順以行者，不可得而窮者也。如使截然而一之，則可窮矣。可窮者，豈五氣四時之說也哉！

重修無爲州儒學碑記

儒學之敝也甚矣！歲之乙丑，余莅是邦，問之州人曰：「地不少賢豪，何聽其敝至此？」州人曰：「百年前曾葺之，費如干。五十年前曾葺之，費如干。即今十數年前亦葺之，費又如干。」然則奈何若是之敝？則曰：「所爲如干者，大半爲當局者乾没矣。蓋分斂由之，度支由之，州之人莫不以其欺謾爲厭，今殆不可復乎？」余曰：「是不難。必多其首事，而聽本生之自輸，貯之公所。公取之，公用之，官師程之而弗與焉，則何弊之有？」州人曰：「然。」余方從事於浚河築壩之役。其間又歷署别郡，於此事蓋未之能及也。

至戊辰之歲，州刺史朱君偕余置酒，延諸紳士於學謀興之地。有太學生戴烈者，首輸二百金，既而又欲獨任大成殿。於是州人士咸躍然以興，遂於是歲八月十一日經始。或任崇聖宫，或任兩廡，或任忠孝、節義二祠，而其衆輸者亦至一萬數千餘金，州之人亦可謂篤於義而勇於爲者矣。於是卑者崇之，欹者正之，朽者易之，漫者鮮之，取材惟其良而無苟就，募工計以日而無速成。雖更其舊而新是圖，然實無異於締造也。由是爲殿，爲廡，爲祠宇，爲欞星、戟門，爲坊表泮池、階墀庭砌，以及尊經、天香兩閣，明倫堂，博文、約禮兩齋舍，與學師之署，莫不實實枚枚，有嚴有翼。又特構魁星樓於南城之偏，增置外垣，環學基而周之。一時結構之精，宏麗之觀，蓋甲江左焉。

先是學博史、唐二君啓余曰：「修學必有記，而公實首其事，則記非公不可。」余唯唯未敢應也。夫天下郡以百十數，郡屬之邑又千百數，莫不皆有學。其創建記之，其重修則又記之。自漢唐至今，一學之碑且林立，取其在天下者讀，可歲月竟乎？然今學士之所傳誦，歐、王、曾數記耳，而吾獨推李泰伯之《袁州學記》爲最。蓋以忠孝勵人，所言者大而得體，而詞義亦復嚴且切也。其餘非侈制作之美，即矜張爲之者之人，是諛而已矣。余今摛筆而隨其後，得毋同之乎？故遲之一年餘，乃今且歸，則不能已於言也。於是進都人士而語之曰：「諸生皆努力修學者，然亦知夫所謂學乎？朱子固言之，曰：『學之爲言效也，後覺者必效先覺之所爲。』此爲學也已矣。故路曰義路，而門曰禮門。睹宫墻之美富，則必有以升其堂而入其室；觀俎豆之紛陳，則必洋洋乎如在其上，如在其左右。雖曰賢希聖，而賢亦猶夫人也；雖曰聖希天，而聖亦猶夫人也。乃人不能而賢能之，賢不能而聖能之，豈聖與賢别有一耳目心思乎哉？故不獨遊此中者，所傳所習皆聖賢之語言行事，朝省之而身可依，夕思之而神可接也；即逐利之商賈、錮良之卒隸，下及輿儓厮養之賤、婦人女子之微，而其惻隱、羞惡、辭讓、是非之心亦莫不有時猝然發之而不自禁，油然出之而不自知者。夫此猝然油然之時，此即聖即賢也，特未轉瞬而即失耳。使其猝然油然者時時發之，時時出之，則時時聖，時時賢也。彼聖賢者，亦不過無時無處而非此猝然不自禁、油然不自知者之所充周焉而不息焉耳。故曰：『人皆可以爲堯、舜。』又曰：『行之而不著，習矣而不察，終身由之而不知其道。』又曰：『人之所以異於禽獸者幾希，庶民去之，君子存之。』去之者禽獸，存之者人也。聖賢人也，我亦人也。人不能爲聖賢，人將不能爲人乎哉？然則諸生亦返己自求焉可矣，毋徒曰『吾能捐資如干金，吾於某某爲吾力所獨成』，遂沾沾焉以爲己有功於聖門也。」

時乾隆十有五年，歲次庚午，十一月之朔，前廬郡分守，天津王又樸記。

土星祠前放生池記

建土星祠之三載，乃於祠之前規江灘而爲之堤，將以蓄水族而聽其生殖也。或者疑焉，曰：「王者之政，不過數罟不入而已，未聞不食魚鱉以爲仁也。惟釋氏則有之。然公今且歸，則焉知祠僧不因以爲利耶？奈何迂若是？」余曰：「信有之。然不聞『生生之謂易』乎？蓋萬物之在天地，水以潤之，火以熯之，而水火皆惟土之是宅。乃水宅土，而亦或自毁其宅，必土之生氣已失也。苟得其所以生，而物將致養，則説而爲澤，故離、兑之間爲坤，是水之就範也。迨其既濫，而萬物爲勞，則必有所以止之者，故坎之後爲艮，艮之山、坤之地皆土之成形者也。然未有形，先有氣，氣升於天則燦而爲星，星氣之精降於地則凝而爲石，石生生不已是爲山，而濫者有以限其歸，涓涓者復有以胎其元，故曰：『艮也者，萬物之所成終，而所成始。』始者其氣，終者其形。未有有氣而無形者，亦未有成之而不生之者。是道也，卷之則退藏於密，放之則彌六合，此天地生物之道也。土得之以爲德，水得之以爲性，蓋莫不由是道也。其道維何？中直而已矣。惟其中，則傍趨邪入者非道也；惟其直，則委曲迂迴者亦非道也。夫聰明正直之爲神。使江而無神則已，江而有神也，豈其舍中而不由，而惟邪徑之是就，不直以率其性，而必屈曲之是從也哉？然則土以制水，亦制夫水之失其道者，而使之順乎道焉，非戕之，實生之耳。此則土星祠前放生池之實義，而非斤斤焉慈悲物命之説也。至使生此池者而永無所戕焉，是在後之能體此義也者。」

乾隆十六年，歲次辛未，端陽日，前盧郡分守，天津王又樸記。

卷二 共十二首　讀史 論古并郡邑志各文附

漢高帝論

高帝以泗上亭長，五年間滅秦誅項，定有天下。論者謂其恢廓大度，沉深不測，獨其末年牽于房帷之私，欲易太子，非留侯招致四皓，事幾殆。然吾讀其歌，可異焉。詞曰：「鴻鵠高飛，一舉千里。羽翮已就，横絶四海。横絶四海，當可奈何？雖有矰繳，尚安所施？」夫所謂矰繳者，謂如意之不能施于其兄耶？抑謂己之力有不能得之其子者耶？然即四皓之賢，不過山澤野老，豈即有勢力之可倚藉，足羽翼太子者，乃爲帝所憚而憾之若此？此不足信也。况高帝之于諸將，同起側微，素非有臣主之分，而皆久習兵争，其桀鶩難馴之氣惟高帝足以御之。顧其易世後，肯拱手以聽命于十齡之幼主，此必不能之事，愚者皆知之，何况高帝！且以吕后之鷙悍有智而能忍，雖韓、彭大將，牽而誅之如屠狗豕，帝方倚之以制馭其强臣叛將，顧肯廢其所生，而與一孱弱之戚夫人子乎？

然而竟欲易之者，帝之詐也。蓋帝正慮孝惠之仁柔，不足以繫人心，特爲此以覘諸將相之意向耳。使盈廷皆力争，如叔孫通、周昌輩，則不待四皓而早定矣。乃争者止二子，此固高帝之所心慊而不能已于慮者也。留侯知其故而進此四人，且四人之言曰：「天下皆欲爲太子死。」于是帝知太子故自有輔，而諸將可無足慮矣，故曰：「煩公幸卒調護太子。」而歌所謂「羽翮已就，矰繳安施」者，此也。不然，已實危其子，而乃令他人調護之歟？當其欲易太子時，周昌争之强，帝顧之欣然而笑。夫果欲易，則昌正拂其意，乃不怒而笑，此其故可思矣。然何以謂其詐也？蓋高帝最善用權。其敗于彭城也，追兵急，乃推墮孝惠、魯元車下，滕公輒收載之，至欲斬滕公數四。夫帝豈忍于其子，特危時以堅將士死力耳。顧始則欲棄之以收人心，今則覘人心而又欲廢之，皆詐也。其答叔孫之詞，則直曰戲，此又詐之詐也。夫大道不明，人皆飾智以相欺，而其大者至欺當世，而并使後世之人皆不能得其意。嗚呼！此其所爲不測也歟！

論魏武帝

世之罪魏武操，蓋與莽、懿同科，此不但不知操之人，亦未嘗取其時勢而論之矣。夫操固幸而遇獻，得挾天子以令诸侯；亦不幸而遇獻，乃以成其篡逆之名也。何也？當夫何進首禍，董卓恣凶，操乃間行東歸，散財起兵，合從諸侯，以討賊，其義聲豪概固已當時無二矣。及卓見誅，而李、郭、張、樊相繼構亂，天子與后流離播越草莽間，求爲匹夫匹婦而不可得。操以一旅迎帝，此雖汾陽之勳、西平之烈亦何以加焉？乃自遷許以來，破術戮布，征繡滅紹，北擊烏丸，西討超、遂，操蓋無日不征，無日不戰，頻危者數矣。獻帝乃拱手而安享其成，雖事權不自己出，然其視當年爲賊所得，得而棄，艱難困苦，至數日不得食，其安危相去倍蓰也。顧以操之見逼，謀所以除之，自非精忠之純臣，亦孰肯俯首而就戮者？而陰賊如操，能堪之耶？後生之於諸葛忠武也，事之如父，宫中府中一以相委，二十餘年未嘗疑其專而忌之，豈後主之賢明勝於獻帝哉？蓋忠武之所以事後主，與操之所以事其君者必有異焉者矣。

夫謙讓不伐，雖與伊、吕争烈，史公所以惜淮陰；此觖觖者非少主臣，條侯所以見殺。人臣苟不學道，而矜伐功能，即未有不跋扈者也。主强，則危其身；主弱，則自及于逆亂，蹈天下之至惡而無所辭。是故賢如趙盾而弑君，忠如霍光而弑后，時勢之積漸然也。然則獻帝之不及弑奪于操之手，是操猶顧忌于名義。其與莽之專以符命竊神器，懿之兔伏于操，狼噬于芳，處心積慮以取人天下者，不可同年而語矣。吾故曰：操之遇獻，操之所以不幸也。

讀晉史

吾讀《晉書》而至《懷愍》之篇，曰：嗚呼痛哉！晉之亂極矣。究其所以，豈非老、莊之遺孽哉？當其時，士以虚無相尚，人以放肆爲高。勵簿書者爲俗吏，敦倫節者爲拘儒。上倡下和，浸尋荏苒，遂成流風，而不可復制。及其極也，父子兄弟之間，君臣朋友之際，漠不相關，如秦越人之相視其肥瘠也。天下遂大亂而至于亡，至于亡而人心猶不悟也，悲矣！

夫自天地生人以來，其所爲淳龐無爲者特其初之自然耳。然而人心日以開，而聖人亦日以起，是故堯、舜不襲羲、農而治，三代不沿唐、虞而理也。然而聖人猶有慮焉，又復垂之于書，以傳後世。其間委曲繁重之數，要皆所以順布其性，而逆制其情。人苦其嚴重而不得肆也，况又有悖妄之尤者爲之倡，其孰不棄禮義，敗檢閑，攘臂而相從哉？人情之流而無所底也，猶江河之泛而無所歸也。聖人引而導之，又爲之堤防障蔽，以制其浸佚潰散卒然不可知之患。而老、莊者乃從而拔堤决防，放流四出，其不奔突敗壞、源流皆竭者幾何哉？晉之世可觀矣。

夫二氏之學之有害乎人心而無益于治道也，必矣。蓋舉其精能令智者皆惑，而其粗者復奔走乎庸愚。而夫聖人之道，智者既不能堅其信，愚者又不能知其守。余懼其將浸滅剥蝕，而所謂存什一於千百者亦蕩然歸于凌遲而不可復存也。夫顯然盡棄二氏之學，而使大道之昌明，非有位者不能矣。而守吾儒之正，以明異説之非，君子之事也。吾故著之于篇，以望世之學而有用者。

衛道之論，文亦瘦硬入古。陳亦韓。

宋太祖論

宋受周禪，而周之後二王，史臣云莫知所終。議者咸爲宋祖憾，而余獨不謂然。蓋自三代以後，能無利天下之心者，固未有如宋祖者矣。無論傳弟一事，毫無吝心；即其數微行而語諫者曰「有天命者，任自爲之」，是此中光明磊落，雖達天知命之聖人不過如此，故異日有洞開重門之語。此豈復有纖芥猜忌，如前世之鋤夷勝國後惟恐不盡者，所可同日而語哉？當其伐南唐也，對徐鉉曰：「江南亦有何罪！但卧榻之側，豈容他人鼾睡耶？」又慮藩鎮之横，杯酒間坦白數語，使衆節度樂削其權而無所疑。此于敵國强將之前，猶吐赤誠如此，而獨致嗛于孱弱不可知之遺孽乎？

然則二王之故，誰爲之？曰：太宗爲之也。太宗固朵頤于柴氏之鼎，而特以事權不在手，姑假于其兄者也。蓋陳橋之役，太宗實與趙普、陶穀及諸將謀之，而太祖不知。是故黄袍、禪詔皆倉卒可得，諸節度亦以計不出己，所以拱手歸兵，及太宗立，咸寂無一言耳。夫人處心積慮以求所獲，則患得未有不患失者矣。世豈有嫌忌其弟與侄，而致其自殺，致其憂死，而能釋然于前王之後者乎？吾故曰：二王之不終，太宗爲之也。然吾又獨惜宋祖能遵其母氏之訓，傳位于弟，而于傳德昭一語不力辭，以致其子不得其死之爲可恨也。

或曰：「陳橋之謀謂太宗主之，是已。然杜后謂宋祖曰：『吾兒素有大志，今果然矣。』則宋祖安得謂之無心？」不知五代之際，生民塗炭已極，仁人有志于濟世安民，固其理耳，夫豈必利天下而後爲大志乎？吾蓋觀于滅蜀而兵不戢，則切責王全斌，伐唐而不可多殺人，及李煜一門不可殺害，諄諄誡諭曹彬者，而有以知之也。又况祖廟誓碑已勒有明訓歟？

書宋史後

宋岳鄂王之死，史臣書之曰：「秦檜矯詔，下岳某于大理獄。」又曰：「秦檜殺故少保、樞密副使、武昌公岳某。」據此，則當時竟若無高宗者，以爲帝之不知與？夫王非小臣也，以爲懾于金而檜劫持之與？高宗亦非甚愚騃沖幼之主也。語云：「木必先腐，而後蟲生之；人必先疑，而後讒入之。」蓋王之死，不死於證張憲之獄，而死於正國本之請也。顧舍高宗而獨誅檜，豈得爲特筆哉？

蜀人張應登者，明神宗時爲郡司李，輯《精忠録》中，載胡尚書世寧之言曰：「高宗寧偏安事虜，而不願父兄之返者，乃其素志也。故其初立，家族盡遷，而止一親弟信王榛起於河北，尚不肯援之爲助，而竟令馬擴譏察之，以坐視其敗滅。其樂使忠武復中原而奉迎欽宗以南還耶？忠武初起偏校，歷著忠勇之迹，高宗故所深契也。及其密疏請建宗室，即以苗、劉之事見疑，而深忌之矣。故今殺某，而檜以爲上意。及後檜死，而帝任和議之事，以爲己意，檜特贊之者，蓋皆道其實也。言者乃獨罪檜，而諉高宗于不知，何耶？」張司李亦曰：「高宗以不知忠邪之分，而内耽于衽席，外蔽于秦檜，貌親忠臣而中實疏之，貌崇功臣而中實疑之。援淮西之役，屢趣進兵，其中已有物，而適以逗遛之誣投其所疑。且當時諸將雖多，無有如王之百戰百捷者，直搗長驅之請，豈非高宗所深願？想檜賊持王鵰兒之首詞乘間而入，謂不事家産，久蓄異志，謀還兵柄，反狀已形，狡詞一中，疑畏益深。如止欲殺王以成和，則高宗尚不遽然也。姑不他證，即檜以和取高宗之信，而檜之死也，高宗謂其内侍曰：『吾今日始免靴中置刀矣。』夫以檜之談和，有何莫敵之勇功而猶且靴刀以妨？則高宗之疑王畏王而甘心王者，爲可想矣。若爾每札必稱許忠義者，豈誠優之哉？」二説皆可謂得其本矣。

余獨以王力圖恢復，志未遂而死，與漢武鄉侯相同。然王以垂成之功，爲高宗疑忌所敗，爲更可悲悼而深恨者也。論者乃譏王不如汾陽之以明哲保身，然孔子不云乎：「其智可及也，其愚不可及也。」夫千古之純忠純孝，則未有不出于愚者矣。且汾陽于成功後，始用鄭侯術以自全，亦非王之時勢比。今夫匹夫匹婦苟懷一飯之恩，猶矢所以報，况王自偏校而擢至大將哉？然則齋閣書奏之時，王已不爲身計矣。

紹興八年秋，王之奉召議和也，於資善堂得見孝宗英明雄偉，退而言曰：「中興之基，其在斯乎！」金人敗盟，王北討，將行，數請面陳大計，不可，遣李若虚來，因親書奏上之，即正國本之疏也。卒以此中上忌而王死。死而其孫珂爲辨誣五事，一謂：「建儲之議在軍前上奏，而參謀薛弼謂在陛對時，且誣上有不樂語，謂此非大將所宜言者，弼之妄也。」余獨謂弼本附檜，此語定非無本，特誤以軍前爲陛對時耳。珂不歸怨其先君，而獨罪檜，當時臣子所宜，乃後世遂以此爲定案哉？善乎，張侍御之論王曰：「宋南渡後，州縣凋敝。王每調兵食，必蹙額謂將士曰：『東南民力耗矣。』此真宰相語，夫王之存心有如此者。而張俊乃謂王淮西逗遛，以糧乏爲詞，何耶？」至前儒有謂王不足與權，其説世多辨之。余不具論，獨取胡、張二説，以其能闡發幽隱，足正《宋史》之誤。因并及張侍御之論，爲不同世説之泛泛者也。侍御名考，山西夏縣人，論古有識，與余爲同年友云。

載三人語，而一氣渾成，由熟于古人義法也。方望溪先生。

論伍胥

伍子之以諫越而殺也，宜矣。蓋非其忠不足，而其智不足也。夫明者見于無形，而識者察于未然。當越之降心屈志，員獨知其爲驕主之心而將沼吴，則是能見無形而察未然者孰如員？然獨怪其智於謀越而不智於諫君也。何也？

人之有所明而有所不明也，人人然矣。善諫其君者，必于其所明而令其言之易入，毋於其所不明而令其視爲迂闊而莫之省也。以吴王之敗夫椒，伐魯、齊，會槖皋，盟黄池，固洋洋乎霸者之雄圖也。方且以伐貳服舍爲義，以扶危持顛爲名，而乃説之以越必後大，及其困而取之，則豈肯忍而聽之乎？然昔之立人于庭，而告以越王之殺而父者，誰也？每出入必對，以不敢忘者，誰也？夫椒之舉，夫差固有死越之心，特以句踐之言甘，意有所奪焉而不忍耳。盍以先王之仇不共戴天，今如釋越，是忘殺而父也，而三年之舉一旦亡矣。以此動之，度吴王必奮而從也。惜其不以此爲言，而徒區區于越能沼吴，計亦疏矣。越之入吴也，吴王保于姑蘇而行成焉，越子將許之，大夫范蠡曰：「孰使我早朝而晏罷者？非吴乎？孰與我争三江五湖之利者？非吴乎？夫十年謀之，一旦而棄之，其可乎？」于是越子不待其詞之畢，起而滅吴，何則？動之以其所明也。夫三年報越之舉，夫差之所明也；而十年沼吴之説，夫差之所不明也。今不于其所明，而于其所不明，此員之所以智不足也。夫國家之患，莫大乎有故而其臣不言。至如員之以言而死，世徒悲其死，而員亦卒無益于吴國，則大可哀也已！

論程嬰

晋屠岸賈之滅趙氏也，求朔之孤兒武甚急。朔客程嬰、公孫杵臼謀以他人子誘賈，并殺杵臼嬰，乃匿武山中。及長，因韓厥言於公，立爲趙後，而嬰曰：「吾將報杵臼於地下。」遂自殺。天下莫不高嬰之義。然嬰者，則可謂好義之過者也。

當賈治靈公之賊，諸大夫莫不作難。雖以韓厥之賢，朔親托之，且不能庇其幼子。嬰一布衣耳，獨能慷慨自任，竭忠盡智十五年，而賈不知，諸大夫不聞，卒立趙後，趙氏之祀絶而復續者，嬰之功也。然何至以死報公孫哉？且嬰而欲以死明不負乎？使嬰無十五年堅忍之性，所以韜藏之者不密，卒至無成，嬰雖即死亦不可謂不負也。今而嗣子立於朝，仇人滅其族，舊恩已報，盟言已復，此其心豈有不明而必以死報哉？方公孫之要嬰也，曰：「死乎？」嬰曰：「吾未有以立其孤也。且立孤難，死易耳。」方是時，嬰豈畏一死者哉？杵臼亦豈謂嬰爲不能死者哉？然方且以難累嬰，固以嬰之才能爲其難耳。故嬰者死而無負者也，而必自殺以相明。嗚呼！此所謂好義之過者也。蓋自嬰一死，而田光、聶政之徒紛然起矣。

下宫之難不見《左傳》，子長别有所據，但與當日情勢全不相符。前人議子長嗜奇而輕信，殆是此類也。就事而言，不可無此裁過之論。陳亦韓。

論韓退之

昔韓退之之闢佛、老也，宋儒或議其粗，蓋謂其不細論性道之旨，而止言其不耕不織之害民，並奉其教與不奉者之吉凶禍福耳。不知性與天道，孔門弟子之所不可得而聞也。自宋儒言之愈精，而二氏益反復其説以求勝，於是信道不篤者遂反謂二氏之果勝，而或者又倡爲三教歸一之説以調停之，甚矣其謬也！蓋性道之説，二氏與吾儒不大相反也。試思定生慧、虚生白之旨，與寂然不動、感而遂通者有異乎？無欲以觀其妙、有欲以觀其徼之旨，與未發致中、已發致和者有異乎？破三續相，非一切即一切之旨，與克己復禮者有異乎？因是因非，因非因是，樞始得其環中，以應無窮，如來應正等覺之旨，與物來順應者有異乎？窮其説，將萬變而不可致詰。世不皆高賢大儒，亦焉得知其非而斥之。夫人情莫不自惜其所有，乃一旦不自惜，而供諸他人者，固謂其能利庇我耳。苟知其無所爲利庇者，則又孰肯以其手足之所經營而獻于無用之人乎？故韓子止言其害，而不與之言性。蓋言性，則其徒將愈盛，而我無其助。姑言所害，則人將知爲無益而自止，而其徒枵然無所養也，不得不化而爲民，則其道將自息。此則韓子之微意也。昔原壤，老氏之流也。孔子不責其認性之非，而止責其幼而不孫弟。孟氏誦法孔子者，其于楊、墨亦不斥其認性之非，而止斥其無父無君。蓋人之所以爲人者，人倫也。佛、老之所言，雖未必盡非，然已棄而君臣，去而父子矣，是欲絶滅夫人倫也。必棄而君臣，離而父子，而後清凈寂滅，可以超凡而入聖。使人人皆聖，則天下將並無人。然則所謂佛、老者將遊行于空虚曠蕩之區，而獨闡其教于無何有之鄉耶？此亦二氏之必窮者矣。是故韓子闢之之説雖粗，而實奉教于孔、孟者也。

攻異端者愈精微，彼之巧附愈逼真。欲窮其隱而闢之，却已不知不覺入其環中而不能出矣。不若就其顯著之迹，人所易曉者，分明斷定。雖有彌近理處，要之大段差謬，直不足與之深言矣。故宋儒闢佛之深，不若退之闢之之淺。平時所見如此，不謂先得我心。陳亦韓。

訂正逸史補一則

卓王孫有僮八百人，程鄭之僮亦六百。程之富視卓不若也，然兩家之僮藉其主勢，莫不各擁千金。王孫死，其子有核者，惡其僮之擁所有，謀所以朘削之。僮乃貧，而卓氏愈益富。未幾，有盗初至程，其僮守望甚嚴，犯之皆恐，所有爲盗，得出死力以拒。盗不能入，而至卓氏，則伏而聽，無柝聲，乃踰垣。僮皆閉門熟睡，盗乃直入主人室。主人覺，呼僮。僮知之，佯不應。或欲赴，足已至閾，顧自念曰：「我何有哉？」姑爲捕賊聲以應之，而無一出門者。于是卓氏之室遂空，乃更不若程鄭焉。武帝時鬻武功爵，而程不識乃爲長樂衛尉。其後又有程墟、程無知、程薈者，皆顯于時；而卓氏無聞。

此册，余至黟，見于居停主人舍。輯之者爲蔣有德，不知何時人。病其詞俚，類《宣和遺事》，爲訂正之如此。

讀鳳翔邑志

天地間，惟女子之性陰柔，故多愚暗偏執，而難以禮義化。然則耿耿大節，吾以爲必多出于男子，而婦女宜乎其少也。然而世所傳仁孝廉耻之事，往往得于女子爲多，豈季世攻取之私，丈夫習于耳目聞見，易爲汩没〔一〕，而閨閣中不見不亂，故獨能葆其正耶？抑室内之行易飾，而鬚眉輩逐隊隨行，欲冒爲懿美，而公論難諧耶？余蓋讀鳳翔之邑乘而不禁三嘆焉。按邑乘之志行誼人物，于國朝九十年中僅得七人。其志節烈之婦女，則多至三十五人。此其事固可疑矣。乃遍詢邑之人士，其爲説亦多與志同，何也？已而思之，蓋婦女之性陰柔，柔則順，順則隨人爲轉移。况鳳俗重生女，而不重生男。其生女者，甫及笄，即求重聘爲婚。而孀婦之聘財尤厚，蓋婦之夫家索之，而其父母家又索之，有多至百十餘金而始歸其室者。故貧人必老而得婦，而女之父母、伯叔、兄弟亦皆以老婿爲利。于是媒妁公議其財，父母舅姑公争其數，甚至取平于鄉衆，訐訟于公庭，恬然相安而不以爲怪，其敝如此。夫時已靡靡成風，自非讀書明禮，深知而篤好者，亦焉能于波頽瀾倒之日，力持其節而不變也哉？以之求于婦人女子，又豈可得乎？乃若邑志所載之衆，且半多于貧賤之家，則豈惟其婦之故意？非其父與兄弟及夫家之士咸惕然于流俗之可耻，而有所以開導挽持之者，不至此。然則是邑婦女之正，皆其男子之善也。余故急求其名以著之，而又多湮没無聞，可惜已。夫移風易俗，類非俗吏所能爲也。余既以自愧，而不能不有望于當事之君子。

【校注】

〔一〕「泪」，據文意，當爲「汩」之形訛。

書鳳翔節義志後

余前覽《鳳邑志》，見節義多於人物。竊以婦女之正，皆其兩家父母兄弟不奪其志者之所爲也。既以著于文，乃列近今諸節婦，以訪求其子姓而闡揚之。迄不得已而出衙，有懇懇于馬前者曰：「某爲翟所又十甲民陳建烈，母劉氏，自二十歲守節，時某甫七齡，今三十餘年，艱苦備至。某赤貧，無力以表母貞，死有餘辜矣。」言已，泣數行下。余哀其意，諭諸紳士，有知其事者，公列于牘，請刻之邑志中。而諸紳士隨又書若干氏，言于縣，申呈于府。然于諸婦人之弟兄子侄之爲何人，究未得而考詰也。紳士又言曰：「有何節婦王氏，其兄三錫、從兄濬，何氏之兄與弟鳳臨、毓超者，某等則固得而知之矣。」于是手王氏之傳于余。余受而讀之，傳曰：「節婦王氏，何漢勳之妻，故邑庠生王永祉之女也。幼失怙恃，兄三錫育之。年十六，適漢勳。越一年，漢勳遠賈出外，氏無翁姑兄弟可依，乃迎養于伯父屯營都司永正家，積十有三年，而漢勳終不歸。氏乃涕泣曰：『夫其死耶！何氏之鬼不其餒，而我將返。』是時永正已殁，其子邑庠生濬聽之，乃載歸何氏。何氏故奇貧，而氏又無子，謀諸族人，以從侄勳生爲漢勳嗣，又爲聘楊氏。王以女工自給，并養一子一媳，然勤苦久，亦竟積粟十餘石，贖先世已質出田數畝，期其子之大有成也。年四十而節婦殁，何氏之族兄弟鳳臨、毓超皆哀其志與節，謀公舉以旌之，而力有未能。」云云。夫鳳俗固多以女博財利，然若三錫與濬、鳳臨、毓超者可不謂賢乎？是皆知名教之可樂，而不以金爲利者也。以故，氏得以如志而歿。不然，則亦焉在其能守歟？是故三錫與濬、鳳臨、毓超皆可傳也。傳出于邑貢士陳伊。伊讀書，敦氣節，事繼母孝。繼母李氏守志撫孤，已爲邑人呈請糧道沈公命，入邑志，故不贅云。

書河東鹽法志後

昔馮運長序司志曰：「志有三易，有四難。撓掣無人，注塗在我，一易也；條例顯設，編摩夙成，二易也；無營無畏，傳聞徵實，三易也。門椽可供繕寫，紛紜似記屠酤，敬慎之難；慨輶軒之未駕，問蕘牧以俱瘖，詳覈之難；小小抑揚，兼存直諱，含毫復閣，安所取衷，審定之難；數見苦其不鮮，沓拖何如短掉，裁製之難。」又樸之爲此志也，雖侍御鹺長過于信任，然朝廷裁定皆大經大法，宣揚之不足，安敢自任臆見，妄有竄易哉？其難一。河東之志運司者四，近莫如郭，然其發凡云：「王運判之志，遠及十二州邑。蔣直指、馮運長二志，止及解、夏、安。今則詳于運，而安亦稍略。」竊謂運司之安邑，亦如藩司之駐省郡耳。豈以省郡之邑經緯窪窿者爲藩司之疆域哉？況河東運司合雍冀豫以爲治，亦何邇封之有？若一一取其星野、山川、名勝、景物、形勢、風俗、人物、土産而紀之，彼董澤之蒲可勝既乎？馮、郭二志皆未免以郡邑志例志運司，非體也。則舊志之條例既無可遵循矣。獨《彙纂》一書，多宜採録。然《運治》篇亦闌入星野、疆域，不免習見未融。且既纂鹽政，而鹽政之引課、商販、種治、掣放種種經制未之及，而緦緦焉於明禋、敷教、典禮、興賢、坊集、兵衛各類臚列于其前，顛倒違序，亦非體也。況引課不詳分錠，則河東之制特異諸司者，已遺其大端；敘述止及前明，則本朝之規度越歷代者，未昭其遠鑒。此則編雖夙成，亦未可爲準則也。其難又一。以運吏作運書，自不比委巷酸寒，事關請托，情怵忌嫉，然一經紀述，便録農官，矧重之以敕令哉？傳聞疑似，未敢據爲實録。其難又一。然則馮之所謂易，皆又樸今日所謂難。況資性不慧，金根未分，兼以簿書徽纏，工役憧擾，風雅一途，銷焉歇矣。惟有本之以敬謹，翼之以勤劬，不敢矜言捷獲，則遲之，則又遲之。蓋自躬親營度之池垣堤渠外，凡稽舊牘，參時政，詢遺獻，補略考訛，删冗汰複，莫不目覽手披，再三讎校。夫所録者，朝廷之章程，奉之者爲功，慢之者爲罪，一概直書，非有私抑私揚也。辭達而已，裁製之繁簡，無所計焉。豈敢以前人之所難而亦曰難，遂藉之以自文哉？

志修于午春，迄于冬，又樸之自爲訂正也。則自今歲之春季始然，皆濡墨于解鞍之驛，拈毫于督役之廬，志慮倉皇，精詳未信，然曰難曰易，甘苦實自知之。于其成書，以告此都之人。

卷三共十三首　論事

上大學士鄂公書

相公閣下，某自筮仕以來，即知天下有鄂公，其人蓋非常人也，所爲與聖賢爲徒者。竊以不得親炙於門下是耻。既而以吏部郎隨高安師相至江浙，因得仰瞻色笑。且於海岸追從數晝夜，深荷不鄙愚蒙，俾後學小子聞所未聞。返棹之際，又辱賜贐。某雖未敢全領，而藉此以達維揚，得市牲醴，祭掃先塋。其自高、曾以上皆拜恩貺，又不但某一身感戴已矣。及抵京未三月，即蒙恩授河東運同，在任兢兢，惟恐少有隕越，以爲知己羞。無如書生不諳世故，緣事去職，恩蒙召見，發陝，以對品委署試用。自揣疏庸，不敢妄膺顯秩，求判扶風，不過奔走差遣，少盡臣子報效之私而已。詎意又染寒疾，值閣下經略西陲，竟不得泥首車前，叩謝前恩，負心之咎，實如芒刺。丑冬告歸，於今秋河干接見高安師相，述閣下眷注甚殷。某何人？乃辱大賢垂念至此！既感且愧，益欲鳴謝。適遭國喪，普天皆在痛悼之中，况某曾爲侍從之臣哉？攀髯無自，號泣靡涯。伏念大行皇帝臨御十有三年，修廢舉墜，治具畢張。今上御極，舉措新政，已洽輿望。而海内尤歡忻鼓舞者，以閣下起視事，與高安、桐城兩師相同心輔政，謨明弼諧。一時碩德重望，如原雲撫楊公、原直撫李公，相繼並起。此雖深山石隱，猶且共慶彈冠，况在某素邀青盼者哉？第患病以來，精力耗散，誠恐再有謬誤，重爲身名之累。且貧甚，不能具僕馬居停等費。自分已矣，無緣追隨下執事，載記功德，而此中愚誠，實有不能自遏之處。當此千載一時，豈敢避越位之嫌，緘默不一吐露耶？

竊以啓沃者輔弼講讀之任也，此外不過用人行政而已。然治天下者，非行政之是亟，而惟不得人之足患，蓋徒法不能以自行也。請舉數十年之利弊而言之：我朝酌古準今，定爲規制，可謂極明且備。及聖祖末年，敦尚寬大，中外輾轉欺蒙，公行賄賂，剥民脂以奉其長官而不足，甚至竊庫藏以濟之，故一時多盜臣。先帝深知其弊，痛行懲創。凡内外司計，一切徹底澄清。乃奉行者不能洞察其原，妄意歸公，又至矯枉過正，昧大體而務苛細。即有少持公道之大吏，不過依違兩可，摸棱而已。而其下屬化之一切奉行故事，毫無實力，故一時多具臣。即如宣講聖諭，功令也。試問其聽聞者有一百姓在乎？不過大小各官，朔望一拜而已。積貯社倉，功令也。試問其借給者有一實在窮民乎？不過倉正、倉副市情于豪猾而已。慎簡刑獄，功令也。試問其成讞者果皆情得其平乎？不過彌縫附會，使案件易結而已。編查保甲，功令也。試問其設行者，果使居民皆安堵乎？究之，盜未弭而民先擾也。勸農興墾，開渠賑濟，皆大利美政也。試問其承任者果皆因地制宜，俾窮黎皆得其所乎？究之，功雖成而得不償失，事雖竣而實不稱名也。

此豈古多循吏，而今日獨不然哉？其故蓋有二：一則用人之途，太雜而不精；一則察吏之法，止舉其末而遺其本也。

夫用人何以太雜？天下事有知之而未必盡能行之者，斷未有不知而能行者也。故人必深明尊君親上之義，而後可以致其腹心手足之誠；抑必實有民胞物與之懷，而後可以成其先憂後樂之志。如此者，固舍學無由矣。我國家養士近百年，董以師儒，給以廩餼，程督之於歲科，選舉之於鄉會，合三年數千萬人之中，所拔者二三百人耳。儲之如此，其豫且備也；簡之如此，其慎且詳也。宜乎人皆稽古通今，有體而有用矣；而猶或有拘文牽義，不通世務者。至於捐納人員，多係富商賈兒，不達國體，不悉人情，乃一旦舉民社而授之，抑何其重之於學古之儒而輕之於此輩也！

昔者某嘗言其十弊，另録呈覽外，幸於雍正二年秋，恭逢大行皇帝聖明獨斷，敕令停止捐納。天下四方正切踴躍歡呼，未幾西師復興，加以各處工役，復又紛紛開例，然不過一時權宜之計，原未嘗爲久遠之規也。今者遠人服，而大工以次竣，或者惜名器以尊國體，杜僥幸以求良材，永停捐納，此其時乎！

至於現在入班人員，既已藉其財力，固不當無所酬以失大信，然斷不得冒濫相授，毫無別擇於其間。夫牧令者，民之父母。郡守爲表率之官，與民至近，其治民事亦至親。若以捐納者爲之，無論其不肖也，即使人而果賢，而亦不可以其市井之身型方而訓俗矣。請嗣後凡選掣守令、正印官，斷不得令捐納人員陞補。至各員于謁選之年，飭令直省督撫查明該員家世是否清白，素行若何，有無欠糧，并諸違礙等弊，取具切實，保結咨送吏部。日後有首告該員出身不正，及未仕以前惡迹者，審確，將出結之員一併治罪，督撫照失察律議罰。及赴部投供，應令各將所知時務，或河工、漕運、屯田、營繕、錢法、鹽法、税務、馬政等類，撰策一道；再律例原委，古今得失，并現今則例之中有未妥協，能自出識見詳定之處，撰論一篇，具卷隨供單投送。其卷頁必留餘幅，選司於議官日先期傳齊現月應選之員，指其所撰策論中駁問詰難數條，粘簽于上，使各按所指駁者條對於所留卷頁之後。選司止定其甲乙，于議官日呈堂公定去取。其不在所取者，飭令回籍學習，限一年滿日，再行赴部，考定開缺，於下月另選。如三考皆不見取，足徵其下愚無識，則發回原籍，永不叙用。至掣籤後引見，即令該員將在部所對策論約略數語繕寫，入摺呈覽，恭候欽定。其科甲人員已于鄉會場中著有策論，自無庸復贅，止于履歷摺内條陳一二事，如舊例可也。若所條陳迂疏不可行，應作何改用之處，亦恭候欽定。如此，則捐納人員雖非學古入官，然亦不至一無所知，或者猶可驅策耳。

至于察吏，何以舉其末而遺其本？蓋天子爲民而置督撫、司道、守令之臣，則未有舍民事而別有所爲事者也。今督撫察吏之法，其有爲民請命者，則斥之曰「沽名」，而別著考語曰「辦事」。是所謂事，將在徵發、期會、催科及刀筆之簿書也，不幾區國與民爲二耶？不知守令之愛民即督撫之愛民，其實奉宣德意，皆天子之愛民也。《書》曰：「勿違道以干百姓之譽。」蓋必違道以干譽，而後可曰「沽名」。如其道也，國家將求之而不可得者，奈何遽以

「沽名」二字一概抹煞?無惑乎，今日親民之官視其民，如秦越人之相視肥瘠也已。夫庶司既不以民事爲事，而督撫大吏舉朝廷之仁心仁政所以施及於民者方且有加而無已，條教法制所以防其不然于民者亦且三令而五申。譬如父母不能自育其兒，勢必雇倩乳母以代育，此自當擇其慈者而寄之可也。今也既不暇擇矣，而又恐乳母之慈其兒，將兒止知乳母之爲母而不復知其母也，務自屢以果餌賜兒食，又戒其乳母不得蠱惑兒。乳母亦遂恝視焉，不時其飢飽而一切任之，或且掩其啼以欺父母之聽。如此者三年，兒雖不死，而體亦漸羸矣。然則察吏之道，即此可知也。

請飭行各省督撫，于所屬守令平日程督，務責重在民事。及大計時，舉其所以爲養者如何，所以爲教者如何，各將其事實，于四注册政事之下，注明「慈」、「惠」、「寬」、「嚴」等字;并將實迹開後，再於送部引見人員出具考語，必以撫民爲先。庶幾顧名思義，在官者皆知民事之爲重矣。

抑某更有請者，保薦一法實爲疏通之路，而薦賢蒙上賞，蔽賢膺顯戮，古之法也。查定例開載，凡舉非其人與應舉而不舉者，俱有處分。至于舉得其人，作何議叙，亦應定著爲例。庶人皆知鼓舞，而争以進賢爲務。則以實心行實政，又何患恩膏不實逮于小民哉?

河東詳請除免蒲解十一州縣民夫鹽丁築浚池墻渠堰議雍正四年

爲請蘇民困，以固國賦事。竊照:河東鹽池，形如釜底。環池而步之，計踰百里有奇。繚以土垣，其崇二丈，止開三門以出引鹽，所以禁私竊也。蓋歲督蒲、解十一州縣額，設之鹽丁，以任版築焉。池南十里即中條山，綿亘蒲、解所屬，而與太行、王屋相聯絡。其千巖萬壑之泉流，莫不以池爲歸宿。而池一受外水則鹽敗，故有黑龍、白家、東禁、卓刀、七郎、硝池、常平、小李村、大李村、蝦蟆等堰東西環抱，以爲之障。北則有姚暹一渠，東接王峪口，歷夏縣、安邑之境，過運城，匯于臨晋縣之鴨子池，歸五姓湖，以入于河。蓋經流者三百四十餘里，所以疏白沙王峪陡漲之水，使不爲池害。此則歲督蒲、解十一州縣之民夫以供其營繕者也。夫以一鹽而勞民以爲之，自漢唐以來迄于今，莫之有改者。蓋池爲官池，而鹽亦爲官種，故昔者有撈採之役。自坐商認錠分畦，自爲種治，更撈採者而築垣，即此鹽丁也。然鹽丁雖散處于各邑，而所給公家之使令止此一事，縣官無他徭焉。而渠堰之民夫則不然，本州本縣役之，鹽官又役之，是重困也。然而民則甘心爲之使者，當時無商而有販，環鹽池而居之民皆得在官納引課，及照鹽出池，則隨其所之而鬻以爲利，食其利而任其役，固其所也。今則某州某縣皆爲運商所據，商獨食其利矣。商食其利，而役民以供之，可乎？況役之者而又虐使之，民何以堪？

職聞前乎此者，方歲之仲春，輒下檄鳩十一邑之民，俾各即其功，一再不至，輒差提，蓋不唯其人而唯其物。是故始至有查點規，赴工有過山禮，工完清驗有遮蓋禮。自官吏以至厮養，無不饜飫于斯者。而當分司檄行于各邑也，其鹽房吏又即據之爲奇貨，請硃票而行于鄉，排門挨派。不行者則賄免，而因與里之黠者兜攬焉，驅其無賄之貧民，以行羈紲鞭朴，民于是蓋益困。然而蒲州、安邑以及臨晋、北坡之民蓋終不至，雖以前年督能生死人之權力，而亦莫如之何，徒飽吏胥耳。以故，渠日堙，堰日削，而池垣之頹隳傾圮者日益甚。其南今纔三四尺耳，私梟之徒且車載舟運，而莫可究詰，則將來引壅課絀，盜匪滋熾，隱憂方大矣。夫以無利之窮民，驅而繼商之富，于理已有所不可安，況又以病民者，至于病國，則奈何因仍其故，久而不知變也哉？

職自去歲之秋抵任以來，即親歷各渠堰所在，溯山水之來源，而究其險易之勢，今始略悉其概焉。而前署運司郭珙稱：經紒估，全工需銀十萬餘金，遂憚不敢發。然職竊謂：事苟徵實，得半足矣。查去歲請增餘引十萬道，商已領運九萬餘，計庫貯官錢公務可三萬三千餘兩，合今歲而計之，當逾六萬。請于此内動銀五萬三千兩以濟大工，一年内當可報完。此後每歲即于此餘引羨銀項下，動銀七千兩以爲歲修。如此，則鹽丁即應歸入各州縣，與民一例當差，而民夫請永免其役。是憲臺一固國賦，而實大有造於此十一州縣數百萬生靈之命，其功德寧有紀極耶？謹將各工估册另繕呈核，如蒙鑒納，仰祈題請施行。

關中奉制府尹公諮陳邊防利弊啓

竊職前奉憲檄諮詢地方事宜，内云「再查三省疆域切近邊陲地方各官多年閲歷，于邊疆形勢必有講求而熟習者，其一切善後事宜果能洞知原委，亦併直抒所見，另稟附呈」等語。查職自雍正八年奉旨發陝，以運同相對品級委用，因一時無缺，蒙暫委署鳳翔府通判事務，在任三年。其時正值軍興之際，因于往來軍前文武官吏不時諮訪，其于邊地情形雖未親歷，然外得之傳聞，内考之典籍，竊有管窺愚見，未及一爲吐露。今請爲憲臺陳之。

一、邊地宜廣行屯墾，以裕糧儲也。昔漢文帝募民徙塞，而邊備以實。今自榆林以至西寧一帶邊地，凡各部落藉水草以資畜牧之處，皆可樹藝種植之地。但招募開墾，而人多裹足不前。故向日卜隆吉築城之時，議令各兵隨帶餘丁，令其屯田。及青海蕩定，而議者欲將直隸、山西、河南、山東并陝、甘兩省軍流人犯，俱發西寧與卜隆吉各處，令其開墾。此皆慮及邊遠之區招募維艱而言也。然戍卒之餘丁既有更番，必不能常爲土著；而軍流各犯又需遣發，且皆係遊手惰囚，倚此而求實邊，亦不可得之數矣。昔明季以邊地險遠，餉饟乏而飛輓勞，乃命富商輸粟邊倉，官爲給引支鹽以償其費。商人喜得厚利，莫不争赴。于是自出財力，自招遊民，自墾荒田，自藝菽粟，自築墩臺，自立堡伍，成都成聚，同力同心，無事則互相饋遺，有事則互相救援，而邊食以饒，而邊圉以固。是鹽利皆邊利也。自葉淇建議不輸粟而輸銀，不之塞而之鹺司，取目前之近利，忘久遠之宏圖，相沿至今，已難猝復。似應仿照此法，令茶商屯墾于邊地，蓋茶利亦厚，而徼外諸部落莫不貨茶也。至于川、陝鹽法，止于西安、同州二府，興安、商、乾、邠等州，係食河東池鹽，爲商占據鹽窩，自難更變。其餘延、鳳、漢、榆以及甘省各處，皆食大、小花馬等池之鹽，川中又食井鹽，皆于出鹽之地方官納課，聽民散販。若令踵照前明舊法，令富商在于邊地輸粟領引，而于池井各處支鹽，雖初行之時在茶鹽二商未免買糧輸納，自多不便，但請少徵引課，多與茶鹽，則人亦樂赴，久之且自糴自輸，不用徙民而邊地自實，其爲防邊之利實遠且大也。

一、夷人之朝貢及互市，俱不宜由內地也。夫古者之于外夷，羈縻之而已，未有通其互市者。蓋從來邊釁，多由互市而啓。況以彼羚羊角、綠葡萄等物易我茶帛布匹，去歲竟不易貨而易銀，高其價值，滿載而去，是以其無用易我有用也。且連年朝貢，見其皆由山、陝往還，窺我虛實，熟我路徑。設一旦生心，深恐非宜，似應請由口外爲便。至於互市，亦應各以貨物價值相當者交易，不得輒索金銀。總之，外夷可遠不可近。漢光武帝閉關以謝西域，千古偉之。若夫招携懷遠，用以示中國之大，恐務虛稱而遺實害，杞人之憂方大耳。

一、邊夷及西番等種，宜加撫輯，使爲我用也。查全陝西北爲噶斯、哈密、鄂爾多斯等部落。聞鄂爾多斯之人不時進口貿易，邊民多方欺誑凌侮，未免蓄怒藏怨。至川、陝西境，則皆與生、熟等番錯處，自甘、凉、莊浪、西寧、河州以及蜀之松潘、打箭爐、裏塘、巴塘，直至雲南之中甸，所在皆是。自明季以來，或爲喇嘛佃户，或納西海添巴，是我之籓籬，反爲外夷之役使。是以向年羅卜藏丹津一時倡逆，而西番蜂起。幸仗天威即時撲滅，凡茲西番皆已向化。又前日貴州苗蠻蠢動，亦由內地人民凌侮所致。職以爲此等番夷，皆宜密飭統御文武各官加意綏輯，嚴禁邊民欺凌，務使減賦輕徭，公平交易，與內地人民親若同體，則近悦遠來，蠢茲異類皆可爲我爪牙之用矣。

一、喇嘛不宜令其多招徒衆，私自往來內地也。竊照喇嘛既係闡揚黃教，自宜清净焚修，豈宜號招徒衆，至于千百成群，以致干名犯紀之徒逃竄其中，煽惑爲非，何事不有？康熙五十一年，聖祖仁皇帝諭旨「聞鄂爾多斯六旗、阿木島及桑額斯巴等處，行劣之喇嘛甚多，欺誘蒙古，行邪左道，差大臣二員往查」等諭。又雍正三年題准：「洮、岷地方阿木島喇嘛等，以治病消灾爲名，誆騙蒙古，行文該札薩克嚴查。」是喇嘛多事之處，已非一日。又聞羅卜藏丹津倡逆，有郭莽、祁家等寺喇嘛供其糧草，拒敵我兵。又聞策妄阿喇布坦梗化，所用槍炮鉛藥即係此輩平日代爲運費。竊以國家致治，自有法度。若以喇嘛能誦經典，可以祝國佑民，然内地苦行僧人頗多，何藉此輩？若以西番、蒙古信佛敬僧，將藉喇嘛以爲控御之計，則已有達賴、班禪二喇嘛。而河州、岷州、洮州、莊浪、西寧、肅州，四川威州、保縣等處，凡喇嘛寺宇幾有百十餘處，而蒙古、西番中之喇嘛再令出入邊口，非善後之策也。查康熙元年題准：「外藩蒙古、察哈爾游牧蒙古諸又欲令家人爲喇嘛班第，及留各處所來喇嘛班第，皆開寫數目，送理籓院注册。違者治罪。凡隱喇嘛班第不載入册者，以隱丁論。」又康熙五年題准：「喇嘛等使往達賴喇嘛處，擅帶彼處喇嘛班第來者，從重治罪。」又康熙十六年題准：「札薩克首領喇嘛給與印信，其餘喇嘛班第等給與禁條度牒，應請申明定例。凡現有各寺皆限定名數，給與度牒。此外再不許别建一寺，多收一人。違者按例治罪。各蒙古、西番喇嘛不許私自進口，内地喇嘛不許私自出口。即當各喇嘛朝貢之期，出入邊口，該處文武官弁皆宜嚴查。如有夾帶違禁之物，即行詳題，從重治罪。」如此則黄教自尊，而匪類不致藉以滋事矣。

以上數條，皆邊防急務。是否足採，仰冀憲鑒。職悚慄謹稟。

乾州詳請興建水利樹桑養蠶議乾隆七年

爲勸課農桑、裕民衣食事，竊照：關中沃野，古稱天府之國；然自明末爲流賊所殘，凋瘵未復。至康熙庚子、辛丑間，歲偶洊飢，遂至民有持千錢易粟不及二斗者，蓋民間之無蓋藏久矣。雍正初，議者以歸公耗羨半給衆官養廉，外其半爲積貯費。於是常平社倉紛紛建置，制不可爲不詳也。然積貯者必因通都大邑，連歲皆大有秋，以至于粒米狼戾，農人有熟荒之患。於是官始收貯之，至歉歲，則平糶以利民，所謂不得已以通其窮，雖于民未嘗無小補，而究非治平久大之良規也。何也？夫民間之粟自在民間，非必水濕而火化也，豈必官貯之而後有濟哉？自貯之于官，則即一二地之偶豐，而亦必下採買之令。當其議採買之時，令長必取其時值報上官。及報可，則此一二邑即按所報之值發之行户，而責其輸于倉而粼封之。粟不給者又將收之于此，則甫一採買，而米價即未有不騰踴者矣，而吏又不能更爲請也。是民未亨歉歲減糶之利，而先受豐年抑價之苦，而闤闠之買食亦又艱矣。且今日入之，異日出之，雖有幹吏，不能不假手于吏胥，而吏胥勢又不能不上下其手，而久貯又不免有濕熱蒸變、雀鼠耗損之虞，以致牧令交代，視爲畏途，然未有敢以積貯爲非者。議者曰：「官不貯，則奸販必囤積以爲利。」夫即囤積爲利，亦利在民耳。若官貯之，是官奪其利以爲利也。然則積貯者止可以利國病官，而實無所濟于民。欲此民之實有濟，則唯不以官養民，而俾民之自相爲養焉，則地利不可以不盡矣。

查三輔地方，東自潼、華，以西至于汧、隴，南有太華、少華、終南、太白諸山，北有岐、梁以及延、綏一帶諸山，中間渭水一線，納諸流而注之河。渭之南岸，則皆平原高阜，遼闊奥衍，並無陂塘池澤以蓄水。故三輔之地不苦潦而苦旱。然涇、洛、滻、灞未嘗不可析而分流之，灃、滈、雍、濠、赤頻、樊同、武亭、漠谷、北塔、清澗、箕谷、蟠溪、斜谷、韋谷、駱谷、黑、澇諸水，未嘗不可閘而瀦蓄之也。考之《周禮》，田制有畝，有澮，有遂，有溝，有洫，則宅鎬京而成賦，綜理蓋極詳。及秦開阡陌，而周制湮廢者幾二千餘年，或者其有待于今日乎？

職查各郡邑常平社倉，今皆已充。是積者，無庸再積矣。誠歲出其爲積貯備之耗羨半分，遣郡丞倅審今地勢，而則古法，則從此耕三餘一，耕九餘三，而藏富于民者，永無終窮矣。再職今所牧之乾州與邠接境，皆古豳國也。察其風土，視三輔爲寒，似于蠶桑非宜。然《豳風》之詩曰：「蠶月條桑。」又曰：「八月載績，載元載黄，我朱孔陽，爲公子裳。」而《瞻卬》之刺幽王曰：「婦無公事，休其蠶織。」時則未東遷，依然豐、鎬之舊也，然則古今豈異宜耶？

雍正十一年，兖客有來漢沔教民之治蠶者，還過寶鷄，其令梁成武止之，以習其民爲縑，視兖而色微黝，地蓋無桑，而蠶則食山中之槲葉也。茂陵楊生聞而慕之，乃手植桑二十株，督其婦以治蠶，歲得縑數匹，亦與吴越無大異。楊生乃著《豳風廣義》一書，極言關中可治蠶狀，並悉其浴種、繅絲諸法詳而且切。職親過其里，觀其桑蠶織具，蓋信然也。則推是而行之，亦何地之不可者？請即以水利之餘資，置桑種數百十斛，散布各邑，令民各于其舍傍田畔雜種之，延吳婦以爲之師，將見不出數年，而纖縞筐篚，可敵湖嘉矣。今將楊生之書謹呈憲覽，如以職言可採，伏祈即賜施行地方，幸甚！

致仕後上兩江制府尹公書

竊某於昨稟辭之際，伏見閣下憂國憂民鬱然形於詞色間，自愧闇昧，無能仰副清問。退而思及平素友朋問答，亦似有愚人一得。雖身已即閑，義不謀政，然以受知門下，求所以慰釋慈懷者不得，故不揣冒妄，敢以私陳之。

竊計今日之時勢，其猶可爲力以補苴者有二：一天時，一人事。

請先言人事。某知見未廣，止在廬言廬。即如無爲一州，地號産米之區，然當農務正殷之日，民之失時者亦多矣。何也？主苦於無種，佃苦於無牛。又或家無餘丁耕耘收穫，不能不別募夫以助，而又苦於無資。及展轉稱貸，而幸而得之，則時已後。時既後，則收必薄。是人事之絀，因而不能盡其地利也。一邑如此，他可類推矣。夫古人最重農時，誠不可以不豫也。愚昧之見，似應仿古田畯、《臣工》保介所爲，而設置農官，即今日之約正、約副、倉正、倉副中選擇充之，責令隨時履勘，查有不足者，即於社倉中那借以資助之。然先須清查社倉原貯米穀之數，以備所用。三年中，如該農官管内畝出能增多昔日者，請錫之章服以榮之。其有才能獎率，九載三考，畝出數倍加增者，視其身有無職銜，抵捐一級，報部選授以酬。其庸無能者，汰之。此亦省耕省斂之遺意也。官不另設，而即以民治民。法惟循舊，而稍爲變通。如此，雖不能盡收實效，然一處得人，自必獲一處之益矣。

至於天時，雖曰渺茫難憑，然其理則實有可信。古人藏冰出冰，行火變火，所以調燮陰陽，以濟民生者，無所不至。及偶有旱乾水溢，則又修省祈禳，以爲之補救。理在而氣以行，天人上下，未有不可通者也。今人則德不足，而感格者先已無其本，所謂修省不過禁止屠酤而已，所謂祈禳不過一設壇拜跪而已，類皆虛應故事，而所以調燮之者又無其法。及天不我應，則曰：「氣數如此，人何能爲？」豈《禹謨》所修，《洪範》所陳，參贊化育之功，輔相天地之宜，聖賢言論，概皆誣乎？

某向在關中，見用董子《春秋繁露》之法祈求雨暘，無不應。及來吴，于濡、于新安，蓋三用之，皆效。又推其意，建土星祠于江干，而江溜漸移，今已積沙，不爲壩害矣。蓋其器，則分五色以配四令；其數，則本《河圖》、《洛書》以合生成；其理，則調燮愆陽伏陰之氣，而使之順乎時之正。蓋推衍《謨》、《範》所言，而著爲成法。昔人以人力回天之事也，豈纖緯術數之可比哉？然某則何足道？惟閣下德積諸躬，早有以孚乎天，而仁心仁政又浹洽乎三省，三省人民莫不戴之如父母。則閣下一人之身，實即三省百千萬人之身也。閣下能篤信《繁露》之説，設誠而致行之，則必效。何也？有董子之德，是故能行董子之事；而有董子之德，則又不可不行董子之事。譬如醫藥，德則醫也，其事則丸散湯劑之方也。雖然，醫雖良，豈能舍古方而活人哉？夫昆蟲草木之至不可比數者，猶足以已人之疾；則天地之疾，謂人不能已之，無是理矣。閣下者，三省之統率也，而三省之牧令，則親民之官也。使今日牧令果能修董子之德，則用之而效亦如董子矣。不然，是又一具文也。

某不知其他廬之屬吏。有巢令狄寬者，一循謹書生耳。聞其在巢，惟以孝弟力田督其民。近又開山田以爲圩，始而民苦之，至秋，禾倍收，則又甚德之。然則地利亦尚有未盡者與？使州縣而有一二如狄令，則米穀所出必當多；使三省牧令而皆如狄令，則米穀所出當不可勝食矣。願閣下廉訪之，果實，或再查有務本計若此者，皆旌之，以爲諸邑勸。其庶幾敏辯取給之輩非真才，而悃愊無華之中有良吏乎？

月之八日，爲嶽降辰。某不能待而歸，然心難自釋也。謹命工繪古良相圖，而系之以辭，托鄉人張圻代呈之。其亦瓣香祝南豐之意云爾。惟愬節勞頤養，以壽身者壽世。某雖老，或猶及扶杖以觀德化之成，未可知矣。某恐懼謹啓。

稟復吉鹽臺查劾屬員啓

本年四月初五日，奉到憲諭：「以各場員三事遲延，俱未遵限結報，飭令查劾。」職承流之下，敢不奉行？顧其咎有不在場員者，不得不爲憲臺陳之。

如編審保甲一件，雖于二月廿八日到場，至今將及兩月，原屬稽遲，但緣事關分別民竈，必須知會有司一同查核，而申冊又須商同造報，乃泰屬十二場，分隸泰州、興化、鹽城、阜寧四邑，故申到者參差不一，礙難呈送。職隨于前月另頒定式，飭令準造。到猶未齊，而運司又另頒有式，只得重又駁回遵造，時尚二三日也。其過可原，似應邀恩鑒宥。

至定鹽價一事，非惟各場員不能定，即職之力亦有所不能也。從來物多自賤，故貨惡其棄于地。商竈懋遷，有無化居，豈可一例相繩乎？譬之百貨，業之者惟利是趨耳。當價昂時，商賈聞風輻輳，則不求減而自減矣。若衡以定價，則顧而之他。此難以法律也。爲今之計，惟聽其增竈，有利自倍煎，煎者多，而鹽出斯無窮，此不售而彼則售，又孰得而禦之？

若禁熟田而聽其荒，俾仍復草場之舊，以裕煎辦，則斷有所不可。夫民一日不再食則飢，未聞不鹹食而能死者也。當日之草場，化而種穀，此求而不得。而僅得之事，乃反可令其就蕪乎？況草有紅、白二種。白草生于海濱斥鹵之地，其味鹹，焚之以煎鹽，則易生。紅草遠于海而味淡，民用之以炊爨，故不同也。且滄桑之更遷，非一日矣。職聞宋、元時，海去范堤止三四十里耳，今則八九十里，甚至百數十餘里。海近則水土自鹹，海遠則水土自淡，此定理也。民竈因范堤內外水土已淡，所産皆紅草，故墾熟而種穀，豈故芟之哉？今而禁之，後雖産草，仍不足供煎。

是廢有用而爲無用，此于理勢皆不可，非各場員廢格不行之過也。

惟憲臺如淵大度，下悉物情，職敢冒死爲請。若徇庇欺蒙，職則焉敢？某恐懼謹稟。

移淮泰陳鹺佐公牘

竊某前署泰州分司任内，審知泰屬十二場鹽必由秦潼、淤溪以達泰墳。此百餘里地面，多係水泊，并無縴路。即間有田間町疃可資牽挽者，又多絶流斷港，跋涉甚苦。故凡舟楫往來，惟候風揚帆。風不便，則皆用篙撑而已。以致時日稽遲，蹶資多費。更或遭險舟沉，引鹽淹消。商重又捆載，一至冬月，冰凍上下，無路可通，行旅裹足者累十數日，公私病之。

乾隆七年，前任陳君商同泰牧，詳乞築路，并建橋梁，以利運輓。議者輒謂需金億萬計，憚而中止。及某至，細審形勢，似不至此。乃偕此地有司，再爲申請。經委河弁議估，又以水中築堤不能經久爲詞，而上游亦令暫緩，候大工竣後，再諭該商量力舉行。時蓋以湖河蓄泄機宜一案，正開浚各海河故也，顧功特難于創。苟有其基，則繼此易易耳。某因于卸事後，不即赴濡，自以己力私築二十丈，即今屹立可按也。計所用，丈三金有奇。引而伸之，合橋梁各項，約可二萬金。則前此二説，可知其誕妄不經矣。乃至今六載餘，卒無爲之者。

夫天下事果有利于物，雖費逾鉅萬，而義士仁人猶捐己資爲之不辭。而僅止此，又有成規可仿效。事苟成，歲當減買舟費十之二。節一歲之所有而用之，即足。此後利益，將永永無窮焉。廣陵固多豪，亦何憚而不爲耶？且此固直指未竟之恩施也。今改遷而猶未即去，其心殷然。

某雖即閑，律以舊政必告之義，已無可默；況當日實親承風旨，顧隱而弗爲宣，委德意于草莽，罪不綦重乎？謹將確估尺丈并工價，原摺移案，惟執事圖之。乾隆十六年十二月十七日。

書同年陳容駟刺史所著仕學一貫録各條後

陳名慶門，關中人，令吴之盧江，有惠政。廬人思之，請入名宦。後牧蜀之達州，以老致仕

録言三教源流

愚謂：古之闢佛、老者，惟昌黎《原道》爲直截嚴切，但從粗處辨其有害于世。讀其「農之家一而食之者六」等語，雖庸愚亦可了然。至宋儒，則必從心性與之辨。乃吾言心，彼亦言心；吾言性，彼亦言性。究之，吾所言之心性，世多未明；而彼所言心性，人皆易惑：未見其能勝也。至今日，而緇黄輩日以盛，竟將與天地俱終古，可柰何？夫區田而耕，蠶桑之利，西北非不可行也。以工作殷繁，乏人力耳。如驅此輩數千百萬億坐食之徒于南畝，則穀豈可勝食耶？然而難言矣！

録言聖學宗傳

此篇論學直切透快，乃吾友以其所心得者流露於文辭，可謂善言德行矣。而其論朱、陸、王文成一段，尤爲諦當。竊謂唐人之闢佛、老，拒門外之盗也；而朱、陸之争同異，則操同室之戈。今謂其入手各有得力，因時發論，難以畫一，聖人復起，不易斯言矣。然不知者，又將以爲調停。不知頓、漸之學，正是高明、沉潛兩種人各得其性之所近者。聖門顔、曾即是，第其識詣極高，又得聖人爲之依歸，故兩賢彼此無譏，而游、夏則嘖有煩言矣。至朱、陸二先生，反覆辨無極；降及文成，直斥朱子爲洪水猛獸。由是，而爲程朱者遂與陸王成水火，岐路之中又有岐焉。然則學者將何所趨向乎？

録言實學

内云：「窮理即孔門之博文，居敬即孔門之約禮。」竊以文者即夫子所言「文不在兹」之「文」，子貢所謂

「夫子之文章」、夫子贊堯曰「焕乎其有文章」是也。約禮者，禮有三百三千，不可謂約。「約」蓋約束之謂，即非禮勿視聽言動是也。博文非止窮理，况「博」字下明有一個「學」字。夫聖賢所謂學、知、行皆在内，豈如今世章句丹黄、呫嗶講解之謂乎？至于居敬，則在博文之先。《易》曰：「敬以直内，義以方外。」《禮》又曰：「毋不敬。」然則非博文後始居敬，明矣。西河毛氏曰：「解經須識字。『于文』，于此文也。『約之』，即約此文也。『之』者，此也。『以禮』，則謂用禮束約之。『以』也者，用也。」按此，則是博文、約禮實是一串，非由繁歸簡之謂也。蓋節文之爲禮，固非可以「居敬」二字即概之。若舉業原與實學無干，然猶幸今日舉業取聖賢言論敷衍爲文，使學者心頭眼底尚知有聖人之語言行事耳。許魯齋先生云：「舍舉業而談學，則彝倫堂前草深三尺。」是舉業之不廢，亦即實學之不亡。愚有《勸學》五言古體三十四韻，寓實學于舉業之中，不知世之學者其以爲何如也？

録言仁恕

「忠恕」二字，實聖學的派真傳。《大學》之言格物以至絜矩，皆恕也。而「忠」字，則自知止定静安寫出。《中庸》曰：「忠恕違道不遠。」《論語》曰：「夫子之道，忠恕而已矣。」又子貢問「一言而可以終身行」，子曰：「其恕乎！」《孟子》曰「反身而誠」，忠也；「强恕而行」，恕也。「恕」字正緊在人己上做工夫。柰何宋明諸儒言主静，言敬，言窮理用敬，言看取未發以前時氣象，言静中養出端倪，言良知，紛紛議論，止説得一個「忠」字，并不於「恕」字上理會，全是于空空落落之中影響摸擬。自己已入于禪而又闢禪，天下又安得有真學術乎？范忠宣公，確是千載大儒也！《録》中蓋舉忠宣責人責己之言也。

録言恭慎

今日官評，全講辦事，一味硬做硬斷，只圖案件速結。上官雖賢者，而所賞識卓薦無不由此。若熟思緩處，未有不以爲迂腐無能者矣。爲之三嘆！

録言家政

昔人云：「徑情直遂不可行于家庭。」然則閑有家者，亦必主家政而能恕者斯可耳。非是，則寧可糊塗。蓋家人止宜言情，不得言理；一言理，即争矣。所謂「責善，朋友之道」，又諺云「不痴不聾，不作阿家翁」也。

録言教士

條列詳明，用心良苦，然今日斷不能行也。愚謂：事亦不必太紛更，第請如時制而略爲變通，務求其實而不以文辭爲工，其亦可矣。如于童試時，即分吏户禮兵刑工六科，聽其所占，而試以一經藝外，即以其所占之科試以史論，必兩藝俱通，始取入學。師儒亦即以其科月課而季程之。三年賓興，務擇通儒主試，而房考官不論經，亦分六科，仍聽士子自占治何經、習何科。初試四書藝三首外，經文則改爲論，但令詳切通達，實有所見，一藝即足，不必誇多也。次場盡删表判，但以其所占之科，試問歷代之制同異得失，以驗其稽古之生熟。三則仍以其科，設爲今事，反覆疑難駁詰，以觀其通。今之識議，必三場俱通，始准中式。會試亦如之。嗣後，所取之士銓選時，于所投親供内，令理明係何師儒起送應舉、係何人主試分考取中，吏部記檔。果其居官稱職，凡有陞遷〔一〕，即并其起送之師儒、取中之主試分考各官記録一次。如有劣迹詿議，亦即削去。無紀録者議罰。如此，雖非三代籲俊書升之典，然亦尚可得真才而用之也。雖然，亦視夫所以用之者何如矣。如其策騏驥於鹽車，矜飛搶于榆枋，則雖有管、葛之才，僑、肸之智，亦何由而自見？夫世無千里馬，豈真無千里馬哉？

【校注】

〔一〕「陞」，原缺，據乾隆刻本補。

録言求治輔

忠言逆耳，不能得之于朋友，能必得之于君父哉？故千載以來，惟唐太宗聽諫爲第一難事，不必以停昏仆碑一則，竟謂其爲好名之累。夫忠告善道，納約自牖，則人臣進言亦大有道理在。若徒知責難，一味戇直，以致激怒取禍，而又責人主之不能容，君臣之義安在？而亦何益國事之有？

録言宰相

止一休休有容，便盡相臣之事。然非真有道德之士，不能然也。諸葛忠武而外，吾推李文靖公。其次，王文正公亦庶幾乎，不可以其天書一節，而輒一概抹煞也。若今日賢相，惟高安朱文端公耳。

録言事君

中舉李昉問客事，謂：「督撫監司皆應如是。」大哉言乎！然今日督撫卓薦考語，但曰辦事云云耳，曾有以留心民瘼爲言者耶？

録言撫民

柳子厚《送薛存義序》云：丞非役人，而役于人者也。又日者以五行克我者爲官，然則世上真無好做之官者矣。若于所治無補，而但利所得以自養，是民賊而已，豈官也哉？「纔説做官好，便非做好官之人」，千古至言！

録言資格

愚爲選司主事時，欲於銓選日，仍當徵之保舉，試其識議，因以進退之。乃當事者以循資格示公，棄不用。而所選人雖俱引見，第以貌取人，孔子猶失之矣。

録言人才

高安朱文端公常云：「論人必先以德。若德器不深，而但取其才，未有不害事者也。」然世之知此者誰乎？故曰：「世有伯樂，然後有千里馬。千里馬常有，而伯樂不常有。」吁！可嘆已！

録言民俗

勸葬一事，余于署池、徽兩守時竭力督之，而終無如民之不聽。何也？此非有大力者嚴限牧令，并責地師以法驅之不可。

録言民情

上官不奪有司之權。凡有越控，吊卷查考，小有錯誤，密飭改正。此忠厚長者之論也。至所判不枉，逞刁上控，還令本衙門盡法懲治。如此，不但得大體，亦所以息訟。

録言衝繁

鄉約一法，新安諸生汪由憲言之最詳。由其道而行之，致治無難也。竊以繁難疲，皆在其人；獨是地當衝途，往來迎送，日不暇給。則所謂一四七接鄉約，二五八審事件，三六九受詞，亦何可得？愚謂：接鄉約與受詞，丞尉亦可代，第令其取具，各供彙進，候斷可也。然丞本管糧，而無糧管；尉本捕盜，而捕盜之權不與。邑獨一令耳，徵比聽斷事事由其手，再加以送迎奔走，望其養教斯民，不亦難乎？

録言恤無告

以有寺無僧之田，即使該處居民耕種，爲賑濟孤貧之用，法至善也。至今僧道不許招集徒衆，尤可使坐食無用之徒漸致減少。生衆食寡道，無踰于此者。第迷惑已深，崇尚日甚，民生之弊又豈止于此煢煢無告者乎？若因事入官之田，例皆變賣歸公，欲以養民，如何可得？且邊江邊海，淤洲淤沙，荻葦之利，非不可取資以給也，而徒以飽豪强耳。國家亟講養民，而欲以國家養之，曷如使民自爲養之爲得耶？

録言荒政

積貯原爲救荒之備，乃今日翻以病民病官。豈官不貯之，而此穎栗堅好者，民間將棄諸水火耶？愚嘗與新安汪生由憲計，重鄉約之權，責之以酌盈劑虛，亦散貯各甲之意也。但欲奏請定例，則仍屬之于官矣。即如現在社倉，非奉功令行之者乎？雖不入於交代，而上司既有稽查，則牧令即責造報官，不能與社正、社副親爲交接也，仍經吏胥之手。而社正、社副利此以居奇者，則不肯辭；其弱而無能，爲人勒借而不能責其償者，又空倉而不敢辭；其有被累，情願賠足告退，另求僉委者，又不准辭。吏胥于是得以上下其手，而每歲每季責令造册，差不離門。是社倉反爲此輩衣飯碗，而於民何益？惟賢牧令有真實心腸爲民者，于各甲中舉出實在公正之人爲約正副，而優之以禮貌，使各于其鄉中儲胥以爲之備，而官吏總無與焉可也。莊生云：「魚相忘于江湖，人相忘于道術。」則與其徒多煩擾而無濟，又不如聽民之自相轉移以爲養焉，猶爲善耳。

録言南北之利

南北異宜，一經布置，即咸效靈。天工人代，豈虛語哉？其欲專設水利大員，極是。但以佐雜各官與試用人員委令分辦，愚意不若即用其鄉之老農知事者爲之，仿古《臣工》保介、田畯遺制，俾其督課農桑，錫以車服之榮，視農桑之興廢而寵褫之。蓋彼習其地勢，諳其人情，又無遷除差委別事，庶得專力，以期有成也。

録言墾田

近日帥方伯名念祖者，於關中行古區田之法，頗聞有效。第用力甚勤，民習于惰，不能即功。夫今之粟穀，出産微矣。各省一有水旱，鄰近數省皆昂其值，竭朝廷之倉儲不能給也。則夫耕三餘一、耕九餘三，爲何世乎？當事不之憂，而急求所以裕其生，悠悠斯民，何所終極耶？

録言催科

櫃書空票之弊，令花户將執照送宅用戳，立法固善。然將號數銀數一一記明，每晚與串根紅簿核對，似又未免太煩。且花户守候用戳，亦覺未便。串票乃聯三之票，一存房，一留宅，一付花户收執者也，莫妙。竟將留宅之票即一并交令花户送宅，花户見二票銀數不符，必不肯收，而宅内收其送交之票，亦得從容查對，不致令花户有守候之苦矣。

録言教化

古之三老，即今鄉約也。苟隆之以禮貌，庸之以車服，實可輔長吏之治。第恐不得其人耳，是在賢牧令之能擇者。

録言興除利弊

興除之事，談何容易！今之牧令莅任未周，輒条陳利弊，此不過幕友聳臾，欲令東家見長，爲自己固館計耳。愚竊以爲非久于其任而又老成練達者，其説斷不可行也。昔李文靖公舉凡天下之言利害者，一切報罷，所慮深遠矣。

録言江壩

捍禦灾患，非視所治如一家之人休戚直切己身者，不能也。吾友在濡，代庖不過數月，而即爲江壩計，深遠如此。余用其策，而以碎石填砌。鮑家橋及鱓魚口上流，二載以來，日見淤沙。使長此無崩潰之患，則吾友之功遠矣。

録言禦邊

制邊之法，惟在守禦。不必窮究，漢光武之閉玉門，明宣宗之棄珠崖，皆可爲後世法。然近日鄂爾多斯之地爲中國人墾種，而其國人亦時入内地貿易，内地人患之。恐爲後日邊患者，不止一策妄互市一事也。

録言壯國威

十四條指陳方略，如聚米畫沙；而團練鄉勇文武合一，尤爲要務。昔吴次尾先生欲精選守令，厚集民兵，以滅流寇，不必調兵練餉反致誤事，其意正如此。誰謂書生不知兵耶？然安不忘危，誰當國者而燕雀處堂，獨令一書生鰓鰓慮及乎？

録言居功

居功一論，特爲人之自爲謀者言耳。爲將者知此，是爲良將；爲相者知此，是爲賢相。又豈有保功名之不終者乎？第趙充國曰：「是何言之不忠也？老臣豈嫌伐一時事而欺明主哉？」故聖王掩惡著善，正求千萬年保邦至計。若《書》所言「爾有嘉謨嘉猷，入告爾后于内」一段議論，乃猜忌之主之所云耳，豈足以爲典訓耶？

創建士星祠記

（正文見本書《春秋繁露求雨止雨考定》附録）

重築無爲州東門外文成壩碑記

余於乙丑之冬分防來濡，至之日，即聞有文成壩應復之議。及戊辰，州諸生朱前擢等以遵循古制等事籲請前來。查前人之言復文成者，莫詳於邑前輩李公捷康熙年間之一稟，余頗采之爲説。蓋此壩與黄金墩更迭廢興，自前明迄今，計六七易矣。此皆惑於青鳥家言，刓印銷印有同兒戲。今且并廢，而南來之水遂兩股分流，其泄氣更爲何如者，無怪乎人文凋敝而財賦衰耗也。

考之《州志》云「州之來龍，自治父落平原，左焦、巢，右黄、白，湖流繚繞，起大龍山，委蛇盤礴五十餘里，開嶂起頂，由小安橋入城」等語，而巢湖則自西北蜿蜒而東，由黄雒河出裕溪口。其黄、白二湖之水則自西而南，由天河抵姚家溝，分爲二派，一東行，出泥汊入江，一北來會黄雒河，出裕溪入江。此本州形勢之大概也。

至於江潮，則於歲之四五月始由泥汊輸灌，至冬月則受湖水之消落而不能復入矣。形家謂之客水，故州多以遊寓發迹。而本州則自以巢、黄之湖流爲隨龍之水，若城北陂塘傍雉堞而流者，不過積潦渟，蓄滿則必溢，形家謂之鰕鬚水而已。若以泥汊江水來朝，至州之東，爲生來會旺，是爲認客爲主。若謂金墩一開爲青龍穿破，水泄無情，是又誤以死水爲活水也。且黄金墩兩岸即果當年原屬聯接，爲青龍之護沙，但既已鑿斷，斷者豈能復續乎？亦非區區人力所能强補者矣。况地方形勝，惟察向背。大而都會，細而井邑，無不以便民利物爲先。故觀流泉者，必重夾溯；卜景山者，首税桑田。此皆以向背爲形勝，取其裨益生民，非侈談風水於渺茫之謂也。

今若塞新河口，以復文成壩；則東南水纏，利轉吴楚；而賈客風從，帆檣雲集，環擁雉堞間；河街市肆，貿遷有無者，必且帷袂汗雨；即彼居民，亦汲清流而享頤養。其視塞金墩而商舟不泊，飲濁臭穢於沮洳中者，於民孰便？於物孰利乎？除准令該士民捐資復建，并行州知照外，又爲分别其是非利病，以曉夫州人焉。而壩竟於次歲之春季告成功。而先是，非之者多出於居南郭外之人，謂將不利於其地也。又官鎮兩圩田户，以壩築則水曲行，恐壅遏盛流，或破其圩而爲田害，於是數年來交相訌，沮不欲行。故首事議建滚水石壩，以曲遂其意。及土壩成而江漲，則群來視水，内高者僅四寸，於是泯無言，亦因無力購石遂止，然亦可以不必也。

又壩初築時，余委州衙官孫健昌督之。孫故精管、郭之術，啓余曰：「州水來自西，與江合於巳，折北過州，徑直無情。壩成，則自艮南迴，附城出，丑庫合局。以金水之秀，遇艮之篤寔輝光，迴顧離明之地，科名必先發於南郭外，然後敷而四達。其酉、戌之年浸以盛乎？恐明歲庚午非所及也。」余誌之，而州人亦頗知其説。乃今歲鄉薦，寔居此南郭者。豈清淑之氣鬱積已久，一啓之即發耶？抑天有意以開疑慮者之心，故神速其應耶？而後乃今吾知文成之壩乃得永奠無恙矣。

時乾隆十有五年，歲次庚午，十一月之朔。前廬郡分守，天津王又樸，記之於石，以示後之人。

分守廬郡任内奉委清理江洲告神文時駐扎無爲州

年月日，具官某，敢昭告于本州城隍之神前曰：惟神聰明正直，享祀兹土。凡官之貞邪、民之休戚，靈爽昭格，赫赫明明。惟是此州江岸日傾，田廬漸削，州民又多自急其私而罔恤公患，是以某建議清釐蘆洲，以其兩無據者歸公築堤，既以息事，兼資捍禦。今值奉委，會同該州勘查，敢不慎重周詳，虚公求當？其或瞻徇偏袒，畏强禦而虐困窮，排公論而逞私議，神其誅殛，殃及子孫。如有猾吏奸人，早行竄易簡書，朦蔽隱占，今猶不自悔禍，欺以其方，終至據非所有者，神亦鑒之。仍懇牖啓愚衷，速理紛緒，俾此都人士釋忿解讎，敦崇禮讓，則神之功德永遠無窮。某已沐浴，以三日之齋申虔於神矣。謹告。

署徽守任内禁民久淹親柩示

爲勸諭速葬，勿惑風水，以干重譴事。照得天下萬物皆本乎土，故生如寄而死則歸之。諺曰：「死者以入土爲安。」而久淹親柩，經年不葬，律有杖八十之條。自世人惑于堪輿地師，倡爲龍穴沙水凶吉之論，往往營求吉地，以利子孫，以致親柩經年露處。試思死骨入土，如生人得廬。人無室廬栖身，爲風吹日曬，肌骨必致消磨，精神必致耗敝。若親柩久不入土，其骨自然日朽，其神亦自然日離。以已朽之骨、已離之神，尚能團結靈氣，福庇子孫，天下斷無此理也。且堪輿地師所謂風水，亦人人各異，將從何人之説始爲定論？又地師果有眼力能擇吉壤，使人發富發貴，何不先自擇其佳者而用之？何爲終年奔走，求錙銖謝儀，勞其身以利他人乎？再《功過格》以淹柩一年不葬者爲百過，則計年而遞加，將罪過莫可勝數。夫明明上天方計其罪過以加之罰，乃欲邀福于地下杳不可知之死骨，愚亦甚矣。

今且不必以遠喻，即如本署府，原籍維揚，世無聞達，先君子以家貧寄食北地。及本署府年壯，而貧益不支，並無寸椽半畝，惟舌耕以養親耳。及先考亡日，浮厝寺地，年内偶有親串贈以二十金者，立買地營葬。雖有地師言其凶，不顧也。亦有言其葬日不吉，亦不顧也。乃次年鄉試，即中副車。又閱七年，舉于鄉。閲二年，而成進士，洊歷詞館、銓曹，類皆清要。所謂風水者安在哉？若謂其地原吉，時師皆看不出。既不能看出，又何必求其選擇？

竊謂人子于葬親一節，止宜擇高敞之原，不犯水度後，不爲城郭道路即是。至于家世發達，全在積德，故善有餘慶，福自己求。若藉父母之遺骸以求庇蔭，使其久行暴露以候佳地，即使地果佳，揆之仁人孝子之心，已多不安。况實無風水，滋死骨以益生人之理，徒見其愚而已矣。本署府自履此郡以來，披閲案牘，多係占葬構訟，此皆惑於風水之所致也。夫使死而無知，則彼且冥然，又何能有益于生人？如其有知，則舍其居而入他人之室，方且客主争鬥之不已，又何暇顧及其子孫耶？此又愚之愚者也。

爲此，示仰闔屬紳士民人等知悉，嗣後惟須型仁講讓，敦本睦鄉，則和氣致祥，福澤自至。如仍迷惑妄行，則三尺具在，本署府憫其無知犯法，故不憚諄復告諭，其有通曉此理者，即各轉相傳告，俾共知之毋惑，須至告示者。

濡邑築文成壩成書示士民

考古之言形勝者，不過相山勢之險，或觀流泉之向背，取其奠厥民居而已。至晋以後，始言休祥，而近世惑溺尤甚。如兹邑之文成壩與黄金墩互爲廢興，百數十年，迄無定議。夫不曰積善餘慶乎？譬如舟之濟川，必經營締造，俾帆檣順利，篙櫓堅好，而長年捩舵，心手顧應，方能乘天風而詣其所欲至。如其敝帆危檣，下漏上傾，人未便習口語交誶，即使得風而無所用之，甚且覆溺之是患矣。而來舟方鼓楫以進，抑或逆流牽挽，人奮心齊，雖無風亦竟達。故曰：人定勝天，福自己求。而茫茫無據之説，於彼於此，皆可勿論耳。

乾隆十三年之冬，余以紳士請，復築文成壩，開浚城河，俾舟楫直抵東門。至庚午，河始成，所以便民也。然是年，邑貢沙應桐實膺鄉薦，則所爲休祥者果何如也哉！

卷四 共三十三首　雜著

答龔孝廉書

辱示《謁闕里》、《登泰岱》并前《遊華》諸記，受而讀之，一似唐人。百家中，郭代公、李衛公輩諸行記而稍近淺。夫郭、李尚非文之至，況其淺焉耶？抑闕里、華、岱，天下之鉅觀也。其間包育深細，呑瀉萬有，崇閎瑰異之概，今欲指而稱之，所謂「一部十七史，從何處説起」，將以誌吾所歷歟？其由某至某，某名曰某，古及今歷焉者，可更僕數乎？亦孰不皆知之而皆能言之？嗚呼！自非高文典册，擅《雅》、《頌》、《謨》、《誥》之手，亦孰能與于斯哉？足下學道人，其心至虛，故直言之如此。雖樸所言未必即衷乎是，而其直故可取也。

竊以爲記者，原以記一時之景物人事，并其顛末成毁，此大凡也。然體有二：此物此事，始無而今有，或有而廢，今興之，則論而記之，如《徐泗濠三州節度掌書記廳石記》、《新修滕王閣記》、《吉州學記》、《豐樂亭記》等文是也；此物此事，世有而未見，或見非一見，而得于一時之奇，則叙而記之，如《宜城驛記》、《畫記》、《峽州至喜亭記》、《菱溪石記》等文是也。此皆提束有法，錯落有致，點綴有情，固非苟于作者矣。至于記遊山者，則莫如柳州《始得西山宴遊》、《小石城山》、《袁家渴》、《鈷鉧潭》諸記，起結惝恍，另有結構，并非處處藻繢，物物摸寫，爲同人先生所譏者也。唯《柳州山水近治可遊者》一記，始鱗次諸山水，然段落章法純學《禹貢》、《水經注》，亦非山水賬簿可比。足下將此等文字熟讀數百過，則下筆自有法度矣。

然近日多好學歐陽永叔《醉翁亭記》，不知此切不可學。蓋古無此體，而歐偶創爲之，可一不可有二者也。抑吾又聞之，古不在字句，以意脉氣體古耳。是以學古人，尤貴善學古人；不然，優孟衣冠，神理都不似也。

今之日可與共學者，孰有如君者耶？獨惜吾老矣。君未可量也。千里縷縷，翹首曷既。謹奉近所爲記五、詩二，并已刻時文四十首，《勸學》詩世韻〔一〕，以塵清覽，亦察其所用心可乎。幸照不宣。

【校注】

〔一〕「世」，據文意，或爲「卅」字之形訛。按，王又樸《詩禮堂雜咏》有《勸學三十四韻》。

又答龔孝廉書

昔吾讀《自知集》，其前題詞有曰：「道充于中，不得已而有言。」吾其果充焉耶？此百川先生不自是其文之語，而其弟靈皋師記之如此。然集中諸文，言理者如數家珍，此豈有所不充者耶，而其言猶然？夫今日之有言者亦多矣，其孰是充焉而不得已耶？既吾見靈皋師于京師，言文曰：「無關係者不必作，作必其不得不作者也。」又爲余解《史記》蕭、曹二《相國世家》，退而知立言有體，且益信凡古今之有言者皆其不得已，非如今日之苟焉以作矣。乃取其舊所爲數十篇焚之，抵晋以來益不敢作。夫作且不敢，今且以所作進政于足下，豈以其爲已充之言耶？

但念某生平爲文甘苦之況，盡于《勸學》一詩。竊以文所以載道也。妄與雜乘，則其言必支而浮；必主之以敬。是以臨文之際，唯端坐澄心，則遲之，則又遲之。有得，則疾書而已；不然，寧無作也。以故，幅有長短，詞有濃淡，筆有正變，皆所不計。今年將五十，而道杳乎未之有聞，況乎其充耶？然可自信者，亦幾幾乎支與浮之幸去焉而已。

足下固有志于道，其于文也，非欲如夫世之苟焉以作者。然幸一察其心，其果妄與雜之不一乘焉否耶？昌黎云

「惟陳言之務去」，蓋非去之之難，其所以去之者之難也。先其所以難，則有得乎心；由是而充焉，其孰能禦之？足下幸自體認，勿徒斤斤然從他人覓生活計耳。

汪文學有明一代忠義傳叙

濡須、新安間有兩汪子焉。濡須之汪子，則名有典，字起謨者也。攝濡牧者馮君，君子也，爲余道：起謨之爲人，貧而能樂。嘗步訪之，見其籬舍蕭然，頽屋中擁几著書，不一問薪米。客至與談，談無倦。或饋之酒，盡醉；然即不飲，而興亦陶陶然。人但見其瓶之罄、踵之决，而未嘗見其顏之戚也。余聞而異之，時未及一見。已，馮君手其所著以示。余讀之，則詳求有明一代之忠義，核其事迹，而加之論贊，感慨唏嘘，一唱三嘆，如讀歐陽學《史記》之爲文，則又洒然異之。

既而守新安者赴都，余代庖焉至彼，而汪子槎庵投一帙，所言鄉約也。以爲老生常談耳，置之。嗣槎庵來索其書，自謂「如芻豢之至味，不食者不知」，乃異而取讀，驚而與之通。于是槎庵出其《分年學字》及《禮朔》二編以進，蓋皆有用之書也。

嗟乎！世人之不知學也久矣。蓋自丱角至壯至老，父師斤斤而命之，子弟娓娓而習之，無非所以干禄者。蓋有數十年而不效，抑或數百千人而不一效，則未有不悲其術之不工，而益求工焉。苟工而效矣，則又欲以其術施之于所治之人，聚生徒而既廪以課之。于是共詡詡然詫其邑爲多能文之士，而其長吏亦因以獲作人之名。噫！亦何其陋而不知所愧也！而如兩汪子者，可謂知所學也已矣。而獨惜其年皆老，雖能言之，而不能及其身以行之也。然苟得而傳之于後焉，讀而感，感而興起，則小子有造，成人有德，其于兩汪子所著之苦心，亦可以快然而無所負也乎！然余故貧吏，力有所不逮，而起謨館于季，季氏將糾其昆仲梓起謨之書而傳之，則季氏亦可謂賢矣！

豳風廣義叙代方伯帥公作

余家江右，民俗頗勤，力田外無不蠶桑是務者。及渡江而至河北，凡歷都邑井閭間，見宅多不毛，婦休其織。問之，皆曰地不宜蠶，心亦以爲然也。至歲之乙卯，奉命至陝，陝故周、秦、漢、唐之都，入關以來，地沃野豐，草樹滋植，意其富庶之風今猶之昔矣。乃數年中，察民間蓋藏，千不得一二，而至于蠏筐蠶績，毫無有焉。蓋同之乎河北也，豈桑柔侯甸古今亦異宜歟？

已而，茂陵楊生手其《豳風廣義》一編，并縷陳蠶桑地無不宜者，求廣其利民間。余閱之，知楊生已親試而衣被之，今且思衣被其鄉國矣。夫君子之有所爲，非徒己有餘而已，亦將以及人也。今楊生甫得其利，而即欲推之于人，其不自私爲何如？夫楊生非有衣食斯民之責者也，而然且如此，則夫儼然民上而爲之父母，視斯民之號寒而求所以衣被之者，其情之切之急又當何如也？余即頒其書于各邑，因叙其首以勖夫賢令焉。

楊烈女詩序代豫學張侍御作

雍正十三年歲乙卯冬，余奉督學命至豫視事。未十日，偃師令具報楊烈女事，來請旌。余覽其迹而異之。已而疑烈女事在四十年前，遲至今日始以請，何也？夫閭巷之婦，其良人不幸早殁，而以有業可資，有親戚可倚，守其藐孤滿年，例猶得以其姓字上聞。如楊女之殺身全操，不更爲烈耶？乃泯泯者四十餘年，其不至與蔓草荒烟同銷歇者幾何矣。以事須來歲之暮候撫軍會咨彙題，乃署牘尾而存之。及兹歲端月，按試洛陽，偃邑學博李君手一編示余，曰：「此楊烈女死事始末，暨學士大夫之歌詩也。請得數言，以弁其端。」余乃知楊女之所以隱于昔而顯于今者，李君爲之也。夫使非李君表彰之力，則黄丞未必能感而以爲言；黄丞非感于李君之言，則于前制府未必言之能切而使之必行也。李君固司鐸于偃以訓士者，今于一女子之節行，而表之不遺餘力如此，則于其弟子所以砥廉隅而鼓氣節，不又可知哉？

此一事也，黄丞能得之制府，舉數十年幽隱而彰之，宜書者一；一時士大夫比興雅頌，俾烈女咏歌之得不朽，宜書者二：而皆由于李君之爲之也。李君且以其表烈女者砥勵其弟子，而鼓之以志節焉，其爲宜書更當何如也哉！于是乎序以歸之。

半隱堂詩集序 濡人李旦初旭所作

世稱老杜爲詩之集大成。學之者不過摭拾其佶屈聱牙之句字，生吞活剥，輒以自詫，所謂優孟衣冠，形神都不似也。余竊謂少陵之不可及者有四。蓋其情最深，故流露於語言，沉鬱頓挫，纏綿固結，而不能自已。其學極富，故凡古今宏論奥義，奔赴腕下，左宜右有，取之無不逢其源。且其才極大，而心又極細，故能舉重若輕，而不患於艱巨之莫勝；運實於虚，而無虞乎生硬之難化。至于謀篇練格，矩矱森然，雖於突兀矯變之中，而步伐止齊，絲毫不亂。此其所以獨兼衆美，稱雄百代。使於此四者而有一之弗逮，則亦未可以言學杜也。當吾世而實能具體之者，則獨吾友旦初一人而已。

始旦初北遊時，余得交於吾鄉，見其才氣縱横，不可一世，望而畏之。既而知其家學有本，又以纂修内廷，得盡觀石渠、天禄之奇，而所學則益充。嘗於其休沐日，余時一見於京師之寓廬，然自惟淺陋，輒噤不敢與語。嗣後，余來淮南，而旦初已先在，在鹽言鹽外，遂相與往復議論。已又官其鄉，因悉其家世，并其平素事親懷君、敬長恤孤、交友與衆以及痌瘝民物之悱惻而周浹者，盡有以得其所用心，而旦初亦時時寄示所爲詩，前後蓋將十年矣。

今余已得告欲歸，居停其官舍，乃盡讀其古近體三千數百餘首。長則千言，短亦十數韻。或如海水之立，或如風雲之湧。或如短兵接戰，愈戰愈前；或如原泉迸流，愈流愈出。而其峭如削，其險如墜，其迅疾如掃，其堅如壁，其蒼蒼之色、棱棱之骨，則又如千歲之老柏枯藤，偃仰蟠屈於深山幽谷之中；而皆意餘於言，才軌于法。蓋其高者已浸淫乎漢魏，而其低者猶將與昌黎、東野、長吉、玉溪輩相頡頏上下。嗚呼！此真少陵之後身，而豈猶夫世人學杜之戔戔者耶？乃旦初交滿天下，其知之者亦皆以杜況其詩，然第嘆服其驚才奇氣與調格之高壯精嚴耳，而都未能舉似其性情與所學，斯不惟不知吾旦初，亦并不知老杜也。

褒忠録序

癸丑秋，余得告將歸。邑孝廉劉君手一編示余，曰：「此明經略袁公《褒忠録》也。其曾孫童子某，欲丐一言以序其端。」余受而讀之，見所載諭祭、制誥文及家傳、實行等，録祖父、兄弟、子侄各墓志銘，而經略公死難大節，則于《死事述》、《白冤求恤疏》暨王鳳洲《明紀輯略》悉之。噫！亦備矣！更何庸余之瑣言耶？抑余于《死事述》中獨有感焉。

《述》云：「當經略之收降卒也，餉司傅國出揭，爭之力，遂相左。敵將至，經略檄餉司給軍糧賞。餉司以瀋陽逃死各半爲詞稽之。」而敵已至，又云「事權不一，號令不行，人心不固，孤忠獨力，而欲作死門之孤注，其陷遼固宜，而身亦殉之。」又云：「經略以真實濟國，以寬大御衆，而威不勝其德，權不配其位」云云。此數語者，遼之所以失與經略之所以失遼，已具焉已。

當經略之備兵永平，遼之火藥焚，不候部請，而以四萬斤，馳七晝夜至。遼之糧草缺，而以車二百輛，每運米五千石，往返二十日而周。其他器械軍需，取之如寄。此熊公之所以守遼一年餘而遼全，非全于熊，實全于袁也。今餉司以稽賞失人心，遂致瀋陽之役大將姜弼、朱萬良坐視不戰，遼被圍，未破，而城上炮裂，士即星散。從來計臣惜財用，以資格敗成功，皆如此。假使熊公不去，而經略仍督餉關中，遼必不失。即熊去，而督餉者如經略昔日，則遼亦必不失也。今若此，可不爲大哀者耶？

且袁公之經略遼左也，自監司暴起秉節鉞，前受轄者今肩齊而居舊寮友之上。此淮陰所謂「未得素附循士大夫，驅市人而戰之」者也，非嚴法以一衆志，則不可以之同死生。是故穰苴斬莊賈以徇于軍，彭越以亡命草竊猶誅後至者一人而後得志。蓋威以克愛，權以濟變，固非尋常蹈故者可同年而語矣。余悲經略之孤忠自與，而竊不能不于此焉一扼腕也。然明季之失，大概坐此。廟堂一二事，聚訟累年，而閣臣反拱手以聽其成。大帥雖假尚方，而言論蜂起，左右多掣其肘而制之，其視古之專閫而成功者不侔矣。此明事所以不可爲也。夫捐黄金四萬，不問出入，故陳平得以謀楚；一意任相臣，而不爲盈庭者所惑，故裴度得以下蔡。此固非人臣遵守成格者所爲也。

嗟乎！天啓之事，固不足言矣。余獨惜懷宗能養晦以除大憝，而于此二事猶未之聞焉。余蓋讀《褒忠録》，而不禁慨其永嘆也！

耿又北老友詩稿序

世之詩人無不學杜，然少陵之所以獨絶千古者，正以沉鬱頓挫，情深於文。至其縱横排蕩之氣，如山嶽之峙，如江海之流，然其實則義理勝耳。今人無其學，而斤斤于字句間求生活，甚且借少陵以文其粗腐鄙俚之詞，以爲少陵固如是也，豈不冤哉？

夫今日學杜而真如杜者，濡江李旦初外，又得耿子。其詩五古爲最，次則七言、歌行，繼或五、七律，頗有佳者。至絶句，則少陵亦非所長，無論耿子矣。余讀其《夜行紀飲》諸作，莫不岸然自異。至與劉訃亭、汪訂頑、吴紫山寄贈之詩，一瀉千里，如萬斛泉源，不擇地湧出。而《五十初度》一首，於氣盡語竭之中，忽然一轉，嶔崎歷落，排比聲韻自我操縱，使老杜爲之，不過如此。而惜乎，耿子窮老江干，知之者已希也！

余欲刻其詩以傳之，而力又不能。然則耿子其遂終埋于荒烟蔓草之濱也乎？昔昌黎有言：「李杜文章在，光焰萬丈長。」其必有人焉，於牛斗間識干將之劍氣者矣！

濡人畢處士輓詩序

乾隆己巳之秋，余以老在告。濡之諸生李子林逸出一册示余，讀之，則大江南北桐廬繁蕪諸君子輓其故人畢恐庵之詩歌，詞意概有欽其德，服其學而惜其遇。夫恐庵之不遇固已，然今世之遇者何限？高牙大纛，雄豪自恣，顧其所得者幾何？即又都一邑，守一郡，或一二十年之久，近且一二歲，而所部頌《甘棠》，歌《五袴》，郵亭驛壁蓋滿焉，何世人之多諂也？豈以其所諂者近而在是，乃假此以自通而遂其所求歟？使其人去，則已矣；使其人没，則更已矣；况夫無位無權、無財無勢之一窮老且死之布衣哉？

吾於此册見人心之真好惡猶存于世，而恐庵之實有其所不可泯泯者在矣。恐庵，濡人，爲倪羽斯先生之高足。人倫踐履本之師，而文學加焉。余來濡，及見倪先生，而恐庵則已没。使余之所學不及就正于斯人，此則余之不幸也已！

證解功過格譜序

余少時即聞劉念臺先生有《人譜》一書，惜未之見。及來廣陵，始得之。其書蓋依據於《太極圖説》，而紀過則自微過、隱過、顯過、大過、叢過、成過以迄於改過，遂臚舉古君子之嘉言懿行，類記以終之，又與《功過格》相表裏焉。此書刻自古天都洪陔華先生。余於先生爲年家子，讀其所刻，因想見其爲人。既而與其弟魏笏先生遊，見其意氣豪邁，家僅中人產，而好周人急。以故，遊人士多歸之，濟與不濟，先生必爲之謀，謀必盡其心，而無留有餘以自靳者。余私心竊獨折服其義，然究未知其內行爲何如也。既而先生手所纂《功過格譜》一編，屬余曰：「此余先兄之意，而余幸成之。然晨夕實藉此以自省而已，豈敢以示人乎？第終匿不宣，恐又非先兄公善之心，幸爲訂正之。」余受而披覽一過，見凡所爲功過者必各舉其類，而功之數則自少以至於多，過之數則自鉅以至於細，蓋功欲其宏而過期其寡也。又於功過之同一類者，各取其報應之實事以爲之證，使人知同此一事而孰爲功、孰爲罪，其有功者之獲報如斯，則油然而生企心，其過者之獲報如彼，則怵然而生懼心。是《人譜》一書猶爲學士之所讀，而此則天下人無不可奉而行之者也。苟舉此以廣布焉，不惟有以自善其一身，而實有以兼善夫斯世矣。

先生蓋實有志於身心民物者，而豈但急公向義外見之一節而已哉？第余自惟生平薄劣，毫無益於世，幸賴祖父之德蔭，得綴科名末。今雖有志，然老矣。日暮途窮，其與能幾何？竊不禁讀此篇，而慨焉其永嘆也。天津介山王又樸序。

送張古愚歸安邑序

安邑張子古愚與吾同歲。吾佐鹺河東時，即定交。及來淮，則又共事于泰鹽之倉監。已而，吾任盧丞，去。十年後，兩皆罷官，又相遇于廣陵，而皆老矣。以直指命，同築泰州下河一帶橋路。工既畢，各將歸，而張子索余言以行。雖然，余何言哉？將以利濟相期歟？而吾與子皆不爲世用，且才力本亦無能爲也。將仍勖以道義歟？而日暮途窮，所謂「臣之少也，猶不如人」矣。然則以生同歲，始同學，中同官，老而同有所爲，一旦離而聚，聚而別，別而死，此生再無會合之期，將臨岐握手，作依依不忍相捨之詞歟？此亦情之必至者也。雖然，今世之壯遊者何限？

方其曳綬乘軒，奕奕赫赫，野有連阡之田，市拱高華之屋；已而身被罪責，妻子流離，而向之親鄰族黨艷之羡之、沾其餘潤而稱之者，今則嘆之惜之矣。抑或樂其風土，以官爲家，俾子孫面目并不識祖父之邱壟何在，所謂「鄉先生而可祭于社」者徒虚言也，是以君子譏之。而吾與子官雖卑，而無聲勢之累；身雖貧，而免逋帑之呼。今幸而俱得歸矣。歸不即死，則優游故里。縱老友無存，而猶可以吾身閲歷之得失與世故之深淺，訓誡吾子若孫，使其約身謹行，以耕以鑿，生息于太平有道之世也。豈不休哉？此則其可言者也。于是乎書以贈之。

吴名鏊文學制藝序

今日之文，南闈莫盛於庚午，次則己卯。而歲科試卷，惟《篋中集》所録爲佳。余少時最喜讀，蓋其所造或淒以清，或婉而摯，或沛然以肆而莫知所之，然皆翡翠蘭苕，未見其掣鯨碧海。其視長洲韓公之鳳翔千仞，文吐九苞，卓乎其振一世之衰而鳴國家之盛者，百年中，誰則其能繼之？而陋者方且妄傳風氣，競希苟得，比叶聲調之間，振厲采色之表，苟幸而售，斯亦已耳。然以文獻名邦，人矜作者，尊南陋北，莫不互相標榜以自高異。

余北人也，今入吴都，如窮兒之遊寶市，求知其物而能言之，蓋亦難矣。夫知而言之且不能，况序其文而欲假余言以傳也，不亦謬乎？乃今則不能不序吴子之文，則以吴子之文非猶夫求售于一時者之文也。夫既已力追乎古，則自不屑屑取悦乎今，而獨殷然于余之是請，將謂余能知之而蘄乎其傳之耶？然世多信耳而誣目，吾又惡知世人之于吴子之文有如吾之知吴子者否乎？而喋喋其多言，余則滋愧矣。雖然，吴子自束髮入學，試輒高等，而鄉闈獲薦亦屢屢焉，則吴子之文，世既已有知之者。由是而益宏所造，將追踪前哲而大蜚其聲，則又非必因余言而始著云。

四書正韻題詞代方伯帥公作

昔人謂：漢儒識文字而不識子母，江左之儒識四聲而不識七音。然而南人多以平爲入，北人又多以入爲平，至于東人多去，西人多上，則即四聲而能辨之者亦鮮，豈惟不識七音而已？《管子》云：五方之民，其聲之清濁高下各象其川原泉壤淺深廣狹而生。信有然哉！夫天地之元音發于人聲，人聲之形象寄于點畫。而四子之書，通天下莫不童而習之，則蒙養之始不可不早爲之正其形聲也。乃唐之陸氏著爲《經典釋文》，宋孫宣公又爲《孟子音義》，闕中藏書之家甚少，既不可得而見矣。至若《説文》、《玉篇》、《廣韻》、《集韻》、《韻會》、《正韻》諸種，士子且不曉其名目，況能讀其書乎？

今郇瑕何生手《正韻》一編來視余。余見其逐字詳其音，備其義，併審别其體製，而又簡而不煩，約而能該。初學誠由是而求焉，則經史子集皆可以讀之而無所誤矣。因爲題詞，而付之梓人，以廣其傳。

簡老。方望溪先生。

寒蛩集題詞

風雅之道原于性情，故情動乎中，不得已而有言，言之不足而長言之，長言之不足而流連咏嘆之者也。苟中無餘，而徒沾沾字句聲調以求工拙，亦何異無疾而呻吟乎？

余自甲申至今，東塗西抹有年矣。意之所感，輒托毫素。詞既率易，無關大雅，而野屋寒烟，半由侘傺，非有鴻篇巨製足以式今而昭後也。以故，隨得隨失，毫不自惜。今且老將至矣，百事無成，退而即閑，靜念四十年中其爲徜徉委化者幾何時，其爲涕笑睢盱者幾何事，則此長吟短咏，感慨係之矣。因檢拾篋中，及索之生徒，共得若干首，録其十之四，合爲一集，庶幾風雨獨坐之時，一燈明滅之際，取而代一時之歌哭已乎！若夫格律之細，意興之微，余豈不知其有一二印可作者否？然昌黎云：「物不得其平，則鳴。」余非有所不平也，亦自言其情而已。夫余何情？寒蛩者，此物此志也，因取而名其集云。

募建蒲州諸馮里虞帝廟引

廟者，貌也。思其人而不可見，於是乎貌之。今蒲之諸馮村爲虞帝誕生地，舊有祠，而頹垣半壁，卑阻湫隘，不可以妥神靈而薦馨香。又止數武，仍舊稱，近村數百户，則號爲舜陶者也。州牧龔君至，止曰：「是不可以訓。」遂盡易諸馮名，且遷祠于高平之原而大之。夫蒲、解壤相接，解爲關壯繆侯故里，有廟巍然，豈徒以侯之威靈能禍福斯人哉？蓋景其忠義正直之氣廉頑立懦，故廟而貌之，以興其思。蒲非有異于解也，况帝之所以處人倫者，所浚之井、所耕之山、所漁之澤、所陶之濱歷歷在人耳目間，豈惟蒲之人，將天下之遊覽于斯者，入廟而思曰：「帝，人也；我，亦人也。帝爲法于天下，可傳于後世；我猶未免爲鄉人也。」其有不感斯慕，慕斯從者哉？然則龔君今日之舉，所關蓋不細矣。君子而有意于世道人心，可不捐金而樂成之？

書趙秋谷先生行書真迹後

秋谷以風流跌宕之才，與阮亭同時同地，而各不相下。嘗著《談龍》以刺王，余昔見于聞喜張質夫齋中。然王爲大家，趙爲名家，海内自有公論也。質夫爲秋谷弟子，服膺其詩可矣，乃至並其書法崇之，謂與傅公佗先生埒，此亦猶之乎與阮亭争衡耳。秋谷舊遊津門，主張廉使宅。張故魚鹽豪，日以纏頭供先生章臺費，先生縱情焉。余讀其《狎鷗小盟》，狂奴故態，可謂浪子。然此傳與《談龍》，今皆不可得見，世當有收之者。

書蕭山趙氏宗譜後

家譜之作，所以合宗收族也。蕭山趙氏于元至正間自北平來遷，迄今四百餘年，族大丁繁，既昌而熾。至其裔孫山衡君，始修有譜，而宗祠享室之創建繼之。於是祖宗之精神有所妥而聚，子孫之世次有所考而明。山衡君可謂仁且孝矣。

夫樹有千枝，同生一本；水有萬派，共出一源。然非有心者按其節理，循其脉絡，則能不入林而迷、望洋而嘆者幾何？今觀此譜，首之以核世系、别行序，而廟祠、土田附焉，蓋甚井井矣。余受而讀之，肅然起，睪然感，不覺爲之流連，三復于其所以用心也。山衡君故署犖丞，以艱起復來陝。循例，當復爲丞。兹部覆改别駕，檄至，君立更品服，怡然就舊列下，意固已遠矣。今且未補一日官，而遽爲國家出納邊儲于萬里外，人人有難色者，而獨慷慨就道，無少戚容。諺云：「求忠臣，必于孝子之門。」亶其然哉！亶其然哉！

書故友李桐源行略後

歲癸卯爲直省鄉試之年。恭逢憲廟登極改元，特加鄉會恩科，而移此歲之鄉試於次年之春。其會試則於秋，去恩科之會試未及期，實癸卯之秋九月也。季冬選館，北直止桐源李君與余兩人耳，故余與桐源歡相得。而桐源尤醇篤，先後余披露肺肝，而余亦時往來其所，因得上交今方伯公。當是時，諸同年友皆以散館期迫，競務詞章書翰，以待廷試。余獨偕李原綸徽、馬存齋金門及未入館者五人講究經旨，人皆笑爲迂。桐源適遘疾卧，未與，然遇余問疾，輒詢昨講何書，作何解。迨余告以疑義，微呻吟出一二語，則悉得聖賢精意。退而述之，諸友乃大相驚服，咸徹皋比以俟其起。未幾，竟歿。余與諸友人哭之。已，又聞桐源婦傅孺人以身殉，又共相悲嘆。桐源之學未竟其施，其得之刑于者不及切磋之友朋，爲可深悼而痛惜也。然余今且老，憶二十七年前與桐源往來舉止音吐一一皆可想見，及屈指在都講學，所謂五人者獨余與張子石粼在耳。今讀張子所著《桐源行略》，輒不禁浪然爲之雪涕也。

書昭忠録（徐公尚介，順治初出宰廣東靈山縣，土賊起，死焉）

殺身成仁，志士之盛節也。吾獨謂：不知其死，而死非難；知其死，而死始爲難耳。蓋不知其死而死者，所謂變起倉卒，計不復顧，身無所逃，不得已而死者也。知其死而死者，事處其難而猶未任其事，地當其危而猶未履其地，或謝病需時，或逗遛觀望，智計之士所必出于此者，而獨不然，是可以不死而必死者也。如贈僉事徐公，則豈非其人哉？

當國初，粤地初歸，版圖猶缺，時正干戈搶攘之秋。公乃叱馭獨前。子弟阻之，不聽；親戚喻之，不從。是人臣死事，方其掣任時，而已毅然自矢矣。故嬰一孤城，無兵無餉，不可守而必守之，死固公之志也。夫公豈以泰山之重之身，而僥幸于一試者哉？余讀《昭忠録》，而竊慮世之人徒悲其死，而不究其忠義出于自然之性，于是乎著之。嗚呼！偉矣！

書袁了凡立命篇後

余祖處士公，世居廣陵之鈔關門外。平素寡言笑，善忍辱，與人無競，鄉人皆稱爲長者。生男五人，次即余父也。伯父既失于兵，祖亦早歿，家貧甚。余父乃依族祖賈天津，展轉什一歲，得息，供祖母甘旨外，餘概貸與鄉里之貧乏。凡婚喪不能舉者，或操券、不操券，但來假數金，無不應。如求其施，則又拒之，蓋恐力或不繼于後也。或欲加息貸三二十金，輒怒曰：「吾豈放債者？」以此陰行其志二十餘年，雖余母暨余皆不知也。

及棄世後，余母檢故篋，得券數百紙，命余覈之，將三千金有奇。求其人，則半多死亡，不則皆貧苦無依，莫可得而究詰者。問之父執知者，曰：「此汝父執意而强爲之，余諫阻不聽。且豈但此，其無文字者將更加多三四倍不止也。汝父卒以此致四壁立。『兒孫自有兒孫福，不與兒孫作馬牛』，此汝父言也。孺子又何從而追索爲？」余乃恍然知父在日名雖借而實則施矣。余母于是命余盡出其篋而焚之。

竊念余幼多病，父母懼不育，寄余名佛座下。及就傅業，師顧勉旃先生命其友某爲查余造曰：「此子四十歲前大坎坷，得不死，幸耳。十七歲婚，十九入泮，二十四克妻，二十六克父，三十五克母，四十歲領鄉薦。此後得少温飽二十年，然無官禄貴。四十歲得一丁，前雖生，不存也。」余時年少氣豪，輒妄其言而置之。及後稍稍驗，迨父歿之年，忽憶及而驚，然則人生固皆有定命乎？乃余三十三歲中副車，而日者又未言及，於是疑信將半。至年三十五，余母果歿。又前後連舉丈夫子五，皆二三歲即夭。迨四十歲庚子鄉試，果獲雋，從此衣食稍給。其四十歲前，冬無絮，夏無袍，窮苦窘迫，甚至一日不舉火，如是者蓋二十年。信知窮達有命，而强求者皆惑耳。

雍正改元，特開恩科，余已知無進士命，遂決志不赴公車。友人龐叔兑者自京都來，爲勸駕，且盛道新政所倚爲耳目股肱，皆海内大君子，爲屈指某某。余不覺心動，且有所欲言于一二公，遂假之以行。已而竟成進士，且選館。今遊宦十餘年，乘軒曳綬，與所云無官禄貴者又大不應。然至四十四始生子，今已成童矣。術者之言，何有驗有不驗耶？然則了凡先生爲會禪師勸善，無官有官，無子有子，且夫婦皆壽，不爲命限，而自能立命，其事信有然乎？第余德薄，未肯發奮自强，如袁先生力行善事數千萬條。然于數定之中，亦輒有不爲數所限者，静思其故，實皆祖父忠厚積德之報，非余有以致之也。乃余不善負荷，得官五年，又即投劾去。今雖蒙恩録用，然不能自至于遠大，蓋亦未修厥德矣。前途固無可望，或稍自黽勉，不墜祖父忠厚遺風，俾兒子得一領青衿，書香克繼，于願即足。因讀袁先生《立命篇》，不禁繫此于後以志愧，且以告諸同志，以見其説信乎其有徵云。乾隆三年冬月識。

書倪節母王孺人行略後

余師方望溪先生退老金陵，余以職事謁上官，至必就先生。先生詢余曰："天津亦有奇德異行足以傳者乎？"余唯唯，未有以應也。及余謝老將歸，過邗溝，適有築堤之役，留泰。而倪生錕自鄉來從余遊，書其嗣母王孺人之節行，求余言以傳。余以孺人之守節撫孤，凡士夫家知禮義、重廉恥者皆能之，况已奉旌典行，實列禮官，將爲史館所採録，而又何待余言以爲重乎？既而錕言其母之居貧作苦、約己豐人、宜家及恤下諸事，并述其所以訓誡子孫之言與行者。余始稍稍異之。既又言其母之事祖姑能得其心，命主家政，有惠逮下，必曰："此太夫人意。"如某事某事，皆其實迹也。

余不覺憬然動容，肅然起立，而言曰："有是哉！此德盛禮恭，聖賢之行詣，而乃得之於婦人女子乎？夫好行其德而樂居其名，人情也。然且有攘美者，然且有嫉能者。彼非在衣冠禮樂中者耶？而然且如此。至於窮居閭巷之士，欲砥行立名，耻其聲聞之不著，輒自炫奇摽異，以求有聲勢者之援，則皆今日男子之行也。至於善則歸君，過則歸己，古純臣之義士大夫所不能爲，而孺人能之！方且風示天下，以爲具鬚眉者所愧耻，而奮焉以興，而豈僅僅焉重閨閣而端女範而已乎？獨惜余師已殁，不及得其文以傳孺人也。且余與倪氏交，自祖孫父子三世矣。孺人之賢如此，而余不能知。余之聾瞶，其可愧又爲何如也已！"

重修三公祠記

雍正壬子之歲，余判扶風，謁三公祠于岐山之嶴。三公者，周公而翼以召公、太公者也。祠在潤德泉之右，民不資泉利將百數十餘年。今乾隆四年，流復通，一時驚爲異云。夫泉之盈涸亦屢矣。唐以前無可稽。自大中至今，蓋盈涸凡四世。傳泉涸則時必污，泉盈則時必隆。今聖人在上，陽舒陰卷，上下協宜，而自强不息，厚德載物，則此日之山澤通氣，固其理也。憶余于扶風告歸，及復起來陝，居省會幾四載矣。一時制府、中丞皆大君子，相繼撫御諸僚吏及兹民人，而文武崇卑有位，莫不率躬軌物，雍雍肅肅，與濟與成，而無有猜焉。其小人皆安于時豐地殖，以恬以熙，莫有擾之者。視十年前，其景象爲何如也歟！且澤必近而後遠，靈瑞必有象而呈者也。岐之宰爲任君，治是邑十有四年，民任其德深而且久。兹以其俸餘新公祠之既，而靈泉滃然。名之曰潤德，有以也夫！有以也夫！

咸陽石堤碑記代方伯帥公作

《禹貢》：「導渭自鳥鼠同穴，東會于灃，又東會于涇，又東過漆、沮，入于河。」《漢志》謂行一千八百七十里。考灃、渭之會在今咸陽邑城東五里而近，其下流至河，計里五百有奇，逆溯之，則一千三百餘里矣。而隴、清、汧、雍、武亭、漠谷諸水，皆自西北來，流于南而注之。南則鹽官、八弓、石鼓諸山，東亘太白、終南。巖壑競流之北塔、清澗、箕谷、磻溪、斜谷、五谷、韋谷、駱谷、黑水、赤谷、澇水，莫不奔騰輸灌于其中。至短溝小港，涓涓細流者，猶不可悉數也。然則渭不必復合灃、涇始爲洪川巨浸矣。渭既至咸陽而已大，而咸陽南城之闉適當其衝，邑治、倉庫、闤闠、市井在焉。凡符命冠蓋，羽檄輦輸，東達京畿、冀、青、兖、豫、吴、楚之交，西通蜀、漢、甘、凉以及玉門、湟中、西域諸部落者，輪蹄絡繹，晝夜交馳，無不取道于此。使激湍震蕩，日嚙其垠，無岸則無城，無城則無邑、無民、無市、無中外往來，是渭與咸陽所關甚鉅。

乾隆上章涒灘之歲，姚令來宰斯邑，俯瞰舊築之石堤，而已腐敗傾没，不可復禦渭流之怒，城之去水者蓋不及數武，愁然憂之，急請易新堤以資保障焉。適制憲尹公閲邊還，余隨至此，省閲其勢，時已冬仲，水波猶湧，覺城邑有不能固存者，白于中丞張公。公具疏上請，得報可。余亟檄姚令，庀材鳩工，無緩厥事。姚令乃齋沐告神，伐石于南山之麓，埋樁于石堤之根，融鐵爲錠爲鍋，火其石之碎者而灰之，爰擇良工，砌築並舉。河伯亦效靈助順，春漲不興，頂溜西移，而運石之渡，沙刷流澌，一葦直杭。于是工作咸便，石次鱗比，灰彌其縫，鍋錠勾嵌，首尾層層，聯綴若一。經始于歲正之初，落成于首夏之望。爲堤六百尺，其崇九十五寸，横竟六十寸至三十六寸，蓋自下而上漸殺焉。樁以個計，爲數三千五百。灰以石計，爲數若干。鐵以斤計，爲數若干。斤工以日計，用夫若干人。動司農錢五百二十二萬一千九百六十有五。邑民咸恃以寧，商旅樂出其塗，而渭亦得安流，會澧與涇，以入于河，而無泛濫潰決、失其性之患。噫！亦善矣！

夫利必待人而興者也。姚令之于是役，可謂能舉其職而無怠也哉！姚令名世道，浙之進士。於此堤也，實董其事，主之者，西安守、今候補道朱閑聖。先是估工者，候補道府、今署西安守白嶸，同州府大荔縣令沈應俞。工之興，監督者，漢中府倅王又樸、咸陽邑丞龔志遠、涇陽邑丞譚一豫。分修者，咸陽尉楊祐元、邑太學生竇鑄、里人趙登雲。皆有事于是役，例得備書。

重修演武場碑記 代瞿遊戎作

營必有射場，所以時簡閲也。撫標之場，將百年於兹，風雨蝕其上，狐鼠穿其下，椽剥而瓦覆，垣以就頹者，固無怪其然矣。蓋不傳舍視之，即有所牽制而憚于征繕，亦何以整齊士心而壯軍實哉？我大中丞張公來撫關中，仁育義正，德洋恩溥，推其心，欲盡舉秦之紳士兵民，無不入于胞與而無間焉。次年，建學。又次年，葺其鐘、鼓二樓。又次年，大修省城。凡垣墉櫓堞，無不矻若金湯，炳如星日。今且允永祚之請，而新茲場。于是坐作擊刺，曠如暢如，有勇恒于斯，知方恒于斯。休哉！我公不以秦，視秦如其身。則凡來隸其下者，可不推廣德心，而永保無窮哉？

場故有堂三楹，廡出其前，今仍之。坊列于東西者，存其一而正之于中。垣則易土以磚，可久也。環植雜樹，增之以屏墻，夏月可藉蔭，且肅觀瞻也。興役者，幾旬日。不勞民而工竣，出于軍中公費也。凡此者皆公意也，不可以不記。

教忠祠祭田記

戊辰之春，余因公至省，謁吾師望溪先生于教忠祠之齋廬。值時祭，余因得拜斷事公以爲榮。斷事公者，先生之五世祖，死忠于明建文之世者也。先生爲余言曰：「余構此祠七年矣，始鬻吾桐城田以給，繼則棄吾蓮池及田之在廬江者以益之，而并置祭田焉。田蓋在江寧、高淳二邑，共三百餘畝，以供祭祀修墓合族，兼以贍吾父逸巢公子孫嫁娶喪疾之不能自給者，而吾自是無私業矣。及吾世之後，計歲入，當餘二三百金，則歲增置之。十年後，入必倍，則又增置之。再更二三十年，歲歲增置，則雖吾祖，吾高、曾祖，以至斷事公後，七支之孤寡喪葬暨鄉會試之無資者皆少可取給于是，而吾獨慮吾子孫之不能守吾約也。余將告之郡縣長，籍記之，而并徵賢士大夫之能文者以誌其事，庶幾可傳，俾世皆知方氏之有此田，而田得以不没。其幸矣乎！」先生言已，余聽之，有不覺怦怦其心動者。

夫人情莫不各私其子孫，而先生之所鬻以置祠與祭産者，皆先生所自有也。乃既與先生之兄百川先生後共之矣，及鬻産時，兄之孫一，己之孫八。仍分其五之一而均之，又散其一以給同祖諸從弟侄。餘若干金，則盡置祭田，又將推及于數世之子姓，俾皆無所窘。先生之心，何其公溥若斯歟！雖然，先生實亦未嘗薄于子孫也！蓋田既供祭，又聚族而周其急，則公産也。既公有之，自非一人一户所得鬻，然則此田將數十百世而長存矣，則亦將數十百世先生之子孫，即或貧而取濟焉，亦當不甚至失所。視世之私所有以厚自封殖，而後人不能守，至于流丐者，相去爲何如耶！

扶風倅署喜雨亭舊址記

蘇子爲僉判，日構亭於官舍之堂北，而於其南鑿池、引流、種樹，名其亭爲「喜雨」焉。余承公後至，求亭之遺趾不可得。或曰即東湖之前廡，或以太守署之雁南亭當之。考之記，皆非也。乃博詢於老吏之習故事者，云舊廳事在大門外，後於西北别構堂，而廳事置無用，又其後遂毁之。又郡城外水自鳳皇泉而入者，流經署内，過泮池，以達東湖，今絶者僅三十年。余聆其言，爲詳亭之處，此當是。且於土中得石甚夥，類皆崚嶒可奇愛，似當日亭前壘山之物。又砌下海棠老柯蒼幹，亦當數百年。其此之爲喜雨舊趾，無疑也。

夫昔人往矣！眇爾亭，至東西遷就，借其名以相耀，不亦可笑乎？然前人之賢略及於一亭，而非其地者猶借之以增重，況實是者耶？藉更有上下蘇子者所茇歟，所憩歟！即非所茇所憩，其爲可愛慕而樂借之稱之，又當何如也？余既景慕其人，不惟其物，惟其德，而又以名之非其地，是其地而獨遺其名之爲未當焉，於是思一復其舊。

值春旱，民又競輓軍儲，而皆以無食爲懼。余惻然憫之，閲舊志，公有《禱太白山神祈雨文》，以官非郡正吏，不敢禱于外，而爲壇于署中，朝夕叩首祝。幸天不絶斯民，三月辛未降雨一犁，民皆喜。余乃稍稍于此亭，督僮僕以自補葺。又出土中石，築小山于後，而鑿一方池，雜植花樹，左右環列。雖非舊式，然粗存其概如此。時既成，而雨六日夜，田野霑足，而苗之茁者壯，秀者實。邑貢生程伊曰：「此真可謂喜雨矣。」于是榜而懸之，并誌其歲月，而劖之石，以興起乎後人。

意園記

去余舍不百步，有所爲陂者。陂之上，有所爲垣者。垣之内，有所爲假山、石洞者。假山之側，有所爲亭者。亭之下，有所爲沼者。沼之中，有所爲魚鱉者。其左右，有所爲竹樹、雜花、庶草者。竹樹之間，有所爲廊廡軒室者。入其軒，而有所爲几榻、琴書、尊罍、釣竿、奕局者。鳴焉而有所爲鳥，唳焉而有所爲鶴，馴伏焉而有所爲麋鹿犬兔者。蓋莫不歷歷焉在吾之意中，于是遂名之爲意中園焉。

夫園而曰意，則固未嘗有園也；而意中有園，則又未嘗無園也。昔之日所謂金谷平泉，其亭其臺，其池沼其花木禽魚，琴書几榻，今有不出于想像之間者耶？不寧惟是！抑所謂金谷平泉者，身適值之而目適寓之，其未及值而未及寓者有一不在想像中者耶？且即其所值所寓而少易其地，而其所值所寓又有一不在想像耶？然則何境之爲實也？使所值所寓謂即其實也，而苟不經吾意，值如弗值，寓如弗寓矣。是境以意實，而境不能實意。然則所謂陂垣亭沼、廊廡琴書、花鳥鶴魚種種焉者，已歷歷在吾之意中，則安知非吾之實有是園而實樂之也乎？其欲遊此園者，皆意中人也，視此意以爲何如也？

創建無爲州魁樓碑記

濡故有學乎？曰：有。有魁樓乎？曰：無有也。有學無魁樓，得毋以爲缺典乎？曰：非也。魁且無星，何有樓？然而在在皆樓之矣。天下豈盡誣歟？曰：未嘗誣也。斗首爲魁，其上則文昌六星，祀魁即所以祀文昌也。夫文昌，則自有祀矣。曰：此羽流所爲耳，然亦有道焉。神孝友之張仲，而所托之《陰隲文》於世有裨，君子不廢也。雖然，斗則斗耳，何以鬼其形？曰：斗鬼則魁，固所以形之也。然又何以筆與金？曰：筆，必。金，錠。必定得魁，世俗之見，音之同也。流傳既久，則亦仍之耳。何以其樓必附於學？且又必於學之東南者，何也？曰：東南者，西北之所照臨也。《渾天賦》曰：「杓携龍角，魁枕參首。」龍角者辰也，所以象大人之變化。參首者奎也，在戍，奎璧之間爲天下圖書之府。子不云乎：「文王既没，文不在兹乎！」則以是爲夫子之文章也云爾，是故附乎學也。然則夫子之文章即今所爲科舉者，非乎？又何以樓必卜其吉？豈魁樓之建必兆高魁，形家之説果有足據歟？曰：唯唯，否否。夫文也者，廣矣大矣，而何科舉之足云？星之有斗，七政之樞機，四時五行之綱紀也。王者將敷文命於四海，則法文昌，故經天緯地之爲文，而豈程式墨裁，工比偶而競詞華者，所可擬議其萬一乎？雖然，亦有之。今日取士之法，初非以經書耶？繼非以策論耶？經書體聖賢之意以爲言；而策論則抒發胸中所知見，將以開天下之物而成務也。然則非行道而有得於心，何以能言之親切而有味乎？非盛德大業之必本諸身，何以探懷即吐、暢所欲言而所言者即其所可行者乎？况兹濡，山川環抱，磅礴而鬱積，其清淑之氣鍾毓靈奇者，昔固然已。今運會聿新，所殖尤厚，我國家方於此制科中求所爲體備用宏之大儒，以佐盛治，黼黻其休明，載揚其光烈，將必有人焉出以應之。而區區揣摩風氣，以取售一時者，吾濡之人當不其然。

前廬郡分守，天津王又樸，誌之於石，以爲日後之左券。時乾隆十五年十一月朔日也。

抱珠山記

余之任河東，過涑水，望見條山之秀。及抵署，去山十數里，每登臺眺視，覺塊然了無一異。歷叩山下人，亦無能言者。一二稱解事人，止略舉王官瀑布、瑶臺之月爲艷絶焉。鹾使者奉命以秦中藩臬兼。余因往來關陝，渡河渭，觀太華，歷新豐之故市。回憶固關、井陘過來時，覺秦晋山水雄巨，當覽大概，非如吴越之一邱一壑勝也。乃午秋，隨鹿山先生，窮姚渠之源于王峪口東，忽得抱珠山。山多古柏，中一株尤嶄削，老幹挺立，身壅腫，大數十圍。

搖之輒動，而不可仆。皮皆輪囷，作山峰海浪狀。獨東北一小枝青青，不則竟視爲奇石，都無樹形似矣。因相對嘆爲怪絶。再東望，則瑶臺也，然未若茲山之奇。蓋突起如圓珠，東西岡巒互抱入，徑樹夾路生，如扶如壓，偃仰萬狀，滿于四山，而皆環拱於怪柏。異哉！條山之靈，鍾于此山。非此山，孰發余之幽思奇興乎？杖履雙柑，于是乎始。

罩南峪記

築垣之役，暮春閏六日，西窑人折木芍藥爲清供。問之，得于南山之麓，因令爲導。初入山，宛轉迴環，露石嵯岈，青碧可愛。一泉滃然出馬蹄下，坐烹飲之。清風吹水過，涼生肘腋，花香若遠若近，啼鳥聲緡蠻可聽，竟忘歸矣。時久旱，初得雨，群峰雲起濛濛。懼雨作水發，遂返憩于村，食麥飯飽。自庚申至戊辰皆雨，己巳晴。

遊石門山記

循罩南西行百十步，樹木叢密，村止六七家，穴山而居。有牛羊數百過之，則微聞滂湃聲。尋聲得路，兩山對峙，石巉削如門，水懸流直瀉于中。而石上傾覆，小若庵廈狀，捫之若有字，傳爲仙迹也。下有洞，深邃不可窮。蓋奇峭至此。運城去龍門不二百里，余未得過，竊以爲此庶幾其似耶？否歟？

三記不仿子厚刻雕衆形，而淡樸入古。方望溪先生。

黃山雜記

自有天地，即有黃山。黃山舊名黟山，然閲周、秦、兩漢，無有知黟山者。至唐天寶，始改黟著黃，而見于青蓮、閬仙諸詩人之什，然亦望之泊之而已，無遊而登之者。宋吴龍翰始有遊記，而黄山浸顯。迨明隆、萬間，普門和尚于此大闢道場。嗣是，而杖策裹糧，遊賞信宿，莫不先後接踵而至，而世人遂無不知有黄山。然知黄山果何等也？謂其高聳秀拔歟？謂其巖壑幽奇歟？則所在多有矣。夫黄山正以不知擅勝耳。若夫登封所及，秩望所崇，則達官顯士對越駿奔；即徼福希利諸愚妄夫婦，亦莫不崩頂爇指，叫號贊嘆于其間。而好事者又將以惡詩俗字記日題名，其不黥遍蒼巖之面、剥盡翠壁之膚不止，此亦林泉之厄而山林之所羞也。然則此日之黄，實不若昔日之黟爲猶能全其故吾也已。

池郡之齊山，培塿耳。然入其中，穹梁曲澗，繡壑雕巖，在在娱人。外視之，乃如覆釜，故秀而不奇。去此不百里即九華，望之峭壁倚天，危峰絶地，而攬勝索秘，遠遜齊山，則又奇而不秀。兼之者，于新安得黄山。黄山故與白嶽齊稱，白嶽特其北隅稍有竹樹薈蔚之觀，而峰則頽然，壁則莽如，止供香火道人募緣乞食地耳。黄固非其倫也。不寧惟是，博大如岱，尊矣而不親；高奇如華，可駭而不可昵。至若雁宕之奇詭，九疑、天台之幽異，又皆盆玩中物。其與兹山之悚神動魄，移情肆志，蕩滌其肺肝而易之以清凉，牽其繫戀、不能割捨妻子之身而灑然立可解脱者，不得同日而語矣。兹其合大小、崇卑、外内、遠近而無不各極其致者歟！余登之巔，有寺。寺有額，曰「説也不信」，又曰「到此方知」。蹉乎兹山之異，不入者不知。然能入者知其異，而又不能名其所以異也。况夫山外有山，往而足限之，望而目蔽之。此則雖有異而又不能知也。

至祥符寺，浴于湯池。泉冒沙直上，或聚或散，大小纍纍如珠，貫而跳出水面。問徵之志，則異。蓋乾隆二年没于蛟浪，今改置，故然也。浴畢，至慈光寺，欲遂登。僧以徑險日蹙尼之。次曉，寺後得路，下若墜淵。已而，面壁節節上，過一線天，至文殊院，則天都在左，蓮花在右，俯視硃砂、桃華、老人、青鸞諸峰，如下界蟻垤。此則昨日之仰而極目所不可窮者也。宿而戒，旦則又下又上，穿洞而升，平曠夷衍，因陟光明頂，入獅子林，而前後海諸勝皆一攬而有之。蓋而今而後，余乃始知有黄山也。乃循雲谷以歸。

宿文殊院之夜，天風振蕩，板屋岌岌，若有人移之。院前即絶巘凌下，甚危。有刻石以爲之限，所刻則静樂李公暲文也。李故歷皖、池、宣三郡，嗣守淮，以事左遷，今在廣陵，亦此日之好事者。

郡去黄山途之半，有佛子嶺，陂陁委屬，竹樹可人。其南有村，曰唐模。一徑沙堤，緣溪迢遞。桃梅紛披，夾植兩岸。高閣峙其右，小苑環其左。前有祠宇，則丹楹畫檻，宛轉相屬，喬柯蔭日，修竹千竿。行人穿之而過，致足樂也。踰嶺而北，爲揚干，有古寺臨溪。越溪二里爲程坎，潨水所經，有石梁如雙虹斜掛。藏經閣與觀音山東西聯接，繞以曲廊迴軒，碧瓦琉璃，參差出没于老梅古檜之中。而橋下細流濺濺，視之徹底。擬與一二素心人結茆其間，當夫花發水生之日、蟬唫葉赤之時，相與振衣濯足，便足了此一生。然亦何必定至黄山也？

天下皆有山，天下之山皆有松，而人獨重黄山之松。利之者取而置諸盆盎中，一株至索錢數十千，然了無一異。所聞有枝幹拗折，矯矯作致者，則人所爲耳。余乃縋而求之山，其爲擾龍、接引諸松，已毁于樵火而不可復見矣。所有，則莫不結根于石。石有一罅一縫，松輒生。凡樹枝之曲直，視其根。松根既抵石不能下，而宛轉其間，則枝幹即輪囷樛曲，變其常態。或石縫罅隙淺，而根無所容，幹則附石而行，即又以幹爲根，而偃仰欹斜，離立怪詭。人視之以爲奇，而非松之得已也。今乃取而盆之，傅以客土，松已不有其性，而又以人所爲爲樂而玩之也乎？世人信耳，固如此。然黄山以雲爲足，而以松爲衣，此實黄山之異矣。

修建泰州場河繂堤記

又樸之於此堤也，寔奉我直指吉公之德意而爲之者也。當又樸在泰分司任内，時適乾隆歲之乙丑，我公周歷各場，以諮民瘼，返駕過秦潼、淤溪，見茫茫水泊，一望無際，顧又樸曰：「舟楫行旅得無苦此？其不能堤以通其窮乎？」又樸因具陳：「前此，泰州趙牧與陳分司曾詳請建堤，以費鉅中止。」公曰：「吾當與爾卒成之。」又樸遂即會同東臺水利朱丞與泰州王牧，通詳督、撫、河、鹽四院，請於湖河蓄泄機宜案内一併估建。批行司道，轉委河員確估。據禀：一泒水泊，不能煞壩戽水，無處取土；且水中築堤，不能矗立；若必爲之，費應不貲。運使朱公面斥其非，而我公欲爲愈以力。於是始議詳請，俟大工竣後，勸諭商衆，陸續興修，事遂停。

至次歲，余授廬丞，得代，因感我公利濟之懷未及副，而不忍遽去。於水淺時，乘小舟，自以杖探水際，知無多淤泥，而底堅如石，非若溜沙之不能勝載者。又檢《淮鹽誌》載有楊公《堰記》，因知古原有堤，特久湮耳。因私以己資，取泰州挑河土，實於篗，假空鹽艘之便，擲於最深之處秦潼水中。積月餘，成堤二十丈。計所費，推而廣之，可三萬餘金。遂私請於運司朱公，且言：「但豫爲之備，苟遇亢旱時，即更易爲力矣。」朱公轉請我公，發商議。商皆踴躍，願先輸銀二萬金，貯庫以待。

迨庚午歲，公聞又樸已告休，又知所築樣工巋然尚無恙，力欲爲，將呼又樸而從事焉。適逢翠華南幸，不及行。次年，公調長蘆去，去而惓惓於此，未一日釋於懷也。繼之者實我普公，於壬申九月巡場至秦潼，見又樸樣堤，問之。泰牧李君友善力請行。適余歸里過揚，晋謁伏承，下詢其狀。又樸力陳爲我吉公未竟之志，並言其必可成者數事。普公心動，乃查案，屬運使吴公委員以就功焉，而屬吏咸惕於前河員議而難之。普公因召又樸，而又樸已去，遣使追至淮郡，返余而命兹役，且曰：「人僉言其難，而汝堅謂無虞。余姑與運使先自捐養廉二千金，畀汝試爲之。果可，則浮言息而衆自奮矣。」余亦力任不辭，遂於癸酉之正月二十六日誓衆興工。月餘，成堤一千七百餘丈。普公始信其必可成也，發商議。時先貯銀已别用，商咸請仍照原議，捐銀二萬金，以竟厥功，不足則益之。遂於是年五月土工竣，高自五尺至七尺不等，底廣自一丈五尺至三丈不等，面廣自六尺至一丈五尺不等，皆相勢而爲之。六月橋亦成，共百一座。又增安豐、富安、梁垛三場通運河之小橋三十九座。普公以堤之基雖成，而猶須加幫高厚，以期經久也，具摺入告，并留又樸於鹽務補官，即責以善後事宜。未及竟，而普公又以調長蘆去，我吉公復來。衆喜曰：「天蓋欲我公始之，仍欲我公終之乎！」然當此堤之基初成時，人但知普公之爲此堤，而不知經始此堤者寔我吉公也。且不知我吉公於午、未年間屢欲舉行而未及爲，至我普公始爲之以成其志也。且又不知其力主而贊勸之者，前爲我運使朱公續晫，今爲我運司吴公嗣爵也。乃我公甫至，即以淮河異漲，赴各場查視其灾，過堤，喜其就。又見水之嚙堤也，而橋板亦多爲風浪所擊去，爲之憮然，與我運使盧公議，欲易木以石，而更加高廣焉。然則此堤得我公與我運使盧公，其有不自小成以覩厥大成者乎？

昔宋之范文正公築捍海長堤也，雖自文正創其議，然文正隨去，寓書於發運使張公綸力主之，而運使胡公令儀始興役以成之。非二公，則文正將不得伸其志。乃迄今各場皆祀三賢於祠，而世但號其堤爲「范公堤」者，意公爲宋賢相，而此舉實自公始，故獨歸其名與之耶？况我公既肇其端於前，又恢其功於後，其視文正之於范堤，尤爲始終其事者。美哉休稱，將與文正並烈矣！第是范堤之禦害也大，此堤之爲利也溥，人之計利也，每不如其畏害。余又懼此堤將仍如楊公堰之不久就湮，不能如范堤之永遠長存也。然而樂善好義，今古有同情，亦貴賤有同分焉。不獨在上者順風之呼易爲力，即在下而仰首一鳴號，亦未有不憬然而樂從者也。苟能俾我公之澤引伸勿替於千百世乎，則後之人之爲功也亦大矣。又樸以病作將歸，特書於石以冀之。乾隆十有九年二月之望，舊吏王又樸謹記。

卷五 共二十四首 雜著

李大拙先生傳

大拙先生者，姓李氏，名□□，天津人，生於前明崇正之五年。鼎革時，年十三，故自號曰逸民，而隱其身於黄冠。性迂甚，以禮法自繩，不肯少踰尺寸。世皆目爲怪，不顧也。嘗過市遇雨，不覺踉蹌趨已，自咎曰：「誤矣！」仍返始趨處，徐徐行，如故步。其他迂態，皆類此。交遊憚之，邂逅里閈中，無不引避者。然篤久要，生死不易。友人子雖已顯，見之，受拜如平時。有隋生者，奉其父命來謁，偶忘拜。先生大聲斥責，命跪庭中，將予之夏楚，隋生叩頭謝久之，乃解。極重節義，匹夫匹婦有善行，力爲表闡之。尤嗜古物，凡周秦彝器及金石刻、宋元明人書畫，一見即能别其真贋，無毫髮爽。然不善治生，又以嗜古傾貲易所不急物。以故，家日落，而志操益勵，不少衰貶云。餉司赫公以農部遣，榷津關務，雅重先生名，以束帛求致先生。先生不可。乃躬造廬以請，先生則踰垣避，卒不見。先生曰：「吾勝朝逸民，豈可以見此日之士大夫乎？」余得見先生時，先生年已七十八，目炯炯如寒星，步履健甚，雖少年有不逮焉。生二子，不教，名其長曰狗尾，次曰滑涯，謂不足以繼，而冀幸無爲世用也。一女，知書，工繪事，白描人物不下李龍眠。然自以女子筆墨不可爲世人見，隨作隨毀，無一存者。後以家貧，作大士像數幅，遣蒼頭走京師，鬻以自給，不自署名，其秘惜如此。以父黄冠也，亦爲女道士，終其身不嫁。

王介山曰：余鄉重鹽鐵，市人趨之若騖，而先生獨清標如此，何其高也！宜乎，其聞風興起者有人矣！乃家庭之近，能得之于其女，而不能于其男，抑又何也？

體安和尚傳

體安和尚者，俗姓李，天津之東鄉人。自幼爲僧，性嗜酒，而善作墨梅。每醉後，輒解衣，磅礴潑墨，淋漓粉壁，閒睨視之，輒投筆大笑，自以爲神。體安既好畫，遇人尤無所擇。人索之，亦畫；即不索之，苟第見其箑，或案頭絹素尺寸，無不與畫。偶過市，雖擔夫小兒，皆爭延與飲，飲已輒畫，日盡數百紙不厭也。以是人多親愛之，呼爲醉梅和尚云。當是時，體安之墨梅蓋播滿于瀛、莫、滄、景間。世高禪師者，時卓錫于河北之大悲院。每說法，動輒集僧俗近千人，鳴鐘鼓幡幢，隊隊四沙彌，執爐，爇旃檀香烈然，列左右，導其前。禪師被紫衣，中道徐徐行，登高座。大衆合掌作禮，或至涕泣燃指臂，跪求解脫。整肅威儀，諦聽間，體安時大醉，闖然入，夷踞對之，瞪目直視，復鼓掌大笑，徑去。人牽之，掉頭不顧。或問：「和尚豈自會禪耶？」嘻嘻曰：「余安知？余知酒而已。」居丁神祠之右偏。已而，惡其逼蹴民舍，而時入市飲。不募化爲生，第歲一醮神。得錢，則皆與酒家，或畫數百紙以酬之。所畫梅，初年頗任意，後得長白線中丞指示，始稍稍就法度。然疏斜縱橫，跌宕生動，則自得之于酒也。中丞又嘗伺其醉，命二妓擁之，輒酣寢，鼻息如雷鳴，終不及亂。中丞以是極重之。康熙辛丑歲，體安僧臘已五十有八。七夕之次日，大醉歸舍，取紙作梅一枝，已竟化去。體安蓋以飲酒畫梅終其身焉。

太和居士曰：體安畫梅，非梅也，酒而已矣。東坡曾云：「酒氣拂拂，從十指出。」體安亶其然乎！然體安豈以酒作說法耶？

楊烈女傳

烈女楊姓，偃師縣人。世居夾河堤兒頭村，農家子也。父士宏；母常氏，早歿。女方稚齡，惟父兄是依。兄別娶婦，女獨與父居一室。及笄，許字同邑李生業之子。烈女姿容婉好，善自斂足，不踰户外。然家故貧，圭門頹壁，人或窺見之。康熙乙亥歲，女年已十八，值臘之廿五日，父以公家役至邑，日暮雪甚，羈宿廨舍。女來見夢，血淋漓肩項間，曰：「蕭諒殺我。」時漏下四鼓矣。父踉蹌歸，則女已斷頭死矣。蕭諒者，故屠兒，居近烈女舍十數武。是夜瞷女父外出，遂携刀踰垣入，逼女曰：「從則生，不從則死。」女堅不可，遂殺之，逸歸。未曉，而女父兄迹之至，則襟血殷然。執而訴于官，邑令往驗。烈女左手五指都落，而右手猶堅持衣帶，不可解。令爲動容，揖之而去。將寘諒於法，諒自知不可脱，于獄乘間自經。而烈女請旌事亦寢，雖撫軍李公、學使者鄒公前後相繼表其墓，然人心未厭也。雍正十三年乙卯，今上登極，下詔求孝義節行之遺佚者。邑丞黃君言于前制府王公，允之，乃促縣具詳，下藩臬議。未及聞，而公去。繼之者富公，將與學使者歲底彙題，則烈女之邀恩旌而享俎豆有日矣。

外史李緝曰：「烈女没没無聞四十餘年，而始得表章于今日，則豈非有待於人哉？方事之殷也，雖其父且以求奸逼殺爲耻，况他人乎？」余來偃邑，庠生周子恪爲余言烈女死事甚悉也。雖然，烈女事其最著者矣。夫士有獨挺高節，已既不言，人亦無從而知之而傳之。如此者，何可勝道？子長所謂：「閭巷之人，欲砥行立名，非附青雲之士，惡能施于後世？」亶其然哉！亶其然哉！

翟誠齋先生傳

先生姓翟氏，名恂儀，字誠齋，山西之聞喜縣人。先生之父爲象陸先生，官方伯。方伯公生二子：長曰貞儀，早殁；仲即先生也。先生生而篤實好學，不務紛華榮利。長遊國學，屢試不第，益厭棄之，遂專肆力於心性之業。其讀書，惟務自得。自經籍諸史，以及宋儒語録，俱有會心，而證以前人之説，未有不合者。餘亦旁及天文、地理、兵法、醫卜諸書，無不搜微剔隱，分別其是非得失之蘊。然未嘗一升講座，不立門户。與人言，肫如也。人化其誠，遂舉其字，稱之曰誠齋先生云。然當是時，山西有兩先生：一爲太原傅徵君，一爲曲沃衛匪莪先生。徵君以氣節顯；而衛先生溫醇和平，不立崖岸，雖徵君見之，亦且避席以師禮事。然世多知徵君，而鮮有知衛先生者。先生既與衛先生壤相接，而衛先生又來聞喜講學日最久，先生與之上下往復辨論。人皆謂先生氣象仿佛衛先生，而不知其得力于方伯公之家教者，蓋有自也。當先生爲兒時，志趣即異。嘗書一紙云：「以心性爲本體，以誠敬爲功夫，以天地萬物一體爲度量。」納於袖，適趨庭，爲方伯公見，意爲果餌或嬉具，索得，則大驚喜，于是遂盡以所學授之。蓋方伯公之學，本于桑暉升先生。桑暉升者，與吕新吾、曹真予、鄒南皋、馮少墟諸君子共倡明程朱正學，而方伯公實得其薪傳者也。先生家學既有淵源，而其闇澹潛修亦天性然矣。至康熙庚子，先生年六十一，以疾卒於家。有子二，長崇觀，次光觀，皆能守其教，不求人知云。

後學王又樸曰：孔子云「君子疾没世而名不稱焉」，然世且有逃名者。夫稱不稱，遇也，君子求其在己者而已矣。吾友禹都張侍御考嘗舉誠齋先生之言，以誌其墓曰：「做人須從樸實處做起。治國者爲天下留其有餘，治家者爲子孫留其不盡，天地之氣，日即於華者也。中天極盛之世，而茅茨不剪。至周而文物大備，乃不旋踵而五霸興。太陽之後，繼以少陰，勢固然也。今士大夫之家，當初發迹時，父子兄弟一段真誠，然或者譏之曰陋，而其人亦或自耻曰陋。漸或世宦，而禮器備，儀文嫺，彬彬乎文獻家風，而誠意駸衰矣。巧詐勝則争端起，争端起則家道銷。」云云。嗚呼！此先生之所以自得而以誨人，亦人之所以稱于先生者歟！

廣餓鄉説

醉鄉、睡鄉之外，復有餓鄉。閩中藍子記之曰：「其土、其俗、其人與二鄉大同而小異，但其節尚介，行尚高，氣尚清，磨礪聖賢，排斥庸俗，則又醉鄉、睡鄉之所未能逮也。」又曰：「此中佳勝，非俗人所知。」余初未以爲然。年來，偕越甫聯袂而征。未半途，覺道路險巇，苦不可耐，勉强前行，忽爾氣象頓寬，別有天地。其山茫茫，其水淼淼，其民渾渾噩噩，忘貧富貴賤。三光如飛彈，大塊如轉圜。俯視王侯卿相，不啻螻蟻，持粱齒肥，醉飽欲死，可憐莫甚焉。嗚呼！此余熟居之鄉也，而乃爲藍子得之耶？

憶余未至是鄉時，見此中人有采薇而歌者，有弦歌不輟者，有歌聲若出金石者，有若歌若笑而鼓琴者，有好容顔者，顧而樂之。已而入其鄉，則夜户不閉，坦然卧及曉。門外無剥啄聲，絶往來人事，人亦無所怪。興至出門乞食，人與之則食。苟或忘設，亦與談竟日。庸俗人方以其不至門爲快，鮮有責望之者。余方且陶然油然，意以爲終老是鄉矣。居之且二十有五年。

癸卯歲，忽舍之，走京師，偶得官。一時戚友争與食，既醉既飽，幾忘是鄉。已而，中夜欠伸，問：「夜如何？」則鼓鼕鼕四五聲，勉强起披衣，促具食，整束袍笏，急闢户趨左掖，隨班立星月中。或日昃始得歸，而賓客則又在門，復冠帶出見之，不勝擾擾然。回憶此鄉之景，杳然如隔雲漢。間欲遂歸，尋故里故邱，以終前者之樂也。既而覺此鄉不在遠，欲之斯至之間。一月而門外賓漸少，而竈下炊漸絶，一俯一仰之間依然此鄉之天地，則又陶然油然而樂之。

今藍子之記此鄉也，知此鄉之能磨礪聖賢矣，亦知聖賢始能擴充此鄉乎？知此鄉之氣象頓寬矣，亦知樂此鄉者之始能居之也乎？知俯視王侯卿相，醉飽欲死，不啻螻蟻之可憐矣，抑知醉飽欲死者不能活此鄉之人，此鄉之人則大能造醉飽欲死者之命也乎？是故周公居此鄉，一飯三吐哺而周治成；公儀休居此鄉，不受獻魚而魯興；趙盾居此鄉，食魚飧而致晉霸；諸葛忠武居此鄉，食少事煩而漢祚以延；盧懷慎居此鄉，烹瓠獻客而開元之治幾于正觀。蓋此鄉之人，大抵皆餓其身以飽天下者也。今觀藍子之才與所學，可以飽天下矣。京都不少此鄉，何不使之居之，而必棄置之于海濱？豈天欲令天下人皆入此鄉而後快耶？此則余所不可解者也。

極有趣味。方望溪先生。

松竹説贈耿子又北

天地之間，植物之數號萬，吾獨愛竹。蓋虛中勁節，與松柏同其後凋；而珊珊然如敲金戛玉于風窗雪院中，韻之逸、標之清似非松柏之所能並。然老即見孫，則輕脆之質又不若堅實者之多壽也。於是竹之外，吾尤愛松柏。乃舉以況之人，則難其似者。來南于濡，得二人，曰汪子起謨，曰耿子又北。茲二子皆醇量高懷，傑出于流輩，而流輩莫之識。起謨尤多所齟齬。

世于少所見則怪之，固如此，而又不然。夫通都大邑、廣陌列市之中，豈少松柏？固不獨爲巖阿物也。乃人則皆夭桃穠李之是愛，而松柏亦遂挺然于人耳目之前，蒼蒼特立，不爲之少開一花，别出一奇。此則松柏之獨有千古者，竹且不能幾，又況凡卉群葩，朝榮夕萎，可得同年而論其優劣哉？

耿子今年且六十，其貧而益堅之志、老而彌壯之操，余信之，諸交遊皆信之。即以此説松柏者贈之，諸君以爲然否？

雜説一

粵人而有適於燕者，懼其路之或迷也，爲之鄉導焉。凡數十返，而不能歷悉其所經，若舍鄉導而跬步不能越者。既而鄉導死，其人不得已，遂自覓其徑。有岐者，徘徊中道，逐人而問之，亦竟達。乃不勝恍然曰：「早知如此，吾何以鄉導爲哉？」

吴地下人多生瘡疥。有遍身而其人忽若忘焉。已而創甚，始謀所以去之。醫者曰：「宜先服參苓，以益其氣。然後徐以靈藥蝕之，再生其肌，可瘳矣。」其人蹙然曰：「瘡遍體，不可旦夕耐。且參苓性迂緩，何能爲？」乃引刀而盡剜去之。瘡已去，而其人死。

衛之人，性好稼。苗生矣，惜之而不忍芟。已而得時雨，苗茂甚，然稂莠已雜其間。乃履隴畝而自慶曰：「吾可坐富矣。」及刈穫日，苗乃無一實者。

雜説二

燕之佃，輸租，而仍爲之役，異于他地。有賢主人者不忍，而予以值。初則感，繼則恬然安，久且争。然主人不較也。未幾，主人死，其子弟漸已貧，無以爲僦資，而又不能已于役。佃皆怨，不終事輒去。子弟怒之，申原約而直之官。官責如初律。佃遂仇主，終不爲之用。主亦莫如何也。君子曰：「佃之無良也，如此夫！」雖然，孰啓其端者？此亦賢者之過也。夫前人制法，豈不欲盡爲其所感而悦者？而俾所從事，顧以法垂之後者也。吾能而後人不能，則法必壞。故寧俯而就之，而不敢爲不可繼者，以矜一時之名，而廢百世之功。天下之爲佃者豈少哉？吾獨怪宋蘇軾争雇役助役，温公雖作色争，而惜其未以此義折之也。

雜說三

瞿瞿子嗜蓄魚，聚數千頭於池，香其餌，朝夕飼之。而又慮敗於虱也，取而剪剔焉，以是爲適其適也已矣，然魚多死。瞿瞿子問於陶先生曰：「余之所以蓄魚者至矣，而魚不育，何也？」陶先生曰：「子之蓄魚，是子之道，而非魚之性也。子且不知魚，又奚知所以養魚？吾告子以魚。夫魚生於江湖之中，出没游泳於洪波巨濤之際。方且不知水之幾千仞，而任其所之，遇所爲飄沫、流沙、草荄、敗稊入其口而食之，未嘗逐逐于食也。以其不知所以生，故能全其生。然及其游泳乎水也，脱有物以臨之，即驚而沉之於底。何也？駭所異也。今子而聚之于池，彼日就駭所異者而求食焉。且旦暮觸池之四隅，而反側其身，不知凡幾矣。彼且困其形而惕其志。形困，則血滯，而氣不伸；志惕，則神收精喪，而營衛無所貫。如此而欲魚之生，是猶屑桂于樹而責枝葉之榮，入鴆于犬豕之牢而求其蕃息也，得乎？子而不欲魚之生也。子而欲魚之生，願子之忘之也。」於是瞿瞿子爽然失，憬然悟，舉其所素蓄者而縱之。

雜說四

蘇之閶門，街市狹而往來衆。徽多爆竹，揚好投空刺。元日，三郡人偶及賀歲事。蘇人曰：「吾鄉今日，後來者皆履前人之首而行，蓋通衢無投足地也。」揚人曰：「余昨歲在舍，此日一啓户，而名刺填委，高并户，竟不得出。」徽人曰：「余鄉更甚。自除夕燃爆竹者，直至此日之日中。余微後，則盈天無一隙。余爆竹竟不能騰而上之。」陶先生曰：「吴俗誕一至是乎！」

秋稼既穫，遺秉、滯穗、殘粒粲粲落田間。飛鳥日啄之，甚適也。一日，陶先生掃除而聚之囷，語雀曰：「吾將俟爾饑而飼之。」雀曰：「翁欺我哉！與我饑而後食我，曷若聽余食而不至饑乎？」陶先生無以應。

儒生有欲齊其家者，日責家人之善，嗃嗃者無已時。家人不能堪，群詬之曰：「夫子教我以正，夫子未出於正也。」生乃嘆曰：「直道不行於天下，亦不可行於家人乎！」

南海之外無雉。偶一雄雉集之，衆鳥以爲鳳也，拱而奉焉。雉亦恬然自以爲鳳矣。已而雕過，將攫雉以爲食。雉急求匿所不得，窘甚。衆鳥相謂曰：「彼自且不能保，况能保我輩乎？」乃叫噪而散。

西河生與北闕子友，甚相得也，而皆嗜古，嘗詡詡於陶先生前〔一〕。陶先生謂之曰：「物苟適用，足矣，何必古之爲？夫書畫器玩之好，與夫聲伎狗馬之娱，雅俗雖異，其滯吾情一也。子必欲有之而後快，恐不免。」已而，二人於市争購一册不得，遂成隙，訴之陶先生。先生曰：「吾始已知之。何如吾不有之之爲得乎？」王子聞之曰：「此賈秋壑閣中老僧之説也。」

陶先生麻冠緼袍出對客。客曰：「先生之冠服敝矣，盍易諸？」先生曰：「子爲我易之。」客曰：「以先生之冠服，柰何令余易？」先生曰：「吾見子之冠服美，而吾悦。吾之冠服敝，吾則不見而子見之，是不快在子也。子而求悦子之目，則子易之矣。」客笑，無以應，然亦竟不解。

有直指使於中州者，延陶先生於幕。適按郡近吴，俗頗侈外觀。郡守供帳帷幕器具粲甚。使者敬先生，願先生居之矣。先生辭，使者强之。先生曰：「公以爲僕張目而卧耶？則此粲然者可睹已。無如其閉目何？」使者曰：「此言也可以參禪。」

陶先生坦率起居，一任自然。一日對客，輒脱韈，捫其足而嗅之。客惡其不潔。先生推去之，曰：「公非名士。」

稻謂秫曰：「若雖長大，蠢然耳。食之者將噎其喉，其有不吐之者乎？」秫怒曰：「子則隨風而靡者也，乃敢議我？」麥與粱相謂曰：「彼二子方南北相争，吾中立，其免乎！」既而又爲之解曰：「我輩非主人培植之力不能成，棄取聽之可也，何詬爲？」

陶先生入都。有執鞭者，冬月御車，破帽敝裘，風沙裂肌體，而過歷村市必醉。醉而驅其驂服，且行且歌。日暮抵旅舍，秣馬畢，則又醉，醉而歌，歌已，鼾睡。久之，醒曰：「樂甚！王侯之樂，不過是矣！」陶先生異而問之。其人曰：「余豈生而御者哉？始余祖父遺余數萬金，余不知治生，以至於此。然當有金時，吾食甘而不知其甘也，吾衣華而不知其華也，方日營營焉求其甘者華者之不足，故不知其樂也。今日者，一身之外，吾無所求焉。吾安得而不樂？」陶先生顧其左右曰：「小子識之！富則日見其不足，貧則自見爲有餘。苦樂之故，豈在於貧富哉？」

有賭者，愈負而愈增其注。賭者以錢物爲采，名爲注，王欽若所謂「孤注」是也。陶先生見之，曰：「無惑乎子之多負也，氣已餒矣。」其人曰：「先生不賭，安知賭？敢與角乎？」先生曰：「可。」乃三勝之。其人曰：「先生豈有術耶？」先生曰：「夫賭，勝負不可知者也。於彼於此，其機常在前，故賭有盆口清渾之分。善賭者其志定，志定則氣旺而神清，故不求勝而自勝也。今君過於貪，不得則憤，憤則愈求勝而愈不得，所謂利令智昏也。吾豈有術哉？吾無心而已矣。」客述其説於王子，王子曰：「先生所言者道也，賭云乎哉？」

陶先生自吴入越，載途有所遺，其人未至，先生攬轡待之。僕曰：「盍迓諸？」先生不可。僕曰：「日已暮矣。須其至以就逆旅，遲則無及，可柰何？」先生曰：「田間之路多岐，脱子與彼相左，則待彼又將待子也，俟之而已。」僕不從，乃私偵之，其人果自他途至，而僕則後焉。先生曰：「吾固知燥之不如静也。」

汾晋之間，人質直。俗惟食麥餅，然以精者進老人，少壯食其粗而已。但遇人周旋揖讓，椎魯少文。吴人謂之無禮而笑之。既而晋人來吴，見吴人之嫻于儀，亦自愧也。已吴人延之，則父兄子弟雜坐飲啖，不少讓。晋人曰：「吴稱禮義之邦，固如斯乎？吾之子弟乃不如彼之厭粱肉。」

唐相盧懷慎清約自守，而姚元之豪而侈。既而兩家之僕相遇，而各矜其主。姚僕曰：「人生所切者，衣食耳。

子之主人嘗以燒瓠供客，則子輩可知，然太自苦矣。」盧僕曰：「余始亦苦之，既而覺其苦者止在喉間一寸地，過之則居然果腹，不復知其苦也。然則余之食粗糲也，猶之乎子之膏粱之于味也。已矣，而詡余乎哉！」姚僕又曰：「汝主所能者不過一清耳，然於人則何益？孰若吾主之大有造於斯世乎？」盧僕曰：「汝主之有爲固也，然效之者多饕餮，於世則靡矣。吾主雖無赫赫功，而聞其風者廉頑立懦。是汝主功在一時，而吾主功在百世也。」陶先生曰：「盧僕其知道乎！『以約失之者鮮』，孔子言之矣。」

客至，陶先生無以供，將殺鷄爲饌。鷄就縛矣，仰視畫眉鳥楹間，愠曰：「子何以高自位置若是？余亦兩翼，而體壯於爾，柰何飛不高？豈有所限耶？且爾於主人何功，而寵之甚！余亦何罪，乃見烹！」畫眉鳥嘻且笑曰：「高卑，人所自致耳。子無能，乃妒我。然我非幸致者。春陽方始，花娟娟其欲放，草茁茁其初生，余乃引吭一宛轉焉。主人四顧，覺花之妍而柳之媚也。暨日方永，夏熱熇蒸，主人昏昏欲睡，聽余緡蠻，如鼓雅琴，如引長笛，遂樂而忘倦。若夫凉風晶日，霜雪凄然，主人無以爲歡，置酒延余。余歌以侑之，未嘗不引滿以醉，醉而聽余歌以醒也。故主人非余則意不愜而體不適，是余大有裨於主人也。子則不然。峨峨其冠，儼然而臨之。主人顧而憎可知也。公私紛然，嚮晦宴息，主人夢正酣矣。子不能護持之，乃更鼓其翼，戛然長鳴，以驚之，使不能乃安斯寢也。忠愛者而乃爾耶？其烹之也固宜。」鷄伏首以思，久之，徐曰：「嗚，吾職也。敢辭烹乎？」客聞之，謝主人曰：「先生之於業勤矣，而鷄有力焉。且先生以余故而殺之，非惡其聲而然也。余敢貪口腹以重先生過？請舍之，以卒成君德。」先生欣然曰：「是吾心也。」於是屏畫眉鳥，而獨蓄鷄於窗下。陶先生之業乃大進。當是時，天下學者無不知有陶先生。

陶先生年四十餘，而不蓄姬妾。其妻爲言，先生曰：「子所言，誠耶？僞耶？」妻曰：「妾侍巾櫛有年矣，未嘗敢告瘁，不幸病瘵，欲覓一人以代余職。家貧，苦無資。今君幸仕，而又戴星出，不時歸。妾早暮待，不能支，願節俸置一婢，以免余勞。實言出肺腑，豈有僞乎？」先生曰：「是固然矣。然與其吾畏子，何若子畏我？」妻曰：「何謂也？」先生曰：「自子之歸我也，鴻案相莊，未嘗有一日之交謫，何也？兩無所嫌也。今一置妾，則余顧子，而子偶不見答，余則猜焉；子顧余，而余偶不見答，而子猜又更甚。猜則慍，慍則離，而吾與子將不終。且吾惟無妾，而子又將老，故能不竭其精以養餘年。苟蓄妾，則彼方少艾，余欲節之，彼能已乎？不能滿其欲，則必且踰閑，而吾與子多事矣。況吾已有兒，何又討苦吃爲？」妻以爲然，已之。而陶先生與妻皆壽考，其情好老而彌篤云。

鄉有欲出其妻者。妻悍甚，然歸其夫未三年也。其夫携友謀之陶先生。先生初辭之，其人憤甚，將他求。先生曰：「吾以子非誠故爾。必欲然，吾將佐子。然子且歸，與語言歡笑，一二日間可辦矣。」其人曰：「吾何能？且既出之，又何語笑爲？」先生曰：「吾固知君之非誠也。夫有心於必爲者，不露聲色而事始濟。君之婦性烈，若知君之欲出之也，必將不測，而母家且與君爲難，是賈禍也。盍少忍，俟其不覺而誘之歸寧焉，第一紙書付之可了。如有他，則死於其家，君無與焉已。」其人以爲然，而友人怪之。先生曰：「此婦吾久知不良，不出何爲？君姑息人，不足語也。」次日，其人來曰：「余如先生言，忍盡一夜，今可乎？」先生曰：「不可，姑再緩。」又次日，友人問曰：「某來乎？」先生曰：「不來矣。」日暮，又問曰：「來乎？」先生曰：「不第此也，繼自今皆絕踪，蓋其夫婦已睦矣。」友人曰：「何以知之？」先生曰：「某初娶婦，少年兩相得。今不過一時忿，無大故。然其人頗犿，急謀之余，不可轉而之他，恐遂成其事。余故緩之，令其忍。諺云：『夫妻無隔宿仇。』況同在床笫間，體相接一二夜，則情熾而怒可平。吾故知其不再來也。」友人於是嘆服而去。

陶先生之鄰，兄弟鬩於墻。其兄訴之，先生曰：「君之弟謬矣，然君視弟如君之子可也。」其弟亦訴之，先生曰：「君之兄謬矣，然君視兄如君之子可也。」其弟曰：「先生何言之重也？吾兄何以視吾兒？」先生曰：「君之子，其過也多矣，然君皆恕之，何也？愛心勝也。而君獨日見兄之過，豈君之兄無一日之愛於君哉？君果有愛於君之兄，則亦恕之如君之子矣。」其人赧焉。先生曰：「君子處人骨肉間，蓋難矣夫！」

【校注】

〔一〕「諰諰於」，原缺，據乾隆刻本補。

僕圉答問

初秋既望，艮翁始得代，于是束殘策，提空囊，辭扶風之官舍，將言息乎故鄉。于其未發也，連朝陰雨，日在水央，重裘擁絮，獨卧匡床。豁然晦暮，雲變赤黄，瞻西山之霞起，識晴秋之有常。乃起，倚杖徘徊于豆花之圃，微聞户外有人竊語，則圉人、僕夫相爲問答之辭。感其言之若規，乃傾耳而聽之。

圉人曰：「公今言歸，庶有所樂乎？將必輪奂割城，膏腴負郭，日進千緡，計者借箸，歲時烹鮮，冠帶追索，張重重之翠蓋，垂深深之珠箔，進小蠻以鬥腰，召紅兒而錯腭，或低唱以淺斟，或呼盧而飲博。抑當改歲，維日之春，織金作埒，屑玉爲塵，開緑野以延客，出醽醁而醉賓。飲興方濃，買舟放波，桂漿蘭楫，緩舞綽歌，庖鱉膾鯉，其樂如何！歡晝夜其忽馳，追芳菲之乍歇，望平原之寥曠，騁騄駬以超越，選色齊足，連鑣飄忽，决雲風騫，鳴鏑羽没，矜捷足之先獲，誇五豝于一發。載禽馬上，歸來景暮，呼酒張燈，燔炙狐兔，既豪飲而大嚼，亦隨風而曲度，見百斛之如泉，孰知東方之既曙。此宦遊既歸者之所樂也，公其然歟？」

僕曰：「否否。余事主人，十年于今矣。十年前，未嘗有余也。豈惟余！並未嘗有僕也。余未悉主人之族世，然竊嘗聞之于其鄰。蓋舉一世之窮約，而未有如主人之赤貧者。家本維揚，中移天津。太翁實積而能散，主人常困而不伸。踵決雙履，衣結百鶉，竈突絶烟，釜甑飛塵，同昌黎之一飽無時，似淵明遇食于三旬。如是者二十年。及余得事之也，主人始奮其身，列于廟廊，借宅居停，賒米爲糧，冒夜而朝紫闕，徒步而歸玉堂，見春衣之日典，嘆之子之無裳。然而歌聲如出金石，瞠焉恒見先哲于羹墻。及改郎署，同官共馬，一麾出守，行李瀟灑，身染腥膻，志崇儒雅，塗堊宮墻，覆甍撤瓦，月廪日餼，以進學者，宏推解于鄉鄰，昭儉約于僕焉，揮千金于一擲，乃不厭夫乞假。然未見其輦金藏珠，求田問舍。既而桑孔來思，同室操戈，朘削膏脂，裒少益多，謂養民非所以利國，沽名即可爲罪過。主人于是不忍傷人之力，捐棄己資，償所責而不足，又稱貸而益之。此所以囊無一文，貧不可支也。名曰歸田，而無田可耕；自云拂衣，而有衣皆賣。昔落拓而孑身，今盈千而累債。豈不知所樂爲何，然實見其嘻已憊。」

圉人曰：「允若兹，則吾有所大不解于公者矣。吾鄉有宦于燕者，甫七年，始穿隙以負曛，今高甍而連雲。又有宦于粤者，僅五年，始履畝而自耘，今千耦其紛紛。公前作宦，既皆顯要，而歷俸有加焉，獨奈何空乏潦倒至如子所云？君子無以爲祭，夫人無以爲裙，僮僕無光之藉，親族無俸之分。壯遊者群笑其拙，愛厚者亦苦其勤，而公顧獨動色以欣欣，何也？」

僕曰：「主人因奉教于黔婁者也，不汲汲于富貴，故泥塗軒冕焉；不戚戚于貧賤，故藜藿終身焉。物莫不聚所好，貨惡其棄于地。天下營營，孰喻于義？世人攘攘，各從其類。既以得所欲而矜，亦以失所欲而愧。主人既無所爲忮求，又焉肯以其所樂者而于是乎易？」

僕答圉人言止于此。艮翁備聞之，既憮然而疑，復悄然以悲。乃曳杖出户，進二人而喻之，曰：「圉人之見固陋矣，僕夫之言抑何其夸而謬也？夫爵禄者，天子所資以用人治世，非憐其貧賤而富之貴之也。權勢者，君子所藉以行道濟時，非貪其榮利而自奉自養也。不見夫工匠乎？必有所成，始飯其身。又不見夫雇役乎？先效其力，乃受其值。不然，則反諸其人，斂躬以退而已矣。余一書生，未嫻經濟，性既迂疏，事多沾灑，略涉詩書，遂忝科第。乃未及乎二年，遽拔置于三事，始兢兢於臣職，終貿貿於國計。止從薄罰，旋復其位。臣子之罪已深，君父之恩未替。仍令無用之材，不至遐焉以終棄。況茲關陜，地接西羌，連歲出師，載裹餱糧。智略之士，勇悍之夫，莫不輸忠軍幕，效力戎行，氣欲吞醜虜，志在拓邊疆。此時余即請纓出關，負弩前驅，亦未能上報蕩蕩之仁，下盡區區之愚，而乃希苟得，瞻妻孥乎？第自辛卯病後，多憂少歡，築池之役，心力俱殫，精喪于夏雨之傾波，魂失于秋水之奔湍，致患怔忡，其息以嘽，六陽既虛，腰膂多寒。當暑已獨擁火，未夜即先閉關，時畏風以却立，常就日而負暄，皆汝等所親睹，莫不愾焉以共嘆。夫民事非可以卧理，天糈豈可以素餐？避賢其理也，引年其分也。殖貨財而求歸，是自利也；托高尚以爲名，是無義也。既已衣租食税而不能事其所事，將安坐以責主人之糧，而毁瓦畫墁者之猶可云食志也，豈理也哉？余亦行其理之所安，分之所宜。今日之歸，爲苦爲樂，余又安足知？」

義賻故興平徐令歸櫬狀

乾隆六年之春，貴陽平越徐君以少年名進士，來令興平。興平故劇邑，社稷人民惟令是依，國賦倉儲惟令是寄。而地當往來之衝，冠蓋輪蹄，道左迎送，灑掃其館驛，豐廩餼，而戒備非常，皆令職也。蓋無一日之寧晷焉。徐君故體孱，而以書生習吏事。性謹甚，時隻身，無一腹親幹僕與俱。初受印，則惴惴懷之，夜則握以寢。受帑，受倉粟，則更又惴惴，至寢不能寐，當食而不能下咽，以至于病。同官百計譬解之，不能得也。到官四月，卒以憂死。丞尉視其卧内，書數十卷，一羊裘，一葛禮服，一襲布衾，一具而已，爲流涕出俸錢，而殯之于僧舍。未幾，其父踉蹌來，則撫棺慟，既而號于市曰：「吾數千里徒步來此，不得食者三日矣，而不意吾子之竟死也，然吾亦將死。

吾且不得生歸，吾又烏能歸吾子之死骨乎？然死者有母，能見其子之生，而不及見其子之死。死者有妻與子，能相依其夫若父于其生，而不及相送其夫若父于其死，則甚可痛也已！」于是王子又樸聞而哀之。夫距興平而爲郡若干，爲邑若干。其上官、其長、其佐，固亦皆東西南北之人也。孰無父？孰無母？孰無妻若子？則亦孰不願相聚而享鍾鼎之奉？則亦孰不願同歸而誇晝錦之榮？而徐君顧若此，則有不共哀之而助之俾歸骨于故里也，必非人情矣。乃爲書其狀，以告諸宦遊于此地者。

書事

余以試築湖堤，停舟秦潼鎮者半月，艇走雲隨，荒灘蓼泠，萬里瀰漫，一帆天際。興至則舉杯，醉即睡，睡而醒，隨手抽書以讀。已而月出，時已幾望，亦有微風蹴水，如萬道金蛇，又如舍利佛塔層層發露祥光，在數百頃琉璃之中。而鷄犬絶響，四聽寂如，惟群魚唼喋，時一撥剌而已。人生貴適意，奈何絡首穿鼻，聽人鞭策爲也？書罷，爲之一嘆。

題顧六虚小照

一杖一笠，君將焉往？終南之徑耶？富春之浦耶？先生行年六十有六，相識滿朝廷，而曾不以顯寂通塞者，于中有痒痒。使當時亦將低首下心，則早已垂裳委佩，而曷至蒼顔白髮猶懷舊骨之骯髒？豈其少不如人，今老矣，反隨時俗爲俯仰？蓋嘗寓意于梅竹，一則寫其始終之介節，一則見其孤芳而自賞。然則先生殆將隱矣，是以掉頭不顧，頽乎其放。有善手丹青，相對忘言，不惟其形，而惟其神，能傳之于紙上。

徽郡觀風示

照得文以載道，非風雲月露之足稱；儒有立言，必世道人心之是賴。况兹新安舊郡，久稱文獻名邦；白嶽、黄山，盡是鍾靈之地；武溪、練水，莫非毓秀之鄉。是以元晦挺生，紹道學淵源於洙泗；少微崛起，標文章氣格於徐庾。今雖人往風微，豈遂音沉響絶？時藝盡名帖括，而措詞實代聖賢。策論本貴宏通，必有試斯兼體用。兹當賢書將薦，則所出而獻於廷者爲何？將來仕路聯登，其所藴而蓄之身者斯在。得毋有懷欲吐，亦當擲地成聲。謹以本月廿六爲期，即於郡城貢院相候。薄設茗果，敢迓軒車。幸不鄙俗吏風塵，來者即占德星之聚；庶得從高人杖履，望處俱成紫氣之騰。稽諸古以準諸今，諒所學皆有根柢；得之心而應之手，信所學不落言詮。本署府少不如人，朝未聞道。且來無多日，非能有點雪之紅爐；而路係舊遊，尚可比識途之老馬。諭爾多士，鑒此鄙誠。

招關中書院諸同學詩啓

竊聞西園雅集，大都能文。曲水流觴，亦皆有作。况當秋色平分之候，正是詩情高寄之時。問月已停杯，不必瓊樓始作賦；臨風將落帽，又恐冷雨值催租。故于來朝公訂詩社，賈奪標之餘勇；豈云競病粗調，作傳臚之先聲。務令宫商偕奏，才堪泣鬼；《烏椄》一曲，今有同工。句欲驚人霞散，雙言昔非絶唱。諸君揮灑，筆墨雲騰；獨我踟躕，智慮日短。雖曰老當益壯，而不能無畏于後生；矧已少不如人，更何以效顰于西子？掃徑以俟，揚鑣而來。

跋龔誠齋先生摹聖教序石刻

余家藏《聖教序》善本，髫年臨池即學之，愛其局陣回環，伸縮完密，而藏鋒斂鍔，好整以暇，若不欲戰者。

未幾，爲人竊去。數十年來，所見多矣，類皆努筋露骨，不則脉絡糾纏，苦無生趣。求如所藏，不可得也。今見誠齋先生摹本，殆恍然如獲故物云。

題孫亦倫明經栩栩圖

此謂物化，物何嘗化？物仍化物，彼此相借。花開非開，花謝非謝。夢即是醒，晝即是夜。栩栩者誰？事奚足訝？先生于此，思議俱罷。

無爲州奎樓上梁文

竊以濡須名塢，當吴魏必争之地。襄陵分縣，爲焦白下灌之鄉。其人重厚少文，敦實行自無虚譽；厥土沮洳多水，挹清流總出靈源。然而部署未得其宜，遂致含章久匿其采。以故學舍建自有宋，誰稱安定之門人；甲科盛于前明，僅傳焦邢之翰撰。非天之菁英頓歇，而時則典制未詳。莫爲之增，自遺其憾也。蓋璧號圖書之府，奎宿聯輝；奎主武庫之兵，璧星並耀。於論鐘鼓，實本象緯以休明；美富宫墻，亦假樓觀爲拱照。况兹西高東下，體勢非全；右實左虚，彌綸正急。乃於文廟重修之日，即當奎樓創建之年。時以得歲爲祥，道在敏樹協吉。物華天寶，桂秋即開杏苑之春；（其時八月，杏忽着萼。）人傑地靈，濡江盡是瀛洲之客。既蠲良旦，敬上雕梁。用申頌禱以摛詞，永作文章之司命。謹告。

孝子金生實迹

金之鵬，字北鯤，性至孝。早年喪母，哀慕甚。每祭掃，及忌辰拜奠，輒泣涕淋漓，殆終身如一日。事後母，不異所生。無兄弟，獨承父志。以貧不能養，讀書外兼業醫，術既精，家漸裕矣，而自奉猶昔。所以進之親者，則甘旨必備，服飾鮮麗。父尤嗜飲，供無缺，日陶陶醉鄉間，卒年八十餘。哀毀盡禮，備物盡志，蓋不遺餘力焉。守三年喪，服闋後始預族黨宴會。遇祭奠，其哭泣一如喪母時。性亦能飲，然父卒後，非留賓奉母，輒不獨酌，曰：「數十年侍飲，今獨酌，何能下咽耶？」今年逾七旬，而於後母猶循循如孺子。母時近耄，頗健。其妻亦體其志，敬事之不衰云。

乾隆癸亥歲，北鯤之友人吳秋岩預修州志，欲以其孝行白之當事而臚入焉。輒固謝不可，曰：「孝何易言？即孝，亦人子分内事。某方以不孝自怨艾，柰何污郡乘？是重吾罪也。」其不務名如此。生平與人交，肫誠無僞。醫藥不計利，詩亦清新絶俗，皆其餘事也。

此無爲州孝子金生實行也。新安汪子槎庵來州，訪得其人，爲余道之如是。前署牧別駕馮君亦與交，如槎庵言。詢之諸紳士，無不同者。余重其晦名敦實行，懼久而湮，因紀之，以備後之重修州志之能採擇者。

旌表節烈李氏墓誌銘

乾隆二年十月某日，青州中憲大夫馮退庵公卒。四年十月某日葬，其妾李氏殉之。李氏者，蘇之常熟人，年十七與同郡吳氏俱事中憲公。李讀書知大義，吳亦柔婉恭順，兩人相得無嫉忌。居止後先，歡若親姊娣。而衾裯互抱，勤供内職，彼此相勖勉，又良朋箴友不是過也。中憲公之父即内閣大學士文毅公，世以禮法型其家。中憲公又以賢郡守歷任閩廣，勤勞國事，不邇于色。其嫡配吳恭人頗以仁逮下。然李與吳小心翼翼事公益誠，事恭人益謹，而俱無出。公憐焉，易簀日，命遺嫁。二人堅不從，佩刀絶粒，以死誓。公知其不可强也。然家人頗防之。

先是公病篤，李奉湯藥，私封股肉，和劑以進。不效，則焚香祝天，祈以身代。而公竟卒，隨自裁，救之得免。吴亦以防之者嚴，而不克遂其志也。已而兩人私相語曰：「公死則俱死耳，況又無子。第公骨未歸土，何遽自決裂爲？」于是兩人麻衣斬斬，同居一閣，閉不與外通，形影相吊，凄然忍死以待。及至葬，李與吴同車送至墓，崩頂泣血，淚盈盈土塊間。歸即相對仰藥。家人覺，急奔救。吴瀕死復蘇，而李已絶矣。家人爲殯于公墓之側。督學使者徐公書其棹楔曰「貞逾紫玉」，且請于朝，賜之坊以旌。而吴煢煢俟命，至今年已四十餘。李雖先死，而其全歸之節實與李同無貳志云。

銘曰：可卷首席，可轉者石。從一而終，之死靡忒。死已吞聲，生者惻惻。

在陝公祭制府尹公太夫人文時公奉命閲蜀之金沙江，未回

嗚呼！騑牡逶遲，周道瘁使臣之節；青鸞寥廓，瑶池虚王母之宫。望絶於歸鶴樓頭，豈無名香四兩？血灑於啼鵑枝上，祇有寒月三更。既陟屺之獨傷，亦蓼莪之共廢。愴深僚吏，哀徹閭閻。恭惟太夫人，姮月澄熹，婺星啓秀。紉蘭佩茝，早播衿帨之馨；守禮敦詩，允著閨閫之範。稱桓鼇之内德，曾聞沛國諸生；奉陶母爲女宗，競説長沙人士。永懷聖善，誕育靈奇。若我憲臺大人，降嶽周神，格天殷輔。元成經術，繼韋丞相之家聲；永叔顯庸，知狄夫人之母道。燃藜於金殿，香含蘭葉之脂；視草乎玉堂，綬映桃花之色。班固能成彪志，馬遷還讀談書。爰受特達之知，遂蒙不次之擢。雙旌並賜，六纛齊張。仡仡金湯，桓桓幕府。敬承閫外之命，持節凡三；賢勞域中之區，閲省惟九。宫僚秉憲臺霜，清犴門棘園之冤；元老壯猷卿月，布蜀水秦山之澤。西陲之龍光聿至，北堂之燕喜方來。故凡茂績鴻功，皆本芳規懿訓。夫人入座，群瞻金母之裳；命婦頭行，共睹南嶽之駕。爾者皇華建節，目斷白雲。清

詔張旌，波生孝水。坂名九折，御方叱於王尊；居號三遷，機忽停於孟母。遂使龍涎書玉，增天上之仙班；鮫淚泣珠，亡人間之母誡。罷春人之相，思换骨以無由；攀孝子之轅，求奪情而不可。惟聞聲以致唁，潁川之會萬人；將學禮以求觀，延鄰之來千里。某等幸依樾蔭，久惹萱芳。雀未酬恩，空有炙鶏之獻；蛇難報德，虛陳《薤露》之詞。郝太君之令譽難名，鍾夫人之懿行曷罄。名閨失教，事屬同悲。盛世推恩，典洵獨渥。榮封極品，綵舞衮裳。膺丹陛之殊恩，斂幃房之景福。於是禮崇哀誄，垂令德於億萬斯年；名列圖書，妥靈魂於九重天上。用陳椒薦，敢布葵私。尚饗。

公祭同鄉年友李石林庶常文

嗚呼！孰虧而張？孰植而戕？理數至此，地老天荒。嗟我石君，樸直温良。懋哉令學，升兹玉堂。不朽之業，不掩之光。文明日啓，黼黻輝煌。吾輩樗散，交合四方。神明通之，道德文章。謂可久要，頡頏翱翔。豈曰中道，遽有短長。天禍善人，飛斷雁行。因心則友，一痛俱亡。石林以弟殁過哀致疾。從兹出處，無人可商。臨風舉奠，涕泗浪浪。嗚呼尚饗！

公祭李贈公文

嗚呼！芸芸之衆，知德者希。紛華而悦，食粱齒肥。孰能終始，恬然布衣。隱者爲儔，君子與歸。翳我老伯，韜光含淳。圭組非榮，藜藿非貧。惟以真性，篤其天倫。父作子述，文質彬彬。粤稽先年，淵源家學。詩禮趨庭，追金雕璞。有起者前，麒麟鸑鷟。群季挺生，遐哉卓犖。翁于其間，抱守遺經。含宫嚼徵，式玉式金。左倚長劍，右撫短琴。時以幽邁，山壑追尋。其後乃昌，森森玉樹。聿修厥德，家風有素。武緯文經，蛟騰鳳翥。莞爾酡顔，慰此遲暮。伯也今歲，射策南宮。仲也奮迹，豹變畿東。叔由銓翰，出守崆峒。季子好學，三餘腹充。素惟高蹈，悦兹津湄。以漁以弋，隨意所之。時寄尺書，清白是規。忠誠悱惻，情見乎詞。某等下士，分猶子侄。與叔君遊，相通以實。世好年誼，鄰邦接膝。私淑典型，我身以律。翁年未耋，花甲初增。相依伯仲，蘭芝繩繩。叔君清吏，養志如曾。茀禄爾康，如岡如陵。忽于長至，北鳥銜哀。少微星隕，泰岱山頹。一時後學，咸失所裁。豈惟賢嗣，愴焉心摧。有核盈豆，有酒盈觴。欲往從之，匏繫一方。臨風遥奠，涕泗沱滂。翁不我棄，翩然大荒。嗚呼尚饗！

續刻

半陶先生傳

半陶先生者，宅有古柳二，因額其齋曰「半陶」，蓋其胸襟沖曠，志慕陶靖節之爲人，而又慊若未之能逮焉。世人皆稱之爲半陶先生云。

先生姓孫氏，諱逢吉，字長康。先世居晋，後遷陜之三原，世有聞人。其諸父豹人先生，以詩鳴於淮揚海甸間，淮揚故有先生鹺業在。先生幼隨父讀書其地，而紛華之習不一染，布袍革履，蕭然若方外士。甫十齡，爲文即驚其座人。太守毛公奇之，觀風拔冠童子軍，而名遂噪甚。然先生處之漠如也。

及歸陜，益沉潛於學，喜與高人忘世者相遊處。爲文直寫胸臆，如長江大河，一瀉千里。弱冠，補邑弟子員。嗣後，歲科試輒高等。然于時藝，一宗先輩大家，不屑屑於程墨風氣。朋好之震其才者，咸勸其就繩尺以取功名，輒掉首不顧。

甲子膺歲薦後，仍走維揚，與豹人先生詩酒倡和。著有《芑園詩稿》，體格毫不倚傍前人，而獨自成其一家。人之讀之者，皆謂其思致澹遠，實有靖節之風，蓋不以形似而以神似也。

在揚四載，思歸。橐中唯古圖册百數十卷，及宋元名人書畫而已。雅志推解，歲所入咸周其戚里之窮乏，無留餘以自封殖者。嘗欲建宗祠與義學，規已定矣，未及爲，遺命二子卒成之，以遂其志。令節佳時，必置酒招同志友，觴風醉月以爲樂。

歲乙酉，已授平利邑學副，辭不就。蓋志尚夷簡，放浪形骸，不欲役役於車塵馬足間也。生二丈夫子，重鍁、錦裳，皆有聲庠序。重鈉於鄉試三薦未售。錦裳亦僅中己酉副車。懷才未遇，然皆飭身謹行，不干進以求名。先生家風故未墜云。

舊史氏王介山曰：傳稱陶靖節貧而樂其志；而半陶先生則有先人之業，非貧也。靖節之貧，至於乞食；而半陶先生尚能分惠。且靖節以晋室忠賢之裔，不願仕宋，所言「不爲五斗米折腰」托詞耳；而半陶先生則非其時，且亦無需五斗也。然則所謂半陶者安在哉？夫知人論世，亦以其志趣定耳，豈必迹之拘而規規爲？如以迹而已，則陳仲子之廉賢於子貢，而沮溺丈人以及後世石隱之流皆高絶千古矣。余於先生之長嗣有夙雅，備悉先生之志趣，特爲傳以風世之營營者。

送江生于九之湖南試邑令序

昔柳子厚《送薛存義之任序》云：「凡吏於土者，蓋役於民，而非役民而已也。」旨哉言乎！使世之爲吏者能明於斯義，則皆良吏矣。何也？蓋以爲役民，則所以處之者其勢必自尊，尊則亢，亢則不能下，而所以求於人者重；以爲役於民，則所以處之者其心必自卑，卑則慎，慎則能思其職，而以其所藏乎身者施諸人而可喻。故平天下之君子，不求平人之情，而惟求平己之情而已。蓋能自平其情，斯能得人之情，而己之無情者不盡其辭，則民之有情者皆慊於志，故曰大畏民志也。亦唯能得人之情者，必由於先自平其情，所謂無忠做恕不出，故曰知本也。然余自外出後，歷與治民之守令相遊處，則爭尤其民以爲難治者多多矣。及余任丞倅二十餘年，中間屢假攝郡縣吏，殊不見民之難治也。豈人各有心，抑余之迂愚竟瞶瞶耶？

真州江子于九，以高才拔萃貢於廷，膺命赴楚爲長吏，此役於民之始也。歸家治裝行有日矣，請余言以爲治。余特述柳子之言以贈之，而并闡發其義旨有如此者。江子故君子，知必不以余言爲迂且愚也。

汪惕庵先生制藝遺稿序

道之顯者謂之文。文不離乎質；質之至者，文自生焉。故《易·賁》之二曰「賁其須」，蓋須所以文其形而形體質也。夫冠裳劍佩，赤芾金舃，此以物采加乎身，文矣而非文也。磬折周旋，進退揖讓，威儀有棣棣之美，詞令有亹亹之善，此以身應世，後起之緣，文矣而非文也。大而朝廟祭享，小而鄉射讀法，莫不釐然盡制，炳蔚可觀，此以身加民，潤色乎太平，文矣而非文也。蓋文不離乎質者也。然而人身之眉與髮，又與體俱生，猶之質耳。求其不離乎質，而又後乎質，惟須乎！故人生未壯，則須不生。何也？質未至也。迨須生，而體則已壯矣。賁之爲文，如斯而已。

今之制藝，世所謂文也。然題則文之質，善爲文者必先須解題。題解真，則文自真；題解透，則文自沛然肆出而不窮。昔者吕先生傳其亡友之文，題之曰「質亡集」。文也而曰質，蓋質之已至者也。夫是之曰文也。余嘗持是以衡今時之文，鮮有合者。玆讀惕庵先生文，特舉以似之。世有知言，然乎？否乎？

送新安方生歸里候選學博序

今日仕途，士人所可爲者獨有廣文一席耳。蓋一邑之中，禮與大令等，其儼然而臨乎上，專其進退之權者，惟督學使。皆出身清華，無市兒，則吾之折腰不爲屈。而居近宫墻，所習聞狎見皆禮樂俎豆弦誦之事。其往來與居與遊，皆章甫縫腋之儒。而程課其文藝，覈舉其行誼，無簿書期會之煩，無倉庫管鑰之寄，無奔走迎送供億之勞。是位尊而流品貴，職業又極清，故稱之曰外翰焉。宜乎，居之者爲甚榮幸矣！然多厭薄而不願爲者，則豈非以其貧哉？不知今日之居官，無論大小崇卑，蓋無有不貧者也。而事日以煩，而責日以重，脱一不慎，輒罪戾即之，加之以追賠，而又往往多出於意計之外。即僥幸得免，而展轉營救，稱貸及戚友，遺累及子孫。然則從其前而論之，則未有不以此羡彼者；從而後而觀之，則又未有肯以彼而易此者。是廣文不可爲而可爲也。

新安方生沛霖，年富學充。乾隆壬申，舉於鄉。兩上公車不遇，乃就明通得學職。昔與余有一日之知，因過廣陵而來見焉。余窺其色，無幾微拂意見於面。且求所以盡厥職者。嗚呼！方生之識與量可不謂遠哉？夫既知其可爲而爲之，則不患其職之不能盡也。如必欲求之，則有安定先生湖學教規在，亦無俟乎余之多言也。

再廣師説留别孫子固先

昔昌黎韓子抗師道以號召後輩，著爲《師説》曰：「師者，所以傳道授業解惑也。」故道可傳，業可授，而所學實足以解斯人之惑。如此，而學者耻相師，謂之不明。誠哉，其不明也！而豈所論於無道與業之人，所學不足以解人之惑者哉？然亦有之。近世方百川先生廣其説曰：「昔之人耻相師，今之人則不耻相師。」謂其日營營於顯者之門，而以師爲市也。夫師人者，其術有工拙；而爲人師者，其勢有逆順。豈師之而即可以得富，可以得貴哉？然師之而果可以得富與貴，是雖不足於節而猶可以自快其身。如其不足以得富與貴，而猶抑然而師之，此則何爲者耶？余生平自塾師暨鄉、會試，座主、本房師外未嘗有所師；而於人也，亦自塾師外未嘗敢爲人師。

及宦遊來吴，乾隆己巳歲得告歸。辛未，過廣陵，有執弟子禮而來謁者，自通曰陝之孫子重鈉。余訝焉。叩之，則以曾肄業於關中書院，而余爲之師。然余實非師，時蓋任西安丞，奉上憲命，綜核書院諸生之膏火而分給之耳。況余執事書院時及孫君在院僅十有三日，非有所爲言論風采足以相與感發也。遂謝弗敢受。孫君固請。余曰：「爾我年相若，友之可也。」然孫君仍執前禮不衰，如此者數年。久之，孫君毅然進曰：「先生必欲棄我門墻之外耶？何拒之堅如是？」察其意甚切，以至實非如夫世之市道交假人之勢而以爲利者。且余官已卑，而又去職年，又將就木，亦何勢之可假焉？豈真謂余爲有道業之可傳與授，而所學足以解君之惑也哉？余竊自反焉。自幼及老，雖孜孜矻矻，而於道終未之有聞。望古人，若自墮雲霧中。即有一知半解，亦若醉夢人之囈語也。己且惑之不能解，而又何以解人之惑哉？然而重違孫君意思。

昔燕郭隗言於昭王曰：「隗請爲駿馬骨，則駿馬將自至。」余道不足以傳，而無業可授，實非有可以解君之惑者；而君乃就盲而問焉，虛懷若是其篤也。天下聞其風，將必有有道與業者樂與之交而傳之授之，孫君可以無惑之不解矣。所謂「請自隗始」者，殆余之謂乎！乃不得已而受其請。於今之將別，因又廣方説以詔世，世其有以諒我矣！

張琳城傳

張君名存直，字古愚，琳城其别號也。其先於金時自山西蒲州遷居解州安邑之運城〔一〕，遂占籍歷世至今。故明天順間，直指璡正色立朝，有直聲。其子秩卿芮值奄瑾專政，勢赫然，朝士莫不望風趨拜者。秩卿獨不爲屈，長揖而已，瑾亦莫之何也。以此，世德傳家，安邑之稱公正有家法者，必推張氏云。至孝廉弴，以第四子存恒文林郎貴，得贈。贈公好學書法，有晋唐風格，刻《留餘堂法帖》行世。君其第五子也。

君生即端凝，不苟言笑。凡衣食居處，務簡樸。視聲色紛華，淡如也。殆稱其名與字矣。性至孝友。居父母喪，哀毁幾至滅性。運城據解池上，居人皆業鹽。以故，俗競於利，鄉人多壅財自封殖，至視親昆弟如秦越。君獨弘推解。其兄存恒有壯行志，而苦力不足。君乃集群從，共捐資以成之。君之族弟再輝失岵峙，貧甚，無所歸。君招之來，衣食之，爲娶婦；待其能自立，方聽去。其尚義有如此。君讀書慕古，爲文力追成、弘，鄉薦者屢屢矣，垂得復失。雍正甲辰，庶常孫公見龍分闈晋省，得君卷，喜甚，擬本房第一人。主司摘其一二字斥之，孫公極爲扼腕焉，卒不得志。至己酉貢成均，值淮鹽使者有簡發人員之請，司成以君名應，遂得任泰州分司新興場大使，而非君之志也。在任力供其職，不少懈。然終以抗直，不能隨人俯仰，故致罷計典，以老疾解任。宦囊空甚，不能歸，羈留任所者五載，遂卒。自解組及卒之日，新興之民竈咸若失慈父云。

舊史氏王又樸曰：余自銓曹出任河東運同，時聞張君學行甚優，求一見之不可得。及余被劾去職，君乃不召而至。迹其高尚，誠古君子哉！誠古君子哉！

【校注】

〔一〕「運」，原作「弟」，據乾隆刻本改。

江南三賢媛傳

古云：「王化起於閨門。」閨門之貞邪，風俗之盛衰繫之，可不重歟？蓋女子一生有三節焉：未適人爲女，既適人爲婦，生子矣則爲母。此各有其道，過之猶不及也。然流俗靡靡，江河日下，非有奇節特行，何以迴既倒之狂瀾乎？余遊吴，據所聞，得三賢媛焉。

貞女郭氏者，故吴庠生郭華培之女，許字同里人洪仕灝，未歸而仕灝死。氏聞訃，請於父母曰：「兒當往。」父母執不可，輒號不食，不得已聽之，時年二十有三也。既往，其舅耄且病，事之儼如父。家故貧，薪水憂不給，氏乃佐之以十指，更出其金條，脱授翁曰：「少易甘旨費，老人豈堪此粗糲餐耶？」夫柩不能葬，爲盡鬻其釵梳衣飾，以營兆域。自築生壙於其右，蓋穀異室，死同穴，矢死靡他之志也。迨夫之弟生子，即撫爲嗣，不能延師，自訓之，并授女弟子，以終其身。親族欲申之當事，求表其廬。辭曰：「我未亡人，遄死爲幸，敢望旌乎？」迄今歲丁丑，氏年已六十一矣，皤皤黃髮，仍一處子云。此以女而爲婦者。

婦則有維揚江良錫之妻程氏焉。良錫生而周晬時，其母亡。四歲，即依繼母高以長。少好學，尚氣節。善詩，著《一枝吟》，然秘不以示人。母膺寒疾，藥無效，至刲股以進。終不起，而良錫亦病矣。宛轉床笫間，動止皆須其妻程扶策之。程亦以身任，不少委僕婢焉。朝夕禱神，乞以身代，叩首出血，眩而仆地，幾死者數矣。踰年，良錫竟死，死時戒程曰：「爾有遺腹，果生男，撫之成立，此真節義之大者，慎勿殉。」程感其言，果生兒，名曰甡，夫所命也。兒少有知識，教之數與方名。及就外傳，凡師所授句讀，歸必督其覆，偶有遺誤，必撻之。如此者八年，然程終以殉。夫志匪石，不可轉也。又拮据，上奉其舅，下撫其夫之弟與子，力過瘁，致疾以死。其舅傷之，命次子良鑑必求聞人，以闡其幽貞，無使泯泯也。良鑑志不忘，見有學行之達者，必跽而請，且至出涕。觀良鑑之誠懇如此，則程之賢可知矣。此則以婦而兼母者。

母則於維揚又得一人焉，曰徐氏，蓋故浙之寧波守汪起之妾也。嫡喬氏無所出，徐氏有二子，事喬甚謹。喬性多操切，遇氏多不以禮。氏甘之，未嘗有幾微憾。未幾，喬後其夫亦亡。家故饒，甲於淮南之業鹽者。氏既擁厚貲，二子幼，一手操家政，然悉守喬之舊，無所更。總會計者，仍即喬之弟某也。僅歲給其弟與侄數百金，曰：「爾非幹才，贍其家足矣。」不令干一事。有戚黨某，曾爲幹紀，其業負金萬餘，懼而逸。氏念其舊勞，仍歲以例得之辛俸，給其家以養。某歸，感且慚，不敢見。氏再三慰諭之，俾仍司其事。其厚德如此。然御子過嚴，一衣一食皆必禀領于氏，無得敢擅取。其子至自典質衣物以給所私用焉。家不畜優伶，不養食客，門以內凜然清静，儼如寒素家。此則以妾而盡母道者也。

論曰：郭氏以室女守貞。程以篤伉儷，至不愛其死。徐止知以儉約守家法，而不能令其子尊師取友以成其德，禮賢下士以廣其譽，準之於禮，皆過焉。然孔子曰：「不得中行而與之，必也狂狷乎！」孟子則曰：「伯夷隘，柳下惠不恭。隘與不恭，君子不由。」然又曰：「伯夷，聖之清；柳下惠，聖之和。」此何以説焉？況在巾幗之流，而卓卓立心制行如此，可不謂賢乎？而吾於徐氏則更有感焉。夫炫己而忮人者，俗士之情也；修怨而泄忿者，世人之常也。此在鬚眉丈夫有不能免者，而近日士大夫爲尤甚。以余所見，前人有善政，雖極詳密無間，而承其後者雖無隙，猶必力爲吹索，改紀其舊，以自爲功，蓋比比多是也。以視徐氏，其有不忸於心而汗於顔者乎？是雖妾婦也，而蕭、曹矣。余故亟録之，以風世之有位者。

祭張年伯母元太孺人文

嗚呼！又樸之登堂拜吾伯母也，自康熙癸巳歲始，時則令子石鄰薦賢書，而又樸副之。先是又樸早得拜伯父公於庭，命石鄰兄弟與又樸締交云。

天津去京師不數百里，近鹽逐末。四方之浮囂不靖者，樂萃此以規利，莫不競逐鮮肥，便辟矯誕，令人莫測所爲。而石鄰兄弟獨敦古義，相處日以敝衣冠遊廛市，夷然弗屑。時人以爲怪，然又樸竊重之。及雍正癸卯，遂以前後榜成進士。又樸在館，以迄佐鹺河東，皆與石鄰俱，蓋依依不忍一日離也。又樸既與石鄰相好如親兄弟，以故，伯母之視又樸亦如猶子。歲時拜見，其訓誡又樸者猶之乎訓誡石鄰焉。乃自雍正己酉又樸落職後，棲遲扶風倅署，而石鄰亦求五斗粟養親，遂相違。又樸既以失志而貧，石鄰又更甚焉。中间遭險巇困踣，幾不能存，然其骯髒猶昔也。今幸事得雪，補官於江左之金山，未匝月而伯母之訃適至。雖又樸猶見邸抄而驚悼悲愴不能自已，況於石鄰之爲子者哉？

嗚呼！樹欲静而風不寧，子欲養而親不在。回思又樸之於吾二親，其情之可悲可痛亦如石鄰今日矣。雖然，又樸老矣，思買田東郭，與石鄰兄弟白首相依，以終昔日交好之情，然未知天竟何如、命竟何如。即使果能，而求如疇昔之日，拜伯母而聆謦咳，窃其淑範懿言，歸而語諸壼，俾吾婦吾女儀之效之，又豈可得哉？嗚呼！一官匏繫，千里臨風，欲執紼而無從，想栝棬其如在，有不禁涕泗之交流者矣。哀哉！哀哉！尚饗。

請停捐納議

從來有治人，無治法。此義人皆知之，而皆能言之。獨至今日之當國議政者，則於治法斤斤講明而致行焉，而無有及治人者，豈不能知而不能言哉？蓋有難焉者矣。我國家混一海内，改紀前明弊政，務敦寬大，輕徭薄賦，與民休息。及黔貴跳梁，用師幾二十年，徵兵輦粟，資用不贍。言者請許民納財酬以官。聖祖仁皇帝不忍重加賦於民，姑從其請。繼以噶爾丹之叛，策旺之不庭，而此例遂綿綿不已。幸者又争爲邪説，遂日新月盛，至有則例二十餘款，而例之中又有先用、先先用。即用之目，其輸財得官者内至于部郎，外至于府道，蓋已極矣。今上繼統，鋭然有意於太平，凡部院大小諸臣，無一不嚴加甄别，而尤加意于守令。然今日之官，大半皆膏粱紈袴及市井之猾、胥吏之狡黠者。與此輩共治，是猶命盗守財，而責聾瞽者以審音辨色也，豈不難哉？請得而言其十弊。

天下所重者名器，昔人所謂不可以假人者也。故孔子惜繁纓，而周襄王不予晋文之請隧。夫繁纓小節，隧死者之虚器也，而重之猶如此。今且以天位、天職、天禄而爲市賈小兒所竊弄，甚至倡優皆綰黄綬，厮養亦剖銅符，等威不辨，貴賤無分。是褻國家之名器，一也。

天下所與分治者，以有群吏。而察吏之道，惟賢惟才。《周禮·小宰》以六計弊群吏，而皆曰「廉」，蓋未有貪濁在上而可以治人者也。捐納者，其始以市道得官，繼且必以官爲市，而欲其不黷貨自恣也難矣，是不可謂賢也。且人必閲歷艱難，而後動心忍性，曾益所不能。捐納者，習慣鮮肥，其身既脆弱而不耐勞苦，又爲聲色、玩好、狗馬之是娱，民間疾苦蔑如也。此而望其爲能吏也，得乎？是弊天下之吏治，二也。

人才難得，恃在上有以成就之，賢者升而不賢者奮矣，能者用而不能者勉矣。今不惟其賢與能，而惟富兒之是進，則雖有僑肸之才、管樂之略，而使窮居困約，亦將無力以自達。其又誰不短氣銷聲，而尚復有勸者乎？是壞天下之人材，三也。

國有四民，群萃州處，習而安焉，不見異物而遷焉。以故，士之子恒爲士，農之子恒爲農，商賈之子恒爲商賈。今以商賈而駕乎士之上，於是有田者亦争相效，而售産以求官，奸佃利於主之屢更也。遂致肥瘠互易，疆界不分，而糧或浮地，地或無糧。履畝之法既亡，而恒産者亦非恒産矣。是廢天下之農政，四也。

官人者將勞心以治人，而非剥民以自奉也。捐納之人既以賄進，則知有賄而已矣。且其族戚閽僕皆係市井無賴，益習財賄中曲折，凡吹求搜索、劫持恐喝者無微不至，民安得不貧？貧安得不盗乎？是剥天下之脂膏，五也。

禮義廉耻，國之四維。有廉耻而後有氣節，有氣節而後有忠孝。故嘑爾蹴爾，有所不屑，以欲惡有甚於生死者也。今也以鄉人所不齒者，而朝廷録之，被紳握綬，赫然尊崇，以臨于其鄉，其孰不艷而羡焉？語云：「一日不識羞，十日吃飽飯。」則凡棄禮背義、寡廉鮮耻之事，復何所顧忌而不爲？是喪天下之廉耻，六也。

廉耻喪，則人止知勢利之可貴，而不知道德之足尊。富者將益驕，貧者將益諂，而惰慢侈泰之習亦愈以滋。江河日下，誰階之厲？是敗天下之風俗，七也。

爵者，所以賞天下之有功；刑者，所以懲天下之有罪。今捐納開，而無功者冒賞，有罪者免刑，庸勳之典既濫，而罰之所加者止及于窶人子耳，非所以示公也。是紊天下之刑賞，八也。

且不寧惟是而已。國家有庫，所以藏財賦以備有事之用，故自藩司以至州縣，除解支外，皆有存留之項，是國帑也。自開捐納之例，不獨富者捐，而貧者亦捐；不獨無官者捐，而有官者亦爲其子弟捐。貧者既重息稱貸，或掛欠於攬者之手，或數人而公幫一人，而皆取償於官，故有甫莅任而府庫即虛者矣。在官者又即盜其府庫物而爲子弟之鬻官資，子弟又各盜其庫以捐陞加級，層剥將無已。如合天下而徹底清查之，恐虧帑者不下數百千萬也。然則朝廷得於此而實失於彼，且恐所得不償所失矣。是蠹國家之庫藏，九也。

國之有禦侮師，武臣力也。此皆捐軀捨妻子，冒犯鋒鏑矢石之危，僥幸以立一旦之功，故有得一城、斬數百級而始賜一階者矣，亦有記録數十次而始晋一階者矣。今之捐納者，不過入其家所餘財，並未親履行間也，而已身都大官；且有居樞要，握册鼓唇，以議將士之功罪者。然則武夫力而效諸原，不若富兒坐而享諸室也。今日西陲用兵，數年未及耆定，豈必皆地遠天寒，安知非以此一事而將士解體，不肯效忠致死力耶？是隳四海之軍實，十也。

夫開捐納原爲裕國充餉以强兵也，乃至舉一切名器、吏治、人材、養教、刑政毁棄滅裂而爲之。爲之而果富且强也，策治安者猶有所不可；况富而適得貧，强而適得弱，天下後世將盡受其弊，而其害實終歸於國家，則亦何所取而久不變乎？今天子所信任而訪求利弊者，皆大賢君子也。捐納之宜停，其誰不知之？特以國家之利在是，故難言耳。使皇上知捐納之害如此而實無有一利焉，則自有所不行者矣。願以此爲輔扆獻，俾未然者永禁，而已然者察其才不才，施之以權衡，則治人出。治人出，則治法行，天下有不久安長治者未之有也。

雍正癸卯之秋，余草此藏於家。聞當世大賢惟高安朱公，而時又得君，擬進之而未得也。兹年特恩加科，初冬試南宫，余不意出公之門。初見日，即以此爲贄。公一閲，喜甚，爲延譽公卿間，詞館、銓曹皆公薦也。而次年九月，即奉命捐納事例勿再開。有謂公以此議入告得旨報可者。夫離明獨斷，豈必下採小臣末論？然子産之識然明，實始於此。知己之感，千秋不泯矣。又樸謹識。

詩禮堂雜咏

寒蛩集未仕前作。自辛巳至壬寅，凡二十二年

春日曉起

睡覺披衣起，蒼凉旦氣清。幸無塵俗事，遂此讀書情。窗草含生意，檐禽相和鳴。祗吾從所好，誰爲世間名。

渡口

渡口月娟娟，清風也上船。潮添兩岸水，人惹晚秋烟。

贈别劉生白赴河間小試劉名卿，後爲天津文學

路草青青迎眼新，馬蹄蹴踏杏花塵。旅塗白眼無知己，客舍春風有故人。時孫子又深、俞子丈百、于子劍水先往。

村居

愛此幽遐境，臨彼水之隈。兩傍何所植？柳樹及榆槐。上有百十家，皆作農圃才。春日種秫麥，夏日薅蒿萊。秋日納禾稼，冬日釀村醅。時及田水發，漁舟白木桅。結網大溪頭，魚蝦滿岸堆。不有車馬聲，街市少塵埃。鷄鳴知時節，犬吠有人來。我至未一歲，興懷自每每。當夫日云夕，繞村一往回。水與雲俱静，鷗和鷺不猜。滄洲何必有，即此樂悠哉。

小兒歌曲四首

海豐二小兒，上下肩相齊。一雙竹按板，歌唱白雲低。

小兒解作歌，執板交雙臂。但聞歌唱音，不辨曲間字。

執板學歌唱，弟敏勝於兄。氣脉兩相續，宛轉一聲聲。

兒敲白竹板，雙歌遲暮天。聲細如輕燕，自言能趁錢。

老犬

老犬骨軀支四足，頭垂尾落脊毛翻。猶聞卧日人來吠，不見傳風食到餐。壯志十分衰歲血，殁身一段主人恩。曉天薄暮激昂在，暴客千尋敢到門。

夜讀

明燈字得看，噪吻讀將殘。人静寺鐘響，夜深爐火寒。江淹賦恨久，韓愈送窮難。二十五年事，長吟抱膝嘆。

憶朱來玉朱名璱，府庠生

此夜霜華重，故人愁未來。魚舠輕似葉，應向渡頭開。

月夜又懷來玉來玉好歌《水調歌頭》

獨把杯中酒，思君欲問天。不聞歌《水調》，明月自娟娟。

咏雁四首

長度河關遠，翩翩自認群。虞羅何所得？天末有閑雲。飛。
林薄聞清籟，群鴻逐隊來。尚有同聲應，相招入翠隈。鳴。
夢回蘆花白，秋風静夜長。漁歌誰唱起？驚落一頭霜。宿。
此間樂所有，不復求其餘。飲啄能安分，飛還也自徐。食。

留别遠堂十首

余與來玉讀書遠堂，自春徂冬，忽經一載，换去數番耳目，飛來一片心思。問字花間，忽然筆落；歌詞月下，曠若神遊。自是塵色不侵，那堪歸期復至。束裝人去，唯留滿壁圖書；動地春回，又是一天花鳥。數日便成舊歲，歸來且賦新詩。非云爲酬，聊以志感云爾。

一身作客驚除歲，今日題詩别遠堂。惱殺風光留客甚，令人懷想在滄浪。
騎馬春郊踏落花，溪流盡處有人家。清淳疑是桃源境，綠滿平疇水一涯。
東村景色何其幽，曾棹滄波到處求。兩樹雲烟迷去徑，一灣花草覆歸舟。
薄暮微酣向綠汀，朗吟疑有水龍聽。可憐明似波心月，嘗照葭蘆一段青。
半舍茅廬低不高，常教燕雀窺吾曹。酒酣枯坐思無限，澹蕩清風吹布袍。
檐鳥幾聲知唤客，寒花數片解迎春。兩情相向知誰是，愁作東村新舊人。

翩然二客賦歸來，深院重門悄不開。愧殺陳蕃多雅意，雙懸徐榻待人回。
朱子能歌《水調》詞，遠堂今日一哦咿。夜深故有天邊月，猶向南窗獨照時。
去去行行出此區，深情且復立斯須。東村雖則多佳釀，不是高陽好酒徒。
一天蒼色出朝暾，别酒筵前罄百尊。策馬遠馳十二里，回頭猶自望東村。

歲正與朱來玉對飲

此日風光慶歲正，家家户户管弦鳴。往來都作街頭醉，揖讓長聞門外聲。只有僻居無客問，可憐濁酒一春擎。與君漫道人難老，壯歲重添可勝驚。

重至東村舟行即事

拂拂晴風四月天，野花紅送緑溪船。相呼相喚蘆中鳥，記得風光又一年。

醉漢

醉漢何處來？倒著白接羅。叉手向余笑，一似素相知。屢自道契闊，言語甚逶迤。拒之不肯去，還欲倒予瓻。自言未嘗醉，又道不勝卮。藉人同之去，猶然話予時。愧予頗好酒，不能相與持。醉後言與貌，當適與此宜。我今笑醉漢，我時亦被嗤。嗟乎被嗤者，狂放誠有之。試問此真意，世間醒者誰？

偶作示朱來玉

自昔辭城市，僻村人不過。草花春自勝，風雨憂偏多。一慮堪尋討，同人足切磨。須知年易暮，莫謾廢吟哦。

晚晴向東溪取菱芡

輕舟一葉晚晴開，水繞波縈激泝洄。積雨都迷雲外道，散霞猶向日邊來。只從菰蔘尋溪去，採得菱荷滿把回。

暑氣全消夜正啓，風清月朗濕莓苔。

問秋

問秋一壺酒，秋意欲如何？收去園中緑，霜花今夜多。

京邸病秋

深秋載入皇都路，一片蟬聲不肯住。客病淒凉徹骨寒，更聽門外黄昏雨。點點滴滴皆到耳，天涯一身今何處？

相思相對人不歸，一夜西風紅滿樹。

閨中題壁

燈照壁間紅，鼓聽樓外發。巷中深寂寞，一片天邊月。

風入檐頭冷，月明長巷清。欲知更鼓發，巷外一老兵。

秋深登樓望見亡妻墓

日暮使人愁，百蟲絮語秋。何年相別處？此日一登樓。衰草墓門道，白楊樹裏丘。憑高多悵望，淚落總難收。

初冬對菊

冬日始觀菊，寒花傲雪天。夜長無與盡，多索買花錢。

寄江南言宸家叔

相知何但一銜恩，舊事淒涼總斷魂。冀北窮愁今不減，江東詩酒昔猶存。休文瘦去思爲累，潘岳愁多鬢有痕。若遇佳辰休自出，斜風落日滿平原。

春初至村中

春日堤頭道，徘徊瞻所之。樹深一曲水，屋小半開籬。沙岸風吹軟，河冰日照澌。村中酒正熟，留醉度清時。

寄李乾若一丈李名極

君是當今出衆才，白雲爲氣水爲懷。愛交時贈魯公米，好客常傾鄭季杯。閭里舊緣今始得，河東舊名鑾儀衛，天津故地，而隸武清。此年始歸舊版，丈人之志也。家園有路未能來。河東歸天津，不便者讒之於當事，丈人避至京都。盡傳仁者必昌後，好向門前看種槐。

村人籠雀，置穀竿首，誘致飛鳥，機轉而墮焉。甚矣，人不可以有欲也，作四絶句

偶下喙稻粒，遽爲人所得。所以衆鳥心，飛飛不敢息。

有欲皆可繫，此鳥遂不歸。目斷雲中鶴，朝朝暮暮飛。

拳促一身圍，主人粱稻肥。樊籠神雖王，何似向天飛？

物皆樂其群，鳥飛還欲下。惜子入樊籠，誰作從井者？

臨河

大河深不測，晝夜向東流。浪拍灘頭岸，人争渡口舟。壯懷依短日，孤興赴窮秋。幽隱何年事，空慚水上鷗。

文中子墓在静海縣河西南，舊束城縣之崇德鄉，俗名崇先者也。相傳父老清明日澆奠墓所，然兔絲、燕麥動摇春風，而馬鬣不可復識矣。歲丁亥，耕農土中得斷碑，復誌其墓，有金生者增築之，遂巋然成墳。余小試過此，拜墓下，求讀其碑，已半剥落，有慨乎中，賦以吊之

先生卜地是何年？此日聞聲拜墓前。古穴蟻封衰草下，黄昏鴉噪白楊邊。斷碑猶識千秋事，野老還焚一陌錢。

大德由來堪不朽，肯教埋没在風烟？

諸葛孔明二首

高卧南陽一匹夫，豫州三顧許馳驅。平生謹慎《出師表》，天下奇才八陣圖。討賊義師出渭水，和鄰禮使入吴

都。偏安不是前王業，五丈原頭憶托孤。

草堂春早日方幽，龍卧先生吟未休。自比治材以管樂，不求聞達于諸侯。當時已測曹孟德，天下忽逢劉豫州。誰道三分由素定，千年遺恨在江流。

司馬相如

恩愛白頭難不虧，從來薄幸是男兒。都忘四海求凰日，還記長門作賦時。

連日有醉

偶得中山酒，寧辭數日酲。醉中托歲月，貧裏謝聲名。好古窮章句，裁文出性情。斯文堪不朽，未肯負平生。

醉後漫興

功名已共歲華空，只寄歡悲酒盞中。醉來孤興聽宵雨，醒後餘酣向曉風。詩情還效陶公達，世路應憐阮子窮。最是長懷慚往事，十年獨抱大河東。

東村問郝丈病二首

策蹇遵東道，初日靄陽和。緣溪踏軟岸，際野望遥波。魚儈喧時價，舟人發棹歌。當年歡樂處，如何惻愴多？

宿昔東溪住，復此問所親。驢蹄行猶澀，心悲動遠春。時序亦屢遷，欻忽若飛塵。只恐人世改，無復通殷勤。嗟我同門友，高懷邁等倫。水深溪逕曲，欲歸道無因。静對筵前酒，戚戚何由申。

連日大雨

深雲密雨十旬長，日看窮廬在水鄉。漠漠青苔籬外地，森森緑草土頭墻。生蛙已作貧休奕，裹飯誰憐病子桑？閉户獨居真索寞，詩書慚愧擁匡床。

諸友河間小試後，作此示之

昔年兩次遊長安，月中丹桂，不得一枝攀。世間知己應不少，何能數走河間道。丈夫志氣窮益堅，致身立名須及早。明年我不共君行，却看諸君努力好。鵬飛萬里值秋風，嗚呼歲月吾將老。

先君子忌日

零露繁霜已自悲，況逢仙逝是今期。獨慚何處埋棺地，猶憶當年附桴時。門内寡兄憐弟小，厨中新婦爲姑炊。九原一去茫茫路，欲起音容那可追？

解嘲示諸生兼呈來玉

半生手足笑支離，豈料長爲童子師。問字屢停纔把筆，覆書忽斷一尋思。吾狂未許諸生學，子病何勞俗客悲。好是閉關勤述作，東村可下仲舒帷。

秋仲向夕臨河有懷

逶迤遵河側，當夕發秋光。萬户息營逐，群響畢涵藏。思清風月冷，懷遠水波長。歸來聞雅奏，踟躕意難量。

三岔河口

千里長河盡，人傳是海門。地當平處拆，水統衆流尊。立浪魚龍怒，奔潮星斗翻。憑陵常落魄，何處覓真源？

送別諸友京試

最是無名三十春，而今又作看花人。莫言干禄非吾意，須道家中有老親。

寄朱來玉

氣味不相投，形同神亦隔。所感甚虚懷，與我兩無射。憶昔盛年時，一座常滿席。中間忽異緣，棄我如遺迹。棄我何所悲？所悲在蕭索。唯君能見許，筆墨同在昔。東村復見招，與俱數晨夕。别離在近年，此中常脉脉。今君乘長風，京都去射策。去之十四朝，佳兒生貴宅。君信是福人，我心喜而啞。未讀薦賢書，先作湯餅客。還欲報君知，裁書未盈尺。會當折花來，襁中把兒劇。

獨步

自信無長技，窮年只授書。是非由世定，貧病惜交疏。夜月雙麻屨，秋風一草廬。獨歌還獨嘆，蟲語滿庭虚。

哭言宸家叔時殁於江南

一從别棹嘆凄然，况復增悲到九泉。知己正當千載後，談心空憶五年前。南來信息何由問，北去音書誰與傳。强欲招魂歸未得，凄凄野草滿江邊。

疏星明月照樓頭，不見當時人已秋。雅量獨能遺俗韻，高懷長是挹清流。招魂宋玉詞空借，作誄潘仁恨豈休。從此好風吹静夜，潸潸淚落總難收。

哭掌兒

昔年曾讀退之文，今日還同東野君。三世幻軀如逝水，一生寄迹等浮雲。原無薄産堪愁盗，縱有遺書亦可焚。淚落西河成病目，悔知吾過在離群。

又四絶句

北風連夜雨淙淙，無語淒然對紙窗。曉起尋衣開敝篋，動人酸處小鞋雙。

憐兒弱小倩人將，三歲纔能脚步强。憶得上元燈火後，迎春花下捉迷藏。

聽得鑼聲唤買糖，臂中常帶小荆筐。而今桃杏街頭市，無復牽衣索果嘗。

門前景色令人哀，小立斜陽影又回。忽見街頭作揖者，誰家兒子抱書來？

石橋送晉培叔回都

草樹蕭蕭旦氣清，石橋風景不勝情。别酒一杯沽野舍，長河百里入咸京。帆懸風日碧雲晚，棹弄烟波秋水生。爲憶連宵歡聚處，幾番回首意縱横。

舟中遇雨，讀《鳴鳳記》傳奇感賦

滿船風雨載初秋，讀罷傳奇恨未休。碧血當年還化土，高名今日獨如邱。謾從酒後歌新調，懶向人前説壯遊。十畝桑田一曲水，獨將心事問江鷗。

雨阻傅官營

上谷征帆遠，淹留乃在兹。雲開天更碧，雨歇水還澌。公叔時應憶，時朱來玉已在保定。謫仙獨爾遲。時與乾若李丈同行。石尤誰作使，何事靳西吹？

静上人蘭若

開士初分舍，此生暫息勞。只堪沽酒醉，聊復得禪逃。獨卧琉璃暗，微吟雲漢高。鄉心今頓歇，莫再夢魚舠。

謁忠烈祠 明崇正甲申，守城殉難臣共男女二百人

高棟危西路，陰風磷火夕。浩然雲氣青，忠烈壯地脉。往者當陽九，板蕩乾坤坼。妖氛逼鼎湖，孤城猶樹柵。慷慨張光禄，大義感魂魄。袒臂一號呼，忠勇振窮瘠。僉曰願效死，金錢粘頭額。何公疾驅車，新任守。到官却印册。衆志習邵久，邵公時以司馬攝府篆。視事爾如昔。盟定即登陴，雉堞羅矛戟。炮石躬爇火，風發裂手擘。老弱上城頭，餉者亦絡繹。私財盡賦兵，脱簪全不惜。歡呼敵氣奪，人馬遠辟易。殺賊指顧間，邪説起中席。元戎昔得入，時閣部李建泰領兵剿賊入城。倡言須款逆。司馬邵大夫，厲聲相唾責。公今之大臣，天子臨軒策。胡不剿賊西，鈐印乃見迫。痛哭引佩刀，綬與頭俱擲。火燔西南樓，郭門誰爲闢。南城守弁王登洲開門納賊。井里烟火沉，滿城虎狼迹。蒼生

三百年，一旦遭殺厄。軍中傳令箭，侍御願同適。郡吾桑梓地，臣心堅似石。御史金毓峒爲李建泰監軍。城不守，建泰以令箭傳毓峒同降。金折其箭，死于井。重義死如歸，厚顔生何益。光禄有阿兄，死猶扼賊嗌。張羅俊扼賊吭而嚙其面。振孫御史侄，殺賊名標白。御史金公侄振孫揚言曰：「城頭射爾者，我也。」忠嗣掌後衛，闔門齊勒帛。劉忠嗣一門死節。效死真男兒，知耻及巾幗。休哉二百人，芳名垂奕奕。皇天今悔禍，甘雨洗毒螫。刀兵水火餘，從此安襏襫。我來吊忠魂，耿耿心如積。欲尋當日踪，恨血千年碧。

洄瀾井吊明故金稚鶴先生

洄瀾何處吊忠魂？一勺清泉千古存。西郭不攻已陷敵，南樓無鑰自開門。監軍箭折元戎令，執法星歸太乙垣。一想流風情正烈，昭昭白日照槐根。井旁有古槐幾千年。

秋日讀張光禄公家傳

大義高呼走電霆，城頭刁斗射妖星。當年共作中流柱，此地還留不改亭。張氏家園有亭，顔曰「不改」。易水聲名今更烈，睢陽家譜世同馨。蕭蕭正是悲秋日，讀罷寒風日正青。

吊張氏不改亭，即用乾若李丈原韻

改邑不改井，亭亭忠者境。蕭條竹柏花，寂寞孤魂影。昔日蚩尤旗，幻作京師眚。上谷即睢陽，諸公懷耿耿。倡義者誰歟？問名皆延頸。蕭墻禍忽生，撤我王畿屏。遂使激烈腸，化爲青磷炳。山河雖非故，清白名自永。落日射寒泉，凄凄何其冷。

雨晴晚眺

大雨連朝夜，不知溪水生。長堤一片草，遥映夕陽城。

郎山

絶迹成幽邃，此生夢寐間。遥憐雲起處，迢遞是郎山。

邵公閣

登眺邵公閣，遥指西山上。樹樹留白雲，行人故來往。

古蓮花池

今日山樵路，當年遊客亭。斷橋空碧水，蒲柳自青青。

靈雨寺

臨衢結古寺，來往亦紛紛。都向長安去，何人禮白雲？

蓮花池

緩歌白雲低，高歌白雲起。雲歸不復見，歌入蓮花水。

石閘

獨坐心何遠，斜陽滿地來。水流聲不斷，兩岸蓼花開。

再過靈雨寺

尋幽憑逸興，僻地得重過。落日開山翠，輕風趁水波。高蟬秋信早，夏木晚凉多。欲問天台路，白雲擁薜蘿。

初春日，諸友人雅集乾若李丈宅，即席賦詩，韻得先字。予至最晚，越四日，乾丈示以所和詩，遂補賦

姓字纔通三十年，清于明月澹于川。文章涿郡崔亭伯，人物中州張茂先。一會爲難開笑口，此間殊樂賣花天。丈人酒罷求文字，爲繼陽春唱柳綿。

壽朱孝廉潔臣先生 朱名同邑

太史今奏德星聚，乃在天津東郭邊。先生有子又有孫，昔日荀氏詎爲賢？浩浩長河來千里，中匯津門納洪川。公居其間爲潮海，時騎鯨背淩飛烟。爲憐凡骨一援手，欲往從之心茫然。視桃著花有小實，蓮葉出水亦田田。值此風光長日月，公將上拍洪崖肩。一時賓客齊搔首，縹緲疑到崑崙巔。崑崙高高不可上，况君德業似君年。

七夕效元李體

銀漢迢迢月正西，陳瓜薦果動清閨。共傳天上黃姑婦，恐是人間郭翰妻。百子樓頭風悄悄，九華燈下露淒淒。

張帷奏樂非吾事，占得風流乞巧題。

贈别鄒天馥孝廉歸江南

搖蕩秋風足遠思，相逢何喜去何悲。感君識鑒同歐九，愧我文章非項斯。不欲送窮貧豈諱，未嘗乞巧拙焉辭。從今欲結寒山侣，月滿長川説向誰？

遠堂詩社即事

韓孟皮陸人已殁，文采風流今頓歇。良朋唱和遠堂新，不咏春花咏秋月。雪意半簾欲放梅，更有奇峰雲突兀。四時景物取始佳，素心當此清興發。初如海上立閑鷗，忽若雲中落俊鶻。不將塵埃置肺肝，洗盡皮毛只存骨。偶然得意獨拈鬚，及乎慘澹還搔髮。昔也離居歲月多，同里幾希若秦越。今從文字結金蘭，尊中有酒盤有核。自來寂寞是生涯，唯獎其美謀其闕。予也不逮願相匡，君雖有善期不伐。德業文章堪比肩，同躡天根探月窟。

賦得旗亭賭壁

舊事説風雅，旗亭壁已傳。當日三子詩，早被宫中弦。盛名不相下，爲師欲尚賢。箏人來沽酒，妙妓亦聯翩。促坐鳴琴瑟，清謳唱綺筵。上歌《陽春》曲，下歌《白雪》篇。誰知作歌者，乃在擁罏邊。三子竟潛聲，書空争後先。伶歌亦已終，宛轉出嬋娟。一唱《凉州詞》，絶調遂空前。至今千載後，流韻在陳編。往往騷壇客，風流况當年。我亦悲塵羈，尋踪已惘然。

遥和高適絶句

歌管聲還續，詩人手自書。誰憐千載下，風雅爾同居。

賦得開門雪滿山

凄風一夜滿，窗曙暗沉沉。啓户雲還入，看山雪已深。寒花委碧澗，老樹直遥岑。寂寂無人徑，倚廬聊自吟。

長信宫詞

到處春陽不斷情，昭陽宫裏踏歌聲。隨風吹入君王輦，好聽羊車轆轆行。春。

早斂蛾眉冷殿中，玉顔無奈照花紅。秋光未入昭陽樹，團扇依稀生好風。夏。

亭亭凉月照歌樓，團扇摇風事已秋。謾把金釵倚錦瑟，雲和不寫近年愁。秋。

玉瓶素綆汲寒漿，煮熟銀芽水未香。消盡金爐一夜火，南宫還進紫霞觴。冬。

擬阮嗣宗過廣武觀劉項戰處

白眼論英雄，一劍横今古。楚漢有鬥争，紛紛何足數。天下厭兵戈，非能仁義撫。我來尋往迹，視彼等牧竪。何以寫我心？唐虞庶可伍。

清夜聞鐘

獨卧夜何其，歷歷生寒漏。迢遞遠寺鐘，斷續風前後。清響激幽懷，神入靈府守。倏倏起道心，了了遺紛謬。

宿抱林壑栖，枕石流可嗽。謝彼區中緣，安我田間陋。胡爲拘形役，微尚終不就。聽此殊悠悠，展轉清宵候。攬衣東西廂，羅羅望天宿。澹然散襟期，曙色靄明晝。

吊曹三才令子早夭

生時其父執夢老僧云：「吾投曹家作兒。」及生十八歲而歿，臨歿前三日，預知死期

風骨清奇信有緣，人間不似碧雲天。曇花夢墮三千界，逝水身悲十八年。鵬舍爲文空自吊，玉樓作記倩誰傳？平生違面還搔首，願寄奚囊嘔血篇。

迎秋

酷暑納南皋，微凉起西囿。高旻有素秋，蕩滌炎蒸後。摇落雖云悲，爽塏足所受。況我凄冷懷，宜彼清蕭候。願言招遠風，高舉脱煩瞀。

立秋日題

朝來占爽氣，爽氣在西山。雁影迷離外，蟬聲凄切間。欲遊當夜短，因病得身閑。落葉如堪聽，秋聲摧玉顔。

月夜問水尋秋有見

漏下碧雲高，獨往秋波静。落葉動微風，凄然不復整。銀漢西迢遞，良夜今始永。籟寂得遠聲，思空發靈境。四野月華明，三五飛鴻影。杳杳欲何栖？吾生悲萍梗。望斷人不知，蕭瑟蒹葭冷。

登居庸關

《淮南》舊著重關險，《淮南子》云：天下有九塞，居庸其一也。畿北曾誇叠翠名。居庸又名叠翠山。中劈群山通驛路，雙分萬壘抱神京。風傳古戍黃花静，居庸之東即黃花鎮。雨漲新流白馬清。久矣聖朝興禮樂，西歸指日見銷兵。居庸之北有白馬泉，時方用兵澤罔。

自燕京赴山左留别杭州徐廣成

事業百年志已灰，感君豪宕激情懷。長成鵬翮風須厚，生就龍光氣不埋。世上何由知買駿，人間枉自説憐才。酒酣耳熱聯床夜，又賦驪歌别可哀。

登標山，遇道者，供茶蔬，兼示李滄溟先生之墓

渌溪明帶郭，寒木自高疏。向日漁舟出，空山道者居。煮茶烹活水，團飯進腌茹。爲説詩人墓，臨風太息餘。

趵突泉

歷下尋名勝，臨流一溯洄。水當人面立，雨自地中來。濺沫噴輕雪，飛濤響怒雷。廬山吟瀑布，慚愧謫仙才。

濼溪獨酌

居依濼水源，孤邸情蕭索。出門遵渌溪，清淺流城郭。田園足灌溉，到處成村落。山雲散晴峰，松風滿幽壑。掃葉坐石橋，悠然成獨酌。

自濟南回，次泊頭，值立春感賦

天涯何處着吾身？書劍飄零四十春。作客忽驚新歲月，還家應愧舊風塵。雛兒生死無多日，九月内，一男死。十月内，又一男生。嬌女存亡有限人。余四女。及戊戌歲，一小女死。本年，長女又亡。世事從來如夢幻，乍悲乍喜總非真。

自京回途次作

塵市風多夙未更，歸歟賦去一輪輕。道旁野酒泥人飲，閑聽村田踏水聲。

過古高陽城志慨

昔聞高陽有才子，元愷八人協治理。近聞高陽有酒徒，叩門求見吾非儒。王霸事業亦等閑，有人常釣富春山。丈夫從來各有志，處爲獨善出行義。得時席上之奇珍，失時江上之沉淪。世間萬物俱有主，我自爲我聽所取。胡爲勞勞過此中，荒草離離古城空。書劍飄零傷一身，回首年華四十春。出不成出處不處，俯仰身世兩無所。驅車憑吊意惘然，行當歸卧水雲邊。

寓寶泉精舍

旅迹投僧舍，往來聽自然。吾唯《齊物論》，誰讀《養生》篇。暮色歸雲鳥，秋聲急樹蟬。須知如夢世，聊以遣餘年。

除夕前五日自京回途中作

羈迹都門道，聲名出一鄉。是歲余叨鄉薦。歸來理故篋，春月利賓王。殘月初高後，行人欲去時。閨中應計日，除歲是歸期。

曉發楊村驛

戒旦束行李，勞勞作路人。曉霜遲馬足，殘月轉車輪。歲暮催雙鬢，天涯剩隻身。何年如素志，歸卧大江濱。

旅夜秋雨

無端起中夜，夜漏清歷歷。四顧何茫然，秋蟲吟四壁。老樹摇悲風，寒雨時淅瀝。對此慨以慷，中懷如有戚。去此復安歸？洲中有蘆荻。

念慈内侄納采感賦呈來玉

兒童忽已卜三星，感嘆人間酒未醒。稚齒已能知叔仲，余與來玉相知不啻鮑、管。韶齡猶憶結譚邢。余婦與來玉内子爲表姊娣。平生依倚如狼狽，余與來玉相依爲生，蓋三十年。兩臂孤寒少鶺鴒。余僅有一弟，來玉則孤身。好買山田吾欲老，看君蘭舍改槐庭。

夜坐竹樹中

嗚柝静四鄰，相對沉沉夜。欲寫竹樹情，影落秋風下。

臨河遠眺

泛泛春流瀉未停，漁歌初唱醉還醒。河風到面愁都盡，一望沙灘小麥青。

春季同人雅集言志

好友翩翩集，清風罄酒尊。意洽寧辭醉，道同豈在言？勸酬日已夕，草花階下蕃。良辰閑内消，世事難等論。豪華兼意氣，從今只杜門。

題周月東家藏西洋古里人畫圖周名焯，武清選拔

衣冠雜坐皆端委，此君胡然不衫履？細認知爲異國人，踽踽生動出畫裏。注眸端脣如有言，鬢髮蓬蓬風欲起。回首鐘鼎盡失形，惶惑衆身入古里。感此妙畫何所致，好奇今日吾周子。嗚呼！吾安得借一日之長風，直破茫茫十萬水。

夏季喜雨示諸生

早甚蟲蟲日，爲霖總是虚。一犁時雨足，萬耦力田餘。青入窗前草，凉生案上書。道心堪共悦，持此惜居諸。

五月一日乾若李丈生子，奔賀並訂湯餅

君家育英物，我來聽啼聲。莫謾愁書劍，昨夜夢長庚。桑弧懸端月，湯餅占早期。非是人心重，同當老去時。

秋日觀李寧天畫牡丹

姚黃魏紫燦毫端，猶是春風舊牡丹。漫説芳華時已後，幾多冷眼正相看。

春郊

一抹輕雲駘蕩天，探花須及早春前。軟沙印馬蹄痕亂，細柳撩人眼界鮮。遊興偏同方少日，壯懷空憶過來年。半生潦倒終逃酒，輸盡囊中增歲錢。

勸學三十四韻〔一〕

日計在於寅，辨色須早起。盥沐肅冠裳，徐徐舉步履。入席更從容，置書且不理。危坐涵性情，返聽及收視。不勝思慮煩，驅除頗難耳。務令心地净，久之如止水。惟虛故能靈，然後爲吾使。展卷讀誦時，含宫并嚼徵。心口眼皆到，尋端以竟委。用志必專一，讀此如無彼。縱使掩卷餘，氣味猶在邇。慎勿生算計，最忌精神死。雒誦在循環，焚膏可繼晷。糟粕非精華，伐毛更洗髓。簡鍊爲揣摩，一旦落于紙。得題勿曰難，操觚忌率爾。不在文短長，貴識題起止。尤當尋去路，切莫忘章旨。層次步驟清，格局已全擬。然後敷厥詞，惟達而已矣。跌宕生波瀾，一氣須到底。胸中有成竹，揮毫自然美。今之所作者，昔所讀者是。好惡異同間，兩兩常相比。苟有所不如，豈不生愧耻！吾願個中人，皆爲豪傑士。學問道無他，心在腔子裏。放而不知求，記誦奚足恃？持此惜居諸，雅言《詩》《書》《禮》。進鋭必退速，作輟無終始。自得由深造，功夫在寸累。吾非托空言，身歷實如此。甘苦皆親嘗，敢以告諸子。書此當座隅，勖哉勿自鄙。

【校注】

〔一〕按，天津圖書館藏清刻本《介山自定年譜》一卷，卷末附有該詩，標題爲「勸學三十五韻」，文末題「天津王又樸介山氏脱稿」。其中，「進鋭必退速，作輟無終始。自得由深造，功夫在寸累」二韻，《勸學三十五韻》作「自得由深造，功夫在寸累。進鋭必退速，作輟無終始」，並於其下多出「幼即壯所行，學優則登仕」一韻。

鼓吹集詞館、銓曹時作。癸卯、甲辰、乙巳春

對策日，特命入太和殿，爔炭，賜食，夜分給燭，恭紀十二韻

體元初出治，四海盛人文。墀滿一輪日，檐飛五色雲。芻蕘由野獻，綸綍自天聞。異數開黄閣，昌期奮紫氛。英雄皆入彀，騏驥亦空群。玉柱蟠龍彩，珠簾砌鳳紋。有知窺豹管，無肺琢雲斤。寶炬藜光借，金爐藻火分。茶湯方絡繹，果餌亦繽紛。介弟聽宵漏，儒臣待早曛。治安須賈誼，忠直賞劉蕡。感激求言詔，如何答聖君。

傳臚，余與李子瑞巖、閆子溥公、王子雲卿俱列三甲，賦此志遇，兼以相慰

獻策方逢泰，求賢特正離。文章分甲第，雨露遍高卑。仰識王容穆，俯聽臚唱遲。鵞行初陸續，虎拜尚參差。華蓋籠金榜，霓旌動翠蕤。螭頭一紙落，日下五雲移。陋質邀恩録，微名愧帝知。莫言從驥後，千里願相期。

賜幣恭紀六韻

釋褐先頒幣，君恩未可量。元纁由厥篚，組繡盡爲章。介弟親分賜，儒生得共將。絲綸崇體貌，拜舞效趨蹌。捧去蓬茅重，裁來刀尺光。即時如挾纊，衣被永無忘。

賜恩榮宴恭紀八韻

儀盛恩榮宴，春官進草茅。群公皆起鳳，多士遂騰蛟。禮樂新文運，君臣喜泰交。陸離陳彩座，紛錯列珍肴。

碩果來中禁，肥豚出大庖。簪花風舞帽，酌酒日盈匏。感激思何告，歡呼見載呶。慚無涓滴報，豈復任嘐嘐？

保和殿試欽命賦得講易見天心五言長律八韻，限二冬

體《易》始知《易》，乾坤裕聖胸。位離明作睹，迎至卜時雍。好學開金篋，求衣問景鐘。以虚延保傅，具禮進夔龍。講道天無外，會心理自庸。六爻全在此，十翼亦相從。煖日回南陸，温陽轉仲冬。此中涵帝澤，春到野人封。

太學釋菜

禮聖辭韋布，橋門車服都。漫言玉筍士，猶是菜根儒。俎豆人分獻，冠裳禮自紆。酒將花共艷，旗逐馬同趨。獨愧斯難信，偏憐價可沽。我非温飽志，何以謝吾徒？

南郊慶成

我后有成命，昊天其子之。一元今復始，六律首爲吹。新典唯昭孝，彌文不後時。就陽陳盛禮，掃地却文儀。日月青旂動，雷霆玉輅移。至誠開帝運，明德感天知。鬱鬱升烟細，霏霏降福遲。兆人還霈澤，多士亦均釐。從此登歌後，綿綿長此期。

聖主躬耕耤田頌有序

上御極之二年二月癸亥，以隆孝享及重農功意，耤於千畝。列辟隨行，百僚師師。是日也，風和陽麗，倉

庚鳴，土膏動，剡耜深入，葱犗沛行。老農於是踴躍歡忭，咸謂：「歲豐人和，維皇之賜。勤我錢鎛，以受厥明。」聖情欣悦，詔：「賜農民爵，并緩畿輔逋賦，以及齊、魯、晋、豫皆然，紓民力也。」殊恩曠典，夐古希覯。小臣躬際其盛，竊拜手稽首，而獻頌曰：

聖孝昭矣，明潔在躬。皇仁沛矣，芟柞其同。勾萌畢達，有稑有穜。畇畇千畝，藹藹和風。迺駕金根，迺張翠羽。侑我先農，式歌且舞。瘁恤三時，情周二鬴。禮洽神歆，聖作物睹。税彼桑田，召我甸師。易固所圖，艱亦堪思。爰秉其耒，爰推其犁。大哉天子，敬授農時。農時懋哉，於仲之春。先之勞之，天下一身。天下一身，聖人之仁。所寶唯穀，所重唯民。三推禮周，天子端拱。群后代耕，百職接踵。越我庶人，食德荷寵。雙穗兩岐，盈阡覆隴。秬秠糜芑，實栗實繁。簸蹂釋烝，斯饔斯飧。重農崇孝，錫類之恩。豳吹萬井，壤擊千村。

聖駕詣學恭進二十韻

道洽時方泰，德新健體乾。萬邦咸物睹，百禮獨躬先。教普菁莪化，光生奎璧躔。作師追至聖，釋菜暨群賢。槐市霓旌簇，芹宫翠羽翩。馨香豐豆薦，靉靆静爐烟。穆穆山龍肅，喤喤鐘鼓宣。唐虞開統緒，洙泗衍薪傳。絳幄陳書帙，朱紘映講筵。圜橋皆樂豈，扶杖亦流連。齊治功同貫，危微理更研。執中常建極，明德久符天。是日講《大學聖經》、《尚書·堯典》。禹甸恩威被，箕疇福自綿。群工胥勵翼，俊乂賴陶甄。思服朔南暨，時雍雨露妍。一人昭有慶，四海頌無偏。幸列千官隊，虚慚二西編。葵傾欣近日，魚得敢忘筌。璧水澤還溢，鸞旂風共騫。西京歌《棫樸》，盛事邁當年。

平定青海鐃歌鼓吹曲有序

上以皇天眷命，撫九有，宅區夏，文德誕敷，至于海隅。蒼生罔非臣僕。羅卜藏丹金者，吞噬骨肉，帥其蝨賊，擾我邊陲。帝曰：「吾不忍即加誅，其誥誡之。」不悛無已，命師，總督臣羹堯將以往。三戰。賊皆北。帝曰：「少休，當自歸。」負固如故，乃命奮威將軍臣鍾琪懸軍深入，俘其母及黨魁八人，擒斬數萬，獲牛羊馬駝輜重無算，從兹西陲耆定。計出師，曾未浹月也。而凱旋日，帝方釋菜於先師，聚儒生講明治學。蓋雍雍乎，舞干羽于兩階矣。臣不勝踴躍歡忭，輒擬古鐃歌，鼓吹製曲以獻。詞曰：

聖之作，應昌期，包八極，幬烝黎。唯耀德，不觀兵，含兩大，並群生。陰陽浹，乾坤泰，物咸睹，疆無外。陟禹迹，貢越裳，聲赫赫，來享王。合良楛，天地心，苗有莠，田有禽。同類戕，鼓螳臂，是宜征，勖哉帥。征止戰，仁者勇，士桓桓，騎洶洶。師之出，彰撻伐，帝曰咨，勞吾卒。師之行，仁者旆，來撫之，同王會。師之至，旗獵獵，王略恢，月三捷。師安留，不究武，爾吾育，予汝怙。師復之，蠢無知，振風雲，騁熊羆。剪羽翼，封鯨鯢，走雄狐，獲伏雌。師之旋，暮春朔，帝臨雍，舞《韶箾》。雷霆静，雨澤滂，洗甲兵，弓矢藏。開閶闔，坐明堂，敷文德，綏萬方。

自元年冬無雪，旱。至二年二月辛未，上親禱雨於黑龍潭。越七日丁丑，甘霖大沛，喜賦

農事勞勞日，爲霖帝念哉。禮陳和氣動，幣薦谷風迴。一滴興千耦，崇朝遍九垓。應知紆聖慮，俎豆載歌來。

是日，上親祀歷代帝王廟。

恭賦御製東作共看霑溉足以下館課

雨若惟時二氣融，徵休在肅仰皇衷。薦馨卜日情文備，潤物無聲遠近同。澤遍春郊方曖曖，人歸烟樹尚濛濛。勾萌甲柝沾濡後，衆夢爲魚兆歲豐。

賦得月到梧桐上限二冬韻

澄徹情懷迥不同，况當深夜静簾櫳。閑看自在天邊月，已到無心井上桐。百尺清陰寒料峭，一輪疏影碧玲瓏。星河如洗塵容净，獨立忘言玉鑒中。

賦得秋山極天净韻限秋字

山與天俱瘦，泱然一氣秋。霞飛千嶺外，雲迴萬峰頭。竟野青難辨，横空翠欲流。誰知心地爽，遐矚在登樓。

賦得石上泉聲帶雨秋

嵩山佳宴坐鳴泉，正是凉秋細雨天。石上清流聲斷續，雨中幽韻響潺湲。泠泠奏向笙歌後，歷歷聽來帳殿前。此日侍臣同稽首，沾涵長欲奉華筵。

賦得池面魚吹柳絮行

撥剌聲停緑漾池，楊花飛墮暮春時。魚因認餌潛還見，絮自隨漚往復移。獨趁清波圓一點，群咀碎雪籟同吹。此間有樂無人識，千古濠梁寄我思。

賦得夏雲多奇峰

浮雲蒸泰岱，入夏更嵯峨。觸石起膚寸，爲山在殺那。峰飛夾赤鳥，雨合結青螺。巉峭崇朝變，崚嶒向夕過。驚奇菲玉葉，邈匹薄金柯。不必匡廬屐，卧遊日已多。

賦得秋菊有佳色

東籬初插酒新篘，静對黄花醉素秋。野趣不從濃處發，晚香只向淡中留。巖間丹桂香空艷，谷裏芳蘭質自幽。誰似凌霜寒更盛，獨將高節絶凡流。

首夏諸同人雅集

帝城嚦嚦好鶯聲，載酒求奇問友生。人與芝蘭堪比臭，心同葵藿自輸誠。論詩漸覺朱陽永，揮麈能教暑氣清。盡説此中三不朽，百年慚愧古人情。

寄暢池亭

尋香逕路迂，蓮葉清水閣。到門壓古藤，繞砌出新葯。坐深兩無言，白雲天外落。

鄭氏田莊

暢圃自清曠，羅植雜楊榆。欲坐無倫次，凉風四面俱。散髮時瀹茗，更假田間厨。

河曲

尋源水已深，望雲山更遠。欲訪武陵人，孤舟横偃蹇。何日静塵襟，一棹澹忘返。

竹塢

停輪愛修竹，竹閑人亦清。願借窗前地，同結歲寒盟。時以虚中節，消我鄙吝情。

褚墓古松

龍鱗身獨老，盤挐一畝遥。不有千年骨，凌霜焉不凋。所感墓中人，風雨亦蕭蕭。

陶然亭

曲徑入叢蘆，高臺恣遐矚。四野如海波，茫茫千頃緑。蕩滌一時懷，風塵徒僕僕。

右安門外沿溪尋醉

好花香有日，流水清有源。言滌一時暑，閑尋郭外村。嘉樹羅土井，葡萄蔓亦繁。一席就餘蔭，田塍列盤餐。酒得飲地佳，人多暢後言。坐起風尚餘，循溪皆可蹲。泉出有大小，水沙相吐吞。渟泓面正平，岸曲有流痕。覽茲活潑趣，淵然我性存。田家進瓜瓠，重與罄餘尊。坐對西山雨，瞑瞑日已昏。

夜與李子恬齋對坐

凉夜深時天似水，紅燈照處樹如山。不知更有遊仙夢，身在秋風萬緑間。

壽薄年伯

野質寧投散，僻處海東境。固陋寡所歡，獨行伴隻影。自訂天下交，同吃紅綾餅。遂入玉堂署，一時多奇警。就中數薄君，風規尤秀整。常以俠烈懷，熱我肝腸冷。邇時届清和，迢迢日方永。火燃百子榴，風牽連錢荇。大椿值長年，洛社衎修景。遐哉弄彩情，慕彼封人穎。愧予子侄行，介壽空歌郢。遥知松鶴顔，南極清光炳。

壽蒲州張老伯母

桂魄香輪滿，光分寶婺精。令德稱壽母，芳流彤管聲。家世簪纓胄，賢相早標名。母之祖楊博，爲萬歷間相。母秉清淑氣，所毓間世英。別於風塵外，高此峻潔情。與余契夙昔，一見即心傾。今也偶上書，陋質愧登瀛。欲以左右手，助我肝腸清。感此纏綿意，道德幸相成。義方由母訓，錫類及嚶鳴。介壽憑寄語，應鑒此硜硜。

送別李子恬齋歸滄州

獻策金門歲月深，帝城烟樹影沉沉。孤山自放林間鶴，流水誰聽海上琴。於衆聚時曾識面，不同行處最關心。君家兄弟歸來後，寂寞京華抱膝吟。

秋色

秋色横天地，平明獨啓關。我心清以曠，人境寂而閑。歷歷樹中樹，重重山外山。白雲同野鶴，縹渺有無間。

追隨家宰座主朱夫子出使江浙巡視海塘

爲惜海濱百萬家，重臣今日賦皇華。獨憐微末無長策，也逐甘霖使者車。

早發三家店

曉風暗霧捲寒沙，剛到前村問酒家。回憶追隨青瑣日，明星仿佛鳳樓斜。

過河間余曩時歲試舊地，今復值學使者按臨，同學諸友迎余于郭外

當年辛苦此重經，僕馬風塵困未停。慚愧一時同學輩，争看今日使臣星。

宿平原二十里鋪，天大風雪

平原風雪醉還沽，非是高陽好酒徒。記得灞橋驢子背，苦吟曾斷數莖鬚。余舊時貧，走山左，亦於此遇雪。

過平原舊治村

魯公舊治尚名村，忠節風流到處論。幸值太平堪述作，令人却憶董平原。

宿晏城想爲平仲故里

慘淡斜陽落晏城，解鞍買醉濯塵纓。依稀故里爲平仲，嘆想千秋賢者名。

晏城道中早發

殘月挾雪明，冷風隨馬入。逶遲周道中，馳馳懷靡及。頓轡望邱墟，林屋寒烟襲。須臾日已升，垣墻如雨濕。群山夾驛路，泥濘征蹄澀。一轉見流泉，逸興飄然集。持此煮茶鐺，好待晚來汲。

發張夏望泰嶽

曉月籠寒雲，駑馬踏亂山。依稀辨道路，冰雪滿林間。旭日自東出，照我使臣顏。行人指泰岱，勞勞孰躋攀。與君期月日，春盡想當還。

望嶽

巖巖氣象魯齊分，遍雨崇朝此地雲。信有金泥封漢册，空留石碣斷秦文。丈人峰在烟嵐重，盆子營空麋鹿群。最笑村農稱解事，靈祠争説碧霞君。山頂有碧霞元君祠。

羊叔子祠

當年太守使人思，此日還新俎豆祠。到處風流唯自信，題名何事峴山碑。

過汶上

誰道權門可走聲，自憐迂腐亦成名。一生得失唯安命，投策無慚汶水清。

行次蒙陰春秋爲堂阜地，齊仲父脫囚處

爲國忠謀惜不從，三薰草阜相臣封。憐才欲殺皆知己，慚愧何由繼往踪。余受知于高安師最深，此外蓋茫茫矣。因感施伯與鮑叔事，遂及。

喜同家中安侍御同隨出使中安名恕

一識中郎面，追隨奉使初。問年吾一日，余長侍御一歲。充腹子三餘。姓氏分南北，侍御出太原，余出瑯琊。形骸共起居。執鞭心所慕，况敢是同車。

乘驛至淮安登舟

初入江南路，征鞍暫解塵。淮舟載客慣，江水試茶新。草綠河梁雪，烏啼山谷春。幸邀使者節，豈敢嘆勞人？

次邵伯瞻禮露筋夫人祠

水立雲寒四面垂，客帆風滿露筋祠。人生事業唯廉耻，羞殺當年袴下兒。淮安有韓信釣臺。

至維揚故居

孩提舊已去江南，故土鄉情總未諳。今日歸來雙淚下，相逢親族髮鬖鬖。余門衰祚薄，唯一老孀母在，戚黨則吴、劉二表兄，皆鬢髮皤然。

散盡黄金繼二疏，獨將事業課兒書。此來唯有清風袖，淚滿先人舊草廬。先君子爲養親計，棄書學賈，遂遷天津。計歲息約千金，盡散與鄉人之貧者。餘則日市斗酒，爲故人歡。嘗曰：「延師置書外，吾不留一錢爲子孫禍也。」垂二十餘年，天津無半椽寸土，而維揚獨先祖老屋尚存。

江上對酒是日歲除

一賦皇華浹二旬，輕舟小載入南新。金山對面邀杯酒，江水浮空動地春。歲盡妻兒須遠憶，天涯童僕果相親。詰朝共踏丹陽雪，猶是鵷鴛拜舞辰。次日於丹陽拜牌。

東越山水六言

春風已過秦望，輕舟直向若耶。水轉一番竹樹，山迴别有人家。

青山忽插屋後，流水纔下階前。欲問梅花開處，已來柏樹墻邊。

插竹自成村落，傍山都起樓臺。橋下一舟歌發，籬邊群鴨歸來。

山石可當墻壁，松杉即作門櫨。人力略施斤斧，天然到處園亭。

迤邐田間小道，周圍水上群山。忽然從前轉後，仿佛已去重還。

人於水中起屋，官在山半開衙。一逕纔通蘿薜，渾身已入烟霞。

吴越舟行即事

不脛行千里，舟中一膝寬。最憐多逸興，獨惜贅微官。吴越鋪床褥，江山洗肺肝。何時閑杖履，迷頓此烟巒。

次曹娥江

入淮曾禮露筋祠，又讀曹娥廟裏碑。司馬只羞巾幗贈，不知愧死是鬚眉。

舟次會稽，去來皆值夜半，蘭亭、禹穴未得一遊，甚爲悵然，及入檇李，平川漫野，回想蕭山、餘姚水曲山迴之景，又如夢寐，爲賦絶句

春風夢裏入蘭亭，轉眼蕭山草樹青。今日平湖溪上月，不知曾照幾回醒。

岳墳

黄龍痛飲已無時，父老空聞建義旗。熱血一腔墳上樹，葱籠獨長向南枝。

孤山

桂楫蘭橈未息機，湖魚腦滿蟹筐肥。停舟試問孤山鶴，更向何人頭上飛？

靈隱寺登韜光閣傳爲純陽鍊形處

叢篁幽絶處，宛轉入危山。一望江湖盡，栖身雲水間。欲參無象偈，空掩鍊形關。示我人文册，題詩再往還。

寺僧出詩册見示，急欲登舟，未得一書拙咏。

冷泉亭亭對飛來峰

峰是何年插，水猶到處吟。此中原自静，出世又何深。雲外僧歸寺，風前鳥入林。去來唯任運，誰問有無心。

回次沂水

渡得沂橋水亂澌，春風有鳥叫楊枝。依稀似識天然趣，想像解衣磅礴時。

回次郯城傾蓋亭感懷諸同學

一轉斜陽别恨生，輕車已指問官城。泥塗此日憐諸子，束帛何由寫我情。

將别家中安侍御次前韻兼懷高安師

越水花開後，燕山柳發初。興來詩盞共，漏盡話床餘。幾日憐同調，有時嘆索居。都門搔首處，還憶大賢車。

歌熏集

分司河東時作。乙巳夏、丙午、丁未、戊申、己酉

天津拜墓

百年厚德在居仁，豈但劬勞育此身？資孝作忠非二事，不將菲薄愧前人。

見婦

憐君舉案到眉齊，真是梁鴻處士妻。勵我清摻今更甚，不因無米責刀圭。

見弟

祇爲家貧棄爾書，蠅頭活計總成虛。今余獨擁清華貴，愧殺分形汗有餘。

見兒

昔年曾折五連枝，幾許悲歡星鬢絲。謾説明珠重入掌，蜉蝣朝菌到今疑。

見女

失恃嬌憐二十春，摽梅已賦嘆孤貧。而今遣嫁唯裙布，願爾常爲出汲人。

見侄

別爾時當學語年，琅琅今日索金錢。雁行三子唯兒在，一度回思一惘然。

見小女

左家弱小偏憐女，念我也知清淚流。歡聚人生唯骨肉，別離應悔壯年遊。

次靈石旅舍，中夜憶館曹諸友，因寄

懵騰身世想鳴珂，此外加增信幾何。蘭署月高香已静，鶴廳風煖夢常多。崎嶇瘦馬初經嶺，泥濘征衫又渡河。回首齊年臨執手，踟躕難聽是驪歌。

賦得文章有神交有道安邑觀風試士作

尚友當年嘆索居，耽情何事滯詩書。偶然得句原無意，到處求師自有餘。舊日詞章堪質子，斯文聲氣漫推余。一尊細論聯床夜，風義相期水澹如。

甲辰春補元年鄉試，秋會試，簡諸同學

求名苦憶一年前，又見龍門争後先。事業於今添白髪，文章何處選青錢？中宵鼓吹葳蕤鎖，長巷吟哦蠟炬殘。痛定回思滿眼淚，同人相望亦相憐。

幾番强看桂花黄，慚愧年來入宦場。揖讓近傳新式樣，饑寒不改舊行藏。玉因楚剖咸稱異，馬待孫知始見良。

説與諸君休愛寶，衡文今日有歐陽。時總裁仍爲癸卯座主朱、張二師。

莊鸞音索果餌賦謝莊名鳴珂，一字張里

振衣初起滿庭風，吏擁中衙燈又紅。非是承筐來太晚，主人沉醉簿書中。

分司官廨西有隙地五畝，余構亭浚池，植以竹柏。適歲旱，柏多枯，池亦無水。解守孔君頒來四咏，愧謝兼遲其飲，用原韻

柏

山柏小樹子，亦具歲寒心。移植西園内，久之自成林。一旦失故處，憔悴改青森。持此悟宦達，野質終不任。去去復奚辭，况辱高人吟。

竹

憶昔遊韶光，萬竹森成列。感彼青翠姿，灑然奪炎熱。到此總喧騰，幽懷焉可説？乞得兩三竿，風來亭自别。君子有素心，爲我歌《白雪》。

池

浚池當亭畔，春盛草芊芊。聊以寫我心，獨在靈運篇。飄雨一時集，流水頗潺湲。所注亦隨盡，豈似通海泉？對此耻聲聞，敢云心澄鮮。原唱有「澄徹以見心」句，故云。

亭

簪組苦拘攣，頹然常放廢。誅茅結小亭，佳與南山對。清風四面來，瀟灑感襟佩。際此馳遠思，遐矚擴肝肺。

舉酒待詩人，塵氛掃庭内。

魏豹城懷古

魏王城頭栖暮鴉，千年流水向西斜。霸圖割據空戎馬，一年一發壕間花。木罌纔渡王爲虜，長樂英雄先後死。鑄就秦關與漢家，誰問茫茫赤帝子。

孤竹二子祠

祠在雷首之東山，居人名爲首陽者也。前賢以爲在鞏昌，此傅會

當年扣馬過河關，此地雙魂仿佛間。但使清風真被物，首陽何處不名山。

入潼關

纔渡黄河驛路長，秦關迢遞入咸陽。深山虎逕峰皆峻，老柿龍鱗枝亦蒼。上苑已空終屬漢，曲江何在獨稱唐。此來欲問前朝迹，鵲噪鴉啼滿暮楊。

驪山温泉

一縷茶烟落照間，解衣枯坐對驪山。温泉未必能除垢，曾在華清洗玉環。

次新豐

紅黄猶發漢時花，造就新豐幾歲華。鄉俗土音全不似，更教鷄犬認誰家。

長安喜遇楊殿華同年，楊自散館令朝邑，中若不自釋者，詩以慰之楊名臚賜，雲南進士

與君昔日醉玉堂，題詩滿壁恣徜徉。更移私居近携手，君來從我觀篔簹。涼風忽起稍以遠，銓曹蘭署兩相望。及我南使歸來後，君亦解館有所翔。人世功名在被物，埋頭飣餖亦可傷。秦關晋澤三百里，上下黄渭得頡頏。與君舉酒君莫嘆，世事於今難等量。

華州道中

少華山下躍魚潭，一片閑雲暫解驂。欲去踟躕潭上石，此中風景似江南。

登太華至娑羅坪望三峰

驅車賦泰岱，三日無一字。乙巳春，曾登岱嶽絶頂。曾讀杜甫詩，有一更無二。杜《望嶽》云「齊魯青未了」，形容泰山之大，此爲絶筆。及茲西渡河，華嶽雄哉峙。乾坤鑿混茫，東西各奠位。博大與高奇，氣象迥然異。三峰真秀拔，諸山羅列侍。深壑盤虬松，巉巖起樓寺。待登迴雁峰，搔首青蓮句。

至華陰別楊殿華同年先是楊之任，過余，約於端日同至長安，竟踐約

暮春曾與子相期，剛到端陽竟不遲。握手踟躕行路酒，不堪微醉過關時。

沁水道中

山色周環見，溪流斷續聽。已隨芳草去，又爲白雲停。徑仄奇偏勝，谷深景更暝。乍來松下路，不覺滿身青。

竹醉日，康水部分栽十餘竿，至晚又移其高者，賦謝

雅共先生興，此君一再來。清風添院落，疏月改亭臺。新筍煩人護，老根着意栽。還堅明日約，同舉醒時杯。

度鳴條岡觀紅葉

原田風起黍離離，立馬尋秋馬亂嘶。柿葉深紅都似火，斜陽尤在落山時。

新豐行

新豐市外記鴻門，斷碑斜立雲昏昏。霸圖得失原於此，英雄遺恨千古存。不殺沛公猶有度，此公天授非無故。坑卒百萬燒咸陽，子女玉帛輦歸路。我聞撫世在得民，以暴易暴孰如秦？漢主成名猶豎子，况説重瞳是楚人。將軍天下歸沛公，美人歌斷馬呼風。撞碎玉斗疽發背，漢王已失楚軍中。君不見冠軍已殺懷王死，四海豈少赤帝子。項莊一劍事竟成，故鄉富貴終難恃。從來天下者天下人之天下，不可以力求，智計之士徒隱憂。假如高惠之後非文景，平勃未必能安劉。

和孫士衡喜雨集飲此君亭二絶句孫名廷鏞

小麥欲枯花未開，公私終日放愁來。無端一夜風兼雨，阡陌園亭春盡回。

蘭亭漫説有風流，孫綽王戎續舊遊。一醉陽春初唱後，池雲山黛共悠悠。

登歌熏樓（樓後有階，拾級者但一拍手，則下有琴音應之，相傳爲帝舜遺迹）

登樓遥憶帝揮弦，恍見垂裳奠九川。解愠當時人共樂，歌熏此地代相傳。敲來雅韻涵秋月，聽去清音裊碧烟。莫但倚欄稱近寶，此身須信在中天。

松竹引壽先輩涿州朱鹿山先生（朱名一鳳，時爲運長）

南山之松東山竹，自憐無人翠空谷。今日移栽君子堂，豈以清姿鄙食肉？君不見二三四五六月花，軟色嬌香競炎燠。植根未深懼太泄，一夜西風群如仆。獨此青葱永不凋，昔也無奇笑碌碌。乃知天下澹可以久，厚可以長。松耶竹耶，受命獨在，異於群芳。况其以虚中者弘所受，而勁幹者無所戕。尤爲多福之自求，誠哉茀禄之爾康。

登萬固寺，識義巖上人，讀其詩集，兼遇天津人月師

望雲尋古寺，山路亦逶迤。無客來争席，有僧坐説詩。茶新烹活水，果熟薦連枝。又得同鄉侶，歸鞭獨爾遲。

和孫子士衡萬固寺絶句二首

山寺秋低紅葉林，僧寮投策白雲深。上人拈韻都風雅，景物分來取次吟。（寺僧義巖有《萬固八景咏》。）

一縷茶烟細細侵，看山愧對好音禽。新詩唯有憐孫綽，筆硯全焚請自今。

潼關

黄河中貫兩山行，南北峰巒尚翠撑。禹貢龍門已有據，巨靈仙掌空分明。高低萬堞臨征路，通塞重關倚戍兵。

謾道秦人初設險，須知衆志始成城。

望嶽

華嶽高寒帝蓐收，三峰聳立萬峰頭。遠同泰岱東西峙，近砥黄河曲直流。玉女無塵盆自浄，仙人何處掌空留。幾番欲到蓮花頂，搔首青天一問秋。

驪山下温泉

阿房曾此貯傾城，想像梳鬟渭膩盈。禍水初歸焦土後，一泓煖碧入華清。

長安對菊

華陰西去是臨潼，浴罷温泉起暮風。一到長安纔下馬，從容先問玉玲瓏。
誰道風流減壯年，慳囊慣費買花錢。閑從老圃尋秋色，近在城東小路邊。
借得長鑱草細鋤，栽來客館共秋居。漉巾花下拚沉醉，正是朣朧月上初。
十日看花興細增，新詩大阮繼孫登。余叔同孫子士衡俱有唱和。淵明泛此還遺世，挑盡尊前吟夜燈。
已近重陽雨滿城，花枝滴滴露盈盈。居停不是求租日，一榻寒香夜細生。
旅館新栽近傍墻，西園舊種半含霜。歸來可覺黄花老，檢點秋風晚節香。

重九後一日，走馬問花，過韋曲，謁少陵祠，回至大慈恩寺登塔

秋撤風潭緑沁沙，滿林紅葉照人家。荒祠自繞樊川水，遊馬空歸韋曲花。杖履入山官是累，狂歌縱酒老還加。登高未了重陽興，塔影層層看日斜。

臨潼縣

曉日長安道，往來絶悦豫。山風吹夕秋，滿城哭如詛。哭聲稍以衰，夜半聞人語。我當戍潼關，與君成隔阻。哽咽不能聲，多時語復絮。絮絮重絮絮，詰朝人歸去。相送無百里，無乃太匆遽。語竟復長號，嗃嗃天已曙。下官前致詞，如何過思慮。我聞滿洲兵，酪肉恣厭飫。坐食天家庾，顧盼多豪倨。走馬南山頭，蹻捷馳良譽。歲時市牛酒，飲博競歡醵。兩地近遷移，東西還相覷。試問進藏人，此夜宿何處？潼關戍卒未至前三日，進藏兵二千人已行。

月夜坐驪山松下

向夕秋風冷結襟，牽連宛轉坐高岑。千輪月照驪山樹，曾掛華清初浴燈。居人言：華清玉環浴時，山松盡懸紅燈。

秋日登太華未至峰頂

華山一徑向雲開，嶂合峰環嶺又迴。怪底連天堆錦繡，自然隨地起樓臺。青蓮搔首詩難問，白帝窮源興未灰。杖履纔收秋色半，蒼龍嶺下共徘徊。

前出塞五首

男兒不懼死，功成當封侯。上馬出陽關，無事久逗遛。牽襟別妻兒，啼淚誠足羞。生既爲王臣，豈不念同仇？便當馳征轡，鷹隼厲高秋。

昔我祖與父，曾預定鼎功。哈番良勿替，甲糧歲頗豐。效死厚享餘，亦足昭前忠。所以荷金戈，慷慨笑從戎。

四海全無外，哈密爲内臣。忠順固無匹，殘殺亦足嗔。萬里即榻側，乃敢競宵磷。中國馬素飽，士氣久騰申。聲罪致天誅，豈肯有逡巡？

前隊度楼蘭，後隊至伊水。獵獵捲風旗，凍雲結高壘。兩藏那可到，凄凉入骨髓。冰窟飲馬回，曉霜墮雙指。

王者應無戰，連年亦有征。出震綏文德，天雨洗甲兵。西陲用兵幾十年，雍正改元始罷。昔日烈士軀，萬死得全生。親戚駭歸來，喜極淚縱横。

壽宫丹書明經寄贈

先生七十老明經，松肖蒼顔鶴肖形。門外浮雲不介意，階前玉樹何亭亭。每因酒熟剥新棗，一到天寒劚茯苓。我亦介眉千里外，東山遥看老人星。

自華陰乘雪欲渡渭訪楊殿華同年，值冰盛擁結，竟不得渡

興乘風雪日，一似剡中遊。君豈戴安道，吾真王子猷。旅燈寒獨照，村酒醉誰酬。其奈河冰合，空回渭上舟。

懷李恬齋成四絶句

思君何日見？嶺上多秋雲。雲氣晚來佳，秋聲不可聞。
思君何日見？慚愧是陶家。賣盡街頭菊，何人看晚花？
思君何日見？明月又重生。記得聯吟夜，光輝到處行。
思君何日見？竹下日栖遲。惜此疏疏影，都成痩損枝。

明季賊入禹都，房辛不屈，聚族殉於井。雍正改元之次年，詔郡縣庠各建忠孝祠，公始得與安邑享。己酉秋日，同年車明府徵余詩，將並載入邑乘中，爲賦

聖主正隆旌節祀，賢侯初賦採風詩。乃聞夫子宫墻地，特有先生俎豆祠。没世無稱君子疾，全家俱陷後人悲。欲裁新句題官井，滿目寒原落照時。

闞子鼎如午歲謁余，别請曰：「某事願公勿與。」余頷之，因以溥之衆，而猶緣此落職，求仁得仁，亦復何尤！然闞子之意，則殷矣，感賦

盡傳新譜有宫商，按板纔非慣下場。記得臨行君子贈，千年猶熱舊肝腸。

罷官題署壁

十畝閑閑一徑斜，何如薄宦滯天涯。三年鋤熟衙偏地，也種秋風金色花。菊圃。

不惜誅茅結草堂，退思稽古亦徜徉。而今獨愧庭中樹，剪伐何如蔽芾棠。槐堂。

墻跟流水水潺湲，池上危峰小築山。買得平陽千葉藕，清香曾逗午茶間。蓮沼。

三楹舊日初調馬，四壁今時乍受風。爲問新生春竹筍，誰憐百尺自書空。此君軒。

茸茸細草任榮枯，楊柳風來月到梧。昔日人來今日去，忘言信是與天徒。梧院。

樓檻高標遠射星，南山對面起青青。個中真意誰能説，一片飛雲付杳冥。悠然楼。

插竹雙層作矮籬，葡萄幾日子離離。中天懸有清宵月，記得無人獨步時。花籬。

危壁倚亭半未成，常憐緑樹叫流鶯。可能一簣從人借，削就三峰點點横。半壁亭。

方沼斜梁小立時，此間有樂少人知。錦毛丹喙籠中鳥，何似泥中曳尾龜。濠梁。

屈曲欄杆往復迴，新詩題罷暮陽催。何人不有登臨興，肯教風光減後來。迴廊。

安邑車宰携幕中諸賓九日至抱珠山登高，預期邀余同往，未赴寄謝

羨殺龍山九日遊，况同仙侶問清秋。黄花故廢陶潛徑，明月真成庾亮楼。早出老翁非是懶，惜離歸客未堪愁。異鄉好景尋常過，蟋蟀低吟歲欲休。杜《九日諸人集于林》詩有「老翁難早出」句，謝靈運《九日從宋公戲馬臺集送孔令詩》有「逝矣將歸客」句。

短髮難梳兩鬢蓬，閉關獨坐謾書空。欲酬佳節先三日，已却清尊復一中。戲馬從公多俊彦，題糕愧我負豪雄。幾行并謝登山客，已脱朝冠不怕風。劉夢得作《九日詩》，欲用「糕」字，以經所不載，遂輟。宋子京詩云：「劉郎不敢題糕字，空負詩中一世豪。」

罷官後秋日中條山遊覽八首〔一〕

南山橫載酒，倚馬不停斟。突兀有高下，蒼茫無古今。雲歸峰欲濕。日滿壑常陰。看到忘言處，悠然醉已深。

西鄗遠望。

渴病時時甚，煎茶就碾渦。清流隨石轉，紅葉落山多。自遠來蒼色，有風送野歌。應憐雲霧重，高處更如何。

桃花洞口獨坐。

有水飛高谷，無亭倚斷梁。草深楊子宅，花滿鄭公鄉。人不着冠履，家纔足稻粱。登山吾與伴，更爲裹餱糧。

上官谷有瀑布，舊爲司空表聖故里，結亭山半，名休休，今廢。村人頗願偕余登山。

五老山前院，奇峰玉柱名。霧霏迷衆峙，月皎見孤撐。仄逕懸金鎖，飛巖聳碧城。偶逢塵外客，留我飯青精。

登五老山遇雨，宿道院。夜半雲開，忽見玉柱峰崛立庭外。向曉，攀援，遂登其巔。道人爲具晨炊。

絶地空塵障，逢人快勝遊。惟韓堪友孟，是粲自依劉。榻可隨時下，酒憑到處求。從來疏野性，一往任夷猶。

自王莊斜過韓子雲濤槃園，識孟氏伯仲。值蒲守劉使君招余，以山水興深，未赴，但索酒，一巨甕至。

好客風流守，懷人值政閑。結亭迎夜月，開牖對南山。坐久風生砌，秋深菊照顔。應知清咏興，勃發舉觴間。

蒲守新齋正對雷音。

不是偏憐菊，陶潛正去官。幸無止酒戒，况有故人歡。小圃風初澹，疏籬露已寒。分栽如可乞，盡日醉忘餐。

山村乞菊。

大地無留景，登高一望收。聳身群樹外，放眼萬峰頭。遠水銜殘日，空山冷暮秋。驚人思謝朓，述作好同遊。

登上栖岩，望太華、黃、渭如指諸掌，因憶孫、謝、洪、周諸同學。

【校注】

〔一〕「八」，原作「九」，據正文首數改。

懷諸同學

小樓獨擁書，遠懷寄秋草。何以致君前，千里悠悠道。舊鄉□□舊，斯人頗自好。願爲笻竹杖，徒倚永相保。

别張質夫張名亦堪，山西聞喜縣太學生

陟險山始奇，成癖人斯高。所癖在嗜古，古豈在皮毛？氣節高東漢，有道翹群髦。表章千載後，徵君心獨勞。郭有道墓碑爲石道人傅山書。願言辭華膴，野質甘蓬蒿。孤風特峻起，培塿夷儕曹。吾友有張子，感慨慕前操。雄才未肯試，拂衣謝榮褒。置身雲霄上，俯首聽英璈。小儒竇曲學，卑卑等蚯螬。激此壯烈腸，淳風良不佻。千金時緩急，一擲若秋毫。迹混韓康市，心遊莊惠濠。跌宕氣吐奇，揮灑意自豪。更求金石文，傳之切玉刀。搜括苦無遺，未厭此老饕。下士方大笑，君亦自桀驁。所期固如此，聽彼寒蛩號。余昔薄有尚，窮達頗囂囂。翻以脱纓冕，遂我舊遊敖。奇峰恣登眺，問天首常搔。獨以塵垢襟，就君希甄陶。所惜别離始，念之心忉忉。

薄暮望墻頭新緑次顧六虚韻顧名佺礽，廣陵明經

緑滿頽垣一望時，高深低淺總相宜。洗之宿雨塵初净，烘以斜陽影欲遲。映水丹楓徒仿佛，牽風翠荇亦參差。無根有色天然妙，得意高人早有詩。

過淮陰侯墓，至靈石李衛公偕紅拂妓遇張仲堅處

嶺上韓侯廟，嶺下紅拂祠。丈夫耻牛後，一作「牛從」。焉用假王爲？君不見，當年鴟夷子，功成身退五湖裏。又不見，今日赤松遊封侯，臣願封于留。既知沛公天所授，羞伍絳灌言何謬。怏怏豈是少主臣，將軍竟等几上肉。就縛始嗟兒女欺，兒女有識勝鬚眉。長樂宫前如回首，應憶漂母見飯時。一飯爲哀王孫貧，王孫豈久困風塵？漂母若不識韓信，如何猶有紅拂人？太原王氣久鬱葱，眼中公子真重瞳。所天從此得真主，今日李郎後衛公。老夫寧可爲鷄口，百萬贈君雙雙走。世人但知有虬髯，那知更有虬髯婦。彼雖女子尚知天，英雄何爲獨不然？寇公肯讀《霍光傳》，終身應悔説澶淵。

國士橋 爲豫讓擊趙襄子處

知己感平生，誰爲行路者？寒流不泠泠，激宕石橋下。

大寒效東野體

冷挺舊酸骨，冷甚神更清。一時渣滓徹，冰雪腸胃生。似登姑射山，委蛇神人行。借半天風露，洗百世聰明。

壽忻州周太恭人

吾鄉風俗重鹽鐵，高冠華裳語言譎。父母所教子所學，但一托身群艷絶。最嗤儒生撲鼻酸，動色相戒如毒螫。遐哉周君獨不然，破帽空腸攻綿蕝。長公先我早奮飛，乃弟繼之雲霄徹。一爲民牧一造士，不將所學負前哲。金昆

玉季何能爾？畫荻丸熊母所悦。從兹一變海濱風，共欽懿範如丹訣。翳余鎩翮墜泥塗，市儈沽兒紛前列。利場在昔嘆炙手，今也當之徒竊竊。幸兹投劾歸去來，登堂拜母心如結。願母慈壽撫孫元，滌蕩污俗冰雪潔。

留别忻州周使君周名人龍，余鄉人

來來去去總相尋，故里新聞感最深。多債只因强出仕，有兒何用更遺金。青雲謾道名常附，白髮還看老漸侵。此後茫茫如夜海，相逢愁絶在分襟。

留别平陸縣郭宰郭名一裕，後爲河東運使

問君何地解人顔？四載囂囂入市闤。此日峰頭初過後，中條應化藐姑山。

寄别朝邑縣楊宰

當年相遇喜彈冠，四載登場事事難。笑我生涯腸大熱，感君意氣歲堪寒。花從謝後誰沽酒，月正圓時獨倚欄。人世遷流如渭水，也應千里有迴瀾。

關柝集倅扶風時作。庚戌、辛亥、壬子

追懷太學石鼓歌

皇帝即位之二年，臨雍釋奠禮獨先。一時冠裳集槐市，鳴金戛玉紛聯翩。宫墻萬仞春日麗，肅雍揖讓敢不虔？或者載筆銘功德，形之《雅》《頌》被管弦。小臣追隨鵷鷺後，得與陪位執豆籩。法駕未來習奔走，出入踟躕戟門邊。忽驚石鼓森羅列，見所未見喜蚩然。昔聞此石在鳳郡，唐時得於民間田。鄭公移置入孔廟，靖康改號乃播遷。明建燕京送太學，分置兩楹覆以椽。其高二尺其數十，上下平鋭中粗圓。周身有文刻畫細，大都剥落剜苔蘚。間有存者體制古，相對莫識徒俄延。或言此文出史籀，宣王漁獵紀鴻篇。昌黎眉山大手筆，彪炳兩詩光經天。或云成王渙大號，蒐于岐陽載簡編。余也迂疏空懷古，考核無據心懸懸。獨以斯文愜素好，摩娑當日情所牽。其後一麾越蒲晋，唐虞舊都草如綿。及來岐陽周所建，文謨武烈誰與傳。獨有南原四十里，石鼓雖去名未捐。欲一驅車求遺迹，時復矯首慨流連。憶昔奉使江南日，曾歷泰岱陟層巔。李斯文字無關係，斷碑缺劃猶鑽研。況此當周之盛世，周召遺文賢所鎸。自古征伐兼禮樂，豈以靡辭誇遊畋？一物良足繫人思，於論於樂何如廛。嗟乎！石鼓石鼓雖得地，維余有懷別拳拳。

七憶

謝信符名穀，通州文學。余先時從之學文

我憶謝康樂，疏狂任自然。熱腸多契友，謝好俠，喜交遊。白首未逢年。時年近七十，未得一第。少小師文字，平生慳

布泉。余遊宦，愧未有一金之贈。知君高曠性，期我古人前。

張石鄰名疊，余同年進士。爲鄒平令，忤上官，誣以贓，問配

我憶張平子，家貧達亦然。直多招世忌，義不受人憐。争説夷齊隤，應稱蹻跖賢。哀哉翻覆手，何處問蒼天？

朱義玉名紹夏，天津文學

我憶朱元晦，會心在説書。乃於梅福市，獨有子雲居。零露山中蕙，清秋水上蕖。言多人不解，解者又何如。

洪吉人名天錫，鑲白旗文學

我憶洪弱生，率性成千古。不自救家貧，終身惜友苦。洪最急友難，而忘其瓶米之罄。注經出肺肝，有《五經》及《素問》、《靈樞》等解，自出手眼，不拾前人牙慧。捫舌任吞吐。洪最憂讒畏譏，每戒多言，而言輒不禁。浩浩赴羲皇，天然無鑿斧。

周月東名焯，武清選拔

我憶周茂叔，學問有淵源。不效今人步，能追作者魂。嘉詩屢見贈，古道彌相敦。所以貧非病，故人有至言。周有詩見寄，有「争看岩岩馬骨高」之句。

孫又深名嘉倖，天津舉人

我所憶孫登，狂歌入酒市。胸中自不平，海内全無是。彭殤一死生，堯舜皆糠秕。才難豈不然，誰障東流水？

劉生白名卿，天津文學

我所憶劉伶，昂藏迥不群。揮杯獨造句，顧影自成文。素志昔相共，形骸自爾分。未知潦倒後，何日置青雲。

獨坐

遲遲斜日上階除，不是衙齋是謫居。緑野有人初叱犢，寒廳無事獨翻書。藏經偶或逃秦火，識字誰同辨魯魚。

日暮挑燈掩卷後，幾番搔首賦歸歟！

哭亡友

百年何鼎鼎，流水去不回。平生有故歡，存者幾人哉？邢子邁種德，名琰，孝友醇真，至性無欺。早殞良可哀。金玉遭剥蝕，樗櫟荷栽培。田子最篤信，與吴常相乖。田名行助，最信余。吴名存仁，好攻我過。二人以此常相牴牾。丈百雖異趨，天挺不凡材。丈百，姓俞，名天成，後以家貧學貨殖，然才氣敏捷，好談兵。李氏賢昆仲，疏豁俠士懷。伯名極，仲名捷，皆篤交遊。龐子字叔兑，理數窮根荄。龐精天文及青鳥家言。此皆稱卓犖，一時俱塵埋。尤堪痛哭者，家鄉有信來。來玉病不起，數月入泉臺。朱來玉，名瓅，與余爲總角交，數十年情好如一日。碌碌眼前交，誰托自嬰孩？吁嗟多病身，念之肝腸摧。

賦得滿城風雨近重陽每首以題中一字爲韻

中秋初過襟期散，夜漏迢迢白日短。欲對黄花照眼明，可堪兩耳秋聲滿。

茱萸未插已關情，展轉鄉思恨忽生。落葉聲兼檐下溜，誰將簫鼓到山城。

春來乞得野人種，也有支離菊數叢。正好酩酊酬此日，無端冷雨打西風。

買酒澆花誰是主？隔簾歷歷傳鸜鵒。登高明日到城西，戲馬臺前風又雨。

細雨催花風亦韻，好花正是開時分。分植不辭手足勞，童僕須知佳節近。

空憐破帽老扶筇，應笑龍山舊日踪。祇有竹聲聞籟籟，何能花影見重重。

催租人去竟枯腸，只向疏籬對晚香。今日秋風明日雨，果然時節到重陽。

友人歸去，衙齋逾靜，庭空如山，人閑于鶴，偶讀淵明形影神三詩，嘆其達，而憫夫心爲形役，乃廣其志，亦成三首

形贈影

有生均所賦，虛實徒妄分。有我即有爾，久矣與同群。我貴子簪裾，我賤子敝緼。囂寂固殊致，相依實殷勤。嚮夕暫若忘，達旦復紛紛。以此促遐齡，泯滅兩無成。百骸一時盡，子復何所云？不如飲醇酒，終日常氤氳。

影答形

瞻之在君前，忽焉在君後。君實有遷移，非我故乖謬。少壯各異時，短長亦非舊。智愚均一役，人生無百壽。昔也共豐腴，今也同庾瘦。勞勞兩敝間，焉能常相守。仁者自永年，幸無苦不富。期此擁敝衾，誰云愧屋漏？

形影釋

世運轉萬化，衰榮遞相傳。安時以處順，所貴任其天。山木胡自寇，膏火誰爲煎。明者達至理，一切委自然。麯蘖雖逃冥，狂縱即多愆。爲善苟近名，譽盛禍亦連。獨此不動心，到處無糾纏。所哀飲食人，口腹稱便便。顧盼若自得，失意何迍邅。君子養其大，豈必絕世緣？肆應苟有主，相奉聊周旋。二君無徒苦，持此自忘年。

野蠶行爲寶鷄縣梁宰作梁名成武，山西介休舉人

昔我奉命觀海還，扁舟來往吳越間。卧看女桑低兩岸，猗那不教尺地閑。市上織者人如猬，男子理經女理緯。布帛衣被天下人，金玉珠璣寧足貴。怪哉秦邑曰陳寶，滿山槲葉禿如掃。有蟲食之其名蠶，近年來自山東道。山東野蠶久著名，不勞人飼自能生。但使機杼出素手，天然文理分縱橫。有客有客載蠶筐，貿貿而來過此鄉。指說南山

一片樹，不必吴地有條桑。父老留客出羹飯，客亦俯首憐繾綣。一時到處破天荒，大繭小繭滿山巘。秦女欲織苦無絲，俯仰此日無停時。千千萬萬取不盡，試問誰其始爲之？嗚呼！梁君創業後人守，梁君梁君真父母。

贈同年任拱辰明府任名樞南，平山縣孝廉，向爲鳳翔令

誰能疏人事，天懷任其真。悖者駭而走，曰怪將無倫。吾友有四子，謂莊張里、龐叔兑、洪吉人、張石鄰。生硬骨嶙峋。各行己之是，彼此還相嗔。一鄉皆却走，與吾情獨親。非吾情獨親，知交自有神。去家四百里，又得一個人。謂其粗豪者，同儕多反唇。舉世重柔佞，肝腸生荆榛。吾欲挽頹波，使之薄可淳。庶幾三代直，一再行斯民。

歲除懷弟，值顧六虚過訪，有詩索和，未及答而欲去，時欲引疾，因以送别

冷銜又值供椒卮，吏散堂空鵲叫枝。不與阿戎同獻歲，謾教蘇子獨題詩。投簪已作歸田計，傾蓋還要到老時。此去何須重矯首，黄花相賞在秋籬。

李都閫折贈牡丹數枝賦謝

折得名園第幾株，鮮妍朵朵大如盂。果然芍藥稱花相，信是重臺號木奴。槿一名木奴。珍重須求青玉案，滋培。〔一〕

【校注】

〔一〕「培」下，底本闕兩頁。

一枝裝就盎中春〔一〕

一枝裝就盎中春，便覺衙齋迥絶塵。似有寒香飄杖履，也饒冷韻沁心神。爲官滋味誰堪澹，出世情懷只在真。此意惟君能賞識，孤踪願與結山鄰。

【校注】

〔一〕詩題因底本闕頁而佚，今以首句代之。

過馬嵬玉環墓碑，有爲白其洗兒鷄頭之事者，賀令真痴人説夢，而漁洋山人又吊其長生殿七夕之言不踐，此皆好事不識大體，遂用其韻，成三絶句

漁陽不必更蒙羞，壞盡綱常是聚麀。傾國傾城真禍水，枉教好色説風流。

驪山不似茂陵春，方士求魂總未真。况乃形骸都化土，從來多事是詩人。

洛神一夢亦爲痴，才子猶題石上詩。只有真娘堪表墓，何人更與毁淫祠。

夏邑趙宰爲余同年友，贈米活我妻孥，寄謝時，趙丁外艱，以從戎例留任余之扶風，妻子留寄路村，去夏邑百里

自到扶風郡，頹然醉睡鄉。祇應閑更懶，非是老而狂。慚愧留黄口，殷勤數裹糧。東來憑信使，雅意永難忘。

爲問齊年好，今來更若何？仁風終在樹，孝水又生波。賣劍餘耕犢，揮弦發野歌。蒼生原待澤，况乃未韜戈。

過磻溪釣臺簡顧六虚

垂綸思待世間清，豈有飛熊自釣名？遥望終南真捷徑，賣身不獨一种生。
久已家鄉别釣磯，邇來每食嘆無魚。荷蓑久負臨流約，此意誰知有六虚。

五丈原回望三良墓

觸熱騁征馬，迢遥過遠村。山花時競發，溪水亦同喧。回首三良墓，吞聲五丈原。往踪猶可吊，風日正昏昏。

池蓮始開雙朵，雨中折贈郡守任使君，時余已乞休將歸矣

纖塵不染號仙葩，插向瓶中正復斜。贈君更索一壺酒，報我纔開兩朵花。四載朱輪聞夾鹿，連年甘雨見隨車。歸鄉但説扶風郡，任隴原來是國華。

郡守任使君贈我名酒，恰值時雨，感喜率賦

陶潛此日賦歸辭，可愛王宏送酒時。黄菊未開已脱帽，白衣再到又銜巵。疏狂自是生來慣，投贈還從性所宜。正飲醇醪歌化雨，好同四野樂春熙。

寧羌遊戎爲余宗，未之見也，聞其知我，寄贈

同心千里亦相知，慚愧終朝對面時。捫虱有人説景略，籠鵝何處覓羲之。遊戎善書，喜作擘窠大字。近來喜讀歸田録，他日應隨辟穀師。遊戎好講元功。迢遞雲山多悵望，祇從驛路寄新詩。

送别原鳳翔令任宰歸里

凄風冷雨夏如秋，相對相憐悔壯遊。百歲何時纔了了，余與任皆不合時宜，共目爲痴。一身今日合休休。老來精力君當惜，宦後生涯我未謀。滿地紅塵耻俗吏，况當衰病篤離憂。

呻吟集告病歸里作。癸丑、甲寅、乙卯、丙辰、丁巳、戊午

引疾欲歸，友人代憂生計，適家信至，云眷屬到津，居停湫隘，兒女皆露栖成疾，老妻至形之涕淚，聊賦答友兼慰内

落拓寒鄉四十年，歸家囊橐仍蕭然。一絲不掛從來净，萬象皆空早是禪。有子未堪承祖父，無官誰説是神仙。釜魚塵甑尋常事，豈但栖身少半椽。

余已請告待部文不至問卜

欲向君平問卜居，九重恩旨果何如？靈龜報我歸家信，只在明辰日上初。

留別麟遊縣徐宰徐名爾發，庚子江西舉人

舊是齊年友，同舟共濟初。循良君第一，衰病我奚如。山邑纔歸雁，秋風亦憶魚。分襟從此日，流涕報音書。

留別岐山縣任宰任名懋華，江南進士

如蘭氣味漸相親，信是循良豈弟人。四境煦君同愛日，三年飲我以醇春。長風見奮雲霄翮，暮景慚兼衰病身。迢遞雲山歸去日，一思雅量一傷神。

留别沙都閫沙名亮，進士

略迹談心友，臨岐意摯然。已教車馬待，更囑信音傳。繚繞關山月，凄凉水國天。良緣如再遘，感激説當年。

留别李守戎李名躍龍，滄州將種

舊是維桑梓，同來静虎貙。我官唯患盜，君將雅稱儒。天府專留鑰，鄉風獨嗜鱸。歸歟時頷手，旌節指幽都。

扶風早發

戒早發征車，驛路連山曲。仲秋風已寒，延領望東旭。山頭日已升，温然面微觸。夜氣稍以斂，病骨舒如浴。況在去官後，脱略少拘束。去去巖谷深，幸哉無殆辱。

留别興平縣胡宰胡名蛟齡，江南進士，余同年友，自館職改此

共作風塵吏，曾趨金馬門。性情真自合，出處義同敦。君後離京國，我先羈路村。秦關重聚首，復得識賢昆。胡有兄，字贅客，適在署。

疾病羞縻禄，兼當遲暮年。祇因求藥餌，非敢愛林泉。盛世無遺物，長材盡效邊。獨憐清白吏，何以應周旋？興平爲衝邑，過客甚多。

嘆惜馮唐老，踟躕陶令歸。何人稱巧宦，此日羡忘機。四海貧堪共，同袍迹已違。恨無雙健翮，挾子與俱飛。

到此情無限，挑燈話更深。相看十載後，各有二毛侵。何日重携手，歸來獨繫心。西風有便羽，一字比南金。

藍田湯泉口號

聞道温泉解滌疴，痼寒一洗盡消磨。到來谷口無多路，果見靈湯盈四科。昨日輕嘗炙手掌，今朝深入透肩窩。參苓藥餌孰能及，説與神農費揣摩。

湯峪口紀事

南山有虎潭有魚，我欲往釣虎與俱。雖云生死皆有命，豈以豫樂輕吾軀?! 韜竿捲綸勿復爾，遠觀山色亦可娱。今早村人來訴説，未語色變先嗟吁。山口有廟僧亦老，昨夜醉走村前道。自言身是修行人，已遭摶噬恣一飽。麥田見遺雙麻屨，神祠門扃無人啓。峪中尋覓得殘骸，不食所餘寧有幾。衲衣布袴紛紛碎，誰云解衣有倀鬼。豈是此虎初食人，無可附麗遺屍起。不食醉人語亦誣，徵事何能盡信書。或者山靈有呵怒，佛子破戒酒爲徒。我聞此事心頗寒，扶杖隨人且往看。出村不遠五十步，有爪印泥大如盤。昨日天晴來看水，道旁耕者無乃是。邂逅猶記問答詞，一夜無端異生死。歸來閉關頻驚訛，門外依稀有虎過。爲語入山樵採人，早晚慎勿走山坡。

在省送同年程鶴汀使君之任葭州程名材傳，湖廣進士，曾牧天津

岳牧今分竹，離亭人又歸。綈袍方戀戀，楊柳昔依依。歲月遷流甚，山河問訊希。何年重駐節，老病覽明輝。

留别經儒宗兄經儒名若綸，篤交情，豪好客

此身已自付烟蘿，又在人間徵笑歌。賓主二難今好會，弟兄四海此重過。南來鮮荔生甘蔗，塞上蒸羊炙駱駝。

既醉承筐還細問，家鄉食指可如何。

聞人吹笛

待盡含章夜漏聲，從戎聞鼓不聞鉦。何如近接鄰翁榻，玉笛連宵吹太平。

一曲梅花最有情，無端换指起商聲。懷歸盡日歸難問，折柳何人欲贈行。

留贈張濟川别駕張名于渡，安邑保舉

十載空教玷佩紳，秋風忽起憶江蒓。感君日日迴車騎，更覓綈袍贈故人。

壁間讀張分司詩喜賦張名迪，京口孝廉

聞君喜讀蘇公詩，題壁儼然是蘇作。尋常説話都渾成，世上何人有老格。精悍獨造力有餘，敲骨見髓膚全剥。陋彼蒼蠅細作聲，自然大方無繩削。昔也爲我一字師，今又四載成荒落。郡城舊有喜雨亭，髯翁遺迹空蕭索。近日疾病大凌人，久已筆墨束高閣。今來讀此歡喜生，果然詩文堪已瘧。奮臂亦題數十字，留作别後恣談噱。

留别葛公暨賢郎澤躬同學葛公名雋，澤躬名德潤，安邑孝廉

翻然悔往欲追來，到此情懷得再開。我老無官同散木，君賢有子是通材。歸公事事皆堪愧，得句時時獨就裁。澤躬時以時文見示。兩世交情今更篤，一時流涕對尊罍。

留別樊子樊名二盛，安邑文學，余子業師

學詩聞訓日，問字得交初。小子勞雕琢，老夫待起予。吾衰憑一懶，子富實三餘。欲再圖良晤，爲期賦子虛。

留別何子何名恕，夏縣文學

宦後貧彌甚，歸來説固窮。非吾今矯異，惟子昔從同。願拙無爲巧，寧方不尚融。緬懷風義日，感慨獨臨風。

過郇瑕舊治感成十絶

鹽澤曾除力役征，經營亦未困商生。此來父老勞存問，薦幣堪慚是頌聲。

回首離官已四年，此鄉風土尚依然。清操愧我非劉寵，也在臨行取一錢。

四海茫茫説宦遊，歸來猶擁舊羔裘。借非長者殷勤意，阮籍窮途哭不休。

妻孥留晋曾加璧，老病離秦又寘餐。饋饍有辭交以道，無名不受世人錢。

終日求貧果得貧，拚將杖履送閑身。到家子弟如相問，僕馬風清賴故人。

久已心情寄冥烟，盛衰滿眼亦堪憐。此鄉古道今彌勵，不敢人間薄市廛。

弦歌到處嗜詩書，耐久交情後勝初。忠信自饒儀物外，郇城真作老夫居。

已拚遇食過三旬，苦死爲官不染塵。此日一金何太激，人間難得是情真。

到此流連亦度春，壺餐不厭往來頻。删詩莫道唐風陋，忠厚于今勝昔人。

征車纔上又初停，相送門前草色青。珍重再三揮涕去，真將高義薄蒼旻。

歸路口號

纔識迷途欲返真，簪冠筇杖出風塵。十年一覺揚州夢，四海單歸六尺身。婚嫁未完兒女債，平安不厭室家貧。鄉閭應有同心侶，認取從前共學人。

抵里

到來鬢髮已蕭蕭，只有棱嶒骨一條。趣寄庭前薰日草，波聽門外挾風潮。十年不識爲周蝶，今日方疑覆鹿蕉。但借繩床供飽睡，妻兒何用問簞瓢。

都中友人寄信座主朱公，有楊椒山之目，感愧成句

事業還由學術推，多年猶自在藩籬。容城自是奇男子，愧殺然明堂下知。

寄尹原甫大參求書尹名會一，余同年，鄉友人，同在銓部，出守襄陽，遷廣陵，旋司賦兩淮

鶴廳相慶有同聲，我去條山君亦行。再典大邦聞鹿夾，初權利計看花迎。自憐疏拙才無取，況是支離病又并。欲積詩書與共學，也知君子篤高情。

乞米江南皖城廉使劉名吴龍，江寧糧儲監司吾宗名恕

一夢歸來已十春，蕭然不救故時貧。自拚病骨填溝壑，獨憶天涯裏飯人。空囊無計覓參苓，千里哀鳴知者聽。但瀉冰壺涓滴水，秋原枯草即回春。

昔日求金曾遣使，今來乞米又題詩。竭歡豈不憚煩甚，恃有年來鮑叔知。

西園即事鄉友趙修和見招

勝友今良覿，開尊水一涯。砌花初灼灼，林鳥正喈喈。別久情偏厚，交新語亦諧。坐客周、于、趙三君皆初識。方知敦古義，不愧是吾儕。

又寄呈二律

幾楹廬舍俯河干，不是臨流愛激湍。去楫有聲來榻下，歸帆聯影落林端。勞形賈客誰言瘁，冷眼風波可覺寒。何似壺觴相對進，酕醄一任水漫漫。

不堪回首少年行，白髮相看種種生。我已登山無健步，君今開宴有高情。名花在砌香來重，病骨裁詩律未精。只借一枝清睡穩，安排老耳聽松聲。

黄粱祠前亭子讀帥廉使詩次韻帥名念祖，江右進士，余同年

到處懵騰只醉眠，逢人懶與説當年。騎驢道上華胥國，煮米鐺中叨利天。江上清風何用買，山頭明月不常圓。三杯過手惟依枕，應是人間有漏仙。東坡詩：「人間有漏仙，兀兀三杯醉。世上無眼禪，昏昏一枕眠。」

次壁間韻四絶

蘧蘧栩栩儘委遲，空報黄粱飯已炊。消息個中誰與證，華山穩睡有希夷。

雲在中庭日在墀，夢回猶自太生疑。莊周與蝶真爲幻，説與人間總不知。

海上三山路不迷，斜陽枯柳正凄凄。門前盡日邯鄲道，車未停輪馬亂馳。

到來説夢總成痴，我亦邯鄲學步時。買得兩壺清濁酒，稱賢稱聖任人嗤。

過湯陰縣謁岳鄂王祠

千古傷心恨不平，鄂王祠下日晶晶。志同諸葛尤堪憫，功似汾陽獨未成。相國奸謀終藉手，魏公失計浪沽名。至今誰取《春秋》筆，萬里君王自墮城。

謁祠恭次碑刻送紫巖張先生北伐原韻

故里傳忠孝，遺祠植道陬。砌風猶落冷，檜日亦含幽。義士刀吞恨，祠前塑施將軍按劍作行刺狀。奸雄鐵裹頭。鐵鑄秦檜夫婦并万俟卨、張俊、王俊像，皆反接跪。咏歌與笑罵，千古在中州。

由洛赴河内道經邙山四望

千年得失果如何，漢業唐功一霎過。漫道遺經傳白馬，曾聞有客哭銅駝。沉沉草樹埋王氣，隱隱烟巒起牧歌。況是北邙山下路，一生哀樂任銷磨。

張爾徵侍御贈墨二挺，館先輩黄太史家藏也，值其初度，翻爲長歌以酬之

張名考，山西進士，余同年。時督學豫中，余佐其幕

南山之松歲十千，深根巨幹枝參天。下有茯苓大如甕，上有鳴鶴翔其巔。照以日月無窮已，星雲風露何糾纏。

往往仙靈此托迹，吐吞膏液成金丹。更欲爲文頌上帝，鑽皮取脂同敖煎。置之窟室覆以瓦，千絲萬縷騰青烟。烟欲裊裊細如線，精凝氣聚頂正圓。層層紫雪霏霏落，和以神膠與甘泉。杵之萬下丸于手，有紋如犀玉如堅。遂與陶泓毛穎輩，討論今古同鑽研。上言鴻濛未有始，下言廣運永無邊。煥乎巍巍與蕩蕩，《典》《墳》《謨》《誥》垂簡編。從此群蒙開萬古，豈與丹黄争鮮妍。以其餘者藏廬岳，邇來出世近百年。至寶豈輕落凡手，得者仍是掌書仙。愧余塵埃一墮落，闒手鬼腕早拘攣。感此二螺君子賜，豈有巨筆寫坤乾。若曰交情同膠漆，敢不以之志拳拳。更願持此融融嘿嘿意，千秋萬載永以守君之太元。

立秋前一夕爲六月之晦，於豫學署中對諸同學

今夜猶爲夏，明朝即是秋。慢驚寒漸至，且喜暑全收。澹澹斜銀漢，沉沉隱玉樓。一年今過半，相對欲搔頭。

河内學使者署内池亭

亭檻臨清水，開襟納晚凉。頹垣風過處，時有青蓮香。

河内感舊

依稀花樹兩亭幽，今日誰稱五馬侯。十載猶然春夜夢，那堪更憶少年遊。

木欒店

本爲兒女身，乃作男子事。男子不能爲，况在巾幗類。一片仁孝心，激成真節義。遂使數千年，奇踪永無二。

過鄭州子産祠余在汴求田中丞祠不得，田名文鏡

千古長留遺愛祠，輿人稱誦亦無疑。如何此日新俎豆，問到人間總不知。

立春日雪，奉和張侍御作

喜見豐年瑞，農祥正啓晨。四郊同化雨，萬彙轉洪鈞。綵伏霏霙合，瑶花幡勝新。誰能歌《白雪》，倡和此《陽春》。

蘇門山下百泉書院

漫隨流派任支離，自有源頭君未知。此日方塘開一鑒，無窮生趣逝如斯。
剛出渟泓緑一涓，每逢曲折亦逶迤。沛然莫禦終歸海，只此生生不斷時。

輝縣道中

兩灣流水夾東西，一路葱蘢樹盡低。應有人家終不見，叢篁深處只鷄啼。

哭座主朱夫子

悲風日夜鳴，凄悼徹都城。天子哭師保，廷臣失父兄。嗟予久瓠落，視衆更陶成。此後誰知己，霪霪淚正傾。

櫪馬驚星落，蒼生莫問年。曾聞焚諫草，不自説埋錢。翊化三朝日，先憂百載前。應知寰海内，流涕滿風烟。

生前汲汲唯求士，病裏喃喃不爲家。善類溥天同下淚，聖人何日不長嗟。楊韓學問無根柢，姚宋勳名在齒牙。道德經綸出一手，世間無事漫驚譁。

謁伏羲陵有感

一派天機止水清，自然誠處發靈明。冢頭枉自求蓍草，不向人間問性情。

弦歌臺拜謁孔子及十哲真像

聖人本自行無事，後世何勞特創臺。冠佩雍容師弟子，一堂長有好風來。

宋賢蘇子由讀書堂

不將遊覽妄標名，獨與詩書共水清。千載亭臺長勒碣，宛邱學舍有先生。

前遊蘇氏園林四首

聞説園亭好，城西有勝遊。緣堤無弱柳，弄水上輕舟。橋斷門關啓，檻空景物收。勞勞千里後，一旦豁明眸。

主人知客至，開座煮山泉。指點莓苔地，低徊竹樹天。半池纔放水，滿逕自飛烟。况是同行侣，飄飄竟若仙。

涑水多名士，高懷邁等倫。豈唯觀所主，時翟、孫二君同客張侍御學幕，與余共遊。即此樂依仁。風雅常占句，烟霞久置身。灑然臨曉日，余亦欲離塵。

最愛亭臨水，躊躇欲去時。好花縈出路，啼鳥轉迴枝。習習風吹甚，依依日上遲。可能免早飯，竟日樂忘飢。

觀奕

靜觀棋局多成敗，着了全然半點無。世事只應齊撒手，山花野雀任模糊。

晴

宿雨初晴日半檐，相呼小鳥語纖纖。老奴年報道茶烟歇，切莫杯中錯着鹽。

些字韻戲作於邙山道中

看遍洛陽道上花，又乘春雨促行車。不知攀陟邙山後，還有風光領受些。

登山欲看洛陽花，細雨清風阻客車。幾次探頭窗外望，纔開日影一些些。

半肩行李一輪車，久病孱身略好些。相逐北邙山下路，令人憐殺洛陽花。

最憐貧病日交加，酒興詩懷無半些。悶坐一時隨手寫，那堪題壁罩紅紗。

幾番瞠目憶歸家，欲賦招魂恨晚些。此日聊吟成絶句，那有閑情去看花。

茸茸細草發黃花，小砌低籬點綴些。只此春風堪領略，嬌紅嫩白不爭差。

後遊蘇氏園林四首

已自窮幽趣，還思返翠岑。蔣生真有逕，羊仲日相尋。花向人含笑，風兼竹對吟。居然成舊識，無復冷塵侵。

子猷偏愛竹，到處即停輪。况此堪憐處，原非可厭人。清風猶澹曳，疏影更嶙峋。又聽綿蠻鳥，林中叫好春。

逶迤循舊路，欄檻自依然。異日花同發，今來水獨偏。細尋翻藥圃，還上打魚舡。不盡耽幽興，踟躕欲暮天。

乍到情已愜，重遊趣更多。誰留南轍蓋，長泛此烟波。拂拂春拖柳，沉沉人踏荷。晚來晴愈好，歸去可如何。

賦得冬至陽生春又來呈康忱先輩，時康自黃守落職歸里。限二冬五排八韻

盛德已臨水，窮陰半數冬。貞元時自合，剥復理相從。衡炭初偏重，葭灰欲上衝。得天應寶鼎，調律叶黃鐘。呼吸成終始，屈伸驗啓封。水泉方應候，雲物亦占農。柳色含春意，梅花舒臘容。佇看君子泰，東海起潛龍。

又賦七排八韻

周王建子更新歲，和叔宅幽正仲冬。豈有時窮物不反，須知理定數相從。陽回北陸一元肇，衡運南樞萬化鎔。欲就梅花觀《復》卦，更調葭管應黃鐘。音當太始弦初越，酒在玄時味未醲。但覺融風舒凍柳，若看長日轉高松。水泉涌上機微動，土炭偏低氣已鍾。從此東郊堪極目，青來江上兩三峰。

送姚歐治文學歸里姚名孔釗，桐城人

聞道浮山路近城，湖光四面徹秋明。扶輿靈異多佳氣，炳蔚文章煥列星。自昔傳家稱故獻，於今獨步羨儒生。來年看怒搏風翼，果是驚人在一鳴。

前題代孫作

汝水東流入江水，颯颯秋風驚客子。朝來一聲唱《渭城》，滿坐賓朋慘不喜。去歲相逢在大梁，追琢金玉爲文章。虹霓吐穎一出篋，老師名儒走且僵。陳蔡宛葉同携手，論文把酒燈前後。果然雄豪出少年，俯仰但愧吾老醜。主人惜客語丁寧，故鄉雖樂莫久停。我亦東西南北客，聞之不覺有飄零。

自豫歸里，宿宜溝驛，老僕誤傾杯酒，酌茶以進，口號自嘲

一杯冷酒一杯茶，爾我無争只是差。也自酣然堪兀兀，又伸豪素剪燈花。

方順橋贈夏文學

大隱在朝市，伊人宛在兹。栽花數十本，種藥兩三畦。有酒常供客，無屏不寫詩。往來時借問，役役欲何之。

送張馥峰歸里張名育茳，蒲州太學生

秋水襟懷玉性情，人間不復有囂聲。賞心薔露朝常浣，得意筆花夢亦生。客到隨時同乳燕，春歸何處聽鳴鶯。他年回首津門道，茗碗詩歌又送迎。

擊壤集上卷起復仍赴關中時作。己未、庚申、辛酉、壬戌

乾隆改元春日

無才只合久沉淪，一旦彈冠志欲伸。漢主重頒寬大詔，唐皇引用老成人。風飄寒屋烟偏重，雨潤枯荄草亦新。可怪林泉嘉石隱，千年大義慶君臣。

病愈入都就補，遇河東運使鄧使君，期余克復故物，賦謝鄧名釗，湖廣人

先儒亦有言，於人期實濟。苟以是存心，一命皆可勵。昔余官郇城，妄欲起凋敝。地有力役征，始自漢唐制。蒲解十一邑，貧民苦勞勩。其實無所裨，會時有興替。池垣頹容車，鹽梟競牛曳。渠水壅池東，堤塘皆虛砌。一旦驚潰裂，其禍良匪細。豈惟困吾人，實亦絀國計。上官許陳詞，蠲滌著爲例。以是雇役興，而我無時憩。酷暑督征繕，星夜徵巡隸。偶值簿書餘，會當講文藝。智拙致隕越，倉促從茲逝。在秦謝病歸，至今永沉滯。慚無負郭田，十年未一祭。飢軀走四方，知音空一世。不謂樗散材，乃結君子契。大聲呼同舟，機緣不相際。良意矢終身，感激惟雪涕。

過晋陽別郭使君之秦郭名一裕，前宰平陸日得識，今自平定牧遷此

端僚自古簡璠璵，况是恢恢舊有餘。騎竹再迎童子馬，揭帷争望使君車。十年濟楫憐相共，此日征衫問所如。晋水秦山應不遠，佇聞嘉績下鸞書。

愧示喬六秀才喬名于洞，猗氏文學，跌宕不羈，時以年暮不及葬親爲恨

好水佳山憶舊遊，來秦過晋又勾留。希文貧死曼卿老，更向何人説麥舟。

别解州彭使君

乍識荆州日，曾聞吾道南。經綸出夙學，風雅轉高談。感子思隨驥，憐予欲解驂。此情何有極，河渭緑波涵。

渡河懷顧六虚時顧回廣陵舊居

擊楫何人水泊堤，渡頭春草正萋萋。邇來信息難通問，一在江南一在西。

懷岳陽趙宰趙名温，爲余同年進士

三年報最亦尋常，獨怪春風到岳陽。趙爲人廉直，爲上官所不喜。今竟膺薦，出人不意。此後逢人頻問訊，京師可已召龔黄。

渡河呈周雲上郡守即忻州牧遷蒲守

蒲津渡口日依稀，晋樹秦雲是也非。自笑臨流重擊楫，全疑浮海未忘機。百年須友舟停涉，千里長風願恐違。聞道使君憐共載，乘輿何處識清輝？

題秦憲僉公殉忠遺囑

慷慨即捐軀，成名亦僥幸。所難獨從容，我懷常耿耿。今日一披卷，心目爲俱警。臣職在守官，所保者四境。城亡與俱亡，大義夙所秉。生我者誰歟？終當報清泠。三復絶命詞，流涕還延頸。

紀事

狐白裘，白如銀，誰其有者孟嘗君。千金易得裘難得，今日天下何紛紜。高衿哀袖輕且温，往來街衢光耀身。一裘值金僅一斤，長安市上猶雲屯。昔如天衣今敝屣，何以致之惟互市。互市之利利如何，賈兒欲語淚滂沱。虎豹猞猁狐羊毛，羚角硇砂緑葡萄。洋洋大風非少此，聖人原以綏荒要。顧彼貪殘犬羊性，久則生隙恣煩囂。卓哉幕府持大體，擯之不得加分毫。我聞受小共大共，不以有用易無用。縱使盡出大宛寶，何如永閉玉門道？

古華清宫温泉

情之至者無生死，長生殿裏盟可矢。不謂華清賜浴人，馬嵬一去如逝水。朝搊秦箏暮趙謳，不與薄幸争風流。但使再世能相見，教人有恨恨還休。可憐池水水如湯，人歌人哭總斷腸。李家三郎真情種，一語千古誰闡揚。登徒好淫不好色，那知佳人難再得。君不見，少翁曾求李夫人，茂陵還有秋風客。

石甕寺

西春有事臨潼，與常司馬、沈大令同遊驪山之東麓。金君名振者，謂有石甕寺頗幽。余欲至之，而二客不從，輒止。今冬一杖孤往，得探其勝

金君爲言石甕奇，我身未至神往之。今也來遊值孟冬，流泉蒸蒸如春時。飯罷體腹温以實，一筇上下足撐持。

有石可坐樹可倚，樵歌牧唱亦可怡。到寺亭亭日方午，老僧負暄呼沙彌。煎茶正汲石甕水，問寺由名僧不知。我由仄徑懸磴下，四圍青壁聳且危。有流如線當頭瀉，石罅津津皆漣洏。坐此清冷水石際，真如坐甕釋所疑。人日在甕不知甕，如魚在水渾迷離。僮僕告我時將暮，歸來汗浹足已疲。苦茗一杯解衣浴，放頭穩睡舒四肢。人生如此願足矣，垂紳佩綬奚以爲。

賦得一片冰心在玉壺

故人遥憶自情深，千里還堪質素心。曾向莊濠衡爾我，不於嚴肆問升沉。繁華事業同鵵鼠，冷淡行藏托釜鬵。一咏一觴隨處樂，果然城市是山林。

方鏡次清澗王宰韻王名起鵬，浙江進士

圓明未就敢辭方，慎勿摸棱托掩芒。德必有隅須砥礪，充惟其實自輝光。四邊俱到中天月，一鑒初開半畝塘。到得端嚴成色相，通融吹索總譸張。

端陽後五日小園夜坐

明月榴花下照人，多年長憶帝京塵。柝聲急處琴聲緊，此日原來身在秦。

庭中隙地，築土爲山，一匱方施，孤峰特起，賦以志意

不是仇池穴，如何小有通。插花都馥郁，植草亦蒙茸。庭滿羅羅月，籬開片片風。從來真意味，只在會心中。

仇池穴在陝。杜詩：「萬古仇池穴，潛通小有天。」仇池明在秦，小有明爲小山。

壽驛道孫公母沈太宜人九十孫名陳典，浙江舉人

坤柔敦厚載，寶婺燦長庚。瑶島桃初熟，華峰藕正成。軨軒風拂拂，褕翟日晶晶。往者三從著，曾聞百兩迎。芳芬播錡釜，雅韻協珩璜。勞共鮑宣汲，恭同冀缺耕。翺翔加雁弋，静好勖鷄鳴。廡下齊眉案，厨中洗手羹。承歡忻有托，以順感無争。夫子同心臭，良朋一座傾。脱簪供七箸，解佩報瑶瓊。推讓寰中士，激揚天下英。韜才艱世遇，紹業振家聲。連璧山同耀，雙珠水共清。機雲夙擅譽，軾轍早知名。小宋當爲首，元方真是兄。人間識繡虎，海上見騎鯨。弈弈詩書氣，葱葱江漢精。郎官占列宿，庶獄藉持衡。母獨嘉明允，公非有重輕。皇華通塞地，鍾釜裕邊城。識已空騏驥，才應薄管嬰。于門當峻大，歐後必峥嶸。玉樹亭亭立，芝蘭馥馥生。萱堂花浣露，蓂閣葉摇晴。遊戲千春樂，起居八座榮。家門猶講授，眼耳果神明。妙義通慈慧，寶香出珞瓔。皇娥爲鼓瑟，玉女亦稱觥。佇看期頤日，天綸褒壽貞。

乾陵唐高宗同武后葬此

何人此日望山頭？風落雲低草樹羞。見説昭陵驅汗馬，不聞狄墓卧耕牛。乾陵東五里即狄梁公墓，土垣衛之，州牧有祭。
河洲鐘鼓通江漢，城戍烽烟散甸侯。我欲問天天又老，空開白眼向神州。

題李乾一先輩入太華小照

君不見，少陵望嶽曾有詩，尋源好待秋風時。又不見，昌黎寄家亦有書，縋絙不下涕欷歔。胡爲乎，動一時

之幽興，携一杖而逃虚。意者口不善于呫嚅，足不工夫趑趄。遂欲入山，唯恐不深，而豈曰窮幽探異，尚有假乎籃輿？

登雲光閣，閣爲隱者陳居士所建，僅半厦，然已二層之上别有洞天

到此全無暑，風光况已秋。陰泉時滴瀝，寒飔亦颼飀。道院洞中洞，丹房樓上樓。元關如可啓，麋鹿與同遊。

聞笛爲馬僉判作

説與時人莫浪猜，笛聲吹出老年哀。知君雅善《梅花弄》，故遣寒香入夢來。

懷顧六虚

相逢何地再論文，事業年年送夕曛。天下稱迂非獨我，人前不佞亦同君。故鄉誰問東湖月，顧與余皆籍廣陵。一杖定看北海雲。欲藉南帆通問訊，平安應教共知聞。

自爲小山友人係之以詩

癖性只緣愛居山，無端小山起堂上。寄我此日之幽情，豈足勞君共忻賞。樹耶花耶亦成詩，詞新句異心神爽。獨愧頑石石太頑，焉能生雲大如掌？

膺召赴都留别西安常咸一司馬常名德，滿州人

豈有匡王略，蒲輪及老夫。感懷年已暮，太息我如愚。悔吝偕時極，污隆與道俱。元規真藥石，何以慰前途？

留別邠州高昭德使君高名晋，鑲黄旗舉人

盛世栽培雨露滋，無才敢自負匡時。曾爲小草貽山笑，又沛恩綸辱主知。三載肝腸常倚毗，一身尤悔獨支離。知君家學淵源舊，示我周行循所之。

留別商州吾宗堅吾堅吾名如玖

盛世垂裳物自春，生成消息寄微臣。十年撫字無多事，此地循良有幾人？子職未遷情澹漠，吾哀已甚骨嶙峋。懷思可奈離襟日，况是分流共派親。

留別關中書院掌鐸李乾一先輩李名士元，蒲城進士

先生真是地行仙，體健神清任自然。問字今隨諸子後，論交還憶十年前。詩書共定深寒夜，花竹同吟細雨天。欲別丁寧重握手，令人不忍促離鞭。

留別書院同學諸子

文章風義久相知，此日離亭欲贈詩。豈我能飛埋獄劍，願君共脱處囊錐。逢時伎藝今難問，經國才猷昔所師。但向個中精去取，幾番開口恐支離。

行經上谷有感時方初春

一畝清泉細細流，到來幽興欲搔頭。如何上谷春如許，三十年前此地遊。

良鄉縣道中四十年前，曾於東阜望見行人往來，其細如蟻

冷澹豪華總是空，秋雲纔過又春風。此來僕馬騰塵日，盡在當年一望中。

擊壤集中卷江南宦遊時作。癸亥、甲子、乙丑、丙寅、丁卯、戊辰

吴園即景

別院香初發，春光曉正催。日烘初綻杏，風落早開梅。曲徑藤牽引，高松鶴去來。傳爲六朝時所植。伊人宛在處，傍水起樓臺。

書僧寺壁

坐忘之處即心齋，走盡名山踏破鞋。獵獵寒風吹細雨，泠泠鳴溜滴空階。老僧對坐休饒舌，侍者停參没打乖。只在當前人不見，千年佛種嘆塵埋。

泛舟溱潼，忽憶東村景事，今東村郝、朱二氏祖父孫皆已物故，不覺流涕

得意文章對月論，老翁稚子亦相存。此時風物依稀甚，四十年前水上村。

舟泊溱潼湖中隨風上下遣興

放楫輕流不繫船，憑風蕩漾水雲邊。日中見集溪頭市，雨後聞耕隴上田。童子垂鈎供晚膳，厨人拾秸熾晨烟。三杯即醉隨欹枕，應是人間有漏仙。

載酒攜書日扣舷，明湖十里鏡中天。擁篷平旦雲舒卷，鼓楫初更月碎圓。到處衣冠敦古樸，誰家飲饌恣肥鮮。

老農滋味真如此，慚愧風塵六十年。

贈放鴨兒

朝放鴨，朝放鴨，鴨喜群，聚汀沙，修潔翎羽啄魚蝦。放鴨小兒無一事，午睡初起歌喳喳。晚來斜陽照地紫，一艇摇漾竿擊水。但教鴨兒近淺灘，飛走不待人驅使。朝放鴨，暮收鴨，鴨兒認得自己家。嗚呼！壯遊客子天一涯。

姑孰吴蘭叔文學，佐幕家弟海陵。其母八十，人各有詩，余爲追贈

薄宦吴陵地復東，義方慈訓早聞風。邇來信得人間語，令子真成荀氏龍。

考叔懷羹有所遺，賢哉養志亦嘻嘻。只因十載弦歌幕，違却肥甘母不知。

不駐慈顔自泰然，康强疑是地行仙。人間甲子杳難問，設帨今纔八十年。

桂子香風綻菊英，娟娟秋月正分明。賓筵拈得長生字，我亦題詩獨後成。

廣陵寓齋，前後一月中有二鷺飛集，感賦

折腰久已逐風塵，歲月無暇置此身。豈有田園真近水，須知魚鳥自依人。酒瓢茶灶烟波静，竹杖芒鞋草樹新。到得柴桑歸去日，吏中果有葛天民。

盧丞官舍題壁

夜醉懵騰興細生，空庭松竹影交横。此來值得多消遣，二載不知春月明。佐鹾海陵時，簿書實繁，二年在署，并無一詩。

透漏庭垣好受風，新開竹徑四軒通。鄰家乞得湖山石，裒土真成一簣功。
栽來藤蔓最拖長，近傍疏籬遠傍墻。萬物滋生須得地，辛勤只趁好春光。
恐疏鷗鷺賦歸歟，未必衙齋百日居。蜜已釀成蜂已去，啞然吾亦笑吾愚。

壽廣陵守高使君高名士鑰，正白旗人

銀章青綬十三秋，五袴雙岐遍野謳。祇有移珠歸合浦，誰云騎鶴上揚州。葩雲長簇丹山鳳，遲日徐添海屋籌。我亦介眉聞上考，好看梅蕊入金甌。高君晚年得子，甚寶愛之。

李梅坡別駕招飲桃園成四絶

尊酒相携落照中，白鬚羞對滿山紅。幾杯博得酡顔後，也得春光一霎風。
水繞山環別有天，武陵何處欲尋源。醉來不解今何世，真到桃花洞口邊。
江風吹送十分春，不飲紅花也笑人。怪得疏狂多逸興，謫仙原自有前身。
三萬六千一醉場，蒓鱸何必不他鄉。花花酒酒能長共，到處青山葬骨香。

雷處士年七十後連舉丈夫子二

見説奇花必晚開，騰驤原待不凡材。於今益信非虚語，老蚌明珠已兩胎。
年登七十古應無，況又重重掛木弧。待到飛騰鳴國瑞，人間果有鳳皇雛。

舟泊采石，爲唐李青蓮捉月處。時月已望，正墮江中

江中真有天心月，天上寧無甕底春。一片迷離成解脱，青蓮原是謫仙身。

登太白樓

內有聯云：「吾輩於今只飲酒，先生之後莫吟詩。」賞其確切，然前後壁間題咏正滿。竊以太白驚才，後人能敵之者其髯蘇乎

一手搥碎黄鶴樓，崔顥題詩在上頭。只有大江東去浪，古今淘盡此風流。

五溪望九華山

玩華何必陟華巔，天簇奇葩在眼前。江上猶疑廬阜接，峰頭直到敬亭邊。烟雲浄洗秋風悄，草樹濃零皓露鮮。九朵芙蓉真秀出，稱名恰好是青蓮。

山行遇雨

凄風冷雨捲山來，半愜歡情半可哀。膏潤耕犂播麰麥，寒沽村酒醉輿儓。荒墟薪火愁應斷，野店籬扉濕未開。安得少陵千萬廈，蒼生大庇永無乖。

秋日巡歷青陽道中口占

問俗何辭一往還，肩輿初駕即開顔。地當流水迴峰際，人在秋風落照間。景物紛來饒悦豫，民情得處賴安閑。昏昏案牘埋頭慣，也負池陽六邑山。

止止行行徑亦迂，周咨不必叱前驅。高低緑樹縈黄蓋，遠近青山對白鬚。邑有原田多磽确，村餘桑柘半荒蕪。秋成且莫矜分數，得供年來逋賦無。

高軒茅屋兩參差，説是能知總未知。到處求瘼頻駐馬，逢人識面任褰帷。正憐婦子初親日，獨惜車旗一過時。爲報村氓良自愛，今來召父果仁慈。時新守張公將至任。

五日仍然稱使君，度阡越陌趁朝曛。心傷湛露零豐草，目斷秋風捲白雲。汩汩川流皆浩漫，蕭蕭木葉亦繽紛。停車欲夢莊周蝶，細雨寒蛩不可聞。

齊山雜興

一杖尋幽未是孱，秋風人出翠微間。自南郭至山三里餘，有堤，楊柳夾立，名翠微堤。依稀記得杭州路，郭外明湖湖外山。余雍正三年奉使至浙，得覽西湖之勝。今齊山似之。

清溪水淺一溪清，襟帶長江漾日明。郡城之東爲清溪，唐李白嘗遊此而愛之。其水自艮隅出江，而江則由西南來，過城北。此際登山何極目，更饒紅樹出秋城。

高低僧舍傍岡巒，松是樓臺竹是欄。認取湖山真面目，令人慚愧説臨安。宋張栻詩「憶行西湖岸，亦復多崎嶔。頗恨人力勝，刻畫時見侵」云云，又云「何如榛莽間，屹立長森森。天然抱幽獨，妙質逢賞音」云云，可證。

陳鴻碑斷久凋零，延慶樓基草正青。陳鴻斷碑在宋延慶寺前，今與寺俱已湮没。賴有經營賢太守，山頭高聳望江亭。亭于乾隆三年李嶂守池時重建。

秋日但聞天接水，池中又見壑藏山。乾坤奇到難名處，只在峰頭一望間。

誰向籬邊着意栽，山頭山底總徘徊。自從杜牧詩成後，九日池陽花不開。杜牧守池，《九日登齊山》詩有「菊花須插滿頭歸」之句。今求之，竟無一本應者。

他鄉他水老風塵，十畝無能置此身。迢遞層雲山遠近，秋陽何處不愁人。

折戟前朝自洗磨，太平禮樂偃干戈。將軍能共登臨興，緩帶湖山奏雅歌。曹遊戎邀飲于此。

説是人幽境亦幽，怪來松下叱鳴騶。拂衣欲換雙麻屨，可許齊山一小邱。

野人家住水雲鄉，纔説名山即裹糧。余家天津有東西淀，淀即湖也，性又愛山。杖策不知巖谷暮，滿城燈火是池陽。

月照衰楊水泊堤，湖東朝到暮湖西。獨嫌率爾爲山玷，珍重新詩未敢題。

清風寂寞高公墓，春酒招摇杜牧村。獨倚危亭愁日落，愴然今古總銷魂。城北池口有東漢隱士高獲墓，墓前亭棹楔曰：清風城西二里即杏花村，杜牧祠在焉。

皖城江上晚霞

江風净不生，江水平如鏡。流霞上下明，不覺乾坤并。

自池口渡江至濡須阻風

渡江三日半，舟行不數里。叵耐石尤風，排濤樹勁壘。昨朝榜人奮，跳蕩隨波靡。高若隕自天，倏又從地起。前俯後即昂，左移復右徙。號怒駭觀聽，宛入沸鼎裹。火急呼迴棹，驚魂久未已。今晚風少殺，波恬舟亦駛。從容一推篷，秋光漾長水。迢遞見遠山，有磯名板子。斜陽透破雲，明滅間青紫。去來巖谷安，飄浪胡爲爾。

江寧袁宰爲我徵歌選勝，并示詩文，即席以贈袁浙江進士，自館職改官

到處歌筵急板催，何曾倦眼向人開。四更入直五更拜，聽過鈞天廣樂來。

飛隨層霄十二城，自來春夢未分明。無端忽憶當年事，今日長沙遇賈生。
鎮日香凝燕寢烟，人人道是玉堂仙。自從管領春風後，朵朵名花出色鮮。
鬥紫争紅奈若何，翠屏銀燭照猗那。風流仙吏誇神鑒，指點宫商錯也麽。
清香冉冉水溶溶，低舞風前力已慵。濃李夭桃争解事，世間若個譜芙蓉。
果是亭亭玉一行，清歌宛轉惱人腸。小杯大盞何嘗醉，自信狂夫老更狂。
江南風物也相宜，天下文章今在兹。冰雪聰明雷電手，裒然一卷杜陵詩。
不嫌冷淡歌殘雪，無那迷離怨落花。我亦青衫多淚客，可堪一再訴琵琶。
掉首城頭姑射山，一琴一鶴自閑閑。當年亦有弦歌宰，治在春風舞雩間。
爲霖爲雨是耕蠶，説到繭絲我亦慚。天老君材原有用，誰云才子放江南。

龍江關木桴

曾滋雨露出塵埃，一自辭山永不回。片片皆輸都水賦，根根誰作柏梁材。翻嫌樗散全無用，可有工師莫浪猜。江上浮沉容易朽，又將萌蘖好安排。

壽洪司馬母周太宜人六十

黄菊茱萸泛好辰，一觥稱進四時春。瑶章璀燦天邊誥，珠履聯翩座上賓。令子才華真卓犖，諸孫頭角亦嶙峋。無窮福蔭從今始，又見明年甲子新。

贈江寧許宰

年來空復點朝紳，凋瘵何由謝世人。數盡江南分竹地，桑麻不似秣陵春。
六朝景物近如何？男插田秧女斫禾。爲問秦淮風與月，今來别自有弦歌。
紛更何事惑顓愚？撫字終推素服儒。宓子彈琴爲治日，相忘魚自在江湖。
璽書曾下近三年，僚采紛紛亦黯然。謾道楼臺須近水，九皋鳴鶴早聞天。

暑夜新安守署坐不能寐，見雲隙時復露月

老病耽微禄，長才我未聞。其如凋瘵者，真是弟兄群。暑夜風栖樹，清宵月度雲。坐深更漏盡，吏牘又紛紛。

詩禮堂雜纂

卷上

敲石取火視鑽燧爲至便，古聖人豈智不及此哉？蓋木爲火之自生，陽火也，以故人多壽。石則土之堅者，乃火之餘，性屬陰。以之炊爨，民焉得不夭札乎？即此而生，人失調燮之宜者已久矣。

王莽之篡，非莽之才智所及也，蓋帝有以成之。張西銘之論曰：「驟尊丁、傅以非禮之號，使莽之就第，得以爲名，優斿於家，飾聲望，通賓客。而帝復寵息夫躬、孫寵、董賢以甚其過，免何武、師丹、孔光以破其譽。中山、東平之獄，鄭崇、王嘉之死，天下非之。大臣棄於外，宗室怨於内，而莽嘿無一言，以觀其敗，使過日歸上，善日歸下，莽得以代漢，致上書獻頌者羸四十八萬七千餘人，皆以丁、傅盛時爲之也。」云云。竊觀歷古篡弒之賊，未有如莽之無能，而篡竊亦未有如莽之易者。審乎，此論得之矣！

天左旋，日月星右旋，故有蟻盤磨豆之喻。然日月星實隨天皆左旋。說本朱子。蓋地之上即天，天地皆大氣運轉。其渣滓自然重，故旋聚凝結於其中，則名之爲地。而輕清者爲天。就其輕清之中，又必有些小凝聚，爲氣之精英處。且其此小凝聚，又必各乘陰陽五行紛如錯，如此，日月、五星、三垣、二十八宿之所由著形也。故太陰近地，較諸精英特重，其行最遲。而金、水與日次之，而熒惑次之，而歲星次之，而鎮星次之，而三垣、二十八宿又次之。此其勢如旋風然，凡沙石、土塊、塵埃一齊旋轉其中，重者自遲，輕者自速。就其至速者，亦必視風之本體爲遜焉。故經星亦有動移也。

自來皆以經星爲附天體而不動，謂經星即天也。至元郭守敬始疑有動移，而西士利瑪竇遂實指其誠然。竊以經星之動移，亦非謂三垣、二十八宿衆星皆如一星也，必且紛紜參錯，又有遲疾於其間。第其爲質甚輕，隨天旋轉而微滯，六十餘年始差一度。則衆星之分，其遲疾又不知其須幾千萬年而始有釐毫之辨矣。

天地雖分清濁，然皆氣也，豈輕者旋而濁者不旋乎？故地震山崩，皆其旋轉之偶有緩急耳。余家天津，父老相傳，海即在直沽之下，今且東去一百餘里矣。而余亦往往於海之西北各鄉村，如泥沽、葛沽，見掘地得蛤蜃無算。則地漸運而西，水漸運而東，可爲明驗也。

西士自利瑪竇入中國，後續至者爲湯若望、南懷仁等，今其徒亦繁衍甚矣。其爲説則皆談天，謂天有主，泛引經書之言「天載」、「上帝」、「昊天」、「旻天」、「天心」、「天命」及注疏中「天之主宰」等説，以爲主證；而實則别有異論，謂天主名耶穌，生於如德亞國童女之身，童女即其奉爲聖母者也。余嘗詰其説，其徒曰：「天主以仁義道德爲天之主持，故天下人皆宗其教，而崇尚仁義道德。惟如德亞國之人不然，天主故降生其地，以化導之。」余曰：「天主既主持乎天，則天所生之人皆天主所生之人矣。如德亞國之人亦皆天所生者也，天主何不使天皆生爲仁義道德之人，而必斤斤以一身而降生於其國，家喻而户曉之，其所化者能幾？且至爲國王所殺於十字架木，則所化又何有哉？」其徒曰：「天主之主持天者，先天也。其降生於如德亞國者，後天也。國王又焉能殺天主？天主自厭世耳。」又曰：「天有九層，日月、五星、二十八宿各占其一。而星宿，天之最上者，爲天之本體，名曰宗動天。天堂在此，堯、舜、禹、湯、文、武、周、孔以及後世之賢人君子皆登此天，享諸快樂。而地心爲獄，天主納諸古今奸臣賊子於中，受水火風之苦。」其言蓋依儒之粗迹以闢佛、老，而又採其天堂、地獄之論；且爲人不婚不宦，亦把齋，但不飲酒、不宰殺而已；界乎二者之間，如子莫之執中，荒誕悠謬，不衷於法度。獨其測驗日月、星宿、經緯之行度，節氣、晝夜、盈虚之分杪，實如左券。國家憲書，藉彼而成。且所製千里鏡、自鳴鐘、風槍、過山龍諸器，精巧絶倫，自來所未有也。

荆公退居金陵，日書壁曰「福建子」，蓋悔用惠卿以誤公也。然惠卿何能誤公？公自誤耳。使惠卿先當國，則彼自有所設施以誤天下者，而公且不爲惠卿用。使惠卿不貶，而當温公更新法時，惠卿亦能爲蔡京之所爲，而必不仍執公之舊政。惠卿實不能誤公也。夫小人徒志在爵禄耳，未得則媚順之以求用，及得則又必首叛其薦主。惠卿、蔡京輩，何代無之也？

湘源即今廣西之全州。謝勿亭先生，失其名。爲叠山後裔，守廣平時，竭力求去。時楊賓實先生名名時。爲臬司，止之曰：「全州公如去，君子之道孤矣。」余聞之，不覺愴然。

余與洪吉人天錫泛舟北倉，偶談及「顔子問仁」章。余曰：「『己』，《注》訓『身之私欲』，看來非是。蓋己即我也，克己即無我也。顔子質學極高，其於仁也三月不違，所謂私欲大端已絶，但未免有我之見，未能十分融化，故無伐無施於言志時願之。此夫子告之以克己，正進之以無我也。下文不言『己』，竟以『非禮』二字代之。禮者，天理節文之極致，所謂恰當至好。非禮，即未能恰當至好。於此，勿視聽言動，分明欲其止於至善，則豈有私欲之可言乎？」洪子大爲首肯。然此四十年前之説也。迄今思之，人之私欲正在自私自利，所謂有我，我即己也。故夫子之道止在忠恕。《大學》一書始言格物，終言絜矩，皆祛其自私自利之見，强恕而行，歸於無我而已。無我，則仁矣。朱子《注》爲「身之私欲」，觀《大學》「正心」章「身有所忿懥」云云，則《注》亦未始不精也。

邵公諱嗣堯，清介君子也。令清苑，有驛遞羨餘千餘金，請蠲之。撫軍于公成龍曰：「公誠潔己無需此，然如後繼何？姑以此爲治内好事可乎？」邵公因此修建各忠賢祠，設義塾，并賑窮黎資。邵誠廉，而于公之識不尤大歟？

相傳邵公宰清苑日，值于公誕辰，邵以魚肉桃麵各二三斤爲壽，于却之。邵乃登轅，謂四方致饋者曰：「我物且不受，汝可俱回也。」于亦容之，且力薦焉，遂由縣令登監司。于公真有古大臣之風乎！

俗儒好詆佛、老，以闢異端爲己任。至叩其所見，并佛、老脚底下塵，亦未夢見也。佛、老何足深非，只是没本領漢耳。聖人正在應事接物處見神智，彼必欲離而君臣，去而父子，方討得個知覺。使彼亦如衆人擾擾然，恐神知亦猶衆人矣。僕看佛、老所著作亦甚精微，如何一概抹却？

卓吾老亦大有見，安得以邪士抹却？其評古今聖賢豪傑，自堯、舜以下皆名以狂狷，小儒不覺咋舌，不知孔子以前原無中行，堯、舜諸聖人開天闢地做得已絶了。孔子自然誦法在此。自孔子之後，難道就没有個聖人？然雖有之，亦不過似堯、舜、禹、湯、稷、契、周、召耳。只因有了孔子，便顯得這些聖人都不濟了。且小儒眼孔窄，見孔子誦法堯、舜、禹、湯諸聖人，遂謂三代以上有聖人，漢唐以後無聖人。夫人才實天地所生，抑何其輕量天地耶？

就卓老狂狷之評，然則佛、老亦狂者乎？

朱、陸皆一時聖人。子静未嘗不道問學，而意主於尊德性；晦翁未嘗不尊德性，而意主於道問學。世無孔子，焉得不紛紛左右袒乎？

程、朱自是萬世師。如子静、陽明之學，在高才絶質者亦自得之，然不可爲訓。昔秀上座作偈云：「身似菩提樹，心如明鏡臺。時時勤拂拭，莫教染塵埃。」五祖宣示大衆，令人人誦習，便得見性。及能行者，續一偈云：「菩提本無樹，明鏡亦非臺。本來無一物，何處染塵埃？」五祖以鞋擦之，云亦未見性，卒之衣鉢付焉。而能與秀遂爲頓、漸二宗，頓不可學也，而漸可學也。狂不可爲也，而狷可爲也。五祖大是此意。

玉田雷子繡，腐儒也。嘗語人曰：「王從先可謂剛者，奈何不擔當聖道？」余聞之曰：「僕正在欲海，焉能剛？且剛矣，何以又不能擔當聖道？雷子豈欲吾俯首傴背，拱手艱步，口仁義而貌方正，乃爲擔當耶？」既而見雷子，雷復以爲言。余曰：「把聖道來我擔！」雷無以應也。

雷清貧耿介，授徒自給，從不干預非分。蹴居一椽，不蔽風雨，而寒夜吟嘯，意興自豪。然其腐態時露，亦多可笑。每童子課畢，歸舍時，必令曰：「爾到家要孝。」童子應曰：「諾。」詰旦登塾，即叩之曰：「爾孝否？」應曰：

「孝矣。」率以爲常。如課書不熟，及他過失，當與夏楚者，亦問之曰：「爾孝否？」應曰：「孝矣。」即免責。諸生徒盡以言孝爲逃罪計，而頑劣更甚。余一日過之，問曰：「先生日與小子言孝乎？」曰：「然。」余又曰：「先生之小子果孝乎？」曰：「吾不知也。」余又曰：「先生孝乎？」曰：「吾父母已逝矣。」余曰：「然則先生之不孝甚矣！」雷驚詰之。余笑曰：「孝順父生孝順子，忤逆徒由忤逆師。先生奈何言孝也？」雷爲默然。

近有所謂白衣教者，其徒皆屏妻子獨處，坐而不睡。茹葷如常，而惟忌烟酒。衣冠居室，動用諸物，皆尚白。余時與子源翟子過之，叩其所以尚白者。其人曰：「天下一切初皆白，而後加以采。吾不忘本也。」余笑曰：「子誤矣。萬物皆始黑而終白，奈何不尚黑而反白乎？」其人問故。余曰：「試與子近取諸身，不觀之鬚髮耶？豈非始于黑而終于白者驗耶？」子源爲之一拊掌。

吾鄉鄭古儒先生，老宿也。余年十四五見之，時先生已八十餘，道鼎革時事最悉。其云：「流寇充斥，軍事旁午，官責民養馬。凡一馬死，民賠累不貲，至鬻身以償。又除房身地租外，更責民按屋間料出錢，謂之税房間架。以故民不聊生，反望流冠來〔一〕，以爲且緩須臾無死也。」嗚呼！懷宗固無甚失德，然如此類，豈非驅民與寇耶？

鄭又云：「懷宗最刻吝，賊薄京城，遍向朝紳借餉，且及民間。及賊入，而内帑尚數百萬。人傳庫藏空虛，乃户部之庫也。其周后脱簪珥助軍，亦是實事，而懷宗實惜内帑，不肯發耳。」果若此，則明之失國亦非不幸。

余嘗云：「有明天下不失之懷宗，而失之神、熹二廟。」或問其説。余曰：「神宗内作色荒，朝政多廢，而大璫開礦，幾遍天下，既得不償失，而誘致開礦者又皆游手不逞。凡一礦衆不下數萬，悉仰給于中，嫖賭揮霍，視爲故事。及後遂罷此役，固屬盛事。然使朝廷有人將此各處開礦之徒設法安置，使之散歸故土，有業可安，自不至於煽亂。乃天啓時魏璫竊柄，殺戮忠良殆盡。懷宗以漢宣、唐明之才，然有君無臣，雖力革諸弊，而處置失宜，加以凶年，所聚礦徒遂蜂起爲盜。外廷温、周二相，不過日以彼此傾軋爲事，毫無才智謀人家國，使誅内竪者仍用内竪，而三百年宗社墟矣。」余言此，因憶昔人有言：「降敵非難，難在降敵之後作何安插耳。」此語大是有味。

余與張石鄰疊嘗講學遠堂，偶舉「哀公問政」章「親親之殺」二句，以問生徒輩曰：「親親何不曰等而曰殺？尊賢何不曰殺而曰等？」衆所對皆不合。石鄰弟北山礐最後言，曰：「殺如三年之喪殺，至期，至功，至緦麻乎？」余應曰：「此得其意而非正説也。」衆請其説。余曰：「殺者，從豐而漸至儉之意。等者，分別大小等次之意。人自有生，即在父母膝下，而吾所以親吾父母者，已爲至豐，則自父母而推，只有殺而無可隆，豈尚有與父母較量等次者乎？故不曰等而曰殺。若尊賢，則賢之來於吾前者不能一例，隨其所遇而差等之，未有先尊大賢而後始及小賢者也，故不曰殺而曰等。此聖人化工之妙，隨口所出皆有至理。」衆皆欣然以爲聞所未聞也。既而石鄰廣其説曰：「親親不曰等者，蓋等而上之爲祖父母，而其禮反殺於父母，故不可曰等也。」石鄰既善於引伸，而北山亦穎悟，特詞未達耳。

朱友羲御説「達孝」章末節云：「此夫子言武、周之以孝治天下也。上以祭祀言孝之至，恐人以爲武、周之治天下，豐功駿業，所以爲善繼善述者甚多，乃捨之不言，而獨有取於祭祀以爲繼志述事之大，未免所稱非倫。不知祭祀之義所藴無窮，即如郊社之禮乃所以事上帝，夫上帝豈易事者哉？宗廟之禮乃所以事乎其先，夫先又豈易事者哉？事天事祖即此祭祀之禮，則天下事亦豈有一之不本乎祭祀之禮者哉？人第明乎此，而治天下不難矣。此豈非善繼善述之大而爲孝之至者乎？」此説甚高。

余嘗疑「知止而后有定」一節似乎硬爲插入，歷正之老宿，莫得其解。羲御云：「三綱領、八條目皆朱子訓詁以醒學者眼目。其實三綱領止明德、新民二事，而明德、新民皆以至善爲極，此即堯之所爲執中也。然則三綱領又僅止至善之一事矣。蓋何爲明德、何爲新民，人猶易知；而何爲明新之至善，人最難知，而最吃緊亦正在知之也。『知止』節即在『物格而后知至』之下、『知至而后意誠』之上。但一言及至善，即不暇説，遂將得由于知隨口説出。

而『物有本末』節乃承上起下語。『古之欲明明德』節，正知所先後也。『物格』節，又從而鞭辟入緊，見功之不可或闕。下始以『修身』結之，亦非『物有本末』結三綱領，而『修身爲本』結八條目也。蓋聖人語言趁風生波，原是參差不齊。後人必欲齊之，遂多艮語脉耳。」此等講解，實從静心體會得來，余竊以爲不易矣。及三十年後，攝新安郡守篆，日理一訟事，偶嘆民情難得，而所謂「大畏民志」者何時可幾，不覺悟及忠恕之旨。已於盤查各邑途中，細思至善必從人情物理中討出來，豈懸空所能悟得？此得必由于慮也。然世人自是非人之見先已横據於胸，則人情物理如何思量得出？故必袪其先入之見，而後平心静氣，于人情物理一一可以看得出來。夫先入之見，即知也；袪其先入之見，即知止也；平心静氣，即定静安也；而後人情物理看得出，即能慮而得也。無情者不得盡其辭，則于人無有不得之情矣。于人無不得之情，則有以大畏民志矣。此知止者之爲知，真可謂之知本也哉！蓋誠者意耳。必至心正身修，方與人己實在交關，而所謂至善者有以止之矣。誠意雖在力行甲内，然惡臭好色仍是真知灼見，故亦結之以「知本」也。夫至善即所謂時中，原無定體，豈能預知得的？故「知止」「止」字斷説不得是至善，而「知止」斷當作袪其知見之私講，於理既得。而以「知」字起，兩以「知本」字結，而「此謂」等字句又與各章結句相同，按之文法亦合也。余别有《大學原本讀法》并《總説》以發斯旨。

甲辰春，洪子吉人與余同寓京邸，談及明英宗時事。洪子云：「景泰欲易儲，諸臣皆争，而于忠肅以社稷之勳，且最爲景帝所信任，乃緘默不言，何也？」余擬議未答。洪云：「子於數年前言之矣，謂于公止以社稷爲重耳。英宗委柄閹竪，土木被擄。當此時，大軍覆没，人心震揺，非郕王克濟艱難，將天下非復明有。英宗實明祖之罪人。景泰既有定社稷之功，已名正大位，即天下共主。正統雖回，理無復辟。天下非英宗之私。不有其身，何有其子？此天下之公理也。然此實難語人。故群臣有言及迎請並争儲者，公惟以非我職謝之。竪者用心，豈可測哉？」余時一回憶，覺所言似亦近理，始知余智之日短也。

侍坐朱文端公軾，言及京都交遊。文端公曰：「先君子於余初選館時以書誡之云：『吾聞人稱朱氏子迂，不達世務，則喜。若譽汝爲才智明敏，有交情，則戚矣。』吾先子之言，至今念念不忘也。子等願皆體此意，多識一人即多一人之累矣。」此語大與傅青主先生語類，語見《太原段帖》中。

本房沈端恪公近思，字闇齋，清介，人不可干以私。爲選君時，門外杳無車馬迹。俄擢冏卿，典試山左。未撤棘，即又晉秩少宰。回京師，清操更甚。考選本部簿書吏，門生有以吏名求請者，艴然麾出之。閩人聶省齋與余同出先生門，一日俱侍坐，先生方與藍姓友談處置臺灣近事，鬚眉皆張。及藍友辭去，聶子遽前曰：「諸同年皆欲援武進士全用例，將具呈於吏部，願夫子留意。」先生瞠目不答，徐曰：「今日到部任，簿書叢集，憊甚矣。」即作欠伸狀。余再叩臺灣之故，因及明懷宗事，先生則又娓娓而談，嚮之倦色無有也。蓋先生之忠誠如此。

闇齋師幼依靈隱寺。諦輝和尚見其聰穎，欲借以顯教，遂延名儒課之。已入泮矣，值太守某公惡闍黎滋甚，諦輝避過江，以書招闇齋師，遂與剃度。闇齋師假以他事往杭，即投呈於府，黌庠哄然，遂還俗。杭人爲余言如此。及見陳瑶璵，師及門士也，則曰：「師入庠後，諦輝即令還俗。師無所歸，徘徊悲吟於西泠橋下。遇項丈，識其非常，延至舍，妻以女。」與他人言大異。然瑶璵言當不誣也。

闇齋師爲御史大夫時，於雍正丁未之歲□月□日朝後，出端門，瞠目若有見，呵云：「此何地！汝等敢來此！」又云：「即來，何多役也？」時户曹姚均風培和隨其後，問：「公與何人言？」公曰：「衙役。」然實無一人也。姚訝之。次日，公即以暴疾終。姚以爲神云。余後從張提學考，過中州臨潁縣，公舊治也，其邑人德公甚。意公於闕門所見，當是臨邑來迓之冥卒。世傳正直爲神，其信然乎！

長安畫師張謙有兒，其前生虎也。生時，母夢虎踞其室。次日，大風，腥甚，而兒生。甫數月，輒匍匐入犬窟。母曰：「兒其犬種耶？」他日，父市豕肉過其前，兒遽手牽入口中。乃戲割一片與食，即大嚼。已而移居，庭有假山，洞壑略具。兒能走，時入其中，意頗適也。市有賽神者，父肩兒往觀。優人方蒙虎皮演劇，父恐驚兒，欲還。兒輒撫父背歡呼，似欲躍與角狀。及能言，述其前生爲牝虎，有二子，性喜風，風作，即引二子出跳舞。今雖異形，然憶及猶憐之下泣。又言山内外有祠二，内則冥主之，外土木骸耳。飢則禱其冥神，神使侍者導之則得食，不導則不得也。生止食一人。又偶攫一白毛獸，獸走，疾追之不及，蓋狐耳。所言爲虎情狀甚夥。母懼，而以犬血塗其口，且禁勿聲，聲則撻之。兒始不語人。余初聞，未之信，呼至，則七齡童子也。視諸兒亦無異，惟時瞠目望室中，作痴狀。問之，不答，然亦偶一二露云。

關壯繆祠聯無佳者。余於濟南見一聯云：「年年花滿桃園，看銅臺烟雨迷離，何論吴宫花草；在在香浮柏寢，睹玉壘風雲擁護，猶是蜀地江山。」嘆其風雅可誦，後見滇江范生允袋，云：「州刺史汪君有聯云：『帝王幾個稱夫子，豪傑如斯即聖賢。』」尤覺確切不易。及見汪問之，云亦舊句，其人則忘之矣。真州江賓谷茂才名昱。言，友人索爲關祠聯，應聲云：「尊帝尊王，何若漢室臣子；稱賢稱聖，總爲宇内完人。」皆佳也。

武林于忠肅公墓聯云：「赤手挽銀河，君之大名垂宇宙；青山埋白骨，我來何處哭英雄？」王文成公守仁所題也。書法遒逸奇偉，傳爲文成真筆。余於乾隆辛未再來拜墓，見其下句爲人竊去，思補之未得。

范生允袋言，武昌黄鶴樓有聯甚佳，云：「鸚鵡洲頭，撾鼓狂生還來作賦；鳳凰臺畔，捶樓才子不去題詩。」

采石機有太白樓，聯云：「吾輩到今惟飲酒，先生在上莫吟詩。」余欲易「今惟」爲「此只」字，「在上」爲「之後」字，覺更韻健。又有聯云：「罔象水中藏，曾有燃犀客過；姮娥天上走，豈無捉月人來。」亦佳。

吾友莊張里鳴珂云：「只兩個字可以走遍天下，四個字反寸步難行。兩個字，『何妨』也。四個字，『不好意思』也。」余舊有聯云：「天下惟無情人一生受用不盡，世間必虧心漢諸事擺脱得開。」亦是此意。

《石鼓詩》云：「𨗨「我」字。年既生，通「攻」。𨗨馬既同，遨車既好，𨗨馬既騂。鄭音「寶」，郭云恐是籀文「騊」字。君子鼎鼎，古文「員」字。邋邋「獵」字通。員斿。麀鹿速速，君子之求。○○㕯郭云恐當作「鹵」。弓，薛作反。亏趙本有此字。兹目以字。寺。諸家皆作「時」。避毆其特，薛、鄭皆作「孫」。其來選選。丑亦反。趚趚建及反，一本重此。綮綮，音義未詳，石本有重文。郎避今作□，與「禁禦」之「禦」字同。郎時。麀鹿趍趍，陳知反，薛作「趍」。其來㕯鄭云「鹵」，亦作「逌」。既。一本無此字。避毆其樸，其來遺遺。趙本有此二字。射一本作「避」，與「禦」同。其獮音義未詳。蜀。」其一。「汧殹古「也」字，一云讀「繫」，語助也。沔沔，鄭云叶作「綿」，籀作「泛」。烝讀如「蒸」。𡿧籀文「皮」字，借作「彼」音。淖淵。鰋鄭音「鰋」。鯉處之，君子漁之。澫澫鄭云即「漫」，通作「曼」。又通有。鯊，所加反，今作「鯊」。其斿今作「游」。㴬㴬。薛作「散」，鄭作「蹴」，相關反。帛古文「泊」字。魚鱳鱳，音「洛」，亦作「鱳」。其蘊讀如「組豆」之「組」同。氐鮮。黃帛其鯾，卑連反，亦作「鯿」。又鯾又鮊。即鮊，音白。其朙乞及反，鄭本作「豆」。孔庶，臠謨官反，籀文「臠」。之毚毚。刅若反。汧洋籀文「洋」字，今作「瀁」。趞趞。即「遄」字。其魚隹通「維」。可，通「何」。隹鱮隹鯉。可目橐之，隹楊及柳。」其二。「田車既安，鋚大么反，音「條」。勒騂騂。○𢘉既簡，左驂旛旛，右驂騝騝。渠年反。避目隮於邍，古「原」字。避戈世阤。宮車其寫，讀如「卸」。秀弓寺「時」字。射。麋豕孔庶，雉兔其○。又作「有」。旃今作「紳」。其趙。鄭云作「奔」，或作「走」。大鄭本有「圓」在「大」字上，古「直」字。○出各亞，施云：《汧簡》作「亞」，古《孝經》作「惡」。○○⊗米薛作「昇」字，鄭疑「思」字，郭云恐是「臭」字。古老切，太白澤也。○。執而勿射，○庶趯趯，即擊切，與「轢」同。君子迺石本作「逌」，今作「攸」。樂。」其三。「○○鑾車，𡸓呼晉反，一作「𢍏」字，一作「拜」字。敕真鄭云：即「填」字，亦作「鎮」。○。○弓孔碩，彤矢○○。○馬其寫，六轡驁驁。讀若「遇」，諸本缺一字。辻諸家作「徒」。騝鄭作「馭」。孔庶，廓薛作「廓」。寷搏搏。嵩鄭云即「芮」字。車載衔，籀文「道」字。○徒如章。邍溼陰陽，趍趍即「趣」字。六馬。射之𨳈籀文「施」字，借作「鏃」字。迂，今作「徐」。如虎獸鹿。○○○多賢，迪今作「狗」。禽○○，避兔薛作「鹿」，一作「㲋」。允異。」其四。「○○○天，一本無「天」字，有「淒淒」二字。霝雨瀞「流」字。迄。湧盄止遙反，一作「盈」，滐私列反，一作「濼」。滐，鄭作「滋」。君子即渉。「涉」字。○○瀞。汧殹「也」字。洎洎，淒淒○○。舫舟囟薛作「㤥」，或作

「由」。逪，鄭作「歸」字，或作「遝」。○○自鄘。薛作「鄘」，籀文作「鄠」。徒騃湯湯，隹「維」通。舟㠯衍。或陰或陽，极鄭云即「楫」字。深㠯戶。一本無此。○于水一，方勿○○，止其奔敼，今作「禦」。○○其叓。」古「事」字。其五。「○猷，乍遼乍○，「衜」，「導」字。遄我𩣡鄭作「洽」字。除。帥敓「被」字。陫音「序」，郭作「阪」。○，莽音「莽」，今省作「莫」。爲卅施云：卅，三十也，蘇合反，非「世」字也。里。○微徾音義未詳。徾，一本無此重文。逌即「攸」字。罔。薛作「罟」。○䕭。古「枲」字。柞棫其○，𢼸櫅讀作「浩」，薛作「格」字。𦍋音義未詳。鳴○。亞箬籀文「若」字。其䔢，「華」字。○爲所斿。𩡡鄭云今「夔」。○籃郭作「籃」。衜，𠱾𠭯○𠶹。」音「合」。鄭云：即「龠」字，音「響」。其六。「○○○○而師○○○○○○○○。弓矢孔庶。左驂○○，滔滔是戮。《說文》：古「熾」字。○○○○，不具奪○。○○後，具肝鄭作「旰」，音「吁」。來○。○○其寫。矢石本作「灾」，薛作「尖」，鄭作「矢」。其○，○○來樂。天子○○○，嗣王始古，我○○來。」其七。「敓走驕驕，馬薦今省作「薦」。晢若。石本作「𦬷」，薛作「奔」，鄭云即「若」字。散施云：與「微」同。雉立其一之。」其八。此鼓最磨滅，僅存十曰字〔二〕。「遊水○衜，既平既止。嘉薛作「嘉」。樹𪔂里，天子永寧。日隹「維」字。丙申，○○遊其用衜。馬既申敕，肅肅○駕。左驂騺騺，○○𩥾𩥾。音「遨」。扯鄭云：疑即「撻」字。○女「汝」通。不，○𩥱籀文「翰」字。𩂣鄭云：恐是籀文「靃」字。公。謂天余如，周不余及。」其九。「吳通「虞」。人㦗亦作「憐」。亟，「亟」字。朝夕敬○。載卣「西」字。載東，勿奄勿伏。薛作「戊」字，鄭作「仗」字。㚖鄭作「畐」字，或作「畢」字。而出○，獻鄭作「狩」字。用○○。○○○○，大祝○○○亯，薛作「高」字。鄭云：今作「享」。○○䵷《說文》：「藝」同。鄭云：亦作「牡」。寧。逢中孔圞，「囿」字。麀鹿麌麌。遊○其○，麀鹿䴡「疃」字。天。別本作「大」。○○○○，○求又○。○○○○，○是○○。」其十。

《詛楚文》云：「又通作「有」。秦嗣王，敢籀文「敢」字。用吉玉宣古「宣」字，通作「暄」。璧，使其宗祝邵鼛布忠，一作「愍」。告於不顯大沈久讀作「故」。湫，巫咸本作「不顯大神巫咸」，亞駝本作「不顯大神亞駝」。㠯古「以」字。底「底」字。楚王熊相之多辠。昔我先君穆古「穆」字。公及楚成王，是讀作「實」。繆讀作「戮」。力同心，兩邦若古「若」字。壹，古「壹」

字。絆㠯敯敃，古「婚姻」字。衫㠯齊盟。曰：枼古「葉」字。萬子孫，毋相爲不利。𢿭古文「親」字。印古「仰」，讀作「佚」。大沈久湫而實焉。今楚王熊相康讀作「庸」。回無遉，古「道」字。淫失讀作「佚」。甚讀作「耽」。亂，宣奓古「侈」字。競從，讀作「縱」。變輸盟刺。內之𠟭籀文「則」字。䖑虎不姑，巫咸、亞馱文作「辜」。刑戮孕敽，「婦」字。幽刺敹戚，古「戚」字。拘圉其叔父，寘者「諸」字。冥室櫝棺之中。外之𠟭冒改久心，不㝃皇天上帝，及大沈久湫之光列「烈」字。威神，而兼伓「倍」字。十八世之盟詛。率者「諸」字。侯之兵，㠯臨加我，欲剗伐我社稷，伐威我百牧，「姓」字。求蔑灋古「法」字。皇天上帝及大沈久湫之卹。祠圭玉羲犧。牲，取俉「我」字。邊城新皇，及郯長敹，俉不毃曰可。今又悉興其衆，張矜忑音「府」，巫咸本作「意」，籀文「億」字。怒，飭甲盛師，以偪俉邊竞。讀作「境」。將欲復其貺「貺」字。蹟，惟是秦邦之羸衆敹賤，輻讀作「鞹」。輸棧輿，禮使介老，將去聲。之㠯自救殹，古「也」字。亦應受古「受」字。皇天上帝及大沈久湫之幾靈。德，賜克古「克」字。剸巫咸本作「初」，古「制」字。楚師，且復略我邊城。毃數楚王之俉盟犯詛，著「著」字。石章，㠯盟大神之威靈。」

李臨川先生紱《書傳考》云：「《書》傳自漢魏以來並遵今文之學，無一人見所謂《古文尚書》者，故亦無一人見所謂《孔氏傳》者。自梅頤二十五篇之書出，唐人據以爲疏，頒之學官，而伏氏《尚書大傳》遂亡不傳。考《漢書·藝文志》載伏氏勝《尚書大傳》四十一篇。《隋志》尚有三卷，其完缺不可知。嗣後，史志更不復見，惟晁氏《讀書記》稱今本四卷首尾不倫，則雖有存者，已非完本，而今併是而佚之矣。伏生之學歷有師承，其經固可信，其傳亦當得經文本義，不至如後人解經，率憑私臆。乃葉氏夢得謂：伏生《尚書大傳》言不雅馴，至以天、地、人、四時爲七政，謂《金縢》作於周公歿後。愚謂即此二端，亦足徵《大傳》立義之精，非後世訓詁所能，亦非僞《孔傳》所及。而葉氏狃於習見，不能虛衷折其至是，蓋成見之爲害也。嘗試論之，政者國家所行之事，即《堯典》『欽若昊天，曆象日月星辰，敬授人時』是也。曆象欽天，有天之政，期三百有六旬有六日，天行氣盈之數，以管窺天測之，即天之政也。分測四極，以定日晷，嵎夷、南交、西、朔方，地之政也。東作、西成、南訛、朔易，人之政也。殷仲春、殷仲秋、正仲夏、正仲冬，四時之政也。天、地、人、四時各有應行之事，故謂之七政。其事見於《周官》，詳於《月令》。後世猶守之，《漢・曆志》所謂七始是也。至于日月五星，古未聞有專理之政事。《堯典》所謂日者，日中、日永、日短；所謂月者，指閏月言之。蓋皆歲月日時之月日也。太陽之日象，雖有『出日』、『納日』之文，亦以正卯酉之時耳。若太陰之月象，則始終未嘗及之，而五緯又無論已。《堯典》所謂星，指鳥、火、虛、昴中星言之。辰，則十二次舍皆治曆明時所必及。而五緯，則非所用。《月令》雖秦書，實本於《夏小正》，去唐虞政治未遠，所紀四時中央，各舉其日、其帝、其神及其蟲，與音、律、數、味臭、祭祀之别，未嘗及於五緯。至周末石氏《星經》，始以五緯星列於日月之次。然則金、木、水、火、土五星不得列於唐虞之七政也，審矣。僞《孔傳》以後世之見釋古書，不知唐虞之世未嘗有治五緯星之政也。若以五行當之，則既已與穀並稱六府，不應又與日月同稱七政。且《孔傳》固已五星釋之，未嘗及於五行，其訓釋之辭謂『察天文，齊七政，以審己當天心與否』，則直啓後世機祥讖緯矯誣上天之説，尤所未安。豈若伏氏之《傳》爲得欽天授時之大也哉？至於《金縢》一篇，雖出今文，然程正叔疑其文不可信，而括蒼王廉熙陽作論，謂《金縢》非聖人之書，其論不爲無見，而實則未見《大傳》所解故耳。古之祀者無有所祈，孔子病不禱，而周公禱之，故疑其不然。然子路請於孔子，故孔子止之。若周公，則自以爲功，未嘗告之武王。且告之祖考，欲以身代，臣子迫切之情，宜無不可。唯是周公身秉國政，乃令史臣紀其請代之功，又紀風雷之異，則孫膚之謂何，此聖人斷乎不爲者也。若云公既明農，然後王令史臣紀之，則無端而作，亦恐未然。唯《大傳》以爲成王葬，周公適有風雷之變，因追念前事之異，敘而紀之，則君有念功之美，而臣無矜功之累，即程與王之疑亦可釋矣。伏氏《大傳》爲後人所駁者，其立義之精尚如此，則其餘精義湮没不傳者可勝惜乎！偶因葉氏之説，而辨之如此，俾有志於通經學古之士知今日舉業所治未足以定經義，慎毋拘於墟而篤於時也。」

《典》、《謨》屢以有苗爲言，非無意也。僉憲李元綸徽曰：「此正聖人安不忘危處。」再觀李安溪先生《書解》，於《大禹謨》征苗一節，注其下曰：「益之意，蓋以爲天將釋此以爲外懼，而使吾君臣修德焉。必以力服，非天意也。」因嘆前輩具隻眼處，今賢亦有同之者也。

張石粼疉曰：「堯、舜千古大聖，乃其咨儆吁咈更甚於恒人。或曰：聖不自聖故爾。然非實見夫危微止分於幾微，聖狂遂判于頃刻，何至若是！」最説得聖人心思出。愚謂：聖賢交儆，再無言及制身治世當如何方好者，蓋身世并無止境，如何説得當何如？唯有互相戒勉，所謂道心常爲一身之主，而人心每聽命焉，則動静云爲自無過不及之差者是也。若後世，則法堯、舜而已，便有個樣子在這邊了。

元綸又曰：「皋陶是大有學問人，故其所陳皆精理名言。禹是最篤實人，一味老實做去，毫無文采，故帝欲其昌言，而禹止曰『思日孜孜』。及再言，亦不過直叙其本分之事，無他語也。乃皋陶謂：『如汝所爲言之，即昌言矣』。而禹遂曰：『帝慎乃在位，所以慎之者安汝止耳。若曰必欲余言，則帝亦如余之孜孜可也。』此正禹之篤實處，説得甚好。」但元綸又謂：舜卒，傳位於禹，而不於皋陶者，議論不如實行耳。恐未必然。蓋皋陶之德不下禹，而禹因有治水之大功，天下皆歸心焉，故舜順人心而卒傳之，非以皋陶之德不及於禹也。

李恬齋之嶧曰：「《典》、《謨》皆致謹于天人，至《皋陶謨》因大暢厥旨。其曰『天聰明自我民聰明，天明畏自我民明畏』，將天歸到人上，人即天也。」理最真，語最實。愚謂《孟子》言天本此。

恬齋又曰：「舜止言『否則威之』，而禹即唯恐有尚刑之意，極言用賢修德而人莫不敬應，欲帝若己之創于丹朱者焉。大人之格君心，絲毫不肯放過如此。」

馬存齋金門曰：「堯與舜，乾道、坤道之分也。《堯典》一書，治曆用人而外，政不多見，只以欽明文思之德推之，便已極於變時雍之盛。此天道之時行物生，所謂乾始不言所利，故孔子贊曰則天，而繼之曰無名。舜之大亦猶堯也，但謂之則天，便似不可。蓋地道無成而代有終也，故《舜典》内歷試諸艱，及攝位時，諸大政受終後，咨詢二十有二人，莫不極其精詳，便與堯時渾淪氣象稍有不同。然必竟德盛化神，任人則逸，所謂『正位居體，美在其中，而暢于四肢，發于事業』，故孔子贊曰無爲。此中亦煞有分寸在，是以删《書》斷自唐、虞，其前者無論矣。然易堯作舜亦不可，蓋無乾作坤不成也。」

存齋又曰：「《大禹謨》開出一『中』字，爲千古傳心之要，而精一則下手處，所以立其體也。《皋陶謨》開出『知人』、『安民』二語，爲千古治法之宗，所以究其用也。其間論治之粹精，無過『德惟善政』、『天叙有典』二節。三事，盡人物之性也。六府，贊天地之化育也。勸之以《九歌》俾勿壞，聖人之久于其道而天下化成也。民所受之衷，即天之所叙所秩，是天命之性也。惇之庸之，而寅恭以和之，是修道之教也。教者禮樂刑政之屬，故五章五用皆以承天也。此是徹上徹下之學。由此求之，便是以天德行王道，自不流入雜霸甲裏去矣。」

存齋又曰：「《益稷》一謨并不及益、稷，所言所事蓋觀《大禹謨》而益贊之，則苗民逆命，必益爲佐。蔡《傳》以爲從禹出征，理或然耳。又禹隨山刊木，亦無候平盡九州之地，然後教之樹藝者。且《書》明言辨土之後即繼以成賦，則稷之教稼固與禹相表裏，而益焚山澤尤異事而同功者也。然則益、稷實副禹，故帝曰『汝亦昌言』，禹即曰『暨益』、『暨稷』。則凡禹之所陳，即益、稷之所共陳，而禹與益、稷之所共陳，必有別乎其爲禹之所獨陳者，是以命之爲《益稷》云。」以上皆田辰年與同館諸公在都講學日所談論。已而余入銓曹，遂輟講。至今丙寅，已二十三年。慨想流風不可再得，而余學之不復進也，實由此。乃二李先已謝世，存者止余三人耳，益復泫然。

混沌鴻濛，皆水傍，坎故也。濟屯開蒙，皆去其險，故不用坎。屯者，物之初，非物之厄。蒙者，人之初，非性之昧。屯者，世之蒙；蒙者，人之屯。

魏鶴山云：「《周禮・小宗伯》：『若國大貞，則奉玉帛以詔。』大貞謂大卜，如遷國立君之事。《説文》：『貞，卜問也。』猶《書》所謂『作内吉，作外凶』、『用静吉，用作凶』。恐《易・屯》五之『大貞吉，小貞凶』亦作此解。」

凡花果皆分木本、草本剛柔二種，如竹與蘆，松柏之與蓬蒿，桐梓之與麻枲，牡丹之與芍藥。他若海棠、芙蓉、桃、杏、梅、李、柿、梨、槿、棉等類，無不皆然。蓋陰質之中，又分陰陽也。

禽蟲中似是而非者，如蝶粉、鶯簧、蛙鼓、蚓笛、鶯梭、燕剪；蟻陣、蜂衙、雁字、蚊雷、蛛網、蜂房、鴻賓、蟬吟、鷄冠、螢火。

花草中似是而非者，如秧針、柳線、麥浪、松濤、竹笑、荷珠、槐眼、柳絮、蘆雪、蓮房、藕絲、榆錢、榴火、草茵、艾人、桃符、蘆舟。

物之似是而非者，如燈花、燭淚、毛錐、杯渡、瀑布。

非花而以花名者，如燈花、眼花、雪花。

長安藩司廨後有落星石。凡藩司至，輒以鐵釘錘入之，其無福命者不入也。余於雍正己未歲復至陝，需次日不時代方伯收放餉銀，親見之，釘鱗次可數，而石毫無罅隙。此理頗不可解。

余於雍正二年以選司主事奉使，隨朱文端公查海塘。其次年春，文端公已由浙歸省，余與待御恕。賫疏入京，至宫門遇隆公。科多。隆適以元舅兼冢宰，體貌優異。然余自念闕庭間，且賫疏，無拜禮。隆公銜之，遂改調考功，然余不知也。及五月，文端入都。十三日，隨有河東鹾佐之補。文端呼余而前曰：「人居詞館、銓曹，即多倨。子今出當執手板，自呼名，俯伏上官車馬塵下。懼子之不能也。」余謝曰：「此如優伶登場，何足異？某初仕，特以在草間久，未得時謁王公大人耳。」既有寄語者曰：「文端特爲隆公發也。」乃知踰位而言，歷階而與揖，以無禮爲禮，不自今日然矣。

禰衡，後漢人，與孔仲舉友善者。「禰」字從示，不從弓，音「祧」。世多讀爲「迷」，誤。即本音，亦音「你」。「祖禰」親廟，亦不從「迷」也。

鑄錢曰「一卯二卯」，余鄉俗語云「一磨二磨」，蓋「卯」字之轉音。

俗以四十斤爲一梔，音「炮」。此亦余鄉之里言也。

無爲州吴布衣元桂，書《州誌·沿革》後云：「厲賊名豫，淮安鹽城人，順治四年，于鹽城倡亂。事敗，逃至巢，寄寓宋氏。時有宣城朱國材者，嘗爲史閣部可法記室，亦至巢，變姓名，主周氏家，敝衣草履，形容枯槁，曰：『我史閣部也，志存恢復。已約合兵數萬，刻日齊集，大事可圖也。』周氏信之。厲豫時與通。五年正月，誘集愚衆千餘，夜襲巢，破之。復至州，州人從之者甚衆。已而，敖、土二帥率官兵至，剿滅焉，而州人無辜死者亦衆。

濡須塢在無爲州巢縣之界，吴、魏時謂爲東關，南去江百餘里，爲二國所必争。蓋守江者必守淮，不得已亦當跨江置戍，庶敵人懼躡其後而不敢飛渡。此吴人所以建塢之意也。乃其後嗣止倚長江天塹，置錐腰索，恃以爲安，抑何謬也！「須」字從水，不從彡，音「會」，水之聚也。「須」音「虚」，義亦異。

王莽不幸不早死於平帝初立之時；曹孟德不幸而遇漢獻；嚴顔不幸而爲桓侯之釋；隋煬帝、陳後主、宋徽宗不幸而爲君；武則天不幸而不爲男子，追隨太宗以平亂賊；王安石不幸而遇神宗之見用；馮道不幸而多壽；李崆峒不幸而得對山之救死。

山左青州府馮柏村愿，其先人守臺灣時庖人，貨鴨卵，熟而剖之，得五色，氣臭如璜，疑以爲毒蛇所産。

李旦初旭爲余言：曩在都與乩仙聯句，仙自稱崆峒山人也。李云：「爲問崆峒有幾峰？」乩云：「峰峰直透碧霄中。」李云：「同遊仙伴人多少？」乩云：「一炷清香一道童。」及後判薊，謁山祠舍宇極多，然止一老道者守之。

問：「有無徒衆?」則云：「地僻無糧，徒子多別去。惟吾道童奉祠香火耳。」而其山實名崆峒也。蓋數之前定，而鬼物先知如此。

旦初有句云：「鰕醢趣奇道子鬼，蜜查色艷義山詩。」亦殊有味。

有道則見，無道則隱者，潔身之高人，所謂祥麟威鳳也。知其不可而爲之者，易世之聖人，所謂龍也。麟鳳待時而出，龍則潛、見、惕、躍、飛、亢皆無不可。

濡人吴布衣元桂能詩，語余云：「濡之東鄉有蟂磯，傳爲後漢先主孫夫人投江處，後人立祠祀之。池郡某明經題柱曰：『思親淚落吴江冷，望帝魂歸蜀道難。』夜夢夫人謝，并屬其急赴吴藩獻句，當有所獲。吴藩者，吴三桂也。時建殿而未有聯。某投句云：『痛哭秦庭緣楚覆，歸心漢室爲韓仇。』吴大喜，贈之千金。」然吴之歸國請兵，實因其姬陳圓圓爲賊得而憤，非報明也。叛時，聘桐邑□□□□□公却之以詩云：「李陵心迹久風塵，三十年來豈卧薪?存楚未能先覆楚，帝秦何必又亡秦?丹心已負朱顏老，青史重翻白髮新。五夜角聲吹不斷，可堪思子更思親。」蓋三桂之父襄，當闖賊逼京，握重兵不赴，三桂移書責之。其子聯姻帝室。乃上不顧其父，下不恤其子，反覆好亂，真逆賊也。

余本房沈闇齋先生登戊辰進士，倅於閩。值臺灣兵變，參督府軍幕，條畫機宜。賊平，丁艱歸。杭俗重祈賽，届期徵歌選勝，劇坊市金，無敢脱者。先生以廉吏家貧，未能應。衆辱之。先生無已，訴於撫軍。時朱文端公爲中丞，特理其事，然遂由此識先生，察知其居鄉本末，薦之。服闋，由部郎至總憲，然先生布衾蔬食，休沐即治書，仍一縫掖儒也。傳其初仕豫之臨潁令，仿朱子社倉，至今二十餘年，民食其德。其立法之善可知矣。

天下無處無道。即如作字，略有一點粗浮之心不得，略有一點急遽之心不得，略有一點怠緩之心不得。須是心恬氣静，手腕安和，然後運筆不燥不柔，神超象外，意在筆先，其於書法不求工而自工矣。

余初外任分司，河東直指使以余過拒人饋，于投謁時諷余稍圓通。余對曰：「職以窮書生乍得官，頗愛錢，但錢有陰陽。其自外入，自天子下至士庶、卒隸、厮養，皆曰可受，則此錢屬陽。受之者如春之温，如日之暴，不但安然享用，且滋生蕃殖。如此，雖百萬何害？如其暮夜所遺，世所謂袖兒裹筵席者，則此錢屬陰。受之者如風之凄，如雪之冷，一派秋冬之氣，不但容易消耗，即使置買田宅，將來必有陰禍，子孫受之。如此，雖一文錢，亦當不得。但仕宦錢之屬陽者少耳。

余少與友講學，至「終身行之，其恕乎」，友人曰：「天下人都是只知有己，并不知有人，如何省得『恕』字？」余曰：「不然。今天下人都是只知有人，並無一個知道自己的。無論積金之家爲兒孫馬牛，居官者親族歡娛僮僕飽，方爲爲人；即如著衣一節，近體用絮而外以絲，寢衣往往以大紅錦繡爲面，而裏則用粗布，蓋儉於内而豐於外，務以悦人，是愛己之身體不如愛人之耳目也。

余嘗欲用綿紬爲寢衣裏，而面則隨便，如甚乏，雖以雜色紬布補綴如百衲衣，亦可。或以爲非宜。余曰：「我只圖我適體，管他妻子奴婢眼中憎嫌則甚！」及居官，肩輿鳴騶過所部境，友人來探余者見之，向余嘖嘖嘆羡。余曰：「君眼睛鬧熱，於余何與？」皆此意也。

乘勢作威者，如大人裝鬼臉以駭小兒，背地則放下；因事矯廉者，如妓女當筵時不肯舉箸，回家則亂呑。

貧賤一無所有，及臨終，脱一「厭」字，如脱重負；富貴無所不有，及臨終，帶一「戀」字，如披枷鎖。以上二則見《達觀偶語》。

《幻海晨鐘》共五卷，板在京都琉璃廠仁威觀。

山西絳州興龍宮有碧落石像，背刻其篆文，世傳爲碧落碑。又《洛中紀異》云：「有二道士，閉户三日，不聞人聲。人怪而破户，惟見二白鴿飛去，刻篆宛然。」《學古編》辨爲李陽冰之書。唐鄭承規于咸通十一年七月十一日因其字之難辨，復楷書焉。出《七修類稿》。

佛氏之説可謂覺，老莊之説可謂達，覺與達皆智也。然孔子不云乎：「其智可及也，其愚不可及也。」夫忠臣孝子，義夫節婦，其識多膠執而不可化，其念皆固結而不可解，故語云愚忠愚孝。而古今來之教忠教孝者有二術焉：旌閭式廬，竹帛旂常，所以鼓舞之以名；舉孝舉廉，任賢任能，所以酬報之以利。蓋必如是，而後父有其子，君有其臣，治天下國家胥是矣。彼佛老者謂恩義爲葛藤，必宜斬斷；名人世爲樊籠，有礙逍遥。是以出世爲智，而以有情爲愚者也。學之者雖不能明心見性，葆真養年，然亦皆知鄙夷聲勢，遺棄榮禄。使天下人人皆不爲名爲利，遁迹而不親所親，放廢而不事所事，父可得而有其子，君可得而有其臣乎？是故佛、老之徒爲治世之君子所必嚴禁而痛絶之者也。

看來佛、老都是忍心漢。人之所以爲忠臣、孝子、義夫、節婦者，其心皆有所不忍於其君、其父、其夫、其婦者也。今於其不忍者而忍之，忍於夫婦，猶可言也；忍於君父，亦何所不至哉？

昔人云：「道德之後，流爲刑名。」諺亦云：「不毒不禿，不禿不毒。」蓋言其忍也。

佛氏之徒，世有所謂善知識者。余嘗遇之於京師，爲談儒釋同異。渠歷舉其説與經書相似語，又别申所指，揶揄曰：「凡儒書之精微，皆吾師所已言；而吾師所言，則儒書未之載也。是故佛之道大於孔子。」余曰：「有一喻，願請教。夫喜怒哀樂愛欲，子所謂六賊也。今有兩人於此：其一不勝六賊之擾而屏去之，離人絶世，以不動其心；其一則任六賊之紛紜，而各適所宜，而亦不動其心。是二人者，孰爲優劣？」渠曰：「此任之者優矣。」余曰：「信然，則釋迦何以棄而君臣、父子、夫婦、弟兄而後成佛耶？」渠無以應。

嘗讀佛書，似皆從《莊子》化出，疑爲中國不得志於時而逃禪者之所爲。蓋其人資質既高，而又居至静之地，心日以虚明，所以析義於毫茫〔三〕，説空於無外，又假於翻譯，無所考據。然其爲説，千變萬化，總不外於一死生、齊物我與因是因非而已。有友人嘗與所謂大喇嘛者遊，聞所譯梵誦義頗粗淺，不過以其咒術致尊大，亦可知矣。

昔人云：「宰相須用讀書人。」竊謂：州縣之尹必須用讀書人，而宰相必須用做過州縣之人。豈惟宰相，凡吏、户、刑三部堂司各官，皆當用州縣爲之。蓋州縣與民最親，且錢穀、刑名事亦至雜，非讀書人爲之，則州縣止可謂之辦事，不可謂之治民。非用州縣人爲吏、户、刑以及中堂，則所議於廟堂者，必不可施於天下，所是非進退以爲功罪者，必不能協乎人情事理，而以格例廢人才。惜乎，無有言而行之者！

余在詞館日，值青海平定。余製《鐃歌鼓吹曲》以進。方望溪先生見之，嘆曰：「此東南未有才也。」固索余舊作古文詞。余因籍以爲質。先生一見，即出其近所爲《鹿忠節公祠堂記》示余，曰：「某未知理不謬於先儒否？幸勿隱。」余曰：「文之淵古，是不待言。第鹿公爲陸王之學，而先生乃爲斡旋，近於調停。請酌之。」先生遽曰：「某亦疑此，即當改作。」旋出一編，授余曰：「君初見即肯直言，古君子也。此皆某近作，願請正。」方以文名海内久，人傳其傲倪謾侮，不可一世。今見之，年已六十餘，而余爲後學，且不敢望其肩背，乃虚抑至此，豈人言多妄，抑先生耄年德益進耶？

方先生前後示余凡兩卷文字，約五十餘首。余悉爲評定以歸之。既而方持以示同館前輩陳公儀，曰：「此王君所論定某文者。然某實不讀秦漢以後書。所爲文，正之友人。或曰：『已進於秦漢矣。』然余不之信。今王君論某文，亦止以韓、柳、歐、曾、王者見許，豈某果有未至耶？以問先生。」陳爲披覽一周，曰：「王君所論是也。先生謂不讀秦漢以後書，彼昌黎、柳州又讀何代書？且先生惟不讀秦漢以後書，故所爲文得與唐宋諸大家相頡頏。使但讀唐宋諸家文，則未必能至是矣。」方先生爲憮然久之，已而曰：「吾苦心爲文四十餘年，極力追古而終若未至，究不解其故。今始爲先生道破矣。」因泫然泣下。後余見陳，陳爲言如此。因共嘆方先生之於文，真視之爲性命，宜乎其雄視於一代也。

解鹽池之北岸有歌薰樓，相傳舜於此彈琴而歌《南風之操》者也。蓋池鹽必賴《南風》而後成，故曰解愠阜財。又北去歌薰樓百步，歷階而升，上爲池神廟。其階共有四十餘級。自下而上十三級，人於此拊手，則階下作錚錚聲，如琴弦清越；過此則不然。亦異事也。

詞館有老隸，家藏一册。凡新進士入館者，必求親書履歷，用一小印記，頗韻。

杭城靈隱寺内韜光禪院踞山巔，門臨湖，而窗外即俯視浙江。余至之，不覺忽誦駱賓王「樓觀滄海日，門聽浙江潮」句。僧曰：「唐時，宋、駱即在此地聯詩。」因指其門榜，即此句。余爲恍然。即而僧出二册，求留詩。披之，前册爲故明時諸名流著作，後册爲本朝遊於此諸公所咏句，既各標新異，書法亦備各體，誠千秋佳話、百代寶物哉！

山西解州之夏縣有司馬温公墓，表忠觀碑在焉。蘇文忠原迹已毁於明末之地震，今蓋後人補刻者，然書法亦端勁有體勢。余既偕運長朱公一鳳捐俸以修其祠墓已，乃從公之裔孫，求觀公畫像並公告身及耆英會圖，實皆古物，言於學使者勵公，求爲公後置博士。勵因會商撫軍久之，不果行。

長安《聖教序》石刻有三，在文廟者二，在滿城者一。文廟，世所謂碑洞者也。其一，高六尺，廣三尺五寸，額有佛七尊。此爲最古，係唐時原刻。今字畫大都磨滅，僅存其形似耳。又近上一段斷裂，爲明嘉靖間地震所致。其一，則甚楚楚，計小石版二十五，前第二行下有「長安後學費甲鑄紋瑜重摹」十一字。《般若波羅密多心經》標題下亦有「費甲鑄摹」四字。在滿城者，則横石五，又一小塊補字。所補者，「化物」至「庸愚」一行，「乘幽」至「典御」一行，「定其」至「者諸」一行，「袥而」至「骨石」一行。又「理含金石」一行有斜斷文。今世所傳，大都滿城所刻及二十五塊碑版者也。而滿城石刻，榻者多以黄色紙充舊物，然皆不及原刻。意滿城之刻後於原刻，而二十五碑版則近今所摹勒者而已，然皆不可考。余於癸丑之秋得告，於長安客邸候部文。間有以故書籍、殘破字畫求售者，内有原刻《聖教序》一大張。視之，紙既陰黴，且所榻完好，而各行界線分明如新，似數百年以前所榻者。亟以衣易銀，貨得之。至冬仲之朔，此地張孝廉適見之，詫曰：「此故秦府所藏，稱爲宋榻者也。國初原有二紙在董氏，董以貧，先後爲人所買去，獻顯要，一得百三十金，一得八十金。後更有顯者持二百金求鬻于董，而董更无有矣。今何以在此？」又曰「董故秦邸舊人，爲言秦先王。初收不下百餘紙，後皆失於兵火。及兵靖後，於府邸檢拾殘燼所餘物，乃僅得此」云。余後又見旌德劉子良云：「十年前曾見此於第一顯者府中，命某裝潢。某以非素業，不敢承。乃寄札江南，轉覓善工至，而第一顯者去矣。」余以二子所言或不謬云，乃寶藏之。

《傅母貞髦陳太君墓誌銘》爲吾鄉孫徵君奇逢手著，文既高簡，而木刻字畫亦端嚴，酷似顔魯公家廟碑。余至太原得之，藏於笥。傅名山，字青主，一字公佗。

傅道人高節孤標，人皆知之。其逸事云：袁學憲繼咸被誣下獄時，傅與同人申救，裹糧入都上書，而納言不爲達。傅無如何，乃日於長安市投揭，亦無爲上聞者。衆客久資盡。傅咨於一鄉先達。適座有酒糾聞其說，乃曰：「此義事，無難處。」出其纏頭金帛值二百以進，且歷至王公戚畹府第，從容白其冤。未幾，有中官取揭以入，而袁事得雪。此妓近俠，士夫所不如，惜其姓氏不傳，傅亦不爲表，何也？意傅且逃名，而於此仗劍之紅裙，亦欲其迹匿聲銷，不欲塵世得而窺識耶？余於晋陽遇傅道人孫蓮甦，爲述。此時年已七十餘，猶手録其祖之詩文以遺余，終日不倦，貌古甚。傅先生家風故未墜云。太原張生耀先曰：「酒糾名吴姝。救袁尚有西河諸生薛宗周。錫山馬公世奇作《山右二義士傳》以美之，擬爲漢之裴瑜、魏紹云」。

張生又云：傅先生生而穎異。三水文公翔鳳提舉晋學，拔茂才第一，入府庠。文公古文辭稱奇澀，他人讀之不能句，傅朗朗誦如常語。文公奇之。時年十一也。又戊辰會試卷出，其兄庚爲選五十三首授讀，歷卯、辰，皆上口不爽一字。時人驚爲神。先生娶同邑光禄卿張公泮女名静君，生子眉，早卒。先生時年二十有四，即鰥居，終身不娶。甲申春，闖賊將逼晋。先生易黄冠，奉母入山避。亂定，家已破矣，遂以黄冠終，不復易，人見其黄冠也。又其曾祖父朝宣，尚明寧化王郡主，爲儀賓。先生性好奇博學，通釋、道典，師郭還陽真人，學導引術，别號朱衣，蓋取道書「黄庭中人衣朱衣」句也。忌之者誣爲志欲復明祚。於順治甲午夏，收禁太原獄，并禁其子眉。時金陵紀伯子參撫幕，與孫公子併力救之。孫公子者，方伯孫茂蘭之子也。先生故善醫，嘗遇公子於古寺。時公子無恙，先生視其神色，謂曰：「長公來年當大病失血，宜早治之。」公子不謂然。届期，果病，幾殆。迎先生療之，得愈。感先生德，故營救甚力。紀又求解于總憲龔公芝麓，龔爲平反之，始獲釋。方獄嚴時，先生九日不得食，而先生意氣自若。交遊袁小陸、楊爾楨，乞爲通食。郡守邊公大綬聽之，得不死。及事解，先生益放浪山水間，肆力爲詩。古文辭奥衍幽僻，人無解者，獨其子眉知之〔四〕。書法清峭岸然自異。爲畫絶去古今人蹊徑，似任意而實有法度，出於縱横離奇之外。康熙庚午開明史館，訪前朝悉故實者，因并及先生名。科臣李宗孔、劉沛先等合疏薦。嗣有博學鴻詞之選，詔：「有司資送入都。」時先生年已七十三，堅不欲就。有司迫遣之，子眉扶掖以行。就道，瘍發于股，輒自錐破，血不止，而股爲之枯。至都，假館崇文門外之圓覺寺，卧不肯起。一時王公鉅卿往訪之，門如市。或爲乞醫藥，逾歲不痊。都御史魏公象樞代奏，得旨：「傅山文學素著，人品清高。著授中書舍人職銜，歸籍，地方官優獎。」時己未五月也。歸五年，而子眉卒。先生哭之慟，不食數日，亦卒。然余在晋，聞傅之禍緣于晋臬某失其名。爲求書母壽序。傅不可。親求之。傅延入，與語，嫌其過俗，旋起入舍，久不出。某令吏偵之，則傅由舍後出，解衣磅礴林間。某大怒徑去，伺間爲飛語中之。而張生未之詳，不知確否。

太原古晋陽城中有傅先生賣藥處，竪牌「衛生堂藥餌」五字，爲先生筆。字大如斗，端方圓正，逼真魯公書。余佐鹺河東，以公赴省，必過之，徘徊車中，不忍去。世傳：先生善醫，而不耐俗士，病家多不能致。然喜看花。必置病者于有花之寺中，令善先生者誘致之。一聞病人呻吟，僧輒言：「羈旅貧，無力延醫耳。」先生即爲治，無不應手愈也。其技神而性癖如此。

張生又曰：「明運將革，先生教子眉以經世學，《孫子》、《管子》諸書皆熟講而切究之，兼令習技勇。又買馬邊塞，而於江廣市之，習知其道里險易。復善走，負重往來四百里，不知倦。閣部史公可法常訪先生于邑之西村，眉侍談論。史公嘆曰：「真命世才也！」及李建泰督師剿賊，薦智略士十餘人參軍幕，先生與焉。先生謁之於上谷，次日即辭歸，蓋知其必敗也。

傅先生著書有《老》、《莊》、《管子》各注，《楞嚴》、《華嚴》、《金剛》三經注，《春秋左傳姓名韻》、《地名韻》，《兩漢書姓名韻》，《漢書補注》，《十三經字區》。傅史書多失傳，惟《兩漢書姓名韻》藏張生家。《字區》亦存十數條。詩文爲聞喜張質夫亦堪收藏頗多，後失之。張生搜求十數年，始爲刻《霜紅龕集》。霜紅龕者，傅所隱陽曲之崛𡾊山也，初名七松庥，又名青羊庵，最後易今名。蓋霜後紅葉滿山，傅愛之。然張生貧士，能搜隱剔微而刻先生集，亦古之君子矣。

蘇髯《赤壁賦》云：「客有吹洞簫者。」客爲楊世昌，綿竹道士。見吴匏庵詩云：「西飛孤鶴記何詳，有客吹簫楊世昌。當日賦成誰與注，數行石刻舊曾藏。」

【校注】

〔一〕「冠」，據文意，當爲「寇」之形訛。

〔二〕「曰」，據文意，當爲「四」之形訛。

〔三〕「柝」，據文意，當爲「析」之形訛。

〔四〕「櫭」，據文意，當爲「獨」之形訛。

卷下

明嘉靖中，倭人蹂踐蘇、松。任公環以蘇司馬率兵禦之，晝夜力戰，遍身書姓名，曰：「死綏職也，爲二親記此髮膚耳。」《示兒書》曰：「兒輩莫愁，人生自有定數。惡滋味嘗些也有受用，苦海中未必不是極樂國也。讀書孝親，無遺父母之憂，便是常常聚首矣，何必一堂親人？我兒千言萬語，絮絮叨叨，只是教我回衙，何風雲氣少，兒女情多？倭賊流毒，多少百姓不得安家！爾老子領兵，不能誅討！嗡氈裹革，此其時也。安能作楚囚，對爾等相泣閨閫間耶？此後時事，不知如何。幸而承平，父子享太平之樂，期做好人；不幸而有意外之變，只有臣死忠、妻死節、子死孝，咬定牙關，大家成就一個是而已。汝母可以此言告之，不必多語。四月廿四日，太倉城西伏枕書。」讀此書，令人氣壯。

又《長洲野志》載：徐佩者以厨役事任大夫環，大夫亦以厨役視之。及倭寇吴淞，大夫追至海上，地曰四團。晨食，大夫整旅出，佩從之。衆阻曰：「爾館人，何從爲？」佩曰：「吾主官於蘇，而追賊外境，知有君也。吾事吾主，而不與俱耶？」乃持刀先倡，有不進者，揮刃促之。大夫善射，多中賊。賊乃佯縮，迨矢盡，輒縱横舉弓，期必殺大夫，更以利刃攢逼之。佩意大夫不免，獨殿後，以手搏賊。賊殺之。大夫得免。大夫祭佩文云：「嗚呼，佩也！生也食予，死也衛予。奇懷異抱，而孰能如？桓桓者夫，食焉避難。視爾之歸，顔有餘汗。英魂已矣，正氣不磨。當爲厲鬼，殺此群倭。曠野悲風，胥江落日。老淚如泉，匪私爾泣。」

「天下萬木莫不本於大造，而柳獨列於宿者：蓋柳寄根于天，倒插枝栽，無不可活；飛絮漫天，但一著沙土，無有不生，即浮水，亦化爲萍。是得木精之盛，而無處不暢其生機者也。其光芒安得不透著天漢、列於維垣哉？送行之人，豈無他枝可折？而必於柳者，非謂津亭所便，亦以人之去鄉正如木之離土，望其隨處皆安，一如柳之隨地可活，故爲之祝願耳。」見《堅瓠集》。余以其説與《易》之《旅》卦義有相合者，特録之。

人知撫州有顔魯公楷書麻姑壇記碑，而不知撫州又有魯公書花姑壇碑。花姑者，女道士黄靈徹也。年八十而有少容。一日，爲野象拔箭。嗣後，齋時，象每銜蓮藕以獻。宿於林莽，神靈衛之，人無敢犯者。化于唐睿宗朝，所葬處惟空棺而已。開元中，立仙壇院，選高行女冠黎瓊仙等七人居之。魯公爲刺史，記其事。見李君實《紫桃軒雜綴》。然《耕餘雜録》又云：黎瓊仙，唐時所放宫人，即麻姑也。豈麻姑碑即花姑碑，李君實或誤爲兩碑耶？《耕餘録》誤以黎瓊仙爲麻姑耶？而王方平、蔡經事又似漢以前人，何也？

宗伯韓公菼，字元少，「少」字去聲讀。有傖父問人曰：「韓某既中會元，又中狀元，何故反云元少？」蓋誤讀作上聲也。人戲曰：「雖中兩元，尚少一解元耳。」傖父曰：「元止有三，已得兩元，當云多元，何爲少之？」聞者皆絶倒。此與陳大士先生一事相仿。大士以飛仙之才名噪海内，計偕入闈，同號生叩其姓，曰：「姓陳。」生以指畫掌云：「程。」又問名，陳曰：「際泰。」又畫掌云：「濟泰。」陳勃然曰：「君自無耳，奈何去我兩耳？」亦可笑也。

伍蓉庵《林居漫録》云：「人有恒言，皆曰義利，利緊跟義，則是義能生利也。又皆曰利害，害緊跟利，則是利能生害也。知義之在先，害之在後，則熙熙攘攘亦可以少息矣。」

喜雨亭故址，據《鳳翔邑志》，當在城之東北隅。今則塊然邱墟，無得而踪迹矣，不知何時移於東湖。東湖者，蘇子八觀之一也。亭後即蘇子祠。先是郡守某嘗遊適其間，已又攝邑事，其司閽者大暴其民。民聚而譁，誤以在東湖者爲某之生祠，乃推墮其像而杖之數十。後邑令任拱辰樞南復新之。余于雍正八年判郡，聞之，笑曰：「蘇公當日嬉笑怒駡皆成文章，口過亦多矣。今合得杖罪。」

郡侯某以貲郎夤緣至扶風守，沐猴而冠者也，遇僚屬多無禮。學博士見，輒屈足不敢揖，某坦然受。余代爲愧之。及朔望行香，博士跪某，亦跪余。余責之曰：「先生大誤。先生，師也。雖見督撫，無跪禮，豈若吾輩佐貳之卑卑不足數者乃效之耶？」如此者數數。忽一日，博士又跪某。某乃大聲曰：「我常訓誨，爾等見督撫亦止長揖。乃汝等故自賤如是！」余急稱之曰：「堂尊之言是也，先生當遵之。」自是博士始不下跪。

某見儒生尤傲慢，雖鄉進士皆令跪拜具禀刺。余時時諷，某亦改。乃知天下人未有不可變者也。

某語余曰：「君行事多與人反，何也？」余問之。某翻覆其手，曰：「人如此，君乃如彼。」余自省事事不敢自異，何爲其然乎？已而曰：「無惑乎其言之也！如人見上司多足恭，余則以爲耻；人多虐其下，余則惟恐得罪于民；人多好與富貴人往還，余則慎交遊；人多略于無勢之人，余則有意周旋之；人好熱鬧，余獨喜静；人多嗜聲色，余獨喜讀書。由是推之，余之與人反者果多矣。」《莊子》曰：「爲人之所爲者，而亦無疵焉。」余將何如而後可乎？

余於康熙乙酉鄉試，讀書宣武門外老墻跟花廠中。一日晨炊後，日蒸花香，氣滿庭中。有客徘徊其下，余見其非常，延入與語，吞瀉微妙，驚詰：「得無方近之朝紳耶？」答云：「貿易人耳。」叩其姓名，則云：「偶聚談，無多怪也。」遂去，不復見。

祝珵美曰：「儒者談道學，必厲齒嚴牙，着不得一毫戲謔，此甚腐也。先儒如子輿氏，詼諧甚多，不可殫述。至若述聖曾子，學主慎獨，一生戰戰兢兢，不敢些子放肆，乃講到心誠求之，便譬喻到學養子而後嫁。這是不板腐的樣子。又謝上蔡欲試教官，請于程子。程子曰：『吾黨有求貞婦者，聘一女，先欲試之。其母怒而弗許，曰：「吾女非可試者也。」子求爲人師而試之，必爲此媪笑矣。』程子此語從學養子脱胎出來云云。」州傳：明道、伊川同赴一士夫宴，座有妓。伊川怫然徑去，明道爲盡歡。次日，伊川見明道，色猶愠。明道曰：「昨日筵中有妓〔二〕，吾心中却無妓。今日吾齋中無妓，汝心中却有妓。」伊川爲之心折。今祝言如此，然則伊川當爲明道所化耶？夫孔聖尚有牛刀之戲。且魯人獵較，孔子亦獵較，微服可以過宋，盟蒲不拔食言。聖賢豈必硜硜然峻立崖岸，使人望而畏之，始爲道學哉？

近日朱文端公身體《禮經》，而見人和易。常於政事繁委、僚屬稠集時，作一二趣語，衆皆解頤。然則是「真道學，自風流」，語不虛也。

邑人梁湯作護丁酉舉人，令關中商州之石泉。俗樸民淳，令無一事，惟日靸履出，與防弁對奕耳。至割麥日，城中男婦盡出，其稚子不能携者則寄官衙，云：「交爺暫管。」官爲煮餅哺之，數日乃已。此風他地不可得也。

余至吴二載，一日謁軍門尹公，公問曰：「余向督兩江時，兼攝撫學篆，余不覺其勞。今何以若斯之煩？汝知之乎？」余曰：「知之。」公曰：「云何？」余曰：「以今日各上憲不敢要錢耳。」公訝之。余曰：「昔之日，督撫、司道、府皆取之州縣以爲養。府既爲牧令養，則必庇牧令。司道亦爲所豢也，則又庇之。督撫拱手以聽成而已。今則各食其食，上下皆秦、越也。府不肯肩其責，則上之司。司又不肯肩，上之督撫。督撫又不肯肩，駁之而已。司亦駁府，府又駁州縣。委鄰邑查，委鄰府查，委道查，取册取結，紛紛不已。事安得不多乎？」公俯首久之，曰：「然。」

陝長安令王端以倉糧霉變爲制府尹公所劾，其署令則潼關王名標也。已又委西安理事同知常德監其盤查，以清交代。常請示，公曰：「豈有既劾其人，尚爲之彌縫其虧缺者耶？第人一失官，已難爲情。重之以虧缺，不得返其故里，其奚以堪？新尹欲其後易于交，則所收必刻；舊尹又必欲强之，是交訌也。且穀雖不中食，然爲餳蒸酒，亦可易于人。賈客或要挾而欲賤糴之。非見任者爲之主持，彼失勢人，何能爲？故命汝以公道平之而已。」常退語人曰：「公未嘗爲縣，何悉令之情至此！真聰明忠厚之君子哉！」

我之與準噶爾互市也，始于前督查公郎阿，蓋以彼之狐羊皮、羚羊角、硇砂、緑葡萄等物易我之緞匹。繼則我邊將教之，或求綫，或竟索金，即緞匹亦要其精美者。彼之皮貨良楛，我不敢較也。然緑葡萄，彼則以山中之雜果實充之，而索值甚高，及入内地，則已潰矣。往者盡以畀西地之商，甚爲商病。乾隆六年，尹公繼善鎮秦蜀，命留其狐羊皮而却其餘。準噶爾訟之廟廊。是公議夷情，始爲之沮。當公之拒其使也，公之家人叩頭爲請，幕客亦力諫。公毅然不回，可覘公之識力矣。

明太祖攻陳埜先時，方假寐，有蛇緣臂而走。左古驚告，視之，蛇有足，類龍而無角，意其神也。祝之曰：「若神物，則栖我帽纓中。」蛇果徐入。太祖戴帽，遂詣敵營，諭降寨帥。既歸，忘前蛇。坐久，忽憶。及脱帽視之，則蛇居纓中自若也。乃引觴自飲，並酌蛇。蛇亦飲，徐蜿蜒入神櫝，矯首四顧。復俯神主頂，狀若鏤刻，久之，升屋而去。

太祖又嘗夢人以璧置於項，既而項肉隱起微痛，以爲疾也，敷以藥，無驗。後遂成骨，隆然特異。以上二條，見《皇明典故》。

宋吴直方行可以集賢大學士致仕，卒日以無大功業于世，不令乞銘于人，乃自爲銘。

《左傳》，晋侯復假道於虞以伐虢。宫之奇諫曰：「諺所謂『輔車相倚，唇亡則齒寒』之謂也。」杜《注》：「輔，頰輔。車，牙車。」人頰骨似車輔，故曰輔車；左右相持，故曰相倚。唐韓昌黎與人書曰：「近者尤衰憊，左車第一牙無故動揺脱去。」即此義。今人不知，直以爲車輔若《詩》「無棄爾輔」之義，則「唇亡」一句何所附麗乎？此大誤也。

「濫觴」字，近以爲末流之弊，非也。此本之《家語》。孔子謂子路曰：「夫江始出於岷，其源可以濫觴。及至乎江津，不方舟，不避風，則不可以涉。」是「濫觴」蓋言其始出之微也。唐明皇《孝經序》：「泯絶於秦，得之者皆煨燼之末；濫觴于漢，傳之者皆糟粕之餘。」此用「濫觴」，得其旨矣。竊以水始出力輕，僅可浮杯觴耳。

《廣韻注》云：「吉凶形兆，謂之兆眹。」「眹」，音「引」，目睚也。「兆」，灼龜也。今誤以「眹」爲「朕」，又倒讀爲「朕兆」，更誤。

《爾雅翼》：「寧爲鷄尸，無爲牛從。」而今本《國策》、《史記》皆作「鷄口」、「牛後」。或「尸」字誤成「口」字，「從」字誤成「後」字，傳寫者之謬耳。

「晏安酖毒」有作「燕安鴆毒」者，頗有義，勝「晏」字、「酖」字。

「款識」，款在外，爲陰文；識在内，爲陽文。夏器有款有識，商器無款無識。「識」音「熾」。

畢仲游與温公論罷新法書具大見識，其作用頗似韓魏公。惜温公之不能從也。

封建之説斷以柳子厚之論爲正，萬世不能易也。

君德全在聽言，而能聽言則全在克己。若先有護短之念，則雖有求言之詔，亦虚文耳。

唐太宗年未二十即起義師，每戰必克，從無挫衄。其料敵制勝之智，雖老帥宿將亦謝不及。且氣鋭甚。則其視天下人，寧有足當其意者？乃其治國，屈己求言，如恐不及。見人奏事，必假以詞色，冀聞規諫。突厥突利表請入朝，自懼將來亦如突厥，敕令朝臣不惜苦諫以輔不逮，制諫官隨宰相入閣議事，敕百官：詔敕未便者，皆執奏。他如聞孫伏伽之諫騎射，則悦；聞李乾祐之諫斬仁軌，則悦；聞李百藥之言，而出宫女；聞王珪之言，而出美人；聞張懸素之言，而罷修洛陽宫；閲張行成之奏，而善之；聞皇甫德參之言，而賞絹；十一年秋七月大雨水，令百官上封事，極言朕過；閲馬周之奏疏，而稱善；聞唐儉之諫，而罷獵；聽孫伏伽諫殺原律師，賜以園，值百萬；聞載胄之諫殺柳雄，即止；從褚遂良之諫，而罷封禪。至聽魏鄭公之諫諍，賜金、賜帛、賜官、賜書褒諭，尤不可枚舉。此真人君之盛節，三代以後所未有者也。

太宗求言納諫，事事可美。而其命房懸齡監修國史，曰：「今上書論事詞理切直者，朕從與不從皆載之。」及魏鄭公《十漸疏》，遂以疏列屏幛，并録付史官，使萬世知君臣之義。此二事實聖主所爲。後世人君果有志于求治，不可不以此爲法也。若太宗者，可謂能克己者矣，可謂能揚善者矣！

命諫官隨宰相入閣議事一節，尤爲至善。

女媧氏非婦人也。如《左傳》之女殳，《孟子》之馮婦，即後世金之先國亦號女真，豈婦人哉？

晉樂廣，衛玠妻父也，所謂「婦翁冰清，女婿玉潤」者。今人呼妻父爲「岳丈」，或是「樂丈」之訛耳。

《坤》卦四爻之義，妙在无譽而无咎。其常也，凡天下之得咎者皆從好譽始，故有智名，有勇功，譽之集，咎之府也。夫曰括囊，則智名、勇功一切不有。乾之潛，坤之括，皆有確乎不可拔之操，有何聲華之念足以動之？學者涵養，至于無咎易，至于無譽難。

同年張侍御考言：其鄉友楊失其名。者，少年嗜學，於經傳多領會，曾爲「齊景公有馬千駟」二段文一起云：「今夫人亦知夫取舍輕重之衡乎？盍觀己事？」即此二語，已空前絶後也。

合河孫錫公先生嘉淦爲大司成時語余云：「諸生皆不知性命之學。吾將以先儒語録牖迪之。」余曰：「公但與言人倫可矣。」先生不從，已而有黑心禪一案。

高安朱文端公口不臧否人物，然於一時君子、小人，無不洞見其肺肝，亦不見其諮詢采訪也。此所謂止水自能照物。

文端公一生相業全在進賢。嘗曰：「人生功名，何必皆自己出？能多舉用幾個正人君子，則他做的事即如自己做一般。」其視人有一節之長，即贊不容口；聞人之善，雖病倦，眉眼皆開。真可謂休休有容之一个臣矣。

張侍御考言：「李臨川先生紱語余：天下藏書之富無過於莆田林家，徐氏傳是樓不及也。」

方望溪先生見余爲人作墓誌，云：「凡此等揚人之善，只取其一二大節爲人所難能者言之足矣。不然，或舉其遺行微言，方合闡幽顯微之旨。今人作墓誌，必言其人居家孝友，交人誠信而好義，御下寬而嚴，飲食衣服儉約而款客豐，竟説成一個全人。究竟是泛常套子，人文俱不傳，唐喪筆墨，無益也。只如司馬子長作蕭、曹二《相國世家》，於蕭止言其收秦府圖籍，舉韓信爲大將，轉關中粟以給軍，及臨終舉曹參自代數事；於曹則歷叙戰功，及爲相但謹守蕭相約束而已。圖籍、舉韓、轉粟三事，爲漢得天下之大端。至舉曹自代，蕭、曹二公不相能者也而如此，此其忘私爲國，真古大臣之風。即此數事，已將酇侯寫得千古獨絶，其餘豈無他長？然他相猶皆能爲者，言之則刺刺長篇，反足掩其大善。至曹公，與蕭既不相能，且武夫也。攻城陷陣，敢勇争先，是其素。今爲相，一味循循守所不喜之人之法令，毫不肯更變以顯己才，以彰前人之短。雖客諫之，不聽。子諫之，不聽。至君言之，始言其故。此非大有學問人不能，而乃得之于一武夫，此真有大過人者矣。故寫此即足。史公如此等詳略，實可爲千古作文之法也。」

康熙己卯春正月，孫子天白以《宋寶祐四年登科録》屬余記。余憮然曰：「自設科以來，登科録多矣。此以文信國公及第而重者也。」首簡載宋寶祐四年五月八日御試策題一道。次列御試敕差詳定官三人，編排官二人，初考官三人，添差初考官四人，覆考官四人，初考檢點試卷官一人，覆考檢點試卷官一人，爲王應麟，對讀官五人，封彌官二人，巡捕官二人。五月十四日，皇帝御集英殿唱名，賜進士文天祥以下及第出身、同出身共六百一人。當日，赴期集所。六月一日，准敕依格賜進士期集錢一千二百貫，小録錢五百貫。七日，謝闕。十三日，謁謝先聖先師、充國公[二]、鄒國公。廿九日，賜聞喜宴，降賜御詩於禮部貢院。七月一日，準省札，再給降題名小録錢一千七百貫。四日，拜黄甲，叙同年於禮部貢院。廿五日，立題名碑。此宋制也。第一甲，二十一人。惟首名署第一名，餘俱署第二人、三人。他如二甲、三甲至五甲，叙次皆然。文天祥，字宋瑞，小名雲孫，小字從龍。年二十，治賦，一舉。本貫吉州廬陵縣，父爲户。時有以遠祖爲户者，有以祖父爲户或自爲户者，南宋户口例也。第二甲，四十人。第一名爲謝枋得，字君直，小名鍾，小字君和。年三十，治賦兼《易》，一舉。本貫信州貴溪縣居弋陽儒林里，父爲户。兩公皆首名，奇矣。尤奇者，第二甲第二十七人爲陸秀夫，字君實。年十九，治賦，一舉。本貫淮安州鹽城縣長建里，父爲户。一甲二甲之表表者三人而已。嗣是，第三甲鄭必復以下七十九人，第四甲楊奇遇以下二百四十八人，第五甲俞用國以下二百一十三人，知名者絶少。然有此三人，可掩千萬人矣。末簡止載文公對策一道。嗟乎！當南宋之季，孱弱已極，不絶如綫，而同榜名臣得此三人，豈非天意挺生三人，萃于一榜，以表宋三百年養士之報者哉？讀文公策，天人性命闡發無遺，願其君持不息之心，急求所以爲安民淑士、節財弭寇之道，而又重宰相以開公道之門，收君子以壽直道之脉，皆救時之藥石。至己未、癸亥伏闕兩上書，不報而罷，天下大事去矣。雖謝、陸兩公可爲夾輔，其如國運何？往余閲《紹興十八年登科録》，朱文公登王佐榜第五甲第九十人，爲科名重。然通榜三百二十八人，祇一人耳，且國運亦未至于此極也。今三公鼎足而峙，不惜以身蹈水火、赴湯鑊，爲九鼎一絲之繫。余閲未終卷，輒爲三公嘆息而不能已，矧身當其時者乎？因詳記其始末而歸之。此錢塘吴寶崖陳琰記也，見宋牧仲先生《筠廊二筆》。

《左傳》「屈蕩户之」，杜《注》：「户，止也。」《前漢書·王嘉傳》「坐户殿門失闌免」，《唐·李紳傳》中「户官道」，皆本此。俗本因傳前後有「彘子尸之」、「必尸汝于是」兩「尸」字，遂訛「户」爲「尸」。

李濂《汴京遺迹志》云：「前代夜俱五更，惟宋時則用六更。馮深居詩云：『春風吹動笑談香，玉酒銀燈破夜涼。歸去東華聽更漏，杏花落盡六更長。』又云：『三十六聲更點長。』汪水雲序宋末事云：『花底傳籌殺六更，風吹庭燎滅還明。侍臣寫罷降元表，臣妾簽名謝道清。』陳剛中詩云：『羽袍士尚傳三漏，絳幘人誰報六更。』蓋太祖小世于陳希夷，云睡到五更醒時再來問。以此，禁中常打六更，而先方第謂之攢點。考《宋史》，太祖建隆庚申，至理宗景定元年，歷五庚申。又十六年，而宋亡。庚、更，申、醒，同音也。按此，是宋獨六更矣。然李賀詩云：「宫門掌事報六更。」豈唐禁中亦用六更耶？

夜漏五更皆五點，共二十五點，唐李郢詩「二十五聲秋點長」可證也。至宋，因「寒在五更頭」之語，于是宮漏及州縣更鼓皆以五更三點爲止，去其後二點，并去初更前二點以配之。然杜甫詩云「五更三點入鵷行」，則五更三點又不始于宋矣。以上皆見《河南通志》。五更三點，周櫟園先生《書影》中尚載有二説，然皆無確據定論也。

《天禄識餘》云：「楊用修謂蕭何食邑鄼在襄陽。及考《茂陵書》，蕭何國在南陽。鄒氏分明云：『沛郡之鄼音嵯，南陽之鄼音贊。』不聞在襄陽也。班孟堅《十八功臣銘》『文昌四友，漢有蕭何，序功第一，受封于戲。』與鄼本爲二地。班漢人，必得其真。顏師古直以何封南陽。李濟翁至『訝人呼鹺侯』，並其音義名實盡失之。唐人『麒麟閣上識戲侯』。《史記》作『鄼』，或後人傳寫之誤耳。」

明侍郎何公塘，字柏齋。先生言曰：「古之君子，何爲而學也？以修齊治平而學也。則當務之急，固在身如何而修，家如何而齊，國如何而治，天下如何而平，細而言語威儀，大而禮樂則政〔三〕，此物之當格而不可後焉者也。博學而審問焉，慎思而明辨焉。一旦卓有定見，則所謂物格而知至矣。由是而發之以誠，主之以正，然而身不修、家不齊未之有也。大學之道，如是而已矣。」

山右傅徵君山《雜帖》云：「楷書不自篆、隸、八分來，即奴態不足觀矣。此意老索即得，看急就大了然。所謂篆、隸、八分，不但形相，全在運筆轉折活潑處論之。俗字全用人力擺列，而天機自然之妙竟以安頓失之。案他古篆隸落筆，渾不知如何布置，若大散亂而終不能代爲整理也。寫字不到變化處不見妙，然變化亦何可易到？不自正入，不能變出。此中饒有四頭八尾之道，復謬不愧而忘人，乃可語此。但能正，自無婢賤野俗之氣。然筆不熟不靈，而又忌褻，熟則近于褻矣。志正體直，書法通于射也。元陽之射，而鍾老竟不知。此不褻之道也，不可不知。」

吾八九歲即臨元常，不似。少長，如《黃庭》、《曹娥》、《樂毅論》、《東方贊》、《十三行洛神》及《破邪論》，無所不臨，而無一近似者。最後寫魯公《家廟》，略得其支離。又溯而臨《爭坐》，頗欲似之。又進而臨《蘭亭》，雖不得其神情，漸欲知此技之大概矣。老來不能作小楷，然於《黄庭》日孱其微。裁欲下筆，又復千里平水。盧某能爲《黄庭》法，最爲步趨之正。吾曾囑臨一扇，愛而藏之。其後盧以鄉舉從賊，爲義兵殺于薊州，其所書扇不知失之何處，絶無思臨之時。字之不能深庇人也如此，後輩知之。

又於《雜帖》中，得其《訓子》一帖云：「貧道二十歲左右，於世所傳晋唐楷書法無所不臨，而不能略肖。偶得趙子昂《香山詩》墨迹，愛其圓轉流麗，遂臨之，不數過而遂欲亂真。此無他，即如學正人君子，只覺觚棱難近，降而與匪人遊，神情不覺其日親日密，而無爾我者然也。行太薄其爲人，痛其書涉俗，如徐偃王之無骨，始復宗先人四五册所學之魯公而苦爲之，然腕雜矣，不能勁瘦挺拗如先人矣。『比之匪人，不亦傷乎？』不知董太史何所見，而遂稱孟頫爲五百年中所無？貧道乃今大解，乃今大不解。寫此詩，仍用趙態，令兒孫輩知之，勿復犯。此是作人一著。然又須知，趙却是用心於王右軍者，只緣學問不正，遂流軟美一途。心手之不可欺也如此。危哉！危哉！爾輩慎之！毫釐千里，何莫非然？寧拙毋巧，寧醜毋媚，寧支離毋犿滑，寧直率毋安排，足以回臨池既倒之狂瀾矣。」

作字先作人，人奇字自古。綱常叛周孔，筆墨不可補。誠懸有至論，筆力不專主。一臂加五指，乾坤六爻睹。誰爲用九者，心與腕是取。永真溯羲文，不易柳公語。未習魯公書，先觀魯公詁。平原氣在中，毛穎足吞虜。

亂嚷吾書好，吾書好在那？點波人應倦，分數自知多。漢隸中郎想，唐真魯國科。相如頌布護，老腕一雙摩。

右五條，余於雍正庚戌免官赴召時見之於聞喜張質夫亦堪齋頭，録存於篋。今傳集已刻行世。

唐一行以雲漢始終言十二次，謂：東井爲雲漢上流，下應秦蜀，爲南戒山河之首，故秦當鶉首之次；尾箕爲雲漢末派，燕幽在碣石，爲北極之終，故析木爲燕分。斗牛得雲漢下流，吴越當淮海，爲南紀之終，故星紀爲吴越之分。蓋上下以氣相應耳。别編則言分野皆以諸國始封之年歲星所在爲其次，與此殊異，然未審孰是。

月借日爲光，儒生之説皆然，竊疑之。《易》曰「日月得天，而能久照」，又曰「日月相推而明生」。夫日得天之陽精也，月得天之陰精也。陰陽之精，互藏其宅。其氣之相感，固有之矣。豈謂月無精華光輝，必待日耀之，如銀丸之説耶？蓋有之，晦朔弦望由日遠近而生，此君臣之義也。是故晦朔之間，日月同度同道。故光滅自朔而趨乎望，則月之由近而漸以遠日也；自望而趨乎晦，則月之由遠而漸以近日也。漸遠則明漸生，漸近則魄漸見，陰陽相勝之理見于是矣。以上二條皆見於《宙合編》。此條似于《書》之生明生魄義合。然如其説，漸遠則明漸生，則明應生於東，而何以在西？漸近則魄漸見，則魄應生于西，而何以在東？此亦未然也。

一日十二時，一年十二月，冬至皆肇于子。子，水位也。水生于陽，而成于陰。氣始動而陽生，氣聚而靜則成水。觀呵氣可見。且以人之一身驗之，貪心動則津生，哀心動則淚生，愧心動則汗生，欲心動則精生。方人心寂然不動之時，則太極也。此心之動，則太極動而生陽也。所以心一動而水生，即可以爲天一生水之證。神爲氣主，神動則氣隨。氣爲水母，氣聚則水生。

雪六出成花，雹三出成實。

胎從伏氣中結，氣從有胎中息。氣入身來爲之生，神去離形爲之死。知神氣可以長生，固守虛無，以養神氣。神行即氣行，神住即氣住。若欲長生，神氣相注。心不動念，無來無去。不出不入，自然常住。勤而行之，是真道路。出《胎息經》。

蓋草書之爲狀也，婉若銀鈎，漂若驚鸞。舒翼未發，若舉復安。蟲蛇虯蟉，或往或還。頹阿那以羸形，欻奮亹而桓桓。及其逸遊眄嚮，乍正乍邪。騏驥暴怒逼其轡，海水窊隆揚其波。玄熊對路于山岳〔四〕，飛燕相追而差池。舉而察之，又似和風吹林，偃草扇樹。枝條從風，轉相比附。窈嬈廉苦，隨體散布。紛擾擾以綺靡，中持疑而猶豫。玄螭狡獸嬉其間，騰猿飛鼬相奔趣。陵魚奮尾，駭龍反據，投空自竄，張設牙距。索靖《論草書勢》。

體有六篆，妙巧入神。或象龜文，或比龍鱗。紆體放尾，長翅短身。揚波震激，鷹跱鳥震。延頸脅翼，勢似凌雲。蔡邕《論篆書勢》。

鳥魚龍蛇，龜獸仙人。蛟脚偃波，楷隸八分。世之常妙，索草鍾真。爰有飛白之麗，貌艷勢珍。若乃敷析毫芒，纖手和會。素幹冰解，藺墨電掣。直准箭馳，屈擬蠖勢。奈節參譚，綺靡循殺。有若烟雲拂蔚，交紛刻繼。韓盧接飛，宋鵲遊逝。劉邵《論飛白書勢》。

一也者，一二三四五六七八九十也。一二三四五六七八九十者亦一也。一者乾元，一二三四五六七八九十者亦乾元也。非一乾元，疑無所操；非十乾元，疑無所縱。操，操其縱；縱，縱其操。勢固不得不一，一固不得不至於十也。人見爲十，吾見爲一，又何百千萬億之疑乎？匹夫匹婦不知道，見爲數而已。神而明之，其盡是。夫乾也者，神明之謂乎！坤也者，膚骨之謂乎！巽、離、兑，主坤而附乾，其膚骨乎！神明之謂乎！觀其父，觀其母，居然二體；察其男，察其女，則父母混矣。是故知乾坤之非二也，神明膚骨之非裂也。

月不明，得日之明而明；目不明，得神明之明而明；婦不明，得夫之明而明；民不明，得君之明而明；衆人不明，得聖人之明而明。

日不上行，月之所照非真也，而況星乎？神明不集，目之所視非真也，而況耳乎？夫不乾健，婦之柄室昧行也，而況妾媵乎？君不修德定禮，民率自然亂由也，而況邪僻乎？士不好[illegible]行道，衆人無所觀摩，日陷於罪也，而況曲異乎？

日非明於晝，不明於夜。地有晝夜，而天無晝夜。明非覺於晝而昏於夜，形有晝夜，而神無晝夜。人能通乎晝夜之道，雖寐而猶寤也，天人合德矣。

聞見之知，月也；神明之知，日也；毛髮寒變之知，星也；肌膚痛癢之知，辰也。月、星、辰，其明皆日也，而不可謂即日。聞見、寒變、痛癢，其知皆神明也，而不可謂即神明。

天下固有視而不見者矣，聽而不聞者矣，食而不知味者矣，神明不存也。神明一於忿懥、恐懼、好樂、憂患矣，而此猶視、猶聽、猶食者，神明之余覺也。今天下嗚呼且以餘覺爲神明，神明是故賤也。日運於地，而星月未嘗不照也。使天地終夜而不晝，星月之光遂可謂明哉？

衆人之所謂知，辰也，不及星矣。而鄉黨自好之士，星也，不及月矣。而賢者之知學，月也，不及日矣。非聖人聰明睿知，其何足當日乎？是故篤於痛癢者忘寒變，而溺于耳目者忘神明。噫！士之不溺于聞見者幾希矣。

日即日明也。月之明則借乎日，星亦不能不借乎月，辰亦不能不借乎星。至於辰而亦明，天下尚有不明之物乎？此所以深夜陰晦而不患乎無所見也。惡得謂庸愚不材遂無知已乎？而不可謂爲其至也。

故人之神明，不可不集也。此又日之所不及者也，故謂之神明。不至而至，至而不可復得而拒者，日也。不行而行，行而不可復得而止者，日也。而神明豈是之謂乎？故日能晝出而不能夜出，而人之神明可通也；日能順行而不能却行，而人之神明善逆也。此不至則去者，至之即可以不去；不行則滯者，行之不止于不滯：故謂之神明。

是故聖人不及天之無憂，天不及聖人之有爲。天垂日爲神明之象，聖人集神明以神日之用。若使日不明，天下尚何有乎？若使聖人不明，日明如之何？聖人不明，天下之目皆妄視，天下之耳皆妄聽，天下之口皆妄言，天下之手足皆妄動。妄施妄受，則寃；妄施妄報，則争。争奪相殘，循何寧日？夫日之照，徒照天下之聲色言動已哉？妄與不妄皆照也。是故盜竊淫醜之行，未有不夜行者也。非聖人，而晝行矣。故聖人貴集神明，法天而主日也。聖人不聖，天之疾；神明不明，日之灾。日灾月眚，南北失道，二至差矣，寒暑忒矣，水旱爲虐，夭札厲疫屢作不息，人民不堪，天道乃革。故神明不可不慎也。

天不憂，故日長運；聖人不憂，則神明失守。故聖人以神明效日，不學天之不憂也。

聖人有爲，故神明爲業。天有爲，則無庸生人矣。故天垂象，生聖人，而不爲聖人之爲也。

聖人一謦一欬，推之皆有故。蓋神明載焉，此三千三百所由生也。

神明豈有物哉？理而已。即謂理爲一物可也，故曰仁。今使目而能視，耳而能聽，則寐者未始不有目張耳開也。今使手足而能持行，則寐者未有不寤而能操縱步馳者也。不覺，則官體不備。覺，則備矣，神明至也。聾者目可代聽，瞽者耳可代視，殘病者代亦可手行而足持也，非其所本能，神明使之，然則不能者能也。至哉仁乎！

日出而萬象呈，沉則蔑呈也。神明至，五官靈；昧則蔑靈也。然則神明固不執一方，效一職。其來也忽，其去也没，可放可收，下百世而上千古，通人己而遍萬物。而不用其神明者，終身大夢也。

唯其神明，是故曰善。惟其善，所以方能有不善也。何也？不執一方，效一職，則隨所感而與之附。天下止有己乎？抑物有定數乎？日逐而附之，則吾之神明者，物之僕役也。離此則之彼，彼靈則此朽。生乎？死也？故不忠不孝，不慈不弟，無禮無義，儼然而忍爲之，非生之罪，死之罪也。故天下皆人也，而不得謂仁，朽靈生死之異而已。

惟其神明，是故終無患于天下之物也。天下無終，不能役物而物役之，神明非神明矣。無故而無所不知之謂明，至至而棄去之之謂神。是故棄之是去神明，非滅也。目得之而亂視，耳得之而亂聽，口得之而亂言，四體得之而亂動，皆是物而已矣。是故至之則至，神明亦無定所也。至於目，視必辨色；至于耳，聽必辨聲；至於口，言必辨詞；至于四體，動必辨則；皆是物而已矣。無所不至之，而日勿棄之，則熱也，吾乃有也。不息焉，則精也，吾乃無不有也。按，此即孔子所云「操則存」四句之注脚。

天下之物，皆相操者也，而不自操。天下之明，皆相見者也，而不自見。獨神明爲不然，自見其見，自操其操，非又有爲見之操之者矣。自操其操而不相操者，乃操萬物之大柄；自見其見而不相見者，乃見萬物之大元。何也？天下皆神明也。不治一家之非，而治神明之非，治一家之神明者也，父母、兄弟、妻子何患乎？不治天下之亂，而治神明之亂，治天下之神明者也，左右、臣民、四海何患乎？

人之神明，不息之物也。曉歷肝，日中歷心，暮歷脾，夜歷肺，深夜歷腎。喜栖乎心，怒栖乎肝，哀栖乎肺，思栖乎脾，憂栖乎腎。見色達目，聞聲達耳，觸臭達鼻，思通達口，嘗味達舌。寤附形實，寐附悠游，倦附頹靡，奮附進往，放附荒蕪。歷栖達附，在人用之，而神且明。不善爲用，神明傷矣。歷患乎乖也，栖患乎滯也，達患乎泄也，附患乎任也。歷而不乖，與天地同序矣；栖而不滯，與聖人同和矣；達而不泄，與鬼神同徒矣；附而不任，與聖人同功矣。此上蔡張仲誠先生所著《圖書秘典》也。豈曰圖書，實先生言仁耳。先生生于國初，著有《五經疏略》，而世多無知者。余特録此，以見其一斑云。

昔高安朱文端公爲陝西提學參政日，試扶風童子，于交卷時，偶問云：「《論語》首章即言學言説，説是學者如何境界？」有于生者對曰：「説是學而時習者之精神。」公躍然驚喜曰：「我所不及也。」遂拔之。余按：此言即張先生所謂神明爲不息之物是也。夫孔子言仁，孟子注之曰：「仁，人心也。」而所以爲仁，則曰「求放心」。何等直截快當！而世儒爲程朱者則曰「佛氏求心，吾儒求理」，遂使後學并「心」字亦不敢道。爲陸王者又曰「六經注我，我注六經」，遂使後學棄《詩》、《書》以爲不足觀。然則天下之學術，何者爲是？而天下之求道者，又何所適從乎？余竊謂：心即明德也。明德者，朱子云：「人之所得乎天，而虛靈不昧，以具衆理，而應萬事者也。」然則求心即存心也，孔子所云「操則存」也。孟子固云「求則得之」也。孔子亦云「我欲仁，斯仁至」，欲之即求之也。求心亦有何不可，而必曰求理？如曰求此具衆理而虛靈不昧者之心，則可耳。是則所謂心之精神也，誠也，敬也，皆此物也。聖賢之學，學此而已矣。孔顔之樂，樂此而已矣。天地之位，位於此而已矣。萬物之育，育於此而已矣。故仁道之大也，《易》所謂乾元以統天焉。

明何塘爲庶吉士，閣試《克己復禮爲仁論》。有曰：「仁者，人也。禮則人之元氣而已，則見于風寒暑濕者也。」

人能無爲邪氣所勝，則元氣復。元氣復，而其人成矣。」時謂與伊川《顔子所好何學論》相同。

深澤王植論聖門諸賢問仁曰：「仁之渾淪圓足，充滿洋溢，如水之在地中，無所往而不在。而人各隨所見，無非是物焉。江之流者，此也。湖之渟者，此也。河之渾灝，潭之清泓者，此也。即一沼一沚之具體而微，亦無非此也。諸賢所詣淺深不同，自經聖人爲之指示，則皆可會于渾淪圓足、充滿洋溢之本體，不必同而無不同。即推之若齊王之愛一牛，而以爲仁之術；惻隱之心，人皆有之，而以爲仁之端。于此見仁之至大，無人不可見，無人不可爲。挹之以自滋，引之以潤物，無適而不可也。譬若鑿井得泉，爲水無多，而曰水不在，是豈理也哉？故曰：仁者人也，我欲仁斯仁至矣。此説較之先儒切脉、觀鷄雛之論甚暢，特録之。

生人之病，名與利而已。故徇利者必失其身，而騖名者多喪所守。然而古帝明王方且以名與利奔走乎天下，而舍是則天下不可得而治，何也？蓋此二者，世人之所必争者也。惟其所必争，而王者乃得持其權而進退予奪之。故車服以庸，好爵以縻，所謂動之以利也。今如曰車服不足榮，然則辱之乎？好爵不足貴，然則賤之乎？弓旌以招之，式廬以禮之，所謂動之以名也。今如曰浮名何足慕，然則可慕者反在没世無聞乎？虚聲爲可耻，豈曰所耻者並在稱情之名乎？是以經曰：「何以聚人？曰：財。」而孔子之稱舜曰：「必得其名。」夫惟聖人者，則以成德爲行。經德不回，非以干禄也；見義必爲，非以爲名也。然而横求之天下，無一人焉；竪求之數十百年，無一人焉。今奈何以天下數十百年而杳無一人者律人，而欲以治天下？此天下之所以不治也。

以君子之姱修自好，小人惡其相形而不便于己，則必詆而去之。而君子又無過可指也，則曰沽名而已。乃人主患其直正不阿，則亦曰沽名。其欲去衆君子而無可置詞也，則曰朋黨而已。乃人主患其標榜聲譽，則亦曰朋黨。不知名者亦君子所必争也，故四十無聞，斯不足畏。賈子亦曰：「貪夫徇財，烈士徇名。」人主而不以名取人，則所取者皆庸惡陋劣者而已。與庸惡陋劣者共國，國尚可得而有乎？

岳忠武之奉金牌班師，蔡虚齋先生譏其不能權，而深澤王植爲之辨曰：「兵家之事，勝負無常。設稍不如意，而進無恢復之奇勳，退獲違命之重譴，將何以善其後？況史稱張俊、楊沂中之徒于忠武功名不無疑忌。假令岳軍北去，而奸相假王言以責跋扈之罪，諸將合衆力以動義旂之名。斯時將徑情直前而後有牽制，將上表自理而勢必中阻，恐『莫須有』三字不待解兵之後，而心迹天日難明矣。」此辨雖是，而尚未察當日之事勢也。蓋高宗經略中原，吴玠、吴璘在陝，劉琦在順昌，楊沂中在淮北，張俊在亳、宿，韓世忠在海州，忠武不過當郾城、朱仙鎮一面耳。賊檜慮忠武不受詔，先已請撤沂中、張俊等回師矣。然則忠武即留，亦止一旅孤軍，能勝金之全力乎？此忠武所以不得不奉詔而回也。余于忠武裔孫得《精忠録》讀之，云：「忠武欲班師，諸將俱以權之一説進。忠武曰：『如此則非檜反，是飛反也。』只得回去。」真令人淚落如豆矣。

近有人著書名爲《西青散記》者，中雜寫雙卿女子之詩文志節，竟是一女中聖賢。一時洛陽紙貴，而有力者攘其刻而藏之，人不可求以讀也。余于友人家借閲，見所臚載友朋贈答以及乩仙所示詩句如出一手，然則亦是一《還魂記傳奇》與《小青傳》耳，何足貴乎？

宋至道初，姚鉉爲河東轉運使，上言曰：「伏見諸路官吏，或强明莅事、惠愛及民者，則必立教條，除其煩擾。然狡胥之輩，非其所便，候其罷官，悉藏記籍，害公蠹政，莫甚於此。《語》曰：『舊令尹之政，必告新令尹。』欲望所在官吏，有經畫利濟事可長久，受代日録付新官，俾之遵守。若事有灼然匪便，聽上聞，俟報改正。」詔從之。深澤王植亦曰：「守令親民之官，民命之所寄也。幸有潔己愛民、寔心辦事者，革弊興利，方且悉心整頓，條理秩然，而後官或不得其人，則闒冗不諳者不免蒙蔽於人，多欲恃才者又不難更張自我。不惟前人一片血心頓成往事，即地方一點起色又屬虚文，豈不可惜？若令去任之員將舊政可行者分條記録，一付新任，一報上官，不惟狡胥束手，有益民事，即上司亦可因此覈前官之賢否，悉地方之利病。果有循卓實迹者，又可益以爲國得人，用備薦舉。誠激勸之要務也。」按此説甚好，而今無有言及者，惜哉！

明洪武五年，敕中書命：「有司考課，必有學校農桑之績，違者降罰。」已而，莒州日照知縣馬亮考滿無課農興學之效，而長於督運，命黜之。山西汾州考平遥主簿成樂，能恢辦商税，上曰：「恢辦是額外取民也。主簿職在佐理縣政，撫安百姓，豈以恢辦爲能？州之考非是，命吏部移文訊責。」竊按此事真爲治之要務也。乃今日則但以能辦事爲上考，其曾有及於教養一字者誰哉？夫以教養爲名，尚恐虚聲無實，況并無其名乎？

自古帝王蓋無不敬天者，然其所謂敬天者豈如後世止於齋明盛服以承祭祀而已哉？《詩》之言文王曰：「小心翼翼，昭事上帝。」又曰：「上天之載，無聲無臭。」是小心者乃所以事天之本，而戒慎恐懼者乃其小心之實也。故必不動而敬，不言而信。其不顯之德與天之冲漠無朕者昭合無間，於是位天地，育萬物。此《堯典》之首即言「欽若昊天」也。且其欽若者，既命羲和，曆象日月星辰，敬授人時矣，又必分命羲仲、羲叔、和仲、和叔分居東西南北四極之地，測驗夫時令之實，而平秩。平在東作、西成、南訛、朔易者，俱因之以有事。其事曰何？則《周禮》、《月令》詳哉其言之也。是聖人之致中致和者，蓋寔寔有其具也已。其故惟漢董子知之。至宋儒所論未免過高，而其寔則蹈空，闢禪而無異於禪也。

井田一法，不獨齊民，使無甚富極貧，抑且寓兵於農。此古帝王富强之本，而教化亦由是興焉。然而與封建爲表裏。不封建，則井田萬不能行。而封建尚能復乎？儒者徒言無補，則不如其不言也。井田而外，惟唐之府兵與明祖之屯衛少得寓兵於農之意。此外，則皆民養兵矣。耕之家一，而食之者不止於六已也。

在廣陵日，於坊間見聯云：「虎尾春冰安樂法，馬蹄秋水静修方。」愛其出句有味，録之。此孔子所云「以約失之者鮮」也。

今之學者多好取子書、内典隱僻字句，以矜通博，而其寔於四子書童而習之者，往往不能識其意義。然則其自矜通博，適借此以文其固陋而已。偶憶别集中載：有某公督學某地，士子譏之曰：「此《千字文》宗師也。」公聞之，按試時即以「閏餘成歲」爲論題，「律吕調陽」爲詩題，士多不能成篇。公曰：「即《千字文》，秀才亦何可得？」此可一笑也。

闕里自是魯國鄉名，非以名聖人之居也。今新安婺源縣城中虹井爲朱子誕生處，其後人乃取闕里表其坊。又都中正陽門前關壯繆祠有石刻「畫付比其葉，成字爲辭操」五言絶句，亦屬僞托，而朱子里祠中亦然。效顰如此，皆堪發粲。

著書立説，切不可早。若逞少年鋭氣，即其一時知見，遂欲凌駕千古，五後來閲歷已深〔五〕，聞識日富，始覺向日多未穩處。故以朱子才質學力，因補改注釋《大學》，遂致後日有涵養用敬之疑。又因涵養用敬之疑，而有《小學》之作，紛紛多事，悔已無及。况他人乎？

「文章」二字，《詩》、《書》、《易》皆分見。其合而言之，則始於夫子之贊堯曰「焕乎其有文章」及子貢之言曰「夫子之文章」。竊思堯之文章，即堯之成功也；夫子之文章，即夫子之性與天道也。朱子謂爲德之外見者是已。乃又以威儀文詞屬之，未免覺淺。至於後世，則僅以記誦詞章之學當之，何所擬之不倫乎？宋人曰：「文、富二公在政府，歐陽永叔在翰林，天下文章莫大乎是。」此合政事、文學爲一事言文章，猶之可也。而殷彦來譽慶。遽以頌阮亭先生，恐未足當之耳。

余於《易》寔用力四十餘年。而《大學原本説略》，則自髫年至今始敢論定，然世多不解。至説《史記》七首，人尚知而好之，而尤喜余之《讀孟》。甚矣，知德之希也！

襄平諸生王倬謂：「火之廢氣爲蠅，水之廢氣爲蚊，土之廢氣爲蚤，木之廢氣爲壁虱，金之廢氣爲人身之蟣虱。」余叩其故。曰：「金主刑，凡人將有疾，或禍患之將臨，則身必生虱。餘四者易知也。」且謂出於釋藏。或其然乎？

孔明在蜀，連歲出師，勞民傷費，國人多以爲疑。豈孔明之忠智而不知此？凡其所以如此者，蓋有所大不得已也。夫自荆州被奪，秭歸毁敗，蜀已岌岌不能自存。而魏、吴兩大，東西窺伺。當此之際，不可示之以弱。一示弱，則吴將以蜀爲不足恃，而好不固，魏寇深矣，其何以支？故曰：不伐賊，王業亦亡。惟坐而待亡，孰與伐之也？

秦與六國之勢不同。秦之利在連衡，六國之利在合從。不但六國也，吴、蜀亦然。故忠武初出，即言孫權可與爲援而不可圖，始終一意。其時知此者，吴惟魯肅一人耳。乃權反謂爲其所短，何哉？

宋孝宗嘗言辨事之臣難得。張栻對曰：「當求曉事之臣。若但求辨事之臣，則他日敗陛下事者未必非此人也。」此賢者遠識之論，近日知此意者鮮矣。

孔子之栖栖皇皇，非求仕，實是爲學。蓋天地萬物與吾一體，人己不是兩個。於物無所成，即己之德已成，而非所謂成也。有所成於此物，而於彼物未有所成，即己之德有所成，而有所不成也。是故之齊，之陳，之楚，之蔡，之衛，且欲居九夷，欲浮海，皆求所以成己之德而已。然不知者謂之爲佞，謂之爲哀，謂之爲避人之士；而知之者又謂爲聖人急於救世，故雖污世辱身而有所不辭，然則枉己而求直人，孔子反出孟子下矣。余嘗著《行義解》以明此意，且謂孔子之栖栖皇皇即是舜之怨慕。然學者滿天下，恐於此索解人，正未易易耳。

儒者重高尚，而聖人則欲有爲；儒者薄事功，而聖人則仁管仲；儒者極崇節義，而聖人則謂爲匹夫匹婦之諒而莫之知。此等去處，皆極要商量。然世無聖人，我將問誰矣？

今世但講積貯，而不禁酒之耗穀；但議開墾，而不禁烟草之占地利。方望溪先生在少宗伯日，特疏極言其弊，格於時議，不行。此日而望民足，焉可得乎？

陳亦韓，祖范。蘇之昭文人，與余同成癸卯進士。道長朱儀廷先生一鳳。時分房，爲陳薦師。朱後宦遊轗軻，陳極勸其退。朱以兒累衆多謝之，陳曰：「老師只管自己。若老師解組後，不怕世兄輩不自去尋飯吃。」朱不以爲然。

至乾隆己巳，朱迫於勢，不得已告致，而其子亦遂分析如陳言。朱固窘於命，然陳能執古義以勉其師，真君子也。陳自成進士，即不求仕，惟授徒以給。晚歲以通經高行，公卿交薦，恩加國子監司業銜終老。遭逢異數，誠不愧耳。

余於雍正乙巳至山西，過韓嶺，見廟中題壁有無題詩云：「五湖歸去海天長，匣裏吴鈎劍有霜。諸葛尚嫌君自取，韓生何事假稱王。同來英俊人千里，出塞妖嬈泣數行。寄語六番諸子弟，滿山烈火門茶綱。」不解所謂，但墨迹頗新，似一二年間所題。時則川督特嚴茶禁，或指此乎？然不著姓氏，無可考也。又《洪洞早發》一律云：「隴麥初齊麥未收，轆轤聲動曉烟浮。石橋接地横秋練，緑樹參天掩成樓。霍嶺北瞻雲叠叠，汾流南下水悠悠。芙蕖十里環城護，不及花時惹客愁。」二詩皆有味，今録於此。

新安山水之奇麗，似包泰、華、杭、紹諸山而有之，特無似西湖一水耳。余爲守時，曾登黄山，有文以記之。

【校注】

〔一〕「昨日」，原作「胙田」，據馮夢龍《古今譚概·迂腐部·心中有妓》改。

〔二〕「充」，據文意，當爲「究」之形訛。

〔三〕「則」，據文意，當爲「刑」之形訛。

〔四〕「態」，原作「態」，據中華書局一九七四年版《晉書·索靖傳》改。

〔五〕「五」，據文意，當爲訛字。

春秋繁露求雨止雨考定

附《土星祠記》并《説》

求雨

春旱求雨，合縣邑以水日，令民禱社，家人祀户。無伐名木，無斬山林。暴巫，聚蛇。八日，於邑東門之外，爲四通之壇，方八尺，植蒼繒八。其神共工，祭之以生魚、八玄酒。具清酒、膊脯，擇巫之清潔辯言利辭者以祝。祝齋三日，服蒼衣，先再拜，乃跪陳。陳已，復再拜，乃起。祝曰：「昊天生五穀以養人。今五穀病旱，恐不成。敬啓進清酒、膊脯，再拜請雨。雨幸大澍，奉牲禱。」以甲乙日，爲大蒼龍一，長八丈，居中央。爲小龍七，各長四丈，於東方，皆東向，其間相去八尺。小童八人，皆齋三日，服青衣而舞之。田嗇夫亦齋三日，服青衣而立之。諸里社通之於閭外之溝，取五蝦蟆，錯置秘中。池方八尺，深二尺，置水蝦蟆焉。具清酒、膊脯，祝齋三日，服蒼衣，拜跪陳祀如初。取三歲雄鷄三歲猪，皆燔之於四通神宇。令閭邑里南門，置水其外。開北門，具猳猪一，置之於里北門之外。市者亦置一猳猪，聞鼓聲，皆燒猪尾。取死人骨埋之，開山淵，積薪而燔之。决通道橋之壅塞不行者决瀆之。幸而得雨，以猪一，酒、鹽、黍財足，以茅爲席，毋斷。疑有缺文。

夏求雨，合邑以水日，家人祀竈。無舉土功，更大浚井。暴金於壇，臼杵於術。七日，爲四通之壇於邑南門外，方七尺，植赤繒七。其神蚩尤，祭之以赤雄鷄、七玄酒。具清酒、膊脯，祝齋三日，服赤衣，拜跪陳祝如春辭。以丙丁爲大赤龍一，長七丈，居中央。又爲小龍六，各長三丈五尺，於南方，皆南鄉，其間相去七尺。壯者七人，皆齋三日，服赤衣而舞之。司空嗇夫亦齋三日，服赤衣而立之。鑿而通之閭外之溝，取五蝦蟆，錯置里社之中。池方七尺，深一尺，酒膊祝齋，衣赤衣，拜跪陳祝如初。取三歲雄鷄、猳猪，燔之四通神宇，開陰閉陽如春。

季夏，禱山陵以助之，令縣邑壹徒市於邑南門之外。五日，禁男子無得行入市。家人祠中霤，無興土功，聚巫市。爲益四通之壇於中央，植黄繒五。其神后稷，祭之以缺。五玄酒。具清酒、膊脯，令各爲祝齋三日，衣黄，皆如春祠。以戊己日，爲大黄龍一，長五丈，居中央。又爲小龍五，各長二丈五尺，於南方，皆南鄉，其間相去五尺。丈夫五人，齋三日，服黄衣而舞之。五人二字疑誤。亦齋三日，衣黄衣而立之。亦通社缺。中缺。於閭外溝，取蝦蟆。池方五尺，深一尺，他皆如前。《神農求雨》第十九曰：「戊己不雨，命爲黄龍，又爲大龍，社者舞之，季立之。」又曰：「東方小僮舞之，南方牲者，西方沾未詳。人、北方下疑少一字。人舞之。」周生曰：「《神農求雨》乃古求雨書名。」據此，則後文兩「書」字，亦有著落。

秋，暴巫，至九日，無舉火事，煎金器。家人祠門。爲四通之壇於邑西門之外，方九尺，植白繒九。其神太昊，祭之相水二字疑誤。魚、九玄酒。具清酒、膊脯，祝齋三日，服白衣，他如春。以庚辛日，爲大白龍一，長九丈，居中央。爲小龍八，各長四丈五尺，於西方，皆西向，其間相去九尺。鰥者九人，皆齋三日，服白衣而舞之。司缺。亦齋三日，衣白衣而立之。蝦蟆池方九尺，深一尺，他皆如前。

冬，儛龍。六日，禱於名山以助之。家人祠井，無壅水。爲四通之壇於邑北門之外，方六尺，植黑繒六。其神玄冥，祭之以黑狗子、六玄酒。具清酒、膊脯，祝齋三日，衣黑衣，祝禮如春。以壬癸日，爲大黑龍一，長六丈，居中央。爲小龍五，各長三丈，於北方，皆北鄉，其間相去六尺。老者六人，皆齋三日，衣黑衣而舞之。尉亦齋三日，服黑衣而立之。蝦蟆池如春。樸按：四時品物之數皆《河圖》之成數也，獨季夏則用生數。冬池當方六尺，四時皆深一尺，春「二尺」似誤。

四時皆以水爲龍，必取潔土爲之結，蓋龍成而發之。四時皆以庚子之日，令吏民夫婦皆偶處。凡求雨之大體，丈夫欲藏匿，女子欲和而樂神。書又曰：「開神山神淵積薪，夜擊鼓，譟而燔之，爲其卑也。」

止雨

雨太多，春秋恐傷五穀，趣止雨。止雨之禮，廢陰起陽。令縣邑以土日塞水瀆，絶道，蓋井，禁婦人不得行入市。令縣鄉里皆掃社下。縣邑若丞令吏嗇夫，三人以上祝一人。鄉嗇夫若吏，三人以上祝一人。里正父老，三人以上祝一人。皆齋，書。十七縣，八十離鄉，及都官吏千石以下，夫婦在官者咸遣婦。女子不得至市，市無詣井，蓋之勿令泄。鼓用牲於社。祝之曰：「雨以太多，五穀不和。敬進肥牲，以請社靈。社靈幸爲止雨，除民所苦，無使陰滅陽。陰滅陽，不順於天。天意常在於利民，願止雨，敢告。」鼓用牲於社，皆壹以辛亥之日，書到即起。縣社令長若丞尉官長，各城邑社嗇夫里吏正里人，皆出至於社下，顧西罷三日而止。未至三日，天心亦見。

史稱，董子爲江都相，以《春秋》灾異之變，推陰陽所以錯行。《求雨》、《止雨》行之一國，未嘗不得所欲。著有《繁露》，行世至今。余於乾隆五年入關，適庚申、辛酉連歲雨暘多不時。若方伯帥公率僚吏行此法，多驗。既而余來吴，分守廬、巢，暨署歙守，遵行之者三，亦驗。而此地正董子之舊治也。聞之四十年前，直指張公應詔，力行此法，而歲多稔。然則此邦之賢大夫，果能篤信而設誠以致行之，其斯民之福乎！獨惜世本頗多缺誤。秣陵周生槃爲之考定，稍還其舊。余欲梓之而力未能，特摘其《求雨》、《止雨》二則，鋟板而行之，以繼當年張公之志。至好學通儒欲覽其全，則就周生而求之可也。時乾隆十九年，歲次甲戌端陽日，天津七十四老人王又樸識。

附

創建土星祠記祠在無爲州江岸。

祠建於乾隆之十有三年六月二十五日。蓋州民苦於江工之昏墊，求所以奠安斯土者而不得，數百餘年，亦甚亟亟矣。余莅斯邦，輒不揣謬妄，竊取古人之意，而草其大概。成之者，謝生之崙也。其初，則土一邱，小甓屋數尺耳。嗣見江溜漸移，而爲害之洲亦漸削，州衆譁然，歸其功於神，走望報賽無虚日。次歲，乃包土以甓，又像祀神之司下土者，并傍築僧舍以守之。再次歲，祠爲雨敗，遂盡易以甓石焉。

夫水土之在天地，皆隨氣化以爲轉移，未有一定而不可變者。是以前人有滄海桑田之論。蓋天定固勝人，人定亦未嘗不可以勝天。董江都，大儒也。所著《春秋繁露》，載有祈求晴雨之法。余在關中時，方伯帥公用之，極驗。及來濡，逮署徽守，亦一再試，無違者。昔蔡端明守泉州，以神告橋成於二十一日酉時，屆期，海潮不至，橋果成。而吴越武肅王於五日以萬弩射潮，江爲之退流，此尤其大彰明較著者也。夫成天平地，聖人必擅其才；而抑盛扶衰，人功豈無其事？况皖城之先，亦以江波嚙岸，有刻氏土之形於社，竿懸而鎮之，岸不爲崩，則又其近事之足據者矣。

余故參以《天官》、《五行》諸書，立祠於戊辰之歲者，以填星實在壽星之次也。其月乙未火〔二〕，其日戊寅土，又當夏季土王用事之初，胃宿是值，土度遲留，從此由亢入氐，實爲進氣，火羅在後以生之。計爲土餘，次於女，得權以照對宮之水。水正躔柳，臨未，叠受其克，而是夜又退伏不見。土旺水衰，千載一時。乃謹丹書填星於版，同氐、女、胃、柳四宿，以奉於祠。而先是，則各於四宿所值之日，摶土以範其象焉。

祠則近臨水而遠負山。其制，上圜下方，圜者高廣皆尺之五，方倍之。天五以生，地十以成，《河圖》數也。上以奉天星，下以祀地祇，星則生其氣，地則成其形也。而必間一歲者，太陽歲一周天，列星各即其次。其日庚子土，當夏季土王之既。其先也以剛歲用事之始日始之，繼也以柔歲用事之終日終之，所謂「乾知大始，坤作成物」、「地道無成，而代有終」者也。爲之之人，與爲之之時與日，必納音土者，非是則勿用也。結構既不以木，而猶爲屋於上以蔽風雨者，不得已也。然皆丹堊而升之，丹，火色也。爲楹於内外各七，其崇庳視屋，其數視楹而積乘焉。穹窿於楹上者，梁亦如之。礎則倍其寸之二，中楹則正七尺，二生之，七成之也。而自中楹以下，又各如火、土之數，而圜之爲連珠，以貫於祠之巔。所以然者，木生火，火生土也。爲之之人與其日，亦必以火之納音者，從其類也。周祠下而屋之四，合祠亦五也。繚外有垣，圜前方後，如祠制也。而皆塗之以黄，表土色也。既仰藉其力於神，而必堅其防，又爲之支水者，天人交相成也。

余願後之人以誠事神，以謹固堤，以身親減吏役，以仁廉恤圩夫。庶幾哉，江流之移者竟中趨，而民之田廬其永奠以安也乎！

時乾隆十五年十月初一日，未立冬，猶在秋季土王十八日之内，月建丙戌，歲與日皆庚午，皆土也。而重修祠工適竣，神亦妥止。前廬郡分守天津王又樸爲之記。

【校注】

〔一〕「火」，原脱，據《王介山古文》卷三所録該文補。

建土星祠并支水説

土星二十八年一周天，而乾隆十三年適在辰，爲二十八年僅一見之事。而太歲又次戊辰，干支皆土。且此歲六月以前，爲氐、女、胃、柳四土禽星之乘納音土者，恰有四日，而氐、女、胃、柳所值之日皆在辰、戌、丑、未之宫，此尤數百年不能遇者，而竟遇之。時乎！時乎！不可失也。余既擇土命工人，于土日，取土艮方，于氐、女、胃、柳所各值之土日，範其形，形則取諸《玉匣記》中所繪者，爲男女像各二，男則辰戌剛土，女則丑未柔土也。事雖近於俚，然神道設教，聖人所不廢焉。又于胃宿土日，取艮土築廟基，詳見《祠記》中。皆成矣。乃于六月二十五日，其月乙未火，其日戊寅土，胃宿所值，當夏季土王用事之時，用火命童子二人，朱其衣冠，燃爆竹于前以引神，地二生火，火生土也。用土命人捧神像，而衣冠則以黄。于是日丙辰土時，自艮趨坤，即于是時安神位，位各于其方，又以磚刻填星之神位于中，皆丸泥而黄之，肖其星數，綴以鐵線，而各植于像後。像雖非真，而星則真其像也。

瓣香、拜禱之數皆五，土之生數也。主祭與讀祝人亦皆以土命人爲之，從其類也。祭以特羊，羊，未土也。祠成後，每季土王十八日内，遇納音土日，必祭。春祭氐，夏祭柳，季夏祭填星，秋祭胃，冬祭女。祭之日，辰戌丑未四時必拜，拜必穆然作土湮江成洲之想。仍作樂以侑神，聚衆人之精神，以爲神之威靈也。又以濡人議，爲種洲。其法以舟載土沉于江，以候沙之聚，然百不得一焉。余乃令其載碎石積于岸，以四禽星值土日之戌時，土星見辰方，望而拜，隨以筆取其氣而呵之，如此五日。乃求土命童子能書者，于土日土時，以其筆醮硃，對神像，一氣書五「土」字于黄紙。土命之壯者，則書「基壘壅塞堅」五字，一氣作一字，不得斷續，所以萃之也。會夏季納音土日，則命土命人，取黄紙所書者，粘于石，而駕舟過江，隨行隨棄于水，皆誦「基壘壅塞堅」五字。人各五，衣黄，而仍以火命朱衣童子二，聲爆竹以生其氣，所以擲碎石者，欲其一生十，十生百千萬億也。亦如濡人請，載石于舟而沉之者五。餘石則自江邊斜插而南，爲支水上下各一。如是者，三年不少懈。濡人莫不哂余之迂。余亦不敢自謂愚誠即能達于神，而貿貿焉爲之。今聞江果生洲，其説之確然與否？即確矣，而爲神之賜歟，非歟？余皆未敢知也。

此余在濡，苦於江壩之日圮，乃竊取《繁露》之説，以爲人之精意既可通于天，則亦可通于地，于是推廣其意，爲建祠與支水。大中丞衛公于歲之己巳過濡而親勘焉，乃以支水有驗，兩次上聞，而檄州踵行勿懈。第事近妄，而爲之者近愚。然非愚不能誠也。朱子云：「吾之心正，則天地之心亦正；吾之氣順，則天地之氣亦順。」所謂人一小天地，顧不信哉？孟子又云：「徒善不足以爲政，徒法不能以自行。」今日之祈求晴雨者，不過一禁屠酤，行香拜跪，令緇黄輩梵誦而已。所謂善與政者，兩無之。實心愛民者，而可如是乎？余不敢嫌于自伐，而附著《祠記》與《説》于其後，以見董子之説其推行有徵如此。願後之君子勿疑其妄且愚，而斷以爲必可行也。介山老人王又樸再識。

河工

誌別題泰州場河縴堤工程始末〔一〕

「浩渺烟雲水一方，金堤屹立障汪洋。千檣利涉功推范，萬竈歡騰迹繼楊。前度懸帆盤曲折，此來飛輓倚平康。知君夙抱澄清志，瀟灑江湖計廟堂。」此海陵縴堤落成志喜，前憲普公所贈之詩也。

蓋余自乾隆癸亥歲，署泰運倅二載，時往來於秦潼、淤溪。上下一百二十餘里之湖泊中，目睹客舟之遭風沉溺者二。余亦爲風阻者一，爲凍阻者一。慨然思欲築堤以拯之。間查舊案，五六十年前言之者非一日，然皆以費鉅難成，築室中道屢屢矣。余隨審其土脉，查其難易淺深次第，偕東臺丞朱君藻、泰州牧王君允謙，通詳督、撫、河、鹽四憲。批委司、道憲帶同商總程君夢箕、洪君徵治勘視，詳奉批准。俟大工竣後，徐勸商辦理。時蓋疏浚通海、車邏等河也。工既竣，仍復停議，而余亦陞補廬丞矣。

乃歲壬申，余請告歸里，道過揚。普公適按鹺在郡，余乃求得今安撫高方伯公札，得謁見，陳及泰堤可爲狀。而普公亦將巡莅通、泰、淮三分司，問民疾苦焉。先是，余于去泰倅任日，因人言藉藉，皆以堤必不能成，成亦必毁，懼余一人力不能勝衆口，思有以實之者，擬于秦潼泊中泥淖最深之處，暫築數丈之堤以試。適苦囊空，商之東臺場商金君文昇者。君慨，即捐百五十金。余遂築三十餘丈。然後赴廬任去，則已閲八年矣。堤雖刷削，餘尚屹立水中者二三尺。普公過而見之，乃信其果可爲，歸令商議。時程君已故，惟洪君協議。與諸總翁共議，先捐銀二萬兩，儘辦後如不足，雖二三倍皆可。蒙普公即委余任之。余亦以人人疑，畏不敢前，遂破例以一旅人代肩斯任焉。于癸酉之春正月開工，迄六月之杪報完。普公親臨閲視，喜甚，即行入告。然余已先以水中築土，勢不能加夯硪，不過暫次草創，須歲加高厚，然後可久，稟明在案。故普公據即入摺，并請留余辦理歲修事，且欲于鹽務補用焉。第計余所築高不過五尺，頂寬六尺，底寬一丈三尺耳。詢之土人，皆以爲足矣。不意此歲之秋，黄淮異漲，决邵伯之二閘，大入下河。洪流至漫堤而過，堤因而汕削蟄坐。而通河溝之各板橋亦皆爲饑民所竊，遂見荒廢。乃普公又調蘆去，歲修竟停。余亦辭歸。

無何，普公復來淮，檄余至，而酌復焉。然普公又以已成復毁，終以人言爲疑，遲遲未果。余請命商議。經洪君既偕衆總公稟矣，仍力行獨請于賑濟餘銀内動支。公遂坦然委泰牧李君世傑、運倅張君永貴暨各場諸賢分奏厥功，蓋袤長同而高厚則倍之。至成工起止之月日，石木等橋之多寡，所用金錢之數，已勒于石，余不復贅。特以洪君從中主持之力，及金君啓牖之功，人皆不及知。如聽之泯泯，而余獨攘其名，抱愧豈有極歟？然此舉前後實用幾七萬金，淮南諸君之好義樂施可謂至矣。余既無一金之捐，又無一手一足之烈，乃敢冒忝其功，不又重益其愆哉？惟是永行保固，以利濟無窮，此則重有望于後之君子耳。爰録此以誌別。時乾隆歲次戊寅秋九月之朔，天津老人王又樸謹述。

【校注】

〔一〕文題，原缺，據正文内容補。

泰州場河繂堤善後工程募資文〔一〕

竊查：泰州場河繂堤自雍正年間即議建置，乃事同築道，旋議旋停。至乾隆十年，鹽憲吉始決意興建。於乾隆十七年，鹽憲普遂繼其志而成之。然樂輸者實出自通河諸公之資也。第新堤雖成，不過一線坯基，必需歲修，逐加高闊，方能經久，是以普憲摺内有「兩三年加幫」之語。然則永遠保固，端在諸公矣。考《陰騭文》内云：「修數百年崎嶇之路，建千萬人往來之橋。」注載報應昭然不爽。夫編竹爲橋以渡蟻，尚掄大魁，況利濟同類之人千百億萬於無窮之歲月乎？其爲功德之大，自可不言而喻也。但恐事由公舉，則彼此觀望，一時因循，久則廢弛。不知見義即宜勇爲，當仁原屬不讓。世止有争于利而人嫉之仇之，天因而禍之，未有争于爲善而人不欽之頌之，天不從而福之者也。故無論獨力擔荷，爲善實宏且鉅；即分任工一段、橋一座，或已雖無力而勸人爲之，其爲功德皆同耳。謹將善後事宜并工程寬長尺丈、施工難易次第原詳稿，鐫呈公鑒。幸仁人長者留意焉。

乾隆十九年閏四月上澣，天津七十四老人王又樸謹白。

【校注】

〔一〕文題，原缺，據正文内容補。

堤工善後事宜清摺 乾隆十八年十二月十六日詳院司兩憲

留淮候補同知王又僕，今將泰州下河新修橋路善後事宜，除前禀外，又擬議六條，開呈憲電。

一，堤工仍宜加幫也。查今歲新建之堤，凡係水工，皆極寬厚。蓋因四五月間雨澤短少，水落灘見，此十數年中所難得之時。故秦潼、三汪、淤溪十三里之水灘，所築之工皆底寬二三丈，頂寬一丈。而青浦角以下至何垛場海道口，舊係挑河積土，原本高寬，不過于低窪處所築墊一律，故其寬厚亦照水工之式。惟上下田埂所在，因村民耕種爲業不便，多爲挖壓，故底僅寬一丈六尺，頂止寬六尺。至于堤高尺寸，因訪詢居民，咸稱歷來發水惟有乾隆七年最大，高與泰州北門外趙公橋石路相齊，故一路打量水平，皆以此處爲準，概高五尺。不意七八兩月霪雨連綿，以致淮、黄異漲，二閘漫決，又開車邏等壩以泄上河之水，于是高、寶、邵伯湖水盡入下河，較之七年更高尺餘，遂與新堤相齊，一遇暴風鼓浪，則受風之處漫堤而過，壩頂多被損傷。又堤下凡有宿土加增者，其高尚未甚減；其係新土築成者，未免蟄坐五六七寸不等；故一望高低參差不一。今宜準照現今水平，一律加高三尺，頂皆寬足一丈二尺，其底視頂則三倍之，務令車馬皆可通行。而村莊與義冢之前，及各溝口水深之處，皆下排樁，填砌松板。如此，夾土築實，則雖有異漲之水，皆不致漫溢，而堤可永固矣。若通身全用排樁，既恐費大，且板縫呼吸風浪，土易蟄陷，則修補爲難。且一帶多係膠泥塊結，水難汕刷，即今異常大水，而堤尚能矗立可見。則排樁似可節省，止植柳護根，栽蘆護坡，即足經久。

一，橋工宜再加高堅也。查新建各橋梁，樁柱之粗圓，面板之寬厚，皆係仿照仙女廟、大馬、小馬等橋之式。今查各該處皆爲水所衝損，而此新建之橋其面板管頭亦多爲風浪播掀，且飢民乘機偷盜，亦聞有堤北各村莊，因水長船高，不能過橋，遂夤夜私拆放船，即將面板載去，以滅其迹者。今堤既加高，則橋不應仍舊。今宜一律接高三四尺，則水雖盛漲，而橋下亦可行舟，即有風浪，亦不致播蕩，而橋面皆可保固矣。再查新建橋面，半用圓木排釘，半用現成木稍攢併之跳板。今查跳板其厚不過寸餘，不如圓木排釘者堅久。宜一律皆用整木密排，根根加釘。其舊跳板改用於橋之兩垛頭，補其損缺。又橋樁加長，若盡將新舊更换，不免多費錢糧。止應於橋之各孔内外兩口幫一長大之樁，用鐵片箍圍。兩道中間，則于原樁之上接一短瓜柱，亦用鐵片裹牢。如此，不但省費，且内外口面以新舊兩樁相幫，分外堅固。即有船隻磕撞，亦不致損傷。再卑職今歲建橋之時，止將通行大溝估造大橋五十餘座。嗣因近堤村民小船出堤迂遠不便，又田户需水灌溉，再三禀求，添橋四十餘處。此時皆未取結。及橋成之時，差役取結，多不肯即具。且因風浪飄失，往來飢民偷竊，亦不盡係村民田户之過。蒙前憲飭諭：巡商程恒益查明禀報，寬恩不欲深究。然終不可爲訓。卑職愚見，應叩憲檄，飭行泰州差，詢近堤村莊并各田户等，建橋果有利益，先即具結，以便改建高橋。如日久敝壞，與該民無涉。若被風浪所敗，即須撈收板木，禀請補修。如係盜拆，即着落賠補。倘抗不具結，即將該處溝港填土築實。如此，則居者行者永獲兩利矣。至于建築石橋，容俟陸續更换。則事可從容就緒，萬年永固矣。

一，夫役宜于本地雇募也。查工程募夫，皆按土方給價。但泰州人民不諳土方，是以卑職所建堤工，遠覓淮夫。乃淮夫管雇先領身價，或工未完，先即逃散，致有欠帑行追之擾。卑職於後次補修之時，即雇本地夫役。先以十丈爲一段，每段確核土方之數。再查水勢之淺深，分其工程之難易，酌定工價，於十段之中立一高脚木牌，粘貼明示某段工價若干。又於每段立一蘆標，夾一紙單，書明本段工價數，日聽本地人民自來認辦。或一二十段，或一二段，皆令築完領價，得尺是尺，得丈是丈，概不預給分文。又將銀易錢，按日收工，隨收隨發。至其所取之土，一聽其便。或用船送，或在近堤一丈外水中挑挖草根泥塊，并不揀擇。故人人樂爲所用。查今下河水勢并未消退，南風則減，北風則增。非二閘築完缺口，并閉車邏等壩之後，不能得其消落。計明春正、二月間，仍係沮洳，民間不能播種，正值閑曠，又灾祲之後，覓食維艱。若興此工，受雇必衆。但令每段工程分先後二次，先將所取草根泥塊堆積堤之内口一路，留外路以便人行，數日間風吹日晒，泥乾成土，然後再堆泥於外口一路。如此，則行人與做工兩無所妨，而窮難小民亦可借此得免飢餒，恩莫大矣。

一，夯硪宜擇地而施也。查堤工初築，原於蓋頂之時，雇募硪夫一打一實。嗣蒙前院憲巡勘，面諭：「非若河工逐層築打，何必平頂以圖好看？可用水潑，自然堅實。」嗣後，即遵奉辦理，乃潑水。未及其半，已值河水漲發，將堤漫溢。及今退出，堤身尚未傷損，且將當日泥塊堆砌之縫隙融成一塊。似來歲辦理，亦可將硪夫一項節省，但於收頂之時雇募淮夫修平即是。或即責令包段夫役隨工鏟削，但本地有钁無掀，宜先于淮土買備給用。至于橋之兩垛，土工最易坍卸。蓋橋垛在河溝兩坡，勢易傾敧，土難矗立，又所釘松板有縫，爲風浪吞吸故也。宜於板内再加蘆席貼裹，用高長木夯，逐尺打築，務令堅實。至于堤土堆成，即於内外坦坡先栽蘆根，再用水潑，俟其濕透陰乾，即用木榔頭挨次築打。如此，則堤既可堅，而錢糧亦不致於虚糜矣。

一，布植蘆葦以護堤根也。查卑職前奉議善後事宜内止言栽柳，但柳必五年而後成樹大根蟠，方能保護，然保護者亦止根下之土耳。至堤之坡面，則根不能及。且植柳止可在堤身之外，而堤内則係縴路，未免有妨，是不能兩面俱護也。不若蘆葦既易於滋生，且于堤之内外兩坡皆可種植。查青浦鎮迤東，地多葦蕩。應及春間採栽，則蘆根既可結土，蘆苗亦可禦浪。保堤之法，莫善於此。

一，沿堤宜設守役也。查《兩淮鹽法誌》開載《楊公堰記》中，有設立郵亭、津鋪十所，命夫防守。今新堤即舊日之楊公堰。是防堤原有額設之夫役矣。卑職前議飭令巡商諭撥巡快船隻就便巡查，不過爲暫時之計。但事須專責，方無旁貸。况泰分司衙署坐落東臺場，去省會二百四十餘里，上下公文多係小船順便代賫，其沉擱稽延難以究查。且此堤既成，凡寄送商課一日可達，尤須防護。查秦潼鎮原有營汛，設兵五名，鎮上各有私居。應于堤上蓋造營房三間，移駐，飭令分班防守。再於秦潼上下設鋪十所，每鋪募役二名，仿照河兵及鋪司之例，責令巡視橋路。如有大壞，稟明請修。如係略有損傷，即令隨時填補。并令傳遞上下公文。如此，則兩有裨益，而商課行旅皆可坦然無虞。除在堤柳樹長成，斫枝炊爨，以及蘆葦之利，皆聽其自得外，仍請飭司酌議，給與口食。如此，則責成既有專役，而堤可永遠常存矣。

以上六條，約估需銀一萬兩。應請飭發商議，及時舉行，實爲公便，須至摺者。

查明工程高長寬廣橋座總數

查凡田地圩埂加築堤工，如壓廢一丈，則挖廢亦當一丈。小民衣食所係既有所不便，且堤既近田，有土可取，目今雖薄，嗣後加幫，易于爲力。又陸續取土，人情多不甚惜。故一概底寬一丈六尺，頂寬六尺，高連圩埂舊土，計出水面五尺。

今查各堤皆蟄坐下四五寸不等，頂止寬三四五尺不等，底則加寬一丈八九尺至二丈以外。因係頂被水刷，其土皆存積堤跟。又頂上皆自去歲八九月以來，加築小子堰二三尺寬，亦多被水刷削，其土皆存積跟底之故。計共四千六百九十六丈二尺，今已查明。

又查此等工内，現今亦有頂寬七八尺，底寬至二丈三四五尺者，皆係去年八、九月間陸續加幫寬厚之故。計共一千一百七丈，今已查明。

查凡積水之區，非民田所在，無虞挖壓爲礙。又係排樁夾土填砌，一成之後，不便再加，故必須即時加寬。查工頭係于魚行莊大河内做工，工尾係于何垜場大王廟前水塘内做工。又溱潼三汪子皆底寬二丈四尺至三丈，頂寬一丈二尺至一丈五尺，高深皆九尺。

今查各堤皆蟄坐下三四五六寸不等，頂寬各減二三四尺不等，底則更加寬四五六七尺不等。蓋因當日做工之時原用土堆積，排樁之外以護堤跟，既已寬有二三尺，又頂土爲水刷下，皆存積堤跟之故。計共四百六十九丈，今已查明。

查凡係水淺并出水各河灘，雖不比水深之處必須排樁夾土填砌，但無民田爲礙，取土又不甚難，故皆照水工之例，底寬二丈至二丈四五尺不等，頂皆寬一丈，高皆五六七尺不等。

今查各堤亦皆蟄坐下三四五六寸不等，頂寬各減二三四尺不等，底則更加寬四五六七尺不等，皆係頂土并加築子堰爲水刷削，其土溜下存積堤跟之故。計共一千三百四十丈，今已查明。

查凡溝港所在，兩岸之寬狹既各不同，其下水之深淺亦異，故頂止六尺及一丈，與上下堤式一例，而底跟寬自二丈八尺至三丈二尺不等，高深自七八尺至一丈不等。

今查各堤亦皆蟄坐下四五六七寸不等，頂寬各減二三四尺不等，底則更加寬四五六七尺不等，皆係頂土并加築子堰爲水刷削，其土溜下存積堤跟之故，亦有八九月加幫寬厚者。計共四百五十六丈，今已查明。

查自青浦角以下至何垛場海道口岸，本高寬止于補築外口缺凹，并于低處加高一二三尺不等者，皆係近處乾地取土甚便，故于補築缺凹之處，皆頂寬一丈，底寬二丈。

今查此工兩邊并無大水，又多係葦場，暨民間種植高粱，不犯風浪，故新工之頂間有刷削至堤跟，一切如故。計長八千三百五十七丈八尺，今已查明。

大小橋梁共一百一座，共長四百七十六丈。

解家尖穿西溪至五神廟工四百四十丈。

大尖河修補窪塘溝口共土工八百五十丈。

跳板木橋共二十七座。

十八里河修補窪塘溝口共土工三百九十二丈。

跳板木橋共十二座。其工程坐落地方，並寬長丈尺有詳。

司憲暨移明監掣泰壩分司、泰州分司細册，可查而知。

王介山四書時文

劉吴龍序

人以文章名當世者，根柢深淺雖各不同，蓋均有自得之實焉。而沉浸濡涵，非獨一己優渥也，後進之觀法率由之。余同年友王子介山，自少爲文即警拔，不肯爲其習俗所囿，慨然取先正大家，手摹力追。鄉人有聞而怪之者，而介山不爲動，且益堅。雍正改元，恩科會試，總憲沈端恪公時爲吏部郎，分校得介山卷，亟薦之高安、桐城兩夫子，相顧擊賞。于是海内士夫莫不知介山能文，而介山方由詞館、銓曹外任秦、晉大郡。公暇，則丹鉛經史，抉精剔奥，皆前人所未發。間以餘力游於制藝，長篇短幅，不名一律，爽氣清詞，動與古會，則其所自得者深矣。昔予己酉分校北闈，見諸卷中論卑氣弱、蹈常襲故之弊多所不免。今年冬奉命視學正，思移易之方，而介山適以稿索序。予惟畿輔首善之區，英才蔚起，而州邑之僻遠者，安其故習，未知取裁。誠得介山之文示之，當必有盡棄其學，慕而效之者。况由介山以溯先正大家，歸諸六經，又爲途不遠乎！史稱歐陽修爲文，要之至理，以服人心，奬引後進，惟恐不及，賞識之下，率爲聞人。今介山得請歸里，將以其自得者訓于其鄉，俾後進之士爲文有所師法，其功豈出歐陽子下哉？予不文，無能增重，謹就所見以復介山。未識介山謂我何如也？

乾隆元年丙辰冬季，南州年眷弟劉吴龍拜書。

孫勷序

同館王介山先生四書制義如干篇，其篇幅之寛狹、筆墨之濃淡不專於一，而皆以獨出爲宗，如乎白文之所當言者。即止氣極清，色極潔，神氣生動，風韻流逸，昔賢韓昌黎氏所稱文無定體，惟其是而已者，先生當不愧焉。夫人各有所是，是其所是，必非其所非，吾惡知是非之所定乎哉？雖然，西子或致掩鼻，而惡人可祀上帝。是非之心，人皆有之。揆之理，衷於情，而所謂真是者出焉。文之所以獨出爲是，而雷同爲非也；如乎白文所當言爲是，而其否焉者非也。氣是夫清，而非者在濁；色是夫潔，而非者在穢。以是其生動而非其木板者，爲神氣之所以分；以是其流逸而非其凝滯者，爲風韻之所自判。然則先生之文真是矣。文之是者固無定體，又蘇文忠公所云「行乎其所不得不行，止乎其所不得不止」者也。讀先生制義，當以是求之。

雍正二年嘉平月，莪山孫勷序。

朱軾序

言者，心之聲也。故於其詖淫邪遁，而知其爲蔽陷離窮之失。則夫心之無所蔽者，其言必直而辨；心之無所陷者，其言必謹而嚴；心之無所離者，其言必典而則；心之無所窮者，其言必切而詳。此從其是而亦有以知其然者也。余癸卯主禮闈，以「道之以德」三句爲題試士。其麗恥於德、綴格於禮者，千卷都同。最後得《詩》四房薦卷，有云：「道之以天心，而民皆見。有不見者，見其禮如見德焉，而有不齊者乎？道之以皇極，而民共遵。有不遵者，遵其禮即遵德焉，而有一之不齊者乎？」嘆其與《注》意雅相吻合，通場之所絕無而僅有者也，亟録之。及填榜，知爲天津之王子。問其鄉之前輩大夫，皆莫有知之者。已而來謁，出其時文百十首視余，長或千言，短僅二三百字，且豐癯、疏密、平奇、澹肆隨其所得，各極其致，而莫不本之以清真，出之以變化，絕去時下一切粉飾雕繢之習。若是乎，王子之言雖不一格，然其直而辨者可謂之詖乎？謹而嚴者可謂之淫乎？典而則者可謂之邪乎？切而詳者可謂之遁乎？是故吾即其所言，而有以知其心矣。乃問其鄉大夫而莫之知，何也？然則王子可不謂匿迹銷聲而自耀潛德之光者哉？

高安朱軾序，時雍正改元之歲冬十一月二日。

原目録

緡蠻黃鳥　一句
十手所指　一句
天命之謂性　全章共二首
天下莫能載　語小
辟如登高　一句
自誠明謂之　一節
五畝之宅樹　四段
老而無子曰　一句
豈惟民哉　一句
有孺子歌曰　聽之
其三人　一句
學問之道無　一節共二首
訑訑之聲音　一句

如切如磋者　八句
民之所好好　二句共二首
子曰舜其大　之內
君子之道辟　全章
和樂且耽宜　合下節
天地之道博　一節
臣聞之胡齕　一節共二首
吾何修而可　問也
禹疏九河瀹　二段
逢蒙學射於　全章
冬日則飲湯　一句
任人有問屋　全章
孟子居鄒季　一節

右文七十七首，爲題五十有八，刻於古郇瑕氏之地。餘四十首未及刻，而余去矣。與此地之士周旋久，無可留贈，姑以是正之。雍正七年五月二十五日，介山王又樸識。

學而時習之不亦說乎

學之中有説，當問夫時習之人矣。【行間批：得神。】夫使學而無所爲説也，必其人學焉而遽已也。果其時習之乎，而有不説者乎？吾見亦罕矣。今夫事必期於久也，功必造於深也。此即偶執一藝，偶習一器，而寤寐中亦必有歡忻鼓舞而不自已者，而況於學乎？吾獨怪夫天下之人，一學焉而輒去也，即而視之，彼殆有所甚不説者。【行間批：矯變。】吾爲察其不説之情，而究其不説之故，大約暫試其效而未竟其無窮之旨，迫圖其功而不獲其漸進之機，學焉而不習，習焉而不時。如是而不説也，亦何怪其然也乎？然吾則嘗見夫説者矣。【行間批：如健鶻轉身。】未學焉，而已遥爲自意曰：「此中之趣，必有可娱。」迨循習乎其中，而今日之所見非復昔日之所見也，今日之所得非復昔日之所得也。夫乃嘆學之所以益我者有適如我意之所期者也，則説甚也。即學焉，而又不敢自必曰：「此中之美，果足相償。」乃涵泳之既久，而疑悟之相深者遂至於無可疑也，難易之互乘者遂至于無復難也。夫乃嘆學之所以益我者有過於我意之所期者也，則又説甚也。【行間批：股股復變化。】蓋説非一時也，而有若將終身之致，故始之所見爲欲已者，既而欲已而有所不能，則學深而説深，説深而學愈深也；説又非一境也，而有隨時各見之形，【行間批：無義不搜。】故向之所説如是者，已而所説又不止於如是，則説深而學深，學深而説愈深也。然而未歷其境者，則不足以知耳。使其一嘗試焉，則此中之景況不一一如見乎？若夫已歷其境者，又難以語人耳。【行間批：筆筆轉，筆筆聖。】使其一自思焉，則此中之情趣不歷歷可想乎？不亦説乎？吾以問夫學而時習之者。【行間批：結亦矯變。】

湘潭秋水，庾嶺寒梅，可以狀其清神，擬諸秀色，塵間那得有此？使人坐對而爽心，把玩而不去於手也。

孫子未先生

子貢曰詩　二節

賢者有悟而言《詩》，聖人深許其知焉。夫《詩》之言，子貢以其所知者偶一舉似耳，而夫子即因其言《詩》而可之，蓋聖賢之相感者微矣。且人亦貴有知耳。苟其知進於《詩》，不必其先有《詩》也；苟其《詩》可與言，不必其指所言也。有如貧富之旨，夫子之所以告子貢者理深哉！然而誰則知之也？而子貢方且俯而思，仰而慕，瞠焉其若失，恍焉其若得，作而曰：【行間批：描情寫景。】「賜嘗誦《詩》矣，何竟未求深解也？賜甚愛《衛風》之兩言矣，何竟未窮義類也？乃今而知之矣。」【行間批：一句點過。】夫子曰：「賜何忽而有會於《詩》也如此乎？賜知切磋耶！今而後可與言切磋之詩矣。賜知琢磨耶！今而後可與言琢磨之詩矣。賜知切不如磋，琢不如磨耶！今而後可與言切磋琢磨之詩矣。賜知非切磋而如切如磋，非琢磨而如琢如磨耶！今而後不僅可與言切磋琢磨之詩矣。【行間批：興會淋漓。】吾所言者往矣，賜所誦者來矣。甚矣，賜之知其深！吾與也。」【行間批：神致。】噫！夫子與子貢其俱別有所會心也夫。

欲知虛實相運之法者，當於此作求之。朱義御

提「知」字作主，通篇一氣運行，化去筆墨之痕。莊張里

林放問禮之本

禮失其本，時人疑而問之焉。甚矣！文勝者尚可謂禮乎？放思其本而問之，蓋亦深覺其非也乎？且我夫子，講學之宗也。一時之學士大夫從與遊者，有疑焉則問，問焉莫不各得其意以去，固其常也，而此何以記？曰：問禮也。前乎此無問禮者乎？曰：有。後乎此無問禮者乎？曰：有。有則何以異乎此也？曰：以其問禮之本而異之也。夫天

下之行禮者多矣，而無有究乎其本者。此也獨殷殷焉望吾夫子而來前也，則非復衆人之所見以爲見也。夫是故異之也。然則孰問之？曰：林放。放何人斯？其爲制禮者歟？無其權也。其爲行禮者歟？無其位也。然則何爲乎問之？放可謂不忘其本者矣。不忘其本奈何？蓋禮有内有外，有華有實，有始有終。人知外焉者之禮矣，而知内焉者之禮乎？人知華焉者之禮矣，而知實焉者之禮乎？人知終焉者之禮矣，而知始焉者之禮乎？天下滔滔，孰覺其返？流俗靡靡，孰察其原？放何人斯？而乃淡焉漠焉，惄然而有厭思焉，罣焉而有遠志焉，觀其外而欲求其内，從其華而欲考其實，遂由其終而欲得其始也。放可謂不忘其本者矣。蓋自林放一問，而禮之本以明。一時學士大夫咸自愧不如林放，而放之名遂大著於天下。

前俱從《公羊傳·荀息不食言》篇脱化來。結處則學《國策》。中間實講，則學屈原《卜居》。孫峨山先生〔一〕

【校注】

〔一〕「峩」，據文意，當爲「莪」之形訛。

惟仁者能好人能惡人 其三

仁其好惡，有獨能已。夫非好人也，好其仁耳；非惡人也，惡其不仁耳。故惟仁者有獨能焉。夫子意謂：萬心視一心之周通，萬人聽一人之用舍，【行間批：高唱入雲。】非細故矣。蓋一元之理既賦，莫不有性而有情；而兩間之内惟人，亦皆用好而用惡。【行間批：二比流水法。】逆以意天下之來，則有心之將迎，好惡既以實而滯；順以任吾情之去，則無主之泛應，好惡又以虛而流。【行間批：二義極精。】惟仁者藏天下於身，而此中無有；不凝滯於物，所以與世相推移也。【行間批：字字精諦。】混乾坤而處，而一體不分，兩忘而化，其道所以物不得遁而皆存也。惟其不紛，故能解紛。仁者之好惡行，而天下皆静焉。【行間批：造句微妙。】以至不一，歸於至一。仁者之好惡神，而萬物皆化焉。夫是之謂能已。

立言簡要，卓然名貴。洪吉人

空諸所有，包涵一切，其品高潔。朱義御

剥蕉入心，采花得蕊，可以彷佛此文。翟紫源

惜墨如金，勝人多許。莊張里

君子之於天下也　一章

君子以義制事，無容心於天下也。蓋適莫則害義，義則非適莫也，君子惟義是從，尚何適莫之足言哉？此天下所以貴有君子也。今以天下事之紛紛而日甚也，居乎其先，何以持之？臨乎其際，何以受之？周旋乎其是非，何以分别而取舍之？已則無具而妄任臆見，此其於心且不能無憾，而遑言應事！何也？事各有義也，一事一義也；義各有時也，一時一義也。是故義有所當爲，而非心有所必爲也。使心有所必爲，是適也，而非義也。義有所不當爲，而非心有所必不爲也。使心有所必不爲，是莫也，而非義也。乃吾觀天下之人，非適則莫，非莫則適，二者孰知義之所在乎？然吾謂其人必非君子耳。若夫君子之於天下也，何如哉？將意主於必爲，而令天下推吾負荷之勇乎？或

意主於必不爲，而令天下稱吾絕物之高乎？將預擬一必爲，而終身由之不變乎？或預擬一必不爲，而畢生守之弗奪乎？適也，莫也，以觀君子，蓋無然也。然則君子之于天下也，誠何如哉？惟義之與比而已。義之爲道，至微也。固有始見其爲義而爲之，及爲之而又有非義也；始見其爲不義而不爲，及不爲而又未嘗非義也。夫義之中有不義，而仍爲之者，是不適而已適也；不義之中有義，而仍不爲者，是不莫而已莫也。君子則辨此至悉也。義之爲機甚決也。如是，明知其爲義而爲之，乃爲之而甚遲疑也；明知其不義而不爲，乃不爲而甚優柔也。夫遲疑於所當爲而不即爲者，是欲其不適而猶之乎適也；優柔於所不當爲而不即不爲者，是欲其不莫而猶之乎莫也。君子則當此至勇也，辨之至悉，而後是非可否不惑於疑似之介；當之至勇，而後好惡取舍不牽於利欲之私。由是而爲所當爲，非有心於爲也；不爲所不當爲，非有心於不爲也。且爲所當爲，而爲之中或有不當爲者，而即不爲，亦非有心於爲而不爲也；不爲所不當爲，而不爲之中或有所當爲者，而又未始不爲，亦非有心於不爲而爲也。人皆知君子之確乎其不拔也，而不知君子之公正而不偏執也；人皆知君子之推行而不滯也，而不知君子之嚴斷而不游移也。然則君子之不窮於天下，與天下之不能窮君子者，其在此乎！其在此乎！顧安得君子以應世之紛紛者？

反復發明，直使題無剩義；而清氣健筆，尤足獨拔一時。孫子未先生

汪洋恣肆，神似《齊物論》。方靈皋先生

盍各言爾志　之志

聖欲賢言其志，賢亦樂聞聖之志也。夫聖賢豈有異志乎？夫子既令由、回各言其志矣，而由又欲子言其志，豈所願之外而又聞所未聞耶？且人心之不同，志即因之矣。是故賢人之志，聖欲其有所言；而聖人之志，賢亦願其有

所聞也。昔夫子環顧由與回，而不覺己之志殷然其有動也，【行間批：提挈。】而特不知二子之志之爲何如也。雖然，二子何志？子之志即二子之志而已。第以人己之間，本不相代，則子有子之志，【行間批：擒定末句，運化全題。】由與回安知不各有其志耶？且彼此之際，兩無所妨，則子有子之志，由與回何必不各有其志耶？此「盍各言爾志」，夫子所以斤斤致詢乎？維時子路言之，而夫子聞之，【行間批：串下「聞」字。】則夫公所有於人者，【行間批：寘者虛之。】信乎其爲由之志也。【行間批：映下。】繼子路者，顏淵也。【行間批：側下伏「子路曰」地。】顏淵言之，而夫子又聞之，則夫忘所有於己者，信乎其爲回之志也。夫二子之各言其志如此，其同乎子之志耶？抑異乎子之志耶？使其同也，則車可共耶，則裘可共耶，則車裘可共，亦可敝而無憾耶！由所願如此，夫子所願何必不如此也？則善可伐耶，則勞可施耶，則善勞施伐皆可泯于無迹耶！回所願如此，夫子所願何必不如此也？【行間批：虛者寘之。】此其志之同者，固有可言者也；【行間批：帶定首尾。】使其異也，則車可共，而共者獨一車耶？裘可共，而共者獨一裘耶？車裘可共以無憾，而共以無憾者獨一車與裘耶？由所願如此，夫子所願當必不止於如此也。則善可無伐，而無伐者爲何者之善耶？勞可無施，而無施者爲何者之勞耶？善勞可以無施伐，而善勞之無施伐者尚知有夫善與勞耶？回所願如此，夫子所願當必不止於如此也。此其志之異者，亦未始不有可言者也。雖然，由也、回也、夫子也，亦各言其志也已矣，【行間批：挽上。】何取乎同？何傷乎異？其異也，猶之乎同也，而况乎其無所異也，而究亦未嘗不異也。此子路之所以進而有所請，【行間批：並迴收顏淵，一絲不走。】因而與顏淵退而快所聞也乎！【行間批：補「聞」字。】

以末句作主，將全題點化，其中得提要挈領之法。而前半串入「聞」字，後幅串入「言」字，針線爲更細密也。陳子翽先生

老者安之　三句

聖人志天下之志，能盡人之性者也。蓋老以安爲性，友以信爲性，少以懷爲性，聖人盡之，而未必其皆盡也，故有所志焉。若曰：「吾嘗曠觀天下，相通以氣，故無我可言；相接以形，自有情足共。【行間批：精微。】吾於此竊有志者，非務博也。身不絶類離群，則盡乎人者乃爲盡己；事非遠人爲道，則率其性者正以全天。有老者，而吾安之之志勃然。蓋人而爲老，則哀樂多而性情滋擾，必有以協之而心可平也；筋力衰而勤動爲難，必有以息之而身可逸也。【行間批：兼兩層講，透露之甚。】若是者，吾志焉。雖所推有父兄長者之不同，而吾皆以日休者增益其天年而已。【行間批：無義不到。】有朋友，而吾信之之志諄然。蓋人而爲友，則交際起而夸詐以生，必由乎其衷而言可踐也；人事多而機智日熟，必示之以坦而行可常也。【行間批：所以然之故，寔能道出。】若是者，吾志焉。雖所接有師友鄉邦之不同，而吾皆以孚若者固結其心思而已。有少者，而吾懷之之志殷然。蓋人而爲少，則血氣未定而動作違其常，必有以相保而生可遂也；耳目不思而好惡亂其志，必有以相持而性可復也。若是者，吾志焉。雖所施有子弟衆庶之不同，而吾皆以顧復者體恤其隱微而已。隨其位之所處，據類以求不盡者，仍還天地；因其時之所宜，取懷而付無憾者，自足古今。此吾之志也夫！

字字精潔。前輩惟黄正父能之。方靈皋先生

賢哉回也　一節

大賢自有其樂，聖人贊美之不置焉。夫回何以賢？以有其樂而不因貧改也。此夫子所以一再賢之而不置乎！今夫賢者往往於人世之外，而獨有其天懷焉，不以境來，不以境去。若是者，其有足取乎？其無足取乎？吾茲寤寐不忘夫回也，吾茲流連慨慕夫回也。【行間批：得上下兩叠句之神理。】賢哉，回！殆自有其樂者乎！【行間批：獨提「其樂」二字，得驪珠。】夫事不實有諸中，則假設之緣僞焉，不可以終日。吾見其有所得也，而亦見其有所失也。情非原本乎性，則後起之數襲取，不可以爲真。吾知其可得而加也，則亦知其可得而損也。夫失之損之，是殆欲改之矣。然人世間，能改其樂者，孰如憂？而憂之不堪者，孰如簞瓢陋巷？乃回處於其中，休休焉不見其爲貧，陶陶然相安之若素。將慕榮之中，無此人也；即守約之輩，而亦無此人也。賢哉，回也！非自有其樂而能若是乎？夫飲食居處之安，但足以養體，而不足以養心，故素位而行者，彼亦各適其適焉，而淡泊且以明志，體雖勞而心固逸耳；【行間批：閑淡。】貧苦憂戚之境，第足以苦身，而不足以苦性，故所往咸宜者，此亦自見其天焉，而優游聊以卒歲，身雖不足而性則有餘耳。回也舉人之所不堪者而獨堪之，非真有其樂，而何以若是耶？吾故寤寐不忘夫回也，吾故流連慨慕夫回也。

淡而静，漠而清。寥寥數筆，而神韻自遠。方靈皋先生

子游爲武城宰　一章

賢宰之得人，在世情外也。夫澹臺滅明之行，豈爲人所得者哉？乃子游曰：「武城中有此人耳。滅明，其高矣乎！」且夫士有真品，識有真鑒，乃至獨行而懷君子之操，其迹至微，其形甚遠，自非相得於世情外者，亦何從精其鑒而心賞之？以是嘆人固不易知，知人亦不易也。昔孔氏之門有兩賢人焉，曰子游，曰澹臺滅明。滅明者，武城人也，素自矜許，立義卓然，不苟於世。以此，與人多不協，武城人鮮有知之者。其從夫子遊蓋不知何時，而自子游宰武城時乃始得之云。今夫士行之卑也，相習於巧利之方，相鶩於簡便之路。岐徑異趨，而不衷於大道者，何可盡

數？而其進身之陋也，曳裾於公侯之門，奔走於形勢之途。隨行逐隊，而紛營其己私者，安足勝言？乃世之相士者，方且慕彼虚聲，延攬焉以爲名高；而其人亦樂爲所收納，委隨焉以競聲利。所謂得人，蓋如此矣。天下之大，亦安得有人哉？子游曰：「武城人有言所謂滅明者，傳其微事，以爲是行不由徑，甚迂人也。偃始聞之，心異焉，欲一識其人。已而於公事之際，一再得睹。而舍是，則杳不可見云。今夫子曰：『女得人焉爾乎？』而如滅明者，偃焉能得之也？夫亦曰：武城中有此一人已爾。此豈非所謂脱迹于塵垢之中，而拔擢於污濁之外，可見而不可親，可親而不可狎者耶？」嗟乎！世無問今古僥幸之内，必無真士；人無論多寡名勢之地，豈有賢才？推滅明之志與行，雖没世無聞可也。雖然，非獨滅明賢也，乃子游亦非俗吏也。向使子游而無推見幽隱之心，而第相求於形迹之内，則滅明之在武城亦如無有耳。子游可謂知人，能得士矣。蓋自子游以滅明進對夫子，或曰：滅明即於是時受業焉。或曰：非也。滅明先嘗事夫子，夫子以其貌之陋也，退而修行，名施乎諸侯。蓋「以貌取人，失之子羽」，夫子亦云。

如入名山，轉巖尋壑，步步名勝。孫子未先生

直作一篇古文讀，乃其神骨都似不止優孟衣冠也。陳子翽先生

高壯蒼凉，史公意色。方靈皋先生

歷落自喜，逸趣深情，而其斷續縱横，不復於今人求之。張石鄰

述而不作　一章

聖人述古之志，與昔賢無異矣。蓋古人之制作，已有可信可好矣，而尚無足述也乎？此夫子所以不作，而與老彭同心也。今夫作者之於古也，蓋甚大備矣。【行間批：登高一呼，萬山皆響。】丘也身處叔季，以追溯前徽，竊不禁慨焉

生慕曰：「居今世而得與於述焉，斯已幸矣！而遑敢鄙薄前典，以爲漫無足據，以自逞其喜新厭舊之思，且將謂昔之人其欺予，而詡詡然自命爲作者耶？乃世之見我多所修明也，【行間批：轉筆神采。】《詩》、《書》、《禮》、《樂》既有删定之勞，《易象》、《春秋》又有贊修之實，於是遂以作者稱我焉；而不知此之列在方册者，古人已有成迹，我亦惟是仰而承之，或爲潤色，或爲發明，或序其次，或補其闕。所謂述者，我其是已，而豈有作哉？蓋君子之有所作者，惟其有當於人心，而非喜於爲也；而君子之有所述者，惟其有當於吾心，而非憚於爲也。【行間批：轉折俱神化不測。】乃今制作之明備者，已極於至盛而無加；其大小之率循者，又可以共守而寡過。【行間批：探源之論。】雖列國之載紀，所見異詞，所聞異詞，所傳聞異詞，然而設身其地，求以吾心之同然，而無不合也；尚論其世，揆以秉彝之公好，而甚見美也。【行間批：發信好，確有見解。】則信之而不疑，則好之而不倦，我之所爲述者此也。尚焉能作？尚焉敢作哉？今夫學者苟有得於古，此即舉世矜奇立異，而猶將獨守其見，獨行其是，踽踽然抱其所信所好者，以遊於作者之林也，况乎述者之亦不自今日始哉？【行間批：《嘉魚》意色。】商之賢有老彭者，博物君子也。其於古也，蓋嘗先我而述之矣。乃我之才既不及老彭之才，而我之時又倍難於老彭之時，何也？當有商之季，《書》傳之闕軼未甚。及周遷以後，典籍之散失已多。我惟是竊比焉，以庶幾後之君子有所考據，不至於莫知適從也已矣，而固無所爲作也。【行間批：隨束隨挽，古文化境。】若夫抱殘守闕，兀兀窮年，漫然而無所表章，其亦可自信無愧矣夫！【行間批：餘韻悠長。】

清姿玉立，秀骨天成。南陜兩闈皆未有如此筆墨，使我嘆爲奇絶。孫子未先生

飯疏食飲水　一節

聖人自有其樂，而貧富皆無與焉。蓋人惟無所爲樂，故見疏水曲肱者，豈能浮雲富貴哉？夫子亦自得其樂而已，

何所損？亦何所加乎？且夫入世而多所憾者，以有憾之者也。夫世亦安能憾人？世亦安能使人無憾？然而有所以憾者，世亦得而憾之矣；有所以無憾者，世并不得而無憾之矣。此其超乎世情之外，而獨有其樂者乎？然而世之人，【行間批：忽然一轉，令人不測。】亦且欣欣然而有所樂者，何也？其富耶貴耶？【行間批：提「樂」字，從富貴逆入，可謂健筆縱橫。】夫必富貴而後樂，何所樂之淺也！乃吾必欲反乎其塗，而擬於不富，擬於不貴，且擬不富不貴而極於疏食飲水、曲肱而枕之一境。以爲所樂在是焉，毋乃不情之甚，則亦猶之乎淺也。然而我則自有其樂矣。【行間批：用筆夭矯，如游龍。】生平惟行所無事，原無所爲憂患之端；遭逢亦聽其適然，自無可容吾拂逆之處。故舉人世淡漠之遭，雖人皆以爲不堪者，而亦將斯陶斯泳，以自適其義命之天；且極斯人窮苦之途，雖己亦覺其難堪者，而亦將爾游爾休，以自得其性分之素。此我之所樂也，豈以疏水曲肱爲無異於富貴，且更愈於富貴而矯語貧賤者哉？【行間批：帶出富貴來。】蓋人之惡貧賤而不去者，無可奈何而安之，曰：「吾樂此。」及一旦而萬鍾之忽加，未有不情之移者也。即人之求富貴而不得者，矯乎其情而鎮之，曰：「吾焉用此？」及一旦而時命之偶通，未有不色之動者也。然則吾樂於疏水曲肱者，而亦樂夫不義之富貴乎？然而我自有其樂矣，雖富貴何加？而況乎其不義也哉？【行間批：游行自在。】今夫浮雲之在天也，無端而來者，其過而不留耶！無端而去者，其往而不反耶！我之於不義富貴也，亦若是焉則已矣。乃今亦且無富也，今亦且無貴也。人第見吾日在疏水曲肱中而陶陶然者，以爲其中有可樂乎？夫其中亦安可樂？樂亦在其中也已矣。【行間批：點出「在」字，千呼萬喚始出來。】環顧及門，有知此樂者，其一簞瓢之回也乎！

一片清機，使囊來塵氛爲之盡掃。孫子未先生

子曰泰伯其可　一節

聖德以人倫爲至，而位與名可兩捐焉。夫以天下讓，難矣；讓而並泯其稱，抑又難也。泰伯知親親而已矣，他何有焉？甚矣，其德之至也！昔夫子蓋嘗論夷、齊矣，曰：「古之賢人也。」豈非以其能讓哉？然吾獨惜夷之讓，不讓於父志初萌之後；齊之讓，不讓於父身未死之先也。乃一則曰父命，一則曰天倫，其逃也有爲，其讓也有詞，民到於今，類皆能稱之者。【行間批：反照法。】夫子若曰：「此可謂有德矣，而不可謂之至德也。」【行間批：借證夷、齊，抉入隱微。】蓋至德者，曲全夫骨肉之間，而不欲少存其迹；甘没夫一身之美，而必欲自遂其心者也。【行間批：提筆。】吾嘗上下千古流連而嘆想乎其人，若泰伯者，其可謂之而不誣也已矣。蓋取其軼事而論之。泰伯者，周太王之長子也。立嫡以長不以幼，則繼世以有國者，舍泰伯其誰？泰伯去，而季歷立矣。一再傳而至武王，遂奄然而有天下。甚矣，泰伯之去！泰伯之以天下讓也。然泰伯非獨能讓而已也。【行間批：振起下文。】夫一身去國而留後人以争端，則其風雖高而于事尚有所未善；以讓爲名而被吾親以慚德，則其譽雖隆而于美亦有所難居。【行間批：刻露。】而泰伯不然也。當日者，父稱肇基王迹之主，一旦愛少子以及其孫，此有其意而未有其命也。吾即執世及之理，晏然以居之，亦孰得而議其非乎？而伯則曰：「是傷親之志矣。」故不獨自廢其身，抑且兼携其弟，使一國之中並無引分以爲嫌者，而父得以自行其志，而季可以遂有其國。雖曰流離而適異地，其視富貴而歸故鄉，無所顧亦無所悔耳。季稱因心則友之賢，一旦越名分以奪正嫡，此欲從其父而不欲背其兄者也。吾但執順命之説，堅詞以遜之，亦烏得而辭其位乎？而伯則曰：「是彰父之過矣。」故不獨遠有所行，抑且行有所寄，使舉國之人並無知其心而稱之者。【行間批：二比高義宏詞，横絶四海。】則明以攝予季而衆可安，陰以志養父而孝更隱。【行間批：真説得好！】雖曰没世而名不稱，其視繼世而命維新，有可樂，無可悲耳。此泰伯以天下讓之深心也。【行間批：結住。】不然，徒潔身以爲名高，則去可矣，曷爲復偕夫仲也？偕仲可矣，曷爲托言於採藥也？迄於今，周之民以及天下之民，但知泰伯之去，而不知泰伯之讓。使知而稱之，則豈泰伯之心也哉？吾是以上下千古而爲求一至德者，輒不禁流連嘆想夫泰伯之爲人也。

從父子兄弟至性中發出一個「讓」字來，此最善道聖人心事。方靈皋先生

具知人論世之才，上下千古，所謂醇意發爲高文者也。孫子未先生

卓識偉論，筆復沉雄。小儒定當咋舌。張右鄰

巍巍乎唯天爲大唯堯則之

帝德獨隆，與天俱大矣。蓋天之外無有更大者，堯之外無有則天者，此其所以巍巍也乎！夫子意謂：吾贊堯之爲君，固非泛然而爲説也。蓋嘗曠覽焉，而見夫有舍此莫尚者矣；又嘗深思焉，而見夫有舍此莫並者矣。若是者何也？吾以言乎其大也云爾。巍巍乎！彌綸四海，而莫窺其涯，其天也耶！巍巍乎，光周六合，而莫窮其際，其堯也耶！立德常有其象，必造乎其高，而所象之高者，始相視以無言；擬人務於其倫，必取乎其至，而所擬之至者，亦相形而可見。【行間批：大力搏捖神氣，大家手段。】是故言大於天，而天之外，求其大者，將無有也。何也？唯天爲大也。

【行間批：「唯」字吹毫欲活。】抑言天之大，而大之事，求其能則者，亦無有也。何也？唯堯則之也。事莫不貴乎居其獨，唯天而有其大，唯堯而能則夫天，此亦千古兩擅其獨者已；物莫不難于得所偶，堯之大唯天而後可以形，天之大亦唯堯而後可與並，此亦千古獨有其偶者已。【行間批：刻劃兩「唯」字，透露之甚。】夫不曰「聖人法天」乎？亦可謂贊聖之至也。然而法之者，其事爲有心；則之者，其大爲無外。又不曰「其仁如天」乎？亦可謂贊堯之至也。然而如之者，其大猶在擬議之際；則之者，其大迥超意想之間。夫終古以來，獨有一天，亦獨有一堯，已成兩間之僅事；則由今

而往，慨想乎堯，即仰觀乎天，遂居宇宙之至奇。吾是以曠覽焉，深思焉，而嘆其大也。巍巍乎，不可及也！

此題，陳言霧集，見之欲嘔。獨於兩「唯」字着筆，覺西山爽氣襲我襟袖也。孫子未先生

孔子曰才難 一節

聖人嘆周才之盛，正以見才之難也。夫盛於周才者，惟唐、虞。則周才固極其盛矣，而猶以九人者缺其數焉，況其不盛者耶？此夫子所以嘆其難也。昔我孔子，周末才也。身處叔季，以溯皇初，因而俯仰古今上下之際，權量人數多寡之間，不禁有感於古語而嘆之曰：「吾今而知才之所以難矣。蓋才固莫盛於我周也。想夫鷹揚諸佐，戮力同心，既著勳於創始；制作名公，後先揖讓，亦樹績於守成。等斯而上之，求其盛者蓋亦難矣，無已其唐、虞乎？乃合兩代之英，僅勝一朝之佐；跨王家之彦，獨有帝臣之良。其間歷千百年，而未有如此之盛者也。夫天下之生才無盡，以今觀之，何其鮮也！然底定之烈，尚借助於中壼；十人之中，亦未得其全數。所謂盛者，猶如此矣。豈靈秀間出，豪傑之挺生原不偶然耶？抑賢人君子，作合無由，遂泯其迹於荒烟蔓草之濱，而天下後世不可得而知之耶？夫《菁莪》《棫樸》之風，辟雍鐘鼓之化，我文考作人亦已至矣。乃其比徽前代者且有缺然不備之憾，則夫異世而降，上無造士之主，下多失教之民，或有才而不得成，或成才而不見用，沉淪暴棄，而卒以湮没者，又可勝道乎哉？

【行間批：慷慨悲歌，六一風神。】

致味於酸鹹之外，别色於驪黄之表，可云沉鬱頓挫之極其致，高凉悲壯之盡其能。孫子未先生

子曰回也 一節

聖人以非助憾大賢，正深喜其能説也。蓋聞言而無所説者，斯於人而有所助也。淵既無所不説矣，而又何助之有？夫子蓋深喜於心，而不覺其若有憾也，曰：「人皆知學於人者之求所益也，而不知爲所學者之更求所益也。如使一堂問答，人人各得其意以去，其於教者奚裨焉？吾茲故不能不有所歉於懷也。夫吾不嘗以言教吾徒哉？蓋吾言之或是或非，吾不得而知也。庶幾哉，二三子聞而疑，疑而問，反覆辨詰之下，而吾因得以知吾之言也，而吾益進矣。甚矣，二三子之於吾，其無所説者，其有所助者也，而以求之回，則竟何有哉？以彼知十之資，意其悟解必深，故吾甚樂與回言也。乃偶一發端，而回已怡然以退矣。抑當博約之日，意其疑問必多，故吾甚樂常與回言也。乃未及啓發，而回又逌然而逝矣。夫乃爽然失，恍然悟，【行間批：得神。】曰：『回也，非助我者也，於吾言無所不説者也。』天下有聽言若回者哉？蓋人即天授英奇，亦不能聞所言而一一皆如所夙獲也。乃不意回之於吾，有言而左右咸宜，遂不煩言而即解也如此夫！抑天下有足發若回者哉？蓋人即相説以解，亦未必聞所言而事事遂無庸分晰也。乃不意回之於吾，一言而始終皆見，不事更端以爲教也如此夫！身當論説之中，神超意象之外，但形咏歌之致，全泯觸類之端。回乎爾，固自得矣，其若我何？」

刷洗極浄，神致超然。方靈皋先生

正於淺處傳神。他人極力追摹，却都不似也。陳子翽先生

實發處，一氣搏捖，力大於身。然却從容顯易，何其才養並至乃爾也。張石鄰

閔子侍側　一節

得天下英才而教育之，聖人之所樂也。夫誾誾、行行、侃侃之狀，皆有諸中而達諸外者也。侍側者如此，道在是矣，夫子能不樂之哉？今夫道在天下，公而不私。謁吾徒而來請者，苟非其人焉，傷何如已？故君子每樂育人材，而又往往以不可得爲憾也。【行間批：反面照出，不拘拘擒題，大家之法。】昔夫子以道德之身，備中和之氣。門弟子莫不樂有所依歸，然不能具體而酷似之也，故學焉而各得其性之所近。【行間批：從夫子説起四子全身。】一日者，從容於弦誦之間，優游於几席之地。夫子於是左右環顧，覺有和而婉、巽而順其人者，覺有剛而武、强而力其人者，覺有直而不倨、嚴而不肆其人者，【行間批：從夫子目中看出，「樂」字便有根。】由中達外盡是據德之容，鑒貌審聲咸爲任道之器，則爲之解顔而樂者久之。甚矣哉，夫子之於諸賢，近在人情而遠在天下也！【行間批：開下二比。】夫獨居而無與共，獨行而無與偕，索寞之嘆，賢者所不免耳。【行間批：胸襟開闊，氣象雄傑，正希德行篇有此筆力。】乃一旦而一堂倡和，實繁有徒，此亦吾人之所至快者也。故惟聖人乃不漠然於人倫萃處之常。抑聲名不出乎一鄉，友善僅及乎一邑，狹隘之嗟，成物者所共鬱鬱耳。乃一旦而四方之英，相聚一室，此亦傳道之大有同人也。故惟聖人乃共陶然於性命相知之地。此侍側者之所以足誌也。誌其人，則閔子、子路、冉有、子貢四賢之姓氏；誌其狀，則誾誾、行行、侃侃各有其形容。記者於此亦樂得而備書之。【行間批：點題，亦變。】嗟乎！函丈追隨，居然師弟相依之景；道德足共，自是友教天下之懷。達而群處於廟堂，既可勷一世之治，而爾我有同心；窮而共居於私室，亦足立不朽之言，而彼此相慰藉。夫子之所以樂有諸賢者，固非旦夕之謀，而終身之事也。乃神方揚而已抑，意乍壯而忽衰，【行間批：遞到下句。】則不能不咨嗟太息，慮及於此日之由也已。

予嘗愛楊芝田《周有八士》文，情致淋漓，神似唐宋。此作堪與並傳。朱義御

樊遲問仁　全章

仁知之分而合，聖言其理而賢徵其實焉。蓋知人正所以愛人也。舉錯之知用，而舜、湯之仁見矣。遲尚疑夫子之言之未富哉？且夫德雖各見，而理寔相成。聖人之所言，帝王之所行也。然而昧者疑之，明者信焉。昔夫子備仁知之德於一心，仁者見之謂之仁，知者見之謂之知也。以之措諸天下，不外是矣。【行間批：大雅安和一提，有函蓋一切之勢。】而一旦於樊遲之問發之焉，其曰「愛人」，所以行吾心之慈也；其曰「知人」，所以行吾心之明也。蓋理實原於一本，而其隨事各呈者，於以措夫時出之宜；然事既分爲殊途，則其因物異施者，若將忘其同歸之故。宜樊遲之未達也，【行間批：點得矯變。】夫子微窺之矣。【行間批：傳神。】繼知人而言曰：「舉直錯諸枉，能使枉者直。」斯言也，所爲本仁之心，以行用舍而旌別淑慝，則似見其知而不見其仁；所爲運知之用，以鑒賢愚而鼓舞群倫，則實見其仁而並神其知。知亦何妨於仁也哉？而無如遲且以爲夫子之專言知也。【行間批：簡潔。】其所以能使之理，未達者更未達也。退而問子夏，子夏於是穆然而若有所會焉，悠然而若有所得焉，【行間批：閑情逸致。】作而曰：「富哉，言乎！此舜與湯有天下之事也，【行間批：神致生動。】而子乃謂鄉者之問知耶？【行間批：借點補點。】且亦思舜惟明於舉錯，而何以仁不如皋陶者已遠乎？且亦思湯惟明於舉錯，而何以仁不如伊尹者已遠乎？而尚疑夫子能使之言耶？」於是遲亦可以曉然於舉錯矣。於是遲亦可以曉然於知人所以愛人，而恍然悟，快然其無憾也矣。【行間批：嚴密。】

名通直壓具區。孫子未先生

欲速則不達

聖人究欲速之弊，而賢者可以達於政矣。夫欲速者固欲其達也，而不知正即其不達也。此夫子所以重戒也夫！且自悠忽者不足以立政，而玩愒者多至於失機。雖吾亦嘗曰「敏則有功」矣，【行間批：翻起。】則子今者之爲政亦豈異是哉？而吾顧以無欲速者爲子進，此何説也耶？蓋政莫不求其達也。欲速者，豈不以之爲期？然正惟求達之心勝，而反有扞格而不行者矣。政莫不慮其不達也。欲速者，豈不以之爲懷？然正惟慮不達之心甚，而反有擾亂而自阻者矣。是故政之所行，莫先於革弊。然弊有可以遽革者焉，亦有不可以遽革者焉。吾第以爲弊也，而遂欲盡革之以爲快。雖此心之無私，而報國之念過激，則更張無漸，適足以招不便者之怨，而陰以媒吾之短，而顯以去吾之身。抑政之所施，莫急於興利。然利有興於一時者焉，亦有興於異日者焉。吾第以爲利也，而遂欲立興之以爲是。雖吾才之至長，而求治之心太急，則促遽無序，適足以增奉行者之忌，而陽以遵吾之令，而陰以敗吾之功。且夫天下得之不難者，其失之也亦易。欲速而果達也，吾猶慮其苟且之功將立隳也，【行間批：更推進一層。】而況乎無一之可立哉？抑天下其進也鋭者，其退也亦甚速。欲速而能達也，吾猶慮其虚憍之氣將立餒也，而況乎無一之舉行哉？此古之人所以敷政優優，而百年必世，不汲汲旦夕之間也。

識議雙絶，筆鋒亦復無敵。孫莪山先生

斗筲之人

聖人言從政之人，其人固可量矣。夫猶是人也，而奈何以斗筲名乎？從政者如此，是可慨也。且《春秋》於列國之大夫，有書名者矣，有書氏者矣，有書人者矣。書人者，輕之也。《魯論》言人而至以斗筲書之，則尤輕之輕者也。吾何以見之？見之於夫子之論今之從政者，告子貢曰：「子問若人耶？吾不知其爲何如人也。將名之爲志節之人，而本末既無足觀；將目之爲孝弟之人，而内外又無可譽。且也言行相背，信果難期，即稱之爲硜硜之小人而亦不得也。此何如人也哉？言其器之所就，不在瑚璉圭璧之中；舉其量之所容，更出鍾釜豆區之下。【行間批：雅鍊之甚。】夫世有斗筲之人者，此其是已。物莫不各有所取，然取之淺與取之深，取同也，而所取不同也。以是而論若人，其一無所取乎？若人必有所不服。然試問其所取者果奚若也？恐斗筲之間，若人亦難自喻其淺深矣。【行間批：刻雋。】人莫不各有所受，然受之多與受之少，受一也，而所受不一也。以是而論若人，其一無所受乎？若人必有所不甘。然試問其所受者有幾何也？恐斗筲之内，若人亦難自信其多少矣。夫筐筥維修，《詩》美采蘋之内子。今之自局於斗筲也，則形穢質劣，并不得厠身于南澗之濱。抑簠簋不飭，禮戒貪黷之大夫。今之自域于斗筲也，則量物衡材，祇不過比數于刀圭之末。昔人不云乎，曰泄泄。今人不云乎，曰沓沓。泄泄之人、沓沓之人，均之斗筲之人而已矣。其爲罪之小者，曰長君之惡；其爲罪之大者，曰逢君之惡。長君之人、逢君之人，均之斗筲之人而已矣。中藏似有輕重，然一探焉而皆已無餘；外觀并無短長，雖徧覽焉而盡屬易與。彼哉！彼哉！何足算也！

秀雅絶倫，小品聖手。陳子翽先生

前半跟上文説來，後半照下文説去，能使題無剩意。至其刻畫精工，猶其餘事。莊張里

怡怡如也可謂士矣朋友切切偲偲

以怡怡者爲士進，而朋友有專事矣。蓋士之貴乎怡怡者，亦猶之切切偲偲也。則朋友之道，豈可以概施哉？且

繫《易》而至《豫》之九四，曰「朋盍簪」。説者曰：「豫，和樂也。君子能和樂，則朋期聚矣。若是乎，和樂之德，雖朋友其賴之。」及夫子與子路論士，則亦有取于和樂焉。而至於盍簪之朋，則易和樂而尚切直者，此何説也耶？蓋子路忠信人也，其剛直之氣往往發露於友朋間，而又不止發露於友朋也。夫子久而窺之，蓋亦甚不足於怡怡矣。【行間批：蘊蓄。】於是謂之曰：「爾將以切切偲偲爲足以盡士耶？夫天地不能有剛而無柔，人固法天地者也，則怡怡之容自當與切切而並著，豈曰如此者可以不如彼乎？抑陰陽不能常健而不順，人固兼陰陽者也，則怡怡之象自當與偲偲而俱形，豈曰既如彼者遂不必如此乎？如曰士可以不怡怡也，則一切切偲偲而已者即可以謂之士矣。然則士獨有一朋友耶？蓋任情而行之意，無往而爲宜，【行間批：筆端有眼。】而唯施之於同志，則勸善規過，庶幾見吾直諒之風；抑必求自遂之情，無施而爲可，而唯加之於同心，則篤摯周詳，庶幾免夫善柔之損。朋友切切偲偲，然則切切偲偲獨朋友宜然耳。士固不獨有朋友也，而豈謂士可以不怡怡如也哉？而豈謂士可以不怡怡如而但切切偲偲如也哉？

「如也」原貫上六疊字，而「朋友」句原伴兄弟説，上下鈎勒，極清極穩。洪吉人

公叔文子之臣大夫僎與文子同升諸公

家臣而同升，難乎其爲舉者矣。夫僎也，昔臣文子，而後即與之同升焉，豈僎之自爲之耶？記其事者，美在僎而不在僎也。且《春秋》譏世卿，以爲卿而世，則賢無望矣。若夫始自微賤，未致通顯，而其臣我者即其升我者也，不尤古今之所罕睹者乎？昔衛之公朝有兩大夫焉，曰公叔文子，曰僎。【行間批：提筆。】文子固大夫也，而僎亦大夫耶？【行間批：宕筆。】夫人有生平赫奕，及溯所由來，往往君子以爲美談，而小人以爲口實。【行間批：開筆。】如僎者，蓋其類矣。【行間批：收筆。】何也？從其後而觀之，大夫也；從其前而論之，則公叔文子之臣也。【行間批：互筆。】是故文

子坐於私朝，有抑然而處於其下者，非他人，固僎矣。【行間批：寫筆。】然則豪傑之士當其不遇於時，俯首下寮，沉淪以終其身者，何可勝道？【行間批：縱筆。】僎之微也如此，【行間批：擒筆。】亦安望其克自振拔，以享夫尊榮也耶？【行間批：翻筆。】乃無幾何，而僎亦儼然大夫矣。【行間批：轉筆。】蓋從其前而論之，公叔文子之臣也；從其後而觀之，則大夫也。當斯時，衛君坐於公朝，有鬱然而與文子同升者，非他人，固僎矣。【行間批：複筆。】士不終貧賤，【行間批：拖筆。】固如此哉！【行間批：冷筆。】嗟乎！勢位之際，人所必争。以當年之臣僕，一旦尊寵而不爲引嫌，與己並進而無所顧忌，文子雖賢，亦焉堪夫僎之見逼己甚也？而不然也。僎之爲大夫也，蓋公叔文子舉之云。【行間批：出筆。】

題叙而不斷。而文子薦僎，白文無其字，自于言外見之。此文最有斟酌，而以議論夾入叙事，則自《伯夷》、《屈原列傳》來。孫子未先生

子擊磬於衛　全章

隱者果於忘世，聖人獨爲其難，蓋非已爲難，而不已爲難也。荷蕢者雖爲有心之言，亦終爲其果耳，而豈足以知夫子哉？昔夫子以道不行而有浮海之思，以爲夫子蓋欲已也。乃欲已而終未果，則夫子有難於已者也。顧以斯人吾與之心每戚戚而不能釋，而東周可爲之志又悠悠而不可期，於是有甚不能已者。蓋嘗於衛擊磬焉。斯擊也，所以寫心也，然而其聲已悠然而至於門外也。有聞之者，行行且止，按其音，思其人，遇其心，則徘徊者久之。【行間批：摹神。】已而歌《衛風·匏有苦葉》之兩言曰：「深則厲，淺則揭。」蓋譏擊磬者之不已也。夫子曰：「已而已而，抑又何難？然而未免於果也。天下並非異地，孰爲可恝置之鄉？斯世皆吾同儔，又孰是可恝置之士？彼笑吾爲鄙也，吾亦嘆彼爲果也。獨奈何能爲有心之聽，而竟爲無情之語乎？」然而當日者，磬聲甫歇，歌聲即起，門内門外，互

若酬答，雖非同調，亦一知己。至究其人，則並不知爲何許人也。姑即其所事而傳之，以爲荷蕢云。【行間批：曲終人不見，江上數峰青。】

清微淡遠，《桃源記》耶？《方山子傳》耶？洪吉人

幽折駘宕，官止神行。莊張里

君子矜而不争群而不黨

人己兼有其道，惟君子交致其善矣。蓋矜則易争，群則易黨也。君子獨不然。其斯爲善其道於人己之間乎？且天下事，有在己者焉，有在人者焉。在己者，必求其所以異矣。然求其異而異之，其爲異也幾何矣！在人者，必求其所以同矣。然求其同而同之，其爲同也抑甚矣！此非君子也。君子者，端本於所性，偏倚化而身世各協於中；克己於所學，乖戾消而出入皆中其節。吾見其持己也，惜其言而口有擇言，惜其行而身有擇行，蓋亦甚矜矣。矜，則有人之所無，易至於争也。然君子則以平心静其氣，其所善者爲身心，非爲流俗也，而豈有争乎？吾見其與人也，偶與居而不爲孤，衆與偕而不爲獨，未嘗不群矣。群，則無我之所有，易至於黨也。然君子則以直道定其交，其相尚者在德義，不在意氣也，而豈有黨乎？人己之間，理本一貫。我然而衆不然，則争；衆然而我亦然，則黨。我欲不争乎，而已黨矣；我欲不黨乎，而已争矣。此兩相妨也。君子亦取其兩相妨者，交致其善而已矣。内外之際，事無二致。我先得人之所同然，則矜；人共求我之所欲然，則群。惟其不争也，斯可以群矣；惟其不黨也，斯可以矜矣。此兩相資也。君子亦取其兩相資者，各盡其道而已矣。蓋真性未明，則氣質必偏。於是有所感而或過於激，有所與而或喪所守。故從容於出入之咸宜，可以見君子炯然不昧之天。抑意見未融，則拘執必甚。于是獲一奇而不覺自驚，悲孤立而不免求

助。故優游於身世之兩忘，可以見君子確然有主之學。是故觀其矜，而知君子之異也；而不争焉，則異而不異矣。觀其群，而知君子之無所異也；而不黨焉，則無有異而有所異矣。噫！此君子之所以爲君子乎！

思議超拔，運掉都靈，而一往雄深，由養之者厚也。景思張

則將焉用　夫子

人而負乎其所用，非賢者之事君也。蓋人之所以用彼相者，彼固有所以相之者也。曾若由與求之相夫子乎？子故相提而論之。今天下未有無所用之人而猶可以事人者也。【行間批：扼定題之起訖。】蓋不能副乎其名，即不宜任乎其事。而乃恬然安之，不知其非。用之者方且曰：「兹其弼予者也。」爲所用者亦曰：「予其贊君者也。」抑何其不俯問而自慚乎？顓臾之役，二子之不持危扶顛也甚矣，而猶曰：「非二臣之過也？」然則由與求非相夫子者耶？且亦思夫子之用爾者顧不如彼相耶？蓋夫子爲虎兕，則用由與求以爲柙；夫子爲龜玉，則用由與求以爲櫝；夫子爲國與家，則用由與求以均之、和之、安之。何也？誠相之也。求而不知夫相也，則聽其出可也，聽其毁可也，聽其不均、不和、不安皆可也。然而由與求也，固居然相夫子。相夫子，而乃爲不任過之言乎？相夫子，而乃舍曰欲之而固也，近也子孫憂也，必爲之辭乎？相夫子，而乃患寡患貧，而獨不患其不均乎？獨不患其不安乎？且也聞人之所以用彼相矣，未聞有國有家者之患非所患也。聞無貧無寡無傾者之修文德以來遠人而安之矣，未聞出虎兕、毁龜玉、爲子孫憂而患寡患貧者之猶以爲吾其相之也。今由與求也相夫子，而如其非相師之道也，將焉用之？將焉用之？【行間批：以翻爲叙。】

擒定「相」字，一線穿成，筆致歷落，入古可誦也。孫莪山先生

以我馭題，故能驅諸堆垛入化。莊張里

叔齊虞仲夷逸朱張柳下惠

弟有偕兄而俱逸者，亦有兄自成其爲逸者焉。蓋叔齊有兄，而柳下惠無弟，遂與仲逸、朱張同稱爲逸民矣。今夫兄弟之懿，天性之親。然而同氣也，而不必同志也。【行間批：筆情婉妙。】故吾幸而得吾弟焉，吾樂矣；吾不幸而不得吾弟焉，吾悲矣。《魯論》記逸民，伯夷之外，繼之以叔齊，叔齊真伯夷之弟也哉！然而有弟者不止一伯夷也，而叔齊獨以逸稱。問誰讓孤竹之貴而前引後繼乎，則曰齊。問誰採首陽之薇而左取右携乎，則曰齊。問誰作西山之歌而此倡彼和乎，則曰齊。且也商辛肆虐，齊固偕居北海之濱；周武觀兵，齊又同爲扣馬之客。賢哉，齊也！千載而下，誰其後先而繼美者哉？【行間批：領起。】論者曰：齊之先有虞仲者，曾與其兄泰伯俱逸焉。其讓也與齊同，其逃也與齊同，其之荆蠻也亦與齊同。仲之後，再無繼齊者矣。故夷逸逸也，不聞其有兄共敦隱遯之風；朱張逸也，不聞其爲弟同厲清高之節。【行間批：空中樓閣。】即如我魯之柳下惠，亦未嘗無弟，然以盜横天下，視齊之清風亮節與兄齊名者，尚可同日而語耶？且夫柳下惠之品與詣，【行間批：古文音節。】非下于齊數等也。直道事人，視首陽不屈者相似矣；三公不易，較耻食周粟者無異矣。而有弟若此，雖和易近人，而家庭多故，則誦《棠棣》而生悲；即與世無忤，而昆季難協，且諷友于而飲恨。假如見夷逸、朱張，惠必謂有弟不若彼之無弟者爲脱然無累也。遐想虞仲已邈焉難攀，况等仲而上之如叔齊之倫也耶？【行間批：一齊收攝。】嗟乎！惠誠不幸。獨行踽踽，一旦而登西山之巔，讀命衰之詞，追思兄弟偕隱、同心一志之概，吾知其不免感泣數行下也。【行間批：情致不勝。】

以弟兄綰合題位，嶔奇歷落，忽斷忽續，極情文相生之妙。景思張

不辱其身　中清

身不可辱，亦求其清而已。蓋辱身者必不中乎清也，而中清者必不辱其身也，此逸民之所以爲逸也歟！且君子之所以與世相周旋者，此身耳。故嘗出吾身以爲天下，而亦往往出天下以全吾身，所謂脱迹於塵垢之中，【行間批：扣「不辱」。】而皭然與日月争光者也。【行間批：扣「中清」。】昔夫子論列逸民，而不禁有慨乎其人也，曰：「身放不用矣，【行間批：提「身」字，插入「放」字。】將隱居以待天下之清乎？【行間批：插入「隱居」字，插入「清」字。】然而舉世皆濁，何不掘其泥而揚其波也？豈以身之察察遂不能受物之汶汶耶？夫受之，斯辱之矣。【行間批：一路皆用經史，故提挈映插，皆深然不覺其爲硬入。】然而其志若何也？志不可降，而身可辱乎？【行間批：補出上句是法，却就暗有夷、齊在内，筆端有眼。】而亦有辱之者。孰辱之？降志者辱之。【行間批：即單拈「辱身」字串下，方與題首尾有綰合。】惠也、連也，其斯而已者，將不得與夷、齊並論耶？」然而説者曰：【行間批：人名一齊撮點出。】「有虞仲、夷逸者，其人蓋介乎二者之中焉，此又何以稱耶？」「夫仲與逸何以介於二者也？吾蓋於其隱居，而知其有似乎夷與齊也；抑于其放言，而知其有似乎惠與連也。【行間批：綰合。】夫惠、連固辱身者也，放言者亦辱身乎？【行間批：牽上起下，一齊都動。】而不然也！夷、齊之身固不辱，而仲、逸之身則亦清矣。【行間批：此以「身」字綰合。】惠、連之言中倫，行中慮，而仲、逸之身則亦中清矣。【行間批：此以「中」字綰合。】然則謂虞仲、夷逸即謂伯夷、叔齊可也，即謂柳下惠、少連亦無不可也。」【行間批：補點法，一齊捲入上文。】此夫子所以論列逸民，而竊不禁有慨乎其人也。

看他筆筆牽扯，筆筆擺脱，筆筆接連，筆筆轉换，渾身是眼，通身是手。如此，方許入荆棘林中，而脱手遊行自在也。孫莪山先生

大師摯適齊　全章

魯伶之去，魯樂亡矣。夫洋洋之盛，摯與諸人共成之也。乃適者適，而入者入，魯樂不幾亡哉！且夫人莫不樂於自見，雖在一藝之精，亦不欲其泯没耳。乃無何而已矣。浩然肥遯，而一往不返，此豈人情哉？蓋人必有所甚不樂於時者，而身實不能以共處，則惟有引而遠之以爲高；人必有所甚不安於心者，而力又不能以相挽，則惟有委而棄之以自潔。【行間批：題前渾寫，大士風力。】君子觀於魯伶諸人，亦良可嘆已。大師摯者，有瞽在庭，快睹鼗磬柷鼓之盛；眡瞭是屬，寔長聲容綴兆之班。今日者在齊矣，而非齊之人也。去此都，適彼邦，豈得已乎？嗟乎！自摯有所適，而相繼以去者何多也！適楚者干，魯無亞飯矣；適蔡者繚，魯無三飯矣；適秦者缺，魯無四飯矣。則奈何其俱適耶？然吾望其返也，而有不返者。方叔則入於河。嗟哉！叔不復考魯之鼓耶！【行間批：凄然欲絶。】武則入於漢。嗟哉！武不復播魯之鼗耶！而不但已也。少師曰陽，擊磬曰襄，之兩人又皆入於海。嗟哉！陽與襄不復繫念於魯，回首於魯耶！夫適者入者雖不同地，然其去國則一矣。一身之行藏猶爲末事，而故土寔難爲情也。況夫一堂共藝，一旦而地異人殊，聚散離别之悲尤此懷之甚耿耿耳。斯人之去國已足傷心，而賢者更非所期也。乃若雅樂相協，一旦而物在人亡，今昔盛衰之感尤人情之最鬱鬱耳。【行間批：一比一唱三嘆，筆有餘情。】不然，師摯之始當不爲夫子所嘆也。

情文相生，讀之使人意移。孫子未先生

有始有卒者

統始終於一貫，非所論於小子也。蓋始有始之時，卒有卒之時也，而如其一以貫之，則豈門人小子所敢望哉？今夫道有本末，而教因以分先後。教也者，所以爲中人設也。天下大抵多中人，則天下大抵皆在先教後教之中矣。而吾乃欲誣吾門人小子耶？蓋君子之有所先者，其始焉者也；君子之有所後者，其卒焉者也。始非故爲始，有始者；卒非故爲卒，有卒者。曰始曰卒，次第以相深者，既甚有懸殊之候；有始有卒，層累以漸進者，又大非一蹴之功。而游也乃欲一有而俱有乎？曾門人小子也，而能一有而俱有乎？蓋天下之理，有精有粗。致其粗而未致其精，而其精者亦未始不可致也。何也？粗者其始，而精者即其卒也。有始者即可有卒，非謂有始者之即已有卒，而奈何比而同之歟？抑吾人之功有淺有深，求其深而不先求其淺，將其深者亦終於不可求也。何也？深者其卒，而淺者乃其始也。有始者斯能有卒，非謂有卒者之並能有始。而奈何概而論之歟？夫概而論之，必將合理數於同歸，即此始，即此卒，而始卒之形于是乎盡泯矣。然而有不能泯者，然而亦有泯之者。抑比而同之，必將齊天人於一致，始在此，卒即在此，而始卒之迹于是乎悉化矣。然而有不能化者，然而亦有化焉者。吾爲之據其境，思其品，擬其人，其唯聖人乎？而門人小子云乎哉？

極有精意，而題位亦一毫不溢。劉生白

夫子之不可及也猶天之不可階而升也

欲及聖者無其階，其不可一如天矣。蓋有其階，則天可升，而夫子亦可及矣，而無如其不可何也。子貢以此曉子禽，亦所謂當前之指示乎！且自古帝王以及賢人君子衆矣，然莫不各有其等。吾未有以若之也，而未始不有以至之也，則亦循其等而已矣，【行間批：仙筆。】而非所論於我夫子。夫夫子非獨賜不能賢，賜且不能及；非獨賜不能及，即天下亦無有能及之者。非人之不能及也，夫子實有其不可及也。【行間批：清出。】雖然，天下亦有可及者矣。懸一詣焉，夐乎其高也。然登高者自卑；吾即乎卑焉，則高者不可及而可及也。指一境焉，渺乎其遠也。然行遠者自邇；

吾由乎邇焉，則遠者不可及而可及也。何也？有其階也。夫有階，則有可升。而天下之不可升者，孰如天乎？【行間批：宛轉明劃。】今夫天之蒼蒼，其正色耶？其遠而無所至極耶？乃彼狂罔念，而欲有以升之。夫升之亦似也，然升必有所執，升天者將何所執耶？升必有所緣，升天者其何所緣耶？何也？無階也。吾於是不禁恍然於夫子。【行間批：字字清出。】蓋吾見夫人之希賢者矣，賢可及也，士爲之階也；【行間批：新奇。】吾又見夫人之希聖者矣，聖可及也，賢爲之階也；吾又見夫人之希天者矣，天亦可及也，聖又爲之階也。雖然，此亦言乎在人之天也，而非言夫在天之天也；而夫子則合在人與在天者，渾然無二焉。【行間批：如此做「猶」字，新警之甚。】抑吾見夫人之得其門者矣。門可及也，路爲之階也。吾又見夫人之升其堂者矣，堂可及也，門爲之階也；【行間批：奇甚，然極有來歷。】吾又見夫人之入其室者矣，室亦可及也，堂又爲之階也。雖然，此以言乎有形之階也，非言乎無形之階也；而夫子之與天，則合有形與無形者均有不可焉，夫亦猶之而已矣。【行間批：圓珠。】蓋惟夫子猶夫天，則人無升天者，亦無有及夫子者。藉曰其可及也，亦何異坐井觀天，曰天小者？天果小也耶？

命意堅深，造語精切，題之正意、喻意兩面俱到。莊張里

欲齊其家者

有所以爲齊者，道不在於家也。夫家豈易齊者乎？然而欲齊之，則豈家爲政耶？今夫大學之道，有在人者焉，有不在人者焉。在人者，吾可以因彼人而求之此人也；其不在人者，吾不得因此人而仍求之此人也。知此者，其唯古之人。彼其由天下而及於國，由國而及於家，皆所謂道之在人者也。道之在人者而至於家，則在人之道盡於此矣。抑其由天下之明明德而及於國之治，由國之治而及於家之齊，皆所謂以人治人者也。以人治人者而至於齊其家，則

以人治人之道尚可行乎？且亦思夫吾之所以親而推於疏，疏而可推於尤疏者，曷恃乎？恃有此家也。然以言夫已齊之家也，非言夫未齊之家也。已齊之家，所急者不止於家；而未齊之家，所急者則正在於家矣。吾之所以近而推於遠，遠而可推於尤遠者，曷賴乎？賴有所齊之家也。然以言夫家之已齊者也，非言夫家之未齊者也。家之已齊者，所講者不止於齊；而家之未齊者，所講者則正在於齊矣。蓋一家之人，朝夕與處，出入與偕，其地至暱也。然地甚暱，而情則甚渙，飲食起居之地正猜爭之最易起者矣。甚矣，其情之渙而不萃也！吾將有以萃之。其使吾家之人自泯其猜，而自平其爭乎，而不能也。且一家之衆，少長相隨，老病相扶，其時至久也。然時甚久，而心則甚離，耳目聞見之中皆嫌疑之最易積者矣。甚矣，其心之雜而不合也！吾將有以合之。其使吾家之衆自消其嫌，而自釋其疑乎，而不能也。是故責人則明者，皆不欲齊其家者也。苟欲齊其家，則經營措畫，不遽施于分形共體之倫。即求報太急者，亦不欲齊其家者也。如欲齊其家，則孝友姻和，尚自得于觀感儀型之後。吾得進而求之于吾身已。

做虛縮題，最要善留餘地。一入題而即窘束，不得轉動矣。此文可謂善留地步。洪吉人

剖析入微，全以意義勝人，非單講機法者比。景思張

湯之盤銘　一節

舉商王以立新之本，其銘詞可述已。蓋人未有不自新而能新人者也。觀湯銘盤之詞，其自新者何與日俱永乎？且以聖人而王天下，固以一身而與萬民相見者也。吾日求乎民，而未有以求乎身，非所以對吾民也。吾日治夫身，而未有以治夫心，亦非所以對吾身也。知此者，其惟湯乎！蓋當日者，聖敬日躋矣，上帝從而是祇焉。【行間批：尋出「日」字來歷。】而至是乃取一心之所爲昭格者，永爲誌之，而不遺一物，德其日新矣，萬邦莫不維懷焉。而至是乃即賢

臣之所爲誥誡者，因而仍之，而更廣其詞。是故盤所以新身者也，乃吾新吾身矣，而未新吾心，可若何？此銘之者所以一再言新而不已也。盤又所以日新夫身也，乃吾日新吾身矣，而不能日新吾心，又若何？此銘之者所以三復此日而不置也。蓋新於何見？必因日而始見。吾於此日而失其故，吾則新矣；吾於日日而失其故，吾則新而又新矣。【行間批：刻雋。】而終日依然者，縱語之以新，而亦莫知其意。然日於何有？【行間批：愈轉愈靈。】又因新而始有。吾有所新於此日，則此日爲吾之日矣；吾有所新於日日，則無日不爲吾之日矣。而無所爲新者，將與日俱逝，而竟若忘其年。所難者，此新之始耳。吾已據夫舊以爲安，忽從而更之，則於情必有所不便。今於其所不便者，而竟奮其志焉，則自此以往，皆故轍之可循也。此又吾情之至便者矣。所不可知者，此日之終耳。吾將守此新而不失，則引而長之，將於心必有所甚厭。今於其所甚厭者而隨易一境焉，則一往而深，將何日而可竟也？此又吾心之至無厭者矣。迄於今，湯已往矣。然盤無恙耶？銘猶在耶？吾爲述其詞曰：「苟日新，日日新，又日新。」【行間批：二比於「苟」字、「日」字、「又」字，神理俱爲傳出。此追魂取魄手也。】

一切陳言不知消歸何有，意境爲之一新。陳子翽先生

清極，新極。此題得此文，可謂空前軼後，觀止矣。朱義御

緡蠻黃鳥　改房書

《詩》咏黃鳥，而傳其聲焉。夫黃鳥，微物耳；而緡蠻者，何其聲之悦耳也！詩人咏之，而傳者取之，豈無意哉？且甚矣哉，詩人之工於賦物也！往往即一物之微，而寫其形，寫其聲，無不酷似其真者，則有如詩人之言鳥是已。顧《詩》之言鳥亦多矣。其咏脊令也，則以爲在原焉；其咏鴛鴦也，則以爲戢翼焉。而未有言其色者。然亦有

之，鶴鶴者傳其白也，熠耀者狀其文也。而未有言其鳴者。然亦有之，雁鳴則嗷嗷矣，鷄鳴則膠膠矣，雎鳩則關關，鳳凰則雍雍喈喈矣。而未有言其形、狀其色、傳其聲於一句之中，而令人讀其詞，耳似乎其聞之，目似乎其見之。則《小雅》之咏緡蠻黄鳥，誠有味乎其言之也，以爲此鳥也耶？觀其色則黄，徐而聽其音，又何其緡蠻也云爾。夫好音睍睆，《凱風》所以寄慰母之心也。兹之咏黄鳥也，豈亦有劬勞之痛耶？而不然者，擾攘征車，胡爲乎聞佳聲而寄志？抑灌木于飛，《葛覃》所以動寧家之慕也。兹之咏黄鳥也，豈亦有絺綌之思耶？而不然者，風塵行役，胡爲乎借悦耳以陳詞？蓋鳥之爲力也微，故其音亦柔而自引。是故好風徐來，而若送若迎，乍清發以遠揚，還低徊而欲絶，悠悠之致如繅盆手矣。且鳥之爲體也輕，故其音多浮而易轉。是故遲日低照，而爲笛爲簧，既啁哳而可聽，復嘈雜而費解，嘵嘵之口如操南音矣。獨是《黄鳥》何爲？意者自謂無患，與人無争，其緡蠻者將自鳴其得意耶？然而弋人有慕，繒繳易施，其緡蠻者將自鳴其不幸耶？但以天地之靈氣常有其機，而豈獨遺于緡蠻之黄鳥？即彼黄鳥之爲物，亦率其性，而遂不覺爲一時之緡蠻。觀丘隅之是止，鳥其有知，人將何如？

刻畫雋永，突過臨川。莊張里

「緡蠻」二字分疏入細，的是繪聲手段。張石鄰

如切如磋者　八句

明明德者之止，可繹《詩》而得其實矣。夫學與修，恂慄與威儀，明明德之止之實也。詩人有見於斯焉，傳者乃由繹而得之。今夫明明德者之止，知其始之乎！仁其體之乎！凜凜者，其中之所存乎！昭昭者，其外之所發乎！而不謂詩人已見及之也，而不謂詩人已言及之也。吾試取而繹其旨，其言有斐之君子也，何以言如切？何以言如磋？

何以言如切而先於如磋？何以言如切而繼以如磋？若是者，詩人蓋言學也。今夫事物之來前也，渾渾耳，此亦物之塊然者矣。吾必有以明之，得其似矣，而未得其真也。辨其似，而其真者可知也。浸假而吾未有所明也，孰知真者之所在乎？浸假而真者之不知也，安在其爲吾之已明乎？詩人曰：「此甚有似於切磋之事矣。」遂取而象之矣。又何以言如琢？何以言如磨？何以言如琢而先於如磨？何以言如琢而繼以如磨？若是者，詩人蓋言自修也。今夫身心之未淑也，蒙蒙耳，此亦物之在璞者矣。吾必有以治之，見其克矣，而未見其復也。無不克，而其所復者可識也。浸假而吾未有所克也，何以見其來復乎？浸假而所復者之未全也，安在其爲吾之已克乎？詩人曰：「此甚有似於琢磨之事矣。」遂取而象之矣。而因是以想其心，有見其瑟兮者矣，有見其僩兮者矣，有見其瑟兮僩兮而不可以一言盡者矣。若是者，詩人所以言恂慄也。蓋君子自學修而後，深知夫在外者之易於得入也，故不勝其兢兢焉；力求夫在中者之得以常伸也，故不勝其業業焉。然在外者果不能入乎？吾不得而知也。在中者果其常伸乎？吾不得而知也。而詩人則已知之矣，遂指而言之矣。而因是以想其身，有見其赫兮者矣，有見其喧兮者矣，有見其赫兮喧兮而不可以一言盡者矣。若是者，詩人所以言威儀也。蓋君子於恂慄之時，方懼夫外者之不重，無以固學也，故不勝其棣棣焉；方懼夫一動之偶乖，終累夫大也，故不勝其抑抑焉。然外焉者之果已皆重乎？吾未嘗自覺也。大焉者之果已無累乎？吾亦未嘗自覺也。而詩人則已覺之矣，遂指而言之矣。此明明德之實也，吾蓋始而知其然者也，吾蓋觀於《詩》而益信其然者也。

理實氣空。孫莪山先生

取神於静，會意以幽。文與題情不失毫髮，直奪百川旗幟，豈復效之乎？朱義御

體格高妙，正覺咏嘆淫泆，意味深長。景思張

十手所指

獨之不可掩，所指一如所視矣。蓋天下未有所視之不可指也。指亦以十手，獨之不可掩，一至此耶？且自有人之視己者，而小人殆無以自恕矣。然自有人之視己者，而小人又將以自寬焉，曰：「此特視之已耳，而吾之所謂無所不至者未必其能指陳其事而言之也。」【行間批：靈敏。】然而曾子則繼十目所視而又有説焉，以爲：此視之也耶？夫有可視即有可指，視非一視而指亦非一指也。此目之所視也耶？夫目有所視即手有所指，視於目者既十，則指於手者亦未始非十也。身世其兩忘耳，無論視無所加，即指亦無所寄；善惡其俱寂耳，無論目無所用，即手亦無所須。若夫意之既發也，而指之者衆矣。始吾於君子之善，而不可勝指也；既吾於小人之不善，而亦不可勝指也。豈但吾指之？其人亦且自指之。即其得以自指之時，而已有共指之情者也，【行間批：刻露。】則所指者豈不多哉？始吾指其人之善不善，而指不勝屈也；既而其人自指其善不善，而亦指不勝屈也。豈但其人自指之？衆人亦且共指之。即其可以共指之時，而已多所指之情者也，則所指者又豈可數計歟？是故視猶虚也，而指則已實，實往而虚亦歸矣。吾安勝夫？實有所指者，一手之不足，而衆手之俱烈耶？視以神也，而指則以形。形全，而神亦聚矣。吾焉堪夫？形於所指者，衆手之不寬，而群指之皆集耶？【行間批：洗剔至此。】夫獨之不可掩者如此。嗚呼！豈不嚴也哉？

刻露清真。孫蕺山先生

民之所好　二句　其一

以民之好惡爲好惡，君子之能絜矩者也。夫民有所好，亦民之好耳；民有所惡，亦民之惡耳。乃好之惡之者，即在君子也。傳者以之明能絜矩者，以爲人莫不有其情矣，乃人人有情而不能自爲致其情，則不能不望夫能致之者矣。然而能致其情者，亦非別有其情也，亦不過即其人之情，還以致之於其人。【行間批：一氣宛轉，清空如話。】於是乎，不獨有其情，乃能遂乎人之情，則有如樂只君子之於民也。夫君子於民，論其勢，【行間批：翻。】上下各殊也；論其分，尊卑迥異也；論其數，一人與億兆多寡又大不倫也。然則君之於民，其情將不相通矣乎？而有其通之者也。何以通之？曰：好惡。今夫君嘗殷然而若有冀焉，曰：「予有所好矣。」民亦將殷然而若有冀焉，曰：「吾有所好矣。」【行間批：用筆飄雲渺忽。】夫君有所好，則宜乎民之好之也；民有所好，則又宜乎君之好之也。然而君能求所好於民，而民不敢求所好於君，何也？君嘗愍然而若有憾焉，曰：「予有所惡矣。」民亦將愍然而若有憾焉，曰：「吾有所惡矣。」夫君有所惡，則宜乎民之惡之也；民有所惡，則又宜乎君之惡之也。然而君能責所惡於民，而民不敢責所惡於君，何也？夫不敢求所好於君，然則自有好而自遂之乎？而不能也。於是乎，絶望於所好矣，乃不意所好者已一一而身被之也，則君子之好其所好也。抑不敢責所惡於君，然則自有惡而自去之乎？而又不能也。於是乎，終身於所惡矣，乃不謂所惡者已一一而皆已遠也，則君子之惡其所惡也。由是而民不言其所好也，而君子已體之；民已自言其所好也，而君子即與之。【行間批：好之惡之寔義，講得圓滿周足。】藉非心誠好之，【行間批：剔清好之。】而能强其所不悦者布之民而無所吝乎？由是而民方以爲惡也，而君子即禁之；民猶未即以爲惡也，而君子已絶之。【行間批：如此發揮寔義，方使寔處皆虚。古人之化臭腐爲神奇，此是也。】藉非心誠惡之，【行間批：剔清惡之。】而能强其所難堪者降其心而無所惜乎？然則好其所好者，民之好即君子之好也，君子無所爲好也。無所好而有所好矣，【行間批：雋永之句。】斯則真能好之者矣，而況夫所惡者又且愍然也。【行間批：鈎帶一筆，風神裊然。】惡其所惡者，民之惡即君子之惡也，君子無所爲惡也。無所惡而有所惡矣，斯則真能惡之者矣，而況夫所好者又已殷然也。其斯爲不獨有其情以遂人之情者乎！

但凡要作白描文字，須要如清水芙蓉，一塵不染，方爲高手。不然，則竟成數白話者矣。此文手法空靈，筆意飄忽。解此，則手不持寸鐵，可以入萬人陣中而無難也。陳子翽先生

筆善轉而思善入，迴不猶人。張石鄰

民之所好好之民之所惡惡之　其二

同其好惡，君子之能絜矩者也。蓋有好惡之情者，未有不相通者矣。好民好而惡民惡，其斯爲能絜矩之君子矣乎！今夫君民一體也，民之心即君之心。而惟能絜其心者，知周乎萬民，而道濟乎天下。吾言絜矩，豈第絜之以其所惡乎？蓋言所惡，而所好可知也。【行間批：入題有法。】試舉以觀樂只之君子，則不惟逆以靳之，而且順以推之焉。夫億兆至繁，其有所求以必遂之情，不言而皆喻者也，而無如其力之不能自遂矣。其有能遂之者，而又不敢冀其必遂矣。【行間批：清矯。】何也？此民之所好也，而不謂君子之已求之也。蓋草野之於朝廷，異其懸隔之勢，而不異其慕悅之情。君子以一情而類萬情，由是愛一萌而畛域盡化焉。然則君子無所爲好也，民之所好即其好，斯則真能好之者乎！抑閭閻至苦，其有所遠而求去之志，不問而可知者也，而無如其力之不能自去矣。其有能去之者，而又不敢望其必去矣。何也？此民之所惡也，而不謂君子之已遠之也。蓋愚賤之於君王，殊其尊卑之形，而不殊其厭薄之志。君子以一志而通衆志，由是憎一開而物類皆遍焉。然則君子無所爲惡也，民之所惡即其惡，斯則真能惡之者乎！蓋所感者隱，而達之於顯，故民風未採而性情已昭；所施者恕，而喻之於人，故政令初頒而純雜不並。君子之能絜矩，有如此者。

寒香澹味，宛如秋菊。朱義御

只將題中「虛」字跌醒，淡淡着筆，題神已肖。張石鄰

天命之謂性　全章　其一

《中庸》明道，而極言體道之全量焉。夫人之所以離道者，皆不知其出於天也。明其爲率性，而致中和以幾位育，不難矣。《中庸》意謂：終古此天地也，盈天地皆萬物也，而道行於其間矣。【行間批：逆入。】人而離道，於是性之説不明，而教且日以敝。吾於此竊有所不能已焉。蓋言性而不言天，非性也；言道而不言性，非道也；言教而不言道，非教也。【行間批：還他三平。】道也者，【行間批：獨提「道」字，總挈全題。】原於天，著於教，而實循乎性之自然。【行間批：首節。】近之不外喜怒哀樂之間，【行間批：四節。】而遠之通於天地萬物之際。【行間批：五節。】無時無道，無時可離矣；無處無道，無處可離矣。【行間批：次節首二句本位。】如其可離，將吾無性乎？吾而無性，將吾無喜怒哀樂乎？是故君子知乎此，而不可不有以體乎道也。於是以教爲程，而以天爲歸。【行間批：小結束。】由睹聞而至於不睹不聞焉，【行間批：次節、三節本位。】有不勝其兢兢者，非拘也，所以立天下之大本而欲致其中也。【行間批：即打通。】視隱微不啻夫至見至顯焉，則尤加其凜凜者，非過也，所以行天下之達道而欲致其和也。蓋天地不離此中，萬物不離此和，【行間批：打通。】而究其實，則喜怒哀樂發與未發而已矣。【行間批：四節本位。】君子自戒懼而約之，【行間批：倒補。】使未發之皆中也，則天命之性可識矣，【行間批：帶定首節。】而不僅吾之自識其性也，天地即於此位焉；自慎獨而精之，使已發之皆和也，則率性之道可見矣，而不僅吾之自見其道也，萬物即於此育焉。然則君子亦修道而已矣，豈其務立教之名而矯其性以誣天也哉？此道也，中也，庸也，不可離也。

法老氣勁，前輩爲之却步。孫子未先生

天命之謂　全章　其二

道合天人，君子成能焉。蓋未有君子，而道在天；【行間批：竪義極大。】既有君子，而道在人；中和而位育，以人合天矣。昔子思子述所傳之意以立言曰：天地參以人者也，萬物備於我者也。原其始而要其終，於是乎可以言道。【行間批：精核。】蓋道有其原，不可以不明。夫性不虛具，而教不妄加，所以然者天也。出於天，而道可易乎？道有其實，不可以不知。夫物有爲生，而時有爲行，【行間批：字字雅鍊。】所以然者己也。體備於己，而道可離乎？是故君子於此言其體道之要，則存養極於不睹不聞，省察始於莫見莫顯，理定於心而欲絶於志，戒懼與慎獨並凛已。論其造道之極，則大本立於未發之天，達道行於已發之節。中則體虛，而和則用靈，【行間批：名貴之極。】天地位與萬物育並隆已。明其原，知其實，操其要，充其極，而道於是乎知，於是乎行。【行間批：老泉。】

精練高簡，守溪得意之文。朱羲御

簡練精嚴，銀鈎鐵畫。張石鄰

子曰舜其　之内

虞帝之大孝，厚身即所以厚親矣。【行間批：能截去下二句。】夫德也，尊也，富也，舜之所以厚其身者，非即所以厚其親者哉？故夫子以大孝歸之。且夫聖天子之有天下，人見以爲一身之榮，而不知衹完二人之事。【行間批：黄鐘、大吕。】蓋人孰不欲顯其親？亦孰不欲尊其親？亦孰不欲養其親？而惟其至者，置其身於無加，遂奉其親於莫上。【行間批：筆力扛鼎。】吾是故俯仰今古，而求一大孝者，蓋幾幾乎甚難其人矣。何也？意非不篤於顯揚，而天資學力不能自擴其未有之才，則夙興夜寐，一念及於全受全歸，何以使所生之無忝也？念非不切於崇奉，而時地遭逢，不能不有其一定之分，則出身加民，一念及於服勞奉養，將何以快無窮之孝思也？甚矣，大孝者之難也！以今觀之，舜其大孝也與！蓋孝莫大於顯親，而舜則德爲聖人矣。夫一鄉一國之善而猶必推本於所生，況其盛之至者乎？當日者，陶漁耕稼，側陋已占元德之升；浚哲温恭，明揚更著重華之頌。【行間批：字字精鍊。】此固岳牧之所不能比其賢，而頑嚚且因之而底其豫者也。善貽父母，爲之必果。稱聖人者，豈其不稱聖人之親者哉？【行間批：顧大孝合法。】孝又莫大於尊親，而舜則尊爲天子矣。夫擔圭拖組之榮，而猶必歸庥於宗祖，況其崇之至者乎？當日者，納麓賓門，歷試但爲胥遷之地；人歸天與，揖讓即在薦暴之時。此固放勳未嘗以天下私其臣，而瞽瞍不得以匹夫及其子者也。子有天下，尊歸於父。敬天子者，豈其不敬天子之親者哉？孝又莫大於養親，而舜則富有四海之内矣。夫籩豆肥牲之陳，而猶必以速夫先考，況其豐之至者乎？當日者，上賦下賦，厥貢既則壤於中邦；納秸納總，分服又參錯於百里。此固都聚之所未嘗有其材，而于田之所不能備其供者也。子雖齊聖，不先父食。享有天下者，豈其不享有天下者之親者哉？此皆舜之厚其身以厚其親者也。甚矣，其孝之大也！

精鍊處，卓然特出。陳子翽先生

文如其題。大言炎炎，稱其爲清廟明堂之器。洪吉人

天下莫能載焉語小

無有出道之外者，而道亦非廓也。夫使道而有能載之者，則道小矣。天下莫能載，則道非小，而有其小矣。其小也，何不繼莫能載者而言之？今夫視天下爲大者，皆其視吾身爲小者也。然吾身固小於天下，而以視夫吾身之所

具，則天下小矣。天下固小於吾身，而以視夫吾身之所具，則又有其小矣。若是者何也？曰：君子之道也。夫道則豈止於大哉？然而語其大者，所謂不條分之而概舉之，不縷析之而統觀之者也，則吾見其天下莫能載矣。今夫載之云者，包乎其外而承之者也。夫有物焉以包乎此物，則此物小矣。而道則何所包乎？吾見其彌綸六合。道能包乎天下，而天下則無物能包乎道也。夫不能包，而猶能載乎？抑載之云者，受乎其下而戴之者也。夫有物焉以受乎此物，則此物小矣。而道則何所受乎？吾見其蟠際宇宙。道能受乎天下，而天下則無物能受乎道也。夫不能受，而猶能載乎？獨是天下事甚不一矣。有其大者，必有其小者。莫能載大，或者能載小耶？且天下事又甚難兼矣。形其大者，未必復形其小者。以莫能載而見其大，豈亦以莫能載而見其小耶？然而道自有其小也。小不在莫能載之外，即其莫能載者，第不概舉以言之，而條分以言之者也。小亦并非莫能載之餘，無非此莫能載者，第不統體以言之，而縷析以言之者也。是故不語其小，則道疏而不密；不語其小，則道粗而不精。又焉知不以天下之莫能載者，反爲虚浮而未實，廓落而無當哉？

巧藏於法，每以健筆爲斡旋，嘉魚故具此意。孫又深

縮合大雅，迥異時溪，到底不走一系，尤爲可法。張石鄰

君子之道辟如行遠 至 其順矣乎

道必有所自，可即家庭以明之焉。夫遠邇高卑之間，而道在是矣。《詩》言妻子兄弟，子言父母，不可以明其所自乎？今夫道非泛泛者也。故即舉足而可以喻其情，即宜家而可以通其意。君子固下學而上達者。吾觀其道，有所積者，其行者類耶？有所累者，其登者例耶？然言道者方且遥視之，以爲君子何茫乎其無畔涯也；仰望之，以爲君

子何覓乎其莫知紀極也。若此者是不知行與登者之説，吾與之賦《常棣》矣。其詩曰：「妻子好合，如鼓瑟琴。兄弟既翕，和樂且耽。」未已也，又曰：「宜爾室家，樂爾妻帑。」此言妻子耶？此言兄弟耶？何其流連而三復耶？而夫子曰：「父母其順矣乎！」甚矣哉，夫子其告我以遠邇高卑之旨也！何也？妻子之合，有不止於妻子之合者也；兄弟之翕，有不止於兄弟之翕者也，而父母順焉。此邇可以爲遠，卑可以爲高也。父母之順，父母有不自爲順者也，而順於妻子之合焉，而順於兄弟之翕焉。此行遠必自邇，登高必自卑也。甚矣哉，君子之道有如此焉者！

文有逸氣。朱義御

審于輕重先後之宜，將全題鎔鑄入化。奇者平者，兩不能造。莊張里

辟如登高

高有所以登，言道者再一取象焉。蓋人之所以登高者，即其所以行遠者也。言道而又取象於此，亦備極形容矣。今夫道，有所推而愈廣者焉，即有所仰而愈上者焉。使道但可推而不可仰也，非費也；使言道者但言其所推而不言其所仰也，亦不得謂爲道之費也。然則吾言君子之道，豈第取譬於遠而已乎？試由遠而引伸之，又有所謂高者。抑豈第取譬於行遠而已乎？試由行遠而類推之，又有所謂登高者。今夫道，其衆著者耳，無所爲獨也。使道而獨見其爲高，【行間批：反筆逆取下意。】將所謂高者非高也。然今日見以爲高矣，何以異日而又有所見爲高者乎？異日見以爲高矣，何以閱異日而又有所見爲高者乎？則登之之説也。今夫道，其積累者耳，無所爲驟也。使道而驟得所爲高，將所謂高者不高也。然今日已至其高矣，何以異日而又有所至之高者乎？異日已至其高矣，何以閱異日而又有所至之高者乎？則登之之意也，而獨不可爲不登者言耳。【行間批：一片。】蓋道必登之而後高，未有不登而即已高者也。吾知

所爲遠矣，獨不知所爲高也乎？而又不可爲登而不登者信耳。蓋人必登而又登，而後道高而益高，未有僅一登之而即無乎不高者也。吾知所以行遠者矣，獨不知所以登高者乎？【行間批：必將上行遠伸説，方切題。此先正定法也。】若是乎，高不與遠分兩事也。就其行則爲遠，就其登則又爲高。觀於登高，則道所以如彼者即其所以如此者矣。若是乎，登若與行分兩境也。推而暨之，則爲行遠；仰而企之，則爲登高。觀於高有所登，則道既可以如彼者，又不得不如此也矣。何也？必自卑者，猶乎其必自邇者也。

先正於虛縮題作法，必逆取下意在前，而以本題扣住。然逆取下意，尤須用反筆泛筆。不然，則侵下矣。

此正得其遺矩。孫子未先生

筆如走珠，無轉不圓，遂令下句已在吞吐間。張石鄰

和樂且耽宜　矣乎

咏和樂於好合後，可想見此時之父母矣。夫非和樂，則室家不相宜甚矣，僅一妻帑之樂而已，而謂能順父母哉？今夫一家之中，父母寔生我者也，而不第生我者也。【行間批：指父母，虛扣兄弟，以「兄弟既翕」截去故也。】蓋生我，則其愛必曲而深；而不第生我，則其情又公而溥。君子觀於此，而知得親之心者，有不徒在好合之一事者也。【行間批：扣住題位，既不遺「妻帑」句，又不連「好合」句，得法。】乃《詩》之繼妻子而咏者，【行間批：領題有分寸。】不曰「兄弟既翕」乎？夫兄弟之難合而易離也，當夫分形連氣之時，父母之所愛者我亦愛之，【行間批：即從「兄弟既翕」後，翻論難于和樂，縮入妻子，直走父母，捷如飛龍，變若鬼神。】已而吾各有所愛之人矣，已而吾兄弟又各有所愛之人矣。【行間批：虛影妻子，方不連上。】此時房闈之念深，則骨肉之情淺；床第之恩愈厚，則手足之誼愈薄。【行間批：從好合後，翻論兄弟之不和，都有至理。】

甚且長舌厲階，鬩墻致禍。此雖兄弟之無良乎，而抑知其凄然而欲絶者，有父母其人哉？【行間批：一路筆勢，如奔涛怒浪。此筆收住，如碣石之臨海口。】蓋父母之慮吾兄弟之不和者，固無異于慮吾妻子之不好也，【行間批：講兄弟一比，帶定妻子句，不脱不粘，極有手法。】故乾餱而求其無愆，籩豆而欲其既具，乃其無愆而既具者，又欲引爲無窮之致。抑父母之患吾兄弟之不樂者，或更甚於患吾妻子之不合也，【行間批：以「和樂」字截去「既翕」句。】故式好者祝其無尤，具邇者願其無遠，乃其無尤而無遠者，又欲永爲不替之情。如此以爲和也，如此以爲樂也，如此以和樂而且耽也，是真能宜爾室家者也，是不獨樂爾妻帑者也。【行間批：筆快如風，一路草木枝葉無不隨之作曲折。】父母顧之，爲何如也？父母何以和？兄弟和焉，則亦和焉矣。【行間批：帶定和樂，以清題止。】况吾之和于兄弟者，又各和其妻，各和其子，熙熙然一家之無乖志也。此真父母之所望，而不可必得者也。抑父母何所樂？兄弟樂焉，則亦樂之矣。况吾之樂于兄弟者，而吾妻亦樂之，吾子亦樂之，【行間批：從兄弟倒縮妻子，方不脱不粘。】蒸蒸然一門之無間言也。此真父母之所期，而求必遂者也。而有不悦于心、快于志，油油然而順也乎？此夫子所以讀《詩》而興嘆也。【行間批：補筆。】

不明法之綰合者，不能清題之起止也。不知筆之向背者，不能備題之離合也。讀此文者，其細思之。孫羲山先生

自誠明謂之性　誠矣

《中庸》互論誠明，而由分以得合焉。蓋猶是誠也，猶是明也，性與教雖分，而要其歸則同也。於是誠明之説盡矣。《中庸》意謂：天人之故，吾得而知之矣，仍不出於夫子之所云也。蓋夫子曰誠身，則天下固有此誠之一理也。夫子曰明善，則天下又有此明之一理也。是二者日懸於天壤，可以分見，可以互形，而其先後終始之相因而兼及者，

則不能不待乎其人。是故觀其異，而即有以知其同也。何也？論誠明之理，則其共出一原者既不得而殊致；論誠明之人，則其各有從來者亦不得而混觀。蓋有自誠明者，又有自明誠者。若是者，吾烏乎其謂之？夫無妄之本出於天，而不昧之真即由於命。【行間批：直從天命之性説來。】無論其無乎不誠、無乎不明者，爲生理之皆完；即其偶有所誠、偶有所明者，【行間批：所謂在人之天也。】亦莫非本體之偏見也。靈機之開啓於師，而實踐之修亦有所授。無論其於我乎明、於我乎誠者，爲親炙之得傳；即其自有所明、自有所誠者，亦莫非私淑之所及也。故一則謂之曰性，一則謂之曰教。所謂成人而不失赤子之天，所謂後覺而必效先覺之事。聖人、君子，無異道，有異名耳。抑即誠明而溯所由來，則其屬在兩人者，既不得不別其等；然即誠明而論其究竟，則其分爲殊途者，又未嘗不同所歸。蓋誠無一不明也，明未有不誠也。若此者，吾烏乎其判之？夫仁義之理根於心，而是非之實自徵於事。無論其即此是誠、即此是明者，【行間批：表裏洞達。】爲全體之並露；即其宅心爲誠、待物爲明者，亦並非兩端之各見也。二三之見絶於中，而專精之業自造其極。無論其明於此時、誠於此時者，爲相因而遞至；即其先有所明、後有所誠者，亦並非彼此之甚懸也。故一爲誠則明矣，一爲明則誠矣。所謂據我之所有而歷數之，自無所昧；所謂知我之所無而必求之，自無所缺。聖人、君子，有異品，無異量耳。此天人合一之道也。

所謂屋裏人説屋裏事，了了鑿鑿，豁然心目。孫莪山先生

説理深細，八面玲瓏，所謂學如牛毛，成如麟角者。景思張

天地之道博也 一節

天地之各極其盛者，即至誠之盛者也。蓋道莫盡於誠也，而天地既已不貳矣，則其博厚高明悠久之盛，有不

與至誠同然者乎？且吾言至誠之盛，而恍然於天地焉。既而思之，天地當亦無異徵也，則夫言天地之盛者亦何必他有所取哉？即以言至誠者言之，而無有不合者已。何也？至誠固配天地者也。乃其博也如是，其厚也如斯，其高與明也如斯，其悠且久也如斯。配天地者且然，而又何疑於天地？而又何疑於天地之道？今夫天地，周乎其外，【行間批：精簡。】而莫不見其博焉；入乎其中，而莫不見其厚焉。此人之所見者耶？而非復人之所見也。【行間批：跌宕。】道有居乎其先者，而後廣被而不窮，深遠而難測也，其與至誠之博厚無殊觀也。且也仰而承之，而莫不知其高焉；照而臨之，而莫不知其明焉。此人之所知者耶？而非復人之所知也。道有裕乎其原者，而後巍然而獨上，昭然而莫掩也，其與至誠之高明無異量也。且也相安於其中者，而莫不以爲悠焉；相繼於其内者，而莫不以爲久焉。【行間批：疏發字義精切至此，可謂要言不煩。】此人之所共以爲然者耶？而抑知其所以爲然者耶？道有操乎其約者，而後推行之而不迫，化育之而不窮也，其與至誠之悠久無二致也。是數者，至誠或分見以爲功，而天地亦各著以爲美。【行間批：又將題總頓二比，累處能輕，寔處能虚。】歷數而計之，曰：此其博也，厚也，高也，明也，悠也，久也，可以一言盡，而不可以一言盡也。抑是數者，至誠若次第以相深，而天地則一時而俱盛。連類而舉之，曰：此其博也，厚也，高也，明也，悠也，久也，不可以一言盡，而不啻可以一言盡也。所爲不貳者如此夫！所以不測者如此夫！

處處將至誠伴説，亦是章中應有之義。難其精切之中寓以空靈，不爲理題束縛，見手段耳。劉生白

五畝之宅　四段

有所以使民富而可教者，其政所宜詳矣。夫民非無可以衣食者，上苟一一而詳其制，雖禮義可興矣，而何爲不

盡心於此也？且有國者制民之命，操生之權，必將使其家給人足，各獲其所安，而力之餘，且足以及其他焉，而後可以云盡心而無愧也。雖因天地自然之利，而未施人主輔相之權，則制之不可以不詳也。今王之民，非無家者也。吾就其家計之，大約不過數口，其中有頒然而白者，非五十即七十者也，而皆待足於王，王何以策之哉？【行間批：此亦人所有，難得如此古雋。】夫無一定之制，而聽民之自取，則豪强兼并，而有有餘不足之患；無教富之謀，而任民之自求，則侵取攘奪，而有遺親後君之慮。是故五十非帛不煖者也。然有可以使之煖者，而君未之詳也。七十非肉不飽者也。然有可以致之飽者，而君未之察也。初何嘗解衣爲惠，而已綊纊之無憂；亦不必推食爲恩，而已飫肥之無慮。【行間批：照定梁王移民移粟，不泛。】豈私此五十、七十者哉？然正不敢同於數口之家矣。【行間批：隨束隨渡。】若夫數口之家，則饑之堪念也。是故政有以度之：策衣帛者曰樹桑，必於五畝之宅；策無饑者曰授地，必以百畝之田；策食肉者曰蕃育，必鷄豚狗彘之無失；策無饑者曰力田，必耕耘收穫之勿奪。【行間批：點法妙甚。】殷殷焉民各食其地，蕃蕃焉地足食其民，至明也，至便也。然豈如五十之不可不帛，七十之不可不肉哉？故無饑足矣，亦以示孝弟也。【行間批：純是牽上搭下法，妙甚。】然君子謂即此可以立教。【行間批：全章原爲救荒之政，故教只帶言。此文最得旨。】蓋放僻邪侈之爲，由民恒産之無制；而仰事俯畜之足，則民從善也爲輕。藉令庠序不謹，孝弟不申，使五十、七十之頒白負戴道路間，此在饑之時或有不暇，而豈所論於無饑之後哉？嗟乎！田廬樹畜本藏於民間，第詳爲規畫，以授小民而至足；衣食教養亦非有取於官府，第立之準則，不啻君上之所賜。然此豈易得哉？

作法皆得之古人，而清匀妥適，允稱佳製。孫子未先生

高格古調，近今人鮮有能者矣。孫又深

作法之妙，前評盡之。愛其筆筆瘦硬，不入時下痴肥泒頭也。張子容

臣聞之胡齕曰　有諸　其一

述所聞於齊臣者，徵其有於齊王焉。夫不忍於牛之事，既聞於胡齕者，歷歷可述矣，而又何以徵之王以決其有無耶？孟子蓋有微意矣。想其對王者曰：「臣言王可以保民，而王疑之，豈以王之所保民者曾無偶一自見者耶？且臣亦非漫無徵據而云然也，臣蓋有所聞焉。夫事既出於聞，則未可遽以爲有也；然事既有所聞，又未可遽以爲非有也。【行間批：從「聞」字嵌入，映起「有」字，以清題界。】夫臣果何聞？亦聞於王之臣有胡齕者，素習臣，爲臣道王之行事甚悉。然他不具論，獨傳王不忍於牛之一事，其意雖隱而情甚深，其物雖微而類甚鉅，爲言王所以觸發之狀，爲言王所以問答之詞，爲言王所以感動而不容已者，能開一面之仁，爲言王所以躊躕其無有害者，善用兩全之道。【行間批：寔者虚之。】於是臣聞之不覺慨然而興嘆，曰：『王其信有若是者乎！王其信有若是者乎！』【行間批：又擊起「有」字。】然臣羈旅之臣也，今日者始至齊，其於王之行事，非能朝夕左右王，得以親見而目睹也。不識當日者堂上堂下之間，果有牽牛而過者乎？見牛之時，王果有『何之』之問乎？牽牛者果有『釁鐘』之對乎？王果有舍之之情乎？牛果有觳觫就死之狀動王之不忍乎？釁鐘之不可廢，王果有『以羊易之』之説乎？【行間批：虚者寔之。】夫臣羈旅之臣也，固非若胡齕之朝夕左右王，其於王之行事得以親見而目睹也。然而齕言之，而臣聞之，而王試决之，其果以臣聞之不誣也，則臣請言王之所以保民也。」

是《戰國策》中一篇極妥當文字。孫子未先生

臣聞之胡齕曰　有諸　其二

述所聞以徵於王，欲王之自審也。夫牛微物耳，乃猶不忍其死如此，則王之意可識也。此孟子所以述所聞以徵於王乎！若曰：「臣今者與王商確古今，而及王之保民，乃臣則深信其可者。蓋王嘗有一事焉，臣竊心誌之而不忘也。然臣旅人也，始未嘗爲王臣，凡王有所爲，何從而知之？亦何從而信之？然有所聞焉，且所聞者胡齕非甚疏逖而不近王者，其言若誠有而不誣。夫宣上德意以與人共誌之，人臣之事也。則王有所甚休美，凡在齊廷者，孰不樂稱之而樂聞之？況在胡齕哉？況在臣哉？齕之言曰：『王甚勤於政，視朝餘，不即返後宫，則恭嘿者久之。已而若有人徐徐過王前，有所牽。王見之，則牛也。乃牛則甚觳觫然，若有所感動乎王也。』臣聞其言，心訝焉，以爲不軌不物，則君不舉，牛何所用而以驚堂上爲？疑其説之若無有。然齕曰：『王固嘗問之矣，牽牛者則以釁鐘對。』夫釁鐘，大典也。其過於堂下也，不亦宜乎？臣聞之，慨然嘆曰：『果有之，牛其死矣。』齕則曰：『不然。牛至今尚生。王蓋曰：吾不忍其觳觫，若無罪而就死地也。於是乎遂舍之。』臣聞至此，不覺擊節稱快，肅然而起拜曰：『牛之得生有若是乎！王之不忍有若是乎！顧何以爲釁鐘也？』乃齕曰：『尚有進。夫釁鐘大典也，王豈以不忍一牛故而廢之？然而王則曰：吾實不忍，其以羊易之便。』蓋臣所聞於胡齕言王所以曲全乎牛，又有如此者。迄於今，王固坐於堂上也。牽牛而過者，尚可憶其人乎？觳觫就死者，尚可想其狀乎？不忍而欲舍者，尚可舉其情乎？釁鐘而易羊者，尚可得其説乎？然胡齕非甚疏逖而不近王者也，其爲臣言如此，不識此語誠然乎哉？」

其諸所謂遲之遲，而又久咏嘆之、淫泆之者，蓋極文章頓挫之妙。孫子未先生

以首句運化，得叙述體，寫照傳神，筆筆欲活。景思張

跌宕頓挫，備極文情。而題句每於議論中帶點，迴不犯實。張石鄰

老而無子曰獨

獨之情形，非老而無子者不知也。夫無子已足念矣，而乃老而無子乎？故名之曰獨而已。且天下惟老人倍多傷感耳，况益之以骨肉之情也？是故孑然之狀，且有時顧影而自憐者，其情與形之足吊，當不僅如鰥與寡而已矣。蓋老而無妻，雖乏室家之助，而或有子之堪傳，則箕裘不墜，尚可以慰遲暮之景。抑老而無夫，固增衾穴之悲，而或有子之是從，則栖棬斯在，亦不致嘆未亡之身。甚矣，人不可以無子也！况於老乎？奈之何有老而無子者？此身筋力已非少壯之時，而膝下斬然，覺一身之形骸皆虚也。昔之日，期之待之，以至於今。至於今，而依然無子也，尚何期乎？尚何待乎？爾日年華迴無停留之刻，而後嗣杳然，覺此際之日月徒多也。向之人，祝之禱之，以至於今。至於今，而居然無子也，尚誰祝乎？尚誰禱乎？蓋有子可以供祭祀，而身資其養猶淺也。無子，則執祼將者誰也？列肴核者誰也？春露秋霜之日，自顧其後竟無繼者矣，所有者止此一身。抑有子可以寄宗緒，而將大吾門，不可知者也。無子，則讀父書者何人也？守父業者何人也？祖功宗德之傳，從此以後竟至中絶矣。所存者止吾一世，【行間批：收句兜轉一筆，更慘。】是故名之曰獨也。【行間批：接句欲飛。】獨不僅在獨居，而亦兼在衆著。蓋獨居，則久而自不覺耳。一旦而友朋聚會，何拜跪牽裾者大來逼人也！則不但人謂其獨，即己亦自知其獨也已。獨又不難於對人，而寔難於自處。蓋對人，則紛而若相忘耳。一旦而風雨清宵，何門户蕭條者凄然欲絶也！則不惟自憐其獨，即人亦共憐其獨也已。故有生平未育，求一啼號而不能，則獨而終於獨者，固屬堪傷；抑有顧復時深，已而悲感之交集，則不獨而竟至於獨者，尤爲可憫。即曰弱女勝無男，而及其遺嫁，終覺依倚之無人；即曰猶子可比兒，而各有怙恃，終覺痛癢之不切。嗟乎！人皆有子，我獨無。誰實爲之？謂之何哉？

獨之情形，自覺可悲，而寫來更人人可悲也。此以知文情只要真耳。陳子翽先生

情至之文，雖不獨者，亦應酸楚。朱義御

有感乎其言之，故字字錐心。張石鄰

吾何修而　問也

齊君有希古之心，宜爲其臣之所美也。夫同一觀也，而景公則欲有所修以比於先王，其有希古之心乎？晏子之善之也，宜哉！且人君有所穆然而深思，睪然高望而遠志，而其臣即爲之嘖嘖稱美之弗置者，非諛也，將順其美道固有在於是者。如景公興心遊觀，環齊之邑將皆必有車轍馬迹焉。以此而問於晏子也，可謂善乎！繼而轉一言曰：「吾何修而可以比於先王觀也！」豈以先王亦有觀耶？豈以先王有觀而觀始善耶？豈以所修而比於先王之觀，而其觀乃亦爲善耶？景公此問，其殆善者機也。宜乎，晏子屬聽之下，對之之詞未及陳，而欣喜之心不覺其忽動，對之之詞正欲出，而贊美之情不覺其先揚，躍然曰：「善哉問也！」【行間批：摹寫。】此蓋相期之深，而迎機立導者其應如響乎！蓋觀非善也，而先王之觀則善。徒言先王觀，非善也；而比於先王觀，則善；無所修而欲比於先王觀，非善也；而欲何所修，以比於先王觀，則善。【行間批：一路筆情，有「山雨欲來風滿樓」之勢。】善哉！君有高世之心，而始問以先王乎！則君之觀，即先王之觀矣。善哉！君有希迹之志，而始問比於先王乎！則今日之比於先王，異日其即爲先王矣。善哉！君有修政立事之思，而始問所修以比於先王乎！則君之所修，即先王之所修矣。公固曰：「吾何爲而可也？」晏子則曰：「君之問固已可也。」所謂將順其美者，有如此乎！

如水晶石嵌空玲瓏。方靈皋先生

豈惟民哉

論聖者先論民，有不執其見者焉。夫第曰民耳，則非民者反不見其異也。此有若所以不執民以爲論也乎？且天下有不可以民稱者，自此而外，則皆曰民矣。若是乎，民之爲民，區區焉獨有此輩耶？不知拘庸俗之説者不可以論世，泥耳目之見者不足以知人。【行間批：手法甚大。如此取神，惟金、陳二公有之。】故觀乎民而爲民者可見，抑觀乎民而非民者更有可思。宇宙之間，皆斯民之居停耳。其在野者，民之安於樸愚者也。其在國者，民之鬥其私智者也。然既曰民矣，將使含生而負氣者，惟民爲囿於其中。四海之遥，皆斯民之遊行耳。其在上者，民之得其時位者也。其在下者，民之有其身家者也。然既曰民矣，將使戴高而履厚者，惟民爲充於其内。夫囿於其中者果惟民耶，則是非民者必更有一居停之地矣。然亦豈不含生而負氣也乎？則奈何曰惟民？抑充於其内者信惟民耶，則是不以民稱者必别有一遊行之處矣。然亦豈不戴高而履厚也乎？則奈何曰惟民？舉形體而置心思，舍品詣而言質幹，則熙熙而來、攘攘而往者皆民耳。雖然，豈惟民哉？【行間批：一縱一擒手段。】

「豈惟民哉」，直起「聖人之於民亦類也」，并非從民推到物，從物又推到聖人也。若曰「豈惟民」，與民爲一類，雖聖人之於民亦類也，猶夫麟鳳山海之於鳥獸丘潦耳。人多看題不明，故不得其神趣耳。自記

禹疏九河　之江

多方以治水，大人之勞心也。夫禹，大人也。治水，大事也。觀其治之之多方，而禹之勞心甚矣。昔者燧人燒野，九州廓清。火之事終，而水之事起；益之功竣，而禹之功興。當日者，合天下之大勢，而有以定其來往蓄泄之

形；出聖人之神明，而有以得其通塞利害之術。【行間批：光焰萬丈。】蓋水之性，無不避上而就下，故與其高而束之，不若其低而放之也。抑水之情，莫不易怒而難平，故與其逆而激之，不若其順而安之也。於是始其事於九河而濟、漯隨焉，如比其櫛，若止其沸，疏瀹用而海爲之壑矣；【行間批：刻劃「疏」字、「瀹」字。】終其功於淮、泗而汝、漢先焉，其入也出之，其争也讓之，决排施而江爲之道矣。【行間批：刻劃「决」字、「排」字。】當其用物弘而取數多，宜彼宜此，無非行聖人之無事。及其向若驚而望洋嘆，在南在北，一皆聽水勢之自然。【行間批：不難於簡鍊，難其簡而大。】大人勞心於治水，固如此也乎！

尺幅中有千尋之勢。陳子翽先生

老氣横九州，簡練至此，真隆、萬以上作手。李鋭巔

勢險節短，一切治水習見語，絶不犯其筆端。莊張里

有孺子歌　聽之

滄浪之歌，聖人能與人以共聽也。夫孺子之歌滄浪耳，而孔子聽之。孔子且不獨聽之，夫是之謂聖人也。孟子若曰：「吾謂不仁者之不可與言，非竟無言也。蓋言之者有心，而聽之者無意。夫是以不可與言也，而如其爲無心之言乎？則使不仁者於此，猶以水濟水也，烏在其能聽之？有孺子者，身不入冠履之群，豈有見於家國之大？心未忘江湖之適，豈能懷夫廊廟之憂？【行間批：雋妙。】而乃遵彼滄浪，興懷流水，偶念及於纓足之間，遂投迹於清濁之際，因而抗聲以長引也。迨歌聲既畢，而溯游從之，溯洄從之，「所謂伊人，在水一方」矣。然而歌之聲與波相上下，悠然而入於孔子之耳也。孔子以聲入心通之聖，何在不感所懷，而獨不能無意於小子。小子以隨在觀理之心，

何處不有其學，而獨不能不忽於孺子之歌。子故令其聽之哉！【行間批：用筆淡雅之甚。】蓋聽其曲，歌也；聽其音，孺子也；聽其詞，則「滄浪之水清兮，可以濯我纓；滄浪之水濁兮，可以濯我足」也。如是以爲聽，非聽也。小子聽之，然則小子將何如以聽之？【行間批：栩栩欲仙。】

文品文情，超然出塵埃之表。陳子翽先生

古厚靈奇，所謂「不知有漢，無論魏晉」也。莊張里

逢蒙學射於羿　全章

取友者而見殺，觀於端人而知其罪矣。蓋蒙之不端，而羿取之，異之乎孺子之於庾公也。其見殺也，惡得曰無罪哉？今夫取友何常？亦視乎其人而已矣。【行間批：全章最緊要處，故小講獨發之。】其人而端也者，則其取友必端矣。是故羿見殺於逢蒙，而人皆以爲蒙罪者，孟子曰：「固然也，而羿亦有罪焉。【行間批：上節只略叙，即急落次節。】吾蓋觀於子濯孺子之事而知其然也。昔者鄭使子濯孺子侵衛，衛使庾公之斯追之。庾公者，衛之善射而學於尹公之他者也。然尹公實師事乎孺子。庾公盡尹公之道，尹公盡孺子之道，然而孺子爲愈焉。【行間批：借點法。】一旦而兩軍相見，各爲其主，疾作之孺子必死於奉命之庾公矣。而竟生焉者，一則孺子料之於既遁之時，一則庾公述之於來追之際。【行間批：虛叙法。】卒之四矢虛發，全敵而返焉，則甚矣庾公之不忍也，夫不忍之人端人也。【行間批：倒從不忍點出端人，是真血脉。】使蒙而端人也，則以羿之道反害羿，蒙豈忍耶？使羿而端人也，則忍心如蒙，羿何取耶？【行間批：端人取友，是全章旨意，故獨重講。】蒙惟不端，斯爲羿之所取；羿惟不端，斯取蒙之不端。然則羿之見殺也，羿有罪乎？無罪乎？」公明儀曰：「宜若無罪焉。」是使學射之蒙必爲一傳再傳之庾公，而後可云無罪也；盡道之蒙必爲兩國各將之庾公，

而後可云無罪也；思天下惟羿爲愈己之蒙必爲不廢君命、遑恤其他之庾公，而後可云無罪也。而不然也者，薄乎云爾，惡得無罪哉？【行間批：上節三「罪」字，文詞婉轉跌宕，最有意趣。此處極力發之。】君子觀夫羿與蒙之事，而知取友之道在己而不在人也。

深得引證之體。孫子未先生

點化題句，已入化境。陳子翽先生

其三人

大夫之所友者尚有人，大賢舉以足其數焉。夫裘、仲之外，獻子之所友者尚有三人也。孟子舉以足五人之數，則三人雖不傳而已傳乎？且天下碌碌者亦何足道？惟倜儻非常之人，君子每樂得而知之，以求其居處，以著其姓字。此亦生人嗜好之同情而不能自已者也，豈裘、仲之外遂無可數者哉？何也？獻子之友固有五人也，而裘居其一人，仲又居其一人。以五人而計之，是二人之數，尚未居乎其半。以二人而論之，則五人之數，其外猶有三人。是三人者，生不必同地，居不必同鄉，而既與裘、仲爲伍，則即裘、仲之流亞也。抑是三人者，行事亦不必一致，議論亦不必相同，而既與獻子爲友，則皆獻子所敬禮也。三人與裘、仲齊名，豈裘、仲有可傳，而三人遂無可稱乎？吾知行誼雖微，亦不至如流俗庸衆，姓氏不聞於閭里。三人因獻子而顯，則獻子能禮其身，而三人獨能斂其迹乎？吾知寄托雖高，亦不至若絶人逃世，聲名不著於人間。夫人苟有好善之微誠，此即世遠年湮，猶相與揄揚愛慕，表其風徽於奕世，而況在三人乎？三人皆有遺世之高踪，此即世俗恒人，猶相與流連感嘆，稱道於人而不置，而況在吾人乎？奈何久著於予心者，不覺忽失於吾口？熟悉於平日者，不能偶舉於一時？予忘其人矣，然其行事則與裘、仲皆可得而言也。

領取「其」字，有弦外之響，真能以寔理寫虚神者。景思張

冬日則飲湯

湯宜于冬，飲者之爲政也。夫冬日固于湯是宜，然何以飲之不疑乎？謂非飲者之自爲政耶？今夫人事何常然？一準乎天時而已矣。是故天下能獨有其時，而人則若專有其事。此其中自有一權衡焉，【行間批：章旨。】而事遂以時起矣。【行間批：「則」字神理。】子以義爲外，子不知人事，抑不知天時耶？時不必皆冬，而既已冬也，則元冥司令，天不能不自立一候，以舒布其運。冬不能盡夫日，而偶爲冬之日也，則沍寒已届，人又不能不順循其日，而酌度所宜。觱發其風矣，栗烈其氣矣，上天同雲，既有以肅乾坤之色。衣褐卒歲矣，婦子室處矣，酌言嘗之，豈無所爲日用之常？是故冬必有所飲也，而非猶夫飲焉。蓋金火之既調，則生而熟之，遂易其故性。【行間批：刻劃「湯」字。】飲不止于冬也，而但言夫冬焉。乃釜鐺之是用，斯酌而進之，已和其一身。則所謂湯非耶？湯不與人期，而飲者自至；湯自爲人用，而飲者咸來。若人人舍夫湯，而即無以禦夫冬也。湯爲之耶？飲湯者爲之耶？冬未嘗止有湯，而惟湯可飲；湯未嘗始于冬，而於冬爲宜。【行間批：關合主意，方非泛作。】是人人值夫冬，而即莫不飲夫湯也。冬日之湯爲之耶？冬日之飲湯者爲之耶？是故式飲庶幾，而百體温和，則冬日烈烈，雖鄉人伯兄，應無異好。【行間批：本地風光。】亦有和羹，而寒威頓減，則飄風弗弗，即叔父與弟，諒有同情。子不嘗飲于冬乎？胡不泛爲飲，而獨湯之薦也？子亦嘗思之乎？吾與若亦嘗幾飲夫冬之湯乎？胡爲非其時則不飲，而當其時則獨飲也？子何不思之乎？使非有所以制其宜者，則飲湯于冬日，亦且飲湯于夏日矣，而豈然耶？

文境在若士、思白之間。張石鄰

學問之道　已矣　其一

求心之外無餘道，人亦思所以爲學問矣。夫人日在學問中，而心猶日放也，豈未得其道耶？何不一自求也哉？今天下有一途焉，人莫不皇皇焉以爲之矣，而抑思此皇皇焉者何意也？何其日以爲事而竟一無所事也乎？【行間批：取神雋永。】吾茲甚望夫人之求其放心也。吾茲甚不解夫人之不求其放心也。則意者其人之俱未嘗學問耶？豈學問别有一道耶？夫禮樂詩書，人莫不視爲煩苦之具，而不知其所謂煩苦者僅在於脣焦舌敝之所爲乎？蓋其隱微之地必有獨覺其難者矣。名物器象，人莫不指爲瑣屑之端，而不知所謂瑣屑者止供夫淹博宏通之一用乎？則其意念之間，必有與之俱在者矣。甚矣，學問之道舍求放心而固無餘旨也！蓋心以有所用則不放，不必其大也。即極之灑掃應對之粗，雖未嘗言心，而童而習之，則皆此心之寄托也，而以淺視之不可也。抑心以有所歸則無所放，不必其勉也。即推之窮神達化之詣，一似乎忘心，而神而明之，則皆此心之虛靈也，而以深求之亦非也。【行間批：推勘入細。】故嘗被服於儒雅之林，而椎魯者以文，而弇鄙者悉化，則將以爲聞見之内有學問焉。及微而窺其寤寐，有不勝對聖賢而多慚者，則豈古人之遺誤後人耶？【行間批：文情流美。「一彈再三嘆，慷慨有餘哀。」】抑嘗呫嗶於章句之中，而流連者日深，而講論者寖廣，則將以爲誦讀之際有學問焉。及動而棄夫簡編，有不禁其質衾影而自愧者，則豈空言之無補實事耶？然則人苟有意存心，此即一事一物，而莫非見吾性情之助。心苟聽其自放，則雖多見多聞，而終遺昔人糟粕之譏。奈之何人不一自思也？不一自思也者，人負學問耳，學問負人乎哉？

密咏恬吟，雅人深致。朱義御

於聖賢道理確有見解，故出筆不凡。張石鄰

學問之道無他求其放心而已矣　其二

求心之外，無學問矣。夫學問雖多，而道在求心。心苟放，而尚有學問乎？孟子言仁義，而以心爲尤切於路焉。嘆而復曉之曰：心緣物而去，亦緣物而來。【行間批：雋妙。】然終身由之而不知其道者衆也。【行間批：虚神反面托出。】吾今爲切指之。夫教以迪後，學以傳前，童而習之，不知其老之將至。【行間批：名雋之句。】抑人奉一師，問舉一義，觸類相長，豈遂得意以忘言？然學則學矣，抑知學之之道乎？講習非以資博也。【行間批：取神。】問則問矣，抑知問之之道乎？反覆不爲好辨也。禮樂詩書，有所入者無所出，文字之間皆性情矣。【行間批：精語。】耳目手足，制其外者養其中，神明之地無糟粕矣。【行間批：妙。】蓋寂守其心，則空而無寄，學問所以實之也。【行間批：妙。】即强制其心，亦滯而不靈，學問所以虚之也。【行間批：妙。】道在不放，求外無旨。人人有心，人人皆仁。【行間批：寸鐵殺人手段。】尚有不知其路者乎？

實理虚神，數行中無不備至。此伐毛洗髓候也。朱義御

任人有問　全章

權輕重以言禮，而禮之分明矣。蓋權者，變而不失其經者也。任人之説，不經甚矣。孟子姑窮其變而極言之，則禮之輕重不可曉然哉？今夫處世有大權焉，輕重之謂也。【行間批：提輕重，是本題眼目。】當其輕，則重者亦輕；當其重，則輕者亦重。是故知其常而不知其變者，拘謹之儒也；論其變而不準於經者，偏僻之見也。則有如任人之論禮是已。夫禮之重於食色也，豈顧問哉？【行間批：獨將禮之重振一筆，有力。】然禮重矣，而食有尤重於禮者，吾將徇禮而

滅性乎？抑將略禮而全生乎？【行間批：將上三節虛滚過去。】禮重矣，而色有尤重於禮者，吾將顧禮而廢倫乎？抑將棄禮而有室乎？嗚呼！此不揣其本而齊其末之説也。【行間批：得渡徑渡。】今夫君子之論事也，【行間批：忽斷。】必求其稱而後得其當，無取乎詭説以快一時之辨，而不顧義理之安。則夫君子之處事也，必協於中而後合其宜，無取乎小智以濟一時之窮，而遂忘綱常之大。知此者，【行間批：忽續。】可與言禮矣。今夫禮之重也，譬如岑樓，譬若金。【行間批：看其打叠乾净。】食與色之輕也，譬如方寸之木，譬若羽。取方寸而與岑樓較，取金而與羽較，有不待智者而後知也。然寸木而可高於岑樓者，【行間批：叙次處，俱無一呆筆。】何也？鈎金而可輕於輿羽者，又何也？嗚呼！其亦不得其平而已矣。【行間批：高岸墜石。】今試取其所謂食之重者，仍其得食不得食之説，取其所謂禮之輕者，而充其以禮食不以禮食之類，則紾兄之臂而奪之食乎？又試取其所謂色之重者，而猶夫得妻不得妻之談，取其所謂禮之輕者，而極夫親迎不親迎之變，則踰東家墻而摟其處子乎？吾知奚翅食重者，今且奚翅禮重矣；奚翅色重者，今且奚翅禮重矣。【行間批：將第三節與末節一事點，此先正類叙法也。又將第七節運化在内，法最緊謹。】而奈之何屋廬子之不能對也！孟子曰：「於答是也何有？」亦即其所問者，往而應之而已矣。【行間批：補點法。】

格局都從古文得來，非今人所能知也。孫子未先生

每從題縫中發揮，先輩大家中往往有此。朱義御

訑訑之聲音顏色

訑訑之人，聲色傳之矣。夫聲音顏色，形於外者也。訑訑之人，其聲色殆有深足慮者乎？且吾嘗見夫好善之人，其言語何藹如也，其形神何欿然也。謙抑自下之懷，不必親見目睹，有令人一言及之，其虛懷已可知者。若訑訑則

何如哉？夫訑訑必有訑訑之言。訑訑之言，訑訑之聲音也。【行間批：點題疏落有致。】且訑訑必有訑訑之態。訑訑之態，訑訑之顏色也。夫訑訑也，而有聲音顏色也，則聲音亦訑訑而已矣，顏色亦訑訑而已矣。抑聲音顏色也，而竟訑訑也，亦適成其爲訑訑之聲音而已矣，適成其爲訑訑之顏色而已矣。蓋其傲然而自是者，居之不疑，即根據於存主之地；而其夷然而不屑者，發之不覺，遂流露於舉動之間。【行間批：有此二比，前後文氣大振。】不必聲色之並形也，而第聞其聲，則色之訑訑可知矣；第見其色，則聲之訑訑又可知矣。所謂舉一端以見其全體者，此也。不必聲色之不並著也，時而發於聲，而色之訑訑者即呈矣；時而徵於色，而聲之訑訑者即見矣。所謂合衆醜以備於一身者，此也。小人之逢世也，有巧於言而令於色者矣。使訑訑者而鑒此也，恐亦矯枉而過正。君子之下人也，有察其言而觀其色者矣。使訑訑者而知此也，何至趾高而氣揚？何也？不能下人者，亦難上人矣；不欲逢世者，必且絶世矣。向之輕千里而來者，今且輕千里而去矣。此好善不好善之異也。

照上文寫題之意，不以雕琢字句見長，能令訑訑者見之汗下。莊張里

孟子居鄒　一節

大賢之交際，有並舉其事者焉。夫一孟子也，季任交之，而儲子亦交之。二人皆可謂禮賢能下士矣乎！然而孟子不報也，固其受幣之日也歟？昔者孟子生於鄒，而仕於齊，久之而道終不行也。然而列國之貴公子，以及名卿大夫，尚往往而通其交際云。季任者，身爲介弟，而心慕賢豪，常欲置身於孟子之前而親炙其德徽也，蓋已久矣。一日者，肅信使，通殷勤，而束帛之戔戔，亦遂挾與俱來焉。斯時孟子蓋居鄒，而季任實爲任處守。【行間批：順叙。】孟子烏能不受之？夫受其交者，報其賜。孟子之不報，蓋方其受幣之時，固未及報之爾。然其時之以幣交者，不止一

季任。於齊，又得一儲子。其慕孟子之賢也，不知與季任同否？而其遣使以往交，則與季任同。即其來交，而必以幣，亦與季任同。則孟子之受於季任也，其能不受於儲子乎？然而不報儲子者，亦猶夫不報季任者也。君子於是記其時與地，則處於平陸，而儲子爲相云。【行間批：倒叙變化。】夫君子之於世，身既不用，而徒區區於往來弊帛交際間，固已傷矣。然而遊人策士所在都有，世方争致，惟恐後耳。至於誦詩説書之儒，履仁蹈義之士，所謂迂闊而遠於事情者，忽然遣一介而來前，如季任之與儲子，顧不足多乎哉？【行間批：興會淋漓，筆有餘情。司馬子長妙處在此。】是故類舉之，以觀孟子之所以處之者，當必無所異乎！

案而不斷，然字字皆伏下意，可謂筆底陽秋。方靈皋先生

王介山時文十六篇

序

余家維揚，罕皆家金壇，于雍正癸卯皆成進士。榜下相見，叙及家世分徙年代，彼此彷彿實同族也。然高曾名諱無譜收録，其世次不可考，遂以年齒稱兄弟。乾隆改元後，罕皆遊揚，適余監鹽稅于海陵，見而出余時文稿視之，罕皆頗嘆賞。既而刻余《子華使于齊》一節，題文第十四作于《小題八集》中，評云：「變逸駘宕，于公羊氏尤得其神。」又云：「介山此題凡十六篇，篇各一意，盡態極妍，奇詭萬狀，然莫非題分所應有。他日將别爲一集，盡登之，以詔學徒之善覓題間者。」未幾，罕皆已謝世，余亦以老告致歸天津之遷居。新舊生徒爲刻此集，以終罕皆之意，余不能禁也。然世之學者每苦于臨文之際詞意不能奔赴，盍視此以爲浚發靈源之一助乎？時乾隆二十一年五月之望，七十六老人王又樸自序。

子華使於齊　一節

使賢者之養，聖靳之而賢侈之焉。夫使齊之役，而夫子命之；將母之思，而冉子請之。及靳其請而遂侈其與也，此其足記者也。今夫事無所異則不記，異而無其所歸亦不記。若夫事異矣，異而得其所歸矣，故先誌之。曰：公西氏子華者，嫻應對，善賓客。一日者，有齊之役，子使之也。夫使其身者恤其家。華也有母，皆嘗子華之食矣，未嘗子之粟。冉子即不請，夫子寧不有以與之？然而夫子曰：「微求言，吾寧忘耶？【行間批：生動。】雖然，吾不欲□違子之請也。【行間批：妙！】何以與之？釜其可耳。」夫釜則甚少也，與猶不與矣。冉子曰：「曾有爲所使之養而釜之是與乎？」於是繼而進，進而請。而夫子曰：「吾仍不欲□違子之請益也。何以益之？庾其可耳。」夫庾則猶之乎釜也，益如不益矣。使冉子再爲之請，夫子再爲之益，亦不過釜庾而已矣。【行間批：愈深愈妙。】然而冉子亦不復瀆也，退而開倉廩，具橐囊，以問遺使者之母焉。書之曰五秉，示多也。曰「冉子與之」，明其不出於子也。於是公西氏之委積一時更充然有餘裕云。【行間批：古淡。】

此平叙用散法。自記

淡而永。孫莪山先生

子華使於齊　一節其二

聖人不以勝所使者拒人，賢者不以失所請者忘友。蓋子華之使，必勝所使也；而請粟者，夫子又如是其不拒乎？而釜庾之與，則失所請矣；而五秉者，冉子又如是其不忘乎？記者曰：此必有道也，故誌之。誌曰：昔孔氏之門有兩賢人焉，【行間批：起得淡雅。】曰子華，曰冉子。二人者得聖人以爲依歸，而又聲同氣合，交相友愛，蓋往來通家無所間云。子華者，應對才也，素嫻禮樂之訓，而擅賓客之司。一日者，夫子有事於齊，而未有可使者，已而命子華焉。子華於是奉師之命，退而辭其母，脱然以往而無所顧也。而冉子者，厚道交也，久篤同袍之義，而懷與共之思：「今日者，吾友奉使於齊，而未見其與粟也。」於是請於夫子焉。夫子其必念使者之母，量而給之粟，充然其與而無所吝也。然而弟子之使於師，分耳。夫子豈不知其有母而使之乎？乃使之而初不與粟也，意有在矣，而無如來請者之甚殷殷也。於是與之以釜。請不已，而益之以庾。【行間批：曲折有味如菊。】夫子之不欲拒人之請，而又以少與者，微示其旨固如此乎？若夫朋友之恤其私，情耳。豈以華母之必需此粟而請之乎？至請之而不得所請也，意可知矣，而無如示惠者之甚諄諄也。於是自與以粟，與之多而至於五秉。冉子之不欲忘友之私而必以多與者，敦友之誼又如此乎？【行間批：案而不斷。】吁！自非夫子明其可以無與者，而冉子雖至今猶大感不解也。

此平叙用整法。自記

此與首作同意，而又以整暇見奇。孫莪山先生

文有餘味，耐人咀嚼。朱羲御

子華使於齊　一節其三

聖人之所以使人，非與粟者之所知也。夫夫子之使子華，必有所以使之者也。冉子亦第能與粟耳，而豈知釜庾之微意哉？今夫聖人之德，時出而無所不宜者也。是故有其大者焉，有其深者焉。蓋其大者，聖人之量也；其深者，聖人之心也。故即一與使者之粟，而吾黨從而微窺之，亦甚覺有左右逢原之致，如夫子是已。夫子嘗以道教天下，受其教者莫不共見其大，而漸以消其鄙吝之私。夫子又日以其言迪吾徒，聞其言者莫不競求其深，而不知即在尋常之内。【行間批：手法極大。】一日者，使子華於齊。計齊之去魯幾數百里矣，往來征車，洵非易事，乃不唯他人之使而獨命子華焉，則豈徒以應對之長見取乎？何居乎冉子乃爲其母請粟耶？夫聖人明無不照，【行間批：高闊。】而豈獨遺於使者之母？使子華之母而需粟也，則不與於未使之先，亦必與於既使之後，尚沾沾焉待人之來請乎？夫聖人義無不爲，而豈獨後於使者之家？使子華之使而宜與也，則不惟與以少而有所不吝，即與以多而亦有所不辭，尚拘拘焉計數之多寡乎？然而夫子不欲直拒其請也。冉子曰與，而夫子即與之；冉子曰益，而夫子即益之。以夫子之粟，恍若冉子之與之也。【行間批：會心語，靈妙無匹。】甚矣，其大也！然而夫子不欲明言其意也。與之以釜，而所以不多與者何

爲？益之以庚，而所以不多益者何意？以今日之與，恍然前日之不與也。甚矣，其深也！蓋無所不容之謂大。以朓然篤友之誼，而必執吾所以使之之義以相折，雖理無可易，而人難爲情，則亦甚見其狹而未廣矣；而夫子不然也，暫忘其命使之心，而急迎其來請之志，即一再爲煩，而應之如響焉。【行間批：二比有氣吞雲夢、波撼岳陽之概。】且夫吾人之有所與，惟視乎義與道耳。【行間批：一氣百折。】苟於義道既無所妨，而於其人又有足取，斯亦聖人之所樂爲也；而狹者不知也，方且以己之多財用以明吾之大惠，不知多者徒見其小而少者愈足以見聖人之大也。此意誰則知之耶？抑無所不蘊之謂深。以皇然見疑之時，而驟舉吾所以使之之旨以自明，雖事可立見，而意已無餘，則亦甚見其淺而易量矣；而夫子不然也，明以答來請之意，而隱以示不與之心，即一再有詞，而應之無異焉。且夫吾人之有所私，莫過乎人與己耳。苟於人之情既有所將，而於己之志又無所没，斯亦至理之所互見也；【行間批：中皆有精理，非形貌廓大而已。】而淺者不知也，方且以己之厚施藉以顯吾之深情，不知有所顯者祇見其淺，而不顯而顯者乃足以見聖人之深也。此意又孰則能明耶？而五秉之與何爲哉？夫得聖人以爲依，而猶以貨財篤交情，乃不明斥其非，而且樂逢其意。冉子乎，已在聖人涵蓋之中，獨昧然而弗覺耳。且奉一言以爲法，而猶以俗情論厚薄，孰知少與所以爲求，即再益亦並不爲赤。冉子乎，業在聖人切示之下，乃茫然而弗解耳。是故即一事而其大其深俱見焉，夫是之謂聖人也乎！

此尊夫子作主。自記

高山大壑，氣象萬千。孫子未先生

人徒賞其氣魄，不知其雋永獨絶處真乃尋味不盡也。「自是君身有仙骨，世人那得知其故。」周月東

前三藝爲正師，餘皆用問出奇。然其逐篇命意，煞有次第，非泛泛偏師致勝者比。讀者細按自記，當有領取，無但驚其思迅發而筆矯異也。張石粼

子華使於齊　一節其四

有所以爲使者，而賢者獨見其傷惠焉。蓋使使齊者之粟不見靳於聖人，則五秉之與亦孰不以爲大惠哉？然而傷矣，是可思也。且吾聞之，貨惡其棄於地，蓋以有其物即有其用，故苟得所用焉，則冉子之所以與子華者亦豈不足以勵吾黨而風天下乎？【行間批：反折。】夫冉子而何以與子華也？昔者冉子與子華爲友，凡登堂拜母，歲時饋遺，嘗往來而不絶云。一日者，子華有臨淄之役。去之日，子華未及托，其母未及聞，【行間批：草蛇灰線。】然誰爲華之友也者而漠然耶？【行間批：筆勢生動。】雖然，是役也，夫子使之。華也有母，夫子寧不熟知耶？計其所以與粟者，豈在他人後乎？乃使之日而未有聞也，曰：「有待也。」及使之後而仍未有聞也，則無及也。【行間批：筆筆活。】於是俯而思，仰而請，向夫子而來前曰：「子忘之耶？何使齊者其母不聞邀一日之養也？」【行間批：鬚眉欲生。】且夫師與友孰親乎？曰：一耳。【行間批：昌黎文字中有此音節。】則其子爲師也使者，其母宜受師也粟，而豈止於釜？而豈止於庾？胡爲乎一釜而已者，釜之外不聞其再有所與也；一庾而已者，庾之外不聞其再有所益也。子真忘耶？【行間批：生動。】雖然，誰爲華之友也者而漠然耶？【行間批：筆筆活。】於是倒廪而贈，捆載而歸，而與之者五秉，蓋不知其幾何釜、幾何庾矣。夫友道而中衰矣。讀《谷風》之詩而懷棄子之悲，以爲天下之友大抵如是也。及觀夫冉子之所以與子華者，而又不如是也。惠哉，冉子！是豈不足以風乎？然而夫子何爲獨少與之？曰：與而不與也。其不與奈何？曰：不當與也。不當與，故無與，而五秉者，與其所不當與也。夫與其所不當與者，何也？君子曰傷惠。

比以冉子運用。自記

波瀾意度已入昌黎之室。孫莪山先生

纏綿幽秀，絶妙文情。空谷蘭香，初春柳線，足以方其氣體。朱義御

子華使於齊　一節其五

賢者之見使於聖，固無須其友之所與矣。夫使子華而必需此五秉也者，則使齊之日寧不爲其母地乎？而何待於冉子之請之而與之也？且夫人之自爲謀，必深於人之代爲謀。【行間批：即擒定子華。】況在遠遊之際，夫豈無所以自恤其私者，而至以樽罍之耻，甘旨缺如，重煩吾故人爲乎？昔者子華氏從學夫子，而與二三子友。家有老母，而子華之所以孝養者無有不至。當斯時，公西氏之母未聞其缺一日之養也。【行間批：下文「富」字，匣劍帷燈。】一日者，奉其師命而有事於齊，於是戒僕夫，肅行李，登堂辭母，亦惟是告以遠遊之方，示以歸來之日，而此外無所計焉。其母亦不過戒以早歸，勉其加餐，而此外亦無所屬焉。子華則於是慨然登車，終已不顧，而其母亦安然家食云。【行間批：一路蛛系馬迹〔一〕。】無幾何，其友冉子執禄使之義，殷然而請於夫子。迨夫子靳之，而遂自與之粟。夫分匕箸以供饔飧，代温清而承色笑，子華之於冉子，歸其何以報也？【行間批：古文節奏。】然誰爲華之母也者，而需此粟也乎？使其必需此粟也，則豈惟冉子請之？子華必先爲請之。豈惟冉子與之？子華亦必先爲托之。而乃如此以脱然長往也，其亦必有所恃者矣。而冉子猶欲即釜庾之間，沾沾焉而較其多寡輕重之數耶！且亦思孝如子華，從學於夫子如子華，【行間批：盤空力排奡。】而乃有母不能養，而致以朝夕薪水累吾良友也哉？故冉子之所爲，不惟視夫子爲已薄，亦無以處吾子華也。

此據子華發揮。自記

處處照下「富」字，而毫不犯手。靈心妙手，當今無兩。孫莪山先生

氣體醇古，非有心揣摹者可及。朱羲御

【校注】

〔一〕「系」，據文意，當爲「絲」之形訛。

子華使於齊　一節其六

有以開過情之先者，而因以追叙其事焉。夫子華之使齊，而釜庾五秉之紛紛者，皆已事也。乃記者有所感焉，而因以追叙之。且自任情者之不能不有所偏勝也。吾黨竊微誌之，以爲前者蓋嘗有一事焉。事若相反，而情之偏勝者，則何其甚類也？【行間批：照定原思。】於是追而誌之，則如冉子之於子華。昔者子華蓋嘗使於齊矣。其使之之事今不可記憶，然而使之者固吾夫子也。夫使人者必報人，豈曩者固别有一道耶？况使者有母，其受粟更爲有詞耶！然而未聞夫子有所以與粟者也。猶記吾黨中有來請者，【行間批：虚寫。】而夫子雖與猶不與焉。迨夫請者詞益切，而與者情益緩，雖加多於所與之外，而究不過以幾微者，塞來請之意已耳。斯時也，吾黨竊心誌焉，以爲弟子之役於師者，其無所受粟之義例如此哉？【行間批：頓挫處，眼光直射下段。】然而請者已竊竊然疑之也，欲再請而理已不可，欲無與而情有不安，於是自以其粟饋於其母。吾黨至今憶其所與之數，蓋非釜非庾而已五秉云。此何人斯？曰冉子。夫士不立奇行，終不足以拔流俗而樹聲名耳。【行間批：此等跌頓惟《史記》有之，下此則不能矣。】故自有冉子之與，而子華深感其

惠，親族共頌其仁，即吾黨亦莫不群高其義，且有所感發焉而興起，莫不視粟爲不足重，而有者可無，無者何必有也？然而夫子曰：無惑乎今之輕粟者之多也。彼曩者，冉子固委之於無用也。【行間批：遞下。】

比照原思下筆。自記

照下原思，筆墨盡化爲烟雲，何其靈妙至此！孫羲山先生

文情之妙，古人詩云：「幽尋豈一路，遠色有諸嶺。」可以似之。周月東

子華使於齊　一節其七

賢者有母，無須於友以爲養矣。夫人孰無母？曾子華之母而待冉子之粟以爲養哉？故夫子微示其旨，而冉子終不喻也。且夫《四牡》之什，孝子之詩也。有曰：「王事靡盬，不遑將母。」【行間批：清潔古雅，筆致似柳。】夫行役而至於有母不能養，抑足傷已。然誰爲使之者乎？吾於是既悲其人，而又不能不爲主其權者嘆也。【行間批：古文。】昔者子華有母，嘗受子華之養矣。而進甘旨、供色笑者，子華蓋未嘗一日舍母而他遊也。雖然，子華固師夫子者，有所事者爲所使，分耳。一旦受詞以出，銜命而往，臨淄、即墨之郊有子華，而膝下瞻依之側無子華矣。【行間批：情真語摯。】斯時也，夫子寧不知其有母也者而使之？子華亦豈不計及於其母也者而爲所使焉？夫人有行千里而到處可家，亦有足不踰里閈而動多惕息，故睹時物之變遷而感室家之思慕，内顧之憂所不免耳，况在其母哉？【行間批：如此閑澹，已得古文三昧。】冉子者，子華之友也。【行間批：直接古法。】平素篤氣誼，敦古處，往往見稱友朋間。一旦念子華之遠役，而母我母也，【行間批：生動。】忍令其念遊子之傷，而屬在通家，反無以供一日之歡耶？於是請所與於夫子，意夫子必有

以與之矣。果也，其與之也，而與之者以釜。釜不足以爲養也，又請益，意夫子必有以益之矣。果也，其益之也，而益之者以庾。庾仍不足以爲養也，然而不敢再請也，退而自以其粟饋五秉焉。庶幾哉，倉廩有餘積，而吾友聞而慰之，故身可歸而不歸；饔飧有常充，而吾友之母顧而安之，則子雖去而不去。冉子亦可謂孝思能錫類者矣。【行間批：筆致纏綿。】雖然，人孰無母？子華之母，子華不能養，乃以待冉子哉？且使子華者固夫子也。夫子使其子而不能恤其母，乃以待冉子恤之哉？求亦思夫子之所以處子華，與子華之所以自處者，毋徒沾沾於其母，遂以爲無譏於風人也。【行間批：澹而逸。】

此拈其母生情。自記

古文妙處，全在離合。忽離忽合，正如山斷雲連，峰巒岔起。嗚呼！今人不解此久矣！孫莪山先生

舒徐沖澹，可想其運筆之閑。朱義御

子華使於齊 一節其八

有所與于使齊之賢，非使之之意也。夫師之使弟，豈可與他使者並例哉？冉子之一再請之，而且厚與之者，亦未知使者之不必與也夫！嘗聞之，民生於三，事之如一。事人者，使於人者也。顧使一也，而所使不一。所使不一，而所與之者亦不一。有有常數者焉，有無常數者焉。有常數者視其職也，【行間批：似犯下文九百。】無常數者視其人也。夫既視其人矣，而又何疑於夫子之於子華？昔者子華之使於齊也，夫子使之也。其使之也偶，則使而有所與亦偶，即使而無所與亦偶，均之偶也。【行間批：別有畦徑。】而冉子乃爲其母請粟焉，是以子華之偶爲所使者，而謂有常粟耶？

是以夫子之偶有不與者，而謂無一之不與耶。浸假子華而宜與，子華不爲使，而夫子不與耶。浸假冉子而宜與，冉子固非使，而夫子不與耶。浸假子華、冉子之外而宜與，無論爲使不爲使，而夫子不與耶。胡爲乎冉子不請於未使之先，而請於既使之時也？夫未使也而無所言，既使也而有所來，是非以子華而與，而以使者而與也。以使而與也者，是有常數者也。吾不知使於齊者其常數云何也，吾惡乎其與之？吾將以釜之數而與之，而釜既見少矣，烏乎與之？吾將以庾之數而與之，而庾又見少矣，烏乎與之？吾將化釜庾而爲秉，化一釜一庾而爲五秉而與之，吾不知五秉之數爲多歟，爲少歟？吾又烏乎其與之？【行間批：一路如天馬行空。】夫子曰：吾不知其所與也。不知所與而有所與，偶也。不知所與而又不止於有所與，猶之偶也。而冉子之五秉，則非偶也。非偶也者，冉子其知所與矣。然冉子則何知？無知而與，與無數。無數而有所與，是非以使者而與也，而以子華而與也。以子華，則無與。無與而必與，將有與而又不與耶。將有與而可以無與，而又必與耶。【行間批：愈轉愈細。得此，可以不讀《楞嚴》。】是之謂傷惠。

此從「使」字取間。自記

汪洋恣肆，神似《齊物論》。孫蕺山先生

子華使於齊　一節 其九

於使齊者而有所與，粟已足而復過焉。蓋使齊者可無與也，如必求其與，則釜庾固已足矣，而冉子乃欲加多於聖人乎？昔者齊與魯接壤，相去數百里而近。【行間批：入題閑遠，逸情古致，非俗人所能須略。】夫子嘗自魯之齊，雖不及用，而與其賢士大夫交，往往遣使者通殷勤焉。一日者，有所使，而子華實往。然而其母不聞與粟者，在夫子固自有道，而自吾黨窺之，豈以其地近，則遊日無多，子華固能辨此，而無事與粟歟？【行間批：拈定「齊」字用意。】乃未幾而有來請者，可以無與也，而夫子與之。既而又請益焉，可以無益也，而夫子益之。在夫子之所以與之益之者，必有道；即夫子所以與之而僅以釜，益之而僅以庾者，亦必有道。而自吾黨窺之，豈以爲地雖近，而歸期無定，子華之母恐真有所不足者，故與之歟？且以歸期雖無定，而地則近，亦自無多日也，故與之以釜而已足，即不然，益之以庾而無有不足歟？是皆未可知也。【行間批：層巒聳翠。】而五秉則非使齊者之所敢期矣。非其所期者而與之，則如所使而更有遠於齊者，而又何以與也？而况乎子華又有其不必與者也。【行間批：仍歸正旨，一葦得渡。】夫子於是賢冉子，又不得不過冉子。【行間批：古勁。】

此于「齊」字出奇。自記

於無可生情，但一拈筆，俱有奇致。文情跌宕，如迴波翻浪，疊疊層層。孫莪山先生

子華使於齊　一節 其十

使人與所使皆無心，有交於其間者而多事矣。夫夫子之使子華，與子華之爲所使，豈有意哉？自冉子爲之而請之，而釜庾五秉之與紛紛矣。且吾聞之，古者之民，不相往來。非無往來也，其往也無心，其來也無心。自有心，而交際之事以起；有交際，而感激之情以生。【行間批：從「爲」字、「請」字求出間隙。】昔我夫子蓋如化工焉，隨其物以相付。其人而可使也，則使之而已矣。而門弟子皆無二志焉，奉一人以爲依。夫子而使子華也，則爲所使而已矣。質以平生風義之親，豈曰恝爾？而當其授詞之既出，乃落落焉，竟若相忘。思夫朝夕倚閭之悲，寧敢遠遊？而及其奉命以遄征，亦雍雍

焉行所無事。【行間批：風雅可誦。】異日者，子華自齊而返，亦惟是復命其師，歸寧其母已耳。甚矣，夫子之與子華相與於無相與也！而何意使之後，遂擾擾乎其多故哉？【行間批：蹙起波瀾。】夫人有聯盟而聲勢可倚，借交而氣力足恃，吾甚賴吾友之相爲也。於是有將伯之呼者矣，於是有印須之嘆者矣。夫人意有所忘而感觸即興，事有所略而提撕自悟。吾甚樂吾徒之來請也！於是有喜其起予者矣，於是有惜其非助者矣。【行間批：奇峰忽起。】則冉子今日者有所爲而來請，其意豈異焉？然而人之代爲謀，每不如其自爲謀。寧子華之脱然無累者，而冉子乃代爲之沾沾乎？聖人之不有其情，其必無所用其情，寧夫子之淵然無爲者，而冉子乃獨爲之斤斤乎？夫子曰：「若若者，是使余多事也。」【行間批：妙！】於是與之以釜，而又益之以庾。物雖少而意已煩，以視命使之意皆爲贅疣。冉子曰：「若若者，非所以慰友也。」則且與之以秉，而遂增之至五。意既厚而物已侈，以遺使者之家，用充委積。釜不足而庾益之，庾不足而五秉益之。浸假而五秉復不足，而又有所益也。則展轉以相尋，將何時始爲可已？【行間批：妙！妙！】以釜爲少而與之庾，以庾爲少而與之五秉。浸假而又以五秉爲少，而又有所與也。則縱意之所往，將何者始有足時？吾知斯時也，其母感冉子之惠，必且怨其子之恝。則相爲之情，反爲相責之道。吾黨頌冉子之仁，必且疑夫子之吝。則來請之意，反爲見譏之端。而冉子方且沾沾乎其代爲之謀，斤斤乎其力爲之地，恢恢乎其厚爲之施。夫子曰：「若若者，是又將使余多言也。」【行間批：更妙！】

此取「爲」字、「請」字布局。自記

氣味在趙儕鶴、羅文止之間。孫莪山先生

莊言雅論，吞瀉清微。高人杖履，梅雪精神。周月東

隨意描寫，文境益高。朱義御

子華使於齊 一節其十一

於使者之粟而較所與，則賢者厚矣。蓋不惟其義，惟其粟，則使者之得所與，冉子不加多於夫子哉？然豈惟其物也耶？今夫天下紛紛，大抵皆爲粟耳。【行間批：擒住「粟」字，一篇之旨。】乃吾黨自從學聖人，而道義日親，而鄙吝日消，蓋久矣，鮮有擁所餘以自封殖者。夫擁所餘以自封，學聖人者猶且不爲，况夫其所從學者耶？【行間批：拗折似臨川。】而不謂竟有異焉者矣。夫天下之宜受粟者，孰如使者哉？而使者之宜受粟者，又孰如使者之有母者哉？然而子華蓋嘗使於齊矣。夫父母在，則子無遠遊之事。華也有母而爲齊役，蓋亦情聯師弟之親，義無所逃於天地之間者也。則爲華之友也者，宜爲華也勉，不當爲華也慮矣。而冉子胡爲乎其慮之？既竊竊然而慮，遂殷殷然而請。叩其所爲，一則曰粟耳，再則曰粟耳。嗟乎！粟果何物，而一動冉子之深情若此哉？且夫子固非重於粟而薄於情者也。乃自冉子視之，則以爲未請之先，而已無所與粟矣；及其既與，則其粟惟釜者，一若非請者之殷，即釜亦有所甚靳焉；即至再益，則其粟惟庾者，一若非請者至再，即庾亦有所甚惜焉。夫子非重夫粟者，何以與之之難一至於此？而與之之難竟至於此。度夫子非重夫粟，然莫測其意，而固結於心者，又不可解，於是遂傾廩以贈之。在冉子，固以爲交友之誼應如是耳；而至於夫子之所以使子華，與子華之所以宜與不宜與，其母之所以需粟不需粟，一時固有所不及察者矣。【行間批：一路硬折。】然自有五秉之與，而吾黨遂莫不以多者爲輕夫粟，而以少者爲重夫粟。獨是誰非奉教聖人者，而顧區區焉於貨財多寡間隆氣誼而相感激耶？然則其輕之也，正其所以重之也。【行間批：手法極勁。】夫天下之真能輕視夫粟者，固莫如我夫子。異日者，又有原思爲宰與粟九百之事。【行間批：史筆。】

此提「粟」字立論。自記

一氣舒瀉，樸茂堅渾，似西京文字。孫莪山先生

子華使於齊　一節其十二

執所與於使者，而遂加多於聖人矣。夫子華使齊，而冉子請粟，及不得而遂自與以五秉者，皆以與爲其道也。然第曰與之云乎？且於世俗鄙吝之中，而獨有一人焉，稱爲能與，此其人良足多矣。然吾之所以能與者，獨區區焉見稱於流俗，則其人亦未足多矣。是故施惠全交，猶非吾儒之僅事也。蓋天下之能與者，孰有如夫子哉？老安少懷，久篤胞與之仁；傾蓋脱驂，素結金蘭之好。吾黨學所與於夫子非一日矣，况夫風義兼師友，而離別感劬勞，尤誼之真而情之惻也。【行間批：隨手揮灑，悉爲我用。】然則華有母而使於齊，微求也請，其孰不以爲宜與耶？蓋馳驅而將所命，雨雪載途，亦大爲况瘁矣。有所使者，有所報。豈曰弟子之分應然，遂可以任吾心之恝置乎？此其宜與者一也。間關而念所私，將母來諗，亦幾爲顧慮矣。使其身者，恤其家。豈曰遊子之意無傷，遂可以置吾情於疏簡乎？此其宜與者又一也。雖然【行間批：折得鋭。】僅曰與之而已矣，此吾徒之所以僅勝於流俗，而未奉教於夫子也。謂夫子而無與，然已曰釜矣；謂夫子而無益，然已曰庾矣。薄言將之，不過少作周旋之意。然謂夫子爲有所與，而已止於釜矣；謂夫子爲有所益，而已止於庾矣。聊以爲好，猶是平居淡泊之風。而冉子猶以五秉與之哉？聲氣通而篤久要，義重而財自輕耳，則捆載以贈遺，非復尋常之推解。氣味合而通有無，情多，則物猶見其少耳，故盈庭之委積，若無甚異於壺餐。獨是大道自有中庸，不在矜奇而立異。【行間批：二比竪義極正大。】使必以多財爲厚惠，則夫子亦豈不足於粟者乎？現在切指之中，猶執先入以昧當前，則意勝情迷，豈所謂當機立悟之哲？聖人惟

務平實，未嘗炫己以求名。使必以厚施矯俗念，則夫子豈其猶靳於與者乎？久在觀摩之地，而乃恃盛氣以起疑端，則志貳行違，何以明平生篤信之守？嗟夫！五秉之與，冉子固謂能與耳。雖然，惡在其爲能與也？【行間批：篇終接混茫。】

此借「與」字作波。自記

以古老蒼直之筆，忽改作鮮妍秀美之章，誠乃左宜右有矣。孫莪山先生

流利而藴藉，何其雅練乃爾！的是高下共賞之文。朱羲御

子華使於齊　一節其十三

聖人自有所以粟使者，而賢者誤信其可益焉。夫夫子於子華之粟，既與之而又益之者，爲其母耳。冉子乃以爲可益，而益之五秉哉？且天下之物有限，而吾人之情無窮，以無窮之情而用有限之物，則物亦與之爲無窮乎？【行間批：虛扣「益」字。】即如以粟與人，欲其多，不欲其少，固也。乃之少而之多焉，則益焉已。【行間批：立端。】人有所與，皆可益也。而於使齊之子華，則不惟無可益，且無可與。而不謂夫子竟有以與之，且不惟與之而已，而又益之者，人止知爲夫子不拒人之情，而不知夫子之能共盡其性也。【行間批：從此看出聖人大道理來，可謂善讀書人。】何也？子華蓋有母耳。人情莫不欲厚其親。至性之推，雖禮法而亦難限矣。夫子視人猶己者也。一旦而來請者執此以陳詞，則仁孝所感，不覺其油然而自動焉，而又豈以累言爲瀆也乎？孝子無不樂有所獻，贈遺時來，雖洊加而無可拒矣。夫子體物咸周者也。一旦而來請者援是以爲言，則立達所通，不覺其淵然而自深焉，而又豈以一再爲煩也乎？【行間批：聖人

身分真説得出。】是故與之以釜，而即益之以庾者，行所無事而已，不嫌益也。然而與之止於釜，而益之亦即止於庾者，能達吾情而已，不多益也。而冉子者，乃益之至五秉也哉？親承教示之下，但泥其迹，未會其神耳。夫天下豈無定分乎？而乃見爲可益也，則庾可益釜，秉即可益庾矣。【行間批：都從「益」字轉來，妙舌！】縱所往而莫知極，一時遂無不盡之藏。業已取法乎師，既聆其詞，宜思其意耳。夫斯人豈無定情乎？而乃任所爲益也，則秉可益庾，而秉即可益而五矣。快目前而昧深思，日後且有難繼之美。夫非猶是與也乎哉？使向者冉子非爲其母而來請，則使齊者之粟，雖與且未然矣，况乎其益之耶？夫夫子不益，則冉子亦豈有五秉之與也哉？然而夫子曰：「吾爲其母而益所與也。」而冉子則曰：「此爲使者而益所與也。」嗚乎！是真益之而已矣！【行間批：直走繼富，妙極！】

此擒「益」字入手。自記

會理精微，運思深細。此青蓮化人，塵世無能仿佛。孫蕺山先生

息一心以觀衆妙，寔有至理，非僅取字面，播弄靈通也。空山無人，水流花開，作者寔領受其境界矣。周月東

子華使於齊　一節其十四

較多寡之數以與使者，而其情異矣。夫猶是使者之粟耳，而與以釜庾者則欲其數少，與以五秉者則欲其數多，夫子與冉子殆各有其情者乎？且夫人與人交，則不能無所與。顧與一也，而數有辨。在聖人之取數也必多，在賢者之取數也必少。而又不然也，有與於公西氏者，其母曰：「得毋吾子之師也歟哉？蓋前者吾子嘗使於師而有所往也。」

【行間批：用筆突兀，似《公羊》。】其使於師奈何？我夫子魯人也，而交於齊。一日者，於齊有所事，則未知其爲公歟，爲私歟？然環顧吾門，莫可使往者。既而曰：「嘻！吾得之矣。」【行間批：摹神。】於是使子華。子華者，應對才也，嘗學禮樂於夫子，而夫子曰：「可爲小相焉。」今日者使及之，吾黨莫不嘖嘖稱羡，曰：「勝選哉！」然而子華亦遂感慨承命，毫無顧慮，徑登車以去。去之日，未聞歸而窺其廩所餘升斗若何也，未聞逆而計其期所需升斗若何也，且未聞出而謀其友幸給升斗若何也。【行間批：切數目。】乃冉子聞之，自顧其委積，而毅然曰：「吾友去，而有老母在，是余之責也夫！是余之責也夫！雖然，吾師其云何耶？吾不可以不後之。」【行間批：妙想，想當然耳，然却大有道理在。】於是仰而進，進而請。顧夫子之色，若有所甚難者。久之，徐徐曰：「微子請，吾何與哉？」然而所與之數則至少也。冉子心怪焉，則又爲請。其請之之詞必更殷，而夫子應之之意若更怠。久之，復徐徐曰：「微子請，吾何益哉？」既而計其數，亦無大過先所與者。於是冉子則曰：「當夫子之未與也，吾固曰吾與耳。」【行間批：應前語，亦神肖。】退而自出其粟，傾囊而贈之，以秉而數之者五焉。然則夫子之與之者其數云何？則始爲釜而繼爲庾云。蓋四區曰釜，二釜有半曰庾，釜十則鍾，二鍾曰秉。【行間批：住法古峭。】

此就「釜」、「庾」、「秉」字設色。自記

竟是一篇《公》、《穀》文字。孫莪山先生

此題以循題直叙，不加議論，而逐句夾縫中點逗一二語，下意露而不露，乃爲正格。其餘種種，才氣雖高，皆變調也。洪吉人

子華使於齊　一節其十五

書粟使之事，而義見乎詞矣。夫一使耳，有請粟者，有與粟者；有與粟之少者，有與粟之多者。君子取其事而詳書之，而義在其中矣。昔《魯論》之記事，一仿諸《春秋》，故有一事而特書之者三。書曰：「子華使於齊。」曰「子華」，志人也；曰「使」，志事也；曰「於齊」，志地也。孰使之？夫子也。夫子使之，而何以不書？無庸也。若曰：是書也，即孔氏之史也云爾。【行間批：妙。】又書曰：「冉子爲其母請粟。子曰：『與之釜。』請益。曰：『與之庾。』」何人之母？使者也。曰「請粟」，以使者之母需粟也。使者之母而需粟，則宜使者請之，而何爲書「冉子」？明使者之不請也。蓋請粟者，非子華意也。【行間批：從無字句處看來。】非子華意，而夫子與之奈何？曰：請也。曰「釜」曰「庾」，少也。請益，爲其少也。然何爲兩書之？曰：志也。蓋與粟者亦非夫子意也，若曰「吾非以赤與，而以求與也」云爾。【行間批：妙！妙！】於是遂書之曰：「冉子與之粟五秉。」冉子之粟也，何用見其爲冉子？冉子之不再請也。曰「五秉」，多也。曰「冉子與之」，不與冉子之能與也。【行間批：妙。】其不與也奈何？蓋使子華者夫子也。夫子不與，而冉子與之乎？冉子固學夫子者，夫子爲請粟者而薄有與，冉子獨安所與乎？記者於一事而直書之如此。【行間批：結得住。】其詞約而盡，其旨隱而彰。君子是以知《魯論》之進於《春秋》也。

此發明書法。自記

簡老明净，具此筆力，可以傳經。孫義山先生

子華使於齊　一節其十六

粟使之義，聖人成之，而賢者過之焉。夫請粟以爲使齊者之母也，而釜庾之與，夫子已有以成其義矣，冉子之五秉又何爲者耶？嘗謂聖人有以曲成乎萬物，而物不知。故嘗以其情爭勝於聖人，不知聖人卒不可勝，勝聖人者亦祇自勝其情而已矣。【行間批：義新理透，可補注疏。】昔者子華使齊，而冉子請粟，爲友母也。夫子始與之以釜，而繼與之以庾者，人皆謂夫子不欲直拒人，故顯以所與者答來請之意，而陰以少與者示不與之心。嗚乎！此以世俗之情測聖人，而謂委曲深隱，爲君子之所以教也。不知天下無姑息之道德，可則可，否則否，雖一介而必嚴。其爲言也易知，其爲行也易能，猶懼人以爲難而莫之爲也，況敢以其深隱者啓人之疑慮哉？吾以深隱者啓人疑慮尚不可以爲教，況復曲意徇物而以世俗之情自爲，乃取其世情者以爲此中有深意焉，其孰從而信之？【行間批：顥氣老筆。】然則夫子果何以與之也？曰：此聖人樂善之誠而已矣。【行間批：得旨。】其樂之也誠，故其入之也順，而因以成其人之美。【行間批：真説得高。】蓋冉子之請粟雖過，而其錫類則仁。天下有無母之人乎哉？故一則與之，再則與之。此夫子樂善之真心，動於天之不自知，發於情之不容已者也。夫以理無可與，而其情可感，其義足風，猶一再與之而不辭，況其他乎？然感其情而嘉其義，【行間批：筆力不減老蘇。】而又以理實無可與，故釜焉庾焉，而吾所以成其美者固已足也。【行間批：用筆忽出題外，忽入題中，如駿馬入陣，剽鋭無匹。】彼冉子者，亦何所歉於情，而必以五秉者始爲與也哉？嗟乎！世人止知有粟耳，故以釜庾之與爲夫子之徇情者，亦猶之乎冉子之以五秉爲足以用吾情，其世俗之見一也。夫識如冉子，從學於夫子如冉子，猶不免於世俗之見以爲見，況乎其世俗耶？【行間批：人揚出題外。】

此翻駁時解。自記

如此看聖人，方見聖人之大，固非有意故爲翻案也。然不可爲村先生道耳。孫莪山先生

勁悍峭厲，老泉意色。周月東

心思甚細，議論甚高，筆力甚大。朱義御

聖諭廣訓衍

聖諭廣訓

聖諭廣訓序

《書》曰：「每歲孟春，遒人以木鐸徇於路。」《記》曰：「司徒修六禮以節民性，明七教以興民德。」此皆以敦本崇實之道爲牖民覺世之模，法莫良焉，意莫厚焉。我聖祖仁皇帝久道化成，德洋恩普，仁育萬物，義正萬民，六十年來，宵衣旰食，祗期薄海内外，興仁講讓，革薄從忠，共成親遜之風，永享升平之治，故特頒上諭十六條，曉諭八旗及直省兵民人等。自綱常名教之際，以至於耕桑作息之間，本末精粗，公私鉅細，凡民情之所習，皆睿慮之所周。視爾編氓，誠如赤子。聖有謨訓，明徵定保，萬世守之，莫能易也。

朕纘承大統，臨御兆人，以聖祖之心爲心，以聖祖之政爲政，夙夜黽勉，率由舊章。惟恐小民遵信奉行久而或怠，用申誥誡，以示提撕，謹將上諭十六條尋繹其義，推衍其文，共得萬言，名曰《聖諭廣訓》，旁徵遠引，往復周詳，意取顯明，語多直樸，無非奉先志以啓後人，使群黎百姓家喻而户曉也。願爾兵民等，仰體聖祖正德厚生之至意，勿視爲條教號令之虚文，共勉爲謹身節用之庶人，盡除夫浮薄嚚凌之陋習，則風俗醇厚，家室和平，在朝廷德化樂觀其成，爾後嗣子孫並受其福。「積善之家，必有餘慶」，其理豈或爽哉？

雍正二年二月初二日〔一〕。

【校注】

〔一〕按，底本該句文字下壓「敬天勤民」印章圖示。觀善堂本、甘藝苑樓本皆無此印章圖示，而在該句左右題有「御筆之寶」四字。

第一條　敦孝弟以重人倫

我聖祖仁皇帝臨御六十一年，法祖尊親，孝思不匱，欽定《孝經衍義》一書，衍釋經文，義理詳貫，無非孝治天下之意，故《聖諭十六條》首以孝弟開其端。朕丕承鴻業，追維往訓，推廣立教之思，先申孝弟之義，用是與爾兵民人等宣示之：夫孝者，天之經、地之義、民之行也。人不知孝父母，獨不思父母愛子之心乎？方其未離懷抱，饑不能自哺，寒不能自衣。爲父母者，審音聲，察形色，笑則爲之喜，啼則爲之憂，行動則跬步不離，疾痛則寢食俱廢，以養以教，至於成人，復爲授家室，謀生理，百計經營，心力俱瘁。父母之德，實同昊天罔極。人子欲報親恩於萬一，自當内盡其心，外竭其力，謹身節用，以勤服勞，以隆孝養，毋博奕飲酒，毋好勇鬥狠，毋好貨財、私妻子。縱使儀文未備，而誠慤有餘。推而廣之，如曾子所謂「居處不莊非孝，事君不忠非孝，莅官不敬非孝，朋友不信非孝，戰陣無勇非孝」，皆孝子分内之事也。至若父有冢子，稱曰家督，弟有伯兄，尊曰家長，凡日用出入，事無大小，衆子弟皆當咨禀焉，飲食必讓，語言必順，步趨必徐行，坐立必居下，凡以明弟道也。夫十年以長則兄事之，五年以長則肩隨之，况同氣之人乎？故不孝與不弟相因，事親與事長並重。能爲孝子，然後能爲悌弟。能爲孝子悌弟，然後在田野爲循良之民，在行間爲忠勇之士。爾兵民亦知爲子當孝，爲弟當悌，所患習焉不察，致自離於人倫之外。若能痛自愧悔，出於心之至誠，竭其力之當盡，由一念孝弟積而至於念念皆然，勿尚虚文，勿略細行，勿沽名而市譽，勿勤始而怠終，孝弟之道庶克敦矣。夫不孝不弟，國有常刑。然顯然之迹，刑所能防；隱然之地，法所難及。設罔知愧悔，自陷匪僻，朕心深爲不忍，故丁寧告誡。庶爾兵民，咸體朕意，感發興起，各盡子弟之職。於戲！聖人之德本於人倫，堯舜之道不外孝弟。孟子曰：「人人親其親，長其長，而天下平。」爾兵民其毋視爲具文焉。六百三十二字。

第二條　篤宗族以昭雍睦

《書》曰：「以親九族，九族既睦。」是帝堯首以睦族示教也。《禮》曰：「尊祖故敬宗，敬宗故收族。」明人道必以睦族爲重也。夫家之有宗族，猶水之有分派、木之有分枝，雖遠近異勢，疏密異形，要其本源則一。故人之待其宗族也，必如身之有四肢百體，務使血脉相通而疴癢相關。《周禮》本此意以教民，著爲六行，曰孝曰友，而繼曰睦諴，古今不易之常道也。我聖祖仁皇帝既諭爾等以敦孝弟、重人倫，即繼之曰「篤宗族以昭雍睦」，蓋宗族由人倫而推，雍睦未昭，即孝弟有所未盡。朕爲爾兵民詳訓之。大抵宗族所以不篤者，或富者多吝，而無解推之德；或貧者多求，而生觖望之思；或以貴凌賤，而勢利汩其天親；或以賤驕人，而忿傲施於骨肉；或貨財相競，不念祖免之情；或意見偶乖，頓失宗親之義；或偏聽妻孥之淺識；或誤中讒慝之虛詞。因而詬誶傾排，無所不至。非惟不知雍睦，抑且忘爲宗族矣。爾兵民獨不思子姓之衆，皆出祖宗一人之身，奈何以一人之身分爲子姓，遽相視爲途人而不顧哉？昔張公藝九世同居，江州陳氏七百口共食。凡屬一家一姓，當念乃祖乃宗。寧厚毋薄，寧親勿疏。長幼必以序相洽，尊卑必以分相聯。喜則相慶以結其綢繆，戚則相憐以通其緩急。立家廟以薦烝嘗，設家塾以課子弟，置義田以贍貧乏，修族譜以聯疏遠。即單姓寒門，或有未逮，亦各隨其力所能爲，以自篤其親屬。誠使一姓之中秩然藹然，父與父言慈，子與子言孝，兄與兄言友，弟與弟言恭，雍穆昭而孝弟之行愈敦，有司表爲仁里，君子稱爲義門，天下推爲望族，豈不美哉？若以小故而隳宗支，以微嫌而傷親愛，以侮慢而違遜讓之風，以偷薄而虧敦睦之誼，古道之不存，即爲國典所不恕。爾兵民其交相勸勵，共體祖宗慈愛之心，常切水木本源之念，將見親睦之俗成於一鄉一邑，雍和之氣達於薄海內外。諸福咸臻，太平有象，胥在是矣。可不勖歟？六百三十字。

第三條　和鄉黨以息爭訟

古者五族爲黨，五州爲鄉。睦婣任恤之教，由來尚矣。顧鄉黨中生齒日繁，比閭相接，睚眦小失，狎昵微嫌，一或不誠，凌競以起，遂至屈辱公庭，委身法吏。負者自覺無顔，勝者人皆側目。以里巷之近，而舉動相猜，報復相尋，何以爲安生業、長子孫之計哉？聖祖仁皇帝憫人心之好競，思化理之貴淳，特布訓於鄉黨曰：和所以息爭訟於未萌也。朕欲咸和萬民，用是申告爾等以敦和之道焉。《詩》曰：「民之失德，乾餱以愆。」言不和之漸起於細微也。《易·訟》之《象》曰：「君子以作事謀始。」言息訟貴絶其端也。是故人有親疏，概接之以温厚；事無大小，皆處之以謙冲。毋恃富以侮貧，毋挾貴以凌賤，毋飾智以欺愚，毋倚强以凌弱，談言可以解紛，施德不必望報。人有不及，當以情恕；非意相干，當以理遣。此既有包容之度，彼必生愧悔之心。一朝能忍，鄉里稱爲善良；小忿不爭，閭黨推其長厚。鄉黨之和，其益大矣！古云：「非宅是卜，惟鄰是卜。」緩急可恃者，莫如鄉黨。務使一鄉之中，父老子弟聯爲一體，安樂憂患視同一家。農商相資，工賈相讓，則民與民和；訓練相習，汛守相助，則兵與兵和。兵出力以衛民，民務養其力；民出財以贍兵，兵務恤其財：則兵與民交相和。由是而簞食豆羹，爭端不起；鼠牙雀角，速訟無因。豈至結怨耗財，廢時失業，甚至破産流離，以身殉法而不悟哉？若夫巨室耆年，鄉黨之望，膠庠髦士，鄉黨之英，宜以和輯之風，爲一方表率。而奸頑好事之徒，或詭計挑唆，或横行嚇詐，或貌爲洽比以煽誘，或假托公言而把持。有一於此，里閈靡寧，鄉論不容，國法具在，爾兵民所當謹凛者也。夫天下者，鄉黨之積也。爾等誠遵聖祖之懿訓，尚親睦之淳風，孝弟因此而益敦，宗族因此而益篤，里仁爲美，比户可封，訟息人安，延及世世，協和遍於萬邦，太和烝於宇宙，朕與爾兵民永是賴焉。六百五字。

第四條　重農桑以足衣食

朕聞：養民之本，在於衣食。農桑者，衣食所由出也。一夫不耕，或受之饑；一女不織，或受之寒。古者天子親耕，后親桑，躬爲至尊，不憚勤勞，爲天下倡，凡爲兆姓圖其本也。夫衣食之道，生於地，長於時，而聚於力。本務所在，稍不自力，坐受其困。故勤則男有餘粟，女有餘帛；不勤則仰不足事父母，俯不足畜妻子。其理然也。彼南北地土，雖有高下燥濕之殊，然高燥者宜黍稷，下濕者宜粳稻，食之所出不同，其爲農事一也。樹桑養蠶，除江浙、四川、湖北外，餘省多不相宜。然植麻種棉，或績或紡，衣之所出不同，其事與樹桑一也。願吾民盡力農桑，勿好逸惡勞，勿始勤終惰，勿因天時偶歉而輕棄田園，勿慕奇贏倍利而輒改故業。苟能重本務，雖一歲所入，公私輸用而外，羨餘無幾，而日積月累，以至身家饒裕，子孫世守，則利賴無窮。不然而捨本逐末，豈能若是之綿遠乎？至爾兵隸在戎伍，不事農桑，試思月有分給之餉，倉有支放之米，皆百姓輸納以散給。爾等各贍身家，一絲一粒莫不出自農桑。爾等既享其利，當彼此相安，多方捍衛，使農桑俱得盡力，爾輩衣食永遠不匱，則亦重有賴焉。若地方文武官僚，俱有勸課之責。勿奪民時，勿妨民事。浮惰者懲之，勤苦者勞之。務使野無曠土，邑無游民，農無捨其耒耜，婦無休其蠶織。即至山澤園圃之利，鷄豚狗彘之畜，亦皆養之有道，取之有時，以佐農桑之不逮，庶幾克勤本業，而衣食之源溥矣。所慮年穀豐登，或忽於儲蓄；布帛充贍，或侈於費用。不儉之弊，與不勤等。甚且貴金玉而忽菽粟，工文繡而廢蠶桑，相率爲紛華靡麗之習，尤爾兵民所當深戒者也。自古盛王之世，老者衣帛食肉，黎民不饑不寒，享庶富之盛而致教化之興，其道胥由乎！此我聖祖仁皇帝念切民依，嘗刊《耕織圖》頒行中外，所以敦本阜民者甚至。朕仰惟聖諭，念民事之至重，廣爲詮解，勸爾等力於本務。余一人衣租食税，願與天下共飽煖也。

六百三十八字。

第五條　尚節儉以惜財用

生人不能一日而無用，即不可一日而無財。然必留有餘之財，而後可供不時之用，故節儉尚焉。夫財猶水也，節儉猶水之蓄也。水之流不蓄，則一泄無餘而水立涸矣；財之流不節，則用之無度而財立匱矣。我聖祖仁皇帝，躬行節儉，爲天下先。休養生息，海内殷富，猶兢兢以惜財用示訓。蓋自古民風皆貴乎勤儉，然勤而不儉，則十夫之力不足供一夫之用，積歲所藏不足供一日之需，其害爲更甚也。夫兵丁錢糧，有一定之數。乃不知撙節，衣好鮮麗，食求甘美，一月費數月之糧，甚至稱貸以遂其欲，子母相權，日復一日，債深累重，饑寒不免。農民當豐收之年，倉箱充實，本可積蓄。及酬酢往來，率多浮費，遂至空虚。夫豐年尚至空虚，荒歉必至窮困，亦其勢然也。似此之人，國家未嘗減其一日之糧，天地未嘗不與以自然之利，究至啼饑號寒、困苦無告者，皆不節儉所致。更或祖宗勤苦儉約，日積月累，以致充裕；子孫承其遺業，不知物力艱難，任意奢侈，誇耀里黨，稍不如人，既以爲耻，曾不轉盼，遺産立盡，無以自存，求如貧者之子孫，并不可得，於是寡廉鮮耻，靡所不至。弱者餓殍溝壑，强者作慝犯刑。不儉之害，一至於此。《易》曰：「不節若，則嗟若。」蓋言始不節儉，必至嗟悔也。爾兵民當凛遵聖訓，繹思不忘。爲兵者知月糧有定，與其至不足而冀格外之賞，孰若留有餘以待可繼之糧；爲民者知豐歉無常，與其但顧朝夕，致貧窶之可憂，孰若留貯將來，爲水旱之有備。大抵儉爲美德，寧以固陋貽譏；禮貴得中，勿以驕盈致敗。衣服不可過華，飲食不可無節。冠婚喪祭，各安本分；房屋器具，務取素樸。即歲時伏臘，斗酒娱賓，從俗從宜，歸於約省，爲天地惜物力，爲朝廷惜恩膏，爲祖宗惜往日之勤勞，爲子孫惜後來之福澤。自此富者不至於貧，貧者可至於富，安居樂業，含哺鼓腹，以副朕阜俗誠民之至意。《孝經》有曰：「謹身節用，以養父母，此庶人之孝也。」爾兵民其身體而力行之。六百四十三字。

第六條　隆學校以端士習

古者家有塾，黨有庠，州有序，國有學，固無人不在所教之中。專其督率之地，董以師儒之官，所以成人材而厚風俗，合秀頑强懦，使之歸於一致也。我聖祖仁皇帝壽考作人，特隆學校。凡所以養士之恩，教士之法，無不備至。蓋以士爲四民之首，人之所以待士者重，則士之所以自待者益不可輕。士習端，而後鄉黨視爲儀型，風俗由之表率。務令以孝弟爲本，材能爲末，器識爲先，文藝爲後，所讀者皆正書，所交者皆正士，確然於禮義之可守，惕然於廉恥之當存。唯恐立身一敗，致玷宫墻；唯恐名譽雖成，負慚衾影。如是，斯可以爲士。否或躁競功利，干犯名教。習乎異端，曲學而不知大道；騖乎放言，高論而不事躬行。問其名則是，考其實則非矣。昔胡瑗爲教授，學者濟濟有成；文翁治蜀中，子弟由是大化。故廣文一官，朕特飭吏部悉以孝廉明經補用，凡以爲興賢育才、化民成俗計也。然學校之隆〔一〕，固在司教者有整齊嚴肅之規，尤在爲士者有愛惜身名之意。士品果端，而後發爲文章，非空虛之論，見之施爲，非浮薄之行，在野不愧名儒者，在國即爲良臣，所係顧不重哉？至於爾兵民，恐不知學校之爲重，且以爲與爾等無與。不思身雖不列於庠序，性豈自外於倫常？孟子曰：「謹庠序之教，申之以孝弟之義。」又曰：「人倫明於上，小民親於下。」則學校不獨所以教士，兼所以教民。若黌宫之中，文武並列，雖經義韜略所習者不同，而入孝出弟人人所當共由也。士農不異業，力田者悉能敦本務實，則農亦士也。兵民無異學，即戎者皆知敬長愛親，則兵亦士也。然則庠序者，非爾兵民所當隆重者乎？端人正士者，非爾兵民所當則效者乎？孰不有君臣父子之倫？孰不有仁義禮智之性？勿謂學校之設，止以爲士。各宜以善相勸，以過相規，向風慕義，勉爲良善。則氓之蚩蚩，亦可以禮義爲耕耘；赳赳武夫，亦可以詩書爲甲胄。一道同風之盛，將復見於今日矣。六百三十四字。

【校注】

〔一〕「隆」，觀善堂本、甘藝苑樓本皆作「設」。

第七條　黜異端以崇正學

朕惟欲厚風俗，先正人心；欲正人心，先端學術。夫人受天地之中以生，惟此倫常日用之道爲智愚之所共由。索隱行怪，聖賢不取。《易》言：蒙以養正，聖功以之。《書》言：無偏無頗，無反無側，王道以之。聖功王道，悉本正學。至於非聖之書、不經之典，驚世駭俗，紛紛藉藉，起而爲民物之蠹者，皆爲異端，所宜屏絶。凡爾兵民，愿謹淳樸者固多；間或迷於他歧，以無知而罹罪戾，朕甚憫之。自古三教流傳，儒宗而外，厥有仙釋。朱子曰：「釋氏之教，都不管天地四方，只是理會一個心。老氏之教，只是要存得一個神氣。」此朱子持平之言，可知釋、道之本指矣。自游食無藉之輩陰竊其名以壞其術，大率假灾祥禍福之事，以售其誕幻無稽之談。始則誘取資財，以圖肥己。漸至男女混淆聚處，爲燒香之會。農工廢業，相逢多語怪之人。又其甚者，奸回邪慝，竄伏其中，樹黨結盟，夜聚曉散，干名犯義，惑世誣民。及一旦發覺，徵捕株連，身陷囹圄，累及妻子，教主已爲罪魁，福緣且爲禍本。如白蓮、聞香等教，皆前車之鑒也。又如西洋教宗天主，亦屬不經。因其人通曉曆數，故國家用之。爾等不可不知也。夫左道惑衆，律所不宥；師巫邪術，邦有常刑。朝廷立法之意，無非禁民爲非，導民爲善，黜邪崇正，去危就安。爾兵民以父母之身，生太平無事之日，衣食有賴，俯仰無憂，而顧昧恒性而即匪彝，犯王章而干國憲，不亦愚之甚哉？我聖祖仁皇帝，漸民以仁，摩民以義，藝極陳常，煌煌大訓，所以爲世道人心計者至深遠矣。爾兵民等，宜仰體聖心，祇遵聖教，擯斥異端，直如盜賊水火。且水火盜賊，害止及身；異端之害，害及人心。心之本體，有正無邪。苟有主持，自然不惑。將見品行端方，諸邪不能勝正；家庭和順，遇難可以成祥。事親孝，事君忠，盡人事者〔一〕，即足以集天休；不求非分，不作非爲，敦本業者，即可以迓神慶。爾服爾耕，爾講爾武，安布帛菽粟之常，遵蕩平正直之化，則異端不待驅而自息矣。六百四十字。

【校注】

〔一〕「人」，觀善堂本、甘藝苑樓本皆作「己」。

第八條　講法律以儆愚頑

法律者，帝王不得已而用之也。法有深意，律本人情。明其意，達其情，則囹圄可空，訟獄可息。故懲創於已然，不若警惕於未然之爲得也。《周禮》州長、黨正、族師皆於月吉屬其民而讀法；大司寇懸象刑之法於象魏，使萬民觀之，知所向方。今國家酌定律例，委曲詳明，昭示兵民，俾各凛成憲，遠於罪戾，意甚厚也。聖祖仁皇帝深仁厚澤，洽於兆民，而於刑罰尤惓惓致意。朕臨御以來，體好生之德，施欽恤之恩，屢頒赦款。詳審爰書，庶幾大化翔洽，刑期無刑。又念爾爲民者，生長草野，習於顓蒙；爲兵者，身隸戎行，易逞强悍。每至誤觸王章，重干憲典。因之特申訓誡，警醒愚頑。爾等幸際昇平，休養生息，均宜循分守禮，以優游於化日舒長之世。平居將頒行法律，條分縷析，講明意義，見法知懼，觀律懷刑。如知不孝不弟之律，自不敢爲蔑倫亂紀之行；知鬥毆攘奪之律，自不敢逞囂凌强暴之氣；知奸淫盜竊之律，自有以遏其邪僻之心；知越訴誣告之律，自有以革其健訟之習。蓋法律千條萬緒，不過準情度理。天理人情，心所同具。心存於情理之中，身必不陷於法律之内。且爾兵民，性縱愚頑，或不能通曉理義，未必不愛惜身家。試思一蹈法網，百苦備嘗。與其宛轉呼號，思避罪於箠楚之下，何如洗心滌慮，早悔過於清夜之間；與其傾資蕩産，求減毫末，而國法究不能逃，何如改惡遷善，不犯科條，而身家可以長保。倘不自警省，偶罹於法，上辱父母，下累妻孥，鄉黨不我容，宗族不我齒。即或邀恩幸免，而身敗行虧，已不足比於人，數追悔前非，豈不晚哉？朕聞居家之道，爲善最樂；保身之策，安分爲先。勿以惡小可爲；有一惡，即有一法以相治。勿以罪輕可玩；有一罪，即有一律以相懲。惟時時以三尺自凛，人人以五刑相規，懼法自不犯法，畏刑自可免刑。匪僻潛消，争競不作，愚者盡化爲智，頑者悉變爲良。民樂田疇，兵安營伍，用臻刑措之治不難矣。

六百三十二字。

第九條　明禮讓以厚風俗

漢儒有曰：「凡民函五常之性，而其剛柔緩急，音聲不同，繫水土之風氣，故謂之風；好惡取舍，動静無恒，隨厥情欲，故謂之俗。」其間淳漓厚薄難以强同，奢儉質文不能一致，是以聖人制爲禮以齊之。孔子曰：「安上治民，莫善於禮。」蓋禮爲天地之經、萬物之序，其體至大，其用至廣。道德仁義，非禮不成；尊卑貴賤，非禮不定；冠婚喪祭，非禮不備；郊廟燕饗，非禮不行。是知禮也者，風俗之原也。然禮之用，貴於和；而禮之實，存乎讓。子曰：「能以禮讓爲國乎，何有？」又曰：「先之以敬讓，而民不争。」使徒習乎繁文縟節，而無實意以將之，則所謂禮者，適足以長其浮僞，滋其文飾矣。夫禮之節文，爾兵民或未盡習；禮之實意，爾兵民皆所自具。即如事父母則當孝養，事長上則當恭順，夫婦之有倡隨，兄弟之有友愛，朋友之有信義，親族之有款洽，此即爾心自有之禮讓，不待外求而得者也。誠能和以處衆，卑以自牧，在家庭而父子兄弟底於肅雍，在鄉黨而長幼老弱歸於親睦。毋犯嚚凌之戒，毋蹈縱恣之愆。毋肆一念之貪，遂成攘奪；毋逞一時之忿，致啓紛争。毋因貧富異形，有蔑視之意；毋見强弱異勢，起迫脅之心。各戒澆漓，共歸長厚。則循於禮者無悖行，敦於讓者無競心，藹然有恩，秩然有義。黨庠術序相率爲俊良，農工商賈不失爲醇樸。即韜鈐介胄之士，亦被服乎禮樂詩書，以潛消其剽悍桀驁，豈非太和之氣大順之徵乎？《書》曰：「謙受益，滿招損。」古語又曰：「終身讓路，不枉百步；終身讓畔，不失一段。」可知禮讓之有得而無失也如此，朕願爾兵民等，聆聖祖之訓，而返求之於一身。爾能和其心以待人，則不和者自化；爾能平其情以接物，則不平者亦孚。一人倡之，衆人從之；一家行之，一里效之。由近以及於遠，由勉以至於安。漸仁摩義，俗厚風淳，庶不負諄諄誥誡之意哉！五百九十九字。

第十條　務本業以定民志

朕惟上天生民，必各付一業，使爲立身之本。故人之生，雖智愚不同，强弱異等，莫不擇一業以自處。居此業者，皆有本分當爲之事，藉以有利於身，藉以有用於世，幼而習焉，長而安焉，不見異物而遷焉。此孟子之所謂恒產，即聖祖仁皇帝之所謂本業也。維兹本業，實爲先務。凡爲士農，爲工商，以及軍伍，業雖不同，而務所當務則同也。夫身之所習爲業，心之所向爲志。所習既專，則所向自定。《書》曰：「功崇惟志，業廣惟勤。」蓋業與志本相須而成也。但恐日久而生厭，舍舊而圖新，或爲浮言所動，或因際遇未通，一念游移，半途而廢，作非分之營求，生意外之妄想。究之朝夕營營，不恒其德，資生寡策，歷久無成，而志遂以荒，而業遂以廢矣。夫業每荒於嬉，而必精於勤；志貴奮於始，而尤勵於終。朕樂觀爾之成，不忍見爾之廢也。爲士者謹身修行，矻矻窮年，服習詩書，敦崇禮讓，退爲有本之學，進爲有用之才。爲農者春耕秋斂，不失其時，撙節愛養，不愆於度，先事以備水旱，如期而輸税糧，使地無餘利，人無餘力。工則審四時，飭六材，日省而月試，居肆而事成。商則通有無，權貴賤，交易而退，各得其所，務體公平，勿蹈欺詐。若夫身列行陣，行陣即其業也。弓馬騎射，操練之必精；步伐止齊，演習之必熟。屯田則事墾闢，守汛則嚴刁斗，備邊則險要之宜知，防海則風濤之宜悉，庶幾無負本業矣。夫天下無易成之業，而亦無不可成之業。各守乃業，則業無不成；各安其志，則志無旁騖。毋相侵擾，毋敢怠荒。寧習於勤劬，勿貪夫逸樂；寧安於樸守，勿事乎紛華。熙熙然，士食舊德，農服先疇，工利器用，商通貨財，兵資捍衛，各盡乃職，各世其業，上以繼祖宗之傳，下以綿子孫之緒，富庶豐亨，游於光天化日之下，以仰答聖祖誥誡之殷懷，以克副朕休養之至意，顧不共享其福歟？六百字。

第十一條　訓子弟以禁非爲

從來教萬民，訓子弟，黨正、族師月吉讀法，歲時校比。師田、行役，則合卒伍而簡兵器。朝夕告誡，人知自愛，不敢偶蹈於非。休哉！何風之隆歟！我聖祖仁皇帝臨御六十一年，弘保赤之仁，廣教家之治，深恩厚澤，休養生息，以至於今。朕纘承大統，仰體聖祖子惠元元之心，無日不以爾百姓爲念，尤無日不以爾百姓之子弟爲念也。人生十年曰幼學，二十曰弱冠，血氣未定，知識漸開。訓導懲戒之方，莫切於此。大凡子弟之率不謹，皆由父兄之教不先。所恃爲父兄者，啓其德性，遏其邪心，廣其器識，謹其嗜好。至於愛親敬長之念，人所固有爾。父兄誠能明示其訓，俾知父子有親，君臣有義，夫婦有別，長幼有序，朋友有信，以端其本，則大倫明，而干紀犯分之咎自鮮矣。夫士農工商，各有傳業。軍士之家，世習技勇。其人之淑慝邪正，必自爲子弟之日始。語云：「少成若天性，習慣成自然。」民間非爲之事漸漬成風，或游手好閑，博奕飲酒；或結納匪類，放辟邪侈，往往陷溺而不悟；甚者罹法網，犯刑章。爾爲父兄者獨能晏然而已乎？與其追悔於事後，孰若嚴訓於平時？蓋行莫重於孝弟力田，心必存於禮義廉耻。可模可範，以身教之；耳提面命，以言教之。使子弟見聞日熟，循蹈規矩之中，久之心地淳良，行止端重，可以寡過而保家，即可以進德而成材也。且庭訓素嫻，子弟克肖，則國家賓興令典，自致顯揚，既光大爾門閭，又垂裕爾後昆，父兄俱與有榮焉。即使愚魯不敏，而服教安化，刑辱不及於厥躬，鄉黨咸稱爲良愿，一家之休祥孰大於是？況今日之子弟又爲將來之父兄，積善相承，誨迪不倦，將見戶興禮讓，人敦孝義，自通都大邑以至窮鄉僻壤，太平之象與國俱長，庶不虛朕殷殷期勖之至意矣。夫好善，則閭閻子弟可致尊榮；苟不善，則公卿子弟流爲卑賤。義方之教，切磋之功，可不豫嚴於蒙稚之年乎？爾兵民，其敬聽之毋忽。

六百二十五字。

第十二條　息誣告以全善良

國家之立法，所以懲不善而儆無良，豈反爲奸民開訐告之路，而令善良受傾陷之害哉？夫人必有切膚之冤，非可以理遣情恕者，於是鳴於官以求申理，此告之所由來也。乃有奸宄不法之徒，好事舞文，陰謀肆毒，或捏虛以成實，或借徑以生波，或設計以報宿嫌，或移禍以卸己罪，顛倒是非，混淆曲直，往往飾沉冤負痛之詞，逞射影捕風之術。更有教唆詞訟者，以刀筆爲生涯，視獄訟爲兒戲，深文以冀其巧中，構釁而圖其重酬。鄉里畏之，名曰訟師。因而朋比協謀，黨惡互證。有司或一時受蔽，致使善良之輩不能自白。桁楊在前，箠楚在後，鍛煉之下，何求不得？縱至事明冤雪，而拖累困苦，小則廢時失業，大則蕩產破家。善良之被誣可憫，而凶頑之誣善良尤可痛恨也。聖祖仁皇帝矜恤下民，重懲其弊，頒示訓諭，有曰「息誣告以全善良」。夫誣告有反坐之條，令甲煌煌，乃敢作奸犯科而不畏者，利欲薰心，詭薄成性，方且恣其含沙之毒，僥幸於法網之寬。殊不知無情之辭，一經審察，莫可逃避。造釁以傾人，究之布阱以自陷，亦何利之有？嘗聞古人或認牛而不辨，或奪禾而不爭，卒開愧悔之誠，翻成禮讓之美。若斯之風，誠可嘉尚，爾兵民所當景效焉。且尋繹聖諭不曰禁而曰息，謂與其治之以法，不如感之使自化也。蓋官吏之見聞或疏，疏則猶煩揣測；鄉鄰之耳目最近，近則素所稔知。爲之抉其根株，窮其黨類，出於無心者，緩語以曉之，成於有意者，危言以誡之。彼善良之家，素行足以質之里閈而無愧。而誣告之人，言辭既非情實，迫於公論，則不敢誣，揆諸本心，亦不忍誣。凡前此之陰謀秘計，一旦悚然改悔，如冰消霧釋。兵不誣兵，而兵之善良者全；

民不誣民，而民之善良者全。兵民不相爲誣，而兵民舉全。不至赴官終訟，兩造俱傷。庶幾從風慕義，胥天下而歸於無訟，豈不休哉？尚其咸喻而凜遵焉。六百十九字。

第十三條　誡匿逃以免株連

朕撫臨億兆，合四海爲一家，聯萬姓爲一體。中外旗民，本無異視。第以國初定制八旗人員，在内則拱衛京師，在外則駐防各省。如有不奉使令，潛往他鄉者，即爲逃人，例有嚴禁。逃人所至之地，兵民人等不行覺察，擅自容留者，罪並及之。按匿逃情弊，大約不外兩端。凡在逃之人，意氣言詞必多巧飾。爾等或受其欺罔，不辨爲逃人，而率意容留者，有之；或利其財物，明知爲逃人，而通同隱匿者，有之。夫主僕之間，乃大義所在。逃人背主蔑義，窩逃者黨不義而藐王章，逃者恃匿者以爲之藪也，法安得恕？故順治五年之例：窩逃者問擬大辟，並籍其家；鄰佑十家等，皆徙邊遠。康熙十五年定例：凡窩逃之正犯，流徙尚陽堡；兩鄰十家長，罪止杖徒。此皆我聖祖皇帝矜惜愚民，罪疑惟輕，故改從寬典也。又屢年恩詔，將逃人事件，概行赦免。國家施法外之仁，寬督捕之罰，無非欲爾兵民革薄從忠，遷善改過，使蓬門華户出入優游，共享太平無事之福。爾兵民等，其仰體聖祖誥誡之慈懷，與朕諄諭之至意，謹身率教，循理奉公，不交游手無藉之徒，不爲行險僥幸之事，毋徇私情而干國憲，毋貪微利而忘身家。如此，則井里晏然，四鄰安堵，胥吏不擾，鷄犬無驚，而國家刑期無刑之化亦可以觀厥成矣。倘因法網既寬，復蹈故轍，營私受賄，藏惡養奸，則自取其辜，何能曲宥？況夫逃竄之人，性既冥頑，又無生理，所行種種不端，大而盜賊，小而賭博，一經發覺，皆犯科條。容留之家，又安能脱然事外，不罹罪譴耶？《周易》曰：「比之匪人，不亦傷乎？」晏子曰：「君子居必擇鄰，所以避患也。」可知奸猾浮蕩之流皆足爲善良之累。朕願爾等，父誡其子，兄誡其弟，隊長誡其行伍，鄉約誡其比閭，祇奉訓詞，各遠非義，則地方寧謐，俗厚風淳，又何患株連之偶及哉？

五百九十字。

第十四條　完錢糧以省催科

自昔畫野分州，任土作貢，而賦稅以興。凡國之五禮，百度輸用，出入皆賴焉。此君所必需於民，下所宜供於上，古今通義，未之或改。且以制官禄，所以治我民；以給兵餉，所以衛我民；以備荒歉，所以養我民。取諸天下，還爲天下用之。人主以倉廩府庫，豈厲民而以自養耶？我朝自定鼎以來，賦額悉準經制。且横征私派，一切革除，未嘗絲毫多取於民。溯聖祖仁皇帝，深仁厚澤，豢養斯民。六十餘年，時以閭閻豐裕爲念，所蠲免錢糧何止百千萬億，遐邇之霑被固已淪肌浹髓矣。夫緩征薄斂，加惠元元，君之德也；以下奉上，先公後私，民之職也。屬在兵民，宜喻此意，勿惰而嬉，荒其本業；勿奢而費，耗其資財；勿逡巡觀望，冀邀賜復之殊恩；勿轉委輸將，致被豪猾之中飽。依限而納，毋待追呼。然後以其所餘，養父兄，畢婚嫁，給朝夕，供伏臘。縣庭有卧治之官，村巷無夜呼之吏。俯仰無累，妻孥晏然。其爲安樂，莫踰於此。倘不知國課之當重，國法之難寛，或有意抗違，或任情遲緩。有司迫奏銷之限，不得不嚴追比；胥役受鞭撻之苦，不得不肆誅求。剥啄叩門，多方需索。無名之費，或反浮於應納之數。而究竟所未完者，仍不能爲爾寛貸。不知何樂而爲此？夫供胥役之侵漁，曷若輸朝廷之正供？爲抗糧之頑户，曷若爲守法之良民？人雖至愚，亦必知之。况乎上好仁而下好義，情屬一體。爾試思廟堂之上所日夜憂勞者，在於民事。水溢則爲堤防，旱魃則爲虔禱，蝗蝻則爲撲滅。幸不成灾，則爾享其利；不幸成灾，則又爲之蠲租，爲之賑濟。如此，而爲民者尚忍逋賦以誤國需？問之於心，亦何以自安？譬人子於父母，分産受業以後，必服勞奉養，庶盡厥職。乃父母恩勤，顧復不遺餘力，而爲子者自私其財，缺甘旨而違色養，尚得謂之人子乎？朕用是諄諄告誡，但願爾兵民上念軍國，下念身家，外有效忠之名，内受安享之實，官不煩而吏不擾，何樂如之！爾兵民清夜自思，其咸體朕意。六百四十一字。

第十五條　聯保甲以弭盜賊

從來安民在於弭盜。摘發守禦之法，必當先事而爲之備。故緝捕有賞，疏縱有罰，諱盜有禁，違限有條，而最善者莫如保甲。十家爲甲，十甲爲保。甲有長，保有正。設立簿册，交察互警。此即井田守望之遺制，所以聖祖仁皇帝上諭曰「聯保甲以弭盜賊」。誠欲使四海九州，閭閻安堵，澄本清源，聖慮實爲周切矣。第恐遵行既久，遂至因循。吏則徒稽户藉，民則僅置門牌，而於聯比糾察之法未見實心奉行，以至勾引窩藏之弊種種而生。鄰舍失事，竟有如秦越之相視；富家被劫，反指爲悖出之當然。甚且假公濟私，藉盤詰之虚名，滋無厭之苛求。汛防因而騷擾，胥吏緣以生奸。有保甲之名，無保甲之實；有保甲之累，無保甲之益。此盜賊之所以難弭也。夫良法之有利於民，在奉行之必求其實。嗣後城市鄉村嚴行保甲，每處各自分保，每保各統一甲。城以坊分，鄉以圖别，排鄰比户，互相防閑。一甲之中，巨室大户，僮佃多至數百。此内良否，本户自有責任。若一廛一舍之散布村落者，有業無業，或良或否，里正保正得以微窺於平素。一出一入，得以隱察其行踪。遇有不務恒業，群飲聚博，鬥鷄走狗，夜集曉散，以及履歷不明、踪迹可疑者，皆立爲糾舉，不許暫容甲内。其荒原古廟、闤肆叢祠，尤易藏奸，更宜加緊防察。至汛地兵丁，務必晝夜巡邏，一體查詰。毋借端生事，毋挾仇陷害，毋受賄賂而徇縱，毋惜情面而姑容，協力同心，輪流分派，則盜賊無容身之地，軍民享安静之樂矣。查昔人禦盜之法，村置一樓，樓設一鼓，一家有失，擊鼓爲號，群起而守其要害，盜賊將安所逃？所謂寓兵法於保甲中也。若夫江海出没之區，有未可以保甲行者，舟楫往來，絡號聯艅，彼此互相稽查，匪類亦難藏匿，皆在實心奉行，先事而爲之備。若視爲具文，怠忽從事，至於被盜者失財，連坐者受累，不惟負朕息盜安民之至意，亦甚非爾等保身保家之良策也。六百二十八字。

第十六條　解讎忿以重身命

朕惟人道莫大於守身。民之有身，所以務本力田，養父母而畜妻子。兵之有身，所以嫻習伎勇，資捍衛以報朝廷。身爲有用之身，則皆當自愛。乃生人氣質之偏，不能變化，往往血氣用事，至一發而不可遏，激怒崇朝，竟成莫解，互相報復，兩敗俱傷。其起甚微，而爲害甚大。不念爰書抵罪一定之律，雖國家法網甚寬，亦不能爲殺人者施法外之仁。聖祖仁皇帝訓諭十六條，而終之以重身命，誠哀矜悱惻之至意也。夫天地以好生爲心，而惘惘之倫不自顧惜；人君以愛養爲政，而蚩蚩之衆每至輕生。非釁起於夙昔之讎，即禍生於一朝之忿。強者恃膂力之剛，殺人亡命；弱者希抵償之罪，赴水投繯。忿以成讎，讎而益忿。原其致此之由，固非一端。而兵民所易犯者，尤多於縱酒。蓋酒之爲物，能亂人心志，使失其故常。或賓主酬酢，始以合歡，而俱入醉鄉，則一言不合，至操刀而相向。或睚眦之怨，本可冰釋，及酒酣耳熱，則一發難忍，若不共之深仇。每見刑曹命案，相傷於酒後者，十有五六。噫！置身縲紲，家破人亡，甚或累及妻孥，禍延鄉黨，而後拊心自悼，悔何及矣！自今以往，皆當敬聆聖諭，時時提醒，思讎與身孰重，毋追既往之讎，而昧將來之患；思忿與命孰輕，毋快目前之忿，而貽事後之悔。縱人或以非禮相加，似難含忍；然一念夫身命攸關，則從父兄訓誨，聽親友調和，無不可情恕理遣。至酒之爲害，尤宜深戒。古之人既立之監，或佐之吏，蓋唯恐載號載呶，亂籩豆而起爭端也。其可沉湎荒腆，致陷身於刑戮乎？語有之：「忍之斯須，乃全爾軀。」故解去讎忿，則全生保家之道胥在於此。養其和平，消其亢戾，不待排難解紛，而凌競之習自然息化，何其風之醇也！孔子曰「忿思難」，孟子謂「橫逆」，猶是此，亦妄人也已矣。聖賢之遺訓，與聖祖仁皇帝之明諭，固千古同揆也。凡爾兵民，凛遵毋忽，則閭閻相保，營伍相安，下以承家，上以報國，優游盛世，共躋仁壽之域，非解讎忿之明效歟？六百四十四。共一萬言。

廣訓衍

恭紀

教化者，風俗之原也。董諭者，教化之實也。《易》曰：「重巽以申命。」非騰口説而已。百姓顓蒙，易惑難曉。反覆以開示之，優柔漸漬，浹膚淪髓，所以目擊而心諭，安行而自得也。化成俗美，端在於此。

我聖祖仁皇帝開天明道，化成天下，親定《聖諭十六條》，視唐、虞十六字心傳，先後同揆，更加曉暢焉。我世宗皇帝纘承大統，直接心法，著《聖諭廣訓》萬言，使微文大義昭揭如日星，應與《典》、《謨》、《誓》、《誥》同垂不朽。臣又樸蒙聖恩拔擢，釋褐後，讀書中秘，受事銓曹，特奉綸音，分司河東鹺政。隆恩異數，有踰涯際。夙夜循省，矢清矢慎，惟務宣揚德意，易俗移風，庶幾無負簡任之意，或可少竭臣子之憂。每遇朔望，同運城紳士齊集公所，宣講睿製。白叟黄童，莫不歡欣鼓舞，舉手加額。聖謨洋洋，嘉言孔彰，固已莫能贊一詞、易一字矣。惟是愚夫村豎未諳文義，兼之土音多訛，一切稱名指物詞語各别，是以聆讀之下，未盡通曉。臣又樸在鹽言鹽，又不能遍行講解，何由使蚩蚩之氓洗心滌慮，争自奮於聖人之世也哉？謹就方言里語推衍成篇，或約略以會意，或闡發以盡辭，總不敢於聖訓之外妄有增益，惟竊效《周禮》遒人以木鐸徇於道路之義，俾未嘗從事學問者亦得識聖意所存，或稍有當於化民成俗之盛心云爾。

雍正丙午仲夏，河東陜西都轉運鹽使司運同臣王又樸稽首頓首恭紀。

第一條

世宗皇帝意思説〔一〕：我聖祖仁皇帝坐了六十一年的天下，最敬重的是祖宗，親自做成《孝經衍義》這一部書，無非是要普天下人都盡孝道的意思，所以《聖諭十六條》頭一件就説個孝弟。到了世宗皇帝坐了位，想着聖祖教人的意思，做出《聖諭廣訓》十六篇來，先把這孝弟的道理講給你們衆百姓聽。怎麽是孝呢？這個孝順的道理大得緊，上而天，下而地，中間的人，没有一個離了這個理的。怎麽説呢？只因孝順是一團的和氣。你看天地若是不和，如何生養得許多人物出來呢？人若是不孝順，就失了天地的和氣了，如何還成個人呢？如今且把父母疼愛你們的心腸説一説。你們在懷抱的時候，餓了呢自己不會吃飯，冷了呢自己不會穿衣服。你的老子娘看着你的臉兒，聽着你的聲音兒，你笑呢就喜歡，你哭呢就憂愁，你走動呢就步步跟着你，你若是略略的有點病兒，就愁的了不得，茶不是茶，飯不是飯，只等你身子好了，這纔放下了心，眼巴巴的看着，一年小，兩年大，不知受了多少辛苦，耽了多少驚恐，養活你，教導你。到得你成人長大，替你娶妻生子，望你讀書成名，替你掙家立業，那一件兒不關父母的心？這個恩是報得盡的麽？你若是不曉得你父母的恩，只把你待兒子的心腸想一想就曉得了。古人説的好：「養兒方知父母恩。」既然知道父母的恩了，爲甚麽不去孝順他呢？這個孝順也不是做不來的事。且如古來的人，有卧冰的，有割股的，有埋兒的，這樣的事便難學了，也不必定要這麽做纔叫做孝。只要心心念念的放在父母身上就好。你們果然要報恩，但凡自己力量做將來的，無所不至，去奉承兩個老人家。寧可自己少吃少用的，儘父母吃，儘父母用。替他代些勞。不可去賭錢吃酒；不可去和人打架；不可暗地裏私自積攢銀子錢，疼自己的老婆孩子，不顧着父母。縱然外邊的儀節做不將來，都不妨事，只要心裏邊誠實便好。就是每日裏粗菜淡飯的，只要叫他歡歡喜喜吃得下去，這就是孝順了。如是把這個道理推開説，就如舉動之間，不端端正正的，這就是褻慢了父母的遺體，便爲不孝了。

替朝廷做事，不盡心竭力的做，事君不忠，就如待父母不好一般，就是不孝了。做官的，若是不好，惹百姓們笑駡，這是把父母遺體輕慢了，就是不孝了。在朋友前説話做事不着實，便玷辱着父母，也是不孝。若是你們兵丁們，上陣出兵的時節，不肯勇猛争先，叫人笑話你軟弱，這是把父母的遺體下賤了，也是不孝。如今世上忤逆的兒子狠多。父母説他句，他就變臉；父母駡他聲，他就應嘴；叫他東，他往西。還有自己的老婆娃子都飽煖煖的，父母倒忍飢受餓；自己撞下禍來，帶累父母受氣；自己犯了事，帶累父母上官入府的。這樣人，莫説天理上不容，就是自己兒子看了樣，也就跟着學了。你看不孝順的人，那裏養得出個好兒子來？你們想一想，還不省悟麽？除了父母，就是兄弟。這兄弟們并不是兩個人，他身上的骨肉就是我身上的骨肉，所以叫做手足。你若薄待了弟兄，便是薄待了父母了。就是弟兄們不同母，也是一個父親的骨血，不可説不是同母就看做兩樣了。人世上最親的是妻子，假使妻子死了，還可以另娶得一個。這兄弟若是没了，那裏還討得一個來喲？你們想一想，還是該親愛不該親愛？怎麽樣個親愛呢？做兄弟的要敬重哥哥，但凡有甚麽事，或是吃飯，或是穿衣服，或是隨人禮，或是説話，或是走路，或是坐，或是站，都要儘讓做哥哥的。古來的人，就是一鄉一村兒上的人，他若比我大十歲，我就尊他做哥；他若比我大五歲，我就挨肩隨着他，就不敢僭越他了。外人比我年紀大，我還要這樣的敬重他，何况是我的親哥哥呢？至於做哥哥的，要疼愛著兄弟。兄弟們憑他多大年紀，我只把他當娃兒待。比如我的兒子若是不成才，我也着實恨他、駡他、打他，轉過臉兒，依舊的疼他。惟獨到了兄弟，偏只是不好，再不肯慢慢兒勸他、説他。一遇兄弟有了些不是，就要争鬥起來。你想你和你兄弟都是一個老子娘養的，你若打你兄弟，就是自家打自家一般了。做兄弟的又不知好歹，見哥哥打他，也就還起手來。比如一個人的手足，假如失手打了脚，難道還把脚去踢手不成？如今弟兄們不和，都是爲争財起見，都是聽老婆的話。這些老婆們的話，也不是盡情没道理的。正因爲他的説話也有些理兒，便不知不覺的聽進了去。就如做嫂子的向哥哥説，小叔兒怎麽樣懶、怎麽樣花錢。「你辛辛苦苦的挣錢養活着他，他還説長道短，難道我們是他的兒子、媳婦，該當孝順他的麽？」那個兄弟媳婦也會向兄弟説：「就是哥哥會掙錢？你也掙過錢！你在家裏，一般兒做長做短。就是雇個長工，也没有這般勞苦的。偏他的娃子就是娃子，買這個吃，買那個吃！難道我們的娃子就都是該死的麽？」照這般的説話，今日有些，明日有些，不由做哥兒們的聽不進去，從此便把弟兄們的心腸都冷淡下來了。一日一日的攢湊，便至於打架厮鬧。却不知道弟兄們原是一個人，就是哥哥無能些，做兄弟的養活着他，也是該當的；兄弟無能些，做哥哥的養活着他，也是該當的。便是一時間有些閑言閑語，只當他醉了，或是説夢話，便大家撒開了。偏要認的真！譬如兩隻手，右手極其能幹，寫字也是他，打算盤也是他，拿東拿西的也是他，這隻左手就笨的緊。没有聽見人拿右手去打左手的。一個哥兒兄弟，親親的手足，如何争長論短？你想一想，銀子錢是倘來之物，去了還有來的。老婆們他不和我是一個老子娘，他知道甚麽道理呢？只顧弟兄們不和，做父母的必然生氣。你只看你兒子們打架，你心裏惱不惱？所以做孝子的人再没有不和美弟兄的。俗語説的好：「打虎還得親兄弟，上陣還須父子兵。」又説道：「好殺了是他人，壞殺了是自己。」又説道：「兄弟不和旁人欺。」只顧你們争閑氣，就有人來挑唆你們，搬鬥你們的是非，或是鬥毆，或是打官司，再没有個不敗家的。你們若是孝順友愛呢，做民的纔是良民，做兵的纔是好漢子。但是你兵民們，那一個不知道孝順是好事、弟兄們和美是好事？既然知道説好，爲甚麽不去實心實力的做阿？必定心心念念想着父母兄弟，不要光尚外面的儀文，不要忽略了小處，不要止圖外人的虚名，不要以前好以後又不好了。這纔是真真的孝子，真真的好兄弟。你若是不孝，或是弟兄們不和，就要拿刑法處治了。但你心裏不明白，處你也是枉然。世宗皇帝心裏不忍，所以反反覆覆的勸誡你〔二〕。你們肯聽世宗皇帝的話，大家做個孝子悌弟，不但一生不犯法，就你的兒子孫子也學個好樣子。俗語説的好：「孝順還生孝順子，忤逆造養忤逆兒。」果然子子孫孫都是孝子悌弟，天下再没有不太平的〔三〕。你們都着實的做，萬萬不可看做常套，辜負聖祖仁皇帝一片盛心阿。

【校注】

〔一〕「世宗皇帝」，原缺，據第六條以後各篇體例補。下文，《第二條》、《第三條》、《第四條》、《第五條》、《第十條》五篇，篇首亦缺「世宗皇帝」四字，皆據之補。

〔二〕「誠」，原作「誠」，據觀善堂本改。

〔三〕「再」，原作「性」，據觀善堂本改。

第二條

世宗皇帝意思説：人生在世，都有個九族。怎麼叫做九族呢？我自己是一輩。我的父親一輩，我的爺一輩，我爺的父親一輩，我爺的爺又一輩，是我上頭共有四輩。我的兒子一輩，我的孫子一輩，我的重孫一輩，我的元孫又是一輩，是我下邊也有四輩。連我自己算着，共是九輩。這九輩兒的兄弟們，各門各户的，便是我的族人了，這個叫做九族。人人都有祖宗，怎麼叫做祖宗呢？我最上頭是老祖，再親近些就叫做宗。你們這些人，那個不是祖宗傳下來的？那個没有個九族呢？當初山西平陽府有個聖人，叫做堯王。這個堯王，最是疼愛他族人的。古書上説的好，人若果然尊敬祖宗，再没有一個不疼愛族人的。爲甚麼族人我要疼愛他呢？這些族人，雖然有親門兒的，有遠門兒的，究竟都是我一個祖宗傳留下來。憑你幾十丁，幾百丁，却總是一個人。就如水有分派的一般。你看一股泉，流將下去，分作幾條，分作幾十條，究竟都是這一股兒泉的水，並不曾有兩股水。又如樹木有枝葉的一般。你看一顆樹，長將起來，千枝萬葉，究竟都是一個根兒上發出來的。既然這些族人都是我祖宗一個人，祖宗就是一個身子，我和這些族人就是兩手兩脚，手上的十個指頭，脚上的十個指頭，頭上的耳朵、眼睛、嘴、鼻子的一般了。你們想一想，假如我身上有一處兒生個瘡，或者閃了手，跌了腿，渾身上難道受用麽？你們若是在族人跟前，陷害他，鏖騙他，叫他不得受用，難道你就得受用麽？所以人要着實疼愛族人。就如我一個身子，有一處疼，便處處都疼，有一處癢，便處處都癢，這纔是和睦宗族哩！古來的書上説：教民六行，孝、友、睦、姻、任、恤。説個「孝」，又説個「友」，底下就説個「睦」字。所以我聖祖仁皇帝既然諭爾等「敦孝弟以重人倫」，隨即又説個「篤宗族以昭雍睦」。這個宗族，就從人倫來。人若是不和睦宗族，就是不孝不友了。世宗皇帝所以詳詳細細的説給你兵民們聽。試想你們族人所以不和睦的緣故：或者是自己有錢，捨不得照看人；或者是自己窮，向人求借，他不肯借，便怨恨他；或者自己有個前程，便倚仗着勢力，裝出鄉宦的樣子唬嚇人、欺負人；或者自己没有前程，就氣恨人，看見族人做了官、進了學，偏要説他不會做官，怎麽樣要錢，做秀才的，怎麽文章不好；或者族人捐了監生，捐個官，也是你們門户好看，偏要嫌他銅腥氣；或是爲錢財起見，全不顧骨肉的情分；或是各自任性，不管一家的和好；或是聽信家中女人的説話，或是被旁人暗害，挑撥你一家子不和。從此争争競競，胡吵亂鬧，不但不和美，竟全忘記是一家子了。你們若是肯望祖宗上看一看，知道這些族人都是我祖宗的一個身子，斷然不至把族人看作路人相待了。當初有個張公藝，是一輩古人，他家九輩子都在一院兒住。又有個江州陳氏，他家族人多得緊，竟有七百多口，都在一搭兒吃飯。他家有百十個狗，也都在一搭兒喂養。若是一個狗不來吃，那些狗都不肯吃。你看這個陳氏，因爲他一家子和睦，便把狗都感化過來了。如今的人，若是不和睦宗族，便連狗也不如了。你們但凡是一家子，便都要看你們的祖宗面上，都要大家和美。這個和美，却也是難講的。你偏見出我的過犯來，我偏見出你的過犯來，誰肯説誰的瓜兒苦！只管的争長競短，一日一日，只有把情分冷淡了，甚至成了仇，打官司告狀，大家弄的光光的。你們想一想，爲着甚麽要緊阿？如今要你們和美，只是一個「忍」字，又叫做吃得虧。你説你是吃虧，却不知正是占便宜哩！不拘甚麽禮，寧可他給我的薄些，我給他的厚些。不拘甚麽禮數，寧可他們待我疏慢，我不可待他疏慢。一家子，大是大，小是小，上是上，下是下，彼此情意，都成了一個人。有喜事呢，大家都來慶賀。有死喪的事呢，大家都來幫助。或者立家廟，大家都來祭祀。或者家中設館，教我的弟侄子男。或者置買義田，周濟一族中窮苦的人。或者修家譜，聯絡疏遠的族人。這都是有力量的人做得來的。就是那没力量的人，也各自隨分量力的做去。大家都和和美美的，年紀老的見了年紀老的呢，就勸他疼熱兒女；年紀小的見了年紀小的呢，就勸他孝順爹娘；同是一輩兒的見了呢，你勸我敬哥哥，我勸你愛兄弟。這豈不是宗族和睦了，便個個人都成了孝子悌弟！就是官府們也敬重你們幾分哩！你們若是爲些小的嫌疑便傷了和氣，只顧相争相害，王法就要處治了。你們常想想，都是祖宗一個人傳下來的，就如水一般，千條萬股都是一個源頭；就如樹一般，千枝萬葉都是一個總根。爲甚麽不和美呢？你們若是大家都和美了，和氣就能長福，你們的家道只有興隆的，你們的生意只有茂盛的，天下也都太平了。你們可不大家勉勵麽？

第三條

世宗皇帝意思説：從古以來，就有個鄉黨。怎麽叫做鄉黨？就如各村各堡兒，街坊鄰舍家便是。古來的聖人，常常教人和睦鄉黨。但是這一村一堡兒裏頭的人，一日一日，漸漸的多了，挨門逐户，開眼便相見，不是拉拉扯扯的親戚，就是時常在一塊兒的朋友。有喜慶的事，便大家都來慶賀；有死喪的事，便大家都來祭吊。没事的時候，你看那一個不親熱呢？因爲朝暮相見，唇齒相連，便從好裏頭生出不好來了。或者因爲娃子們，搬嘴鬥氣；或者因爲鷄兒狗兒，有甚麽騷擾的去處；或者因爲茶前酒後，言差語錯；或者因爲借貸不遂，銜怨成仇；或者因爲要債不還，合氣打架；或者因爲蓋房買田，不曾儘讓通知，以致結成嫌疑。種種的事體，也難細説。總之，肯退後一步，讓他一兩句，過不上兩三日也就和好了。偏是那一口氣忍不過，必定要相駡相打，聽人挑唆，告狀，打官司，跪官跪府的，費了多少錢，受了多少氣！輸了呢，自己也覺得没顔面。就使贏了呢，人家都冷臉兒睬你，有甚麽好處？

你們想一想，一搭兒住的人，你恨我，我惱你，一輩子成仇，就是到了子孫身上，也還解不開，這不是自己種的禍胎麽？我聖祖仁皇帝憐憫你們，要叫你們風俗醇厚，特特的教訓你們要和睦鄉里，正是叫你們都不要告狀的意思。如今且把這一個和好的道理告訴你們聽。古來的書上説的好：「人都是好好的，怎麽就壞了呢？都只爲飲食上一點子半點子不到，便鬧起來了。」這個話，説的是鄉黨不和，都是從細小處來的。又一部書上説：「君子的人，但凡遇有告狀事體，起初頭，須要把收稍結果的光景都要想到。」這個話是説人若果然思前想後的，也就不肯告狀了。所以我這一搭兒人家裏頭，也有親近的，也有疏遠的，我都待他厚道些。不拘大事小事，既然在一搭兒共事，都要謙謙讓讓的。不可倚仗着我有錢，去欺負那貧窮的人；不可倚仗着我身上有前程，去壓量那没前程的人；不可播弄自己的鬼聰明、小伶俐，去欺哄那愚笨的人；不可憑着自己的强梁霸道，去凌辱那軟弱的人。便是一塊兒的，一言半句不和，我從旁拿話兒勸解他開了交。便使我待衆人們有些米兒錢兒的好處，也是我本分上應該做的，不是甚麽希罕事。也不要因爲人家不曾補報我，就惱恨他。就是人家有甚麽不到的去處，我只是原諒他，不要和他一般的見識。就是有人不知好歹，衝撞了我，冒犯了我，我只是據道理上打發他開去，總不必留在心裏頭。與其我和他爭長競短的斷吵，他也和我胡鬧，便鬧的不開交了，何如我一個不理他？他若成一個人，見我這等寬洪大量的，也就羞死了，也就後悔死了。他若是還不知愧悔，便不成個人了，與那禽獸何異？你們想一想，我一個人去和那禽獸理論，我豈不也與他一樣了？只要我諸事忍耐些，不把那一點子半點子放在心上。古人説的好：「吃的虧是好漢。」又説道：「吃虧是占便宜。」只因我不肯吃虧，一時間認的太真，或者弄出人命，或者激出别樣的事來。那時節要開交不得開交，倒吃了大虧，所謂因小失大。你們肯想到這搭兒，也就把争氣的心腸冷淡了。你若是肯吃虧，人没有説你軟弱的，只有尊敬你、稱道你的。這豈不是和睦鄉里的好處麽？古來説的好：「遍處裏揀地方兒住，不是揀宅子，是要揀個好鄰舍。」因爲鄰舍街坊都是一搭兒住的人，早晚倚靠的着。人若是把這一村一堡，聯屬的都成了一個人，有好處大家享，有苦處大家受，這是百姓們對着百姓們和睦了。就是當兵的，逢着操演，一搭兒去操演，分去守汛，便彼此幫助着防守，這是兵與兵們和睦了。做兵的出死力去護衛百姓，百姓們納錢糧去養活兵，這又是當兵的與百姓們都和睦了。從此相親相愛，禮節往來，總也没有争鬥的，也没有告狀的，那裏還有爲怨結仇，誤了工夫，花了錢財，到了破家蕩産、流落異鄉的事呢？這個話雖是説與你兵民們聽，也還要你們大家子鄉紳、高年的長者、學裏的秀才、鄉黨中的豪傑，都該先做出個和睦的式樣來，好叫這些愚民們跟着學。但是百姓們原都是好人，不過一兩個不務本分的人，要學做光棍，相與衙門中幾個人，學着做兩句半明半暗的狀子，學着説兩句瞞心昧己的話，要在鄉黨中出個頭，挑撥人家打官司，他在中間賺錢用，騙酒吃，動不動就説人争一口氣，又説道輸錢不輸氣。這些愚人被他哄信了，引到深水裏，也不曉得後悔。像這樣的光棍，或者弄成詭計，挑唆人；或者横行霸道的嚇詐人；或者外邊裝做和美的樣子，却去引誘人；或者假托做公道的話，却暗中去把持。這等人，王法在所必誅，天理一定不容，惡滿禍盈，自然有那惡報的。你們只看一看，但凡地方上光棍，那一個有下梢阿？如今的人，假若是出外離了家鄉，幾千里，幾百里，聽見有同鄉的聲音，就是從來不認識的，也要叙幾句話。若遇見同鄉認得的人，便分外的親熱，就像見了親人的一般。怎麽在一搭兒住着，倒越發生澀起來呢？人若是把這個心腸常常的存着，便是遵着聖祖的教訓了，從此風俗益發好了，子弟越肯孝弟，宗族越肯和睦，就是你們子子孫孫，大家也都你幫我助，成就了一個和平的世界，就是世宗皇帝與你們百姓大家都是快活的。

第四條

世宗皇帝意思説：養活百姓們的根本不過是衣食兩件。人生世上，終日忙忙碌碌，都只爲吃飯穿衣。却不想這衣飯的根本，不種田，從何處有飯吃？不養蠶，從何處有衣服穿？就是士農工商，各有各人的事業，究竟這衣食的源頭，也只是靠着這種田養蠶的人。這農桑豈不是第一件要緊的事麽？但只是天下的田地都是有數兒的，叫普天下的人去種普天下的田，人人自種自吃，天下也就没有受餓的了。如是有一個人不種田，就有一個人受餓了。普天下蠶桑也都是有數兒的，叫普天下的女人去養活普天下的蠶，人人自織自穿，天下也就没有受凍的了。如是有一個人不養蠶，就有一個受凍了。所以古來的朝廷，都把這農桑當一件極要緊的事，常常於春天的時節親自去耕田，皇后娘娘親自去養蠶。你看身爲至尊，富貴已極，尚且不憚勤勞，親自去做這樣的事，無非是爲天下做一個榜樣，叫百姓們好學着做。你們百姓們難道倒不該做的麽？你們想想，這個衣飯原出於地畝，春天要種，夏天要鋤，秋天要收，一點血，一點汗，辛苦大半年，纔得有這碗飯吃，纔得有這件衣裳穿。所以勤謹的人，田地培植的好好的，桑蠶養活的旺旺的，便就出産的越發多了，糧食呢是大囤大囤兒裝着，紬帛呢是一捆一捆兒放着，吃不了，穿不了。若是一個不勤謹，便上邊養活不過老子娘，下邊養活不過老婆、娃子。這是一定的道理。但只是南邊的地土與北邊的地土不同，有高燥的，有下濕的。高燥的地土呢，該種着黍稷；下濕的土地呢，該種着粳稻。雖然出産的不同，却總是一個農事。至於養桑養蠶，不過江南、浙江、四川、湖廣這幾省是有桑有蠶的地方。除了這幾處，像北直、山東、河南、陝西、山西各省，就没有蠶桑了，但只是種麻、種棉花，拿了去織成布匹，雖然比不得紬帛，倒底是衣服，所以説個「桑」字就都包總了。但願百姓們盡心竭力的去務農養桑，萬不可發懶，萬不可先頭勤謹，後頭怠惰了。也不可因偶然一時歉收，就輕輕的捨棄了田園。也不可看見人家做買賣，會算計，賺了些錢，我就眼兒熱，也要跟着他學起來，倒把我的舊業更改了。却不知道天底下，惟獨土兒裏刨食吃的人最長遠〔一〕。像那做買賣的商人，做手藝的工匠，雖然也是正經營生，到底不是本業。還有那做商人折了本的，做手藝也有掙不出飯來的。只有這做莊稼，是個根本的事。便是一年間辛辛苦苦種來的糧食，賣不上幾兩銀子，完了錢糧，勾了費用，總算起來，積攢下也不多。但是一年一年的攢下去，自有厚實的日子。我一點血，一點汗，苦苦的積攢來的，我也不肯浪花費錢，也享受的安穩。便是我的子孫們見我千辛萬苦，他們也都知道銀子錢中用，斷然不至敗家蕩産的。這個務根本的事業，最是好的緊。你若是羨慕那游手好閑的人，裝腔做勢，東拐西騙，一般也吃好的，穿好的，就説：「我們爲甚麽做這勞苦的事情？」不知道這樣人，一個時運不來，肩不能挑，手不能提，除了討飯做賊，再没有去路了。及至犯了王法，披枷帶鎖，坐監坐牢，這就是他的結果。你們想，這樣人有甚麽好處？所以人斷不可捨了本業喲！但是百姓們種田的多，養桑的多，到了你們當兵的，身在營伍，不得種田，不得養桑，難道就不穿衣裳吃飯麽？你想想，一月一月與你的餉銀，一季一季與你的口糧，都是從那裏得來的？離了莊稼漢上糧上銀子，你們把甚麽做兵餉呢？離了養蠶織布的，你們把甚麽穿在身上呢？你們若肯想到這搭兒，你們還不該出力護衛他們麽？至今地方上的文武官員，都該去勸課農桑。有甚麽差徭，都要等農事既畢以後，方可使令他，不可妨礙着百姓們的事業。但凡百姓們懶惰的，就責治他；勤苦的，就賞他。必定教人人都種田，没有一塊兒閑地，没有一個游手好閑的人。男人耕，女人織，大家都做生活。便是山場上、水窪子裏，有些餘利，養活鷄兒、狗兒、猪兒，有些餘産，都要培植他，孳生他，便一日一日，人家興旺起來了。但是，你們勤謹，固然是該當的，還要一個「儉」字。怎麽呢？年景也不能常常遠遠的好，萬一歉收了，你們都没積蓄下的糧食。又當那有穿有戴的時節，多費多用，一旦遇了荒年，你們怎麽樣過喲？甚至把金子、玉石、寶貝看的重，倒把糧食看的輕。專一尚華采，繡花衣服，插金帶銀，倒把布素衣服都看得不值錢。像這樣的事，都是敗家的因頭，你們斷不可學。從古以來，太平的世界，有年紀的老者，個個穿紬帛、吃肉。就是少壯的人，也個個不受餓挨冷。大家安居樂業，從此興起禮義教化來。這并没有别的緣故，不過是把這「農桑」二字看的重阿。我聖祖仁皇帝，心心念念的疼愛百姓們，曾刻了一本《耕織圖》，把這種田的人、織布的人，苦處樂處，詳詳細細畫在上邊。是我聖祖仁皇帝敦重根本，致百姓們富足的根源，恩德可謂至極無以復加。世宗皇帝體貼聖諭，念爾等百姓們事業最重，廣爲訓解，無非是勸化你們用力根本。你們都富足了，就是世宗皇帝一個人穿的衣服〔二〕，也是你們的租銀，吃的飯也是你們的錢糧。這不是與天下的人，大夥兒享受飽煖之福嗎？

【校注】

〔一〕「刨」，原作「跑」，據觀善堂本改。

〔二〕「世宗皇帝」，觀善堂本、甘藝苑樓本皆作「九重上」。

第五條

世宗皇帝意思說：人生在世，吃飯穿衣，交接來往，都要用度。既然要用度，就一日也少不得這個錢了。但是用度也有每日一定的，也有出於意外的。如一年穿幾件衣服，早晚兩餐茶飯，這是一定的規矩，算計得來的。至於生兒養女，男婚女嫁，害病死喪，這些事體是出於意外，算計不定的。你若不把錢財常留些有餘，若是遇着這樣不測的事，却拿甚麼去用呢？俗語說的好：「常將有日思無日，莫到無時想有時。」這個話是教人於那有錢的時候就要想着没錢的日子，不要到那没錢的時候纔想起以前有錢的日子來，說：「我早知道今日受苦，憑你怎麼，我也留幾個錢。到這個田地，後悔也是遲了。」這兩句話說的最好。又有兩句最不好的話，如今人動不動就說：「今朝有酒今朝醉，明日愁來明日當。」那些好吃懶做的人聽了這兩句話，越發任意浪用了。這浪用的事也多得緊。賭錢、嫖娼兩件事是不消說的了；就是每日間吃的飯、穿的衣，也是無窮無盡的事。古來的人，到五十歲上方纔穿紬帛，到七十歲上方纔吃肉。可見，少年人輕易是不穿紬帛、不吃肉的了。古來的朝廷，無緣無故就不肯殺牛。做大官兒的，無緣無故就不肯殺羊。做小官兒的，無緣無故就不肯殺猪、殺狗。可見，百姓人家，終朝每日，是粗茶淡飯的過日子了。還有一件，人生福分是有限的。若是受享的太過了，自己折了福，老了來，斷没有好光景，所以說個節儉。爲甚麼要節儉呢？這個錢財就比做水一般，節儉就比做水存蓄在池子裏一般。水若是不存蓄些，就只顧流將去，便立刻流乾了。錢財若是不節省，只顧用將去，便立刻用盡了。到那没得用的時候，後悔也是遲了。我聖祖仁皇帝，身爲天子，富貴已極，尚且自己諸事節儉，以爲天下人的榜樣。坐了六十一年的天下，撫養你們百姓，無所不至。雖然滿天下已經富足了，還做出這條聖諭來，叫你們疼惜銀子錢，爲的是甚麽呢？從古以來，百姓間的風俗好，不過是「勤儉」兩個字。你若是不勤，便生發不出來。但生發不出，不過是你自己受苦，拉不下人去，這個害還輕。你若是不儉，便任意花費，就是十個人生發出來的銀子錢，也不勾你一個人費用。就是一年間積攢下來的銀子錢，也不勾你一日的費用。這個害便着實的重哩！你們想想，當兵的人吃錢糧是有一定的數，只因爲不知撙節，衣服呢要華美，吃飯呢要葷腥，一個月裏就把幾個月的錢糧都費了。甚至遍處借貸，情願加七加八的出利錢，只圖眼下受用，不管利上坐利，羔兒大似母兒，債累一日一日越發深了。到領下錢糧的時候，還債也還不過來，那裏還留得下一兩五錢，買米吃，做衣服穿呢？至於百姓們，遇着一年豐收，米爛陳倉的，儘可以積蓄些；却因爲大家吃快活酒，一盒兒來，一盒兒去，争强賭勝，胡花亂費，自然都到了空虚的田地了。你想豐年尚且空虚，若一遇了荒年，豈不越發苦了麽？像這樣當兵的，朝廷何嘗減了他一分一釐的錢糧？他只是受苦！像這樣的百姓，命裏何嘗没有衣禄食禄？他只是受苦！都因爲不節儉的緣故阿！又有一種人，他的祖父辛辛苦苦，捨不的吃，捨不的用，針尖兒上削鐵，積攢將來，纔得成家立業。他的子孫不知好歹，任意花費，見這個人穿紬子，他就穿緞子，見那個人騎馬，他就坐轎，只圖臉面上好看，到處的誇張。略有一點兒不如人，便不伏氣，動不動就説「怕人笑話」。你只顧争强好勝的用去，今日也怕人笑話，要圖臉面好看，明日也怕人笑話，要圖臉面好看，把祖父留下的錢財花費盡了，説不得就去賣莊田，再把莊田都賣盡了，還有甚麽費用阿？但是這個嘴是吃慣了的，這個手是用慣了的，身子又挑不得輕，擔不得重，説不得就走到下賤一路去了，求其像窮人家的子孫，也不能勾哩！請問你到這個時候，還怕人笑話不笑話！還有甚麽臉面好看哪！從此，没廉耻的事也都做了。軟弱的，就討飯吃，討不出來，死在街上路上都是有的。强狠的，就去做賊，犯了呢，挨打受刑，無所不至，叫旁人説長論短，連你們的祖宗都説的不成人了。這豈不是一個不儉省，就到了這個田地了嗎？古來的書上説：「人若是不節儉，一定要後悔的。」你們衆百姓，都要記着這個話，遵依着聖諭，常常的想着。做兵的，要知道月糧有限，等到不勾吃的時節，去求求告告，指望分外的賞賜，何如我儉省些，常留有餘，教我吃的錢糧只管接續了去呢？做百姓的，要知道豐年、荒年是拿不準的，與其只顧眼前吃用，落得後來受窮受苦，何如我儉省些，留存將來，預備着荒年呢？所以這個「儉」字最是好的。但儉省也要當省則省，得乎中道，不是一味的慳吝。不過是要知道銀錢的疼熱，凡事不可胡花亂用的就是了。寧可叫人家説我村，不會爲人做人，不可任意奢侈，到了敗家的田地。衣服不可過於華美，飲食不可没有一定的節制。就是喜慶的事、喪葬的事，都要按着禮體上做，不可徒尚那些繁文。比如娶媳婦、嫁女兒，雖然兒女們身上也是該做的，也要看我自己力量，做得來便做，何苦圖那假體面，做出越禮犯分的事來？結綵裝亭，珠寶錦繡〔一〕，轎傘鼓樂，殺猪宰羊，欠了一身的債，説是疼愛兒女，却不知道自己債還不完，依舊是兒女們受累，這是何苦阿？就是父母死了，殯葬掩埋，這是人生第一件大事，也只該儘我的力量，去備辦棺椁衣衾，只要父母的身體入土爲安，這纔是孝道。爲甚麼這樣要緊的事，不去講究，反去請和尚，請道士，誦經禮懺，延賓待客，擺酒席，唱戲，鼓樂喧天的熱鬧。甚至裝故事，做雜劇，跳的跳，舞的舞，到像父母死了是一種最樂的事一般。又有一句不知好歹的話，父母若是七老八十的死了，人人都説：「老人家這樣高年没了，是極好的事。」這個話真正良心喪盡！並不哀慟了，却圖外面好看，只管去濫花錢，有損無益的。像這樣事，你們百姓們都要着實的改過，只要各按本分的做去就是了。就是住的房院、使用的家伙，都要樸素些。逢時遇節，請請親戚朋友，這也是常事。只要隨着鄉俗，合了式樣就罷了，不可逞强好勝。總之，諸凡儉省，這就替天地惜了多少的物力，替朝廷惜了多少的恩典，替祖宗惜了當日多少的勤勞，替子孫惜了後來多少的福分。從此，有錢的斷乎不到得窮了，貧窮的可以漸漸的富足了，安居樂業，同享太平。這就可以仰答世宗皇帝一番盛心了。古來的書上説：「謹守我的身子，撙節我的費用，以養贍我的父母。」這便是百姓們的孝道。你們兵民果然孝順老子娘，可不自己着實去節儉麽？

【校注】

〔一〕「錦」，原作「綿」，據甘藝苑樓本改。

第六條

世宗皇帝意思説：人生在世，都要吃好的，穿好的，是世界上人，没有一個不要身子好的了。但是身子固然要緊，這個心更是要緊的。人爲甚麽只圖身子好，就不要心裹好呢？你只看伶俐些的人，他就使乖弄巧，哄騙那愚蠢的；强梁些的人，他就横行霸道，欺負那軟弱的。這總是失了教導的緣故。不知人若是失了教，縱然穿件好衣服，心裹是糊塗的，就如騾子、馬，空備了副好鞍韂，倒底是個畜類；縱然吃碗好茶飯，心裹是齷齪的，就如猫兒、狗兒，人縱然愛惜他，給他好東西吃着，他到底是個蠢物。所以聖人治世，有個養，就有個教。從古以來，一家一鄉，逢州逢縣，都有座學，是没有一個人不在所教之内的。地方兒既是有一定的去處，又有師長們教導着他，所以成就出許多人物來，風俗也就着實的好。伶俐的人，教他老實些；愚蠢的人，教他明白些；强梁的人，教他良善些；軟弱的人，教他硬掙些。自從有了教化，便把普天下各樣的人都可以整齊得一樣兒了。所以，這個教化最是少不得的，比吃飯、穿衣更是要緊些。我聖祖仁皇帝坐的年代久，最是隆重教化的。但凡養士的去處，教士的方法，無一不備，總因爲士爲四民之首。人家待士既然如此的隆重，那些爲士子的豈可倒自己輕賤起來麽？讀書的士子們都端正起來，然後街坊鄰舍，一鄉一村上的人，都愛他，敬他，也都跟他學好樣兒了，風俗豈不改變了麽？從來説得好：「將相本無種，男兒當自強。」你們若都肯學好，教訓你們的子弟，這舉人、進士都是家家有分的。這士怎麽是四民之首呢？只爲他讀聖賢的書，曉的道理，心腸正經，説出來的話、做出來的事可以叫百姓們效法的，這纔稱的起一個士子。這個士子是最有體統、最尊貴的，必須將孝順父母、和美弟兄這個事做個根本。像那能説會道的，有些才情能幹，却把做末務，不要倚仗他。全要度量寬弘，識見遠大，這纔是擔當世道的豪傑丈夫。若是會做文章、寫好字、畫畫、下棋，都是没要緊的事，縱然造到精微奥妙，也不過是一宗技藝，有甚麽希罕？也值得狂妄麽？最是略有些才情的人，讀了一半部没要緊的書，做三五句歪詩瞎文，就眼空四海起來，結交幾個輕薄書生，談天説地，傲人駡世。你看這樣的人，再没有長進的。必須讀的都是正經書，那些淫詞小説，一句兒也不要看他；相與幾個正經朋友，那些狂妄的人，一個兒都不要和他來往。處處守禮，事事惜廉耻，惟恐立身一敗，便玷辱了學校。便是名聲極好，也還要自己五更頭兒上，手搭胸前，自己思想，果然慚愧不慚愧。像這樣的做去，方纔成得個士子。若是呼朋引類，嫖妓宿娼，賭錢吃酒，武斷鄉曲，出入衙門，把持官吏，包攬錢糧，結交吏役，挑撥詞訟，説事過錢，喜歡那個人，就替他做德政歌，若是惱那個人，就造作謡言編排他，一切浮躁争競、貪功好利、干犯名教的去處，無所不爲。或者尊尚邪教，不知大道理；或者高談闊論，没有一點的實行。這樣的人，名色雖叫做秀才，其實却是世上第一個下流，玷辱學校的敗類，如何還稱得起個士子？宋朝有個胡瑗，是一個理學名儒。他在湖州做教官，跟他讀書的人個個都來的文雅謹慎。漢朝又有個文翁，他在四川做官的時節，就把四川一省的人都教化過來。所以教官這一缺，以前竟有捐納的人做，如今光教舉人貢生們做，這無非是要興起賢才，教化百姓們，成就個好風俗的意思。但是學校之事，固然在乎做教官的教導，還要在爲士子的自己愛惜身名，這纔好哩！讀書的人果然品行端正了，然後發出來的文章，句句都是實在的，没有一句空言了。就是做出來的，也都是實在事體，并不是浮薄的行徑了。在草野中，稱的起一個名儒；在朝廷上，便成就個良臣。這個做士子的，干係豈不重麽？這些話，都是教導你們士子的。至於你們做兵的、做百姓的，不知道學校是這樣有關係，以爲這都是他們做秀才的事，與我們甚麽相干？却不知道你們身子雖然不做秀才，但你們那一個没有個五倫阿？當初古聖先賢説得好：「教化百姓，最要謹慎，還要把孝順的道理、和睦的心腸，着實丁寧囑咐方好哩！」又説道：「這個五倫，若是上邊講究得明白了，百姓們就你親我愛了。」可見，學校中的教化，不光是教導這些士子們，也所以教導你百姓們哩！若論學校裏頭，文武並重，雖然一搭兒讀書課文，一搭兒拈弓弄箭，各有各事，但是孝順父母，尊敬哥哥，這個和順的道理無不相同的。莊稼漢若能勾知道道理，一概的敦本務實，便農夫就是士子了。做兵的都知道尊敬長上，疼愛父母，便兵們也就是士子了。這等看起來，學校豈不是你兵民們都該隆重的嗎？正人君子豈不是你兵民們都該跟着學的嗎？誰没有個君臣父子的五倫？誰没個仁義禮智的天性？誰不該隆重學校的呢？你們大家，彼此相幫相助，好事呢就勸着人做，歹事呢就攔阻他，叫他不要做，彼此都學着做良善的人。便是蠢笨的愚民，也可以拿着禮義，便當做耕田犁地；便是粗魯的武夫，也可以拿着詩書，便當做披甲戴盔。天下都是一個道理，都成了一樣的風俗，是古來的盛世到如今重新的又見了呢！

第七條

世宗皇帝意思説：天下的風俗，最怕的是刻薄。但是人心不好，如何風俗能勾厚道呢？就是這個人心，本來也是極端正的。只因爲有了邪教，人都習學得不好了。所以，要人心好，先要把習學的事業講究個正道，這人心方纔能勾好哩！你們想一想，一個人頂天立地，在萬物裏頭，禀受的一團正氣，難道分外有甚麽稀罕的事？不過是君臣、父子、夫婦、兄弟、朋友這五倫的道理。無論伶俐的人、蠢笨的人，没有一個用不着的，没有一日用不着的。你若是除了這個五倫的道理，分外講求甚麽精微奥妙的訣法，做出那些奇奇怪怪的行徑，這一種人最是不好的。古來的書上説：「人從小兒就要望端正處引誘他，這便是做聖人的根基了。」又一部書上説：「端端兒，正正兒，一點偏處斜處都没有，這就是朝廷與人開的一條大路了。」就這兩部書上話看起來，無非是要世上的人走的正、學的正，不要叫邪教引誘壞了的意思。怎麽叫做邪教呢？天下惟獨聖人留下的五經四書，這都是正經的道理，個個該當講究的。若是離了這個五倫，胡説亂道的，也叫做甚麽經典，勸人敬重信行，哄動愚民，千奇百怪，這正是殺人的鋼刀、迷人的毒藥，都叫做邪教，着實該當棄絶的。你們兵民老實本分，不信服他的固然也多，但内中叫他迷惑了良心，走了岔路，至於爲非做歹，犯了罪名的，也就不少哩！世宗皇帝着實憐憫你們，要叫你們省悟。你們還不仔細聽着嗎？從古以來，就有個三教流傳，除了讀書的秀才，就是和尚、道士。這和尚的講論，不過是成佛作祖。又説道：「一子出家，九族升天。」你們想一想，那裏有個佛喲！怎麽是佛？佛就是心。怎麽是念佛？就是時時刻刻的念頭都要照管着心腸。你們心腸好，這就是佛了。所以他的經典，頭一部就是《心經》。這個《心經》都是説的心腸要正直，不要灣灣曲曲的；要誠實，不要慌慌詐詐的；要爽快，不要齷齷齪齪的。貪愛、嗔怒、痴想這三條念頭都要斷絶了，到處都如鏡裏的花、水裏的月，一些罣礙恐懼都没有，這纔成個心。所以，宋朝朱文公説道：「佛教把天地四方一切諸事都不去管，只照管着一個心。」這句話就把佛家的底裏説盡了。至於道家，講的都是修煉的法兒，甚麽乾汞捉鉛，甚麽龍吟虎嘯，甚麽内丹外丹，不過是要養的精神好，多活幾年罷了。朱文公説道：「道教只是留存這一點神氣。」這一句話又把道家的底裏説盡了。就是那名山寶刹裏頭最會講經説法的大和尚，也只説得個「心」字；那深山古洞講做神仙的好道士，也只完得個煉氣。究竟是把五倫滅絶，逃走到那没人烟的所在去，參他的禪，打他的坐。且莫説成不將佛來，做不將神仙來，便是真個成了佛，做了神仙，有誰看見他上了西天？有誰看見他白日飛升？活活的都是搗鬼，偏你們百姓，最容易被他哄騙信了。你看這些苦修的和尚、煉氣的道士，空把人倫滅絶，一毫没有濟人的去處。但是他們不過自己完了一身之事，也不曾有心去害人。自從有那一種無賴的人，没處吃飯，投托着寺廟裏頭安身，借着神佛的名色，造作出許多天堂地獄、輪迴報應的話頭：「第一宗要緊的事，是齋僧布施，便種下福田。」又説道：「常捨常有。」還恐人不信他，又説道：「毁僧謗佛，不信經典，見像不參，遇財不捨，就要墮入地獄，雷打火燒。」種種的怪誕，越説得怕人，好叫人信服他、供養他。以先還不過誆騙人的銀錢，圖吃圖用。以後漸漸的猖狂起來，做甚麽龍華會、盂蘭會、赦孤會，撞鐘擂鼓，講經説法，男女混雜，不分晝夜，只説道行好，却不知道正是做惡。你們這些愚民，都不曉得道理，就依着他們。佛書上説：佛是梵王的太子，因爲厭棄紅塵，躲開了，各自去雪山頂上修行。他連爹娘、兒女、夫妻都是不顧的，到顧起你們衆生來，與你們講經説法嗎？他把皇宫内院、龍樓鳳閣尚且捨棄了，倒稀罕你們蓋的庵觀寺院嗎？就是玉皇天尊果然有這個神，他在天上，難道不逍遥自在，用着你去塑他的金身，給他蓋房子住嗎？這些吃齋做會、蓋廟塑像的話頭，都是游手無賴的和尚、道士造作出來誆騙你們的。你們偏要信他！不但自己去燒香拜廟，還縱容老婆、女兒入廟燒香，油頭粉面、穿紅掛緑的，與那些和尚道士、光棍漢子挨肩擦臂，擁擁擠擠，不知行的好在那搭兒？倒做出許多醜事，惹氣惹惱，叫人説笑。更有把自己好兒好女，怕他養活不大，捨在廟裏，做和尚、道士，以爲出了家，在佛爺脚下，就長命了。我且問你：難道這些現做和尚、道士的，個個都是七十歲、八十歲，就没有一個短命鬼嗎？又有一種愚極了的人，或者爲父親、母親的病，自己把身子許願，等父母好了，去朝山進香，一步一拜，到山頂上將身子跳下，不是喪了命，就是少臂没腿的。自己説是捨身救親，這是孝道，就是傍人也都稱贊他孝；却不知道把父母的遺體輕自壞了，正是不孝之極哩！又如你們念佛，説是行好，在神佛面前〔一〕，燒錢化紙，上供打齋，可以消灾滅罪、增福延壽。你想想，從來説是聰明正直爲神，既是一個神佛，豈有貪圖你的元寶供獻，就保護你，你若是不與他燒元寶，不與他擺供獻，神佛就惱你，降禍與你？這神佛也是一個小人了。譬如你們的地方官，你若是安分守己，做人良善，你就是不去奉承他，他自然另眼看待你；你若是爲非作歹，强梁霸道，你就是千方百計去奉承他，他也是要惱你，一定要替民除害的。你們説：「念佛就可以消罪。」假如你做下歹事、犯下罪，到衙門裏，高聲叫幾千聲大老爺，他就饒你麽？你們又動不動請幾個和尚、道士念經禮懺，説道：「誦經保平安，消灾延福壽。」假如你們不跟着聖諭上的教訓學，止把聖諭念上幾千遍、幾萬遍，難道朝廷就喜歡你〔二〕，給你官做，賞銀子錢與你不成？況且燒香搭醮，鳴鼓聚衆，不但王法上不容，就是佛也是最惱的。《大藏經》上説道：「如有奸僧邪道，裝模做樣，登壇説法，煽惑愚人，男女混雜，本處宰官就當處治他，遠用箭射，近用刀斫，這纔是真正的護法。」你看佛是這樣的惱他，你們反信服他，這不倒得罪佛了麽？總是這些奸僧邪道，他身子懶，不肯去種田，又不會做買賣，没的吃穿，生出法子來哄人。但凡佛經上的咒語，都是佛國裏的翻語，就如我們中國各處的鄉談一般。他把佛國的鄉談説是佛菩薩的咒，又造作出手捻的訣來。道士家越發荒唐，説甚麽驅神遣將、斬妖除邪、呼風唤雨、禮星拜斗。且莫説都是些謊話，就是偶然有些靈應，也都是一團的幻術、障眼的法兒，並不是實實在在的。一時間，百姓被他哄信，都廢時失業，説奇道怪的起來，風俗人心一齊都壞盡了。更有可惡的人，借此招摇結黨，名爲教主，傳道招徒，夜聚曉散，一時勢衆，就生起邪心，做起歹事來。一旦發覺，身被鎖拿，問成大罪。就如白蓮教、聞香教，後來都被殺滅，這都是不安本分的前車後轍了。就是天主教談天説地，無影無形，也不是正經。只因他們通曉天文，會算曆法，所以朝廷用他造曆，并不是説他的教門好，你們斷不可信他。這些左道旁門，律上處治的最嚴。像那跳神的師公、師婆，也有一定的刑法。朝廷立下這個法度，無非禁止百姓們爲非，引誘百姓們爲善，去邪歸正，離危就安。你們兵民拿着父母的遺體，生在太平無事的時候，有衣有食，何等快活！何苦信從這些邪教，干犯王法？豈不是憨子了麽？我聖祖仁皇帝止用仁義的大道理教導你們百姓，爲的是你們世道人心。你們兵民着實該仰體聖心，尊崇正道，一遇邪教，就如水火、盜賊一般。你們想想，水火、盜賊不過害人的身子，這異端、邪教最害人的心術。這個人心，天生下來，原是有正無邪的，只因爲人心貪了，所以就走到邪路上去。就如現在貧賤，要求日後的富貴；現在富貴，要求富貴的長遠；又要求壽，又要求兒女；甚且今生要求來生的福。便是苦行的和尚、修煉的道士，雖然各自修行，並不去煽惑百姓，但他也是想着成佛做祖、做神仙。總是一個「貪」字。人若是知道自己家中現放着兩尊活佛，爲甚麽往别處去朝山禮拜，向那泥塑木雕的求福呢？俗語説的好：「在家敬父母，何必遠燒香。」你們若是認得理真，知道心裏光光明明的就是天堂，心裏黑黑暗暗的就是地獄，自然就有個主宰，不到得被那邪教哄誘去了。你一個品行端方，諸邪自退。家庭間再是和順的緊，便遇災難可以成祥。盡忠於君，盡孝於親，人事全了，就可以承天的福澤。不求非分的福，不作非理的事，只務本分事業，就可以蒙神的保佑。莊稼漢只管種莊稼，做兵的只管巡查汛地，各安生理，各守本分，天下自然太平，百姓自然快樂。你們衆人不信邪教，邪教自然不待驅逐也就斷絶了。

【校注】

〔一〕「面」，原作「而」，據觀善堂本改。

〔二〕「朝廷」，原缺，據觀善堂本補。

第八條

世宗皇帝意思説：一部《大清律》，都説的是笞、杖、徒、流、絞、斬的事，叫做法律。難道朝廷喜歡問人的罪麽？只因爲百姓們犯了法，没奈何只得用刑罰去治他。又因爲百姓們犯法多是出於無知，所以做出這本書來，教訓人做好人，不要做歹人。你若做歹人，大有大刑，小有小刑。就是駡人一句，取人一草一木，都逃不脱。這律上寫的明明白白的。譬如下窩弓的，立着一根望杆，叫人知道底下有窩弓，就不望那邊走了。這刑具便是窩弓，這律便是望杆，等人曉得迴避的意思。我今把這法律大意講與你們聽。自古及今，全靠着「孝弟忠信，禮義廉耻」八個字撑持一個世界。若人人有這八個字，這律也不消用了。這律上的謀反叛逆，子孫殺父母、殺祖父母，妻殺公姑、殺夫，奴婢殺家長，造蠱毒的，殺一家非死罪三人的，奸親屬及親屬妻女的，與夫强盗强奸的，殺人放火的，謀殺故殺的，這些罪是滅族的，凌剮的，梟首的，斬的，決不待時的。又有那私鑄的，犯奸的，做光棍鬭將的，竊盜贓至一百二十兩的，犯夜拒捕打傷人的，占人妻女的，這都是死罪。又有那窩逃的，占人田産的，賭博的，教唆詞訟的，做窩家的，説事過錢的，這都是流徒充軍的罪。又有欺隱田糧的，囑托公事的，盜賣人田宅的，典買田宅不税契的，私債准折人田産的，將人輕罪誣告作重罪的，搶奪的，這都是大則軍流、小則杖徒的罪。這些罪，人人曉得的，也説不盡。却有一項罪極重，你們百姓多有不知誤犯的，要説與你們聽。是那哥哥死了，娶嫂子做妻的；誣告人至死的；師婆跳假神的；做白蓮教、無爲教的；一切邪教惑人爲首的；指官誆詐人錢的；信陰陽邪説，將祖父母、父母屍骸燒毁改葬的。這都是死罪逢赦不赦的。你百姓們多有犯者，不可不知。總之，律上最惱的是有心作惡。偶然犯事叫做過，改了就無過了；立心犯法叫做惡，事就小也逃不得罪。所以失手打死人的，還間或有援赦緩決的事；那干名犯義的，行止有虧的，略賣的，發冢的，窩主造意的，放火的，做强盜光棍的，犯奸的，逢着大赦也不赦。又如竊盜三次，不論贓的多少，就問絞；强盜自首，反可以免罪。可見，無非要人改過，許人自新。這就是法律的大意了。這個法律，最有深意在裏邊，原是按人情做出來的。人人若是知道法律上的意理，也就不去犯法了，監牢裏也没有人了，告狀的也就少了。所以説，等人犯了法，然後懲創他，不如趁他們未曾犯法以前，警醒他，這個好呵！但是你們也曉的犯法不好，却不住的犯法，這是怎麽緣故？都因爲不省得法律，所以不知不覺的就犯了法了，甚且有臨死也還不明白的哩！古時有個周朝，各鄉各村上的頭目就如今日的鄉長一般，逢着每月初一，就將百姓們糾合在一搭兒，講究法律與他們聽。又把這個法律寫出來，懸掛在各城門上，叫萬民觀看。他看的明白了，自然就知道好歹，不去做犯法的事了。如今朝廷叫大臣們定下《大清律》，又編成一部則例，詳詳晰晰的開載着，正要叫你們兵民都曉得好，遵照着行，不至於犯法，用意何等深厚！我聖祖仁皇帝待你們百姓，皇恩浩蕩，更是在刑法上留心。世宗皇帝自從坐天下以來，仰體聖祖好生之德，施恩憐憫，累累次次的頒下恩赦，吩咐刑部小心審問，不可冤枉了人，無非是要叫天下人平平安安，再不告狀的意思。又念你們百姓生長草野，過於老實，做兵的身隸行伍，倚仗强壯，往往無心的干犯王法，因而再三教訓警誡你們。你們都該安分守禮，享太平無事之福。平日遇着知道法律的人，就叫他講解，省得時，自然怕犯法了。就如知道不孝不弟的罪犯，自然不敢做那滅倫的事了；知道鬥毆争奪的罪犯，自然不敢逞那强暴的氣了；知道奸盜邪淫的罪犯，自然禁止他邪僻的心腸了；知道告謊狀并越訴的罪犯，自然就改革了好告狀的習氣了。總之，法律千條萬緒，不過是準情度理。天理人情，個個都是有的。人若是心腸常常存在情理之中，這個身子斷乎不至陷於刑罰裏邊了。縱然你們兵民性情愚頑，不能通曉理義，難道都不愛惜身家麽？你們只想想，一犯了王法，百十樣的苦楚都是要受的。等到受罪的時節，號佛叫祖，哀哀告告，總不得饒你。何如早先把心腸洗的乾乾净净，不要貪圖無義的錢財，不要鬥那没要緊的閑氣。縱然一時間舛錯了，我就要後悔，就要改過。必定這般樣的纔好。再想想，你們犯了法，就把家業破了，去求人情、鑽分上，且莫説是清廉的官長不肯依你，就是受錢受情面的官依了你，出脱了你的罪，日後也被人挾制你、告發你。若再一犯事，罪上加罪，是王法終不能逃脱的。何如你改惡爲善，不犯刑法，將身家長長遠遠的保守着好喲！你們聽着我説，但凡要做一件事，就要仔仔細細的想一想：這樁事犯法不犯法呢？若是犯法，縱然裏邊有大利，也斷斷乎不可做。天下事但凡有大利的，必定有大害。如是你們不自家警省，設或一旦犯了法，上邊辱没了父母，下邊苦累了妻子，街坊鄰舍、族人親友都把你不當人，還有甚麽顔面生在世上喲！就便是不犯出來，這個身子已經下賤了，品行已經虧損了，聲名已經壞就了，人人都怕我、鄙薄我、遠着我，縱然我追悔也無及了。大凡世上的人，初時間做不好的事，心裏也過不去。及至做得一兩樁，膽子大了，手脚兒滑了，良心漸漸的没了，也有説「良心不中吃喝」的，也有説「且顧眼前」的，也有説「家家賣私酒，不犯是好手」的，這樣人就是斬、絞、徒、流、笞、杖的材料了。俗語説的好：「犯法的事莫做。」又説道：「餓死的事小，失節的事大。」[一]世宗皇帝這麽樣教訓你，總是説居家的道理莫過於爲善最樂，保身的計策莫過於安分爲先。不可説：「這件事没有甚麼大犯法，何妨做一做？」却不知道有一惡，就有一法在那邊治你哩！不可説：「這件事犯了罪也是有限的，怕甚麼？」却不知道有一罪，就有一律在那裏防你哩！你們時時刻刻拿着王法，自家戒飭自家，又常常的勸戒人。你們怕法自然不犯法，怕刑自然免刑，邪僻都消，争競都化，糊塗人盡成了明白人，頑劣人都變作良善人。百姓們樂於田野，做兵的安於行伍，刑法可以幾百年不用了，世宗皇帝豈不喜歡嗎？

【校注】

〔一〕「事大」下，觀善堂本、甘藝苑樓本皆有「又説道，餓死莫做賊，氣死莫告狀」十三字。

第九條

世宗皇帝意思説：天下有個風俗，怎麽叫做風俗呢？漢朝的儒者説：「世上百姓，他心裏頭都是有仁義禮智信的。但只是北邊人多剛强，南方人多軟弱，性子急的做事就爽快，性子慢的做事就遲緩，這一處人就不省得那一處人的話，這都是各方風氣不同。人都沾些風氣，所以叫做風。至於這一處的人喜歡的事，那一處的人偏又惱；這一處人惱的事，那一處人偏又喜歡。一動一静，全無一定，隨着各處的鄉俗做，這叫做俗。」這個風俗是各自各樣的，也有風俗淳厚的，也就有凉薄的；也有極奢侈裝體面的，也就有極儉省、最樸實的。因爲各處不同，所以古來聖人制出禮來，以整齊畫一他。當初聖人説道：「安上治民，莫善於禮。」這句話是説，禮最是要緊的。天地離了禮，也不成個天地；萬物離了禮，也不成個萬物。禮的體段最大，爲用最多。道德仁義離了禮，也做不出個道德仁義來；尊卑貴賤離了禮，也定不出尊卑貴賤來；冠婚喪祭離了禮，也備辦不將個冠婚喪祭來。就是世宗皇帝郊天祭廟，擺宴進膳，離乎禮也行不得。所以，這個禮是風俗的根本。但是行禮的時候，不要拘拘謹謹，須要自自然然的。至於禮的實在處，只在乎一個讓。聖人説：「人若是用禮讓去治天下，天下有甚麼難治嗎？」你看，料理天下的大事，也不過是個「禮讓」二字。人若是去料理一身一家，豈不更容易麼？聖人又説：「要叫百姓們不争競，須要我先做出個禮讓來，叫百姓們看樣兒，他自然的就不争競了。」可見，這個「讓」字又是行禮的根本了。你若是光在外面打恭作揖的就算了禮，内裏頭没有一點實心實意，照這樣的行禮，便行的都是虛文故事，一團的假了。如今若説行禮的儀節，也多得緊，你們兵民們也未必能勾習學。但是行禮的實心，你們却都是有的。就如孝順父母、尊敬長上、夫妻和美、弟兄親愛、朋友義氣、親族照管，這就是你們心裏邊自然有的禮讓，那裏還用外面去求嗎？你們果然能勾待人呢極其和平，自己呢極其謙遜，在家庭間呢父子兄弟親親愛愛，在鄉村呢長幼大小和和氣氣，把那些争長較短、吵吵鬧鬧的習氣都要改過，把那些縱情任意、放肆胡爲的心腸都要禁止住。斷不可起一點的貪心，就去你争我奪；斷不可逞一時間的忿怒，就去格氣厮打；斷不可因爲你貧我富的，便有輕賤他的心腸；斷不可因爲你强我弱的，便生鏖害他的算計。大家都長厚起來，没有一點的刻薄。這就是有禮有讓，一團都是恩義了。但是這個禮讓，人人也都知道説，却都做不將來。怎麼做不將來呢？如今的人，只知道將禮法去責備人，再不把禮法來責備自己。比如有兩個人争嚷，你説我没禮，我説你没禮，這個説你如何不讓我，那個説你不讓我，我如何肯讓你。到那仇恨解交不開的田地，有何好處？若肯回想一想，説他雖是無禮，我的禮在那裏？他雖不讓我，我原也不曾讓他。大家認一個不是，豈不省了多少争競嗎？只是人都好争，再不肯讓。讀書的略會做幾句詩詞歌賦，便看得自己是當今一個才子了，把人看不在眼裏。若是知道道理無窮無盡，天下有學問的人多得緊哩，我讀的書還没有人家一角兒，我做的文章還趕不上人家一星兒，自然就謙讓了。果然能勾謙讓，這便是賢良的士子了。種莊稼漢，又慣在田畝裏邊争論。我説你占了我一隴兒，你説我多犁過一犁來了。或者牛羊牲口踏踐了莊稼，彼此争論起來。或者壅住水，留着漫自己的地，不把與人澆灌澆灌，以致争競打鬧的。那做手藝的工匠，又最肯争强賭勝。你要壓下我來，我要壓下你來。我把你的主顧兜攬了去，你把我的主顧兜攬了去。只圖自己生意茂盛，不管人家的死活。至於做商人們的，開張鋪面做生理的，更是争得緊。你見我賺了錢，就妒忌。我見你得了利，就眼紅。這一宗生意好，便你也來做，我也來做。那一處行情好，便瞞着衆人，自己悄地裏去趕快。知道這宗貨要折本，便哄着人家要了去，後來却緊着去討。也有生意缺着手，只得重利借了錢來，却耽延着不還，叫做「你圖多，我圖拖」。也有争平短的，也有争銀水不足的。種種的打鬥，也説不盡許多，總是一個不肯讓。若是肯讓，便大家都成個忠厚的長者了。到了你們做兵的，身在營伍，氣質未免粗鹵，動不動就拿刀弄杖，打架鬥氣。人人都説當兵的人原是不明禮的，你們以後偏要明白這個禮讓道理，在鄉村裏厮儘厮讓，把你們强悍之氣消折些。你們士農工商，連做兵的，一齊都講究起禮讓來，一處好，處處好，普天下都和和美美，豈不成個太平世界麽？

古來的書上説：「謙受益，滿招損。」這兩句話最好得緊。怎麽是謙受益呢？謙就是謙和。如今的人，都看不出自己的不是來，所以只管争，却不曉得争是敗家亡身的道路，讓是全家保身的根本。但凡事體，無論大小，退後一步，自然有餘。譬如有人駡我，讓他一兩句。他若是好人，自然就悔了。他就是惡人，自己駡得没興，也只得罷了。豈不省了多少事？你們想想，他駡我一兩句，我受了他的，他就高作了些，我就虧損了些不成？像我这樣的讓他，人家只有説我好的，都願意合我相與，或者交心，或者交財。像他那樣强梁，人家都恨他，躲着他。他若是有了事，誰來睬他呢？這豈不是我却占便宜麽？古人有個婁師德，他問着他的兄弟説：「設若有人把唾沫唾你，你怎麽樣待他呢？」他兄弟説道：「拭乾了就是了。」婁師德説道：「你若是拭乾了，那個人越發惱了。只是笑而受之，聽他自己乾就是了。」你看婁師德是這樣謙和，所以他後來做了宰相。這豈不是謙受益的榜樣麽？怎麽是滿招損呢？滿是自己看得自己大。也不但做財主的、做官的，仗着自己有錢有勢去欺侮人，方纔招禍。就是少年人，見了高年老成人，説他古板子；見了尊長貧賤軟弱的，不伏氣稱呼他；見了官長鄉紳，便説不要奉承他，大模大樣合他抗禮：就這一點驕縱的心腸，必然越禮犯分，做出放膽的事來，惹禍招災。所以説個滿招損。這兩句話的道理，就比如一隻碗盞一般。碗盞裹頭是個空空虛虛的，便只管添東添西，他都盛得開。若碗盞裹頭先有個東西在裏邊了，你若是再放東西，便放不下去。十分放了，那碗就要倒了，或者壓翻打壞了。所以説個「謙受益，滿招損」。又比如有幾分病痛的人，他知道身子是個虛弱的，所以凡事小心謹慎，飯也不敢多吃，酒色也不敢多貪，他到活得長遠。那一點病没有的人，倚恃着强壯，吃了飯就睡覺，風地裹只管脱衣服，酒色上一些也不檢點，一旦得了病，竟治不過來。這豈不是「謙受益，滿招損」的實在樣子麽？古來有個王彦方，他最肯讓。有偷牛的賊被人拿住，那賊説道：「情願受刑罰，只求不教王彦方知道。」王彦方聽得，叫人送他一匹布，勸他爲善。那賊從此感化了，路上遇見人吊了一口劍，他替人守着，等本主來拿了去。古人又有個管幼安，他也極肯讓。人家的牛吃了他田苗，他併不惱，倒把牛拴在樹下，拿草與牛吃。他是這樣謙和，所以一鄉的人都感化了。及至大亂的時節，賊都不來騷擾他，躲難的人都來依傍他。你看一個人能讓，就化得一方，感得盗賊。這禮讓豈不是個至寶麽？况且你要争，也并不曾多了些。你就是讓，也并不見少了些。古人説的好：「終身讓路，不枉百步。終身讓畔，不失一段。」可見，禮讓只有好處，并没有吃虧的去處。爲甚麽不讓呢？世宗皇帝盼望你們衆人，聽着聖祖的教訓，自己問着自己，果然能勾和氣待人，那不和氣的也就跟着你學和氣了；果然能勾公平着心去處事，那不公平的也就跟着你學公平了。一個人頭裏走，衆人齊跟着走，一家跟着行，各村各堡兒都跟着行。從近處到了遠處，没一處不好。先頭還勉强，行來行去，後來就容易了。人人老實，風俗淳厚，這纔不辜負了朝廷諄諄教訓你們的盛心了〔一〕。

【校注】

〔一〕「朝廷」，原缺，據觀善堂本補。

第十條

世宗皇帝意思説：天生下你們這些人來，一定都給你們個事業，作你們本身切己養活家口的根本。所以，人裏頭也有明白的，也有糊塗的，也有强梁的，也有軟弱的，固然不得一樣，但是没有一個没事業的。既有事業，便都有該當做的事，一則可以養活身子，一則可以爲世上所用。從小兒學習好了，到大就慣了。事體既然做慣，便一時間要改變也改變不來。這就是孟子所説的常久的産業、聖祖仁皇帝所説的根本事業了。這個根本的事業，最是要緊的。但凡秀才家，莊稼漢，做匠人的，做生理的，并當兵的，人雖不得一樣，但是各人做各人的事，却是相同的呢。身子要做事，心裏要拿主意。事業既然有一定的，心裏頭就不胡思亂想了。古人書上説：「事業要好，只在志氣；事業要大，只在勤勞。」言其事業與自己的命脉最是相連的。既然事業與人的命脉相連，爲甚麽世上有這些游手好閑的人呢？這樣人有幾種病。有一種懶惰的，也不爲非作歹，只是貪頑耍、愛自在，這自然是討飯吃的材料了。一種是作賊的，只想吃好的、穿好的，一家人都慣了，性命也不顧，再改不轉來，這自然是梟首刺臉的材料了。一種是做光棍的，學寫幾句狀子，挑撥人家打官司，他做主文、做干證，喪盡了良心，賺得錢來，只圖眼前，到了惡滿的時節，自己受罪，子孫折磨，這是爲盗爲娼的材料了。一種是做闖將的，結黨成群，出頭做好漢，不干己事，扛幫打架，這自然是坐牢帶枷的材料了。這些不好的也不必説了，就是士農工商，雖然都有事業，到得做久了，就都厭煩起來，看見人家賺錢享福，一時間眼熱起來，捨了自家的舊業，從新學人家的。或者聽信人家引誘，或者運氣不好，一時間没主意，就把自己的事業半道兒上捨了，不該做的要去做，不該想的要去想。到得後來，白白的費了心機，都做不將來，心裏是亂的，事業都壞了，豈不可惜？却不曉得人生的事業，不論那一件都可以發迹的，只是人發懶，便好事也壞了。人勤謹，便不好的事，也好起來。只要主意拿的堅牢，盡心竭力去做，到老再不休歇，這方是務本業哩！世宗皇帝只願你們家道好，不願你們家道不好。你們着實都要争氣呀！讀書的呢，只要小心謹慎，行事學好，終年終日的讀書講禮，不要慮着功名，中也讀，不中也讀。古人曾説：「越讀越不中，我其如命何？越不中越讀，命其如我何？」如此專心務本，在家裏做秀才是好秀才，及至做官，就是有用的好材料了。莊稼漢也不必慮着旱澇，有收也種，無收也種。古語説得好：「種田不着，只一年窮。」又説：「農人不因爲不收，便廢了耕。」總之，春天種，秋天收，不可錯過了時候。要疼惜糧米，不可浪費了。早早的預備着荒年，及早封了糧。把田地都全種了，没有一塊兒剩下的。有力量都費上，没有閑着的。這纔是全了你的事業哩！做工匠的，要按時候早早收拾下材料，一早一晚的習學，争强賭勝，切不可三心二意的。祖傳是那一宗手藝，兒孫們守定了做，從小兒學的是那一件，到底還做那一件。這是工匠們的務本業了。做生理的，要打聽行情，賤買貴賣，只要公公道道的，不可欺哄人，利錢多也做，利錢少也做。俗語説得好：「見快莫趕。」又説：「十日灘頭坐，一日走九州。」這是買賣人的務本業了。至於你們當兵的，在行伍中就是你們的事業，打槍跑馬、射箭操演都要精鍊，隊伍演習必要純熟。叫你們屯田，就着實的開墾；叫你們守汛，就着實的防察；叫你們在邊上，就着實把守險要的地方；叫你們在海上防守，就着實講究風波的好歹。這就是全了你的本業了。除此之外，又有一種窮民，没田可耕，没本錢做買賣，不會諸般手藝，少不得傭工度日，背負肩挑，只要老實勤謹，也得衣食無虧。俗語説：「一根草有一根草的露水養。」又説：「野雀無糧天地寬。」難道是不該安本分的麽？不但男子漢，就是婦女們也有本業。績麻紡線，刺繡拈針，織得綾羅緞布，何必羡慕人家的珠玉金銀？做些鞋襪衣衫，也换得世上的銀錢米穀。只要專務本業，就不胡思亂想了。你看世上的人，無論男女，若一個不安分守己，愛吃好的，愛穿好的，閑坐閑耍，便做出許多無禮無法的事來。古人説得好：「逸則思淫。」人若是安逸慣了，心裏就往邪道上想了，總是心志不定。一來是懶惰，一來是貪心。羡慕人家的受用，忘了自己的事業。勢必至於奸盗邪淫，無所不做，干犯王法，罪在不赦，豈不可憐嗎？你們想想，世界上没有容易做成的事業，也没有做不成的事業。只要人耐心的守，守的住，再没有不成家立業的。古人説得好：「若要功夫深，鐵鑿磨作針。若要心腸堅，鑿山通海泉。」你想，一個鐵鑿子，把來磨成一根針，一座山要鑿的通了海，這豈不是難事？也只要功夫深、心腸堅，竟做得來哩！何况人去做事業，心腸堅了，功夫深了，還有成不起事來的嗎？人第一要安命。知道命是一定的，心裏就安静了許多。從此去做事，不可做做這個，又做做那個；不可懶怠不去做。只要殷殷勤勤的，萬不可圖自在快活。只是守拙安分，寧可人嫌我村野，不可羡慕人家的繁華。讀書的只讀書，種莊稼的只種莊稼，做工匠的只做工匠，做生理的只做生理，當兵的只當兵，各人做各人的事，各人盡各人的職，上邊接續你們的祖宗，下邊傳留與你們的子孫。大家快樂，同享太平之福，便是聖祖仁皇帝這一番教訓你們的盛心也遂了，世宗皇帝盼望你們的盛心也慰了，難道還不好嗎？

第十一條

世宗皇帝意思説：人人都有兒子、兄弟，這些少年子弟們，最要教訓他。從古以來，就教百姓們各自管各家的子弟。但凡鄉莊村堡，都有師傅們，逢着每月初一，就講説朝廷的法度與他們聽，叫子弟們都要學好。又一年一遍考察子弟們的好歹。就是出兵在營伍中，也都早晚告訴，教他學好。所以人人都曉得愛好，不肯往壞處走。這實在是風俗最好的了。我聖祖仁皇帝坐朝廷六十一年，着實疼愛你百姓們。天大的皇恩，不止一遍。直到於今，普天下没有一個不沾恩的。世宗皇帝當初坐了位，仰體聖祖仁皇帝的盛心，無時無刻不疼愛你們百姓，更是無時無刻不疼愛你百姓們的子弟。爲甚麽更疼愛你們子弟呢？但凡人從十來歲，到二十來歲，一朵花兒纔開，最是一點主意没有的，要好也就好，要壞也就壞。這是緊要的關頭，所以教訓他最要緊。你們家子弟們不學好，都是你們做父親、做哥哥的不是。子弟們小時節，做父兄的只知道疼他愛他。與他好衣服穿，花花緑緑的，要叫人好看；與他好東西吃，寧可自己不吃，要顧兒顧女。見他罵人，不嗔怪他，反説他罵的好；見他打人，反説他性子利害，是不怕人的。明曉的子弟的不是，偏生護短，反説：「小孩子家，不過頑要頑要罷了，何防呢？」明看見子弟下賤，偷人東西，反誇他伶俐，從小兒就顧家。你想想，小孩子家，知道甚麽好歹？全仗着做父兄的，引動他好心腸，斷止他壞念頭，開拓他的度量識見，不要叫他齷齷齪齪的，揀點着與他的東西，不要任他的性兒，這麽樣纔好。偏你們不會教訓他，縱任他的性兒行。及至爲非做歹，帶累老子娘受氣惹惱，又只怨他生來的不好。却不知道小孩子家，他疼爹愛娘、護惜哥兒弟兄的心腸，一生下來都是有的，全因爲少調没教的，便習學壞了。你們果然會教訓，從小兒不叫他穿紬穿緞，只是粗布衣服，不但替小孩子家惜福，正是恐怕他穿慣了，後來就嫌好道歹的了；不要買東買西亂與他吃，不但怕他吃嘴慣了，後來没得吃，還恐他胡吃亂吃，倒要生出病來哩！但凡見他罵人，合孩子們打架，無論他的是與不是，就先打他；見他説謊，就罵他；見他拿人一根針、一根草，就着實管教他。時常將孝弟忠信的話替他説。古往今來好人好事，説幾件教他學。正經人教他親近，邪道人教他遠避。父親、母親跟前，要教他親愛尊敬，撒不得嬌，任不得性。凡百做事，都要禀命，再不敢自專自主的。這纔是做兒子的道理。至於朝廷法度，是利害的。要教他知道，那幾件是犯法的，那幾件是犯法逢赦不赦的。凡事不可妄爲。若是犯了法，性命家業都保不住了。他從小兒知道尊重朝廷，便到老也不犯法了。再者，大了娶媳婦，成人家，夫妻之間，彼此要尊重，不可輕薄頑要、胡言亂語的。一家子，大是大，小是小，不要任意胡爲，没個體統。外邊相與朋友，一是一，二是二，不可説謊吊屁，你酒我肉，全没些肝膽義氣。這幾件，便是五倫俱全。果然能勾如此，便把根本處都好了，那裏還有壞事做出來呢？子弟們你若不從小兒教導他，養成了性兒，到大了，叫他改過來，再是不能勾的。全要教他每日聽些好話，見些好事，跟着正經人走。俗語説：「跟好學好。」這是一定的道理。你想，你們百姓，無論士農工商，都有個傳家的事業。就是當兵的，也輩輩兒習學武藝，没有個没事業的。你既然要你子孫們傳家守業，難道不教他，任他壞了？如何教他承受你的事業呢？俗語説得好：「桑條從小揉。」但凡人一生的好歹，都從小孩子做起。俗語説：「從小看大。」若是年小時學好了，就和生成的一樣了。不但學好就好，就是壞事，也那一件不從小兒習學將來呢？或者是發懶，不做正經事，閑着個身子，遊遊蕩蕩，一味吃酒耍錢。或者相與些狐朋狗黨，胡作胡爲。及至事體大壞，犯了罪，挨打受刑的，你們做父親的、做哥哥的看着兒子、兄弟這樣受罪，難道都心裏安穩嗎？與其後來追悔也追悔不將來，何如早些兒教訓他好呢？教他甚麼呢？天下最好的，是孝順父母、尊敬長上這兩宗道理。再者，勤緊去種莊稼，心裏頭要時時刻刻存着個「禮義廉恥」四個字。這都是人生之根本、處世的大道，一生一世再也離不得的。但是，教訓子弟也不可太性急。若是恨鐵不成鋼，今日緊、明日慢，子弟們也是不能好的。必須慢慢兒引誘他，開導他，防閑他，叫他不知不覺的走到好道兒上來。又有一件，我這樣教訓子弟，也要自己做個好樣子，叫他學。聖人的子孫從不知道惱，曾子的子孫從來不知道罵人〔一〕。這都是習慣成自然的道理。你看那做竊盜的人家生出來的兒子女兒，都會偷東摸西，難道天另生出個賊種不成？只是父母不教訓他做好事，没個好樣子與他看，一代一代看樣兒學去，成了一個竊盜世家，遠方聞名。上等人不與他往來，中等人不與他結親，世世代代没個發迹日子。從來父兄就是師傅，早早晚晚説一句話，行一件事，子孫聽着看著，一一有個樣子在他心裏，不記自記，不會自會。若父兄原是歪邪的，便縱然日日把聖賢的道理與子弟們講説，子弟偏不依他口裏説的，偏只是學他身上行的。可見，教訓子弟，先要自己身子好，然後在那人前背後，不住的將今比古，諄諄的説着教他。你們子弟今日看見的、聽見的都是好事，明日看見的、聽見的都是好事，他也就循規蹈矩的起來。久而久之，心地自然淳厚了，舉動自然端正了，行不出壞事。你們的家業既可以保得住，又且子弟們都成就個好材料。能勾讀書上進的呢，便做官兒，封贈父母，光大門户，後世後輩子都榮榮耀耀的。你們父兄們看看，難道不喜歡麽？便縱然你們的子弟蠢笨，不伶俐，不能讀書上進，但受了你們的教導，他也安分守己，到不得惹禍招灾，帶累爹娘。憑你怎麽，到底鄉村上都説他個好。

這豈不是家庭間的福氣麽？況且你們如今年輕做子弟，將來年紀大了，有了兒，有了兄弟，又是父兄了，你們再把你父兄教你的去教你們的子弟，便是家家户户有禮有義，大家和和美美，從一處以至於處處，都是些好的了。天下太平的氣象，不過是這樣罷了。這纔不辜負了朝廷盼望你們的盛心〔二〕。你們大家想想，你們好哩，便是村莊上的娃子也做的官，可以光宗耀祖的；你們不好哩，便是公子王侯也要流到下賤。可見，教訓子弟全要在小時候嚴緊。你們都着實的聽着哟！

【校注】

〔一〕「聖人」至「駡人」二十二字，觀善堂本、甘藝苑樓本皆作：「俗語説：孔子家兒不知道駡，曾子家兒不知道打。」

〔二〕「朝廷」，原缺，據觀善堂本補。

第十二条

世宗皇帝意思説：天下有好人，就有不好人。朝廷立下法度，原爲治那不好的人。但凡没良心的，爲非做歹的，有官府們處治他，叫他知道儆戒，好改過自新。難道設立下個衙門，倒叫奸詐人去害好人不成？世上不拘甚麽事都做得，第一不好的是告狀。果然受了極大的冤枉，情理上實實的過不去，只得告在官府手裏，求伸一伸理，所以有告有訴。這個事原是没奈何做的。但是有一種最刁不過的人，慣好告狀，一團陰謀鬼計，開口就説無謊不成詞。或者把没有的事裝做有的；或者借一件事，生起絶大的風波；或者和人有些嫌疑，便鋪謀定計的報復他；或者自己犯下罪來，拉扯些無干的人，希圖脱卸自己。以是爲非，以非爲是。自己理本曲，到像是直的；人家理本直，到像是曲的。顛顛倒倒，混混帳帳，往往裝出大冤大屈的情狀來，施展他無影無形的手段。自盡的命案，定説毆死。田地價值不遂，就説勢占。錢債口角哩，動稱劫奪。審定的事，要翻案，定説衙蠹朦蔽官府。寡婦告他的叔伯〔一〕，定説是逼嫁節婦。有夫、有子、有父，偏用婦人孩子出名。種種危詞苦語，只愁官府不准，不怕後來審結。所以定出律來，嚴禁誣告的人，要比着被告的罪，加上三等處治他。律上這麼嚴，如何還有告謊狀的呢？只因如今州縣姑息的多，不肯十分窮究。或是自己有些毛病，叫這些光棍挾制着，不敢不准他的狀子。這種人還是自己不好。更有一種游手無賴的人，略略曉得做兩句半通不通的狀子，就做主文。或是挨得夾棍、板子，就做干證。遇事生風，鄉里間些小的事，他挑撥人家告上一狀，商量原差、書辦，大家賺哄人家的錢。審也有他一分，和也有他一分。若是審結官事，僥幸羸了，原被都吃了虧，他却賺了錢，還要餘外索謝。他又種穀，又賣飯。人倒還感激他，還説他有手段。若是輸了，他在旁邊立着，看你挨打受氣，他却一毫事也没有。這樣人，鄉村上人都怕他，稱他做訟師。若是官府窮究起代書，這愚百姓却又顧惜他，偏偏不肯説出他來，偏説是過往算命的、看相的、行醫的做的狀子。他哄你到深水裏，敗了你家，費了你錢，打了你板子，你還顧着他！你説這樣人憨也不憨？只因爲有這一種訟棍，因而衙門上下，串通一氣，夥告夥證，無所不至。做官府的一時受了他們的朦蔽，倒把正經人反問輸了，或者打，或者夾。從來説：「三木之下，何求不得？」既然受刑不過，便信口亂招了。且莫説明不了冤，就使明了冤，也就拖累的時候久了，未免買上告下。小而耽閣了日子，失落了生意；大而破家蕩産。良善百姓遭他陷害，真真可憐。這害好人的刁徒，豈不更爲可恨麼？所以我聖祖仁皇帝憐念你們百姓，着實的要革這個弊，頒發出聖訓這一條，説個「息誣告以全善良」，正是保全良善的意思。這一部《大清律》上説，誣告加三等，還有半誣、全誣、反誣、輕事告實、重事招虛、一事誣輕爲重、已決全抵剩罪、未決笞杖折贖等，分別治罪。這法度原極詳明，這罪原不是輕的。只因人爲利欲薰心，貪了利，忘了害，又生就刻薄的情性，任着意去害人，以爲我去害了人，官府那裏知道哩？却不知道你做出無影無形的話來，官府再没有看不出的。若是官府執起法來，你告人死罪，自己就得死罪，告人充軍問徒，自己就得充軍問徒，窮究出訟師來，少不得夾棍、板子是他的受用，充軍擺站是他的結果。就是這次逃過了，少不得終久到這條路上來，子孫妻女都受折磨，替他還從前的惡債。你莫説天道無知，這不是你要圖利去害人，却不倒害了自家麽？從來聽得人説，古來有個劉寬，爲人最是寬洪大量。他嘗坐着牛車出門閑走，遇見一個人失了牛，錯認他駕車的牛，就説是劉寬偷了他牛了。劉寬並不分辨，就把牛給了他。後來，那個人尋見了自己的牛，把劉寬的牛送還來，還認了多少不是。劉寬倒反安慰他，總不與他争論。又有一個人，被人搶了莊稼去，他一毫不争論。後來這個人知道是錯拿了，再三的來服罪。這個人一毫也不較量。像這樣的風俗，實實的好。你們兵民都該效法他纔好。你們再想一想，聖諭上怎麽不説禁止人不可告謊狀，只説個息你們的訟？這個「息」字大有深意。聖祖仁皇帝的意思説：拿刑法禁着你們，叫你們不告謊狀。你們縱然的怕法度，不告狀子，到底心裏還藏着毒氣。若是一旦發作出來，更是利害呢！不如勸導你們，感化你們，叫你們都大家儘讓，不肯告狀，這個好阿！你若是只仗着刑法去禁止他，憑你怎麽明白的官府，終久耳目有限，那裏禁止得許多？惟獨勸化你們，叫你們大家勸諭。你想，這個鄉村兒上的人，常常在一塊的，誰不認的誰？既然非親即友，有個説不將來的麽？但凡好告狀的，就替他搜根尋畔，並打聽他的同夥兒是誰。或者他們告狀原本是激將起來，並不是有成心的，便慢慢兒説他。若是成心告狀的，須是着實的説他。他們雖然打官司，要争個上下，但是那正經人便理直氣壯見得人，没有甚麽羞愧的去處。至於告謊狀的，他見你們公論不容，也就不敢去告了。再者，他聽得你們的公論，甚是有理，難道他的良心一點兒也不發現麽？本心上也就不忍的告了。從此把以前的陰謀鬼計全都改悔過，就如冰消霧解的一般。兵不誣告兵，便兵裏頭善良的人得以保全了；民不誣告民，便民裏頭善良的人得以保全了；兵與民，民與兵，你不誣告我，我不誣告你，便兵與民都保全了。如此，便不至於兩造俱傷，盡都感化過來，普天下竟没有一個告狀的，豈不是好嗎？你們兵民都要遵依着這個話喲！

【校注】

〔一〕「婦」，原作「夫」，據甘藝苑樓本改。

第十三條

世宗皇帝意思說：普天下的人也多得緊。如今撫御你們萬方的百姓，四海雖然大，如同一家；萬姓雖然繁，如同一體。在京裏的人，在外邊的人，或是旗下，或是百姓，世宗皇帝總是一般樣看待，没有兩樣的。但是國家初頭上定下制度來，八旗的人，在内的呢要他護衛京都，在外的呢要他防護各省，都是有職分的，就該守住他的旗分纔是。如是不奉使令，悄悄地到他鄉别處來，這就是逃人了。《律例》上是着實利害的。但凡逃人所到的地方，兵民人等如不察訪出來，輕自容留在家住着的，必定都要問罪。《律例》上這麼利害，爲甚麼百姓們還敢隱匿逃人呢？想來這個情由不過兩件。但凡逃人，必定言語行動、容貌氣象都要遮遮掩掩，誰肯説出實話來？所以你們被他哄了，只當是好人，留下他住的。這是一件情由。或者見他有些錢，圖謀他的東西，明明知道他是逃人，故意隱匿着他，説道住幾日未必就犯出來哟。這又是一件情由。有這兩件情由，便各處都有隱匿逃人的窩家了。却不知道他們旗下人都是有主子的，主子、奴才這都是名分所在。逃人不顧名分，背了主子，這就是天地不容的人了。再有窩藏逃人的，又扶助着他，把朝廷的王法都不怕。既然有了窩主，逃人越發逃的多了。這如何寬恕得的？所以，順治五年定下法度：窩藏逃人的，就問斬罪，還要抄他的家。就是左鄰右舍，也都問到邊遠上去充軍。所謂一家有事，連累十家。當初的法度，是這樣利害。到了康熙十五年，又重新定下法度：但凡窩藏逃人的正犯，問他流徙；並兩鄰十家長，也止問了個杖罪、徒罪。這都是我聖祖仁皇帝憐念你們愚民，罪止望輕上問的意思，所以把重典都改作寬典了。又且每年頒下恩詔，將以前爲逃人連累的一概都赦免了。朝廷這樣一個寬，無非是要你們兵民改過刻薄的性情，學成忠厚的意思。往好處學，不可往壞處走。要叫你們百姓，大家快活，同享太平的福。你們兵民，都要仰體聖祖誥誡你們的恩典，與世宗皇帝諄諄教訓你們的意思，着實小心謹慎，守着法度。不可交接那些游手好閑的人；不可做那些不好的事；不可顧私情，干犯了王法；不可貪圖小利，忘記了身家。你們果然這樣奉公守法，便百姓間都安泰了，也没有衙役去擾害你們，便是你們的鷄兒、狗兒也都是安穩的，朝廷也就無所用其刑罰了。若是你們見法度寬了，竟重新又學起舊樣兒來，只圖賄賂，隱藏奸惡，這是自己取罪了，如何寬得你們呢？況且這些逃人，自然不是良善的。又自己知道是有了罪的了，以爲罪無重加，所行的事只往壞處走，大則做賊，小則賭博，一經發覺，都是犯罪的事。你們想想，他既犯了罪，這個窩主難道就能免了麽？自然也是問罪的了。古來的書上説：「人斷不可和小人在一塔兒。你若是和小人在一塔兒，便有許多不好處呢！」古人又有一個晏平仲，他也説：「人生在世，不拘做甚麽事，都要揀擇正經人，和他同事。就是住房院，也必定揀揀好鄰居。不是圖他的甚麽，無非是怕那壞人連累着我們的意思。」可見，奸詐不良的人，都爲你們正經百姓的累呢！世宗皇帝望着你們百姓，做父親的要教導兒子，做哥哥的要教導兄弟，當兵的隊長、頭目子要教導手底下户兒們，做鄉約的要教導你們各街各坊上百姓，叫他都要遵依着聖祖爺的教訓，各人都要遠避着那些不好的人。果然如此，便地方上安静，風俗都淳厚了，那裏還受連累的禍呢？

第十四條

世宗皇帝意思説：從古以來，就有田地。有田地，就有錢糧。這個錢糧最是要緊的。但凡朝廷上的禮儀制度、修河修城、賞兵運糧，百凡的費用，没有一件不使着這錢糧。這個是朝廷上必定得取之於民，也是百姓應該納與朝廷的。古往今來，没有不是這樣的。但你們百姓見識小，不明白，只當是朝廷家要了去自己受用，却不知道有多少用處呢！即如拿錢糧與官兒們的俸禄，正是養贍這些做官的，叫他好料理你們的事。又如拿錢糧去充兵餉，正是養活着兵，好叫他與你們拿賊，護衛你們。又如拿錢糧去糴些穀子，存在倉裏，正是預備着荒年不叫你們餓死。至於此外還有修城、修河、修堤堰、修舡隻、運糧、買銅鑄錢、修倉、修庫，無數的用處，無非是取了你們的錢，還爲你們百姓用去。做朝廷的，何嘗是苦了百姓，自己受用呢？自從我朝坐天下以來，上納錢糧都有一定的分數，而且一切加派盡情都革去了，一絲一毫都不多要你們百姓的。當初聖祖仁皇帝皇恩浩蕩，養活你百姓們六十多年，時時常常念着你們百姓，捐免的錢糧也多得緊，豈止於幾千百萬？天下無一處不被恩的。只是朝廷固然加恩，你們百姓也要仰體，必須把朝廷的事放在頭裏，把自己的事放在後邊，這纔是你們百姓的職分。你們兵民都該曉得這個意思，頭一件切不可懶惰，荒廢了你們根本的事業。其次，不可奢侈妄費，耗損了你們的銀錢。至於封錢糧的時候，切不可故意挨遲，一限兩限的推諉，希圖朝廷有甚麽喜慶的大事，捐免了錢糧。也不可自己懶怠去封糧，到轉托别人順便帶了去，以致被那光棍、書辦侵欺起你的來。只要按限就封，斷不可等着衙役們來催。必須先把錢糧封完了，下剩銀錢可以買些好東好西，孝順你那生身父母，並疼愛你一乳同胞的弟兄。再者，可以完兒女們婚娶大事，連自己那早晚的衣食，逢時逢節的費用，都可以慢慢的料理去了。總之，一個不欠錢糧，便衙門裏也是清閑的了，村莊上也没有衙役來煩擾你們了，家家户户、大大小小都是安生的，豈不快活嗎？如是你們不知道錢糧是要緊的，國家的法度是寬不得的。或者倚仗着自己身上有個前程，或者在那衙門裏當個差，便有心抗糧，不肯封納。或者銀錢一時不現成，挨得一兩限下來，觀望着，一時不肯就完，以爲寬一時是一時，遲一卯是一卯，又説是：「定不住年景收不收，萬一早封了糧，一旦報了灾，可以免得一分二分，我不吃了虧嗎？」也有有幾石糧食，捨不得就糶了封糧，要等着行情貴了纔糶的。却不知道做官的都有一定奏銷日期，從來四月完半，九月全完。你若違了限，分數不勾，官府就有考成。官府顧他的考成，見你們不封，就不得不嚴加追比起來。催糧的原差受了打，怎肯與你干休？少不得每日上門上户，要了這個，又要那個。你們百姓今日與他些差錢，明日又要去打點。這宗無名的費用，你一時也看不着，若是零零星星算計起來，只怕比應該封的錢糧數兒還多哩！果然你延挨着封，竟可以不要也罷了，究竟錢糧還要叫你封。你有甚麽好處，只管拖欠下來哟？至於你們商人，更是好拖欠錢糧。平日要結交官府，送贄見，送節禮，替官説錢過付，買他的好，只圖他一季一季記欠你的課。及至年深月久，日累日深，又去營謀五年帶征，十年帶征，究竟錢花了好多少！從來鹽課、錢糧，再没有赦免的。到了後來，傾家蕩産，子孫也不得乾净。你們想一想，與其給這些官吏的錢，何如完了正經錢糧好？與其做一個抗糧的頑户，何如做一個正經守法度的良民好？就是愚蠢不過的人也曉得，爲甚麽拖欠呢？况且上邊下邊都是一體的，上邊好，下邊也就好。你想，朝廷上終日憂勞的都是百姓的事，水淹了就去築堤，旱了呢就去求雨，有了蝗蟲就去撲滅。幸而不成灾，你們大家都享福；不幸成了灾，朝廷又爲你捐免錢糧，又爲你賑濟。像這樣千方百計的爲百姓，你們百姓還忍拖欠錢糧，遺誤國家的用度嗎？你們自己問問自己，心裏如何安穩哪？比如做兒子的，在父母跟前，父母受了千辛萬苦掙下家業，你們大夥兒分了，必須服勞奉養，教父母受用幾日，方纔盡了你做兒子的職分。乃父母的恩情深得緊，做兒子的全不顧念，倒將銀錢積攢起來做私囊，像這樣人分明是禽獸了，那裏還成個人呢？世宗皇帝所以諄諄告誡你們，只願你們兵民上念軍國，下念身家，早早兒的完了糧，外邊有效力的好名聲，內裏享安穩的真受用，官不煩，吏不擾，何等的快活！從來説：「若要寬，先完官。」你們大家都要仰體世宗皇帝的盛心纔是哩！

第十五条

世宗皇帝意思説：從古以來要叫你們百姓安静，全在寧息賊盗。這寧息賊盗的法子，必須預先準備下，所以拿住賊的有賞，放了賊的有罰，諱盗不報的有禁止，拿賊違限的有條例。这裏頭最好的，惟是保甲一法。怎麽叫做保甲一法呢？十家子爲一甲，一甲立一個甲長。十個甲爲一保〔一〕，一保立一個保正。設立下個簿子，但凡來往居住的人〔二〕，都互相察問。一家失事，九家連坐。這個就是古來守望相助的制度了。所以聖祖仁皇帝説這一句，要叫普天下的百姓們都得其安然的意思，最周全，最懇切。只恐這個法子行來已久，未免虛應故事，官府們不過止查查户籍，百姓們不過光設一個門牌。至於聯屬鄉里、稽察賊盗的法子，總不見實心奉行，以至勾引奸人、窩藏賊犯諸事，都有了。即如於今你百姓們，鄰舍街坊裏頭明知某人是賊，却不肯報官，這是甚麽緣故呢？大概有三件事。一件是地方官原無實心爲民，只顧自己的功名，平日最怕盗案連累他的考成。若有失主報個大盗竊盗，却不去拿賊，先把失主究問個不了。縱然替你拿住了賊，起了贜，却把失主累的苦死了。所以失了事的人家，竟不敢報，倒像啞巴吃苦瓜，苦在心裏。你想，失了事的尚且不敢報，這賊是樂得做的了，倒像官府護庇着他。他縱然住在左鄰右舍，一時間那裏得犯，不過我們各自堤防他，不被他偷去就是了。若要報他到官，官府不上緊究處，倒着他結下冤仇。所以官府取結，也就朦混具了結去，只説本甲並無盗賊，就完了一場事。一件是地方上有那種無耻的鄉紳、秀才與光棍人等，以盗賊爲衣飯，坐地分贜，立意覆庇他，所以小民不敢出首。一件是百姓偷安慣了，本甲縱然有賊，倒説：「他兔兒不吃窩邊草。他在别處偷摸，只不害我們就罷了，何苦出頭去報他？」或者反去相與他，買他些便宜的賊贜。或圖他些大酒肥肉，誰肯把賊報出來呢？有這些緣故，所以保甲都無實際。鄰舍家失了事，全不理論，竟像陌路人一般。若是有錢的人家失了盗，反説長道短，説：「他平日家一個錢也捨不得，怎麽今日也叫人偷了許多的東西去呢？這是天報應他。」還有最不堪的，是州縣刑房捕役與那捕官假公濟私，借盤查的虛名，滋無厭的苛求，動不動就斂錢。造册子要錢，給十家牌要錢，竟是非錢不行。這不是防護百姓，倒是騷擾百姓了。如此行去，是止有保甲的虛名，并無保甲的實事；但受保甲的波累，并不見保甲的好處。所以賊盗一日多出一日，地方上不得寧静哩！你看，保甲一法，原是極好的法子，也必須奉行的實在纔好。以後，城市鄉村嚴行保甲，每處各自分保，每保各統一甲。城市上按着各坊兒分，鄉村裏按着各圖兒派，挨家挨户，彼此防閑。但凡一家裏邊，大家人家，他使用的家人并佃户們就有幾百口。這裏頭好歹，本家自然是承當的。至於小村莊上人家最少，其間有産業，没産業，那個好，那個歹，里長、保正平日間再没有一個看不出來的。他們出來進去，再没有個查訪不出來的。也不但見他做賊，方纔報官。但凡做賊，必定有個窩家。别處的賊，窩在此處，偷這邊人家的東西。此處的賊，又去窩在别處，偷那邊人家的東西。替换着做窩家，再没有遠處賊没有窩家。隔幾十里地來，偷得一隻牛，趕得一匹驢，挖得一個窟籠去的，少不得白日裏藏在窩家，到夜間纔下手。這些開賭博場的，并娼婦人家，正是他們出没的所在。你們各甲中，不論紳衿兵民，一體都編入牌内。一甲之内，互相稽察。到晚來，就問某人在家不在家，某人家有甚麽人往來。若是黑夜裏没一些事不在家裏，定是去做賊。若有面生的人，没一些事在他家裏，定是來做賊的。甲長就報牌長，牌長就報官府。就是那不務本分的，三個一攢，五個一塊，飲酒賭錢，鬥鷄走狗，夜聚曉散，以及來歷不明、踪迹可疑的人，都立刻舉報出來，斷不可容留在甲内，一則免得失事，一則免得拖累。那不學好的人，他也不能叫你不去查。你若是怕他夥伴衆多，或是他恃强壓制人，你怕他的勢，不妨密禀官府，自然處制得他。像你們汛地上的兵丁，務必黑夜白日上緊的巡查。要路上搭些窩鋪，巷口上設立栅欄。有錢的人出些錢，無錢的人出些力。每窩鋪，製一兩杆槍。每巷口，設一面鑼。買些燈油，起更以後，禁止夜行。有犯夜的，拘留到天明放行。他若恃强，就禀官懲治。有護他的，就是賊黨，一并送官。一聞有賊，便打起鑼來，處處救應邀截。殺死者，次日報官，驗明掩埋。擒獲者，照例給賞。切不可借端生事，切不可挾仇陷害平人，切不可愛賊的贜，賣放了，切不可礙惜情面，不好意思舉報他。必須要協力同心，輪流分派。大家都上前，怕賊盗那裏去麽？既然没了賊，軍與民自然都享安静之福了。古來拿賊的方法，有一個村莊，就立一座樓，樓上設一面鼓。一家有了事，就敲一下子鼓，便家家户户都起來，將各巷口堵住了。賊往那裏去哩？這是行兵的法子，就藏在保甲裏邊了。若是大江大海，盗賊出没，行不得保甲法，必須將船隻聯做一塊，走呢一搭兒走，住呢一搭兒住，彼此稽查，賊盗也難隱瞞。總之，都要實心奉行，預先裏就做下準備方好。若是虚應故事，至於被盗之家失了財物，一家有事，便九家子都要連累，不但辜負了世宗皇帝的盛心，也不是你們保全身家的良策。你們兵民都要曉得喲！

【校注】

〔一〕「十」，原作「一」，據觀善堂本改。

〔二〕「往」，原作「住」，據觀善堂本改。

第十六條

世宗皇帝意思説：人生在世，性命是天與的，身體是父母遺的，不是容易的。天生下我來，得做個人，不做禽獸。我也該做人的事，不做那禽獸的事，方不負天地生我一場。父母生下我來，費了多少辛勤，耽了多少驚恐，指望我做個好人光宗耀祖。我就該着實謹慎，不犯王法，把個完全身體還了父母，方不負父母生我一場。這保守身子，乃是做人第一件大事。百姓們有身，所以務本種田，上以奉事父母，下以養贍妻子。兵有身，所以學習武藝，下以衛護百姓，上以報答朝廷。身爲有用之身，就當自己愛惜纔是。《孝經》上説：「身體髮膚，受之父母，不敢毁傷。」所以古人一舉足，不敢忘父母，恐怕傾跌，傷了父母的遺體；一出言，不敢忘父母，恐怕我駡人一句，人還我一句，辱没了父母。如此，把身子看得極重，怎麽得有與人爲怨結仇的事呢？只是人的性子，多有偏的，没有學問去變化他，便任着性子兒行，一時間性起，身子都不顧。或是與人擱氣，被人打死。或是自己打死了人，去償人命。不過一時之怒，竟成了莫解之仇，彼此報復，兩敗俱傷。起初甚小，爲害最大。你想想，爲甚麽把一個好身子看得這樣輕賤哩？從來逞强做好漢的，開口就説：「打死了他，不過償他的命罷了，有甚麽大事？」及至問罪償命的時節，夾棍挨不過，苦苦討饒，聲聲悲切。旁邊看的人説：「當日的英雄那裏去了？這時節，悔是遲了。」不知世上只有父母兄弟之仇是要報的，其餘鬥毆口角，不過爲一時之氣，争財帛、争産業，不過是身外之物，有甚麽要緊？都是可以解釋開的。我見世上人，偏是父母兄弟的大仇，倒還有不報的，多是爲財利口角上，倒不顧性命的去爭。古人説：「冤仇可解不可結。」一與人結下冤仇，我想害他，他想害我，費許多心機，飯也不覺着好吃，覺也没場好睡，一團殺氣，早有惡鬼相隨。從此日深一日，冤冤相報，不知何日是了！全不想殺人者死，法律上是一定的罪名。縱是國家的恩典寬大，也不能把殺人的罪寬除了呢！我聖祖仁皇帝訓諭十六條，盡末了説一個「解仇忿以重身命」，誠是哀憐你們的一團盛意。你想，天地以好生爲心，朝廷以愛養爲政。乃百姓們倒自己不顧惜身子，每每的輕生犯罪，不是起釁於素日的仇嫌，就是生禍於一時的忿怒。在强狠的人，倚仗着膂力剛强，殺了人就逃走到他方。在軟弱的人，受了些委屈忍不過，希圖人家抵我的命，一時拙見起來，或跳河落井，或懸梁自縊。是因忿以致成仇，有仇益發生忿。若追原起所以致此的緣故，固然不止一端，但兵民所最容易犯的，多出於縱酒。怎麽説呢？這個酒雖然是米的汁漿做出來的，却是吃了最能亂人的性情，變人的心志。從來説：「酒能成事，酒能敗事。」我見成事的少，敗事的多。或賓主酬對，俱入醉鄉，一言不合，便翻桌打碗，拿刀動仗，争鬧起來。或因一點的小嫌疑，本是可以開釋的，及至酒後，忍不住發作起來，竟像不共戴天的仇恨一般。常見刑部裏邊的命案，由於酒後生禍的，十件就有五六件。人到了犯罪的田地，身子披枷帶鎖，家敗人亡，甚且連累妻子，拖害鄉黨。到了這個田地，然後追悔也無及了。從今以後，都當敬聽聖諭，時時的提醒。你們大家想一想，人在世界上，那裏有個没氣的？只是凡事有個道理，是非曲直分分明明。都因只想别人的不是，不想自己的不是，所以不平之氣漸積漸深，就成了冤仇，不得開交。若是肯自己尋自己的不是，心裏説：「這件事由於我某處錯了。他雖然不是，我也有點過失，難怪他這樣待我。縱是人待我實在不好，你也想想這個身子與人家待我的仇嫌誰輕誰重。我只顧報這點子仇，竟把我的身子捨了，豈不是至憨的人麽？」這般作想，就把一切忿怒都成了冰消瓦解，一生如何得有禍患？切不可追究已過去的嫌疑，忘記了後日的禍患；切不可逞一時間的忿怒，貽事後的追悔。縱是人家以非禮之事加於你，似乎難於含忍，但一念及身命關係，只是從父兄的教訓，聽親友的處和爲是。憑你甚麽深仇積恨，若是平情而論，都可以寬恕得的；若是按理而行，都可以解釋開的。我勸你百姓們，每有拂意的事，只想自己的不是，要把自己暴躁的性子着實按捺。就是旁人背後之言，切不可輕信，省了多少煩惱。古人説：「忍得一時氣，免得百日憂。」豈不好嗎？至於酒之爲害，最要深戒。古來的人知道吃酒有許多不好處，所以但凡飲酒，旁邊就叫人看着，記着數，管戒着，不叫多吃了。正是恐怕酒後高興，胡言亂語，以致生起争端。如何可以沉湎爛醉，陷身於刑罰，全然不顧呢？古來的俗語説得好：「忍之須臾，乃全爾軀。」這個話是説：人只要會忍，不過忍得一時，便把身子保全了。這解去仇忿，正是全生保家的道理。只是「忍」字一時也難講，必須平日要調和自己的性子。凡遇性子暴躁起來，隨即按住，自己尋思一尋思：「他罵我，我也罵他；我打他一下，他也打我一下：見不出輸贏。必須想個法子處置他，方消得這一口氣。」你若肯如此想一想，便自然抬出個「理」字來了。俗語説：「三人抬不動個『理』字。」若不論理，只要争强，再也開不得交。惟獨你拿理去和他講，或同幾個老年公道些的親友，大家議一議，是誰有理，是誰無理，便三言五語把他問住，由不得他不與你賠情。總之，自己按住了性子，有理可以服人，再也不吃虧的，便事事都可以開交，竟不用人來和勸，自然没有人和我争競了。這纔是風俗最好的呢！當初聖人説：「忿思難。」這句話是説：人遇見忿怒時候，必須想一想，我發了怒，後來怎麽個開交法子呢？不要只顧發怒，後來解救不來，便不好了。人要捺一捺性子，往難處想一想，便自然不難了。《孟子》書上又説：「人若待我無禮，做君子的人不肯就也以無禮待他，必定自己問着自家：『我有甚麽不好處，惹的他如此可惡呢？』一連三次自反，到自己没有絲毫的不是了，人家還是那樣可惡，君子也只説個妄人，和那禽獸無異，始終總不去計較他。」你看，君子的人是何等樣的度量！聖賢的話與我聖祖仁皇帝的明諭，都是一般。凡你們兵民都着實遵奉而行，便各處鄉村，大家相保，各處營伍，大家相安，下以承家，上以報國，受受用用，在太平的世上，豈不是解仇忿的明效麽？

介山自定年譜

王介山年譜自叙

凡今世士大夫歿，其子孫必爲之行述，以求誄言之贈。夫子孫豈不欲稱其祖父之善，而忍揚其惡哉？乃稱之而且逾其實，甚至以無爲有，諸美畢備，雖周孔有所不如者。噫！亦過矣哉！今余將與世辭，而恐子孫之亦然也，乃自定著其年譜，凡一生之美惡皆無一隱焉。《大易》言凶少而言悔多，蓋聖人望人以改過也。余蓋多過者，過而幸能改耳。今年逾八十，已謝絶一切人事，惟候死耳。幸而得其死，是天之所以成余也。於是乎，書以付兒孝演，俟余歿，併訃於親友諸公。凡欲知吾爲人者，即呈之，不必求誄。第留此本以示子孫，俾能如余改過，庶余無怨恫於地下矣。時乾隆二十六年，歲次辛巳，二月初三日書。

介山自定年譜

余初名日柱，後易今名又樸，字從先，別號介山。世居江南之京口，有宅在江中之洲，擅蘆荻利，人稱爲沙洲王氏者也。明末，以兵火，遂散徙他處。余曾大父亦繼外家，冒翟姓，來維揚而家焉。及洲没於江，而沙洲之王無聞在揚者，亦竟不歸。暨余大父，美鬚髯，寡言笑，遇人樸誠，能吃虧忍辱。揚故都會區，人競以黠巧相高，而大父獨恂恂若無一能，由是人皆稱爲長者。有丈夫子五人：長當鼎革時即走失；次爲余父，雍正元年敕贈徵仕郎，例贈朝議大夫；叔父三，皆無出。余父以家七遭祝融之灾，赤貧，無以爲二親養，遂棄學業賈，依宗人於天津。余生於揚州府之儀徵縣，六歲來北。父以冒翟姓已歷三世，而王氏斬焉，因令余歸宗。已即隸北籍，爲天津人，并揚郡亦不得歸矣。

先君子於康熙甲子、乙丑間，由河陽至津，假宗人資，開設解庫，亦居積米粟油麵各貨。歲可分息千百餘金，寄南奉甘旨外，餘盡以假鄉人之貧乏。蓋死無棺，婚不能嫁娶，凶歲饑寒，無以自存活，或不盡持券，有告之，無弗給。然多不過三五金，度可濟其急即已。有持十金外券來者，輒斥之曰：「吾豈放債營利者乎？」其所假，則多係貧不能償之人，而亦不責其償。然有求其恤，則又靳不與。居嘗曰：「善門難開。吾非鉅萬資，敢任施濟名耶？」所假不盡，則益市牛酒爲親舊歡。有勸其殖産爲子孫計，則曰：「兒孫自有兒孫福，莫與兒孫作馬牛。吾與若亦求永此朝夕耳。且吾以辛苦所獲供兒享，奈何隳其志慮爲？兒果能力學致身，亦何用金？吾清白可師，更可教之封殖乎？」如此十五年，家故無絲毫積。而宗人亦因罷官死家，累衆所資，以逐什一者，抽用殆盡，解庫遂大耗。覈之，得鄉人丐出所資衣物若干數，皆先君子憐其寒而未收其子母者。宗人遂大詬，立索其償。先君慨然自書千金借券，不少悔。由此失業，家苦貧，僮僕皆散去。父自擁彗，糞除庭内。母亦親操井臼，然尚勉余學。如此數年，并不過所負而問，亦不告余以姓名，若固貧也者。至丙戌冬易簣時，母檢其故物，得一篋，扃鑰甚嚴。啓之，得紙數百幅，皆負者手書券，計有三千餘金。呼余曰：「兒可無苦。試追此，必有濟，然慎勿索其息也。」余遵命踪迹之，則皆或死或逃。間有存者，貧皆如乞丐，顧余欷嘘曰：「郎君幸再假以活余乎？」余乃延問曩所與父同事者，僉扼腕曰：「向亦沮之，不吾聽。不然，汝何至貧如此？然此外無文字者更多矣，尚安追索爲？」余始聞而訝，繼而思，終焉而悟，跪請於太恭人前曰：「此皆父所施，而兒索之，失父心願，焚之可乎？」太恭人喜曰：「向亦大怪汝父不吾告。今汝能如是，是吾心也。吾憐汝，故不言耳。」余乃悉取而爇於火。蓋先君子不言而躬行陰德，類如此。

先君子性故豪邁，而檢身則極修潔。所居室常自灑掃。瓶爐書册諸物，位置皆有常處，不少亂。衣履無纖毫泥垢，及坐卧摺叠痕。嘗有一葛袍，十餘年如新製。憶余弱冠時，出無衣，特命着之，甫歸而當肩處穿矣。又嘗飲於外，盡數十巨觥，而語言動止無違度。及抵舍，始覺醉，連呼茗飲之，即就寢。蓋端凝謹飭，天性然也。

先母太恭人，姓朱氏。外王父，故郡中名宿，以授徒世其業。太恭人幼時熟《女誡》，能誦詩，皆外王父口授。然不令識字，曰：「第解此足矣，寧用作女學士乎？」年十四，歸余先君子。家數被火，奩中衣物盡以毀。布裙出汲，晏如也。余父以覓食養親，嘗出外。母獨與翁姑俱，雖貧，能得其歡心。余大父病篤，母侍湯藥不暫離。大父時患泄痢，以久病不愈，瘠甚不能起，輒遺床第間。則自外投竿，取所污布，躬自滌而易之，經十數日，無倦色。余姑母一爲之，即不支矣。然余生也晚，不及見吾祖。獨祖母爲父迎養於津，時繞其膝下，得所含飴爲樂。祖母性頗嚴，每飲食小不如意，輒怒詈。時見吾母以所親和羹，涕泣跽進於前也。太恭人自歸余父，凡十孕而皆不育，最後得不肖。憐余幼，懼孑特無手足助，乃爲父置妾。已又無出，又更置劉氏，遂以乙亥年生余弟又新。此雖《樛木》、《螽斯》，不是過也。太恭人仁孝固出天性，然亦外王父有以教之於早歲使然耳。獨念余族姓既希，而父母黨止吴氏姑所出中表二兄二姊。母惟一妹，適劉氏，尚居揚。而舅氏三人，但傳聞其適粤求食，則杳無一耗矣。俯憐身世伶仃，不禁淒然淚落也。

康熙十九年[一]，歲次辛酉，十一月庚子，二十一日庚午，太恭人夢月墮簾而生余。時有一兄一姊。余大母好佛。有京口僧高行能前知，大母奉爲師。出見姊與余，師曰：「好好惜女，數短耳。」撫余曰：「此兒不第永年，且當貴，善視之。」而余姊果周甲四年即夭。兄亦早殁，獨余煢煢于六歲來津。先父母以余多病，欲邀福佑於三寶座，命爲僧。將薙髮，余哭泣，以死誓，遂不薙，僅記名於河北獅子林。有江南醫嚴姓者，善太素脉，知人壽夭貴賤。先君子命胗余脉，賀曰：「賢郎四十歲始發迹，身長大如公，恐或過之也。」比鄰姜丈亦不以凡兒視余。今嚴與姜皆即世，而所謂京口僧者亦失其名字并所卓錫地矣。

丁卯，余七歲，就外傳師山左文在塘先生。初僅識十二字，次日倍之，又次日再倍之。已增至二百五十字，但一再指授，即可背誦。師與父執皆謂余聰穎可喜，然余實性浮，所誦者轉眼輒不復記憶矣。且幼而嬌，痴好嬉戲無節。父雖督之嚴，而母則以獨子愛甚，多爲隱蔽寬縱之。計一歲，余在塾止以日計耳。以故，從文師五年，而四子書猶不能周。文師雖歷年辭，父頗篤信喜之，至壬申歲始准辭。從浙紹祝師一載，祝僅課書法屬對而已。癸酉，余年十三，已學作時藝。從顧勉旃先生游，顧以老貢，多爲外之問字者批閱文。值文期出題後，即出館外往。余輩輒求鄰人代作，顧師亦不之覺也。二年，余僅能爲半藝。至乙亥，余年十五，從本地文學靳元公先生，靳師即假館鄰人姜丈舍者，始完篇。靳師雖講讀勤，而余以頑劣不知學，日惟竊讀小説、戲文，至文期，則遍覓成文抄録塞責而已。甚至抄及靳師已所爲文，靳師亦不問，且評以佳語。如此相謾，余故業不少進，徒以聞見功與夫裨官野乘剿説荒談以欺人〔二〕，人輒奇之。以上係余六十前所録。已而念：人生品誼，蓋棺後定。身未即死，設一失足，萬事將瓦裂，書此何爲也？遂停筆。今則將就木，或其不辱吾筆乎？因續之。

丁丑，余十七歲，娶婦劉氏。當年十四五時，余情竇甫開，欲心甚熾，曾欲盜一婢，爲其母所覺而止。又有所悦一婦，已乘醉鑽穴以就之，忽悔悟。父母知之，急爲娶婦。然歷年賴與同筆硯友吴子存仁相砥礪。吴善攻吾過，余極嚴憚之，故於家室間得寡欲。然吴性頗卞急。嘗浼余代抄文，余爲抄一頁，亦自録一頁，積數十餘頁矣，偶於所抄一頁中落數字，吴怒，輒裂余所自録者，碎之，置櫝中。余適歸舍，未之知，及來塾〔三〕，而吴亦已歸。余時憤甚，亦將裂其書籍，并毁棄其筆硯諸物以爲報。既而思：「如此則必大争，勢且鳴之師，師扑彼亦將扑我，未足以泄忿也。」思所以處之者不得，時則心氣少覺平，忽曰：「不如置之勿校，以愧其心。彼如人也必且自責，勝我之責之也。」於是心氣大平矣。復思曰：「彼雖甚無禮，然我亦不合失檢至落字，我則不忠，何尤彼爲？」既而吴來，見余不爲動，乃出櫝問曰：「見乎？」曰：「見矣。」「何爲不怒？」余曰：「子已誤，我奈何效之？不過再費幾日工夫重寫耳。」吴面乃大赤，亦自碎其文，并擊頰數十掌，自呼其名，詈曰：「某真小人也！某真小人也！」余時爲之大快甚矣。反己自求，行無不得，聖賢之言，不我欺也。余自此識得一「恕」字。及入庠後，偶宿一友齋，大醉題壁，以鵬自況，而謂世皆蜩鳩也。其地爲余親串胡子瀾所假授徒館，見而惡之，乃和余詩，極其醜詆，傳示友朋間。友有爲余不平者，嗾余必報。余思：「非醉後狂言，何以致其然？彼言雖加甚，乃我自取辱耳。」爲謝之。胡後知，亦自慚也。時共服余爲能容，然余家世吃虧忍辱，祖德如此。且經云「忿思難」，又曰「攻其惡，無攻人之惡」，聖有明訓，衆皆習而不察，余第能記得耳。

戊寅，生子，不育。

己卯，余以寄籍入學。時使者爲江南武進楊公大鶴，於其録科所取也。

庚辰，余二十歲。先君子以解庫母銀耗盡，家漸貧。余亦以所從師無益，遂與吴子存仁肄業蕭寺。是年歲試，余取一等，補廩。生子，夭。

辛巳。

壬午，生女，至十五歲未許字而夭。是年，余以録遺鄉試，友人田子行助偕余訪謝友穀。時謝與孫子嘉俸、俞子天作、劉子生白、于子宗瀚號五才子，高言危論，目空一世。余見謝，袖文數首示之。謝略一披覽，瞠目視余曰：「始以君爲才，乃今庸妄人耳，文污吾目矣。」余自負所學亦富，且試輒高等。謝、孫輩考次多後，何至是？因自言：「所爲文實由古文來，君勿易視也。」謝曰：「君且不知讀書，何論文爲？不必言其他，第取金聖嘆所批《水滸》野史讀數十過，能知其解，再來與余談，可也。」時田子傍俔，以其言過傲，甚爲余不堪。余則恬然面受其斥，不爲怒，歸而思：「彼等雖狂，然皆閉户讀書。余但涉獵耳，或所言有故乎？」因如其言讀之，繼之以《莊子》、《史記》，及先正時文，及歲試録文。示孫，孫大愕然曰：「君何陡變至此？余昔於謝子處見君文，大不然。相謂非十數年功力不能回，今何其急也？」余曰：「古云：『士不見三日，當刮目相待。』君何輕人如是？」孫曰：「然子今試，將不能前列矣。」余曰：「誰可首者？」孫曰：「劍水仍當如故。」于蓋先届歲科兩試冠榜者也。問故，孫曰：「于文甚假。世皆葉公之好龍耳。」余問：「兄今何如？」曰：「余向考皆劣，今當高，然不能過于也。」余曰：「兄文亦假耶？」曰：「余何假之有？但向皆筋骨，今羽毛生矣。君文純骨，是以知不能前列也。」既而榜發，于果一等第一，孫第五，余居三等之首，謝則通州學，不同棚也。自此深服其學識之高，凡詩文皆就正之。是孫、謝非但友，而實余師也。然余因讀《莊》，見其近禪，遂學坐禪。一年後，遂覺心空如水，處一切事無不天高海闊，不似向者之拘泥牽滯。當其坐時，此中浩浩落落，自謂孔顏樂處不過如是。然從此於夫婦床笫絶如冰冷，甚且忘至友朋，漸及兄弟，并至父母。止覺一點虚明爲我之寶，一身形骸皆非我有。不有其身，何有於生我身者？幾欲作汗漫遊，脱然於塵世之外矣。

癸未，余悟學佛之非，不復事禪。然大道茫茫，亦不知何處措手也。

甲申，生女，後適同邑受業門人孝廉劉振家。余原配劉恭人以病卒。先是東村郝輔公以農丈人識余，招致同其婿朱子瓅肄業。余爲郝丈器重特深，遂以其甥字余，即余繼配馮恭人也。時年尚幼，余以不能主蘋蘩，不可强之。蓋郝丈必欲與聯姻以爲快，當原配甫殁之次日，即來通殷勤，求勿婿他姓。然丈家自適朱外，别無他女也。朱曰：「將選之族戚，必得人以配君耳。」余曰：「世有無女而先求婿者哉？亦異矣。」既而余父母允之。第以其幼，婚娶之期故遲遲。

乙酉，仍以録遺鄉試，其資斧實出之郝丈，仍館其家。

丙戌，仍館東村如故。冬，先君子卒。余始辭郝丈，求授徒以養母。

丁亥，館樊氏。余友吴子存仁以疾殁。吴子與田子行助皆余執友。田過信余，吴輒争之曰：「王子泄氣亦香耶！」往往余有纖芥失，吴即面責之，甚且欲分席絶交數數矣。夫士有諍友，終身不失令名，如吴君者，後豈可得耶？

戊子，仍館樊氏。至冬杪，服闋。馮恭人歸，嫁娶之資皆出之郝丈。丈既爲余兩姓聯姻，復任此時。諺曰：「做媒可怕，管娶管嫁。」遠近傳之，以爲佳話焉。

己丑，館於玄帝廟。

庚寅，三十歲。生子，夭。

辛卯，仍以録遺鄉試。是年秋九月，余偶同里人李丈兄弟赴鄉買萊，爲友人留飲，皆醉，過一豪商園，求入，閻人拒之，鬨，爲其所毆。鄉人憤集，衆訟於監司劉公臬。劉怒，大加呵斥。衆益憤。時直督趙公有恩於余鄉，鄉人恃之，又素憎嫉此商之横，以劉之怒，置不問也，欲甘心焉。致罷市，聚不逞徒幾千人，擊碎豪商門，酗酗不可止。余母聞之，憂悸至一日不食。至夜，余歸舍，知之，詭告曰：「事已矣。」母始進食。是夜，余憂甚，然事屬騎虎，不可下。再四籌計，乃擬爲危言激劉公，竟稱其得賂袒商，不察恤民隱，或庶幾一得。急起覓火，草牒就，適天曙，不告母知，闖至道轅。值捕官正在收發公牘，余詭言所具條陳公事，得收進。余歸，則外間鬨甚，争求余詢狀。既知其説，衆亦無可奈何，聽之而已。乃劉公竟心動數日，後檄下學師，訊余商賄若干數，何人過付。余曰：「實不知，但人言藉藉。余一子弟，豈有聞而不一入告者耶？乃自録供以進。」劉公性極暴，衆皆爲余危之。余曰：「事由余等起釁，奈何動衆，致失業，争此不測禍？余寧一人任之而已。」既數日，劉公出示，飭商具呈，閉店，徹私役，與民和。時人皆大驚，稱余爲有膽奇士，争交識余。至有持金幣聘余爲理其訟事者，余以貧故，手其金以告母。母曰：「汝不憶汝父語耶？慎勿代人爲訟牒，作損德事。此豈可受者？」余曰：「兒比年授徒，所得館穀不足具甘旨，致母饑。此尚較豐腆，且事已仍有金謝，宜若可爲也。」母怒曰：「吾寧甘清貧。必欲爲此，吾先縊死矣。」余悟，急出謝之。又余原配殁時，友人朱、吴輩欲唤妓以慰。余母聞，而怒斥止之。余又以嬉戲買琵琶一具，母見，大詈。余立碎，而付于火。母雖甚愛余，然所爲必督之以義方。如此不一事，微母教余，幾非人矣。

壬辰，里鄰姜丈延余爲記室。生第三女，後適京邑庠生朱念源，即余執友朱君之季子也。

癸巳，恭遇覃恩加科，余鄉試中副車。館執友朱君舍七年。

甲午，生女，夭。

乙未，太恭人卒。

丙申。

丁酉。

戊戌，生子，夭。

己亥，余信道不篤，偶爲人誘，得非分財百金，以致喪志棄館。走山左求富，幸不得。欲回，羞見鄉父老，不能寢食者數日，幾欲捐生矣。已忽悟，急歸，時則歲除矣。内而室人之謫，外而債主之嘵嘵，余爲若不聞見者，譬如鳥獸音之過耳爾，如是者數月乃已。念太恭人如在，或執友吴子不死，當不至此。甚矣，余之失足也！

庚子，四十歲。余但見親友里人，即愧謝曰：「余向大誤，今將另換一王從先見君耳。」於是埋頭課讀，至秋試獲雋。憶赴山左時，在都卜之關帝，示兆曰：「汝是人中最吉人，誤爲誤作損精神。堅牢一念酬香願，富貴榮華萃汝身。」復卜，則又曰：「與君萬語及千言，總欲提撕雪爾冤。訟則終凶君記取，試於清夜把心捫。」嗟乎！神不棄予，如面告語。余亦從此洗心滌慮，得成進士。今雖官未大顯，家亦非豐，然曾列清要，罷官林下，布衣糲食，黽勉粗足，天之所以成余者不亦厚乎？是年春夏，余艱窘特甚，至數日不舉火，已拚與首陽二老同歸矣。心念幼時有兆，皆謂是歲當發。今如此，曷望焉？忽於秋七月之秒，里鄰解庫王君復宇者遣人來要余見。余以平素落落，執不可。其人則跪請，不得已往見之，則急詢余何以不赴省試，故余以病爲詞。王君曰：「何病？」「貧病耳。」「所需若干，幸語我，當爲君治裝。」余私計，已矢餓死，尚乞人憐耶？爲力辭。王君作色曰：「余非鬻人于貨者，特一市估耳，原不敢與士人伍。如不以余金爲非義，則持之去。不然，亦不敢浼君也。」余無奈，愧謝受之。則大喜，爲留飯。余既醉飽，懷金歸。入門，則粒米狼戾于地砌，又貯錢數千，詫曰：「此物奚宜至哉？」婦告曰：「王公遣使畀至，君不知耶？」蓋又慮爲内顧憂也。詰旦，門未啓，聞叩户聲，急出，則王君自來促行矣。至中秋，又饋瓜果錢物，余一家得不死。此豈意計所及哉？然此行亦竟中式，與昔神人所預示者無所爽，則信乎人生有命！且余非急返正，則墮入下流，何以至此？經云：「自求多福。」良非誣也。自此，余道心日生，而克伐怨欲皆漸以銷減矣。

辛丑，余以向星士言無進士命，不欲赴公車。同人强之行，果試不第，歸，仍授徒于執友朱君舍。自分舌耕終身，不復妄意希冀入仕途也。是年生子，夭。

壬寅，余大病數月，至秋始愈。從此漸衰矣。

癸卯，是年雍正改元，覃恩加科，秋當會試。余決計不行，友人龐子叔兑適自都中來，爲言：「上任賢圖治，擢高安朱公軾爲總憲。朱公亦正開閣求士。士蒸蒸皆彙，徵君奈何自棄耶？」余告以星士所定，懼徒往無益也。且朱公以大賢居要路，所言能動主，有一事，何不言？顧亦循循默默，曷賢爲？龐曰：「君何不見朱公言之？朱公門無閽人拒，止一童子。但有求見者，見之惟恐後，雖吐哺不異也。」余與語，忽心動，私計：何不藉此行爲言，倘得請於公，亦屬一快人生，何必自爲計哉？次日，即邀張子疊同行。乃抵京，而朱公已奉命謁陵矣。爲待之，及回，又入闈主試。余無聊賴，只得入場，草草出。乃不自意，即由是種因，畢生事皆基此哉？榜發，余中第二十五名，而所謂朱公者爲余座主師矣。余急入都謁見，見時，余曰：「今上庶政維新，第有一事未見行，然非老師不能言也。」公曰：「云何？」余即舉其事以對，且袖一册呈公，請曰：「師如不言，余即欲於策問中獻之，可乎？」公笑受之，不答。已而廷試，余謁公，求示前所請者。公曰：「此事，上亦心厭之。汝且不必入對，自有其時耳。」及余改銓曹日，部廳中條示：「某月某日奉上諭：停止捐納，欽此。」余時快甚。蓋所謂一事者，即此。先是，公在闈中得余卷，極賞，首藝前二，中比謂爲通場無兩，以幅過短，不可擬元，故抑之。及見余又妄啓事，遂結契於公卿間，即説項不置。見余同鄉先達，輒曰：「公鄉中有一楊椒山者，寧識之乎？」問之，則曰：「王某也。」當是時，余名大噪，都下一時士大夫爭下交，而同鄉先達且皆以不知余爲愧。要之，往見者無虚日。杜詩云「李邕求識面，王翰願卜鄰」，當不過是。然余亦慎之，不敢僕僕也。自是之後，凡入館及改銓部、分鹺，皆公左右之。愧余譾劣，無一足酬知己。九原茫茫，淚涔涔，曷能自已耶？余又憶十三歲時，所從顧師索余造，命一星士推之，據云：「法應十七歲得婦，十九歲入泮。家計即中落，將二十年，至無立錐地，其不饑死者幸矣。二十四歲克妻，二十六歲克父，三十五歲克母，必四十歲始舉一榜。此後止溫飽二十年，無官祿。其四十歲前，雖生子，皆不育。過此，添一丁。骨肉親族，無一可倚者，常人命也。」余遇星者多矣，無如此歷年皆奇驗者，豈人生果一一皆前定耶？然惟言余止一孝廉，無官祿，余且成進士，歷官數任。又未言余壽數，然言四十後止二十年溫飽，則余當年六十而止，今又過二十年矣，所言又不符。何也？或曰：「陰騭爲之。」然余幼壯時，初不修德，至四十歲始返正，然亦數月耳，無一事可稱，是果何如哉？意者焚券一則耶？此假稱貸以濟貧乏，實余父爲之。即焚券，亦以無可着追，且出母意，余何有焉？蓋由祖父之德蔭及之耳。余一寒微，得入清貴之途，後世子孫不可不深思祖德也。余所携行張子疊，亦余髫年交，前癸巳鄉科同年也，此年又同成進士。然鄉試，張正榜，余副之；今則余正榜，張居續榜，亦一異事。歷來止鄉試有副榜，會試無所爲續榜者，蓋特典云。聞張之祖父三世積德，張亦至孝，爲人直諒樸實。其後爲令，得不測禍，其事甚于余，至擬城旦，蓋亦培克者誣之，殺人聚斂以爲己計也。然後竟得雪，復其官，今亦壽望八旬，人皆以爲積德之報。其生平多與余相似云。

甲辰，生子孝演，余已四十四歲矣，果成立。向者星士之言，信不誣也。是年之冬，余未及散館，奉旨改授吏部文選司主事。嗣即隨冢宰朱文端公赴江浙勘視海塘，余得便道過揚，一省祖墓焉。

乙巳，差回。余見仕途艱險，此中人事多有與書傳所不合者，堅欲謝病歸，期舌耕以終老。已具呈矣，爲少宰本房師沈端恪公近思諭留，俟冢宰朱公回都，再行可也。時公由海塘之役赴江西本鄉省親，夏五月始來。余於道左接見，後數日，并不得再見陳此情。及在部得見，則河東分司之命已下矣。公執不可，勉之行，且曰：「做過翰林、吏部貴甚，懼爾不能折節以事上官也。」余愕然不知所謂。時蓋滿冢宰隆公以元舅之尊，見者皆跪，余以非禮不爲屈。隆公銜之，公故云然。此行，公實保全余也。然余自惟福薄，今入腥膻場，必不終，懼甚。第無如何，惟祈大病減算以抵折耳。未四載，果被劾罷，且重以無妄之追逋，歷二十餘年始脫然。噫！亦危矣哉！當特授河東分司時，以四品官，例得謝恩請訓旨。陛辭日，上諭曰：「清慎勤即是好官。廷臣多有言爾者，朕亦知爾老成妥當，是正經人。此去鹽政運司，如所行不合宜，爾當規正他。如其不聽，即來奏朕。朕豈無官與爾做，令爾委曲在彼耶？欽此。」跪聆之下，感激無地自容，隨蒙賜上所親書睿製《喜雨詩》、《勸農詔》、《朋黨論》墨刻及貂皮紫金錠。余叩頭謝恩以出。竊念余以新進小臣，驟蒙知遇，如此高天厚地，何以爲報！第鹽官祇職徵輸，餘無所事。然商即民也，若朘削其生，以求一時之利，非上心也。惟潔己不擾，多方以養其力，富而教之以禮義，爲國家培千百年之命脉，庶少竭臣衷耳。抵晉，適運長朱公一鳳來有同心，二載間，商漸寬然有起色。無何，而培克者來代，未期年而陡加賦二十萬，以致商大困。聞今皆漸次逋逃。誰爲厲階，以至于此？可哀已！

丙午，署河東鹽運使司，凡四閱月。是年生女，後適静海邑庠生元昱。

丁未，余職任督修池墻、渠堰。蓋自漢唐以來，解之鹽池即係蒲、解二州所屬。十一邑丁民力役之征，例於歲首，分司查有墻之缺者、堰之圮者、渠之淤塞者，檄下各州縣，照額提夫，分段疏築。工竣，驗其尺丈、如式、堅固，始放歸農。而吏役因得操縱其權，甚且上下黷索，猫鼠同眠。而池墻不整理者以數百丈計，渠之淤者以數千丈計，堰亦多損，無一堅完者，然民力已不支矣。先是，陝督年公羹堯兼管河東鹽政時，已請于額定鹽引外，另發餘引十萬道。至乙巳歲頒到，商已請領無餘。此十萬引鹽，除正課外，亦照正引例，商別輸銀爲公費，合巳、午兩年計之，當有六萬餘金貯庫，此未有公項動用也。余言於直指，請以此項動支，雇募民夫修築，而於十一州縣舊額之丁夫概行免役，民既不擾，而工又歸實在，則兩益也。直指可之，入奏准行，而直指即委余領辦。余寢食工次，與徒役共甘苦，事咸集。是年生女，後適江南新安國學吴廷訓。

戊申，余以工竣報銷。直指委朱運長勘驗，朱畏葸甚，乃爲兩端之詞以詳。既而朱調兩淮去，余又署其篆，以俟新運長至，至則楊公夢琰也。甫履任，輒大言：「此時做官非殺人與？國家加增數十萬金錢，官安得起？」余應之曰：「是有命在。」楊曰：「君真阿呆也。」余曰：「謂余呆，固然。然使公言，即信殺人聚斂以求官，余亦不忍爲也。且視吾君爲何如主？」楊哂之。已而楊勘驗余所修工竣，余出迎勞之。楊顧余曰：「君好大膽！以十萬金之工，乃以三萬五千金了之，是焉得佳？」是時，鹽使一差皆以陝之藩臬兼，歲一來查盤庫。今湖督碩公色適以臬司兼其任，值其來，余與楊並謁。時楊欲加增安邑鹽引以增賦，余力折其非，與楊爭。碩公急問楊曰：「分司所修工有無浮冒？」楊應聲曰：「浮冒彼亦不敢，第工大矣，銀數少，自難得好耳。但核減不得，不核減也。」余曰：「既無浮冒，何又核減爲？」楊曰：「若浮冒，即參君矣。君無多節省，能不加一核減耶？」噫！以洗手窮員，家又素貧，安得數千金爲償？幸當日原委，衆商分辦，衆義亦無辭，然亦有力不能繳者，則余自典貸以完之耳。竭二年力，始清。小人以此爲足國計，豈不可耻耶？

己酉，余以那移庫項修《鹽法志》書事被劾罷官。時則運使楊竭力吹索，求斂財充帑，以爲己之陞官計。此乃商項，商自領辦，余并未出具印領，止以纂輯之故，混詳爲余那移。直指亦未之察，遽即入劾。恭蒙聖恩，察其無罪，敕令：「督撫鹽政查明平日居官如何，出具考語，送部引見。欽此。」是年生子，夭。

庚戌，五十歲。核減工程賠項始完，赴京引見。奉旨：「發陝，以運同相對品級或運同以下等官委署試用。欽此。」到陝時，碩公已陞藩司，仍管河東鹽政，知余被累。久擬余署府，余辭。又擬靖邊丞，又辭。乃自請倅扶風，公曰：「是止養廉六百金，此外無一有。君甚苦，何請此爲？」余曰：「職有疾，扶風地頗煖，暫藉以調理，俟痊後受恩不遲也。」公不得已，允之。余蓋以時正不利，務韜斂以自晦也。是年生女，後適山東國學馬仲稱。

辛亥。

壬子。

癸丑，余在扶風三年，郡守任君晟謾易無禮，時或挾氣陵侮余。余但以理遣情，恕不爲校。久之，任亦自慚，復修好，偕余勸捐修考院，即委余督工。事竣，余已倦遊，以病力求歸。冬始得報。

甲寅，自陝歸津。

乙卯，豫學使者張公考聘余入幕。

丙辰。

丁巳。

戊午，自豫回津。

己未，時乾隆改元之四年，恭見新政寬大，乃以病愈起復引見。奉旨：「仍發陝，以通判用。欽此。」

庚申，六十歲。到陝，署西安府丞，奉委督修省城。余懲先任鹽池之役受創鉅，力辭不可。復命理事，丞常君德、同州府大荔縣令沈君曰俞副之。

辛酉，城工竣。督撫題補漢中府倅，留委協理關中書院事。

壬戌，奉旨召見。是年歲除登程。

癸亥，引見。奉旨：「仍回原任。欽此。」蒙江督尹公繼善奏准，帶往江南酌量題補。秋，署兩淮都轉鹽運使司泰州運判事，當即會題補授。部議以與通判品級不符，駁不准。是年，兒孝演娶婦李氏。

甲子，仍在署任，奉委督修串場河。

乙丑，督撫會題補授江南廬州府江防同知，部議仍以品級不符見駁。奉旨：「着照督撫所請行。欽此。」嗣蒙鹽使者吉公慶摺奏，請以同知銜借補泰州運判。奉旨：「鹽政從無題留屬官之例，以非甚要缺也。不准行。欽此。」是年冬，得代，抵廬丞署，別駐所屬無爲州江岸，不在郡城也。

丙寅，奉委督開無爲州臨江運河，以舊河爲建禦江第六壩之地。自春徂夏，工竣。奉委署池郡守一月。又委署徽郡守，以營度第六壩情形未就，次年春始往。

丁卯，在徽郡署任十月有餘，閉門不見一客。上官以余爲矯。然余以婿家休寧，兒之連襟亦居歙。而徽俗極重堪輿，凡鹽、典、木三商皆聚族斯地，宗祠墳墓在焉。凡有侵尺地，斬艾寸木者，即興訟。俗又極喜賄官求勝，且多信訛言。有一訟事勝，必曰：「某某所囑。」余恐爲兩家累耳。

戊辰，自徽回署，建鎮奠江患土星祠，余有文記之。又奉委署本郡合肥縣事，辭不就。

己巳，余以衰老請告致仕。即先遣眷屬回津，卜居楊村。先是署運司任内，有商人公用項内，運使楊混詳，着追銀六百一兩。奉部檄，行江南任所追繳。此案未完，余不能歸。又以江患甚烈，求所以經久計者不可得。雖以私意創祠，希神助，事屬渺茫，而人事必須盡。計土木工既難施，則惟用石耳。查對江即繁昌縣，有山石可採，而州人有圩夫一項可用。集衆商之，乃買舟載石，以土旺用事之日，沉之江。共九閱月，成大小支水二。在祠上者僅得十有四丈，祠下則更減，蓋金錢無多，盡其數而止。然居民已競言，江已停溜，漸壅沙矣。州人倪光復爲文，記之祠中焉。州人又藉余力，勸捐修學。及城東開浚新河，與築文成壩諸工役事咸略就緒，時已二載有餘矣。

庚午，七十歲，在無爲州。

辛未秋，回至揚郡，謀所以清完追項者。余年丈洪翁徵治，素篤義任俠，力爲左右其間，竟荷淮上諸君子代完。而安徽方伯高公晉，亦札致河東運長，事始竟聞。余赴河東時，鄉友有關切余者，私以余造問一星士。其人有秘傳，多神驗，所言與余幼時顧師所問者同，且言此行不測，縲紲所不免也。然余亦止罷官，後亦但鐫級耳。而官項無辜之累，至二十餘年始免，其去縲紲亦無幾也。世人喜言官貴，視余何如哉？是年，長孫嵩齡生。余執友張子疊作令，爲豫督田所劾，楊即其僚屬也。以田爲師，其殺人以聚斂，與禦人于貨何異？而楊尤熱中。在晉日，自謂清忠，而官不遷。又其二孫一妾與家奴同時而死者八人，憤甚，爲文以檄城隍，爲神罪。其狂誕如此。然田終未大拜，死于豫，其後斬然。楊亦止于一監司，子孫亦式微。而張卒復官，余亦今尚存，雖皆老而貧，而不與彼偕亡，則未嘗無天道也。

壬申，往來金陵、吴越，尋幽攬勝，視在官日，真如鳥之出樊籠，魚之適江湖也。後返揚郡。余于署泰倅任時，曾憫秦潼、淤溪湖波之險，通詳督、撫、河、鹽四院，求諭商捐築縴堤，以便輓運，以利徒行。雖皆准行，而爲勘者憚其艱，力阻其事。余乃於去任時，自捐己資，築三十丈樣堤以試。至此已七載餘，堤址猶存，出水者數寸。余知鹽使者普公福秋後當巡歷各鹽場，計之東臺場商金君文昇，捐資募夫，少爲增飾，并覓一僧，居停其地，爲募緣修建者。普公過之，果問，并招余，詢其工費。余以二萬金對。公曰：「何以人言非十萬不可耶？」余對曰：「是在人耳。」公先自捐二千金以試，已得其概，乃諭商捐如數，即留余爲之。余亦以舊日未了事，不辭也。

癸酉，泰堤自春興工，至秋七月報竣，核所費在二萬數内，尚節省千餘金。普公臨視，大悦，立具奏，留余在淮鹽補用，以便辦理歲修事。奉旨：「知道了。欽此。」余既蒙公諄留，亦以堤新築，欲親加幫一次，度可久，然後辭歸，補官則非所願也。是年，次孫霍齡生。

甲戌，普公調蘆鹽去任，前使者吉公慶復來。雖知余，然於此堤爲普公先着鞭，以功不自己出爲憾，殊無意歲修事。余遂辭歸。

乙亥，三孫恒齡生。

丙子，馮恭人卒。是年，淮鹽吉公丁憂回旗。普公復自長蘆調淮，心念泰堤未堅久，留札諭余，覓便來揚酌辦。余遂於秋月買舟，携兒赴約。

丁丑，時翠華南幸，普公無暇及他。至夏、秋間，始入洪丈言，前後兩委工員偕余估修，而委員亦憚其艱，如昔日逡巡，未敢即興工。普公已又調淮關收税，直指高公恒來。余晋謁時，與言合，又讀余《史記讀法》，大加贊賞，竟欲執弟子禮。公以貴戚世胄，乃能樂善忘勢如此，何其賢也！求之近世，不可得已。

戊寅春正月，高公檄飭工員，克日興修，仍命余督之，工員勿敢違。遂于月内興工，至秋竣。公既委運司勘視，復自親臨，命商厚贐。余歸，竊念高安朱文端公軾、仁和沈端恪公近思、合河孫文定公嘉淦、兩江制憲尹公繼善、江蘇中丞陳公弘謀數君子外，公亦生平一知己也。

己卯。

庚辰，八十歲。静念余生平所未了者，止河東三取書院未及延師訓課，以作興故鄉人文耳。于是年秋，呈請蘆鹽運長王公，諭商捐資，與城内問津書院一事。蒙報久，尚未竟行，懼余不及待，則有望於後之鄉君子也。又余自幼從學，止涉獵皮膚，并無專精之詣。雖亦虚心就正有道，而終無所自得。年至四十，始鍵户謝客，一意尋討。取向之所爲，盡棄之。其或偶有見聞，隨手雜録，特以工力淺，不敢即問世。至七十歲，爲濡人力請刊行。余亦以所遇有道甚寡，欲遠求之通儒，而苦無書寫手，不如刻本可以及遠，或世有呰余者，余因得聞過而改，亦一策也。遂節次，刻有《易翼述信》、《中庸總説讀法》、《史記七篇讀法》、《孟子讀法》、《董子春秋繁露祈求晴雨一則》，暨余自著古今文、雜纂、詩集等書。其《大學原本明辨録》雖已刻，復毁，以時有同學謂與《論語廣義》二書，余説多悖者，尚在修改，未敢即出以示人也。倘天假之年，得竟卒業，余雖殁世，有能指駁其非，子孫必從而正之。九原有知，則慰藉曷窮已！至于尊所聞，行所知，余亦惟守此一「恕」字，死而後已者哉！死而後已者哉！

【校注】

〔一〕「十九」，當爲「二十」，具體見「前言」注釋。

〔二〕「裨」，據文意，當爲「稗」之形訛。

〔三〕「墊」，據文意，當爲「塾」之形訛。

實録

敕封孺人例封恭人王室繼配馮氏實録

恭人馮氏，余同鄉金亭公馮翁之女，邑東鄉輔公郝翁之甥女也。歸余時年二十歲，今六十八歲矣。相從四十八年，備歷艱苦，而又善病，中間止十五年少無恙，餘俱飲藥卧簀日也。余以其德行幽閑，久欲傳之，而輒以類於世之行述、墓誌，竟爲士夫家一段印板必不可少之故套文章，本無可傳。而求一大老爲之，大老亦昵於所私，而故塗飾以厭其請，徒足覆醬瓿而已，故舉筆輒停。茲於其既死，戚黨間有知之者來吊，及同學諸子問之，余少詳其概。俱敬異之，請於余曰：「子且欲於世之幽光潛德，闡發以風世。奈何嫌於己之婦而故没其賢？是無異於私也。」余既謝其言，且以余與恭人之婚合實有一段奇情奇事，有不可以泯泯者，遂不能已於辭。

按恭人爲郝之自出，恭人之母實郝翁之從女弟也。先是，郝翁有女適朱氏，其婿來玉朱君者幼與余同筆硯，歡然相得，如親兄弟。郝翁於其家識余，即依依不能舍，欲與余締姻好，而無由焉。時余與三五友結文社，郝翁命其子琇來從游。已而其子死，郝翁哀之，乃延其婿於家，而并求余與俱，意實藉以慰其亡子之情，而視余則儼如大賓。凡飲食居處，必親察之。間則語以古人之勤於學者，以諷余二人。蓋在其舍二年，始終如一日。余初相依，時未三月，原配劉恭人病殁。殁之次日，郝翁命其婿來議姻。余曰：「死者骨未寒，余即至無情，亦不若此。請緩之，迨殯後。」郝翁又亟命朱君來。余曰：「翁止一女，歸子矣。别無餘娣姒，何喋喋爲？」朱君曰：「翁懼兄之别爲人所招致也，將不得愜其願。但允之，翁將選諸族戚以爲兄配。」余啞然曰：「異矣哉！世乃有無女而先求婿者乎？雖然，余貧徹骨，誰復與余爲姻好者？請翁無慮。」乃郝翁終不釋，命朱君請於余父母，得諾詞。於是擇本族諸女，舉無一當意，轉而求諸戚黨中，得恭人，曰：「是可矣。」乃請於馮氏父母，馮母曰：「余止此女，家甚貧，無可依，將贅一經紀婿，以養余兩人老，不嫁此窮酸也。」郝翁曰：「渠今雖貧，而人材足依，將來必達。余將予之田，并供其匱乏，則不貧矣。」馮母曰：「余貧不能具奩資。」郝翁曰：「是在我甥女，吾女也。願堅以請。」得允，命朱君來申前約。時恭人方十五歲。余以原配劉恭人遺二女雛，懼其幼，不能撫此呱呱者以長養之也，辭之。朱君曰：「有前言在，奈何棄信？兄之女，長者有祖母可依，其幼者余妻將乳養之，兄無憂。此待一二年，成禮可也。」然余終以爲歉，語之曰：「余貧無以爲聘，且將來不能卒成婚禮，奈何？」朱君曰：「是皆在翁。翁既嫁其甥，寧不能助兄者？」余復啞然曰：「異矣哉！世乃有媒妁而包男女之嫁娶者乎？」然余父母重違郝翁意，遂允其議。既而余父與馮翁先後棄世，遲至己丑歲，余始迎之歸。

恭人雅好禮法，旦暮必詣姑所，察其安否而慰適之。余母亦極憐愛焉。時恭人體尚强，執炊爨無難色。及生育過多，遂羸弱多病，然見余必起立。歲時伏臘，拜姑後，必詣余前拜余。余以近於戲避焉。恭人正色力請受拜。余不得已，因與俱拜。既自責曰：「彼非出詩禮家，而然且如此。余讀書人，乃鄙俗昵於兒女之私耶？」從此遂相敬如賓。又余當少壯時嗜飲，嘗被酒搜剔。恭人過，雖一時交謫，小有言，次日，恭人必斂衽前曰：「昨得罪，幸恕我。」余深愧謝之。時家貧甚，至竟日不得食。余求其表姊之適馬姓者，得三金歸。恭人號曰：「腹固枵，奈何求此鄙夫爲？」蓋甘於窮約，而不屑屑乞憐於人也。

及歲庚子，余舉於鄉。癸卯登第，爲翰、銓。恭人請於余曰：「君止一子，甚孤危。余又多病，恐不能再育。且君不時入直，常四五鼓起。余親侍衣履，困不支。盍置一二妾媵，以代余職？」余曰：「斯言其信乎！然余已逾四旬，如得老婢，何益？必求其能生育者，則少艾，情易滋。余素好獨卧，彼曠，將生逸志。且余兩人極和好，有間之，則彼此情必替，從兹多事矣。況已有兒，何必瑣瑣於此？」恭人後數請，余終不可，遂止。

恭人頗短於才操，中饋甚艱。又以病體孱，不能計米鹽，委其事於余弟及親黨中之卑幼者。然於内外防極清肅，止令童子出入，家人無敢踰中門者。余性過疏脱，雖於戚友之窮困，未嘗靳所求，然必目擊其艱，不得已始贈之，故厚薄不一律。恭人則凡於任所回津者，必問遺其親黨。雖舊所不滿之馬氏表姊，亦有所與無漏者。又余義表兄弟司氏遺女，適李氏，仍依余家。余久而厭。恭人曰：「彼雖爲君累，然獨不念爲翁姑所遺乎？」余愧感其言，謝之。

撫余原配所生女，如己出。其所生子女，雖極憐愛，然自孩提即禁其詈人，不令肆誕無忌。少長有過，輒撻之。兒雖就外傅，猶時時問其業，恐游嬉以曠所學。女教之習女工，日有所程，必完始聽閑。鄰戚有姆，嘗來舍，見余幼女時糞除，其長者坐而縫衽，訝曰：「宦家女乃親此役，余家則不然，奈何苦之？」恭人立斥之，曰：「縱兒女於逸，爾家全無家法，爾何述於余兒女之耳？後勿來我家也。」嚴正如此。

竊以恭人不學，非素嫻《女誡》者，豈其生而然耶？聞之馮翁於恭人幼時，常抱置膝上，日日教導之，故恭人習慣成自然。諺云：「教婦初來，教子嬰孩。」誠哉！其不誣乎！

恭人生於康熙己巳年八月十一日巳時，卒於今乾隆丙子年正月初八日申時，得年六十有八。生子一，名孝演，娶同邑原任户部員外郎罡辰李公之第五女。余原配生女二：長未字，早亡；次歸同邑允公劉公之次子孝廉振家。恭人生女四：長歸歲貢生來玉朱公之次子、大興邑庠生念元；次歸静海縣現任以知縣、管兩淮餘東場事孝廉敷五元公之次子，邑庠生昱；又次歸江南原任湖南寶慶府知府吳公之第五子，太學生廷訓；又次歸山東原任陝西臬司存齋馬公之次子，太學生仲稱。兒孝演生子三，嵩齡、霍齡、恒齡，皆幼。今恭人之葬有日矣，敢次其素行，以請於戚里長者先生。倘有可採，得藉鴻文巨筆，以傳其荒陋，俾附女史之末，則榮且不朽。

杖期服王又樸叙次。

硃卷

順天鄉試硃卷 康熙庚子科

中式第二十一名王又樸，直隸天津衛副榜貢生，民籍，習《詩經》。

同考試官翰林院編修加一級李、同考試官太常寺博士加一級積公閲。薦。

大主考翰林院侍讀加一級陳批。取。又批。

大主考都察院左副都御史加三級屠批。中。又批。

本房總批：劈空竪義，骨幹奇而神韻超，想其素養固應自命不凡。

孟武伯問：「子路仁乎？」子曰：「不知也。」又問。子曰：「由也，千乘之國，可使治其賦也，不知其仁也。」「求也何如？」子曰：「求也，千室之邑，百乘之家，可使爲之宰也，不知其仁也。」「赤也何如？」子曰：「赤也，束帶立於朝，可使與賓客言也，不知其仁也。」

才不足以盡仁，聖人深知其難全焉。甚矣，全仁者之難也！以夫子於由、於求、於赤，但許其才而不敢許其仁，武伯何言仁之易易耶？今夫聖人固與仁爲體者也。唯其全體乎仁，故深知仁。唯其深知仁，故不敢輕許人之仁。大哉，仁乎！齊顯微於一致，合人己以同歸，統始終而不變者也。以此求仁，蓋已難矣。【眉批：扼要語。劈空分柱，屹如山立。】是故勳猷可以蓋天地，而不能信一心之安；才華可以冠寰區，而不必釋幾微之憾。夫子每慎言之者，非輕量人也。何孟武伯竟以子路當之哉？夫子於是答之以不知，則由子路以推，皆可知也。乃又從而問焉，且因子路而并及求與赤，仁固若是之易言耶？夫子曰：「三子而言其可知，亦有才而已矣，而遽言仁乎？蓋仁固齊顯微者也；而由之兵、求之食、赤之禮樂，其發於外者雖顯而易見，而其根諸内者恐微而難明。仁又合人己者也；而由之勇、求之藝、赤之文章，其施於人者雖昭然於衆著，而其修於己者恐歉然於獨知。仁又統始終者也；而由之强國、求之富國、赤之華國，其彰於身者不過一時一事，而其本於心者恐未必一息終身。蓋論仁之英華一見乎外，亦所以爲才。然應務之能，僅吾德之末事，豈可以其才之大而遽信夫仁之全？若夫才之權宜不得其正，或反失夫仁，則是濟變之術，非吾道之大體，又安得以仁之精微而遽歸於才之粗迹？【眉批：義無滲漏。】夫由與求與赤從學於夫子有年矣。其於仁也，蓋日月之至者也。夫子既不敢謂其不仁，而亦不敢遽謂其爲仁，故於武伯而言其可知，則治賦而已矣，爲宰而已矣，束帶立朝與賓客言而已矣，而至於仁則始終對以不知。夫不知其仁者，真深知夫仁者也。自非聖人與仁爲體者，烏知其難也乎？

本房李加批：掃除畦町，剖抉精奥，氣骨岸然。

本房積加批：開講内即爲立柱，通篇局勢已定，入後分承三股，屹然如海外三山，縹緲天際，的是先民遺法。至其筆老思深，理明辭暢，尤臻識養兼優。

能盡其性，則能盡人之性；能盡人之性，則能盡物之性；能盡物之性，則可以贊天地之化育

民物天地，皆全於盡性之中矣。蓋人物之性，即我之性。乃一盡而無不盡者，贊天地矣。至誠之能事，豈易量哉？且夫乾稱父，坤稱母，民吾同胞，而物吾與也。此其責豈易副，而其事豈易全哉？乃以歸之至誠則無難，豈至

誠之於民物天地，固規規焉從而求盡其能也耶？而不然也。至誠固能盡其性者也。己之心即人物之心，而亦即天地之心，既不得謂形格而勢阻；己之氣即人物之氣，而亦即天地之氣，又安得謂同功而異能？【眉批：恁地平穩，所以爲大而非夸。】吾見夫人之性盡於此矣，物之性盡於此矣，天地之化育贊於此矣，是一能而無所不能也。夫無所不能者，一則實以全夫能之之事，一則虛以盡夫能之之理。夫實以全其事者，在上之至誠，所以滿兩間之量也。蓋人物之在天地，與己同宰於化育之中焉，故一體不寧，而百體即爲之不適。天地之所以有憾者，此也。乃至誠之盡其性者，早已合萬體而無有缺陷焉。【眉批：《訂頑》精義。】是故天地若有意以待至誠之助，而至誠非有心於補天地之功。夫虛以盡其理者，在下之至誠，所以充吾性之分也。蓋天地之宥人物，與己同有夫化育之情焉，故一念已形，而萬念即爲之皆到。天地之所以並生者，此也。乃至誠之盡其性者，固已合萬念而無有乖戾焉。是故天地雖不及見至誠之治，而至誠早本以合天地之心。由是底萬物於生全，而民安物阜者，何必崇法而卑效？通四海以性命，而天清地寧者，不啻下濟而上行。至誠之能事，一至此哉！

本房李加批：每着一筆，皆經將題目入思議而出之者也。文氣尤蒼樸軒朗。近逕靡靡中得此，如聞高梧鳴鳳之音。

本房積加批：總發全題，力大身輕，而刻畫詳明，瞭如指掌。理境澄徹，宛如秋水一泓。

禹思天下有溺者，由己溺之也；稷思天下有飢者，由己飢之也；是以如是其急也

聖人急於救世，有所以迫其心者矣。夫天下之溺者、飢者，非有溺之、飢之者也，而以禹、稷視之，則由己溺之、飢之焉。其急於救世，又曷足怪乎？且以天下之大，而猶有人焉，可以分其權，則己猶可以自謝矣。乃聖人於

此，方且勞其心，弊其力，汲汲焉，不遑寧處焉。蓋分之無可分，故謝之無容謝也。彼禹、稷三過不入，如是其急者何哉？吾蓋有以知其故矣。夫身不與天下之責者，有不必存其心者也；心不關天下之故者，有不必爲其事者也。禹之職，何職哉？固平水土者也。當水土之未平，人固有溺者矣。其溺也，誰溺之？【眉批：折好。】將以爲氣數之適然，則造化可謝責也；將以爲水勢之自然，則狂瀾可諉罪也。而禹則以爲造化狂瀾皆有所不居之過。稷之職，何職哉？固教稼穡者也。當稼穡之未開，人固有飢者矣。其飢也，誰飢之？將以爲雨露之失時，則天時可任怨也；將以爲耕耨之不力，則人事可致尤也。而稷則以爲天時人事皆有所難委之情。吾見其心蓋有所思焉。禹思夫洚水而警帝矣，誰平水土而令民昏墊爲？則非己溺之，而由己溺之也。心之所至迫，即爲事之所必圖，而竭蹶以往，將水土一日不平，吾之治水土者一日難已矣。稷思夫黎民而阻飢矣，誰教稼穡而令民艱□爲？則非己飢之，而由己飢之也。情之所至痛，即爲力之所必趨，而黽勉不遑，將稼穡一日不滋，而吾之所以教稼穡者一日難緩矣。是以如是其急也。知禹、稷之所以急，可以知顏子之不急矣。

本房李加批：音節清亮，玉茗風味，想見一斑。

本房積加批：寔銓禹、稷，暗照顏子。筆筆空靈，語語擊射。所謂「分明香在梅花上，尋到梅花香又無」者也。

恩科會試硃卷 雍正元年癸卯

中式第二十五名王又樸，直隸河間府天津衛籍，副榜貢生，習《詩經》。

同考試官吏部文選清吏司郎中加二級今陞太僕寺卿沈閱。薦。

大總裁太子太保經筵講官户部尚書加一級張批。取。又批：冬嶺之松，傑然獨秀。

大總裁太子太傅都察院左都御史兼吏部尚書加一級朱批。中。又批：字字謹嚴，先正典型。

本房總批：格老義精，無一懈字懈句，此先輩伐毛洗髓之候也。而經義古雅可誦，表文健拔疏秀，乃蘇長公一流。迥不同時下靡麗策論，說理透宗時務鑿。

道之以德，齊之以禮，有恥且格

德禮之化深，治尚其本也。蓋猶是道之齊之也，而以德以禮者，恥且格矣。爲治者其審諸！且夫聖人作而萬物睹。修己治人之理，【行間批：德禮。】即化民成俗之方。【行間批：恥格】是故民免而無恥，非民之不能至于善也，所以道之齊之者非也。蓋秉彝好德之良莫不根之于其性，則善與善之相遇，其心自油然而能生；【行間批：性善，說到恥。】而去惡從善之力亦皆充之有其才，則過不及之相繩，其事亦優游而可化。【行間批：爲不善非才之罪，說到格。】有如道之以天心而民皆見；【行間批：用《易》語。】有不見者，見其禮如見德焉，而有不齊者乎？道之以皇極而民共遵；【行間批：用《書》語。】有不遵者，遵其禮即遵其德焉，而有一之不齊者乎？是非君所獨得而民不能同得者也，故必赧然而使之知，非然後欣然而歸于至是；【行間批：恥、格一串。】亦非民所未有而君乃益之以其所有也，故不但皇然而有所不爲，抑且毅然而見其有爲。由是，恥無德則即格於德，况又有禮以助其後，此人材之所以多成而無所棄也。即使恥於德而未必即格於德，而惟有禮以誘其前，此民善之所以日遷而不自知也。【行間批：一氣轉下，題之曲折無不分明。】德禮之效如此，道之齊之者其又何以焉？

本房加批：他人千百言而不能盡，此只寥寥數行，題之中間、前後、左右無不周到淪浹，纖悉無遺。王右軍醉後書《蘭亭》，千古獨絶者，以其神到也。

齊莊中正，足以有敬也

至聖之敬，足於其德矣。夫齊莊中正，至聖自然而具者也。其有敬也，奚不足乎？《中庸》言小德之川流，而至是恍然於至聖，禮之德也。以爲吾言至聖之有臨，豈惟有容有執而已哉？吾又見之於其敬。蓋敬惟其有，而有惟其足。【行間批：老境。】雜嫚委曲存其中，則棄而不能有也；勉强支飾應乎外，亦有而不能足也。惟天下至聖，【行間批：先輩落法。】爲能心無所參，而紛者静焉，則敬有於齊矣；心無所狎，而怠者肅焉，則敬有於莊矣；心無所過不及，而至善者準焉，則敬有於中矣；心無所偏與倚，而蕩平者昭焉，則敬有於正矣。此四者，不待操而自嚴，既以嘉天下之會；無所感而自肅，於以立百辟之刑。欽明温恭，帝德之精誠具此焉，則在外之威儀猶淺；日躋緝熙，王心之儼恪在是焉，而一身之模範彌端。明旦凛於自然，賾而不亂者，莫非此敬之周通也；動静式其有度，雜而不厭者，總屬一敬之條貫也。以至聖之德流爲禮，【行間批：照小德，妙！】以至聖之禮流爲齊莊中正，然則其有敬也，亦所謂一足而無有不足者乎！

本房加批：理精法老，氣足神充。

若禹、臯陶，則見而知之

舉帝臣之見知，幸之也。夫非禹、臯之見而知之，則何以處夫不見者乎？此孟子歷叙道統，而故首舉之也。若曰：事非親炙，則此後少傳人；道以心通，則同堂有灼見。由堯、舜至於湯，非曠此五百餘歲，而竟無知之者也。夫乾坤合而聖人生，心思有以識帝廷之秘；淵源接而道統立，耳目遂以發萬古之蒙。【行間批：意議高闊。】是故世際中天，風傳喜起，吾固知其人矣；一堂都俞，寮寀昌言，吾又知其所知矣。宅揆奮庸若禹者，既身膺執中之訓；明刑弼教若臯陶者，亦允奏協中之功。【行間批：的當。】見而知之，此其是已。事不有所親，孰從而徵所信？【行間批：詮見。】禹、臯陶之知，知於見者也。道必有所明，乃得而引其端。【行間批：詮見。】禹、臯陶之見，見而知者也。蓋微言初啓，則禹、臯嘗以知開天下之先。開之者既確然而無疑，則繼之者將肖焉而不爽矣。而大道易湮，則禹、臯又以知留天下之後。留之者既闡發於不窮，則後之者亦興起而易爲力矣。使無禹、無臯陶，則堯舜之道將萬世無傳矣，湯又何自聞而知之耶？此吾所以深幸有見而知之者也。

本房加批：高視闊步，有不可一切之概，所謂鳳凰翔于千仞者非耶？

附录

附録一 佚文

勸商廣行澆曬議

農人三年耕，必有一年之食；九年耕，必有三年之食；以三十年之通。故農以積穀爲貴，商以積鹽爲本。《宋史》言：鹽商入納，惟視積鹽多寡。遠地須預備二年或三年，次遠一年至二年，最近亦半年及一年，謂之準備鹽。且新鹽硝氣未净，每多折耗；陳鹽則硝净而粒堅，到地住賣，皆無折耗。今查中場八鋪以至西場阡鋪，三四十里，一望荒烟蔓草，鹽無顆粒。即自中場淡泉，以至東場十鋪，所存鹽料寥寥無幾。現今鹽價日昂，買運維艱。若不廣爲澆曬，必致斷裝誤運，何以辦國課而濟民食？我皇上愛育商民，諭令各省開荒，豈賨池之内而可令其荒蕪？則飭商開畦，廣爲澆曬，誠今日第一要務矣。查三場畦地，遞年澆曬者，名曰熟畦；久經不墾者，名曰荒畦；時曬時停者，名曰半荒半熟畦。固由河東商人之偷惰，亦由鹽法官之苟且因循，怠于督課。唐劉晏言：勸商倍於勸農。請自雍正七年始，飭知事開報，某場某鋪畦地係某商澆曬，務要正商明白，投遞認狀，注明單號雙號、左右畦鄰，互結投道，給以腰牌，令其彼此稽查。知事三場大使時以勸農之法勸之，十日斗級一報，每月親爲查驗，以察其勤惰。鹽料成就，乘便搬置高阜之處，協力看守，一防霖雨，一避竊盜。且早離畦地，風日過處，鹽皆乾燥，宋之所謂準備鹽或庶幾焉。倘知事三場大使倦於勸課，致荒曠不種，場無鹽料，即以督催不力詳參。庶澆曬勤而積鹽自廣，在運商既不苦價昂難買，而百姓亦不致有食貴鹽之患。此爲鹽法第一要務，相應定議施行，實爲妥便。

（録自覺羅石麟《初修河東鹽法志》卷十，臺灣學生書局一九六六年版《中國史學叢書》影印清雍正刻本）

後出塞六首

擊賊勿顧身，戍邊勿邀功。審敵須審勢，要當遏其衝。哀哉一失利，天降此鞠訩。十郡良家子，慷慨盡從戎。

纔出玉門關，厲風戰兩股。及到罷里坤，凍冽五尺土。白日曳柴薪，終夜走且舞。以此暖四肢，豈曰習勞苦。未及一當敵，肌肉已全腐。縱使得生歸，體殘何可補。

邊兵不足調，旋復及吴越。吴人尚嬉遊，烹茶吃果核。習舟不習騎，何以争馳突。昔日滿洲兵，今日吴越卒。南風久不競，未戰氣先奪。庶幾將略神，指顧搗賊窟。

聞説武剛車，其制已失考。將軍有神契，朝令夕還造。輦甲裹餱糧，悠悠涉遠道。連環以爲營，難犯如城堡。推來一軍歡，得毋火可燎。壯士期殺敵，胡爲徒自保。

逆虜今犯順，豈足煩王師？兵行貴神速，淹久亦何爲？北軍倚太僕，有兵民不知。太僕范公轉餉給軍食，故北路民不困。所嗟河隴人，轉輸敢或遲。短運既偏枯，長運亦已疲。先是餉轉，各邑輦出境即已，甘撫以各路皆遞。其地民較勞，請令長運，而三輔擾矣。安得蚩尤死，安居活烝黎。

昔年平青海，斬將卓子山。奇勇效行陣，功著鼎彝間。千金爲治裝，萬金爲治家。出門不復顧，努力赴天涯。顧金不顧死，一人敵千人。所以李牧將，萬里無胡塵。

（録自梅成棟《津門詩鈔》卷四，天津圖書館藏清道光四年刻本）

附録二 傳記

道光《泰州志》王又樸傳

王又樸，字介山，天津人，乾隆十六年署泰州運判。東臺至泰壩一百二十里，舊有楊公堤，水衝坍陷。又樸力請重築，以利牽挽。議者以費重難之，又樸捐資乘空鹽艘之便，載泰州浚河土，投淤溪、秦潼最深處。月餘，成堤二十丈。上官因以其事委之。堤成，商民賴焉。《府志》。

（録自王有慶等纂道光《泰州志》卷二十《名宦》，載《中國地方志集成·江蘇府縣志輯》第五十册，江蘇古籍出版社一九九一年版，第二二〇頁）

光緒《重修天津府志》王又樸傳

王又樸，字從先，號介山。康熙庚子舉人。幼以古文受知於方苞。雍正元年進士。授編修，歷官廬州府同知，有惠聲，尤明水利。《津門詩鈔》。晚精易學，著《易翼述信》十二卷，言易學者多稱之。《四庫全書提要》。又著有《詩禮堂詩文集》、《讀史》、《讀孟》諸書。《津門詩鈔》。俱新通志引。

（録自光緒《重修天津府志》卷四十三《人物三》，《續修四庫全書》影印清光緒二十四年刻本）

民國《天津縣新志》王又樸傳

王又樸，字從先，號介山，江南儀徵人。六歲隨父北遷。父業賈，好賙濟戚友，有厚德。又樸入籍，補衛學生。時衛人謝穀、孫嘉倖、俞天作、劉卿、于宗瀚輩以文章相矜尚，號「五才子」。穀、嘉倖尤傲睨不可一世。又樸低首納交，學藝益進。以副榜貢生舉康熙五十九年鄉試。雍正元年成進士，出沈近思之門。朝考，選庶吉士。明年，未散館，授吏部文選司主事。旋，隨朱軾勘視江浙海塘。三年，調考功司主事。先是，又樸公車在京，值憲廟改元，孜孜求治，擢軾總風憲。軾亦下士求言。又樸欲有所陳，未果。適軾主是科試事，榜發進謁，奉一册求上聞，否則將於策對中自陳之。軾曰：「此事上亦心厭，汝且勿言，自有其時耳。」會詔停捐納，蓋即用又樸議也。又樸既見知於時，聲名動都下。及官銓曹，尚書隆科多國戚也，禮數優貴。又樸途遇不拜，爲所銜。時軾已同爲冢宰，陰右之。出爲河東運同，兩權鹽運司。定例，河東鹽池歲一修浚，由分司檄屬提夫工作，事竣放歸。日久，吏緣爲弊。又樸請以庫儲餘引羨銀自募民修築，悉免蒲、解十一州縣額。役工甫就，而新運使楊夢琰至。夢琰爲田文鏡黨，方務爲箕斂，以此重拂其意，謬謂工鉅費輕，恐不固，乃責償焉。又以安邑增引議事齟齬。七年，被劾去。既而朝廷察其無罪，以運同對品官仍發原省試用，倅鳳翔，以病告歸。乾隆四年起復，再至陝，權西安同知，補漢中通判。八年，兩江總督尹繼善奏，隨往江南。是年，權泰州運判。十年，補廬州同知。歷權知池州、徽州等府。十四年，告休。又樸雖前以鹽池獲累，然當道類知其能，畀以修築事，輒有效。其在陝，有督修西安城工、咸陽石堤諸役。及抵江南也，於無爲州開臨江運河，建禦江第六壩。又以州人苦，於昏墊求可以經久者，伐石沉江，成大小支水二，俾江水溜停沙壅，不爲壩害。又築文成壩，浚城河，以徇州人之請。而其始終鋭行、不避艱阻者，則爲修建泰州場河縴堤一役。泰壩至東臺水道百二十里，經秦潼、大尖諸河，水勢瀰漫，舊堰久湮。又樸請築長堤，議者尼之。乃乘小舟，以杖試水，知浮淤無多而底堅如石。遂出己財，囊土投秦潼深處，成堤二十丈，所謂樣堤也。樣堤者，以所已費之數爲率，預度所欲推廣之費。越七年，由鹽商輸二萬金，興工。七閲月，卒底於成。然堤新築，未必即固，培護之功尚有待也。以此，雖已告休，不肯遽辭去。即大吏亦知舍又樸莫屬，遂使督工加高廣焉。迨二十三年，畚臿事畢，始歸鄉里。又樸嘗上書大學士鄂爾泰，言時務。將辭江南，又上書尹繼善，陳天人二事。家居，請於官，興復三取書院，延師訓課。年八十餘，卒。所箸曰《詩禮堂集》。

（録自王守恂民國《天津縣新志》卷二十一之二《人物二》，載《中國地方志集成·天津府縣志輯》第三册，上海書店二〇〇四年版，第三五五至三五六頁）

附録三　序跋　提要

詩禮堂全集序

【清】沈兆澐

凡物之顯晦有時，而文爲尤甚。楊子作《法言》，劉歆謂恐覆醬瓿，嚴尤謂豈能傳世，而桓譚曰必傳，果四十餘年，其《法言》大行，是始晦終顯也。韓文公文起八代之衰，烜赫一時，而唐末人士不知效法，至宋歐陽公始學韓，天下後世遂翕然從之，是晦而復顯也。津邑向之能文者，首推王介山先生。介山先生登雍正癸卯進士，揚歷中外，年八十餘卒，文半付梓。閱六十餘年，樊鑑堂茂才宗澄。捐資重刊全集，以壽世版，庋輔仁書院。又閱六十餘年，被竊不全，楊春農、俊元。姚斛泉學源。兩茂才謀補其闕。春農竟獲所失於書肆中。嚴仁波司馬、克寬。李筱林秉璋。適董院事，爰亟印多部，以廣流傳。筱林詳細校讎，復補刻數十頁，遂成完璧。蓋介山先生之著作前後歷一百五十年，其間晦而顯，顯而晦，迄今迺大顯而遠播，非楊、姚、嚴、李諸君子之功不及此，澐竊因之有感矣。津邑工制藝者多；兼工古文詞者，介山先生後惟高琅村先生。乃介山先生古作無一篇遺漏，而琅村先生古作無一字流傳，其顯晦殆有數存焉。澐更欣慕介山先生不置已。

光緒元年乙亥十一月，同里後學沈兆澐謹序，時年九十有三。

（録自《詩禮堂全集》卷首，光緒元年輔仁書院本）

聖諭廣訓衍説跋

【清】吳鴻恩

鴻恩習舉業時，敬承庭訓，每月朔望，與學中人宣講聖諭。近年忝主願學堂講席，諄諄以此誨諸生。舊存《衍説》一編，迺前任陝西鹽運同臣王又樸所著，明白曉暢，婦孺皆知。鴻恩去秋奉命巡視中城，屢見愚民作奸犯科，靦不爲怪，思有以化導之，具疏申明舊章。欽奉上諭：「御史吳鴻恩奏請飭舉行宣講一摺，宣講《聖諭廣訓》，鉅典昭垂，自應認真舉辦。乃近來各地方官，往往視爲具文，實屬不成事體。著順天府五城實力奉行，並著各直省督撫、學政督飭地方暨教職各官，隨時宣講，毋得有名無實。欽此。」煌煌聖訓，中外遵循。因與各城會商，督率所屬官紳，實心董教，爰取《衍説》舊本，重加參酌。再查《大清通禮》内載，宣講時，擇民俗易犯者，咸宣示之。復仿《周禮》讀法遺意，兼採前任安徽潁州府教授臣夏炘進呈本，於各條後附以《大清律例》，彙爲一册付梓，用廣流傳。夫古者司徒掌邦教，正月施教法於邦國、都鄙。每歲，州長讀法凡三，正月及春秋祭社也。黨正讀法凡六，四時孟月及春秋祭禜也。族師讀法十有四，每月朔及春秋祭酺也。閭師則凡遇春秋祭祀、役政喪紀之數，聚衆庶，既比則讀法，不以時限，最爲周詳。我朝正學昌明，化民成俗，恭讀《聖諭廣訓》，條分縷晰，無所不包。今附《律例》於後，爲儆惕之資，亦猶《周官》以鄉三物教萬民，而即以鄉八刑糾萬民，一勸一懲，法良意美。凡出身加民者，均當留心教化，杜漸防微。士爲四民之首，尤宜家置一編，隨時講解，庶不至爲異端邪説所惑。群趨於正，所願同寅，共體皇上覺世牖民至意，行之永久，而勿視爲具文也。

光緒二年孟秋，掌雲南道監察御史臣吳鴻恩謹跋。

（録自《聖諭廣訓衍説》卷末，光緒二年京師觀善堂本）

《四庫全書》易翼述信提要

《易翼述信》十二卷。〔一〕國朝王又樸撰。又樸字介山，天津人，雍正癸卯進士，改庶吉士，官至廬州府同知。是編經傳次序悉依王弼舊本，而冠以讀《易》之法，終以所集《諸儒雜論》。其大旨專以《彖》、《象》、《文言》諸傳解釋經義，自謂「篤信十翼，述之爲書，故名曰《易翼述信》」，而以朱子所云「不可便以孔子之説爲文王之説」者爲非。是其闡發理藴，徵引諸家，獨李光地之言爲最夥，而於《本義》亦時有異同。蓋見智見仁，各明一義，易道廣大，無所不該，自不能執一説以限天下萬世，又樸所論固不爲無因。至其注釋各卦，如解《乾》「大明終始」，謂畫卦之聖人於畫此六陽爻而仍名爲乾之時，已大爲明白指示；解《坤》初六，謂陽行而陰隨之以行，又引來知德説以爲證。此類皆爲失之牽強。蓋其意以爲每爻必取變氣，坤初六變復，故立説如此。不知周易固兼變象，然使每爻必取變體爲解，則紛紜破碎，將致拘執而不可通，終不免於自生荆棘。惟其於《河圖》、《洛書》及《先天》、《後天》，皆不列圖，而叙其説於《雜論》之末，義例明簡，較爲有識。又第一卷内，時、位、德、大小、應比、主爻諸論，皆能恪遵《御纂周易折中》之旨，而申闡其義，詞意明暢，亦頗有可取者焉。

（録自《易翼述信》卷首，文淵閣《四庫全書》本）

【校注】

〔一〕「卷」下，《四庫全書總目提要》所録《易翼述信提要》有小注「直隸總督採進本」七字。

民國《天津縣新志》易翼述信提要

《易翼述信》十二卷，刻本。王又樸撰。存。

又樸字從先，有傳。是書采入《四庫》，其提要略云：「是編經傳次序悉依王弼舊本，而冠以讀《易》之法，終以所集《諸儒雜論》。大旨專以《彖》、《象》、《文言》諸傳解釋經義，自謂『篤信十翼，述之爲書，故名《易翼述信》』，而以朱子所云『不可便以孔子之説爲文王之説』者爲非。其徵引諸家，獨李光地之言爲最夥，而於《本義》亦時有異同。至其注釋各卦，每爻必取變氣，蓋即之卦之遺法。其於《河圖》、《洛書》及《先天》、《後天》，皆不列圖，而叙其説於《雜論》之末，特爲有識。」其後，唐鑑纂《國朝學案小識》，以又樸列入編内，所叙學派殆即本此。

（録自王守恂民國《天津縣新志》卷二十三之一《藝文一》，載《中國地方志集成·天津府縣志輯》第三册，上海書店二〇〇四年版，第五一七至五一八頁）

民國《天津縣新志》大學原本説略讀法提要

《大學原本説略》一卷、《讀法》一卷，刻本。王又樸撰。存。

自《大學》從《禮記》析出單行，宋儒意爲竄易，遂多改本。世所通行者，出自朱子者也。又樸幼讀朱子之書，又見陽明有古本之刻，心有所疑，輒爲論箸，然猶未遽擯紫陽。迨後得《西河集》，讀其《大學證文》，乃信己見之未謬，而亦不盡以毛説爲然。自是反復研求，無地無時不取所謂家國天下、身心意知一一體察而稱量之，自髫年以至於老，覺此書原本本自完密一貫，而所爲《説略》乃敢確然自信，於所箸書中可與《易翼》同爲愜意之作。其不曰「古本」而曰「原本」者，蓋對改本而言，並無所謂今本爲之配偶也。

（録自王守恂民國《天津縣新志》卷二十三之一《藝文一》，載《中國地方志集成·天津府縣志輯》第三册，上海書店二〇〇四年版，第五二〇頁）

民國《天津縣新志》中庸總説讀法提要

《中庸總説》一卷、《讀法》一卷，刻本。王又樸撰。存。

《中庸》爲孔子言性與天道之書，世苦難讀。自朱子釐爲三十章，已失首尾一貫之舊。宋明理學家解釋意義又騖爲幽渺之論，末流所極，遂至儒、釋莫分。又樸所爲《總説》，融會貫通，悉由涵泳白文而來，自謂一篇直如一句，其不爲章節所拘可知。又謂讀書在身心上、倫理上領會，自覺近裏切實，其不爲虚無之説又可知。《總説》屬稿於通籍以前，迨再仕關中，猶時有商榷，蓋已竭半生之力矣。《讀法》則於朱子所箸九條外，復廣以己見，亦間引他家以證之。

（録自王守恂民國《天津縣新志》卷二十三之一《藝文一》，載《中國地方志集成·天津府縣志輯》第三册，上海書店二〇〇四年版，第五二〇頁）

民國《天津縣新志》孟子讀法提要

《孟子讀法》十五卷，刻本。王又樸撰。存。

是書簡名《讀孟》。又樸少時見坊行蘇批《孟子》，嘗取而讀之，病其疏舛，謂爲僞托老泉，乃自以所見箸爲《讀法》。厥後服官廬州，分防無爲，政暇與士子論文，輒舉此以爲言。濡人喜其説，因以鋟板焉。書中先列經文，而標明義法於後，復爲順説，以暢其旨。其末卷爲坿録，蓋援引故實，駁正朱注，參用毛奇齡之説爲多。

（録自王守恂民國《天津縣新志》卷二十三之一《藝文一》，載《中國地方志集成·天津府縣志輯》第三册，上海書店二〇〇四年版，第五二五頁）

民國《天津縣新志》史記七篇讀法提要

《史記七篇讀法》二卷，刻本。王又樸撰。存。

又樸以世儒每謂史公能文而不知道，箸爲此編以見道即在文。史公才識俱高，班固重貨殖、輕仁義之言未爲篤論。七篇者，《項羽本紀》，《外戚》、《蕭相國》、《曹相國》各世家，《淮陰侯》、《李將軍》、《魏其武安侯》各列傳也。其獨取此七篇者，以後學多誤解，特爲標其義旨，舉此以概其餘也。又樸初執贄於方苞，苞爲講《蕭》、《曹》二世家義法，則此箸殆亦衍師傳耳。

（録自王守恂民國《天津縣新志》卷二十三之一《藝文一》，載《中國地方志集成·天津府縣志輯》第三册，上海書店二〇〇四年版，第五三五頁）

民國《天津縣新志》詩禮堂古文提要

《詩禮堂古文》五卷，刻本。王又樸撰。存。

又樸未達時，即已能治古文辭。既成進士，以所爲文謁方苞京師，執弟子禮。苞曰：「古本非苟焉而作。」因示以義法，舉《史記·蕭》、《曹》二世家爲例。又樸大悟，盡出舊稿焚之，遂不輕易爲文。迨後筮仕吴中，苞亦退老金陵，因得時時請業。一日，見其稿，詫曰：「二十年來何寥寥也？」又嘗報書又樸，謂其文識高筆健，直追古人。今集中所存大半苞所點定，亦有爲陳祖范所評者。祖范，又樸同年友也。

（録自王守恂民國《天津縣新志》卷二十三之二《藝文二》，載《中國地方志集成·天津府縣志輯》第三册，上海書店二〇〇四年版，第五四八頁）

民國《天津縣新志》詩禮堂雜咏提要

《詩禮堂雜咏》七卷，刻本。王又樸撰。存。

是書録其編年詩，每數年詩爲一小集。而《擊壤集》僅有中卷，則以鋟版時適止於斯也。又樸在詞館日，值青海平定，製《鐃歌鼓吹曲》以進。方苞謂之曰：「此東南未有才也。」又樸聞而以文爲贄，遂請業焉。李斗《揚州畫舫録》謂：又樸爲河工縣丞，以詩學受知於盧見曾。案，又樸所歷官並無縣丞，集内亦無與見曾投贈之詩，《詩禮堂雜纂》叙師友淵源甚詳，而不及此。華鼎元據以纂入《徵獻詩》，蓋失考耳。

（録自王守恂民國《天津縣新志》卷二十三之二《藝文二》，載《中國地方志集成·天津府縣志輯》第三册，上海書店二〇〇四年版，第五四八頁）

民國《天津縣新志》詩禮堂雜纂提要

《詩禮堂雜纂》二卷，刻本。王又樸撰。存。

是書隨筆條記，未加詮次。然所載如經説、史論、語録、格言、故事、小説以及格致、考訂之學，殆無不備。既采成説，亦抒己見。又樸一生學術，洎通籍以後，見知於方苞、朱軾、沈近思、孫嘉淦、尹繼善輩，師友淵源，約略見之矣。

（録自王守恂民國《天津縣新志》卷二十三之一《藝文一》，載《中國地方志集成·天津府縣志輯》第三册，上海書店二〇〇四年版，第五四〇頁）

民國《天津縣新志》春秋繁露求雨止雨篇考定提要

《春秋繁露求雨止雨篇考定》一卷，刻本。王又樸撰。存。

是篇從江寧周栔校本摘出，加以考證，坿《詩禮堂集》内。又樸在關中見有以董子之法求雨止雨輒應，及來江南，於無爲及徽州行之者三，亦俱有驗，乃上書江督尹繼善，力陳其益，復刻此，以冀人踵行之也。又以無爲江壖屢圮，推演《繁露》之意，建土星祠與支水，亦有效，詳列其説及祠記坿諸後。

（録自王守恂民國《天津縣新志》卷二十三之一《藝文一》，載《中國地方志集成·天津府縣志輯》第三册，上海書店二〇〇四年版，第五三八頁）

民國《天津縣新志》聖諭廣訓衍提要

《聖諭廣訓衍》十六條，刻本。王又樸撰。存。

又樸佐運河東時，方頒行《聖諭廣訓》，朔望宣講，著爲功令。惟鄉氓未諳文理，往往稱名指物，聞者茫然。又樸乃以俚語方言推衍其義，使人易曉。脱稿於雍正四年，距頒行不過兩載，成書最早。後來凡有以白話解演者，大率就此稿而修飾之也。

（録自王守恂民國《天津縣新志》卷二十三之一《藝文一》，載《中國地方志集成·天津府縣志輯》第三册，上海書店二〇〇四年版，第五三五頁）

民國《天津縣新志》介山年譜提要

《介山年譜》一卷，刻本。王又樸撰。存。

又樸因世俗士大夫家往往好爲行狀以表揚其親，而不知譽之過甚，適以自誣。乃詮次生平行事，自訂年譜，以示子孫。美惡並書，雖極過失，亦不隱飾。以爲世無無過之人，既能改焉，尚何不可告人耶？

（録自王守恂民國《天津縣新志》卷二十三之一《藝文一》，載《中國地方志集成·天津府縣志輯》第三册，上海書店二〇〇四年版，第五三三頁）

圖書在版編目(CIP)數據

王又樸集：上下册 /（清）王又樸著；李會富整理
. --北京：社會科學文獻出版社，2020.10
（天津歷代文集叢刊 / 閆立飛、羅海燕主編）
ISBN 978-7-5201-7405-3

Ⅰ. ①王… Ⅱ. ①王… ②李… Ⅲ. ①古典文學－作品綜合集－中國－清代 Ⅳ. ①I214.92

中國版本圖書館CIP數據核字（2020）第186849號

天津歷代文集叢刊
王又樸集（上下册）

著　　者 /（清）王又樸
整　　理 / 李會富

出 版 人 / 謝壽光
責任編輯 / 杜文婕
文稿編輯 / 程麗霞

出　　版 / 社會科學文獻出版社
地址：北京市北三環中路甲29號院華龍大廈　郵編：100029
網址：www.ssap.com.cn
發　　行 / 市場營銷中心（010）59367081　59367083
印　　裝 / 天津千鶴文化传播有限公司

規　　格 / 開　本：787mm×1092mm　1/16
印　張：78　字　數：1163千字
版　　次 / 2020年10月第1版　2020年10月第1次印刷
書　　號 / ISBN 978-7-5201-7405-3
定　　價 / 498.00圓（上下册）